གེ་སར་རྒྱལ་པོའི་སྒྲུང་ལས་གྱུ་གུ་གོ་རྫོང་།

(ཁམས་སྐད་ལག་བྲིས་མ།)

格萨尔王与兵器国

（康方言手抄本）

①

སྡོབས་རྒྱལ་གྱིས་བསྡུ་བསྒྲིགས་བྱས།

多加　搜集

སི་ཁྲོན་མི་རིགས་དཔེ་སྐྲུན་ཁང་།

四川民族出版社

前言

格萨尔王幼名觉日，出生在四川省甘孜藏族自治州德格县的阿须草原，格萨尔王一生戎马，南征北战，降妖伏魔，扬善抑恶，弘扬佛法，传播文化，造福人民，是藏族人民引以为豪的旷世英雄。在藏族的传说里，格萨尔王是莲花生大师的化身，他的故事在西藏、四川、青海、云南、甘肃的广大藏区甚至在蒙古、土族、裕固族地区广泛流传。

格萨尔王传的主体故事由降生、征战、回归天界三部分构成，其中征战部分的故事最为丰富，除去著名的四大降魔篇，还有十八大宗、十八中宗、十八小宗等等。目前市面上关于格萨尔王故事的图书多为征战部分的分章，而该本《格萨尔王与兵器国》（康方言手抄本）所记录的故事则发生在格萨尔王回归天界之后，又是民国之前的手抄本，较为少见，极为珍贵。

《格萨尔王与兵器国》（康方言手抄本）主要讲述了突厥霹雳王大举进犯卫藏地区，吐蕃藏王节节败退，释迦牟尼佛像将被突厥霹雳王夺走。天空中度母显灵，圣谕藏王郎廷舍去请求康巴地区的格萨尔王出兵攻打突厥霹雳王。格萨尔王闻讯后，马上召集了岭地的三十位大将派兵征讨突厥霹雳王，即刻出兵。全军由德玛和辛巴统领，大将辛巴年事已高，明知这次出征凶多吉少，但为了保卫释迦牟尼佛像和西藏的民众，毅然统领大军赶赴战场。辛巴所统领霍尔部落大军挥泪告别父老乡亲，悲壮奔赴战场。经过多年的浴血奋战，格萨尔王最后打败了突厥霹雳王，保住了释迦牟尼佛像，给藏地的广大民众带来了幸福、安康的生活，但大将辛巴战死沙场。

《格萨尔王与兵器国》（康方言手抄本）是用康巴霍尔方言与书面语相结合的方式写成，具有通俗易懂和辞藻丰富的特征。书中广泛引用谚语，语言风格幽默风趣又不失深刻，如：“没有步伐的老马，难行但装作前行。没有胆量的胆小鬼，遇敌后退说得好听。”另外，此三册为乌金体藏文手抄本，行文工整，非常漂亮。

格萨尔王传是形成并流传于藏区各地的活体史诗，地域或说唱者的不同都会导致同一故事的异本产生，甚至同一个说唱者在不同的时间和场合说唱出来的故事内容也不尽相同。甘肃民族出版社出版的《突厥兵器国》与该本《格萨尔王与兵器国》（康方言手抄本）就是同一故事的两个不同版本，在赞颂词、人物和部分故事情节等方面都有所差异。如甘肃民族出版社出版的《突厥兵器国》中的一段赞颂词是这样写的：“紫色王族的后代，护法黑色的血脉，弘扬佛教的孙儿，父王甚勒的公子，母后郭沙的儿缘，金刚持者的神变，贵体不变观世音，教导不变圣文殊，心灵不变金刚手，密宗事部的化身，补特伽罗的弟子，六部落岭的首领，八十勇士的榜样，卡色夺则的财主，十八诸侯的主人，玛康领地的统帅，营地二十万之主人，千佛肩头的守护神，大能仁佛的核心，摧毁四魔的英雄，黄色霍尔的牛轭，汉藏两族的商主，鬼魅妖精的克星。”而《格萨尔王与兵器国》（康方言手抄本）上集的赞颂词是这样写的：“达到大乘十地的菩萨，功成名就的男子好汉，黑头人类的最大救星，男子汉的灭敌大战神，天地之间的顶梁柱，汉藏两族的商业财主，大千世界的生意老板，雪域藏地的佛教主人，邪恶黑色魔鬼的克星，邪恶黄色霍尔的牛轭，具备神变的男子好汉。”又如，甘肃民族出版社出版的《突厥兵器国》中记述的是格萨尔王有木鹰和冒烟车等战争所需武器，而《格萨尔王与兵器国》（康方言手抄本）中记述的是木鹰是突厥将军西绕扎巴和科学家阿夺根博发明的。

《格萨尔王与兵器国》（康方言手抄本）上、中、下三册手抄本原件，是我的父亲扎珠在中华人民共和国成立前后，用牦牛、银圆和砖茶换来的。他虽然没有学过藏文，但我记得他曾请过懂藏文、声音好的说唱艺人来家里讲过这三本书，村里的亲朋好友聚集在我家的院坝里认真地听着艺人说唱格萨尔王与兵器国的精彩故事，大家时而欢笑，时而掩面流泪，这场景我至今记忆犹新。因此，我特将珍藏多年的《格萨尔王与兵器国》（康方言手抄本）付梓，希望能让格萨尔王的故事走向更为广大的民间，从深度和广度上影响更多的读者。另外，也希望它的出版，能对补充格萨尔王传和挖掘“格学”多样性有所帮助。

本书的出版得到了四川民族出版社、甘孜州民族干部学校的支持，在此一并致谢。由于此版《格萨尔王与兵器国》（康方言手抄本）原件年代久远，保存条件有限，导致原件中存在一些遗漏或残缺的部分，且其语言方式又为康巴霍尔语和藏区牧区口语，与如今的标准藏文用语有所出入，但为了原汁原味地展现珍贵手稿的风貌，此次出版除第三本原件因过于残破不全使用新抄本外，前两本在内容上不作添补，在文字上不做修改，照手抄本原样影印成书，以供广大读者和专家阅读、研究，不足之处还望海涵与指教。

多 加

2018年1月

ཐོག་མའི་གཏམ།

གཅིག ངོ་སྤྲོད་མདོར་བསྡུས།

ཀུ་ཀུ་ནོ་རྫོང་ནི་བོད་ཁམས་ཡོངས་ལ་དར་ཁྱབ་ཆེ་བའི་དམངས་ཁྲོད་ཀྱི་གླིང་སྒྲུང་གྲགས་ཅན་ཞིག་རེད། གེ་སར་ནི་གླིང་ཚུང་རྒྱུད་སེང་སློན་རྒྱལ་པོའི་གདུང་སྲས་ཡིན་ཡང་མ་ཡུམ་འགོག་བཟའ་ལྷ་མོ་དེ་གླིང་ཚུང་རྒྱུད་ཀྱི་བཙུན་མོ་དངོས་མ་ཡིན་པའི་སྐབས་ཀྱིས་ཚུང་ངུའི་དུས་སུ་དཀའ་སྡུག་གི་འཚོ་བའི་ནང་དུ་ལྷུང་། ཕོང་ཚུང་དུས་ཀྱི་མིང་ལ་ཇོ་རུ་ཟེར། གེ་སར་རྒྱལ་པོ་ནི་དམངས་ཁྲོད་ཀྱི་སྒྲུང་ནང་པདྨ་འབྱུང་གནས་ཀྱི་རྣམ་སྤྲུལ་ཡིན་ཟེར་སྲོལ་དང་། སྐུ་ཚེ་གཅིག་ལ་སངས་རྒྱས་ཀྱི་བསྟན་པ་དང་སེམས་ཅན་གྱི་བདེ་དོན་ཕོ་ནའི་ཆེད་དུ་ཐུན་མོང་འགྲོ་བའི་སྣང་ངོར་དགྲ་འདུལ་གཉེན་སྐྱོང་གི་འཕྲིན་ལས་གཙོ་བོར་འཛིན་པའི་དཔའ་བོ་ཆེན་པོའི་སྣང་བརྙན་ཞིག་བསྐྲུན་ཡོད་པ་རེད། གེ་སར་རྒྱལ་པོའི་འཁྲུངས་ཡུལ་ནི་དེང་དུས་ལྟར་ན་སི་ཁྲོན་ཞིང་ཆེན་དཀར་མཛེས་བོད་རིགས་རང་སྐྱོང་ཁུལ་སྡེ་དགེ་རྫོང་ཨ་ཕྱུག་རྩ་

ཐང་གི་ཚ་ཚ་དགོན་པའི་ཉེ་འགྲམ་ཡིན། ཁམས་གསུམ་དབང་དུ་བསྡུས། སྲིད་གསུམ་ཟིལ་གྱིས་གནོན་པའི་དཔའ་བོ་ཆེན་པོའི་སྒྲུང་ཡིག་འདི་ནི་མདོ་དབུས་ཁམས་གསུམ་གྱི་རྣན་གཞོན་ཕོ་མོ་དབྱེ་བ་མེད་པར་ཚང་མས་དགའ་ཞེན་ཆེ་སྐབས། ཡིག་ངོ་མི་ཟིན་པའི་ཞིང་འབྲོག་མང་ཚོགས་ཀྱི་ཁྲོད་དུའང་ཆེས་ཆེར་དར་ཡོད།

《གླུ་གུ་གོ་རྫོང་》གི་སྒྲུང་ཡིག་འདི་ནི་མ་དཔེ་རྙིང་པ་ཡིན་པར་མ་ཟད། ནང་དུ་མདོ་ཁམས་ཧྲེ་ཧོར་ཁམས་པའི་ཡུལ་སྐད་མང་པོ་ཞིག་བསྲེས་ནས་བྲིས་ཡོད་པ་ལ་བརྟགས་ན་དེང་དུས་དཀར་མཛེས་ས་ཁུལ་གྱི་ཁ་རྒྱུན་མང་པོ་ཞིག་ཀྱང་འདིའི་ནང་དུ་བསྡུས་ཡོད་པ་གོར་མ་ཆགས།

སྒྲུང་ཡིག་འདིའི་ནང་དུ་གཙོ་བོ་གླུ་གུ་ཐོག་རྐོད་རྒྱལ་པོས་ལྷ་སའི་རྟེན་གཙོ་བོ་ཇོ་ཤཱཀྱ་རྣམ་གསུམ་ཧམ་འཕྲོག་བྱེད་འདོད་ཡོད་པའི་སྐོར་དང་། བོད་ཀྱི་རྒྱལ་པོས་དེ་ལ་སྲུང་སྐྱོབ་བྱེད་མ་ཐུབ་པར་ཕམ་ཉེན་བྱུང་བའི་སྐབས་སུ། མ་ནེ་ནེ་གནམ་སྨན་དཀར་མོས་ལུང་བསྟན་པ་ལྟར། བོད་ཀྱི་རྒྱལ་པོ་གནམ་ཐིག་ར་མ་སྲས་ཀྱིས་གླིང་གེ་སར་རྒྱལ་པོ་ལ་དམག་རོགས་གཏོང་བའི་རེ་འདུན་ཞུ་བའི་མདའ་ཡིག་བཏང་པ་དེ། སྐད་ཅིག་ཉིད་ལ་ལྷ་གླིང་གེ་སར་རྒྱལ་པོའི་ཕོ་བྲང་གི་སྐར་ཁྱུང་བརྒྱུད་ནས་རྒྱལ་པོའི་གཟིམ་ཁང་ནང་དུ་བབས་ཤིང་། གླུ་གུ་ཐོག་རྐོད་རྒྱལ་པོས་རྟེན་གཙོ་ཇོ་ཤཱཀྱ་རྣམ་གསུམ་འཕྲོག་པའི་ཉེན་ཁ་ཡོད་པ་དང་། བོད་ཡུལ་དབུས་ཀྱི་སེམས་ཅན་ཐམས་ཅད་སྡུག་བསྔལ་གྱི་རྒྱ་མཚོའི་ནང་དུ་ལྷུང་ཡོད་པའི་གསུང་འཕྲིན་འབྱོར་བས། གླིང་རྗེ་གེ་སར་རྒྱལ་པོས་མགྱོགས་མྱུར་དང་དཔའ་རྟུལ་སུམ་ཅུ་གླིང་སྐར་དུ་བསྡུས་ཏེ། གླུ་གུ་ཐོག་རྐོད་རྒྱལ་པོ་འདུལ་བའི་ཆེད་དུ་བོད་ཡུལ་དབུས་སུ་དམག་བསྐྱོད་པའི་བཀའ་ཕབ། དམག་སྤྱིའི་འགོ་འཛིན་ལྷ་སྲས་དགྲ་ལྷ་རྩེ་རྒྱལ་བསྐོས་ཤིང་། མཆན་ཁེབ་དཔུང་རོགས་ལ་ཤན་འདན་རྣམ་གཉིས་བསྐོ་བཞག་གནང་། ཧོར་ཤན་པ་དཀྱུང་ལོ་མགོ་ཞིང་མདོན་ཤེས་མངའ་བས་ཐབས་འདིའི་དམག་འཁྲུག་གི་ཉེན་ཁ་བསམས་སྟེ། ཇོ་

ཤྲཱུ་རྣམ་གསུམ་དང་བོད་འབངས་བདེ་སྐྱིད་སྦྱུང་བའི་ཆེད་དུ་སེམས་ཐག་ཐད་བཅད་ཀྱིས་དམག་དཔུང་གི་འགོ་གཙོར་ཕེབས་ཤིང་། མཐར་དམག་དཔོན་ཆེན་པོ་ཤན་པས་དམག་འཐབ་བྱས་ནས་གཡུལ་སར་གཤེགས། གླུ་གུ་གོ་རྫོང་ཕམ་པར་བྱས་ཏེ་ཇོ་ཤྲཱུ་རྣམ་གསུམ་སྲུང་སྐྱོབ་བྱས་པ་དང་། གླུ་གུ་གོ་རྫོང་ཕབ་པའི་སྐོར་ཡོད། གཞན་སྒྲུང་ཡིག་འདིའི་ཁྱད་ཆོས་གཞན་ཞིག་ནི་གླུ་གླིང་དམག་འཁྲུག་གི་ནང་དུ་དམག་ས་ནས་གནམ་ལ་འཕུར་བའི་ཤིང་བྱ་གོ་བོ་ཟེར་བའི་འཕྲུལ་ཆས་དང་། ས་ལ་རྒྱུག་པའི་དུ་བ་སྣ་དྲིལ་ཟེར་བའི་འཕྲུལ་ཆས་ཀྱི་མིང་མང་པོ་སྒྱུད་ཡོད་པ་དེ་རེད།

གཉིས། སྒྲུང་ཡིག་ལག་བྲིས་མ་འདིའི་ཁྱད་ཆོས།

སྒྲུང་ཡིག་འདིའི་ནང་ཧྲི་ཧོར་ཁམས་པའི་ཡུལ་སྐད་མང་པོ་ཞིག་ཡོད་པ་ལས་གཙོ་བོ་དཀར་མཛེས་དང་སྡེ་དགེ། ཉག་རོང་། བྲག་འགོ། རྟའུ་སོགས་ཀྱི་ས་ཆ་དང་བོད་ཁྱུལ་འཁྲོག་པའི་ས་ཁུལ་གྱི་སྐད་ལ་བརྟེན་ནས་བྲིས་སྣམ།

《གླུ་གུ་གོ་རྫོང་》སྟོད་སྨད་བར་གསུམ་ཅན་འདི་ནི་ལོ་བོའི་ཨ་ཕ་བཀྲ་འབྲུག་ལགས་ཀྱིས་དུས་རབས་ཉི་ཤུའི་ལོ་རབས་ལྔ་བཅུ་པའི་ནང་དུ་ཟ་དཀྲུལ་དང་། འབྲི་གཡག་སོགས་བཏང་ནས་གེ་སར་སྒྲུང་ཡིག་འཚོལ་བསྡུ་བྱས་པའི་གྲས་གཅིག་ཡིན། ལོང་གིས་བོད་ཡིག་བསླབས་མ་མྱོང་བས། རྟག་པར་ཁྲིམ་མཆེས་རྣམས་དང་ལྷན་དུ་བོད་ཡིག་ཤེས་པ་དང་སྐད་ངག་བཟང་བའི་མི་འགའ་གདན་དྲངས་ཏེ་གླིང་སྒྲུང་རྣམས་འདོན་དུ་བཙུག་ནས་ཉན་བཞིན་པ་ལོ་བོས་དྲན་གྱིན་འདུག

གསུམ། ཡིག་གཟུགས་བཟང་ནས་བཤད་ན།

ལེའུ་དང་པོ་དང་གཉིས་པ་ནི་དབུ་ཅན་གྱིས་བྲིས་ཡོད་པ་དང་། ལེའུ་གསུམ་པ་ནི་དབུ་མེད་ཀྱིས་བྲིས་པ་རེད། བོད་ཡིག་ཡིག་གཟུགས་ལ་ཞིབ་འཇུག་བྱེད་མཁན་དང་དེ་ལ་དགའ་མོས་ཡོད་པའི་མི་ལ་མཚོན་ན་དཔྱད་གཞིའི་རིན་ཐང་ལྡན།

བཞི། མི་སྣ་ཞིབ་འབྲི་དང་སྐད་ཆ་བཤད་སྟངས།

དཔེར་ན། གོམ་སྟབས་མེད་པའི་ཧ་ཆན་དེ། མི་མགྲོགས་ཀྱང་མདུན་དུ་བསྐྱོད་ཐུབ་པ། སྙིང་སྟོབས་མེད་པའི་སྟར་མ། དགྲ་བོར་ཐུག་དུས་དཔའ་ཞུམ་ཞེས་པ་དང་། ཡང་དཔེར་ན། སྟག་གིས་སྒོ་ཁྱི་ཟ་ཟོད་པ་མ་ཟད། ད་དུང་ཁྱི་གསོ་མཁན་ཡང་ཟ་ཟོད། མི་སྣ་ཐད་ཆན་པ་ཧ་ཆན་ལ་དཔེར་བྱས་ནས་བྲིས་པས། ངག་གདངས་ལྷིང་དུ་བཏང་ནས་ཟུར་ཟའི་ཉམས་པ་ལྡན།

ལྔ། ཞིབ་བསྡུར་དཔྱེ་ཞིབ།

དཀར་མཛེས་ནས་རྙེད་པའི་《གླུ་གུ་གོ་རྫོང་》གི་དཔེ་དེབ་ལག་བྲིས་མ་དེ་ཡང་གེ་སར་རྒྱལ་པོའི་སྒྲུང་དཔེ་གཞན་དག་དང་འདྲ་བར་གཙོ་བོ་གེ་སར་རྒྱལ་པོའི་དཔའ་བོའི་མཛད་རྗེས་བྲིས་ཡོད་ལ། གེ་སར་རྒྱལ་པོས་བྱང་ཕྱོགས་གླུ་གུའི་ས་ཁོངས་ཀྱི་འདྲེ་སྲིན་དམ་ལ་བཏགས་ཤིང་མཚོན་ཆ་དང་གཏེར་ཁ་ཡང་མང་པོ་བླངས་པ་མ་ཟད། ལྷ་སའི་ཇོ་བོ་སྲུང་སྐྱོབ་བྱས་སྟབས་བྱང་ཕྱོགས་གླུ་གུ་ཐོག་རྫོང་རྒྱལ་པོས་འཕྲོག་བཅོམ་མ་ཐུབ་པའི་སྐོར་བྲིས་ཡོད། འོན་ཀྱང་ཀན་སུའུ་མི་རིགས་དཔེ་སྐྲུན་ཁང་གིས་པར་དུ་བསྐྲུན་པའི་《གླུ་གུ་གོ་རྫོང་》དང་དཀར་མཛེས་ནས་རྙེད་པའི་《གླུ་གུ་

གོ་རྫོང་》གཉིས་ལ་མི་འདྲ་བའི་ཁྱད་ཆོས་ཡོད་དེ། དཔེར་ན་སྒྲུང་གཏམ་གྱི་འགོར་གླེང་བའི་བསྟོད་ཚིག་ལ་ལྟ་བུ་སྟེ། ཀན་སུའུ་མི་རིགས་དཔེ་སྐྲུན་ཁང་གིས་པར་དུ་བསྐྲུན་པའི་《གྲུ་གུ་གོ་རྫོང་》གི་དཔེ་ཚའི་ནང་དུ་སྨུག་པོ་དཔོན་ཚང་གི་བུ་རྒྱུད། །ཆོས་སྐྱོང་ནག་པོའི་རྒྱུད་པ། །དམ་པའི་ཆོས་དར་བར་མཛད་པའི་བུ་ཚ། །ཡབ་ཆེན་སེང་གླིང་གི་སྲས། །འགོ་གསར་གླིང་གི་བུ་སྐལ། །རྡོ་རྗེ་འཆང་གི་རྣམ་སྤྲུལ། །སྐྱུ་ཐུང་མི་འགྱུར་སྤྱན་རས་གཟིགས། །གསུང་མི་འགྱུར་འཇམ་པའི་དབྱངས། །ཐུགས་སེམས་མི་འགྱུར་ཕྱག་ན་རྡོ་རྗེ། །སྐྱུ་ལོའི་སློབ་བུ། །གླིང་ཚོ་བ་དྲུག་གི་འགོ་དཔོན། །དཔའ་བོ་བརྒྱད་བཅུའི་འགོ་བདག །སངས་རྒྱས་སྟོང་གི་མགོན་ལྷ། །ཐུགས་རྗེ་ཆེན་པོའི་སྙིང་པོ། །བདུད་བཞི་བཏུལ་བའི་དཔའ་བོ། །སེར་པོ་ཧོར་གྱི་གཉའ་ཤིང་། །རྒྱ་བོད་གཉིས་ཀྱི་ཚོང་བདག །གདོན་འདྲེ་རྣམས་ཀྱི་མགོ་གནོན། ཞེས་བྲིས་འདུག་ལ། དཀར་མཛེས་ནས་སྐྱེད་པའི་《གྲུ་གུ་གོ་རྫོང་》ལག་བྲིས་མའི་ནང་དུ། ས་བཅུ་ཐོབ་པའི་བྱང་ཆུབ་སེམས་དཔའ། །མགོ་ནག་མི་ཡི་སྐྱབས་མགོན། །གནམ་ས་འདེགས་པའི་ཀ་བ། །རྒྱ་བོད་གཉིས་ཀྱི་ནོར་བདག །སྟོང་ཆེན་པོའི་འཇིག་རྟེན་ཁམས་ཀྱི་ཚོང་བདག །གངས་ལྗོངས་བསྟན་པའི་བདག་པོ། །ནག་པོ་བདུད་ཀྱི་མགོ་གནོན། །སེར་པོ་ཧོར་གྱི་གཉའ་ཤིང་། །

འཕྲུལ་རྩལ་རྫོགས་པའི་སྟག་ཤར། ཞེས་བྲིས་པས། ཕན་ཚུན་བསྡུར་ན་དཔེ་དེབ་གཉིས་ནང་གི་བསྟོད་ཚིག་ལའང་ཁྱད་པར་ཆེན་པོ་ཡོད་པ་མ་ཟད། ནང་དོན་གྱི་ཆ་ནས་ཀྱང་ཀན་སུའུ་མི་རིགས་དཔེ་སྐྲུན་ཁང་གིས་པར་དུ་བསྐྲུན་པའི་《གྲུ་གུ་གོ་རྫོང་》ནང་ཐོག་རྒོད་རྒྱལ་པོས་ཧེ་ལྷར་སྲིད་དབང་བཟུང་བ་དང་། ལྷ་མོ་མེ་བཟའ་མོ་གྲུ་གུ་རྩ་མེད་དུ་གཏོང་བའི་ཆེད་དུ་ལྷ་ཡུལ་ནས་རྡོ་རྗེ་མཁའ་འགྲོ་བྱང་ཕྱོགས་སྲིན་པོའི་ཡུལ་དུ་མངགས་ནས་ཐོག་རྒོད་རྒྱལ་པོའི་བཙུན་མོ་བྱས་པའི་བརྒྱུད་རིམ་དང་། གྲུ་གུའི་དམག་བོད་ཡུལ་དུ་དྲངས་པའི་ཚུལ། གངས་ལྗོངས་ཇོ་ཤཱཀ་རྣམ་གསུམ་འཕྲོག་པའི་ཚུལ་སོགས་ལེའུ་དང་པོའི་ནང་དུ་མཐོང་ཐུབ། དཀར་མཛེས་ནས་སྐྱེད་པའི་《གྲུ་གུ་གོ་རྫོང་》ལག་བྲིས་མའི་ནང་དུ་གེ་སར་རྒྱལ་པོ་ནི་དམྱལ་ཁམས་སེམས་ཅན་གྱི་དགེ་བསགས་ཡིན་པ་སྟེ། འདས་པོ་འབུམ་ཕྲག་མང་པོ

དག་ཞིང་དུ་དྲངས་ལ། བདེ་སྐྱིད་ཕོ་བྲང་དུ་འདས་བསྒོ་བྱེད་དུས། སྟོད་ཕྱོགས་རྒྱ་གར་དང་ཉེ་བའི་ས་ན་ཐོག་རྒོད་རྒྱལ་པོ་ཞེས་འབོད་པའི་བདུད་རྒྱལ་ཞིག་ཡོད་ལ། ཁོས་དབང་དུ་བསྒྱུར་བའི་རྒྱལ་ཁམས་དེར་སྟོབས་འབྱོར་ལྡན་ཞིང་དམག་རྩལ་པོ་ཆེ་དང་དཔོན་འཛིན་ཐང་ཅན་འབུམ་ཕྲག་མང་པོ་བསྟུས་ཏེ་དབུས་ལྷ་སའི་ཇོ་བོ་འཕྲོག་པའི་བཀའ་བསྒྲགས་ཏེ། བོད་ཁུལ་དུ་བཙན་འཛུལ་བྱས་པའི་བརྒྱུད་རིམ་ཡོངས་དང་། བོད་བཙན་པོའི་མངའ་ཁོངས་སུ་གཏོགས་པའི་འབངས་མི་དང་དགོན་ཆེན་སེ་འབྲས་དགའ་གསུམ་གྱི་གྲྭ་མང་ཡང་འཐབ་འཁྲུག་ཏུ་ཞུགས་པའི་བརྒྱུད་རིམ་བགོད་ཡོད་པ་སྟེ། ཐོག་རྒོད་རྒྱལ་པོའི་འཐབ་དམག་གིས་ཇོ་བོ་འཕྲོག་པའི་དམག་འཁྲུག་ལ་རྒྱལ་ཁ་ཐོབ་ཉེ་བས། བོད་བཙན་པོའི་ཡིད་སེམས་རབ་ཏུ་ཕམ་ནས་འགོག་ཐབས་ལ་བསམ་བློ་གཏོང་དུས། མ་ནེ་ནེ་གནམ་སྨན་དཀར་མོས་ལུང་བསྟན་འདི་ལྟར་བསྩལ་བ་རེད། གལ་ཏེ་གླིང་གེ་སར་རྒྱལ་པོར་དམག་དཔུང་གཏོང་རོགས་ཞེས་ཞུས་ན་ཇོ་བོ་བཙན་འཕྲོག་བྱེད་མི་ཐུབ་ལ། གྲུ་གུ་ལས་ཀྱང་རྒྱལ་བར་གསུངས། དེ་དང་མཉམ་དུ་ལྷ་མདའ་ཞིག་ཀྱང་གནང་། ལྷ་མདའ་དེས་མི་ལྟར་སྐད་ཆ་བཤད་ཤེས་པ་དང་། ཐང་དཀར་ལྟར་འཕུར་རྩལ་ལྡན། ནམ་མཁའ་ནས་སྤྲིན་ཕུང་དཀར་པོ་ཞིག་རྒྱལ་པོའི་ཕོ་བྲང་གི་ཡང་སྟེང་དུ་བབས་ཏེ། ལྷ་མདའ་ཡིས་བོད་ཀྱི་རྒྱལ་པོའི་བཀའ་གསུང་གལ་ཆེན་དེ་ཁྱེར་ནས་ཉི་མ་ཤར་མ་ཐག་གློག་འཁྱུག་པ་ལྟར་གེ་སར་རྒྱལ་པོའི་གཟིམ་ཁང་ལ་སླེབས། གྲུ་དམག་གིས་བོད་ལྗོངས་དབང་གིས་བསྐོར་བ་དང་གེ་སར་རྒྱལ་པོའི་དཔུང་རོགས་མངགས་གཏོང་བྱེད་པའི་བརྒྱུད་རིམ་སོགས་ཞིབ་ཕྲས་བྲིས་ཡོད་པ་རེད།

དཀར་མཛེས་རྫོང་ནས་རྙེད་པའི《གྲུ་གུ་གོ་རྫོང་》ལག་བྲིས་མ་དཔེ་དེབ་ལས་ཤིང་བྱ་གོ་བོ་ནི་གྲུ་གུ་དམག་དཔོན་ཤེས་རབ་གྲགས་པ་དང་ཚན་རིག་པ་ཨ་མདོ་མགོན་པོ་གཉིས་ཀྱིས་གསར་གཏོད་བྱས་

པར་བཀོད་འདུག །གཞན་ཡང་ལེའུ་གཉིས་པ་ལས་གྱུ་གུ་དམག་དཔོན་ཨ་མགོན་བྱ་ནག་མིག་གཅིག་བཅས་མི་གྲངས་དགུ་དེ་བལ་པོས་ཁྲུལ་དང་ལྷ་སའི་ས་མཚམས་དེར་བྲག་ཕུག་བལ་པོ་སྐྱ་ལུང་ཞེར་བའི་ནང་དུ་གླིང་དམག་དང་བོད་དམག་ལ་གབ་གཡུལ་བྱེད་དུས། ཤིང་བྱ་ལ་བརྟེན་ནས་གྱུ་དམག་དེ་བལ་པོའི་སྐྱ་ལུང་ནས་ཕྱིར་ཐར་པའི་བྱ་རིམ་བྲིས་ཡོད།

ཀན་སུའུ་ཞིང་ཆེན་མི་རིགས་དཔེ་སྐྲུན་ཁང་གི་དཔེ་བསྐྲུན་པའི་《གྱུ་གུ་གོ་རྫོང་》ནང་བྲིས་པ་ནི་དམག་འཁྲུག་ལ་དགོས་པའི་མཚོན་ཆ་ཞེས་བཀོད་འདུག །དཔེ་ཆ་འདི་གཉིས་ཀྱི་ནང་དོན་དང་ཐ་སྙད་བཏགས་ཚུལ་ལའང་ཁྱད་པར་ཆེན་པོ་ཡོད། གཞན་ཡང་དཀར་མཛེས་རྫོང་ནས་རྙེད་པའི་《གྱུ་གུ་གོ་རྫོང་》ལག་བྲིས་མའི་ཡུལ་སྐད་དང་། བརྡ་དག་སོགས་ཀྱི་ཁྱད་ཆོས་མི་འདྲ་བ་ཡོད་པ་གོང་དུ་ཞུས་ཟིན་པ་ལྟར་རོ། །

གཞན་གསལ་བཤད་དགོས་རྒྱུ་ནི《གྱུ་གུ་གོ་རྫོང་》ལག་བྲིས་མ་འདི་སི་ཁྲོན་མི་རིགས་དཔེ་སྐྲུན་ཁང་གིས་བཀའ་སློབ་གནང་བ་ལྟར་བཤར་ཕབ་བྱས་པ་ལས་ཡི་གེ་ཐོག་ཏུ་ཞུ་དག་གཏང་མེད་པ་དང་ཤོག་ལྷེ་ཁ་ཤས་མི་གསལ་ཡང་དེ་བཞིན་བཞག་པ་ལས་གང་མོས་ཁ་སྐོང་བྱ་མེད་ལགས། །

ཞེས་སྨོན་བས་རྒྱལ་ནས།

༢༠༡༨ལོའི་ཟླ་༧པའི་ཚེས་༡༥་དར་མདོ་ནས་བྲིས།

ཀེ་སར་རྒྱལ་པོའི་སྒྲུང་[illegible]

༼ཁམས་སྐད་ལག་ཁྲིས་མ།༽

༄། །འཛམ་གླིང་གསེར་རྒྱལ་ཚོས་སྒྲ་ལུས་ག་རྫོངས་ཡབས་ལ་ནད་དུ་གཉིས་པ་རཆུས་སྤྱ་བཞག་ཁྲུ་གས་སོ། །

༄༅། །འདི་ལ་སྐྱ་གག་ཆེ་བས་ཡིན་བཅས་མ་ཐལ་གཟའ་ཟད་རྒྱུགས་པ་བཞིན་དུ་ཨ་རྐང་དེ་སྐྱེད་རྒྱུང་བསྡན་

མ་དུས་ཐུང་ནས་ཡལ་ལ་འཁོར་འདེད་ཉིན་དང་སྐྱུར་འདྲེ་དགུ། །ང་སྐྱུ་ཡིན་ཅེ་བོ་ཨོཾ་ཤིས་དུ་ཟེར་ནས་སྐྱུར་ལ་དེ་× ཨ་ཡར

ཞ་ཡར× ཀླུ་ཅ་ཡི་དམ་དཀོན་མཆོག་གསུམ། །གསོལ་བ་འདེབས་བསོ་ཕྱིན་གྱིས༔

མི་དཔུང་འབར་བས་གཞལ་ཡོལ་ནས། །དཔལ་དགྲ་ལྷས་སྐོར་རྣག་དམ་ར་པོ་མཆེན། །

དེ་རིས་མདའ་མས་གྲོགས་ལ་ཕེབས། །ས་འདེབས༔ མདོ་ལྷུང་རྣག་ཁང་ཀྲ་ཆོ་རིང་། །ང་འདུས༔

ཤ་སྐྱོང་རིན་དྭགས་མཁའ་ནང་ནས། །དཔལ་ངར་དཀར་མཁར་གྱིས་ནང་བཞུགས་ནས། །མདའ

༄༅། །ཁྲི་དཀར་རྒྱལ་ཡག་སྲིབ་པོ་ལ། །དཔལ་མི་འགྱུར་ཚེ་བཞང་མདན་གིས། །སྐྱིར་ཚམས་
ཡས་རྒྱལ་སྲིས་དང་པོ་ལ། །སློན་མ་དན་མས་སློན་རབ་དང་པོ་ཡིས། །ཀླུ་འདི་ཀླུ༔ སློན་མ་དོན་མོལ་ཐར་
ལ་དྲུག་འགྱུར་ཡིན། །ཤོ་རེད་ཨ་ཀང་སྐྱུ་རིས་ལོ། །ཀྲུང་ཆའ་ཅུ་པ་ཆིན་པོ་མ། །ཁྲིད་ཐུགས་དཀར་
དཔྱང་བ་ཞིས་ཁྲིད་པ་ལས། །ཕུ་མས་སྐྲོ་ཕྱིག་ཅི་འདྲ་ཡོད། །རྒྱལ་མཚོ་ཕྱི་གནས་ཀླུག་པ་ལ། །འགྱུར་
མའི་གསེར་སྒོག་ཅི་འདྲ་ཡོད། །གྲགས་དགྲ་ལྷའི་གྲུར་ལཔ་ཏུག་པ་ལ། །དཔལ་ཙལ་སྐྱིད་སྡོབས་ཅི་འདྲ་ཡོད།
ངམ་དམ་མོས་ཨ་ཡ་གཟུགས་པ་ལ། །སྡོ་མཚན་རབ་དྲི་ཅི་འདྲ་ཡོད། །མདའ་ནག་ཕྲན་ཐོད་ལ་སྡོད་པ་ལ། །

སྐྱང་བ་པོ་ཁྱབ་ལ་ཟི་འདྲ་ཡོད། །དཀྱོན་ཆེན་མདན་མ་བབས་མ་འགྲུག་གིས། །མཆོག་དཀར་བཞི་མོ་བྲུག་

རྔར་བསྒྲུགས། །བྲག་ནག་འདམ་ལ་འཐལ་ངེས་ཡིན། །ནག་ཕྲེད་མདའ་མོ་རྗེག་སྐར་འཕེན། །ཇོག་དམར་

ཁ་ལོག་རྒྱུར་ངེས་ཡིན། །ཁྱེད་ལེད་མེད་ཨ་ཀང་སྐྱ་རེས་དེ། །སྐྱིང་ཁྲུག་ཚང་ལ་འཕེན་ངེས་ཡིན། །

པོ་ན༔ མ་པོ༔ ཅེས་ཟེར་ནས་ལྷ་མདའ་དེ་ལེན་གཅིག་སྐྱས་པའི་ཨ་ཀང་གིས་སྐྱིད་ཁ་ལ་རྒྱལ་ནས་པོ་ཁྲབ་རྣམ་ལ་སོ

སོར་བཀོར་བ་མཚན་ལུས་ལ་ཕྱག་བར་དུ་ཕྱུག་ཐུང་དེ་ལུས་ལ་སྦྱོང་མ་ཐུབ། །ཡང་མདན་ཤག་མདའ་གཅིག་སྐྱས་ལས་ཨ་ཀང

ངེས་བྲང་ལ་རྒྱལ་ནས་པོ་ཁྲབ་སོག་རྒྱིས་ཤ་ཅེན་ནས་ལུས་ལ་ཁྲག་སྐྱང་གཡག་གིས་བྲོ་བྲ་ཚེ་ཞིག་ཐུང་། །ལུས་ལ་ལྷ་དབང་ཕྱག་

༄༅། །གཞིས་སྐྱབས་ནས་སྤྱོད་ཚེ་ཚོ་མ་རྒྱུང་། །ཡང་ཨ་ཀང་རིག་པ་མི་འདི་མ་དན་མ་ཟེར་བས་སྐོ་སྐྱབ་བ་འདི་ངོ་མ་འཚར་པོང་

ན་ང་རང་སྒོག་དང་བྲལ་དེས་རེད་བསམ་ནས་ཉི་མ་ཤར་ཕྱོགས་སྐྱ་ཡོར་སོང་། །དཔལ་ལྡན་གྱིས་ཟེར་བ་མ་དན་མས་གདོང་མ་ཁེན་

ན་ལྷ་འབུམ་བདུག་དེས་རེད་ཟེར་ནས་ཨ་ཀང་དེ་གར་འགྲོ་ལ་བརླག་ནས་བསྡོད། དེར་ཨ་ཀང་གིས་བསམ་པ་ལ་ལ་ཆེན་དེས་རྒྱལ་

པོ་ལ་ཁས་ལེན་ཞུས་ཁ་གླིང་སྐར་ལ་འཁོར་བས་དོན་ང་རང་འདི་འདྲ་རྩེད་ཞུས་འགྲོ་རྒྱུར་གཟའ་ཡོད། །ཀོ་ཚོད་དགས་གཅིག་བྱེད་དགོས་

བས་མ་ནས་ཚོག་འཕེན་པ་ལྷ་རང་དུ་གླིང་སྐར་དཀྱིལ་དུ་སླེབ་ལྡང་ངས། དེར་དཔལ་ལྡན་རྣམས་ཀྱིས་ཨ་ཀང་ཤོར་བྱུང་ཟེར་བས་ལྡུར་

ཡོག དེར་གླིང་གིས་རྒྱལ་དཔོན་པན་དོན་དམར་ལྷ་དང་ཕྲི་དཔོན་འབྲུམ་པ་ལ་མེད་གཉིས་གདོང་ལ་ཁ་ཙར་ནས་ལྷ་མ་དཔའ་གྲང་མང་

སྒོས་པོས་ཁོ་ཚོ་མ་ལེན་ནས་དམག་ཁྲི་ཁྲག་ཅན་ལ་ཉིས་རྒྱལ་ཚོ་སྲིད་ནས་དཔལ་ལྡན་རྒྱ་མས་ར་ལུག་དད་པ་ལྟར་དུ་སྐྱང་། དེར་
ཕྱིག་ཅན་ཕན་འབར་དེས་ཕེལ་ཀྱིས་ཧ་རེ་དེ་ཁྲུར་ནས་ཨ་ཀང་གདོང་ལ་བཙས་ནས་ལེན་གསུམ་གཡུག་པས་ཁྲབ་རྫོགས་ཚར་ཕར་དུ་
གདོར། དེ་རྗེས་ལ་མ་དན་མ་དཔལ་ལ་ལ་ཕན་པ་གསུམ་དཔུང་རོགས་བྱུང་བས། ཡང་ཀྱིས་དང་པོ་ལ་མདའ་མགས་མདའ་གཉིས་
སྒྲིས་པས་ཨ་ཀང་སྙིང་ལ་རྒྱ་ནས་གཟེར་ཆེན་བས་ཕྲིག་ཕྲིག་མདའ་ནས་ཐ་ཚིག་ནས་ལྕུག་མི་ལྕུག་བྱས་ནས། དར་དགོས་མེད་བསོ་
ནས་གྲུ་ལུས་སྐར་ལ་ཁ་གྱིས་སོང་། རྒྱ་དཔོན་དང་སྡོང་དཔོན་གཉིས་ལས་ལ་ལྷག་ནས་ཨ་ཀང་དེས་དགྲ་ཟོར་དེ་རྒྱ་དཔོན་ལ་ལེན་་
གཅིག་གཡུག་པས་ཐུག་པ་སྙིང་ལ་རྒྱ་ནས་ལུས་ཕྱེད་བ་བཀག་ནས་བྲིད། ཡང་སྡོང་དཔོན་ལ་གཅིག་གཡུག་པས་རྐྱེ་ལ་རྒྱ་ནས་

༧། འགོ་ལུས་བྲལ་རྒོ་སྤྱོད། གདོང་མ་དེ་གཉིས་སྐྱར་ནས་ཨ་ཀང་དེ་ཐང་ལོག་ལ་ཕྱིར་སོང་། དེར་གདང་དཀར་ལ་ཁ་ནས་དམ་ག་དཔོན་གཞན་མེད་རྣམས་ཀྱིས་ཨ་ཁ་ཙི་རེད་ཨ་ཀང་ད་རུང་ཕེབས་རྒྱུ་མེད་པ་བསམ་མ་ནས་དགོང་ཡོད་དུས། དེ་ནས་དེས་སློབས་ནས་ཚེར་བ་ལ་ཁོ་རེད་རྣམས་ཁྱེད་རྣམས་གྱིས་འགྲོ་བ་ཟི་ཡིན། དཔོན་ཚོག་ཚང་མ་དུར་ནས་སྒྲིང་སྐར་གཏོར་བས་ཁས་བླངས་བྱུས། དགུ་ཕ་བར་བསྐྱུར་མ་ཆ་ཆད་པས། ཐུས་པས་ཀྱི་བ་རྣགས་བཞེད་ལ། དེ་ལྟར་བྱས་ན་དཔོན་ཚོག་ཚང་ཀྱིས་སྐྱ་ཚོས་སྤུ་ཡིས་མཚོར། ཤུ་རྡུག་ཆོད་ཀྱིས་ཕ་ལེན་ཟི་འདྲུག་ལེའོ། ཁྱེད་རྣམས་དེ་འདྲ་དོག་ཟེ་མེད་རྗེར། རལ་གྲི་འགོ་ལ་···འཕྱུར་འདུག ཞེས་རྒྱལ་བློན་རྣམས་སྤྲུ་ལུས་སྐར་ལ་ཆོས་སོང་། བློན་བཞན་མ་རྣམས་ཀྱིས་ཚིབས་ཀ་ལེན། དེ་ནས་ཁོ་རྣམས་འགོ་ལེག་མང་པོ་ཕྱུར་ཡོད་པ་རྣམས་ཚོག་ཚང་རྒྱལ་པོས་དྲུག་ལ་བཅག་ནས། དེ་ཨ་ཀང་དེས་ཁོ་རང་རྣམས་ཀྱིས་ལོ་རྒྱུས་རྣམས་ལྷ་བས་སྐྱ༔ ཨ་ལ༔ ཐ་ལ༔ གནམ་ཟླིས་བར་ཆིས།···

ས་ཐིམ་མཆོད། །ས་འདིམ༔ གཡུ་སྨས་ན་ཐང༔ ང་འདྲིས༔ ཕྱང་གིས་ཨ་ཀང་སྐྱ་རིས་རེད། །དེ་ནས་ཐོག་ཆོད་རྒྱལ་པོ་ལག །
ལུ་བས་སྒྲུ་ལ་ཨོ་འདུ་ཡོད། །ང་རང་དམག་དཔོན་མི་ལྷ་དེ། སྒྲིང་སྐར་ཁྲ་མོ་དཔྱང་གིས་བཀག་གས། །ཤར་སྐར་ལྡོ་སྐར་ནུབ་སྐར་གསུམ།།
ཕྱང་སྐར་དེ་དང་དགྲིས་སྐར་ལྷ། །དམ་རབ་སྲིད་ཁྲབ་གིས་ཆར་པ་ཕབས། །སྤུ་འབྲིན······དམག་དཔོན་ཁྲག་ལ་སྐྲིས། །དཔལ་པོ་
མང་པོས་མགོ་སྐྲི་བྲག །འབྲུག་རྫེ་རིན་ཆེན་ཞལ་དཀར་དེ། ཚེ་དབང་ཐང་སྐྱག་པ་མ་ཡོད་པས། །དམར་ཤི་རྫོང་དཔོན་པོ་ལྷ་ལྷུ་དེས།།
དམར་བསྲིད་ཁྲུལ་ནས་གདང་མ་ཤོར། །ཤོར་ཐང་འགྲོ་དཔལ་སྟེ་ལ་ཤན། །ང་རིང་དཔའ་བོ་མི་ལྷ་དེ། །དང་པོ་འཛང་གིས་སྐར་ལ······
རྒྱུགས། །འཛང་སྐར་དཀྱུག་པོ་ཁྲག་ལ་སྐྲིག །བེ་ཐུབ་གཉིས་ཀྱིས་བཞང་མ་གྲགས། །དེ་ནས་སླིང་སྐར་འགྲོ་ལ་སླེབ། །སྲོ་ཤོག་

༄། །ཉི་རྫོང་དར་ཁྲི་བཟང་། །དེ་ཕྱག་བདུད་མ་ཤོར་བགས་ན། །ལ་རྒྱལ་འཁྱོད་པ་ཕྱིད་རྒྱུ་མེད། །དེ་ཡིན་སྤྱོན་པོ་ང་རང་རྫོགས། །

སླིང་དཀར་དཔལ་ལ་ཐུབ་དར་མ་ལ། །ཚལ་འགྲོན་མ་བཞུགས་བསམ་པ་མེད། །མ་ཐུབ་དཔལ་ལ་བོ་ཡ་མེད་དོ། །མདའ་མ་ཤར་པ་གཡུ་

ལྷ་གསུང་། །དཔལ་ལྷ་དགྲ་ལྷ་དཔོན་སློན་ལྷ། །མི་དེ་ལྷ་བདུད་མ་མཚད་ལག །དེ་རྒྱན་རྒྱལ་སློན་གང་ཡོད་ལ། །ལྷ་གལ་ལྷ་གས་མ་

སྐོད་བསམ་པ་མེད། །ཕྱིད་རྒྱལ་པའི་ཕྱུགས་ལ་དེ་འདྲ་ཞིག ། གོན་རྟ་བས་གཅིག་ལ་ཞེག མ་གོ་བླུ་ལ་འབྲན་པ་མེད། །

བཙས་སྤྲངས་པ་དང་། དཔོན་ཐོག་རྒྱུད་དེའི་ངོ་ནག་ལྐོག་ལྐོག་འདུག་ནས། ཨ་ཀ་འབྲུག་རྡོ་རིན་ཆེན་ཞག་དཀར་དེ་དབང་ཐང་རྫོགས་པ་དེ་མ་བཟངས། ཕྱིད་

རྣམས་ཀྱིས་དབང་སྒྲིང་སྐར་གཏེར་ཡང་ཟེར་ནས་ཁས་ལེན། དཔུམ་བཙར་ནས་སྒྲིང་གིས་རྒྱལ་སློན་ཆེད་ལྷ་བདུད་མ་མི་ཚད་ནས་ད་ཉུང་དགྲ་ལྷག་ཡས་ལོ་རྒྱལ་ཆེན་པོ…

གཤེགས་པ་ཙཱི་མོ་ཡེན་ཟེར་ནས། སྡུག་འཕྲུག་ལས་ངང་ལ་བསྒྲགས་འདུག དེ་ཨ་ཀང་རྒྱ་ཉིས་དེས་ཀོ་རང་རྩོམ་ཀྱིས་གདོང་མ་ཆང་ཡལ་ལས་མགོ་ལ་གསལ་ཐོས།

ཡར་བཞག་བཙས་བྱུས་ནས་ཨ་ཀང་ལོ་སྤགས་ལ་འཕོག་ནས་ཆེ་ཆེ་ཟེར་བ། གཡའ་ལོ་ཟེད་ཕྱོག་རྫོང་དཔོན། ཁྱེད་ཉམ་བས་དཔོན་པོ་གིས་དེ་རང་རྟུལ་ཚིགས་དབ

མི་བ་ཡེད། དེ་རང་རྟུས་ཀྱིས་བསམ་པ་ཁྱེད་ལ་རྫོང་ནས། དགྲ་གླིང་དཀར་འཕྲུག་པ་ཕྱེད། ཉམ་བཙར་ན་སྐྱིར་གླིང་དཀར་ཁ་རྒྱལ་ཚེན། དགོས་དགྲ་ལྷ་དབང་།

ཐོང་མཐོར། མ་ཚད་གླིང་དཔལ་ལ་སྐབ་པ་མེད་རྟུལ་ལ་ལེན་ཡ་མི་ཟེར། ལ་ཆེན་དཔོན་ཁྱེད་ཀྱིས་དོན་ལ་བསམ་ནས་གླིང་དཔལ་སྐབ་ལ་འདི་མ་བྱུས་བསམ་པར

རང་ལ་མེད་ཁྱེད་རྒྱལ་པོས་གཟིག་ནས་ཞྭ་ལས་ཉེན་དང་བ་ཡེད་རྒྱུར་ཡོད་ཟེར་ནས་གླུ༔ ཨ་ལ༔ ཐ་ལ༔ རྗེ་བཙུན་ལྷ་ཡིས་ལོ༔ གནམ་ལྷ་དབང་༔

དཔལ་དང་དཔུང་༔ ང་འདྲ༔ ཁྱང་གིས་ཨ་ཀང་རྒྱ་ཉིས་ཡིན། །དེ་ནས་ཉེན་དང་རྒྱལ་པོ་ཁྱེད། །ཁ་ཤེད་ཡས་ཐམས་ལ་འདི་འདྲ

༄༅། །ཡོད། །སྔོན་མ་བསྐལ་བསྐྱིང་འཁྲུག་པའི་དུས། །གདངས་ལ་ཡར་ཕོར་རྩུར་ཕོར་རེད། །ཕོར་རྐྱང་ཞི་བ་མི་ཟུལ་སྐྲོ། །དེ་རིས་གདང་
མ་འདི་རྣམས་འཕྲུལ། །འཇང་སྐར་རྐྱུག་ལས་སྐར་ནང་ནས། །ཀྲི་སྔོན་ཅན་ལ་སྐྱུ་རྒྱལ་སྦྲེད། །ཟུར་ཕིག་སྐར་ནས་བཞི་རྒྱལ་གྲེད། །
སྐྱོན་པོ་ག་ཉིག་ཏིལ་ཀ་བདུག་བྲག །འཇང་དེ་ཡིལ་གདང་མ་ཨི་འདྲ་རེད། །དེ་ནས་ཕར་སེམས་སྐར་ནང་ནས། །ཀྲི་སོམ་ཅན་ལ་
དགུ་རྒྱལ་བསྒྲེད། །འབྲུག་ཕོ་ཚོང་འདྲ་བའི་སྐྱོན་པོ་གཉིས། །དམར་ཀེད་སྒྲོན་རྡོག་ཐུས་ལེ་ཡིན། །ཕོར་དེ་ཐུམ་གདང་མ་ཨེ་འདྲེ་རེད། །
ཨ་ཐུག་རི་ཤིས་ཨན་ཆད་དང་། །སླིང་དཀར་ཁྲག་མཚོ་རླུན་ཆད་ལ། །འཕྲི་དཀར་མར་ཅན་དེ་དགུ་རྒྱལ་གྲེད། །ང་རང་ཨ་ཀང་སྐྱུ་རིས་
གིས། །རང་སྒྲོག་དམར་ཐང་འཕང་མེད་ཞེས། །རྒྱལ་པོ་ཀླིད་ལ་བབས་མ་ཡོ་གདང། །དགྲ་ལུས་གྲུར་ལ་ལེན་གསུམ་བཏུག །དགྲ་མ་

ཐུབ་མདུན་ས་ཏྲོ་ཏྲུས་མས། །ས་དཀར་ནག་འཕྲེན་ཏྲོན་རྗེས་གསུམ་ཚོ་འཕང་། །ཀྱི་ཕྲུག་དཀར་གཏེར་ལྕུག་ཨེ་འདྲ་རེད། །ཞང་སྐྱང་ཀུར་ལྕུག་འདི་འདྲ་རེད། །ཕྲ་དབང་ཕྱུག་སྐྱོ་བ་མ་མཐུང་ན། །ང་ཨ་ཀ་དགྲོག་དང་བྲལ་ལ་ཡོད། །ཤེ་བ་ཞབ་ཞིང་རང་ཤི་ཆོག་སྡེ་ན། །ཨི་ཡི་རྒྱལ་པོས་ཆོས་ལ་བསམས། །དམག་དཔོན་ཏྲག་ཆད་ཕྱུང་གདོང་ས་དེ། །གྲོང་ང་ཁང་ལ་མི་འགེ་ལག །མེད་པས་འཚོང་པ་ཅིང་དགོས་མེད། །དགྲ་ཕ་བས་ཕབ་སྲིད་ལེ་རེད། །ངས་གླིང་སྐར་བཀྲུག་པས་དོན་གོ་ལ། །དམག་མང་ཉེས་རྒྱུ་དམར་སྲིད་སྐྱོང་། །ཁེད་ཆེན་དཔལ་ལ་བབས་དར་ཁྲི་ཕབ་ཙད། །ལྷག་ཀྱིས་དགྲ་ཟེར་གཡུག་ལམ་ལ། །རྒྱལ་དཔོན་དེ་དང་སྡོང་དཔོན་གཉིས། །ལུས་བཟང་དྲུག་གཏང་མ་ཨེ་འདྲ་རེད། །ལུས་ཀྱིས་རྒྱལ་པོ་ཐོག་ཆད་དཔོན། །རྩུ་ཆེན་ཙ་ལྷུང་ཆད་ལ་ནས། །ཞ་ཀྲི་ཤོག་ཆད་དགོས་མ་ཟེར་ལུས། །རྒྱ་མཚོ་རྫིང་ནས

༄༅། །མ་འབྲུག་ནས། །ཁ་སྐོམ་ནས་ཤི་བ་ཀ་མོ་རེད། །རྒྱལ་པོ་འདོད་ཕོག་ཆེ་བས་ན། །གླིང་ཉིན་གཅིག་ཐུབ་དགོས་མ་བྲེད་ལུས།།
དཔལ་ཚིལ་སྒྲིང་རྡོ་བས་བྲེ་ལ་འབི། །གླིང་ཉིན་གཅིག་ཐུབ་ལེ་ཀ་མོ་རེད། །དེ་རིས་གཞང་མ་བཅད་ལུག་དེ། །ཧྲག་སྒྲོད་པ་ལེན་འོང་ས་
ཡོད། །རྒྱལ་པོས་ཐུགས་སེམས་བདེ་ས་ཡོད། །པོ་ན༔ མ་པོ༔ དེར་ཚོགས་ཆད་དེས་ལ་ཆེན་ཨ་ཀང་སྐྱུངས་བ་དེ་བདེན་འདུག ཕྱང་ནོམ་ས་ལ་ཐུགས་
ཀྱི ཁག་མེད། གླིང་གིས་སྣང་སྣར་དེ་ཙི་ཤུས་ཁང་ཐབ་ཀ་འདུག་སྟེར། ཉི་མ་དེ་སྟོན་པན་ཆད་ལ་བློན་མང་པོ་དེ་གཙོར་པོ་ར༔ གཙོར་ཆེ་བ་ཨ་མགོན་དང་བཙན་ནད་
བདུད་བཙན་ཕོགས་རྒྱེར་ན་བཟང་དཀན་མོ་རྒྱུར་མེད། དགོས་ན་རང་ཡུལ་ལ་མི་སླེབས་པར་ཐུག་བརྟུལ་ཆེན་འདུག ང་དེ་སྟོན་ལྕུར་ཆད་ད་པན་ཆད་ལ་བློན་ནོམ་ས་ལ་དར
མ་ཐུས་པ། ངརས་དཔལ་དར་གཞིག་སྟོད་ཡོད་ཟེར་ནས་བློན་ཆེན་ནོམ་ས་ལ་ཁ་ཆང་དང་བཟས་སོག་ཙི་རྒྱུམ་ཀྱིས་སྤྱི་འགྲོན་ཤུས། དེ་ནས་ཧྲག་ལྕག་ཁོས་འགོ་འཁྲོན་

ལས་དགུ་མཚན་རེ་རེ་དང་སྤེར་སྤྱོང་ལྔ་རེ་བཅས་དཔལ་དར་ཆེན་པོ་སྒྲུང་། །དེ་ནས་དགྲ་འདི་བལ་དམག་དཔོན་བཞིན་ལ་དགོས་སྤྱི་ལྔ་ཕོ་གསུམ་རེ་དང་སྤྲེ་འཕྲུལ་
མོ་གསུམ་རེ་དང་དགུ་ཚེར་རེ་དང་མཚོད་དར་གཉིས་རེད་སྒྲུང་ནས་འདུལ་བྲལ་ལ་བཞུགས།། དེ་ནས་སྒྲིང་དཀར་དམུག་པོས་མདོག་གཞིར་ནས་རྒྱལ་སྟོན་རྣམས་
སྟོན་བྲུ་ལུས་དམག་སྐར་ཆག་གཉིས་གདང་བལ་སྤྲུགས་བརྒྱལ་ཅེད་མ་ཚད་བ་ཐུབ་མ་དཔོན་ཀེ་ཐུག་རྒྱལ་དཔོན་དང་སྟོང་དཔོན་སོག་ཕོར་སོང་བལ། །གླིང་རྒྱལ
བློན་རྣམས་ཀྱིས་འཁོད་པ་ཡིས། དེ་རིས་གིས་ཉ་བ་ཨ་ཁ་མི་ལྔ་བོ་དེ་གླིང་ཁྲི་དམག་མང་པོའི་གདོང་མི་ལེན་པ་ཞིག་འདུ་རེད་ཟེར་སྣུགས་བསྐུག་ལས་རྩལ་དུ…
བཀུག་ལ། དེར་བདུད་ཅན་པཎ་འཁར་དེས་གཡང་སྒྲིང་གིས་རྒྱལ་ལེ་ལ་སོགས་པར། ངར་ང་ཐང་ཆེན་ཤིས་རྒྱལ་བློན་རྣམས་དམག་མང་པོ་མི་འགྲོ་ཉུང་དུ་འགྲོ།
ཁྲི་མཆོད་པོ་མཐན་པས་བློན་ཆེན་རྣམས། དེས་ད་རིས་མི་འདུག་འགྲོ་ན་དགའ། བློན་མ་དན་མས་ཕོག་ནས་དཔལ་ཐུབ་པ་རྒྱ། ངས་པ་ཐབ་འབབ་ཕོག་ནས་བེ…

ཨོཾ། །སྐྱབ་བསྐུ། འཛངས་གཡུལ་ལྷ་ཕྱོགས་ནས་པེར་སྐྱབ་བསྐུ། དཔལ་ལྷ་ཕྱོགས་ནས་དཔལ་ལ་པོ་བསྐུ། ཤ་དམ་རབ་ཞིབ་བསྐུ་ཐམས་པ་དེ། །
དཔལ་ལྷ་ལུས་སྐར་ལ་བཏུག་རྒྱུར་བྱེད། མི་འདུག་དཔྱར་འགྲོ་རྒྱུར་བྱེད། །ཇེར་ནས་ཕན་འབབས་བཀའ་ཐག་བཅད། དེ་ནས་མདུན་གྲལ་བྲིས་ནས་རང་རང་
གིས་སྐར་ནས་སྲུ་རྩར་བ་དཔའ་ཟ་རེ་ཁྲིད་ནས། ཁྲ་དཔུང་སེར་སྐྱ་ལུས་ཕྱོགས་ལ་འཕེབས་སོང་། སྐུ་ལུས་དམག་སྐར་གིས་སྐྱིད་དམག་འོང་ཐ་མཐོང་ནས་ཁུར་གྱི་ལེ་
ཤྲཱི སོང་། །ཕྱོགས་ཚང་གྱིས་གཡས་འཁོར་ཆེན་རྣམས་ཀྱིས། སྐྱིད་པས་དགེ་བོ་རྣམས་སྐྱེངས་བྱུང་། སྐུ་འདྲ་རེད་ངང་བ་ང་འདྲ་རེད། དཔལ་བོ་སྤྱོན་པོ་དུ་ཡོད་ཟེར་ང་།
གདང་མི་དགོས་དུས་ཐུ་སྡོངས་དུ་འཚོངས། འདི་མི་ཐུབ་སྤྱོད་ཐར་ག་ལ་ཡོད། ཚག་ཆེན་དུབས་མ་ཝད་རང་འགྲོ་ཇེར་ནས་བཀའ་བཞེབས། དེར་སློབ་
ཆེན་འཛོག་པཎྜི་ཏ་ཡིས་གོང་ལ་བུད་ནས་ཨ་ཀང་དེས་ཇེར་བ་གཡས་རྒྱལ་སློབ་ལ་སོགས་པ། འདི་སྐྱིད་ཇིས་སྐུ་ཡིས་མཁྱེན་ནོ། མི་དམར་རྩ་དམར་ཕན་

འབར་ཞེད། སྔོན་པོ་གཧྲངས་གིས་གཡུ་ལྷ་རེད། ཁྲ་བོ་ཚེ་ཞིང་མདངས་མ་རེད། དཀར་པོ་དཔལ་ལྷོ་ཡིད་ཧྲག་རེད། ཁྲ་བོ་ཚེ་ཞིང་མདངས་མ་དེ་དགྲ་འཚི
བདག་ཡིན་པས་ཐར་ལར་ཞེད། འདི་ཡི་རྣམ་རྒྱུད་ཀྱིས་ལྷ་སོ་ལ་དཔལ་ནད་ཀུང་དཔུང་པ་འདར་ལ་ཁོ། དགྲ་ཅོ་སྙོད་གིན་སྲིན་འགྲོ་མ་ཡིན། རི་འབྲོན་དམག
དཔོན་རྣམས་འགྲོ་ཟེར་ནས་ཨ་ཀར་སྐྱ་རིས་དེ་དམག་སྒར་མཐའ་ལ་བཀོད། དེ་ནས་དམག་དཔོན་སོ་སོར་དམག་སྒར་མཐའ་ལ་བྱུང་ཆུང༌། དེར་གཡུ་ལྷ་ཁན་པ
གཉིས་ཡོས་རིས་སྒར་ལ་བདུག་ཀུང་དམག་གི་ལྷ་ཚོ་ཁྲིད་ནས་ཀློག་འཁྱེར་པར་བཞིན་འདུ་ཆུང༌། གཡོན་ནུས་སྒར་ལ་མདའ་མ་དང་དཔལ་ལྡ་གཉིས་ཀྱིས
དམག་ཀྱི་ལྷ་ཁྲིད་ནས་གནམ་ལྕག་དཀོད་ནས་ཆད་པར་ལྡར་དུ་ཆུང༌། དེར་བདུད་ཙན་ཁན་འབར་དེས་ཨ་ཀར་སྐྱ་རིས་སྒར་རྒྱུར་ནས་འཁྱུར་གཙིགས་རྒྱ་ནས
གཡའ་ཁྲ་ཞལ་འབུམ་དམག་རྣམས་ལ། ཡང་ན་ཚོགས་རྣར་རྒྱལ་པོ་ལོ། ཉིན་དར་འདུ་མ་འཁར་ཞེད་ཡོད་ཅེར་ནས་སྐྱི་འདི་སློང་ཀོར། ཨོཾ་ཨ་ཧི་ལྦྱེ་ད་ཧཱུྃཿ

༄༅། །ཨ་ལ༔ ཐ་ལ༔ ཀླུམ་ཡོན་དུམ་དཀོན་མཆོག་གསུམ། །ཀ་གསོལ་བ་འདེབས་སོ༔ ལྷ་འཁྲུལ་མེད༔

བཞུགས་གནས་ཕྱིན་གྱིས༔ ཧོར་སེར་ཁྲག་མཚོ་མདོག་གཟིར་ནས། །ཤན་པའི་ལྕུག་ལྕུ་ཚར་ཙེ་མ་ཁྱེད། །ས་འདེམས༔

གཡུ་མོ་ཁྲང་གིས་ཁྲང་སྐྱེད་རེད། །ང་འདྲ༔ ཧོར་སྟོག་ཤན་པ་རྒྱལ་པོ་རེད། །གླིང་སེང་ཆེན་རྒྱལ་པོས་བཀའ་སློབ་ཡིན། །

ཀྲི མཐིང་ཕྱིད་སྒྲིང་ལ། །མཛེས་རྒྱན་མགོ་ཡིས་གཡུ་ཟལ་ཡིན། །གླིང་སྐྱེ་ལྷ་དམག་ཁྲ་མོ་ལ། །མགོ་དཔོན་དགྲ་ལྷ་བརྩན་རྒྱལ་

ཡོད། །དཔུང་རོག་དཔལ་ཐུབ་སུམ་རྩ་ར་ཡོད། །དགྲ་བགེགས་སྐུལ་ཁུང་འབྲི་རྫ་མེད། །ཁྱེད་ཨ་ཀང་འགྲོན་ན་ཨ་མ་རེས། །དེ་ནས་ཨ་

ཀང་སྒྲུ་རེས་ཁྱེད། །ཁྱིད་རྗེད་རྗེད་ཡིན་ན་གདོང་ལ་བཙོར། །ས་རུང་སླུང་ནག་ཁེ་འགྲོ་དེ། །འབྲུག་དར་མགས་སྒྲིང་ལ་ར་དམ་བྱེད། །འབྲུག་

ཞག་དབྱུང་ཕྱུག་ཕྱེད་ཉིན་མ། །སྐྱང་ཞག་འཕྱོང་པ་ར་ཙི་འདུག་ལྟར། །དཔོན་གྲོལ་མེད་ཚོག་ཆད་རྒྱལ་པོ་དང་། །གཡོག་ཀྲོལ་མེད་ཨ་ཀང་

སྐྱུ་རིལ་གཉིས། །སྐྱིང་དཀར་མི་ན་གིས་མ་མཐོང་ཞག །ཁྲིམ་དང་དཔལ་ཅལ་དགོང་ལ་མ་ཉམ། །ཁྲ་མང་འཁྲུང་མག་དབྱུང་གཉིས་མོ། །

དཔོན་ལ་ཙི་འདུག་ད་རིལ་བསྟར། །སློན་ལ་དཔལ་ཅལ་ཙི་འདུག་བསྟར། །སྐྱོ་ལ་ཁ་ཞིང་ཙི་འདུག་ལྟར། །ཁ་ཚང་སྐྱར་རྒྱིས་དང་པོ་ལ། །

ཐང་ཆེན་སྐྱིང་གིལ་ལ་ཆར་ཞག །མགོ་དཔོན་དགྲ་ལྷ་བཙན་རྒྱལ་ལ། །ལུས་མི་བདེ་རྒྱུར་ཡིས་འཛད་དར་བཞག །ལག་མི་བདེ་རྐྱུན་

གྲིས་མགོ་སྐོར་ཐུབ། །སྐྱིལ་ཆེལ་དེ་ལུས་ཆེ་ཞེ་ལ་མེད། །སྐྱག་ཆད་གཟུ་བབ་པར་ར་ཞིག །ཚོག་ཆད་རྒྱལ་པོ་མ་ཟིན་ན། །རྒྱལ་པོ་ཐུགས་

དགོངས་རྫོགས་ཤིལ་མེད། །སློན་པས་བསམ་པ་གང་ཤིས་མེད། །དགྲ་འདི་ཨ་ཀང་སྐྱུ་རིལ་ཕྱེད། །ཁྲི་ཆན་བུ་ཆེད་རྡ་ར་གཉིས། །དམག་དཔོན་

༄༅། །ཕྱུ་ཆས་རྣ་འབྲེན་ཐུགས། །སྒྲི་ང་སྐྱར་ཁྲ་མོ་ཁྲབ་བཞིན་བསྒུགས། །རྒྱལ་དཔོན་དེ་དང་སྡོང་དཔོན་གཉིས། །རི་འབྲི་མ་དཔོན་ས་དར་ལྡབ་བཅད། །ང་རང་དཔལ་ལ་ཐུབ་གསུམ་བརྟུད་དོ། །སྟག་སྡང་བསོ་པ་མ་བདེ་ཐོས། །ང་ཞང་འོང་བས་དོན་དགོ་ལ། །རྒྱལ་དཔོན་ཕོར་བར་ཁ་ལེན་དང་། །སྡོང་དཔོན་ཁོར་བས་རོབ་འདབ་གཉིས། །དེ་རིས་མ་ལེན་ཁན་འབབ་མིན། །གོ་ན༔ མ་གོ༔ ཨོཾ་མ་ཎི་པདྨེ་ཧཱུྃ༔ ཅེས་ཟེར་ནས་ཁབ་འབབ་…

དང་གཡུ་ལྷ་ཞི་ཐུབ་རྣམས་ཀྱིས་ཕྱག་འཚར་དང་གྱི་མཚོན་སོགས་ཀྱིས་ཁ་གང་ལ་རྒྱ་ནས་མི་ཚན་ཆེང་པར་ལྷུར་དུ་དཀར་ནས་དམག་གསུ་དཀར་རིན་ལ་གསུ་བརྒྱ་ཚོ་ཁྱེད་ནས་ལུས་བྱུར་རྣམས་དུ་ཡིས་བ་ཕབ་ཀས་ནས་ ཨ་ཀང་དེ་རིམ་ནག་ཀོ་རབས་བདུང་བ་ལྷར་ཐུང་། དེར་ཨ་ཀང་སྐྱ་རིས་དེས་དགུ་ཟེར་དེ་ཕུར་ཏེ་སླུ་ལན་སོགས་གང་ཡང་མེད་པར་ཁོ་གཉིས་གདུང་ལ་བཙར་ནས་དགུ་ཟོར་དེས་ལེན་གསུས་རེ་ལྷ་པས་ཁོ་གཉིས་སྐྱུ་ལ་བར་ཆད་མ་ཐུང་། ཁོ་གཉིས་ཀྱིས་བྲ་རུས་ཕུས་ཕྱང་ཁོ་བདུད་ཀྱིས་བུ་ཡིན་པ་གོ་ད་མ་ཐུབ། དེར་གཡོ་ལས་ཕོགས་དམག་གས་སྐྱར་གྱིས་…

འཇིགས་ཞལ་མ་དམར་མ་དང་དཔལ་ལྷ་གཉིས་གིས་དཔལ་ལ་ཆང་དཔྱད་སྒྲིག་ནས་བུ་ཆུང་དང་སྦྲུལ་ནག་གཉིས་ཀྱིས་སྨར་ལ་བརྒྱུགས་ནས་དམག་མང་རྒྱ་མས་གཏོར་ནས་སློག་འཚུབ་

པར་སྣར་དུ་སྦྱང་། །དེར་ཆོས་རྗེས་རིན་ཆེན་སྐྱོང་འཕེལ་དང་རྗོ་མ་ཨ་ཆུང་ཡ་མེད་གཉིས་ཀྱིས་རྫོང་མདའ་ལེན་རེ་རེ་སྐྱུར་ནས། དཔལ་ལྷ་མདའ་མ་གཉིས་ཀྱིས་ཁྲབ་གཏོར་

བ་ལུས་སྟོད་མ་ཕྱུང་། དེནས་དཔལ་ལྷ་མདའ་མ་གཉིས་ཀྱིས་མདའ་འདང་དྲི་གླང་མོད་སྐྱུས་པས། ཚོ་གཉིས་ལ་ཅི་མ་ཕྱུབ། རིན་སྐྱོང་འཕེལ་དང་མདའ་མ་གཉིས

གདོང་ལ་ཁབས་ནས་མདའ་མ་ལ་རྫོང་མདའ་ལེན་གསུམ་སྐྱུས་ཕྱུང་བས་ཕྲལ་ཆེན་གཏོར་བ་ལ་ས་སྐྱོད་མ་ཕྱུང་། དེར་མདའ་མས་ལྷ་མདའ་ཞིག་འཕང་བས་ཆོས་རྗེ་རིན

གྲགས་པ་དེས་བྲང་ལ་རྒྱབ་ནས་བྲང་སྙིང་ཕྱེད་ནས་བསད། དེར་དཔལ་ལྷ་ཀེ་དཀྲག་དེས་ཡོན་ཆེན་ཕྱུར་དེ་གཏོར་བས་ཨ་ཆུང་དེ་ལ་ཡེན་གཅིག་བརྒྱུག་པས་ཀླད་པ་ལ་རྒྱུ་ནས་ལུས་

སྟོད་སྨད་ཕྱེད་ནས་བསད། དེར་སྤྲུ་ཁུལ་དམག་ཤོག་ནས་ཕྲུ་ནག་ཙ་ན་བ་ཞིག་རྒྱུ་ཚོ་དམ་ར་བསྡད་གདང་ནས་རྡུ་ཤོག་གིས་དམག་དཔོན་གཉིས་ཙོ་གདང་མ་བཙན་ནས་དམག

༄༅། །སྐར་དེ་ག་ཡོན་ཕོག་ནས་མདའ་མདའ་དཔལ་ལྷ་གཉིས་གླིང་ཕྱོགས་སུ་ཁ་རྫོངས་སོང་། དེ་ག་ཡས་ནུ་གྲིག་སྐར་ར་ནས་ཁབ་འབར་གཡུ་ལྷ་གཉིས་ཀྱི་ཀ་ཅ་ཀ་དང་ཕོགས་ནས་

དམག་དྲུག་རྒྱ་ཚོ་སྲིད་ནས་གླིང་ཕོགས་སུ་ཁ་རྫོངས་སོང་། དེར་ཁྲང་ཚད་རྒྱལ་བློན་རྣམས་ཀྲགས་ནས་ཁ་ཚང་གླིང་སྐར་རྒྱུར་ཐོན་གིས་ཁྲག་བཞིན་བསྐྲུག་ཡང་ཟི་མ་ཁེན་ནས་

ད་རེས་ཡ་དགྲིང་སྐར་འདི་མི་བཞིན་དུ་ནས་དམག་མང་དེ་ཚོ་ཕོར། དགླིང་འདི་ལ་ཨ་ཡ་ཟིན་པར་ཀ་འདུག དེར་ཁྲང་ཚད་གིས་ཟེར་བ་དེ་རིས་ཀྱིས་ཐུ་བ་རྣོན་ཤིས་སྐར་ས་ཁང་

འདྲ་བས་དཀྱུ་བློན་རྣམས་བཀའ་བྲས་ཀྱིས་ཟེར། དེ་ནས་རྒྱུ་བློན་ཀྱིས་ཟི་བྲག་གང་བྲག་གིས་བཀའ་ཕྱིས་མཚོ་དཀར་བདེ་ཆེན་ཁེལ་རབ་བྲག་པའི་ཟེར་བ་ལྕེ་བློན་པོ་རྣམས་ཀྱིས་

ཟི་འདྲ་གྱོན་འདུག ངོས་མ་སྟོ་ཕྱུལ་ལ་ངང་རང་དམག་འདི་ཟི་རྟོ་དཔའི་ཕན་པར་ཡོ་དམ་ཐོས།། ད་ཟི་ཨ་མགོ་ནའ་ཐབ་མིག་གཅིག་དཔེ་སྤྱོན་ཟི་རེད་མི་ཤེས་འདུག

དཀྲ་བློན་དཔུག་དམག་དང་བཅས་པས་སྐྱ་མ་ཕོར་རྩ་རྫོང་ལ་དཔྱད་དགའ་ཟེར། དེར་ཟིག་ཚད་རྒྱལ་པོས་སྤྱང་པ་ལ་གཡ་འཁྲུལ་བློན་ལ་སོགས་པ། ལ་ཆེན་

ཤེས་རབ་གྲགས་པའི་བསྒྲུང་བ་དེ་ལྟར་བཤད་དེ་ནས། ད་འཛིན་ལྷེན་རྒྱ་མས་གདུང་དཔེ་ལ། ར་ག་ཙེ་ག་མགོ་མཚོ་ན་རང་མ་གོ་མི་ཐེན། ཀ་ཡོ་ག་ཁྱོལ་མེད་དེ་ག་ལོད

ཆ་མེད་རེད་ཟེར་བས་དཔེ་རྣར། ཨ་མགོན་སྒྲ་ཟེར་བ་ཙི་ཡིན་དགུ་སྐྱིད་བས་ང་རང་རྣམ་ཤེས་ལ་སྐྱུགས་བསྡུས་ལ་འདི་ཙི་ཡོད་སྐབས་ཨ་མགོན་དེ་ཉག་མི་སྒྱུ་འགྲོ་འདུག་ཡི་གར་ཡོད་སྐྱུས

ཤེས་ལེན་རེད་ཟེར་ནས་ཨ་མགོན་རྡོ་དང་ལ་སྐྱག་འཁྱུག་ནས་འདུག ཨ་ཀང་རྒྱ་རིས་དེས་རྒྱུ་སློན་ལ་སོགས་པ། དཔོན་ཚོགས་ཆང་ཁྱི་ན་ཕྱིར་ཨ་མགོན་དེར་ས་ཁར་བཞག་ནས་ལྟ་ལ་ཕན

གྱི་ན་རྒྱ་སློན་ཚང་འདུག་ལ། དགོས་ན་ཨ་མགོན་དཔལ་ལ་ཙལ་རྒྱུད། སྐྲ་མ་འགྲོ་དགོས་རྒྱལ་པོ་དགོང་འཕར་མ་ཚམ་ཏུ། ཐོག་རྒྱུད་དེས་ད་ལྟེད་རྒྱ་སློན་རྣམས་ཀྱིས་སྐྲ་བཞིས་པ་མེད

པས། འགྲོ་བས་ཐབས་བློར་ཡོད་ན་ཕྱིར་ཨ་མགོན་གར་ཡོད་དང་དགོས་ན་གླིང་ཁོག་ནས་འགྲོ་ཐབས་ཀྱིས་བཀའ་བློས་གྱིས་ཞེར། ཤེས་རབ་གྲགས་པ་དེས་རང་ཚང་དམག...

རྣམས་རྩ་རྫོང་ལ་འགྲོ་དང་དེ་ནས་ཕྱེད་རྒྱ་འགར་རེ་ཡོད་ཟེར། དེ་ནས་རྒྱ་སློན་རྣམས་ཁ་ཀའ་ཐག་བཅད་ནས། དེས་ཕྱིར་ཉིན་གྲུ་ཁུལ་ལུས་དམར་རྣམས་ཁུར་དྲི་རི་རིན་རྩ་རྫོངས

༄། །མཁའ་ལ་ཡེད་སོང་། ངེས་ནས་རྒྱ་སྐྱོན་ཝ་ཧཱུཾ་ས་གདན་ལ་འཁོད་ཝ་ས་ཁྲ་མོས་འབྱུམ་དམག་རྣམས་ཀྱིས་ཀྱི་ཐམས་སྐོར། ངེས་ཕྱིར་ཉིན་ཐམ་མཁར་གཞུ་ཐེས་རྒྱ་སྐྱོན་ཀྱིས་བཀའ་

གྲོལ་གིས་འདུལ་བྲལ་ཚོགས་ནས། དེ་ཧོག་ཆད་གསུང་བ་ལ་ཕྱིན་རྒྱ་སྐྱོན་ཧཱུཾ་ཨ་མ་གོན་གསུམ་འགྲོ་ལུག་ཟིའདྲ་བྱེད་ཡོད་ཟེར། བདེ་ཆེན་ཞེས་རབ་གྲགས་པ་དེས་རྒྱ་སྐྱོན

རྣམས་ལ་དར་རེ་རེ་བཞག་ནས་གཡའ་ལུས་ཀྱིས་རྒྱལ་སྐྱོན་ལ་སོགས་པ། དམི་ཆ་ནགས་གྲོ་འཇུར་ཨེ་འདྲ་སྒུང་ཟེར་བས་སྐུ༔ ཨ་ལ༔ ཐ་ལ༔ ཐོག་མེད་རྒྱལ་པོའི་

ཟེ་རྡོར་རྣམས། །དེ་རིང་ལྷ་ཁམ་གྲོགས་ལ་ཡོད། །འཁའ་དེས༔ སྐྱུག་པོ་རྩེ་རྫ་ང་མཁའ་ནང་རེད། ང་འདྲ༔ བདེ་ཆེན་ཞེས་རབ་རྒྱགས་

པ་རེད། །དེ་ནས་རྒྱ་སྐྱོན་ལ་སོགས་པ། །ལྷ་བའི་སྒྲ་ལ་ཨེ་འདྲ་ཡོད། །ཐང་དཀར་རྐང་པོ་བྲག་ལ་རྒྱུན། །ཐང་དཀར་བྲག་ལ་མ་འཁོར་ན། །ཐེ་

རྐང་པགས་པ་མཐའ་ཆད་རྒྱུར་མེད། །ཐོག་ཆད་རྒྱལ་པོ་བདེ་ལ་རྒྱུན། །མཁའ་རྩ་རྫོང་ནང་བཙུད་མ་ཡང་ན། །དམག་རྣར་ས་མཐའ་རྒྱབ་པས་

ན། །རྒྱལ་པོ་བཀའ་མ་དོན་འགྲུབ་རྒྱུར་མེད། །དེ་རིང་ཁྲ་མོས་འབྲུམ་དམག་འདི། །ཁ་ཚང་གཡུ་མས་ཐང་ལ་སྟོད། །སྡོང་མ་མང་པོ་དགྲ་ལ་ཞོམ
སྐྱིད་དཀར་དཔལ་ལ་ཐུབ་ཆེ་བཞིན་དོ། །ཐང་ནག་ལུང་ཁ་རྒྱ་ཆེ་ས་ནས། །དཔལ་ལ་རང་དབང་ཇོ་ག་དོན་དེ་ཁས་རེད། །དའི་སྨྲ་རིང་མཁར་ལ་འདུག །
སྐྱིད་དཀར་དཔལ་ལ་ཐུབ་ཆེ་བཞིན་དེས། །སྐྱབས་རིང་མཁར་ལ་བདུང་ཐུང་ན། །དམར་སྐྱིད་ཁྲག་ལ་སྐྲེས་ནས་ཚོག །རྒྱལ་པོར་མཁར་ལ་སྟོད་
པོ་བཞུག །དམག་མང་མཐའ་ནས་སྐོར་རྒྱུར་ཕྱིས། །སོད་ཉིན་ནམ་ཁར་གསལ་དུས་ལ། །ཁ་མ་གོན་གར་འགྱི་བསྐྱར་བས་འགྲོ། །འགྲོ་བའི་
ཚུལ་ལ་ཨེ་འགྲ་ཐེད། །དེ་རང་གྲུ་ལུས་ས་ཕྱོགས་ལ། །རྒྱུར་མ་འཕྲུལ་ཕྱིས་ཨཾ་གཉིས་ཡོད། །ཁྱེད་རང་ཨ་སྣག་སྔོན་པོ་གཅིག །ང་རང་ཤེས་རབ་
གྲགས་གཉིས། །འཕུར་རྒྱུར་ཡོད་ཡས་ཐབ་ཞིག་བཟོ། །ཤིང་ཐུ་དེ་ཡིས་ཡང་སྐྱིད་ལ། །རྒྱང་པོ་ཨ་ཀང་སྐྱ་རིས་གཅིག །ལེད་པས་བྱ་རྐེ་དཀྲ་ར་གཉིས།

༄༅། །སྨོན་པོ་འི་ག་ཡུ་ལ་ལེན་འབྲུག་རྩེ་གསུམ། །དཔལ་ཅེ་གསུམ་གྱིས་གཙོ་མཛོད་པས།། །མི་མདའ་དགུ་རྩེ་འགྲོ་བ་དགོས། །

དགོང་ནས་ཁང་དཀར་འཁྱུར་བ་འདྲ། །གར་འགྲོ་རང་དབང་ཐོབ་ལེན་ཡིན། །རྒྱུ་གར་རྒྱ་ནག་བལ་ཅེ་གསུམ། །ག་ན་ཀོང་རྒྱུང་རང་དབང་ཆེན།།

ཁ་མི་ཏ་༡༢༠ ཨ་མགོན་ནགས་རི་འབེ་ད་ཤིལ་འགྲོ། །འདི་འགོ་མིག་གིས་མཐོང་བས་ན། །ཞིང་ཁྱི་ཁང་དཀར་ཟབ་འདུ་ཆེད། །ཨ་མགོན་ངེ་དང་ཨ་ཀང་གཉིས།།

སྐྱིད་སྡུག་ཀ་སོ་ལེན་ཆེད་རྒྱུར་གྱིས། །དེ་ཐོག་ཞིང་ཁྱི་གོང་ལ་ཕེབས། །ཁྲ་ཤི་ལེ་རང་ཡུལ་འཁོར་ལ་ཤོག །རྒྱལ་པོ་ཚེད་ཏྲིས་དྲུང་ལ…

ཕེབས། །དེ་ནས་རྒྱལ་ལེན་གསུང་གླིང་མཛད། །གླིང་སྐྱར་གཏོར་བས་བཀའ་གྲོས་གྱིས། །དེ་ནས་ཙི་དགོས་གར་ལེ་བརྡར། །རྒྱལ…

བློན་སྡུག་ལ་དེ་ལྟར་ཞེག །ཤོ་ནཿ མགོཿ རེས་ཆེར་བ་དང་ཤེས་རབ་སྒྲུག་ས་པ་ལ་རྒྱ་བློན་རྣམས་ཀྱིས་ཚིག་མཐུག་ནས་ཤེས་རབ་སྒྲུག་ས་པ་འཁོར་ག་ཉིས་ཀྱིས…

ཞིས་ཕྱིད་ངེ་བསོ་ཕྱིས་མི་ཐུབ་པ་ཅིག་ནས་ངེ་ཡིས་སྐྱིད་ལ་ཨ་ཀང་དཔོན་གཡོག་དགུ་ངེ་བཞུགས། །འགྲོ་ཚོགས་ཕ་ཆང་བ་ཟས་གོ་ཤས་བཏབ་མ་ཤིས་མི་ཐུབ་པར་བཞག་ནས་སྒྲུ་ལྟས་ལྟ་ལ་བསྐོས་ཚོད་འཕྱུར་རེ་ཀྲ་སྐྱེ་ལེ་ཐམ་མཁའ་ལ་འཕྱུར་སོང་། དེར་ཤིང་ཕྱ་དེ་གླིང་བ་ཞིན་གླིང་འཕྲེན་བརྒྱུད་ལ་སོང་ནས་ག་ན་ཡོད་བསམ་ནས་དགོང་ལྷུམ་ཀུས་མཚམས་ནས་ཞེལ་གདུང་བརྒྱུག་ལག་བལ་ཞོད་སྣུན་ལྷུད་དམ་ག་གིས་ཐང་འདུག་ལགས་ཡོ་རྒྱ་བློན་རྣོན་ཤིས་སྤྱི་རེ་གང་རེ་རེ་ཟེར། ལ་ལ་གིས་ཨ་མགོན་དམ་ག་ཡི་ཨི་ཡིན་ཟེར་ནས་ཚ་མ་ཆད་དུས། ཨང་ཀང་གིས་གཡང་འདི་ང་ཡིས་ཤེས། དམག་འདི་བཀྲ་མཚོག་དང་མི་ཧས་མདོག་ལ་ལྷུས་ན་འདི་གླིང་དམག་འདུ་སྐྱེམ་ནས། ང་ཨ་མགོན་ཁོས…ཤོག་གར་འདྲ་ཞིག་ལ་ཡོད་ཟེར། ཐག་རྣ་བ་ཙན་ཕྱུག་ཆེ་བ་འདི་ན་ཨ་མགོན་ཡོད་དགས་རེད་ཟེར་ནས་ལྷུ་ས་ལས་ཨ་མགོན་མི་དར་བསྟུ་དེ་རྫ་ཞག་ཕྱུག་སྐོ་ཞུབ་ལ་སྡོན་པ་ཞིག་ཡོད་པ་ངེ་ཡིས་ནང་ལ་སྨྱུན་པས་མ་གོ་རྩི་ནས་སྡོད་ཡོད་པ་དེར་ཨ་ཀང་དཔོན་གཡོག་གིས་རྫ་ཞག་འདུས་ནང་ཨ་མགོན་འགེ་ཟེར་ནས་ཐམས་ཅད་དྲུང་ལ་བཙར་ནས་གཞན་

༄༅། །དམ་པ་ཀ་རྣམས་ཀྱིས་རིག་ལེ་འགྲོ་ཟེར། དེར་ཨ་ཀང་གིས་ཚོགས་རྐང་བཀའ་དང་ཞིག་ནབ་སློ་ལོ་ཨ་མགོན་གར་ཡོད་ཀྱི་ཟེར་ནས་རང་རྩིས་འོང་བས་དོན་གོ

ཡིན། དམག་མང་ཀྱང་མ་མགོན་ང་རང་གཉིས་མ་རྟུན་ཐ་མེད་དཔལ་ལ་རྒྱ་མ་ལྷན་ཕྱིད་ལ་ཐབ་ཡས་ཐབ་ཡོད་ན་ཐབ་ཟེར་ནས་བཀའ་འཕེབ། དེ་རྒྱ་མ་ཁེ་དེ་སྟང་དཀར

སྒྲག་ལ་ཐབ་པར་བཞིན་དུ་ཨ་མགོན་ཡོད་པས་ཁོག་ལ་ཀླུ་ཀྱི་ལེན་ཐབ་སོང་། དེར་ཨ་མགོན་དཔོན་གཡོག་གིས་འདི་ཅི་རེད་གང་རེད་ཟེར་ནས་སྒྲིང་དཀར་ཚེ་འཕྲུལ་

ཡིན་ཐབ་ཤིན་ནས་ཞེ་ཀྲག་ནས་ཟླ་ནག་ཕྱུག་ལ་འཛིན་ཐོས། དེར་ཨ་ཀང་དཔོན་གཡོག་ཕྱུག་སྒོ་ལ་སོང་ནས་གལ་འཕྲུན་ཆེན་ཞ་ནག་མིག་གཅིག་ཡག། སྐྱུག་བསྔལ་

དེ་འདྲ་ཅི་ལ་རེད། མི་ང་ལ་བརྟག་དང་འདྲ་མ་ཡོད། ང་རང་ཨ་ཀང་རྒྱ་རིས་ཡིན་ཟེར། དེར་ཨ་མགོན་དཔོན་གཡོག་གིས་ཁྱ་ཀང་རེད་ཟེར་ནས་ཕྱུག་སྒོ་ལ་བྱུ་ནས་ཨ་ཀང

ལ་ཐར་ནས་གཡང་ལུས་ཐན་ཀྱི་ཨ་ཀང་རིན་པོ་ཆེ། ཁྱེད་ཕེབས་པར་འགྲུལ་ཁམས་བྱུང་ལགས། ང་སྒྲིང་དཀར་གྱི་སྐྱག་བསྔལ་སྟོད་པ་ཚོགས་རྐང་ཀྱིས་དགོང་ཤིང་ཡི་དྭ།

ཁྱེད་རྒྱ་སྔོན་རྣམ་ཁང་བ་བཟང་ང་ཡོ་ཡིན། ང་རྒྱལ་པོ་ཁེ་ཆེན་ལ་བདག་འཛིན་མེད་པར་ཅི་རེད། དམག་ཚོགས་ཉིས་ནས་ལོ་ལྔ་ཡིན། ཟས་ཟ་རྒྱུར་མེད་པར…

ལྟོག་བསྐལ་ལ་ཕྱིང་། གོས་གོན་རྒྱུ་མེད་པའི་ལྟོག་བསྐལ་ལ་ཕྱིང་། ཤུག་རྒྱུ་མེད་ནས་ལྟོག་བསྐལ་ལ་ཤི་ཟེར་ནས་ཞུ་བ་འབུལ། ཨ་ཁང་དེས་གཡལ་འཕྱེད་པའི་འདུས་

ལྟོག་བསྐལ་ལ་ཕ་ཚ་ཐང་དགྲ་ལ་ལེན་པ་མ་ཟིན་ན་ཕྱེད་རང་ཡུལ་ལ་མི་འོང་ཅི་རེད་ཟེར། ཨ་མགོན་དེ་ཡིད་ཆ་མ་ནས་མིག་ནས་ཆི་མཁྲ་ར་ར་བབ་པས་ཀྱི་ཟེར་རྒྱུར་

མ་ཐུབ། དེར་ཨ་ཁང་གིས་ཟས་ཆེན་སྟོང་ང་བཞག་ནས་ཛ་ཚད་མི་ཕ་སྐྱ་སྔོན་དང་མི་ཁྲུག་མང་པོ་བྲང་བས། ཨ་མགོན་ཁ་ནག་གི་གཟིག་དེས་ལྟོ་འཚུམ་ནས

གཡལ་ལ་ཨ་ཁང་དཔོན་ཁག་ཡོག་ལ་སོགས་པ། སྐྱིད་སྡུག་བསྐུད་ཏུ་ཕྱུ་རྒྱུར་ཡོད་ཟེར་ནས་གླུ་འདི༔ ཨ་ལེ༔ ཐ་ལེ༔ ལ་འདེམས༔ བབ་བིའ་ཐུག…

ཆེན་པོང་མ་རེད། །ང་འདྲེས༔ ཨ་མགོན་ཞ་ནག་ཟིག་གཅིག་རེད། །དེ་ནས་ཨ་ཁང་སྐྱུ་རིས་ལག། །ང་རང་རྒྱ་སྔོན་གཉིས་པོ་དེ། །

༄༅། །དེ་རིང་ཐུབ་པ་ཡ་མཚན་ཆེ། །ཕྱི་སྣང་སྣོད་ཆ་འབག་ར་རེད་གདའ། །བྱུག་དཀར་མ་ཙོ་ཙོན་འཛོམས་ས་ནས། །སོངས་ཞབ་གཉིས་ཐང་
དཀར་སྟོ་འཕང་ལྷུག །གྲོ་ཟུ་ལུ་རླུང་གིས་རྟ་མོ་ལ། །ཆེད་རང་སོས་སྒྲོ་པོགས་ལྷང་གིས་བཅད། །ལུས་གཡོག་དྲུག་ཆད་པ་མི་འདུག་གོ། །ཆེད་པའ
བས་ཐུབ་དཀར་ལྷག་མོ་གདའ། །དཔོན་ཚོགས་ཆད་ཁེ་རྒྱ་ཆེ་ས་ནས། །སངས་རྗེས་ཨ་མཐོན་དམག་ལ་སོང་། །བོད་ཡུལ་དམག་ལ་ཙལ་འགྲོལ་བཞག
སྔིང་བས་དམག་གི་དབུག་ཕྱག་ཕྱུལ། །ཁྲི་དམག་བརྒྱད་དེ་དགྲ་ལ་བོར། །ད་ཨ་མགོན་དམག་གཉིས་ཁྱུར་ལ་ཕེབས། །མདའ་བདག་ཕོག་ཆོད་རྒྱལ
པོ་དེ། །སྐུ་ཁམས་བདེ་བ་ཨེ་བཞུགས་ལགས། །ང་ཡིས་བློན་པོ་ཆེ་བཞིན་ཡོད། །ཁྱེད་ཨ་ཀང་སྐུ་ཁམས་ཨེ་དངལ་ལགས། །བུ་ཆུང་སྐུ་ཁམས་ཨེ་བདེ་ལགས། །
མཁའ་འགྲོ་དམག་དཔོན་བཟའ་ཚང་དེ། །སྐུ་ཁམས་དང་བ་ཨེ༑ དཔོན་དེ་ལ་འཁོར་བས་བློན་ཆེན་རྣམས། །ལུས་བསོ་འ་དོད་འགྲོ་བ་ཡིན་ཨེ་ཡིན་ཆགས། །གསེར་

སྒྲིང་སྒྲོའི་བྲག་ལ་པ་དེ། །སྐུ་ཁཾ་བཟང་ངམ༔ མཚོ་སྔོན་རྒྱལ་ནགས་ཀྱི་འབབ་ར་དེ། །སྐུ་ཁཾ་བཟང་ངམ༔ དཔལ་ཡུལ་མེད་ཕྲོག་འཁྲུལ་ཕྲུ་བརྩོན་དང་།
དམག་དཔོན་སྟག་རྣ་ཁྲ་ལྗང་ག་དོངས་གཉིས། །ངར་ངར་ཁ་ནག་མི་གཅིག་གསུམ། །གླུ་ལུས་ཤ་རྡ་ཚོག་གསུམ་ཟེར། །དཔོན་ཚོག་ཆད་ཆེས་དང་སྐྱིད་
མེད་ཡིན། །ཁོ་དཔྱ་གཉིས་སྐུ་ཁཾ་ཨེ་བདེ་ལགས། ཚོག་ཆད་རྒྱལ་པོའི་མདུན་རྒྱལ་ལ། །དགོང་ལ་གྲག་པས་མི་གསུམ་ཡོད། །གསེར་ལུས་སྐྱོང་གྲོགས་
པ་དང་། །གཡུ་ཞིག་གཡུ་འབྲུག་གྲགས་པ་གཉིས། །ཞིབ་ཆེན་ཚོག་ཟེར་གྲགས་པ་གསུམ། །ཁོ་དཔྱ་གསུམ་སྐུ་ཁཾ་ཨེ་དྭང་ལགས། །དཔོན་ད་རིས་
ཚོག་པས་སྤྱན་པོ་བཞི། །ཁྲེ་དྭ་སྔོང་དཔོན་དགྲ་འདུལ་ཐ་ཚིག །ཁ་དྭ་སླང་ཆེན་རྒྱོབ་པ་གཉིས། །རི་དྭ་རི་རྒྱོད་ཡ་མེད་གསུམ། །སློག་དྭ་
སླང་ཆེན་ཡ་མེད་བཞི། །དེ་རིས་དཔལ་ཚོ་ཆེན་པའི་དེ། །སྐུ་ཁཾ་དང་ལོ་ཨེ་ཡིན་ལགས། །རྒྱ་སློན་བཞུག་རྫུལ་ཅི་འདྲ་ཡོད། །གནམ་ཨ་སྔོན་

༄༅། །བཅོ་ལྔ་གང་མ་ནས། །སྨིན་བཞི་ཆག་པའི་སྤྲིན་སྔོན་དེར། །བཟའ་ནག་པ་ལ་ཁ་སྦྲང་ཨེ་ཡོང་འདུག །མངའ་བདག་སྒྲ་ལྡན་ལ་ཆ་ནས།
དཔལ་བྲག་པར་ཙན་སྒྲིས་དཔོན་པོ་དེ། །དཔོན་ཆེན་ཚོག་རྐྱད་རྒྱལ་པོ་དེ། །སྨིན་དཀར་ཚོག་རྒྱལ་ཨེ་ཐུང་ལགས། ཚེས་ས་ང་ནས་ཆག་རྩོལ་
ཚེ་འདྲ་ཡིན། །སོ་ན༔ མ་སོ༔ ཞེས་ཟེར་ནས་ཨ་ཀར་སྐྱུ་རིས་དེས་ད་སྔོན་པོ་སྣ་གབ་སྣལ་ཆེ་ཚོག་ལ་ག་དེ་སྨྲ་ག་ཞི་བ་ཁད་པས་ཕན་པ་མི་འགྱུ་བསོ་ནས་ཨ་ཀར་དེས་དར་དཀར་
གཟིག་བཞག་ནས་སྒྲུབ་འདི༔ ཨོཾ་མ་ཎི་པདྨེ་ཧཱུྃ༔ ཨ་ལ༔ ཐ་ལ༔ ས་འདེགས༔ སྒྲུར་ལུང་དགུག་པར་ཡོང་མ་རེད། །ང་འདྲེས༔ ཁྲུང་གིས་ཨ་ཀར་
སྐྱུ་རིང་རེད། །དེ་ནས་ཁ་ནག་མིག་ཅིག་ལ་བལྟ། །ཞུ་རྒྱུར་སློ་འདི༔ །འཇིག་རྟེན་ནུ་མི༔ །མེ་ཏོག་གསེར་གྱིས་ཅོམ་ལེ་དང་། །འབྲུ་དྲུག་གསེར་ཕལ་
བྲག་ལེ་གཉིས། །མདོག་དཀར་རཔོར་བ་ལུས་སྐྱུག་ཏེན། །འཕྱིད་ལེན་བྱས་ཀྱང་ཕན་པར་མེད། །ར་རྒྱན་ཆ་པས་དད་ལེན་དང་། །ལུང་ཆུང་"

སྤྱང་ཀི་ལ་གཏོར་ལེན་གཉིས། །སེམས་ཀྲག་པོར་བབས་ལྷུས་རླུག་ཏེ། །བདུན་པ་ཤད་རིས་ཁྲུས་པས་ཟན་པ་མེད། །ཨ་མ་གོན་དམག་
ཉིས་ཁྱེར་ལེན་དང་། །ཚོགས་ཆད་གླིང་བས་སྟུམ་ལེན་གཉིས། །སྤྲིད་རྫུ་བ་ཁ་ཕད་རྒྱུར་ལས་ཡོད་རྡེབ། །བསྒྲོད་པར་ཁྲུག་པས་ཟན་པར་མེད། །
གླུ་གླིང་འཕྲུག་པས་རྩ་བ་འདི། །སྐལ་པ་མེད་པས་ཆག་སློ་རེད། །ཙ་མཚོ་དྲུག་མས་རབ་ཞན། །གླིང་དཀར་ཁྲོས་དམག་སྐྲ་རྒྱུག །
བཟའ་ཆད་ཕོག་ནས་འཁྲི་ལོ་མཚོང་། །ཀླུ་ཡི་ཇོ་བོ་མ་ཤེས་ནས། །ཕེས་རབ་གྲགས་པའི་ཞེས་ལོ་ཟེར། །གླིང་པས་དམག་སྐར་ཡིན་རབ་
ཟེར། །ཞག་མ་གསུམ་གིས་གོང་ཐོག་ནས། །གླིང་དམག་འཕྲུང་ཆུང་ཞེགས་འདྲ་བྱུང་། །མཁའ་སྐྲ་དམག་དཔོན་བ་ཟའ་ཆེད་དོ། །དབང
ཐང་རྫོགས་ནས་གཏང་མ་ཕོར། །སློན་པོ་མདོ་ནུ་སྐྲག་ཅེ་དང་། །ཡིབས་ཨ་ལྷན་ཚེས་འཛེལ་གཉིས། །བཙན་རྒྱུ་དཔོ་རྒོད་ཁྲག་ཐང་གསུམ། །

༄༅། །ཉི་མ་གཅིག་ལ་དམར་སྲིད་གཞང་། །ཟློ་མ་ཟླ་མ་གོ་བརྩན་ལ་ཕོར། །ཕྱི་ཡི་མཁལ་རྫོང་མེད་ལ་སྲིད། །ཞང་གིས་རྒྱ་མཚོར་གླིང་
གིས་ཚེས། །སྐྱང་ངའ་གླུ་ལུས་སྐར་ལ་ཕོ། །ཚོགས་ཆད་དཔོན་སློན་ཧུག་ལ་ཕོག །ཁྲི་དམ་གཁ་ཙུ་གཉིས་སྐར་བྲལ་སྒྲིག ། ཀྱི་ལ་ང་ཡིས༔
ཕྱིར་ཉིན་ལ། །ཚོགས་ཆད་ཀླུ་མལ་ལ་འབྲུམ་དམ་གད། །གཡུ་མལ་ན་ཐང་དཀྱིལ་ལ་བབ། །དཀར་པོ་གླིང་གོང་གིས་དམག་སྐར་ལ། །ཨ་ཀང་
སྐར་རིལ་ར་རང་གིས། །དཀར་པོ་གླིང་དང་འཁྲུག་པ་རྒྱལ། །འཛོམས་པས་ཡ་ན་མ་ཟིན་པས། །རྒྱལ་ཁ་གླིང་ལ་ཤོར་ནས་ཐར། །ཡ་མེད་དཔལ་
ནོ་ཧྲུལ་གཟུམ་དེར། །དམག་དཔོན་ཧྲག་ཆད་ཀླུང་གདོང་དང་། །མཚོ་ཕྲོན་སྐྱལ་ནག་མེ་འབར་གཉིས། །ཕྱུར་སྟོང་རྡུག་དམར་ལྷུ་གསུ།
དཀར་པོ་གླིང་དང་རྩལ་འགྲེ་བཞགས། །སྒྲིད་དཀར་ཐུག་ལ་མ་ཐུང་རྒྱེ། །ཚོགས་ཆད་རྒྱལ་པས་སླབ་ནས་ལ། །དམ་ནག་འཁོར་གསུམ༔

། །སྣངས་ཕྱེད་དོ། །སྐྱིད་པ་སོང་ནག་ཆམ་ལ་ཕབ། །རྡུལ་འཛིན་ཆེན་པས་བཙན་ཟེར་རྒྱ་མགལ། །སྡུག་གཟིག་ལྟག་པ་འཕོ་ནས་་་
ཧོར་གླུ། །ངེས་མི་ཚད་གསེར་མཚོད་ནང་ལ་ཕོར། །སྦྲག་ཆེན་སེར་བབས་གསེར་མཚོད་དོ། །སྐྱིད་པས་གྲོ་ལ་འཛུལ་ནས་དགོས། །
ཕག་ཆད་རྒྱ་སྔོན་ལ་སོགས་པ། །ཚེ་རིང་ཡོང་མི་ཤིས་ལུས་ནས་ཐར། །ཉི་མ་དེ་ཡིས་རྗེས་སུ་ལ། །གདོང་སྒྲུག་ཆད་པོ་སྡུག
རྒྱལ་དོ། །དཔོན་གཡོག་བརྒྱུད་དགུ་ཚོལ་མཛད་པས། །དམ་ལྷུང་ནང་ལ་འགྲོས་ནས། །དམ་ནག་ཆད་པོ་མ་ཡོད་པས། །
གླིང་དཀར་རང་པ་ལ་བབས་གདོང་ལ་ཐུབ། །གཡུ་ལྷ་ཁབ་འབར་དཔལ་ལྷ་གསུམ། །གདོང་སྒྲུག་ཆོད་པས་གདོང་ལ་བཅར། །
མི་མང་འབཙ་གསུམ་ཁྲག་ལ་སྦྲོ་ལ། །ཕོ་རང་དམེན་སྔོན་དགུ་པོ་དེ། །དགྲ་མི་ཐུབ་རང་ཕྱུལ་སྐོར་བབས་དུས། །འགྲོ་མ་བཙས་སྐྱིད་པས

༄༅། །ཡིན་ནས་སྐབ། །རྩལ་འདེབས་བསྒྲགས་པ་ཐེད་པས་དུས། །མི་འདར་བརྒྱུད་དེ་གནང་མ་ཡོར། །དེ་རྒྱལ་གླུ་གླིང་འབྲུག་པ

ཐུགས། །གོང་ནས་ག་ཟབ་འཆད་དཔལ་སྐྱོག་བཅད། །བར་ནས་དམ་ཆད་ཚོ་ལ་པ་ཐབས། །དེ་རྗེས་སྐྱག་ཆད་ཞབས་པ་ལ་གཟུངས། །

༤མི་ཕྱིར

དབྱང་དེས་ཐུང་མི་ཚད་པ་ཞི། །ཆང་པོ་ཐོག་འཁྲུལ་དཔྱུན་བཙན་དེ། །གང་དཀར་ལ་ནས་རལ་དྲིལ་སྒྲེད། །ག་ཡུ་ཞེ་ཡུ་འབྲུག

གྲགས་པ་དེ། །དམག་ཁྲ་མོས་དཔྱིས་ནས་དམར་བསད་གདང་། །ཁྲི་དམ་གབ་རྩ་རྩེ་གདང་མ་ཤོར། །དཔོན་ཆེན་ཐོག་ཆང

རྒྱལ་པོ་དེ། །དཔལ་ལྡར་སྐྱུ་རིས་མཁའ་ལ་ཡོད། །ཁ་མ་ཅི་ཡང་ཆ་མེད་རེད། །ཁ་ཚང་རྒྱལ་པོས་གསུངས་པ་ལ། །བློན་ཆེན་ཞ་ནག

མིག་གཅིག་དེ། །ཤི་བས་ཡོད་ནས་ལོ་ལེན་དགོས། །སྲིན་ལ་ཡོད་ན་བླ་མ་དགོས། །དེ་རིས་མ་ལེན་ཐ་མེད་རེར། །ང་རང་རྒྱལ་བློན་ལ

སོ་ག་ལ་ཡ། །ཡང་ན་ཨ་མ་གོན་དཔོན་གཡོག་རྣམས། །ད་ཞི་མི་འདུག་རང་ཡུལ་འགྲོ། །ཤིང་བྱ་གང་ཀློང་རྣ་འཕྱང་རྒྱུག །

ཚོག་ཆད་དྲུང་ལ་ཨོ་རྩེ་ལྡུར། །ཞམ་ཁ་འཛིངས་ནས་མ་ཐར་ན། །ངང་མོས་ས་ནས་མི་ཐིར་འདུག །ད་ཞི་མི་འདུག་སྤྱུར་དུ་འགྲོ། །

ཆུ་རྫོང་མ་ཁར་ལ་ཙི་རྩེ་བཞེད། །སོ་ནཿ མ་གོཿ དེ་ནས་བདུད་རྗེ་ཞ་ནག་མིག་ཅིག་ཀོ་ལེ་མལ་ལ་སྐྲག་བསོ་པ་ར་པ་ཤ་ནས། གཡང་དཀོན་ཨ་སང་

མག་པོ་ཡི་ར་ཞེར་བྱང་ཡེབ་ར་ལྡུག དེས་ད་ཞི་མི་འདུག་འགོ་བ་དགའ་རྒྱལ་པོ་སྣང་ཀི་ཚོ་ཚོ་ལ། ང་སློན་ཆོས་རོ་བོ་ཐབད་ན་དཀའ། དེར་ཀོ་རྒྱ་སློན་ཐམས་ཅད་ལེས་ཞུ་

རོ་བོ་ག་ཤོག་རིལ་གྱིས་སྡིང་ལ་བྱུང་ནས་ནམ་ཁའ་ལ་ཕྱུ་གྱི་ལེན་འཕུར་སོང་། །དེར་སྤྱན་པར་ནག་པས་ཚ་གཅིང་ཚམ་སླེབ་དེ་ཀོ་འགོ་ལྷ་ཡོད་ནས་ཤར་བབ་ནས་འདུག ཕྱིར་

ཉིན་ནམ་ཁའ་ལང་དང་སྲུ་ཉམ་དུ་སོ་ར་ནས་ཆུ་རྫོང་མ་ཁར་ལ་སླེབས། དེ་ཆུ་རྫོང་མ་ཁ་འབྲས་ཀོང་པོ་སློན་རྣམས་ཀྱིས་ཐོང་ནས་ཨ་མ་གོན་པོད་ག་དཔའ་ཞེར་ནས་དགའ་…

༄། །དགའ་ཐུབ་ནམ་ཡང་ཚིག་སྙན་རྡུང་ལ་ཡིན་ནས་ཆ་ཨ་མགོ་དང་ཨ་ཁང་རྒྱ་མཚོས་ཀྱིས་རྒྱལ་པོ་ལ་འཇལ་དར་འབུལ། ཨ་མགོན་ཞ་ནག་མི་གཅིག་དེས། གཡང་ལུང་གྱིས་རྒྱལ་པོ་རིན་པོ་ཆེ་ལ། ཁྱེད་སྐུ་ཁམས་བ་ཟང་བདེ་ཚམ་ཆེན་ཟེར་ནས་ལྷ་རྫས་རྫ་ཐུལ་ནས་སྤྲོད། དེར་ཚོགས་དང་དཔལ་མི་མགོ་ཀྱི་ཡིས་སྤྲིང་ནས་ཇོ་འདུག་གཅིག་ཐུལ་ནས་གཡང་ལ་ཨ་མགོན་ཞ་ནག་མི་གཅིག་ཁྱེད་ཀ་ལེར་ཨ་སྤྱད་ཀ་བྱ། ཁྱེད་ཕྲ་མས་འདུམ་དམག་ག་ན་ཡོད། མཚང་ཆོ་ཆེན་གྱིས་དམག་དཔོན་ཆེ་བཞི་དེ་ས་སྤོག་ག་ན་ཡོད། དེ་ནས་བར་དུ་གནའ་སྔོང་ལེན་ཡིན་ཟེར། རྩ་རི་ལ་གྲུབ་ནག་གྲུག་པར་སྐུར་དུ་བཞུགས། ཨ་མགོན་ཁ་ནག་མི་གཅིག་གིས་ཟེར་བ་གཡའ་ལུང་གྱིས་རྒྱལ་པོ་རིན་པོ་ཆེ་ལ། ངས་ལྷ་ཆོས་འཁྲུ་དམག་མང་གཞན་འདྲ། དམར་གསེར་ཕྱུག་ནས་དགྲ་ལ་ཕོར། ཡང་ན་དམག་དཔོན་ཆེན་བཞི་དེ། དཔལ་ལ་རྩེ་མོ་ལེན་ཤ་རེད་ཐེར། མཚན་རལ་གྲི་སོ་ལ་ཕོར་ནས་ཐལ། དཔལ་བོང་མ་ཕྱུ་ཡིན་རྒྱུ་གར་ཕྱུས་ནས་གྲུ་གྲུང་བྲག་སྟུག་ནང་ལ་མི་ལོ་མིང་པོ་སྐྱབ་ནས་ཚོས། ཟེར་ཅིང་ལུག་གེས་གཙར། ཁོས་ཐང་

ལྷག་ལུས་མཐར། ང་རང་ལ་སྐུག་བསྐུལ་ཡོད་ཀྱང་ངེ་ཐུབ་རྒྱུ་མ་པོ་ཁྱེད་དང་ཐུགས། དགྲ་ཕ་བཀག་གདུང་ལ་ཡི་དགའ་ལ་ནར་གང་ནུས་ཀྱི་མ་དགའ། དགེ་སློ་ལེ་སེ་འབད་

མོ་སྐྱིད། ངེས་ནས་ཞ་ཞབ་དེ་ལ་ཚོག་ཆང་རྒྱལ་པོས་གླུ་འདི༔ ཨ་ལ༔ ཐ་ལ༔ །ས་འདིས༔ ཕྱག་ལེ་ལྷ་རྗེ་ལགས་པོ་ངམ་རེད། །ང་འདུས༔

དཔོན་ཆེན་ཚོག་ཆང་རྒྱལ་པོ་ལགས༑ ། ཁོ་རང་ཞབས་མི་གཅིག་ལོ། །ལ་ཆེན་རྟ་མལ༔ །ཧོར་ཕྲུག་ཡལ་འཁྱིལ་གཞིས་ཁ་སྐྱེར་འབྲུག །

རྡོ་རྗེ་ཧྲ་ནས་བཟས་ཟས་ནས། རྡོ་ཕྲ་ཡག་རྒྱན་བཞིན་ཡི་ཡང་བསམ། །རྡོ་ཕྲ་ཡག་མི་སྡེ་འགྲོ་ཉིན་མོ། །གྲོ་སེར་འབྲུག་མོ་གར་

སོང་མེད། །ཕྲུག་དཀར་དཀྱིལ་གིས་ཐང་དཀར་རྟོད། །ཕྱི་ཚང་བྲག་ལ་ཟས་ཟས་ནས། །ཕྲུག་དཀར་རྒྱན་ལ་ཡི་ལེན་བསམ། །

ཐུག་དཀར་ཚོག་གིས་བསྐོར་རེད་ལ། །ཐང་དཀར་ཆང་པོ་གཡུ་མེད། (སྤྱང) །ཚོག་ཆང་བློན་ཆེན་ཨ་མགོན་ཁྱེད། །རྒྱལ་པོས་སྒྲུག་ཆག

༄༅། །བཙད་བཙད་ནས། །རྒྱལ་པོས་སྣག་ས་ཚག་ཡི་འོང་བསམས། །སྐྱིད་དཀར་དམག་གིས་གཏོར་བས་དུས། །ཞ་ནག་མིག
གཅིག་གར་སོང་མེད། །འཇིག་རྟེན་རྡ༔ །རྫས་ལ་རྒྱབ་ན་ཡ་རབ་དེད། །ཀྱི་རྒྱ་མ་ཀག་མི་གཟིགས་གྱིས་ཕྱུར། །དགྲ་ཡར་རྒྱབ་འགྲོ…
ཨི་ཡུལ་ཉེས་ཁྱུར། །ཁྱེད་དེ་འདྲ་མི་ནུས་འདྲ་ཡིན། །དགྲ་ནག་པོས་དཔྱང་དང་ཐུག་ཉེས་མ། །ཡོ་ཟ་མས་རང་མགོ་ཙི་ཙེན་བྱས། །རྟ…
འཛོག་པའི་རྒྱུག་དམ་བྱེད་ཉིན་མ། །རྒྱུག་མེད་རྟ་ཡིས་འཕྲུ་ཚག་བྱེད། །ངེ་ཚོག་ཆད་རྒྱལ་ཚོས་རྗེད་ཉིན་མ། །ཁྱེད་ཨ་མ་གོན་རང་མགོ…
ཙི་ཙེན་བྱེད། །དུས་དེ་ཡོང་མེད་འདྲ་འདྲ་ཡིན། །ཁྱེད་རང་གར་བསམ་ཁྱེད་རང་སོང་། །ང་རང་གར་བསམ་དང་ཟང་བྱེད། །གོ་ཡི་ཐས་ཅ་ནག
མི་གཅིག་ལོ། །གོ་ན༔ །མ་གོ༔ ཨ་མགོན་ཞ་ནག་མི་གཅིག་དེས་དར་ཅིག་དང་སྐད་སྒྲ་གཅིག་རྒྱལ་པོ་ཀ་མདུན་ལ་བཞག་ནས། །ཁྱེད་རྒྱལ་པོས་དགོང་པ་མ

ཚོམ་དང་། ངེས་འདུ་མ་འབར་རི་ལྷུ་རྒྱུར་ཡོད་ཟེར་ནས་སླུ༔ ཨ་ལེ༔ ཐ་ལེ༔ སྐྱབས་ནས་དབང་ལྷག༔ །དཔོན་ཆེན་ཏོག་ནང་རྒྱལ་པོ་ལགས། །
ཞྭ་རྒྱ་ཞྭ་མགོ་ཡིས་མཛེས་རྒྱུད་དེ། །རླུང་སེར་མས་སློ་དགྲ་མ་ཐུབ་ན། །ཞག་ཕྲེན་མ་དའ་མོ་སློག་ལུས་སྒྱུར། །མ་དའ་ཤི་ལེན་ཟེར་མ་
སློང་འཚུབས་ཉེས། །ཞིང་རླུམ་ནང་གིས་འདུ་དུག་དེ། །ཚོག་སེར་བས་སློ་དགྲ་མ་ཐུབ་ནང་ ཀྲུ་ཞོ་ར་དར་མ་ཤ་ཡིས་ཚར། །མ་ཁའ་ཀླུ་མོ་
རྒྱུ་ན་ནང་ལག་རྟ། །ཁྲག་མ་བཟུང་ཚོག་དང་སེར་བས་ལྷག །ཕར་དབུས་རྩ་རྫོ་ཕག་རྩེ་ལ་གསུམ་དེ། །སྐྱི་དང་ཁ་ར་དཔུང་རོག་མ་འོང་
ན། །ཨ་མགོན་དཔྱང་པར་ཚོག་ལུས་ཚར། །དབུས་རྫོ་བོ་ལེན་ལ་ཁར་ཆེད་རེད། །ལེན་མ་ཅིག་གླིང་རིས་དམག་གིས་གཏོར། །ཀྱེད་
རྒྱལ་པོ་དགོང་པ་མ་འཚོ་ལགས། །ཉི་ཤིན་ཀྲ་ལ་མ་ལྟང་གང་། །མཚོ་མི་རྟེ་རྒྱལ་མཚོ་ཕྱིང་ནས་འགྱུར། །ཧྲག་ཅག་ནས་འཛོ་དུག

ༀ། །མ་ཆད་གང་། །ཞག་མི་རྗེ་འཚོ་ལྡན་གཞུ་སྒོ་ངམ། །སྔོན་ཤེའི་ནས་གཏང་མ་ཤོར་གང་། །དཔོན་གྱི་རྗེད་ཞ་ཕྱིར་ཤེའི་ནས། སྐྱུགས་ལས། །རྗེས་རྒྱལ་པོས་ཞུགས༔ །གོན༔ །མགོ༔ ཕ་ཡི་ཚོགས་རྣང་སྟག་འཕྲོག་ནས་ཤག་ཡར་ཞ་ནག་མིན་ཅིག་ཞེད། འདུ་ལ་ཁ་དོན་ལྷ་བཙོས་གྱི་ཡིས་ལ་ཁ་དོན་འཕྲོ་ཁབས་སྐྱེད། ཚོགས་རྣང་དགོ་ན་ལ་བསྒོ་གཡོ་ག་རེད། རྒྱལ་སྔོན་རང་རང་ཁ་ཁ་འགྲོ་ཞེར་ནས་སྒྲ༔ ༄ ཨ་ལ༔ ཐ་ལ༔ ཀྲུ་བཀའ་ནག་དབང་ཕྱུག༔ ལ་འདིས༔ རྩེ་རྫོང་ཁྲ་མས་ནང་བཞུགས་རེད། །ང་འདྲིས༔ །དཔོན་ཆེན་ཚོགས་རྣང་རྒྱལ་པོ་ཞེར། །ཁོ་རེད་ཆ་ནག་མིག་ཅིག་ལོ། །ཉིན་དང་འདྲ་མ་ཁགའ་རེད་ཡོད། །ཞྭ་རྒྱ་འཁོར་བས་སྔག་དཀར་དེ། །སྔག་དཀར་དབང་ཞང་ཆེ་བས་དེས། །ཞྭ་རིགས་སྤུན་དྲུ་འཁོར་ནས་ཡིན། །སྔག་དཀར་ཚོགས་གིས་གཏོར་ཞིན་མ། །ཞྭ་རྣང་དགོ་བཞང་གཅེར་ནས་ཐེས། །རྣང་ཞང་དཀར་ཡོད་མེད་འདུ་འདུ་ལས། །སྔག

དཀར་རང་བཟེ་ཨོ་ཚོས་བསྐུ། །ཕོག་རྣད་དབང་ཕོད་མཐེབ་ལས་དེ། །སྲིན་ཆེན་མང་པོ་འཁོར་ས་ཡིས། །ཕྲིད་དཀར་དམག་གིས་གཏོར་

དུས་ལ། །སྲིན་པོས་སྐྲ་གསེས་དགུ་ལ་འགྱུར། །ཨ་མ་གོན་པོ་དམེད་འདུ་འདུ་ཡིས། །ཕོག་རྣད་རང་བཟེ་ཨོ་ཚོས་བསྐུར། །ཨྱུ

བྲག་བགམ་ལས་སྲོན་ཆེན་ཕྱེད། །མ་བྲག་སེམས་ཐག་ཆད་ལ་སྒྱུང་། །ཁྲི་དམག་བསྒུ་གཉིས་དགྲ་ལ་ཕོར། །དམག་དཔོན་ཆེན···

བཞི་གཉན་མ་ཕོར། །ཧྲར་མས་རང་འགོ་ཅི་ཕྱིན་བྱུས། །དུས་དཔེ་རང་རང་ལམ་དུ་འགྲོ། །གོ་ཨཿ །མ་གོཿ དེར་ཨ་མ་གོན་ཞ་ཞབ་མིག་ཅིག་དེས

ངར་ཕོག་རྣད་ལ་གང་ལྷ་སྤུང་ལྷ་བླམ་ལ་ཚོས་བཀེད་པས་དཔེ་ལྟར། དཚ་རང་གིས་ཕོག་རྣད་རྒྱལ་པོས་ཤི་འདེབས་ལས་གནམ་མང་པོ་འདྲུག ངརང་ཕལ་ཉེས

ཅི་ཡིད་བསམ་ནས་རྒྱལ་པོས་ལ་སྐུ༔ ཨ་ལེ༔ ཐ་ལེ༔ ལ་འདེམས༔ ཕྱུག་པོ་རྒྱ་རྫོང་མཁའ་ཞང་རེད། །ད་འདྲིས༔ །ཨ་མ་གོན་ཞ་ཞབ

༄༅། །མི་གཅིག་རེད། །དེ་ནས་ཕྱོག་ཆད་རྒྱལ་པོ་ལགས། །ལ་ཆེན་ཐུ༔ །ཕ་ཀླུ་རྒྱུད་གིས་དྲིན་ཆེན་མ། །ལྷ་རྒྱུད་སྲིན་ལ་ཞེ་སྡིང
ཉིན་མ། །མ་སྐྱལ་ཀོ་ལང་ཧྲིད་ཐབ་མེད། །ལྷ་རྒྱུད་དགྲ་པོ་ཅི་ཞིག་རེད། །དཔོན་པོས་རྒྱུད་གིས་སློན་པོ་ང་། །ཞབས་ཕྱིར་དཔོན་ལ་
སྐྱབ་དུས་ཡ། །རྒྱལ་པོ་ཐུག་ལ་ཕོག་ཐབ་མེད། །ཨ་མགོན་དགྲ་ལ་ཅི་གིས་འགྱུར། །དེ་ནས་ཕྱོག་ཆད་རྒྱལ་པས་ནོན། །ཀྱེ་དང་
ང་རང་གཉིས་པོ་དེ། །བློ་སེམས་བསམ་པ་མ་ཉེས་ན། །དཀྲོན་པོས་དཔོན་པོ་ལུས་སྐྱོན་རེད། །བྲག་དཀར་མཚོ་བཙན་ཆེ་བ་ན། །
ཐ་རིལ་སྣ་ཚོགས་བབ་ཡོང་ནས། །ཁང་དཀར་རྡོང་ལ་མ་དགའ་ཕོས། །བྲག་དཀར་རང་བཞི་འོང་བས་ན། །ཁང་དཀར་གར་འགྲོ་རང་དབང་ཆེད། །འཆི
སྒྲིང་སྐྱེས་པས་ས་ཚ་ན། །བྲག་དཀར་མཚོ་པོ་མང་པོ་འགྱི། །ཁང་དཀར་བབས་ན་ལུས་ཚོག་རེད། །དཔོན་ཆེན་ཕྱོག་ཆད་རྒྱལ་པོ་ལ། །

རྒྱལ་བློན་དགུ་བརྒྱ་གོ་དགུས་སྐོར། །ཨ་མ་གོན་དང་ལ་མ་དཀའ་རྡར། །དཔོན་པོའི་རང་ཚོས་ཞིབ་པས་ན། །ང་ཨ་མ་གོན་འཁྲི་ལོས་དཔོན་པོ་ཅིག །འཛཾ་གླིང་བཀྲིགས་པས་ས་ཆ་ན། །རྒྱལ་པོ་མཚོ་པོ་མང་པོ་འཚི། །ཁྱེད་མི་རྒྱུད་དཔོན་པོ་ལུས་སྐྱོད་རེད། །ཡང་ན་ཚོག་ཆོད""

རྒྱལ་པོ་ལགས། །ང་རང་དཔོན་བློན་གཉིས་པོ་དེ། །ཕོ་རང་རང་ལོ་དྲུ་འགྲོ་བས་ཚོབ། །གོན༔ །མགོ༔ དེ་ནས་ཨ་མ་གོན་ཞ་ནག་གིས

གཅིག་དེ་སྐྱ་ཆེས་ནས་སྐོ་ལ་གམ་འབར་གསུམ་སོང་བས་ཚིག་ཆད་ལ་ལེན་གསུམ་ལྷུས་ནས་མཁའ་ལ་འཕུར་སོང་། །ཞེ་རེ་ཆེན་ཤེས་རབ་བསྒྲགས་པ་དེས། རྒྱལ་བློན""

རང་འཛོམས་བྱས་པ་མི་ཡག་འདུག་བས་མ་ཟིན་ད་ཨ་མ་གོན་ནས་ཐར་ཕོར་ན་སྐྱེར་ན་ཨ་མ་གོན་མེད་ན་ཐབ་ཆག་དགོས་ན་ཨ་མ་གོན་གླིང་ལ་མགོ་འཇེན་ལྷ་སོང་ན། ང་ལ་

སོང་མི་འོང་བས་མ་ཐུས། ཨ་མ་གོན་དེ་འབོད་མི་བློན་པོ་གསུམ་བསྡུགས། ཁོ་རང་ཚོག་ཆད་དྲུང་ལ་སོང་ནས། ཁོ་རྒྱལ་བློན་གཉིས་ལ་དགུ་མཚར་རེ་བཤགས་ནས་

༄། །ཡ་ལྷས་ཀྱི་རྒྱལ་པོ་རིན། ཕྱིད་རྒྱལ་ཟློན་རྒྱགས་སེམས་མ་སྒྱུན་ན། སྐྱིར་གྲུ་དྲུས་ཚགས་ཚ་ག་ག་འདྲ་ཕྱིད་ཆེར་ཐམས་ཤེས་རབ་གྲགས་པས་སྐྱུ་འདི༑ ཨ་ལེ༑

ཐ་ལེ༑ ས་འདེགས༑ སྐྱུག་པོ་ཆུ་རྫོང་མཁའ་ནང་རེད། །ང་འདྲེས༑ །བདེ་ཆེན་ཤིས་རབ་གྲགས་པ་རེད། །དེ་ནས་ཨ་མགོན་ཕེབ་ནང་

གཉིས། །ངང་སེམས་འཁོར་བ་སྡོད་ལ་འདུག །འཇིག་རྟེན་འཁོར་བས་ཚ་ནས། །ས་སྐྱུག་དཔེ་ལ་རྩིས་གསུ་ཡོད། །སྐྱོ་མོ་དོ་རྗེ་བྱུག་རི་

ལ། །ཚོན་དོན་ཕུར་པར་ཟུག་མ་སྐྱུང་། །སྐྱོན་པོ་རྒྱ་མཚོ་མདོག་ཟེར་ལ། །མི་ལྟོ་དམར་པོ་འབར་མ་ཐུང་། །ཞེ་སེམས་མཐུམ་པས

དཔོན་སློབ་ལ། །ཚོག་རྣང་བཀའ་ཀྲིན་སྣང་མ་སྐྱུང་། །ང་ལོ་རྒྱ་སློབ་ཞེ་སེམ་འཕྲུག །སྲུག་ཚེ་ཚུ་ཞིག་བབ་རྒྱུར་དེ། །ཐག་དཀར

ཞིག་པས་ལུས་དམན་རེད། །རི་མགོ་ཚུ་སིག་སྤྱིན་རྒྱུ་དེ། །རི་བོ་ཧྲུབ་པས་ལུས་དབྱར་རེད། །རྒྱལ་སློན་ཆང་འཛིས་ཕྱེད་རྒྱུ་དེ། །རྒྱལ་ཚོས

ཤོར་བས་ལུས་ངན་རེད། །འཕྲུ་གུ་སྦུག་མེད་ལ་འགྲོ་ལེན་དང་། །གོང་མོ་རྫ་ལ་འགྲོ་ལེན་གཉིས། །ཅིག་ཡིད་ཅིག་ལ་ཡོག་རྒྱུར་མེད། །
ཕྲུ་གུ་སྦུག་མེད་ལ་འགྲོ་ལེན་རེད། །ནམ་རྩེས་དུས་གིས་བཞག་ལེན་རེད། །ཨ་མགོན་ཀྱང་ལ་བཙར་ལེན་དང་། །ཞིག་ནད་རྒྱལ་
ཆོས་ཤེར་ལེན་གཉིས། །ཅིག་ཡོང་ཅིག་ལ་ཡོག་རྒྱུར་མེད། །ཞིག་ནད་རྒྱལ་ཆོས་ཤེར་ལེན་དེ། །སྟོན་མ་ལུས་ཀྱི་སྐྲས་བཞགས་
རེད། །ཨ་མགོན་ཀྱང་ལ་ལྷག་ལེན་དེ། །གླིང་དཀར་ལྷམ་ཟན་ཆེན་ལེན་རེད། །འཁྱིད་པར་བྱེད་ནུས་དགོས་པ་མེད། །ཁ་མཛེས་སྐྱོ་
ནས་ཡན་པ་མེད། །དཔོན་ཆེན་ཞིག་ནད་རྒྱལ་པོ་ལགས། །བློན་པོ་ཨ་མགོན་ཚེ་ལེན་རེད། །ཡང་དགོས་ཨ་ཀང་ཡོང་ལེན་རེད།
དགྲ་འགྲུབ་པས་ལུས་ཅིག་མི་བྱེད་ནས། །རང་ནང་འཛོམས་བྱེད་པར་དོ་རེ་ཚོ། །གྲྭ་ཚང་ནང་མཛོས་བྱས་ང་ལགས་ན། །དགེ་བདེ་སྟོན་

༄༅། །ཕ་ནུབ་ཆོས་པེད་ །མདོ་རྒྱུད་གཙོ་འབར་ཕོ་རྩེས་ཟེད། །རྒྱ་སྐྱོན་ནང་འཛོམས་ཐུགས་པས་ནས། །རྒྱལ་ཚོས་ཤི་
ལ་ཞོར་ལུགས་རེད། །ཤ་ཡོངས་སྐྱོ་གདུགས་ཕྱེད་ལྷག་རེད། །དེ་ལུགས་རྒྱ་སྐྱོན་གོ་བ་གྱིས། །གོ་ན༔ །མ་གོ༔ དེར་ཡ་སྐོར་
རང་གིས་བཀས་མ་ལོ་མང་པོ་གདང་ནས། ཤེས་རབ་གྲགས་པས་སྐྱོང་བ་དེ་བདེ་བསྩེ་ནས། ངར་རྒྱལ་པོ་འདི་དང་མཁའ་ན་ང་རང་ཨ་མགོན་ཕྱིན་
ཀྱེ་ཞི དགའ་བསོ་ནས་ཡར་ལ་ང་ནམ་ལུས་ཆེན་དར་ཅིག་ཚོག་རྐྱང་ཏྲུང་ལ་ཡུལ་ནས་གཡང་ལུག་གི་རྒྱལ་པོ་རིན་པོ་ཆེས། ང་རང་རྒྱལ་སྐྱོན་གཉིས་
པོ་མ་དང་ང་ནང་ཀྱི་གདོང་ལ་གླིང་དཀར་དགུ་ཡིས་སྐོར། དཔོན་སློབ་ནང་མཛེས་ཐུབ་ཀྱང་སྐྱ་ལ་ཕར། ཤེས་རབ་གྲགས་པས་ཟེར་བ་བདེ་ངེས་འདུག
ང་རང་རྒྱལ་སྐྱོན་གཉིས་ཐུབ་མ་ཐུབ་དགོས་ཟེར་བས་ལུ་བ་ཕྱུར། དེ་ཚོག་ཆང་ངེས་ཨ་མ་གོན་ལ་ཚེ་དེ་ལྷ་ཡིས་ར་བདེ་ཨ་མགོན་ཁག་མེད་རེད།

ང་རང་རྒྱལ་སྟོན་གཉིས་ཀྱི་ན་སྒོགས་དམར་གཉམ་བཟང་དགས་སྐྱིད་པ་འདི་སྐྱབ་པའི་ཁ་ཕ་གང་གླག་གིས། ཨ་མགོན་གྱིས་དེ་ལྷག་བསོ་ནང་གདུང་ཟེར་ནས་

གསེར་འབྲུ་སོ་བདུན་དང་དགུ་མཚན་ཙིག་སྣང་ནས་རྒྱལ་བློན་མ་དུས་མ་འགྲིག་ངེས། ཕྱིར་ཉིན་ནམ་མཁའ་གསལ་དུས་ལ། ཨ་མགོན་ན་ནག་མིག་ཙིག་དེས་

གཡའ་ལུས་ཀྱི་རྒྱ་པོ་ཚོགས་ནང་དཔོན། སྐྱིད་སྐར་སྐྱང་ཆབ་ཆུ་ཙིག་ལ། ཙོལ་འབྲེན་ཤ་རེ་མ་བཞགས་ན། ཨ་མ་གོན་འདུག་ཐབ་ཁ་ཡོད་ཟེར་ནས་སློན་སྐྱོན་པོ་གཉིས་

ཙམ་ཁྲིད་ནས་སྐྱིད་སྐར་ཡོག་ལ་ཁ་ཕྱིས་སོང་། སྐྱིད་སྐར་དེ་གཡུ་མོ་ན་ཐང་ལ་བབ་ཡོད་པས། དེ་ཨ་མགོན་དཔོན་གཡོག་སུམ་མེད་ཚེད་པ་བཞིན་དུ་ཕྱང་བས་སྐྱིད་ཐས་མཚོང་

དེར་སྐྱོན་པོ་རྣམས་ཀྱི་ཚིག་ཐོལ་ནས་དམག་སྐར་ཆེ་བཞིན་ཐང་ནས་དམག་དཔོན་རེ་རེ་དུ་ནས་ཁྲ་དཀྱང་ཕྱུར་ཕྱེད་ནས་སྐར་མཐའ་ལ་ཐུད། ཕྱོགས་སྐར་གཡུ་སྐྱའི་སྐར་ལ་

གྲུ་བུས་དམག་དཔོན་གསུམ་པར་ནས། དེ་འཛང་གཡུ་ལྷ་སྙོས་པས་དཔལ་ལ་ཕྱུག་གང་བཟང་བཟང་ངོ་ལ་བཙར་ནས། དེར་ཨ་མགོན་དེས་རྒྱང་མདའ་ཤོག་གསུམ་སྐྱོག་བཙང་ལག

༄། །ལ་ཕ་རྒྱུགས་ནས་བཙལ་ནད་རྒྱུག་པ་ལྷུར་དཔྱང་གཉིས་ལ་འདི་མི་མོ་ན་ཏ་ཛྙཱ་ན་ལ་འདི་སྐུ་རེད་ཟེར། ཆོ་གཉིས་ཀྱི་གཡུ་ལྷ་ཡིན་པ་འདུ་རྩེར། དེར་ཨ་མགོན་དེས
ལ་ཁོ་རེད་མི་ཧོ་ན་ཏ་ཧོ་ན་ཅེ་ར། ཀླུ་ཤེ་དང་འདུ་མ་འཁོར་རེད་ཡོད། ངས་ཡིན་ཅོ་བེ་མ་ཤེས་ན་ཟེར་འཁྱུ་འདི༑ ཨ་ལེ༑ ཞ་ལེ༑ གཡུ་ཤས་ན་ཕང་གོང་མ་རད།

ཤོ་ཇུ།

ང་འདྲེན་ས༑ ཨ་མགོན་ཞ་ནག་མི་གཅིག་རེད། མཚོན་རྫོང་ཀང་རིན་དཀར་པོ་ལ། །འཛིག་རྫོང་སྡིག་དཀར་མོ་རེད། །ཁྲ་རྫོང་དབྱུག
དཀར་ཚེར་རྫོང་ལ། །ངང་ལྷོ་ཤོད་པས་རྩེ་ར་རེད། །ཁེ་ཆེན་ཚོ་གཅད་རྒྱལ་པོ་ལ། །ངར་ཆེན་སློན་པོས་རྩེ་ར་རེད། །སོ་རེད་གླིང་སྐྱུག
སློན་པོ་སྐྱབ། །སྐྱེན་མ་ཅི་བྱུས་ཨེ་གོ་ལགས། །འཕྱུར་ཕོག་ཅན་གྱིས་ཐང་དཀར་དེ། །ཞམ་ཁའ་ཅན་ལེ་ཨེ་གོ་དྲུ། །དཔོན་ཆེན་ཁྲ༑
ནག་མི་གཅིག་དེ། །ཤེད་ཡུལ་གདོར་ལེ་ཨེ་གོ་དྲུ། །གླིང་དཀར་ར་ཁྲ་མོས་འདྲུམ་དམག་དེ། །དམར་སྤྱང་ཁྱིང་ལེ་ཨེ་གོ་འདུག

བདུད་རྒྱལ་ཁ་ཞགས་མིག་ཟིག་ང་། །ཕྱིན་ཟང་ཡུལ་འཚོར་ལོ་ཨོ་ཟིག་དུར། །དེ་ཞས་གླིང་རྒྱག་རྩོལ་ལ་ཅེན། །སེམས་ལྷུད་ཚོག་དང་། སྐྱིད་རྒྱུར་ཡོད། །ཕྱིང་ཟེལ་སྤྲུང་སྐར་སྐྱ་མོ་དེ། །ཞ་ཀྱིས་བོད་ཡུལ་ཕོག་ལ་ཕྱུང་། །ཨ་མགོན་དང་ལ་དགྲ་ཡ་བཟུངས། །ཕྱུབ་། ཏོམ་ཙ་དགྲ་ཡ་བཟུངས་བཙས་ན། །ལྕུས་ཞད་ཀྱིས་བཟུངས་ནས་ཁྲག་རྒྱུར་མེད། །དགྲ་འཆི་བདག་ཁེབ་ཡ་ཙེབ་ཉིན་མ། ། རྒྱུར་ཙོར་རྩེས་ཡོད་ཀྱང་སྒྲུ་བ་མེད། །ང་ཨ་མགོན་དགྲ་ཡ་བཟུང་བས་ན། །ཕྱིང་ཀ་ཀ་ཡིན་ཀྱང་ཁཙ་སོ་མེད། །བོད་ཡུལ་། ཚམ་ལ་ཕབ་ཕས་དུས། །བཀལ་ལེན་མང་པོ་སྤྱག་བསླ་ལ་ཙོ། །མདལ་དཔོན་མང་པོ་དར་ཁྲི་བཙད། །ཞིག་སྤོ་ཆར་སེམས་གཏོར་ ཉིན་མོ། །ཕྱིག་རོག་གླིང་བས་ཀྱང་སྐར་ཕྱུང་། །ཡིད་ཕམ་པོ་བོད་ཡུལ་སྟོད་ལ་ཕྱུས། །སེམས་ཕཾ་པོ་ཨོ་རེད་སྐྱོན་པོས་བྱ། །ངཿ

༄༅། །དེ་ནས་སྙིང་དང་མཐའ་ལྷུག་ལ། །དུང་སྐྱོང་ཀླག་ལྷ་ཀྱི་དཀར་ཞེས། །ཡོ་ཆད་མདོག་ཐད་པ་མཚོ་པོ་རེད། །ཤེས་འབྱུང་
སྨྲ་ཐུ་བཙན་པོ་འགི། །དེ་ནུས་ཀྱི་དམག་བཅོ་ལྔ་འགི། །སྟག་ལྷ་སྤྱོད་ནས་གཏང་མ་བཙད། །ཨ་མགོན་རྫོང་མདའ་ངར་ལ···
ཐུངས། །དེ་མིན་དཔལ་བོ་བཞི་ཚོགས་དང་། །ལུས་བཟང་དྲུག་ཅུ་སྤྱོད་དུ་གདང་། །དེས་མི་ཚད་ཁ་ཁྲག་ཧྲུ་འཛིངས་ཐུམ། །
གཤིན་རྗེ་ཀྱི་ཁྲག་ཞལ་དཀར་གསུམ། །བཙན་རྫོང་ཤོགས་ཚལ་དཔུང་པས་འདུལ། །ཞི་རིས་སློན་པོ་ཆོས་འགྲུབ་དང་། །
ཞེར་མ་སྟག་ཞུ་གཡུ་རྒྱལ་གཉིས། །སོག་ཕྲུག་ཁྲོ་ཆུང་ལྷ་ཆད་གསུམ། །དཔལ་བོ་གསུམ་དེ་ལ་གཟུངས་ཐུབ། །རྒྱལ་
ཁབ་ལྷ་ཡིས་ལུས་དམག་དོ། །ཉི་མ་གཅིག་གིས་གདོངས་གང་ལ། །ངེས་རུ་ནག་སེ་རབས་གདུང་འདུ་ཐུབ། །གཅོ་སླད་ཆ···

གཞིང་མི་མ་བཞགས་ཡོད། །ཁ་ཆེང་དེ་ཡིན་དུས་སུ་ལ། །བོད་རྫོ་གདོར་ནས་ཞོར་རྫས་འཕྲོག །གླིང་སྐར་གདོར་ནས་སྐར་་་

ཚོས་ནུབ། །ཨ་མགོན་སྐྱི་གཡས་རང་ཡུལ་འཁོར། །ཇི་མ་དེ་ཡས་ཕྱིན་ཚད་ལ། །ཧོག་རྐད་རྒྱལ་ཡས་བཀའ་བསྒྱུར་འཕེབ།

གླིང་རིགས་སྐུང་སྐར་སྐྱ་མོ་དེ། །ཡུལ་མེད་རྩ་ལག་གཏང་དགོས་ཟེར། །ཨ་མགོན་ཚིག་པ་སྤྲིག་ནས་ཟུར། །གླིང་དཀར་ཡུས་མེད་་་

གཏང་ཐབ་ལ། །དཔོན་ཚོག་རྐད་མདུན་ནས་ཀླུས་ལེན་ཐུས། །སྐར་ཁྲ་མས་དཀྲིས་ནས་བརྩེན་རྫོང་ཐོན། །ཏ་རཀ་དཀར་རྒྱབ་ལ་གསེར་

ནརྒྱབ། །དེ་རིང་གླིང་སྐར་གཏོར་བསམ་ཡོད། །ཐོ་ན༔ །མ་གོ༔ དེར་ནས་ཨ་མགོན་དང་བློན་པོ་གསུམ་རྫོང་མཐའ་ཁྲུར་ཏེ་འཛང་སྐར་བསྐྱུག་རྩིས་ཕྱེད་

སྐྱབས་ལ། འཛང་གཡུ་ལྕ་ཚོག་འབྱུར་དེས་རྩ་གནམ་གཡབ་གོང་ལ་བུད་ནས་བཞི་ཆད་རྫི་ང་དུ་མ་དང་གྲངས་ནས་བ་རྒྱབ་བདུན་དཔྱང་རོག་ཁྲིད་ནས་ ཨ་མགོན་སྐྱིས་གདོང་ལ

༄། །གཅར་ནས་གླུ་འདི༔ ཨོཾ་མ་ཎི་པདྨེ་ཧཱུྃ༔ ཨ་ལ༔ ཐ་ལ༔ །སྐྱབ་བླ་མ་ཡིན་དམ་དཀོན་མཆོག་གསུམ། །འབྲལ་མེད་ཕྲིན····

ཀྱིས་རློབས༔ །ས་འདིས༔ །གཡུ་མོ་ན་ཐང༔ །ང་འཕྱིས༔ །འཛིང་བདུད་མཁར་དམག་པོས་ནང་བཙུགས་ནས། །རྩེད་པོ་གཡུ་

ལྷ་ཚོགས་འགྱུར་རེད། །བྱེ་སྤྲུལ་གསུམ་ནང་གིས་དང་པོ་ཡིན། །ཕ་རྒྱུད་ཕ་དགའ་རྒྱལ་པོ་ཡིན། །ཕྱུ་རྒྱུད་དགོང་མ་ལྷུ་ནས་ཡིན། །

ཚག་ནས་གླིང་དཀར་སྐོད་ལ་ཡིན། །དེ་ལྟར་གོས་རབ་ཀ་འཁོན་ཡིན། །དེ་ནས་བདུད་ཀླག་ནག་པོ་རྒྱབ། །སྒར་མི་བོད་རྟེ་བསྟོ༔

འབྲུག་རྫོ་ལ་སོང་རབ་མ་གཡོད་ན། །རྫོ་རྩ་ཙི་ཞབས་གོ་ནས་ཐུང་། །ལུག་རྫུ་མགོ་མཚོ་རབ་མ་གཡོད་ན། །སྐྱང་དར་མཁས་ཙི་གཏེར་

གོ་ནས་ཐུང་། །གླིང་དཀར་གཏེར་རབ་མ་གཡོད་དུ། །དཔལ་ཁེ་ཡུཾ་ཙི་རེད་གོ་ནས་ཐུང་། །ཁྲ་རིག་དུས་ཐུས་ཚང་རྒྱས་འཕྱུང་བཙག།

སྐུ་དང་རིག་དུས་ར་རྒྱེད་ལ་ཐིམ་གྲིས། །སླིང་རིས་དུས་ཨ་མགོན་རང་ཡུ་གྲོགས། །ཁྱེད་ལེན་གཅིག་གྲོག་མགོ་ཐོན་ཞོན་འདུ། །ཡུན་རིང་པོ་ཁྱེད་རང་བཞག་ལེན་མིན། །ཐོག་རྒྱུད་རྒྱལ་བློན་ལ་ལོག་པ། །ཡོ་བྲག་པ་ཆེན་པས་སྐྱོན་པོ་རྣམས། །དམག་ཁྲ་མོས་དགྲིས་ནས་གཏད་ནམ་ཡེར། །དཔལ་ལ་རྗེ་དྲག་འཛོམ་པའི་དམག་དཔོན་རྩིས། །ལུས་བཟང་དྲག་སྐྱེས་རྗེས་ཞག་གཉིས་བརྩེད། །ཐེད་དེ་དུས་མེད་པར་གནས་ལོང་། །ཁྲི་ནས་བདག་ཚོ་ཞང་ནས་བོར། །མི་ཚོས་ལྷ་ལ་རང་ཚོས་ཡེར། །རྒྱུ་ནོར་ལྷས་རང་གློག་ཆད། །ཆབ་ཉམས་ཀྱིས་བཞགས་ནགྲུ་ལུ་རེད། །གོ་ཡི་ཐོས་པ་རེད་སྤྱང་ཐལ་དགྲ། །མགོ༔ ཅེར་ནས་ཨ་མགོན་ཁྲ་ནག་མི་གཅིག་དེས་གཡུ་ལྷ་ལ་རྫོང་མདའ་ལེན་གསུམ་སྐྲུས་ཐུང་བས་ལུས་ལ་རྒྱབ་ཀྱང་ཨ་ཆད་ནས་ག་ཟེར་ཆེ་བས་གཡུ་ལྷ་ནི་ཐོག་ནས་ལྡང་སོང་། གཡུ་ལྷ་དཔུང་རོགས་དཔལ་ཞུབ་གདུག་ཙོ་ཡོ་དཔལ་དེས་

༄༅། །གཡུ་ལྷ་སྒྲོན་སྐྱབས་བསམ་ནས་ཞེ་ཁྲོ་མེད་པ་ཨ་མ་གོན་གདོང་ལ་བཙར་ནས་རལ་གྲི་དང་ལྷ་མདའ་གྲང་མང་སྐྱུར་ལས་ཁོ་ཀླུ་བདུད་ཀྱི་བུ་ཡིན་པས་གསོད་

མ་ཐུབ། དེར་ཁོ་རང་གསུམ་གྱིས་རྫོང་མདའི་ཐུབ་བདུན་ལ་མང་པོ་སྐྱུར་ལས་བཟེར་རྒྱ་ཆེན་པས་བེ་ཐུབ་གཉིས་རྣ་ཚོག་ནས་ལྷུང་ཤོར། དེར་ཨ་མ་གོན་གྱིས་རྫོང་མདའ་སྐྱུར་པས་

ཁྲི་ཡོག་དང་ནི་གྲུབས་གཉིས་ལ་རྒྱབ་ནས་ལུས་ཚལ་བ་བ་ཁག་ནས་ཤི་དེ། དེར་ཨ་མ་གོན་ཁོ་རང་གསུམ་དོན་ཤག་ཕོར་བར་ལྷ་ར་དུ་འཛད་སྐར་དཀྲིས་ནས་བཀགས། རྒྱ་ནས་

ཕོར་སོད། འཇང་བེ་ཐུབ་མདངས་ཅན་གདོང་མ་ལེན་ནས་དམག་འཁྲི་སྒོར་ཅན་ལ་བ་གཉིས་རྒྱ་རྩོ་བྲི་དང་ནས་སྒྲིང་སྐར་ལ་ཕོར་སོང་། །འཛང་གླིང་བར་ལ་གླིང་དཀྱུག་པོས་…

གདུང་རྒྱུད་ལས། ཁྲི་མི་དཀར་ལྷ་བུ་བསམ་འབྲུག་དང་། ལྷ་རྩེད་གཉིས་སྒོར་ལ་སྐྱེབས་ནས། དེས་རྗེས་ལ་དཔལ་ལྷ་ཁབ་འབར་མདའ་མ། ཉི་རྫོང་དཔོན་པོ་ལྷ་

ལྷ་གསུམ་རྗེས་པས་དཔལ་ལ་ཐུབ་ལྷ་ཡིས་གདོང་རྫོང་། དེ་ནས་ཨ་མ་གོན་འཁར་ཁག་མི་གཅིག་དེས་གླུ་ལེན་དག་སྐུག་གར་ཡང་མེད་ནས། དཔལ་ངར་རྣད་གདིང་ནས་…

འཁྲུག་པ་ལས། སྟོང་མ་དཔའ་བྲང་མོང་སྐྲག་པས་དཔལ་ཐུབ་ལྷ་ལ་སོ་ར་བ་རྒྱབ་པ་ལྟར་དུ་བྱུང་། དེ་ནས་དཔལ་ལྷ་མ་དབང་མ་གཉིས་ཨ་མ་གོན་གདོང་ལ་བཙར་ནས་ཡིན་ཆེན་དང་ལྷ་མ་དའ་རྒྱབ་ཀྱང་ཐོ་མ་ཆད། གཞན་དཔལ་ཐུབ་ཀྱིས་དེ་འདྲེ་ནབ་ཞག་ནས་འཁྲུག་འདུལ་ལྷ་མ་ལྷ་ཆད་དང་འབྲུ་མི་དཀར་ལྷ་བུ་ཐབས་མ་འཁྲུག་ཉིས་དཔྱང་ཀྱིག་ཐུལ་ཐལ། གཡུ་ཆད་ལ་རལ་དྲི་ལེན་གསུག་ཡུག་ཡས་གཡུ་ཆད་ཀྱི་སོག་ཕྲལ་ལ་རྒྱབ་ནས་ལུས་ཁ་གོས་ནས་སྐྱེད། དེར་དཔལ་ལྷ་མ་དབང་མ་གཉིས་ཀྱི་ཨ་...མགོན་དོ་ན་ཡིན་ནས་གླིང་སྐར་དཀྱིས་དུ་ཕྱིར་ཡང་། དེར་སྟག་རང་ཤ་རྒྱུད་མི་ཆེན་རྒྱལ་པོ་ལྷུན་འགྲུབ་བྱ། རྒྱལ་ཆེན་རིན་བསོ་རྒྱལ། ཁྲ་གདོང་དེད་འཛིན་ཕྲག་ས་ང་གསུམ་གདོང་ལ་ཕབ་ནར། ཨ་མགོན་དེས་གླིང་སྐར་ནས་ཁྲི་ཁྲ་ཙན་མང་པོ་ཆག་ཉམ་གཏང་བས། དེར་རྒྱལ་ཆེན་རིན་བསོ་རྒྱལ་དེས་ལྷ་མ་དབའ་གསོག་འཕང་བའི་ཨ་མགོན་དཔུང་རག་གཡུ་ནད་རྩེ་རྒྱལ་མགོ་ལ་རྒྱལ་ནས་མགོ་ལྷག་མེད་དུ་གཏོང་ནས་སྐྱོད། དེར་བདུད་རྒྱལ་དེས་སྟོང་མ་དབའ་ཡིན་གཅིག་སྐྱེས་ཡས་ཡང་རྩེ་ལྷོད། དེ་ནས་སྟོང་མ་དབའ་

༄། །ཁམས་གསུམ་སྒྲོག་ཅེད་དེ་ཀོ་ལེ་སྐྱེ་དབས་ཐེ་རང་གནམ་ཕྱུག་ཀྱིས་རལ་གྲི་དེ་ཕྱུར་དེ་ལེན་གསུམ་མ་ག་ཡུག་པའི་རྒྱལ་ཆེན་རིན་བས་མ་རྒྱལ་ཀྱིས་གོག་གྲུག་ལ་ཐེབ་ཐལ་ལྷས་གིས་གཉིས་གཏད་ནས་བསྐྱེད། ཡང་ལྷ་གདོང་ཉིང་འཛིན་གྲགས་པ་ལ་ལེན་གསུམ་གཡུག་པས་ཟེར་ཆད་མ་བྱུང་། གླིང་སྟག་རྒོད་གསལ་དེ་ཁྲབ་བཞིན་དུ་བསྐྱུག་ནས་ཡང་སྐབས་ལ། གླིང་དཔལ་ལྡན་རྣམ་ཀྱིས་ཨ་མགོན་གར་སོང་གིས་རྗེས་ལ་སོང་ནས་ལ་ལག་གི་གཡུག་པ་ལས་མདའ་ཞེད་ ནས་ཀྱིང་ཅི་ཡང་མ་ཐུབ། དེར་ཨ་མགོན་ཞ་ནག་མི་གཅིག་དེ་སློག་དམར་འཁྱུང་པ་བཞིན་དུ་གླིང་སྟར་དེ་སྟོར་ལ་ཁེབ་དུ་ཐུས་བྱུང་བས་སྟར་བྲུར་ནས་ཐང་དཀར་ཀྱིས་གཡོག་འཛིག་ཐེད་ཁར་ལྡུར་དུ་བྲུ་ཁྲུས་རྒོགས་སུ་ཕོར་བོང་། དེར་གླིང་པ་རྣམས་ཧ་ལས་ནས་དེ་རིས་བྱུང་བའི་མི་ནག་དྲག་ཅན་དེ་གླུ་ལུས་དཔག་ཡོན་སྲུ་འདྲ་ཞིག་རེད། དེ་འདྲ་སྲིན་པོ་གཉིས་ཡོད་ན་གླིང་སྟར་ལོན་གཉིས་སྟོང་རེད། རྒྱལ་སྟོན་སོགས་མགོ་ཡི་ཆེན་དེས་པར་རེད་ཐེར་ནས་དཔལ་ཆགས་ཨ་ལྷ་དུ་ལྷ་བྱུར་དུ་གདུངས། དེར་འགྲོ་ཕས་དགྲ་ལྷ་བཙན་རྒྱལ་དེས་སྐྱུངས་བ། ཡ་གླིང་གིས་དཔལ་ལ་ལྡན

རྣམས་ཁྱེད་དཔལ་ལྡན་རྣམ་པ་ཀྱིས་ཡི་གཅིག་གིས་ཨ་ཡ་ཡི་འོང་ནས་ཅི་འདྲ་རེད་ལེན་རེད་ཟེར། ལ་རྒྱས་མི་ནག་ཏིག་ནག་དེ་སྒྲ་ཟུར་དམག་དཔོན་སྐུ་འདྲ་རེད་ཁྱེད་རྣམས་གཏོར་ཁ་འབོད་རྟོ་ནམ་སྐུ་ཡིན་ཟེར། དེར་འཛིང་གིས་གཡུ་ལྷ་ཚོག་འགྱུར་དེས་ལུས་ཅན་ཀྱིས་དར་ཚིག་བཞག་ནས་ཡ་ལྷ་གྲིས་དགྲ་ལྷ་རིན་པོ་ཆེན་གཏམ་ཁ་འབོད་སྟོན་མ་ང་རང་ཡིན། ལ་ཆེན་འདྲ་མ་འགག་རེད་ཡོང་ཟེར་ནས་གླུ་འདི༔ ། ཨ་ལ༔ ཐ་ལ༔ ། སྐྱབས་བླ་མ་ཡི་དམ་དཀོན་མཆོག་གསུམ། ཀྱེ་འབྲུག་མེད་སྐྱོ་བའི་གཞུག༔ ། ཐ་ཕྱུག་ནས་ཐེབ་ཀྱིས༔ ། ལ་འདིས༔ གཡུ་མོ་ན་ཐང་གོང་མ་རེད། ། ལུས་གུར་དཀར་ཡལ་ནང་ཤེར་རེད། ། ང་འདྲེས༔ ། འཛིང······ ཀླུ་གཡུལ་ལ་ཐོག་འགྱུར་རེད། ། རིམ་ཀྱི་ཡིད་ཡང་སྐྱོང་ནས། ། དགུ་གཞུགས་དཔོན་པོ་དགྲ་ལྷ་ཁག ། ཕྱུགས་གླུ་ལ་ཨ་འདྲ་ཡོད། ། ང་ཐང་འོང་བས་དཔལ་ལ་བོ་དེ། ། ཨ་མགོན་ཆེན་ནག་མི་གཅིག་ཟེར། ། ང་འཛིང་གིས་གཡུ་ལྷ་ཐོག་འགྱུར་དེ། ། དེ་སྟོན་ཉི་མ་ཡན་ཆད་ལ། །

༄༅། །སེང་ཆེན་དཔོན་པོ་གཞུག་གདང་གཅིག །གཡུ་ལྷ་ཀློན་པོ་རྫོང་དང་གཉིས། །འཛིག་རྟེན་མི་ལུས་ལེན་དང་གསུམ། །སྐྲ་ལ་པ་ཆག
གིས་ཐོལ་ཆད་ལ། །དཔལ་ལ་རྒྱལ་འབྲེལ་མ་བཅགས་བསམ་པ་མེད། །དེ་འབྲིས་ཀློན་པོ་དགྲ་ལ་ཐབ། །གྲུ་ངས་དང་ཚོས་ལ་ཁྱུགས།
མ་ཐུད། །ངང་རང་གཡུ་ལྷ་ཐོག་འགྱུར་གྱིས། །དགྲ་ཐུ་སྒྲ་བ་མི་ལ་གླུངས། །ཨ་དྲག་དྭ་བཅུས་འཐྲེན་ལ་ཐུགས། །ཀློན་ཆེན་སྐྱ་ལྷ་ཐོག་རྒྱལ
དེ། །ཕོ་དེ་ཡིས་ཡོན་ལ་མེད་ཆག་ཡིན། །མི་དེ་ཚོ་བཞིན་ལེན་ཨ་ཁྱུར་ཚིར། །ཕྱག་གཅིག་ནོར་རྫོང་ལབ་ལས་དུས། །ཕོད་ཀྱིས་མི་རྒྱལ།
ཧ་རྒྱ་ཟེར། །ཕོད་ཀྱིས་མི་ནག་སྟོབས་ཆེན་དེ། །གཡུ་ལྷ་དང་དང་གདོང་ཁྱུགས་རྒྱབ། །གཙམ་ལྕགས་ཕ་དབང་གྱུར་ཁང་ལྷུག །དམག་དཔོན་ཆེན་
བཞི་གཙོ་ལས་པོ་ལ། །ཁ་རྩུབ་ལྷ་ཇོ་རྗེ་འབར་བ་ཟེར། །དེ་ཡིས་གོང་ལ་མེད་ཆགས་ཡིན། །མི་དེ་ཚོར་ཟེར་བ་ཡ་རེད་ང་། །སོགས་པོ་ཨ་རག

ཞི་ནུ་གསུམ། །རྒྱལ་ཁབ་ལྷ་ལ་དགྲ་ཡག་བཟུངས། །སྔོན་ཚོན་དགུ་བརྟུས་གཙོར་བོ་ལ། །གདོང་བ་ཙན་གྲོ་ལྷང་མེ་འབར་ཅེར། །ཨ་དྲག
དཔོན་པོ་ཉི་དྲག་ལ། །མི་ཐུབ་འདུག་པའི་མི་དགུ་དེ། །ཤོ་ཡ་མེད་བཙན་རྒྱུད་དམར་ཅེར། །ཞི་རུས་སྔོན་པོ་ཆོས་འཁྲུབ་ལ། །དབང
ཁང་ཚེབས་རྒྱལ་པོ་ལ། །ཡོ་བོ་གཡབ་ཆད་ཐོད་དཀར་དེ། །ཡོད་དེ་ཡིས་ཡིན་ལ་མེད་ཚག་ཡིན། །མི་དེ་ཚོར་ཅེར་ལེ་སྔོང་གནམ
བེད། །དེ་རིས་ཐུག་པོས་སྐྱོན་པོ་དེ། །བདུད་རྒྱལ་ནག་མིག་ཞིག་ཅེར། །འཇིགས་རྗེན་མི་ལུས་ལེན་པ་ལ། །དེ་འབྲིལ་མི་དེ་རིགས་མ
ལྷང་། །ཞནག་པོས་སྐྲ་འ་ཕྱོན་ལ་གདངས། །སྐྲེ་རྩེ་དྲུག་གིས་སྐྱུ་གྲི་ལ། །མེ་ནུ་དམར་པོའི་དུག་སྣང་འཁྲིལ། །ཐོད་པར་སྐྲ་ཡིས
བཞིན་མདོ་ལ། །མིག་ཁྲ་རྩང་གཅིག་ལ་བདེ་སྐར་སྐྱི། །ཞལ་ལས་འོད་ཟེར་མཐོང་རྩང་ལ། །དཀར་རྗེ་དགོང་ལ་ཕ་འདྲ་འབི །

༄༅། །ཀོ་དཀར་ལྷུ་བརྩུལ་བཀྲུས་ཚོགས་དེ། །ལྷུག་གཡང་དཀར་བརྡུང་ལ་སྐྱུག་འདྲ་འགི། །ལོ་ཆེན་རྔུལ་གྱི་ཆེན་པ་དེ། །མི་
ཆོད་ཕང་མས་དཔྱང་པར་འདྲ། །དེ་འདུས་བདུད་པོ་ལ་མེད་དེས། །རྫོང་མདའ་ལེན་གཅིག་རྒྱལ་ལོ་ལ། །གནམ་ལྕགས་གྲི་རྩེ་དགོངས་
ནས་ཚོད། །གཡུ་ལྷ་ངལ་ལེན་ཅིག་རྒྱབ། །ལུས་པོས་གཟིར་རྒྱལ་མཆོག་ནས། །ཧ་སྒྲོ་སྟུང་གིས་འཕེན་པ་འདྲ། །སྒྲོག་ལ་བར་ཆང་
མཐུང་བས། །ལིང་ཆེན་རྒྱལ་པོའི་ཕྱིར་ལྡབ་རེད། །དེས་མི་ཚད་འཛངས་སྐར་ཁྲག་ལ་སྤྲིགས། །དམག་འབྲུ་སྡོམ་ཅན་ལ་རྒྱ་ཙོ་
བསད། །འཛིང་གླིང་གཉིས་ཀྱིས་བར་འཛམ་ནས། །ཁེབ་ཆེན་དཔལ་ལ་རྣོང་མི་ལྔ་གྱིས། །རྩལ་དྲུག་ཨ་ཡ་མ་འོང་ནས། །བདུད་
རྒྱལ་འ་ནག་མིག་ཅིག་དེ། །དམ་ནག་ཁྲག་གིས་རྡུ་བ་འདྲ། །ཁྲ་གདོང་ཉིད་འཛིན་གྲགས་པ་དེས། །ཁྲ་སྐྱུག་སྒྲོ་གཟེར་བསྣུག་པ་

འདྲ། །འཛིན་པས་དཔལ་ལ་རྣང་ངམ་འཛིག་ཅན། །ཨ་མགོན་ཡབ་མ་ལོང་ཞལ། །ཕྱི་མོ་ཉི་ཡིག་དང་པ་འདྲ། །རྒྱལ་ཆེན་དཔལ་ལ་
བོ་ལ་མེད་དོ། །ཁང་བཙན་སྒྲིག་ཡུ་རལ་བྲག། །ཀླུ་བཀྲ་ལ་ཆེན་པོ་དེ་འདྲ་ཐུང་། །དཔོན་རྒྱི་དགུ་ལྷ་རིན་པོ་ཆེ། །ཁྱེད་
ཀྱིས་འགྲོད་པ་མ་ཐེད་དང་། །གཡུ་ལྷ་དཔལ་ལྷ་མདན་མ་གསུམ། །ཤན་པ་དཔོན་དང་ང་རང་བཞི། །དགྲ་སྒྲུབ་ལུལ་ཡུལ་ལ་དགྲ་
ཡག་རྡུང་ས། །ཨ་མགོན་པོ་ལ་ཅལ་འབྱོན་གཞུག། །རྒྱལ་པོ་ཉིད་ལ་ཞ་ཕྱིར་སླེབ། །ལྷ་གྲོལ་སྤྲུགས་ལ་དེ་ལྷ་ར་ཞིགས།།
སོ་ན༔ མ་སོ༔ ངེ་ནས་ལྷ་སྲོས་དགུ་ལྷ་བཙན་རྒྱལ་ངེས། ཨ་ཀ་ཙ་མ་མགོན་དེ་ཐང་ལྷུལ་འཁོར་ཞ་དེ་ཟི་ཡི་ཞལ་ལས། རང་ཚོད་དུང་སྐྱོང་ལ་སྟག་ལྷའི་ལྷ་དམག་དེ་ཕྱེད་རྒྱུ་
མེད་པ་ཡིན་པའི་ཟི་རེད་ཟེར། གཡུ་ལྷས་ལྷ་སྲོས་དགུ་ལྷ་རྩ་ན་རྒྱལ་རིན་པོ་ཆེ་ར། ཨ་མགོན་སྐད་ཆ་ལ་ཆག་གཞག་མེད། དགྲ་ཕ་བས་སྐད་ཆ་གཙུག་ལག་བཀོད་འདོད།།

༄། །བོད་ཕྱོགས་ནས་ཞིལ་ཀྲུ་ཐབས་སྐད་ཆ་གོ་རྒྱུ་མ་བྱུང་། གངས་ལྷ་ཡིས་ལུང་བསྟོད་ལ་ཨ་མགོན་ལྷུག་བསྐུལ་ཙོ་ཡོད་ཟེར་བྱུང་། དེར་གླིང་གིས་རྒྱལ་བློན་ཚོད་ཐུགས་
མ་བདེ་ནམ་གཟུགས། ཤན་འབབ་ཟེར་བ་ང་རང་རྒྱལ་བློན་རྣམས་བློ་མི་བདེ་བར་ཅི་ཞི་མེད། ལྷག་དམག་སྟག་ལྷས་ཤོགས་ལ་འབར་ཆད་མེད། རྒྱལ་གར་རྟ་མཆོག་
དྲུང་ནས་གླིང་དཀར་ལ་ལུང་སྟོན་བབ། ཨ་མགོན་ནི་ལྷུང་ནང་བརྟག་ནས་དྲུང་སྐྱོང་རྒྱལ་བློན་དཔལ་རྩལ་ཆེན་བལ་ཁྲ་མས་རི་ལ་སྐོར་ཡོད་ཟེར། ངང་རང་རྟ་ལ་སྣུག་ཁ་ངལ་
[illegible] སོང་ནས་གླུ་འདུས་སྐར་ལ་གཏུག་དགོས་ཟེར་བས་ལུང་སྟོན་བྱུང་། དགྲ་ལེན་མེད་གླུ་འདུལ་ཞ་སྟག་ཐོག་གསུམ་ཟེར། སྟག་ཆད་རི་ཞགས་ང་ལས་གཉུང་ངས། ཕོག་ཁྲི་ཐི་གྲི་ལིས་
བསྐྱེད། ལྷ་ཡིས་ལུང་སྟོན་ལྟར་དུ་བསྟེན་འདོན་འགྲུབ་ཕོས་པ་དེ་ཚོ་ཆེན། ཨ་མགོན་ལོ་ཚ་ཤེས་གིས་རང་ཡུལ་འཁོར་འོང་ཟེར་བས་ལུང་སྨྲེན་ཡོད། སྟག་ལྷས་དམག་
ཤོག་འཛོམས་གིས་འདི་འོང་ཟེར་བས་ལུ་སྟོན་བྱུང་། དེར་རྒྱལ་བློན་རྣམས་ཀྱིས་སྒུགས་ཆག་དེ་ལ་བརྟགས་ནས་ལྷ་སྐར་དེ་ན་ཐང་ལ་གཟུགས་འདུག ཞབས་མིག་ཚིག་དོན་

ཐོག་ཚོང་དྲུང་ལ་ཕེད་ནས་ཕྱོན་པ་ཁམ་ཚ་ཚམ་རྩམས་ཐེམ་ཆེ་བ་ཁ་ཕེབས། དེ་ནས་ཆེ་བ་རྫོང་མཁར་ལ་རྒྱལ་པོས་སྐྱ་དྲང་ལ་སོང་ནས། ཚིག་ཀྲང་རྒྱལ་པོ་དེ་ལ་མི་མགོ་ཁྲི་ཡིས་ཡང་སྐྱིད་ནས་
མི་སྐྱག་ཕྱིན་པས་བདེན་སྙིང་ལ་སྐྱབ་འཇོམས་ནས་རྩ་ཞབ་ལ་གྲི་སོ་གྲུབ་པར་ལྷུར་བཞུགས་པོད། དེ་ཡིས་གཡོལ་ཕོག་ལ་ཨ་ཀང་སྐྱུ་རེས། གཡོ་ནཕོག་ལ་ཐུ་ཀྲང་ཧྲ་ར་
གཉིས་བཞུགས། དེས་གཡས་ཐལ་ཕྱིས་ཐལ་མགོ་ལ་ཨ་མགོན་འཕག་མིག་ཅིག་དེ་རྫ་ཞབ་ལ་གྲི་མ་ཁྲུག་པ་ལྷ་ར་དུ་བཞུགས། དེས་གཡལ་གཡོན་ལ་སློན་པོ་
རྣམས་ཙན་བཞུགས་ནས། ཨ་མགོན་གྱིས་དྲུང་ལ་དབྱུང་དཀར་ལྗགས་ཀ་ཏུ་ཅིག་དང་ཤིང་གདུག་ལྟེ་རིས་སྒྱུ་ཚོགས་བཞག་ས། དེ་དབྱུང་ཀྱི་དཀར་ཡིས་ནང་ལ་ཨ་རག་
གང་བླུགས་ནས། ཚིག་ཀྲང་རྒྱལ་པོ་དེས་ལ་དཔལ་རྒྱལ་ཆེན་པས་ཨ་མགོན་ལགས། ཁྱོད་འོང་པས་ལུས་དོན་ཅི་འདུ་འགྲུབ་ནས། གླིང་རིག་གྲུང་སྐར་དེ་ག་ན་སྡོད་
ལགས།། དཔལ་ལྷ་ལ་ཆེན་པའི་སྤྱོད་པོ་ལ། གཏང་མལ་དམག་གྲི་དེ་ཙམ་བཙད། ཀྱོས་ནས་གླིང་གིས་དགྲ་ལྷ་ལ། ཙ་འཛིན་དམ་ལུགས་ཅི་འདུ་ཐུས། ལ་ཆེན་གླིང་གིས་

༄། །ལྷག་དམིགས་ནི། མང་ཐུང་ཁ་རྒྱལ་ཅི་ཙམ་འགྲོ། ཐོད་ཡུལ་སྣག་ཁྲག་དམིགས་དབྱུང་དང་། གྲུ་ཟུར་གཤོགས་ཀྱིས་དམིགས་དབྱུང་གཉིས། མང་ཐུང་ཅི་འདྲ་ཡོད་དཔྱིས་

འདུག སྣག་ཁྲག་ཕྱིན་ཀྱིས་ངལ་ལ་བོ་དང་། གྲུ་ཟུར་གཤོགས་ཀྱིས་ངལ་ལེ་བོ་གཉིས། དཔལ་རྩལ་སྟོབས་ཀྱིས་སྐྱུག་ཚེ་ན་དབྱུ། ལྕེ་དང་དེ་རིང་འགྲོ་ལུགས་ཅི་འདྲ་ཞིག

དཔྱད་རོགས་འདུག་གཉིས་ཀ་མཚོན་ཞེ་ར་ནས་གྲི་བ་བྱས། དེ་བདུད་རྒྱལ་ཁ་རག་མིག་ཚིག་དེས། གཞི་ལ་ཞེན་ལ་བམ་ཁྲག་ཡོད་ཀོས་དེ་སྤྱང་རྡུང་ཀ་ཡོན་པ་ཕྱུང་ནས

ཀ་འབྱུར་ཞེར་དམག་པོ་དེ་ལ་ལ་རྫུ་ནས་དཔུང་ལ་ཀྱི་དཀར་ཡིས་ཐང་ནས་ཨ་རག་ཐུང་ནས། ཁྲག་ཡག་ཁ་ལ་འཐུབ་ཞིམ་བྱས། ཤིང་ཏོག་ལྷ་རིག་འབྲུ་གསུམ་བྲེས

ནས། སྔོ་སོ་ལྷག་གིས་དུ་ཚབ་དེ་སྐྱང་པ་ནམ་ཡར་ལྡེར་དམར་ཆེན་དུ་དུག་ནག་པོ་དེ་ཚབ་གསུམ་ཤེ་ནས་དེ་བདུང་དུག་གིས་སྔོན་པོ་ལ་ལག་ལས་ལེན་གསུམ

འབྱུར་ནས། ཡ་ཀེ་ཆེན་ཕྱི་གནད་རྒྱལ་པོ་ལགས། དེས་ལྡུ་བས་གླུ་ལ་ཨེ་འདུ་ཡོད་ཟེར་ནས་གླུ༔ ཨ་ལེ༔ ཐེ་ལེ༔ །གནམ་སྤྲིན་པ་སྤྲིན་ལས་ཕྱིས་མཆོད། །

དེ་རིང་ཨ་མ་མགོན་གྲོགས་ལ་འཕྱེ་ནས། །ས་འདིས༔ ཕྱུག་པོ་རྒྱ་རྫོང་ས་གོམ་རེད། །ང་འདྲིས༔ །བོད་རྒྱལ་ཞ་ཞག་མིག་ཅིག་རེད། །
རིན་ཁྲི་ཡིས་ཡང་སྙིང་ནས། །གོང་གསུགས་དཔོན་པོ་ཚིག་རྣ་ལགས། །དབང་འཕོང་ཨ་སྟོན་དགོང་བའི་མཚོ། །སྐྱུ་སྤྱིག་རྡོ་རྫེ་ཐག་
ལུག་སྲ། །ལུ་བག་ཀླུ་ལ་ཨེ་འདྲ་ཡོད། །ཚར་རྒྱུ་ཧྥོན་པས་མདོག་གཟེར་དེ། །དང་མོའི་ས་ལ་སྐྱིད་བའི་རྒྱེན། །ས་ཞག་རིན་པས་གདོན་
ས་ནས། །ཚོག་ས་རེ་བགག་མས་ཐོ་དགྲ་མང་། །འབྲུག་དྲུག་ཨེ་འཚམ་མི་ཤེས་འདུག །ཆ་ཐུང་གྲུ་འདུས་རྒྱལ་ལས་ལ། །སྐྱིད་དཀར་དམག་
གིས་ཆར་ཁྲི་བབ། །རྒྱལ་སློན་མི་འཕྲོག་ཀ་མེད་རེད། །སྐྱིད་དཀར་དཔལ་ཐུབ་ཙཾ་འཛིགས་ཆེན། །རྒྱལ་ཚོས་ཨི་ཟེན་མི་ཤེག་དུ། །
ལ་ཆེན་རྒྱལ་པོ་རིན་པོ་ཆེ། །རྣ་མི་བོད་ཀྱིས༔ །ནམ་མཁའ་འཁྲིམས་པས་གཡུ་འབྲུག་དེ། །ཁོར་དུ་ལག་ནས་ཕོར་བཞེན་འདུག །

ཞི་རྫི

༄༅། །ནམ་ཁའི་སྒོ་རིབ་ཕྱ་བལ་འདུག །དེར་སྐད་ཅི་ལེ་འགྲོ་མ་བསམ་ཡོད། །ཞིང་དོན་ནག་གིས་དམར་ཡབ་ལྷུག །ཞག་ལོ་མི་
ཡོལ་བཅད་གཞན་འདྲ། །ཞག་རིམ་མི་འགྲོ་མ་བལ་མ་དེ། །འཛམ་དུག་ཁ་རས་ཀྱི་རྒྱུག་བསམ་ཡོད། །སྨོན་པོའི་ཞག་མོ་གཅིག
ང་། །སྨུག་ཚང་དགྲ་ལྷ་ཕོར་གཞན་འདྲ། །སྨིན་དཀར་མི་སྐྲ་རུ་བལ་དུར། །དཔལ་ཐུགས་འབྲི་ལ་ཁ་རི་བཅག་བསམ་ཡོད། །དེ་
ནས་རྒྱལ་པོ་རིན་པོ་ཆེ། །ད་ནང་ཡིས་འགྲོ་ཚུལ་ལ། །དེང་ཕྱིས་དཔག་དཔོན་སྒོས་བསྐུམ་དེ། །སྨིན་སྐྱུར་ཁྲུ་མོས་འབབ་ལ་བཅག
རྒྱལ་མ་སྐྱུ་མོས་འགྲོ་བས་ཚུལ། །མདོ་ཆེན་ས་ཡིས་གང་ངམས། །ཚོ་དུག་སྨིན་གྱིས་དཔག་སྐྱར་དོ། །གཡུ་མོ་ན་ཁང་སྟོང་ལ་འགི །
ཁག་རིག་ལ་མི་འགི་དྲོན་ལ་འགི །འགྲོ་བོ་ཁ་ཐག་ཇེ་ཉེན་རེད། །ངང་པོ་སྐྱར་ལ་གདུག་པས་དུས། །སྟོན་པོས་སྐྱར་ལ་ཐུགས…

ཞལ་ཐལ། །ཏྲེ་མ་གར་འགེ་མ་བརྡུག་ཀ་དེ། །རྒྱ་ལིཾ་སྐྱུ་མོ་ཟུག་ལྕུག་རེད། །སྔོན་པོ་སྨར་དེས་ཟང་རོལ་ཞལ། །ཞི་སྔོན་གཡུ་ཡུའི་···
གོ་ཁྲབ་ཅན[illegible] །སྔོན་པོས་རྣལ་འགྲོལ་ཁ་སྒྱུར། །སྔོན་པོ་བདུན་ཐོལ་དཔྱང་རོག་ཕྱུས། །ཨ་མགོན་ང་ཡིས་གདོང་བླུན་ར། །ཧྲར་མོས་···
དཔལ་ལ་པོ་ཡིན་མ་དོག་བྱེད། །སྔོ་དང་གདམ་ལ་ང་མདོག་བྱེད། །རྒྱང་མདའ་ཁྲ་མོས་ལ་དར་ལ་གྲང་། །འཛང་སྨར་དུ་འགོད་རས་རེ་ཕྱུག།
ལྡོག་པོ་ཤི་དཔྱང་རང་བདེ་ཐུབ་བདུན། །ཐེད་ཚམ་མེད་པ་ཡོར་ལ་ཕྱུང་། །དགྲུས་སྔོན་པོ་གཡུ་ཁྲབ་ཅན། །འཛང་གྲིས···
གཡུ་ལྷ་ཡིན་རབ་ཤེར། །དེད་སྐྱོལ་བདུན་དགྲ་ལག་ཚེ་དགོས་ཤེར། ། །ང་རང་སྔོན་པོ་སྐྱོལ་གསུམ་དེ། །རྒྱང་མདའ་བྲེ་རེས་
ཐོག་བཞིན་འཕང་ས། །དྲེ་ཐུབ་བཞི་དེ་མགོ་ཀ་ཁྲབ། །གསུམ་དེ་ཏར་མ་རང་སྨར་གྲིས། །ང་རང་སྔོན་པོ་མི་གསུམ་དེ། །

༄༅། །འཇང་སྐར་སྔོན་པོ་ཁྲག་ལ་སྐྱོས། །དེ་ནས་གླིང་བས་སྐྲ་པ་ལ་བཏུག །གླིང་སྐར་ཁྲ་མོ་ཆག་ཉི་གཏོར། །དམག་འཁྲིལ་
ཁྲ་ཙན་ལ་ཉེས་རྒྱུ་སྒྲེད། །ཁང་ལ་འཁོར་བས་དབྱུང་རོག་གཉིས། །གླིང་དཀར་ཁྲ་མས་ལག་ལ་ཤོར། །རྒྱལ་པོས་འཚོད་པ་མ་ཐིང་
ཡུ་ཀྱུ ལགས། །ཕྲག་དཀར་ཆོག་གིས་གཏོར་ཉེན་མ། །ཁྱི་ཆེན་པོ་རི་རིས་ཤི་ལེ་རེད། །གླིང་སྐར་ཁྲ་མོས་ཆགས་རྩོལ་ལ། །ཡིད་ཕལ་ལ་ཙན་
མ་རེད་རྡར་ཙན་རེད། །དྲུང་སྐྱོང་དམག་དང་མི་འདྲ་འདུག །དཔལ་རྩལ་སྟོབས་ཕྱུག་ཁ་ཁ་རེད། །རྗེ་འཕྲུལ་དབང་ཐང་ཁ་ཁ་རེད། །
ང་རང་དམག་ལ་འགྲོ་ལུག་ལ། །འཇང་སྐར་ཁྲག་ལ་སྐྱིས་ལུག་ལ། །གླིང་དཀར་ཁྲག་བཞིན་སྐྱུག་ལུག་ཉེས། །དཔལ་ལ་ཙལ་
ཡང་འཁྲིལ་ཐུས་པས་ན། །གླིང་སྐར་ཐུབ་ལེ་ཐག་གིས་ཆོད། །དྲུང་སྐྱོང་པོན་གྱིས་ལུས་དམག་འདི། །རྒྱལ་ལ་མ་ཕོད་པ༔

མཚན་ཆེན། །འོང་ཞལ་ཨ་ཡ་ཟིན་པར་བཀའ། །ཧོག་རྟོད་སྨིན་ལ་སོགས་ལ། །དེ་ལྟར་བཀང་དགོས་བཀའ་འགྲོལ་མཛོད། །གོ་ཞ༔ །མ་གོ༔
དེར་ཤོག་ནང་རྒྱལ་པོས་བསྒྱུར་བས། ཡ་རྒྱལ་སློབ་རྩོམ་སྒྲུབ་ལ་ཅི་འདུ་དོན་ཤིག་ཡོད། དེ་ཐག་ཤེས་རབ་གྲགས་པས་སྒྱུར་བ་ཡ་ལུས་ཀྱི་རྒྱལ་པོ་རིན་པོ་ཆེན། ངར་བསམ་
ཚུལ་ཨེ་འདྲ་འདུག་གླིང་དཀར་གྱི་སྐད་དེ་དཔལ་འཚལ་ནས་ཕྱིས་སྟོན་པོ་ནམ་ལ་ཧ་ཀྲུགས་ཤེད་ཆེན་བཤད་ལུ་རེད། ལྷ་གྲུབ་རྩ་རྩ་དེ་ག་སར་རེད། རྒྱང་ཟེར་བ་སྐར་པས་དཔོན་
ཞིག་རེད། ད་ཀ་པུ་མོ་སྔོང་ཀྱིས་སྐར་དེ་ཁྲུབ་ལ་ཡིན་པོ་ཞིག་འདུག་ཡོད་དེ་གཏོར་ནས་ཐབ་ཅིག་ཏེ་ཤུག་ཟེར། སོང་ཉེས་ནམ་མཁའ་ཀླས་ལ་དུས་ད་རང་དམག་ཕྱོགས་
དོ། མང་ཞིག་འགྲོ"ན"ཨེ་དྲག་སྙེན། རྒྱལ་སློབ་དཀར་འགྲོལ་གྱིས་ཟེར། རྩ་སློབ་བརྩམས་ཀྱིས་ཤེས་རབ་གྲགས་པས་བསྒྱུར་བ་དེ་བདེ་འདུག་པའི་སོང་ཉེས་ནམ་ཀླས་ལ་
དུས་ལ་རང་ཚང་དམག་དེ་སྒྲིག་སྐར་ལ་གདུགས་དགོས་པའི། དང་པོ་ཁ་མས་དམག་ལ་འགྲོ་ལུག་ལ་ཚོག་རྒྱ་དང་ཡིས་བཀའ་སྐོང་ཡོད་ཟེར་ནས་གླུ་འདི༔ ཨོཾ་ཨ་ཙི་ལྡེ་ཧཱུྃ༔

༄༅། །ཨ་ལ༔ ཐ་ལ༔། །ཤ་འདྲེས༔ ཀླུ་གཡོ་རྒྱ་སྡོང་ས་ཁ་ལ་འབབ་རེད། །ང་འདྲེས༔ །དཔོན་ཆེན་ཐོག་ཆད་རྒྱལ་པོ་རེད། །ངེ་ནས་རྒྱལ་བློན་
ལ་སོགས་པ། །ལེ་ཆེན་འདུ་མ་ཨེ་འདྲ་གདའ། །ཞང་དཀར་མ་ཚོ་བཙན་ཆེན་ལ་ཞེན་ནོ། །ཁྲོས་གདུག་ཉི་མལ་མ་ཞིམ། །ཞང་དཀར་ཡག་ཞུ་ལེ་
ཀ་མོ་རེད། །སེང་ཡོ་ཐང་ལ་ངས་སྒྲེད་ཟང་སྒྲེད་རེད། །རྒྱལ་ནག་ཁ་ཞིང་ཆེན་ས་ནས། །མེ་ཚེན་དམར་པོས་མ་བཙེད་མ། །ནག་རྫོང་ཐི་ལ་ལེ་
ཀྱེ་ང་བུ། ཀ་མོ་འདུག །སྨུག་དམར་ཡག་སང་ངས་སྒྲེད་ཟང་སྒྲེད་རེད། །སྒྲིང་ཀར་དཔལ་ལ་ཚོ་ཆེན་བཞིན་ནོ། །ཁྲོ་མོ་ལ་དམག་གིས་མ་གཏོར་ན། །ལེན་མེད་ཐུབ་
པ་ཀ་མོ་རེད། །སྨུག་ལྷ་སང་ངས་སྒྲེད་ཟང་སྒྲེན་རེད། །དེ་འདྲ་མི་བཟེ་ཨེ་འདུ་བཟེ། །སངས་ཉིད་ནམ་ཁར་གསལ་ལ་དུས་ལ། །ཐོག་རྗེད་ཁྲ་མོ་ལ་
འགྲོ་དམག་ངོ། །མི་འདུག་གླིང་པས་སྐར་ལ་གཏུག །ཁྲ་ལོ་དམག་གིས་འགྲོ་ལུག་ལ། །བདུད་རྒྱལ་ཞ་ནག་མི་གཅིག་ཐེད། །དཔལ་ལ་རྗེད

ཚོགས་ཀྱི་དང་པོ་ཡིན། །ཀ་ཟ་སྨིན་པོས་སྦྲ་རྒྱུད་རེད། །དམག་དར་ནག་པོ་དགོང་ལ་ཕྱིར། །ནག་པོ་རྟ་ཡིས་སྒོང་ལ་ཆིབ། །དམར་ནག

དྲག་གིས་བདེ་ཁྲི་ཅན། །རྒྱལ་དམག་ཅིག་གིས་ཐྲ་འཐྲོན་གྱིས། །དམག་ཕྱོགས་དེ་ཡིན་རྗེས་སྲུ་ལ། །ཁྲང་གིས་ཨ་ཀང་སྐྱེ་རིགས་ཕྱེད། །

དཀག་དར་དཀར་པོ་དགོང་ལ་ཕྱིར། །དཀར་པོ་རྟ་ཡིན་ཆིབ་ལ་ཕྱོན། །དུང་ཁྲ་ཅན་ལ་རྒྱལ་དམག་ཅིག །དཀར་ཚོགས་དགོང་ནས་ཕྱར

འདུ་གྱིས། །དམག་ཕྱོགས་དེ་ཡིས་རྗེས་སྲུ་ལ། །རྒྱུ་དར་སྟོང་རླུག་དམར་ལྷུ་ཕྱེད། །དམར་དར་དམར་པོ་དགོང་ལ་ཕྱིར། །དམར་པོ་

རྟ་ཡིས་ཆིབ་ལ་ཕྱོན། །ཤར་ཁྲ་ཅན་ལ་རྒྱལ་དམག་ཅིག །མེ་རླུག་དགོང་ནས་ཚང་འདུ་གྱིས། །དམག་ཕྱོགས་དེ་ཡིས་རྗེས་སྲུ་ལ། །མཚོ

སྔོན་རླུབ་ནག་ཨེ་ཁབ་ཕྱེད། །སྔོན་པོ་རྟ་ཡིས་ཆིབ་ལ་ཕྱོན། །དམར་དར་སྔོན་པོ་དགོང་ལ་ཕྱིར། །གཡུ་ཁྲ་ཅན་ལ་རྒྱལ་དམག་ཅིག །རྒྱ

༢༡ ཕ ཚེ

༧༡། །མཚོ་ཁྲང་ལ་འཆིས་འདུ་ཀྲིལ། །དམག་དཔོན་བཞི་དང་རྒྱུད་དམག་བཞི། །སངས་ཉིས་གླིང་པས་སྐར་ལ་སྐྱོད། །སྐྱིད་ཀླུང་སྐར་

ང་ལོ་མི་དགག་དང་། །ལངས་ཉིས་གླིང་སྐར་མ་ཐུབ་ན། །གཞང་གཉིས་ནམ་མཁའ་ཁབ་གཤིས་ལ་ངུས་ལོ། །དམག་དཔོན་རྒྱུད་དང་ཁྲི་དམག་རྒྱུད། །

ཁྲི་རྒྱུད་དམག་གིས་ཐུ་འབྲིན་དོ། །ང་རང་ཙཎ་ཚོང་རྒྱལ་པོ་འོང་། །དུས་དེའི་གླིང་སྐར་གཏོར་ལ་འོན་ཡིན། །དེ་རྒྱུ་ཧུག་ཕྱུ་སྨོན་ཕུང་ནས། །མཚོ་

བའི་དམག་དཔོན་མི་དགུ་དེ། །འབུམ་དམག་དགུ་དང་ཁྲི་དམག་བཞི། །གླག་ལྷ་དཔོན་གྱིས་ལུས་དམག་དེ། །ཉི་མ་གཅིག་ལ་ལེན་མིད།

ཐེད། །དེ་ནས་སྤྱི་པོ་འོང་རྒྱུར་ཡོད། །དེ་ལུག་རྒྱལ་བློན་པོ་བརྒྱིས། །ཕོ་ན༔ །མོ་བོ༔ དེར་རྒྱལ་བློན་ནམས་ཀྱིས་ཚོགས་ཚོད་ལྷུང་བར་བཞིན་དམག་སྐེད

ལོ་སོ་ར་ཕྱུས་ནས་དེས་ཉིན་ནམ་མཁའ་གསལ་དུས་ལ་ཨ་མགོ་ན་གྱིས་ཕོག་དམག་དར་ནག་པོ་ཕུར་ནས་བོ་ནག་ཙན་སྐྱ་དམག་ཆེན། ཨ་སྐད་ཕོགས་དུང་ཕྲ་ཙན་ལ་རྒྱུ་དམག

གཅིག རྡོ་རྗེ་ག་ཕྱོགས་ལ་ཞུ་ཁྲབ་ཅན་ལ་རྒྱུ་དམ་གཅིག བསྐུལ་ནག་ཕྱོགས་ལ་གཡུ་ཁྲབ་ཅན་ལ་རྒྱུ་དམ་གཅིག དེར་རྒྱུ་དམག་བརྒྱད་དེ་གླིང་ལྷ་རབ་ཕྱོགས་ལ་ཀོངས། དེར་

གླིང་ལྷ་རུ་གྱིས་བཀའ་གྲོས་ཕྱས་པའི་ཁབ་འབབ་འབི་གྲོས་ཐག་བཅད་ནས་སོངས་གླུ་ལུས་ལྷ་རབ་ལ་ཅེ་འཆེ་ན་སྐྱོན་པོ་མི་དགུ་འགྲོ་དགོས་པའི་དཔལ་ཐུབ་རྩེ་ས་ནས་གཡུ་ལྷ་དཔལ་ལ་ལྷ་

ཤར་ཞབ་རབ་མང་ནམ་བཞི་རྩེ་བ་ཡོངས་ནས་སྐྱོན་པོ་དགུ་དུ་ལ་ཕྱིན་ནས་གླུ་ལུས་ལྷ་རབ་ལ་ཁྲ་དཀྱུང་དཀྱུང་དུ་འཁྱིལ་ཡོད་དུས། གླུ་ཐུལ་དམག་དེ་ཇག་ཆེན་སྤྱུན་མདོ་ནས་འོང་

གིས་ཡོད་པོས་གླིང་དམག་ཕྱུང་བ་ལོ་རང་རྩ་མས་མཐོང་ནས་ལོ་རང་རྩ་མས་ཀྱིས་དང་པོ་ལ་ཨ་མགོ་ན་ཕྱུ་ནག་ཤིག་ཞིག་དེ་རྣ་མོང་འཁྱུང་བ་བཞིན་དུ་ཕྱུང་། དེར་དཔལ་ལ་སྨྲ་ལི་དཀྲུག་

དེས་ཨ་མགོན་གདོང་ལ་ཕར་ནས་གཏོར་འཐུགས་མེད་པས་སྒྲ༔ ཨོཾ་མ་ཎི་པདྨེ་ཧཱུྃ༔ ཨ་ལ༔ ཐ་ལ༔ གླུ་མ་ཡིན་དམ་དཀོན་མཆོག་གསུམ། །ནཀའ·····

གསོལ་བ་འདེབས་སོ་ཐུགས་རྗེས་གཟིགས། །ས་འདིས༔ །མདོ་ཆེན་ས་ཡིན་པ་དཔར་རེད། །དའདྲེས༔ །མདོ་ཁམས་གླིང་གིས་ས་ཆ་ནས། །དཔལ་ལ་ལོ་མེད་ཀོང་

༄༅། །ཕྱག་ཡང་དམ་ཟེར། །གོ་རི་བ་དུང་དཀྱུང་ཞབ་པོ་སྐྱབ། །ཇོ་མདང་ངེ་འདྲ་མ་འཁྲ་ར་རེ་བ་དབལ། །འཛི་ཅེ་མ་ཙ༔ །ཕང་དཀར་རྡོ་ཡིས་

ལོ་ཐང་བསོད། །ཕང་སྒོ་རབས་གཡུ་རལ་ངམ་ཐམས་སྐྱེ། །ཕང་དཀར་ཡག་ཀྲི་གདུག་ཉི་མའི་ཚོ། །སེང་དཀར་མལ་གཡུ་རལ་ཐང་ལ་སྐྱོང་། །ཡོང་

ལམ་པོ་ཡི་འགི་གདང་དཀར་ར་སོད། །མཚོ་ཆེན་ཚོག་ཆད་རྒྱལ་པོ་དེ། །ཁྲིལ་མེད་ཞ་ཞག་མིག་ཅིག་གཉིས། །དམག་ཁྲ་མོ་ཁྲིད་ནས་བོད་ཡིལ་

བསྐོར། །ལྷ་ཇོ་བོ་དཔུང་པས་འཕྲོག་བས་མ་ཐུབ། །སྐྱིད་རྒྱག་ལྷ་དམག་གིས་ལེན་ཐུབ་གདང་། །ཨ་མགོན་དམ་རང་ཡུལ་ཡོག །ཡིད་ཤི་པོ་

ཨོ་ཐུང་ཞའ་གཅེད། །ཁྱེད་ཁ་ཚང་གླིང་ལ་འོང་ལམ་ཐས། །གནམ་མི་བདེ་ཁ་ཡི་སྐྱོན་ནས་བ་ཡེད། །བོད་སྐྱེ་ཚོ་ལ་ཕབ་རབ་ཟེར། །ཨ་མགོན་དཔལ་

རྩལ་ཆོད་རབ་ཟེར། །སྐྱོ་རྒྱག་ལྷ་དམར་བགོད་གདང་རབ་ཟེར། །དམག་གི་དཔུང་ཁྲག་ལ་རྒྱུག་རབ་ཟེར། །ཕོ་དར་མལ་དཔལ་ལ་གཙོ་སྐྱོན་ནས་ཕྱུང་།།

ཐུ་ཀྲུ་ག་ཡུང་ག་སྐྱུང་སྣང་སྟོན་པོ་དེར། །ཤིས་ལྷ་ཤུག་བརྩེ་ནས་གཏན་ལ་ནས་ཕྱུང་། །སྙིང་ཐུག་ལྷ་སྐུ་གཟུགས་ཚོ་འཁོད་དེ། །ཞག་ཁ་ཤིས་འཚམ་

ལྷམ་བ་ག་ལ་ནས་འོང་། །ཡང་ན་ཁ་ནག་མི་ག་ཅིག་ལོ། །སྙིང་དང་སྐྱོར་སྐྱེད་པས་སྣང་ངན་བྲགས། །སྟེ་སྙིང་ལ་བཀོད་པ་སྐྱིས་ཆོས་རེད། །ཀློན་

པ་དེ་ལུགས་ཆེན་ཞིག་མེད། །དཔོན་དང་སྐྱོང་བྱེད་དང་འཆད་པར་མེད། །སྙིང་སྟར་ཀྱི་ཐོས་མཐོང་གཞིར་ལ། །དཔོན་ཆེ་ནང་གྲ་ལྷ་རྗེ་ད་རྒྱལ་དེས།

ངར་ངང་དཔལ་ལ་ཐུབ་དགུ་པོ་དེ། །དེ་ནང་བཀའ་སྣང་ཨོ་འདུ་ཡོད། །སེམས་མེད་པའི་ཐོག་མཆོད་དང་། །དཔལ་ལ་རྩ་ལ་མེད་པའི་ཨ་མ་གཅིག་ཉིས། །

ཉམས་ཐག་ཆོད་པས་ཨ་ཁང་གསུམ། །གཞན་སེམས་དར་ཀྱི་བཅད་ཁོག་གསུང་། །དམག་དཔོན་དེ་ལ་དེ་འཁོར་བས། །དམག་མང་ཁྲི་དཔུང་

ལྷ་རྒྱུད་དོ། །གཉིས་རྗེ་མ་བསྒྱུར་བྱེད་ཁོག་གསུང་། །མཁར་ཙན་རྫུ་རྫོང་སྟོན་པོ་དེ། །དམག་པས་མི་ཡིན་སྦྱར་ཁོགས་སྐྱུང་། །

༄༅། །ང་རང་སྔོན་པོ་མི་དགུ་དེས། །དགུ་དེ་ཁྱུས་ཟེར་རྒྱུ་མ་ཅེན་ནས། །ཁ་སྦྱིང་ལ་འཁོར་བ་བཀའ་མོ་ཡིན། །དགྲ་ཚ་ནག་ཡིད་ལ་དེའདྲ་ཚེག །གོ་ཞུ༔ །མ་གོ༔ དེར་ནས་ལིང་སྟག་དེས་རལ་གྱི་ཞགོ་འཕྱུར་ནས་ཞ་ནག་གདོང་ལ་བཙར། དེས་ཞ་ནག་མི་གཅིག་དེས་ངར་ཆོད་ཀྱི་གླུ་ནས་འགྲུགས་ནས།

ཁྲི་ཤ་ཞེ ལ་ཁོ་རེད་གླིང་སྟག་དཀར་པོ་སྐྱབ་ངས། ཞྭེ་དུང་རལ་ཁཕམ་ཕར་རས་བཞུང་། ངང་དཔལ་འོས་འདུ་མ་འདི་འདྲ་ཡོད་ཟེར་ནས་གླུ༔ ཨོཾ་མ་ཎི་པདྨེ་ཧཱུྃ༔ ཨ་ལ༔ ཐ་ལ༔

ས་འདིས༔ མདོ་ཆེན་རི་ཡིན་ཡང་ཕར་རེད། །ཞེ་འདྲས༔ དཔལ་བ༔ ང་རྒྱུད་ཚོབ་པོས་སྐྱོན་པོ་ལ། །ཨ་མགོན་ཞ་ནག་མི་གཅིག་རེད། །གོ་རེད་གླིང་སྟག་དཀར་པོ་སྐྱབས། །ལ་ཆེན་གཏམ་བྱུང་མ་ལ། །སྟག་མང་མི་ཟན་ཕ་ཟིན་དེ། །སྐྱེ་འགྲོ་ཟབས་མི་ཚད་པས། །བདག་པ་ལ་སླ་གྲོག་ཚང་ན་བསོ།། སྨོ་གཡུ་འཁྲུག་ཟན་མ་ལྷ་གཙོག་གཟེར་དེ། །ཁྲག་དཀར་གཤེག་ལྕུས་མཚད་པས། །ས་སྐྱེ་ངང་ཁ་ལོ་གསྐྱུར་ནབསམ། །གླུ་ལྷས་དམག་དཔོན་ཨ···

མགོན་དང་། །ལྷོ་ནུབ་ལྷ་སྲིད་ཡུལ་མི་ཚད་པས། །དགྲ་ལྷ་དབང་ཐང་རྟེ་གས་ཉམས་ན། །ཁོ་རང་དེ་གླིང་ཕྱུག་དཀར་པོ་སྐྱབ། །ཕྱེད་ཕྲག་དཀར་

སྣེ་ཞལ་ག་གཤིགས་བསམ་ན། །རྣམ་ལྷག་གྲོ་ཁྲིད་ཐོག་ལེར་དགོས། །ཡོ་འབྲུག་ཆར་དབབ་ཟླ་དང་མཉམ་འགྲོགས་དགོས། །དེ་མེད་ན་ཕྲག

རྡོང་བ་གཤིགས་ཐབ་མེད། །ཆུ་རྫོང་མི་ལ་རྒྱལ་བ་ལས་ན། །ཐོག་ཆོད་དབང་ཐང་རྟོག་ལེན་དགོས། །མི་མི་འབྲུག་རང་འབར་འོང་ལེགས་དགོས། །སྒྲོ

ཆུ་དཔུང་ལས་ནན་ལ་དགོས། །དེ་མིན་ན་ཆུ་རྫོང་བ་གཤིགས་ལེན་མིན། །ང་ཡ་མགོན་གཞུང་མ་བཅད་པ་ལ། །ལྕགས་སྒྲོག་ཁྲི་ཡིས་བྲ་གཅིག

དགོས། །མཚན་སྔོ་ཚེན་ཕྲག་དཀར་བཅད་ལ་དགོས། །ཤེད་དཔུང་ལས་རི་བོ་རྩོག་ལ་དགོས། །དཔོན་ཚོས་རྒྱལ་ལེན་པ་ཞིན་ལ་དགོས། །དེ་མི

ན་ཐུབ་ལ་བཀའ་མོ་ཡིན། །ཁོ་ན༔ མགོ༔ ཅེར་ནས་རྫོང་མདའ་ཁམ་གསུམ་སྤྲོག་བཅད་དེ་འབྲུག་ཕྲག་པ་བཞིན་དུ་ལེན་གསུམ་སྐྱས་ལས་དཔལ་ལྷའི་སྐྱ

༄། །ལྷ་རྒྱ་ཁྱུང་བ་རབ་ཚང་མ་སྐྱུར། དེ་དཔལ་ལྷ་མོ་དེ་སྟག་ངེས་མཚན་ལེན་ཆེན་སྤུགས་ནས་ཁ་ར་སྟོན་ལེན་གསུམ་གཡུག་ཕས་བདུད་རྒྱལ་ཞབས་མིག་ཅིག་ཁོར་བདུད་ཀྱིས་

ཐྭ་ཡི་ན་ལས་མཆོད་མ་ཐུབ། དཔལ་སྒྲུབ་ཁྲ་འབར་མ་དེ་མ་དཔལ་ལྷ་རྣམས་ཀྱིས་མདའ་དང་རལ་གྲི་ཅི་རིག་གིས་ཡ་མ་གོན་ལ་རྒྱབ་ཀྱང་གནོད་མ་ཐུབ་ནས། ཡ་མ་གོ་ར་གིག་

ཞལ་རྒྱལ་དམག་གཉིས་རྒྱ་རྒྱུ་དམར་སྐྱེད་གདང་། །དེ་ཡང་ཨ་ཀར་སྐྱ་རིས་དེས་རྫོང་མདའ་ལྷུར་ནས་དཔལ་ལྷ་སྒྲུབ་རྣམས་ཀྱིས་གཙོང་ལ་བཙར་ནས་རྫོང་མདའ་སྐྱ་ལ་ཁྱུང་གནོད་མ་

ཐུབ། དེ་ནས་ཉི་མ་ཆེན་མདའ་མ་དེས་ལྷ་མདའ་སྒྲོལ་ཡ་འི་ཨ་ཀར་སྐྱ་རིས་ཀྱིས་ཐང་ལ་རྒྱལ་ཕས་སྟག་ལྷ་མོ་དང་འདུལ་བའི་སྐལ་མེད་པས་ཁོ་ལ་གནོད་མ་ཕྱུར་ཀྱང་མདའ་དེས་བཅད་…

རྒྱལ་ཆེ་བས་ཁོ་དུ་ཅིག་ནས་ལྷུང་ཕྱུང་། དེ་རྗེས་ཀྱིས་ཁྲ་བ་དེས་དགྲ་བོ་འདི་སྒྲུབ་ངེས་རེད་ཅེ་ཟེར་ནས་མ་ནས་ཧ་རེ་དེ་ལག་གཉིས་སྦྲེང་བྱས་ནས་ཨ་ཀར་འགྲོ་ལ་མེད་ནས། དེ་རྗེས་

ལ་སྐྱེལ་ནག་མེ་འབར་དང་སྒྲོང་སྡིག་དམར་ལྷ་གཉིས་གཡོལ་གཡོ་ན་དུ་ཕྱུང་བས་རྫོང་མདའ་རྒྱུག་ཚམ་སྐྲག་ཕྱུང་། ཁྲ་འབའི་སྐུལ་ནག་མོ་འཁར་ལ་ཧ་རེ་དེས་ལེན་གསུམ་…

རྒྱལ་ཡས་ཞི་ཡང་སྐྱོང་མ་ཐུབ་དེ་གླུ་ལུས་དམག་དཔོན་རྩམས་དང་། དཔལ་ལྡན་རྣམ་སྲས་ལྷ་འགྲོན་ཁྲུས་ཡས་ཡམ་རྒྱ་མ་སྐྱུང་། དེར་དཔལ་ལྡན་རྒྱ་ཡིས་མདའ་ཚེར་གཏད་ནས་གླུ་ལུས་དམག་
སྤུས་རྒྱལ་ཙམ་ཚབ་ཉིས་དུ་བཏང་། དེས་གླུ་ལུས་དམག་པོན་ཆེན་བཞིན་དེ་དཔལ་ལྡན་རྣམ་སྲས་ཀྱིས་ག་དོང་ལ་འཆར་ཚ་ཡོད་ནས་ཆུ་རྫོང་མཁར་ལ་གོ་མ་སོང་། དེར་གླིང་དཔལ་ལྡན་སྨན་དགུ་བའི་
གཞམ་ལྕུག་དགོང་ནས་བར་པར་ལྷ་ར་དུ་དམག་པོན་ཚེ་བཞིན་དེས་རྗེས་ནས་དང་ལས། དེ་ཡང་ཀྱིས་དང་པོ་ལ་འཛངས་གིས་གསལ་ལྷ་དང་གླིང་གིས་དཔལ་ལྷ་ག་ཉིས་ཀྱིས་ས་ཁྲུག་གསུམ་ལ་དང་སྤྱང་
རྗེས་ལས་མ་ཐེབ། དེར་རྒྱ་མི་བརྩེ་སྤྲིན་ཀྱིས་ས་ལ་གསེར་གླིང་གིས་མྱག་ཞིག་ཡོད་པ་བྲི་དམག་ཉེས་རྒྱ་དང་སྐྱོན་པོ་རྡུག་བརྒྱུ་ཡོད་པ། དཔལ་ལྡན་བཞི་ཡིས་གདོང་ལ་གཙར་ནས་
ཚེར་བག་ཉིས་རྫོང་མདའ་གྲུང་མ་དགྲས་པས་ཀྱི་འབྲེན་པས་དཔལ་ལ་བོ་གསུམ་དམར་སྤྲེད་ཆུས། གཞོན་རི་དཔོན་རྣམ་དང་གི་འབྲེན་མང་པོ་བཞགས། དེར་ཁྲ་འབར་མདའ་མ་བརྩེས་
པས་དཔལ་ཆད་བདུད་གིས་ཚལ་འབྲེན་པས། རི་དཔོན་དམག་མང་རྣམས་ནས་ཉིས་རྒྱ་ཙོ་དམར་སྤྲེད་ཐུས་ནས་རི་འབྲེན་དྲུ་བརྒྱ་ནང་ནས་ཕེད་ཆེན་སྒྲོན་པོ་བཙོ་ལྷ་ཚོམ་སྤྲེད་ནས་

༄༅། །གདངས་མ་གྲུང་སྨང་ལྷ་ཚད་ནས་སྐྱིད་སྣ་ར་ལ་ཤེབས་སོང་། དེར་རྒྱ་རྫོང་ས་མཁར་ཙོག་ཏོད་རྒྱ་སྟོན་ནམ་བཀའ་གྲོས་ཐམས་ནས་སྦྱར་པར་ལ། ཡ་ཨ་མགོན་ཅིང
སྐྱིད་དཀར་མདོག་ཞེར་ཅམ་ལྷག་ཙི་འདྲ་ཐུས། དེར་ཨ་མགོན་དམེ་རྒྱལ་པོ་རིན་པོ་ཆེན། ཤར་སྐྱིད་དཀར་གྱིས་དབྱུང་བཅོམ་བཀའ་འདུག་པས། ངར་ངང་རྒྱལ་སྟོན་བཞི་མོ་
ཁ། ཐོ་ ཀླུ་
ད། མདོ་ཆེན་ཀ་ཡི་ཡར་བཙོ་ལ། ཐེབ་ཆེན་སྐྱོན་པོ་དགུ་ཐུང་། དང་པོ་ལ་དཔལ་ལྷ་ཞེར་བས་དཀར་པོ་རྐྱབ། ཨ་མགོན་དང་དང་གདུག་ཐུབ་རྒྱལ། ད་ལ་སྐྱེད་ཐུས་ཁེས་
མ་ཐུབ། ཤོ་ལ་སྐྱེར་ཐུས་ངས་མ་ཐུབ། རྩལ་ཡང་འདྲེན་གྲིས་གདངས་མ་དེ་སྐྱིད་ལ་ཕོར་སོང་། མཚོད་ལུས་དམག་བཞི་རྒྱ་རྩ་དགུ་ལ་ཕོར་ཐུབ། ངང་ཉི་ཀྱིས་མཛོས་པས་
ཁ་ལ་མ་ཞེད་པར་རང་ཡུལ་ལ་ཞེད། རྒྱ་སྐྱིད་དམག་དེ་ཡིས་གདོང་ལ་བཅར་ནས་ཐོལ་ཏེ་དམག་ཉིས་རྒྱ་དང་རིན་ཆེན་པོན་སྨང་པོས་དར་འཕྲི་ཆ་ཅད་ཐམས་ཕོར་སོང་། །
དར་ཙི་ཡིན་སྐྱང་ད་ལོ་དམག་མགོ་ཉིས་ལེ་འགི། །གཟའ་རྟོད་རྒྱལ་པོས་དམག་ལུས་དེ་བཅའ་སྐར་དབེན་པ་གཅིག་ལ་སོང་ཙེས་དམག་མགོ་ཉིས་པ་འདྲ། །དེ་ཉིས་

ང་ཚང་ཞབས་ཀྱིས་ཕྱིན་པ་ལམ་ལ་མ་སོང་། དར་སི་ཕྱིད་ཕྱུང་སྒྲིང་བ་འདི་སྟེང་ཡ་ཀ་འདུག་པའི་དཔང་རྒྱལ་པོ་རྣམས་ཀྱིས་འཁྱུག་མི་ཉེན་ཟེར་བས་ལྷུ་བ་འཕྲུལ། །

དེར་ཚོགས་ཚོང་དེ་སེམས་སྣ་གུ་བསམ་འཕར་པོ་ནས་ཡས་ཤ་མགོན་ཕྱིད། ཕྱིད་ཀྱིས་ཟེར་བ་དེ་བདེ་སྒྲུབ་བཞིན་གྲུ་ཁྲུས་ཕྱི་བདེ་སྐྱོབ་འདུག་སྒྲིང་བ་འདི་སྟེང་བཀའ་བབས་ཚོ་དྲག།

རྒྱལ་བློན་ཀྱིས་བཀའ་འགྲོལ་ཀྱིས་ཟེར། དེ་རྒྱལ་བློན་རྣམས་ཀྱིས་བཀའ་འགྲོས་ཕྱས་ནས་འདི་ཕྱིད་ཀྱིས་ཐག་མཆོང་ནས། མདུན་གྲལ་གྲོགས་སོང་ས། དེར་སྒྲིང་གིས་དཔལ་ལ་སྐྱབ་དགུ

དེ་སྐར་ལ་ཕེབ་ནས་གཞོན་དཔལ་ལ་སྐྱབ་རྣམ་ཀྱིས་ཚིག་ལ་ཞེན། དེ་ལྟས་གྲུ་ཞང་ལ་ཕེ་དར་ནས་མདུན་གྲལ་ལ་འཁོད། དེ་ལྷ་སྲིས་དེས་དཔལ་སྐྱབ་རྣམ་པ་རྒྱལ་ཁ་སྐྱུར་བསྐྱུར་ས།

ལེན་མེད་གྲུ་ཁྲུས་སྐར་དེ་ལ་གཏུག་ལུག་ཞི་འདྲ་ཕྱས་ཟེར་ནས་ཀྱི་བཏུས། དེ་ནས་ཕོ་ཕན་འཕར་དེས་ལ་ལྷ་སྲིས་རིན་པོ་ཆེ་ན། ལེན་མེད་གྲུ་ཁྲུས་དམག་དེ་མདོ་ཚེན་ས་ཡི་ཐང་ན་

ཁྲི་དབྱུང་དམག་གིས་སྐོར། དེར་ཨ་མ་མགོན་རྩེ་སེ་པས་དཔལ་ཚོང་པ་ཞི་ཡིས་ཁྲི་དམག་བཞི་ཕྱིག་ནས་མར་འོང་ཤེས་འཁྱི། །ང་ཚང་དཔལ་ལ་སྐྱབ་རྟོགས་དང་གཏོང་སྟག་རྒྱལ་སྐྱུང་། ཁྲིའོ

༄། །ཕག་རྡོར་འབྲེན་བཞག་ས་དུས་ཀྱི་དམག་བཞི་རྟ་མཆོག་ཧཾ་སྙོད། །སྨྱུ་རྣབ་པས་དམག་དཔོན་འཚེ་བའི་དེ་ཤོར་རྣམ། དེས་ཕྱོགས་ལ་དམག་གཉིས་རྒྱལ་རྟ་མ་དང་

ཟིན་དཔོན་སྐྱོར་པོ་དྲུག་བརྒྱ་རྟ་མ་ཐུང་སྒོ། ཀྱིན་དམག་གཉིས་རྒྱལ་དེ་ཁྲག་ལ་སྐྲོས། ཟིན་དཔོན་མང་པོས་དར་ལྷ་བཅད། དེ་ཚོས་གདངས་དེ་འདུ་ཡིས་ཟེར་བས་ཞེ་བ་འཕྲུལ།

ཞི་ཁྲ་༡༢༠ དེར་ལྷ་སྐྱེས་དགྲ་ལྷ་དེས་དགྲ་བོ་ཐུབ་འདུག་ཟེར་ནས་དཔལ་ལ་དར་རྒྱལ་ཚེན་སྣང་ནས་སྐྱིད་སྐར་གྲོས་སོང་། །དེར་བལ་བོས་ཀུ་ལུང་ཆ་རྒྱུད་ཀྱི་ཁ་ཕྱོག་སྣང་རི་མི་ཏོག་གིས

གཡས་སྐོར་ལ་ཕྱུས་ཀུར་དང་པ་ཚུབས་སྐྱིད་དེ་ཕྱུག་ནས་སྟག་ལྷས་ལྷ་དམག་དེ་སྟོད་ཡོད་སྐྲབས། སོག་པོ་ཨ་གྲག་ཞི་ནྟུ་སྟག་ག་ཟིགས་སོགས་ཀུན་གྱིས། བར་བོལ་ཀུར་ལུང་

ཀོར་ནས་འདུག་ནས་ཨ་མགོན་དེ་དར་ནུབ་སྟོད་ཡོད་བས་མནས་ཡོད་སྐར་ལ། དེར་ནམ་སྟོད་སྐྱིད་ཀྱིས་ཆ་ཚམ་སྐྱ་བདུན་གྱིས་ནམ་ཁར་འཕང་འོད་ཀྱིས་དཀྱིས་ནས་ཨ་ཞེ་ཞོ་གཡུ་ཡིས…

སྒྲོལ་མ་དེས་འཕང་དཀར་པོ་ཞིག་གིས་ལམ་མཚོན་ནས། ཕྱུས་ཀུར་ནང་དུ་ཐེབས་ནས་ལ་ལྷ་སྐྱེས་སྟག་ལྷ་ཁྲི་དཀར་ཟེ་ནས་ལོ་ཞིག་འབོད། དེར་སྟག་ལྷ་ཁྲི་དཀར་དེས་ལྷ་ཡི་ལྷག

སྨིན་འདུག་པ་ཀ་ས་ནས་ཕྲུག་དང་། མར་མེ་ཚེ་ཚར་ནས་ཕྱག་གསུམ་འཚལ་ནས། དེས་སྐབས་ཨ་ཆེ་ཆེ་གཡུ་ཡི་སྒྲོལ་མ་དེས་ལུང་ཀུན་བསྟན་གྱིས་གླུ་འདི༔ ཨོཾ་མ་ཎི་པདྨེ་ཧཱུྃ༔

ཨ་ལེ༔ ཐ་ལེ༔ །སྐྱབས་བླ་མ་ཡི་དམ་དཀོན་མཆོག་གསུམ། །གསོལ་བ་འདེབས་སོ་བྱིན་གྱིས་རློབས། །ས་འདིས༔ །ཞར་བབས་ཀུན་ལུང་ཚ…

རྒྱུད་རེད། །དྲུང་སྐྱོང་ས་ནས་སྣག་ལྷ་ཁྲི་དཀར་ལགས། །ཁྱེད་མ་གཡེལ་རིག་པར་ང་ལ་སྐྱོང་། །ང་འདྲིས༔ །ཨ་ཆེ་གཡུ་ཡིས་སྒྲོལ་རེད། །མདོ་ཁམས…

གླིང་གིས་སྤྱི་ལྷ་ཡིན། །སྐྱེས་བུ་ཁྱེད་ཀྱིས་རྒྱལ་སྲོལ་ཡིན། །དེ་ནས་སྣག་ལྷ་ཁྲི་དཀར་ལགས། །ཁར་ཚོང་ཧོར་གྱིས་དང་པོ་ལ། །འདུད་རྒྱ་ལ་ཞབ་ནས

མིག་ཅིག་དེ། །ཀླུ་ལུང་ནང་ལ་བཙར་ག་ཞར་འདུ། །ཤིང་ཕྱུ་སྒོ་ཞིག་ཤོག་རིས་དེ། །ཕོ་ཉ་སྤྲིན་ཚོམས་ནས་ཤོར་ལ་ཐུལ། །གླིང་གྲྭར་ཁྲ་མོས

འབུམ་དམག་དེ། །དཔུར་སྒྲ་ཁྱུང་ཡུལ་ལ་ཡོད། །དབེ་སྣག་ལྷ་ཁྲི་དཀར་ལགས། །ཕྱོད་སྤྱང་ཞབ་པ་མེད་དགས་ཡིན། །དབེ་འཇོག་གིས

༄༅། །ཕེང་ཞ་དགའ། །ཁྱེད་ལྷ་མི་སྣག་སྐྲ་ཁྲི་དཀར་དེ། །དཔལ་རྒྱལ་ཚན་གྱིས་སྦྱིན་པོ་ཡིན། །དབང་ཐང་མཐོ་བས་དཔོན་པོ་ཡིན།
མཐོ་ཆེན་གང་ཞིས་རྗེ་ཡ་ལ། །རྗེ་རོག་སྐྱིད་དཀར་མོ་ཡིན། །དཔུང་ཆེན་འགགས་སྙིང་རྗེང་ལ། །རྗེ་རོག་ངམ་རྒལ་ཡག་སྣག་ཆོད་
ཞི་ཚོ་ཡིན། །ཁྱབ་འཁའ་བར་གཡུལ་ལྷག་དབྱུང་ཡ་ལ། །རྗེ་རོག་སྣག་ལྷ་ཁྲི་དཀར་ཡིན། །སེམས་ཉིས་ཟམ་ཁར་བྱལ་དུས་ལ། །དུང་སྐྱོང་སྣག
ལྷ་ཁྲི་དཀར་ཁྱེད། །གཞི་ཞེ་ཡོན་གྱི་ལུས་ངམ་གང་། །སེམས་ཉིས་མི་བྲལ་ལྷ་གྲལ་སྒྲིགས། །དེ་ནས་ངམ་ག་སྣར་འགྲོ་རྒྱར་གྱིས། །ས…
སྣང་ནས་མ་འགྲོ་རྫོང་ཞམ་ལོང་། །ལ་སྔོན་པོ་དེ་ཡིས་ཨར་ནང་ལ། །ཐང་སྔོན་པོ་རྒྱལ་མཚོ་འཚིལ་འདུ་ཡོད། །ཐང་ཆེན་དེས་ན…
ཞག་ཅིག་སྡོད། །དེ་ནས་ཡར་ལ་འགྲོ་བས་དུས། །ཕྱུགས་མས་གསུམ་གྱིས་གོང་ཐིག་ནས། །སྒྲིང་ཞིས་སྣར་དང་ཐུག་ས་ཡོད། །སྒྲིང་སྣར་

ཀླུ་སོགས་མདོག་གཟེར་དོ། །ང་ལྷ་གཡུ་མོ་སྒྲོན་ལ་ཡོད། །སྐར་ཆེན་དེ་ལ་དབྱུང་བ་ལགས་ན། །དགྲ་གླུ་འཁྲུལ་བ་ལག་སྔོན་འཁྲིས་འགྲུབ་བས།།
ཁྱེད་དུང་སྐྱོང་ཚེ་ཐུགས་ལ་དེ་ལྟར་ཞོག། །ཀོན༔ །མགོ༔ ཞེར་བ་དང་ཞེ་ཞེ་དེ་ལྟ་ལ་ཞེན་སོ།། །།དེར་སྟག་ལྷ་ཡི་དཀར་དེས་དགྲ་མི་དེ་མ་རིགས་
ཟེར་ནས་འཁྱོང་བར་འཇུས་ནས། ལྷ་སྐར་དེ་ལ་ཁྱད་འདི་ཕྱོགས་ཟེར་བས་ཧ་རྒྱུ་ནས། དེར་སྟག་གཡུ་འི་ཕྱོགས་དཔལ་ཐུབ་སྐྱོན་པོ་རྡུལ་སྟག་གཡུ་འི་དུང་ལ་འདུས་ནས་རྒྱལ་
ཀློང་ནམ་མཁས་འདུ་བྲལ་འཁོད། །ངེས་རྟེས་ཤིང་འབྲུག་རྩ་རྒྱུ་བཙན་པོ་དང་བ་ཐུབ་སྟོང་ལ་འཁོད་ནས། ཤི་འབྲུག་རྩ་ཁྱི་བཙན་པོ་དེས་དར་གཅིག་སྟག་ལྷ་འི…
དུང་ལ་བཞུགས་ནས་ཡ་ཨ་དྲུ་སྟག་ལྷ་ལགས།། །དེ་རིམ་གྱིས་བཀའ་ཁྲིམས་ཐུག་ལེ་མ་ས་མི་བདེ་བར་གནང་འདུ་ཆུང་། དགྲ་བོ་ཞེ་ནག་མི་གཅིག་དེ་གར་ཡོང་
མཚོན་ཆ་ཡི་རྡེའུ་ལགས། ངར་རྒྱལ་སློན་ལ་སོགས་པ། དགེ་སྐྱེར་ཚབ་ག་ལ་ཡོད།། དཔལ་གཏམ་མོ་མཆོག་སྟོན་འདུ་མ་ཡིན་ཟེར་ནས་གླུ་འདི་ལྟར་གཅིག་

ཞ ཏི

༄༅། །སྔགས་སོ། །ཤིང་འབྲང་རྩ་ཉི་བརྒྱ་པོ་སྟུས་པར་ལོ།། །།ཨ་ཡཿ །ཁ་ལཿ །སྲུ་མ་ཡི་དམཿ །གསོལ་བ་འདེབས་སོཿ །

ས་འདིསཿ །ཁལ་ཐོས་ཀུན་ལྷུང་བྲག་ཤར་རེད། །ལུས་སྐུ་དཀར་པོས་ནང་བཙང་ནས། །ལྷ་དཔོན་སྣག་ལྷ་གྲིད་ཀར་ལ། །ཞུ་བའི་སླུ་ལ་

ཨེ་འདུ་ཡོད། །ཐུག་སེམས་རིག་པ་ལྷོ་ན་ཀྱིས་བཞགས། །མཛེས་རྒྱན་གཡུ་ཁྲི་གདོན་སྟིང་ནས། །ང་འདྲིསཿ །ལྷོ་གུ་ན་སེན་ཐེ་

ས་ཆ་ནས། །ང་ཤིས་འབྲང་རྩ་ཉི་བཅན་པོ་རེད། །ལྷོ་རྩ་བདགོང་གིས་མདའ་རྒྱུག་ད། །ཚིག་སྤུས་སློས་ནས་མདའ་དར་ཚོག །

ཡར་ལ་རབ་བཟང་པོས་གདོངས་རྒྱུད་ལ། །ལོ་བཅོ་ལྔ་གང་ནས་དགྲ་བཞིན་ཐུབ། །ཁྲུ་གཡུག་སྟོད་ཤོས་བྱུང་སྣད་དེ། །ལྷས་

གཤོག་དྲུག་ཚང་ནས་ལྷོང་སེམས་ལྷོང་། །གཡུ་འབྲུག་སྟོན་མོས་སྒྲོ་དང་དེ། །གཡར་སྟོ་ལྷང་རེདས་དར་སྒྲ་སྒྲིགས། །

སྦྱུ་ལྕུ་ཧོ་ག་རྒྱལ་གདོངས་རྒྱུད་ལ། །ཡོ་བ་ཙོ་ལྔ་གང་ཅས་དགྲ་བཞིན་འདུལ། །ངས་དཔལ་གཏུམ་མིན་ཏེ་ལྷ་མ་ཡིན། །
ཏེ་ནལ་ལྕུ་སྒྲིས་སྒྲ་ག་ལྕུ་ལེགས། །དགོངས་རྒྱལ་པོས་རྒྱལ་ཚལ་ཡིན། །ལྕུ་ཡིས་ལུང་སྟོན་བབས་ཡིན། །དགྲ་ལྕུ་དཔོན་
ཀ་ས་པའི
དང་ཐེད་མེད་ཡིན། །དེར་དགོངས་རྣམས་ཀྱི་གདོང་གདངས་ལ། །ལྕུ་ཡིས་ལུང་སྟོན་ཅི་འདྲ་སྦྱང་། །ག་ཞིན་ལ་རྒྱ་ལམ་ཅི་འདྲ་སྦྱང་།
འདུད་རྒྱལ་ཞ་ནག་མི་གཅིག་དེ། །གར་ཡོད་ཐོང་བ་ཡ་རེ་ལེགས། །འདི་ཡོད་ཀོ་མཐོང་ཡོད་པའི་ན། །ང་ནི་རྟ་ལ་འཕྱོ་ཉམས་
ཀྱིས་བཞགས། །ད་ང་ཉི་མ་ཡན་ཆད་ལ། །ཨ་མ་གོན་སྐྱབ་ལུང་རྩེད་ལྕུག་དང་། །ཀླིང་པའི་ཡ་ཁ་རང་ནས་སྐོར་ལེགས་གཉིས། །གར་
ཡོང་རིག་པའི་མ་གསལ་གསུམ། །མི་ལོ་མང་པོ་དོན་སྨོ་ལྕག །ད་མི་བྲག་འདུག་པའི་ནང་པ་དེ། །ཤི་ཁབ་སྦུང་ནང་ཅོ་རུ་ཆེན། །

༄༅། །མི་ཆོད་འདུག་པས་རྒྱུ་པོ་དེ། །དའི་ཆོད་ནུབ་ང་བར་ཤོབས། །མི་སྡུབ་འདུག་པའི་ཨ་མགོན་དེ། །ང་ལེན་གཅིག་སྐྱུགས་
ན་བསོ་ལ་བ་དེ། །ཁབ་དང་བྱ་བའི་གྲགས་ཀྱིས། །ལྗོ་ལྷག་ལྷ་དཔོན་གྱིས་སྐུགས་དགོང་མཛད། །གོ་ན༔ །ཨ་གོ༔ ནེར་ནས་དང་

སྔོང་སྣག་ལྷ་སྒྲི་དཀར་གྱིས་ཡལ་སྐྱོན་ན་མི་སྣེར་ཨ་དུག དགོས་ན་ས་ཚེན་གྱིས་བུ་རྒྱུ་དཔེད་འབྱུང་རྒྱ་རྒྱུ་བཙོན་པོ་ཐབས་ལེགས་པར་ཉེ་ཐག་ཆིག ད་དེ་རིས་ཀྱིས་སྣབས་

ལ་ལྷ་ཡིན་ལུང་སྟོན་ཡས་མ་ནེར་གཡུ་ཡིན་སྒྲོལ་མ་དེས་བདུད་རྒྱལ་ཞ་ནག་མིག་ཅིག་དེ་ཁ་ཚང་སྟོན་ནས་ཤོར་སོ། ངས་དབས་ང་རང་སྟེ་ཀ་མེ་ལ་ཅན་དམྱག་པ་ཡིན་ཡས་

རིགས་མ་སྤུབས་ཡས་དབྱར་ནི་ཐོག་ཆོད་དྲུང་ལ་ཡོད་དེས་རེད། ང་རང་ལྷ་དམག་སྟོང་ཁྲིད་ཨབ་པ་ནི་ཡོད་པའི་ཁྱེད་ཟླུམ་ཀྱིས་འཇོམས་གིས་བང་མི་ཚིག་མ་དགག་ནས། སོགས་པོ།

ཨ་གྲགས། ཞི་རིམ། སྐྱགས་ག་ཞིག་སོག་གདབ་ཚན་རིན་ལ་ཡོད་པའི་སྡངས་ཉིས་ནམ་གསལ་དུས་ལ་ལྷུས་དམ་སྐུམས་མི་ཐུལ་དུ་སྐྲལ་སྐྲིགས་ནས་འགྱོ་དགོས་ཡས་དེབ་ལྷུག་གོ་བར་

ཀྱིས་བསྐྱངས་པ་འདི་ཁ་བ་ཅན། དེར་རྒྱལ་བློན་ཀྱིས་འདུན་བྲལ་ཤར་ར་ར་བགྲོས་སོང་། དེས་ཀྱི་ཉེ་འཁོར་གསལ་དུས་ལ་དང་སྐྱོང་ཡོགས་ལ་རྒྱལ་ཁབ་བཞི་དེ་ལྷ་དཔྱང་སེམས་

ལྡང་། མི་བྲལ་རྡ་བྲལ་སྐྲོགས་ས་རུས་རྒྱ་དམག་རེ་དུར་སྐྱོང་དཔོན་འགྱིས་ སྐུ་གྲོངས་ནས་ལྷ་དཔྱང་དཔྱང་དུ་ཕེབས་སོང་། ཉི་མ་དེ་ཡིས་སྐབས་ལ་ག་ཡུ་སྒྲུབ་གིས་སྟོང་ལ་ཞེག་ཅིག་

གཉེས། ཕྱི་ཉིན་འཁོར་གསལ་དུས་ལ་དམག་སྐར་དེ་ལྷ་དཔྱང་སེམས་ཕེབས་སོང་། དེས་སྐབས་ལ་སྐྱིད་ཕྱོགས་ལྷ་ཡི་ལ་ཕོ་བྲང་ནས་མ་ནེ་ནེ་གཡུ་ཡིའི་སྒྲོལ་མ་དེས།

གྲིས་དགེ་ལྡན་ལུས་གར་དུ་ཉིན་ནས་ལྷུང་སྟོན་འདི་གསུང་སོ། མ་ལྷ་གྲིས་དགེ་ལྡན་ལ་ཡག་ལེ་ཉམས་ཉིད་རིག་པ་ང་མ་སྟོད། ངའ་ངམ་རྩེས་ལྷ་མོ་ལ་དུར་སྐྱོར་སྤྱག་ལྷ་ཁྲི་དཀར་

དང་། ཕྱོགས་བཅའི་གནས་ཡས་རྒྱལ་ཁབ་བཞི་ཁ་དཔྱང་སེམས་སྐྱིད་ལ་འོར་ཆོས་ཡོད། སྐྱིད་དཀར་དཔལ་ལ་ཐུབ་བརྒྱ་བཞི་དེ། དཀྱུགས་པ་ནེ་ཚེ་ལས་གྱི་ས་འགྲོ་ནས་དགོས། །

དགེ་ནག་པོ་ལྷག་ལྷའི་ཐུབ་ལ་ཡིན། ཁྱེད་དགེ་ལྡན་འི་ཐུགས་ལ་དེ་ལྟར་ཞེག སྐྱུང་ཐུས་ནེ་ནེ་དེ་ལྷ་ཡུལ་ལ་ཕེབས་སོ། དེ་ནས་དགེ་ལྡན་བཙན་རྒྱལ་དེས་དཔལ་ལ་ཐུབ་ཧཱུྃ་འདུས་

༄༅། །ཞེས་གསུང་བས་ཧྲཱ་ཀྱུ་ཞུས་བཀའ་བློན་ཆམས་ཀྱིས་ཙི་ཡིན་ཐམས་ཞས་ཐིང་ཧཱ་ཀུ་ར་དུ་འདུས་སོ། དེ་ནས་བདུན་ཕྲག་ལ་ལོངས་ནས་དེས་སྨ་སྨས་ཁ་སྒོ་སྦྱོན་མ་དང་ཨ་ཁབས་སུ་

འགྲུབ་དེས་ལ་ལྷ་གྲིབ་དགྲ་ལྷ་རིན་པོ་ཆེན་དེ་རིས་ཀྱིས་འདུལ་བྲལ་འདི་ནི་ཡིན་གྲུ་ཁུས་དཔལ་ཚལ་ཆེན་ནས་ལྷ་གྲིས་ཧྲུ་གས་ཡི་འབྲུག་ལེ་ཁད་ཅི་ཧྲུང་། མི་ན་ལྷ་ཡི་ས་ལྟུང་སྡོར་འདུ་རྟུང་ལེ་

ཨེ་ཡི་ན་ཁུས་སོ། དེ་ལྷ་གྲིབ་དགྲ་ལྷ་དེས་སྐྱེ་ཀྲི་ཡིས་སྡིང་ན་འཛིན་ཆ་དཔའ་རས་སྲིད་བཞུགས་ནས་ལ་སྐྱེ་ད་ཀ་ར་དཔལ་ལྡན་ལ་སོགས་པ། པང་ན་གོང་སྔོན་མ་དང་མ་ལག་ལ། འབྲུལ་

བག་སྐྱེ་ལས་མཐུང་ལགས་བཅོམ་ལྷ་ཡིས་ལུང་སྟེ་ན་ཧྲུར། དེ་རིང་རང་ཚོད་ལྷ་གྲིས་ཧྲ་གླ་ཕེབས་པའི་སྐྱེན་འབྲུས་རཀྲུགས་ཀྱུང་བའི། དེ་རིས་དཔལ་ཕྱིབ་ཀའི་སྔོན་རྩིས་ཆེམས་

ཀྱིས་དགོས་ལས་ད་ལྷག་པོ་བརྒྱིས་གསུངས་ནས་ནའར་ཕེབས། དེས་ཕེར་ཉེན་ནམ་གས་ལ་དུས་རྒྱལ་ཁག་བཞིན་ནས་ཚེ་བས་སྐྱིས་དགོན་གཡོག་ཕྱ་བཟུ་རང་སྐྲིགས་ནས་ཏྲ་དམག…

ག་ཉིས་རྒྱལ་དེ་སྣག་ཐང་སྡོང་ལ་འཕྲུལ་ཀྱི་ལེན་བས། དེར་དང་སྐྱོང་སྟག་སྐྱེད་ཐེག་དེ་ཕར་དཀར་འཕྲུར་བར་ཕྱར་དུ་རྒྱལ་ཁག་ལྷ་ཡིས་ལྷ་དམག་དང་རྒྱལ་མཚོ་ཕྱིར་ཕེབ་པར་ཕྱིར་ད་ཧྲད།

དེ་ཡིན་དང་པོ་ལ་དུང་སྐྱོང་ལྷག་ལྷ་ཁྲི་དཀར་ལ་རྩ་ཐུ་མཛེས་ལས་དགུ་བདུག་ཞིག་ལྟར་ནས་ནར་སློན་ཨ་བྲག་དྲུག་བརྡ་དེ་གཡོས་གཡོན་དུ་བཟའ་ཐང་རྒྱུག་རྒྱུག་ཐུབ་ཆེ་བས་ཕྱེ་་མིང་...

ཆེན་དུང་ཁྲ་སྣ་ཁྲལ་ཆེབ་ལ་སྦྱིན་ནས་བོ་མ་ཙན་ལེ་པའི་འོ་མ་ཟའ་ལ་གྲོམ་དཀར་དཀར་པའི་མཐིང་རྒྱན་ཡོད་པ་ཞིག་སྐྱ་ལ་གསོལ། ཞིབ་དར་གསེར་ངོས་ཀོད་རབ་ལ་འཕེན་དང་གསེར་སྐྱུད་ཆ་

འགྲིམ་ས་ཐུབ། གཞི་ལྷག་ལེགས་དགུ་བརྒྱ་བོ་བརྒྱད་ལ་དམར་རྒྱུད་ཞི་རིས་བཙོར་ཡོད་པ་ཞིག་མཐུལ་རྒྱན་བསྒོ་ཐུབ། གསེར་སྣར་ཡི་དབྱིན་དབང་རྒྱལ་ལ་དམར་རྒྱུད་ཞི་རིས་ཁྲ་བཅོ་བརྒྱད་ཙམ་རྒྱ།

དེ་ཡིས་གོང་ནས་སྣ་སྣུད་རྒྱུགས་ཀྱིས་ནང་སྡེར་ཡོད་པ་འགོ་ལ་རྒྱན་ནས་ཚོ་འདུང་རིན་ཆེན་དཀྱང་པ་ཁྲུག་ལ་རྒྱན་ནས་རྒྱུ་ཡ་མཁོགས་ལ་ཛ་ལ་དམར་ལས་ཞ་གཅིག་དགུ་ལ་གསོལ་ནས་ལྷུང་ར་ཐོས་གཏིང་

གཙིགས་བཙུགས་ནས་ཞལ་དོ་གང་རི་མགོ་མ་ཁར་བ་བཞིན་དུ་ཤེས་ཐུབ། དེས་རྗེས་སྐུ་སྐྱོན་པོ་ལུ་རྒྱ་ཙམ་ལྷག་ནང་ཁྲག་གིས་རྫུབ་ར་ལྷར་དུ་མཐེབས་ཐུབ། དེས་རྒྱལ་ལུ་ཁྲི་དཀར་དམར་ཙན་ཁྲི་དགའ་གསྐྱོ་...

ཙམ་ཁར་ར་ར་ནང་ལུབ་ལྷར་དུ་ཐུབ། དེས་རྗེའི་སྐུ་སོ་ག་པོ་ཨ་གྲུགས་འཁྲུལ་ལྷག་ག་ཞིག་གིས་རྒྱ་ལ་ཁབ་བཞི་ཡིས་ལྷ་དམག་དེ་ཡི་དམག་བརྒྱད་ཙམ་ཡོད་པ་དེ་གའམ་ལས་ཁག་ལེགས་རྟེན་རྟེན།

༄། །ཚར་ལྔང་རྡེབ་རྡེབ། སེ་དཀར་ལ་ལ། འཁིས་ཕྲུལ་ནས། རྒྱབ་རྒྱབ་བཤར་སྐྱང་། དེ་དཔལ་ལ་སྟབ་རྟ་མས་ཀྱིས་རི་ཆེན་དར་དང་གོས་ཟབ་འཛང་དར་མ་དཔོ་སྤུར་ནས་བྱག་ལྷ་

ཡེབས་ལས་དགའ་སྐྱིག་ཀྱིས་སྤྲི་མ་རྒྱལ་ཆེན་པོ་མཇེད་ནས་བཟང་རྒྱུད་ཆེན་པས་ས་ཆ་ནས་སྟག་ཟང་སྡོང་ལ་འཁགས་ཅིག་བཞུགས་སོ། དེས་ཕྱི་ཉིས་གཡུ་མོ་ན་ཚང་ལ་ཡེབས་ནས།

ལྷ་དང་ཀླུ་མ་དང་མཁའ་འགྲོ་རྣམ་ཀྱིས་བསང་མཆོད་བྱེད་ཞུས་དར་ཁར་དུང་འབྲུག་གླུ་གར་མཇོད་གཙིག་རང་མོ་ཐུད་མེད་ཧོ་དང་བྱུ་ཁགས་ཆར་བབ་ནས་དཔལ་ལ་སྟབ་གཞན་མ་རྟོམས་

དང་མི་དཔོན་ལྷ་སྤྲིས་དགྲ་ལྷ་རིན་པོ་ཆེན་སྤྱ་ཚོགས་ཕྱི་ནང་འཁོར་བཙས་ཀྱི་སྤྱི་མ་རྒྱུ་ཆེན་པོ་མཇེད། དེནས་གཡུ་མོ་ན་ཚང་ཀྱིས་སྡོད་ལ་ཡེབས་ནས་ལུས་སྒྱུར་དུ་ཚག་ཡེབས་ཤོང་། །

རྒྱལ་ཁག་ལྷ་ཡིས་ལུས་དམག་དེ་དཀར་ཁྲ་ལ་ལ་བབ་པ་ལྡུ་རང་དུ་སྐྱར་བརྒྱ་ནས་བཞུགས། ལུས་གུར་ཀྱིས་ནང་ནས་རིན་པོ་ཆེན་དྲྭ་རྡྲ་ཡིས་ཁྲི་སྟོད་ལ་ལྷ་སྤྲིས་དགྲ་ལྷ་པ་རྩེན་རྒྱལ་དེ་ཞལ་དོ་གང་རི་

ལ་ཉི་མ་ཤར་བ་བ་ཞེན་དུ་བཞུགས། གཡོས་ཕྱོག་དབུལ་ཀྱི་སྡེད་དུ་དམར་ཞུས་དབྱུ་གདུག་ཕྱུག་ནས་སྟོར་ཀྱིས་གདོན་ལ་དང་སྐྱོང་རྡུག་ལྷ་ཁྲི་དཀར་དེ་ཞལ་དོ་ལ་ཚོབ་ཙོ་ལྡང་ལ་ཟླ་བ་ཤར་བ་བཞིན

དུ་བཀྲུགས། གཡོན་ཞལ་གྱི་ཞལ་མགོ་ལ་ཐུག་དམའ་ཡག་ཀྱིས་གདོང་སྐྱེད་པ་གོང་སྔོན་ཚེར་ཞིང་མདངས་མ་ཐུབ་གསོད་ཁྲག་གིས་རྡེའི་བར་ལྡུར་དུ་བཞུགས་སོ། དེ་འཁོར་གླིང་རིགས་དཔལ་ལྡན་

སུམ་བརྒྱ་སྐོར། གཡོན་ཞ་གྲལ་གྱི་ཞལ་མགོ་ལ་དམ་གདོན་དམུག་པོས་སྐྱེད་སྐྱེད་ཅན་ཁན་འབར་དེ་བརྩོན་ཆེད་ཁྲེ་བར་ལྡུར་དུ་བཞུགས། དེ་འཁོར་བ་ཐུབ་ཆ་མས་ཀྱིས་སྐོར། མདུན་ཞལ་

ཀྱིས་ཞལ་མགོ་ལ་གོང་ཨ་ལོང་ཅན་ཀྱིས་སྐྱེད་ཅ་འཛིན་སྲིས་གཡུ་ལྷ་ཟིག་འགྱུར་དེ་སེང་དཀར་མོ་ལ་གཡུ་རལ་རྒྱས་པ་བཞིན་དུ་བཞུགས། དེ་བ་སྤྱན་མང་པོས་སྐོར། མདུན་

ཞལ་གྱིས་ཞལ་མགོ་ལ་སྒྲོ་ཁྲི་སེར་པོས་སྐྱེད་ཅན་ཨ་ཁྲུ་སྐྱི་དཔོན་རྒྱལ་པོ་བཞུགས། དེ་བཞིན་དུ་དཔལ་ལྡན་ཐམས་ཅད་མདུན་ཞལ་ལ་འཁོད་དོ། དེར་ཟླ་སྐྲ་མང་པོ་དང་།

ཕ་ཚང་གིས་གྲོང་འཁྱེན་མང་པོ་བཞགས་ནས། ལྷ་སྲིན་དགུ་ལྷ་ཡིས་ཞལ་ནས་གསུངས་པ་ན། ཡུལ་དུ་ང་སྐྱོང་སྡུག་ལྷ་ཁྲི་དཀར་ལགས། ཁྱེད་མི་ལོ་ལྔ་ཡིས་བར་གར་སོང་

ཡིག་ཡིས་མ་འཚོང་བ་དེ། ངས་དཔོ་ལོ་སྲུར་ཕར་བ་ལ་སྐྱིད་ཏེ་མ་གླིང་བཞི་འཁོར་ལ་རེད། དབང་མ་འདོད་འགྲུབ་པ་ཨ་འདུ་ཞུང་། སྨྲེན་འབྲས་སྐྱིད་ལ་ཨ་ཁྲུ་ཡོད་ཟེར་ནས་

༄༅། །ཧྲཱིཿ ཨོཾ་མ་ཎི་པདྨེ་ཧཱུྃ༔ ཨ་ལ༔ ཐ་ལ༔ སྐྱབས་བསྡུ་བླ་མ་ཡི་དམ་དཀོན་མཆོག་བསྡུས། །ཞགའ་གསོལ་བ་འདེབས་སོ་བྱིན་གྱིས

རློབས། །ས་འདི་སྲུ། །གཡུ་མོ་ནུ་ཁྱང་གོང་མ་རེད། ངའ་དུས༔ འབྲི་ལས་དགུ་ལྷ་བཙན་རྒྱལ་རེད། །དེ་ཞལ་སྐུགས་ལྷ་བྲི་དཀར་ལགས། །

ཐི་ཏི། དེ་རིང་ལེ་བབས་པ་ཡ་མཆོན་ཆེན། །ཁ་ཚང་རྒྱལ་ཁབ་ལྷ་པོ་དེ། །བར་ཚད་ཆེན་ལྕུང་ཅི་འདུ་ཁྱུང་། །མང་འབངས་བོད་ཀྱིས་ལས་ཚ་ཅན། །དགྲ

བཞིན་སྡུབ་པའི་སྐྱོན་པོ་རྐྱེན། །ལས་མ་འདོན་བསྒྲུགས་ལུག་ཅི་འདུ་ཁྱུང་། །བོད་ཀྱིས་རྒྱལ་པོ་རྣམས་ཚོགས་སྐྱིས། །སྐྲ་ཁྱིམ་བ་དེ་བ་ཤྲི་ཡོང

ལགས། །བོད་རྣོད་མདའ་འབང་དྲུང་སྤྱུར་ལ། ༑རྒྱལ་བརྡ་ལ་ཆེ་ལྕུང་ཅི་འདུ་འགེ། །བདུད་རྒྱལ་ཞབ་ཤིག་ཅིག་དེ། །རྩལ་འབྲེན་རྡོ་བལ་ཕྱུགས

ཅི་འདུ་གདལ། །ཞེ་ཆེན་རྒྱལ་ཁབ་བཞི་པོ་དེ། །མང་པོས་མི་བཀུགས་ཇ་བཀུགས་དེ། །ཕྱུ་ཇ་ཆག་སྐུགས་ཅི་འདུ་ཐོས། །ཁ་ཚང་ལྷར་གྱིས

དང་པོ་ལ། །བདུད་རྒྱལ་ཞ་ནག་མིག་གཅིག་པ། །རང་ཡུལ་སླེབས་ནས་མང་པོ་ཡིན། །དཔལ་ལ་རྩལ་དྲུག་འཛོམས་པས་དུང་སྐྱོང་ཆེད། །
སྐུ་གསོག་རྡོ་རྗེ་ཐག་རི་ལ། །བར་ཆད་ཆེན་པོ་གཏད་ཡོད་ཟེར། །སྲི་དམུ་དམ་གཏགས་མགོ་ག་ཟེར་དེ། །ཚ་བ་དམུག་མེད་གཏང་
ཡོད་ཟེར། །ཉི་མ་དེ་ཡིས་དོས་སུ་ལ། །ཚོ་དྲུག་གྲིང་གིས་ལྷ་སྐར་དེས། །ཟེ་ལ་ལུས་བདེ་ལེན་ཨོ་ཡིས་ཟེར། །སེམས་ཀ་དཀར
གོང་འཕེལ་ཚགས་ནས་ཁ་ལ། །ཐམ་འབར་མདའ་ནམ་གཡུ་ལྷ་མོགས། །དགྲ་ལྷ་དང་དང་སྲུང་མ་པོ་རྣམས། །འདི་མ་ཆུང་ལེ་སྨ་ལ་བསལ།
ནས་ཆུང་། །ལྷ་གོང་མས་ལུང་སྟོན་བབ་ནས་ཆུང་། །དེ་ནས་སྟག་ལྷ་ཁྲི་དཀར་ལེགས། །འཕྲུར་ཤོག་ཅན་གྱིས་ཁང་དཀར་རྩེམ། །གསོབ
རྒྱུག་བཙན་ལུག་ཙི་འདུ་ཞེས། །གྲི་འཛུག་ཅན་གྱིས་དམག་ཡག་སྤྲག །ལུས་འཛོམ་དྲུག་རྒོག་ལུག་ཙི་འདུ་ཞིག །ཞག་དཔལ་ལ་ཅན་གྱིས

༄༅། །ཨ་མ་གོ་ན་དེ། །དམག་དང་པོ་བཅོམ་ལྡན་ཅི་འདྲ་ཞིག །དགའ་སྐྱིབས་སྐྱོ་བས་དུང་སྐྱོང་དང་པོ་ན། །བགས་མ་འདེན་འཕྱུག་

ལགས་ཕུན་པ་ཡིན། གོ་ན༔ ཨ་གོ༔ ཅེས་ཟེར་བས་དེར་གཡོ་ལས་ལྷོ་ཕྱོགས་དཔལ་ཀྱི་རྒྱལ་ཁམས་དུ་སྐྱོང་ལ་དེ་ཡ་ར་བ་ཞེས་ཟེར་སོག་པོ་ཨ་གྲུབ་ཞི་ཊ་སྦྱགས་སྐ་ཞིགས་བར་ཁག་

ཀླུ། ཞི། ༤༨ ལྷ་ཡིས་དམག་དཔོན་རྣམ་ཀྱིས་འཇལ་དར་ཕྱུལ་ནས་དེ་ཡང་ཀྱིས་དང་པོ་ལ་དུང་སྐྱོང་དེས་དགུ་མཚོན་གཅིག་གིས་འཇལ་དར་འཕྲུལ། གཞན་དམག་དཔོན་རྣམས་ཀྱིས་ལྷ་མཆོན་

ར་ར་ཀྱིས་འཇལ་དར་འཕྲུལ་ནས་ཡ་ཨ་རྒྱ་ལྷ་གྱིས་ལག་དབྱེ་འཕོང་ས་སྐྱོན་དགོངས་བོས་ཐེར། རྒྱལ་པོ་སྐྱུར་ཞིམ་བདེ་བར་ཕྱོགས། ཁང་བཟང་འཛུམ་པའི་རྒྱ་སྐོན་རྡོག །ཁྱབས་

སྐུལ་ཨེ་འདུ་ཡོད་ཟེར་ནས་སྐུ༔ ཨོཾ་མ་ཎི་པདྨེ་ཧཱུྃ༔ ཨ་ལ༔ ཐ་ལ༔ ཐྲམ་ཡིད་མ་དགོན༔ །ཁྱབ་འབུ་གསོལ་བ་འདེབས་སོ༔ སྤྲིན་གནོག་

ཕྱུང་འཇིག་རྟེན་སྐྱིད་ནས། །སྐྱུལ་སྐུ་ཕྱུང་འབྱུངས་གནས་མཆོད། །ལ་འདེབ༔ །གཡུ་མོ་ན་ཐང་བོད་མ་ཞེད། །ཕྱུས་གྲུབ་དཀར་པོས་

ཞང་བཟླུད་ནས། ངའ་འདྲིས༔ དུང་སྐྱོང་དཀྲུག་ཕྲ་ཕྲེ་དཀར་རང་རེད། ཁྲབ་དཀར་རྩེ་རྒོད་ཚ་མ་རེད། ཤེ་མ་ཤར་ནག་ཟེ་མདོག་ཆེན། ཞིང་རྒྱུ་མ་ཁ་ཞིང་༑

ཆེན་པོ་ལ། སྔོན་མ་དོག་ཁ་ཡག་ཞ་ཕུན་སུམ་ཚོགས། ཕྲ་གྲིས་དགྲ་ལྷ་བཙན་རྒྱལ་ལ། རྒྱལ་གླིན་འཛམ་པ་སྐྱེན་འགྲིས་ཆེན། །

ཁ་ལ་ངས་སྤྲ་རི་གྲིས་དང་པོ་ལ། རྒྱལ་ཁབ་ལྷ་ཡིས་ལུས་དཔག་དེ། །མ་ངའི་བདག་པོ་དཀྲིས་ལྷ་ལ་གསོང་། ཉི་མ་ཚན་གསུམ་གྱིས་གོང་ཐོབ་

ལ། ཁྲི་ལྷུང་དམག་དང་ཐུབ་ནས་སྒྲུང་། ཚོང་ཡུལ་ཡར་ཅན་གདང་ལ། ཚོང་གིས་སྤྱག་རག་སྐྱོ་མདོ་ལ། ཨ་མགོ་ཅན་འདུས་དམག་

ཁྲ་བོ་དཔུང་། འཛམ་འཛིན་ཆེན་པ་སྐྱོད་ལ་འདུག །ང་རང་རྒྱལ་ཁབ་ལྷ་པོ་དེ། །ལ་ཆེན་ལ་མོས་ཡར་ཞང་ལ། ཕྲང་ཆེན་དཀྲིས་ལ་

སྣར་ཚིག་པབས། །ཉི་མ་དེ་ཡིས་ཕྱིར་ཉིས་ལ། སྐྱག་དང་སྤྲིན་འཁྲིལ་འཁྲུགས་ནས་སྒྲུང་། །ལུས་དབང་ཅན་གྱིས་དགྲ་ལྷ་དཔོན། །ཁེབ

ང་ཞེ་ལྔ

༄༅། །ཆེན་གླིང་ངེས་ལྷ་དམག་དེ། །གྲགས་རྩལ་ལ་སྦྱར་འཛོམས་ང་ཚར་ཆེན། །ཀླུ་གཡུག་སྒྲོན་ལས་དྲག་འགྱུར་དེ། །དགྲ་ལ་ཐུབ་
ལེ་མཚར་པོ་ཞུང་། །ནམ་མཁའི་གཡུ་འབྲུག་སྒྲོན་པོ་དེ། །ཐང་ལ་བབ་ལེ་འཚར་པོ་ཞུང་། །གླིང་དཀར་སྒྲོང་གྲོས་ལྷ་དམག་དེ། །
ཐལ་ག་ཟིགས་ལུང་སྤྱིན་འཚལ་པོ་ཞུང་། །ངོ་བྱུང་ནམ་གྱིས་གདོངས་གདངས། །སོང་མ་ལྷ་ཡིས་ལུང་སྟོན་དེ། །དུང་སྐྱོང་ངང་ལ་ཐོག་
བབས་ཞུང་། །ཨ་མགོན་སྐྱེ་མོའི་འབུམ་དམག་དེ། །ཀོངས་ཉིས་ཤར་ལ་འདུལ་དགོས་ཟེར། །དགྲ་མགོ་ཡར་ལ་མ་དུན་ན། །
རང་ལ་ལུས་དོན་མི་འགྲུབ་གསུང་། །ང་རང་སྟག་སྤྲ་ཁྲི་དཀར་གིས། །སྲོན་པོས་མི་བྲལ་རྣ་བྲལ་སྐྲིགས། །རྒྱལ་ཁག་ལྷ་བའི་ལུས་
དམག་དེ། །སོངས་ཉིས་ཕར་ལ་མ་གཏུག་ན། །དམག་སྤྲ་མོ་རང་ཡུལ་མི་སླེབས་རྫེས། །དམག་དཔོན་དེང་རྣམ་བཀའ་གྲོས་ཞུས། །

དམག་མང་རྣོམས་ལ་བཀའ་སྒྲུབ་ཞུས། །ཉི་མ་དེ་ཡིས་རྩིས་བསྐུལ། །ཁྲ་མོས་འབྲུམ་དམག་ཏི་ལེ་ལོང་། །འདུད་རྒྱལ་ཆ་ཤག་མིག་ཅིག

དེ། །སྤྲིན་པོ་ང་ཡིས་རྩལ་འདོན་བཞགས། །ཁ་ཞན་མལ་དམ་གམ་དལ་ལོགས་པ། །ལོགས་པོ་ཨ་གྲགས་ཞི་ནྟུ་བཙས། །ཁྲ་མང་དམག

གིས་སྐར་དཀྲིལ་ནས། །སྤྲག་ཟིག་དམ་གིས་དཀྲིལ་བ་ཁགས་རྒྱབ། །ཉི་མ་གཅིག་གིས་གོང་ཚོགས་ལ། །ཁྲ་མོ་བྲུམ་དམག་ཕྱིག་ལེ་གཏོར།

གྲག་པར་ཅན་གྱིས་ཨ་མ་གོ་ནད། །ཧུ་རྗེན་གནམ་འཕྲུག་ལྷུག་པར་འདྲ། །དེ་འཁོར་རྟ་དམག་རྒྱ་ཚོ་གཅིག །ཁྲུས་རྫུང་བྲ་ཡིས་གཏོར

འདྲ་ཞུས། །སྨང་ཅན་དམག་གིས་མཐོང་ཟེར་དེ། །ཁམ་ཞག་སེར་བའི་གཏོར་འདྲ་ཞུས། །སྤྲག་ཁང་བྲ་མོང་རོ་ཡིས་གད། །སྲུར་ག་ཡིར

པོ་ཅན་དེ་ཁང་ལ་ཉིལ། །ཁང་སྒྲོ་མོ་ཁྲ་གིས་ཁ་འདོག་འགྲུར། །ཉི་མ་གཅིག་ལ་དམར་སྤྲེད་གཏད། །ཤི་དཀྱིལ་པ་མེའི་པར་དབེ།

༄༅། །ཐཞགས་མེད། །དམག་ཁྲི་དཔུང་གཉེར་ལྷུག་པོའི་དབུས། །མངའ་བདག་བོད་ཀྱི་རྒྱལ་བློན་རྣམས། །ལུགས་དབང་ཐང་དར་བས་

སྟོང་ང་ཡིན། །དགའ་སྐྱིད་ཆེན་པོའི་འཐིང་ལ་དར་ཕྱུང་། །སྐྱིད་ཉི་མ་ཤར་བས་གསུང་ལ་ཉན་ཐུབ། །བཀའ་ལ་ཉན་པའི་དང་མ་འདུད་པ་བོན་དུ་གྲོ།

རི་དཔོན་ལྷམ་བཟླ་གཙོ་མཛོད་པས། །ཤང་དཀར་སེ་ལ་ཉི་མ་ཤར། །དཔལ་ལ་ཆོད་རྟག་ཟིགས་ལ་སྤྱོད་གོས། །ཀྱི་ཆེན་མགོ་ཕྱག་རྗེས་

ནས་གཏེར། །སྟག་ལྷ་ཚེས་པའི་ལྷ་དམ་གོས། །ཨ་མ་བོན་ལ་མཐར་ལུས་ནས་ཐར། །སེང་དཀར་འཛུམ་པས་དགའ་སློལ་ཐུས།

ང་རང་རྒྱལ་ཁབ་ལྷ་པོ་དེ། །བོད་རྒྱལ་པོས་དྲང་ལ་ཞི་དར་སྐུར། །ལྷ་ཇེ་པོས་འདུན་ལ་སྨོན་དར་སྒྲུར། །བོད་ཡུལ་དམག་ལ་དགོང་

པར་སྐྱོང་། །ཉི་མ་དེ་ཡིས་རྗེས་སུ་ལ། །དགུ་མ་ཐུབ་ཞེ་ཞག་མི་གཅིག་དེ། །རྗེས་ནས་དེང་པའི་རབས་མདའ་སོང་། །བཞི་པོས

ཁོག་ལ་རམ་མདའི་དོས། །ཀླུ་ཡོས་དམག་གི་ཁྲོབ་རྒྱུག་ཆས། །དམག་ཀླུ་མོ་དེ་ཐམ་ཆག་ཉམ་གཏད། །བདུད་བཙན་
ཀླུག་རྒྱལ་ཇོལ་ལ་རྒྱབ་ལས། །རྗེ་ཆེན་གཡུ་ཁྲི་གྲི་ཡིས་བྲེད། །ཀློ་མི་བདུད་པོ་མདའ་ལ་སྐྱོད། །ཨ་མགོན་དཔོན་གཡོག་ལྷ་པོ་དོ།
བལ་པོས་རྟོ་ལྕུང་ཙད་ལ་ཕོར། །ང་རང་རྒྱལ་བློན་ལ་ལོགས་ལ། །ཀླུ་མོའི་རི་ལ་གཡོས་སྐྱོར་རྒྱབ། །རིག་མ་ཐུང་ཨ་མགོན་ཕོ་རལ་
གོང་། །དགྲ་གཏད་མ་བཙང་ནས་ལོ་གསུམ་ཡིན། །རི་ཀླུ་མོ་ཕབ་ནས་ལོ་གཉིས་ཡིན། །མ་རྫོང་ཨ་མགོན་ལུས་ཡོད་བསོཾ། །
ཁ་རྩང་ལྷར་གྱིས་དང་པོ་ལ། །དཀོན་མཆོག་ལྷ་ཡིས་ལུང་སྟོན་ཐུང་། །བདུད་རྒྱལ་ཁ་ནག་མིག་ཅིག་དེ། །དགོངས་ལྡོ་སྤྲིན་
མཚམས་ནས་ཕོ་ར་ཁས་ཐེར། །སེར་མ་བདེ་གློས་རྒྱུར་ལ་འབྲེན། །འདུག་མ་བདེ་དམག་སྨྲ་ཁྲིད་སེམ་རྡུགས། །ཚོང་མ་

༄༅། །གསུམ་གྱིས་གང་ཚོགས་ལ། །གླིང་དཀར་རྒྱལ་བློན་ཆེན་པོ་དེ། །རྒྱལ་བློན་ཡབ་མ་ངེས་ཀྱང་འཛོམས། །ཐགས་མ་འདོད་···

འཁྲུགས་པར་དེ་ལ་དྲི་རེད། །གླིང་རྒྱལ་བློན་ཁྱུགས་ལ་དེ་ལྟར་ཞེན། །གོ་ཁྲ༔ །མ་གོ༔ དེར་གླིང་དཔལ་ལྡན་རྣམ་གྱིས་འཛར་དར་མང་པོ་

ཀྲི་ཡཱ འཕྲུལ་ནས་དགའ་འཁྱིལ་སྒྲོལ་བས་ངང་ལེགས་ཤུགས། དེར་མ་དུར་བྲལ་གྱིས་མགོ་ནས་ཀ་བ་སྐྱི་དཔོན་རྒྱལ་པོ་དེས། སྡུག་ཚིགས་ཀྱི་ལྷག་པས་མགོ་ཁྲས་ནས་ལྷུས···

ཞེན་ཏེ་ཡོས་འཆལ་དར་གྱིས་རྒྱན་ནས་དམག་དཔོན་རྣམ་ལ་འཆལ་དར་འཕྱུལ། །དེར་ཆོར་འཛིང་གཉིས་ཀྱི་རིན་གྱི་འཛང་དར་བཅག་ནས་ཁ་བ་སྐྱིན་དཔོན་རྒྱལ་པོ···

དེས། ལྷག་དབང་ཅན་གྱིས་ཏག་ལྷ་དང་ཁེབ་རྒྱལ་ཆེན་པོའི་དགྲ་ལྷ་གཉིས་རྒྱལ་བློན་ཏྲག་བ་ཟེགས་ཁ་སྒྲོང་འཛོམས། རྗེ་གླིང་ལ་ཆགས་པས་འདྲ་མ་ལ་བསྒྲུ་མ་ཚིག

གསུམ་ཞུབ་ཨེ་འདྲ་ཡོད་ཟེར་ནས་གླུ༔ ཨོཾ་མ་ཎི་པདྨེ་ཧཱུྃ༔ ཨ་ལ༔ ཐ་ལ༔ སྐྱབས་བླ་མ་ཡི་དམ༔ བཀའ་འགོ་སོལ་བ་འདེབས་སོ༔ ས་འདིས༔

གཡུ་མཚོ་ན་ཐང་གོང་མ་རེད། །ང་འདྲས༔ ཁོ་བོ་སྤྲིན་དཔོན་རྒྱལ་པོ་རེད། །དེ་ནས་དུང་སྐྱོང་ཀླུ་གཡུ་ལགས། །སོགས་པོ་ཨ་གྲུག་ཞི་
ཟུ་ལོགས། །དཔོན་བློན་ཁངས་བ་བཟང་བཀའ་འགྲིན་ཆེན། །ངང་པ་ལ་རྩ་དྲུག་འཛམ་པའི་སྤྱོན་པོ་རྣམས། །ཚེད་ཇོ་བོས་ལྷ་ལ་རྒྱལ་སྲིན་
ཐུང་། །བདུད་རྒྱལ་ཞ་ནག་པོ་ཡིན་ཐུང་། །སྤྱིར་བཏགས་འདོད་འགྲུགས་ནས་རང་ཡུལ་འཁོར། །དགྲ་ནག་པོ་ཐུབ་པའི་བསྟོན་འདྲེས་
འགྲུབ། །ཕ་ཁྱུ་གཡུང་མི་ལ་ཕྲག་ལེ་དང་། །གཡུ་འབྲུག་དགོངས་ནས་ཕྲག་ལེ་གཉིས། །སྒྲོག་ཆགས་བབ་པས་སྐྱོན་འབྲུའི་འགྲུབ
ཉིམ་དགོངས་ནས་ཤར་ལེ་དང་། །གཡར་ཚོགས་གསུམ་མ་གོ་མོ་ཡར་ལེ་གཉིས། །གང་དཀར་ཞི་བས་བསྟོན་འབྲུའི་འགྲུབ །
སྟག་ལྷ་ཐང་ནས་འཕེལ་ལེ་དང་། །སྐྱིད་སྐར་ཡར་ར་ལ་འཚོག་ལེ་གཉིས། །དགྲ་སྒྲ་ཁུར་ཐུབ་པས་རྟེན་འགྲིས་འགྲིག །བསམ།

ཉི༥

༄༅། །འདོད་འདི་འདྲ་འགྲུབ་པས་དུས། །ཁེབ་ཅན་གླིང་གིས་དམག་གླར་དེས། །ལ་ཆེན་འགྲོ་ལྷུག་ཨེ་འདུག་ལྡུས། །ངག་ཤ
ཡ་གླུ་ལུ་ཆོང་ཆོང་དེ། །སྐྱུགས་པ་བརྡལ་བརྡུང་ལུགས་ཨེ་འདུག་ཐུས། །རྒྱལ་ག་ར་རྩལ་མཆོག་དྲུང་མ་ནས། །དར་ཆེད་འགྲུབ་པ་ལོ་
གསུམ་བགེས། །མ་ཐུབ་གླིང་སྐར་ཆག་ཉིལ་གཏད། །ཕོ་འཐང་བའི་ཐུབ་མང་པོ་ཡོད་ར། །མི་ཐུབ་སྐྱུགས་བརྡལ་མང་པོ་འཚོར། །དེ་
རྒྱལ་ལྷའི་ལུང་སྟོན་ཐུང་། །བཙན་རྒྱལ་བྲག་རིས་འཛིགས་རྫོང་ན། །དམ་ཆོད་ལ་ལོ་གསེར་གཅན་གཟན་རིགས། །ཐོག་ཆོད་རྒྱལ་
སློན་ལྷ་གནས་རེད། །ལྷག་རང་ཡོན་པོས་སྐྱུ་འབྲིན་ཐུབས། །སྤྱོན་པོ་བརྒྱ་དང་བརྒྱ་རྩ་མ་སོང་། །དམ་ལུང་གཅན་ཅོན་སློ་ལ་བབ། །
འཕར་མོ་སྒྱོང་ཀེས་མགོ་ཀ་བྲག །ལྷག་ཟིགས་ཡེན་འབའི་དཔུང་པས་བསོད། །དྲིན་ནག་དཔལ་ལྷས་མཚོན་ལ་གྲོངས། །

དམ་ཆོད་ཨ་སྐྲུག་མདའ་ཡིས་བྲིད། །དམ་ལྷུག་ངེ་ཡིལ་ཡར་ཤམ་ལ། །ཀ་སེར་མཇོང་བ་ཡོང་རབ་དམ་པ་དེ། །མཇེས་རྒྱན་བྲག་་་
དཀར་དཀྱིས་དྲུ་ཁག །ངོམ་གྲུབ་གསེར་གྱིས་གཞིར་ཁ་ཡིད། །ཚོར་རྫོགས་གསེར་རྩི་གླིང་བཞིས་སྐོགས། །དབུས་རྗེ་བོ་ཤ་ཀྱ་དེ་དང་གཅིག།
གླིང་མི་དཔོན་བགོ་ལས་རྒྱལ་པོ་གཉིས། །ལྷ་དཔོན་བག་ཉིལ་ལ་སྐྱ་སྐྱལ་བཞུགས། །དྲུང་སྐྱོང་སྟག་ལྷ་ཁྲི་དཀར་དང་། །སོགས་པོ་་་་
སྟག་ཟེགས་ཨ་གྲག་སོགས། །རྒྱལ་བློན་རང་རང་གསེར་སྐྱལ་དེ། །གསེར་ཆེན་བྲེ་ཡིས་བཙོ་ལྷ་ཞེད། །དེ་རྒྱལ་དམག་དཔོན་ཁྲིད་ལ།
གསེར་ཆེན་བྲེ་ཡི་བཅུ་ར་ཡོད། །ཁམ་གཡོག་དང་དྭ་རྫི་ལ། །གསེར་བྲེ་གསུམ་ར་ཁམས་པ་ཡོད། །དཀྱེས་དངོང་གྲུབ་སྐྱོ་ལྷུག་་
དེ་འདྲ་ཡིན། །དགྲ་ནག་པོ་འདུལ་ལུག་ཨ་འདྲུས། །སྟག་ཆོད་ཁྱུང་གདོང་ཞག་ཡས་གཟུངས། །ཐོག་ཀྱི་ལྷ་བཙན་དྲི་ཡིས་བྲིད།།

༄༅། །གཡུ་འབྲུག་གྲགས་པ་དམར་སྐྱེད་གདང་། །ང་ལྡུར་ཚིག་རྟོང་མཁར་ལ་ཡོད། །དེ་རིས་ལྷུམ་དམག་ཀླུ་མོ་དེ། །
གཡུ་མོ་ཐང་ལ་ཡར་གཅིག་ཕབ། །འབྲུག་རྒྱལ་ཞ་ནག་མི་གཅིག་དེས། །སྨྱོན་པོ་སློས་གསུམ་དབྱུང་ཞོག་ཁྲི། །སླེང་དཀར་ཀླུ་
མོ་ཁྲག་ལ་སྒྲོས། །མ་ཁྱབ་ལྷ་བར་ཨ་མགོན་པོར། །འདྲུག་མ་བའི་སྨྱོན་པོ་མི་དགུ་ཐམས། །ཞནག་དཔོན་དང་ཨ་ཀར་གཉིས།།
དཔག་དཔོན་བཞི་དང་རྒྱལ་དམག་བཞི། །མདོ་ཆེན་ལ་ནས་གདོང་ཁྲུག་རྒྱལ། །ཁྲ་མས་དམག་དེ་ཚགས་ཉམ་གདང་། །དམག
དཔོན་ཆེན་བཞི་རང་ཡིས་ཁྲུས། །དཔལ་ལ་ལྷ་གཡུ་ལྷས་རྫེའི་དང་ཐུས། །ཚུ་སྨྲ་དས་ངོ་ལ་དམག་གཅིག་འདུག །ཁྲི་ཤོག་དམག
མི་མང་པོའི་ཐ་ཀག །གདོང་མ་ལེན་ཁྲབ་མ་ཉིས་རྒྱལ་སྐྱིད། །རི་དཔོན་བཅོ་བརྒྱད་ཁྲག་ལ་སྒྲོས། །དགྲ་གདང་མ་གཙང་ལྷག

ང་འདྲ་ཟེར། །གོ་ཙཱ༔ །མ་གོ༔ བཙེས་ཟེར་ནས། ངེས་ནས་གླིང་གིས་དཔལ་ལྡན་རྣམས་ཀྱིས་དུང་སྐྱོངས་ཤོག་ལ་བཞི་སྐྱེས་གོ་རིན་འཇོམ་པས་དགའ་སྤྲོ་ལ་ཕྱིས་
མགོ་ནས་དགུ་མཚོན་ར་རེ་བཞག་ལ། །དགྲ་ལྷ་ཤོག་ལ་གསེར་གྱིས་ཀྱིམ་ལེན་ཆེན་དང་རི་པོ་ཆེ་ནོར་རྫོང་ཀྱིས་འཇའ་འདར་བཞག་ས། བོད་ཀྱི་རྒྱལ་པོ་རྣམས་སྲིད་ར་མ་གྱིས་ཀྱི་
གནམ་ལ་ཆ་འཁྲིལ་ཁ་ཡ་དང་དུག་སྦྲུལ་མ་ཤིག་ཕྱག་ཀླུ་ནག་ཆེན་ཆེད་དང་སྤྱི་གལ་ཕྱག་གྲིས་བསྐུར་བ་དེ་རྒྱལ་བློན་རྣམ་ལ་འགྲུལ་ནས་བཞིན་ཕྱིས་འཇོམ་པའི་དགའ་སྤྲོ་ཆེན་པོ་
ཕྱིས་ནས་གཡུ་མོ་ན་ཆང་དཀྲོང་ལ་བཞུགས་ལ། །དེར་ཤོག་ཆེན་རྒྱལ་བློན་རྣམས་ཀྱིས་དཔལ་གསར་གཏོར་པ་ཤོར་བའི་རྒྱལ་བློན་རྣམས་ཚིག་གས་གིས་བཀའ་གྲོས་ཐུས། དགེ་ཚེ་དཔག་
མང་པོ་སྣིག་ནས་ནལ་ལྷུང་ཤོགས་ལ་བོ་བར་བང་པོ་བཞགས། ཞག་ལྔ་རྩམ་ལ་སྒྲུབ་གླིང་གིས་ཨ་ཁུ་ལ་རིས་མ་ཐུས་ཤས་གནས་འདུག ངེས་ཤེ་ཉིད་ལ་བདེ་ཆེན་ཤེས་རབ་གྲགས་པ་
ངེས་རྒྱལ་བློན་དམག་དཔོན་ལ་སོགས་པ། ང་རང་གིས་ཚིག་ལུས་ཀྱིས་བཞེན། ནོ་རྡོར་ལ་ཕར་ན་གླིང་སྐར་འདི་ཐུབ་བཀའ་འདུག ང་ཡང་ལྷོ་བདུད་སྟག་ལྷ་ཤོག་དམག་དེ་རྩམ་

ཀཞཚཀ༤༩

༄༅། །ཡོད་ན་མི་སྡུག་པས་དགུ་ཡིན་པ་འདྲ། ད་མ་འཁོར་རྒྱང་ལ་ཡུལ་མེད་བཞི་སྐབ་དགོས་པའི། རྒྱལ་བློན་སྐར་འགྲེལ་གྱིས་ཞེར། ཐོག་མཐོང་དུས་ཁ་ལམ་ཐ་བྲག་ལ་ལས་ཞེར་

བར་དེ་བདེ་འདུག ངར་ང་གིས་དཀྱག་དེ་འགྲོ་ལུགས་ཅི་འདྲ་དགོས་ཞེར་བས་བཀའ་ཞུས་ཞབས། ཁ་ཁྱོད་ཡོན་མི་ཤེས་ཅིག་དེས་ཡ་ལུས་ཀྱི་རྒྱལ་པོ་རིན་པོ་ཆེན། སངས་ཉིད་ནས་...

གསལ་དུས་ཀྱི་དབྱུང་དམིགས་དེ་རྩ་རྫུ་ང་ལ་བབས། ངར་ང་ཀྱི་དམིགས་བརྒྱུད་མ་འཛམ་བར་དུ་ཚུ་རྫུང་ཧྲོང་ལ་འདུག ཀྱང་ཞིག་དམིགས་དེ་འགྲོ་ལུགས་ཅི་དགོས་བསྒྲུར་ཞེར་ནས་...

ཞག་འ་ཐག་བཅད། དེ་ཐོག་རྩོང་དམིགས་དེ་ཞུ་དབྱུང་སེར་རྫུ་རྫུང་ལ་ཕུད། དེས་སྐམ་ལ་ལ་གླིང་གི་རྒྱལ་བློན་རྣམ་གྱིས་བཀའ་ཞིབ་ཕྱིས། དེ་ནས་ཁན་འབར་དེས་དམག་པར་...

འགྲོ་སྐོར་གང་དགོས་ཀྱི་གླུ༔ ཨོཾ་མ་ཎི་པདྨེ་ཧཱུྃ༔ ཨ་ལེ༔ ཐ་ལེ༔ གླུ་མཆོད་གཅིག༔ མཆོད་གཉིས༔ མཆོད་གསུམ༔ ཞ་ལྷག་

གི་འཛམ་གླིང་པོ་མཆོད། ལ་ཕ་ངེས༔ གཡུ་མོ་ན་ཐང་གོང་མ་རེད། །ང་འདུག༔ དཔལ་ལ་བཟང་ཁན་པར་དམར་པོ་རེད། །དེ་ནས་དཔོན་

སྤྱིག་དགུ་ལྷ་ལ་གསོལ། །སྟོན་ཆེན་དེ་ལ་དེ་འཁོར་རྣམས། །དེ་རིགས་ལྔ་ན་འབའ་ཞིག་ཀླུ་ལ་ཧེ་ན། །ཁར་རྐྱང་ཕྱར་གྱི་དང་པོ་ལ། །ལ་སྨེད་ཞི་ནག་
མིག་ཙིག་དེ། །སྐྱིད་བས་སྐར་དེ་ཁྲག་ལ་སྐྱོམས། །དུང་སྦྱོངས་གསེང་པའི་ཁ་ལྷམ་གསོད། །ཞེན་པ་ཆེན་པོ་སྐྱིད་ལ་བཀད། །ད་ནི་མི་
འདུག་སྐར་ལ་གདུགས། །ལ་ཆེན་རྣ༔ ཛྲ་ཞག་མཚེ་བཙན་ཆེན་པོ་དེ། །འབྲུག་མོ་འི་དར་དམ་ས་ཡིས་ན། །ཧྲཱུ་མཚེ་དུ་བསཾ་ནས་
བཞག་བརྒྱུར་མེད། །ཨ་མགོན་དཔལ་རྣལ་ཆེན་པོ་ལ། །སྐྱིད་བས་རྣལ་འབྲེན་མ་བཞུགས་ན། །དཔལ་ལ་ཚོ་དང་དུ་ཞེར་ནས་བཞག་རྒྱུར་
མེད། །དེས་ང་ནང་ནམ་རྣལ་སྐྱ་མོ་ལ། །འཛིང་གིས་གཡུ་ལྕུ་ཚིག་འགྱུར་གཅིག །ང་རང་བདུད་ཙན་ཕེན་འབབ་གཉིས། །སྐྱིད་གིས་
ཚ་ཞང་མ་དཔའ་ཨ་གསུམ། །དཔལ་ལ་ལྷ་སེང་སྦུག་ཨ་དམ་པ་ཞི། །དབྱུང་རིག་རྒྱུ་དཔག་རེ་རེ་ཁྲིག །དཔལ་ལ་གླུ་ཧྲུལ་སྐར་ལ་གདུགས་

༄༅། །ཞེས་འགྲོ། །རང་སྐྱོད་དཔོ་མི་བཞི་དགྲ་སྐྱལ་ཡིན། །དུང་སྐྱོང་རྡུག་ལྷ་ཁྲི་དཀར་དང་། །སྐུ་གཟིགས་ཞང་དཀར་ལྷའ་
པར་གཉིས། །མི་རྒྱལ་བློན་པོ་ཆོས་འབྲུབས་གསུམ། །ཨ་གྲག་ཚོན་པོ་ཉི་གྲག་བཞི། །ཁྲེ་ང་རང་དམག་དཔོན་ནམ་ཆེན་བཞི་འི་དེ། །དཔུང་
རོག་དཔལ་ལ་བོ་བཀྲ་རེ་ཁྲིས། །ཆུ་ལྷ་ངའ་ལུང་གསུམ་མདོ་ལ། །སྤྲ་ཁྲུལ་སྐར་ར་དེ་ངེས་ན་འདུག །ཁྲེ་ང་དམག་དཔོན་བཞི་ཡིས་དགྲ་སྐྱལ་
ཡིན། །རྩལ་འབྲེན་གནང་མཐའ་བཅང་ནས་དགོས། །སྤྱིན་པོ་ཆམ་ལ་ཕབ་ནས་དགོས། །མི་འདུག་ལ་མི་འགྲོ་ཆེས་གྱིས། །གོ་ན༔
ན་སོ༔ ཞེར་ནས་གླིང་དགེས་མ་དུན་བྲལ་དེ་ཕ་རར་གྲོས་ནས་རང་རང་སོ་སོ་ཡི་ཕྱོགས་ནས་འགྲོ་ཆས་བྱས། ངེས་ཕྱིར་ཉིས་ནམ་མཁའ་གསལ་དུས་ལ། དམག་
དཔོན་བཀྲ་དཔེས་རང་རང་གིས་བཀྲ་དམག་ར་རེ་ཁྲི་ནས་དཔལ་ལ་སྤྲ་ཁྲུལ་ཕྱོགས་ལས་ཀ་གྱིས་སོང་། དེ་སྐབས་ཆེན་ལུང་པ་འི་མདོ་ལ་སྤྲ་ཁྲུལ་དམག་སྐར་དེ་ཡོད་པའི་

སྙིང་དཀྱིལ་ན་འོད་ལ་ཡིག་གིས་མཚོན་ནས། དེ་ནས་སོ་སོ་ར་རྒྱལ་སྒྱུ་ལུས་སྣང་ར་ལ་སོགས་ནས་དམག་དཔོན་རྣམ་ལ་སྤྲིང་དཀར་གྱིས་དམག་ལྕེབས་ཧུང་ཟེར་བས་ཞི་བ···

འཕྲུལ། དེ་ཡང་ཀ་ར་སྐྱུ་རིས་དང་སྤྱི་རྫོང་བཙས་པ་ཡི་སྒྱུ་ལུས་དམག་རྣམས་ཀྱིས་གོ་གཙུག་ནས་ཆོལ་ཚོང་ཤུགས་ནས། དེས་འུར་ནས་ཨ་མགོན་ན་ཞ་ཞབ་མིག་ཅིག་དེས···

ཟེར་བ་ཡར་འགྲོན་གྱི་དམག་དཔོན་ལ་སོགས་པ། མར་ལྟ་ར་བས་ཁྲམ་ས་འབྲུ་མ་དམག་འདི་ཁ་རྒྱ་ལོ་བས་དམག་དཔུང་སླ་ལ་ཡིན་ཏེ། དེས་ནང་གིས་མི་དཀར···

རྟ་དཀར་འདི། ལྷ་གི་ཙེ་རྣམ་ལྷ་ཁྲི་དཀར་རིང་། ངས་ནི་ཉིས་དཔལ་ལ་སྣ་ག་བཞག་བསྐྱེ་སྐྱེས། དགྲ་ལ་ཐུབ་ཕ་བར་ལག་དཔར་དོ། ང་ཡ་མགོན་རང་གིས་དགྲ་སྒྲོལ་ཡིན།

ངས་དུང་སྒྲ་དང་རི་ཁྲོ་ལོ་ལོ་ན་ཞེད། དེ་མིན་དཔལ་ལ་ཝེ་རྩེ་བཞི་དོ། ཁྱེད་སློབ་ཚེན་རྣམ་ཀྱིས་རང་བ་རྫུ་ངས་གྱིས། རྫུང་མ་དང་ཁྲ་མལ་དར་ལ་བྲི་ངས། ཿ མི་ག་ཅིག་མི···

གདང་རྩ་པ་རྫོགས། རྟ་གཅིག་མི་གདང་གཞང་ལ་ཞི་ཁྲི་ཟེར་ནས་ཨ་མགོན་དང་སྤྱི་རྫོང་ཡ་ར། དང་སྐྱལ་ནག་རྣམ་ཀྱིས་རྒྱ་དམག་རེ་ཁྲི་ཐལ་ཟ་ལ་སྒྲུང་བཙུབ་པར་ལྷ་རང་རྫུང་།།

༄། །ཨ་ཀོ་སྐྱ་རིང་དང་སྒྲུ་ལ་ཟུག་མེ་འབར་གཉིས་ཀོ་གཉན་དང་ཏི་དྲག་ཚུམ་ཀྱི་གདོང་ལ་བཙར་ནས་མི་ཆད་པར་ལྷུར་དུ་རྒྱུར། ཉིན་པ་དགྱི་དང་པོ་ལ་ཞ་ཟག་དང་སྐྱག

ལྷ་གཉིས་གདོང་སྦུག་ནས་ ཨ་མགོན་དེས་པ་ཞེ་རོ་སྙིང་སྒྲུག་དཀར་པོ་སྨན་ཀྱི་ཕྲ་རི་ཚོ་ཞིང་ཡིད་དེ་སྐྱབ། དེ་རིས་སྦུགས་པར་ལ་མཆོན་ཆེན་ཞེར་ཟས་ཞ་ཟག་གིས

སྒྲུ༔ ཨ་ལ༔ ཐ་ལ༔ ལྷ་གཞམ་ཧིག་དཀར་ཟག་ཁྲ་གསུམ་མཆེད། །ཐེག་རྩོད་རྒྱལ་པོས་ཇོ་རང་དོར་རྣམས། །དེ་རིང་ཨ་མགོན༔

ས་འདེབས༔ རྩ་སྒྲོང་ས་ཡིས་པར་ཕོར་རང་དེ། །འབད༔ དཔལ་མི་འགྱུར་འཛའ་ཟག་མིག་ཅིག་རེད། །དེ་ནས་ཉེན་དང་དཀར་པོ་སྐྱུག །

ཁྲིད་ཧྲུག་ལྷ་ཁྲི་དཀར་ཨོ་མ་ཡིན། །དེས་དེ་རིས་ཐུག་ཕས་ཡ་མཆོན་ཆེ། །ཞེས་ཞུ་བ་འཆང་ངར་དེ་རིས་ཡིན། །སྔོང་མ་དའ་ཁྲུ་མས་

གཞེར་བརྒྱུ་འདི། །དེ་རིས་སྐྱིད་ལ་འཆང་ངར་བཞག །ཡིད་དགའ་མོ་ཨོ་འགེ་དེ་རིང་བསྐུར། །གཞམ་ལྷུག་རལ་དྲི་གསང་གཅད་འདི། །

དེ་རིས་ལྷག་ལྷ་དཔོན་ལ་གཡུག །སྒྲོན་ཁར་ཐར་ཀྱི་འགོ་དེ་རིས་བལྟར། །དེ་ནས་བོད་ཀྱི་གདམ་པེ་ལ། །ལུས་སྟོད་འགྱུར་ལྷ····
ནག་རོག་པོ་དེ། །ནམ་ཁའ་ཁེ་སྐོར་བྱེད་ཤས་དུས། །ཇི་སྲན་མང་པོས་སྐྱོ་གཡེ་གབ་ཅིད། །ལུས་སྟོད་འགྱུར་ཚེ་འདུག་ཀྱི་བསོད་དུར། །
ང་དཔོ་བྲག་དཀར་རྩེ་ལ་བབས། །འབྱུར་རོག་ཁང་དཀར་སྟོང་པོ་ཡོད། །སྐྱོ་སྟོད་འགྱུར་ཙེ་འདུག་དེ་རིང་བལྟར། །ཨ་མགོན་ཞ་ནག་མིག་
གཙིག་ང་། །ནཉིས་བོད་ལུས་སྟོད་ལ་ཡོད། །ཇོ་སྐྱིད་གླིང་རིག་དམ་གཞིས་དཔྱང་ཧུག་ཐུས། །ཞ་ནག་མིག་ཙིག་ཁེ་སྐྱིད་ལུས། །དཔལ་
སྐུ་ལ་བཞག་ཡོད་ཀྱི་བསོ་དུར། །ང་དཔོ་སྐུ་རིས་མཁའ་ལ་ཡོད། །དཔྱང་རིག་སྒྲ་ཡུས་དམག་དཔོན་ཡོད། །ཡང་རིག་ཨ་སྙེ་སྐུ་རིས་
ཡོད། །དཔལ་སྐུ་ལ་དྲུག་ཙེ་འདུག་དེ་རིས་ལྟར། །དགྲ་ཧོར་ནས་བས་དཔའི་ཕ་ལེན་དོ། །དུས་དེ་རིས་མ་ལེན་ཨ་མགོན་མིན། །ཤོག༔

༄༅། །མ་གོ༔ ཚིལ་ཟེར་ནས་རྫོང་མ་དལ་ཁྱུར་ནག་དུར་སྐྱོང་གདུང་ལ་ཕྱུར་། །ཧྲུང་སྐྱོང་སྡུག་སྔ་ཁྲི་དཀར་དེས་དུང་བཞིན་ནང་དུ་མདའ་རྩེད་ཅིག་བཞག

ནས་བརྩོན་རྩོད་རྒྱུག་པར་བཞིན་དུ་ཨ་མགོ་ན་གདོང་ལ་བཙར་ནས་ཡ་ལོ་རིང་བདུང་སྐྲག་ཤག་པོ་སྤྱུབས། སྒྲ་ཉེན་དང་འདུ་མ་འབབ་འབེ་རིང་ཡོད་ཟེར་འ་སྒྲ༔ ཨོཾ་མ་ཎི་པདྨེ་ཧཱུྃ༔

ཁྲ་ཁྲི་ཆེ ཨ་ལ༔ ཐ་ལ༔ སྤྲུབས་སྒྲིཾ་ཡི་དམ་དཀོན་མཆོག་གསུམ། །མི་འགྲུལ་སྤྱི་ཐལ་གཙུག་ལ་བཞུགས། །གཞུགས་ནས་ཕྱིར་གྱིས་སློབས༔

སྐྱིང་པར་ཚོང་བལ་ལ་ཆ་ནས། །མགོ་དཔོན་གི་ལར་རྒྱལ་པོ་མཆོད། །ལ་ཕྱོག་གང་ལ་གཞུགས་ཡོད་ཕྱོགས། །དེ་རིས་དུང་སྐྱོང་གྲོགས་ལ

འཕེབ། །ས་འདེབས༔ ཚ་སྒྲུང་ལུས་པའི་སྨ་མདོ་རེད། །ང་འདྲིས༔ ལྷོ་གི་ཝེ་སྡུག་སྔ་ཁྲི་དཀར་རེད། །གླིང་གི་ཚེན་རྒྱལ་པོའི་བཀའ་

གློན་ཡིན། །དེ་ཟླ་ཉིམ་ཕེད་ཆད་ལ། །རྒྱང་དགྲ་བགེགས་མ་འདུལ་བལ་ཐ་པ་མེད། །ཝ་ཉིས་ལོ་དང་གཞི་གཉིས་ལོ། །ཤར་བོད་ཡུལ་

སྟོང་ཉིད་ས་ཚ་ནས། །ཕྱེད་དཔལ་མེད་ཨ་མ་གོ་ན་ཀྱི་ར་ཁག་རྒྱབ། །དཔོན་གྲིས་མེད་ཐོག་རྫོང་རྒྱལ་པོ་དེས། །སྤྲེ་སྤྲིང་རྗེ་མེད་ནས་དགྲ་ལག
བརྒྱབ། །ཕྱེད་དེ་རིས་དཔལ་མདོག་ཁ་པོ་ཆེན། །ཨ་མ་རིས་ལ་ཕ་རེ་ཚོ། །ཚ་ལྷ་ནམ་ཙ་ཕྱིད་ཨི་ཕྲོན་དུ། །ཟ་སྒོ་པས་ལྷུག་པ་མི་
འོས་ཆེར། །མཛེས་བསམ་པས་དྲམ་སྒྲ་བརྒྱས་ཁྱེར། །རྒྱུག་བསཾ་པའི་བུ་གུ་ཉ་ཡིས་འདར། །ཞེར་ལེ་རྣ་མོའི་སྒོར་པེ་ལ། །
དཔོན་ཆེན་ཐོག་རྫོང་རྒྱལ་པོ་དང་། །བློན་པོ་ཞན་ནག་མི་གཅིག་གཉིས། །ཕོ་སྙིང་ཤོང་མེད་པའི་སྐྱོན་པོ་དེ། །དགྲ་མི་འཁྲུག་ཁ་རིན
སྟོད་པས་དུས། །དཔུང་ཆེན་བསམ་དབང་དུ་འདུས་སྐབས་ཁར། །དགྲ་དཔུང་རྫོང་རྩུབ་གཉིས་སྤྲད་དང་འདྲ། །ཕོ་རྗོད་སྒྲུང་ཁར་
ལེ་འཁྱུལ་སྒྲུང་རེད། །གྲིབ་ཁེབ་མེད་པའི་དཔོན་པོ་དེ། །སྟོ་དེན་མེད་རྒྱལ་ཚེས་ལེ་སྒྲ་དཔལ་ཁར། །ཕྲིམ་ཁྲུག་ལ་བཙར་དུས་ཕྱི་དང་

༄༅། །འདྲ། ཚོགས་སྐྱོང་འགྲོ་བཞུད་བསམ་འཕྲུལ་སྣང་རེད། །དཔོན་ཁྲིམས་མེད་ཚོགས་ཆོད་རྒྱལ་པོ་དང་། །སློན་དཔལ་ལ་མེད་
ཞབས་མི་གཅིག་ཉིས།། །དབུས་རྗེ་བོ་དཔྱང་པའི་ལེན་སྣང་ཡར། །དམག་ཕྲ་མོས་སྐོར་དུས་དཔལ་ལ་གཏོང་ཆབ། །ལྷ་དཔྱང་པའི་
ལོ་བསམ་འཕྲུལ་སྣང་རེད། །དེ་ནས་ཞབས་མི་གཅིག་ཉེན། །དེས་དུང་བཞིན་དཀར་མོ་འཚོན་སྐྱིག་འདི། །ཕོ་བྲག་བཙན་ཙན་ལ་
རྒྱབ་བས་མ་སྡེ་ཉན། །བྲག་མ་རིག་རི་མགོ་སྐྱག་པའི་བརྡི་མི། །དེ་རིས་བྲག་དཀར་མིག་གིས་མཐོང་། །གནམ་ལྕུག་ཚོགས་མདའ་
མ་ངམ་ན། །གཡུ་འབྲུག་བྲག་ལ་སྟོང་པ་རེད། །དཔལ་ཆོད་སྨུག་ལྷ་ཁྲི་དཀར་ངེས། །མདའ་ཆོད་ཚོགས་ཟེར་སྐུལ་འཚང་འདི། །
ཨ་མགོན་ཚང་ལ་སྐོལ་བསམ་སྟེན། །དཔལ་མེད་ཀུ་ལུང་ནང་ལ་གནས། །དེས་ང་རིས་ཨ་མགོན་མིག་གིས་མཐོང་། །མདའ་ནག་སྲེད

ངར་ལ་མ་བྲང་ན། །ངང་དུང་སྐྱོང་མིན་པའི་སྐྲ་གལ་ཞོག །སོ་ཨཿ མ་གོཿ ཚེས་ཚེར་ནས་ལྷ་འདལ་དེ་གྲོས་ལས་ཨ་མགོ་ནུ་ཞུ་ནག་མིག་ཅིག་ལེ་་

ལ་བརྒྱབ་ནས་ཁྲ་གཏོར་བ་མ་གཏོག་ཁེར་འདུད་ཀྱི་བྲ་ཡིན་ལས་སྟོད་མ་ཐུབ། ཨ་མགོན་དེས་རྫོང་མ་དལ་དེ་ལེན་གཅིག་སྐྱོལ་ལས་དུང་སྐྱོང་ཤེ་མ་གླུལ་པའི་ཚེ་ཁ་དེ

དང་མཚོ་གོས་ཡོད་ལས་དེས་ཕྱོ་ནནས་སྐྱོང་རྩམ་མ་ཐུང་། དེ་ཁེ་གཉིས་ཀྱི་འབྲེན་བཞག་པའི་དཔལ་འདུ་མཉམ་དུ་འདུག་ས། དེས་གཡག་ཚོག་ནས་ནས་བྲུ་རྩོ་དཀྲར་གིས

སོགས་སྨོན་གསུམ་ལ་ཐུང་མ་དལ་ཅིག་སྐྱོལ་ལས་ནམ་མཁའ་ཙོག་ག་ཟུར་ལ་རྒྱབ་ཀྱང་སྒྲད་མ་ཐུང་། དེར་ཙོག་ག་ཟུང་དེས་མདའ་རྟོད་བཞིན་ལ་འཕྱོར་བྲུ་རྩོད་དེ་ལ་ཞིག་སྐྱོས་ལས་ཐོང་

མ་ཐུབ། དེ་ལོག་སྨོན་གསུམ་དང་ནུ་རྩོད་བཞི་གིས་ཀྱི་འབྲེན་བཞག་ནས་པར་རྩེན་གཉིས་ལ་ཁེ་ཡ་མ་གདང་མ་ཐུབ། དེས་སྐབས་སུ་ཐུང་གིས་ཨ་སྐོར་སྐྱུ་རིས་དམ་ཁྲ་ཀྲུག་པ་་་

བཞིན་དུ་སྒྲིང་སྐར་དཀྱིས་དུ་རྩང་ཐུང་བལ། སོག་ཟླ་ལ་དམག་ཕོག་ནས་རྒྱ་དམག་ཅིག་རྩམ་མཐོང་མ་དལ་རྒྱབ་ཐལ་བསོད། སོགས་སྨོན་རིན་གྲགས་པ་དང་ནམ་མཁའ་ཙོག་ག་ཟེར་་

༄༅། །གཉིས་ཀྱི་ཨ་སྐོར་དེ་དང་གི་འབྲེན་དགོས་སྐབས། ཟླ་ཚེ་དང་དྷ་ར་དང་ཟླ་ནག་མིག་ཅིག་གཉིས་དབྱང་སྦྱིབ་ནས་མི་ཤོག་ལ་ཤོར་བས་མི་དམག་ཉིས་བརྒྱ་རྩ་བཞི་བསྒོད། དེ་དྲུང···

སྤྱོད་རྒྱལ་བ་ལྷ་དང་ཨ་གྲགས་རྣམས་ཀྱི་ཨ་མགོན་དང་བླ་ཆེད་གཉིས་གར་འགྲོ་མི་ཤེས་པར་མེད་ཤོར། ལོ་རང་གཉིས་བླ་ལུས་དམག་གིས་དཀྱིལ་ལ་ཤོར་ཙེས། དེ་དྲུང་སྤྱོད་རྒྱལ་

ལྷ་གིས་ཨ་མགོན་དང་བླ་ཆེད་གཉིས་ཟུལ་སྒྲུང་ལྷ་ཡིས་དེ་པར་ལྷར་དུ་གར་འགྲོ་ལ་དེ་སོང་། དེ་དྲུང་སྤྱོད་དང་ཨ་གྲག་རྣམས་ཀྱི་ཨ་མགོན་ཤོག་གྱི་དམག་ལྷ་བརྒྱ་རྩ་མ···

ཡོད་པ་དེར་དམར་ནས་སོང་བ་དང་ནས་མེད་པར་གྱུར། དེས་ཁྲི་དམག་ལྷག་ཡོད་པ་རྩོལ་ཙར་ར་རབ་གྲིས་སོང་། དྲུང་སྤྱོད་དང་ལོ་གཉེན་རྣམས་ཀྱི་གླུ་ལུས་དམག་ཤོག་དེས···

ཙ་ལག་དགྲ་རྣམས་ནུབ་ནས་ཡང་ལྷབས། དེས་ག་ཡོ་ལ་ཤོག་ནས་སོག་གླེན་གསུམ་ཀྱི་ཨ་སྐོར་ཕྱིག་ནས་དམག་ཉིས་བརྒྱ་རྩ་མ་ཆག་ཏུ་མ་གཏང་ནས་དམག་ཕྱིག···

དེར་ལྷག་སྐྱུང་གིས་གཏོར་བ་རྒྱར་སྤྲུར་ར། དེར་མི་སོ་གས་གཉིས་ཀྱི་དཔལ་རང་ཚད་པ་ཟླུང་ནས་སློད་ཤོག་ལ་ཁ་གྲིས་སོང་། དེར་མཁན་མདའ་གཉིས་དང་དཔལ་ལྷ་གཡུ་

ལྷ་བཙས་གྲུ་འུལ་དམག་སྒྲ་ར་དེ་རྫོང་ཕྱོག་ལ་རྒྱུ་ནས་དེར་གསེར་གླིང་གླིང་གྲགས་པ་དེས་དཔལ་རྩལ་ཙན་གྱིས་དམག་བརྒྱ་རྩམ་ཁྲིད་ཡོད་པའི། དེར་གླིང་དཔལ་ཐུབ་བཞི་ཡིས་གདོང་ལ་བཙར་ནས་བཟུང་། ལོ་དཔལ་ཐུབ་བཞི་དེ་དཔུང་སྐྲོག་ནས་མི་ཆེད་པར་བསྐུར་དུ་ཕྱུང་། ངེར་ཡང་ཀྱི་དང་པོ་ལ་བདུད་ཙན་ཁ་ན་འབར་དེ་དཔལ་དང་ཆོང་གདོང་ནས་འཁྲུག་པས་ཆ་དམར་རྒྱང་གིས་གོང་ནས་བརྫུར་འབྱུག་ཕུལ་སྐྱེ། དཔལ་ཙི་འདུག་བསྡུ་བས་གླུ་ཁ་དེ༔ ཨོཾ་མ་ཧི་སྨྲེང་ཧཱུྃ༔ ཨ་ཡ༔ ཐ་ལ༔ སྐྱབས་གནས་དམ་པ་དཀོན་མཆོག་གསུམ། །ཡི་དམ་ལྷ་ལ་གསོལ་བ་འདེབས། །ས་འདིས༔ ཁར་ཆེན་འཛམ་ཐང་རིང་མོ་རེད། །ང་འདུག༔ བདུད་ཙན་ཁ་ན་འབར་རྒྱལ་པོ་རེད། །ཕོ་རིང་ཉིན་དང་སྐྱོན་པས་བུ། །རྟེན་ཐང་དཀར་གནམ་ཕྱུག་བ་ཅང་ཡས་དུས། །བྲག་དཀར་འཛུག་རྒྱུ་རིག་སྟོང་རིག་རེད། །བྲག་ནག་མ་རིག་ལྷུག་ནས་ཐར། །དེ་རིས་བྲག་ནག་ག་ཞི་མདོག་ཙན། །ང་ཐང་དཀར་བྲག…

༄༅། །ནག་དཀྱིལ་ལ་བབ། །ཐུག་མཚོ་མཚན་ཅི་འདུག་དེ་རིང་བགྱུ། །ཇོ་ཤན་པའི་དམག་སྣ་ཁྲིག་པས་དུས། །དགྲ་གླུ་ཁྱུ་ལ་···

དམག་དཔུང་ཤུག་ཐུལ། །ཕོ་སྐྱོན་པོ་རྒྱ་རིག་སྟོང་རིག་ཐུལ། །བུ་ཇ་མ་མ་རིག་ལུས་ལ་ཐལ། །ཇི་ད་དེ་རིས་སྐྱོད་པོ་ཤམ་ཆེན་མ། །

པོ་ཐི་ཁྲུལ

དཔལ་ཚལ་ཤན་ཁབར་གདུང་ལ་བཙར། །དཔལ་ཚལ་ཅི་འདུག་དེ་རིང་བསྡུ། །མིས་སྡིང་དང་སྟོན་མོ་མི་འདུ་འགེ། །ཚུ་སྨྲུ་ངས···

ནག་ལུག་མདེ་ལ། །ཁྲ་མོས་འབུམ་དམག་དཔུང་ལ་དེ། །སོག་པོ་ཨ་གྲག་མེ་སྟེ་གིས། །རམ་ནག་སེར་བལ་གདུང་འདྲ་ཐུལ།

ཀྱི་སྐུག་བཙུ་མཐའ་ཨེ་ཤེལ་དུ། །གཡར་ཀེས་མེ་ཏོག་མདོག་ཀ་ག་ལ། །གཡར་གསུམ་ག་ཟི་ཟ་དོག་ཆེན་འདུག་སྟེ། །སྟན···

གསུམ་བག་མོ་སེང་ཁྲིས་བཙམ། །ཁྲ་ན་མ་གླུ་ལྷ་ཁ་རྒྱལ་ཆེན། །ཚོ་སྟོད་ཁ་རྒྱལ་ཚེ་འདུག་སྟེ། །ཚོ་སྨོད་གླིང་པ་ལས་དམག་གིས

སྐོར། །རྒྱལ་ས་ཟུར་རྒྱུར་བག་ལ་ཡོད། །ཚམ་མཁའ་ག་ཟའ་ཡིས་བཟང་ལེ་ཡིན། །ཧི་ལྷ་ཤར་དབང་མོ་ལེ་རེད། །གླུ་ཁྱུ་དམག་གིས་སྐོར་

ལེ་རེད། །རྒྱལ་པོ་འདུག་དབང་མེད་ལེ་རེད། །དགའ་ལེ་ཡིན་དང་སྐྱུག་ལེ་ཡིན། །གོན་སྐྱོན་པོས་ཞེ་ལ་ཚིག །མ་གོ་སྐྱུ་ལ་འཁྲིལ་

ལ་མེད། །ཟེར་བ་དང་དེ་གསེར་གླིས་སྙིང་གྲགས་པ་དེས་དཔལ་ཚལ་སྟོབ་དང་ལྡན་པས་རྒྱལ་དམག་གཉིས་ཀྱི་ནས་ཚིག་འཕེན་པ་ལྟར་དུ་གླིང་དཔལ་ཐུབ…

བཞི་ཡིས་གདོང་ལ་བཙར་ནས་གླུ་འདི༔ ཨོཾ་མ་ཎི་པདྨེ་ཧཱུྃ༔ ཨ་ལ༔ ཐ་ལ༔ ལ་འདེབས༔ ནམ་ས་འཛམ་ཁང་རིག་མོ་རེད། །ང་འདུས༔

ཀྱི་ཤོག་ལྷེ་མང་དཔོན་པོ་ལ། །གསེར་གླིང་སྙིང་ཐུབ་པ་རེད། །དེ་ནས་ཉེ་སྲང་དང་དམར་པོ་སྐྱུག །ཚན་དོན་ནག་གིས་དཔའ་རས་ཡག་ལྷག

འཛམ་དྲག་ཅན་དགོས་མ་བསམ་སྐྱོ། །དམག་ལག་སྤྱག་གིས་མཆེ་བཞི་དམ། །མགོ་ལྷག་མི་རྫོགས་ཀ་མེད་རེད། །འཛམ་གླིང་

༄༅། །གེ་སར་རྒྱལ་པོ་ལ། །འགའ་བ་བསྔགས་པ་མ་བཞིན་སྟེ། །ཁྲོས་མེད་བློན་པོས་དཔལ་རྩལ་དམ། །མགའ་བ་མི་ཤ་ཟང་བཀའ་
མི་ཐུང་། །འཇིག་རྟེན་ནུ༔ ཤི་ཕལ་གནམ་ཤེས་འབྲན་པ་ལ། །ཁྲུས་ལྷན་རང་དབང་ཐོབ་ལ་དགོས། །ཚིག་རྟོད་རྒྱལ་ཚོས་···
འཕྲོག་ལ་ལ། །དཔལ་རྒྱལ་སྙིང་སྟོབས་ལྡན་ལེན་དགོས། །དེ་ནས་ལེན་དང་དམག་པོ་སྐྱབས། །འབྲུག་གྲི་མས་རི་ཐུང་བཙང་
མི་ནུས་ལ། །རྫ་ཁྲ་ཡག་སྙིང་རྫོང་མ་བཤིན་ནས། །མགོ་རབ་ལྷུང་ཤོར་བསམ་ཞེ་ལ་མེད། །དཔོན་ཕིག་རྟོད་རྒྱུ་ས་རྫོད་མི་ནུས་ལ། །
ང་གསེར་གླིང་བདང་མ་མ་ལེན་ན། །རྒྱལ་ཚོས་ཤོར་བསམ་ཞེ་ལ་མེད། །ཕོ་རྟོང་རྟོད་ཡིད་ནགདོང་ལ་བཙོར། །གོ་ནས༔ མ་གོ༔
ཅེས་ཟེར་བ་དང་རྫོང་ཡང་འདི་ཕིག་གྲག་པ་ལྷ་ནང་དཔལ་ལ་རྒྱབ་བཞི་ཡོལ་སྐྱིད་དུ་ཡང་པོ་སྤྲོས་ཐུང་བས་དཀོན་མཆོག་ཉིན་ཆུབ་ཀྱིས་མ་ཟིན་ནས་ཐུང་། དེ་དཔལ་ལ་ཐུབ་རྣམས

ཀྱི་ལྷ་མ་འདི་དང་རལ་གྲི་གང་ཟིན་གྱིས་རྒྱབ་སྐྱོར་གསེར་གླིང་དེས་སོ་ཁྲབ་ཆ་དང་ནག་ལུགས་ལ་སྟོད་མ་ཐུབ། དེར་གླིང་དམག་རྣམས་མདའ་མཚོན་བཟུང་ནས་གློག་དམར་ར་འཚེར་བ་པ་ལྟར་དུ་

ཕྱུང་། དེར་ཧ་རིབས་གཅིག་ལ་འཁྲུགས་པར་དགོས། གསེར་གླིང་ཤོག་ནས་འཁྲུག་ཤིས་སྟོང་མ་དང་སྐྲ་ལས་ཤིས་གླིང་དམག་ཅེས་བརྒྱ་ཙམ་བསོད་ནས་དེར་ཐག་དམ་ར་འབྱུ་ལག་དང་།

གླིང་གྲགས་པ་གཉིས་ཀྱི་རྫོང་མ་དང་དཔལ་ཕྱུབ་བཞི་པ་རྒྱ་ནས་ཁོ་དཔལ་ལ་ཕྱུབ་བཞི་པོ་སྐྲ་རང་དབྱིབས་འགྲོ་མ་ཐུབ་ནས། དཔལ་ལ་ལྷ་དང་ཕན་འབར་གཉེར་ཀྱི་གསེར་གླིང་ཤོག་ནས་དམག་

གསེར་ཁྲ་ཙན་ལ་བཙུ་རེ་བཀང་ནས་ཡང་སྐྱབས། མདའ་མ་དང་གཡུ་ལྷ་གཉིས་ཀྱི་མ་དང་མཚོན་རྒྱབ་ནས་ཐག་དམ་ར་བྱ་ཡག་ཤོག་ནས་ཕྱི་ཁྲབ་ཙན་ལ་ལྷ་བཙན་རེ་

གསོད་དེ་ཐལ་རང་གིས་དམག་ཡི་ཐ་པས་དེབ་ལ་བསད་ཐབ་མ་ཕྱུང་། དེར་དཔལ་ལ་ཕྱུབ་བཞི་དེས་མཛོད་རྒྱུར་མེད་ནས་རང་ཚོད་གཟུངས་ནས་གླིང་སྐྲ་ར་ཤོག་ལ་ཚུར་

ལོང་། དེར་གསེར་གླིང་རང་ཐུག་དམ་ར་ཐུ་ཡག་གཉིས་གིས་ཨ་མགོན་དང་ཨ་སྐྱོང་གཉིས་དཔལ་ཤོག་དེ་ཅི་འདུ་ཡོད་པ་སོ་ནས་རྒྱུ་སྦྱར་ཤོག་མ་ཐོང་། ཨ་མགོན་དང་ཨ་སྐྱོང་

༄༅། །གཉིས་ཀྱི་དམག་དེ་གཏོར་སོང་བས་ལྷུང་པར་སྟོང་སྣང་ལ་མི་ཙོ་ཡིས་གདངས་འགྲོ་ས་སྐྱེ་དམེད་དུ་འདུག ཨ་སྐྱོང་ཨ་མ་མགོན་གཉིས་ཀྱི་དམག་ལྷག་ལུས་

ཚར་ཀེས་ཡོད་པས་དེ་རྣམས་ཚོལ་འདུས་ཤོག་ཟེར་བས་ཚར་རྒྱ་ཤིག་ཡོད་པ། དེ་གལ་ལེར་གླིང་གི་གཡལ་ཨ་སྐྱོང་རྩེ་རྣམས་ཙི་རེད་ལེ་རེད་ཟེར། ཨ་མགོན་དེས་སོག་

ཕོ་དང་མི་དམག་རྣམས་ལ་འཕྲོ་གཏམ་ཆེན་བས་ང་རང་རྣམས་ཅིན་ལེད་རེད་དང་རེད་མ་ཐུབ་ཟེར། དེ་བས་མཚོད་པོ་རང་རྣམ་རང་ཤོག་ལ་ཁར་གྱིས་སོང་ཨ་བླ་མོན་གྱིས་མགོན

སྔག་ལྷ་ཁྲི་དཀར་དེ་ཡང་སློང་ཚར་འདུག་དང་ཞི་ཕྱིད་ཟེར། དེར་གསེར་གླིང་དེ་དཔལ་དར་རྫོང་གདོང་ཐལ་འཁྱུག་སྟེན་པ་ཀོ་རེད་ཨ་མ་གོན་ཨ་སྐྱོང་གཉིས། ཞོད་འཛིག

རྟེན་རྟ༔ སྨོ་ཀག་པས་ཁྱི་དེ་རྐྱང་མས་ཁྲིད། ལ་འདི་ཕྱུས་ཞབ་ཕྱུས་པས་ནད་གྲ་ནག་པོས་དེ་ལེན་འོང་རྒྱུར་མེད་ཟེར་ནས་སྡུག་ཀམ་བུལ་ག་དང་གསེར་གླིང་ཚོལ་རྟེས

ཧི་ཤི་གྲུགས་པ་གཡུ་མག་ཟབ་རྫོང་རྒྱུག་པ་བཞིན་དུ་མེར་སོག་ཀ་ཉིས་ཀྱི་དམག་དེས་རྗེས་ནས་དེད་སོང་། མ་ན་སོག་དམག་གིས་མཐོང་ནས་ལ་གླུ་ལུས་དམག་དཔོན

ངལ་འཇིག་ཆེ་བས་གསུམ་ལྡང་ཟེར་ནས་དམག་རྒྱལ་ཧུར་རྡེ་རི་རི་ཐུས། དེ་མི་ལོག་གཉིས་སློན་ཆེན་རྒྱ་མས་ཀྱི་ཁ་ཅིག་སྐོར་བ་ཉིས་སྐོར་ར་ཐམས་ཅས་དུང་སྐྱོང་དང་ཤེས་···
འབྲང་རྒྱལ་ཐ་བཙན་པོ་གཉིས་སྔོན་ལ་སླེབས། དེ་གསེར་སྤྱི་བ་སྒོད་གྲགས་པ་སེ་མི་ཙན་ཆད་པར་བཞིན་དུ་རྫོང་མ་དང་འབྲུང་ལ་བཀོད་ནས་ཡ་ཀོ་རེ་གླིང་དཀར་དཔལ་
སྟབ་རྒྱམས། སྨྱུ་ཉེན་དང་འགྲུ་མ༔ ཨ་ཡ༔ ཐ་ཡ༔ གནམ་གྱིས་བབ་ཕྱིས་ས་ཕོས་མཆོད། །དེ་རིས་གསེར་གླིང༔ ས་འདེས༔
ནག་དམར་མདོ་ཆེན་གོང་མ་རེད། །ང་འདུས༔ གསེར་གླིང་སྒྲིང་གྲགས་པ་རེད། །གླིང་རིས་སྐྱང་སྐྱར་སྐྱུ་མོ་ཐེད། །འཇིག
རྟེན་རྒྱ༔ ཐུས་ཆུང་སྐྲོ་གཡོག་ངམ་འདོད་དེ། །ནམ་ཁར་སྐོར་སྟབ་ཨོ་ཐལ་དུ། །མི་ལོག་གཉིས་ཀྱི་སྤྱོན་པོ་རྒྱམས། །གདང་
ཐ་བཙད་འགྲོ་ཨོ་ཐལ་མ་དུ། །དེ་ནས་ཉེན་དང་དཀར་པོ་སྐྱབས། །ཤེ་དཀྱིལ་ཐལ་དབྱུང་པས་གཞུགས་པ་ལ། །སྒྲོམ་ཆེན་གླིང

༄༅། །ཧྲོ་བ་ཆེ་ལེ་དགོ་ལ། །དཔོན་ཕྱག་རྫོང་རྒྱལ་ཚེས་རྩེ་མི་ལ། །ངོ་གསེར་གླིང་དཔྱང་བལ་ཐུབ་ལེ་དགོས། །སྐྱི་ངེ་ཧེ…

ཙན་གྱི་ཕ་མ་ལ། །ཁྱམ་ལོས་བགམ་ཤིས་དྲིན་ལེན་དགོས། །ཕ་མ་བལ་དཔའ་ནས་བྲ་ལོ་ཟླས་འཆུབ། །ལུས་ཤ་ཁྲག་ཕ་ལ་དགྲ་ཡ་

ཡུ་སྐྱ གནང་ངས། །ཕ་ངེ་ལེན་ལེ་དགའ་འཚོ་འཇེག །སྨོན་ཕུག་ཙན་གྱི་ག་ཀར་འཕོར། །རྩ་བལ་སྣལ་མའི་དང་པ་བཞག་ས། །དང་ལོག་ཤུལ་

ལ་མ་བལ་མ་སྤྲོད་ན། །ཀླིལ་མེད་གླིང་བལ་སྤུག་སྤུ་ངེས། །ཨ་མ་གོན་དམག་ལ་དཔྱང་ཕུག་ཤུལ། །ཕ་བར་མི་ག་ནྲུངས་བཀའ་

མེད་ཐུང་། །དཔྱར་ཟླ་གསུམ་མི་ཏོག་བསྐུམ་ལོ་དེ། །སྐྱུ་ལེ་ཟེ་རེ་ནབ་བར་མོས་ལེན། །ནལ་ཨ་འགྲི་མི་སྤྱོད་འགྲོ་ཏེན་མོ། །

སྤྱ་ལེན་ཟེ་རེ་ནག་ཡུ་འབྲུག་ལེན། །གླིང་རྒྱལ་པོ་དང་ལོག་དགོས་རྒྱུར་དེ། །སྐྱུ་ལེན་ཟེ་རེ་ནང་གླིང་རྫུ་ལོན། །དྲུག་མ་འཕྲུང་པོ་བལ་

འཛོམས་ཞུ་དགོས། །འཕྲུང་ཚེ་ར་ནས་འགྲོང་པ་དགོས་པ་མེད། །དགྲ་མ་ཐུབ་སྐྱོན་པོ་ལ་རང་ཚོད་གཟུང་ངས། །ཕྱུག་ཚོ་ར་ནས་

ཕྱིར་ཆད་བབ་ལམ་ཤེས་མེད། །གོ་ནཿ མ་གོཿ ཞེར་ནས་གསེར་གླིང་གིས་ལྷུང་མ་དཔའ་དེས་སྟག་ཤྲས་སྐྱ་ལ་ཡོག་ཏུང་སྒྲོ་ད་མ་ཐུང་།

དེར་ལོག་པོ་དང་མི་ཤོག་རྣམས་ཀྱི་དཔལ་གཞུག་གིས་ཁོ་ག་ལུམ་ལ་རལ་གྲི་དང་ལྷུ་མདའ་བྲང་ཟུང་བརྒྱ་ནས་དེ་ཡང་ཏུ་ནང་ནས་ཤོལ་འབྲང་རྒྱ་བྱ་བཙན་པོ་དེས་

རལ་གྲི་གཡུག་ཐེབ་གཅིག་ལ་ཚོས་རྟེས་ཟིན་གྱི་གས་པའི་མགོ་ལ་བརྒྱ་ནས་མགོ་ཁ་གོལ་ནས་བལ་དང་། གསེར་གླིང་ཁེ་གཉིས་ཐེ་ཚོམས་ལ་མེད་པར་རྒྱང་ཐུང་བལ།

གསེར་གླིང་དེས་ལྷུང་མ་དཔའ་ཕྲུག་ནས་ལྟག་ལྷས་གློན་པོ་ཨ་རྒྱུད་གཡུ་རྡོང་སྐྱིང་ལ་ལ་བབ་ཏྲི་སྐྱིང་སྒོ་བར་ལྷར་དྲུབ་བསོད། དེ་སྟག་ལྷ་ཁྱི་དཀར་དེས་འདི་སྐྱོན་པོ་གཉིས

དེ་མཚན་གྱིས་མི་ཆད་ཞར་ཆད་རེད།། དམག་མང་དེ་ཉིན་ལ་ཅིག་བཞི་ལ་མེད་བསམ་ནས་ཀླ་བཀྲབ་བཙན་བརྟེས་པའི་ཁོ་རང་དཔལ་རྡོང་བཞི་ཡིས་མི་ཁག་དང་རྒྱུ་ཁག་ཀླུང་

ང་ ༢༥༩

༄། །ཞག་བདུད་ཞག་ནག་པོ་ཞག་ཡར་བཞི་དེ་གསེར་སྐྱིང་དང་བྲུ་ཡག་གཉིས་ཀྱི་ཀེ་ལ་བཀོན་ཟླས་མཚོན་པས་ཛ་ཛེག་ནས་མགོ་འཛུག་རྫོ་ག་སྒོ་གྲིབས་སོང་། དེར་སྡོད་གྲོགས་པ་དེས་ཐུལ་རང་ལྷ་གྲི་དེ་ཁུག་ནས་ཕུར་སྟེ་ལེན་གཅིག་གཡུག་པའི་ཞག་གཉིས་དཔའ་ཚད་ནས་ཀླུགས་མ་བྲུ་ཡག་ཤོག་ལ་འཆར་ཐུང་། མི་ཀྱིས་བཞི་ཐུབ་གསུམ་དང་ཀྱི་ཁ་ཐུབ་ནས་བཞི་ཐུབ་གསུམ་གྱི་མགོ་འབྲུག་ནས་ཕོར་ཐུང་། དེར་གསེར་སྐྱིང་དེ་སྐྱག་དམར་བྲུ་ཡག་འཛམ་དུ་སོང་ནས་ལྷ་གྲི་དེ་ལེན་གཅིག་གཡུག་པའི་ཞག་གཉིས་དེ་ལྷུགས་སེར་བཙན་ཐུང་། སྐྱག་དམར་རྔ་བྲུ་ཡག་དེ་ཕོར་ནས་ཏུ་ཡི་ཐོང་ལ་བུད་སོང་། གསེར་སྐྱིང་ཕོར་གཉིས་གཅིག་རྒྱབ་གཅིག་སྟོན་ནས་ཕོར་བའི་གསེར་སྐྱིང་དེས་ཚེས་རང་ལྷ་གྲི་དེ་ལེན་གཅིག་གཡུག་པའི་སོག་སྐྱོན་གྲགས་ལ་ཐེབ་རྒྱལ་ཀྱི་སོག་ཕྲག་ལ་ཕོག་ནས་ལྷུས་གོས་གཉིས་སོང་ནས་ཛ་ཚོག་ནས་ལྷུང་། ཡང་གསེར་སྐྱིང་དེས་རལ་གྲི་དེ་སོག་པའི་མི་ཆེན་བསོད་རྒྱལ་ལ་ལེན་ཅིག་གཡུག་པས་མགོ་ལ་རྒྱབ་ནས་མགོ་དམིག་མེད་ཕྱས་ནས་བཀག། དེར་ཁོ་རང་གཉིས་དཔལ་ལ་ཚོད་གས་གས་ནས་གླུ་ལུས་

ཤེས་ལ་ཤོར་སོང་། དེར་མི་ལོག་གཉིས་བསམ་པ་ཡིཾ་ནས་མཐུན་དགུ་བོ་ཤོར་ཐུབ་བསམ་ནས་གླིང་ཤོགས་ལ་འོང་། གླིང་དཔལ་ཐུབ་རྣམས་ཀྱི་ཚེད་མི་སོག་གཉིས་གིས་

དཔལ་ཐུབ་རྣམས་འོ་རྒྱ་མི་ཕྲུང་ཟེར། ངར་རྣམས་བཀའ་མ་ཐུང་སྟོན། མ་ཐུབ་སྒྲ་བོ་ཀོ་ར་ཐེ་ས་ཟེར་ནས་དགུ་ལྷའི་འདུ་ནས་ཡོད་སོང་། དེར་ཁ་ནས་མ་དན་དང་ཀ་ལྷ་…

ལྷ་དཔལ་ལྷ་རྣམ་ཀྱང་ཅེན་ནས་རྒྱལ་སྟོན་ཀྱི་སྤུང་གླིང་མ་རྫོང་ཚར་འདུག དེར་ལྷ་གྱིས་དེས་ཁྱེད་རྣམས་ཡོད་པར་འོ་རྒྱ་ཡོ་ཕྲུང་ལག་མ་རྒྱུག་དེ་རིག་ཀྱི་བུ་བར་ཅི་འདུ་

ཀྵ་ཟེར། ང་སྐྱག་ལྷ་དེས་དར་གཅིག་བཞགས་ནས་ལུས་ཀྱི་ལྷ་གྱིས་རིན་པོ་ཆེན། དགྲ་ཕར་དཔུང་འདུལ་བའི་ལོ་རྒྱུས་ལ་འཇིགས་ལ་བ་མེད་ཕས་མི་རེད་ཟི

ཟེར་ནས་གླུ༔ ཨ་ལེ༔ ཐ་ལེ༔ སྐྱབས་བླ་མ་ཡི་དམ་དཀོན༔ འབྲལ་མེད་སྤྱི་བོས་གཙུག་ལ་བཞུགས། །ལ་འདེབས༔ གཡུ་མེད་

ཚ་ཚང་གང་མེད་རེད། །ང་དང་ངང༔ དཔལ་མི་འགྱུར་སྐྱག་ལྷ་སྲི་དཀར་རེད། །དགྲ་བགེགས་དཔུང་ཕས་འདུལ་བས་དུས། །འཁྲུག

༄༅། །ཕྱག་རྩ་བར་ཨོ་འདྲ་ཤར། །ངང་ཚིག་རྟེན་སྒྲ་མོ་ལ། །ཆུ་སྐྱོངས་ནག་ལུས་མདོངས་ནས། །བདུད་རྒྱལ་ཁ་ནག་མིག

བཙིག་དང་། །ཁྱུང་གོས་ཨ་སྐྱོང་སྐྱུ་རིས་གཉིས། །ལེ་ཕས་བྱ་རྩོད་རྫ་ར་གསུམ། །ཡ་མེད་སླུལ་ནག་མེ་འབར་བཞི། །ཀྲུ་མོས····

འཁྱུ་དམག་ཉི་ལེ་གདའ། །ཚེ་ལ་འགྲེན་གདང་སྲབ་ཞག་པའི་དུས། །ཀྲུ་མོས་འགྲུམ་དམག་དཔུང་བ་ཕབ་ཕྱུས། །རྒྱལ་དམག····

ལྷ་ཚམ་ཁྲག་ལ་སྨིན། །དགྲ་ནག་པོ་ཐུབ་འདུག་ཟེར་ལེ་ཤར། །ཚིབ་ཁ་རྫུ་རལ་སྟོན་བཞིན་འོང་། །མ་ཐུབ་ཁ་བ་ཡག་དམར་དོ། །མི··

ཚོ་ལེར་པོ་གསེར་ཁྲབ་ཅན། །རྟ་དཀར་ཚིབ་ནས་རྟེས་ལ་ཤར། །དེ་དང་དེ་མཚུངས་མི་གཉིས་ཤར། །མི་དེ་གསུམ་ཨ་ཡ་མ་ཤར་ཞུས། །

དམག་ཁྲ་མོས་དཔུང་པའི་བ་ཕབ་ལ་ཤར། །ངར་རྫོང་མི་གསུམ་གདང་མ་ཡོར། །མི་གསུམ་མ་ཐུབ་དམག་དཀྱིལ་ཡོར། །སྤྱི་མཆོན

སྐུས་བྱང་མི་ཆ་ད་འདུག །ཁ་ར་མ་ཨ་ལུང་ཞིག་ལགས་གནང་ངས། །སྤྲོ་ཆེན་རལ་གྲིས་ཞག་པ་ཙད། །མཛེས་ཆེན་རྣ་ལ་བུད་ནས་ཕོར།

མཚོད་པོ་གླེན་བལ་མ་རྒྱལ་དང་། །སློན་ཆེན་བྲག་ལྷ་རྗེད་རྒྱལ་གཉིས། །དེ་རིས་གཏང་མ་དགྲ་ལ་ཕོར། །ཐུག་ཕྱིས་འགྲོད་པ་མ

ཕྱིད་ལུགས། །ད་ནང་འདུལ་ཐབ་གང་དྲག་བྱེད། །རྒྱལ་བློན་ཐུག་ལ་ད་ལྟར་ཞོག །ཕོ་མཿ མགོ༔ ཅིག་ཞེ་ར་ནས་དགྲ་ལྷགས་ཨ་ཁ་སོགས···

སྐན་དགེ་ཉིས་དབུ་ཀླུས་ཕོར་བ་ད་མཐབ་ཟང་སྦྲུང་ནས་འགྱོད་པ་ར་ཞུད་འདུག ། དེ་གྲུ་ལུས་དམག་སྐྲ་ར་ནང་ནས་གསེར་གླིང་གླིང་གྲགས་པ་དང་བུ་རྗེ་ད་རྡོ་ར་ཨ་སྐྱོང་དང་ཞ་ནག་མཐིག

གཙིག་རྣམ་ཀྱི་ཤིག་ནས་གྲུ་ལུས་ཚིག་རྗོད་ཀྱིས་དུང་ལ་སོང་ནས་འཆང་ད་ར་བཞག །ཚིག་རྗོད་ཀྱི་ཁྲོ་རྒྱལ་བློན་རྣམ་འགྲུལ་ཨ་ཧཱུྃ། །གླིང་དམག་དེ་དཔུང་བཙོ་ཐུབ་པ་འདྲ་ཨེ

ཧཱུྃ། །དེ་གསེར་གླིང་གླིང་གྲགས་པ་དེས་གླིང་དམག་དེས་ར་ནང་རྒྱ་སྐྱོད་ཀྱི་མདོ་ནས་དུང་སྐྱོང་སྟག་ལྷ་ལི་དམག་ཤིག་གིས་རྒྱབ་ནས་ཨ་སྐྱོང་དང་ཨ་མགོ་ན་ཤིག

༄༅། །ཞེས་དམག་དེ་ཚག་ཉམ་གཏང་སོང་། ང་རང་དག་ལེར་གླིང་ཤོག་ལ་ཕན་མདན་བཙོས་པའི་གླིང་དམག་ཁྲུང་ནས་དམག་མང་ཕྱག་དུ་ཚག་ཉམ་མ་གཏང་།

སྐྱོ། ཟླ་དཔོན་མང་པོ་དམར་ར་བས་ཕྱིར་སོང་། ང་རང་གིས་གླིང་དམག་ཉིས་བརྒྱ་ཙམ་བསད་ཡོད། གླིང་བས་ཚོད་གླུང་ནས་རང་ཤོག་ལ་ཤེར་ཐོས། ཡང་།

ཅིག་ང་ཡིས་བལས་མ་སོང་གཏང་ནས་ཆུ་སྐྱུང་དམག་ཟུམ་ཉེས་ཁྱུར་ནས་སྐུག་བ་སྤུལ་ཆེན་དྲུས་ང་ལེར་ཀྱིས་མ་བཞེང་ནས་མི་ཤོར་ལ་ཤར་ལེན་དང་རྒྱུར་ཤོག་རོམ་འདར་དགོས།

བསོ་ནས་ཚོ་གྲུབ་དམག་དེས་རྟེས་དང་ཁྲུས་ནས། ཐག་ཆེན་མདོ་ནས་རྟེས་ལ་སླེབས། གླིང་དཔལ་ལྡན་སྐྱོན་པོ་རྩོམ་ཅིང་དང་གྱི་བཅོན་བཞག་ནས་ཤ་ལེན་གྲ་དུ་ལེན་ཐུབ། ང་སྐྱོང་པ་འདི

མ་བཞིན་སྟུབ་བ་བཀལ་འདུག ངག་དགྲ་རྒྱལ་བློན་བཀའ་གྲོས་ཀྱིས་ཞེར་བས་ཕུབ་འཕྲུལ། ཐེག་རྟོད་དེས་ཨ་ཕ་ཨ་སྐྱིད་ཨ་མགོན་ཤེ་གཞིས་དམག་དེ་ཉིས་ཤ་ཞེར་བ་བཟུང་།

མ་བཞིན་གླིང་བ་འདི་ལ་ཨ་ཡ་ཞིན་པ་བཀའ་འདུག་ཞེར། དེར་ཡང་རྒྱལ་བློན་རྣམས་ཀྱི་ཚི་གྲ་ག་ག་དང་དག་གིས་ཐབ་མང་པོ་བྱས་ནས། དེ་ནས་བདེ་ཆེན་ཤེས་རབ་གྲགས་པ

དེས་པ་རྒྱལ་བློན་རྣམས་དགླེང་བ་འདི་མགོ་ཙམ་སྐོར་མ་ཐུབ་ནས། དགུ་མཚན་བགོད་གདུབ་ཕྲུག་ཀྱང་ལན་སྟོན་ཟེར་ཐབ་མེད་པའི། ཧོ་སྒྲི་དཀར་གྱི་མགོ་དཔོན་དགུ་ལྷ་
ཟེར་བ་དེ་ལ་ཁོར་བས་བློན་ཁན་མདན་དང་དཔལ་ལྷ་གཡུ་ལྷ་ཕོག་ཚོད་མེད་པས་ཐབ་གཅིག་དགོས་དུ་ཟེར། དེར་ཐོག་མ་ཆོད་རྒྱལ་བློན་གྱིས་ཟེར་བ་ལ་དེ་འདྲ་བའི་མགོ་སྐོར་
ཐུབ་པའི་ཁྱབ་དེ་འདུ་ཐབ་ཞིག་ཐེའུ་ན་བསྐུན་འབྲིས་ཆེ་ཟེར། དེ་ལྟ་དུ་ཁྱབ་ཙི་བཟོ་གདབ་ཟེ་ཟེར། ཤེས་རབ་གྲགས་པས་ཐར་ཁྱབ་དཔེ་ཀ་ཤེས་ཟེར། མདངས་ཉེད་ལྷ…
གྲོ་ལ་གཡུ་མོ་ཕྲང་གིས་མཚོ་སྦྱིང་ལ་གླིང་བཞི་ཆག་ལས་དགེ་ཆེན་ག་ཅིག་ལ་གྲུ་ཚོདས་ལས་ཏུང་སྟོང་ཕྱིར་གཉིས་ཙམ་ཡོད་པས་བསྡུ་བ་ཟིག་ལ་འཛིག་ལེ་གཅིག་ཕྱིད་ནས།
ངར་ཚང་རྒྱ་རླུང་དམག་དེ་ཡར་ལ་གྲོས་པའི་ཉམ་སྟོད། དེ་ནས་ཨ་མགོན་དཔོན་གཡོག་གསུམ་ཕྱིད་ནས་ཕྱི་དགེ་སྒོ་ལ་འགྲོ་ནས་དགེ་འབས་ལུས་ཆེ་རྒྱ་ལ་གྲ་བར་སྟོང་
གཞིག་དང་ལུ་བརྒྱུད་དེ་དམག་ལ་འགྲོ་དགོས་ཟེར་བས་འབོད་པར་ཆེན་པོ་སྒྲོགས། དེར་མིག་འཕྲུལ་གྱི་དགེ་འབར་ནང་ནས་དམག་ལ་མི་འགྲོ་ཟེར་བས་སྐྲ་དགྲ་གཏད། དེར་ནས་ཨ་མགོན

ཆུ་ཤེ་ཞ

༄། །ཕྱིད་རང་སྐྱོ་ཡོང་མདོག་སྔོན་ཚལ་ཡོན། ཕྱིར་ཞིམ་ཀུ་ཀུས་དམག་མང་གཅིག་འགྲོ་ནས་ཡུལ་དགེ་ནང་འཕྲུག་བྱེད་ལས་མདོག་སྔོ་ན་ནས། ཉི་མ་གཅིག་ལ་འཁྲུག
ལར་བརྒྱ་མདོག་བྱེད། ཚ་ལྷ་དགེ་འབར་དམག་རྣམས་འཕོ་འདོག་བྱེད་སྨིན་རྣམ་ང་མགོ་གཞི་ཞེང་པའི་རྩེར་སྐྱེད། དུས་ཕྱིས་ནས་ཞམ་གཞལ་དུས་ལ་དགེ་འབར་དེ་ཡིས་ནང་ནས…
རྩོལ་ཁྲིམ་དོ་ཚར་ཆེ་ནབ་ག་ཉེས་ཀྱི། མིས་ཡིན་ཀྱི་རྒྱ་རཞོར་གྲང་མང་ཁུར་ནས་གླིང་དཀར་ལ་འགྲོ་དགོས་པའི་ལྟ་བ་འཕྲུལ་ནས་དགེ་འབར་དེ་ཡིས་སྐྱབས་མགོན་དགྲ་ཕྱུ་ལ…
ཞུ་རྒྱུར་བྱེད། དེ་ཚོག་གླིང་དཀར་འདི་ཚོགས་ལ་དད་པ་ཆེ་བའི་མགོ་འཁྲིད་ཕྱུང་འོང་། དེ་ནས་གླིང་དཀར་དཔོན་སློབ་རྣམ་ཙོང་གོ་ཁབ་ནང་ལ་བདེ་བྲང་ནས་སྡོད་ཚང་རྣམས་རྗེས་ལེན་རིན
ཞུ། དེ་ལྟར་ཐལ་ཞ་གླིང་རྒྱལ་སྤོན་གང་གྲགས་ལ་རྣམ་དགེ་འབར་དེས་ནང་ལ་ཕེབས་ལོང་དུས་ཡིན། དེས་ཚ་མ་སྐྱ་གཞི་མ་ཀྱི་དགེ་འབར་དེ་ཞི་ནས་ཁེ་རྒྱལ་སློན་རྣམ་ལ་རྗེ་ནམ་ཚོ་ལ་སྐྱུན…
མཆོག་ཟེར། མེད་པར་དེ་སླ་བྱེད་དགོས་ཟེར་ནས་ཞབ་འཕྱུར། དེར་ཚོགས་ཆོད་རྒྱལ་བློན་ཀྱིས་དེ་རེ་ཟེར་བས་ཕྱི་ཉིས་ལ་དགེ་འབར་བསྐྱར། [illegible]དམག་རྣམས་མཁར་ལ་བདུན། གླིང་བས།

དམག་དེ་རྫུ་སྨད་ལ་ཡར་སྐྱག གླིང་དམག་གིས་ཕར་འཕྲས་པའི་མཚོ་སྒྲིང་ལ་དགེ་ཐབ་རབ་ཏཱ་ཀྱིས་ཨོ་ཅུན་པར་ཅིག་མཐོང་ནས་གླིང་དཔལ་ལ་སྟབ་རྡུང་ལ་ཀྱིས་དགེ་འཐབ་རའི་འདྲ་ཅིག
འགེ་ཐེར་ནས་ཕར་ལྡས་པའི་ཚིད་ཕར་ལྷུས་སོང་། དེར་དགེ་འཐབ་གླིང་བར་མཐོང་བས་དགའ་འགྲོ་ཆེན་པའི་མདོག་སྟོད། ཨ་མགོན་ན་འཛུན་གི་མིག་ཅིག་དེས་ཕྱིར་གཉིས་དམོན་གཡོག
གསྐྱུ་ཕྱས་ནས་འཕྲུལ་དགེ་དེ་ཡིས་སློ་ལ་སྤྱུར་ནས་ཐེར་བ་ལ་ཡ་དགེ་བདེ་གྲ་ཚང་དགེ་དཔེ་རྣམས། མཚོ་སྒྲོན་པའི་འགྲོ་ལ་ཡེད་རོག་ཀྱིས་འདྲ་མ་མང་པོ་བཤད་རྒྱུར་གདའ་ཞེར་
ཆིས་འཕོད་པ་བྱས། དེར་དགེ་དཔོན་གཟིག་དང་ཚོས་ཁྲི་མ་གཉིས་བྱུར་ལ་ཡེད་ནས་ཡ་ཨ་མགོན་ཁྱེད་ནི་ཡིན་གང་ཡིན་ཞེར། དེར་ཨ་མགོན་དེས་ཡ་དགེ་དཔོན་ཚོས་ཁྲིར
ལ་སོགས་པ། དཔོན་ཆེན་སྟོད་སྤྱུང་ཆ་འཐག་ལ་རེད་ཡོད་ཞེར་ནས་གླུ༔ ཨ་ལེ༔ ཐ་ལེ༔ གནམ་ཕྱིས་ཐར་ཕྱིས་སྤྱིལ་མཆོད། ཁྲིག་རྟོད་རྒྱལ་པོ་
ཐེར་དོར་མཆོད། །ལ་འདེས༔ གཡུ་ལུང་མཚོ་ཡིས་གོང་མ་རེད། །ང་འདུས༔ སློན་ཆེན་ཞབས་གི་གཅིག་ཞེར། །དགེ་དཔོན་ཚོས་

ཞེ་ཞ་ཡུ་ཞ

༄༅། །ཁྲིམས་ལ་སོགས་པ། །ཤེ་བས་བློ་ལ་འདྲི་འདུ་ཡོད། །དཔོན་ཆེན་ཐོག་རྗོད་རྒྱལ་པོ་དེ། །ང་ལོ་ཀྲ་ཤིས་དམག་གིས་སྐོར།

ང་འཁོར་སྔོན་པོ་ལ་སོགས་པར། །ཞམ་བ་ནག་རྣུ་ཀྲས་ཁྲག་ལ་སྒྲོགས། །རྒྱལ་པོས་པལ་ཆེས་ཤེར་ཆེས་རེད། །འོག་སྟེ་མགོ་

མེད་པ་ཟེ་ཆོས་རེད། །ཁྲིང་དགེ་འབར་ལོང་སྤྱོད་ཆེན་པོ་དེ། །ཐོག་རྗོད་རྒྱལ་པོས་བདག་པོ་ཡིན། །འཛིག་རྟེན་ནུ༔ གང་དང་སྡིང་་

མཚེར་སྣེ་ཐེད། །གང་ཞུ་དུས་ཀྱི་ཐུགས་མཉམ་ལེ་དགོས། །དཔོན་དང་དགེ་འབར་ཆག་ཞལ་གཅིག །སྤྱི་འོང་དུས་ཀྱི་ཐུགས་མཉམ་

ལེ་དགོས། །ལ་ནག་ལུང་པས་ཀྱུ་མདོ་ལ། །ཁྲ་མོའི་འབུམ་དཔག་གདུང་ལེ་དེ། །སྤྱིད་ཀླུ་གི་ཀར་དམག་སྐར་དེད། །ཀེར་་

དམག་དགེ་བདེ་གྲྭ་ཚང་དམག །དོར་རྟོན་མོའི་མཚོ་ནས་བྱུང་། །ཀླུ་རྣལ་མཁར་ལ་ཡེ་རིག་ཞུ། །བཙན་རྫོང་འཁོར་གསུམ་སྐོར་་

དགངལ

རིག་གྲོལ། །འཛོག་དཔལ་ཟ་ཡིས་རྒྱ་ལ་ཕྱིན། །སྤྱོ་མཚོན་རལ་གྲི་ལག་ལག་བཟུངས། །དགེ་འབལ་ཤོག་ནས་སྡོང་དམག་གཅིག །ང་ཨ་མགོན་ཕྱོག་ནས་སྡོང་དམག་གཅིག །དེ་མི་རང་རང་སོ་ར་སོ་ར་ནས། །སྡོང་དམག་རེ་རེ་འགྲོ་རྒྱུར་ཡིན། ། གླིང་སྒར་ཁྲ་ཚོ་གཏོར་དགོས་བསྐྱངས། །རྒྱལ་ཡོས་ཚོགས་པ་ཟིན་དགོས་ཟེར། །དེ་འདྲ་ཐར་ཞིག་ཨ་མ་ཧང་དབང། །ཁྱེར་ན… རྒྱལ་པོ་མི་བདེ་འདུག །དགོས་ན་དགེ་འབར་མི་བདེ་འདུག །ཁྲིད་དགེ་འབལ་ཐུག་ལ་དེ་འདྲ་ཞིག །གོ་ན༔ མ་གོ༔ ཅེས་ཅེར་ནས་ཚོང་འདུས་ཤེས་རབ་འབྱུང་སྨན་དུས་ཟེར་བ་ལ་བསྙེན་དང་ཞ་ནས་མི་གཅིག་ཁྱེད། འདུམ་ལྡེ་འདྲ་བ་ཤང་རྒྱུར་འདུག་ཟེར་ནས་གླུ༔ ཨ་ལེ༔ ཐ་ལེ༔ སྟབས… གླུ་མ་ཡི་དམ་དཀོན༔ ལྷ་མི་འཐབ་གྱི་བབས༔ བཞུགས་ནས་ཉིན་གྱིས༔ ལ་འདེབས༔ གཡུ་ལྕུང་གཡུ་མཚོ་སྔོན་མོ་རེད། །

ངེས་ཤེས་ཀྱི

༄༅། །ང་འདྲས༑ ཆོས་ཀྱིས་ཤེས་རབ་འབྱུང་ལྡན་རེད། །དེ་ནས་ཉ་ནག་མིག་ཅིག་ཁྱེད། །ཁྱེད་བདེ་འབར་ཡིན་དང་རྩེ་མང་ཡིན། །དགེ་སྡེ་དམག་ལ་འགྲོ་བ་ལ། །སྐར་པའི་དཔེ་ཞིག་གནའ་འགི །དགོང་ཡ་སྔོན་རྒྱང་ཐག་རེག་ལ་ནས། །མཚོར་ཉི་ཟླ་ཐང་ལ་ལེན་ཐབ་མེད། །སྤྲེ་སྒྲུ་ལུ་ཁ་ཞིང་ཆེན་ལ་ནས། །བོད་ཆོས་ལ་འཁོར་དམག་ལ་འགྲོ་ཐབ་མེད། གཏུམ་མོ་བ་ཤང་དགུ་བ་ཤང་སྤྱོད་ལེ་རེད། །དཔོན་ཆེན་ཐོག་མཆོད་རྒྱལ་པོ་དེ། །སྤྲེ་ཁྲ་མོས་མགོ་འཛིན་བྱེད་མི་རེད། །ཆོས་ཞིར་སྐྱུང་འགྲོང་པ་ར་ཙི་ལ་ཡོད། །ང་གྲ་ཚང་དགེ་འབབ་ལུས་དོན་ལ། །ཤིང་དམྱལ་བབ་ལུས་དོན་སྐྱབ་མི་ཡིན། །སྤྲེག་སྐྱབ་པའི་ལུས་ཀ་དགོས་དོན་མེད། །མགོ་ཞ་ལེ་ར་ལུས་ལ་གྱོན་ལེ་ལ། །ལྷ་ཡོ་ཧེ་བླུང་འི་བཞག་པ་ཡིན། །ལྷ་གྲུ་

རྣལ་ཐབ་ཞིག་བྱས་ལོ་དེ། །ཚིག་ཅིག་བསྒྲུབ་པའི་དམ་ཚིག་དེ། །ཉི་ག་ཅིག་མེད་པ་ཟབ་ཕྱིད་ལོ་མིན། །ཕྲག་ལག་ཧཱུྃ་དང་དཀར་
ལག་གང་། །རྩ་ཅམས་སྐྱང་རྩེ་མོ་ཁ་ཁ་ཡིས། །ཐོག་རྫོང་རྒྱལ་དང་དགེ་འབར་གཉིས། །ཡུལ་གཅིག་སྤུང་བཞི་འབར་་་
ཁ་ཁ་ཡིན། །དེ་ཞན་གསེགས་ཅིག་ཆོ་ཚེ་ནམ། །སྐྱིས་སློན་ནན་ཏིས་ཉི་ལྡུད་དེ། །བཟའ་གྲང་སྐྱང་རྫུང་ནས་སྐྱག་བསྐྱལ་ཆེན།
ང་དགེ་བདེ་དམག་ལ་འགྲོ་རྒྱུར་མེད། །ཁྱེད་ཨ་མ་གོན་ཐུག་ལ་དེ་ལྟར་ཞོག །གོན༔ མ་གོ༔ ཟེར་ནས་ཨ་མ་གོན་ཞ་ནག་དེས་་་
ཁྱེད་དགེ་བདེ་གྲྭ་ཚང་ཁྲེལ་མེད་རྣམ་དཔོན་ཐོག་རྫོང་རྒྱལ་པོ་དེས། འོག་ཏུ་ཞབས་ནས་གྲྭ་ཚང་བ་རྩེར། ལུས་ཐར་འདི་ལ་སྦུགས་པའི་དུས། སྐྱི་སྐྲག་མི་ཏོན་ཙི་ལ་་
ཚིག །སོ་ལྷུང་ཉེས་མགལ་མ་འོངས་ན། ཐོག་རྫོང་རྒྱལ་པོའི་ལུས་དམག་འདི། སྐྱིང་ལ་རྒྱབ་པ་རབ་ལ་ཞོག ཁྱེད་དགེ་སྡེ་གྲྭ་ཚང་མ་གཏོར་ན། དེང་རྒྱལ་སློབ་ཟི་ཁྱེད་སྡོང་པ་

ཤིང་ཕ་ཟླ་ཕྱི

༄༅། །འདུ་ཟེར་ནུབ་ཨ་མགོན་སྐྱོ་ལ་ངར་ནས་ཐོད་དེ། དེ་ཆོས་གྲྭ་ཞིག་རབ་འབྱུང་ཕྱུར་གྱི་ལ་ཞབས་མིག་ཅིག་ཕྱེར།། ཕྱིར་དཔོན་སློབ་གྱིས་དགྲ་ཁ་ལར་དེ་དང་གླིང་ཞིག་དགེ་བདེ
ཚེ་དམེ་ད་ཕྱིར་འཕྲུག་སྐྱ་བོ་མི་གདོར་དགེ་བདེ་གདོར་ཟེར་བ་ཚོར་ཞེད་ཆེན། དཔོག་རྡོད་རྒྱལ་པོ་ཡི་ཆེ་དང་། ཞབས་མིག་ཅིག་ཡིན་ཆེ་གཉིས་རྒྱལ་སློབ་སྤྱུ་ལ་འོང་ཟི་མི་ཐུབ་
པའི། ཕྱིར་རྒྱལ་སློབ་གྱི་དམག་བུང་ཕྱོགས་དང་། ཞིག་རྡོད་པ་བ་དགེ་འབའི་བརྒྱུད། ངེ་དགེ་བདེ་གྱི་སྐྱིག་སྤུག་དང་ནམ་དོགས་ཕེས་ལ་མི། ཨ་མགོན་དེས་པ་ཁྲིམས་མེད་
དགེ་བདེ་གྲྭ་ཚང་རྣམས་ཀྱ། དེས་ཁྲ་མོལ་དམག་ད་ལོང་ཉིན་མ་ཡར་ན་ང་ཨ་མགོན་ཕྱིབས་ཟེ་དང་འདུ་ཟེར་ནས་ཨ་མགོན་ལོང་། དེས་ཤིར་འཁྱིལ་ལ་ཁྲི་དམག་ཚིག་ཁྲིད་ནས་
མིག་འཕྲི་གྱི་དགེ་འབའི་ཤོག་ལ་འོང་ནས་སྐྱ་བརྒྱབ་པའི་རྣམས་སྟོད་ནས་འདུག། དེར་དགེ་འབའི་སར་དམག་དེ་དགོང་ནས་ལྡོ་སྒྲུལ་རྩུབ་པར་ལྷུར་དུ་ཕྱུང་། དེར་ཉེ་མ…
ཚིགས་འཁྲུག་རྩོལ་བྱས། ཐམ་སེར་དམག་དེ་ཁེ་ལ་ཁེད་དུ་ཕྱུང་། ཨ་མགོན་དམག་དེ་ཆག་ཉིལ་གདང་ནས་ཁས་ཤིག་ལྷག་པ་དེ་མཁར་ཤོག་ལ་བྲིས་པར་ལྷུར་དུ་སོང་།།

གླིང་དམག་རྣམས་ཀྱིས་ཞེར་བར་བསྒྲུ་ཁུལ་དགེ་ཞབ་ར་ལ་སྒྲ་རྒྱབ་ནས་མ་ལག་ཏེབ། ཐར་མ་ར་དགེ་འབར་འདི་ཁ་སོང་བ་རོ་ཚེར་ཆེན་ཞེར། ངེས་ཤེ་ཉི་ནམ་གསལ་དུས་ལ་
དགེ་འཕོར་ངེས་ནང་ནས་དགེ་དཔོན་ནམ་མཁར་དཔལ་འབྱོར་དང་། ཆོས་ཁྲི་ཤེས་རབ་འབྱུང་ལྡན་གཉིས་ཟླ་མ་བརྒྱ་རྩེ་ཁྲིད་ནས་རྐྱེ་འོར་མང་པོ་ཕྱུས་རྐྱེ་ཁྱུར་ནས་སྐྱིད་སྣར་འབྲས་
ལ་སྤྱང་། དཔལ་ལྡན་ཁ་ཤིས་ལྷ་མའི་སྐུ་ར་ལ་སོང་། དེ་ནས་དགེ་དཔོན་ནམ་མཁར་དཔལ་འབྱོར་ངེས་རྐྱེ་འོར་མང་པོ་ཁྱུར་ནས་ལྷ་སྐྱིའི་དབྲོ་ལྷ་འི་དྲུང་ལ་ཕེབ་ནས་ཟླ་མ་ཐིང་
གིས་ཕྱག་འཚལ་ནས་ཞེར་བར་ལ། པ་ལྷུན་ཀྱི་དགྲ་ལྷ་རིན་པོ་ཆེ། ཁྱེད་ད་ལོ་ཕེད་པར་བཀའ་དྲིན་ཆེན་གྱི་རྟགས་ཀྱི་བར་འབག་འ་རེ་ཡོང་ཞེར་ནས་སྨྲུང༔ །

ཨོཾ་མ་ཎི་པདྨེ་ཧཱུྃ༔ ཨ་ལ༔ ཐ་ལ༔ ཆོས་སྐྱ་ལོང་སྐྱ་སྐྱུལ་སྐྱ་མཆོད། །གླུ་འདེས༔ རྒྱུ་སྐད་ལྷ་མང་གཞི་རྩིས་རེད། །
ང་འདུག༔ དགེ་དཔོན་ནམ་མཁའ་དཔལ་འབྱོར་ཞེར། །དཔོན་ཆེན་དགྲ་ལྷ་བརྟན་རྒྱལ་ཡག་ས། །ཞེ་བས་གཏམ་ལ་ཨེ་འདྲ

༄༅། །ཡོད། །གཡུ་ལུང་མཚོ་ཡིས་དགེ་འབར་འདི། །དང་པོ་སྐལ་པ་ཆགས་པའི་འཚུལ། །སྤྲིན་པོ་རྣག་ཐིང་ཕྲེང་དེ།

ལྷུན་འབྱུང་ཞབས་དམ་ལ་ཕྱག །བདུད་བཙན་སྲིན་འཁྱས་ཀོ་སྔོན་ལ། །ངེས་གཡུ་མོ་མཚོ་ཡིས་དགེ་འབར་བཞེས། །དགེ་

ཕྱི་ཞ་ཕྱེ། འབར་ཆགས་ནས་མི་རབ་བརྒྱ། །མདོ་སྨད་གཉིས་ཀྱི་བསྐོར་པར་དར། །དགེ་བས་ཆོས་ལ་དང་འདུན་ཤར། །རབ་བྱུང་ཆོས་

གོས་ག་དམ་པར་ཤར། །ཟླ་བ་བཞི་ཡིས་གདམ་པ་གསུངས། །དཔལ་ལོ་ལོ་ཐོག་ཁ་ར་བར་ཡས། །དཔོན་ཆེན་ཐོག་མཆོད་རྒྱལ་པོ་དེས།

རྒྱུར་འབྲེལ་མེད་པའི་དཔོན་པོ་རེད། །དགེ་སྡིག་མེད་པའི་རྒྱལ་སློབ་འགའ། །དགེ་ཐང་དམ་ག་ལ་འགྲོ་དགོས་ཟེར། །ང་རང་དགེ་

འབར་མི་འགྲོ་སྙིལ། །ཡི་དགེ་གཉིས་ནས་འགྲུབ་པར་བརྒྱབ། །དེ་ནས་སྐྲ་ལྒྱིས་རིམ། །ཞྭ་ལྷུ་བ་སྤྱི་མགོ་འབྲུ་མ་ཞིང་རོག་ནུ།

རིན་ཀྱི་དང་ནོར་རྫོལ་ད། །ཆོས་ཚོད་དཔོན་པོ་ཉིད་ལ་འབུལ། །བསམ་འབར་གསེར་དཔོན་ལ་དཀར། །ཉི་མ་ཤར་ཀྱིས་ལྷུ་གྲོ་
ལ། །དགུ་སྨྲ་དཔོན་དང་བློན་པོ་རྣམས། །དགེ་གྲྭ་ཚང་ནང་ལ་ཕང་རོག་ཞུ། །དགེ་འབལ་རྒྱུ་དང་ཏུ་ཡིས་རྣམས། །རྒྱལ་
པོས་རྗེས་ལེན་མཛད་རོག་ཞུ། །གྲྭ་བར་སྔོང་དང་ལྟ་བརྒྱ་ཡོད། །དེ་ཡང་དོ་ལེན་མཛད་རོག་ཞུ། །རྒྱལ་སྲིད་ཐུག་ལ་དེ་ལྟར་
ཞོག །གོ་ཝ༔ མགོ༔ ཟེར་བར་དང་དེར་ལྷ་སྲིད་དེས་ཉིད་ལུས་ཅན་གྱིས་བླ་མ་རྣམས་ཀ། དེ་རིང་སྐར་ལ་གཞུགས་དང་སོལ་ཉིད་དབང་རྒྱལ་
བློན་ནམ་དགེ་འབར་ཚང་འགྲོ་ཚོག་ཟེར། ལ་ཆེན་ཉིད་ཀྱི་དགེ་འབར་ཚོགས་ལུག་ཅི་འདྲ་ཡིན་ཟེར། དགེ་དཔོན་དེས་ཚོལ་ལུག་ནི་སྙིང་མང་བ་ཡིན་ཟེར། །
དེ་རིང་ཡང་དང་རང་གཉིས་པར་མ་སོང་ན་དགེ་ཕྱོན་དང་ཚོལ་འཕྲིན་ཡིན་པའི་བསྟེན་ཐབ་མེད་ཐེར། ཤང་ཉིས་ཀྱི་སྐབ་ལ་ལྟ་སྲིད་གྲ་སྒྲིག་དང་

༄༅། །ཆོས་འཁོར་སྐོར་བས་ཚ་གོ་ངང་དགོས་དཔག་ང་རང་གཉིས་མ་སོང་ཞ་མི་ཉོན་ཟེར་ནུས་ཆོས་ཀྱི་གཉིས་དགེ་འབར་ལ་ཕེབས་སོང་། དེ་ཕྱིར་ཉིན་ནམ་ཁ་རག་ཀ་ལ་དུས་ལ་གྱིས་དགུ་སྟོའི་རྩོ་ཕྱག་ནུས་དཔལ་རྒྱབ་ཏུ་དམག་བརྒྱ་ཚོ་དགེ་འབར་ལ་ཆོས་སོང་། དགེ་འབར་རེས་གསེར་སྐྱེམ་དང་ག་མང་དང་དུང་རྒྱ་ལུང་སྟོང་དང་ཐོབ་ཐོ། བདག་དང་བརྒྱ་མཆོན་གྲང་མང་ཁུར་ནས་ཁྲ་དཔུང་སེ་འཛང་མཚན་ཤར་བར་ལྷུར་དུ་སྒྲུར། དེར་དཔལ་རྒྱས་རྩམ་ཀྱི་མཚོ་ཁ་ལ་ཞེབས། དེར་སྟག་ཟང་དཔོན་པོ་ཁྲི་རྒྱར་ངེས་ཡོ་འགྱུར་བ་ཅིག་ཕྱམ་ནས་ལམ་གྱི་འབྲས་ལ་ཏ་བབ་རྒྱུར། ཡ་རྒྱལ་གློམ་ཚྭ་མས། དགེ་གྲུ་ཚོད་འགྲོན་འབེད་ཡག་ལ་ལས། ལས་ཁུ་མོ་ཅི་རེད་ཟ་མས་ལེན་དགོས་ཟེར་ནས་ཨ་ཁུལ་གསུང་བྱུ། དེར་དཔལ་ལྷ་བཟུང་ཞུམ་ཏ་བབ་ནས་གྲལ་ཀྱིས་འཕོད་ནམ་སྐྱེད། ཁྲོ་སྒྱུ་ང་དེས་རྒྱལ་ཀློམ་རྫམས་ཅི་འདུ་བྲན་ཕྱིས་ཡོད། མཆོ་སྤོ་ན་པོ་ཟང་གིས་དགེ་འབར་འདི་མདོག་ག་ཟེར་ཆེ་འདུག་ཨོ་བསོ་དུ། ཐིས་འདུམ་བཀོད་ན་འདི་ཁེག་རེད་ཟེར་ནས་གླུ༔ ཨོཾ་མ་ཎི་པདྨེ་ཧཱུྃ༔ ཨ་ལེ༔ ཐ་ལེ༔ མཆོད་གཅིག༔ མཆོད་གཉིས༔

མཆོད་གསུམ༔ དེ་རིང་གླིང་ཞབས་གྲོགས་ལ་ཨེ། ས་འདེམས༔ ག་ཡུ་ལུག་མཚོ་ཡིས་གཡོས་ཁམས་རེད། །ངངང༔ མ་བཞི་དཔོན་པོ་ཁྲོ་རྒྱལ་རེད། །དེ་ནས་གླིང་གིས་རྒྱལ་བློན་རྣམས། །ཇོན་དང་འདྲ་མ་ཨེ་འདུ་ཡོད། །དཔོན་ཆེན་ཐོག་རྫོང་······

རྒྱལ་པོ་ལ། །མི་གཡོ་ཆེ་ཤེས་རབ་གྲགས་པ་དེས། །མཚོ་སྔོན་མོ་ནང་གིས་དགེ་འབར་འདི། །མིག་འཕྲུལ་ཡིན་བསམ་ཨེ་རྫོན་དུ། །མདོན་ཤེས་མེད་པའི་རྒྱལ་བློན་རྣམས་ལ། །མཚོ་སྔོན་པོས་ནང་ལ་ལྷུང་ཆེས་རེད། །ཁྲི་དམག་མགོ་དཔོན་ལྷ་······

གྱིས་ཕྱེད། །ཇེམ་བཙར་ན་མཚོ་ནང་ཀི་ཆོས་རེད། །གནམ་ཨ་སྔོན་གཞི་ལུས་གོང་མ་ནས། །རྒྱུ་སྐྲ་གཙུག་མི་གཡུ་འབྲུག་རེད། །མཚོ་སྔོན་མོ་སྐྱིང་གིས་དགེ་འབར་འདི། །ལྷུས་དན་སྒྲུ་ཁྲུས་མིག་འཕྲུལ་རེད། །དེ་མེས་ན་དགེ་འབར་ཆག······

༄༅། །ཐབ་མེད། །ཕྱིད་གླིང་གིས་དགྲ་ལྷ་ཙ་ན་རྒྱལ་ལ་ཏེ། །དབང་ཐང་མེད་པ་ལས་ཁེ་བ་མཐོ། །ལ་ནག་བྲུ་གུར་སྐྱ་རེས་
ཏེ། །འགྲོ་རྗིར་མེད་ཁྱང་མགོ་སྨྱུ་མཐོ། །དེ་ཟེར་ལི་སྐྱུ་རྒྱལ་བོད་ལ་ཡོད། །མིག་ཁྲ་ཆུང་ཡོད་ན་ལྷ་ཡ་གཉིས། །ལ་ཆེན་
རྒྱ་སྔོན་ལ་སོག་པ། །མཚོ་སྔོན་མི་འདི་ནས་འགྲོ་བས། །ཡང་མིས་ན་དགྲ་ལྷ་འི་ཐབ་གཅིག་མཛད། །ངེ་སྒྲུག་རང་པ་ཚོས་ཕྱིད་ལ་
འཕྲུལ། །དེ་མིས་ན་ཨ་ཁྲུས་ཐབ་གཅིག་བྱེད། །ཞོར་དང་དཔལ་དར་ཚིའུ་དྲུ་ཡོད། །རྒྱལ་པོས་ཕ་ཚོ་ལ་དབྱུ་དགོས། །གོ་ན༎ མགོ༎
ཟེར་བར་དར་དགྲ་ལྷ་དང་ཤན་འཕར་མ་དན་མ་རྣམས་ཀྱིས་ཨ་ཁྲུས་སྒྲུང་དེ་བད་ཟེར། ལ་ཆེན་ལ་མཚོ་སྔོན་པོས་གླིང་ལ་དགེ་འབར་ག་ན་ཆག་ཐབ་ཡོད། ངའི་སྐྱིམ་ཚ་
གྲུ་ཞུས་མིག་འཕྲུལ་འདྲ། ད་ང་རང་རྒྱལ་བློན་རྣམས་རང་སྐར་ལ་ཕར་འགྲོ་ཟེར། ཀྱི་དཔོན་རྒྱལ་པོས་ཟེར་བར་ལ། ད་རང་གླིང་སྐར་འདི་ལྷ་དམག་ཕྱིར་འགྲོ་

ཟེར་ན་ངོ་ཚ་ར་མོ་རེད། རང་ཚོང་ལྷག་རང་དཔོན་པོ་རྟ་འཕྲུལ་སྐོར་བ་དང་ལྷན་པས་འདི་འགྲོ་བ་ལ་མི་ཞིབ་ཡས་ཉ་བ་དང་ཤི་སྐྱོན་མི་འགྲོ་བས་གློ་ཐབས་གང་གྲགས་སློབ་ཕྲུ་ཏེ་ལ་ཡོད་ན་དཔལ་ལ་དར་ནོ་ནོར་སྐོར་གང་འགོས་སྲིད་མཆོག་ཟེར། ངེར་ཁྲི་རྒྱལ་པོ་ངེས། གཡས་འཁྱིལ་ངེ་རྒྱལ་བློན་རྣམས། སྐྱིང་རིས་ལ་སྐྱེ་སྡུག་མེད། ངེ་སྟ་བཟང་གཞིས་ངན་ལ་འཛངས། པན་སྡུག་དུས་ཕ་གདམ་ཚུག་མི་ཡིས། ངེས་ཕྱིན་ཆད་ངེ་ཞེ་སྲུ་ལ་མེད། བཟང་ངན་མེད་པའི་སྐྱིང་པ་ཡིན། ངར་པོ་མ་ཞི་དཔལ་དར་ཞི་འདྲ་ཡོད་ཟེར། དེར་རྒྱལ་བློན་ཚིད་ཀྱི་ཨ་ཁྲུ་ལ་དཔལ་དར་ཞི་དགོས་གང་དགོས་གཞི་རྒྱུར་ཁྲིས་ལེ་རྒྱས་ནས། དེར་གྲོ་རྫོང་ངེ་རྩིབ་ལ་ཕྱིན་ནས་ཡ་དང་། ལ་ཐུབ་རྩིག་རྟེས་ལ་ཕོག་ཟེར་ནས་ཡུག་དཀར་རྡེབ་གང་ནང་ནས་ལམ་ལ་ཕྱིན་འབྲུམ་ཙམ་རེད་བསྐོར་ནས་ཐིད་ཞ་ཁར་སོང་། དེར་གླིང་ནུར་རྣམ་དགེ་འབབ་ལ་ཕེད་ནས་གྲོ་ལྷུང་དེས་སྐོང་ཏེད་ཀྱི་སྣོ་ནས་དམས་དཔར་མཛད་ནས་དགེ་འབར་དེར་མི་ག་འཕྲུལ་གཞི་རྒྱུར་མེད་པས་ཐབ་ལ་བརྟན། གྲ་ཚང་དེ

༄༅། །ལོ་གཙུག་ལག་ཁང་བཅུ་གསུམ་ཡོད་པར་དེ་མི་ཚེས་དུ་གཙུག་ལག་ཁང་ཆེ་བ་དེ་ལ་འོད་ཟེར་གྱིས་འཕྲོས་པའི་གསེར་དངུལ་གྱི་ཀ་བ་དང་གདུང་མ་

ཐུས་ཡོད། གཟུ་དང་ཞི་རུས་རབ་གསལ་དང་བར་ཀ་ཐུས་པའི་གསེར་གདུང་བརྒྱ་དང་བརྒྱ་བཞི་དངུལ་གདུང་དེ་ལ་དེ་འཛུང་ཚོད་དཔག་མེད་དང་ཚོད་དཔག་མེད་རྣམས་

གསེར་བ་ཟིང་གྱི་ལྷ་ཆེ་ནབ་ཚོ་བརྒྱད་ལྷ་རྒྱང་ལ་གྲང་མི་ནུམ་པར་དང་གཙོམ་ལྷ་ཁང་དེ་ཡི་སྙིང་ལ་གསེར་གཞིར་གླིང་བཞི་ཆབ་པར་དང་གསེར་གདོག་ལ་ཟེར་ཐུས…

རྒྱན་པར། ཉེ་ཤུར་རྣ་ལྷ་རྣམ་ཡོད་པར་ཉེ་མཁར་བ་ལྷར་དུ་འདུག །དེར་མིན་གཙུག་ལག་བཞུ་གཉིས་ཡོད་གསེར་གྱིས་དེ་འཛུང་དུ་མི་ལྷས་པས་རྫས་མི་ལང་བར་འདུག

དགེ་བཟར་ཆགས་པའི་ཁང་པར་སྟོང་གཟིག་ཡོད་པར་དེས་ནང་ལ་གྲྭ་ཚང་བསོ་གྱིས་མི་ཁྱབ་པར་གསེར་གདོག་ཡོད་པ་གཞིན་འདུག །ཕྱིར་ནང་ཅག་རིས་སྐོར་བས་སྟོན་མོ་ཁྲོ་ཡིས་

ལྷག་རིས་དེ་མཐར་ལ་གསེར་ཐོག་ལྡན་པའི་མཆོད་བཀྲུན་བརྒྱ་བཞི་དང་ཆ་ཁང་དང་བཟོ་འབྱུང་མང་པའི་སྐོར་ཡོད་པ། དཔལ་ལྷུན་རྣམ་འདི་འདུ་དགེ་འབར་ལ་མཚོན་ཆེན་

ཆེར་ཞགས་ཐ་ལྷུགས། དེས་ཀ་ལ་མདོང་ཆེན་སྔོ་ལ་ཐ་བབ་ནས་ཁྲོ་སྐུང་བཞིས་མཱིན་ལོ་བསྡུ། དེར་ཁོར་རང་རྣམ་ནང་ལ་འཕེལ་ནས་ཁྲོ་སྐུང་དང་དགྲ་ལྷ་གཉིས་གསེར་ཁྲི་སྟེང་ལ་གཞུགས།

དེར་ཁོར་དཔལ་རྒྱབ་ཚོང་བདེ་ལ་ལྷོང་ནས་ཤན་ཞབ་རང་དང་མ་དན་མ་གཉིས་གིས་དགེ་འབར་གྲུ་སྨང་འདུས་ཡོག་གསུངས་བཞི་བཀའ་ལ་ཕེབས། དེར་དགེ་འབབ་ཞིག་ས་མང་སྟོང་དང་ལྔ་བརྒྱ

དེ་འདུས་རྒྱུད་སྨན་བསྒྲུབས། སྔགས་རང་དཔོན་པོ་དེས་ཡུང་དཀར་གྱི་བཤར་མ་ཕྱུས་ནས་གྱ་ཡར་རྩོམ་གྲུ་ལ་སྒྲུབ་གས་ལྷུག་རེ་དམ་རྒྱུང་ཟེར་ནས་ལྷུ་གབ་སྟོ་གྱིས་ར་རེ་བ་ཞིག་དུ་བརྒྱུ་ནས་

དངོས་མེད་གྱིས་དགེ་འབར་དོ། དངོས་པོ་དཀྱི་མི་ལ་བཙོམ་ནས་མདོ་རྒྱུད་མཁས་གྲུབ་ཅན་དུ་སྒྲུར་རྒྱུང་། དེར་བདུག་དང་རྒྱལ་མཚོན་རྩོམ་རང་གཞན་དུ་འདུག་དེ་དག་འབར་

གྱ་ཚང་དེ་རྣམས་གྱིས་ལྷུ་གྲིམ་ལ་ཕྱག་འཚལ་ནས་འཇམ་དར་བཞག་ནས་འདུག དེར་མ་བཞི་དཔོན་པོ་ཁྲོ་རྒྱལ་དེས་ཆོས་ཀྱི་སྨན་པ་ཟིན་པས་སྟོན་འགྲོས་སློབ་ལོ་གྱི་སྒྲུ༔

ཨོཾ་མ་ཎི་པདྨེ་ཧཱུྃ༔ ཨ་ལ༔ ཐ་ལ༔ བླ་མ་ཡི་དམ་དཀོན་མཆོག་གསུམ། །ཀ་བསོལ་བ་འདེབས་སོ་སྐྱོན་གྱིས་གཟིགས། །

ཡི་ཞེ་ལྔ

༄༅། །ཀླུ་མཆོད་གཅིག་སྒྲོལ་༔ མཆོད་གཉིས་༔ མཆོད་གསུམ་༔ ཀླུ་རིགས་སྡོང་དང་ལྷ་བརྒྱ་མཆོད། །ངེ་རིང་ལོ་ག་ཡེ་ལ'''
གྲོག་ལ་རྫོན། །དགེ་བདེ་འདི་ལ་ལོང་སྐྱོང་མ་ཇོད། །གྲོང་འདི་ལ་ཕུན་སུམ་ཚོགས། །རྒྱུར་ནོར་འདི་ལ་རྟག་པར་ཞོག །མར་མེ''''
མཇོད་གཅིག་ཡོ་བྲང་ནས། །དགྲ་ལྷ་མི་རྐྱག་དམར་པོ་དེ། །འབྲུ་ལ་ཞི་ནུས་རྩེ་ག་ཀུ་གསོལ། །ཁ་ནས་མེ་ལྕེ་ཡ་ལ་ལ། །ཤང''
ནས་དུ་བ་ཡུ་ལུ་ལུ། །གྲག་པའི་ལྷ་དམག་དཔུང་དང་བཅས། །དགེ་བདེ་འདི་ལ་ལོང་སྐྱོང་རྒྱལ། །གྲོང་འདི་ལ་ཕུན་སུམ་ཚོགས།།
རྒྱུ་ནོར་འདི་ལ་རྟག་པར་ཞོག །ཟང་མག་ག་དཔལ་འཛོལ་ཡོ་བྲང་ནས། །ཀུ་རུ་ལྷུང་འབྱུང་གཉན་ལ་མཆོད། །དཔལ་ལ་བོ་མ་ཁའ་འགྲོའི
ཚོགས་དང་བཅས། །དགེ་བདེ་འདི་ལ་ལོང་སྐྱོང་རྒྱལ། །གྲོང་འདི་ལ་ཕུན་སུམ་ཚོགས། །རྒྱུར་ནོར་འདི་ལ་རྟག་པར་ཞོག །ལྷ་

ཀླུ་གཉེན་དང་སྲེ་རྒྱུད་སོགས། །འཁོར་ལྷ་གཡང་བདག་གཏེར་བདག་རྣམས། །དགེ་བ་དེ་འདི་ལ་ལོང་སྤྱོད་རྒྱུའི། །གོང་འདི་ལ་ཕྱུར་སྐྱི་

མཆོག །རྒྱུ་ནོར་འདི་ལ་རྟག་པར་ཞོགས། །སྤྲིང་དཀར་དཀྱུག་པའི་ལས་ཆས། །སེང་ཆེན་ནོར་བུ་དགྲ་འདུལ་མཆོད། །རྨོག་དང་དར་ཁྲིབ་རང་ནང་གད།

སྤང་དཀར་ཆེ་འདུས་དབྱུང་ལེ་དབྱུང་། །དགྲ་ལྷ་གཡེ་དམས་བུ་ཡུག་འཆུབ། །དེ་རིས་ཨ་ཁྲུའི་གྲོག་ལེ་ལེན། །དགེ་བ་དེ་འདི་ཡ་ལོང་སྤྱོད་རྒྱུས། །བྱང

འདི་ལ་ཕྱུན་ཕྱུ་མཆོག །རྒྱུ་ནོར་འདི་ལ་རྟག་པར་ཞོར། །སྟོད་མོ་མཚོ་ཡི་དགེ་ཁབ་རའ་དི། །སྟོང་ཉིད་འཁྱུལ་བས་འཆམ་ལ་མཆེན་ཤར། །དངོས་ཡོ་དཀི

ལ་མཆོམ་ནས་ཡོད། །རང་སེ་ར་འཕྲུག་པ་མི་འགྲོ་བས། །སྐྱོ་དཔོན་ཉིད་སློབ་སྐྱོན་ལཾ་ཡོད། །སྟོན་པ་ཡིན་རིས་གནས་པ་དེ། །སྟག་རོང་ངཡིས་སྐྱོན

ལཾ་ཡིན། །དབེན་འདི་ཆོག་ཕྱིན་གྱིས་རླབ། །ཆོས་ཀྱི་བསྐྱེན་འབབ་དར་བ་ཤོག །དགེ་བའི་བུ་འབབ་ལས་མཆེར་བར་ཤོག །རྒྱལ་འཇོར་སྐྱབ་ཆེ་སྟོན་པ་ཤོག།

༄༅། །ཅི་བསམ་ལྷུན་དོན་འགྲུབ་པ་ཡར་ཤོགས། །དགེ་གྲོང་ཁྱུགས་ལ་དེ་འདྲ་ཤོག །ཀོ་ན༔ མ་གོ༔ ཅེས་ཟེར་ནས་ཡོ་བྱད་སྐྱོ་བཀས་དང་ཐུར་ཐུམས་ལ་གསང་དང་

གསེར་སྒྲོམ་མང་པོ་ཐུམས། དེ་ཚེས་སྤྱི་དཔོན་རྒྱལ་པོ་དེས། གོས་ཟབ་བརྒྱད་གཞི་སེར་པའི་གོ་ལ་གཟིགས་ཐོ་ཐམས་འདབ་དང་དཀར་པོ་གཅིག་ཕག་ལ་བསྐྱུང་ནས་ཞོར་བུ་མང་པོ། ལྷ་ཆེན་དེ

ཀྲུ་ང་ཤེ ཐུམ་ལ་ལྷུར་ནས། དང་རང་རྒྱལ་བློན་ཐུ་སྲི་བསང་མཆོད་ལྷུལ་ནས་ལྷ་བའི་དགོས་ཟེར། དེའི་ལྷ་ཀླུ་སྐོ་ན་གསུ་ཀྱི་ཉལ་བ་ཞིག་ཆུང་ནས་འདི་སྐུ་གསུང་ཐུགས་རྟེན་ཐུམས་བཞུང་གཞིས་སྤོ་ད་མི

ཚུགས་བས་རབ་གནས་མཛད་འོང་ཟེར། དེ་ནས་བསང་མཆོད་སྤྱི་དབ་ཞིག་བྱས་པར་ཐུས། དེར་མ་དུན་གྱི་ནམ་ཁ་འབས་ལྷ་དང་ཀླུ་དང་མ་ཁ་འགྲོ་ཚོས་སྐྱོང་ཐམ་ཅད་ནས་ཕྲོས་གསང་རབ་གནས་མཛད་ནས

སྤྲོ་ནམ་དང་ཕྱིན་རླབས་རབ་ན་རྒྱ་ཆེན་པོ་མཛད། དེར་སྤྱི་དཔོན་གྱིས་ཟེར་བ་ལ་ཡ་རྒྱལ་བློན་ཐམས་སྐྱོན་འཕྲིས་བའི་འདུ་འབྱུང་ཆར་མེད། ད་ཕ་ཁྲུལ་ཞིབ་ཕྱི་འདུ་ཡོད་ཟེར་ནས་གླུ་འདི་ལྟར་ཅིག༔

ཨ་ཡཾ༔ ཁ་ཡེ༔ བླ་མ་ཡི་དམ་དཀོན་མཆོག་གསུམ། །ཀ་འདེབས༔ གཡུ་ལུང་ལྷ་མཚོའི་གོང་མ་ཟེར། །ང་འདུས༔ སྤྱིན་དཔོན་རང་ཚོ་ཁྲ་མེན་རེད། །སྤྱོན

པར་ཆགས་པས་མགོ་མོ་ལ། །ལོང་སྤྱོད་ཕུན་སུམ་ཚོགས་པར་ཤོག །དགེ་སྟོན་ཉི་མ་ཤར་བ་ར་ལ། །ཡུལ་ལ་འཁོར་བཀྲ་བས་སྨོན་ལམ་ཤོག །ཆོས་ཀྱི་དཀར་་་

ཚོགས་སྒྲུབ་པ་ལ། །དུང་སྐྱོང་དཀར་པོའི་བཀྲ་ཤིས་ཤོག །དགེ་སྐྱོང་གཡུ་འབྲུག་འཇིག་རྟེན་ལ། །གསེར་ཁབ་བོར་བུའི་སྒྲོང་བཞི་ཕྱུབ་ལ། །སྨོན་རིམས་གཞི་བ

གཞིལ་བཀྲིས་ཤོགས། །དགེ་སྦྱོང་གཡང་རབ་འཁོར་ས་ལ། །ལྷག་རིན་བག་ཡོད་འཛུལ་མཚན་ལར། །མི་མགོན་དཀར་པོས་བཀྲིས་ཤོགས། །ཀློ་་་

ཡོང་སྐྱོང་རྒྱལ་པ་ལ། །ཨོཾ་རྒྱན་པདྨ་དེའི་བཀྲ༔ དགེ་བདེ་ཁ་རྒྱ་ཆེན་བ་ལ། །དགའ་འཕོ་འཛོམ་པའི་བཀྲ༔ གླུ་ལྷུས་ཁ་གཞོན་འཕང་ལ། །ལྷག

དམག་འབུམ་གྱིས་བཀྲ༔ མི་ལ་ཚེས་ཀྱི་བཀྲ༔ རིག་ལ་གཡང་གིས་བཀྲ༔ གྲོང་ལོ་འདབ་རྒྱས་ལ་ལ། །ལ་དུས་སྤྲོད་གིས་བཀྲ༔ ལྷ་་་

ཚེས་སྐྱོང་གྲག་རྗ་ཆེ་ལེན་ལ། །ཇ་ཐབ་གསེར་ལྷན་ཁྲ་མོ་ལ། །ཇ་ལྡུ་ཐས་རྒྱན་ཆད་མེད་པ་ཤོགས། །རྒྱ་ལ་བྱིས་འཕགས་པས་བཀྲ༔ །

༄༅། །ཟངས་དཀར་བཀྲ་ཤིས་སྤུག་བརྒྱད་ལ། །ཟབ་སྒྲ་ལྷུན་སྐྱེམ་ཚོགས་པར་ཤོག །འཛམ་གླིང་བདེ་སྐྱིད་འཛོམ་པར་ཤོག །རྒྱལ་སྲིད་བསམ་འདོད་འགྲུབ་པར་ཤོག །དགེ་འདུན་དགུ་ཡོར་མཛེར་བར་ཤོག་ས། །ཡི་བསམ་ལུས་དོན་འགྲུབ་པར་ཤོག །བསམ་འདོན་འགྲུབ་པའི་བཀྲ་ཤིས་ཤོག །།

ལོ་ཟླ༔ ས་ལོ༔ ཟེར་ཞས་སྐྱི་དཔོན་གྱིས་སློབ་ལ་ཡི་བཤུབས་དེར་དཔལ་ལ་རྒྱབ་རྣམས་ལ་དགེ་འབར་ནང་ཞག་གཅིག་གཞུགས་ནས། ཉི་མ་དེ་ཡི་ཕྱིར་ཉིད་ལ། རྒྱལ་གློན་རྣམ་སྐྱར་ལ་ཆེབས། དེས་ཕྱིར་ཉིན་ལ་གླིང་དམག་རྣམས་མཚོ་ལྷུང་གཡུ་ཁང་ལ་ཁྲ་གྱིས་སེན་བབ། དེ་ནས་ཕོག་གོད་རྒྱལ་བློན་རྣམས་ཀྱི་རང་ཚང་དངོས་མེད་འཕྲུལ་གྱིས་དགེ་འབར་དེ། དངོས་ཡོད་མི་ལ་བཙོལ་ནས་འབི་ཨ་ཁ་གླིང་བཀའ་དེ་ལ་ར་ནི་ཤི་ཞུས་ཀྱང་ཁབ་རྒྱབ་རྒྱ་ཡི་ཕྲིན་སོར་ཕབ་རེད། ད་ཉི་མ་སྔང་ཉིས་བར་དུ་ང་རང་རྣམ་དམག་དཔུང་མི་འགྲོ་གླིང་བདེ་ཡར་ལ་ཨེ་ཡོང་ལྟ་བའི་སོ་བར་བཞག། དེ་ནས་པན་ཚུལ་གཉིས་གིས་དགྲ་འཁྲུག་ས་ཐུས་པ་ཞག་ལྔ་ལ་སྐོར་དའ་དུག དེས་སྐབས་ཡུལ་ཡོད་ཀྱི་རྒྱལ་པོ་ཐམ་ཚོས་ར་མ་སྲིད་གིས་གླིང་དམག་རྣམ་ལ་གྲོ་དང་གོས་རིགས་ཀྱི་དམག་ཡོག་བསྐུར

ཡོད་ཡག་བཟང་ལེགས་གྲགས་པ་ལྷུན་གྲུབ་དང་མགའ་འགྲོན་སོགས་བཀའ་འགྲོན་དྲུག་བརྒྱ་དང་ལྷག་ངོ་སྟོང་ཕྲག་གཅིག་དང་རྟ་གྲིབས་ཁྲི་གཉིས་ལ་སྨོས་ནས་སྐྱེལ་ཕྱིར། དེ་ནས་མཚོ་ལྷུག་སྤྱ

མདོ་ལ་སྐར་བབ་སྐྱེད། ཕྱིར་ཉིས་ནམ་ཁའི་བ་ལམ་དུས་ཚམ་ལྷ་ཀླུ་གཉན་དང་ལ་སོང་། ཡུལ་ཙན་དར་དང་སྡོང་མཚོ་བརྒྱ་མཚོན་དགུ་མཚོན་མང་པོ་ལུལ་ནས་ཕྱག་འཚལ། ལྷ་ཀླུས་

ངེས་བཀའ་འགྲོན་ཕྱིད་རྣམ་ཞབས་པར་ངོ་ཚར་ཆེན་པོ་རྒྱལ་ཁའི་སྒྲུང་བསྒྲུངས། ཞེད་ཀྱི་རྒྱལ་པོ་སྐྱ་ཁྱིམ་བདེ་མོ་ཨེ་ཡི། ཡུལ་སྐྱིད་དགའ་སྐྱིས་འཛམ་པ་ཞི་འདྲ་ཡོད་གསུངས་ནས་གྱི་ནར་ཕྱིར།

དེར་ཙོང་གྲིས་གྲགས་པ་ལྷུན་འགྲུབ་གིས་ལུས་ཀྱི་རྒྱལ་པོ་རིན་པོ་ཆེན། ཞེད་ཡུལ་རྒྱལ་པོ་སྐྱ་ཁྱིམ་བདེ་མོ་ཡིན། ཞེད་སྐྱོང་དགའ་སྐྱིད་འཛམ་ནས་ཡོད། སྐྱིད་རྒྱལ་སྔོན་ལ་ཞེད་ཀྱི་རྒྱལ

པོས་ལུ་བ་ཡོད་ཉེར་ནས་གླུ༔ ཨོཾ་མ་ཎི་པདྨེ་ཧཱུྃ༔ གླུ་ཨ༔ ཐ་ལ༔ གླུམ་ཡི་དམ་དཀོན་མཆོག་གསུམ། །གསོལ་བ་འདེབས་ལོ་ཞིན༔ ལ་འདིས༔

ཕ་ཡ་གླུ་ལུས་ལ་ཆ་རེད། །ང་འདུས༔ ཙང་ལིང་གྲགས་པ་ལྷུན་འགྲུབ་རེད། །འབྲུ་ང་མ་ག་ཁྲ་མོས་ནང་ཅིང་ནས། །དཔོན་སྐྱིད་དགྲ

ཁ་བ་ཐོ

༄༅། །ལྷ་བཙན་རྒྱལ་ལྕམ། །ཞི་བའི་སྤྲུལ་ཨེ་འདྲ་ཡོད། །འཇིག་རྟེན་སྣུ་མས་གཏུམ་པོ་ལ། །སྐྱོ་ཞིས་ཆུ་མ་ཁ་ཞིམ་ཆེན། །ཨ་འབྲུ་ནའི་
ཏི་མདོག་ཁ་གསལ་ལ། །མཁར་ཁྲེ་མོ་རྒྱན་པས་སྤྲོན་འཕྲིག་འཁྱུད། །ཨ་ཧོན་གཙམ་ལ་ཁ་རྒྱ་ཆེན། །ཁྲི་གདུག་ཏེ་མ་མདོག་ཁ་གསལ་ལ།
ལྷུན་པ་གསལ་ལ་བའི་སྤྲོན་འབྲིས་འཁྱུད། །དཀར་པོ་སྐྱིང་འདི་ཁ་ཞིས་ཆོ། །དགྲ་ལྷ་བཙན་རྒྱལ་དབང་ཐང་མཐེར། །དགྲ་ནག་གླུ་ལུག་ཡོས།
རུ་སྟོན། །བོད་ཡུལ་བདེ་ལ་ཕུན་སུམ་ཚོགས། །རྒྱལ་གྱིས་ཆོས་ཀྱི་བསྟན་པ་དར། །མཐེ་བ་གང་དཀར་སྐྱིང་དོ། །གཡུ་རལ་མ་ཉམ་དོ་ཆེར་
ཆེན། །གང་རི་སྟོར་ལུག་ཚེ་འདྲ་ཐུས། །སྐྱིང་དཀར་དཔལ་ལ་བོས་རྒྱལ་སློན་རྩམས། །བར་ཆད་མི་ནུས་དགྲ་ལྷ་དར། །དགུ་ཕ་ལར་འདུལ་
ལུག་ཚེ་འདྲ་ཐུས། །དེ་ནས་རྒྱལ་པོ་རིན་པོ་ཆེན། །མ་དཔའ་བདག་བོད་ཀྱིས་ཆ་ནས། །གཙམ་ཐོའི་རྒྱལ་པོ་ར་མར་གྱིས། །འཛམ་གླིང་

ལྷ་བདེ་དཀར་པོ་ལ། །ཞི་མངར་ཟས་ཀྱི་དམག་ཡོག་དང་། །མཛེས་རྒྱན་གོས་ཀྱི་གོས་ཡོག་ཉིས། །དེ་རིང་ལྷ་ཡིས་ཀྱིད་ལ་འབུལ། །

རྟ་དང་གྲི་ལུ་ཁྲི་ཁྲག་གཉིས། །ཧོ་ནམ་རྒྱུར་ཞོར་སྐྱལ་ཀྱི་འདི། །ཧོ་ནམ་འཛོག་གིས་ཞུ་དར་ཡིན། །ངེ་མི་རྒྱུས་ལ་ངོ་རྒྱུ་ཡོད། །ཟས་་་

ཆེན་ཡོག་ལ་ཨོ་འདྲ་ཡོད། །ཨ་འབྲུལ་ནས་ཀྱི་ལོ་རྟོག་དེ། །སྔོན་པོ་ཆུལ་དབང་ཕག་རྒྱབ། །དེ་འཁོར་དུས་ཐང་སྔོང་ཁྲག་ཅིག །དམག

ཀྲ་མོས་དཔུང་ལ་དམག་ཡོག་ཡིན། །ཤིང་རྟོག་སྔོ་རིག་སྤྲེ་ལྷ་སོགས། །དེ་ལ་དེ་འཁོར་སྔོང་ཁྲག་ཅིག །དཔོན་རྒྱལ་པོའི་འཁོར་ལ་་་

དམག་ཡོག་ཡིན། །ཞ་མཐུས་མར་དང་ཧྲག་གིས་བཞི། །འབྲུས་དཀར་སྔོ་ཆེན་ལ་སོགས་པ། །དེ་འཁོར་དུས་ཡོ་ཁྲི་ཁྲག་ཅིག །སླེང་རྒྱལ་

ཁག་དགུ་ལ་སྐྱི་ཡོག་ཡིན། །ད་རུང་འཕྲུག་དང་གོས་ཆེན་གོས། །ལྷུས་གོས་དུས་ཡོ་སྔོ་ངཁྲག་ཅིག །དམག་དཔོན་ཐོས་ལ་གོས་་་

༄༅། །ཤོག་ཡིན། །རྒྱུད་བཞི་རྒྱ་སེར་ལུགས་གོས་ལ། །དེ་འཁོར་དུས་ལོ་ལྔ་བརྒྱ་ཡོད། །གླིང་དབོན་པོ་རྣམ་ལ་གོས་ཤོག་ཡིན།། །
ཟའོག་ཇོ་རྗེ་ཕག་ལོག་གོས། །དེ་འཁོར་དུས་ལོ་ལྔ་བརྒྱ་ཡོད། །གྲོས་དགྲ་ལྷའི་འཁོར་ལ་དམག་ཤོག་ཡིན། །ཆག་དང་སྤྱི་མ་ཟེ་འབྲས་
ལ། །དེ་འཁོར་དུས་ལོ་སྟོང་ཕྲག་གཉིས། །དེ་མདོ་པ་རྟ་ལ་ཆག་ཤོག་ཡིན། །སྤུས་དང་མ་ར་མེ་དྲི་ཞིམ་དཀར། །དེ་འཁོར་དུས་ཤོག་
སྟོང་ཕྲག་ཅིག །གླིང་སྐྱབས་མགོན་ལྷ་ལ་འབུལ་ཤོག་ཡིན། །ལྷ་མཆོན་དུག་གིས་སྤྲ་གྲི་དང་། །རྟ་ལ་ཆེན་མ་དཔལ་སྲོས་གསེར་འདེབ་
གཉིས། །མཆོག་དཀར་གཞི་ཡིས་མཐོན་ཟ་གག་གསུམ། །དེ་འཁོར་དུས་ལོ་སྟོང་ཕྲག་གསུམ། །དེ་ཕྲ་མས་དམག་ལ་གོ་ཤོག་ཡིན། །
སེར་པོ་གསེར་དང་དཀར་པོ་དངུལ། །དེ་འཁོར་དུས་ལོ་སྟོང་ཕྲག་ལྔ། །གླིང་རྒྱལ་ཁག་དགུ་ལ་དངུལ་ཤོག་ཡིན། །དེ་ནས་ལྷ་གྲོས་

རིན་པོ་ཆེ། །བདུད་རྒྱལ་ཞལ་ནག་མིག་གཅིག་པ། །གཏཛ་མའི་དར་གྱི་ཨ་ཙང་ལེབ། །གྲུབ་ཆེན་པོ་ཐོག་རྡོད་རྒྱལ་པོ་ལ། །ཁྲིམས་སྲུང་
པའི་ངོ་འཛིན་ཅི་འདྲ་འགི །དཔོན་ཟད་ལ་འཁོར་བའི་སློན་ཆེན་རྣམས། །དཔལ་ལ་རྩལ་གླིང་སྡོམ་ཅི་འདྲ་འགི །ཁྲ་མོས་སྐྱུ་ཁྱུལ་སྐྱོང་པ་ལ། །
མང་ཆུང་ཁ་ཞིང་ཅི་འདྲ་གདའ། །ཇོག་རྟེང་གནས་པའི་མཁའ་ལྡིང་དོ། །ཞིག་དང་ལྷ་བཙན་ཨ་ཉམ་དུ། །དགུ་ཁྲུ་ནང་ཚད་ཐུབ་རྒྱུར་
རེད། །གླིང་རྒྱལ་པོ་ནང་ཚད་ཕེབ་རྒྱུ་རེད། །ཁྱེད་རྒྱལ་སྲིས་ཐུག་ལ་དེ་ལྟར་ཞེག །གོ་ན༔ མ་གོ༔ ཞེ་ར་ནས་དེ་གླིང་རྒྱལ་སློན་རྣམས་མདུན
ཁྲལ་ལ་ལ་འཁོད་ཡོད་པའི་དེར་ཙི་ཆེ་ན་ཁྲོ་ཡི་སྒྲིང་ནས་ལྷ་སྲིས་དགྲ་ལྷའི་ངེས་གླུ༔ ཨོཾ་མ་ཎི་པདྨེ་ཧཱུྃ༔ ཨ་ལེ༔ ཐ་ལེ༔ གླུ་མ་ཡི་དམ་དཀོན་མཆོག་
གསུམ།། །ཡི་དམ་མཁའ་འགྲོ་ཆོས་སྐྱོང་མཆོད། །ས་འདེས༔ མཚོ་ལུང་གཡུ་ཐང་གོང་མ་རེད། །ང་འདུས༔ འབྲུམ་པའི་

ཀི་ཕྱི་མ

༄༅། །དགྲ་ལྷ་ཙེན་རྒྱལ་ལ་རེད། །དེ་ནས་བོད་ཀྱི་བཀའ་བློན་རྣམས། །ཞི་བས་བླ་ལ་འདི་འདྲ་ཡོད། །གཙམ་ཨ་སྟོན་པ་བཞི་གླིང་ཚེ་ནས་

ནས། །ལྷོ་གཡུ་འབྲུག་སྐད་སྙ་ཆ་ལ་གཉིས། །ལྷུང་ཆར་ཞེན་པའི་གླིང་བཞི་ཁྱབ། །ཞིང་རྒྱ་མ་འདི་ལ་བཀའ་དྲིན་ཆེ། །བོད་

རྒྱལ་པོ་ཡོང་སྐྱོང་ཆེན་དང་། །བདེ་བོད་ཡུལ་ཁ་ཞིང་རྩེ་ལ་གཉིས། །ཟས་གོས་ཡོག་ལ་ཆུ་སྐྱུལ་ཁྱུང་། །དམག་ཁྲི་མོ་འདི་ལ་

བཀའ་དྲིན་ཆེ། །དགྲ་གླིང་འགྲུག་པའི་རྩ་བ་འདི། །འདྲ་མ་བ་ཤེད་ན་འདི་འདྲ་ཁྲུག །བདུད་རྒྱལ་ཚེ་ནག་མི་ཤིག་ཟིག་དེ། །དེ་ལྟ་

གདང་མ་ཆད་ཡོད། །གྲུ་ལུ་ཚོག་ཆོད་རྒྱལ་པོ་དེ། །ཧཾ་འཛིག་ཚེ་བའི་རྒྱལ་པོ་རེད། །དེ་ནས་གདང་མ་བཅད་ཡུག་ལ། །གཟའ་ཆོང་

དཔོན་བློན་ཆ་འགྲིག་དེ། །ཉི་མ་གཅིག་ལ་ངལ་རབས་དགའ་དང་། །གྲོ་མ་རྣམ་མགོ་བཙན་ལ་གཟུང་། །སྟག་ཆོད་ཁྱུང་གདོང་ཞག་

པའི་གླུ་ཆས། །ཐོག་འཁྲུལ་ཕྲན་རྩེ་ན་གྲི་ཡིས་བསྐོད། །ང་ཆེན་བཞི་ཡིས་ཀོ་གཞོང་བྲག །གཡུ་འབྲུག་གྲགས་པ་མ་དན་མས
བསྐོད། །ཁྲི་ཞལ་ག་མང་པོས་མགོ་ཀ་ཐུབ། །དམག་སྒྲར་གཏེར་ནས་ཁྲག་ལ་སྒྲོས། །ལྷ་གནས་དམ་ཆོད་དཔྱང་པའི་འདུལ། །གསེར་མཛོད
གཡང་ནོར་གཏེར་ཁ་འཕྲོག །གླིང་དམག་ཁྲམས་གསེར་གཡང་དགོས། །འོད་རྒྱལ་སློན་ཆམ་ལ་སྒྲུ་སྒྲས་གཞུགས། །ཀྱེ་རྗེ་བོ་ཐུ
ལ་ཆོས་སྐྱོས་བཞུགས། །འོད་ཀྱི་རྒྱལ་པོས་སྐུ་སྒྲོག་ལ། །གསེར་གྱི་ལྷ་བརྒྱ་ཐམ་པ་ཡོད། །རྗེ་བོ་ས་ཟུ་མི་ཞི་ལ། །གསེར་གྲི་བརྒྱ
བཞི་ཐོ་པ་ཡོད། །འོད་ཀྱི་བཀའ་བློན་ཐོད་ལ། །གསེར་བྲི་ཉིས་བརྒྱ་ཐོས་པ་ཡོད། །དེ་མ་དགོས་ཀྱི་ཡིག་ཐུན་མོང་ཡིན། །གསེར་གཡང
སྒོ་ལུག་དེ་འདྲ་ཡིན། །འཛམ་གླིང་གི་ཤར་རྒྱལ་པོ་དེ། །ལོ་ལྷ་ཡིག་ཐོག་ནས་ལེབ་རྒྱུར་ཡིན། །འཇལ་སྤྱོད་དེ་དེས་ཕྱིད་དང་མཆོག།

༄༅། །སོ་ནཱ༔ མ་སོ༔ ཅེས་ཟེར་བ་དང་། རྒྱལ་བློན་རྣམས་ཀྱི་དམག་ཡོ་དེ་རང་རང་སོ་སོའི་ནང་དགོས། དེར་ཕྱིར་ཉིན་ལ་བོད་ཀྱི་བཀའ་བློན་ཐོ་ཧོ་ཕྱི་ཏ་གླུ་ལ་རྣམས་

ལ་ཀས་ནས་ཐོང་ཡུ་ལའུ་ཁ་ཆྱིས་སོང་། །དེར་ཀླུ་ཛོང་ཁར་ནས་རྟེན་གསོད་རྒྱལ་བློན་ཐོ་བཀའ་ཁྲིམས་རྒྱལ་སྐྱིད་དཔལ་ལ་ཞུབ་པས་ཉེ་བ་རྩི་བྲག་ཟེར། བདེ་ཆེན་ཤེས་རབ་གྲགས་པ་དེས་

ཀྱི་ཞི་ཕི་ཞི

རྒྱལ་བློན་རྣམས་ལ་མ་ཞིག་རང་ཚོང་བགོས་ཏེ་བ་གང་ཞུས་སུང་ཡོ་ལ་མི་འགྲོ་འདུག་སྐྱེ། ངང་རང་རྒྱལ་བློན་རྣམས་སོང་ཉིན་དམག་ཁྲ་མོ་དཔྱད་ཤུག་ཏུ་རུ་ར་གཅིག་འགྲོ་སྐྱེ་ཚུ་སྤྱང་ངས་

ནག་མདོ་ལ་སྐྱར་བབ་ནས། ཞ་ཀར་ཆེན་པོ་གཅིག་ཙར་ནས་དེས་རྟོག་ལ་ཟས་སྐྱ་ཕྱུན་སྐྱུ་མཚོགས་པས་ནང་ལ་དུག་སྐྱེ་ནས་ཙ་ཞིག་དེ་ལ་བསྐྱེད། ཕྱིར་ཉིན་སླེང་རི་ཉི་འབར་ཆེ་བས་རྫོང་པོ་

གདབ་རྣང་ཙོད་འོང་རང་ཚོང་རྒྱལ་དམག་པ་ཞི་དེ་ལྟར་ཁུས་གཏུག་འདྲ་ཉིད་ནས་བྲས་འོང་ཐ་ཆེན་ཟ་མ་ཆ་འགྲིག་བཅག་ནས་འོང་། སླིང་བ་མི་ཡུལ་ཟས་མེད་འབྱུང་པ་ཡིན་པའི་སྐྱོན་པོ་

རྣམས་ཟ་འགྲོ་འོང་། ཟ་ན་ཤི་ཤི་བས་ཐབ་མེད་པས། དེས་རྒྱུས་ལ་གང་དགོས་ཀ་ལེན་བསྐྱུ་ཟེར། རྒྱལ་བློན་སྐྱུན་གྱིས་ངོ་རེ་ཟེར་བས་ཕྱིར་ཉིས་ལ་ནག་མདོ་ལ་བརྒྱུ་དམག་

བཞི་བརྒྱ་བབ་ནས་ཁ་ཆེན་རྣམ་ནས་ཟམ་སྲུ་ནར་ལ་དུག་བརྒྱབ་ཐལ་སྟོང་འདུག། ངེས་ཚོ་ལ་སྤྱིང་ཤེ་ག་ལྷུ་ཡི་བཀའ་སྲུང་ནམ་རེ་ནེ་ངེས་ལུང་སྟོན་གིས་གླུ༔ ཨོཾ་མ་ཧཱ་ཡཀྵེ་ཧཱུྃ༔

ཨ་ལ༔ ཐ་ལ༔ ས་འདི་ས༔ གཡུ་མཚོ་སྔོན་མོ་ལ་མདོག་གསེར་རེད། །ང་འདུས༔ མ་ནེ་ནེ༔ འབུམ་ཡུལ་དགུ་ལྷ་བཙན···

རྒྱལ་ཁྱེད། །རིག་པ་མ་འཁྲུལ་བསྒོད་པོ་གཞུགས། །ཞུ་བས་གླུ་ལ་ཨ་འདྲ་ཡོད། །ཁ་ཚང་སྐར་གྱི་དང་པོས། །ཐོག་ཆེ་དང་རྒྱལ་བློན···

བཀའ་གྲོལ་ཕྱུས། །གླིང་དཀར་ཁྲ་མལ་འབུམ་དམག་ལ། །གཡོ་རྒྱུར་ཤེས་རབ་གྲགས་པས་ཚད། །དམག་སྐྱར་ནས་ནག་མདོ་ལ·

བསྐོད། །སངས་ཉིས་གླིང་དམག་འགྲོ་རྒྱུར་ཀྱིས། །དགྲ་བ་གེག་ཐུབ་པས་སྨིན་འགྲིས་ཡོད། །དཔལ་གྲུ་ཁྲུས་དམག་དེ་སྲོས་འགྲོ··

ཏེ། །གཏང་མི་ཉེན་རྫེས་ལ་དང་ནས་དགོས། །དམག་སྔོན་མ་ངོ་ར་རྗེ་དཔོན་འབབ་ར་ཞིངས། །མི་དམར་ཁྲག་གིས་རལ་པ་ཅན། །

ཀྲ ཞི

༄༅། །གཏང་མ་ཚད་པས་རྟེན་འབྲེལ་ཡོད། །སྐར་ཤེལ་ཟས་རེས་སྟུ་ཚོག་ཡོད། །ཀྱིས་མི་ཉེན་དུག་གིས་བཙིར་ནས་…

ཡོད། །ཀླུ་ལ་ཡས་དགའ་ལྡན་ཆོས་སྐྱོངས་དང་། །རྡོ་འཕྲུལ་ལྷག་རང་ཀྲོ་ཚུང་གཉིས། །དུག་ཚ་བ་ཆེད་པས་སློན་ལ་མ་རྒྱབས།

དེ་ནས་བསྐོ་འདེན་འགྲུབ་རྒྱུར་ཡོད། །གོ་ནཿ མ་གོཿ ཟེར་བར་དང་དེར་ལྡུ་སྨྲིས་ངེས་དཔལ་ལ་ཆུབ་རྟོ་འདུས་ཤོག་གསུང་། དེ་ནས་དཔལ་ལ་ཆུབ་

ཚིང་དགྲ་ལྷའི་མདུན་ལ་འདུས་ནས་དགྲ་ལྷ་ངེས་ལ་དཔལ་ཆུབ་ནམ་ལྷ་ཡི་ལུང་བསྟན་ཨེ་འདུ་ཆུང་། ཆུ་སྐྱོང་ས་ནག་མོ་ལ་གྲུ་ཁུལ་དམག་སྐར་འབབ་ཟེར།

ལོང་ཉིས་སྤྲིང་དམག་སོང་ནས་གདང་མ་ཚང་པས་བསྐྱོན་འཁྲིམ་ཡོད་ཟེར། དགྲ་བོ་ཁྲུས་སྐྱང་གདང་མི་ཉེན་དང་ཆུབ་གསུངས། དམག་སྤྱོ་ནས་ཁན་འབར་འགྲོ་དགོས

གསུང་། སྐར་ཤེལ་ཟས་རེས་ཡོད་དོས་ཡིན་གཞན་སྲུའི་ཁུང་ཟམ་ཟ་ཟེར། ཟེར་རིག་རྣམ་ལ་དུག་བཙིར་ངས་ཡོད་གསུང་། ངས་སྐྱེ་དང་སྡུག་རང་གཉིས་དུག་གིས་ཙ་བར་བ་ཙད་

དགོས་ཞེར། ང་ལུག་གོར་དགོས་ཞེར་ནས་བཀའ་ཕེབས། ཕྱིར་ཉིན་པན་ཁབ་ཀར་གཡུ་སྒྲ་དཔལ་ལྷ་མདངས་མ་དུང་སྐྱོང་མ་ཉིས་ཀྱི་དཔལ་ཆེད་ཁ་ཤས་ཁྲིད་ནས་གླུ་ལུས་དམག་སྣར་ལ་

གདུག་སོང་། ཀླུ་ཚུལ་དམག་གིས་ཉ་གཅིག་ཆེན་གཉིས་ཆེན་ཉམས་ནག་ཀྱུར་དང་ཟ་ཆོས་རྩམས་བཞག་ནས་ཚིང་ཕྲོགས་སོང་། ངེ་ཕན་ཁབ་རིགས་སྤྱོད་མ་ཉམས་ནས་དང་ཁྱུང་།

དེར་རྒྱལ་དར་སྟོང་ཐུག་དམར་ལྷ་དང་གཡུ་རྔོད་འབུམ་མེད་ལོར་གཉིས་དར་ཁྲིམས་པས་མི་ཤེ་འདུག ཞེར་ནས་སྟོང་ཐུག་གོག་ལ་བརྒྱ་དམག་ཅིག་ཡོད་པ་དེས་ཁ་གཅིག་སྟོར་གཉིས

ཉམས་ནས་སྟོན་ལ་རྒྱལ་དར་དང་གཡུ་རྔོད་གཉིས་བཙན་རྔོད་རྒྱུག་པར་ཐར་དུ་ཁྱུང་ངོ། ཕན་ཁབ་ཀྱི་སྤྲིང་ལ་རྫུར་མདའ་ཁ་སྤྲོད་ནས་གླུ༔ ཨ་ལེ༔ ཐ་ལེ༔

སུ་འདེབས༔ གདོང་ཆེན་ཉག་ལ་མགོང་མ་རེད། །ང་འདུས༔ རྒྱལ་དར་སྟོང་ཐུག་དམར་ལི་རེད། །དེ་ནས་རྗེ་ན་དང་དམར་

པོ་སྒྲུག །ཐུག་ནག་ལིཾ་འགྲོ་བ་ཆེ་ཡིས་དང་། །དེ་ཆེ་ཆེན་མགོ་ཐུག་འཕུར་འདོང་རེད། །དམག་རང་ཡུལ་འགྲོ་དུས་···

༄༅། །གླིང་བྲལ་དང་། །འགོ་དང་འཕྲུལ་གཏང་མཁོར་འཛོང་རེད། །དེ་ནས་གླིང་སྐྱུག་ལྷ་མོ་ལྷ། །ཆེན་འཕྱུར་ཕད་ཆེན་སྒྲོ་ཁོག
ཆག །ཡོ་ཏོད་ཚོད་མི་ནང་གྱོག་ཡོར། །ང་དཔལ་ལ་ཕོས་རང་ཚོད་གཟུ་དབུས་ལ། །ཕྱིད་དར་མའི་རང་ཚོད་མ་ཟིན་ན། །དེས་རྫུང་ཁ་དར་
ཁྲ་མོས་ངར་ལ་གྲུབ་ངས། །ཨོ་བདེ་དཔུར་ཤིས་ནས་འོང་། །གོ་ན༔ མ་གོ༔ ཞེར་ནས་རྫུང་མ་དའདེ་ལེ་ན་གཅིག་སླུས་པའི་ཕན་འབར་ལ་རྒྱབ་ཁྱུང་གཞོད་མ་ཐུབ།
ཕན་འབར་དེས་ཤེས་ཀྱི་རྣ་བ་དེ་དགོང་ནས་བཟུང་སྟེ། ཡ་ཉིན་དང་དགྲ་བཅག་ས་དམ་ཉིས་ཕྱིད་འདུམ་འདི་འདུ་ཞེར་རྒྱུར་ཡོད་ཞེར་ནས་གླུ༔ ཨོཾ་མ་ཎི་པདྨེ་ཧཱུྃ༔ ཨ་ལ༔
ཐ་ལ༔ གླུ་མང་དཀོན་མཆོག་གསུམ་པོ་མཆོད། །དེ་ནས་ཉན་དང་སྣང་བས་དགྲ། །འཇིག་རྟེན་རྣ༔ ཞིང་ཆུ་མ་ནང་པོས་འབྲུ་དུག་དེ།
གཡར་འགྲིས་པོ་ནང་ནས་མི་ལྷ་དེ། །སྟོན་དང་པོ་ཕར་ནས་ལེན་རྒྱུར་རེད། །མཐོ་བཙན་ཐུག་དཀར་བཞུང་དབྱིས་ནས། །ཁྲ་རྒྱ་ཆེན་

པོས་བུ་སྨུག་དོ། །ཁྱུང་དཀྲུང་ནང་ནས་མི་འཕུར་ཏོ། །ལུས་གཤོག་དྲུག་རྒྱས་ནས་གཞི་ཕྱུག་ལྟག །དཔལ་ལ་སྒྱུ་ཐུལ་དམག་དཔོན་སྟོང

ལྟག་ཅིག །དགྲ་སྟར་ལོ་འཁྲུག་དུས་མདོ་ཕེབ། །དེ་རིས་ཕན་འབབ་འི་མགོ་ལུས་སྐྱོ། །ང་རང་བསམ་པ་རྫོགས་ལེན་རེད། །ཚིག་རྫོང···

རྒྱལ་བློན་ལ་ལོ་གཡག་པ། །ལ་སྒྱུར་ཀ་ཡོ་རྒྱུ་ཚད་མི་དོ། །ཁང་ཆེན་ཤེས་རབ་གྲགས་པ་རེད། །གེ་སར་གླིང་གིས་ལྷ་དམག་ལ། །གཡོ···

རྒྱུ་ཅེད་པར་ཨ་མ་རིས། །ལྷ་ཡོད་ཐོན་པར་ཡོང་མི་ལ། །འབུ་པས་དགྲ་ལྷ་བཙན་རྒྱལ་རེད། །ཟག་མེད་མཆོད་པ་ཡོད་མི་དོ། །ལྷག

རང་དཔོན་པོ་སྲོ་རྒྱལ་ཡིན། །པོ་ཁྱིད་རྟུས་བཟུ་བ་ཤེས་ནས་ཡོད། །མདོ་ཆེན་ས་ཡིས་གཡས་ཤམ་ནས། །ཟས་ཆེན་དུག་གིས་ཅེས་ལོ

དེ། །ཟ་བསམ་པ་གང་དཀར་ལེན་ཀ་མེད། །དེ་རིས་གསོག་དམར་མ་ལེན་ན། །ང་ཕན་པར་ཤི་ཐལ་རེ་དང་འདྲ། །གོ་ན༔ མགོ༔ ཟེར་བ་དང

ཀྲི་འདུལ་

༄༅། ཁན་འབའི་རེས་གཞི་ལྷག་ཤེལ་གྱི་ཧུར་རེ་ལེན་གཅིག་གཡུག་པའི་སྟོང་རྒྱག་དམར་ལུས་མགོ་ལ་ཐོགས་ཏེ་རྫོག་དང་མགོ་གཉིས་ཁ་སྤྲོ་ས་ནས་བསོད། དེར་དཔལ་ལ་ལྷ་གིས་མཚོན་ལེན་ཆེན་

གཅིག་གཡུག་པའི་གཡུ་རྐོང་འཁྱུ་མེད་ཀ་ལ་རྒྱབ་ནས་བསོད། དེར་མི་དཔལ་ལ་སྒྲ་བརྒྱུད་ཀྱི་དམག་ཁྲབ་མ་ཡོད་པ་དེ་ཆགས་ཀ་གཏམ་གཤང་ནས་སྐད་ཕོད་ཙམ་མ་གདོག་མི་ཐུབ་པ་འདྲས།

ཁ་གཤིས་ལྷག་ཡོད་པར་དེ་སྐྱུ་རིས་མ་ཁ་རལ་བྲིས་སོང་། དེར་དཔལ་ལ་སྦྱིན་རྒྱ་མ་དགུ་བོ་གཏོར་ཆང་ནས་དགའ་སྐྱེ་ཕྱུག་པོ་ཕེབས་སྤྱར། སེམས་བག་མེད་ཅན་ལ་ཆེན་དུག་གིས་འཆེལ་ཡོད་པ་དེ་མི་ལྷང་

ཟ་ལྷ་ར་དུ་ལ་དུག། དེར་མི་དཔོན་དགའ་ལྡན་དང་ཕྱག་རང་ཁྲོ་ཚོང་གཉིས་གིས་དུག་དེ་ཙམ་ནས་བཙོད་པའི་སྨོན་ལམ་བགྱུ་ནས་ཕེབས། དེར་ལྷ་སྲིས་དྲུང་ལ་ཕེབས་ནས་སྟོང་རྒྱག་དམར་ལུས་མགོ

དང་གཡུ་རྐོང་མགོ་ལག་གཉིས་ལྷ་སྲིས་མདུན་དུ་འབུལ། ལྷ་སྲིས་དེ་རྟགས་དགའ་ནས་དཔལ་ལ་ལྷ་ཤི་ན་ཁབ་གཉིས་ལ་གསེར་གསོལ་ལ་ཞི་ར་དང་དགྱུ་མཚོན་ར་བས་དཔལ་ལ་དར་སྤྲད། དེ་མི

རྣམས་ལ་བསེ་ཁྲག་སོལ་ཏས་གཉུ་བ་དང་མཛོད་དར་ཕྱུག་ཟེ་སྤྲང་། དེ་སྒྲུ་ལུས་དམག་དཔོན་རྒྱ་མས་ཚོག་ཆོད་དྲུང་ལ་སོང་ནས་སྐྱལ་ནག་མོ་ཞབ་འཇི་ཟེར་བ་ལས། ངང་རང་རྒྱལ་བློན་རྣམས་ཀྱི་རྐྱ་ཚ་ལོ་ལ་མ

སོང་སྟེ། དེ་ཉིམ་གཏེར་སྟབས་ལ་ཧོར་ཐུག་དང་གཡུ་རྫོང་གཉིས་གཏད་མ་ཤོར་ ཐལ་ཆེ་ནང་དུ་ཤེལ་བཅུས་ཡོད་པ་རྣམས་དུང་དུ་སྦྲིད་ནས་སྒྲིང་པར་བཞི་འདོར་འབྱུང་ངས། ཤེས་རབ་གྲགས་པས་ལྷ་ཉིས་སོང་ཟེར་བས་ཞིབ་འཕྲུལ། ཚིག་རྗོད་རྒྱལ་པོ་དེ་སྐྱེ་ལས་རྩེ་པར་ཐལ་ནས་སོང་ངས་ཀྱི་ལ་ནམ་གསལ་དུས་ལ་ཁྲ་མོས་འབུམ་དམག་འགྲོ་ལུགས་བཀའ་འསྐྱོར་འདི་འདུ་ཡོང་ཟེར་ནས་གླུ༔

ཨ་ལ༔ ཐ་ལ༔ ཤ་བདེས༔ སྐྱག་པོ་རྒྱ་རྫོང་བོང་མ་རེད། །ང་འདུས༔ དཔོན་ཆེན་ཚིག་རྗོད་རྒྱལ་པོ་རེད། །དེ་ནས་འབུམ་དམག་ཁྲ་མོ་རྣམས། །ཡང་ན་ཉེན་དང་འདུམ་ཡོད། །དགོངས་གཤིས་ཁྲི་གདུག་ཉེ་མི་དེ། །མདོག་ཁ་མི་གསལ་ལ་མ་བསམ་བསྐྱོན། །དེ་རིང་ནམ་ཁར་ལང་ལེན་རེད། །ཉི་མ་མི་ཤར་ཁ་མེད་རེད། །གླུ་ལུས་ཚིག་རྗོད་རྒྱལ་པོ་ང་། །དགྲ་ལ་དཔུང་འདུལ་ན་མ་བསམ་མ་དེ། །གླིང་པས་དམག་གིས་སློར་ལེ་རེད། །རྒྱལ་པོ་མི་འགྲོ་ཁ་མེད་རེད། །སོང་ཉིས་ནམ་ཁའི་གསལ་ལ་དུས་ལ། །ང་རང་ཚིག་རྗོད་རྒྱལ་པོ་གཅིག །ཨ་

ཕག་བཅུ་ད

༄༅། །མགོན་ཞ་ཞག་མི་གཉིག་ཏེས། །ཁྱུང་བོས་ཨ་སྐྱོང་སྐྱུ་རིས་གསུམ། །གསེར་གླིང་སྨྲིད་གྲགས་པ་བཞི། །དཔོན་བློན་དབྱུང་... ཆོད་གྲྭ་ཧྲེ་བས་ཐུབ། །མཛོག་པ་དྲུ་བཀླ་ཀླྀ་ཀ་ཡ། །ཐྲོ་ཆེན་མཚན་གྱིས་འཁོར་ལོ་སྐོར། །ཁྲ་ཀྱི་ལེ་གླིང་བས་སྐར་ལ་གཏུག །གླིང་དམག་ཁྲ་མོ་ཁྲག་ལ་སྒྲོས། །དེ་རྗེས་ང་རང་བཞི་པོ་དེ། །དཔལ་ཁྱུབ་དཔྱུང་ཆེད་མང་པོ་བཀོད། །རྒྱལ་དཔོ་ར་བས་ཤ་ལེ་དང་། །ཀ་དྲུ... ཁྲ་དུ་ཡང་ལེ་དང་། །ཧྲུག་ཆོད་ཤོར་བས་ཤ་ལེ་བཞི། །དེས་དེ་རིས་མ་ལེ་ཚོག་ཆོད་མིན། །པོ་ཞ༔ མ་གོ༔ ཞེས་ཞེར་བ་དང་། ཕྱིར་ཉིན་ནམ... གསལ་དུས་ལ་རྒྱལ་བློན་མི་རྟ་བརྒྱད་དེ་སྒྲ་སྒྲོས་སྐྱིད་ལ་བྱུང་ནས་གཞམ་ས་ཆ་ཀློང་སྐྱེ་བས་པར་བཞིན་དུ་གླིང་རིས་སྐར་ལ་གཏུག་ཕྱུང་། གླིང་བས་མིག་གིས་མཐོང་ནས་འདི་ནི་རེད་གང་རེད་... གཞོང་ས་ཐར་ཤུང་གང་ཤུང་བས་འགྲོ་དན་སྒྲ་འཁུས་ཚོ་འཕྲུལ་འདྲ་ཞེར་ནས་གླིང་སྐར་དེ་ལུར་གྱི་ལེ་ས་ང་། དེར་སྒྲ་སྒྲོག་སྐྱིད་ནས་ཕྱེ་ག་ཆོད་རྒྱལ་པོ་དེ་རྫོང་མདའ་དཔྱུང་ལ་གཟུངས་ནས་

ཡ་སྒྲང་སྒྲར་ཉོན་དང་འདྲུམ་ཡོང་ཟེར་ནས་སྨྲ༔ ཨ་ལེ༔ ཐ་ལེ༔ ས་འདེས༔ མཚོ་ཕྱུང་གཡུ་ཞང་གོང་མ་རེད། །ང་འདྲས༔ ཁབ་ཆེན་ཐོག་རྫོང་

རྒྱལ་པོ་ཡིན། །དཔལ་ཨ་ཡ་མེ་དཔལ་སྤྱོན་པོ་ཡིན། །དེ་ནས་སྒྲང་སྒྲར་ཚུར་ལ་ཉོན། །ཉི་ཟླ་མཛེ་ཚང་མ་ཟིན་ན། །སྤྲིང་སྐྱུ་

གཟའ་ཡིས་ཟ་ལ་ཡིན། །གཡུ་འབྲུག་ངར་ཚང་མ་རྗེན་ན། །ནོར་བུ་ལག་ནས་འཕྲོག་པ་ཡིན། །སླིང་པས་དཔལ་ཚང་མ་ཟིན་ན། །ང་

རྫོང་དཔུང་པས་གཏོར་ལེ་ཡིན། །དཀར་པོ་གྱུར་བྱེས་ནང་བཙུད་ལ། །འབུམ་པའི་རྒྱལ་ཚས་གྱིས་པོ་ལ། །དཔོན་ཆེན་དགུ་ལྷ་བཙན་

རྒྱལ་ཁྱེད། །དཀྱིལ་ལ་ཡོད་ན་ཟུར་ལ་ཞོག །ལྕུག་ཡང་དཀར་བ་གཏོར་བས་ཨ་ཐང་སྤྱོད། །ལྕག་དམར་ཡ་བ་སྟོན་ནས་ཅི་འགེབ་སྒྲ། །དགྲ་

ཐག་དགུ་འདུལ་བས་དགྲ་ལྷ་དཔོན། །དཔོན་ཆིག་རྫོང་སྟོན་ལ་ཅི་འདྲ་བསྒྲ། །གོ་ཨེ་ཧུང་གླིང་པས་སྐྱ་དང་མ་གནམས། །མ་གོ་སླུལ༔

ཞེ་དགུ

༄༅། །ཟེར་ནས་དུ་བ་སྣ་སྨྲིན་དེས་ཕྱོག་བཞི་ནས་སྤྱོན་པོ་བཞི་ཡིས་ཧྲུང་མདའ་མང་པོ་སྣོས་པོས་མར་འཛང་དང་ལྷག་ཟིབ་ཤོག་ནས་རྒྱ་དམག་བཅུ་བདུན་ཙམ་བསད་ནས་སྣར་སྣོས་དེས་ཕྱོགས་བཞི་ལ་མཚན་ཆ་མང་པོ་སྨོར་ཡོད་པོའི་འཛང་གིས་ཤོག་ནས་ཡང་ཉེས་རྒྱལ་ཙམ་བྱེད་ཐུབ། དེས་སྣ་བས་ལ་གླིང་དཔལ་ཐུབ་གང་བ་ཟར་ཐུ་ཕྱི་མདའ་མོ་གཅིག་འཕྲེན་ནས་མདའ་འཕང་པའི་ཤར་ཀྱི་མཚན་ཆ་དེ་ཧྲག་ལྷའི་མདའ་ཡིས་བཅད་ནས་འཕང་ཐུབ། ནུབ་ཀྱི་འཁོར་ལོ་དེ་གཡུ་ལྷའི་ཐབ། ལྷོ་དང་བྱང་གིས་འཁོར་ལོ་དེ་ཨ་སྟག་དང་དཔལ་ལ་ལྷ་གཉིས་ཀྱི་ཐབ་ནས། མདའ་མ་དེས་སྣ་སྨྲིས་ཀྱི་སྤྲང་ཐག་ནག་པོ་བཅད་ནས་འགྲོ་རྒྱུ་མེད་པར་བྱས། ཡང་རྒྱལ་བློན་བཞི་དེ་རྣ་ཐོག་བྱུང་ནས་ཨ་སྟོང་དང་སྟོང་གྲགས་པ་གཉིས་ཀྱི་མི་སོག་གཉིས་གིས་སྐར་ལ་གདུག་ཐུབ། ཚོག་ཆོད་དང་ཞབས་གཉིས་ཀྱི་ཇོར་འཛང་གཉིས་གིས་སྐར་ལ་གདུར་ཐུབ། དེར་མི་སོགས་གཉིས་གིས་སྤྱོན་པོ་རྣམ་ཨ་སྟོང་དང་གསེར་སྟོང་གཉིས་གིས་གདོང་ལ་བཙར་ནས། གྲི་འགྲེ་བཅུགས་ནས་གདོང་མ་ལེ་ཐུས་མི་སོག་ནས་འབྱུང་མཐག་ཟན་མང་པོ་བསོད་ཐུང་བས་མི་སྐར་ཁྲག་བཞི

ཏུ་སྐྱག་ཆུར་བཏབ། དེར་དུང་སྐྱོང་གིས་དེས་ཁང་དཀར་འཕྱུར་བ་ལྟར་དུ་ཕྱུང་། དེར་ལོ་གཉིས་བཏོང་བ་ཡི་ནམ་ཐུབ་ནས་ཨ་ཀར་སྐྱ་རིམ་དེས། དགུ་ཟེར་དེ་ལ་ཡིན་གསེབ་ཡུག་ཆུར་བཅས། ཀོག་བློན་གྲགས་པ་དགེ་རྒྱལ་གྱི་ཁང་ལ་རྒྱབ་ནས་མགོ་ཐང་ནམ་བསྐོད། སྟོང་གྲགས་པ་དེས་ཁྲི་རང་ལྷ་གྱི་དེ་ལ་ཡིན་གཅིག་ཡུག་ཆུར་བཅས་སྤྲག་མོ་སྤོབས་ཆེན་གྱིས་མགོ་ལ་རྒྱབ་ནས་མགོ་ཁ་གོལ་ནས་བསོད། དེར་དམག་སྐར་ཆུར་དུ་བྱུང་ནས་ཤོར་སོང་། དེར་ཁྲི་གཙོང་རྒྱལ་པོ་དང་ཆ་ནག་མི་གཙིག་གཉིས་ཀྱི་ཁྲོར་འཛིང་གཉིས་ཀྱི། སྐར་དེ་ཁྲག་གཞིན་དུ་སྐྱུགས་ནས་ཤོར། དེར་ཕན་མདའ་གཉིས་དར་དམལ་ལྷ་གཡུ་ལྷ་རྩིས་ལོ་གཉིས་ཀྱི་གདོང་ལ་ཐར་ནས་མདའ་དང་གྱི་དང་མདུང་རྒྱབ་པའི་ལོ་གཉིས་ལ་སྐྱོང་མ་ཐུབ། དེར་ལོ་གཉིས་གྱིས་ཁོར་འཛིང་སྐར་དེ་ཁྲག་གཞིན་དུ་སྤྲུག་ནས་གླིང་བས་སྐར་ལ་གདུག་སྤྱང་། དེར་གདོང་སྐྱེས་པ་ཐན་གྱི་བུ་དགུ་ནང་ནས་འབྲུར་རྒྱལ་ལྷ་བུ་དགྲ་འདུལ་དང་གསེར་བསམ་བཙན་ཀློང་པ་མེད་གཉིས་ཀྱི་ཁྲིག་གཙོང་རྒྱལ་པོས་དབྱུང་གཡས་གཡོན་ལ་གཅིག་ནས་རལ་གྲི་ལེན་གསུམ་རེག་ཡུག་ཀྱང་ཁྲིག་གཙོང་དཔེ་ཁ་དབྱུག་པོ་ཀ་སྐྱེ་ཟ་ཡིན་པའི་སྐྱོང་མ་ཐུབ་ནས་ཁྲིག་གཙོང་དེས་རལ་གྲི་ཁ་ར་བས་ལྷ་བུ་གཉིས་ལ་རེ་རེ་གཡུག

༄༅། །ཞག་ལེན་མེད་དུ་བཏང་ནས་སྐྱོ་ངས་སོང་། དེར་ཁན་འབར་དང་གདོང་སྒྱུ་ཏཀོ་ལ་བ་གཡུ་རྔོད་གཉིས་ཨ་མགོན་གདོང་མ་བར་ཞལ་རལ་གྱི་གྲ་ངམ་ངར་རྒྱུན་ཕྱུང་ཁ་ལ་སྐྱིད་མ་ཐུབ།

ཁོ་ཡི་རྨྱིང་མ་དལ་ཁོར་བསྐྱོ་སྐྱོགས་བཙོང་དེ་གཞིག་སྐྱོས་ཐུར་ཞབས། གདོང་སྒྲུབ་དེས་སྐྱིང་ལ་རྒྱབ་ནས་ཕསོད། ཁྲའ་ཁར་ལ་ལེན་གསུམ་སྐྲག་ཐུར་བ་མ་ཆད་ནས་གཟེར་རྒྱ་ཆེ་བས་དུ་ཐེབ་

ཉི ༢༤ ནས་སླུང་ཐུར། མདའ་མ་དང་ཨ་སྟག་དཔལ་ལྷ་གསུམ་གྱི་དེ་རིགས་ཁ་ན་འབབ་ལི་རྗེས་ལ་ཡི་ཐུབ་དགོས་ཟེར་ནས་སྟག་སྐོད་རྒྱུག་པར་གཞིན་དུ་ཨ་མགོན་དང་ཐེབ་རྐོད་གཉིས་ཀ་དང་

ལ་ཐུར། གྲི་མཆོན་ཏེ་རྣལ་འབྲེལ་བཞག་ནས་ཕན་སྒྲུལ་ཁེ་ཡོར་མ་ཐུར། དེ་ནས་ཐེག་རྐོད་དང་ཨ་མགོན་གཉིས་གཏིས་རང་ཚང་གཟུངས་ནས་མཁལ་ཕྱོག་ལ་ཁོར་སོང་། ཨ་ཀང་

དང་གསེར་སྒྲིང་གཉིས་ཀྱི་རྒྱ་སྐྱད་མདོ་ལ་ཐོག་རྐོད་ཁོ་གཉིས་དགོང་ཡོད་པར་དེར་ཁོར་བཞི་ཡི་དེ་རིང་གིས་གདར་མ་དེ་ཚོམ་ཡིན་ཟེར་ནས་རྒྱུ་རྫོངས་མཁའ་ལ་བཞར་སོང་། དེར་མི་རྣོན་

གྱི་ཚིབ་ཀར་ལེ་ནས་ཤ་རྒྱུས་ཞུ་ནས་ཁྲི་བཙན་མཐོ་བས་སྤྲིང་ལ་ཁོད། དེར་སྤྲིང་རྒྱལ་སློན་རྣམས་ཀྱི་དགྲ་བོ་ལ་མཆེ་མ་འཕྱོད་ནས་མ་ཐུབ་དགྲ་བོ་ཤེར་སོང་བས་འཁྱོད་པ་དང་…

ལྷག་ཁ་བརྒྱལ་ཆེ་འདུག ང་ནས་གླིང་དགྲ་ལྷའི་དེས་ལ་དཔལ་ལྡན་རྟོགས་ང་རེད་ཚོག་ཀོང་མི་བཞི་ལ་ཁྲིམས་ག་འདི་ཡིས་ཡར་བ་མི་ཐེན་པས་སྐུ་གས་བསྐྱལ་ཆེ། ཁྱེད་དཔལ་ལྡན་རྟོགས་ཚབས

དང་ཤུབ་ཅིག་ཀྱང་མི་ལེན་ཟེར་རེད་ཟེར། དེར་དཔལ་ལྡན་རྟོགས་ཀྱི་དགུ་མཚན་དང་དར་བཞག་ནས་ཤར་ཕར་དེས། ཡུལ་ཀྱི་ལྷ་གྲིས་རིན་པོ་ཆེ། ང་རང་ནམས་གསོག་ལ་མ་མཇོད་ནས

ཐབ་ཤ་བའདི་ཁྱུས་བསོ་ལ་མེད་དེས། ད་མི་དེ་བཞི་དེ་དུས་ལ་ཐབ་མེད་པའི་ལོ་ཁྲ་ཚོམ་གཏོར་མ་ལྡན་ཕེར་སོང་ཟེར། འབྲུག་འཁྲུག་གིས་ལོ་གྲང་མཇོས་དུས་འཇོད་པར་ཁྱེར་རྒྱུར་མེད

ཟེར། ལྷ་གྲིས་དུས་ལ་དཔལ་ལྡན་རྟོགས་དགྲ་མཐའ་མ་ལྡན་རྒྱུར་ལུས་ཡོད་དོ། འདི་འདྲེས་གླིང་དམག་ཆ་གཏམ་སོང་ནས་གླིང་གི་ཆེན་པོ་ནས་ལ་དམག་དེ་བེ་འདྲ་སྐྱོད་ཟེར། དེ་ནས་...

མ་དུན་བྲལ་གིས་མགོ་ནས་ཀྱི་དཔོན་དུས་ཀླུ༔ ཨ་ལ༔ ཐ་ལ༔ ཀླུ་ཨ་ཡི་དམ་དཀོན༔ གསོལ་བ་འདེབས་སོ་བྱིན༔ ས་འདེབས༔ མཆོ་ལུག་...

གཡུ་ཞང་གང་ཚ་རེད། །དེ་ནས་ལྷ་གྲིས་རིན་པོ་ཆེ། །ཁྱུ་བས་ཀླུ་ལ་ཨོ་འདུ་ཡོད། །སྐྱོང་འབྲུ་དྲུག་མདོག་ཁ་གསལ་དེས་ལ། །ཚིག

ཞེ་བ་ཚིག

༄༅། །ལེར་བ་ལམ་བཙོམ་དུས་ལ། །བོད་དབུ་ཞབ་འཁྱོད་པ་ཆེན་རྒྱུ་མེད། །སྒྲུབ་གླིང་འཕྲུག་པར་བྱེད་ཉིན་མོ། །གླིང་དཔལ་ལ་ཐུབ་
དབུ་ཉིས་ལོ་ཤོར་བ་ལ། །སྲིད་དགྲ་སྟུས་འཁྱོད་པ་བྱེད་རྒྱུར་མེད། །ཆོས་ཀྱི་རྒྱལ་པོའི་སྐུལ་གཞག་རེད། །དེ་ཞལ་ལྷ་སྤྲིལ་རིན་པོ་ཆེན། །
རྒྱལ་ཞབ་ཁ་ཞིང་ཆེན་ས་ནས། །སྐྱེ་འགྲོ་འགྲེལ་ལས་མཚོད་པས། །དཔལ་སྟག་མོ་རང་རྒྱུག་བྱེད། །དེ་ཡག་ལེ་མ་རེད་སྐྱོགས་ལེན་རེད།
སྟག་དམར་ཡག་ཕྱུགས་ལ་ཐུགས་ལ་རེད། །ཡིན་རིན་པོ་ཞག་ལ་མི་སྟག་དས། །འཛམ་དྲུག་དགྲ་སྒོ་ཤོར་ལྟག་རེད། །དཔལ་གྲུ་གླིང་…
འཕྲུག་པས་དུས། །ཁྲི་དམག་འཕྲུག་ལུས་མཚོད་པའི། །དཔལ་རྒྱལ་པོ་དམག་འདྲེན་ཐུང་། །ཁྲ་མོས་དམག་ལ་དཀྱུང་ཕུག་བྱེད། །
དཔལ་ཆེ་བ་མ་རེ་སྐྱོགས་བ་རེད། །མ་ཁའ་རིལ་མཁའ་འཁང་མི་རྟག་པས། །རྒྱལ་ཆོས་ཤོར་བས་ལྷས་ངན་རེད། །དེ་ཞས་ལྷ་སྤྲིལ་རིན་

པོ་ཆེན། །འཁོད་པ་མ་ཐུབ་ཕ་ཡིས་བུ། །ཆུ་ཆེན་ཁ་ཡིས་ནར་ཆང་དོ། །དཔྱར་རབ་ཡུས་ནས་མེད་རྒྱུ་རེད། །རྒྱལ་ཞེས་རྒྱ་མོས་འབྲུ་དྲུག
དོ། །སྨོན་སྟག་ཡས་ཤར་དུས་ལེན་རྒྱུ་རེད། །རྒྱལ་ཁག་དགུ་ཡིས་དཔལ་ལ་ཐུབ་དོ། །བོད་འགྲོ་དོན་སྒྲིབ་ནས་རྟོགས་རྒྱུ་རེད། །མི་རེ་རེ
ཤིན་འཁྱོད་རྒྱུ་མེད། །ཐེག་རྗེ་དབྲ་མས་འབྲུམ་དམ་གདོ། །དང་པོ་ཁ་རྒྱུ་དགོང་བས་ཆེན། །དགོང་མ་ཐེ་ཡང་ཕྱི་སྒྲིན་ནག་པའི་སྐྱབས། །
ང་ལ་གཡོ་བ་འགི་ལོ་མིན། །ས་ལ་འཛུམ་པས་ཐབ་ཤེས་མེད། །ཁྲ་མོས་དམག་གི་སྐྲག་མ་དོག་ལ། །འཛམ་མཚན་སྤྱི་ལྷ་ཤར་འདྲ
འགི། །ཁྲི་དམ་གབ་ཙེ་བརྒྱད་འགི་ལོ་ཡིན། །དཀར་པོ་གླིང་དང་རྩལ་འགྲན་གཞག། །སྒྲོན་པོ་མང་པོ་དམར་གླིད་གཏངས། །
དམ་ལུངས་དམ་···རྗེ་ད་དཔུང་པས་འདུལ། །དངོས་གྲུབ་གསེར་རྫོང་ཞང་ལ་ལེན། །ས་མི་ཐེན་ཁྲ་མོས་འབུམ་དམ་གཏོས། །

༄། །དཔོན་ཚིག་རྫོང་འདི་ལ་ལྷུས་ཁག་མེད། །དེས་རྗེས་བཙན་རྫོང་ཆམ་ལ་ཕབས། །ལྷག་རྫོང་ལེན་མེད་ཞག་པའི་གཟུངས། །གཡུ་འབྲུག་གྲགས་པ་མཚན་ལ་གྲང་། །ཚིག་ཀྱི་ལྷུ་བཙན་གྱི་ཡིས་བསྐོད། །རྫོང་པའི་འཕྲུལ་དམག་དཔུང་པའི་བཞགས། །ཚིག་རྫོང་དཔོན་པོ་ཁག་མེད་རེད། །དེ་རྗེས་བར་གྱི་བཞགས་མཚམས་ལ། །སྐུགས་ཆེན་ཨ་མ་གོན་རང་ཡུལ་འཁོར། །ཡིད་ཡ་ཤུམ་ནས་དཔོན་ལ་སྐུགས་གཏོང་ཞུ། །དཔོན་སྐུགས་སོ་མིག་ནས་ཆི་ཆ་བབ། །ཡི་དམར་མོ་ཚིག་རྫོང་རྒྱལ་པོ་རེད། །དཔོན་ཚིག་རྫོང་འདི་ལ་ཁག་མེད་རེད། །ཁྱེད་ལྷ་སྲིས་དགྲ་ལྷ་ལྷ་གོ་ནས། །དཔོན་ཚིག་རྫོང་དཔལ་ལ་ཚལ་དམ་འདུག་སྐྱེ། །དགྲ་ལྷ་རྩིག་པ་ཟ་རྒྱུར་མེད། །ཉོས་པ་བཙར་ན་གླིང་བས་ལུས་ཐུབ་བསྡེན། །དཔོན་ཁོ་བ་མ་ཚེ་བས་དོན་སྐྲ་རེད། །འཛིག་རྟེན་ཟ་མས༔ ཞིང་ཆུལ་སྐྱང་

ལ་མ་འགྱུར་གང་། །ཟས་ཨ་འབྲུ་མི་སྨྱོས་བཞིཾ་ཤིས་མེད། །ཞིང་སྒྲུག་ལྷུ་སྦྱོང་པོ་མ་ཀཾ་ཟ། །ཐུ་ཀྲུ་ཡང་མི་འཐབ་བསིཾ་ཤེས་མེད།
གླིང་ཕན་ཚན་མདའ་ཚན་གཞང་མ་མ་ཤོར་ན། །དཔོན་ཁྲིག་ཆེད་མི་རྒྱབ་བས་མ་ཤེས་མེད། །དཔོན་དམག་འགྲོ་དགོས་ན་རང་སྐྱུག་རིང་།
ཚེ་ཡིན་ཟིལ་པོ་ལ་རྟག་པ་མེད། །དཔོན་ཁྲིག་ཆེད་རྒྱལ་པོ་དཔལ་ལ་ཐལ་ཆེན། །དམག་འགྲོ་ཕྱལ་པ་དབང་ཐང་རྫོགས། །ཡོ་···
གཅིག་ཁྲིག་ནས་རྒྱལ་ཚོས་ཤོར། །བསོད་ནམས་བདག་གིས་སེམ་ཐབ་ཡིན། །ལྷ་གྲིས་རྒྱབ་ལ་དེ་ལྟར་ཞེག །སོན༔ མགོ༔

ཞེར་བ་དང་། དེར་ལྷ་གྲིས་དེས་ཐུག་ཕྲོད་ལ་བཞག་ནས་ཡ་ཆེན་གྱི་དཔོན་གྱིས་ཞེར་བ་དེ་ལུས་པའི་འཇིག་རྟེན་ན་གླིང་སྐུ་གསུམ་ལ་འོང་ན་འདྲ་འདྲ་རེ་ཞེར་ནས་ཐུག་ཕྲོད་ནས
གཞུགས། དེར་སྐྱི་དཔོན་གྱིས་ད་རང་གླུ་ཁུས་དཔོན་བློན་ཚོམས་དཔལ་ལ་རྩལ་ཆེ་བའི་མཚན་དང་མཚོ་རིས་ལ་འདི་འདྲ་འོང་བས་ངེས་པ་མེད་སྙེད་ནུང་དམ་ཟབ་དགོས་ཞེར། དེར་རྒྱལ་

༄། །སློབ་ཕྱིས་ཐུགས་ཆག་དེ་ལ་བརྟོན་ནས་མདུལ་བྲལ་བྲིས་སོང་། །འདི་ནས་ཅིག་རྩོད་རྒྱལ་སློབ་རྣམས་མདུན་བྲལ་མཚམས་ནས་ཅིག་རྩོད་ཀྱིས་གསུངས་ནས་ཡར་
ཀླུ་ལུས་དམག་དཔོན་རྡོ་སོང་འཇིས་ནམ་ཁའགས་ལ་དུས་ལ་ད་རུང་གླིང་བས་སྐར་ལ་འགྲོ་དགོས་པའི་འགྲོ་ཆས་གྱིས་ཟེར། དེར་དུབ་སྨ་སྒྲིག་དེ་སྟོ་མཚན་ཀྱིས་མི་ཆད་པའི་
༡༢༠ ཐབ་དང་འཛིག་ལྷན་དུ་འགྲོ་རྒྱུར་ཡོད་ཕྱས་ཤིས་རབ་གྲགས་པའི་ཀྱིས་གསུངས། དེ་རྒྱུ་མ་ཧ་ཟི་དང་ཤེས་རབ་གྲགས་པ་གཉིས་ཀྱི་འགྲོ་རྒྱུ་ཡོད་པ་ར་དང་དཔལ་ལ་ཐུབ་རྡོས་ཀྱི་མཚོན་
ཀྱི་མི་ཆད་པའི་ཐབ་ཐེད་དགོས་བསམ་ནུབ་གིས་དུབ་སྨ་སྒྲིག་ལ་འཕྲོ་བས་དཀར་བ་དང་གདུངས་མ་ཐུས་ཕྱོག་བཞི་ལ་མེ་ཡི་འཁོར་ལོ་གཙབ་ནས་སྐྱོན་པོ་སྲུ་ཡིད་ཐུར་···
མི་ཆད་པར་ཐུས་ནས་དེ་ཡིས་དཀྱིལ་ལ་རྒྱལ་པོ་གནུགས། ཕྱོག་བཞི་ལ་ཁ་ཀང་སྲུ་རིག་དང་ཞག་ནག་མིག་རིག་སྦྲུལ་ནག་མི་འབར་སྒྲིང་གྲགས་པ་བཙས་སྐྱོན་པོ་བཞི་དེ··
འདུག་ནས་འགྲོ་ཟེར་ནས་བཀའ་ཕེབས། ཞག་ནག་དེས་དེ་རང་རྒྱལ་བློན་གསུམ་ཏ་ཆུབ་ནས་འགྲོ། ཁྱེད་རང་གླིང་གྲགས་པ་དང་སྦྲུལ་ནག་མི་འབར་གཉིས་གིས་སྨ་སྒྲིག་མི་བབ་

ནས་བཙོན་ཆེད་རྒྱུག་འདུ་དགོས་ཟེར། ཐུགས་རྗེ་ཆེན་ལ་སྟོན་ནས་སྣ་སྤྲིག་སྡིང་ནས་སྐྱིང་གྲགས་པ་དང་སྐྱེལ་ནས་མི་འཕར་བ་ཉིས་འདུག ཀོ་རྒྱལ་བློན་ནག་བློ་མ་ནུ་ལ་ཐོན་ནས

གླིང་སྐར་ཞོག་ལ་འོང་། དེར་གླིང་བ་དེས་དགྲ་བོ་འོང་བས་མིག་གིས་མཐོང་ནས། དཔལ་ལ་གང་བ་ཟང་ཐོས་གཞིག་གླིངས་གཉིས་གླིངས་ཐུས་ནས་ཚིག་ཆེད་རྒྱལ་བློན་གྱིས་གདོང་ལ་བཅར

དེར་དཔོན་ཆེན་ཤོག་ཆོད་རྒྱལ་པོ་དེས་ཉ་སྟོང་ནག་འཕྱུར་སྐྱིས་ཀྱི་གོང་ནས་འགྱུར་རྒྱབ་ནས་གཟའ་རྒྱུག་པ་ལྷ་རང་ཧྲུང་། ཡ་གླིང་པས་སྐྲ་དང་སྐྲ་རྩ་ཐོས། ཡང་ན་ཁན་མ་དན་ག་ཡུ་ལྷ་གསུ

ཚིག་ནག་ཐམས་ཆུལ་བྱུ་སྒྲུབ་གཙོ་ཉེན་དང་འདྲ་ལ་ལེའུ་ཡོད་ཟེར་ནས་ཤོག་ཆོད་དེས་སླ༔ ཨོཾ་མ་ཎི་པདྨེ་ཧཱུྃ༔ ཨ་ཡེ༔ ཛ་ཡེ༔ ས་འདེས༔ ང་མཚོ་ལྷུང་

གཡུ་ཐང་གོང་མ་རེད། །ང་འདུས༔ དཔོན་ཆེན་ཤོག་ཆོད་རྒྱལ་པོ་ཟེར། །སྤྲ་མོ་ལ་འབུམ་དམ་གཙུར་ལ་ཉེན། །གནམ་ཅན་སྟོན་དཀྱིས···

གིས་གཟའ་བདུད་དོ། །མཚོ་གླིང་བཞི་འགྲོན་ཁྱུ་བསམ་དེར། །གྲོལ་གདུང་ཉམས་གྲིས་སྨིན་དམ། །བཟའ་གྲོང་བསླང་མི་འཕྲོས་བཀའ་

༄༅། །མེད་རེད། །མཚོ་ཉི་ཟླ་ཁ་ལ་ལེན་ན་བཀོ། །དཔོན་ཆེན་ཚོག་རྩོད་རྒྱལ་པོ་ང་། །ངམ་ག་འགྲོལ་ཐུས་ནམ་བསོ་སྐྱོ། །
སྐྱང་སྣ་རྐྱ་མས་དཔྱང་ཕྱུག་ངམ། །ང་རྒྱལ་པོ་མི་ཉོན་ཀ་མེད་རེད། །གླིང་དགྲ་ལྷ་གཉང་མ་ཆང་ན་བསོ། །དེ་ནས་གླིང་པའི་
དཔལ་ཁྲ་བརྟམས། །གང་ལྡེ་གླིང་ལེན་ཡ་ལ། །ལྕེ་འགྲོ་སྒྲུ་འདུན་རྒྱུ་ཡོ། །ངམ་ར་ཡག་ཐུག་གིས་ལེན་ཡ་ལ། །གཟན་ཟེན་
གར་འདུ་འོང་རྒྱུ་ཡོད། །ཚིག་རྩོད་རྒྱལ་པོས་ཨ་ཡ་ལ། །དཔལ་ལ་ཐེ་ཙི་འདུ་འོང་རྒྱུ་ཡོད། །ལོ་རྩོད་པོ་ཡོད་ནག་དོངས་ལ་བཙོར། །
བཙན་རླུང་ཕྱིན་པའི་ཚིག་རྩོད་ངས། །གླིང་སྣར་བྲ་མོ་གཏེར་བསོ་ཡོད། །དེ་ནས་ལྐྱུ་བས་གཏམ་པོ་ལ། །ཁྲིམས་ཆུ་མཐང་བས་ཧ་ལེ་ཚོ། །
ལྷག་དམར་པོ་སྦོན་ལ་ལྷུང་ལེ་རེད། །ཕྱོགས་དགྲ་བཞི་འདུལ་བས་དགྲ་ལྷ་དཔོན། །དཔོན་ཚིག་རྩོད་སྔོན་ལ་ལྷུང་ལེ་རེད། །པོ་དཔལ་རྩལ་

ཚེ་ནན་གདོང་ལ་ཤོག །དམག་ཁྲ་མོས་ཀྱི་གསྟུགས་པ་དེ་རིང་སྟོར། །གོ་ཉ༔ མ་གོ༔ ཞེ་བར་དང་ཟོག་རྟོད་དེར་གྱི་ཞར་གྱིས་ཧཾ་ཤེར་རྒྱུག་པར་ལྡར་དུ་ཐུང་

དེ་རི་འབྲི་དྲུག་བཅུ་ནང་ནས། དུང་སྐྱོང་ལྷག་སྟ་ཁྲི་དཀར་དེས་མདའ་རྟོད་གཞི་ལ་སྦྱོས་ནས་ཚོགས་རྟོད་རྒྱལ་པོས་སྒྲིང་ལ་སྒྲུ༔ ཨོཾ་མ་ཧི་པྲེཾ་ཧཱུཾ༔ ཨ་ཡ༔ ཁ་ཡ༔

ལྷ་མ་ཡི་དམ་དཀོན་མཆོག་གསུམ། །གསོལ་བ་འདེབས་སོ་བྱིན༔ ས་འདེབས༔ མཚོ་ལུང་གཡུ་ཐང་གོང་མ་རེད། །ང་འདུས༔ དུང་སྐྱོང་ལྷག

ལྷ་ཁྲི་དཀར་ཟེར། །དེ་ནས་ཉེན་དང་ནག་པོ་སྒྲུབ། །དར་སྣ་ཆེ་བས་གཡུ་འབྲུག་དོ། །ཤར་མ་ཇུང་ཚོར་གླུ་ལག་ནས་ཤོར། །འགྲོས་མ་

ཇུང་རྒྱ་མཚོས་ནང་ལ་འགྲོས། །རྩེ་ཅིག་ལ་སྤོན་མོ་མཚོ་ལ་སྐྱེད། །ལོང་སྐྱོང་ཆེ་བའི་གཡུ་འབྲུག་དོ། །ལུས་ཀྱི་སྣས་པ་ཤ་

རེཙོ། །འཕུར་ཤོང་ཙན་གྱི་ཐང་དཀར་རྟོན། །ཞིག་མ་ཇུང་བྲག་དཀར་རྫོག་གིས་གཏེར། །ལྷུང་མ་ཇུང་དང་མོལ་སལ་ལྷུང་།།

༄༅། །དེ་ཡང་སྐལ་པ་ཕ་རེ་ཚོ། །ཁེབ་ཆེན་ཚོག་སྟོད་རྒྱལ་པོ་ཁྱེད། །ཤོར་མ་ཉུང་རྒྱལ་ཚོས་མི་ལ་ཤོར། །འགྲོས་མ་ཐུང་གླིང་
དཀར་མཚང་ལ་སློབ། །ཕྲོག་མི་སྟག་ཟག་ཕྲེང་མདའ་ལ་སྦྱོད། །ཁྱེད་ཚོག་སྟོད་སྐལ་པ་ཕ་རེ་ཚོ། །ཉ་རྒྱུག་མི་དགེ་མལ་ཐུ་…
ཐ་འདི མ་ལྷག །ཐང་ཁ་ཆེན་ཐང་ལ་བང་ཁ་དམ། །ས་ཐག་རིས་འགྲོ་ཆད་ལུས་འགྲོ། །ལྷུན་རིས་པའི་ས་ཐག་ཆད་ལེ་མིན།།
དཔོན་ཚོག་སྟོད་ཟེར་བས་ཚོ་མདོང་ཙན། །ཤར་གླིང་བས་སྨར་ལ་དཔལ་ཌཾ་ཐེད། །དཔལ་ལ་ཕྱུག་མེད་གཞང་མ་དགྲ་ལ་ཤོར།།
ཕྱུན་རིམ་པོ་རྒྱལ་པོ་འོང་རྒྱུར་མེད། །ཁྱེད་ཕ་རེ་ཚོ་ཞེང་ཡིན་རེ་སྐྱུག །ཐུ་ཆེན་པོ་ཤི་ཁ་གཞི་འཕང་ཅད། །དཔོན་རང་…
གསོག་ཤོར་ཁ་ངམ་ག་འགྲོ་ཐུད། །ང་ཐང་ཤེག་ཐང་ཤེག་ཚོག་སྟོད་དཔོན། །སྟག་སྟོད་ཁྲ་མོས་ལྷ་ལེན་པ། །ཚེ་ཆེན་ང་ལེ་མཚར་བ་ཞེང་

ཚེས། །སོ་ཨེ་ཐུང་ལོ་རིང་སྐྱོང་བཞེས་དགྱ། །མ་ཡོ༔ ཇེར་བ་དད་དུང་སྐྱོང་ལྷག་སྒ་དེ་སྨག་ཀོད་རྒྱུག་ལ་ལྷར་དུ་ཚིག་ཀོད་གཅིང་ལ་བཙར། ཚིག་ཀོད་དེས་རྫུང་

ཟ། དབ་ང་དེ་གཅིག་སྐུས་ཡབས་ལྷག་ལྷའི་དབྱུང་གཡས་ལ་ཡར་ལ་རྒྱབ་ཀྱང་ག་སར་གིས་ཚེ་འདུ་ཀྲི་སྒྱུབས་ནས་སྐྱང་མཐུང་། སྐག་ལྷུ་གིས་ལྷ་མདའ་དེ་ལ་ཞེ་གཅིག་ཡུས་པའི་ཚིག་ཀོད་གིས་སྐྱིང་

ཁ་ལ་རྒྱབ་ཀྱང་ཁྲ་མཆེན་གཏོར་ནས་ལྷུས་ལ་སྐྱོད་མ་ཐུང་། དེར་ཨ་ཀང་དང་ཚེ་གཏོད་ཨ་ལ་གོན་གསུ་ངེ་དཀྱིག་རིས་སྣ་ར་ལ་ཞེ་ར། དེར་གླིང་དཔལ་ལ་ཐུབ་རྣམས་གཏིང་ལ་བཟར་ནས་གྱི་འབུན་

བཞེག དེར་སྒོང་གྲགས་པ་དང་སྐྱུལ་ཞག་མེ་འབར་གཉིས་སྒྲ་སྒྲིག་ཀྱིས་དཔོན་ཡིན་པའི་སེ་ར་མ་རླུང་གིས་སྦྱ་འགྲོན་པས་གླིང་སྐར་ཕྱོག་ཤོག་ཆེན་བཞི་ཡིས་ཤོག་ལ་མི་དཔེག་དེ་རྒྱུན་ནས་མི་

འཇང་གཉིས་དང་སོག་པོ་ཨ་གྲགས་ཤོག་བཞི་ནས་མི་རྣ་མ་དཔོ་ཆག་ཉིས་གཏང་ནས་སྤུར་ཡང་རྫོགས་ནས་ཕྱུར་བས། དེས་རྗེས་ཚིག་ཀོད་རྒྱལ་གློན་གསུམ་པོ་དེ་རལ་གྲི་ཁ་ར་ནས་སྐར་དཔྱིས་ལ་ཤོར་ཐུང་།

རྒྱལ་དམ་ག་ལྷ་ནམ་ཆག་ཉིས་དུ་གདང་ནས་དམག་མང་དེ་ལྷུར་རྡི་རི་རི་རྒྱེ་དའདུག དེར་གླིང་དཔལ་ལ་རྒྱབ་ཆེ་བཞི་ནས་རྣམ་ཆེན་ཀྱི་ཞག་པ་རེ་རེ་ཁྲུར་ནས་ཚིག་ཀོད་དཔོན་ལ་ཏེ་བཞི་ཡིས་ཞག་གདབ་

༄༅། །ཞལ་ཆེམས་རྫོང་ཀེ་ལ་བྲ་ཀྱི་ལོ་ཀེ་ཞུར། དཔལ་ལྡན་ཀྱིས་ཕྱོགས་བཞི་ནས་ཚོན་སྐྱབ་དེར་ཚོགས་རྫོང་ཀྱི་རབ་གྲིས་དེས་པར་གཏུག་རྩིར་གཡུག་ཁྲལ་པས་ཞེས་པའི་དེ་འཆད་ནས་ལོར་སོང་།

ཨ་ཀར་དང་ཨ་མགོན་གཉིས་ཀྱི་གདོང་ལ་དཀྱུས་ནས་རིན་དར་ལྷུ་དང་ཏེ་རྫོང་དཔོན་པོ་ལྷུ་ལྷུ་གཉིས་ཀྱི་དཔྱུར་རིགས་བརྒྱ་རེ་ཕྱིར་ནས་ཁོ་ཚོས་གྲ་བཀྲིན་བཞག་ཤང་ཁེ་ཡིན་མ་ཐུར། ཉི་རྫོང་དཔྱ་རིགས་བརྒྱ་དཔས།

[illegible] གཅིག་དེ་ཆགས་ཉིས་གཏད་ནས། གྲུ་ལུས་དམག་དཔོན་རྣམས་ཀྱི་སྣ་སྟེག་གཏད་ནས་དམག་མང་པོ་བསྐོ་དཀྲུང་། དེ་སྐྱིང་དམག་སྟོན་ཀྱི་ཨ་དལ་མཚོན་ཅི་རིགས་གིས་རྒྱབ་ཤང་སྣ་སྒྲིག་དེ་ལྡོག་དང་ཁྲོ་ལྷུས་

ཐུས་ཡོད་པ་རི་ཡང་མ་ཐུབ། དེར་དམག་སྐར་དེས་རྒྱུར་ནས་ཚེས་རྫོང་རྒྱལ་པོ་དེས་ལ་གླིང་ཟབས་སྐྱུང་སྐར་རྟོགས་དེ་རིམ་གིས་གཏད་མ་དེ་ཙམ་ཡིན། ལོ་གཅིག་བར་དུ་དགྲ་དང་གསོ་ལེན་··

ཡིན། ཁེད་གླིང་པས་ཤི་མིན་གསོ་རྒྱུ་ཡིས་ཟེར། དེ་ནས་རི་དགོས་ཀ་ལེ་འཁྱུ་ཟེར་ནས་གྲུ་ལུས་ཕོགས་ལ་ཁ་གྱིས་མོད་དང་། གླིང་པ་དེ་རྣམས་བསྡུལ་ཚེ་སེམས་བསམ་པ་ཕིས་ནས་དགྲ་བོ་དེ་ལ་ཨ་

ཡ་མ་ཟིན་པས་ཁྲག་ལ་སྨྲས་བྱུང་སྔོ་དཔལ་རྩོམ་ལ་དཔལ་ལྡན་རྩོམ་ཀྱི་འདམ་ནས་ལྷ་སྲིད་གླིང་ལ་འཁོད། ལྷ་སྲིད་དེས་གསུང་བ་བཞུད་ཀྱི་དཔལ་སྙིང་ཚེ་བས་སྤྱོད་པོ་རྟོམ་མི་རེ་རེ་མཐའ་སོང་···

བཙོ་པ་ཚིག་དེ་འདྲ་ལེ་ཚོམ་ཕྱུང་བ་ལས་ནི། དགྲ་སྒྲུ་ལུས་སྟོབ་རྒྱུ་ག་ལ་ཡོད།། ཡིད་ཚིམ་པོ་རྗེས་དང་དཔལ་སྐྱབ་རྣམས་ལ་བཀའ་ལུགས་མཛད། དེ་ཁ་ན་མདུན་གཉིས་དང་དཔལ་ལ་ལྷ་ག་ཡུ་ལྷ་རྣམ་ཏོ་ཡ་ལྷུས་ཀྱི་ལ་ལ་བོ་རིན་པོ་ཆེན། ཚོགས་ཆེན་བདུད་ཀྱི་དཔོན་པོ་ལ་འདུལ་བསྡུས་ལ་མེད་ལ་རེད། ལྷ་རྒྱིས་ཟུར་ནས་ཚོགས་ཆེན་དཔོན་ཀྱི་ལོ་ཤ་ཀི་གླང་རྡུ་དགྲ་མིན་གསོ་ལ་ལེ་ཡིན། ཟེར་བས་འཁོད་པར་ཕྱུང་བསི་དེ་བདེ་ལེ་ཀྱི་ཡིན། ལྷ་སྐྱེས་དུས་ནི་ཡ་དམ་གསུང་། སྤྱིན་དཔོན་གྱིས་ཟེར་བ་དེ་བདེ་ལེ་ཡིན་གོ་མ་ལྷའི་ལུང་སྟོན་ལ་ཚོགས་ཆེར་འདུལ་བསྡུས་བབ་ད་ཕུར་མོ་ཆ་ཤིས་ལ་མེད་པ་ལི་ཚེ་ཡི་དགྲ་མན་གསེལ་ཟེར་བ་དེ་ལྷ་ཡིས་ཐབ་བྱ་བ་ཞིག་ཡིན་པ་འདྲ་སྣང་། ད་ང་རང་རྣམས་ལོ་གཉིས་སྤུང་ཉིས་བར་ལ་དཔལ་ལ་སྐྱབ་རྣོ་ཤུར་དགྲ་ཁ་ར་རྒྱབ་མ་འགོ་དང་། ཚོགས་ཆེན་གྱིས་དགྲ་དེ་ཚར་ཤི་འོང་སྙམ་མི་སོ་བ་མང་པོ་བཞག་དེ་ནས་ཧུ་ཤིས་ཧུ་ཤིས་ཟེར་ཟེར། དེར་རྒྱལ་བློན་རྣམས་ཀྱིས་ཕྱག་ཆག་ད་ལ་བསྟོན་སོ་རབ་མང་པོ་བཞག་གྲུ་ལུས་སྒྲིང་ལོག་ལ་སོ་བ་མང་པོ་བཞག་ནས་ལོ་གཅིག་བར་ཁར་དགྲ་ཚར་དགྲ་མེད་ནས་དགྲ་མན་གསོ་ར་ནས་བསྐོ་ད། དེ་ལོ་གཅིག་ཙམ་ལས་ཚོགས་ཆེན་ཀྱི་དམག

༄༅། །ཡ་གོ་ལྷག་སྒྲིག་ནས་དགུ་འཛོམས་པའི་ཚར་སྟོན། དེར་གླིང་དཔལ་ལ་ཐུབ་རྡོ་རྗེ་མི་ལ་གོ། ཁྲབ་ཐོ་ན་ནས་གླ་དཔྱང་གི་ལེ་དྲ་ལ་གསེར་སྒྲ་རྒྱ་བ་ནས་དཔྱང་ཚུར་ལྟེ་ལེ་ཁྲས་ནས་གོ་སྒྲིག་ནས་ཤོར་བབས་ཚུར་དགེ། ངོ་ཐུབ་ཞབ་ཅིག་ལ་ཡར་ཚུར་སྟོད། ༈ དེ་ནས་སྤྱི་ཧྲི་ཅག་ལྷ་ཡི་ཕོ་བྲང་ནས། ལྷ་བླ་གཉེན་གསུམ་བཀའ་གྲོས་མཛད། ཚོགས་ཆེན་རྒྱལ་གླིང་གནས་དམ་ག་རེ་རང་ལོ་གཅིག་ལ་འགྲོ་མི་ཉི་ན་སོང་ན་གླིང་བ་བར་ཆད་ཆེན། དེ་ནས་གསེར་བའི་ཕོ་ན་དང་རྒྱ་སྐྱོང་གཉིས་ལ་སྐྱ་གག་ཆེ་ཕྲུག། ང་ལོ་ལྷ་ཡི་རྐྱེན་ལ་བརྒྱ་ཡི་ས་གྲུང་གསུང་ངས་ཀླུ་ཡི་བང་གོང་གོགས་ལ་ཡང་ངབ་དེ་གནས་མི་འགྲུ་བའི། བར་མི་ཡུལ་ལ་བདུད་ཁ་དར་ནག་པོས་རྟོ་བ་མཛོ་གསེར་སྒྲིག་གཉིས་ལ་བར་ཅན་ཆེད། དང་རང་ལྷ་ཀླུ་གཉེན་གསུམ་གྱིས་ལོ་གཅིག་ལ་ཚོགས་རྣམ་དགའ་ཚོགས་པའི་འབྲུག་མའི་སྒྲི་ལོ་གཅིག་ཁོ་ལ་ཕབ་ནས་དགོས་ཟེར། དེ་ནས་ལྷ་ཚང་པ་དཀར་ནེ་ནེ་གཉིས་ཀྱི་ཁོ་ལ་འཕྲུལ་བའི་སྒྲི་ལམ་དཔྱར་དུས་གསུང་གིས་ཐུ་བབ་ཟང་ངན་ཚིད་ཕབ་ནས་བཞག། དེ་ནམ་གསལ་དུས་ལ་ཚོགས་ཆེན་ངེས་དཔལ་དཔོན་རྣམ་འདུས་ཕྱོགས་ཟེར་བས་བཀའ་ཕེབས། དམག་དཔོན་རྣམ་ཚོགས་ཆེ་རྒྱང་དུ་འདུས། ཚོགས་ཆེན་རྒྱལ་པོ་དེས་ཡ་དམག་དཔོན་རྣམས། ངས་ནམ་བས་སྒྲི་ལོ་ལྷ་ཡིས་ལུང་སྟེ་ན་ངོ་མཚར་ཆེན་

པོ་ཏི་འདྲ་རུར། །སྨོན་འགྲོས་མང་པོ་འགྲུབ་པར་རྒྱུ་འབི་ཟེར་ནས་གླུ༔ ཨ་ལ༔ ཐ་ལ༔ ལ་འདིམས༔ དམུག་པོ་རྒྱ་རྫོང་ནང་བཞུགས་ནས། །ང་འདྲས༔ རྒྱལ་བློན་དགུ་བཅུའི་

གྲལ་ས་མ་གོ་ནས། །མི་འགོག་ཀྱི་ཡིས་ཡང་ཤར་ནས། །མི་ལྷག་སྐྱོན་པའི་གདན་སྟེང་ནས། །དཔོན་ཆེན་ཞེག་རྫོང་རྒྱལ་པོ་རེད། །དེ་ནས་རྒྱལ་བློན་

ལ་ལོག་པ་ཡི། །ལ་ཆེན་འདྲམ་ཏི་འདྲ་ཡོད། །གདུངས་གསུམ་ཞལ་ཐབས་ཀྱི་ལོ་ལ། །ཚོ་ཚིག་སྨྲ་བའི་ལུགས་སྲོལ་དེས། །ནུབ་ཅིག་ཞལ་ག་ཟིག་ཏི་འདྲ་

ཐུར། །མཚོ་ལྷུང་གཡུ་ཁང་གོང་མ་ནས། །གླིང་དཀར་ཁྲ་མོས་འབུམ་དམག་དེ། །དམག་དཔུང་ཤུག་འགྲོ་ཚོས་ཐུས་པ་སྐྱི། །མི་མང་པའི་བར་ལ་

ཐུས་པ་སྐྱི། །མར་འགྲོ་སྐྱེས་མ་ཐུས་པ་སྐྱིན། །རྒྱལ་བློན་འགྲོ་ཚོས་ཐུས་པ་སྐྱི། །མི་བརྒྱ་ཡོད་པས་གྲྭ་ཚང་དེས། །མི་ཚིག་མི་འདྲ་ལྷ་ཚིག་འདྲ། །

སྤྱིངས་ལྷ་ཡིས་ལོ་བྲང་ནས། །འཇུལ་འོད་དཀར་པོ་ཤར་བ་སྐྱི། །འཇུལ་དཀར་པོ་དེ་ཕྱི་ཙ་སོ་ནས། །མི་དཀར་པོ་དུང་གིས་ཡར་ཟོག་ཅན། །གཡོན་རིས་མགོ་

ཕ་བ་ཕྱུ

༄༅། །མོ་ཡག་ལེ་ལེ། །མི་སེར་པོ་གསེར་གྱིས་ཚོད་ཕྲེང་ཅན། །སེར་པའི་ས་གཞི་ཁེབ་ལེ་སྒྲི། །གཡོན་ནི་མགོ་མོ་ཡག་ལེ་ལེ། །ཞལ་
སྔོན་པོ་གཡུ་ཡིས་ཚོད་ཕྲེང་ཅན། །དེ་འདྲས་ཞིག་ལ་མགོ་བོ་བཞི། །ཕྱག་གཡོན་དར་གྱིས་རྒྱལ་མཚན་ཐར། །གཡོན་པས་དུང་གིས་ཚོད་ཁྲག་
འཛིན། །སྐུ་ལ་རིམ་པས་རྒྱན་ཆ་འཛིན། །ཁྲ་གྱི་ལེ་རྩ་རྫོང་མ་ཁར་ལ་བབ། །ང་ཚིག་ཆོད་དཔོན་ལ་གསུང་བ་ལ། །ད་ལོ་གྲུ་གླིང་འཕྲུག་ལེ་འདི། །
རྒྱལ་ཁག་ལེན་ཐབ་ཏུ་འདུག་སྲུངས། །དགྲ་མ་རྒྱབ་ཐུག་སེམ་སྐྱོང་ལ་ཐོད། །དགྲ་རྒྱབ་ན་ཐིག་ཆོད་བར་ཅད་ཆེན། །ཤིག་སྲུང་བཀའ་ལ་ཉེན་
དགོས་ཟེར། །སྐྱབས་ཞིག་སྐྱོར་དང་དོན་ཡོད་ཟེར། །ཐིག་ཆོད་རྒྱལ་པོས་ལུས་ལྷ་ལ། །གཞི་ཐིས་དཀར་ཡིས་བདུལ་རབ་ཟེར། །སྔོན་པོ་ཐར་
ཐིས་ཡིན་པས་ཟེར། །མགོ་ནག་པོས་ཐིས་ཡིན་རབ་ཟེར། །མགོ་དམར་པོ་རྒྱལ་ཤོག་ཡོད་པ་དུས། །བཙན་ཆོད་གདོང་ར་ཡིན་རབ་ཟེར། །

ཀླུ་གླིང་དང་ལོ་འཁྲུག་པ་ལ། །ང་ལོ་རྒྱལ་ཁག་མི་ལེན་ཟེར། །ཡ་ཀྲུ་ཤིས་རབ་གྲགས་པ་དེ། །ཆ་ཆེན་ཐུང་བསོཾ་དོན་མི་འགྲུབ་ཟེར། །ཐ་དུད་རྒྱུས་

ཁ་ནག་མི་གཅིག་དེ། །མཚོ་ལྷུང་དགེ་འབས་ཐང་ལ་ཡོད། །འབྲུལ་མ་ཞིག་དགེ་འབར་ཡག་ལེ་དེ། །ཆ་གབ་ཞག་ན་བསོཾ་ཁ་དེད་འགྲུབ་ལེ་ཡིན།

གླིང་དཀར་པོའི་གློ་ལེ་མ་དེ་ལ་སྤོད། །ཀླུ་ཚོས་འཕོར་ཙན་གྱི་དགེ་འབར་དེ། །གཏཾ་ཚིག་སྐུཾ་ཨ་མ་གོན་ཁྱེད་ཀྱིས་བཤད། །སྐྱུ་ལྷུས་ཆེན་པོས་ཀློཾ་ཙིག།

ཨ་མ་གོན་ཁྱེད་ལ་གདུངས་འོང་གསུངས། །གཏཾ་རྩུར་བཤད་དཔྱང་ཙི་འགེ་སྤུས། །ཅིག་མ་དུན་མའི་ངོ་ལ་འགྲོ་ཤེས་ཆེ། །དེ་འདྲ་ཐུ་ས་ནས་བསྟེན···

འབྲིས་ཆེ། །ཁྱོད་ཁ་མཚུ་མཚོ་ལྷུང་ཁ་ནས་གཏུམས། །མདུན་མ་འགྲུབ་ཐབ་ཡོང་ངེས་རེད། །གོ་ལས་ར་གླིང་ནས་ལེབ་ས་ལ་ཡང་ངས། །དཔོན་སྐྱུ་མ་ཆོང་

སྐྱུ་རིག་མ་ཁ་འ་ལ་ཡང་། །དེ་དུས་གོ་ལས་ར་བསོད་དང་ཚོག །དེས་ཕྱིན་ཚོད་ཚིག་ཚོད་ཁ་རྒྱུར་ཡོད། །བོད་འཛི་གླིང་མ་ངའ་འོག་སྤྱོན་རྒྱུར་ཡོད། །

༄༅། །ལྷག་པ་འདྲ་ཟེར་བས་སྐྱེ་ལོ་མ་མཐོང་། །མདང་གསུམ་མཐོང་བས་སྐྱེ་ལོ་དེ། །ལྷ་ཁྱིམ་མངོན་གསུམ་མཐོང་བ་འདྲ། །དེ་ནས་ཞ་ནག་མིག་ཅིག

ཁྱེད། །དཔལ་ལ་གང་བ་ཟང་སྐྱོན་པོ་བཙུ་ཙམ་ཁྲིམས། །དེ་ནས་མཆི་ལྷུང་ཁ་ལ་སོང་། །བོད་ཆོས་གོས་ཅན་ལ་ཨ་ལེ་ཐུག་བསྡུས། །ཐུག་པའི

ཏྲོ་ཕྲ

གཉེ་ལ་ཅི་འགི་བསྒྲུ་ལི། །དགྲ་གླིང་དང་ཐུག་ནཙ་འགྲོན་བ་ཅོག །དེ་ནས་གང་དགོས་ལྷ་ཤིས་བྱེད། །ཨ་མགོན་ཐུག་ལ་དེ་སྐད་ཞིག །

གོ་ན༔ མ་གོ༔ ཟེར་བ་དང་རྒྱལ་སྣོན་རྣམས་ཀྱིས་ཐོག་རྩོད་རྒྱལ་པོ་ལ། །ལྷུས་ཡ་གཉིས་འདི་འདྲ་ཐུག་སྣ་བས་པ་ལྷ་ཚོས་སྐྱོ་ངས་གིས་ཞལ་ག་ཟེགས་པ་བསམ་ནས་ཁ་ལ་ལ་གསོལ་བ

གདབས་ཡིས་ཚོས་ལས་སྐྱ་ནས་ཐོས་རང་ཀྱི་ཞོ་ལེགས་སོ་ཟེར་ནས་འདུག དེར་མདུན་གྲ་ལ་ཀྱི་མགོ་ནས་བདེ་ཆེན་ཤེས་རབ་གྲགས་པ་དེས་ལྷུས་ཅན་གྱི་དར་ཅིག་བཞག་ནས་ཐོག་རྩོད་དཔོན

ལ་ཕུ་དོན་གྱིས་སྒྲུ་འདི༔ ཨོཾ་མ་ཎི་པདྨེ་ཧཱུཾ༔ ཨ་ལེ༔ ཐ་ལེ༔ གསང་དེས༔ ཀླུ་གཡོ་ཁྱུང་རྫོང་མཁའ་འབང་ནས། །ཡ་ར་རྩེས་ཐོག་རྩོད་རྒྱལ

པོ་ལོ། །མི་ཆེན་ཞེས་རབ་གྲགས་པ་དང་། །བསོ་པ་རྒྱལ་པོ་ཁྲིད་ལ་དཀར། །དཔོན་ཆེན་ཙོག་སྟོང་རྒྱལ་པོ་ལ། །ལྷ་ཡི་སྐྱོབས་མ་ལུས་

ཡོད་སྟེ། །ཞལ་ག་ཟིག་ལྗང་བསྟེན་བབ་ལེ་དེ། །གྲུ་གླིང་འཕྲུག་པའི་རྩ་བ་ལ། །འཁྲུག་པ་མི་ལོ་བཙོ་བརྒྱད་ཐུབ། །དགྲ་མང་བསྒོ་དང་བཙུ

དགྲ་ཡིན། །ཞལ་ག་ཟིགས་ལྗང་སྟོན་མ་ཐུབ་ལེབ། །མཚོ་ལྗང་ཐང་གིས་དགེ་འབར་དེ། །གཟུགས་མེད་མི་ལ་གཟུགས་ཡོད་བཙེམ། །གླིང་རྗེ

གསེར་རྒྱལ་པོ་དེ། །ལྕགས་རི་ཐེད་བསོ་ཁྲུང་རང་དབང་མཐོར། །མི་འཛིང་ཕོར་དང་སྤྲུག་ག་ཟེག་བཞི། །ཚུལ་ཞིར་ཁ་ལྗང་སྟོན་འཕང་རབ་ཡོད། །

གསོག་ཆད་ཁ་རྒྱུ་ལོ་འོང་རབ་ཡོད། །ངས་ཟླ་ཡོད་མེས་དེ་འདྲ་མ་ཡིན། །ཙོག་སྟོང་རྒྱལ་པོས་སྐྱེ་ལོ་དེ། །བཟ་དགུ་ཡིན་མི་ཤེས་འདུག །མི་

ཆེན་ང་ཡིས་བསོ་པ་ལ། །ཙོག་སྟོང་ཁྲ་མིའི་འཛུམ་དམག་འདི། །གླིང་བས་སྐར་ལ་གཏུག་ན་བསོ། །ཙོག་སྟོང་དཔོན་དང་ཨ་མགོན་གཉིས།

ཁྲུ་ཤམ་ཤམ་དར།

༄༅། །དཔལ་ཁྲ་སྤེ་བ་གླིང་སྐར་བཞུགས་ན་བསོད། །ཨ་ཀ་དང་དཔོན་དང་གསེར་ལྕུགས་གཉིས། །དཔལ་རྩལ་དགུ་ལ་དོམ་ན་བསོད། །རྒྱུ་ཚོང་དཔོན་དང་སྨྲལ་ན་གཉིས། །ཁྲི་དཔྱང་དམག་དེ་གཏེར་ན་བསོད། །ལུས་དེ་འདུ་ཤེས་ན་བསོད་འདོན་འགྲུབ། །ཁྲིད་རྒྱལ་པོས་མ་དགོང་ཅི་ཡོད་དོ། །ངར་ལྡང་རྒྱལ་སློན་བཀའ་གྲོས་ཀྱིས། །གོམ༎ མགོ༎ དེར་སློན་གཞན་ཚོ་ཚིག་མཆོད་རྒྱལ་པོ་ལ་ལྷ་ཡིས་ལུང་སྟོན་ནམ་ལ་ཡི་ཆེན་ཤིས་རབ་གྲགས་པའི་ཆ་ཆ་དང་པོ་དན་ལ་འཁྱུར་ནས་འདི་ལགས་མ་ཚོས་བསོད་ཐམས་སྐྱོ་ལ་ངན་ཐུས་བདུག། དེར་ཡི་མགོ་ཁྲི་ཡིག་སྟེང་ནས་ཤེས་རབ་གྲགས་པའི་གསྐྱུར་ཐ་དེ་བདེ་ལེ་ཡི་ནན་བསོ་ཆུང་། དེར་ཁྱུང་གིས་ཨ་ཀང་སྐྱ་རིས་ངེས་པ་རྒྱལ་སློན་ལ་སོགས་པ། ཡང་དགོས་ཕེས་རབ་གྲགས་པའི་ཉེན། སློན་ཆེན་ཤེས་ཆེན་སློ་རྒྱ་ཅེན། གཏེར་དེ་འདུ་བཤད་ན་བཟང་པོ་མེན། དཔོན་ཆེན་ཐིག་ཚོང་རྒྱལ་པོ་ལ། ལྷ་ཡི་ལུང་སྟོན་འོང་བའི་དུས། དེ་ལོག་ཆུང་པའི་དགོས་པ་མེད། ཨ་མགོ་ན་ཞ་ནག་ཞིག་ཅིག་ཏེ། མཇུག་ཆེན་རྣ་ལག་ས་ར་སྨ་རྒྱུགས། དཔུང་རོག་སྦྱོར་པོ་བཙན་རྒྱ་ཚོ

ཁྲིད། མ་འདྲུག་སླ་མས་དྲུང་ལ་སོང་། ཚོག་རྫོང་དཔོན་ལ་སྐྱོ་ཡིས་དེབ་ཐང་དབན་གྱི་རེད་ཟེར་ནས་མཚོ་ལྷུག་སླ་མས་འདྲུར་ནས་བཀའ་ཐག་ཆད་ཡི་སོང་། དེར་རྒྱལ་བློན་རྣམས་ཀྱི་སྒྲིག་ཆག

དེ་ལ་སྡེ་ནས་ཨ་མ་གོན་དཔོན་གཡོག་བརྒྱ་གཉིས་དེ་མཚོ་ལྷུག་ཤོག་ལ་ཁ་གྱི་སོང་། དེར་གླུ་བུ་ལྷ་དང་འབྲུང་གཉིས་དེ་དགེ་དཔོན་ནམ་ཁའ་དཔལ་ལ་འཁོར་གྱིས་ཁ་ཁྲིག་ལ་ཐེབ་ནས་...

དགེ་འཕེལ་ནང་ནས་སླ་མ་ཏེ་ཤུ་རྩ་ཁྲིད་ནས་མཚོ་ལྷུང་ཕྱ་རིས་སྡོད་ནས་གཞུག་ཡོད་སྐབ་སྲུ། ཨ་མགོན་དཔོན་གཡོག་སོགས་སྐྱ་དེ་རྣམས་ལ་གདུག ཡང་ན་ཨ་མགོན་དེས་དར་གཅིག་ཕྲི་འི་མདུན་

ལ་འཕུལ་ནས་ཨ་ལུས་ཀྱི་བླ་མ་རིན་པོ་ཆེ་ན། ངེད་གླུ་དུས་འཁྱུགས་པས་དགེ་འབར་ལ། སྐྱུས་ཁྱེད་འདྲ་ངོ་ཚར་ཆེ་ན། གླུ་བདུམ་འདི་འདྲ་ཤུ་རྒྱུར་ཡོད་ཟེར་ནས་གླུ༔ ཨ་ལེ༔ ཐ་ལེ༔

ས་འདིས༔ གཡུ་མཚོ་དགེ་འཕེལ་སྐྱག་རིས་རེད། །ང་འདྲས༔ བློན་ཆེན་ཞ་ནག་མིག་ཞིག་རེད། །དེ་ནས་བླ་མ་དཔོན་གཡོག་རྣམས། །ཞུ་བས་...

གླུ་མ་འདི་འདྲ་ཡོད། །མཚོ་ལྷུག་འཕྲུག་པའི་དགེ་འབར་ལ། །སྙིང་ལྷ་ནས་སྐྱུས་སྨྲུལ་བའི་རྒྱུགས། །དེ་ཚོག་རྫོང་ཚོས་ལ་ཕེ་ལེ་དགོས།།

བཅོ་ལྔ་པ

༄༅། །དེ་ནས་འདམ་བཤད་པ་བཞིན། །སྦྲང་ཚག་ཟིན་ནས་བབ་ལེ་དང་། །ལོ་ཡག་ལྷུང་ཚུང་འཁྱུག་ལེ་གཉིས། །སྔོན་འབྲུ་དུག་རྒྱལ་
པས་སྨོན་འབྲུབ་འགྲུབ། །ཞ་ཀྲུག་ཡང་མི་ལ་འོང་ལེ་དང་། །གཡར་ནླ་གསུ་མི་ཧ་གབ་གྲ་ལེ་དང་། །སྐད་སྐོན་པོ་འོང་བས་སྐོན་འབྲུལ་འགྲུབ།
དཔོ་ནུབ་ཕོག་ཆོད་ལུང་སྔོན་བབ་ལེ་དང་། །ལྷ་གླུ་ཡི་ལ་བྱོན་གྱི་གཉིས། །ཆོས་རང་ལེར་ཟིན་པའི་སྔོན་བསྒྲུབ་འགྲུབ། །ཕྱུག་རྟེམ་རྒྱུག་བཀའ
དྲི་ཆེན། །ཀ་དགོས་པའི་ཕྱུག་ཆག་སྐད་རོག་ཞུ། །དགྲ་འཛིའི་ན་ཁེ་ཡིན་ཟེའུ་ཡང་། །རྩེག་གླ་མལ་ཕྱུག་ལ་དེ་ལྟར་ཞོག །དེ་དགེ་དབུ་ནམ་ཁར་
དཔལ་འཁོར་དེས། ལ་ཕྱེད་ཕ་མགོན་དེ་རིས་ལེབ་པ་སྔོན་བསྒྲུབ་འགྲུབ། དེས་འཕྲུལ་སྐྱོང་ཀྱི་དགེ་འཕར་འདེབས་ར་ཐེམ་གྲགས་སྐྱོང་བཅས་ནས། ཐོག་མ་དཔོན་ཚོང་ཚོགས་ལ་གང་ཡིན
ཉིད་ཤེས་ཡོད་སྟར་དགྲ་ལྷ་དང་དཔལ་ཕྱུག་རྣམས་ལ་མེད་རྩ་བ་ཅད་ཆོག་སྟེ། དགྲ་འདུལ་ཀྱིས་མགོ་མོ་དགོས་ལུ་དགྲ་སྒྲིང་སྒྲུབ་གསར་ཟེར་བ་དེམ་ཐུབ་ན། གླིང་སྐར་བྱི་ཡིས་དམག་དཔུང

ཐུབ་བསྟང་ཙི་ཨི་ཕེབ། འདྲང་གསུམ་ཚོགས་ཆེན་རྒྱལ་པོའི་སྐྱི་ལོ་དེ་ལྟ་ཡིས་ལུང་ཕྱིན་ཆོས་མ་རེད། དེ་རིགས་སྐབས་ལ་ཁྱེད་ཁ་མགོན་ང་རང་རྣམ་ར་ལ་ཕོང་བའི་དོན་སློ་རེད། དེ་རིང་སྐྱེན་འདུས་འབྱུང་བ་ཞུས། ཁྱེད་རྒྱལ་

སློན་ཚོམས་དགྲ་འདི་དཔུང་པའི་འཛོམས་ནམ་ཡོང་བ། ཁ་ཆེ་ཕྱོགས་ཀྱི་མདུན་མ་གཉེན་ན་གླིང་བརྩོམས་ཀྱི་ཆ་དང་ཡིག་བྱེད་ནས། ཕྱོན་ཤུགས་བཙན་མི་གླིང་གིས་མགོ་དཔོན་ག་སར་རྒྱལ་པོ་ཟེར་བ་དེ་སླེབས་

ཡང་། དེ་སླེབས་བྱུང་ན་ཁ་ཆེ་ཕྱོགས་ཀྱི་མདུན་མ་དེ་དག་བདེ་འདི་ནང་གཉེན་པའི་རྒྱུར་སྐྱེན། གླིང་གིས་མདུན་མ་སླམ་ང་ཡིས་འགྲུབ་པའི་ཐབས་བྱེད་ཆོག་ཟེར། ཡང་དགོས་དགོ་བདེ་ནང་ལ་གོ་ས་རབ་པོ་ན་སློན་གཅིག...

བྱུང་ན་དཔའ་རབ་བསོད་ཐུབ་པའི་ཁྱེད་རྒྱལ་བློན་དཔའ་དམག་གྱིས་དང་རྒྱལ་ལ་འཛམ་གླིང་ཁ་ལོག་མཚོན་པ་ལྟ་འོང་ཟེར་བའི་བཀའ་ཤག་བཙང་འདུག དེར་ཨ་མགོན་དེས་བློ་རྩོན་དང་རྣམ་ཀྱི་རྩེ་ལ་དང་མདུན་མ་གཉེན་པའི་ཅི་ལྟ་ཟེར།

གླིང་གི་ཞལ་ནས་ཡ་ཨ་མགོན་ཕེབ། ང་ཡིས་གླིང་རྒྱལ་བློན་རྣམས་ལ་གཡོ་རྒྱུར་མདུན་མ་གཉེན་ནས་འདི་བྱེད་ཀྱི་ཁྱེད་ཐོག་མོད་རྒྱལ་བློན་འདུ་ལ་ཡིས་གོ་དང་བདང་མི་ཟ་མོ་འོང་། དེ་ནས་གང་དགོས་གྲོས་བྱེད་ཆོག་ཟེར།

ང་ཡ་ཨ་མགོན་དཔོན་གཡོག་རྣམ་ཡིས་ཆོས་ནས་གསོལ་ལ་བ་བཏང་ནས་སྒྲུ་ཁུས་ཤོག་ལ་འོང་། དེར་ཨ་མགོན་དེ་ཚོགས་ཚོད་དུང་ལ་ཕེབ་ནས་འཛིང་དར་འཕྱུལ་ནས་ཟེར་བ་ལ་ལུས་ཅན་གྱི་སྙིང་དེ་རྒྱུ་འབྲོན་མ།

ཆོས་སྤྱོད།

༄༅། །ཞོག་པར་ཕྱུར་དུ་འགྲི། མཚོ་ལྕུག་སྤྲུག་རིས་སྟོད་ལ་གཡུག་འབྱིང་རང་ཨ་མ་གོན་དང་ཀླུ་རྗེ་ལ་ཡན་ཆུར་གསུང་གླིང་མང་པོ་ཁྲུས། ཁ་བ་ཅན་ཡོན་པོ་ཕྱིག་རྟེན་ལ། ཕྲོམ་ལོ་ན་ར་ལྷུག་སྟེན་ཟབ་པ་མོ་རེད། གླུ་གླིང་འཁྲུགས་པ་མི་རྗེན་པའི་གླིང་གསེར་རྒྱལ་པོ་དབང་ཕྱོད་མ་རྫོགས་པར། ཁྲི་གླིང་དམག་མི་རྒྱབ་བས་ཆོས་དང་མདུན་མ་འགྱུགས་མཛད་དང་གླིང་གེ་སར་རྒྱལ་པོའི་སྟོན་འདུས་ཡོད། དེར་ཕྱིག་རྗེད་སྤྱག་དགའ་ཞལ་བཞུགས། དེར་ཤེས་རབ་གྲགས་པ་གཤིས་ངེ་བདེ་འདུག་བསམ་ནས་གླུ་བ་དེ། དེར་གླིང་བོད་ཡུལ་དུ་འབྱུང་གནས་ཀོ་མས་གསེས་ལུང་སྟེན་དགུ་ལྡུ་ལ་བབ་ནས་ཕྱིག་རྗེད་ཁྲ་མོའི་འཕྲུ་དམ་པ་དེ་གླིང་སྐར་ལ་འོང་ནང་སྤུ་བ་དང་གསེར་བ་ཀུན་འབར་གསུ་ལ་བར་ཆད་ཆེན་འདུག་པའི་དེ་ལུགས་ལོ་གཞིག་ལ་མདུན་མ་གདུང་པའི་ཕྱུར་སྟོན་འདུག་ཟེར་བས་ལུང་སྟོན་འདུག དེར་རྒྱལ་གླིང་གྲིས་ཐུབ་ཆག་དེ་ལ་སྟེན་ནས་ཞབས་གཞིག་སྟོད། དེ་ནས་དཔལ་ལ་ཐུབ་མང་པོ་འགོ་མའི་ཡོ་དབྱུང་འགྲོ་རྒྱུ་མ་ཐུབ། དེར་དགེ་བདེ་དེ་ཡི་ནང་ནས་གྱུ་ཚང་ཆོས་གོས་ཙན་ལ་བཀྲ་ཤིས་མཚོ་ལྕུག་ཕྱག་ཞང་སྟོད་ལ་ལུས་གསུར་མང་པོ་ཕུར་ནས་སྐར་རབ་ཐུང་། ཆོས་འཁྲིམ་ཤེས་རབ་འབྱུང་ལྡན་དེས་གྱུ་ཡ་ལྡ་བརྒྱ་ཁྲིད་ནས་ཕྱག་རྗེད་ཚང་སྐར་ལ་ལོངས། དགེ་དཔོན་ནམ་ཁའ་དཔལ་ལ་འཛོར་གིས

ཀླུ་ལྷ་བཙན་ཆོས་ཁྲིད་ནས་གླིང་བའི་སྐར་མ་སོང་ངས། དེར་གུ་རུ་པདྨ་འབྱུང་གནས་ཀྱི་སྒྲུ་གླིང་ཡོན་རྫོང་དུ་སྐྱབས་ཚེབ་ཆོད་རྒྱལ་བློན་ལ་དཔྱར་གབ་ཚིས་ནས་ཟླ་བ་དྲུག་ཙམ་ལ་ཐུག་ཆེད་ལ་ཁེད་མི་…

ཆེད་ལ་ཁེད་དུ་སོང་ངས། ཉི་མ་དེ་ཡིས་ཕྱིར་ཉིན་ལ་དགུ་རྒྱུ་ནས་དགེ་དཔོན་ནམ་ཁའ་དཔལ་ལ་འཚོར་ས་ཡིག་གེ་དང་ཆ་རག་ཉང་ནས། དེ་རིས་ཀྱོད་འདིས་ངོ་ན་ལ་གླིང་གི་སར་ལྟེད་དགོས་པ་འིང་རང་ནའི

གླིང་ཡུལ་ལ་བང་མི་ཐིག་ཉང་དགོས། དེས་ཆ་ལེན་སྤུར་མ་རྩ་དཔ་ཟླ་བ་དྲུག་ཐར་ས་ལྷ་ལས་མི་ཚེག་པ་དེ་ཡིན་པས། དེས་པར་དུ་ཚེག་རྗོད་རྒྱལ་བློན་ནམ་སྤྲུག་རྒྱུ་རྟེན་དགོས་ཟེར་བས་ཆུ

ཆ་སྐྱར། དེར་དགེ་དཔོན་དེ་གྲུ་ཁུལ་སྤར་ལ་ཇོན་ནས་གླིང་གིས་རྒྱལ་པོ་གླིང་ཡུལ་ནས་མ་ཡོང་བར་དུ་དགྲ་ལྷའི་ཕྱོན་དེ་ཐག་ཀྱི་ཆང་འདྲེན་པས་ལྷ་ལྷ་ང་དྲུག་ཙམ་ནས་དགྱེ་པར་རྒྱབ་རྩུར

རྒྱབ་མེད་པས་ཐུག་སྤྱ་རྟེན་རྒྱུ་ཡིན་ཟེར་བས་བཀའ་ཞེས། དེ་ནས་གྲུ་ཁུལ་དམག་དཔོན་ཚོམས་ཐེག་རྗོད་དང་ལ་སོང་ནས་ཟེར་བ། ང་ར་ཚིག་རྗོད་ལ་ལུང་རྟེན་བབ་ལུག་དང་། ཁ་ཚོད་ནླམ་འདི་གསུང་ལུག་དང་དེ

རེས་གླིང་པས་ཀ་དཆ་ལ་ཟླ་བ་དྲུག་གིས་གེས་ར་རྒྱལ་པོ་ཡོང་རྒྱུར་ཡིན་པས་དགྲ་ཇོ་རུ་རྟབ་པས་རྟེན་འཐོས་འགྲུབ་ཟེར། ཉི་མ་དེ་ཡིས་རྗེས་སུ་གེས་ར་དཔོན་བློན་རྩ་རྫོང་ལ་གདན་གྲོང་ནས་དམར་

ཁ།
སྐྱེ་
བུ།
༨༢

༄། །ཞེས་ད་ལྟ་བ་ཡས་ཕྱི་བ་མཆོ་ལྷུག་དགེ་འབས་སྨྲ་བས་རྒྱུར་ཡིན་ཞུས། དེ་རྒྱལ་པོ་ལ་དགོང་པ་ལ་དེ་ལྟར་ལེགས་འདུག་གསུང་བས་འཛིན་ཆང་ཉེ་ལེ་བཞུག་འདུག དེ་ར་གླིང་སྐོར་ནང་ནས་བང་མི་གཉིས་གླིང་ཡུལ་ལ་བཀའ་དང་བཀོད་པ་གསུང་དང་ཕྱག་གྲིས་མང་པོ་བསྐུར་ནས་མི་ཆུང་དང་ཟེར་ཟླ་གཉིས་གླིང་ལ་འོང་། ལོ་བམ་མི་གཉིས་ཟླ་བ་གཅིག་དང་ཉི་མ་བརྩུགས་གླིང་ལ་སྙེབས། དེ་ཉི་མས་གཞུང་ལ་བང་མི་གཉིས་ལེང་ཁྲིག་མཁའ་ལ་སླེབས། ལེང་ཚམ་འབྲུག་མོ་དེས་ཡར་སྒོ་ཁ་ལ་སླེབས་བྱུང་། འབྲུག་མོ་ངང་ངེས་པ་མི་ཆུང་ལ་བཕྱེད་གཉིས་ཕེབས་པར་འོ་རྒྱལ་བ་འདྲ་བྱུང་ཟེར། མི་ཆུང་དེས་ལུས་ཀྱི་རྒྱལ་མོ་རིན་པོ་ཆེ། དེ་གཉིས་བཀའ་བམ་ཕྱུང་སྟེ། གླིང་གེ་སར་རྒྱལ་པོ་སྐུ་ཁམས་བཟང་པོ་ཨེ་ཡིན་ཞུས། གླིང་བདེ་ནམ་ཁའ་སྐར་ཆོག་དེ་བདེ་མོ་ཆེ་པོ་ཨེ་ཡིན་ཟེར་བས་ཞེ་བ་ཕྱུལ། འབྲུག་མོས་གེས་གེསར་སྐུ་ཁ་བདེ་མོ་ཡིན་གླིང་ཕྱོ་ཕྱི་དེ་བདེ་དུས་ཡིན། ང་འབྲུག་མོ་བདེ་སྐྱིད་འཛོམས་མདོ་ཁ་གླིང་སྐར་ཁྲམས་དཔོན་སློན་འཁོར་ཚོགས་བདེ་མོ་ཨེ་གཞུག་ལགས་ཟེར། མི་ཆུང་གིས་ཨ་ཇོས་འབྲུག་མོ་ལགས་མདོ་ཁོང་གླིང་དམག་རྣམས་བདེ་སྐྱབ་ཡིན་རྒྱལ་པོས་འདུན་ལ་

གསུང་ཤོག་ཞུ་ཆ་ཡོད། འབྲུག་མོ་གེས་ཁ་ཆང་ངང་ཤིང་རྟེན་སྐར་རིག་སོགས་སློབ་འགྲོན་མཛད་ཟེར་ནས་ག་ཟེའུ་རྒྱས་བདེ་སྐྱིད་ཀྱི་ནང་ལ་ཕེབ་ནས་སློབ་འགྲོན་མཛད། དེ་ནས་

དེ་ནས་འབྲུག་མོ་དེ་རྒྱལ་པོས་མདུན་ལ་སོང་ནས་བང་མི་གཉིས་སླེབས་ཐུང་ཟེར་བའི་ཞུ་བ་འཕུལ། དེར་འབྲུག་མོ་དེས་བང་མི་གཉིས་རྒྱལ་པོས་དུང་ལ་ཕེབ་ཟེར་ནས། དེར་བང་མི་གཉིས་

སྐྱེས་མཆོག་ནོར་བུ་དགྲ་འདུལ་ཀྱིས་མདུང་ལ་སོང་ནས། བང་མི་གཉིས་གིས་རྒྱལ་པོ་མིག་གིས་མཐོང་ནས་ཁོར་གཉིས་ཡིག་ཕྱག་མཆི་མས་གང་སེམ་བསམ་འབར་པོ་ནས་རྒྱལ་

པོ་འདི་ཞལ་འཛུམ་ལོང་ནས་མིག་ནས་ཆི་མ་ཤུ་ལུ་ལུ་ཐུང་། དེར་ཁོང་གཉིས་གིས་ཕྱག་གསུམ་རེ་འཕུལ་ནས་འཛུབ་དར་བཞག དེ་ནས་སེམས་ར་རྒྱལ་པོ་དེས་ཡ་བང་མི་གཉིས་ལ་རྒྱལ་

ཨེ་ཐུང་གསུངས་དགྲ་སྒྲ་འདུལ་ལུག་ཅི་འདུ་ཐུང་། ཉེན་དང་ཟེར་རྒྱུ་བདེ་འདུ་ཡོད་ཟེར་ནས་གླུ་འདི་གསུངས་སོ།། ||ཨོཾ་མ་ཎི་པདྨེ་ཧཱུྃ༔ ཨ་ལེ༔ ཐ་ལེ༔ སྐྱེ་གནོང་བདེ་ཆེན

པོ་བྲང་ནས། །ཆོས་སྐུ་སྣང་བ་མཐའ་ཡས་མཆོད། །ལོངས་སྐུ་ཐུགས་རྗེ་ཆེན་པོ་མཆོད། །སྤྲུལ་སྐུ་པདྨ་འབྱུང་གནས་མཆོད། །ཆོས་ཡོང་བླ་མ་པའི་བྱིན་གྱིས་རློབས།

སྟོད་བཞི

༄༅། །ས་འཛིན༔ ས་ངེས་སྒྲུབ་རྟག་ཚེས་ནང་འཁྲུལ་ནས། །རིན་ཁྲི་ཡིས་ཡང་དྲིང་ནས། །ང་འདུས༔ ངཚོ་སྒྲོད་ཁྲོ་འབར་ཛེ་རི་རེད། །ཚེ་སྣ་དང་མག

དཔོན་དགྲ་འདུལ་ཟེར། །ཚེ་མཁའ་འདུས་གསུམ་སྤུས་རེད། །དེ་ནས་བང་མི་མི་རྒྱང་འཆེད། །ཧོན་དང་འཛམ་འཁོར་རེད་ཡོད། །ས་ཚན་ཏོས་ལོ་དང་བའི་

ཉིས་ལོ། །གླིང་ཚོ་ཆེན་བྲེ་མོ་ལི་འཁྱུད་མ་གད། །དཔལ་ཛ་དྲུག་བླ་ལུས་ཡུལ་ལ་ངམ། །དགྲ་འབྲུག་ནས་མི་ལོ་བཙོ་བརྒྱད་ཡིན། །དལོ་ལོ་དང་བཅུ

དགུ་ཡིན། །དགྲ་འདུལ་བར་ཐོག་ཡིན་རིས་ལུག་ལ། །ཕྱིས་དོན་འགྲུབས་ལུག་ཅི་འདྲ་ཕྱུང་། །དམ་ཚོ་ཅེ་དགྲ་ལྷ་བཙན་རྒྱལ་དེ། །སྐྱ་ཁེབ་ཟང་ཞིས་

ཨེ་ཡོད་ལག །དཔལ་ཕྱུབ་དྲུག་བཙུ་གཙོ་བོ་ཡ། །མདའ་མདག་འབྲེ་དཔལ་ལྷ་གསུམ། །གཡུ་ལྷ་རྟག་ལྷ་ཁན་འབར་དྲུག །དཔལ་ཙལ་དྲུག་

འཛིན་པའི་མི་དྲུག་དེ། །སྐྱ་ཡབ་རང་ཆད་ཨེ་ཕྱུང་ལག །གསེར་བའི་དཔོན་པོ་ཉི་འཁྱུ་དང་། །དམུ་བའི་རིན་དལ་ལུག་ཉིས། །ཉི་རྫོང་དཔོན་ནཔོ་ལྷ་ལུག་གསུ།

ཤར་ཕྱུ་ཞལ་སྐྱ་མཆོད་གསུཾ་པོ་དེ། །སྐྱ་ཁཾ་བཟང་པོ་ཡེ༔ ཉུ་ཚེ་གླིང་བསལ་ཚེས་སྒྲུབ་ལ། །རྒྱལ་སྲིད་མ་ཅི་ཀར་དད། །རང་སྲིད་ལྷ་མཆོད་འབུལ་བ་གཉིས།
ཐུ་ཀྱིས་ཚེས་སྒྲུབ་ཡུ་རྒྱལ་བ་གསུམ། །སྐྱ་ཁཾ་བཟང་པོ་ཡེ༔ འོ་འབབ་ལ་ཡ་ཞི་ཕྱལ་ལ་སྲིད་དང་། །སྡུག་ཟེ་བ་དཔོན་པོ་ཞལ་སྐྱ་ལག་གཉིས། །ཡ་གྲག···
དཔོན་པོ་ཧི་གྲག་བ་གསུམ། །སྐྱ་ཁཾ་བཟང་པོ་ཡེ༔ གླིང་བསཾ་འདོན་འགྲུབ་པའི་རྒྱལ་པོ་ལ། །མ་བཞི་ན་དཔོན་པོ་ཁྲི་རྒྱལ་དང་། །འབྲི་མི་དཀར་ལྷ་བུ···
བསཾ་འགྲུབ་གཉིས། །འགྲོང་འདུལ་ཚར་ཡུ་ལྷ་མཆོད་གསུམ། །སྐྱ་ཁཾ་བཟང་ཤིས༔ ལྷ་ཆོས་ཆེན་ཉི་མ་གྱིས་སློབ་ལོ་ལ། །དབུས་རྗེ་བོ་ཀ་ཅ་མི་ནེ་ད། །
གདན་ས་རང་གནས་ཡེ་བ་ཞུགས་ལག །མཐའ་བདག་ཐོད་ཀྱི་རྒྱལ་པོ་དེ། །དབང་ཆེན་ལོང་སྒྲོད་ཡེ་རྒྱལ་ལག །དགྲ་མ་ཐུབ་ཞ་བ་ལག་ཐམ་རང་དེ། །བདུད
རྒྱལ་ཆེན་མི་གཅིག་དང་། །དཔལ་ལ་གླུ་ཕུལ་ཚིག་མཆོད་རྒྱལ་པོ་གཉིས། །ཕྱོ་མི་ནུའི་ཡ་ཀང་སྐྱ་རིས་གསུམ། །གདང་མཆད་ལེབ་ཀ་འམ་ང་རེད། །བྲག···

ཤྲཱ ༡༢

༄༅། །ཞབས་སྒྲིབ་པའི་བྱ་རྒྱུད་ལ། །མཆོད་སྤྲིན་སྤྲུལ་ནུབ་མི་འབར་ཅིག །རྒྱལ་དར་སྤོ་ལྡོག་དམར་ལྕུག་གཉིས། །ལེན་མེད་སྡུག་རྗེད་ཁྱུང་གདོང་གསུམ། །གདང་མ་ཆད་ལེ་ཨེ་ཧྲུང་ལག །རི་མ་བྲིན་དམག་གིས་གསོ་ཕོ་ལ། །ངར་རྩེ་ཐེག་འཕྲུ་ལྕུ་རྣ་ཐིང་། །བདུད་བཙན་རྗེད་པོ་སྡུག་རྒྱལ་གཉིས། མཁའ་སྒྲོ་དམག་དཔོན་གཞུའ་རྗེད་གསུམ། །གདང་མ་ཆད་ལེ་ཨེ་ཧྲུང་ལག །གཡུ་ཞེ་གཡུ་འབྲུག་གྲུ་སྦྲུ་པ་དང་། །བདུད་མོ་ལ་ཐོག་ཟེ་ར་གྲགས་པ་གཉིས། །གསེར་ལྕུལ་སྒྲིང་གྲ་གླུ་པ་གསུམ། །གྲ་གླུ་ཙན་གྲགས་པའི་མི་གསུམ་རང་། །གདང་མ་ཆད་ལེ༔ དགྲ་བླ་ལྕུ་འདུལ་ལྕུག་ཙི་འདྲ་རྒྱིས། སླིང་ལྕུལ་དོན་འགྲུབ་ལྕུག་ཙི་འདྲ་གྲུལ། །དེ་རྣམས་ཡིན་ལྕུག་སྣང་དཆ་བ་ཤད། །ག་ཡོག་མི་རྒྱང་སེམས་ལ་དེ་ལྡར་ཞེག །གོ་ན༔ མ་གོ༔ ཅེས་ཤེར་བ

ངང་དེར་མི་རྒྱང་ཁ་བདེ་དེས་དར་དང་ནོར་རྫོགས་མང་པོ་འཕུལ་བ་དང་ལྷ་གྲིས་དགྲ་ལྷ་རྗེ་རྒྱལ་ཕྱིས་བཀའ་དང་ཕྱག་གྲིས་ནས་ནས་ཡོད་པ་དེ་རྒྱལ་པོའི་མདུན་ཐོག་དང་པོ་སྡིང་ལ་འཕུལ་ནས།

ཡ་དཔོན་སྐྱིག་གེ་ས་རྒྱལ་པོ་ལགས། ཁྱེད་སྐུ་ཁམས་དང་བ་ཡིན་ནོ་ལགས། ཁྱེད་དཔོན་གྱི་ཞལ་ངོ་མཇལ་བ་ཞིག། ང་གཡོག་ཁྲུག་བསམ་པ་ཤིན་དུ་དགའ། ཕྱུ་རྒྱུད་ལ་དང་སྨུག་པ་འདྲ། ཚོ་འདས···

ཚོས་ལ་སྨུག་པ་འདྲ། དབུལ་པོའི་ནོར་རྫས་སྟེན་པ་འདྲ། དེ་ནས་ལྷ་སྲིད་རིན་པོ་ཆེ་ན། གླུ་གླིང་འཁྱུག་པའི་ལོ་རྒྱུས་དེ། ཕྱིག་སྐུག་ཞུ་བ་ང་ལ་ཡོད། ཟེར་ནས་མི་རྒྱུད་གིས་གླུ༔ ཨོ་མ···

ཧི་ལྷེང་ཧཱུྃ༔ ཨ་ལ༔ ཐ་ལ༔ གླུ་མཆོད་གཞིག༔ མཆོད་གཉིས༔ མཆོད་གསུམ༔ ཤར་རྒྱུག་རླུང་ཆེན་བརྒྱད་བཅུ༔ ཤར་ཕར་སྔོན་གཉེན་

ཆེན་ཁང་ལྷུ༔ ཟ་སྡོང་ཟ་རྒྱལ་སྤྱོམ་ར༔ རྗ་སྡོང་རྗ་རྒྱལ་འཕེན་པོ༔ རྗེ་བོ་སྐྱོགས་ཆེན་གདོང་ར༔ རིང་རྗེན་ཁ་བ་དཀར་པོ༔ བོད་ཀྱི་རིན་དྲུག་བརྒྱ༔

བཀའ་མགུ་ཡེ་ལ་ལྷ་ཁམས་གྲོགས་ལ་ཕྱིན། །འཛམ་གླིང་ས་ཡི་ལྟེ་བ་ལ། །གླིང་ལ་མཆོད་རྟེན་སྒྲོན་རེད། །རྒྱུ་གཡས་ནས་བབས་པའི་རབ་དཀར་རྒྱུ། །

གཡོན་ལ་བབས་པའི་རྣམ་རྒྱལ་ཀྱང་། །སྐྱིད་ལྷ་རིང་ཆ་མཁར་དགུ་གདུང་ལ། །མཁར་རའི་འཛིན་པོ་སེང་འབྲུག་སྔགས་ཟེར། །ལྷ་གླུ་གཉེན་གྱི་བཞེངས་པ་ཡིན།

ཤེལ།

༄༅། །མཁར་རི་རྒྱ་ལ་དཀྲུང་ལ་མཁྱེན་ལེ་འདི། །ཤིང་པ་ཟོ་སྐྱུན་ཙོ་མོ་ཞེ་ལུས། །ཤར་རྒྱ་གར་གླུ་གླུ་ཕྱུང་བ་ཟོ་བརྒྱད་ཡོད། །བྲུ་ཧ་པ་ལ་རྡོར་རྗེ་

ར་ཤེ་གས་སེ་ཡོད། །མཁའ་ལ་སྣང་དོ་རྡོའི་བྲག་ཡ་གདང་། །གྲྭ་ཚང་ལྷག་ཚང་སེ་ཞེ་ཡིས། །ཆོས་ཁང་དཀར་ཚང་ཆེན་བ་ཟོ་བརྒྱད་ཡོད། །མ་མཁའ

འགྲོ་འི་འཕྲུར་མ་ཤ་ར་ཡོད། །མཁའ་འམ་ཁའ་གཙང་ཆེན་རྒྱ་ལ་གདང་། །ཉེ་ཚང་སློབ་ཚང་སེ་ཞེ་ཡིས། །རྨ་རྒྱ་སྤྱིན་ཚང་ཆེན་བ་ཟོ་བརྒྱད་ཡོད། །གླུ་

གཙང་པའི་རྗེ་ར་ཁྲིག་གེ་ཡོད། །ཧྲོ་འཕྲུལ་མཁར་གྱིས་ནང་བརྩུད་ལ། །སྙིང་བརྟུད་སེང་ཆེན་རྒྱལ་པོ་བཞུག །ཞུ་བའི་གླུ་ཡ་ཨེ་འདུག་ཡོད། །རྡོ་གླུ་གླིང་

འཁྲུག་པའི་ཇ་བ་དེ། །སྐྱེག་གླུ་གས་ལོ་ཀ་འབིག་ནི་དང་འདྲ། །གྲོ་གྲང་མགར་པའི་ཕྲུལ་ཁ་འདྲ། །གླིང་དཀར་གླུ་རྩོལ་འདྲ་མ་དེ། །དགའ་སྐྱིག་སྒྲོ་ལྕུག་ཨེ་

འདུག་སོན། །དཔོན་ཆེན་དགྲ་ལྷ་རྗེ་རྒྱལ་པ་དེ། །སྐྱ་ཅེལ་ཉི་མ་བཞིན་དུ་ཤར། །ཞལ་དེ་ཟླ་བ་བཞིན་དུ་ཚེས། །མདང་དང་སང་ལུས་གཟུར་ནང་ལ་ཡོད། །དཔོན་ནང་

ལ་འཁོར་བའི་གློན་པོ་རྣམས། །ཕོ་བྲགས་པ་ཟན་གྱི་སྔོན་པོ་ལ། །དཔལ་ལྷ་མ་དན་མ་དགའ་བདེ་གསུམ། །དེ་ལྟར་སྐུ་ཁ་བཟང་བ་ཡིན། །དབང་ཐང་ཆེ་བའི་
གློན་པོ་ལ། །ཤན་འབར་བ་ཡུ་ལྷ་བཀྲས་ལྷ་གསུམ། །དེ་ལྟར་སྐུ་ཁེས་ངང་བ༔ ཞེ་ལྷ་ནུས་ཤ་ལྡག་དང་པོ་ལ། །གསེར་བའི་དཔོན་པོ་ཉི་འབྲུ་གཅིག །
ཀླུ་ཀེ་རྩེ་ང་དཔོན་པོ་ལྷ་སྐྱ་གཉིས། །དཀྱུ་བའི་དཔོན་པོ་དར་ལྷུ་གསུམ། །དེ་ལྟར་སྐུ་ཁེས་དང༔ གླིང་རྒྱལ་ཆེན་རྡོ་རྗེ་གདུང་རྒྱུད་ལ། །རྒྱལ་སྲིད་མ་ཆི་
ཀ་ར་གཅིག །རོང་སྲིད་ལྷ་རྒོད་འབྲུལ་ལྷུག་གཉིས། །གཟིགས་རོང་གྲུས་པོ་གཡུ་རྒྱལ་གསུམ། །དེ་ལྟར་སྐུ༔ དཔལ་གྲུ་ཁྲུས་གྲག་པ་ཆེན་ཤྭན།
ཡ་ར་རྡོ་ཐོག་རྫོང་རྒྱལ་པོ་གཅིག །ཁྱུང་བདུད་དཔོན་པོ་ཨ་ཀང་གཉིས། །བདུད་རྒྱལ་དཔོན་པོ་ཞ་ནག་གསུམ། །དགྲ་མ་ཐུབ་ཤ་ཡ་ལྷག་ནས་ཡོད། །མཆོ་
ཐོན་སྨྲ་ལ་ནག་མི་འབར་གཅིག །གསེར་གླིང་སྒྲིང་གྲགས་པ་གཉིས། །གླིང་མཁར་སྐག་མ་བུ་ཡག་གསུམ། །དགྲ་མ་ཐུབ་ཤ་ཡ་ལྷག་ནས་ཡོད། །དེ་ནས་

བཞི་བརྒྱ་ལྔ

༄༅། །སྒྲུབ་ལུགས་རྒྱལ་སློབ་ཚིམས། །དགྲ་ཕར་ལ་སྟབ་ལྷག་ཨ་འདྲ་སྦྱང་། །ཨ་ཁལ་སྣོད་དམག་དཔོན་བཟའ་ཆོད་དོ། །སློབ་ཆེན་མདན་མའི་
མདའ་ལ་བྲངས། །ལེབ་བེ་ཨ་ལྡིར་ཆོས་འཕེལ་ལ་དོ། །ངར་ཆེན་གཡུ་ལྡིངས་གྲིལ་དྲངས། །བཙན་རྒྱལ་ཁྲག་འཐུང་དམ་ཉག་དོ། །སྟག་ལྡིའི་
ངར་མི་འི་མདའ་ལ་དྲངས། །ཤེ་བདུད་གྲོག་མ་ནག་མགོ་དོ། །ལེ་བ་ཆེན་གཟུགས་དྲུག་ཞགས་གི་བཙིར། །ཀ་སྟག་མདོ་རྣ་སྟག་རྩེ་དོ། །ཤན་འབའི་
དྲུག་རལ་དར་ལ་དྲངས། །ཁྲི་སྟེ་བཞི་ཡི་ཕར་དམག་དོ། །ཉི་མ་གཅིག་ལ་ལེན་མེད་གདང་། །ཨ་མགོན་ཕོག་གི་ཁྲི་དམག་བརྒྱད། །ཉི་མ་ཅིག་
ལ་དམར་བས་ད་ཕྱུས། །དེ་ལ་ཚོར་བའི་སློན་ཆེན་ལ། །སོག་པོ་ཨ་སྒྲ་གཞི་ནུ་གསུམ། །སྟག་ཟིག་ཤོག་དང་མི་སྟེ་ལྷ། །རྒྱལ་ཁག་ལྷ་ཡིས་
ཚོ་ལ་ཕབ། །ཁྲི་དྲུང་དཔོན་པོ་སྟག་ལྷ་ཡིན། །བདུད་དགྲ་ཨ་མགོན་ཁ་ཞེན་ཕྱུས། །བརྒྱ་དམག་ག་ཅིག་ཚམ་མ་གཏོགས་ལ་པ། །དེ་མན་

ཀྱི་དམ་པ་བརྒྱུད་པོ་དེ། །གཙང་སྣ་གཤང་སྒོར་དལ་དམར་བསང་བ་ཞང་། །དགྲ་མ་ཐུབ་བརྒྱུད་ནམ་བ་ཅིག་ཚོམ་ཤོར། །རྩེའི་རོ་མ་དལ་སྣག་ལྷ་་་
དཔོན་གྱིས་ཚད། །ཐལ་བས་སྐག་རལ་སྐུ་མདོ་ནས། །ཚང་གཙིག་གི་རོམ་མདའི་རྩེས་ལུ་སླེབ། །སྐག་ལྷ་ཟླ་ཟ་ཕར་ཕར་རེད། །ལོག་སློན་སྣག་
མོ་འཁྱུང་འཁྱུང་རེད། །ཨ་གྲག་ཞེ་ར་སློག་དམར་འཚུབ། །བརྒྱུད་ནམ་གཅིག་དེ་དམར་བསང་ཐུལ། །མི་ལྷ་མེན་པ་ཡུ་མེད་བཞང་། །དེ་ཡང་ཚོ་ཀྱི་
དང་པོ་ལ། །བདུད་བཙན་རྒོད་པོ་སྨག་རྒྱ་ལ་དེ། །སློག་དམར་དགུང་ལ་འཚུབ་འཚུབ་བེད། །ཤིང་འབྲོང་རྒྱ་ཐ་བཙན་པོ་དེ། །ངར་ཆེན་དབྱུང་པའི་
ས་ལ་བསྒྲིམས། །ཤར་ཆེན་རྡོ་ཡི་སྦྲང་ཁྲག་བསྐྱེས། །ཨ་མ་གོན་དཔོན་གཡོག་ལྔ་པོ་དེ། །སྟོ་བ་པའི་སྤུང་ལྕུང་ཤར་ཤིཾ་ནས། །ཐུན་ནག་རྩེ་
ལ་རང་སྐུགས་འཁོར། །མི་ལོ་ལྔ་ལ་ལྷུས་ནས་ཐལ། །དེ་ཙེ་སྒྲིང་དཀར་རྒྱལ་ཆེན་བཞི། །མདང་འབབ་དགུ་ཁྲུས་ཡུལ་ལ་གདུབ། །སྐག་ཐང་སྡེ་

༄༅། །ཡ་དམ་ག་ཀླ་ར་རྒྱལ། །གཡུ་མོ་སྐྱོང་ལ་གླུ་ལྷུབས། །ངར་ཚོད་གླུ་ལུས་དམག་དཔོན་བདེ། །གླིང་དཀར་རུ་ནག་སེར་བའི་གྲུབ། །ཐར་
ནས་གླིང་དཀར་ལུས་དོན་འགྲུབ། །ངར་ཚོད་སྐྱོན་པོ་ཆོ་ལ་ལག། །ལྷ་གཙང་དམ་ཚོད་ཕྱུགས་ཕྱི་འདུལ། །དངོས་གྲུབ་གསེར་རྫོང་
ནང་ལ་བླངས། །རྟག་གཅོད་ལེན་མེད་ཞབ་གིས་གཟུང་། །ཐོག་སྒྲུབ་དབང་ཐང་ལྷན་འཕའི་རྫོགས། །གཡུ་ནེ་སེང་རྟག་གྱིལ་དྲོང་། །ཁ··
དར་དམར་པོའི་ཁྲག་ལ་བསྒྱུར། །ཁྲ་ད་ནག་ཕྲན་མདའ་ལ་དྲངས། །རྒྱ་དར་སྔོན་མོ་གྱི་ལ་དྲངས། །སྟོང་རྟག་དམར་ལུ་ལྷ་རེས་འདུས། །
དགྲ་ཡར་ལ་ཐུབ་རྩལ་དེ་འདྲ་རེད། །ཉི་མ་དེའི་རྗེས་བསྐྱུལ། །སྔོན་པོ་མཚོ་ཡིན་ཚང་བཅུད་ལ། །སྐྱུ་སྐྱེག་འཁྱུལ་པའི་དགེ་འཕབ་རབ་ཞེས།
གླིང་དཀར་འདུལ་བའི་ཐབ་ཞིག་ཐུས། །མ་གཅིག་དཔོན་པོ་ཕྲོ་ཐུང་དེས། །རྒྱ་འཕྲུལ་ངོམ་བའི་མི་མང་བསྐྱུལ། །དཔྱར་སྔོ་ནམོ་མཚོ་ལ་འཕོད།

ང་ཕྱིན་སྤྱིད་པོ་སྟོད་ནས་ཡོད། །ཁ་ཚང་ལོ་དཔག་ར་ཉིད་ལོ། །དཀར་པོ་གླིང་དང་སྒྲུ་ལུག་ཉིས། །ཆོས་དང་མདུན་མ་གཏམ་དགོས་ཟེར། །

དགྲ་མདུན་མ་གཏམ་ནས་ཟླ་བ་ལྔ། །ཆོས་ཕྱུབ་ཨོ་འགྲུབ་མི་ཤེས་དེ། །ཕྱོང་ཁ་ཆེས་མགོ་ལ་སྐྲུགས་ཤིང་ཡོད། །དགྲ་སྒྲུ་ལུ་ནང་ནམ··

ཐུབ་རྒྱ་རེད། །ཆོས་ཕྱུབ་ཙི་འདུ་འགྲུབ་ཤིང་འབི། །ལྷ་མདོན་ཤེས་མེད་པའི་ལས་འབྲས་ལ། །རྒྱལ་པོ་ཁྲིད་ལ་བཀའ་འདྲིས་ཡིན། །

ཐུག་ཏུ་དགོང་པ་མ་ཚམས་ལེབ། །ཕྱུབ་ཙི་འདུ་འགྲུབ་ས་འབི། །རྒྱལ་པོའི་དགོང་པ་གནང་རོགས་ཞུ། །གོ་ན༔ མ་གོ༔ ཅེས་ཟེར་ནས་ཞུ་

བ་འབུལ། དེར་གླིང་རྗེ་གེ་སར་རྒྱལ་པོའི་ཞལ་ནས། ཡ་མི་རྒྱང་ཕྱེད་གླིང་ལ་ཆགས་གསུམ་སྐྱ་ངན་སྡེ། དགོས་རྒྱལ་པོ་ང་རང་གིས་ལྷ་སྲིས་ཀྱི་དྲུང་ལ་བཀའ་དར་ཡིས་གྲིམ་

འཕྲུལ་རྒྱ་དགོས་པ་དང་མཚོད་གླུ་གླིང་གཉིས་གིས་མདུན་མ་གཏམ་པའི་ཕྱུ་བ་འདི་བཟང་ངན་ཙི་གདལ་ང་རང་གི་སྤྱི་ཡིད་ལ་བཞག །དེ་བཟང་ངན་ལྷ་ཡི་ཞལ་གཟིགས་ཏོ། །འོང་བསྒྲ

ཕྱི་ཁྲ

༄༅། །ནས། སྐྱིག་སྐྱུགས་ཀྱི་ཐབ་ཚོད་པ་ཞིག་ཁ་དགོས་གསུང་བ་དང་། དེར་མི་ཚང་ཟེར་ན་གཉིས་གླིང་ལ་ཁབ་གསྐྱུ་རྩོ་བསྐྱོད། དེར་ཉི་མ་དེའི་རྗེས་སུ་གླིང་རྗེ་གེ་
སར་རྒྱལ་པོའི་དྲུང་དུ་ཕྱིན་པས། དེར་སེང་ཆེན་གྱིས་ཞལ་ནས། ཡ་ཁྱེད་བང་མི་གཉིས་འགྲོ་རན་པས་དུས་ལ་བབ། ང་རྒྱལ་པོས་མདོ་སྨད་ཀྱི་ཡི་དང་གོང་མ་ལྔའི་
ལུང་སྟོན་གཉིས་ཚོས་དང་མདུན་མ་མི་འགྲིགས་འདུག ས་འགྱུགས་ཀྱང་གཏཾ་ན་ཡིན་དུ་ཡག་འདུག་ལོ་ཚིག་རྩུར་ཆད་ལ་གསེར་པ་སྨི་པ་གཉིས་ལ་བར་ཆད་ཡིན་དུ་ཆེ་
འདུག་པའི། མདུན་མ་གཏོན་ཡག་དེ་མདུན་མ་མི་ཡང་ཐག་ཆེད་ཡིན། ཀླུ་ལུ་ཐོག་རྒོད་རྒྱལ་པོ་དེ་བདུད་ནག་གིས་སྐྱོབ་དགོན་ཡིན་པའི་གླིང་ལ་ཕེ་མི་ཐོབ། དེ་འཁོར་གྱི་བློན་པོ་
རྣམ་ཀྱང་དངོས་མེད་འདྲེས་ལྟག་ཡིན་པས་གསོག་བཟང་རྒྱ་མ་གཏོགས་གཞན་ཀྱང་ལན་ཐོག་ལ་གཅིག་ཀྱང་མེད་ངས་ཡིན། དེར་སྙིང་ལྡུ་ནས་བསྒོམ་པའི་འཛམ་དབྱངས་ཕྱག་རྡོར་
གྱི་སྤྲུལ་པ་གླིང་ལ་ཕྱིན་པའི་སྟོང་ལྔེས་གཡུ་སྐྲག་དེ་ད་ལོ་ལོ་གསུམ་རང་ལོ་བརྟག་པའི་ལོ་བཞི་ཡིན་པའི་ད་ལོ་བརྒྱད་རུ་ཐོག་ནས་ཐོག་མོད་ཐུབ་པའི་རྗེས་འགྲོས་ཡོད།།

དེས་སྟོན་ཆེད་ལ་སློང་དཔལ་ལྷུན་རྫོངས་ཀྱི་དགེ་ཁ་པ་ལྷུན་པའི་ཐབས་དང་ལྡན་བ་ནི་གྲགས་ཀྱིས་དང་བའི་ལྷ་སྐྱེས་དྲུང་དུ་འདའི་ཡིག་རྟེན་བཅས་འབུལ་བ་བའི་བསྐྱང་གསུངས་པའི་ཕྱག་ཕྱིས་དང་

གསུང་ཕྲིས་མཇོད་ནས་བང་མི་གཉིས་ལ་གསེར་སྲང་ལྔ་རེ་དང་མཇོད་དར་རེ་གནང་། དེར་བང་མི་གཉིས་ཕར་ཕྱིར་ཀར་སློང་ནས་ཡར་ཡུལ་ཕྱོད་ལ་ཁ་ཕྱུར་ནས་སོང་བའི་ལྷ་བ་གཅིག

དང་ཆབ་བདུན་གྱི་གྲུང་ཐེབ་ནས་མཚོ་ལུག་གཡུ་ཐང་གིས་དམག་ལྷར་ནང་དུ་སྐྱེལ་བས། དེ་ར་ལྷ་སྲིས་ཀྱི་དྲུང་དུ་ཕྱིན་པའི་འཛུལ་དང་འཕྲུལ། ལྷ་སྲིད་དང་དཔལ་ལྷུན་རྫོང་གི། ཡ་བང་མི་གཉིས…

ཞེབས་པའི་ངོ་རྒྱ་ཟེ་འདྲ་རྫུང་། རྒྱལ་སྲིད་མདོ་ཁམས་སྐྱོང་ར་ལ། དགའ་བོ་བདེ་མོ་ཨེ་རེད་ལགས། སེང་ཆེན་ནོར་བུ་དགྲ་འདུལ་དེ། སྐྱ་ཁྱིམ་དུས་བ་ཨི་གཞུགས་ལགས། རྒྱལ་པོའི་གསུང་

ལ་ཟེ་འདྲ་ཡོད་ད་… གསུང་ནས་གདོང་ཀྱི་གྲི་བ་མཇོད། དེ་ར་མི་ཆུང་ཁབ་དགེས་ལྷ་སྲིས་དགྲ་ལྷའི་དྲུང་དུ་སེང་ཆེན་གྱི་ཕྱག་ཕྱིས་བསྐུར་བ་དེ་མདུན་རོག་ཕོག་ཕུ་བཞག་ནས་ནི། ལ་

དཔོན་སྐྱིག་དགྲ་ལྷ་བཙོན་རྒྱལ་ལགས། དཔོན་ཁྲིད་ལ་ཁ་ཕོ་རབ་འཛིན་པོ་རྫོངས། སྐྱ་ཁྱིམ་དུས་བ་ཨེ་ཡི་ལགས། འཚོ་ངད་གཉིས་ཀ་བ་མཚུང་། ངད་རིག་མ་དོ་ཁམས་གླིང་ལ་འདི་སོ་འདུག།

ཀྱི་ཉིས།

༄༅། །ལྷ་ཡིས་རྒྱལ་པོ་ཤེས་རབ། སྐུ་ལ་བར་ཆད་མི་གདའ་ལགས། གསུང་ལ་འགག་པ་མི་གདའ་ལགས། ཀླུ་གླིང་མདུན་མ་གདམ་པའི་ཆུ་བ་འདི་ལ་ཚན་ཆེ་བ་མི་འདུག་སྟང་ར་ཞིག་དེ་འདྲའི་ངང་དུ་མགོ་གཡོག་མ་ཐུབ་ནུ་གསེར་ལ་བརྒྱ་པ་གཉིས་ལ་བར་ཆད་ཆེ་འདུག་གསུང་བཞིན་ཀ་འགའ་ནང་ཆུང་བས་མ་ཆོད་རྒྱལ་པོའི་ཕྱག་ཕྲིས་ལག་གཟིགས་དང་རྗེན་པོ་ཡོ་པག་སྐྱོང་བའི་བཀའ་ཡོ་དཔལ་གནས་ཟེར་ནས་ཀླུ་བ་འཕྲུལ། དེར་ལྷ་སྲིད་ཀྱི་བཀའ་ཕྱོགས་ཕྱག་གིས་སློང་ནས་དགྲ་ལ་བཞག་པའི་དད་པས་ཡིད་ཆེས། ཡུལ་སྤྱི་ལྷ་ངག་གིས་ཁ་ཕྱེས་དེ་དཔལ་ལ་བདུན་འདུན་འཁོར་རྣམས་ཀྱི་སྐུ་ལོ་དུ་གོ་བར་ཞུས་པས་ཚིགས་འཕྲུས་འདི་ལྟར་རོ།། ༈ མངའ་བདག་མཆེད་ཡང་དམ་པ་གནམ་བསྟོད་རིས་འདྲེན་མཆོག་སྐུ་ལ་ལྷ་སྲིད་དགུ་ལྷའི་དྲུང་དུ་གསུང་པས་ཞུ་བ་ནི། ལྷ་མི་མཆོག་སྤྲུལ་རིན་ཆེན་ཕྱོགས་བཅུའི་ཞལ་ས་པ་གཉིས་མེ་དང་རྗེ་ཕྲིམ་སྒྲིང་ལས་ཞུ་བ་ལ། ལྷ་མ་དགའ་བའི་ཚོགས་པར་དཀར་པོ་དགེ་བསྙེན་ནི་ཕྱུགས་གཙོ་བོ་ཕར་སྟོད་ཐང་ལྷ། སྐུ་ལ་དགའ་བའི་སྐུ་དགའ་བ་འཛིན་པོ་མི་མགོན་དཀར་པོ། མི་དཔོན་འཛམ་གླིང་གི་ས་ར་ང་རང་དང་ལྷ་ཀླུ་གཉེན་གསུམ་འཁོར་གྱིས་བསྐོར་བའི་ཞབས་གསུམ་ཚམ་ལ

ཐུབ་ཡོད་གཅིག་ཏུ་བསྒྲད་པའི་བཀའ་གྲོས་ལ་ད་ལོ་གྲུ་གླིང་དར་རྩོད་དབྱུང་པའི་འཁྲུགས་པའི་དུས་སྐྱ་ཁ་རྒྱ་ཚོགས་གི་མདུན་མ་འགྲུབ་པ་མི་ལང་སྐྱེ་ལོ་གཅིག་བར་དུ་གདོང་གྱི་མགོ་གཡོག་མ་ཐུབ་ར་

སྐྱ་པ་གསལ་ར་པ་གཉིས་ལ་སྐྱ་སྐྱག་ཚེ་འདུག་པའི་ཁ་ཤས་ཅིག་གས་ཀྱིས། སྡུང་གྲོགས་པ་སྐྱག་འདི་ར་ལོ་བཅོས་པའི་ལས་ཐབས་ཡིན། དབྱུང་ལོ་བཞི་སོང་ནས་དགུང་ལོ་བརྒྱད་ཀྱི་ཚོགས་དུ་ཚོགས་རྩོད་ཐུབ་པའི་

རྩེན་འདྲས་ཡོད། མདའ་འདང་དགའ་གྲུ་ཧུས་པའོར་ལ་རྒྱལ་སློན་དགུ་བརྒྱ་བ་བརྒྱད་དེ་གླིང་ལ་འཁོར་བའི་མི་གཅིག་མེད་པའི་འདུལ་དགོས་རྒྱུ་ཡིན་པས་དེ་གཞི་དུ་ཁ་བས་དང་ཞབ་ཞེ་གྲགས་ཀྱིས། ཚེས་གསུང་ས་པ་

ཕྱག་བྲིས་ལ་རྟེན་རིན་ལྷ་རིགས་འཛིན་བུ་བཅས་ཀྱི་བ་འདུལ། དེར་རྒྱལ་སྲིད་དཔལ་ཐབས་འཕངས་བཅས་ཀྱི་རྒྱལ་པོས་ཕྱག་བྲིས་གོ་དེ་གསུང་སྐད་ཚིགས་པ་གཅིག་ཏུ་སེམས་ལ་བསྒོམས་ནས་ཐུགས་སྨོན་པའི་དངས་གཟུགས།

ཉིམ་དེའི་ཕྱི་ཉིན་ལ་འཕྲུལ་གྱི་དགེ་འབའ་ཞི་བླ་མ་རྟེན་ལ་ཕྱི་བསྒྲུབ་ནས་སློང་པའི་བཙོག་གཉིས་ཁ་ལོ་ར་ཕྱུང་ཟེར་བའི་ཞུ་བ་ཕུལ། དེའི་སྐྱེ་ཉིང་ལ་དགེ་ཕྱི་དཔོན་ནང་ལོ་ནམ་ཁའ་དཔལ་འབྱོར་དང་།

ཚོམ་ཁྲིམས་ཤེས་རབ་འབྱུང་ལྡན་གཉིས་ཀྱི་གྲུ་པ་ལྟར་རྩེ་ཁྲི་ནས་གླིང་སྐར་ལ་ཕེབས། དེར་ལྷ་སྲིད་དང་བཀའ་གྲོས་མང་པོ་ཞུས། འཇམ་གླིང་གསེར་རྒྱལ་པོའི་ཕྱག་བྲིས་པ་ག་ཟི་སྐུ་ནས་ཡི་དམ་གསལ་ནས་

༄༅། །བླ་མ་དང་སློབ་མ་རྒྱལ་པོ་དང་བློན་པོ་རྣམས་ཀྱི་བཀའ་གྲོས་མང་དུ་མཛད་པའི་མཐར་བླ་མའི་ཞལ་ནས། ཡ་ལྷ་སྐྱིས་རིན་དང་རང་ལྷ་བདེ་དགེ་གསུམ་གྱི་ཐབས་དང་ཞྭ་བ་ལ་དགྲ་འདི་མི་གོ་བ་ཡོག

ཐབས་མདུན་མ་གཏོང་བའི་གྲག་པ། དང་རྣམས་ཀྱི་སྒྲུབ་ཀྱིས་རྒྱལ་བློན་རྣམས་སང་གཉིས་མཚོ་ལྷུང་ཐུག་དེར་ཀྱི་སྟོད་ལ་མ་རབ་ཀྱག་པ་བཀའ་དགྲ་གས། སྐྱིང་པ་རྣམས་ཀྱང་ཡ་རབ་ལ་ཐོན་པའི་ཚུར་མཛད་ནས་

མདུན་མ་འགྲུབ་མི་འགྲིགས་ཀྱི་དར་དུ་ཡོང་ཐིག་མགོ་བསྐྱུར་དགོས་པའི་དཔེ་ལུགས་རྒྱལ་བློན་རྣམས་ཀྱིས་གོ་བ་རྒྱས་གསུངས། དེས་ཕྱི་ཉིན་ལ་བླ་མའི་ཞལ་མཆོད་ལྷུག་ཐུག་དེར་ཀྱི་སྟོད་ལ་བབ་ནས་སྐར་

ཆེན་བརྒྱ་ཀྱིས་མི་ཁུབ་པ་ཞིག་རྒྱབ་ནས་ཆོག་ནི་ང་རྒྱལ་བློན་རྣམས་འདིར་འདུས་ཡོག་ས་གསུང་ལ་པ་ལའི་བཀའ་ཕེབས། སྐྱི་རྡུའི་དཔལ་ལ་ཁྱབ་རྣམས་ཀྱང་འདུས་ཡོགས་གསུངས་པ་དང་། དེར་སྐྱིང་ནས་གཏོང་བོ་

བར་འགྲིམས་མི་ལམ་དུ་དང་ཟན་ཤན་འབར་རྒྱལ་པོ་དང་སྐྱི་དཔོན་རོང་ཆེ་ཁྲ་ཆེན་གཉིས་དཔོན་གཡོག་བཅོ་བརྒྱད་ཐུམ་ནས་སླམ་ལས་སྐར་རྒྱར་ལ་ཕྱུར། དེ་དང་གཉིས་དུ་གླུ་ལུས་སྐར་ནས་གསེར་སྐྱི་དཀྱིར་གྱིགས

པ་དང་བདེ་ཆེན་ཤེས་རབ་གྲགས་པ་གཉིས་དཔོན་གཡོག་བཅོ་བརྒྱད་ཐུམ་ནས་སླམ་འི་སྐར་ལ་ཕྱུར། དེར་སླམ་འི་སྐར་དེ་ཡི་དཀྱིས་དུ་ལུས་གྲུ་རབས་ཀྱིས་མི་ཁུབ་པ་ཞིག་ལྷུག་སྟེན་ལྡིང་དུ་ཐུ་ཐུམ་གཞིས་གདུག།

འོག་ཏུ་སྒོ་སྟེའི་དཀར་པའི་ཁྲི་རྒྱབ་ནས་རི་བོ་ཁྲི་ཡི་གོར་ནང་ལ་ཆོས་ཆེར་གྱི་ནམ་ལ་ལོངས་རྒྱས་ཆོས་ཀྱི་ཉམས་དགའ་བ་ཞིག་གཞུགས་ནས་དབུ་ལ་པཎ་ཞྭ་སེར་པོ་མེ་ཏོག་གི་འདབ་ཅན་ཞིག་གསོལ། སྐུ་ལ

ན་བཟའ་ཆེན་ར་བེར་པོའི་ཆོས་གོས་རྣམ་གསུམ། དེའི་སྟེང་དུ་ཟ་ཧོར་གྱི་བེར་སེར་པོ་ཅིག་སྐུ་ནས་གསོལ་བས། དེའི་གཡས་ན་གཡོན་དུ་རྒྱ་ཆེན་བརྒྱད་ཉམས་བཞུགས། ཆོས་ཁྲིམས་དགེ་དཔོན་ཕྱིན་སྤྱིལ་ལོ་ར་གྱིས…

བསྐོར། གཡས་སུ་ཕྱོགས་ལ་སྟག་གདན་དང་གཟིག་གདན་མང་པོ་རྒྱབ་ནས་ཕན་ཁབ་ར་སློབ་དཔོན་བཅས། དཔོན་སློབ་བཞི་བརྒྱད་བཞུགས། གཡོན་ཕྱོགས་ལ་སྟག་གདན་དང་གཟིགས་གདན་མང་པོའི་སྟེང་

དུ་སྡེ་གྲགས་པ་དང་ཤེས་རབ་གྲགས་པ་གཉིས་སློབ་འཁོར་བཅོ་བརྒྱད་དེ་བཞུགས། དེ་ནས་དགེ་དཔོན་ནམ་མཁའ་དཔལ་འབྱོར་ངེས་ན་རེ། ལ་སྒྲུབ་སློང་བ་ཉིས་ཀྱི་རྒྱལ་བློན་སོ་དྲུག་པོ། རེ་ཞིག་ཉོན་དང

འདུས་འཁགས་རེ་ཁ་དགས། ཟེར་ནས་ཁྲིམས་བཤད་ཀྱི་གླུ་འདི་བླངས་སོ། ཨོཾ་མ་ཎི་པདྨེ་ཧཱུྃ། གླུ་ཨ་ལེ༔ ཐ་ལེ༔ སྐྱབས་གནས་ཡི་དམ་དཀོན་མཆོག་གསུམ། །ཁྱེད་ལ་གསོལ་

བ་འདེབས་སོ་སྐྱབ་སྐྱོབས་པ་གཟིགས། །ལྷ་འགྲུལ་མེད་སྤྱི་བོའི་གཙུག་ལ་བཞུགས། །བཞུགས་ནས་བྱིན་གྱིས་རླབས་དུ་གསོལ། །བར་སྣང་དགོང་པའི་མདངས

༄༅། །ཞེར་ནས། །ཨེ་ཝེ་གཡུ་ཡིས་སྒྲོལ་མ་མཆེད། །བར་མ་བ་ཉེན་གྱིས་ས་ཕྱོགས་ནས། །ཐང་ལྷ་དུང་གི་ལ་རྩེ་ང༔ མལ་གྲོ་སྨྲ་ཡི་ཡོ་

བྱང་ནས། །སླུ་རྒྱལ་དུང་སྐྱོང་དཀར་པོ༔ ཕྱིག་རྨོད་རྒྱལ་པོའི་དགྲ་ལྷ་ལ། །དམ་ནག་འཁོར་རབ་སྐྱུ་གསུང་ཐུགས། །དེ་རིང་ལྷ་ཁམས་ལ་གྲོགས་ལ་ཡབས།

བོས་པའི་སྒྲ་ལ་སྣན་གྱིས་གསོན། །ལ་འདི༔ མཆོད་ལུག་སྐྱག་ཕེལ་ཁྲ་མོ་རེད། །དཀར་པོ་གླུ་གྱི་སྙིང་རྫོང་ལ། །སྐྱུས་སྒྲུལ་པ་གཞུགས་ལ་དེ། །

རྗེ་སྒྲུབ་ཕེབ་ཆོས་ཀྱི་དགའ་འབ་ཞེར། །སྔོང་དེ་ལ་དེ་འཁོར་བའི། །རྗེ་རྗོགས་པའི་ས་དུས་སྐྱུ་ལ་ལ་ཡིན། །དགའ་དྲ༔ དགེ་དཔོན་ནམ་ནམ་མཁའ་དཔལ་ལ་འཆེར

ཞེར། །དགེ་བའི་ཆོས་ལ་བྱིན་གྱིས་རློབས། །མི་དགེ་ཕྱོགས་ལ་འཇོམས་ཐུ་བུས། །ལས་རབ་ཚོགས་ཀྱི་སྒྲིབ་པ་སྦྱོང་། །དེ་ནས་ཁོ་རང་རྒྱལ་བློན་རྣམས། །

འཁོན་དང་འདྲ་མ་འགག་འཕང་རང་གདས། །སྤྲོ་སྒྲུབ་སྒྲིང་འཁྲུག་པའི་རྩ་བ་འདི། །བཙན་སྦུག་ཚེན་ཟི་ཡོད་མི་ཤེས་དོ། །ཁྲོ་དམག་མང་པོ་ཐབ་ལ་སྒྲིམས།

སློན་སློང་དམ་ར་ཙན་དེ་ཚར་བསང་ཐུས། །ཐེམས་པ་མེད་པའི་ཡོ་བ་ལོག །འགྱེད་པ་མེད་པའི་གཙོ་མ་ཐེད། །ཚར་བ་མེད་པའི་འཁྲུགས་པ་བཟློ། །ལ་ཆེན་དགོས་དོན་ཅི་ཞིག་ཡིན། །འཇིག་རྟེན་རྒྱ་མའི༔ འབྲུག་པོ་ཐང་ནམ་མཁའ་བསྒྲོར་བ་འདི། །རང་དོན་མ་ཡིན་གཞན་དོན་ཡིན། །རྒྱ་ཞིང་ན་མའི་དོན་གོ་ཡིན། །ཐ་རྩ་ཐུས་མཛེས་སྐྱོ་ཚོམ་ལ་དི། །རང་དོན་མ་ཡིན་ནག་ཞན་དོན་ཡིན། །འདུལ་དཀར་འབྲུམ་པའི་དོན་གོ་ཡིན། །ལྷ་ཀླུ་མའི་གཡོང་རབ་སྐོར་ལ་ཁ་འདི། །རང་དོན་མ་ཡིན་གཞན་དོན་ཡིན། །གླུ་གླིང་གཉིས་ཀྱི་དོན་གོ་ཡིན། །ཕ་གོ་ཤིང་ཨོ་ཡོད་རྒྱལ་སློན་རྣམས། །དར་རླུང་འདུམ་འགར་རེག་དའ། འབྲུག་ངར་མའི་ཀླུ་ཡག་རྡོ་ལ་བརྒྱན། །རྩོ་མ་རབ་ཁ་བལ་མཐུན་འདུག་ན། །རྫོ་ཀླུ་ཡག་རྣ་ལེ་དབ་བཟང་ངན་ཡོད། །ཁ་དཀར་སྤྱང་ཆོད་ཐང་ལ་རྒྱན། ཐང་མ་བདེ་འདམས་ཀྱིས་བསྐོར་འདུག་ན། །ཐ་ན་ལི་ཞིམ་རྗེས་པ་ཐོང་ནས་འདུག །ལྷ་ཀླུ་མའི་གླུ་གླིང་རྒྱལ་ཚེས་གཙོ། །ཁྲིམ་མ་ཉེན་ཁ་ར་རྩེད་འགྲོ་

༄༅། །འདུག་ན། །ཉེས་ཆད་དང་པ་དཔོན་ལ་འབྲུ་ངང་ངེས་ཡིན། །ཡོ་ཁ་ཤོད་ཙན་དེ་ཁྲིམས་ལ་ཐུག་ས། །ཁྲིམས་མ་བ་རྩོལ་ག་ཐུང་ག་ཞི་ཐབས་པའི་
བསྒོམས་ལ། །ཧ་རྒྱུག་ཤོད་ཙན་དེ་ག་ས་ར་སྐྱར་རྒྱོབ། །ཞང་གྲུ་བ་ཞི་མ་འདུལ་ལུགས་གི་ཁྲབ་ས། །མི་སྡིག་ལས་པ་ཙན་ལ་ཆོས་ཞིག་གནང་།།
ཆོས་མ་ཉེན་དཀྱུལ་བའི་གནས་ལུགས་ཐུང་། །རྒྱལ་ཁྲིམས་ལྷ་གསེར་གྱི་བསྐར་ཤིང་དེ། །ཡོ་ཉེས་མེད་ཕྱིང་དུ་ཙི་ལ་བཞག །ཉེས་ཆེ་ན་མི···
བཞག་སྐྲ་བས་མེད་རེད། །ཆོས་ཁྲིམས་དར་གྱི་མདུད་པ་དེ། །བོང་བ་དག་མེད་སྐྱེ་ལ་ཙི་ལ་སྔོན། །སྐྱབས་ཞུས་ན་མི་སྐྱེན་ཀ་མེད་རེད།
ཞ་གོ་ཤིང་ཨི་ཡིད་རྒྱལ་སློན་རྟེན་ལ། །དེ་ཟེར་ཁྲིམས་ར་འདུ་ཚོགས་རང་། །ཡོ་རྟོད་པོའི་ཁ་ཤོད་དམ་རྒྱུ་མེད། །ངར་ཆེན་དབྱུང་པ་དམ་རྒྱུ་མེད།
ལྷ་ཀླུ་མའི་དམ་ཚིག་ལྟ་རྒྱུ་མེད། །ལན་ཚུན་བགའ་ཡས་ག་ཡོན་ལུ་ཞང་ནས། །དེ་འདྲ་ཐུ་བ་ཐུང་བས་ན། །ཞེང་གྲོང་སྒོང་དང་ལྟ་བརྒྱ་ཡོད། །ལྷ་

མེད་སོང་ཀྱང་འགྲོད་མེད་པ་ཟེ། །ཁ་གཉི་ཆུང་བསྒྲད་ན་རྒྱལ་རྩེ་ན་ཉེད། །ཕན་དགྱུང་པ་ཧྲུང་ན་ངོ་ལེན་པ་ཟེ། །དེ་ལྟར་རང་རང་པོ་བར་གྱིས། །འབྲུག་
ཆེན་སྐྱི་ཡི་བཞི་མ་དོ། །རྡོ་བ་གཅིག་ལ་ཐུགས་ལེ་རེད། །གཉའ་དྲངས་པོ་དངོས་ལུ་ཁ་ཕད་ནོ་དགའ། །བློན་འདི་ཚིགས་རྒྱུ་གསལ་དེ་འདུག་ཚིག།
གོ་ན༔ མ་ཡོ༔ ཅེས་ཟེར་བས་དགེ་དཔོན་ནམ་ཁར་དཔལ་ལ་འཁྱིར་ངེས་ཁྲིམས་ཀ་ཆོས་སོགས་གཡས་གཡོན་དུ་བཞག་ནས་ཞལ་ངོ་ནག་འཚོ་བས་པ་ལྟར་སྐད་སྒྲ་འབྲུག་
སྟོང་བསྒྲགས་པ་སྤྱན་དམར་པོ་སྒྲོག་དམར་གཞིན་དུ་འཚུབས་ནས་ལྷགས་དར་གྱི་ཡི་བཞི་བསྒྲིགས་དེ་ལ་གསེར་དངུལ་གཉིས་ཀྱི་ལ་རྒྱས་བརྒྱན་པ་དར་དཀར་སེར་དམར་
ལྗང་། ལིང་ཆེན་བཅོ་བརྒྱད་ཙམ་སྦྲེལ་བ་དེ་སྦྲེ་མཚུར་ནགས་རེས་སྟོང་པོ་བདུན་དེ་ཀ་ལ་སྤེབ་སྤེབ་ལེན་གསུམ་ཐུས་ནས་ཀ་ནག་འཁྱིན་པ་འདར་ཞིག་གི་སྐད། དེར་གྱལ་མདོ་ནས་ཡར་འགོ་
མར་ལ་གོ་དར་རྒྱལ་བློན་གཡས་ས་གཡོན་ནུ་སུམ་པ་ངོ་འགྲིགས་དང་ཆེ་འགྲིགས་དང་འཛིགས་པ་འི་ཉིམ་དང་བཙས་གྲལ་དུ་འཁོད། དེར་གླུ་གླིང་སྨྱོན་པོ་གང་བ་ཟང་། གླིང་ཤེད་གང་ཆེན་ཉིམ་

བརྒྱ་དང་ཞེ་བཞི།

༄། །ཡོད་ཀྱང་ལ་བཞིན་དོ་མཚར་ཆེ་བ་འདི་ཅི་ཡིན་ཞུས་ནས་ཨ་ཙ་འདར་ངོ་མ་དངས་ཤོར་ནས་རི་ཞིག་སྨྲས་ཀྱང་ཅི་ཡང་ཞུ་མ་ནུས། མཐར་བག་ཡོན་ནས་བླ་ལ་ཀྱི་གྲལ་མགོ་ནས་གསེར་སྒྲིང

སྒྲིལ་གྲགས་པ་ངེས་སྐྱ་འབྱར་དགུ་ཚན་གཅིག་ལ་གསེར་མགྱུར་མོ་གསུམ་གྱི་སྤྱི་དཔལ་ནས་སྐྲ་མའི་ཕྲང་དུ་ཕྱུལ་ནས་ཕྱུབ། ཐུགས་རྗེ་ཅན་གྱི་བླ་མ་ལ་གསོལ། རྒྱ་བའི་སློབ་མ་ཨ་འདྲ་ཡོད།། ཕྱིར་ནས

གླུ་འདི་སྐྱོལ་ལས་སོ། ཨོཾ་མ་ཎི་པདྨེ་ཧཱུྃ༔ བླ་ཨ་ལ༔ ཐ་ལ༔ ལྷ་དཀོན་མཆོག་གསུམ་ལ་གསོལ་བ་འདེབས། །བར་སྣང་སྟོང་པའི་མཁའ་དབྱིངས་རྒྱུར་ནས། །

གཞི་ཐེལ་དཀར་པོའི་ངོགས་ལ༔ མདངས་ཟེར་འོད་ཀྱི་གཞལ་ཡས་ནས། །བར་ཐེལ་ཁྲ་བའི་ལུས་ལ༔ ས་ཞག་རིམ་པའི་གདན་སྟེང་ཅན། །ས་ཐེལ

ནག་པོའི་སྟོབས་མ་མཛད། །འགྱིང་དམ་གཏྲ་མོའི་དཔོན་པོ་ལ། །འགྱིང་དཔོན་ཐེ་ག་ཟློང་རྒྱལ་པོ༔ དཔོན་ལ་འཁོར་བའི་ངོགས་ལ༔ སྤྱིན་རྒྱལ་ནཱ་ག་དམར༔

ཐེ་བྲུ་རང་འཁོར་བའི་ལས་ལ༔ བཀའ་མ་ཡེངས་ལྷ་ཚོགས་སྐྱོགས་ལ་ཕེབས། །ཞེས་འདི༔ མཆོད་ལུག་སྟུག་དེ་ལ་བྲ་མོ་རེད། །ལས་ཅན་གྱུར་གྱི་ནང

བསྟུད་ལ། །ཐུགས་རྗེ་ཅན་གྱི་ཞལ་ལགས། །ཞུ་བའི་གླུ་ལེ་ཨ་འདྲ་ཡོད། །ལེ་ཚེ་ཤན་ཟླ་མ་འདི༎ ཁང་དཀར་ཆོད་པོ་འཕྱུར་ལམ་ནས། །ད་ལོ་སྨུག་ནག་
རོག་པའི་བཀག ། སྤྲོ་འཛིན་མི་བྱེད་ཀ་མེད་ཤུད། །ག་ཤོག་དྲུག་འཚེར་ལྟུང་འགྲོད་མེད་རེད། །དམར་ཡག་སྨུག་གི་འགྲོ་ཡིཾ་ལ། །ད་ལོ་ནག་དོམ་
ཤིས་བཀག ། སྐྱ་འཛིན་མི་བཏོ་ཀ་མེད་ཤུད། །འཛམ་དྲུག་མཚེར་ལྟུང་འགྲོད་མེད་རེད། །ཚེག་ཆོད་རྒྱལ་པོ་ཕྱིར་ལམ་ནས། །ད་ལོ་སྤྲ་མོ་གླིང་གི་
ནཀག ། ཚལ་འདྲེན་མི་ཐེ་ཀ་མེད་ཤུད། །ག་ཐང་མ་ཤོར་ལྟུང་འགྲོད་མེད་རེད། །དར་ནང་ཞུ་རྒྱུ་འགའ་རེ་ཡོད། །ལྷག་བསྲུ་འཛིན་སྒོ་དྲུལ་ཕྱི་ཆེན་བྲེལ།
ནགས་རྒྱུ་འཛམ་འགྲིམ་དོན་ཅི་ལ་ཡིན། །འགྲིམ་ན་སྡུག་མི་བརྟས་ཆོས་རེད། །ཐ་སྒྲོ་འཛོས་སྒོ་དྲུ་ལུག་ཆེན་བྲེལ། །མཚོ་བྲག་དཀར་འགྲིམ···
དོན་ཅི་ལ་ཡིན། །དེ་འགྲིམ་ན་ཁང་དཀར་བརྟས་ཆོས་རེད། །བོད་རྒྱ་ལུ་འབྲུགས་དུས་གླིང་དཀར་བྲེལ། །ས་ཕྱང་ཡིཾ་འགྲིམ་དོན་ཅི་ལ་ཡོད། །དེ་འགྲིམ་

༄༅། །ཐ་ཐོག་གདོད་པ་རྣལ་ཆོས་རང་། །བརྣམས་ཆད་དེ་ལ་ལ་ཚེ་བ་མེད། །ངང་ལོ་སྒྲུ་སྒྲིང་མ་དྲུན་མ་དེ། །གཏུམ་བསམ་དཔོན་ནཡོ་ཤི་བཀའ་ཁ་བཀོད་དེ

ཨི་ཧྲོ་ན་སྒྲི་ང་ནུ་སྡེ་ཡས་ལས་ཞེས། །མ་ཧྲོན་འགྲེང་པ་ཡང་ལ་མེད། །དཔོན་ཆེན་ཐོག་གདོད་རྒྱལ་པོ་ལ། །ལྷུལ་ཁུ་བབས་དོན་མ་འབྲུབ་ན། །ཕྱོང་ཁ་་་

མཆུ་འགྲིག་པ་བཀག་ལ་སོ་གདངས། །དཔོན་ཆེན་ཐོག་གདོད་རྒྱལ་པོ་ལ། །རྫོང་ཆེན་བརྒྱད་ཀྱི་འདབ་མ་རྒྱས། །བརྒྱད་བཅུ་རྫོང་གི་གཙོ་བོ་ལ། །མཁའ་

སྒོས་དམག་དཔོན་གཟའ་རྒོད་ངེ། །ཐོག་གདོད་རྒྱལ་དང་ཁྲུད་པ་ར་མེད། །དགྲ་འདྲེ་སྒྲིང་ནུས་གཞང་མ་ཙད། །སྲུགས་བསྐྲུ་ལ་དེ་ལ་ས་ཆེ་བ་མེད།

དམ་ཐག་འཁོ་རག་སུཾ་གསུང་ཕྱིན་དེ། །ཐོག་གདོད་རྒྱལ་པོའི་ཞི་ངོར་ཡིན། །ཕྲ་སྒོམ་སྒྲིང་དཀར་སྡེ་ཡལ་ཙད། །དེ་ལ་སྐྱུབ་ཤགས་ཙི་འདྲུབ་ཟོ། །ང་་་

ཆེན་བཞི་ཡི་དར་འཕྲུལ་ཙད། །གྲགས་ཆེན་དཔལ་བོང་མ་རབས་དགུང་། །ངར་ཆེན་སྨྲ་ག་གདོད་ཞག་གི་བཙེར། །དེ་ལ་སྐྱུ་བ་ཤགས་ཙི་འདྲ་

ཡོད། །ད་མ་ག་ཉིད་དཔོན་པོ་དར་འབྲུལ་ཅན། །ཁྲི་དཔོན་དགྲ་ལྷ་རྩེ་རྒྱལ་དེ། །ཁྲིམས་སྨྲར་འདི་ནས་མགོ་སྨེ་བྲལ། །རྩལ་ལ་འཕྲུལ་ལ་ཐེག་རྒྱུགས་

གསེར་དེ། །སྟོད་མངའ་རིས་སྐོར་གསུམ་ནང་ཆད་གཅིག །སྨད་མདོ་ཁམས་སྒང་དྲུག་ཡ་མ་ཆད་གཉིས། །བར་དབུས་གཙང་རུ་བཞི་གསོ་ལ་ཐུབ་པའི།

རྒྱལ་ཆེན་དགུ་དེ་དམར་བབས་དབུས། །མི་གཅིག་ལ་མ་རེད་ཀུན་ལ་རེད། །ས་རྫོང་ཨ་ར་ཀྲང་ཀ་མད། །ལྷོ་རྫོང་ཁྲིམས་ལ་མགོ་མང་མ་ཐོ། །ཞེས་

པ་ཀོ་ལས་ཆེ་བ་མེད། །ལོ་བཅུ་དྲུག་སྒྲུབ་ལུས་བཙན་ཞགས་ཐེན། །གཡོ་རྒྱུ་ཅན་གྱི་སྤྱི་དཔོན་ཀོ། །དམར་པོའི་ལྕེ་དེ་རལ་གྲིའི་ཚད། །ཁ་ན་ཁར་

གཡུ་ལྷ་མ་དང་མ་གསུམ། །དཔལ་ལྷ་དུང་སྐྱོང་ཞལ་དཀར་དྲུག །མི་དྲུག་ཕྱུག་གཞིན་ཐགས་པས་བསྡོམས། །ཐེག་ཆོད་དྲུང་དུ་གཟེགས་ལྡ་འཕྲུལ་དགོས།

གསེར་པའི་དཔོན་པོ་ཉི་འཁྲུ་གཅིག །ཚེམ་བྲུས་དཔོན་པོ་གཡུ་ཁྲི་གཉིས། །སྤག་རོང་དཔོན་པོ་ལྷ་རྨེད་གསུམ། །ཇིན་རྫོང་དཔོན་པོ་ལྷ་སྒྲུབ་བཞི། །

ཁ་ང་ང་ཞི་ཁྲ

༄༅། །རྒྱལ་བའི་དཔོན་པོ་དར་ལྕུ་ལྕུ། །སླིང་དཔོན་ཨ་ཆེན་ལྷ་ཡི་བླས་སྐྱིལ་དགོས། །དཔལ་གླུ་ལུགས་བྲིད་དཔོན་སྤུ་བཅུ་ལ། །མི་ཆེན་སྒྲོན་པོ···

སྤུ་བཅུ་དགོས། །ལུས་དེ་ཚོ་ཕྱུང་ནས་དབུ་མ་འགྲིགས། །དེ་མ་ཕྱུང་མ་དབུ་མ་འགྲིགས་པ་བསྐྱ། །རྫིས་ལྷ་ཁམས་ལ་ཐུག་ལ་དེ་འདུ་ཞོག །གོ་ནཿ

ལྷ་མགོ༔ ཅེས་ཟེར་བ་དང་བཀའ་ཡས་གྲལ་གྲལ་ཀྱི་གྲལ་མགོ་ནས་གླིང་གི་རྒྱལ་བློན་བཙན་བརྒྱད་ཡོད་པ་དེས་གོ་རྣམས་ཀྱི་དཔོན་དང་ཕན་འབབ་རབ་གཉིས་གེས་ཅེ་ཅེ་ཟེར་བའི་མཚར་རྣང་དང་།

ཡ་ལོ་རེ་སེམས་གྲགས་པ་ཤགས། ལ་ཆེན་ནུ་མའི༔ རེ་བ་རྒྱུ་མཚོ་དཀྲོ་དུས་ལ། འཛོམ་གླིང་ཉིན་ཞག་ཅིག་འཁོར་རྒྱུ་ཕར། འཛོམ་ཆེན་བའི་འཛོམ་གླིང་འཁོར་རྒྱུ་མེད། རྒྱུ་རྐྱེན་རང་སྒྲོལ

འཁྲུལ་དུས་ལ། སྨོག་པ་ཅིའི་དུག་ཟ་སྦྱར་ཕར། ཁ་ཞེ་མེད་པས་ཁེག་ལ་ཆུས་རྒྱུ་མེད། །གླུ་ལུ་ཚིག་པ་ཆེ་དུས་ལ། །གླིང་རྒྱལ་པོ་རྗེ་ནུ་ལ་ཞེན་སྣང་ཕར། །བཀྲུང་བསོ་སྐྱུར་ཁ་ལོག་ཉོན་མ་མེད། ཁོ་རེ···

ཉིན་དང་འདྲ་མ་ཡོད་ཟེར་ནས་ཐོར་ཀྱི་ཤན་འབབ་གླུ༔ ཨོཾ་མ་ཎི་པདྨེ་ཧཱུྃ༔ ཀླུ་ཡཱ་ལ༔ ཐ་ལ༔ ཀླུ་ཡི་དམ་དཀོན་མཆོག་གསུམ། །གསོལ་བ་འདེབས་ལོ་སྐྱོབ···

རལ་ག་ཟྲིགས། །འབྲུལ་མེད་སྨྲི་བོའི༔ གཞུགས་ནས་ཕྱིན་ཕྱིས༔ སླུ་མཆོད་གཅིག༔ མཆོད་གཉིས༔ མཆོད་གསུམ༔ རྒྱུ་གར་གླུ་བ་ཆེན་བརྒྱུ་

བརྒྱུ༔ གླིང་དཀར་སྟོང་ཕྱིས་ཆ་ནས། །སེང་ཆེན་ནོར་བུ་དགྲ་འདུལ་མཆོད། །ཇོ་ར་རྒོད་མ་ཁར་གྱི་ཡར་རྩེ་ནས། །དཔལ་འབའི་ཚོགས་སྒྲ་འཚོལ་རྩེ་མཆོད།

སྨྲ་མ་ཡིངས་སྒྲ་ཁམས་གྲོགས་ཕྱིན། །ས་འདི༔ མཚོ་ལྗུག་སྐུག་དེ་བོང་མ་རེད། །ལྷུས་གྱུར་དཀར་མོའི་སྙིང་རྫོང་ལ། །ཆོས་ཆེན་བླ་མའི་མ་དྲུང་

གྲལ་རེད། །ཡོང་འདྲ༔ སྤྱིག་པ་ར་རྫའི་སྒྲོས་པོ་ལ། །སྤྱིག་ཙན་ཕན་བབ་ར་མེ་རུ་རྩེ། །ཁྲག་མཚོ་ཇོ་རྒྱི་མགོ་དཔོན་ཡིན། །གྲི་རྡེ་གོ་ལས་རྒྱན་

སྒྲེར་ཡིན། །དེ་ནས་ལུ་བྱ་འགའ་རེད་གདལ། །རྗེ་བླུབ་ཐེབ་བླ་མ་རིན་པོ་ཆེ། །སྒྲུ་གླིང་འཁྲུགས་པའི་རྩ་བ་འདི། །ལེན་པར་སྒྱུ་ཆེན་ཟེར་བའིན།།

ཐོག་རྗེད་རྒྱལ་པོའི་ཁ་ཁོད་པ་དང་། །ཁོ་ཤིས་རབ་གྲགས་པའི་དྲན་ལེ་དང་། །ཞ་ནག་མིག་ཅིག་ཧྲུས་པ་ཡིན། །བསྐལ་པ་རྟོགས་ལ་ཕ་ཕན་གླུ་མེད་

བཀྱི་ངང་བཞི་ཡི

༄༅། །ཡིན། །ཉེས་པ་ཁོ་ལས་ཆེ་བ་མེད། །ཉེས་ཆེ་ལྷུག་འདྲ་མ་ཨེ་འདྲ་ཡིན། །དབུས་ཇོ་བོ་ཤཱཀྱ་མུ་ནི་དེ། །བོད་འཛམ་བུ་གླིང་གི་སྒྲོག

ཤིང་ཡིན། །དགྲ་ནག་པོའི་ཚོང་བ་མ་སྦྱང་ཤིག །མ་ངའི་བདག་གྲུ་ལུས་རྟོད་པ་ཉིད། །ལ་ཆེན་དགོས་པ་ཅི་ལ་ཡོད། །ཁ་ར་ཤོག་མེད་པའི་ཞབ་ལེན

གཅིག །རྒྱུ་ཤོར་མེད་པའི་ནོར་བ་མ་དའ་གཉིས། །དམ་བསྒྲུར་མེད་པའི་སྐྲ་གཡུང་བསྐྱུ། །དགོས་པའི་རྫ་བ་ཅི་ཡིན་ཤིས། །གླིང་དཀར་པོའི

རྒྱབ་རྟེན་དགོས་ངེ་ནད། །བོད་ལ་ཡ་མཚན་རྣམ་གསུམ་ཡོད། །སྨད་རྒྱ་ཟ་རྒྱ་ཡི་ལས་ཚོས་དྲངས། །ཕྱིན་ཕྱིས་བསྟན་པ་ཡ་མཚན་ཆེ། །བོད

བལ་ཟས་བལ་པའི་མཆོད་རྟེན་བཞེས། །ཚོགས་བསྐོ་པ་རྣམ་ལ་ཡ་མཚན་ཆེ། །གླིང་སེང་ལྷམ་འབྲུག་མོ་འབྲུག་ལྡིར་གྲགས། །གཟུགས་ཁ་དོག

མཛེས་པའི་ཡ་མཚན་ཆེ། །དེ་ལ་མཚན་ཆེ་བ་རྣམ་གསུམ་རེད། །བོད་ལ་ཞལ་དཀར་རྣམ་གསུམ་ཡོད། །དབུས་ལྷ་གླིང་རྗེ་བོ་ཞལ་དཀར་གཅིག །

ཕྱོ་སྡུག་ཟིག་སྔོན་པོ་ཞལ་དཀར་གཉིས། །གླིང་དཀར་པོའི་འབྲུམ་པ་ཞལ་དཀར་གསུཾ། །འོད་འཇམ་སྒྲིང་ཞག་དཀར་རྩཾ་གསུ་རེད། །སྤྲིང་ལྡུ་ཡི···
ཡུ་ལ་ནས་སྐྱུ་ནབ་བཟླ་ཡིན། །ཆོས་རྒྱ་བཙན་སྐྱུག་པོ་གདུང་རྒྱུད་རེད། །གླིང་རྒྱལ་རྩར་འཕང་དོན་དེ་འདྲ་ཡིན། །དེ་ནས་བླམ་རིན་པོ་ཆེ་ན། །གཞི་ཨ་སྟོན་
གཞི་ལིང་གོང་མ་ནས། །གླིང་བཞི་ཁྲབ་པའི་ཟི་ཟླ་དེ། །མེད་ན་དགའ་སྡུང་ཕར་མི་དེ། །གཟའ་འཛོང་སྐྱོང་མིན་པ་ཡོད་ལེ་མིན། །ཞིང་རྒྱུ་སྤུའི་ལི་ང་ཚོ་གོང་
མ་ནས། །ནས་ཨ་འབྲུ་ལོ་ཏོག་རྒྱས་ལེ་དེ། །མེད་ན་དགའ་སྡུང་ཕར་མི་དེ། །ཐོག་སེར་བ་མིན་པ་ཡོད་ལེ་མིན། །གླིང་པ་མཆོད་བ་སྐྱུན་སྐྱོན་ན། །སེང་
ཆེན་ནོར་བུ་དགྲ་འདུལ་དེ། །འཛམ་གླིང་མངའ་བདག་དཔོན་པོ་ཡིན། །མེད་ན་དགའ་སྡུང་ཕར་མི་དེ། །ཕོ་སྒྲུ་བུ་མིན་པ་ཡོད་ལེ་མིན། །ཕོ་རེ་སྲིན་
གྲགས་པ་ལགས། །ཚེ་ནང་འདུམ་ཁགའ་རེད་ཡོད། །སྒྲ་གླིང་མདུན་མ་བསྒྲི་གཞལ་ན། །དབུས་རྗེ་པོ་དགྲ་སྟག་ཁྲད་དང་གཅིག །ཕྱུ་གུ་སར་ངོ་ལོག

ཀ ཤྲཱི་ངང་ཕན་ཚོགས་ཤྲཱི

༄༅། །ཕྱུས་དང་གཉིས། །སྐྱིད་དཔལ་ཐུབ་དམ་ར་བསང་ཕྱུས་དང་གསུམ། །ཞེན་པ་དེ་ལ་བཀགས་པ་དགོས། །བྱུག་པ་དེ་ལ་སྨན་པོ་
ར་གོས། །འབྲུས་གཙང་ཇོ་བོ་ཞལ་དཀར་ལ། །དགྲ་སྨ་བདུད་པའི་བཀྲུས་ཚོས་གཅིག །ཞིང་ཡུལ་རྒྱལ་པོ་གསེར་ལ། །དད་ལོག་ཕྱིས་པའི་
ཉེས་པ་ལ། །སྒྲུབ་དཔོན་པོ་ཕྱོག་རྫོ་དང་དེ། །གཟུགས་དྲུག་ལྷུམ་དེ་ཐག་པས་གདང་། །རྒྱང་མ་ཐུགས་རྒྱུང་སྐྱོན་པོ་ལྷག་གིས་འཛེར། །ཟམ་
ངན་ཙཾ་པས་ཁ་ཟམ་ལྷེད། །སྐྱིད་གསེར་མ་དུབ་ལ་ཁྲིད་རྒྱུར་དགོས། །སྐྱིད་རྒྱལ་ཁག་དགྲ་ཡི་ལུས་དམ་གདེ། །གྲི་ཤོག་ཆགས་ཉིལ་གདང་
ལེ་ལ། །རྫོང་ཆེན་བཞི་ཡི་སྡེ་ཆེན་དགོས། །རུ་འདྲེན་དམ་གགི་དཔོན་པོ་ལ། །ལོག་བློན་བྲག་ལྷ་ཆོད་རྒྱལ་གཅིག །བྲག་གི་གཡུ་རི་ཆོད་
རྒྱལ་གཉིས། །ཆོད་པོ་ཐོག་པའི་བྲུག་ཉིས་དེ། །དམར་བསད་གདོང་མ་ཙང་ནས་ཐལ། །མི་མིན་ཕྱི་ཡི་མི་ལོ་སྐྱེན། །ཁ་ཚི་མ་དུབ་མ་གཉིས་པའི་

དུ། །མི་ཡི་འདུག་སྟེ་ལོ་རྒྱུ་བྱེད། །གསེར་གླིང་གི་རྡོ་བྲག་ལ་པ་གཅིག །ཀློན་ཆེན་སྡུག་མ་བདུ་ལ་གཉིས། །མ་དེ་ཆོས་གླིང་ལ་ཕྱིན་རྒྱུ་དགོས། །རབ་དུ་སྟོན་པའི་བུ་རྟེན་བྱེད། །འབྲིས་ནད་རྡེ་ཐབ་ག་ཡོ་ག་བྱེད། །ཁ་མ་མགོ་སྐྲ་ཁང་ལ་སྐྱིལ། །ཚེ་དགོས་གས་རང་དཔོན་ལ་ཞུ། །སྙིང་དཀར་དྲུང་མཆོ་ཁྲག་ལ་སྐྱོལ། །ཤི་རྡེང་ལས་ཀྱི་རྩ་བ་དེ། །བདེ་ཆེན་ཞིས་རབ་བྲགས་པ་ཡིན། །ཕྱོང་མི་འགྲིགས་རྒྱལ་སློབ་ག་ཡོ་རྒྱུ་ཚད། །སློ་མ་ཁེང་པ་ཁྲུ་དམག་ཉེས་ཁྲར། །དགྲ་ཕྱི་ལྡང་ནང་ལྡང་མི་ནག་མགོ། །ལྕེ་དམར་པོ་ཁང་ལ་འདོད་རྒྱུ་དགོས། །དགྲ་རྒོད་དབྱུང་ལྷག་བྱེད་མི་ལ། །བྱང་གི་ཨ་ཀང་སྤྲ་རིས་གཅིག །བདུད་རྡོ་རྗེ་ཞ་ནག་མི་གཙིག་གཉིས། །མཆོད་སྟོན་སྨྲ་ལ་ནག་མོ་འབར་གསུམ། །ལེང་པའི་སྣུར་རྐོང་རྡ་ར་བཞི། །ཁྲིམས་སྐྱར་འདི་ནས་མགོ་སྐྲ་ཕྲལ། །རྒྱུ་ཕན་པ་མེད་པའི་གོ་རྫོང་གཅིག །ཟས་རང་ལ་མི་ཕན་ནས་རྫོང་གཉིས། །ལྷ་མ་རྗེས་དར་དཀར་མི་འབྲུས་རྫོང་བ་གསུམ། །ཤི་ཐུས་ཀྱང་གླིང་ལ་་

༄༅། །ཤོར་བ་འདྲ། །མ་དགོས་ཐུན་མོང་གླིང་ལ་དགོས། །འབུམ་པའི་དགྲ་ལྷ་རྗེ་རྒྱལ་ལ། །གསེར་ཉི་མ་འདྲ་འདྲ་བ་ཕབས་པ་
དགོས། །དདུལ་ཟླ་བ་འདྲ་འདྲ་ལྗུས་ཚོ་བཙུ། །གནམ་ལྕགས་རལ་གྲི་ཕུབ་ཁྲ་དགུ། །དགུ་ཚན་དགུ་ཡི་བཞབས་པ་དགོས། །གླིང་དགེ་དཔལ
ཐུབ་སྒྲུམ་བརྟུལ། །སྐྱེ་ཚོ་ཤོག་རེ་ཡི་བཞག་ལས་པ་དགོས། །གླིང་དགེ་ལ་ཀླུར་རྟ་གསུམ་ལ། །ཧ་ཀླུ་ཤོག་རེ་ཡི་བཞག་ལས་པ་དགོས། །དེ་རྣམ་ས་ལས་
ངོན་འགྲིག་འདུག་ན། །དེ་ནས་ཅི་དགོས་ག་ལེ་ལྷ། །དགྲ་ལྷ་དཔོན་ལ་བཀའ་དྲིས་བྱེད། །རྗེ་བླ་མའི་ཐུགས་ལ༎ གོ་ན༎ མ་གོ༎ ཅེས་ཟེར་བ་དང་། །གཡོས་
གྲལ་གྱི་མ་ཕོ་ནས་སྒྲིང་གྲུགས་པ་དང་ཤེས་རབ་གྲུགས་པ་གཉིས་གདམ་དེ་ཕོ་བས་ཚིག་སྤ་ཟ་ནས་ན་རེ། གཡང་ལུས་ཙན་གྱི་བླ་མ་རིན་པོ་ཆེན། ཐུགས་རྗེ་ན་པའི་གདམ་ལག་རྣི་ག་དཔྱང་
མཛད། གླིང་གྲིས་མེད་ཟེར་བ་ཅི་འདྲ་འགི་གདམ་མི་བདེ་ཉ་བཞག་འང་རེ་ཐུང་། ཕོ་རེ་ཤག་པ་མི་ནུ་རྗེ། ཡང་ནུ་སྤྱི་དཔོན་རྒྱལ་པོ་གཉིས། ཧ་ན་དང་འདུམ་འགག་རེ་གདས། ཟེར་ནས་

བདེ་ཆེན་ལེགས་རབ་གྲགས་པས་སྒྲུ༔ ཨོཾ་ཨ་ཧི་བྷྲེ་དྷྲུཾ༔ ཨ་ལེ༔ ཁྲ་ལེ༔ གནམ་ཕྱིབ་བར་ཕྱིབ་ས་ཕྱིབ་གསུམ། །ཡུལ་ལྷ་རྩེ་དམར་རྒོད་ང་ར་གསུ། །འཁྲི···
དམག་ཁྲ་སྲོས་མགོ་འདྲེ་ལ། །དཔོན་ཆེན་ཐོག་རྩེ་དགུ་ལ་ལོ་བཅས། །སྐྱབས་ནས་དབང༔ དེ་རིང་ལྷ་ཁམས་གྲོགས༔ ཐོར་བདུད་ཤན་པ་དམར་རྒྱབ།
ལ་ཆེན་འདུས་འགའ་རེ་སྐྱར། །ལྷག་བསྔུ་གདོར་ལ་ཡར་ལ་བརྟེད། །ཤེ་དཀར་སྲོས་གཡུ་རལ་བ་ཞུ་སྒྲུང་ཤར། །དབྱར་མོ་བཀྱ་འཚེར་ལེ་ཡར་ལ···
བརྟེད། །སྐྱེ་འབྲུ་དྲུག་ན་སྲོས་བཙོས་སྒྲུང་ཤར། །ཐོར་སྐྱེ་ཚུལ་ཤོར་ལེ་ཡར་ལ་བརྟེད། །འོད་མི་ཚུལ་ཁ་ལ་འདེབས་སྒྲུང་ཤར། །གཞང་དཀར་རྩེ་འཛིན།
ཆེ་ལེ་དེ། །ཤེ་དང་དཀར་མོ་སྐྱིད་རྗོད་ཡོད་ལེ་ཡིན། །ཤེ་དང་དཀར་མོ་འི་གཡུ་རལ་བཙང་དགོས་ན། །གཞང་དཀར་ཡག་ལུས་དང་མ་ལུས་མེད། །ཞགས
ཚན་དར་ཁ་རྒྱ་ཆེ་བ་འདི། །སྨུག་དམར་ཡག་གྲ་འཛུམ་བཙང་དགོས་ན། །ཞགས་རྒྱ་འཛམ་ལུས་དང་མ་ལུས་མེད། །དཔལ་སྒྲ་ཁུ་ཁ་རྒྱ་ཆེ་ལེ་འདི།།

༄༅། །དཔོན་ནི་ཐོག་ཆོད་ད་སྙིང་རྫོང་ཡོད་པ་ཡིན། །དཔོན་ན་ཐོག་རྗེ་དང་བ་ཙོན་ལ་བསྟུག་པས་ན། །སྐྱེ་སྒྲུ་ཁུ་ཡོད་མེད་འདྲ་འདྲ་ཡིན། །ཁོ་རེ་ཤེ་ནང་འབར་མེ་དྲུ་རྗེ། །ལ་ཆེན་འདུས༔ ཆུ་ཆེན་འཕྱུར་ཞླབས་ཆེ་ལེ་ལ། །ཉི་གསེར་མིག་དྲུག་འཁྱུར་དཀར་འམོ་ཧྲུང་། །ནམ་མཁའ་ཁ་རྒྱ་ཆེ་ལ་ནས། །རྔོད་ཐང་དཀར་རྐྱང་བསྐྱོར་དཀར་མོ་ཧྲུང་། །ཐོག་རྔོད་ཁ་རྡོ་ཆེ་ལ་ནས། །མདུན་ས་འགྲིགས་པ་བཀའ་མོ་ཧྲུང་། །དེ་འདྲ་ཞི་ཐུབ་ཡིན་པས་ན། །ཁ་མཐུ་གཉམ་པལ་འགྲིག་མེད་ཡིན། །ཁོ་ཁེ་སྐས་རྒྱལ་གློན་དཔལ་ལ་སྤུབ་རྣམས། །ཀ་གོ༔ ཅེས་བརྗོད་པ་དང་། རྩང་ཚར་ཁྲ་རྐྱེན་ལེ་གཡག་ཁ་རེ་ལེན་པས་རྐྱ་གསུས་ཐལ་ཕྱེད་རྗེན་དང་འདུམ་འབག་ཞ་རི་ཡོད་བཅེར་ནས་སྐྱ་འདི་སྐར་རོ། ཨོཾ་མ་ཎི་པདྨེ་ཧཱུྃ༔ ཨ་ལ༔ ཐ་ལ༔ གླུ་ཡི་དམ་དཀོན་མཆོག་གསུམ། །ཞབས་ས་མདོ་གདང་པ་ཀྱི་ཡོ་བྲང་ནས། །སྐྱེལ་གླུ་ལྷོད་འཛུང་གནས༔ ལོ་ལོ་དུང་སྐྱོང་དཀར་པོ༔ ནུ་བོ་གླུ་འཕྲུག་འོང་དཀར༔ དཔལ་ལ་དགུ་ལྷ་གཉེན་ལྷག༔ མཆོད་དོ་

ཨ་ཁྲུའི་གླུ་རྒྱུ་དྲོངས། །ལ་འདི༔ མཚོ་ལྷུག་རྡུག་དེལ་ཁྲ་མོ་རེད། །ལྷུམ་ཕྱུར་དཀར་མོས་འདང་བཙུད་རེད། །ཆོས་ཆེན་ནྡམ་པའི་ཁྲིམས་རང་རེད། །ང་འདུ༔
བས་མ་བཟང་ལ་ཁྲུའི་མགོ་མོ་ལ། །གདོང་སྐྱི་དཔོན་བང་ཚོ་ཁྲ་ཆེན་ཟེར། །དེ་ནས་འདུམ༔ སྤེ་སྒྲི་དཀར་ཆགས་གི་གཤེ་མལ། །ལྷ་ཕྱིས་ནོར་བུ་དགྲ་
འདུལ་དེ། །དགྲ་མགོ་ཡར་ཁམ་ཤྲང་ལ་བཏད། །བདུད་སླུ་བཙན་སྡོབ་རྩ་ལེ་ཆེ་འདུག་སྟེ། །སྐྱབས་མགོ་འདྲེན་ཕྲུབ་ཨ་གཏོགས་པ། །ཕྱོད་ཁ་མཚུ་མ་དུན་
མ་གཏུམ་ཤུད། །དོར་རང་ཆེན་སྒྲིག་པའི་རྒྱལ་སྲིས་ལ། །ཁྲི་རྫེ་ཨ་གནམ་ཕྱུར་དཀར་དེ། །སྐྱབས་མགོ་འདྲེན་ཕྲུབ༔ ཕྱོད་ཁ་མཚུ་མ་དུན་མ༔ ཟེ་འཛང་
གཉིས་དང་རྡུག་གཟིག་ཤོགས། །ལོག་པོ་ཨ་ཀྲུག་ཞི་དྲུབ་བས། །སྐྱབས་མ་གོ་འདྲེན༔ ཕྱོད་ཁ་ཚུ༔ ཐན་བདུད་གླུ་ཤྲུ་ཐོག་རྗེ་དང་ང་། །ཤི་གཏམ་པལོ་སྟོ
མ་དུན་མ་གཏུམ། །དམར་བས་དབལ་སྟེ་ཚོ་ཐར་གཞང་། །ཐོག་རྗེ་དབོར་གྱི་སློན་ཆེན་རྣམས། །དུས་དཔོ་ཡ་མཚན་ཆེན་པོ་རེད། །དེ་ནས་ཤེས་རབ

ཁ་སྐྱུ་ང་ང་ཧ་ཟ་ཚེ

༄༅། །གྲགས་པ་ལགས། །དགོང་གི་ཁྲིམས་གདུག་ཉི་མ་དེ། །འདི་བས་མ་ནས་གླིང་བཞི་འཛམས་ལ་ལེ་རེད། །འདི་མ་བསཾ་ཀྱོ་སྤྲིན་ཁ་ལ་འགྲོ། །ལྷུང་ལྷག་པའི་གྲོ་གྲང་ཟེ་འབའི་སྔོ་ས། །ཁབ་ཆེན་གསེར་རྒྱལ་པོ་དེ། །གླུ་ཁུལ་ཡུལ་དུ་ཡིབ་པའི་དུས། །བཙན་བསཾ་ན་ལུས་ཅན་མགོ་འདྲེན་ཐུམས། །བཙན་མ་བསཾ་གླིང་དཀར་རྫོང་ལ་བཞུགས། །སྐྱུན་འདྲེན་དཔལ་པོ་མང་པོས་ཞིག །སླིང་རྫོང་བས་ཟེ་འདུག་ཉམས་ལེན་གྱིས། །གོ་ནཿ མ་གོཿ ཅེས་ཟེར་བ་དང༌། །དེ་ནས་དགེ་དཔོན་ནམ་མཁའ་དཔལ་ལ་འཁོར་དེ་ལ་ཡ་ཁོ་རེ་གླུ་གླིང་གཉིས་ཀྱི་རྒྱལ་བློན་རྣམས། དེ་རིང་གི་གླུ་བ་དེ་ཚོ་ཡིན། བློན་པོ་འདུན་ཚོགས་གྲོས་རྒྱུ་གྱིས། གདམ་ཁ་མང་ཆ་བད་སྤང་ལན་པ་མེད། ཁ་མཚུ་གདམ་ལ་ཟེ་འགྲིགས་དགོས། རྒྱལ་བློན་ཡིད་ལ་དེ་འདུ་ཚོགས་ཟེར་བའི་བཀའ་ཕེབས། ང་ནས་རྒྱལ་བློན་འདུན་ཚོགས་རྣམས་གྱིས། ཕྱི་ཉིན་ཉིམ་ཁར་དུས་འདུར་ར་ཡར་ལ་འདུས་པས་ཁ་རྒྱ་མདུན་མ་འཛོམས་གིས་འགྲིགས་དགོས་གསུངས་པས་བཀའ་ཕེབས། དེར་རྒྱལ་བློན་འདུར་རགོས་ནས་རང་རང་གནས་སུ་ཕེབས། དེ་ནས་གླིང་གྲགས་པ་དང་ཤེས་རབ་གྲགས་པ་གཉིས

ནས་ཨ་མ་གོན་དང་ཨ་ར་ང་གཉིས་ལ་ལོ་རྒྱུས་རྫོགས་ལྟ་བས་ཚོང་རྣམས་མཉམ་འབྲས་བཀའ་གྲོས་བྱས། སྤྱི་དཔོན་ཞང་། ཁ་ནའབར་གཉིས་སྒྲིང་སྐྱ་ར་ལ་འཕེབས་ནས་ལྷ་སྒྲིབ་ཀྱི་དྲུང་དུ་འབོད་ནས་མདུན་མ་གཏམ་

ཚུལ་རྣམས་ལ་སྙིན་གསོན། མདུན་མ། དཔལ་ལྡན་དང་སྐྱོབས་སོགས་ནས་དགེ་གསེར་པ་རྒྱལ་པོ་གཉིས་ལ་སྣ་རྒྱན་འདི་ཚོད་མེད་ན་ཁ་མགོན་གསལ་རིང་གླིང་གཉིས་ཀྱི་དམག་ཤོག་འཕྲུར་པའི་བཤགས་ན་ཟེར་བས།

སྐྱེ་དཔོན་ནའོ། ཡ་རྒྱལ་བློན་རྣམས་དགྲ་ཁ་ལས་གཏམ་ཟེ་གཞོད་ཟེར་བ་ལ་བློ་གསལ་གྲོས་ཀྱང་ལྡན་པ་མེད། དེ་སྔ་མདུན་མ་ནི་མི་འགྲིགས་འདུག གསེར་གླིང་ཨ་མ་གོན་ཤོག་གིས་དཔུང་དམག་བཏབ་ལས་སླབ་དུ་ཟེར་

ཏེ་དོ་ལྷབ་སོ་སོའི་སྐར་དུ་ལོག་ནས་བྱེར། ཡང་དེ་ཡི་ཕྱི་ཉིན་གོང་མ་དགས་རྒྱལ་བློན་བཞི་བརྒྱད་དེ་ཟླ་མའི་སྐར་ལ་སོང་ངས། གླིང་ལ་རྒྱལ་བློན་བཞི་བརྒྱད་དེ་ཡང་ཟླ་མའི་སྐར་ལ་འོང་བས། དེར་ཚོ་ལ་ཁྲིམས་ཤིས་

པ་འཁྱུར་ལྡན་དེས། ཡ་གླུ་གླིང་གཉིས་ཀྱི་རྒྱལ་བློན་རྣམས། ལོ་རྙིང་དཔོ་ཡིན་པའི་རྙིང་དེམ། ད་འཛོམས་པ་ཡིན་པའི་རྒྱུ་དོན། མི་ཕྱུག་པོ་ཡིན་པའི་རྒྱུ་དོན་སྤྱིས་ཀྱང་མི་མཆོག ཁྱོད་ཁ་རྒྱུ་ཟེར་ན་བཀའ།

གྱིས། ཚོང་པ་ལོམ་ཟེར་ན་ཟ་རིས་ཡིན་ཟེར་བའི་དཔེ་ལྟར། གླུ་གླིང་མདུན་མ་འགྲིགས་པའི་བབ་དང་ཐུབ་ཟེ་གྲུབ་ས་དགོས་ཟེར་བ་སྨྲིན་པོ་རྫོགས་སེམ་ལྡོང་ལ་ཞེག ཐབས་འཛམ་གྱིས་བཀོད་ནས་ཐུབ་དེ་ཤོད་

ཞེ་རིང་ཤུ་ཞ ༡༢༠

༄། །གསུང་པའི་བཀའ་ཕེབས། དེ་ནས་ཡོན་གྲལ་ནས་གསེར་གླིང་སྒོ་དྲུག་པ་དེས། ཡ་ལས་ཀྱི་གླམ་རིན་པོ་ཆེ། ངེས་གླུ་རྒྱུ་ཨེ་འདུ་ཡོད་ཟེར་ནས་གླུ་འདི་གླངས་སོ། ཨོཾ་མ་ཎི་པདྨེ་ཧཱུྃ༔

ཨ་ལེ༔ ཐ་ལེ༔ གནམ་ཐིགས་པ་ཐིགས་ས་ཐིགས་མཆོད། །མཚོ་ཕྱུང་སྐྱོག་ངལ་གོང་མ་ནས། །ཆོས་ཆེན་ཕྲོའི་མདུན་གྲལ་ནས། །ང་རང་སྒོ་དྲུག་གྲགས་པ་ནས། །ལུས་ཀྱི་ལྷུབ་ཨེ་འདུ་ཕྱུལ། །ལ་ཆེན་ཛ་མའི༔ རྒྱ་ཛ་རྒྱ་ཁྱུག་ཆེན་ཕྱིལ་ལ་ནས། །ལྷ་རྒྱུང་ན་ཆོད་དབྱུང་པས་ཆེད། །ཀ་གས་ལེ་ར་ཁ་ཨེ་ཐང་མི་ཤེས་འདུག །རིཾ་ནག་ཁ་རྒྱ་ཆེན་ས་ནས། །གླིང་བཀའི་འཛམ་ཙ་རླུང་གི་སྒྲོད། །འབྲུག་གྲེ་མོ་ཨེ་བདེ་མི་ཤེས་འདུག །གླུ་གླིང་མདུན་མ་གཙང་ཀ་ནས། །ཚོར་ལྷན་འཁར་མེ་རྟ་རྒོད་ཤང་ཆེ། །རྟེ་གླུ་ཁུ་ཨེ་བདེ་མི་ཤེས་འདུག །མདུན་མ་འགྲིགས་པ་དཀར་མོང་གདའ། །ཇོ་གཏོང་རྒྱལ་བློན་དང་རྣམས་ལ་ལྷ་བདེ་དཀའ་ལས་ཨེ་འདུ་ཡོད། །གླིང་དཀར་པོ་ངས་སྒྲོད་ཆེ་འདུག་ཟེར། །སྐྱེས་དགྲ་ལྷ་རྒྱ་འབྲས་དུང་འདུག་ཟེར། །སྐྱིག་ཁྲུག་ལེགས་རྟེས་ཤེས

འདུག་ཟེར། །ལ་ཆེན་བདེ་ལ་ཨོ་ཡིན་བསམ། །སྐྱབས་མགོ་འདྲེན་དཀར་པོ་གླིང་ལ་ཐུས། །དཔོན་ཆེན་བརྗེ་བརྗེ་གྲངས་མེད་སོང་། །དཔོན་རྒྱུང་
དེ་ལ་དེ་མཐུན་དཔལ་འཇི། །རྒྱལ་དར་དཀར་པོས་འཛུལ་དར་ཕྱུལ། །རིན་ནོར་རྫས་གྲངས་མང་བཞག །ཕྱི་གླིང་ལ་སྐྱབས་ཞིག་ཐུས་ལ་ཡིན། །དགེ་
སྡིག་མེད་པའི་གཞི་གསེར་རེད། །རྒྱུ་འབྲས་མེད་པའི་དགྲ་ལྷ་རེད། །སྐྱིག་སྡུགས་མེད་པའི་གླིང་དྲུ་རེད། །གླིང་དཀར་རལ་ཕྱུག་ཡོ་ཙན་འདེས། །
རྒྱ་ལས་ཆེན་རྒྱབ་ལ་མཁའ་ཆེན་ཟོས། །དགྲ་མདུན་གཏམ་དུས་རང་སེམས་འཁྲུལ། །མི་ཁྲིམས་ལ་ཕྱུར་དུས་དེ་ཡ་ལས་ཐེད། །རྒྱུ་ནོར་བུ་ཚ་བརྒྱུད།
དཔུང་པས་འཕྱོག །ནོར་ལོ་ཤ་རེད་བཞག་ལོ་རེད། །གཞན་ལོ་ཕྱུར་ཨོ་བསམ་གླིང་དྲུས་སྡེ། །སྣག་མཆོད་དར་ཆེན་བཞག་པའི་དྲོངས། །དགྲ་ཟིན་ལོ་
མ་རེད་འོང་ལོ་རེད། །ཐུབ་འདུག་ཨོ་བསམ་གླིང་དྲུ་སྡེ། །དགྲ་སྒྲིང་ཁ་རྒྱག་ཟུམ་པས་ན། །གླིང་གསེར་རབ་ཚོན་ལ་མ་བརྒྱུད་འདྲ། །མ་ལྷ་བུ་རྗེས་མ་བཞག་

ཆང་ངོ་རྟེན་ཆེ

༄༅། །ཀླུང་། །དངག་ཟབ་འ་ཆོད་རྒྱལ་སློན་པ་ཞི་བོད་དོ། །མི་ཤིས་ལག་ལ་བཞག་རྒྱུ་དགོས། །སྨག་ཆོད་ཐོག་གླུ་གཡུ་ཞེ་གསུམ། །མ་ཤི་

གསོ་ན་པོ་བཞད་རྒྱུ་དགོས། །ཐོག་ཆོད་རྒྱལ་པོས་བཀའ་གནང་ལ། །སྨག་ཏྲེང་ཏོམ་དང་འཕར་མོ་སྒྱུང་། །ལྕགས་ཁམས་རང་ལམ་ལ་བཞག་རྒྱུ་

དགོས། །གསེར་སྟོང་གཡང་རབ་དམ་པ་དེ། །དགོས་འདོད་ཚུ་བ་ལ་སྤྲེལ་རྒྱུ་དགོས། །དེ་ནས་མདུན་མ་ཨོ་འགྲོ་གསུམ་ལྟར། །སྤྱི་རན་སློབ་ལི་

ཐུགས་ལ་ཚོགས། །དགོས་ནས་སྐྱིང་རུས་ཧ་མེས་ལེན་གྱིས། །ཚིས་ཟེར་བ་དང་། གཡས་གྲུལ་གྱི་མགོ་ནས་འཕན་པ་བར་མེ་རུ་རྩེ་དེས། ལ་སྒྲིད་གྲགས་ལ་ལྟ་མོའི་བུ།།

ཞེས་རབ་སྒྲགས་པ་རེ་ལོ་དང་། ཇོ་ན་དང་འདུམ་འཕགས་རེ་གདའ་ཟེར་ནས་ཕན་འབའི་གླུ༔ ཨོཾ་མ་ཎི་པདྨེ་ཧཱུྃ༔ ཨ་ལ༔ ཐ་ལ༔ དུས་གསུམ་མཆོད་པས་བླུ་

སྣ་དྲངས། །རིག་སྤྱི་མགོ་ན་པོས་རྒྱབ་རྟེན་མཛད། །ལ་འདི་སྨག་དེ་ལ་བོང་མ་རེད། །ཆོས་ཆེན་གླིང་གི་ནང་ལ་རེད། །དགྲོག་ཅན་ཕན་འབར་མོ་

ཐུ་རྗེ། །ཁོ་རེད་གྲུ་ཁུལ་རྒྱལ་སློབ་རྣམས། །འདི་རྩེད་མོ་ཡིན་དང་བདེན་ངེས་ཡིན། །རྩེད་མོ་ཡིན་ན་མཚར་མོ་རེད། །བདེན་ངེས་ཡིན་ན་སྡུག་མོ་རེད།

དགྲ་བླ་གླིང་འཁྲུགས་པའི་རྩེད་བ་དེ། །ཕུང་བ་ཐོག་རྩེད་རྒྱལ་པོ་ཕུང་། །ལེན་པ་ཤེས་རབ་གྲགས་པའི་ལེན། །ག་ཟབ་རྩེད་ཤོག་དང་ཨ་རྩེད་ཤོག །

དཀར་བས་དཀྲུགས་ལ་སྐྱེས་ལེ་དེ། །རྩ་བརྒྱུ་ཁྲིད་ལ་སྨུག །རང་ཟུས་ལས་དང་སྨན་ཆད་སྒྲ། །མགོ་དབྱལ་བ་མིན་པ་འགྲོ་ས་མེད། །ཟེར་ལ་

སྣ་རྒྱལ་བོད་ལ་གྲགས། །སྨྱུ་ལ་རྒྱ་མཚོས་འགྲོ་ནས་ཕྱུང་། །མཚོ་མེ་ནུ་སྐྱུག་པ་གང་ནས་འབྱུང་། །ག་ཡར་མ་ཧྲ་རིས་རྩེ་ནས་ཁྱེད། །རྫ་མེ་ནག་ཡར་

ལ་ག་ནས་འབྱུང་། །རྡོ་མཚོན་འཁར་བས་ལ་ག་ནས་ཕྱུང་། །འཁར་མེད་ན་རྡོ་མཚན་ག་ནས་འབྱུང་། །ངམ་ག་འཁྲུག་ངོར་ཕྱག་རྩེད་རྒྱུ་དང་ནས་

ཕྱུང་། །མགོ་མ་བཙོ་ཕུ་ནུ་ཟི་ལ་ཤི། །ཕོ་ཁྱེད་ཀྱི་ཟེ་ནབ་ལས་བཅོམ་ཤེས། །ངེ་མི་ཡག་ཕྱི་རྫ་རབ་ཁྱེད་ལ་དེ། །སྐྱི་མོ་ལྷང་ལ་བུང་བྱེད་ཡིན། །ལུས་

༄༅། །མི་འཇིགས་ལེགས་མོ་སྐྱིག་ལེ་དེ། །ཨོཾ་འདི་ལྷུང་ལ་སྤྲུང་ཅིད་ཡིན། །མི་ཉེས་ཆེན་ཚོགས་ཕྱད་ཆེ་ལེ་དེ། །ཉེས་པ་ཞང་གིས་ཁྱུར་
བའི་རྟགས། །མི་ཤི་ཡོས་གསོན་པོ་དགོས་པ་འཛིན། །ངས་མི་ཐུང་དཀར་པོའི་དཔེ་ལ་མེད། །གླིང་སྐྱུག་པོ་ཚང་གི་རྒྱལ་སྲས་ལ། །ག་ཅིག
རོང་ཚང་གི་སྲས་པོ་དེ། །ཆང་དང་ཞོར་བུག་ཡུ་སྡུག་དེ། །མ་ཤི་གསོན་པོ་ཁྲིད་ཡོང་དང་། །སྡུག་རྗེད་པར་ལ་བ་དད་པའི་ཚིག །སོག་
གི་བྲག་ལྷ་རྗེད་རྒྱལ་དང་། །འཇང་གི་ཕེ་ཐུབ་ཁེལ་ཆེན་གཉིས། །ཧོར་གྱི་རྗེ་རྗེད་པ་མ་གསུམ། །གླིང་གི་བརྒྱད་པོན་ནེ་དེ་བཞི། །དཔའ་
རྗེད་བཞི་དེ་བདུད་ཤོག་དང་། །གཟའ་རྗོད་མི་ཕ་ཞི་བདད་པའི་ཚིག །གླིང་གི་སྟོབས་ཆེན་དབུང་འབྲུལ་དང་། །ཧོར་གྱི་ཐཾ་ཆེན་འདྲུག་སྒྲ་
བཞི། །སྐྱེན་པོ་མི་བཞི་ཐོང་ཤོག་དང་། །ཐོག་སྒྲ་གཡུ་ནེ་སྟོད་རྒྱུ་ཅིད། །ལྷ་ཆེན་ཤ་ར་མི་ནེ་ལ། །རྒྱ་ཆེན་སྒྲུབ་ཤབ་ཐུས་པའི་ན། །

གསེར་རྗོང་པར་ལ་སྤྲོད་པས་ཆོག །དཔོན་ཆེན་གོས་ར་རྒྱལ་པོ་དང་། །ལྷ་ཆེན་སྣང་འབྱུང་གནས་ལ། །དད་ལོག་བསྒྱུར་བ་བདེན་བ་ལེ
ངེ། །ཕྱི་མི་ཕྱུག་རྒྱལ་ཡི་མཆོག་དང་། །ལྷག་དྲོད་དེམ་གསུ་སྤྲད་པས་ཆོག །ཁེ་རེ་སུ་རྣ་གྲགས་པ་ཁྱེད། །ཤི་དམྱལ་བ་དབྱུང་བ་འི་ཞ་ཤ་གླུ་ལེ''
ལ། །བསྐྱོང་སེམས་ཉིད་ཕྱུག་རྒྱལ་ཅི་འདྲ་ཡོད། །མི་ཤི་པས་གསོན་པོ་ཐོན་ལེ་ལ། །རྗེ་འཕྲུལ་སྟོབ་རྩལ་ཅི་འདྲ་ཡོད། །ཁྱེད་མི་བ་ཤ་འདང''
དགུ་བ་ཤ་འདང་བ་ཤ་འདང་མི་རེད། །ཐུག་ལ་ཕྱུར་པ་གང་འདྲ་དགོས་ཟེར། །རྗེ་མཚན་ངར་རྡུག་ཅི་འདྲ་ཡོད། །གཙེ་ལ་རྒྱ་སྐད་གཙུག་དགོས་ཟེར། །གཡུ
འབྲུག་ཞོར་བྱུ་ཅི་འདྲ་ཡོད། །ཤི་ཚོས་གསོན་པོ་ཡོང་དགོས་ཟེར། །མི་ཤི་སོ་ལང་ཅི་འདྲ་ཡུང་། །ཁྱེད་རྒྱེས་ཐོན་ནང་ཡིས་ཐོན། །དཔལ་ལ་སྐྱོང་མའི་ཁས
ལན་འདྲ་འདྲ་ཡིན། །ཉམ་བཙར་ནས་སློང་དཀར་རྗོབས་ཤུག་ཆེ། །གོ་ཁྱི་ཐལ་ཁེ་རེ་རྒྱལ་སློབ་རྣམས། །མགོ༔ ཚེས་ཟེར་བ་དང་། དགེ་དཔོན་ནམ་མཁར

༄། །དཔལ་ལ་འབྱོར་དང་ཆོས་ཁྲིམས་ཤེས་རབ་འབྱུང་ལྡན་གཉིས་ནས་ སྨྱུག་དར་བྲོ་ཡིག་དགུ་བསྒྲིགས་པ་དེ་དགུང་དུ་ཕྱིར་ནས་བཙན་དམག་ཁང་ལ་རྒྱུག་འདྲ་ཞིག

ཞུས་ནས་སྤྱོད་ར་ཁ་ཤེད་ཆེ་བའི་ཤོག་དུ་རྫུ་འཕྲུལ་ལྡན་འབྱུར་གནས་སྐྱིལ་ལ་དཀྲོལ་གསེར་གླིང་དང་ཤེས་རབ་གྲགས་པ་གཉིས་བདུད་རྫོགས་བས་ཆེ་རྒྱུད་ཆོས་མས་ལ་ཕབས། །ཕན

ཕྱི་ཉེ་ཉེ་༢༥༤

བདར་གྱི་དཔོན་རྣམས་ལྷ་མི་ཡིན་པའི་ཕྱུ་ལྷ་དང་ལུས་ལྷ་བསྟོད། །ཕར་ལ་སྤྲུས་པའི་འདྲ་བད་རེད་བསྐྱི་པས་རྩོལ་སྟོན་ནས། ཡ་ཕོར་རེ་གླུ་གླིང་རྒྱལ་སློན་རྟོགས། །རྒྱུ་རབ་ནས་མི་

འབོག་དུ་ར་ནས་འབོབ །སྐྱང་ནག་རིག་པོའི་རྒྱུ་འབོག་དེ། །རྒྱུ་ཤད་ཆེན་པོ་ཡིན་མདོག་ཁ། །ལོ་དུས་པ་མི་འགྲོ་རི་ལ་འགྲོ། །ཁ་ལོ་མེད་པའི་རྒྱང་རྒྱང་དེ། །གླིང་བཞི་ཡུད་ཙམ་སྐོར་

མདོག་ཁ། །གཅིག་གྲངས་པོ་མི་བཤད་པར་སྐད་སྒྲགས། །སྤྱིང་སྟོབས་ཆེན་པོ་ཡིན་མདོག་ཁ། །རྟེ་ལྡང་རྒྱུས་འདི་ལ་བརྟས་ཆོས་རེད། །དགེ་གྲོང་འདི་ལ་ཁྲིམས་མེད་ལས། །ལ་གཅིག་དགོས་

དོན་ཞིག་ཡིན། །ཞེས་ཟེར་ནས་གསེར་གླིང་དང་ཤེས་རབ་གྲགས་པ་གཉིས་ལ་དཀྱུ་རེ་བཏང་ནས་ཕོང་གཉིས་རྟ་རྒྱུང་བསྐུག ཞིབས་པ་ཐོར་ནས་ཇ་ཡུན་ཙམ་དུ་དྲན་མེད་དུ་བརྒྱལ། ཕན་ཕར་གྱི་

དཔོན་གཉིས་ལ་དགུ་རེ་རྒྱུས་ནས་སྐྱ་ལུག་ལ་ཟད་མེད་པ་ར་དར་དཀར་པོས་སྤྲས་པ་ལྟར་འཆམ་ཁོ་གོར་སོང་བ་དང་། ཁོང་གཉིས་ཀྱང་ངོ་གཉེར་ཁ་གདངས་ནས་ཐབའི་ཚུལ་སྟོན་པ་དང་། སླར་ཡང་རྒྱོབ་རྒྱོབ་དང་སོད་སོད་ཀྱི་སྒྲ་མ་ངེས་སྒྲ་གས་ནས་རྒྱུགས་ཀྱོལ་བའི་ངང་ནས་ད་སེ་ང་ཤིག་གསུངས། ད་ཟླུབ་མདུན་གྱལ་སྐུལ་ཕྱིར་གཏོར་སོང་། གཞན་འབར་དང་སྐྱོ་དཔོན་གཉིས་གླིང་སྐར་ལ་ཕེབས། གླུ་བློན་རྩོམ་གླུ་ལུག་སྐར་ལ་སོང་བས་ཨ་ཁང་དང་ཨ་མགོན་གཉིས་ཀྱིས་ནི་རེ། ཡ་གླིང་དཀར་གྱི་གཙོ་དང་ཁྱབ་གྱོད་འགྲིགས་ལ་ཨེ་འདུག་ཟེར། གསེར་གླིང་ན་རེ། ཡ་ལུས་ཀྱི་དམག་དཔོན་རིན་པོ་ཆེ་ན། གླུ་གླིང་མདུན་མ་འགྲིགས་པ་དཀར་ར། གླིང་གི་ཧོར་གྱི་ཁ་ན་ལབ་ར་དེ། བྲག་དམར་རྩེ་ནས་བཀུག་པ་འདྲ། སྐྱེ་དཔོན་རྒྱལ་པོས་གཙོ་རྒྱུད་དེ། ཚུ་སྦྲ་ཐང་ལ་ཆད་པ་འདྲ། གཙོ་བཤད་བཤད་མཐའ་ལ་འཛེལ་དང་འདྲ། ཚིག་བཟང་རྒྱུད་ཀྱི་བསླབ་བྱ་ནི་མི་འདུག ཞིག་ཆོད་དཔོན་རྩོམ་གཟུ་ངང་དགུ་ཐག་ཕས་གཏོང་དགོས་ཟེར། རང་གཤིས་ལང་གོ་སར་དེ་བརྩོན་ལ་བཞག དམག་དཔོན་དགོན་དགུ་ལྷ་དེ། ཐོག་ཙམ་ཤར་འབར་སོགས་ངོ་རྩོམ་ཁྲིམས་སྐར་ནས་མགོ་སྐྱེ་ལྷུམ་དགོས་བཞེས་ལྕུ་བ་དེ་འདྲ་མང་པོ་ཕྱུང་། ད་ཆེ་ཧྲས་ཀྱང་མདུན་མ་འགྲིགས་པ་བཀའ་འདུག་ཟེར་བ་དང་། དེར་ཨ་ཀང་

ཁྲ་ཕྱུ་ངང་ཤོང་ཞབས་འཁྲི།

༄༅། །ཨ་མ་མགོན་གཉིས་ཚོགས་པར་ཟླ་ནས་ནུ་རོ། ཡ་རྒྱལ་བློན་འདུ་ཚོགས་རྫོགས། གླིང་དཀར་སྤྲང་པོ་རྒྱལ་ཚད་ཀྱི། འཇགས་ཆོས་ག་དེ་ལས་ཆེ་བ་མེད། དཔོན་ཆེན་ཐོབ་རྗེ་དཔོན་རྒྱལ་པོ་དེ། གཟུགས་གཞི་སྟགས་པའི་གདམ་དགོས་ཟེར་བ། ཟེར་ལེ་ཚིག་གི་ཉིས་པ་ལས། རྒྱལ་ཚེས་ཤི་ར་དང་ཕྱིར་མེད་ཡིན། །ལོ་སྟག་རྒྱ་མེད་པའི་ཁྲགས་རི་གླིར་ཕྱེད། །གཙང་ནུ་དེ་ལ་རྒྱ་ཟེར་བའི་དུས། སྟོ་ནུ་མཚན་ཀྱི་གྲུར་ཁང་ཕྱུད། དམ་རབས་དམིགས་དེ་ནི་དགོས་རེད། །གདོང་གཞི་ཀོ་ལ་དབུགས་ཚོགས་དང་། །ཇེ་རྒྱི་ཤ་ན་ལབ་རའི་ཕྱིད་གཉིས། །རྒྱལ་སྐྱོན་འཕོན་གཡོག་པའི་བརྒྱད་དེ། །གཟུགས་བཞི་གག་ཕལ་མ་སྒྲོ་ཟེ། །ལྱབ་འཁྲིགས་རྒྱུར་ཙི་ལ་ཡོད། །གཉམ་སྟོན་པོ་ལྷོ་སྤྲིན་འཚུབ་ལེ་དང་། །གཡུ་འབྲུག་དར་སྣང་ཆེ་ལེ་གཉིས། །ནས་འབྲུ་དྲུག་མི་བདེ་སྡུགས་སྒྱུ་རེད། །སྔོག་རོག་པོས་སྒོ་ཟེར་བཀུག་རྒྱུར་དང་། །ཕྲ་དར་མེས་དྲང་འགྱུར་རྒྱ་ལེ་གཉིས། །ཕྱིས་ཚོང་རྩུར་མི་བདེ་རྟགས་ཤུ་འདུག །ཇོར་ཁན་ཞབར་ཁ་ཤད་ཆེ་ལེ་དང་། །དཔོན་ཐོབ་ཚོད་གཟུང་དགོས་ཟེར་རྒྱུར་གཉིས། །ཕྱིད་ཁ་ཆེ་མི་འགྲིགས་རྟག་ཞིག་རེད། །དམ་དུན་མ་མི་གཙང་སེམས་ཐག་ཡིན། །ཟེར་བལ་ཨ་ཀ་དང་དེ་སྟུགས་ཁྲོས་པ་དང་། དེར་ལེབ་པའི་བུ་མོ་དཔྱར་དང་ཨ་མ་མགོན་གཉིས་

ཏེ་ཡ་ལུམ་གྱི་དམག་དཔོན་ཨ་ཀ་ང་ལགས། ཕྱིད་ཐོང་ལས་ལ་མཚམས་ལ་ཁག་མེ་སྡོ། མཚོ་སྔོ་ནུ་པོ་ཡར་ཤོག་མ་ཤོག་ལ། ཧ་ཧ་ཧ་ད་དེ་དེར་རྒྱ་ཧ་གཉིས། །སྔོ་སྔ་ལུས་མ་རྫོང་ས་ངལ་འདུ་འདུ་རེད།

གྲགས་པ་སྒྱུ་ཆེ་ལོས་ལྡུ་དེབ། །གཙོ་སྔོན་པོ་གཅེ་ལུས་ཆད་ལས་ནས། །འཇི་རྣ་དགུ་ལག་སྒྲིགས་ལ་རེད། །ཞགས་ལ་གྲིབ་ལུ་ཕྱིར་ལོས་ལྡུ་ཐུ། །དཔོ་སྤྲུ་གླིང་འཁྲུགས་པའི་དུས། །གསེར་རྒྱལ་དང་ཚིག་

ཚོ་དང་དཔོན། །རྒྱལ་ཚེས་སྐྱ་རྫོང་གང་རྫོང་རེད། །ཁ་ཕྱད་སྒྱུ་ཆེ་ལོས་ལྡུ་ཐུ། །ཕྱིད་ཨ་ཀ་དང་དགོན་མ་ཡ་མཚོ་རྒྱ་མེད། །མདོ་ཤེས་གླིང་གི་དཔལ་ལ་སྦུབ་རྟུམ། །དེ་འདྲ་ཡར་ཡར་བཤད་ལ་རེད། །དཔོན་ཉེ་སྡུབ

ལང་པའི་ཡན་པ་མེད། །ལ་ཆེ་ན་ནུ་མའི༔ གཙོ་ཨ་སྟོན་ཁ་རྒྱ་ཆེ་ཞབས་འདུས། །གསལ་སྒྲོན་ཆེ་ལ་སེམས་བཞི་ཡིན། །ཞེན་ཤང་དཀར་ཕྱུར་ཤད་ཆེ་ཞན་འདུ། །ཕྱུ་ལུ་ཙོ་ལ་བྲག་དཀར་ཡིན། །གླིང་དཀར་པོ་ཁ་ཤད་ཆེ་ཞན

འདུ། །ཕྱིད་ཁ་མཆེ་རང་རིག་བླ་མའི་གདན། །གཙང་རྒྱལ་ཁ་ལེ་མི་ཚོགས་ཚོད་ཡོད་ན། །ཚེ་སྐྱེས་ཁུང་རྫོགས་ཚོད་ཁེ་རྒྱུ་ཡིན། །ཕྱིད་ཁ་ལ་ལྷ་མ་དྲན་མ་གཙང་དགོས་ལགས། ཞེས་རྒྱུ་བ་དེ་ལྡུར་ལྟུལ། ངེར་རྒྱལ་བློན་ཙོ་དཔྱིས་

ངེ་བདེ་བསམ་ནས་ཕྱོད་གཙང་པའི་ཞག་བཅད། ཡ་རྗེ་མ་དེ་ཡིས་ཕྱིར་རྗེས་ལ་སྒྲ་དྲུག་ཚམ་སྐར་ཤར་ནས་གསེར་གླིང་ལྷོ་ནུབ་གྲགས་པ་དང་བདེ་ཆེན་ཤེས་རབ་གྲགས་གཉིས་དཔོན་བློན་རྗེ་རབ་རྒྱུད་ཚོམ་ཁྲམ་ནས་བླ་མའི་སྐར་

ཆོད་བ་ཏུ་ངེ་ཆོ

༄༅། །ལས་འཕེལ། །དེ་ལྟ་ར་ཀྱི་དང་དུ་གྱུར་འགྲེགས་མི་འགྲིག་ལ་ཀྱི་ལོ་གཞིག་ཚིག་ལོ་བས་གླིང་གི་ཁ་ཤད་དྲེ་ཆེ། ཀླུ་ལུ་ཞེ་རྣ་གྱི་འཁྲུགས་ཀྱི་སྟོང་མི་འགྲིགས་པའི་ཁག་ཆད་པ་འདུ་ཐུར་ཀུང་

རེ་ཤིག་རང་རང་གི་སྐར་དུ་ལོང་། དེའི་ཕྱི་ཉི་མ་གླིང་ནས་སྐྱེ་བོའི་དཔལ་ཐུབ་ལྟ་ཚམ་འོང་། ཀླུ་ལུས་སྐར་ནས་རྒྱལ་བློན་བཙོ་བརྒྱད་ཚམ་ཐུད་ནས་ཁ་ཅ་ཆུ་གདན་གྱི་ཁྱ་བ་མང་པོ་བཤད་སྒྲེ་ཞོལ་ག

ཚོན་པ་ཚིགས་རིག་ཐུང་མཐུང་ནས་མཁར་སླུམས་སྐར་ནས་ཐང་སྣ་དཔོན་དང་གྲོང་རྫོང་ཀྱི་ཀླུ་གླིང་གཉིས་ཀྱི་མགོ་འོན་དང་མི་སྟོན་གྱིས་བཀོད་ན་མང་པོ་ར་བསྒྲུགས། དེ་ནས་དཔལ་ལྡན་མེད་སེང

སྐག་ཨ་ཅེམ་དེན་རེ། ཡ་ཚོ་རེད་གླིང་གྲགས་པ་ཡ་གས། ཕྱིང་ཉི་ན་དང་འདུམ་བཀའ་རེ་གདལ། འཛིག་དྲེ་ན་རྩ་མའི༔ གཙོ་ཨ་སྟོན་བ་ཞི་ལིང་གོང་མ་ནས། །མཚོ་ལི་ཟླ་གར་ཤར་མ་ཤིས་གང་། །གངས

དཀར་མཚོ་འདོད་ཆེན་པོ་རེད། །དོན་གདུག་ན་ཉི་མའི་ཞ་རྒྱུར་ཡིན། །སེང་ཡོ་ཐང་དར་ས་ཨི་ཡོད་ཕེབས། །དམའ་རྒྱ་མཚོ་ཁ་རྒྱ་ཆེ་ས་ནས། །ཀླུ་གདོར་པའི་རྗེ་ར་མ་ཙཾ་གང་། །ཙ་སྣ་ས་པའི་རྗེ་ར་ཤིག་ལྷ་ལེ་ཤིག།

དོན་གདུག་ན་ལྷགས་ཀྱིས་དར་ལ་དྲངས། །ཁ་གསེར་མིག་འགྱུར་མ་ཨེ་ཡོད་ཤིམ། །སྲེ་ནྲ་གླིང་འཁྲུགས་པའི་རྣ་བ་དེ། །གླིང་རྒྱལ་པོ་དགོས་པ་མ་མཚམས་གད། །སྡུག་སྒྲུ་ལུས་དར་སྣད་ཆེ་པོ་བསྒྲུགས། །

དོན་གདུག་ན་དམ་གསྐར་ཁྲག་ལ་བསྐྱེས། །དེས་མི་ཚོད་རྒྱལ་ཆོས་ནང་ལ་ཤོར། །ཁྱེད་རྒྱལ་བློན་ང་རས་ཨ་ཡི་ཡོད་ཤེས། དཔལ་རང་གིས་ཚོད་ཟ་ཟུང་གྱི་དགའ་ཟེར་ནས་ལེབ་ཆེན་ཤི་ཤི་མགོ་འཁྱུར་ཞལ་ངོ་

ལྷོ་ཕྱིན་འཚོལ་བ་ལ་ཕུད་དུ་བཞུར། གཡོན་གྲུལ་ནས་གསེར་གླིང་ཞིང་གྲུགས་དེ་དེང་རང་རྗེར་བདེང་ནས་འཁྲུགས་སྐྱེ་དགུ་སྲུལ་འཚོ་བ་པར་ལྷར་དུ་ཡ་ལོ་རེ་སྨུང་པོ་སྡོ་ལྕུ་མ། །ལ་ཆེན་རྣམ་འདིར་ ལྷ་ཕྱམ་དུང་འགྱུར་མཚོ་གང་།།

ནུས་དབང་ཁ་དམ་དུང་འཕྱུར་རྒྱེན། །ཞི་ཁྲོ་ཆེན་པོ་ཡི་ས་བབ་ཧཱུྃ། །ཕྱག་མོའི་གྲུ་འཛིན་མ་དོམ་བང་། །རི་བོང་ལྷ་མོའི་རྟ་ཚོགས་དོམ་མས། །ཕྱག་དམར་ལག་ཞེ་ལ་ས་བབ་ཧཱུྃ། །རྒྱལ་ཆོས་ཅི་རེ་ངོ་མ་ཤེས་གང་། །སེང་ཕྲུག་དྲུང་

ཨག་དམ་ལ་དོམ་ཕྱེད། །དགའ་སེར་གླིང་རྒྱུགས་ལ་ས་བབ་ཧཱུྃ། །ལ་ཆེན་ཡོན་ལུགས་འདུས་ལ། །དགུང་ངོ་ཟླ་ཤར་ཚོད་མ་ཟིན་ན། །དྲང་སྲོང་ག་ཟ་འ་ཡི་ཁ་ལ་འཁྱུར། །གཤལ་སྒྲོན་ཅི་འདུག་དེ་དུས་ཕྱུར། །སྟོན་

འཁྲུ་དྲུག་སྐུ་ཚོད་མ་ཟིན་ན། །ང་རང་ཆེན་ཐོག་ལ་རང་བ་མོའི་བཙོམ། །མངོན་ཁ་ཅི་གསལ་དེ་དུས་ཤེས། །སྐྱེ་གླིང་ནུ་ངར་ཚོད་མ་ཟིན་ན། །ཐོས་ཆེན་རྒྱལ་པོས་དར་འཁྱེར་བཙད། །དཔལ་སྐྱེལ་ཅི་འདུག་

དེ་དུས་ཤེས། །རང་ཚོད་རང་གིས་གཟུང་དང་དགའ། །ཟེར་བས་ཕོས་པར་གྱི་ལྷ་དུང་རྗེས་ནས་ཕྱིན་དུ་རང་རང་གི་ངོ་མ་གོ་འཕྱུར་ནས་ཧཱུྃ། །སེང་ཕྲུག་ནས་ལྷང་གཙོ་སྔོན་པོ་གཞི་ཡིད་ཆད་པ་ལྟར

ལེའུ་ཉི་ཤུ་བ

༄༅། །ལེགས་ཆེན་ཕྱིད་ཕབ་ཐུས་གཡའ་ཀྱི་ལྷུག་སྒྲིང་གྲགས་པ་ཀྱེད། ངཱ་གསོ་ཁྲུག་གིབ་ཟིའུ་དུག་སྡོ། ཀྱེ་ཆེན་མགོ་ལྷུགས་མི་འཕུར་རྒྱུ། །ཞགས་རྒྱུ་འཛམ་འདི་ལ་ཆེ་སྐྱལ་ཡིན། །ཀྱེ་ཆེན་རང་ཚོད་མ་ཟིན་ན། །མགོ་ལྷུགས་མི་འཕུར་ཀ་མེད་རེད། །ཞག་ཙན་དན་ཡིད་ཀྱི་རྩ་ལ་ཕྱུང་བཞི། །འདུ་ཚོགས་སླ་མའི་སྐྱིད་སྐྱར་ནས། །ངང་དཔལ་ལྷ་སྒྲགས་ཀ་ཐམས་འཁྲུགས་འདུག་སྡོ། །ཀྱེད་ང་རྩ་དམར་བསད་མི་གཞང་རྒྱུ། །ལྷ་སླ་མ་འདི་ལ་ཆེ་སྐྱལ་ཡིན། །ཨུས་སྒྲུགས་ལ་མི་ཐལ་དཀའ་མེད་རེད། །ཟོ་རི་གསེར་གླིང་སྡོ་ལ་བྱུང་། །དཔལ་རྩལ་འདྲེན་ཤར་ཟིག་མ་གཞག་ན། །ངང་དཔལ་ལ་ཕུ་མིན་པའི་རྟགས་ལ་ཞོགས། །ཟེར་ནས་ལེད་སྡུག་དེ་ཁྲ་དཀྱུང་དེ་ལ་དངས་གསེར་གླིང་ཕོག་དུ་ཕོར་ཆོལ་ཐུས། གསེར་གླིང་ནས་ཙཉྟུ་རང་སྣ་ལྷ་གས་དཀར་པོའི་ཞལ་གྱི་ད་ཀྱེད་ཤར་ཐུས་པའི་དུག་འཚུབ་ལ་ཕྱར་གྱིས་ཕོར་གྲབ་ཐུས་པས། གླིང་ནས་སྤྱི་དཔོན་དང་ཕན་འཐས། སྒྲ་ལུས་བདེ་ཆེན་ཤིས་རབ་གྲགས་པ་དང་སྤྲུལ་ནག་མེ་འབར་བརྩས་ཁོང་བཞི་པོའི་རང་རང་གིས་ཕྱོགས་ཀྱིས་བར་པ་མཇུང་ནས་ཟིང་ཟིང་ལོང་ལོང་ཆུ་རང་དང་། དེར་དགེ་དཔོན་ནམ་ཁ་དཔལ་འཛོར་དང་ཚེས་འབྲུལ་ཤིས་རབ་འཕྱུང་ལྡན་གཉིས་ཀྱིས་ངོ་ལོར་གྲུ་པ་ཕུ་བརྒྱ་རེ་ཁྲིད་ནས་དུར་ཕྱིར་རེ་ཁྲིམས་ཀ་ཆ་དང

ཕྱག་ལ་དར་རྡོ་དང་དབྱུག་པ་ནི་ཟེའུ་ཀྱིས་སོད་སོད་རྒྱུན་རྒྱུན་ཟེར་ནས་སྐྲའི་ལྷག་མ་གང་ལ་གཞི་གཡོས་པ་ཙོམ་ཀྱིས་ཙན་ཆེན་ཚད་མེད་པར་སྒོམ། སྐྲ་ར་ཡང་དགེ་དཔོན་ནམ་ཁར་དཔལ་ལ་འཁོར་ངེས་གྲུ་པ

༄ རྒྱ་ཙོམ་ཁྲིད་ནས་ལྷགས་ཐགས་དང་བེ་ཤུར་འཕྱུར་ནས་རྒྱང་རྒྱང་རྒྱབ་བསོད་དཔའི་སྒྲ་དང་བཅས་གྲུ་ལ་ཕེར་ལྷ་རེ་ཡི་གསེར་གླིང་དང་སེང་ལྡག་གཉིས་ཀྱི་དཔུང་གཡས་གཡོན་ནས་འཇུང་སྟེ་ས་ལ་སྒྲིལ་བས་དགྱེག

ཐ་ག་བསྐོང་གྱིས་མི་ཁྱབ་པ་རེ་རྒྱ་ནས་གཟུངས། གྲུ་ཚ་པག་འཐན་ནོར་ཀྱིས་ཀྱང་རྒྱལ་བློན་ཐམས་ཅད་རྒྱེ་བ་བརྡུང་དུག་པོ་ཀྱལ་ནས་བླ་མའི་སྔར་དེ་ཕྱུར་གྱིས་ཡང་བ་དང་། མཐར་སྤྱི་དཔོན་དང་ཤེས་རབ་གྲུབ

པ་གཉིས་ནས་ལས་དར་རེ་རེ་ཁུར་ནས་བླ་མའི་དྲུང་དུ་ཕྱུར་བས་སྤྱི་དཔོན་གྱིས་ཕྱག་ཕྱུར་བླ་མ་པའི་རྡེའི་ལྷུར་རོ།།། །།། ཨོཾ་མ་ཎི་པདྨེ་ཧཱུཾ༔ ཨ་ལ༔ ཐ་ལ༔ སྐྱབས་གནས་དམ་པ

དཀོན་མཆོག་གསུམ། །ཡི་དམ་ལྷ་ལ་གསོལ་བ་འདེབས།། །ས་དེས༔ མཚོ་ཡི་སྟག་འདེལ་ཁྲ་མོ་རེད། །ང་འདྲ༔ ལ་རི་བྲག་ལ་རྒྱུ་རྒྱུ་རྫོ། །ཁྲ་རྫ་ཟེའུ་མའི་མདུན་མདོ་ནས།

ཁྲ་ཕྲུ་འཛམ་ལགས་ལ་ཁ་ནས། །སྤྱི་དཔོན་རོང་ཚ་ཁྲ་ཆེན་ཟེར། །རྫོང་འི་བརྒྱུད་བླ་མ་རིན་པོ་ཆེ། །གདངས་དཀར་ཧོར་འཇིག་ཆེས་ནས། །གླིང་རྗེ་མོ་བརྗོད་པའི

༄༅། །ཞབས། །གངས་རི་དགོངས་པ་ཡོལ་མཚམས་རེད། །ཀྱེ་ནགས་ཁ་ཞིང་ཚེས་ཞག །སྨུག་མོ་ཞིབ་སྒྲ་ངོམ་པ་འདི། །ཞགས་རི་དགོངས་པ་
ཡོལ་འཚམས་རེད། །སྐྲ་སྐྱིད་མདུན་མ་གཉཾ་པའི་དུས། །རྒྱལ་སློབ་དཔལ་ལ་རྩལ་ངོམ་པས་ན། །རྗེ་སྤྲུལ་ཕྱིབ་དགོངས་པ་ཡོལ་མཚམས་རེད། །ལུས་ཙན་རྐྱེ
རིན་པོ་ཆེན། །སྐྱབས་གནས་བསོད་ནམས་ཚེ་བའི་བུ། །ཞབས་པའི་སྐུལ་ཨ་འདྲ་ཡོད། །རྫ་རི་གཞི་མདོག་ཆེས་ནག །རྫ་མགོ་གངས་གིས་བཙན་པ་དེ། །
མིང་ཕོ་ཐང་འཚུབ་ལ་འཁྱུར་བའི་རྟགས། །ཅི་ཆུས་ཐང་གངས་རི་མི་འཚོ་འདུག །སྐྲ་སྐྱིད་མདུན་མ་གཞན་པའི་དུས། །དཔལ་ལ་རྗེ་དཔྱང་པ་ངོམ་ལྟུག
དེ། །ཅི་ཆུས་ཐང་མདུན་མ་མི་འགྲིགས་འདུག །མི་འགྲིགས་འདུག་རྡོ་མི་ལྷག་ཡོང་། །ཕྱུ་སྣ་མའི་ལོངས་སྤྱོད་རྒྱལ་ལ་རེད། །མ་ཕྱོ་རྒྱལ་པོ་དབང
ཕྱང་དར་ལ་རེད། །མདུན་མ་ཕྱུགས་ཀྱིས་འགྲིབ་རྒྱུ་མེད། །སློབ་པོ་ཁྲིམ་ནས་བཏང་རོག་བྱེས། །བསཾ་དོན་འགྲུབ་པའི་སྨོཾ་ལགས། །སྐྱིད་དགྲ་ལྡུའི་མདུན

མ་ལུ་དར་ཕྱུལ། །མདུན་མ་འགྲོ་བླ་ཐབས་ཅི་གྲག་ལྷ། །འགྲོགས་རྒྱ་བཀའ་ཞེབ་ཧྲུར་བབས་ན། །སང་ཉིན་ནམ་མཁའ་ལང་ལང་པའི་དུས། །ལྷབ་ལར་ལ་ཕྱུར་རྒྱུ་རྒྱེད། །སྒྲ་འུལ་རྒྱལ་བློན་འདེར་ཡོང་རྣམས་ས། །ཐོག་མཆོད་དྲུང་དུ་ཕེབ་རྒྱུ་གྱིས། །ཐོག་མཆོད་རྒྱལ་དང་བཀའ་འགྲུལ་གྱིས། །མདུན་མ་ཨ་ཁོང་ཉིས་གྱིས་ལྡོམ། །ཐུགས་ཀྱི་དགོངས་པ་མ་མཚམ་ལ་གསལ། །ལེ་ཚན་ལྔ་པའི༔ གསེར་ཉ་ཕྱུག་ཁྲའི་བསྐོར་བ་ན། །ཕྱུར་རིང་ནག་ཏོང་ལ་ཕ་སྐྱ་དང་འདྲེས།། སྐྱག་མོ་ནགས་ནས་དང་པས་ན། །དང་ཆེན་ཆེན་པ་རང་ལ་ཐུགས། །གླུ་གླེང་རྒྱལ་བློན་སྤྱན་པོ་རྣམས། །ཡུན་རིང་ནལ་མ་དང་ཡོག་པོང་། །དེ་རིང་དགོངས་པ་གནང་བར་ཞུ། །རྫེ་ལྷ་ཁམ་ཐུགས་དེ་འདྲ་ཞོག །ཨ་གོ༔ ཅེས་ཟེར་བའི་གླུ་བ་དེ་ལྟར་ཕུལ། ཆོས་ཆེན་ནལ་མ་རྣམས་ཀྱི་དགོངས་པ་གནང་ནས་ཁྲིམས་ལ་བསྐྱད། དགེ་དཔོན་ནམ་མཁའ་དཔལ་ལ་འཇིར་ངེས་པར་གླུ་གླེང་གཉིས་ཀྱིས་རྒྱལ་བློན་རྣམས། ལ་གཞིན་ཧ་བ་འདི། དེ་སྔོ་ལོ་ ཞིབ་ལ་མདུན་མ་གདོང་ཐུང་འགྲོགས་རྒྱ་མེད་པའི་ཁར་སྤྱན་པོ་ཚོ་ཕུགས་ལུ་ཆེ་ལས་མ་ཐུར། །

ཁ ཕྱི་ཀ་དུ་ནོ་ཚ་བ

༄༅། ། །ཕྱུག་པ་སྟོང་ཕྲག་ཆེ་ལེ་དེ། །ཁྲག་དཀར་རྫོང་འདི་ལ་ཞེ་གྲོས་རེད། །སྨོན་འདུས་ཚོགས་ཀྱི་དཔལ་ལ་ངོམ་ཁྱེད་རྒྱུ་འདི། །ཕྱུ་ལྷ་མ་འདི་ལ་བརྟས་ཆེས་རེད། །དེ་རིང་འདུ་ཚོགས…

གྲོལ་རྒྱུ་བྱེས། །ལང་ཉིད་ནམ་ཁའ་ལ་ང་པའི་དུས། །གླིང་དཀར་ཕོག་ནས་སྐྱེན་པོ་གཉིས། །རྫུ་འཕྲུལ་སྐར་ནས་སྐྱེན་པོ་གཉིས། །མི་བཞི་འདི་རྣ་པོ་ང་རྒྱུ་བྱེས། །ངང་ཅན་གླ་མ་རྣམས་ཀྱི་ནི། །

ངོ་ནུབ་བཀའ་སྤྱར་ཙ་ཡིག་བྲི། །སོང་ཉིན་བཀའ་བརྒྱུར་འཕེན་ལོ་ཡིན། །སྤྱུལ་སྐུར་བཀའ་ལ་མ་ཉན་ན། །ཉེ་པ་ཆེན་པོ་འབྱུང་ངེས་ཡིན། །དེ་ལྟག་ལྡེང་རྣམ་གོ་བར་གྱིས། །ཞེས་བཀའ་ཕེབས།

ངེར་རྒྱལ་སྨོན་རྣམས་ཀྱི་ལེགས་ལོ་ཆེར་བཞི་བཀའ་དང་ལྕུ་རྒྱང་ལས་ནས་རང་རང་གིས་སྐར་དུ་ལོག ། །དེར་སྒྲི་ངོ་གྲགས་པ་དང་ཞིས་རབ་གྲགས་ལ་པ་སྤྲུལ་ནག་མོ་ཁབ་ར་རྣམས་ཨ་ཀར་དུང་དུ…

བཀའ་གྲོས་ཞུས། ཨ་ཀར་ཨ་མགོན་རྣམས་ཀྱི་ཡ་གླིང་གི་གཅེ་བོ་རྒྱལ་ཞིས་འགི་ཧྲུལ་པའི སྣིང་གྲགས་པ་ནར་རོ ཡ་ཕྱོགས་པོ་ཨ་བང་ཡགས། རོ་ཚེང་མདུན་མ་འགྲིགས་པ་ཞེ་བཀའ།

བཟང་ངན་ཐབ་མ་ཆད། སང་ཉིན་གྱོད་ཐག་ཆད་ཡོང་ཡིན། གསེར་གླིང་ང་རང་དང་སེང་སྟག་གཉིས་དར་ཚོད་དཔུང་འཛིང་གིས་བླ་མའི་ཐུགས་བསྐུལ། ཕྱ་བ་ཉེ་ལོ་ཞིག་རེད་མ་ཐལ།

ཅེ་རབ་དང་། དེས་ཡང་རྒྱལ་བློན་རྣམས་ཀྱི་ཨ་ཁ་ཙི་ཏེ་ཟེར་བས་འཁྱོད་པ་བཅུས། དེར་གྲུ་ལུས་རྒྱལ་བློན་རྣམས་ངོ་ཞུབ་གཞུགས། ཡང་སྐྱེ་མི་རྒྱལ་བློན་རྣམས་ལྷ་ལུས་ཀྱི་དྲུང་དུ་བཀའ་འགྲོགས་ཚོགས།
དགུ་སྐྱེད་གཉིས་ལ་མཆུ་གཏན་པའི་ལོ་ཟླ་ཚིགས་རྒྱུད་ཐལ་གསེར་པ་རྒྱུ་པ་གཉིས་ཀྱི་སྐྱུ་སྐྱུག་གི་ངས། ཨོ་རྒྱན་གྱི་སྐུ་ལ་པའི་འདི་རྣམས་ཀྱིས་གྲུ་ལུས་རྒྱལ་བློན་མི་ཐུབ་པའི་སྐྱེ་བོ་རྣམས་བཀའ་བསྒོས།
ངམ་བཞག་མཛད་པའི་བཀའ་འདོགས་དུ་ཚུད། ངའི་གྲོགས་གིས་གཏན་དགོས་པའི་ལང་ཚེ་ནས་ཀྱི་གདོང་སྐྱ་ལེགས། སྐུང་ཉིས་དང་བཞི་ཉི་ས་ལ་དགྲ་འཛིན་ཀྱི་བཟའ་ལྷ་ར་བཟང་པའི་ཧྲེ་འབྲེལ་ལེགས་གསུང་
ནས་ངོ་ཞུབ་བཀའ་འགྲོས་གྲོལ། སང་ནམ་གས་ར་ངས་ལ་གཏན་གྱི་ཁྲ་མར་ནམ་མི་ལ་མདངས་བདག་གྲུ་དུ་ཡུལ་ནས་སྤྱི་ཏ་ཀྲུགས་པ་དང་ཤེས་རབ་གྲགས་པ་གཉིས་ལོང་། སྒྲི་ནམ་ཁ་ན་འབར་དང་སྤྱི་དཔོན་གཉིས་
ཧུར། དེ་ནས་འདུས་ཚོགས་བླ་མའི་སྐར་ལ་སློབ་པས་གྲལ་གཡས་ཀ་གཡོན་ལ་འཕོད། དེར་དགེ་དཔོན་ཨོ་ཨ་ཁ་འདས་པལ་འཛིན་དེས་སྐྱ་ཡིག་དམ་པའི་བཀའ་དེ་རྒྱལ་བློན་རྣམས་ཀྱི་རྣ་ལ་བསྒྲགས་པ་འདི་ལྟར་རོ།། ༎
ཨོཾ་མ་ཎི་པདྨེ་ཧཱུྃ། ཨ་ལ༔ ཐ་ལ༔ བླ་མ་ཡི་དམ་དཀོན་མཆོག་གསུམ།། །གཞི་ཐེམ་པར་ཐེལ་ལ་ཐེལ་མཆོད། །ཐེ་ཏུ་རང་འཁོད་པའི་ལས་ལྷ་མཆོད།

༄༅། །སྐྱབས་གནས་དབང་ཕྱུག་ཆེན་པོ་མཆོད། །སྐྱུ་ལ་པའི་ལྷ་ལ་གསོལ་བ་འདེབས། །ཞེས་པའི་གླུ་ལ་སྔོན་མོ་གྲགས། །ས་འདི༔ མཚོ་ལྷུག་སྡུག་དེལ་སོང་མ་རེད། །ང་འདྲ༔ མཚོ་ལྷུང་དགེ་བའི་ཞང་ཞ་རྒྱུད་ལ། །དགེ་དཔོན་ནམ་ཁའི་དཔལ་ལ་འཁོར་ཟེར། །ཡེ་ཤེས་ལྷ་ཡི་སྐྱེལ་པ་ཡིན། །དེ་ནས་འདྲས༔ གྲུ་གླིང་གཉིས་ཀྱི་ཕྱི་བ་བདེ། །ཁ་རྒྱ་མི་ལོ་གཅིག་ལ་གཉིས། །ཁ་ཆེ་ཕྱོང་ཀྱི་རྩོ་བ་ལ། །གཟླ་ངང་ཁྲམ་ཨེ་འདྲ་ཡོད། །ཡུལ་རྗེ་ཐོག་རྫོང་རྒྱལ་པོ་དང་། ། གླིང་གི་གེ་སར་རྒྱལ་པོ་གཉིས། །རྒྱལ་ཆེན་དཔུང་འཁྲུག་བྱེད་པའི་དོན། །ཙོ་བ་དབུས་གཙང་ཇོ་བོ་རེད། །ཇོ་བོ་ཤཱཀྱ་མུ་ནེ་ལ། །རྫོང་ལ་ཕྱིན་པའི་ཉེས་པ་ལ། །གསེར་མགྲོན་སོ་བརྒྱ་ཡི་བཤགས་པ་དགོས། །ལོ་དྲུག་འཁྲུག་པ་དགོས་པའི་ན། །བོད་ལྷོ་ཀྱི་སྐྱོར་ཁྲག་ལ་བསྐྱེས། །ཉེས་པ་དེའི་ཆད་པ་ལ། ། སྤྱི་ཧོག་བཅུ་གསུཾ་སྦྱིན་རྒྱུ་དགོས། །གླུ་གླིང་འཁྲུག་དང་རྩུན་ཆད་ལ། །སྐྱེན་པོ་དམར་བགས་དཔུས་ལ་དེ། །སྤྲོང་མ་ཡར་ཆགས་སྐྱུར་ཆགས་དགོས།།

དེ་ཡང་གནམ་གྱི་དང་པོ་ལ། །ཉམ་ཐག་འཁོར་གསུམ་བསྐྱུར་ཆེད་དོ། །ཚོགས་མཆོད་རྒྱལ་པོའི་ཇེ་དོར་ཡིན། །ངར་ཆེན་དབྱུང་བའི་འདུལ་ལ་ཡོད། །སྒྲུག་དྲེད་དོམ་
དང་འཕར་མོ་སྐྱུང་། །དགྲ་ལྷག་ཡང་དང་མ་ཉེས་པའི། །དེ་འདྲའི་ཇི་དོར་སྐྱེད་ངེས་དགོས། །གསར་མཛོད་གཡང་རབ་དམ་པ་དང་། །ཕྱུ་བརྒྱའི་ལ་ལྟང་གྱི་
མོ་དང་། །གསེར་དངོན་གསེར་དང་ཆ་འགྲིགས་ཏེ། །ཚོགས་མཆོད་རྒྱལ་ལ་འབུལ་རྒྱུ་དགོས། །དམག་དཔོན་ག་ཞབ་འཆེད་ཇོ་ག་འབེབས་དང་། །ཡ་མེད་ཐུག་
ཚོད་ཀླུང་ཇིལ་གཉིས། །ཚོད་པོ་ཚོགས་གླུ་བུ་བཙན་གསུམ། །གཡུ་འབྲུག་གྲགས་པ་མི་བཞི་དོ། །མི་ཆེན་མི་པ་མ་རེད་སྟེ། །སྐྱིད་སྡུག་ཆེན་སྒྲུག་རྒྱུང་
གྱིས། །དོན་མེད་འཛེར་ལེ་ཐོབ་རྩོན་བྱེད། །ལོ་གྲུབ་སྐལ་པ་སྤྱུལ་མེད། །ཕོ་རང་ཁྱུས་ལས་དེ་རང་ལ་སྨིན། །མདོ་ཁམས་གླིང་གེལ་ལྷ་དམག་ནས། །ག་དོང་
སྤྱིལ་པ་ཅན་གྱི་མི་གཉིས་དང་། །ཆང་དང་ཚོར་དུ་གཡུ་སྒྲ་གསུམ། །མི་འཐང་གཉིས་ཀྱི་ཝེ་ཐུབ་རྩོམས། །རྩལ་མེད་མི་ནཔ་མ་རེད་སྟེ། །སྐྱིད་སྡུག་ཆེན་སྡུག

༄༅། །སྟོང་ཕྱིས། །དགོས་པ་མེད་པའི་དཔལ་ལ་ངོམས་རེད། །ཤེར་བ་མེད་པའི་སྡེ་དཔལ་རེད། །ཕོག་སྟོང་རྒྱལ་པོས་ཕྱུག་བ་བཟུང་ལ། །དགུ་

ཚན་དགུ་ཡི་ཐ་ཤགས་པ་དགོས། །རྒྱལ་པོ་ཁེབ་པ་མཚོ་ཞོར་རེད། །དཔོན་པོའི་རྒྱུད་ཀྱི་བློན་པོ་ལ། །ཁྱིམ་གི་ཨ་ཀར་སྐྱ་རིས་དེ། །ལྷ་ཚན་ལྷ་

ཡི་ཐ་ཤགས་པ་དགོས། །གླིང་ལྷ་ལྷུས་ནོར་བུ་དགྲ་འདུལ་ལ། །སྤྱི་ར་ན་རྒྱལ་པོ་ལོངས་སྤྱོད་ཚེ། །དགོས་ལུ་འཁོར་བ་ཆགས་པའི་རྟེན། །གཞན་ན་

ངང་མི་འདྲ་སྐྱ་ལས་མཚོ། །མཚོ་ངང་སྐྱག་པའི་ལུབ་ལ། །རྟ་པོ་བརྒྱ་བརྡུ་ཤུ་བརྒྱུད་དགོས། །གསལ་རས་གུར་མོ་ཉི་ཤུའི་གོང་བཞག་དང་། །དགུ་

ཚན་དགུ་ཡི་ཐ་ཤགས་པ་དགོས། །དམག་དཔོན་དགྲ་ལྷ་རྩེ་རྒྱལ་ལ། །དགུ་ཚན་དགུ་ཡི་ཐ་ཤགས་པ་དགོས། །དཀར་པོ་གླིང་གི་ལྷ་དམག་ལ།

གསེར་དངུལ་གཉིས་ཀྱི་རྒྱ་མ་བཙག །དར་རིས་གཉིས་ཀྱི་འཇོམས་ལ་འཇུལ། །རྩེ་ཚེན་ཟམ་ཀྱི་རྫོང་བརྩིགས། །ཁྲ་མོ་དམག་ལ་དམག་རྫོང་ཡིན། །དེ་

ནས་མ་དུན་མ་འགྲིགས་རྒྱུ་དགོས། །དེ་ལུག་རྒྱལ་སློན་སྒུགས་ལ་ཕོག །བོ་ནཿ མགོཿ རེས་ཟེར་བ་དང་། དེར་སྦྱིག་རྩ་ཆ་ཤ་ན་ལབ་རང་དང་སྤྱི་དཔོན་གཉིས་ནས། ཡ་ལུས་ཀྱི་བླ་མ་རིན་པོ་ཆེ། ཁ་མ་རྒྱ་རྩ་བ་འདི་ཡིད་རྟེན་པོ་མ་བྱུང་ལྷུང་རྟེས་ངས་རྒྱུས་ལ་ངོ་ལོག རྩ་བའི་བླ་མ་ལ་དང་ལོག་དང་མི་རྗེན་གཉིས་ནས་ནི་ཡང་མེད། ཆུང་གི་དགྲ་ལྷ། ཨིང་གི་གེ་སར་མ་དུན་མ་བང་མི་གདང་དགོས། དེས་རྒྱལ་པོ་ཁྲུ་ཚ་ནས་བཀའ་ཕབ་བཙད་ཧྲུར་ནམ་ཁ་འབར་དང་གཉིས་ནས། མ་རེད་ཚོད་དག་རིག་ཡར་འཁྱུས་མེད་ཟེར། དེར་གསེར་གླིང་དང་ཤེས་རབ་གྲགས་པ་གཉིས་ནས་ཡང་འདུག་ཐུས་ནས་ཁྲུན་པ་དང་ཕྱུར་ཤར་ཡིད་ལ་མ་བབ་པའི་མིག་ལྟོག་དང་བཅས་ནས། ཨ་ཁ་འདི་འདྲའི་སྐྱོད་ཉེས་འོང་རྒྱུ་ཨེ་ཡོད་ནམ་བསམ་ནས། ཡ་ལུས་ཀྱི་བླ་མ་རིན་པོ་ཆེ། ངེད་གཉིས་ཀྱི་བཀའ་དང་གཟུ་འདི་དེ་རིམས་ཏེན་ཤེས་ས་ཐལ། ཚེར་གཉིས་ཀྱི་ཟེར་བཞིན་ཏེན་ཨ་ཀད། ཤིང་ན་ཤོག་ཀོད་ལ་བཀའ་འདྲི་ཞིད་ནས་བཀའ་ཐབ་མཆད་ན་ངེད་གཉིས་ཐབ་མི་ཆད། །སང་ཉིན་ཞིབ་ལུས་ཡོང་ཟེར་ནས་དེ་ཉིད་མདུན་གྲལ་སྒྲོས། གླིང་གི་སྐྱོད་མི་འགྲིགས་པའི་ལྷུན་སྟེན་ཞེ་ལ་ཡོད་པའི་དང་གསེར་པ་རྒྱ་པ་གཉིས་ཀྱི་བར་ཆད་སེལ་ཏེ་དགའ་སྐྱིད་དང་ལྡན་པས་དམག་དེ་འགྲོ་ཚོས་ཐུས།

ཨ་ར་ར་ཉོ་བཞི།

༄༅། །ནམ་གོ་ཆོད་འབོག་རྡ་སོགས་ལ་རྩོལ་ལེན་ཐུས་ནས་བསྟོད། སྙིང་གྲགས་པ་དང་ཤེས་རབ་གྲགས་པ་གཉིས་དཔག་རྒྱ་རང་དུ་སྤེབས། དེ་ཨ་ཀང་དང་ཨ་མགོན་གཉིས་ནས

ཐྲིབ་ཐུས་པས། ཁོང་གཉིས་ནས་བཀའ་དང་གཟུ་ཡི་ལོ་རྒྱུས་ཞུས་པའི། ཨ་ཀང་ནས་ཡང་མི་འདུག་འཛོག་གིས་ཐོག་མཐོང་དུ་ལ་འགྲོ། འདིར་ཁ་མ་ཆུ་སྐྱི་འགྲོན་པའི་ལོ་རྒྱུས་འདི་ཐོག་མཐོང་ནས

ཐིག་སྒྲུང་ཡོང་དང་མི་གོབ་ལ་བཀའ་འདྲི་ཞུས་ནི་དགའ་ཟེར་ནས་རྒྱལ་བློན་ཁ་ཤེས་རྩ་རྗོང་མཁར་ལ་ཡོད། ཐོག་མཐོང་དུ་དང་དུ་འཛོམས་ནས་དཔོན་ཐོག་མཐོང་རྒྱལ་པོ་དེའི་ནང་རེད། ཡ་འདིར

ཚོགས་རྒྱལ་བློན་རྩོམས། སྒྲུ་སྐྱིང་མ་དུན་མ་འགྲིགས་ལུགས་ཐི་འདྲ་རེད་ཐལ་ཟེར་ནས། དེར་གསེར་སྐྱིང་སྙིང་གྲགས་པ་དེས་ཡ་ཁ་མ་ཆུ་མ་དུན་མ་འགྲིགས་པ་ནི་ཤེས་དུ་བཀའ་འདུག བཀའ

དང་གཟུ་ལས་ཡོད་པའི་ལོ་རྒྱུས་རྣམས་ཐོག་མཐོང་ལ་ཞུས་པས། དཔོན་ཐོག་མཐོང་རྒྱལ་པོ་དེ་རྫོང་ནག་པོ་ལ་གྱི་ལོ་གྲུག་པ་ལྟར་ཐུགས་ལ་འཚོགས་དེ་མི་ལྷགས་སྐྱོད་པ་འདི་གཏན་སྙིང་དུ་བོར་འདུག

ཞིག་ཐུས་ནས། གཡག་ལོ་རེད་རྒྱལ་བློན་འདིར་ཚོགས་རྩོམས། ཨ་ཚར་པོ་རྗེས་དང་ཨོ་ཤེར། སླུ་ཉེ་ཞིང་འདུས་མ་འགག་ར་ཡོད་ཟེར་ནས་ལྷ་འདི་བླ་མ་སོ།། །། ཨོཾ་ཨཱཿ ཧྲཱི་བཛྲ་ཧཱུཾ༔ ཨ་ལ༔

ཐ་ལེ༔ གླུ་ཡར་མཆོད་གནམ་ཐེལ་དཀར་པོ་མཆོད། །ཕར་མཆོད་པར༔ མར་མཆོད་ལ༔ ཕྱུགས་གནས་དབང་ཕྱུགས༔ སྤྱིན་རྒྱལ༔ དེ་རིངས་ལྷ་ཁམས་གྲོགས་ལེ༔ ས་འདི༔ སྐྱུག་པོ་རྒྱ་རྗོང་ཐང་ཐང་བ་རྫུང་རེད། །ང་འདྲ༔ དཔོན་ཆེན་ཁྲིག་སྡོད་རྒྱལ་པོ་ཟེར། །ཁོ་རེ་ཉིན་དང་རྒྱལ་བློན་ཚོགས། །ལ་ཆེན་རྡ་མའི༔ བྲག་དཀར་འདྲེ་ལ་ཕྱི་ཁང་དཀར་ཆོད། །ཞི་རྒྱལ་རྩིས་ཀྱི་དཔང་པོ་ཡིན། །ནམ་ཁའ་སྤྲིན་བའི་སྐོར་མི་ཡིན། །བྲག་དཀར་འདྲེ་ལ་ལ་མ་གཏོགས་པ། །དོག་མོས་ས་ལ་བབ་མ་སྐྱུང་། །ང་ལོ་ཁང་ལ་བབ་དགོས་ཟེར། །སྙོ་ཟེལ་མི་བཀུག་སེམ་ཐག་ཡིན། །རྒྱལ་ཆེན་ཁྲིག་སྡོད་རྒྱལ་པོ་དང་། །འཛམ་གླིང་མངའ་བདག་དཔོན་པོ་ཡིན། །དགྲ་གཞན་མ་ཁ་འོག་བསྡུ་མི་ཡིན། །ཕྲིན་ལས་མཛོ་ལ་མིན་པ་འགྲིག་མ་སྐྱུང་། །ད་ལོ་རྒྱུ་ལོ་འགྲིམ་དགོས་ཟེར། །སྐྱབས་མགོ་འདྲེན་མི་ཞུ་ཐག་ཆད་ཡིན། །སྤྱིན་ནག་རལ་པ་འཁྲིམས་ལུགས་ལ། །རིམ་ས་གྲོ་ཐག་གི་ཆད། །གཡུ་འབྲུག་སྒྲ་སྒྲོན་གྲགས་ལུགས་ལ། །སྒྲང་ཆར་མི་འབབ་ཐག་གི་ཆོད། །གཙུ་པའི་སྨན་མའི་འཕེབ་ལུགས་ལ། །མདུན་མ་སི……

ཆུ་དང་པོ་ལྷ

༄༅། །འགྲིགས་ལེ་མ་ཆག་རེད། །ཕོ་རེ་ལྷ་མོའི་འབྱུང་དམག་རྣམས། །ཉེན་དང་འདྲ༔ དཀར་པོ་གླིང་དང་གྲུ་ཡུ་གཉིས། །རྩོལ་མེད་པའི་འབྲུག་ལ་གཞི་དོན། །

སྤྱོད་ལ་མདུན་མ་འགྲིགས་མེད་ཡིན། །ལྷ་མོའི་དམག་ལ་དཔུང་རྒྱབས་ཕྱིས། །ཆུ་རྫོང་མ་ཁར་གྱི་གཡས་གཡོན་ལ། །ལྷ་མོའི་འབྱུང་དམག་བཀོད་ལེ་དེ། །

མ་བདུག་དཔྱར་སྐྱུར་དུ་སོང་། །ཆུ་མཁའ་དར་ཆང་རིང་མོ་ནས། །ལྷ་མོའི་དམག་ལ་སྐར་ཞིག་རྒྱོབ། །སང་ཉིན་མཁར་གསལ་དུས་ལ། །ང་རང་ཕྱོག་རྫོང་རྒྱལ་པོ་

གཅིག །དཔོན་པོ་ཨ་ཀ་དཀྱུ་རིས་གཉིས། །གསེར་གླིང་ཤོག་དང་དྲུ་རྫོང་བཞི། །དང་གཅིག་དམག་དཔོན་ཆེ་བཞི་དེ། །གླིང་སྐར་ངེ་ལ་གཏུག་ལེ་ཡིན། །རིམ་རྗེ་ནས་

གཤིགས་ལེ་ཡིན། །ཤ་པོའི་རྐྱང་ལེན་ལེ་ཡིན། །རྒྱ་མཚོ་གདིང་ནས་བསྐུག་ལེ་ཡིན། །གསེར་ཉ་ཤོག་ལ་དྲུག་བཅད་ལེ་ཡིན། །གླིང་སྐར་ཆེན་དཀྱིལ་ནས་

བཤགས་ལེ་ཡིན། །སྲུས་དགྲ་ལྷ་འི་དབང་ཐང་རྫོགས་ལེ་ཡིན། །ལས་དེ་འདྲ་ཐུབ་མ་ཐུབ་ན། །ཕོག་རྫོང་མི་འདུག་སེམས་ཆག་ཡིན། །གོ་ན༔ མ་གོ༔

ཨོཾ་མ་ཎི་པདྨེ་ཧཱུྃ༔ ཞེས་ཟེར་བ་དང་། དེ་ནི་བརྒྱལ་བློན་ཚིད་ཀྱིས་བཟང་ངན་ཅི་ཡང་ཤེས་མ་ཡོད། མདུན་གྲལ་གྱི་གྲལ་མགོ་ན་བདེ་ཆེན་ཤེས་རབ་གྲགས་པ་ཟེར་ན་རེ། གཡའ་ལུས་ཀྱི་རྒྱལ་པོ་

རིན་པོ་ཆེན། ལ་ཆེན་རྒྱལ་པོ་ཁག་མེད་དེ། དཔུང་ཤང་དང་སྐྱང་ཉེས་བ་རས་སྐྱབ་ཞི་ཆ་ལེན་ཞིག་ཕྱུལ་དགོས་ཡོད། མཚོད་གླིང་གི་འདབ་བཟང་དན་སྐྱི་ལྷུབ་སློང་རྗེ་གསར་པ་ནཆད་ལ་བསྐོར་ནས་བླ་མའི་དྲུང་ལ་

ཡོད་འོང་། དཔུང་ཁ་ཚོས་སྤྲ་བ་ལ་རྒྱུད་ལེན། སྤུ་ལེན་སྤྲ་བ་ལ་སྤྲུག་བཏང་ཟེར་བའི་དཔེ་ལྟར་ག་རྒྱུ་འདི་ཡར་རྫོགས་ཀྱི་ཐབས་ཁ་མཚུ་གཞི་དང་འགྲིག་ག་ཤེས་ཆེ་ཟེར་ནས་ཁྲུས་པ་ལས། གསེར་གླིང་གིས་ལོ་དེ་ལྟར་ལགས་

སོ་ཟེར་བ་དང་། ཡང་ཐོག་ཆོད་རྒྱལ་པོ་དེས་ཡ་ལོན་ལང་ཉིན་ལྗོངས་བློན་ཆེན་རྣམས་ལང་ནས་ཆོས་ཆེན་བླ་མའི་མདུན་ལ་བཀའ་འདི་མི་ཉེན་ཟེར་བའི་ཀླུ་བ་ཕུར་གསུང་ཡང་བཀའ་ལེགས། དེར་ཀྱི་ཉིན་ནམ་ལས་པ་

དང་། ཨ་ཀར་དང་ཨ་མགོན་གསེར་གླིང་ཚོས་པའི་དཔོན་སློབ་ལྔ་བརྒྱ་ཙམ་ཕེབས་ཏེ་བདུད་ཚོགས་བླ་མའི་སྐོར་དུ་སླེབས། དར་ལེགས་ཚན་གྱི་སྒྲུ་དྲངས་ནས་ཨ་ཀར་སྐྱ་རེས་གིས་ཞུས་འདི་ལྟར་རོ། །ཨོཾ་མ་ཎི་པདྨེ་ཧཱུྃ༔

ཨ་ལེ༔ ཐ་ལེ༔ སྤྱན་རས་གཟིགས་དམ་པ་དགོན་མཆོག་གསུམ། །དབང་ཕྱུག་ལྷ་ལ་གསོལ༔ ས་ལ་དེ༔ མཚོ་ལྗོང་སྐྱག་དཔལ་གོང་མ་རེད། །ང་འདྲ༔ ཁྱག་པ་ཁྲ་རྫོང་

༄༅། །མཁའ་རབ་ནང་ཤུས། །ཐུང་བ་དང་ཨ་ང་ཀ་ང་སྒྲ་རིང་ཟེར། །རྡོ་སྒྲུབ་ཆེན་བླ་མ་རིན་པོ་ཆེན། །ཕྱུགས་ཀྱི་དགོང་པ་མ་ཚོམ་ལགས། །ཕུ་རྒྱ་རབ་གླུ་ལ༔ ཕྱི་གླུ་གླིང་མདུན་མ་
གཞི་ལ་ངེ། །གླུ་ལུས་རྒྱལ་སློན་ལ་སོགས་པ། །ཉེས་མེད་གླིང་གི་ཨ་ཡ་བ་ཟེ། །དགོས་མེ་དཔེ་རྫོང་ལུས་དཔལ་ལ་ངོམ་ཕྱིད། །མ་ཡོན་རྒྱ་ཡི་རབ་མ་དབའ་དེ། །གླིང་ལུས་དགོས་
པ་གར་ཡང་མེད། །ཚང་ཉེ་ཟླ་དཀྱུང་ནས་ཕར་ལེ་ལ། །གཞི་ཆ་འཇག་ཡོད་ཉི་ངེ་ལེན་དགོས་དོན་མེད། །རི་ས་རེ་ཡག་མོ་སྐྱོག་བཀྲ་ལོ་ནས། །ས་དང་བ་མོ་འི་ངེ་ལེན་དགོས་
དོན་མེད། །བོད་གླུ་ལུ་མི་བདེ་འཁྲུགས་ཉེན་མོ། །གླིང་དཀར་པོའི་རྒྱུ་རྐྱེན་དགོས་དོན་མེད། །ལས་ཀྱི་བླ་མ་རིན་པོ་ཆེན། །ལ་ཆེན་འདུ་མ་འབབ་འ་རེ་གཏད་པ། །མ་ཐེ་
ཉི་ཟླ་གཞི་ལ་ཤར་ལེ་ལ། །ཕྲང་ལེ་ལེན་དགོས་ཟེར་ཐབས་མེད། །འཁྲུག་པོ་ཕྲང་ལེགས་གི་ནོར་བུ་དེ། །མི་གཅན་ལ་རྟོག་ཤོག་ཟེར་ཐབས་མེད། །སེལ་ཆེན་ཐོག་
ནོང་རྒྱལ་པོ་ལ། །ཉེས་མེད་ཕྱོང་ཀྱི་འཇའ་བ་དེ། །གླིང་ལ་སྤྲིན་ཤོག་ཟེར་ཐབས་མེད། །མ་ང་ནའ་འགོགས་སྤྱི་རྫོང་ལུས་ལ། །ཚེ…… བའི་རྒྱུ་བཤགས་མི་བ་ཟེ་ལགས།

གླིང་ནུའི་དགྲ་ལྷ་རྩེ་རྒྱལ་ལ། །དགའ་བའི་མ་དྲན་མ་མི་འགྲིག་ལགས། །དཔོན་ཆེན་ཁྲོ་ག་ཆོད་རྒྱལ་པོ་དེས། །སྙིན་ཆེ་" "དཀྱུ་བ་ཐུའི་དང་པོ་ལ། །མཁའ་
སྤྲོའི་དམག་དཔོན་བ་ཟབ་ཆོད་དང་། །ཡ་མེད་སྟག་ཆོད་ཀླུ་རྡོ་ལ་གཉིས། །དམག་ཁྲི་ཕོ་གཞི་ཅི་ག་སྒྲ་སྒྲུ་བཙན་ག་སུམ། །གཡུ་རྩེའི་གཡུ་ཁ་བླུག་གྲགས་པ་བཞི། །
དམ་ར་བས་དགའ་ཏང་ནམ་ཞོར་ལེ་ལ། །མི་ཐབས་དཀོན་མེད་ཅིག་རེད་ལགས་ཀྱང་ཆས། །རྒྱལ་སློན་དགུ་བ་ཐུས་ནང་བཏུད་ནས། །མི་བརྒྱ་བས་དནས་དར་འཕྲུལ་བཙད། །རྟ་
བརྒྱ་ཁྱུང་ཞོག་ག་ནང་ལ་བླངས། །སྒྱོགས་བསྐུལ་འདི་ཚམ་གཏུག་དུས་ལ། །རྒྱལ་པར་ཞོར་རྩྭ་ར་ལ་ཀ་ལེ་ཤ་པའི། །སྐྱོགས་བསྐུལ་ཚམ་པ་ཅི་ཞིག་རེད། །གསེར་
མདུང་གཡང་རབ་དམ་པ་དང་། །དོམ་ནག་འཚེར་གསུམ་གསུང་བྱེད་གཉིས། །ཉིན་གཅིག་ལྷུ་མེད་གདང་ལེ་ལ། །དཔང་མ་ལ་བཞག་ཀྱང་མི་ཡན་ལགས། །དོམ་
བསད་ལེ་དེ་ལ་སྡོང་འཛུལ་དགོས། །གསེར་རྒྱུ་ལེ་དེ་ལ་འཛང་ཞིག་དགོས། །ལེ་ཆེན་རྣམ་འདི་ གཉིས་མི་གྲོ་ཉེ་མ་ཤར་བ་ལས། །མཕར་སྐྱུན་པའི་གདུམ་ན

ཁྲི་ཀ་ར་རྩེ་བའི།

༄༅། །དགའ། །མགོ་མ་ཁེབས་དབྱིན་པོ་ཡོད་ལེ་བས། །སྐྱབས་མ་ཆུ་རང་རང་བསྡང་ལེ་དགའ། །མི་ཐང་ལ་ཤིབའི་མཛོ་རོ་དེ། །ཁྱུར་དགོས་ཟ་ཟེར་ནམི་

ཀླུ་ར་ལགས། །སྐྱིལ་ཐང་ལ་འཁྱིལ་བའི་རྩཾ་འཛིགས་དེ། །ལེན་དགོས་ཟེར་ནམི་ལེ་ལགས། །ཟམ་མི་གཙང་དྲུག་གི་ལོ་མ་དེ། །ཟ་དགོས་ཟེར་ནམི་ཟ་ལགས། །

ཚོད་མི་ཁེལ་གཟུ་ཆེ་ལྷུང་སྤྱོད་དེ། །རྩི་དགོས་ཟེར་ནམི་རྩི་ལགས། །གླུ་གླིང་མདུན་མ་མི་འགྲིགས་ལགས། །དགོང་པོ་ཁྲིག་སྐྱུག་ཞིམ་དེ། །ག་ཟ་འཕྲང་སྤྱོད་པ

ལ་མ་འགྱུངས་གོང་། །གཙོ་ཨ་སྟོན་མཐིལ་ལ་ཤར་ལེ་ཡིན། །ཞག་རྒྱ་འཛོམ་དཀྱིལ་གྱི་སྟག་མོང་དེ། །འཛོམ་དྲུག་ཐང་ལ་མ་ཆད་གོང་། །ཞག་རྒྱ་འཛོམ་

དཀྱིལ་དུ་འདུག་ལེ་ཡིན། །དཔོན་ཆེན་ཐོག་རྫོང་རྒྱལ་པོ་དེ། །གློན་ཨ་ཀང་ཨ་མ་གོན་ག་སེར་གླིང་གསུམ། །ཤི་གསོན་བར་ཐག་མ་ཆད་གོང་། །དཀར་པོ་གླིང་ལ

འབྲེལ་ཡ་བཙོ། །གསེར་ལེང་ཏེ་མ་ལེ་བ་ཆེན་གཅིག །དངུལ་ལྕུ་རླབ་ལེ་ཆེན་གཞིས། །དམར་ཡ་ག་སྐྱག་གི་ང་གྱུ་ཚན་གཉིས། །རྗེ་བླ་མ་འདི་དྲུང་དུ་ཕུལ་བ་ཡིན། །

ཐུགས་དགོངས་པ་ལ་མ་མཚོ་རྗེ་ནད་པོ་བཞུགས། །རྗེ་བླ་མའི་ཐུགས༔ ཅེས་ཟེར་བ་དང་། དགེ་འདུན་ནམ་ཁ་འཕའ་ལ་འཁོར་དེས་ཡས་གླུ་ལུས་རྒྱལ་བློན་ཆོས་ཉེ་ནང་འདུ་མ་འགའ་རེ་གདལ་ཟེར

ནས་བླུ༔ ཨོཾ་མ་ཧེ་སྤྲེང་ཧཱུྃ༔ ཨ་ཡ༔ ཐ་ཡ༔ བླ་མ་ཚེ་དགའ་ཅིག་ཚངས་པ་དཀར་པོ་མཆོད། །མཆོད་གཉིས་དགུ་ལྷ་ཕྲེར་མ༔ མཆོད་གསུ་རིགས་སུ་མ་གོན༔

ས་འདི༔ མཆོ་ལྦུང་དགེ་པའི་གཡས་སུ་ཞིཾ་རེད། །ངའདྲ༔ དགེ་དཔོན་ནམ་མཁའ་དཔལ་ལ་འཇོར་ཟེར། །ཁོ་རེ་ཨ་ཀ་སྐྱུ་རིས་ལགས། །ཉེན་དང་འདྲ་མ་འགའ་རེ་ཡོད། །རྒྱུ་ནར

ཚོད་འཆམ་གིས་བབ་ལེ་དེ། །ཁ་གསེར་མིག་འཁྱུར་ལ་ཨོ་ཡ་ཙ་བསོཾ། །ཁ་གསེར་མིག་འཁྱུར་ལ་མ་དགའ་ན། །རྒྱ་མཚོ་དཔལ་ལས་གྲུས་མེད། །སྨྲ་ཚར་ཞིལ་མ་བབ་ལེ་དེ།།

ནམ་ཨ་འབྲུ་ཉིས་ལ་ཨོ་ལེ་ཙ་བསོཾ། །འབྲུ་དྲུག་རྒྱས་ལེས་མ་དགའ་ན། །གཡུ་འབྲུག་དཔལ་ལས་གྲུས་མེད། །གླུ་གླིང་མདུན་མ་གདམ་ལེ་དེ། །ཐོག་རྩེད་ཆོས་ལ་ཨི

ལ་ཙ་བསོཾ། །ཐོག་རྩེད་ཆོས་ལ་མ་དགའ་ན། །གླུམ་དཔལ་ལས་གྲུས་མེད། །འཇིགས་རྟེན་རྣམ་འདི༔ ཁང་དཀར་ཕྱུར་དགོས་མ་ཟེར་དང་། །ཞིམ་མཁའ་རྒྱང་ཐག་ཇེ

ཨཱ། །རིང་རེད། །ལྷུ་གཡོ་འཚོང་དགོས་ས་ཟེར་དང་། །རྒྱ་ནག་ས་ཁ་ཞིང་ཧྲེ་ཆེ་རེད། །མདུན་མ་སྐྱི་འགྲིགས་མ་ཟེར་དང་། །སྒྲིང་དཀར་རས་མེ་ལྕེ་ཁབ་ར་

ཁབ་ར་རེད། །ཁྱེད་རང་ཅིག་ཐབས་མ་འགྲུབ་ལེགས་དང་། །ཆོང་མི་འགྲིགས་གླིང་ལ་བཤད་ཡས་ཆེན། །སྒྲིང་དཀར་དཔལ་ལ་ཐུབ་བརྒྱད་རྒྱུ་ལ། །གཉེ་ཕ་ཙང་རྣམ་ལ་འཁྱེད་པ་

འདུག །ལུ་ཕྱུར་དགུང་ལ་གྲགས་པ་འདུག །ལུས་དེ་ཚོ་བསུ་འདོད་དེ་འགྲུབ་རེད། །སློན་ཆོགས་ཡོད་ལ༔ ཞེས་ཟེར་བ་དང་། ཞེས་ཁ་ཀ་ཤིང་རྒྱལ་བློན་རྣམ་གྱིས་གཡས་ཡས་ཀྱི་ཕྱ

མ་རིན་པོ་ཆེ་ན། ཁྱེད་ཐུགས་ཀྱི་དགོངས་པ་ལ་མ་མཆམས་ན། སྒྲིང་སྤྲུང་སྤྲར་སྤྱོད་ལ་འགྲིགས་མེད་ཡིན། ཟེར་ནས་རང་རང་ཚེ་ཐབས་ལ་ཕྱིན་ནས་གྲུ་ཁུལ་དམག་སྒར་དུ་ཕེབས། དེར་ཕོག་རྗེ་དཀྱིལ་དབུང་དུ་ཚུར་

ལོགས་ནས། ཨ་ཀ་ང་ནས་ན་རེ། ཡ་རྒྱལ་པོ་རིན་པོ་ཆེ། ཟླ་སྒྲིང་གཉིས་ཀྱི་མདུན་མ་སྤུ་ལྕོར་སོང་བས་མཐར་ཚོ་རེ་མི་ཤེས་ཟེར་བས། རྒྱལ་པོ་ཞལ་ན་རེ། ངར་གླུ་སྒྲིང་མདུན་མ་དེ་ཙ་ཚན་གཅིག་ཀྱང་མི་ཐམས་

རྫོང་ཁང་ལ་སོགས་མེད་ཙམ་ཕྱིར་མ་འགྲིགས་ན་སྐུན་དུ་ལེགས་ཟེར་ནས། ཐུགས་འཁྲུགས་པའི་ངང་དུ་གསུངས། དེར་གཡོན་གྲལ་གྱི་གླུ་སྣེ་ནས་གསེར་སྒྲིང་ན་རེད། ཡ་དཔོན་ཆེན་ཐོག་ཀོང་

རྒྱལ་པོ་ལགས། ལ་ཆེན་ནུ༔ བློ་ཆེ་ཏེས་རྒྱུར་ཏེས་འཕྲེང་ཏེས་གསུམ། །བློ་ཆེ་ཏེས་འགྲོན་པོ་བ་ཤར་ཏེ་ནཕྱུང་། །ཡ་ཁ་གཉིས་བར་ནམ་ཁྲ་མ་པ་འདི༔ །རླུ་འབྲིང་ཏེས་རྒྱུང་མ་ལེ་ཏེ་ན་ཕྱུད། །ཁ་ཟ་ཅན་མི་ཐུབ་འཁྲུགས་པས་
བསྒྲུགས་པ་གླུ། །བློ་རྒྱུང་ཏེས་ད་ཤ་ཏེ་ཏེན་ཕྱུང་། །མང་ཅིག་གི་ཧ་ནི་ཁུ་ཡི་ཚེས། །དེ་ཟེར་ལ་སྨྲ་རྒྱལ་བོ་དམ་ཡོད། །ཕྱོད་མི་འགྲིག་རྒྱ་ཅེམ་ལག་ཐལ། །ཕྱུར་མ་ཅི་ལོང་མི་ཤེས་ཀྱང་། །རེ་ཞིག་མདུན་མ་འགྲིག་ན
དགའ། །ཁམས་ཀྱང་ཕན་པ་ག་ལ་ཡོད། ལ་ཆེན་གླིང་དཀར་གྱི་ཕྱོད་ཀྱིས་མགོ་གཡོག གཙང་ཆུ་ཐུབ་འདི་ཅི་ཡིན་ཅ་མི་གོ་འདུག བདེ་ན་ཏེ་ན་གཞི་ཏེ་ནམ་ཚོམ་ལ་འཁྲུག་པ་ཞིག་འགྲོ་མ་ནུས་པ་དེ་རེད་མ་སོང་།
དེ་དུས་གླིང་ལ་བར་ཆད་དང་། ཡང་དགོས་དགྲ་ལྷ་སྲུ་གག་ཆེབ་ཨེ་ཡིན། དེ་ཡིན་ནའང་ད་ལོ་སྐྱིན་དེ་སེལ་བ་ཡིན་ནམ། ཕྱོད་སྐྱ་འཚོར་བདེ་འདུལ་སྐལ་རང་ལ་ཡོད་པ་ཨེ་ཡིན་ཟེར་ནས་ཐུབ་ཕྱུལ། ཚིག་སོང་
ཀྱིས་གཡག་འདི་རྣམས་ལག་ཏེས་ཅི་ཡིན་མི་ཤེས་ཟེར། དུས་དེ་ཙམ་ལ་ཚོ་དྲུག་གླིང་གི་ལྷ་སྦར་ནས་སྲུང་ཆེན་དགྲ་ལྷ་རྩེ་རྒྱལ་ནས། གཡས་འགྲིང་གི་དཔལ་ལ་ཐུབ་སྐྱིད་པོ་རྒྱ་མས། མདོ་བ་དཔལ་གསེར་སྨར་རྒྱབ། དམག
སོམ་གོ་ཚན་སྐྲ་ལ་བརྒྱུན། མ་འདུག་ལ་མོ་འགྲོ་ཤེས་ཀྱིས། ད་ལོ་གྲུ་ཏུས་དགྲ་བདུད་སྐྱེན་པོ་རྣམས་འདུལ་སྐལ་དང་རང་ལྷ་དམག་རྣམས་ཀྱི་དགྲ་ལྷ་འི་ཐབས་ཀྱི་མཆོད་ཆེན་པོ་ཞིག་དགོས་གསུང་། དེར་དཔལ་

ཕྱི་ནང་ཚང་ཆེན།

༄༅། །སྒྲུབ་རྗེས་ཀྱི་དམར་དང་དཀར་པོ་མཆོད་ཅིག་ནས་རྒྱལ་ཁབ་དགུ་ཡི་ལས་དམག་དེ་ཕྲ་དཔུང་དེ་བསང་འབུལ་ཕྱིན་པ་དང་། དེར་ལྷ་སྲིན་དགུ་ལྷ་རྩལ་རྒྱལ་དམ་དར་གོས་རི་ནོར་ཚེ་གོས་གསོལ་

དཔལ་དུང་རྫོགས། ལྷ་ལ་དུང་ཕྲབ་གསོལ་ནས། མདའ་དར་ཕྱི་མར་ཞལ་ཟས་ལོགས་མདུན་དུ་བསྐོམས། བསང་ཁྲི་ཞི་ཕོ་ཁར་དར་ཆེན་བརྒྱ་དང་རྩ་བརྒྱད་བཙུགས། ཕྱི་མར་ཞལ་ཟས་མཐུན་སྒྲོང་མང་

བཀྲམ། ཤུག་པ་ལ་ཁབ་དཀར་སྤྲ་ཁ་དཀར་འོམ་བུ་ལ་སྤྲིད་བཟང་དཀར་དམར་ར་ལ་སོགས་རྫས་ཀྱི་ལྷ་བསང་འགྲུབ་ལས་ལག་མ་ལེ་ཞིག་བཏང་ནས། དགྲ་ལྷ། སྲི་དཔོན། ཁྲོ་ཆུང་། དགའ་འབྲུ་ལ་སྤྱུ་རྫས་ཀྱི་

ལྷ་བསང་འདི་ལྟར་རོ་ཞེས་སྐུང་ངོ།།། ༀ །།། ལྷ ཧྲཱིཿ སྟོང་གསུམ་སྲིད་པའི་འཇིག་རྟེན་ན།། །ཡུལ་གླུ་ལ་ཕྱོགས་འདི་དག་ལ། །གནས་པའི་ས་བདག་ཀླུ་དང་གཉེན།

ཡུལ་ལྷ་གཞི་བདག་འཁོར་བཅས་རྣམས། །རྒྱལ་འབྱོར་བདག་གི་སྤྱན་འདྲེན་ན། །མཆོད་པའི་གནས་འདིར་སྤྱུར་དུ་ཕྱོན། །ཁྱོད་ལ་མཆོད་པ་འབུལ་བ་ནི། །

འབྲས་ཞོ་འོ་མར་མཆོད་པ་དང་། །རིན་འབྲུ་ཡི་གཡང་གཡུགས། །སྐྱུག་སྐོད་རས་ཆེན་མདའ་དར་དང་། །ཕྱི་མར་ཁར་སྲུག་ཐལ་བྱ་དང་། །ཆང་ཕྱུད་གསེར་

སྨོན་ལམ་འབྲུ་སྣ་དང་། །དཀར་གསུམ་མངར་གསུམ་སྨན་སྣ་སོགས། །ཤིང་སྣ་དར་སྣ་བལ་ཚན་དང་། །གཟང་ཤིང་སྣ་ཚོགས་བསྡུས་པ་ཡི། །བདག་གི་ལྷ་བསང་

མཆོད་པ་འབུལ། །དུས་གསུམ་བདེ་གཤེགས་བདེན་པ་ཡིས། །ཏིང་འཛིན་སྔགས་ཀྱི་བྱིན་རླབས་པའི། །ཉེ་དཀྱི་དབང་པོའི་སྐྱོད་ཡུལ་ལས། །འདོད་...

པའི་ལུས་རྟེན་མཆོག་གྱུར་ཅིག །ཁྱོད་ཀྱི་འདོད་པ་ཚིམ་ནས་ནི། །བདག་ཅག་རྣལ་འབྱོར་འཁོར་བཅས་ཀྱི། །ནད་ཡམས་མུ་གེའི་ཚོགས་རྣམས་འཁྲུགས་དང་། །

ཐ་མང་ལེར་གསུམ་མ་བཏང་ཞིག །བོད་ཁ་ཆེ་འཕྲུལ་མ་བཏང་ཞིག །བདག་གི་བསམ་དོན་ལ་ཕྱུགས་སྒྲུབ། །དཀར་པོ་དགེ་བའི་སྡོང་གྲོགས་མཛོད། །བསོད་

ནམས་ནོར་གྱི་དངོས་གྲུབ་སྩོལ། །ཕྱི་དགྲ་གདོང་སྒྲིན་རྡུལ་དུ་རློག །ཕྱིས་སུ་འགྲོན་སྐྱང་སྐྱོབ་མཛོད། །བཞིས་སུ་བསྟོད་ནམ་རྗེ་བོ་མཛོད། །ཆོས་ལྡན་པ་སྐྱིགས་

མའི་སྐྱང་སྐྱོབས་མཛོད། །མཐུ་དཔུང་རྒྱལ་བརྟན་སྐྱུང་སྐྱོབས་མཛོད། །བདག་གི་བསམ་དོན་མ་ལུ་བསྒྲུབས། །བཅོམ་པའི་ཕྲིན་ལས་འགྲུབ་པར་མཛོད། །

བསྐྱེད་ངང་འབྲི་ཞ༤

ཨཱ། །ཧྲཱིཿ །ཧྲཱུ་ཀི་ཀི་ཀི་ལ་བསྒོ་བསྒོ་བསྒོ།། །།ལོ་བརྒྱ་གཅིག་བརྒྱ་གཉིས་བརྒྱུད་གསུམ་གོང་། །བརྒྱུད་གསུམ་གོང་གི་ལོ་ངས་འཛིན་ནས། །དགྲ་

ལྷ་ཕྱིར་མའི་ལས་ལྷ་འཁོར། །འཛམ་གླིང་ལྟོ་ཕྱོགས་ཁ་བབས་ལྷས། །གླིང་སྐྲག་དམག་གི་ཡང་ར་ནས། །བོད་ཁབ་བབ་པའི་ལྷ་སྲུལ་ཡིན། །

ནག་པོ་བདུད་ཀྱི་ཁ་ནན་ཡིན། །སེར་པོ་ཇོར་ཀྱི་བརྟན་ཞིང་ཡིན། །རྒྱལ་བོད་གཉིས་ཀྱི་ནོར་བདག་ཡོན། །ཧྲཱིཿ །འཛམ་གླིང་བེ་ཀ་ར་རྒྱལ་པོ་ནི།།

མི་མ་ཡིན་སྤྲུལ་པའི་ཞིང་ཁམས་ནས། །ཧོར་འཕྲུལ་སྟོབས་ཀྱིས་འདིར་བྱོན་ལ། །ཁྱེད་ལ་མཆོད་པ་འབུལ་བ་ནི། །ཤུག་པ་ཁན་དཀར་ཨ་དཀར་ཟླ།

ཙནྡན་དཀར་དམར་ར་ལ་བོགས་པའི། །ཇ་ཐུང་ཡོ་མ་ཞོ་ཕུད་དང་། །ཕྱེ་མར་ཞལ་ཟས་འབྲུ་སྣ་དང་། །ཁྱེད་ལ་མཆོད་པ་འབུལ་བར་བགྱི། །རང་ཡུལ་ཕྱོགས་ལ

བབ་ཕྱོགས་ཡིན། །ཨོཾ་ཨཱཿཧཱུྃ་གི་བྱིན་རླབས་ཀྱིས། །མཆོད་སྤྲིན་ནམ་མཁའ་གང་བས་མཆོག །ཧྲཱིཿ སློབ་དཔོན་པདྨ་འབྱུང་གནས་དང་། །ཡབ་ནི་ཨ་བ

གེ་འཛིན་དང་། །ཡུམ་ནི་སྒྲུ་མོ་མཛེས་ལྡན་དང་། །སྲས་ནི་ནོར་བུ་དགྲ་འདུལ་དང་། །ལྷ་བོ་དུང་སྐྱོང་དཀར་པོ་དང་། །ནུ་བོ་ཀླུ་བ་ཀྲུ་གས་འོད་དཀར་དང་། །སྲིས་མོ་ཤེ་ལེ་

འོད་དཀར་དང་། །ལྷ་ཆེན་ཚངས་པ་དཀར་པོ་དང་། །དགྲ་ལྷ་འི་དར་མ་བཅུ་གསུམ་དང་། །ཁ་ཀ་འ་འཁོར་དགུ་ཏུ་འཁོར་དང་བཅས། །སྤྲུལ་པ་ལྷ་ཡི་བརྒྱུད་བཅས་པ་ལ། །

དགྲ་ལྷ་ཆེ་དཔལ་མཆོད་པ་འབུལ། ། ཧཱུྃ༔ །གླིང་པ་མཐོང་པ་ཀུན་སྐྱོང་ནས། །ལིང་ཆེ་ནོར་བུ་དགྲ་འདུལ་བཟང་། །མི་སྐྱུ་གཞང་ལ་དུང་གི་ལོ་ནོ་ཅན། །ཡང་སྐྱུག

དམར་ལ་ཞེ་ནུས་མིག་རྩ་ཅན། །སྐྱ་སྡོང་ར་ལ་ཡས་ཁེབ་ཤིང་རྒྱང་བུ་ཆེབས། །དབྱུ་ལ་དངུལ་གྱི་རྡོག་ལྷུ་གདས་རི་ལྡུག །དར་འབྱུལ་དགྲ་ལྷ་དཀར་པོ་འི་གླིང་བཞི

ལྡུག །སྐྱ་ལ་གསེར་གྱི་ཁྲབ་ཆེན་རྩེ་རི་ཞིལ། །རྒྱན་ཟབ་ལ་དྲུས་སྡོང་སྐྱ་འཁོར་གྱིས་བསྐོར། །མ་དུང་སོ་བ་དཀར་པའི་གླུ་ལ་བརྩེར། །སྲུབ་མོ་རྣ་དམར་

ལེན་ཆེན་གླིང་བ་ཞི་ལྷུབ། །གཡས་པའི་གཡུ་ཡི་སྒྲ་ལྷ་གས་དཀྲུང་ལ་ཕྱར། །ཡོ་ལྷ་བ་ར་ཚད་ཀུན་ལ་ཡ་འཁོར་གྱིས་བསྐོར། །རལ་གྲི་བདག་ལ་ལེ་མེད་མི་ལྡར་འབར། །

ཕྱི་ནང་ཞི་ཁྲོ

༄༅། །ཞགས་པ་འཁོར་གསུམ་རང་འགྲོགས་སྒྲོལ་ལྷ་ར་འཕྲུལ། །ལྷག་རལ་གཡས་ལ་གཟིག་ཤུབ་གཡོན་དུ་ཕྱར། །མ་དལ་རྗོད་དགུ་ཐ་ཟ་གོ་དགུས་ངར༔

སྣང་སྒྲོགས། །གཞི་མོ་ར་རྗོད་འཁྱིལ་ཆེན་གཡུ་འབྲུག་འཁྱིལ། །དགྲ་ལྷའི་དར་མ་བརྒྱ་གསུམ་འཁོར་དང་བཅས། །སྤྱིས་བྱ་ཁྱེད་ལ་བསང་གི་མཆོད་པ་འབུལ། །

ཧྲཱིཿ །ཕྲག་ལྷ་གཡས་པའི་གོང་ཐོག་ནས། །ཕྱུགས་ཀྱི་ཞ་ཁྲ་ལྷ་སྐུ་མཆེད་བདུན་འཁོར། །ཁ་ལ་དགའ་བའི་དགྲ་ལྷ་ཐམས་ཅད། །ཕྲག་ལྷ་གཡོན་པའི་གོང་ཐོག་ནས། །ཁྱུང་གི

ཞ་ཁྲ་ཀླུ་སྐུ་མཆེད་བདུན་འཁོར། །ཕྲག་ལ་དགའ་བའི་དགྲ་ལྷ༔ འཕྱུར་རོག་ཐང་དཀར་ཆེན་པོ་དེ། །སྒྲོ་ག་ཤོག་རྒྱལ་པའི་དགྲ་ལྷ༔ གྲགས་རོག་ཁྲ་ཁྱུག་སྔོན་པོ་དེ། །གསུང་

སྐད་སྙན་པའི་དགྲ་ལྷ༔ གསེར་མིག་འཁྱུག་པ་གསེར་མགོ་དེ། །མྱུར་འཕར་སེལ་བའི་དགྲ་ལྷ༔ འཛིམ་རོག་ཀླག་རྗོང་རོག་པོ་དེ། །སྒྲོ་ག་ཤོག་འཕོར་བའི་དགྲ་ལྷ༔

ནགས་སྟོད་རྒྱང་བྱ་ཁ་དཀར་དེ། །ཇོག་དར་རྒྱས་པའི་དགྲ་ལྷ༔ འབྱི་རོག་ལྡིང་དཀར་མོ་དེ། །གཡུ་རལ་རྒྱས་པའི་དགྲ་ལྷ༔ ཁྭ་རོག་སྐྱུང་ཐང་སྔོན་མོ་དེ། །ཁྲ་ཁ་དར་བའི

དགུ༔ ཉལ་རོག་ཐུ་ཕྲལ་རྒྱུ་བོ་དེ། །ཁྲམ་འཇིག་ཆེ་བའི་དགུ༔ འཁྱིལ་རོག་གསེར་སྦྲུལ་ལེར་པོ་དེ། །ཞེ་སྡང་ཆེ་བའི་དགུ༔ སབ་འཞེ་ལྡུ་གཡག་ཁམ་པ་དེ། །
ང་རྒྱལ་ཆེ་བའི་དགུ༔ རྗེ་རོག་ལབ་རྒྱ་ཁ་འཛོམ་པ་དེ། །དུང་ར་འཁོར་བའི་དགུ༔ ཁྱག་རོག་གླ་བ་དམར་པོ་དེ། །ཕྱུར་མ་འཁྱོགས་ཆེ་བའི་དགུ༔ གབ་རོག་རི་བོང་
དཀར་པོ་དེ། །མགོ་སྤུ་རྒྱས་པའི་དགུ༔ གཡས་རུ་རྒྱུ་སྡིག་ཕྲེ་བོ་དེ། །འཛམ་དྭག་རྒྱས་པའི་དགུ༔ དར་མ་བརྟག་སུམ་འཁོར་གྱིས་བཀོར། །ལྷ་དམག་ཧེ་
བ་ཐང་ལྷུ་ར་འཚུབས། །གཉེན་དམག་ཧེ་བ་འབྲུག་ལྡུ་ར་འཁྱིལ། །ཀླུ་དམག་ཧེ་བ་སྤྲིན་ལྡུ་ར་འཚུབ། །འགྲོ་འདུལ་དཔལ་ལ་བོ་བརྒྱད་ཅུའི་བསྐོར། །སྐྱེལ་བུ་ཕྱེད་ལ་
མཆོད་པ་འབུལ། །ཆེ་ཞེ་ཆེ་འེ་ལྷ་རྒྱལ་ལོ། ། ཧྲཱིཿ །བདག་གིས་སེམས་ཅན་སྐྱོབས་པ་དང་སྤྱིར་ལ་དུས་ཀྱི་བསྟན་པ་བསྲུང་། །རྣལ་འབྱོར་པའི་སྲུ་ཚེ་རྟེན། །
བདག་གིས་སེམས་ཅན་ཐམས་ཅད་ལ་ལྷ་དམག་ཧེ་བའི་དམག་ཚོགས་འཁོར་དང་བཅས་པ་གར་འགྲོ་གར་འདུག་རྟོགས་ལ་ཁ་འཛིན་དང་སྐྱོང་དགོས་མཛོད་

༄༅། །ཅིག །བསོད་ནམས་དང་དཔལ་ལ་འབྱོར་སྐྱེལ་ཅིག །ཞི་བསམ་པའི་དོན་ཐམས་ཅད་འགྲུབ་པར་གྱུར་ཅིག །མི་འགྱུར་ལྷུན་པོ་སྐུ་ཡི་བཀྲ་ཤིས་
ཤོག །ཡན་ལག་དྲུག་བཅུ་གསུང་གི་བཀྲ་ཤིས༑ མཐའ་འབྲལ་དོན་རྟོགས་ཐུགས་ཀྱི་བཀྲ་ཤིས༑ རྒྱལ་བའི་སྐུ་གསུང་ཐུགས་ཀྱི་བཀྲ་ཤིས་ཤོག །འབད་དང་
སྒོལ་བས་མ་གོས་ཤིང་། །ཡིད་བཞིན་ནོར་བུ་དཔལ་ལ་བསམ་ལྟར། །སེམས་ཅན་རེ་བ་སྐོང་མཛད་པ། །བསམ་པ་འགྲུབ་པའི་བཀྲ་ཤིས་ཤོག །ས་ཐམ་སྡུད་ཡི།
ཚེས་སྐྱོང་དམག་རྣམས་བསང་དང་གསེར་སྐྱེམས། དེ་ལྟར་ཁྲུས་ནས་དགྲ་ལྷ་ཕྱེར་མའི་རྣམས་ཀྱི་ལྷ་དམ་ག་རྣམས་བསངས་བ་སྐོང་ག་ཅིག་རྒྱབ་ནས་དཔུང་སྟོད་དོ། དེ་ནས་དཔལ་ཁྱབ་རྣམས་ལས་གསུང་ཞང་
དུ་ཁྲ་དཔུང་ངས་སོ་ཤེད། དེར་རིན་པོ་ཆེན་པོ་ཧཱུྃ་ཡི་ཁྲི་སྟེང་དུ་དགྲ་ལྷ་རྗེ་རྒྱལ་བཞུགས། གཡས་སུ་གསེར་ཁྲིའི་སྟེང་དུ་གསེར་པའི་དཔོན་པོ་ལི་འབུམ་བཞུགས། གཡོན་དུ་དངུལ་ཁྲིའི་སྟེང་དུ་རྒྱུ་
པའི་དཔོན་པོ་དར་ལྷ་བཞུགས། གཡུ་ཁྲིའི་སྟེང་དུ་འོམ་བུའི་དཔོན་པོ་གཡུ་ཁྲི་གོང་ཧྥེ་བཙས་དཔོན་ཆེན་བཞི་ཡི་གྲུ་ལ་ཀྱི་དགུ་བོན་ནས་བཞུགས། །གཡས་ལས་གྱུལ་སྤུག་གདན་ཁྲ་བོའི་སྟེང་

དུ་བཀའ་ལ་སློན་ལ་ངན་ཅན་མ་གཡུ་རྒྱལ། དེས་འོག་དཔལ་ལ་ལྷ་ལིང་སྐྱབ། དེས་འོག་ཁྲ་གདོང་ཉིང་འཛིན་གྲགས་པ། དེའོག་རྨ་ལི་ཤོག་གིས་གཡུ་ཆེ་དཔང་ཐམས་སྐྱག་གདན་རི་རའི་ཕྱིང་དུ་བཞུགས་པ་ལ

དེ་འཁོར་དཔལ་ལ་ཁྱུ་ལ་དྲུག་བཅུ་བཙམས་རིམ་བཞི་བཞུགས། གཡོན་གྲལ་གྱི་མགོ་ནས་སྐྱག་གདན་ལ་དེར་གྱི་སྐྱེས་ཟན་ཟན་ལས་ལ། དེས་འོག་གཡུ་ལྷ་ཤེག་འགྱུར། དེས་འོག་དུང་སྐྱོང་དཔོན་པོ་སྐྱབ་ལྷ། དེས་འོག་མི་འཛམ

ཛེ་ར་ཤི་བ་སྦྱབ་དྲུག་བཅུ་རྣམས་སྐྱག་གདན་གྱི་རིམ་པ་ལ་འཁོད། མདུན་གྲལ་གྱི་གྲལ་མགོ་ལ་འབའི་སྤྱན་མ་ཚོགས་ང་དང་སྐྱབ་གདན་ཕྱིང་དུ་རྨ་ལི་སྟོང་དཔོན་ནོ་ལྷ་སྐྱ་བཞུགས། དེའི་འོག་ཀྱི་དཔོན་ནོ་རང་ཚེ་ཁྲ

ཆེན་བཞུགས། དེའི་འོག་སྤྱག་རང་ཁྲོ་ཕྱུར་བཞུགས། དེའི་འོག་ལྷ་དགའ་བདེ་བཅས་ནང་བློན་ཕྱུ་ནུ་སྤྱི་བཙུན་བསྐོར་ནས་བཞུགས། གཡས་རྒྱལ་གྱི་གྲལ་མགོ་ལ་སོགས་གི་རིན་གྲགས་པ། དེའི་འོག་བློན་ཆེན

ནམ་མཁའ་ཐོག་འགྱུར། དེའི་འོག་སྤྱག་གཟིགས་ཞལ་དཀར་ལྷ་ན་པ། དེའི་འོག་དཔལ་ལ་མོ་ཨ་སྐྱག་སྐྱ་མོར། དེའི་འོག་བདུད་བློན་གདར་ཕྱེར་སྟོན། དེའི་འོག་སོག་བློན་དྷ་དམར་སྟོབས་ཆེན་བཅས་ལ་བཞུགས། གཡོན

རྒྱལ་གྱི་གྲལ་མགོ་ལ་ཨ་གྲགས་ཏེ་མ་གྲགས་པ། དེའི་འོག་ཞི་ནུའི་བཀའ་བློན་ཆོས་འགྱུར། དེའི་འོག་ལ་ལྷ་ཨ་སྐྱེ་ཞལ་དཀར། དེའི་ལ་ཁོར་གྱི་བློན་པོ་སུམ་རྟེ་འཁོར་དང་བཅས་གླིང་གི་མདུན་གྲལ་དེ་སྟག

འཕྲང་ཀ་ཞེ་ལྔ

༄༅། །གཟིགས་ཕྱ་རྒྱལ་བ་ལྷ་རབ་ཁྲ་དཔུང་དེ་བརྒྱུགས། གཉེར་ཆེན་ཟླ་ཏྲུ་གཡུ་རྒྱལ་དང་མི་ཆུང་ཟེར་ནི་གསོལ་བའི་ཚེ། འཇང་། མི་གསུམ་ནས་མདུན་གཡོག་དགུ། ཧྲུག་ག་ཟེ་ག་ལོ་ག་པོ་

ཨ་གྲགས་ཞི་དྲུ་བཞི་ནས་མདུན་གཡོག་བརྒྱུ་གཉིས་ཀྱི་ཛ་ཚང་ཤ་ཕྱུད་སོགས་ཀྱིས་སྐྱེམས་ཕུལ་རྒྱ་ཆེན་པོ་བཞག་ནས་ཕྱུར་སྤུ་ཚོགས་པའི་སྟོན་མོ་ཆེན་པོ་མཛད། དཔལ་ཁྱུ་ལ་རྒྱལ་བློན་རྣམས་ཀྱི་

བཀའ་གྲོས་མ་དཔོན་མཛད་པའི་མཚར་མདུན་གྲལ་གྱི་མགོ་ནས་སྤྱི་དཔོན་རང་ཚོ་ཁྲ་ཆེན་ངོས་གཡས་ལ་འདིར་ཚོགས་རྒྱལ་བློན་རྣམས་ལ་དགྲ་དུ་འདུལ་བའི་ཐབས་དང་ཁྱབ་རི་དགོས་བཀའ་གྲོས་ཀྱིས་གསུངས།

དེར་གཡོན་གྲལ་ཛ་ག་གདན་སྟེང་ན་ཤན་འཕར་མི་དྲུ་རྩེ་ངོས་གཡས་ལ་འདུ་ཚོགས་རྒྱལ་བློན་རྣམས་ལ། ངཤན་འབར་ཞུ་བ་ཨེ་འདུ་ཡོད་ཟེར་ནས་སྨྲས༔ ཨོཾ་མ་ཧེ་ཧྲཱུྃ་ཧྲཱུྃ༔ ཨ་ལ༔ ཐ་ལ༔ ལྷ་མ་ཡི་

དམ་དཀོན་མཆོག་གསུམ། །གསོལ་བ་འདེབས་སོ་སྐྱབས་ཀྱིས་གཟིགས། །ལྷ་འབྲུལ་མེད་སྐྱོབ་པའི༔ གཞུགས་ནས་བྱིན༔ སྙིང་མ་ལྷ་ཡི་ཞིང་ཁམས་ནས། །

ལྷ་ཆེན་ཚངས་པ་དཀར་པོ༔ བར་སྣང་སྤྲིན་པའི་ལྷ་ང་མ་ནས། །གཉེན་ཆེན་སྐྱུ་ལྷ༔ མགོ་ཀླུ་ཡི་གཞལ༔ ཀླུ་རྒྱལ་དུང་སྐྱོང་༔ གླིང་པ་མཚེའུ་ཀླུ༔ ལིང་ཆེན་ནོར་

ནུ་དགུ༔ ལེ་ར་པོ་ར་དུག་མཁའ་ལ་དགུ་ནས། །ང་ཕན་འབའི་ཕྱོགས་ལ་ལྷ་མཚར་རྗེ་ཚོད། །དེ་རིང་ཕན་པའི་གླུ་སྙན་དྲངས། །ས་འདི༔ མཚོ་ལུང་གཡུ་ཁ་དགོང་བ་རེད། །

ང་འདུ༔ ཕྱོགས་ཅན་ཕན་ཡབ་ར་མེ་ནུ་རྗེ། །གླུ་འདི༔ ཕན་པའི་འབྲུག་རིང་འབྲས་སྨྲང་ཆེར། །འབྲུག་ཆེན་རིང་མོ་ལྷ་ལ་ཡིན། །དཀོན་མཆོག་མཆོད་པ་ཕུལ་ཀྱིན་

ཡིན། །འབྲུལ་སྐྱུང་སྐྱོང་བའི་དགྲ་ལ་ཡིན། །དགྲ་མགོ་ཕྱོགས་པའི་ནོན་རྟེན་ཡིན། །གོང་བཀྲུག་དགྲ་ལྷ་རྗེ་རྒྱུ་ཡང་། །མ་དུན་འཁོར་རང་བལ་སྐྱུལ་ལ་སོགས་པ། །ཞུ་བའི

གླུ་ལ༔ ལྷོ་གླུ་གླིང་ཁྲུགས་དང་རྒྱན་ཆད་ལ། །དེ་ལྟ་མི་ཡོ་ཀེ་ཤུ་རེད། །ད་ནི་འདུག་ཚོད་གར་ལ་ཡོད། །དཀར་པོ་གླིང་གི་ལྷ་དམག་རྣམས། །སྨྱོན་པོ་རྩལ་འདྲེན་

མ་ཐུལ་མེད། །ཚོག་ཡུན་འདི་འདྲ་རིང་མ་སྐྱུང་། །ཁ་ལ་དབྱར་གྱི་དང་པོ་ལ། །རྒྱལ་པའི་ཕྱོགས་དང་གསེར་ཡལ་ཤོག །བར་ཆད་ཆེ་བའི་དུས་ཤིག་ཚེས། །འཛོམས་ཡོད་

པ་མ་ཐུང་མགོ་གཡོག་ཐུས། །དུས་ད་ནི་སྐྱ་གག་གེར་བའི་དུས། །དགྲ་གླུ་གླིང་འཕྲེར་རིས་ལྟོ་རེ་ཡིན། །ཤེ་མ་ལ་ང་གི་གདོང་གང་ལ། །ང་རང་སྤྱི་ཙན་ཕན་འབར་ཤིག །

༄༅། །སྙིང་གི་ཚ་ཞང་འདན་མ་གཉིས། །སེ་ཡི་སྨག་སྒྲ་སྒྲིད་ཀར་གསུམ། །འཛིང་སླག་པོ་ཡི་གཡུ་ལྷ་ཚོག་འགྱུར་བཞི། །དང་རང་སྐྱེན་པོ་མི་བཞི་ངོ། །དམག་མང་གི་མི་ཁྲིའི་རྟ་དང་གཏོགས་འགྲོ། །དཔུང་རོག་བསྟུ་རེ་ཁྲིས་རྒྱ་བྱེད། །རྣ་དམག་བཞི་བསྟུ་བྱེད་བཞི་ངོ། །ཁྲ་མོ་ལི་དམག་ལ་གཏུག་པ་ཡི་ནས།། ཨ་མགོན་དཔོན་དང་ཚོག་རྒོད་གཉིས། །དགྲ་འཛིང་གདང་མ་བཅད་ན་བསོ། །གསེར་གླིང་དཔལ་ལ་བོ་མི་བཞི་ངོ། །ཞག་ཕྲང་མ་དལ་མོ་ལི་རྟེ… རྡེབ་བྱེད། །མི་འདུག་རྒྱལ་བློན་འགོ་རྒྱུ་ཀྱིས། །བློན་འདིར་ཚོགས་ཁྱུགས་ཡང་དེ་འདྲ་ཞོག །གོ་ན༔ མ་གོ༔ ཅེས་ཟེར་བ་དང་། གླིང་དཔལ་ཁྱུང་རྣམས་ཀྱི་ཁ་ནས་འབའི་གསུང་པ་དེ་བདེ་ཟེར་ནས་ཁམས་ཙང་དེ་རྒྱལ་བློན་མ་དུན་གྲལ་ཁར་ཁར་ལ་གྲོས་ནས་དེ་ནུབ་རང་རང་གིས་གནས་སུ་སོང་། ཕྱི་ཉིན་ནམ་ལ་ངས་པ་དང་དམག་དཔོན་བཅོ་ངེས་རྣ་དམག་བཞི་བརྒྱུ་ཁྲིད་ནས་གླུ་འུར་དམག་ལ་གཏུག་སོང་། དེར་གླུ་འུར་དམག་མང་རྣམས་ཀྱི་གླིང་དཀར་འོང་བ་མིག་གིས་མཐོང་ནས་ཡ་ཡང་ཙང་ཀྱོད་མ་འགྲིགས་པ་འི་མཁར་གླིང་དམག་རྒྱ…

མཚོ་ཁྲང་ནས་འཁྲུངས། སྨིན་པོ་མ་འདུག་གདོང་ལ་ཡོང་ཟེར་ནས་གསེར་གླིང་སྐྱིད་གྲུ་གས་ཡས་རྒྱུ་དམ་གཅིག་ཁྲིད་ནས་དཔག་སྐར་རྡེའུ་རྡུ་བུད། ཨ་ཀ་ར། ཨ་མགོན། ཞུལ་ནག་

གསུམ་གྱི་བརྒྱུད་མ་ག་རེ་རེ་ཁྲིད་ནས་ཕྱུང་། དེར་དམག་སྐར་ཁྲ་མོ་ཞིག་ཡས་ལ་ཤོམ་ནས་ཚོར་སྡིག་ཅན་ཤན་འཕར། འཇང་ཕྲུག་ལྷ་ཡི་བུ། དུང་སྐྱོང་། མདའ་ནམ། བརྒྱ་ལ་མི་བཞི་པོ་ཡག་ལྷ་བསྒྲུག་

ཐང་ལ་ཆ་དཔལ་ལྡར་ཕྱུང་སྒོ་དང་པོ་བྱིགས་ཙན་ཁ་ན་འབར་མེ་རུ་དེ་དྲུད་མ་རྒྱུང་གི་གོང་ནས་ཡོབ་ལ་ང་ཞིག་རྒྱ་བ་ནས་གླུ་འདི་བླངས་སོ། ཨོཾ་མ་ཎི་པདྨེ་ཧཱུྃ༔ ཨ་ལ༔ ཐ་ལ༔ བླ་མ་ཡི་

དམ་དཀོན་མཆོག་གསུམ། ཀ་གསོལ་བ་འདེབས་སོ་བྱིན་གྱིས་རློབས། ཤ་འདི༔ མཚོ་ལྷུང་གཡུ་ཁྲང་བོ་དམ་རེད། ང་འདྲ༔ བདུད་ཙན་ཕན་འཕར་

རྒྱལ་པོ་རེད། གོང་བཞུག་དགུ་ལྷ་རྩོན་རྒྱལ་དང་། མདུན་སྔོ་ར་དཔལ་ལ་ཐུལ་ལ་སོགས་པ། ཞུ་བའི་གླུ་ལ༔ ཧེ་གྲུ་གླིང་འཁྲུགས་ཡས་བཙོ་བ་དེ། །

ང་སྐར་མི་ལོ་ཞེ་ཤུ་རེད། ང་ནི་འདུག་ཚང་གནའ་ཡོད། དཀར་པོ་གླིང་གིས་ལྷ་དམག་དེ། སྐྱིད་པོ་ལ་བཙོ་འབྲེན་དགུ་ལ་སྟོད། ཐོག་ཡིན་འདི་འདྲ་རེད་

༄༅། །མ་ནུང་། །འཇིམས་ཚོག་རྟོག་རྒྱལ་སློབ་མ་རྣམས། །མིག་ཁྲ་ཆུང་ཡོད་ན་ཞེ་སྡོ་ལྡན། །རྣ་བ་ལྕུ་ཡོད་ན་སྒྲ་ལ་རྩེན། །ཁ་ཚང་སྤུ་ར་ཀྱི་དབང་པོ་
ལ། །སྤྱི་སྒྲ་གླིང་གཉིས་ཀྱི་མདུན་མ་གཞི། །ཆོས་ཆེན་བླ་མའི་བཀའ་ཁྲིམ་བཅད། །མདོ་ཁང་གླིང་གིས་ལ་ཆ་ནས། །གིང་ཆེན་དཔོན་ལ་བཀའ་
འཕྲི་ཞུས། །གླུ་གླིང་མདུན་མ་འགྲིགས་དགོས་གསུང་། །ཁྲ་མོ་ངམ་གག་གིས་སྒྲིང་རྫོང་ནས། །དགྲ་ལྷ་དཔོན་ལ་བཀའ་གྱི་ཞུས། །གླུ་གླིང་མདུན་
མ་འགྲིག་དགོས་གསུང་། །ལོ་རྒྱུས་ཞེ་ལ་མ་འབོད་སྐྱོ། །ལྷ་ནུ་མ་དེ་ལ་མི་རྟེ་ན་བསམ། །ལྷོ་དཀར་ཡཾ་ཞེ་ལ་མ་འབེ་སྐྱོ། །གླུ་གླིང་མདུན་མ་འགྲིགས་
དགོས་བསམ། །དཔོན་པོ་ཐོག་རྟོད་རྒྱལ་པོ་དེ། །མི་བལ་དཀོ་ཚ་རབ་ཕྱུང་བསམ་དེ། །བདེ་ཆེན་ཤེས་རབ་གྲགས་པ་དང་། །གསར་གླིང་སྣེ་གྲགས་པ་གཉིས།
གཉམ་ཡ་ཁས་ནས་རྒྱལ་ཁ་ཕོར་འདུག་དེ། །སྤྲ་ར་ལས་སྐྱེས་པ་ཡིན་བསམ། །ཨ་ཀང་ཁྲིད་དང་ཨ་མ་གོན་གཉིས། །དགྲ་བོ་བས་མ་པ་ནག་འདུག་དེ།

མི་བལ་ང་ཚོ་ཕར་བཏང་དགོས་བསམ་ནས། །ངང་དཀར་པོ་སྐྱིད་གིས་བསོ་ཡལ། །རྒྱལ་བློན་བཀའ་འགྲོས་དེ་འདྲ་བྱས། །ཁད་ཚང་དགེ་དཔལ་ལ་འབྱོར་དེས།
ཀླུ་གླིང་མ་དྲན་མ་མི་འགྲིགས་ཟེར། །དེ་འདྲས་སྐྱང་ཆ་གླིང་ལ་ཐུང་། །ཁྲི་བ་ཆེན་གླིང་གི་དཔལ་ལ་ཐུབ་རྣམས་ཀྱི། །སེམས་དང་སྡུང་བབ་དེ་མི་ཐུར། །དེ་ནས
དམག་དཔོན་ཕྲུ་མས་གཟུགས། །ཉ་ལྷུང་ཆེན་དགོང་ནས་མ་འབྱུང་གང་། །ཞི་ལ་དཀར་མོ་འདི་དྲུག་འགྱུར་བརྒྱབ། །གཞོག་དྲུག་ཆ་དལ་དེ་རིས་ཡིན། །
ཆུ་ནག་བརྩེ་ནས་མ་ཞིག་གང་། །འཕལ་བ་སྐྱོང་ཀོས་ཁ་སོ་སླེར། །ལས་མ་གོ་ལྷག་རྟོག་ལ་དེ་རིས་ཡིན། །སྐྱིད་ངལ་ལ་ཐུལ་མེ་འབར་མ་འཁྲུག་གང་། །ཧྲར་མ་
སྒྲུལ་བཏང་རྟོག་ཕྱེད། །གཏང་མ་ཚད་པ་དེ་རིས་ཡིན། །གཡའ་སོ་རི་ལྒྲ་ལུས་དམག་དཔོན་རྣམས། །ཁྱེ་གཟིགས་གིས་ལྷུར་འཁྱལ་ནག་འགྲིམ་ས། །ཉུ་
གཞོག་ཡ་ཆག་ཀ་ཀ་ནས་ཕྱུག་པ་ཙད། །དཔོན་དབང་ཁང་རྟོགས་ཁ་སྐྱོད་ག་ཟེ་རྟོགས། །ལུག་བརྒྱ་མཚོ་བའི་རྫོ་ལུར་དོ། །དགུ་བཙད་བལ་མ་ང་ལ་དགོས་

༄༅། །འདུག་ཏེ། །དགོང་ལ་ཉིས་པར་ནུས་སྐྱིད་ནས་འདུག །ངོ་མི་ལེན་ལུག་རྒྱུད་སྤྱང་སྤྲུལ་བ་གཏོར། །ལུག་མ་བོ་འབྲུན་སྤྲུལ་པ་ངོ་རེ་ཚོ། །ངོ་ཚ་རྒྱུ་མེ
པས་རྒྱལ་བློན་རྣམས། །ཁྱེད་བལ་མ་དང་ཟེ་འདྲ་བས་སུ་ཤེས་ཡོད། །ཕྱོན་ཆེན་ཤོག་རྗོང་རྒྱལ་པོ་ལ། །ཞུ་རྒྱུ་ཅི་འདྲ་སྐྱིབས་ཡོད། །ཁྱེད་བློན་ཆེན་ཅི་འདྲ
འདུག་བསམ་ཡོད། །གོ་ཨེ་ཐུང་ཁོ་རེད་ཤ་ཡང་དགྱ། །མ་གོ༔ ཅེས་ཟེར་བ་དང་། ཤར་འབར་དེ་མི་ཆང་པ་བཞི་དྲུ་སྨར་དབྱེས་ལ་ཤེར་ལོང་། དེར་ཨ་ཀ་ང་མེ་ཏོག་དང་ལ་བ་ཟར་ནམ།
གཡལ་ཁ་རེ་ཤན་ལམ་རྒྱུ་རྒྱུ་བ། སྐྱེ་རྗེ་ན་དང་འདྲ་བ་འདི་ཡིན་དང་ཟེར་ནས་གླུ༔ ཨོཾ་མ་ཎི་པདྨེ་ཧཱུྃ༔ ཨ་ལ༔ ཐ་ལེ༔ ལ་འདི༔ དར་ཁང་རི་ཡིས་གོང་མཚོ་རེད། །ང་འདྲ
ཐང་གིས་ཨ་ཀ་ང་སྨྱུ་རིག་རེད། །དེ་ནས་རྗེ་ན་དང་དམར་པོ་སྐྱབ། །གནམ་ཨ་སྔོན་བའི་སྤྲིན་ཆེ་ལ་ནས། །ལྗོངས་སྤྲིན་ནག་པོ་དགོང་ལ་གཏུམ། །ཏེ་མ
ཨེ་གྲོ་ཞེས་ལ་ཐུང་། །གླུ་གླིང་མདུན་མ་གདམ་པས་དུག །གཡོ་ཆེན་ཤན་འབབ་ཞིག་པོ་གྱི་ཐུས། །མདུན་མ་ཨེ་འགྲིགས་ཤེས་ལ་ཐུང་། །དེ་ནས་ངོར

བདུད་ཤིན་འབར་དཔོན། །ཧཱུྃ་ཆེན་གནམ་ལྕགས་ཙག་པའི་དུས། །ནམ་མཁའ་རྒྱང་ཐག་རིག་གཞན་འདྲ། །མི་འགྱུར་འདུག་བསཾ་བྲན་ཤེས་མེད། །དཔོ་ཕྲུ་

ཀློང་འཁྲུགས་པ་ས་ངེས། །ཀློང་དམ་གསང་བ་མང་གཞན་འདྲ། །མི་འཁྲུགས་བྲོས་བསཾ་ཧྲེད་ལ་མེད། །སྨག་དམ་རྩོལ་བས་མ་བསམ་ནག་ལ་མ་བསི།།

དཔྱར་ནག་ཡི་དཀྱིལ་ལ་རྩེད། །ལྷུན་གྲུབ་འཛུམ་དམ་ལ་དེ་རིས་ཡིན། །ད་ཨ་ཀ་ད་བསཾ་བསཾ་ཤར་འབར་བསཾ། །དགྲ་དམ་རྒྱ་གདོང་ལ་རྩེད་ལེ་རེད། །

མགོ་གདོང་མཔའ་ཚད་ལེ་དེ་རེས་ཡིན། །གོ་ན༔ མགོ༔ ཚེས་ཉེར་ནས་ཤར་འབར་ལ་རྫོང་མདའ་གྲང་མང་རྒྱབ་ཀྱང་མཚོན་མ་ཐུང་། ཤར་འབའི་ལྷ་མདའ་གིས་ཨ་ཀ་ང་ལ་

རྒྱབ་ཀྱང་སྐྱོད་མ་ཐུབ་ནས། ཤར་འབའི་དཔུང་རོགས་ཞེ་སྡང་ལ་བརྟུ་ཡིས་ལྷ་མདའ་དང་རལ་གྲི་བཏབ་ནས་ཨ་ཀ་ཡོ་གསེས་དམག་མང་ནང་ནས་གཉིས་མ་ཏོག་ལུས་མེད་པའི་དམར་རབས་ཐམས།

དེར་ཨ་ཀ་ང་གིས་དགྲ་ཚེར་དེ་ལེན་མང་པོ་གཡུག་ཀྱང་བེ་ཐུབ་གཅིག་ལ་ཕྱོད་མ་ཐུང་། ཡང་ཨ་ཀ་ང་དེ་ཤོར་སོང་། དེ་ནས་སྤྲུལ་ནག་མི་འབར་དེས་བརྒྱད་དམག་གཅིག་གྲིད་ནས་མདའ་མས་གདོང

འཛོང་ཞི་བདུན།

༄། །ལེ་གནར་སྐྱུར་བས་སྟོང་མ་དལ་གྲང་མ་ང་ཚིག་ལྟར་ཡང་བྱུར་བའི། དེར་མ་དན་མ་དང་ཕྲལ་ཆོད་བསྒྲུ་ངེས་མ་དལ་དང་རལ་གྱི་ཁྲང་མང་བ་ད་ཁས་ནས་སྐྱལ་ནག་དམག་ཕྱོ་ཀ་དེ་གཅིག

མེད་དུ་གཏད་ནས་བསད། །སྨྲལ་ནག་ལ་ཕོ་རང་སྲིན་འབྲས་བྱ་ཡིན་པའི་མི་ཏག་ཐར་ར་ར་ཆེད་ནས་མེད་སོང་། དེར་གསེར་གླིང་གིས་རྒྱལ་དམག་ག་ཅིག་ཁྲིད་ནས་ལྗོ་སྨྲིན་འཚུབ་པར་ལྷུར་དུ་སྤྲག

ལྷའི་གདོང་ལ་བྱུར། སྟོང་མ་དལ་འཁྲུག་གྲགས་པ་གཞིན་དུ་གྲངས་མང་སྐྱེས་བྱུང་བས་ཕོར་དཔལ་ལ་ཆོད་བསྒྲུ་ལ་བར་ཆད་མ་བྱུང་། དེར་ཡང་སྟག་ལྷ་དང་དཔལ་ལ་ཆོད་བསྒྲུ་ཡིས་མ་དལ་དང་གྱི་ཚན་

གྱིས་རྒྱབ་ནས་གསེར་གླིང་གིས་བརྒྱ་དམག་གཅིག་དེ་ཁྲག་ལ་སྐྲིས་ནས་ཅིག་མེད་དུ་གཏད། གསེར་གླིང་དེ་ལ་ཤི་ཡང་མ་ཐུབ་ནས་ཕེར་སོང་། གཡས་ཕྱོགས་ནས་ཨ་མགོན་ནཞ་ནག་མིག་ཅིག་དེས

ལྷག་ཁྲ་ཆས་ལ་བརྒྱ་དམ་བཅིག་ཁྲིད་ནས་གཡུ་ལྷའི་གདོང་ལ་རར་བྱུར། དེར་གཡུ་ལྷས་དཔུང་རོགས་དཔལ་ལ་ཆོད་བསྒྲུ་དེས་རལ་གྱི་དང་ལྷམ་དལ་སོགས་ཀྱི་རྒྱབ་པས། ཨ་མགོན་བརྒྱ་དམ་གཅིག་དེ

ཤིན་སེར་བའི་ལྷུག་འདྲ་ཐུལ་ནས་སྐྱེད་བ་ཕོད་ག་ཅིག་མ་ལྷག་པ་ཐུབ། ཨ་མགོན་དང་གཡུ་ལྷ་ཕོ་གཉིས་ཀྱི་འཐབ་ཐབས་ཀྱང་ཕན་རྒྱབ་མ་ཐུབ་ང་། དེར་གླིང་དམག་དཔོན་གློ་བབཞི་བསྒྲུ་ཞེ་བཞི་ངེ་མི་

འཛམ་དུ་འཛམ་ཁྱུས་ནས་རང་སྣང་ར་ཕྱོ་གས་ལ་ཡོད་མི་ང་། ཐོ་ང་རྗེ་དད་དམག་དཔོན་བཞི་དེ་རང་སྣང་ར་ལ་སོང་། དེ་ལོ་སློབ་ཆེན་བཞི་དེ་ཕྱོགས་རྗོད་དྲུང་ལ་སོང་། གཡལ་དམག་དཔོན་རྣམས་ཀྱིས་སྤྱིང་བར་རྣམས་
རྩལ་འཁྲུལ་བཅག་ལུགས་ཅི་འདྲ་ཞིག་ཡོད། དར་ནང་ལོང་བའི་སྐྱོན་པོ་དེ་རྣམས་གླིང་དར་ལྷུ་འདྲ་རེད་ཟེར། ཁ་ཀ་དང་དེས་ཡུལ་གྱི་རྒྱལ་པོ་རིན་པོ་ཆེ། དར་ནང་ལོང་བས་སྐྱོན་པོ་ཡ་ཞི་དེ། ཤན་འབར་
མ་དན་མ་གཉིས་དང་། གཡུ་ལྷ་དྲུང་སྐྱེས་བཞི་དེས་དཔུང་རོགས་སྐྱོན་པོ་བཟུ་རེ་ཁྲིད་ནས་ཕྱུང་། ལེ་ཨ་ཡ་མ་གཟུར་པའི་གཅིག་ཀྱང་གདང་མ་མ་ཆེད་ལེབ། ང་རང་དམག་དཔོན་བཞི་གིས་བརྒྱ་
དཔལ་གབ་ཅི་བརྒྱ་ཙམ་དེ་གདང་མ་ཤོར་ཐལ་ཟེར། ད་རྒྱལ་པོ་དགོང་པ་མ་མ་སྟོར་དང་། འཛོལ་ཨ་ཡ་གཟུལ་ནས་ཤག་ལེ་རྒྱུད་ཚིག་ཟེར་བའི་ཞུ་བ་འབུལ། དེ་དཔོན་ཆེན་ཕྱག་རྗོད་རྒྱལ་པོ་དེ་ཁྱུག་ལས་ལ་
ཡོགས་ནས་གཡལ་དམག་དཔོན་རྣམས་ཤར་གླིང་ཀར་སྤྱོད་ཀྱི་དཔལ་ལ་ཐོལ། དགྲ་འཛོལ་ནས་ཤ་ལེན་མ་ལེན་ན། འདུག་ཟེར་བ་སྐར་པ་འདི་དཔེ་ནཞིག་ཡིན། མི་འདུག་དར་ལྷོ་ར་སྤུར་དྲུང་འགྲོ་ཟེར་བའི་
བཀའ་ཕེབས། དེར་རྒྱལ་བློན་སྐྱོན་པོ་དཔུང་སྒྲོས་ནས་འགྲོ་ཆས་བྱེད་དུས། ཕྱག་རྗོད་ཀྱི་གཡལ་འདུན་ཚོགས་རྒྱལ་བློན་རྟེལ། དམག་མ་ངང་པོ་མི་གསྒོ་ཀུང་གི་འགྲོ། ང་རང་ཕྱག་རྗོད་རྒྱལ་པོ་གཅིག

༄༅། །ལེང་པའི་བུ་ཆོ་དཧྲཱ་ར་གཏེས། ཕྱུར་གིས་ཨ་ཀ་རང་སྒྲུ་རིམ་གསུམ། ཨ་མགོན་ཁ་འཛུག་སྨིག་ཞིག་བཞི། ད་རང་རྒྱལ་བློན་བཞི་པོ་ངེས། །གླིང་སྐར་ཁྲ་མོ་ཁྲག་ལ་སྐྱེས། ཟེར་ནས་ལོ་རྒྱལ་བློན་བཞེ་ངེ་གནམ་ལྷགས་དགོང་ནས་ཆད་པ་བཞིན་དུ། གླིང་སྐར་ལོག་ལ་གཏུག དེར་མཚོ་ལུང་གཡུ་ཐང་གིས་སྟོད་པ་གླིང་དམག་གིས་མདུན་གྱལ་ཚོགས་ནས་ལབ་ར་སློབ་ཚེ་ན་རྣམས་ཀྱི་གདང་མ་ཐབ་ད་ཡའི་ལོ་རྒྱས་རྣམས་ལ་ལྕུ་ཕྱེས་པོ་དཀྲ་རལ། གྲུ་འབྲུས་དམག་དཔོ་ན་བཞི་དེ་འོང་བར་མིག་གིས་མཐོང་ནས། དཔལ་ཕྱུལ་རྣམས་ཀྱིས་འཕོར་གསུམ་ལུས་ལ་སྐོར་ནས། གླིང་དམག་རྣམས་རྩུབ་རྩུབ་དུ་ཡོད་སྐྲ་བས། ཐོག་ཆོད་ཀྱི་དམག་དཔོན་བཞི་དེ་སྨུག་རང་དཔོན་གྱི་སྐར་ཐོད་ལ་སླེབས་ནས། དོན་ཡང་ཀྱིས་དང་པོ་ལ་ཐོག་སྟོད་དེས་རྫོང་མདའ་དཔུང་ལ་བསྐོན་ནས། གཡང་གླིང་གིས་སྒྲ་སྐར་སྒྱུར་མོ་རྣམས། པོ་ཆེའ་པོ་ཡོད་ན་སྐུག་ལ་བཙོར་ཟེར་ནས་གླུ༔ ཨོཾ་མ་ཎི་པདྨེ་ཧཱུྃ༔ ཨ་ལ༔ ཐ་ལ༔ གནམ་ཐིམ་པར་ཐིལ་ལ་ཐིམ་མཆོད། །དེ་རིམ་ཐོག་རྫོང་གཤོག་ལ་ཡབ་ས། །ས་འདི༔ མཚོ་ལུག་གཡུ་ཐང་གོང་མ་རེད། །ང་དང༔ ཁྲི་དཔོན་ཐོག་ཆོད་རྒྱལ་པོ་རེད། །དེ་ནས་རྟེ་ནང་གླིང་དམག་རྣམས། །ཁ་ཚང་སྐར་གྱི་དཔའ་བོ་ལ། །གླིང་གྲོས་མེད་མདུན་

མ་རྒྱུད་ནས་གཉིས། །དཔོན་གྲོལ་མེད་དགེ་འབའི་གཡོ་རྒྱུ་ཆེད། །ངཙོག་རྫོང་རྒྱལ་བློན་མགོ་གཡོག་ལུས། །ལྷ་ཆེན་ཇོ་ཤཱཀ་རྣམ་གཉིས་ལ། །

རྒྱ་ཆེན་བཞག་པ་མ་དགོས་པའི། །ལྷ་རྗེ་ཝོ་གདན་ལ་གྲུང་བས་མ་ཡོད། །ཡོ་བྱུས་མེད་མགོ་གཙོ་རྗེ་རྣུ་ལ། །འཛམ་བདར་བཞག་ལ་མ་དགོས་པའི། །

རྒྱལ་ཆོས་དཔྱད་པའི་འཁོར་བསམ་ཡོད། །དམག་དཔོན་དགྲ་ལྷ་བཙན་རྒྱལ་ལ། །དགྲ་མཆོན་བཞག་ལ་མི་དགོས་དང་། །ག་དང་མིས་དར་ཁྲི་བཙད

བསམ་ཡོད། །དགྲ་ལྷ་དམག་དཔོན་ཆེ་བཞི་དེས། །དགྲ་ཕར་ལོ་ཚུར་ལེན་བྱེད་བསམ་ཡོད། །ཡོ་གྲོལ་མེད་ཤན་འབར་གཡུ་ལྷ་དང་། །དཔོན་གྲོལ་མེད་དགྲ

ལྷ་བཙན་རྒྱལ་ནམ། །ལ་གདང་ལ་ཡོད་ཀྱང་བདེ་ལས་ལ་བཙེར། །གོ་ན༔ མ་གོ༔ ཙེས་ཟེར་ནས་སྤྱག་རང་སྐྱར་ཞར་ནས་རང་གྲིས་ལྷ་ཆོད་འབྲུ་ལུ་དང་རྒྱལ་གྲིས་མ་ཏི་ཀ་ར་གཉིས…

ན་ཙོན་ཆོད་རྒྱུག་ལ་ལྷ་རང་ཙོག་ཆོད་རྒྱལ་བློན་བཞི་ཡིས་གདོང་ལ་ཚར་ནས་གཡས་འཁོར་རེ་ཙོག་ཆོད་རྒྱལ་བློན་ཉེན་ཟེར་ནས་ལྷ་ཆོན་འབྲུ་ལུ་དེས་བླུ༔ ཨོཾ་མ་ཎི་པདྨེ་ཧཱུྃ༔ ཨ་ལེ༔ ཐ་ལེ༔

འབྲུ་ང་ཞེ་དགུ

༄༅། །བླ་མཆོད་ཅིག་སྒྲོལ་མ༔ མཆོད་གཉིས་སྒྲོལ་མ༔ མཆོད་གསུམ་རིགས༔ ས་འདི༔ མཚོ་ལྷུང་གཡུ་ཚང་གོང་མ་རེད། །
ང་འདྲ༔ སྣག་རང་ཤོག་ཆེན་བཟོ་བརྒྱུད་ནས། །མཁའ་མི་འགྱུར་གཡུ་འབྲུག་འཛིན་མཁའ་ནས། །དཔལ་ལྷ་ལིན་མེད་ལྷ་ཆོད་འབུམ་པ་ཟེར།།
ཡབ་ཀི་ང་སློན་རྒྱལ་པོས་གདོང་རྒྱུད་ཡིན། །སེང་ཆེན་རྒྱལ་པོས་སྒྲ་མཆོད་ཡོན། །གླིང་ཆེན་རྒྱུད་སྒྲེ་བཀང་དཔོན་འབོ་ཡིན། །སྡིག་དཀར་རམ་སོ་གཡུ་
རས། །གཡང་དཀར་ལྷུག་གིས་འགྲོན་རྒྱུར་མེད། །དམར་ཡག་སྣུག་གིས་འཛོམ་དྲུག་ལ། །རྒྱ་སེན་ཧ་ལུས་འདྲེན་རྒྱུ་མེད། །སྙིང་རྒྱང་ལྷ་ཆོད་
འབུམ་ལུ་ལ། །ཚོག་ཆོ་དཔའ་འགྲོན་བཞི། ཨ་མ་རིས། །དཔོན་སྐྱག་ཚོག་ཆོད་རྒྱལ་པོ་ཁྱེད། །འགྲོ་མ་རྒྱུད་སྒྲོང་སྣར་རྒྱ་ནག་ཅིག་འགྲིམ། །དཔལ་ལྷ་ལིན་
མེད་ལྷ་ཆོད་དང་དང་སྤྲུགས། །མ་གོ་གདང་མ་ཤོར་ལོ་ཨོ་ཤིས་དྲུ། །བོད་འཛོམ་གླིང་ཆོད་པོ་རྣམ་གསུམ་ཡོད། །གཞི་ཨ་སྙོན་ནང་གིས་ཕྱིག་དང་

གཅིག །རྫོ་གསེར་བས་ནང་གིས་ཟླ་བ་དང་བག་ཉེས། །ཀླིང་སྨག་རང་འཕྱོག་ནས་ལྷ་ཆེད་དགུ་ལ། །འཆར་འགྲེན་ཡ་མེད་ཡས་སྐྱོན་པོ་ཡིན། །ངེས་མདའ

གཅིག་མི་འཕེན་ཐོག་གཅིག་འཕེན། །གཞན་ལྷག་གྲོ་ཚི་ཆང་འདྲ་འཕེན། །གཞིག་ཙིགས་མི་བཀུག་བྲག་གཅིག་བསྐུལ། །རྒྱུ་རྫོང་བྲག་ཚམ་རྩ་ཐང་ལ·····

བསྐུལ། །དགྲ་གཅིག་མི་བསད་འདྲེ་གཅིག་བསད། །འདྲེ་བདུད་ཚོགས་ཆེད་འདྲེ་ཡོ་བསད། །དགྲ་བགེགས་གསོག་རྩ་ཀྱུར་དུ་བཅད། །ཕ་ཁྲག་ཇི་ལ་ཀླིང་

ཁྲག་ཐུང་། །པོ་ནམ་དཔའ་མོས་རྟུག་ལ་ཞོག །མཕོ༔ ཅེས་ཟེར་ནས་ལྷ་ཆེད་དེས་མ་དཔལ་གཅིག་བྱིས་པལ་གནམ་ལྷག་ཆད་པར་ལྷུར་དུ་ཐོག་ཆོད་ཀྱི་གླང་ལ་རྒྱབ་ནས་ཁྲ་ཆེན་རྣམས་

ལྷག་མེད་དུ་བསྒོར་ནས་ལུས་ལ་ཁྲག་སླང་གཡག་གིས་བྲེ་བུ་རྩ་མ་རྒྱས་ནས་རྐ་ལྟ་བ་ཅིག་ཡ་དབྱུག་ལ་རྒྱ་མ་སླེ་ནས་སྒྱོག་ལ་མ་གདུག་ཙམ་དུ་རྒྱུས་ནས་ཤོ་ར་སོང་། ཡང་ལྷ་ཆེད་དེས་མ་དཔལ་ཅིག་འཕང་ངས་

བས། ཨ་ཀ་ངས་རྒྱུ་རིས་ཀྱི་མིག་ཕྲག་ལ་རྒྱ་ཅ་ནས་ཁྲ་ཆེན་རྣམས་ཐར་ར་ར་གཏོར་བ་མ་སྐྱོག་འདུལ་བའི་དུས་བབ་མེད་པའི་སྐྱོད་མ་ཐུབ། དེར་ཨ་ཀ་ངང་དང་ཐོག་ཆོད་གཉིས་ཀྱི་རྡུང་མདའ་རེ་རེ་སྐྱོལ་བས་ལྡག་རང་ལྷ

༄༅། །ཆོད་དེ་ལ་ཅི་ཡང་མ་སྤྱོད། ཕྱག་རང་ལྷ་རུ་ཤར་ལ་ཕོར་དམག་དཔོན་བཞི་དེ་ཡོར་ཆུར་བའི་དམག་ཁྲི་དཀར་ཆུམ་ལ་ལྟ་བཙུ་ཙམ་བཀོད་ཆུར་སླབས་ལས། ཡང་ལྷ་རྒོད་དང་མ་ཅི་ཀ་ར་གཉིས་

ཀྱིས་དཔུང་རོག་ལ་གཡུ་ཁྲི་གོང་རྩེ་དང་འཆང་བའི་གཡུ་ལྡིའི་ཕྱུལ་བཙོ་བརྒྱུད་ཁྲིད་ནས་ཕོར་དམག་དཔོན་བཞིས་ལྟ་མ་དཔའ་གྲངས་མང་སྐྱེས་པའི་ཕོར་བཞི་པོ་དེ་ཀྱིད་སྐར་ལྕགས་དར་ཚེ་བས་སྐར་ནང་

ལ་གཏུག་མ་ནུས། དེར་ཤན་འབར་དཔལ་ལ་ལྷ་མདའ་མ་ཁ་སྨག་རྣམས་ཀྱི་རལ་གྲི་དང་ལྷ་མདའ་ཕུར་ནས་གཏོང་ལ་ཆུད། དེར་དམག་དཔོན་བཞི་ནས་གླིང་པ་ལ་ཅི་ཡང་མ་ཐེ་ནས་རང་ཕོག་

ལ་ཁ་གྱོལ་སོང་། དེར་ཕྱག་རང་དམག་ཕྱོགས་ནས་མང་པོ་བསད་འདུག་པའི་དེར་ཤར་ལེ་ན་གཅིག་མ་ལེན་ན་ཤར་མི་འདུག་བས་མ་ནས་ལྷུ་མི་དཀར་ལྷ་བུ་བསྐོ་འགྲོ་བ་དང་། འགྲོ་བཞིང་

ཚ་རམ་ལྷ་རྗེ་དགའ་ཉིས། དུང་སྐྱོང་དཔོན་པོ་སྟག་ལྷ་གཉིས། ཤེལ་འབྲང་རྒྱ་ཚ་བརྩོན་པོ་པ་ཞི་དེ་མི་ཆད་པར་གཞན་དུ་གྲུབ་ལ་སྐར་ལ་ཁ་གྱེས་སོང་། དེར་གྲུ་དུལ་དཔོན་སློན་བཞི་

དེ་སྐར་བཞང་ལ་སློབས་ནས་དཔོན་སློན་སྤེལ་གདང་མ་ལས་ལོ་རྒྱལ་གསུང་གླིང་མང་པོ་ཁྱེས། དེར་ཐོག་རྩེ་དཀྱིལ་གཡས་འདི་ཚོགས་དམག་དཔོན་རྣམས། གླིང་དཀར་དཔལ་ཁྲུས་དར་ཀྱལ།

དཔལ་ཚལ་དྲུག་འཛོམ་པའི་སྤྱོད་པོ་ལ། ཅི་ཡང་མ་རྟུབ་འགྱོད་པ་ཆེ། སྡུག་རང་ཧོག་ལ་མི་རྩལ་དྲུག་ལུས་ལ་ཚོང་ལེ་ཅིག་འདུག སྡེ་སྣུ་སྐྱེ་བསྒྲུགས་དང་ཀློན་ཆང་ལས། ཤེ་མ་དེ་རེས་ཕར་ཆང་ལས། དཔལ་ལ་བོ་དེ་འདྲ་སྟུག་མ་རྫུང་། རྩལ་འབྲེན་མདང་ལ་དམ་འཛིན་ཆེ་ན། སློན་མ་དན་མ་ཟེར་བ་སྡོང་གདམ་རྩེད། མི་ངེ་ལ་འབེན་བླ་སུ་ཡི་ཀ་མེད། མདའ་རྗེ་དབའི་ལ་འབྲེན་ལུགས་ལ། ཕོ་སྐྱོན་པོས་རྩལ་ལ་ངེ་འདྲ་འགི། འཛེས་ཨ་ཡ་མེད་ལེ་སེམ་ཐག་རེད་ཟེར་ནས་ཕུ་ཕུར། ངེར་བདེ་ཆེན་ཤེས་རབ་གྲགས་པ་ངས་ལུས་ཀྱི་རྒྱལ་པོ་རིན་པོ་ཆེན། ངས་སྐྱོན་པོ་དེ་འདྲ་བ་སྟར་ཨ་ཀ་ང་དང་ཨ་མགོན་གཉིས་ཀྱིས་རིག་མ་ཐུར་ཟེར། སྟར་བསྒྲུ་ལུས་ཡིས་ཚོང་ནང་ལ་སྐྱོན་པོ་དབང་ཐང་ཆེ་ནས་མི་ཞིག་གོང་མཇལ་ནས་སྐྱེས་པ་ཅིག་ཡོད་རབ་གྲུག་དེ་འདྲ་བ་ཅིག་ཨེ་ཡིན་ལགས། ཁྱེད་སྐྱ་ལུས་ལ་བར་ཆད་འདུ་ཨེ་ཐུར་ཟེར། ཚོག་རྗེ་ད་ངེས་དེ་འདྲ་ཅིག་མི་འདུག་པའི་དགོང་ལོ་འགྲུས་ཙམ་ཅིག་འགི། ང་རང་གིས་ལུས་ལ་རྒྱ་མས་ཆེ་བ་མ་ངེས་མ་ཐུར་སྐྱེན། ལུས་ལ་ཁུག་སྐྱོང་བ་བུ་ཙམ་ཉས་ཐུང་ཟེར། ངེར་སྡུག་རང་ཚོང་གིས་གཡོས་ཀོ་གས་ལས། དེ་འདྲ་སྐྱེན་པོ་དཔལ་ཆེན་ཞིག་ལ་ཆེ་རགས་ལ་ཡོད་ལོ་རེད། སོ་ང་རྐྱེལ་ནངས་ལ་དུས་ལས། ང་མི་འདུག

༄༅། །སིདྡྷི་གྲུབ་ལ་བདེས། ཚོལ་འགྲོ་ན་ཤ་ར་ཙི་ཤར་བ་ཞག་ན། ངག་སེར་གླིང་གི་ཞབས་ནི་དང་འདུ་རྗེར་བས་ཁ་བོ་རྟོགས་ནས་རྐྱེད། ཆོས་ན་གཞན་ནམ་རྣམ་ལས་ཀུར་སྤྲུག་མོ་ཁྲག་གིས་བརྗེ་ར་བཤུར་དུ་འདུག །ངེར་གླིང་གི་མ་དཔལ་ལ་ཁྲུལ་བཞི་པོ་དེ་བྲ་དཔུང་སེར་ཀྲུ་མོས་འབུམ་དམག་གིས་གཡས་ཤོག་ལ་སླེབས་འདུག་ནས་གྲུ་ཁུལ་དམག་མང་རྒྱ་མས་འཁུར་རྡོ་རི་རི་ཉུལ་བཞི། ངེར་ཨ་ང་ཀ་ང་སྐྱ་རེས་ངེས་བཀལ་བ་རྒྱལ་བློན་རྣམས་ཡར་དགོས་ལྡིང་གྲུབ་པ་ལོ། གླིང་དཔལ་ལ་ཁྲུལ་སྤྱན་པོ་རང་མདའ་རྒྱུར། དཔོན་ཅིག་ཆོད་མདའ་སྒྲུབ་བཞག་མེད། ཆོས་ཚེ་ནས་ཨེ་ཡོ་དཀའ་མེད་རེད། ངེའདུས་སྤྱན་པོ་འགེ་བས་ན་དེ་རིས་གཏང་མ་མ་ཆད་ན། ངེད་དམག་དཔོན་འདུག་ཐབ་ག་ལ་ཡོད་ཟེར་ཀ་ལ། སྐར་རྒྱུར་ནས་དུང་སྐྱོང་དྲུག་ལྔ་ཁྲི་དཀར་དེས་དུང་གཞི་གླིང་དུ་དུག་མདའ་ལེན་ཆེན་གཅིག……བཞག་ནས་ཨ་ཀ་ང་གྱི་ས་གདོང་ལ་བཙར་ནས་གླུ༔ ཨོཾ་མ་ཎི་པདྨེ་ཧཱུྃ༔ ཨ་ལ༔ ཐ་ལ༔ སྐྱབས་བླམ་ཡི་དམ་དཀོན་མཆོག་གསུམ། །སྐུ་མི་འགྱུར་སྐྱི་བས༔ བཞུར་ནས་བྱིན་གྱིས༔ ང་རིས་སྡུག་བསྔལ་གྲོགས་ལ་ལེགས། །ལ་འདི༔ ཡུལ་མི་ཤེས་དོ་ཕྱུང་ཐང་སྐྱ་མོ་རེད། །ང་འདུ༔ ལྕེ་གཉའ་ནེ་མོ་ཤེས་ལ་ཆ་ནས། །དཀར་པོ་

མཁར་རྒྱིས་སྐྱིད་རྫོང་ནས། །དཔལ་མི་འགྱུར་སྟག་སྐྱ་ཁྲི་དཀར་ཟེར། །བ་ཤི་ན་རྡེ་ཤེལ་རབ་དམར་པོ་རེད། །མཁར་ནག་སྒྲུ་དུས་རྒྱུ་རྫོང་རེད། །ཁ་ཤེ་དཔལ་ལྷུ་…

ཐབ་ལས་ལག་བརྡུང་ངས་ལས་རེད། །ཡ་མེད་སྒྲུ་དུས་རྒྱལ་བློན་རྣམས་ལ། །ཁ་དང་མ་དར་ལྷོ་བཙན་དབལ་མ་དེ། །ལོ་ན་མེད་ཨ་དཀྱུ་རིས་ཀྱིད། །འཚེ་བདག་ག་ཤིན་ཆེན་…

ངོས་བརྒྱུགས་གི །ངང་སྐྱིད་གོས་དམག་དཔོན་ཆེན་བཞི་རེད། །ཧ་རྒྱག་ལས་རྒྱུག་ཟ་བྱིད་མི་ཡིན། །ཐང་ཀ་ཆེན་འཛོམ་དར་ལེན་མི་ཡིན། །སྟག་ལྷ་དཔལ་…

ནོར་འགྲིག་དེ། །རྒྱལ་བློན་དར་འབུལ་བཙན་མི་ཡིན། །མི་ལེན་རང་ཡུལ་ལགོར་ལེན་མིན། །ལེབ་ཆེན་རྒྱལ་པོ་ཐོག་ནོད་དབོན། །ང་ནང་ཁྲི་དམག་གནང་ལ་…

བཙར། །ངར་སྣད་དཔལ་ལས་ཕྱུག་དམ་ཕྱུས། །སྐྱིད་དཀར་དམ་གདེ་བཀྲུག་བསོད་དེ། །རང་གྲིས་ལྷ་རྫོང་མ་དའ་ཞིག་འཁ་ངས། །ལེན་མེད་གསོག་ལམ་…

ཐུག་གང་། །ལྷ་དར་མ་ཕར་ལས་གྲོས་ནས་ཐོབ། །གནམ་མི་ལ་རྒྱལ་པོ་ལ་འགྲོགས་དེ། །དགྲ་མི་ཐུབ་ལྷ་རིས་ངོ་རོ་ཚར། །དེས་དེ་རིང་ཉི་མས་གདོང་གཅོད་ལ།།

བཞི་ང་ང་ང་ཉ་ཤི་ལ

༄༅། །དར་མས་ལེན་ཆེན་བཞི་སྦྱོང་ད་ནས། །དར་ཆེན་དུག་མདའ་ཀློག་དམར་འཚུབ། །དམར་ཆེན་རི་རྒྱལ་ཁྲག་ལ་སྐྱིབ། །བོ་ཨེ་ཁལ་ཧ་མ་ཨ་ཀང

ཁྲིད། །མ་བོ༔ ཅེས་ཟེར་ནས་ཨང་ཀང་དེས་དག་ཟེར་དེ་འགྲོ་འཕྲུར་ནས་སྤུག་ལྷག་ལ་གདོང་ལ་ཡབ་ཙ་རན་ས་སྤྲུ༔ ཨོཾ་མ་ཧཱ་པཉྩ་ཧཱུཾ༔ ཨ་ལེ༔ ཐ་ལེ༔ ས་འདི༔ ཁྲིད་སྤུང...

དམ་བ་གིག་ཡལ་ཕོར་རེད། །ང་དང༔ ངར་ཆོད་ཨ་ཀང་སྐྱ་རིལ་རེད། །ཕོ་རི་གླིང་རྒྱུག་དཀར་པོ་སྐྱུག །ཚུག་ལ་ལ་རྒྱུ་ཟབ་ཆོད་ཆེ་འདུག་ཟེར། །སྟོང་གྱི་ལེ་བབ་དུའི

ནམ་ཡིན་བལ་མ། །ཚུ་ཟབ་ཆོད་འཛམ་ཤིལ་བབ་ཉིན་མོ། །ཉ་གསེར་ཉེལ་འགྱུར་ཅིག་རྒྱུ་ནབ་ལམ། །དེ་རིལ་ཚུ་བོ་ཐང་ནས་ལྷུག །གསེར་ཉ་འགྱུར་བང་དེ་རིའི

ཡིན། །གསེར་ཕོག་དུག་འགྱུར་ཅི་འདུག་ལྟར། །གླིང་རྒྱུག་ཧཾ་པ་ཆེན་པོ་དེས། །ཐོག་ཆོད་དབོན་ལ་མདའ་སྒྱུག་བཞག །དགུ་གདོང་ལ་ཐུག་པ་ནང་ཡིན

བལ་མ། །དེ་རིལ་གླིང་རྒྱུག་སྒོ་ལ་ཐུབ། །དཔལ་ལ་ཙལ་བྲིན་བ་ཞག་པ་དེ་རིང་ཡིན། །དཔལ་ལ་ཙལ་སྐྱིང་སྦྱོབ་ལྷུ་ཆེ་བསྡུར། །དེ་རིལ་ཉེ་མལ་གདོང་གང་ལ། །

དགྲ་ཧྲམ་ཁ་ཁམ་ཆེན་བབས་ན། །གཞང་ཀྱི་མི་ལག་ཤོར་རྒྱག་ཡོད། །བོ་ཨེ་ཐལ་པོ་རེད་སྐྱིད་ཐབས་དགྱ། །མ་གོ༔ ཅེས་ཟེར་བ་དང་། ཨ་ཁང་གིས་དགྱ་ཚེར་དེ་ཕྱིར་ནས་དམག་དཔོན་བཞིམ་པའི་སྙིང་ལ་རྒྱུག་སྐྱུར། དེར་དང་སྐྱོང་ལས་དེས་མདའ་དེ་སྤྲོས་པས་ཨ་ཁང་ལོག་ཁྲག་ལ་རྒྱབ་ནས་ཁྲབ་གདེར་བཙུལ་ལ་སྤོང་མ་རྒྱབ། ཨ་ཁང་དེས་དགྱ་ཚེ་རང་དེ་ལེན་ཞིག་གཡུག་པའི་སྐྱག་ལྷ་ལ་ཞི་ཡང་བར་ཆད་མ་བྱུང་། དེར་ཨ་ཁང་ཤོག་ལ་ཁྲམ་ཅན་མང་པོ་ཡོད་པ་དེ་ཆག་མཉམ་གདང་ནས་ཨ་ཁང་དང་སྟག་རྩ་གཉིས་ཀྱི་འགྲིན་བཞག་པས་དཔལ་ལ་འདྲ་འདྲ་དུ་འདུག དེ་ག་ཡོས་ལ་ཕྱོགས་ནས་གསེར་གླིང་གླིང་དེ་གྲུ་གས་པ་དེས་རྫོང་མདའ་ཕྱུར་ནས་ཁྲ་མ་མདའ་པོ་ཁྲིད་ནས་ རང་ཕྱིས་ལྷ་རྩེ་དང་ང་ལྷ་ལྷུ་བསོ་འབྲུག་གཉིས་ཀྱི་ཕྱིར་ནས་གསེར་གླིང་གདོང་ལ་བཙ་ར། གསེར་གླིང་གིས་རྫོང་མདའ་རྒྱག་ཏུ་ང་པོ༔ གཉིས་ལ་བར་ཆད་མ་བྱུང་། དེར་པོར་གཉིས་གོས་ག་སེར་གླིང་བརྒྱུད་དམག་གསུམ་དེ་ཞིག་མདེ་དུག་ཐང་ནས་བཀད། དེར་གསེར་གླིང་དང་གི་ཐབ་ཤུས་པས་གསེར་གླིང་ཁོ་ཡིས་ཀྱི་ངོ་མ་ལེན་ནས་སྤོས་སོང་། དེར་ཤིང་ཁྲི་རྒྱལ་བཙན་པོ་དང་ཨ་ཁང་གཉིས་ཀྱི་ཐབ་དགོས་པས་ཨ་ཁང་གིས་ཀྱི་ངོ་མ་ལེན་ནས་མཁར་ལ་གྲོས་སོང་། དེར་གླུ་ལུང་དམག་ནམ་ལས་ཀྱི་རྫོང་མདའ་མ་དཔོ་ཕྱུས་པས་ཁོ་སྡོད་པོ་བཞི་

ཤེ་ང་ང་ང་མ་ལོང

༄༅། །ལེ་བར་ཆད་མ་ཤུར། དེར་ཁོ་བཞི་བོས་ཏ་ཏ་དང་ཏེ་ཏེ་མང་པོ་ཟེར་ནས་ས་ཁར་ནས་ཁ་ཕྱིར་འཁོར་ནས་གླིང་སྒྲ་ར་བཏོགས་ལ་ཁ་གྱོང་སོང་། ཅིག་ནོད་རྒྱལ་བློན་གྱིས་ཨ་ཁ་དེ་རིས་
སྐྱོན་པོ་དེ་རྣམས་ལ་ལེན་ཅིག་མ་འཕྱོང་པའི་སྐུགས་བསྐུལ་ཆེན་ཟེར་བས་འགྱོད་པ་ཞིང་འདུག དེ་ནས་གླིང་གི་དཔལ་ཕྱུལ་བཞི་དེ་གླིང་སྒྲ་ར་ནང་ལ་ཕེབས། བརྒྱུད་དམག་མང་པོ་བསད་པའི་གདང་
མ་བཙང་པ་དེ་རྣམས་དགྲ་ལྷའི་དྲུང་ལ་འབུལ། ལྷ་ཡིས་ངེས་དེ་རིང་རང་ཚང་དཔལ་ཕྱུལ་བཞི་དེ་བར་ཆད་མ་ཤུང་བས། གདོང་ལེན་པའི་སྐྱོན་པོ་ལྷུ་འདྲ་འགི་གསུང་བ་དང་། དེ་དུང་སྐྱོང་ས་སྣང་
ལྷ་ཁྲི་དཀར་དེས། གཡའ་ལུས་ཀྱི་རྒྱལ་པོ་རིན་པོ་ཆེན། ཀླུ་ཁུལ་དམག་ཁ་ཞིག་ཆེ་བ་ལ་ལ་ཁས་རྩི་ཤིས་བས་གྲུང་སང་། གདོང་ལ་བཙར་བས་སྐྱོན་པོ་ལ། གསེར་གླིང་གི་རྡོ་གྲགས་ཨ་དང་ཨ་ཀང་
གཉིས་ཤོག་ནས་བྲམ་མང་པོ་ཁྲིད་ནས། ཨ་ཀང་གདོང་ལ་ཤིས་ཁྲི་རྒྱུ་ཤ་བཙོན་པོ་དང་དང་རང་གཉིས་བཙར་ནས་དམག་མང་ཁྲུག་ལ་གྲོས། དམག་དཔོན་རྣམས་ཀྱིས་མ་ལེན་ལས་སྐྱ་རིས་མཁའ་
ལ་གྲོས་བྱེས། གསེར་གླིང་གདོང་ལ་བཙར་ནས་དམག་མང་རྣམས་ཆག་མཉམ་གདང་ནས་དམག་དཔོན་མ་ཁར་ལ་ཁོར་སོང་། དེ་རིས་གཏང་མ་དེ་ཚམ་ཡིས་ཟེར་བས་ཞུ་བ་འབུལ། དེ་ནས་

ཕྱི་དཔོན་གྱིས་གཡང་གླིང་གི་རྒྱལ་བློན་ལ་སོགས་པ། ལེན་མེད་གླུ་ལུས་དགྲ་བོ་དེར་ཐ་མ་ཀླུ་ཡིས་ཁ་འོག་འགྲོ་རྒྱུ་ཡིན། ཁྲིད་རྒྱལ་བློན་ལ་བཙར་ཆད་མེད་པ་ལ་མཚོན་ཆེ་ཐེར་བས། དེར་རྒྱུ་རྫོང་མ་ཁལ་གྱི་ནང་ནས་དཔལ་ལ་ཡ་མེད་ཐོག་རྫོང་རྒྱལ་པོ་དེས་འབྲུག་དམག་རྣམས་ལ་དམག་གིས་བཀའ་སྐད་བཅད་པས་གླུ་འདི་བླངས་སོ། །ཨོཾ་མ་ཎི་པདྨེ་ཧཱུྃ༔ ཨ་ལ༔ ཐ་ལ༔ ལ་འདི༔

གླུ་ག་པོ་རྒྱུ་རྫོང་ནང་བཞུད་རེད། །ང་འདྲ༔ ལེན་མེད་ཐོག་རྫོང་རྒྱལ་པོ་རེད། །དེ་ནས་ཁྲམ་ལས་འབུམ་དམག་རྣམས། །ཞེན་དང་འདུམ་འགག་རེད་ཡོད། །དཀར་འཇོག་བྲག་ལ་ངམ་འཇིག་ཆེན། །ཕྱི་རྒྱ་མང་པོའི་མཐར་ནས་རྒྱན། །བྲག་དཀར་རྩེ་ཐོག་གི་གཏེར་ཞེན་མ། །ཕྱི་རྒྱལ་ཁ་དང་དཀར་ཆེན་པོ་དང་། ། མཐོ་བཙན་དཀར་འཛམ་བྲག་དཀར་གཉིས། །ཡ་ལས་མེད་སྐྱང་ཁྲུང་ཡིས་རྒྱུ་མེད། །གཙམ་ལས་གཉིས་ཀྱི་སྐྱུས་པ་ཞུགས་རེད། །རྒྱལ་ཆེན་ཐོག་རྫོང་རྒྱལ་པོ་ལས། །བླན་ཆེན་མང་པོས་མཐའ་ནས་སྐོར། །ད་ལོ་གླུ་གླིང་འཁྲུགས་པས་དུས། །ཁོ་ཁ་གླིང་ལ་ཤོར་བས་ན། །ཡུས་མེད་སྐྱང་ཁྲུང་ཡིས་རྒྱུ་མེད། །ཕྱིར་

བཀྱི་ང་ང་ང་བཞི

༄༅། །མ་ལུས་ཀྱི་སྣང་བ་ཞབས་རེད། །ལ་ཆེན་འདུས་པ་ཤ་ཤིང་ལས་ནས། །དཀར་འཇུག་དཀྱིལ་གིས་ཁང་དཀར་དེ། །ངང་གྱི་ལེ་བྲག་དཀར་···དཀྱིལ་ལ་བབས། །ཕྲག་ཙོག་གིས་གདོར་ནུ་མཛུམ་ཤིག་བཟོ། །ཧུ་རྒྱ་གློ་བདེ་སེམ་བདེ་རེད། །བྲག་དཀར་ཞིག་ཀྱང་བབས་མ་ཡར་རྫོགས། །ཁྱེན་ཆེན་ཙོག་ནོང་རྒྱལ་པོ་ང་། །རྒྱལ་བློན་མང་པོའི་མཐའ་ནས་སྐོར། །དགྲ་བསྐུགས་པ་ཕྱིད་དུས་མཛུམ་ཤིག་བཟོ། །སློབ་མ་དུན་ཚོགས་བློ་བདེ་སེམས་བདེ་རེད། །ངཙོག་ནོང་རྒྱལ་པོ་བབས་མ་ཡར་རྫོགས། །སང་ཉིན་ནམ་ཁའ་གསལ་དུས་ལ། །ཕྱང་གིས་ཨ་ཀང་སྨྱུ་རིལ་གཅིག །ལེགས་པའི་ཟླ་ནོད་ཟླ་རགས་ཉིས། །ཡ་མེད་ཞ་ནག་མིག་ཅིག་གསུམ། །རྒྱལ་པོ་ཙོག་ནོད་དང་དང་བཞི། །དབེ་དགྲ་ལ་འཚི་ན་དགའ་ལ། །རྒྱལ་བློན་ཕྱུགས་ལ་སོ་བར་ཀྱིས། །མ་སོ༔

ཅེས་ཟེར་བ་དང་། རྒྱལ་བློན་འགྲོ་བས་ཁ་གབ་ཅ་དབུས་འདུག་གསེར་སྐྱིད་གིས་ཟེར་བ། གཡང་ཅིག་ཙོ་ནོད་དཔོན་གྱི་དཀར་པོའི་ཁ་ལ་མ་གཟུང་དགོས། གཟུང་ཚར་ནས་གཏང་མ་མ་ཤོར་དགོས།

ལ་ཆེན་རྣམ་པའི་གདུང་ངེ་ལ། ཚགས་བཞག་ན་ང་རང་རྒྱལ་བློན་འདུ། གླིང་དཀར་གྱི་སྨྱོན་པ་འདི་རྣམས་ལ། གདང་མ་ཤོར་བས་དུས། ཡོ་རྡ་ར་གདམ་བཞག་ན་ནང་ངོ་རེ་ཚོ། ལ་རྒྱལ་རྒྱལ་བློན་གྱིས་ཐུབ་གང་དགོས་བཀའ་གྲོས་གྱིས། དེར་ཐོག་མ་དང་དེས་ལ་ཆེན་པོ་དེ་ཕྱུགས་པའི་ཞེར་བ་དེ་བདེ། སྤྱི་རན་གླིང་དཀར་ལ་མགོ་འདྲེ་ཞུ་ན་ངོ་ཚར། དགོས་ན་རྒྱལ་བློན་རྣམས་བཀའ་གྲོས་གྱིས་ཞེར་···བས་བཀའ་ཕེབས། དེ་ནས་རྒྱལ་བློན་རྣམས་ཀྱིས་རི་གླུག་གང་གྲུབ་གིས་བཀའ་གྲོས་མང་པོ་བྱས། དེར་ཐོག་མ་དང་དེས་རྒྱལ་བློན་རྣམས་ང་ཡིས་སེམས་ལ་འདི་འདྲ་དྲན་འདུག་མཐའ་ཡིས་རྒྱལ་མཚོ་ཡ་རོལ་ལ་ལྷོ་བདུད་གླིང་པའི་རྒྱལ་པོ་རང་རྟེན་ཀླུ་དམར་རྒྱལ་པོ་ཟེར་བ་དེ་སྐྱེ་བ་རང་གསོལ་ཡ་རིག་ཡིན་པས་སྐྱབས་མགོན་འགྲོན་ཞུ་ན་དེ་ལ་ཞུ་ཟེར་བས་བཀའ་འབྲེལ་བྱས། དེ་ཐལ་མ་དུན་ཞལ་གྱིས་མགོ་ནས་བདེ་ཆེན་ཤེས་རབ་གྲགས་པ་དེས་ལུས་ཀྱི་རྒྱལ་པོ་རིན་པོ་ཆེ་ན། རང་རྟེ་དཔོན་ལ་ཞུ་བ་ལ་ཐོག་ཆོད་དང་སྐྱེ་སྒྲུགས་མཉམ་ཤར་མཐའ་ཡིས་རྒྱ་མཚོ་འདི་བས་འཇིག་ཆེ་བའི་དེ་ལས་ཤར་གང་བྲག་ཉིད། ཐོག་མ་དང་དེས་སྲུལ་མགོ་ཐོག་ཤོག་རིས་ཟེར་བ་ཤིག་ཡོ་དཔལ་དེ་ནི་གསུང་སྒྲུབ་པས་ན་ཡིན་པ་ས་དེས་རྒྱལ་པོས་ཕྱག་གྱིས་དང་པོ་ཞིག་སྐུར་ནས་ཁྲི་དམག་རྒྱལ་པོས་བསྐོགས་ལ···

༄༅། །གོང་ནས་ཆུ་སྔོན་པོས་ཡར་ནས་བྱུང་མི་དགོས། འཁྲུ་ཕ་ཡས་གཡུས་ལ་བྱུང་མི་དགོས། ལུས་ཟི་ཟུང་བསོ་དོན་འགྲུབ་པས་ལ། ངེར་ཕྱོགས་རྟེན་རྒྱལ་གླིང་རྣམས་ལ་ཕྱིར་དེ་བདེ་མཐེ་

ནས་གོས་ཙན་ཙ་འོག་སེར་པོ་ཁ་གསུམ་གིས་ནང་ལ་ཕྲུག་བྱིས་དང་པོ་ཙིག་བཀོད་པས་རིན་པོ་ཆེར་རྫོས་མཐང་པོ་ཡིག་སྔོན་བཞུགས་ནས་དེ་གླ་ཞཀ་པ་བདག་ནས་མཐའ་ཡིས་རྒྱ་མཚོ་ཡ་ངོས་ལ་

སྐྱ་དཀའ་ཙིག་རང་དབང་མེད་པས་ཀྱི་དམག་རྒྱལ་པོས་དྲུང་ལ་སོང་། རང་རྫེས་ཀྱི་དམག་རྒྱལ་པོ་ངེས་ལ་ལུས་དབང་ཚེ་ཀྱི་སླ་ཞ་ཀུ་དག་ནས་འོང་ལེ་ཡིན་ཟེར་ནས་དགའ་མདོག་སྐྱེན་ནས་ལ་སྲང་

གཙིག་ཧུ་ཡིས་སྐོང་ལ་སྐོར་ནས་ཀུ་ཉི་ཞ་ལའི་ཟེར། གཡས་ལ་ལུས་ཀྱི་རྒྱལ་པོ་ལགས། ཁྱེད་བཞུགས་པས་སྐྱ་ཁམས་ཨ་མི་བདེ་ལགས། དེ་ནས་ཞུབ་ཨ་ལེ་འདྲ་ཡོང་ཟེར་ནས་གླ་ཧུ་དེས་སྐྱུ་

ཀླུག་ལེན་གསུམ་ཧྲས་ནས་བླུ༔ ཨོཾ་མ་ཎི་པདྨེ་ཧཱུྃ༔ ཨ་ལ༔ ཐ་ལ༔ ལ་འདེལ༔ རྒྱ་མཚོ་སྔོན་མོ་འི་ག་ཡོས་རྒྱུ་རེད། །ངའ་དྲ༔ ཁེབ་ཆེན་གླུ་ལུས་ལ་ཚ་

ནས། །ཧ་ཆེན་པོ་བོ་བཀོག་རེས་ཡིན། །ཕྱོགས་རྟེན་རྒྱལ་པོས་བང་ཆེན་ཡིན། །དེ་ནས་རྒྱལ་པོ་རིན་པོ་ཆེ་ལ། །ཞུ་བ་གླུ་འདི་འདྲ་ཡོད། །སང་ནི་རྟོགས་ལོ་དང་བཞི

ཞེས་སོ། །འོང་དང་སྒྲ་ལྡན་འབྲུག་པ་རྒྱབ། །དབུ་ཚང་ཛ་ཛོ་བོས་རྫོང་པར་ཁྱུམ། །འཕྲོག་མ་ཟིག་གླིང་ནས་རྒྱབ་རྗེན་ཁྱུམ། །སྤྲེ་སྤྲུ་སྒྲི་ཞིང་གཉེས་ཀྱིས་འཁྲུགས་པ་ཁྱུམ། །མི་ལོ་ཉི་ཤུ་རྩ་གཅིག་ཡིན། །དཔོན་ཕོག་རྫོང་གསོག་ལ་བར་ཆད་ཁྱུམ། །རྒྱལ་པོ་ཟི་ཡང་ཆ་མེད་རེད། །བློན་ཆེན་མང་པོ་དམར་བསད་གཏང་། །ཕམ་རྒྱལ་ཆོས་ཤོར་བ་འདྲ། །དཔོན་ཆེན་ཕོག་རྫོང་རྒྱལ་པོ་དེས། །ཁྱེད་ཀྱི་དམར་རྒྱལ་ལ་མགོ་འདྲེན་ལྷ། །དཔལ་ལ་རྒྱལ་དཔྱད་དགོས་སྐྱོང་རོག་ཞེར། །ལ་ཆེན་ལྷུབ་དེ་འདྲ་ཡིན། །མ་ག་ཞིབ་ཀ་འདང་ཕྱག་གྲིས་ཡོད། །དོན་ཆེན་གཟུང་ལ་ཅི་འགོ་ག་ཟེག། །ཁྱེད་རྒྱལ་པོས་ལྷག་དེ་ལྟར་ཞོག། །ཞེས་ཟེར་བ་དང་། ཞླ་ཉ་ངེས་ཕྱག་གྲིས་ཡོད་པ་དེ་རང་རྗེ་རྒྱལ་པོའི་ཕྱག་ལ་འབུར། དེ་རང་རྗེས་ཁྲི་དམར་རྒྱལ་པོ་དེས་ཕྱག་གྲིས་དེ་ལ་མིག་གཟིགས་པ་ཟེག་ལ་ནས་སེམས་ཀྱིས་སྐྱོ་དམས་རྒྱལ་བློན་རྣམས་ལ་བཀའ་ཁྱུས་ཐམས་ལེ་ནི་ཟིག་གསུངས་སོ།། ༈ མདའ་བདག་མི་ནུབ་རང་རྗེས་ཁྲི་དམར་རྒྱལ་པོས་དྲུང་དུ་གྲུས་ཕྲུར།། དཔོ་ཆུ་རྨད་མདོ་ཁང་གླིང་གིས་སྐྱེམས་དམག

ཁྲེ་ང་ང་ཁ

༄༅། །དེ་མངའ་བདག་ཀླུ་ལུས་ཡུལ་ལ་ཁ་དར་ཐམས། འཇིགས་པས་དཔོན་པོ་ཇོ་བཙོང་རྒྱལ་པོ་ལ་ལུས་ཅན་གསོག་ལ་དགྱེ་འདུག །དེར་ཁོར་རྒྱལ་བློན་མང་པོ་དམར་ཐབས་དང་བཅོར་ཐབས། གཟེ་ར་

བཙོང་རྒྱལ་བློན་རྣམས་ཀྱི་མགོ་ཀང་བྲེགས། ལྷག་བཙོང་ལྕེ་ག་ཆེན་འཐགས་པས་བཟུང་ངས།། ཚིག་འཕྲུལ་བྱ་རྡོ་ན་ཁྲུག་ལ་སྒྲོགས། ཁེར་ཁ་དཀར་མོ་གླིང་ལ་ཕེར་ནས་འདུག །ཐམས་ཅད་ཤུས་རྒྱལ་

ཆོས་གླིང་ལ་ཤོར། དེ་འདྲས་སྤྱུགས་བསྐུལ་ལ་སྐྱབས་ནས་གླིང་སྡེ་ཆ་མ་ཡ་ཕབ་ཕབས་ལས་ཁྲབ་མཚོད་རོག་འཛུ། ཤེལ་ནོར་རྫོང་དང་ལྷ་རིས་ཐམས་གསུམ་ཕྱུར། །འདང་རྒྱུས་ཁྲི་དམར་རྒྱལ་པོ་

དེས་སྤྱིན་པས་རྒྱལ་བློན་རྣམས་འདུས་ཤིག་ཟེར་བས་ཆ་གདངས། དེར་བློན་པོ་རྣམས་ཁྲི་དམར་རྒྱལ་པོས་དྲུང་ལ་འདུས། ཁྲི་དམར་རྒྱལ་པོ་དེས་གླུ་ལུ་ཚིག་བཙོང་རྒྱལ་པོའི་ཕྱག་ཕྱིས་དེ་སྐྲག་འདུག།

དམག་འགྲོ་དགོས་པས་བཀའ་ཕབས། གླུ་ལུས་ཡུལ་ལ་དམག་མང་པོ་སོང་ནས་གླུ་ལུས་ཆོས་ལ་དགྱེ། ཁྲ་ནག་གླིང་དམག་གི་ཐབ་མི་ཤོར་འདུག་པས་རྒྱལ་བློན་རྣམས་ཀྱི་ཕྱག་བྲིས་བསྐུན་པོ་ཅིག

མཛོད་ནས་ཚིག་བཙོང་རྒྱལ་བློན་རྣམས་ལ་བསྐུར་བཅེར་བས་ཆག་ཐ་ཚགས། དེས་ཕྱིར་ཉིན་ལ་སློ་ཕྱུ་དེ་ལ་སྤྱིན་པས་དམག་མང་ཏེ་མ་གསུམ་ལས་མི་ཐོག་པ་འོང་ངེས་ཡིན་ཟེར་ནས་སྨྲ

༄༅། ཛྙཱ་ན་ཨཱ་ཁ་ར་ལ་བ་ད་ང་ནས། དེར་བླ་བྲ་དེ་ཐོག་རྒོད་དྲུང་ལ་སོ་ཐལ་ཕྱག་ཕྲིས་དེ་ཐོག་རྒོད་དྲུང་ལ་ཕུར། དེར་རྒྱལ་བློན་རྣམས་ཀྱི་ཕྱག་ཕྲིས་དེ་ལ་བ་ཟིགས་ནས་གཡབ་དཔོན་ཆེན་ཐོག་རྒོད་རྒྱལ་

པོ་ལགས། མཐའ་ནམ་བག་སྐྱོང་གིས་རྫུ་བ་བསྒྲུལ་རྨི་པ་དེ། ང་རང་རྟེན་དམག་གིས་ཡུལ་ཆ་ད་ཐག་ད་རྩེ་བ་ཟེར། སོ་ང་ཉིས་སྦྲགས་ལ་རྒྱལ་པོས་དམག་ཁྲུར་ནས་སླུང་ཉིས་སྦྲགས་ལ་རྒྱ་མཚོ

སྒོ་ན་མོ་རབ་ལ་བྱུང་ནས་ཕྱིན་པོའི་དམར་ལག་ཐང་ཆེན་ལ་སྦྲར་སྤེབས་འོང་། བཞི་ཉིས་སྦྲགས་ལ་རྒྱལ་པོ་ལ་ཆོས་ཐག་བཅད་མི་ལ་སློན་ཤེས་ཆེན་གཅིག་སྦྱོར་བ་དར་ཐང་ལ་སྤྱིབས་འོང་ཟེར།

ཕྱི་དར་ཐོག་རྒོད་དྲུང་ནས་ཀུང་ཚོས་ཐག་ཆད་པས་བློན་ཆེན་གཅིག་འོང་ནས་དེ་དེས་སྒྲིང་དམག་གདེར་བབས་ཚུགས་འཛོག་དགོས་ཟེར། དེ་ནས་ཐོག་རྒོད་རྒྱལ་བློན་རྣམས་ཀྱིས་བཀའ་གྲོས་མང་པོ་བྱས་

རྒྱལ་པོས་ཚིས་ཐག་བཅད་མི་ལ་ཨ་མགོན་འབྲུག་མི་གཅིག་སྤྲགས་པའི་ཐག་བཅད། དེ་ཚོ་དྲུག་སྒྲིང་སྐར་ཁྲི་མི་ལས་ནང་ནས་དེ་ར་ཤན་ལབ་རྒྱལ་པོ་ལ་དེ་ལྟ་རང་མཐུན་ཚམ་ལ་སྐྱོ་ལི་ངེ་ཚེར་ཅན་

ཞིག་བྱུང་། ས་རྩེ་མི་ཤེས་པས་ཡུལ་ནས་སྤྲག་མོ་མི་ཟན་ཀྱི་ཟེར་གཅིག། ཤན་འབའི་ག་དང་ལ་ཆ་ར་བ་རྒྱིས། སྤྲག་ཕྱུག་ཨ་མགོ་ནལ་རྫོགས་པ་རྒྱིས། སྤྲག་རྒོད་འཛམ་དྲུག་ཆ་བརྒྱུད་དེ། དགྲ

ཚེ་ང་ང་འདྲུག

༄༅། །ལྷུས་དྲུང་ལ་ཕྱུར་བ་སྐྱེས། ལྷ་སྒྲིས་ཚོར་རྐང་ཤེར་བ་སྐྱེས། དེ་ནས་ཁན་འཕར་དེ་ག་ཟིལ་སད་ནས་ཀ་ཡ་མཚོ་ནཆེན་བས་རྐྱེ་ལིཾ་དེ་ལྷ་ཡིས་ལྕུང་སྐྱེན་ཡིན་པ་འདྲ་བསཾ་ནས་དགྲ་ལྷས་དྲུང་ལ་སོང་ནས། ལྷ་སྒྲིས་དེས་གཡལ་འདོ་རགྱི་ཁན་འཕར་ལགས། ཀྱེད་དེ་རིས་ཁེད་པས་ཀློ་མི་བདེ་བས་བྱ་བ་ཅི་འདྲ་ཡིན་ཟེར། དེ་ནས་ཁན་འཕར་རྒྱལ་པོ་ངེས་ང་རང་མཐུན་སྐྱེན་ཙམ་ལ་རྐྱེ་ལིཾ་ཀྱུར་བ་ཐམས་ཅད་ཚང་ལས་མེད་པར་དགྲ་ལྷ་དང་དཔལ་ལ་ཐུབ་རྣམས་ཀྱིས་སྐྱེན་ལ་རྒྱུས། དེར་ལྷ་སྒྲིས་དགྲ་ལྷ་བཙན་རྒྱལ་ངེས་རང་གིས་ཁན་འབར་མེ་ཏུ་ཐོར་འདི་སྐྱེ་བ་ཤིན་རྟེན་དམར་པོ་པི་སྐྱེ་བ་ཡིན་པར་མཐོང་བས་རྐྱེ་ལིཾ་ཆོ་ནའདུག དེ་ནས་ལྷ་སྒྲིས་དགྲ་ལྷ་དེས་དམག་དཔུང་རྣམས་ལ་ཆ་བརྒྱ་ནས་སྐྱོན་པོ་བདུན་རེ་འགྲོ་དགོས་པའི་ཀ་ཐག་བཅད་དེ་རྒྱལ་པོ་ལ་གསུང་བ་ལྷར་དུ་སྐྱོན་པོ་བདུན་དེ་དཔལ་ཆོས་ལུས་ལ་འཛོམ་ནས། དམག་སྒར་བྲུར་ལ་ཁྲ་དཔུང་དེ་ཡོད་ཐར། དེ་མ་བཞི་དཔོན་པོ་ཁྲོ་ཐུང་དེས་སེམ་སྒྲུགས་ལྷ་ཤེར་ནས་གཡལ་གླིང་གིས་སྐྱོན་པོ་བདུན། གར་ལེ་འགྲོ་དང་སྐད་ཆ་ཡོད་ཟེར་བས་གླུ༔ ཨོཾ་མ་ཏྲི་ལྦྲུད་ཧཱུྃ༔ ཨ་ལཿ ཐ་ལཿ ས་འདེཿ མཆོ་ལྷུག་གཡུ་ཐང་གོང་མ་རེད། །ང་འདྲ༔ མ་གཞི་དཔོན་པོ་

ཁྲོ་རྒྱལ་རེད། །དེ་ནས་གླིང་གིས་སྨྲོན་པོ་རྣམས། །ཡ་ཆེན་ཀ་ལ་འགྲོ་ལེ་ཡིན། །ལྷ་ཡིས་ལུང་བསྟན་སྐུ་ལ་བྱུང་། །ཀ་མདོ་རྒྱུད་གཉིས་ཀྱི་ཟ་མོ་དེ། །

བོད་ཆོས་པ་མིན་ནས་སྒྲུ་ལ་མེད། །གོང་མ་ལྷ་ཡི་ལུག་སྟོན་དེ། །ངན་སྟག་རང་མདོག་སྒྲུ་ལ་མེད། །ངན་སྟག་རང་དམོན་པོ་ཁྲོ་རྒྱལ་ལ། །ལུག་སྟོན་རྗེ་ཡིཾ༔

མ་ཐུང་ཤིག །དེ་མེ་དང་དཔལ་ལ་སྒྲུལ་སྨྲོན་པོ་ལ། །ལུག་སྟོན་ཡོད་རབ་མ་གོ་ཤིག །དེ་རིང་ལུག་སྟོན་ཐུང་ལོ་དེ། །ལུག་སྟོན་མ་རེད་ཚན་སྟོན་རེད། །རྗེ

ལོཾ་མ་རེད་ཚེ་འཕྲུལ་རེད། །དེ་ནས་ཐོད་ཟེ་གདེ༔ དབྱུལ་ཞགས་མ་ཞེས་སྒྲེ་ལ་མ་ལ། །ཞོར་རྫོགས་མང་པོ་སྐྱོད་པ་རྒྱུ། །མི་འབྱུང་པའི་མ་ཞེས་རྒྱ་ལོཾ་ལ། །

ཤ་ཚོ་འབོར་ཚང་ར་ཟ་བ་རྒྱལ། །ཁ་ཚིག་བློ་ཡ་ལེ་གཏོང་བ་རྒྱལ། །མི་འགྲོ་ཨོ་ཤོད་རྒྱལ་བློན་རྣམས། །བདུད་རྫེ་ཞིག་གཙོད་རྒྱལ་པོ་ལ། །སྐྱོབ་ཤུག་ཅི་ཡོད་

ཨོ་ཤེས་དྲུ། །ཞ་ནག་གསེར་གླིང་ཨ་ཀ་དང་ལ། །དཔལ་ཞལ་ཅི་འདུག་ཨོ་ཤེས་དྲུ། །མདའ་འབབ་དགྲ་ལུས་ལུས་དམག་ལ། །ཁ་ཞེང་ཅི་ཡོད་ཨོ་ཤེས་དྲུ། །འདི་ཡི

༄༅། །ཚད་ལས་ཆ་རྗེས་མེད་རེད། །དམག་ཞང་པོ་ནང་གིས་མཚོན་འདྲེལ་དེ། །དགྲ་ནག་པོས་ཁ་ལ་འགྲོ་ལུས་རེད། །བཟང་པོ་མི་ཞིང་སེམས་ཁག་རེད།།

གོ་ཨེ་ཐུང་དཔལ་ལ་སྤྲུལ་རྒྱལ་སློན་རྣམས། །མ་གོ༔ དེར་ནས་ཤན་འབར་རྒྱལ་པོ་སྤྱི་ལང་ཚིག་པར་ཟེར་ནས་ཧྭ་དམར་ཆུང་ཁ་རྫོང་སྒོར་ནས་གཡག་ལ་ཁོ་རེ་ལྷག་མེད་གསོ་སྐྱུང་དཔོན། ངལ་གཏོང་

ངན་གྱིས་རྒྱ་བབ་དེ་ཙི་ཡིན་ཟེར་ནས་རྒྱུག་འཕྲུག་ནས་ངོ་དཀར་པོ་ག་དམར་པོ་ག་ཞུས་ནས་རང་ལྗིད་ལྷ་ཆོད་ཀྱི་ངོ་ལ་ལེན་ག་ཅིག་རྫེས་ནས། དེར་རང་སྒྱིས་ངེས་རེད་མ་རྒྱུས་བསམ་ནས་གདམ་ལེན་ཅིག

གློད་པས་གཡང་ཁོ་རེ་ལྷག་རང་དཔོན་པོ་ལགས། ཁྱེད་གདམ་ངན་དེ་འདྲ་ཅི་ཞིག་ཡིན། རྒྱ་ལོ་ལྷ་ཡིས་ལྷུང་སྐྱེན་དེ། མཐའ་ཟེར་མི་སྐུ་ཞིག་འོང་། ཁྱེད་ཆེན་པོ་ཧོ་ཕ་ཆེན་པོ་རེད། དེའདྲ་གཏོང་དེ་སྐུ་ལ་འགྲོ། སྤྱིས

ལྷ་ཆོད་པ་ཡག་ཡིན་གཞན་འདུ། ཁྱེད་མི་འགྲོ་ཟེར་ན་གྱི་ཐབ་སྒོ་ཟེར་ནས་བཀའ་ཁྱེན་སྒྲུང་བས་རྩུར་མཛད། ང་ནས་ཨ་ཁྲུ་གིས་ལེ་སོ་ལེ་སོ་ཟེར་ནས་རྡལ་ལྷག་རྫོན་གསུམ་རྒྱབ་ནས་ཁོ་ར་ནམས་ལེབས་སོང་། དེར་

ལྷག་རང་གིས་བསམ་པ་ལ། དེ་རིང་ཀྱི་ཞུས་ཀྱང་དགྲ་བླ་དུས་ལ་གལ་ལ་འགྲོ་ངེས་རེད། ངམ་ལོང་ནང་ལྷ་ཆོད་བཀའ་བཙན་པས་མི་ཚིག ལོང་ནམ་ཆོན་ཀི་ལེ་ཐེད་པས་རང་གིས་ཧུ་བ་རེ་བསམ་ནས་ཕོ་ཡི་བསམ་ལོང་ཨང་པོ་སྔོན

དེར་སློན་པོ་དཔལ་ལ་རྒྱལ་ཁ་དབུ་ནང་ངོ་ཐུབ་མཚན་དེ་ལ་སོང་ནས་ནམ་མཁའ་ལ་དྲངས། ས་ལ་ཡང་མ་བྱུང་། ཡིན་འབར་དེ་སྐྱིན་བབ་ནས་ཉ་ཡས་གོང་ནས་ལྡིང་ཆེས་མང་པོ་བྱུང་། ཡན་ལབ་ཞི་བ་སོ་ཡ་ལང་ཙེ་རེ་དེ་སློབ་ནང་ཉིན་མཚན་མང་པོ་འགྲོ་འདུག་བྱས་ཀྱང་སྐྱིད་འདི་འདུག་པ་མ་ཐུང་། དེའི་སྐྱིད་པ་བ་ཡ་འདི་ལྷ་ཡིས་ལྷག་ཞིག་ཕྱི་ཡིན་པས་ནས་ཆེན་ཡིས་གོང་ནས་མ་ར་བབ་ནས་སྒྲུ་ཡ་ར་བསྒྲོད་ནས་བསྒྲོད། ཡན་ལབ་ར་དེ་རྒྱུན་ག་ཅིག་སྐྱིག་གུང་སོང་ནས་ངོ་ཚ་ར་ཆེ་བས་སྐྱེ་ཡི་ཅིག་མ་ཕྱིང་ནས། ནུབ་མེད་འཛོག་མ་དོག་ཆག་ལ་ཅིག་ཡིན་ལབ་འདི་འགྲོ་ལ་འོང་ནས། གཡས་ལ་ཡིན་ལབ་རྒྱལ་པོ་ལགས། ས་འདི་ནས་ཡར་ལ་མ་འགྲོ་ལགས། སོང་ནས་ལ་བོ་ལོག་ཤུར། ཀ་ཅིག་གཞུགས་དང་པ་རང་ལ་སྐྱིན་མོ་ཡོད། ལ་དགའ་ར་པོ་དྭངས་གིས་ཁ་མདོག་ཟན། ཕྱིད་ཡིན་ལབ་ར་འགྲོ་བས་ལ་མ་སོག་ཡིན། ལ་ཆེན་དེ་ཡིས་པ་ར་ལྷུང་ལས། འཕྲི་མེད་སྒོམ་པ་རང་ཤར་པོ་ཡོད།། ཁང་ཆེན་དེ་ཡིས་གོ་རང་ངང་ལས། རྟོ་དཀར་པོ་སྐྱང་ཚང་ལུག་འདུ་ཞིག དེ་ཚོ་པ་ར་དཀར་པོ་ལ་སྣ་རྟོ་ཡིན། ཕྱིད་དཔལ་ལ་རྒྱལ་སྐུ་རྒྱུ་དེ་ལ་རྟེན། བས་མ་དོན་འགྲུབ་པས་སྟོན་འབྲེལ་ཡོད། མི་དམར་པོ་ལྷག་གིས་རལ་པ་ཐད། ཤི་དེ་ཡིས་ནང་ནས་སླེབས་ནས་འོང་། ཡིན་ལབ་རྒོད་ལ་ཙར་ནུབ་ཟང་། དེ་མིན་མ་བཙར་བར་ཚད་ཆེན། གདང་མ་ཡིན་འབའི་ལོ་དུས་ཡིན། ཁ་ནག་མི་གཞིག་འོང་བས་དེས། དཔལ་ལ་ལྷ་གཡུ་ལྷ་བཙར་ན་བཟང་། དགྲ་མི་རྒྱབ

ཞྭ་ཀ་ཀ་ཀ

༄། །འདུག་ཤེ་དེ་ལེའུ་དགོས། དེ་ནས་གང་དགོས་པ་ལ་བསླུ་ཟེར་བས་སྐྱེ་ལོ་ཞུར། དེ་ར་ཤན་ཁབར་དེ་སྐྱིད་ལོ་དཔལ་པར་ལྡན་པའི་ལོ་དཀར་པོ་ཐི་སྐུད་ཐེ་ན་འདུ་རིག་ཡོད་པ། གཡང་དཔལ་ལ་སྒྲ་ལ་ཟླ་མས་

འགྲོ་ཟེར། སྒྲོན་པོ་བདུན་དེ་ལ་དཀར་པོ་དེ་ལ་ཕར་ཤོག་ལ་སོང་། ཤན་འབའི་རྒྱ་ལོ་ལྷར་དུ་ཚེ་དཔལ་ཟླ་ཐོ་དེ་གུར་ཕྱག་པ་ལྷར་དུ་འདྲེན། དེ་ར་སྒྲོན་པོ་བདུན་དེ་ཡོ་བདལ་དཔེ་ནས་རྩ་བལ་གྱ་ལ་འཁོར་ནས་བཞུགས།།

དེ་ལྟོ་ཤོག་རྒྱལ་མཚོ་པ་རིས་ནས་ཕྱིན་པའི་རྒྱལ་པོ་རང་རྗེས་ཁྲིད་མར་རྒྱལ་ཡོད་ནས། བདུད་དང་ཞབ་དྲུ་ཟང་འདྲེ་དང་བཙན་ལ་སྡེ་དམག་དཔུང་ཁྲི་དམག་དགུ་དེ་རྒྱ་མཚོ་དེ་ཡི་ཀླུ་ལ་ཕྱུད་ནས་ཚུ་རིས་ལ་སློབ་ནས།

ཕྱིན་པས་དམག་ཡག་ཐང་ཆེན་ལ་སྤར་རྒྱུ་དེ་སློན་ཆེན་ཟླ་མས་ཁྲི་དམར་རྒྱལ་པོས་དྲུང་ལ་འདུས། རྒྱལ་པོས་གསུང་པ་ང་རང་འདུ་ཚོགས་སློབ་པོ་རྫོགས། དཔོན་ཐོག་ཆེད་རྒྱལ་པོས་སྐྱ་འདས་ནས། རྒྱལ་པོས

ཆོས་ཐག་བཙད་མི་གཞིག ཕྱི་མེད་སྒོ་བ་དར་ཐང་ལ་དེ་རིང་ཁོང་དེས་ཡིན། ང་རང་རྒྱལ་སློན་ཟླ་མས་ཀྱི་དང་པོ་ལ་སྒྲིག་བདག་དེ་དང་ཆེ་བདག་གཉིས་ཡིན། ཆེ་བདག་ག་ཤིན་རྗེ་དགྲ་འདུལ་ཁྱེད། མ་འདུག་ད་ལྷར་རྒྱུར

དུ་སོང་། གླིང་དམག་ཁྲི་དམག་བཅུ་ཡོད་ན། ཁྲི་དམག་གཅིག་མིས་དོ་ལེན་ཡིན་ན། དེ་ལྟུག་ཁྱེད་གཉིས་བཀའ་གྲོས་ཀྱིས། སྔ་ཉིས་ཕར་ལ་ཐོག་མི་ཐོན། སོང་དགོས་རྩལ་ལ་འཁོར་དགོས་པས་དེ་ལུག་གྱིས་ཟེར་བས་བཀའ

ལེའབས། དེར་སློབ་ཆེན་པ་ཤིན་རྡོ་རྗེ་དགྲ་འདུལ་ངེས། མི་ལྷག་ལྡན་པས་གོས་ཀེར་རྒྱུ་མཐོན་པས་ཁ་རབ་རྒྱུས། རྫོང་མདངས་ཁྲབ་པོ་ཀེ་ད་ལ་བསྐོར་ནས་ཧ་ཡིས་ཆིབས་ལ་ཐོན་ནས་དམ་གསར་ཞང་ཞུས་རྒྱང་འཕྱོབ་པ་བཞིན་དུ་ག་ཤེད་ལ་

དམར་པོས་ཕྱག་ལ་ཁ་གྱིས་ལང་། དེ་ཡོ་རང་དབང་དཀར་ལོམ་བྱུར་ནམ་སྐྱོ་རྒྱུ་ང་གིས་དེ་རིང་ཟི་འདྲ་ཞིག་སླེབས་འོང་བསྒོ་ནས་ལྷམ་ཡོད་པ་ལ་དམར་པོ་ལ་མ་ཁ་ནས་མི་དམར་ཁྲ་གསེས་ཙམ་པར་ཝན་ཞིག་ཕྱུང་ལེ་མིག་གིས

མཆོད་བས་ཏ་ལས་སོ་མ་འདར་ནས་ཟེར་བས། ལ་དམར་པོ་དེ་ཡི་ལ་ཁ་ནས་མི་མི་འདྲ་ག་ཤིན་རྡོར་འདུལ་ཟེར་ཟིག་སླེབས་ཕྱུང་བའི་འདི་ལ་ལེན་ལ་ཅུས་ནས་མི་དགའ་འདུག་པས་ནས་སེམས་པ་དར་ཤིག་ཤིག་བྱོང་། དེ་ནས

ཆོ་ར་ཤན་འཕགས་ངེས། ཡ་མི་འདི་གདང་མ་ང་ལ་བབ། ཤན་འབར་ང་ཡིས་དགྲ་སྐྱེས་ཐེ་ང༌། ང་རང་འདྲུག་པའི་རྒྱུ་ཀོག་ནས་ཤ་རབ་ས་དགྲ་ཅིག་འོང་ལེ་འདུ། དེ་དཔལ་ལ་ལྷ་གཡུ་ལྷའི་དགྲ་སྐྱེལ་ཡིན། ཁྱེད་ལྷ་གྱིས་སྐྱུས་

གསུམ་རྒྱུག་སྟེན་ཤིས། རྒྱུག་སྤྱོ་དགོན་ལྟོ་ཀྲོ་རྒྱང་ཤིས། ཆོས་སྐྱོང་ལྷ་ལ་གསོལ་བ་བསྐོངས། ཟེར་ནས་ཤན་འབར་ད་དམར་རྒྱབ་ལ་ཐོན་ནས་ལ་དམར་པོ་དེ་ཡིས་ཤོག་ལ་སོང་། དེ་ཚེ་བདག་གི་ཤིན་རྡོ་རྗེ་དགྲ་འདུལ་ངེས་

བསམ་པ་ལ་གླུ་བླུས་སློབ་ཆེན་གཟིག་ལེའམ་འདུག་པ་ལས་ནས་དེ་རིང་གིས་ཀྱི་བ་སྟེན་འབྲེལ་ཆེན་ནས་འཆི་བདག་དུས་རྒྱུ༔ ཨོཾ་མ་ཎི་པདྨེ་ཧཱུྃ༔ ཨ་ལ༔ ཐ་ལ༔ བླ་མ་མཆོད་ཅིག་གནམ་ཞིང་དཀར་པོ་མཆོད།

ཁ་ལྷོ་ངང་ཀྱ་བམ་༨༨

༄༅། །མཆོད་གཏེ་ཤ་བ་ར་ཞིམ་ཀྲ་བོ་མཆོད། །མཆོད་གཡུ་མ་ས་ཞིལ་ནག་པོ་མཆོད། ས་འདི༔ ག་ཤིན་རྫོང་ཁྲམ་ལ་དམར་པོ་ཟེར། །ང་དང༔ ལྷོ་ཤོ་གཙུ⋯

མཚོ་ལ་རོལ་ནས། །ཀྲི་དམ་རཀྱལ་པོས་བློན་ཆེན་ལ། །ཆི་བདག་ག་ཤིན་རྗེ་དགྲ་འདུལ་ཟེར། །དེ་ནས་སྤྱོན་པོ་དམ་རབ་པོ་སྐྱབས། །ཤོག་ཆོད་རྒྱལ་པོས་བློན་ཆེན

ལ། །སྤྱོན་པོས་མི་ངེ་ལྷ་འདྲ་ཡིན། །ཞ་ནག་དཔོན་པོ་ཨོ་མ་ཡིན། །ཡིད་དན་ང་རིམ་སྨྲེ་ན་འབྲུལ་འགྲིག །དེ་ནས་འདུམ་འགག་ཙ་རེ་གདངས། །ཁེ་བ་ཆེན་ཞིག་ཆོད⋯

རྒྱལ་པོ་ལ། །སྐྱ་ཁོ་བ་ཟང་བ་ཨོ་ལོན་ལག །ངལ་ནང་ལ་འཁོར་བས་བློན་ཆེན་རྣམས། །ཁོ་བ་ཟང་ཞལ་འཛུལ་ཨོ་ཡོད་ལག །མ་ཁའ་སློ་དམ་གདོན་གཟའ་

ཆོད་དོ། །སྐྱ་ཁམ་དང་བ༔ ཀ་སྡུག་མདོ་རྟ་སྡུག་རྩེ་དང་། །ལོ་མིད་ཨ་ཕྱུན་ཆོས་འཕེལ་གཉིས། །བཙན་རྒྱལ་ཆོད་པོ་དམ་ནག་གསུམ། །ཡ་མིད་གྲོ་མ་རྣམ་གོ་

བཞི། །སྐྱ་ཁམ་དང་བ༔ དམ་གདོན་སྡུག་ཆོད་ཀླུང་གདོང་དང་། །ལོ་མིད་ཞིག་འབྲུ་བཙན་གཉིས། །ངལྷ་ར་བདེ་མོ་ཨོ་ཡིན་ལགས། །ལ་ཆེན་གླིང་རིས⋯

དམག་སྔ་རབ། །དཔུང་རྣམས་ཕོག་གཞན་འབེབ། །མང་རྒྱུ་ངང་ཁ་ཀྱུ་ཙི་ཚང་འབེབ། །དཔལ་མ་ཙལ་ཙན་ལ་ཙི་འདྲ་འབེབ། །ཁབ་ཆེན་དཔོན་ལ་ཙི་འདྲ་འབེབ། །སྟོར་བག་ཙིག་བཞག

དང་ཞུ་སྤྲུང་ཡོད་དོ། །ང་རང་རྒྱལ་བློན་འདྲ་འདྲ་གཉིས། །སྐྱིག་སྒྲུག་སྒྲང་ཆབ་ཤང་རེས་ཡོད། །སྐྱིང་སྒྲུང་སྒྲར་གཏོར་རབས་བཀའ་གྲོས་ཡོད། །གོ་ན༔ མགོ༔ ཞེ་རབ་དང་

དེ་རབ་ཀྱན་འབབ་ར་དེས་དྲ་རིས་ཁོ་ཡིས་དེ་སྒྲུང་ཡོག་འདུག ང་ང་རང་གྱིས་ཨ་མགོ་ན་ཡི་ནམ་དོག་ཕྱོད་ནས་ང་རང་གཉིས་རྒྱལ་ཆོས་ཀྱི་སྐྲ་དཀའ་དང་སྤྱིག་ཕྱག་གིས་འདུམ་བ་ཤད་དང་དེ་ནས་དགྲ་བ་གཏག་འདུལ་བ་

ལ་ལེན་སྣ་མོ་འོང་བ་སོ་ནས་ཁོ་རྩེར་ལ་བཙར་རྣམས་གླུ༔ ཨོཾ་མ་ཎི་པདྨེ་ཧཱུྃ༔ ཨ་ལ༔ ཐ་ལ༔ ས་འདི༔ གཏིན་རྫེ་ཁྲམ་ལ་དམར་པོ་རེད། །ངངང༔ ཁབ་ཆེན་ཐོག་ཆོད་རྒྱལ་བློན་

ལ། །དཔལ་མི་འགྱུར་ཞན་ག་མིག་གཅིག་ཟེར། །དེ་ནས་དམག་དཔོན་དམར་པོ་སྐྱུག །ཞེབ་ཟིར་ལོ་རྒྱལ་ཨ་ཕྱུང་ལེག །དེ་ནས་ཞུ་བ་འགག་རེད་ཡོད། །རྒྱ·····

མཚོ་སྔོན་མོ་ལ་གཡོས་གཟུར་ནས། །རང་རྗེ་གླིང་མར་རྒྱལ་པོ་དེ། །སྐྱུ་ཁོ་བ་ཟང་བ༔ དཔོན་དེ་ལ་འཁོར་བའི་བློན་ཆེན་ལ། །དཔུང་རྣམ་སྐྱ་ཁོ་ཨ་བ་དེ་ལགས། །

བ་སྒྲོ་ངོ་ཉི་ཡཱ་བ་ཤེ་བ

༄༅། །མ་ངལ་བདག་གྲུ་ཟླུམ་ས་ཆ་ནས། །གླིང་དཀར་དགྲ་ལྷུང་མ་ཀ་ཧྲིག་ཆེན། །ཕོག་ཆོད་རྒྱལ་པོས་སྐྱ་ཁམ་དང་། །དམྱུག་པོ་རྒྱ་རྫོང་མཁལ་ནང་ལ། །
གཡུ་འབྲུག་བཞིན་དུ་ངར་སྒྲ་གྲགས། །དཔོན་ཕོག་ཆོད་སྐྱ་ཁམ་བདེ་མོ་ཡིན། །དཔོན་དེ་ལ་འཁོར་བཅས་བློན་ཆེན་རྣམས། །དལྷུར་སྐྱ་ཁམ་བདེ་མོ་ཡི།།
མཁལ་སྒོ་དམག་དཔོན་ནག་ཟལ་ཆོད་དང་། །དེ་ལ་འཁོར་བཅས་བློན་པོ་རྣམས། །ཐབ་མཆིན་པོ་ཉི་ཟླ་མཚམས་ལ་ཡོད། །ཉི་མ་ཚོད་མེད་པ་གཤེགས་ལ་ཡ…
བསྡེན། །ངོ་བོ་གྲུ་ཟླུམ་ཡུལ་ལ་གཤེགས། །སྨིན་མིག་ཨ་སྨོན་དགོང་ལ་ལྷགས། །ཕྱག་སེམ་བདེ་ལྷུག་དེ་འདྲ་འདུག །ཡ་མེད་རྨུག་ཆོད་ཕྱུང་གདེངས་དེ། །འབྱུང
བསེར་མས་སྣང་ལ་བཅོལ། །ཕ་སྤྲག་དམར་པོས་མེ་ལ་ཚམས། །ངར་ཆེན་སྣང་དམར་འཚུབ་ཤིས་ཡོད། །ཕ་མ་ཅི་ལེང་ཆ་མེད་རེད། །གཡུ
ནི་གཡུ་འབྲུག་གྲགས་པ་དེ། །དམག་སྤྲེ་མོས་དབྱིལ་ལ་སྐྱ་མན་བསྒོ། །དུལ་དལྷུར་ཕྱག་སེམ་བདེ་དུས་ཡིན། །ཆོད་པོ་ཕྱག་ཀྱི་ལྕུ་བ་སྡོན་དེ། །

དགོངས་པ་གཉིས་བར་ནས་ངར་སྒྲོང་བྲག ། མི་ནུབ་ལག་པའི་སྒྱུ་གིས་ཡོད། ། གཅམ་ལྷུག་མཚོན་གྱིས་ངར་ཆེ་བདོ། ། རྩོག་དཀར་མོས་ཙོ་ནས་རྒྱན་ཅིག་རྡུག ། མདང་དང་ནང་སྦུགས་སེམས་བདེ་མོ་ཡིན། ། མདོ་ཁ་དཀྱིལ་གི་དམག་དཔུང་དོ། ། ད་ལྷུར་མཚོ་ལྷུག་སྡོད་ལ་ཡོད། ། མི་འཛིང་གཉིས་དང་དཀྱིལ་རྣ་གསུམ། ། སེར་པོ་ཏོ་དང་རྒྱལ་ཆེན་བཞི། ། རྒྱལ་ཆེན་བཞི་ཡིས་སློན་པོ་ལ། ། ངར་མོས་དཔལ་བོ་གྲུང་ཀ་མང་། ། དེ་ཡོད་རྙིས་ཀྱི་དང་པོ་ལ། ། མདའ་མ་དཔལ་ལ་ལྷུ་དགའ་སྐྱེ་གསུམ། ། ཁྲ་མོ་དམ་གཞིས་མགོ་དཔོན་ལ། ། རྟ་སྒྲིལ་དགྲ་ལྷ་བཙན་རྒྱལ་ཟེར། ། དབང་ཐང་གོ་རྒྱལ་ཆེ་རབ་འདུག ། ཡོང་སྐྱོང་ཙི་ཡོ་དམ་ཤེས་འདུག ། རྒྱལ་ཁག་དགུ་བས་ལུས་དམག་དོ། ། ཚོ་ཞིང་འདྲ་བས་གྲུང་ཀ་མང་། ། ཐལ་ནུབ་པ་བསྐྱལ་འདུག་ཏོ། ། ཨ་མ་གོན་ང་ཡི་དཔུང་པས་ཐབ་གས། ། གཏང་མ་ལྡང་བ་གྲུང་ཀ་མང་། ། དེ་ནས་སློན་ཆེན་རིན་པོ་ཆེ། ། ཐང་ཆེན་དཀྱིལ་ལ་ལག་ལྷུག་ཚོད་མཛད། ། སྐྱིག་ལྷུག་གཏུམ་ལ་བཞེང

ཀ་ཀ་ཞ་ཞ་ཀྲི

༄༅། །རིས་ཕྱོད། །གཞིཾ་ལྷ་ག་རལ་གྲིས་མཚོན་ཆེན་འདི། །རྒྱལ་ཁག་དགུ་ཡི་ལ་ཁ་འགོག་ལ། །འཕྲུལ་དང་ལྡུལ་ལ་མ་བཞག་ཡོད། །དེ་རིམ་ཁྱོད་ལ་འཕྲུལ་དང་ལྡུལ། །ཐོག་རྗེད་རྒྱལ་པོས་བཀའ་བསྒྲུབ་ཡིན། །གསུང་ལ་སྐད་ཆ་འཁྱག་འ་ར་ཡོད། །གོ་ནཿ མགོཿ ཙེས་ཐེ་ར་བ་དང་དེ་ནས་ཆེ་བ་དག་ཁོ་རང་མ་ར་ཡང་། ཤན་འབར་ཁོ་ཐེང་ལ་རམོང་། ཁོ་གཉིས་ཐོད་གདུག་མི་གདུག་གིས་གདོང་ལ་མར་ནས་ཆེ་བདག་ཁོ་རང་གིས་ལྷམ་པའི་ཨ་མ་གོ་ཐལ་མི་འདུ་འདུག འདི་སྒྲུ་འདུ་ཞིག་ཡིན་གླིང་སྒྲུག་ཅིག་ཡིན་འདུག་བཙོ་ནས། ལྷིད་ལ་རྒྱ་གླིང་སྒྲུང་ཡིན་འབར་འདུ། ཚེས་ལྔ་ཡིན་ཞེ་ལ་བཀྲིས་སེ་ཧྲུར། ཐེར་ནམ་སྒྲུའདེ༔ ཨོཾ་ཨཱཿཧཱུྃ་བཛྲ་གུ་རུ་པདྨ་སིདྡྷི་ཧཱུྃ༔ ཨ་ལཿ ཤ་ལཿ ལ་འདེ༔ ཁ་ ཁྲིལ་མེད་སྒྲོ་བ་དབང་ཐང་རེད། །དེ་ནས་འདུམ་བཤད་པ་ལས་ན། །སློང་རིག་པོ་རི་རྫོ་སྙིང་ལ་དེ། །ཐང་དཀར་རྒྱན་ལ་མགོ་གཡོག་རེད། །སྒྲོ་སྒྲུ་ལྷ་ག་ཤོག་ཚང་བཙད་བསོད་ནམ། །འབྲུ་ར་ཤོང་ཐང་དཀར་རྒྱན་པོ་ཆེན། །ཨ་ཐང་སྐྱོང་ཀོལ་ནག་རི་འགྲིམ། །དམར་ཡག་སྒྲག་ལ་མ་གོ་གཡང་གཤུས།།

ཕྱུག་མོ་ཁ་འཆམ་བསྒྲོ་བསོ་སྐྱེ། །ངར་ཆུང་དམར་ལག་སྐྱག་མོ་ཚེན། །གྲུ་འཛུམས་ཟེན་པ་དཀར་མོ་རེད། །སྙིང་རྒྱག་སྒྲོན་པོས་ལ་མ་ཞལ་ཁ་གྲིམ། །ཚིག་བདག···
ངལ་མགོ་ག་ཡོག་ཐུང་། །སྙིན་པོ་མགོ་ག་ཡོག་ཐེད་བསོ་སྐྱེ། །དཔལ་རྩལ་སྙིང་སྟོབ་ང་རང་ཆེན། །ཁོ་རེ་སྙིང་གྲུག་དམར་པོ་སྐྱབ། །ཁྱེད་ཨ་མ་གོན་ལ
ནས་མི་འདྲ་འདུག །རིག་མ་ཅུང་རྣ་བའི་གོ་འདུག་སྐྱེན། །ཚོང་པ་ལྷ་རིག་དགའ་བ་ལ། །ཁྲ་མི་ག་མིག་དེ་སྤྱིད་ཀར་ཙམ། །ཤར་ཅིག་མ་དོག་ཡོད་རབ་མེད། །
གཏམ་མི་བདེ་སྙང་ཚབ་ཤད་ལེ་ལ། །དཔོན་པོས་རྩལ་ཀ་ནས་འགྲོ། །མི་ལྷན་མགོ་ག་ཡོག་ཐེད་ལེ་དེ། །ངང་པ་ལ་བོས་ཐུག་ལམ་འབོད་ཐུང་། །ཚིག་རྟེ་དཀྱུ
སྙིན་རྟོལ་གསུམ་ལ། །ཀྱོད་ལ་ཉམ་ལེ་ཅིག་ཡོད། །ང་རང་ག་ཤིན་རྗེ་བསྒྲིག་པ་དགའ་དོ། །ས་ཞིང་ནང་བས་དོན་སྒོ་ལ། །སྙིང་བདེ་ཁྲག་ལ་སྒྲིལ་བསོ་ཡོད།
ཚིག་རྟེ་ངང་པོན་ལ་འཁོར་བསྡོ་ཡོད། །ག་ཨེ་ཚེས་ཁོ་རེ་སྐྱོང་པ་ལས་ཐུ། །མ་གོ༔ ཅེས་ཞེ་རབ་དང་། ཚིབ་དགག་ཤིན་རྗེ་དགའ་འདུལ་དེས་རྩུང་མ་དང་འལེ་ན་གཅིག་སྐྱེས་པས

༄། །ཀུན་ཁྱབ་ཞི་བྱང་ལ་རྒྱལ་བ་ནས་བསྟན་བཀོད་རབས་ལུགས་ལ་སྤྱོད་ཚུལ་བསྟན། ཀུན་འབར་དེས་པོ་ལ་གདམས་ལ་ན་ཞིག་སྦྱོང་དགོས་པ་མི་ནས་སྒྲུ༔ ཨོཾ་ཨ། ཧི་བཛྲ་ཧཱུྃ། ཨ་ལཿ

ཧ་ལ༔ ས་འདི༔ ཀྱི་མེད་སྒོམ་བདག་ཐང་རེད། །ང་འདུ༔ ཕོ་རབ་དུད་ཀུན་འབར་རྒྱལ་པོ་རེད། །དེ་ནས་རྣ་མ་ལས་གདམས་པ་ལ། །བྲག་མཚོ་བས་ཙོ་ནས་ག་ཤིག

ཕྱི་ཀ་པ་ཤ་ཕུ༠

མེད། །དགོང་ཨ་སྟོན་དཀྱིལ་གསེས་ག་ནམ་ལྷག་རེད། །དགྲ་ངར་ཆེན་གདོང་ཡ་ཆ་ཙར་མེད། །དདགེ་སྐྱིག་མེ་དཔལ་ཀུན་འབར་རེད། །དཞང་ནམ་ཚམ་སྣ

མོ་ལ། །མགོ་མ་གཡོག་ཀ་དཙར་སྲིད་ལ་བཀད། །བཏམ་ཞི་ཧྲུལ་ཞེ་ལ་ཨེ་དྲན་དུ། །ད་རེས་ང་ཡིས་བཀད་པ་ལྟར། །ག་ཤི་ཚ་རྡོ་ཕྱིད་ལ་གྲངས་གདམ་ཡིན།།

ཕོ་སྐྱེན་པའི་ཡུལ་གས་ཧ་ར་ལེ་ཕྱིད། །འགྲོ་མ་ཏུང་དེ་རིས་དགྲ་ལ་ལོང་། །ཀུན་འབར་དང་ངང་ཀ་རྡོ་ང་སྦྱག་ཕྱུང་། །མགོ་གདང་མ་ཀོ་ཙབས་ལྟ་ལྟས་རེད། །དེ་ནས

ཐོང་ཀྱི་གདམ་པ་ལ། །ཀྱོ་གྱུ་ཞེ་མེ་གྱིས་ཀུ་ག་ཡང་དོ། །སྐད་དབྱང་འགྱུར་རྒྱལ་བསོད་འཕྱུར་ལེ་ཡིན། །མཛོས་རྒྱན་ཚ་ཧ་སྒྲོ་མདོག་དོ། །ག་ཞི་ཐུང་པས་ཁ་རྒྱན

ཅིད་བསམ་ཡོད། །ཇོ་ར་བདུད་ཤན་པ་རྒྱལ་པོ་ངས། །དགྲ་གདང་མ་བཙད་བསོ་ཡངས་ལེ་ཡིན། །ཟོ་ན་སྐྱོན་པས་ཐུག་ལ་ཞོག །མ་གོ༔ ༈ ཞེར་ནས་ཤར་པས་རལ་གྲི་ལེན་གཅིག་གཡུག་པས་ཆེ་བདག་གིས་ཐང་སྒྲོང་ལ་རྒྱབ་ནས་ལྷུང་སྒྱིད་བཤགས་གདང་ནས་བསོད། ཤན་ཁར་དེས་ཆེ་བདག་གིས་མགོ་བཅད་ཕྱག་གཤིས་ནས་ཀ་དང་མ་ལེན་སྐྱ་བས་ལ་དེ་ཡིན་པར་རྒྱུ་ནས་ཨ་མ་གོན་དཔོན་གཡོག་ལྔམ་ཁྲིད་ཕྱུང་ངེ་སློབ་ལ་འདུག །དེ་སྒྲིང་གིས་རྒྱལ་བློན་རྣམས་ནས་ཐོང་ནས་གཡུ་ལྷ་དང་དཔལ་ལྷ་གཉིས་ཆེ་བ་ལ་ཐོན་ནས་ཁྲ་འབྲུང་ལེ་ཨ་མ་གོན་གདོང་ལ་བཙར་ནས་དེར་ཨ་མ་གོན་དེས་སྒྲིང་བ་ཡིན་པ་ཤེས་ནས་གནམ་ལྕག་ཆད་པ་གཞིན་དུ་སྒྲ་ལེན་གང་ཡང་མེད་ནས་གཡུལ་ལྷ་དཔལ་ལྷ་གཉིས་ཀྱི་གདོང་ལ་བཙར་ནས་རྫོང་མདའ་འཕོད་མོ་ཐོག་འཕོད་དེ་གཡུ་ལྷ་ལ་རྒྱལ་ལས་བཙར་ཆད་མ་ཐུར། ཡང་དཔལ་ལྷ་ལ་ལེན་ཅིག་རྒྱབ་པས་ལྷ་ཡིས་སྐྱབས་བ་ཡོད་པས་བཙར་ཆད་མ་ཐུར། དེ་ནས་དཔལ་ལྷ་དང་གཡུ་ལྷ་གཉིས་རལ་གྲི་ཤུག་ནས་ཤ་སློན་ཨ་མ་གོན་གདོང་ལ་བཙར་ནས། ངོ་ར་གཡུ་ལྷ་དཔལ་ལྷ་གཉིས་གིས་རལ་གྲི་རེ་རེ་གཏབ་ནས་ཞ་ནག་འཕྱང་ནོག་གཉིས་དེ་ལྟས་དུམ་འཁྱུར་གདང་ནས་དམ་ར་བསམ་དབྱིས། ཡང་ཨ་མ་གོན་དེས་རལ་གྲི་ཤར་ནས་ཕོག་གཉིས་ལ་ལེན་ག་སྐྱུམ་རེ་གཡུག་རྒྱང་

ཕྱྭ་ང་ང་ཡི་བཞི།

༄། །ཡར་ཚོང་དམ་བྱུང་། དེར་དཔལ་ལ་ཕྱ་གཡུ་ཕྱ་ཁོ་གཉིས་ཀྱི་རབས་ཀྱི་སྐུག་ལ་བདུས་ནས་དཔྱང་ཐག་ལས་གཡོན་ལ་འཛིམ་སྒོ་ཁོ་གསུམ་ཀྱིས་ཀླུ་བ་ཆེན་ཕྱ་འཛོལ་ཐུས་ནས་ཁྲང་ལ་འགྲིམ་སོང་། དེར་ནས་ཁོ་རྣམས་ཕྱ་རིམ་བྱུས་ནས་ཡོ་དམྱལ་ཁམས་ལ་ཞན་པབ་རྫེ་དགར་པོ་ལ་ཡོམ་གཡོས་ག་ཉམ་ནས་ལ་ཞིན་གཞིག་ཕྱུག་པས་གཡུ་ཕྱ་དང་དཔལ་ཕྱ་གཉིས་ཀྱི་ཞ་ནག་བྱར་འཛིལ་རྡུལ་པས་ཕྱག་ནས་ཁོ་ལྷ་རྣང་འཕུར་བ་གཞིར་དུ་སློབ་ནས་ཀ་ཡལ་གཡུ་ཕྱ་དཔལ་ཕྱ་གཉིས་དགྱེ་ཨ་མགོན་མ་གདར་ཕ་ཡིས་བྱུ། གསོ་གདམ་ར་པོ་ཤན་འབར་ང་ཡིས་ལེན། ངེས་ལེ་མེད་ཧུ་རེ་དར་ལ་གྲུངས་ཞེར་ནས་དམར་རྒྱུང་གོང་ནས་ཐབ་སྒྲེ་ཕྱུང་ཀ་ལ་ཨ་མགོན་ངེས་ཤར་འབར་ཕྱུང་བ་མི་གཏིས་མ་རྫོང་ནས། དགུ་ཤ་པ་འདི་ང་ཡིས་རྫུ་ལ་ཕྱུར་ན་མི་བཟང་བ་སོ་ནས་ཕྱག་ཆེན་གཅིག་ཁྱས་ནས་གཡུ་ཕྱ་དཔལ་ཕྱ་གཉིས་གཡོས་གཡོ་ན་ལ་སྒྲོས་ནས། ཁོ་འཛོམ་པ་ཧུ་འབི་གོང་ལ་བྱུད་ནས་ཤོར་སོང་། དེར་ཤན་འབར་ངེས་དེ་རིས་དགྱེ་ཨ་མགོན་ཤོར་འགྲོ་བ་འཛོད་པ་ཆེ་ཞེར་ནས་ཧ་ངམ་རྒྱང་གིས་དགོང་ལ་བྱུད་ནས་སློག་འཁྱུག་པ་གཞི་རྡུ་ལ་ཁྱུག་སྤུ་ལ་དད་སོང་། ཨ་མགོན་དེ་བདུད་ཀྱི་བུ་ཡི་ནུ་པའི་གར་ཐིམ་མ་རིག་ནས་ཤོར་སོང་། དེར་ཤན་འབར་དེ་ཚུར་འོང་ནས་གཡས་ག་ཁོ་ཟེད་གཡུ་ཕྱ་དཔལ་ཕྱ་གཉིས། ང་འཚོད་པ་ཁྱུས་གྱུང་པ་ན་པ་མེད།

ཚེ་སྔོན་ལྷས་པ་མཐའ་བ་ནན་ནས་བྱུང་བ་ཤི་རབ་མེད། དེ་ཉིད་ཐབས་ཚང་ཏ་ཆུང་ནས། ཨ་མ་གོན་པོ་རྒྱང་འགྲོང་མེད་ཡིན་ཟེར་ནས་ཁོ་རང་དཔོན་སློབ་རྣམས་ཚང་བས་ལྷ་རྗེ་ཚོར་ལ་ཕེབས། དེར་ཁོ་ར་རྣམས་གསུང་ལས་མང་པོ་འཛིན། དེར་ཡང་ཤ་ནན་ཐབ་ར་ངེས་ཟེར་བ་ལ་གཡང་དཔལ་རྒྱལ་རྒྱལ་སྒྲོན་རྣམས། ས་འདི་ནས་སྐྱོ་བ་བཟང་བ་འདུག་ཞིག་འདུག གཡོས་ལ་ལ་ཕྱིན་པའི་དམག ཀཡོན་ལ་གྲུ་འདུག་དམག དེ་ཕན་ཚུན་ནང་ཁག་ཏེ་ཕོ་འདུག་དམག་ཕྱོག་དེ་ནི་ཉེ་ས་ཁ་ཡི་འཛོམ་ནང་ཁ་རང་པོ་སྐྱིད་ལ་བར་ཆུང་ཆེ་ན་འདུག ངང་རང་དཔོན་སློབ་ནང་ནས་མི་གཅིག་གི་སྣ་ར་ལ་འགྲོ་དགོས་པའི་སྐྱིད་སྣ་ར་དེ་འཛོམ་གིས་མ་འདི་ན་བཟ་ཐབ་དགོས་པས་དེ་ལྟར་ཡབ་མ་ཡུས་ན། རྒྱལ་ཁ་གཉིས་དེ་ར་འཛོམ་པོ་ར་ན་སྒྲུབ་པ་བཀའ་འདུག དེ་ཡིས་དེ་ན་ལ་སྐྱོན་པོ་ལུ་འགྲོ་ཟེར། དེ་ནས་ཨ་ཁུ་སྡུག་རང་དཔོན་པོ་དེས། ང་མི་རྗེ་ནུ་རང་ཡུལ་མདང་རོག་ལྷ་བསྟི་ནས་གཡང་དཔལ་རྒྱལ་སྒྲོན་དང་རིས་ངམ་ཆེན་ལྟག་ན་སྣང་ཚ་གཏམ་ལེན་ང་ཡིས་ཆེད་ཟེར་ནས་ལྷ་བ་འཕྱུལ། དེར་ཤ་ནན་ཐབ་ར་ངེས་པ་ཡང་སྐྱོན་ཆེན་རྣམ་པ་དན་སྐྱག་རང་དཔོན་པོ་ལ་བ ཁྱེད་པ་ཡུལ་ཞེན་པ་ལས་ཚོགས་དེ། འགྲོ་ནས་གོ་ཆང་ལེ་ཞིག་དགོས་པར་ལ་འགྲོ་བས་ལོ་ལོ་ལ་ཁྲ་ཐབ་སྐྱོང་འབྲུས་ཁྱབ་ནས་འགྲོ་ཚུལ་དེ་ནད་གྱིས་ཟེར་བས་བཀའ་ཕེབས། དེ་ནས་ཨ་ཁུས་སྨིན་ཤིང་དེ་ཁྱུར་ནས་སྒྲིང་སྒྲ་རགོག་ལ་ཁ་གྱིས་སོང་། དེ་ནས་མཚོ་ལྷུང་

༄༅། །ཀ་ཡེ་ཕ་ཟང་སྟོང་དལ་སྨེ་ཕྲ་བས་ལ་སྐྱིང་སྣར་རྩོལ་ཤེས་ཚིང་ཞལ། ཤ་ཡ་ཞང་ཚང་སྐྱག་རང་སྨེ་ཧྲུང་། སྐྱིང་སྐྱོད་པོ་མི་དྲུག་དེ་མེད་པར་ཅི་ཡིན་ཟེར། དེ་རྣམ་སྐྱི་དཔོན་ཤ་ཟང་ཆ་ཁྲ་ཆོན་དེས་ཟེར་བ། སྐྱིང་ཁྲི་

ཧྲུང་གིས་དཔལ་ལ་ཁ་ལེ་ཞབ་པ་ཧྲུང་ཐ་ཁ་འཛིན་དང་འོ་འཛིན་མེད། འཕྲིག་པས་ཅམ་སྟོན་ནས་ཁོ་མི་ཡེ་ཤེས། དལྷས་དང་ཞར་པ་ལ་ཞལ་མེད་ཟེར། དེ་རྣམ་སྐྱག་རང་དཔོན་པོ་ཁྲི་ཧྲུང་དེས་རྣ་ཐོག་ཞལ་འཕྲུར་རྒྱུར་ཞལ་འཕྲིག

ཕྱི་ཀ་ང་མ་ཏི

པས་ཉམ་སྨྲ་ཆ་ཞལ་ཧྲུང་། དེ་རང་དཔལ་ལ་ཐུལ་རྩོལ་ཐུག་བདེ་ཞལ་ཁྲོ་ཧྲུང་དེས་ཆེ་ཐ་ཁ་ལེ་ཞལ་སྐྱག་རང་དེ་ལྷ་གྲིས་སྨྲ་མདུས་ཕེབས། དེ་ཞལ་ལྷ་གྲིས་དེས་སྐྱག་རང་ཕེབས་པ་ཁོ་རྒྱལ་ཨེ་ཧྲུང་ལག ལ་རྒྱ་ཁོར་སྐྱོན་པོ་

རྩོལ་མས་ཤོག་ཤར་འདུ་ཚིག་ལ་བཞུག་ཡོད་ཟེར། དེ་རྣམ་གཞི་དཔོན་པོ་ཁྲི་ཧྲུང་དེས་སྨྲུ༔ ༔ ཨོཾ་མ་ཏྲི་སྨུ་དྲུ་ཧཱུཾ༔ ཨ་ཡེ༔ ཁ་ཡེ༔ སྐུ་མཆོད་གཅིག༔ མཆོད་གཉིས༔ མཆོད

གསུམ༔ ལ་འདི༔ མཆོ་ལྷུང་གཡུ་ཐང་གོང་མ་རེད། །ང་དང༔ མ་བཞི་དཔོན་པོ་ཁྲོ་ཧྲུང་རེད། །ལྷ་ཧ་འགྲིན་དམ་རཔོས་སྐྱེ་བ་རེད། །རྒྱུ་གཔོ་ཚང་གིས་གདོང

རྒྱུད་རེད། །དེ་ནས་རྒྱལ་གློན་འདི་ཚོགས་རྩོལ། །ཞུ་བས་སྨྲུ་ལ༔ སྐྱིང་དཀར་དཔལ་ལ་ཐུབ་མི་བདུན་དེ། །ཆེ་བ་ཁ་ཡ་ཡུལ་སྟོད་ལ་གྱིས། །བསམ་འདོན་འགྲུབ་པར་ཨེ

འདུས་བྱུང་། །མཚོ་ཟིལ་སྣར་རྩེ་ན་ཤར་བས་དུས། །ཡོ་སྐྱུ་མས་འགྲོ་ལོ་ཤེས་ནས་བྱུར། །ཇོ་ར་ཤན་འབབ་ར་དཔལ་ལ་རྒྱ་ལ་ཆེ་ནས་བྱུང་། །ལ་དམར་པོ་ཅིག་གིས་ཡར་རྒྱབ་

ལ། །དཀར་པོ་རྡོ་ཡི་ལྷུར་ལ་སྤྲོད། །དམར་པོ་ལ་ཡིས་ལ་ཁ་ནས། །སེད་མར་བྲག་གིས་རལ་ལ་ཆེན། །གློག་དམར་བཞིན་དུ་རྒྱུང་ནས་བྱུང་། །ང་རང་རྒྱལ་

སློན་བདུན་པོ་ནས། །སྐྱུག་རང་ང་ཡིས་བཀའ་ཅིག་བྱུང་། །ཤན་འབབ་ར་དཔལ་ལ་ལྷ་གཡུ་ལྡུ་གསུམ། །སྐུ་ཁྲབ་ཟེ་རྡུལ་ཤན་འབབ་འི་གྲགས། །ཁྱེད་ཤན་འབབ་ར་

གདོང་ལ་བཙར་དགོས་རྫོས། །ལྷ་བྲག་ཆེན་ཨ་ཀྲུས་ཕྱུག་འོང་རྫོས། །བོད་འཛིན་ཐེན་ཟླ་མའི༔ ཡོད་པ་ལ་བོ་རྒྱལ་ལ་དབྱུང་ཅིག་དགོས། །རྟ་འཛོག་པའི་

རྒྱབ་ལ་རྩ་ཅིག་དགོས། །ཇོ་ར་ཤན་འབབ་འི་རྒྱབ་ལ་ལྷ་ཅིག་དགོས། །ལ་བདུད་སྲིན་པའི་བུ་རྒྱུད་ལ། །མིག་ལ་ཚིའི་བདག་གཤིན་རྗེ་ཟེར། །ཤན་འབབ་རང་པོ་ནོ་པོས་···

གདང་མ་བཙད། །དཔལ་ལ་དར་རྫ་ཙན་དེ་ལ་དགོས། །དེ་རྗེས་ཞ་ནག་མིག་ཅིག་དང་། །དེ་ལ་འཁོར་བས་སློན་ཆེན་གཉིས། །གོ་རང་དཔོན་སློན་གསུམ་པོ་དེ།

ༀ། །དཀར་པོ་ཞལ་ནས་འབྲེལ་ནས་ཆུར། །དཔལ་ལ་ལྷ་དཔོན་དང་བ་ཡུ་ལྷ་བ་ཉིས། །དར་ཆེན་སློག་དམར་ར་འཁྱུག་འཁྱུག་རེད། །དཔལ་ལ་པོ་ལོ་བ་ཉིས···

བཏོད་ལ་བཙར། །དབྱུང་རོག་གཉིས་དེ་དམ་རབས་དགའང་། །ཨ་མ་གོན་ཧྲ་རམ་རང་ཡུལ་བྲོས། །དེ་རིས་གཞུང་མ་དེ་འདྲ་རེད། །དེ་ཉལ་ལྷ་སྐྱེས་རིན་པོ་ཆེན།

ཕྲ་མོས་དམ་པ་གོས་ལྷ་སྨྲ་རད། །ཉི་མ་ས་ང་ཉིས་གཏོང་གདལ། །ཁྲིམས་མེད་སློབ་དར་ཐང་ལ། །ཁྲ་དབྱུང་དེ་དམ་གསར་མ་རྒྱབ་ན། །སྤང་དགུ་པོ་ཐུབ་ལོ་སྨ་

མོ་འདུག །གླིང་སྨན་རཏྣ་མོས་ཕེབ་རྒྱལ་གཤིས། །དམ་གཡུག་གོ་ལྕུག་སྐྲུག་རྐྱུར་དགོས། །རྒྱལ་གྱིས་ཡུ་ཞིས་དཔལ་ལ་རྟོད་རྡུམ། །མ་དའི་རྟོད་རྒྱུག་མ···

ཤར་ལོ་ཉིན། །གླིང་ལྷ་སྨན་ཐུགས་ལ་དཔྱར་ཞོབ །པོ་ཧཿ མ་གོཿ ཞེས་ཟེར་བ་དང་། དེར་ལྷ་ཀླུ་གཉན་དགུ་ལྷ་བཙོན་རྒྱལ་དེས། གསེར་གསང་ལྷ་དར་སྣུག་དཔག་ཙིག་ཨ་ཀྱུར་ལ་དཔལ

དར་སྒྱུར་ནས། དེར་གླིང་གིས་འབྲུམ་དམ་གཏུ་འགྲོ་དགོས་ལས་བཀའ་གྲོས་གྱིས་ཟེར་བས་བཀའ་ལ་ཕེབས། དེར་ཉི་མ་ནམ་གྱིས་སྒྲུང་ཆ་ལ་གླིང་སྨན་དགོས་ལས་དུས་ལ་སྤྱི་དཔོན་རོང་ཚ་ཁྲ་རྒན་ནོ་དེས། སྐྱུ་རིས

ངར་ཆེན་ཆེན་པོ་ཚིག་ཕྱུར་ནས། མདའ་ལ་སྤུང་ཕྱིས་མགོ་ཆེབ་ལ་ཕྱོན་ནས་གཡས་འཁྱིལ་དཀར་དཔལ་ལ་བཙུ་ལེ་ལྷུ་དམག་རྣམ་ཉེ་མ་དོ་དགོངས་དགོང་མོ་ལ། ཁྲ་མོས་དམག་དེ་འགྲོ་བས་སྐྱུར། ཕྱག་རང་དཔོན་དང་དེང་

གཉིས་ཀྱི། ཨ་ཁྲུ་སྟག་གཟིགས་ཁ་སྐྱོང་ཡིན། ཀླུ་ཀླུ་མས་རྒྱ་འགྲོན་འགྲོ་ལེ་ཡིན། ཀླུ་འགྲོན་དམག་དཔོན་ཞལ་ལོགས་པ། ཨ་ཁྲུ་གཉིས་ཀྱི་རྗེས་ལ་ཤོགས་ཞེ་ར་ནས། དེ་ནས་གླིང་དཀར་ལྷ་དམག་དེ།

ཧོར་འཛིང་གཉིས་ཀྱི་སྤོབས་མ་ཐུས། མི་གླིང་གཉིས་ཀྱི་བར་མ་ཐུས། ཨ་སྟག་ཞོག་དེག་ཡོས་ཀླུ་བ་ཤར། སོག་པོ་ཞིག་དེ་གཡོ་ནན་བ་ཤར། སྟག་གཟིགས་བདུད་སྤྲེ་རྗེས་ལ་བ་ཤར། ཞི་རེས་དམག་དེ་མདུན་

ནས་བ་ཤར། དེ་ནི་གླིང་དམག་དེ་དགོངས་ནས་ཁ་བཅུ་ལུག་འཚུབ་འདུ་ཐུས་ནས་བ་ཤར། དཔལ་ལ་རྒྱལ་སྐྱོན་པོ་རྟ་སྒྲ་ལ་ལ་གཞི་ཕྱུག་ཆེན། ལ་ལ་བཙན་ཆོང་རྒྱུག་རྒྱུག ལ་ལ་སེར་རྫོང་ཡར་ཡར། ལ་ལ་ཐང་དཀར་

འཕྱུར་འཕྱུར། ལ་ལ་སློག་དམར་འཚུབ་འཚུབ། ལ་ལ་རླུག་རྫོང་ཀོར་འདུ་ཐུས་ནས་ལེབ་སོ།། ཁྲ་ཀྱི་ཡི་མཆོག་ལུག་ལ་སོང་ནས་ནམ་གསལ་དུས་ཁྲི་མོ་ཉི་སློབ་དར་ཐང་ལས་སྤྱིབས། དེར་དོ་ར་ཁ་ན་འབབ་དེས་གཡའ

ཁྲ་མོས་འབྲུལ་དམག་རྣོན། ས་འདི་ནི་ལྷུང་འདར་བརྒྱད་རེད། ལུང་འདི་དགུ་ལུང་རྒྱ་མོ་རེད། དམག་དེ་སྡོད་ལྕུག་ཨེ་འདྲ་དགོས། ཧོར་འཛིང་གཉིས་ཀྱི་དམ་གསྐར་དེ། ལ་དམར་པོ་དེ་ཡིས་ལྷུམ་སོ་སྡོད། མི་གླིང་གཉིས་

༄། །ཕྱི་དམ་བ་སྐར་དེ། །ལ་དགའ་རབ་པོ་འདི་ཡིས་ལོ་མ་སོར་སྤྱོད། སོག་པོ་ཨ་གྲུ་གདམ་ལག་ཤིག་དེ། ཕུང་ལོ་སྐྱ་མལ་ལྕུག་ལ་སྤྱོད། འདུད་དང་སྡུག་ཟིགས་དམག་ཤོག་དེ། ལ་རོས་ཁ་ཆེན་སྡིང་ལ་སྤྱོད། །

ད་རིས་སྤྱོད་ལུག་དེ་ལྟར་དགོས་ཟེར་བས་དམག་སྐར་ཐུས། དེ་ར་དམག་དེ་ཤན་ལབ་ལི་ཟེར་བ་གཞིན་དུ་སྤྱོད། དེ་ཡང་ཤན་ལབ་རང་དེས་ཚེ་བདག་ཞལ་སོ་དཔལ་མགོ་ལག་དེ་སྐྱུར་ནས་ཕྱུར། དེས་རྗེས་དཔལ་ལ་ལྷ་གཡུ

ལྷ་གཉིས་ཀྱི་མི་རེ་རེ་བསད་དཔལ་མགོ་ལག་ཕྱུར་ནས་ཕྱུར། དེས་རྗེས་ལ་སྲོལ་པོ་ལྷ་ཆོད་འབྲུ་ལྕུ་དང་རྒྱལ་སྲིད་མ་ཅིག་རབ་གཉིས་སྤོ་ལུས་གསོས་པོ་ནོར་བཟང་བ་ལྷུམ་ཀྱིས་ལྷུས་དེ་རང་རེ་ཕྱུར་ནས་ཕོར་རྟིས་ལྷ

གྲིམ་དུང་ལ་ཕེབས། དེར་ལྷ་གྲིས་དེས། གཡག་སྤྱོན་པོ་དཔལ་ལྷུ་ལ་བྱེད་རྟིམ། ས་འདི་ན་འགྲོ་བས་ལི་ཙ་གསལ་བའི་མཚོད་དགུ་བགེག་གདང་མ་ཆད་ལ་འདི་ཡ་མཚོན་ཆེན་ཟེར། ཤན་བབ་རེས་གཡལ…

ལུས་ཀྱི་ལྷ་གྲིས་ལག ད་རིས་བཀའ་ལ་གདར་མ་རེ་རེ་ཆེད་འདུག་སྨྲོ། དགྲ་བོ་རྣམས་ཟུག་ཚོ་ནས་ཡོད་པས་ཙ་བང་ཚང་དམག་ནས་ཉི་མ་གྱིས་ལོ་ར་བ་དང་། མཚོན་གྱིས་མཚོན་མཐུན་ཅིག་བྲག་མ་མ་ཐུས་ན། སྨིང…

ལ་བར་ཆད་ཨོ་ཡོང་ཚ་མེད་རེད་ཟེར་བའི་ལྟ་བཞུར། དེར་གྲིས་པོ་དགྲ་ལྷ་དེས། གཡལ་དཔལ་ལ་ལྷུབ་རྟིམ། སྐྱིད་གིས་སྐར་ཤོག་གསུམ་ནས། སོ་བདག་རེ་དགུ་གསུམ་ཏེ་ཤུ་རྩ་བདུན་དང་སོ་ག་ལོ་གསོ་དང་སྐུལ་བཟུ་བུད…

དགོས། རྩ་རྒོད་དབ་ཙོ་བརྒྱད་དེ་ཡིས་ལོ་ཁག་གཉིས་དེ་བསྒྲུབས་དགོས། ཡང་ན་ཨ་ཀྲུ་སྒྱི་དཔོན་ཕྱེད་བསྐོ་འདོན་འགྲུབ་པས་ལ་ཀྲུ་ཡིན་པས། དེ་ཞིས་སྔོན་པོ་རྣམས་ལ་དཔལ་ལ་དར་སྒྲུང་བཞིན་བཀའ་སྐྱོང་ཕྱིས་ཟེར་བས་བཀའ་

ལེབས། དེར་སྐྱི་དཔོན་ནང་ཚོ་ཁྲ་རྒོན་དེས་པོ་རྟིས་གསེར་ཀྱི་མ་ལེ་ནི་ཆེ་ར་དང་། ལུས་དར་ར་ཐི་འགྲུལ་ལ་རྒྱན་ཞིབས་སྒྲ༔ ཨོཾ་མ་ཧཱ་བཛྲ་ཧཱུཾ༔ ཨ་ལེ༔ ཐ་ལེ༔ སྐྱབ་བླམ་ཡི་དམ་

དཀོན་མཆོག་གསུམ། །འགྲུལ་མེད་སྐྱི་ཐབས་གཙུག་ལ་བཞུགས། །བཞུགས་ནས༔ གལ་ངེ༔ འགྲིམ་དེ་སྒོ་བར་དང་ཐང་རེད། །དང་ང༔ ཨ་ཀྲུ་རང་ཚོ་ཁྲ་

རྒོད་རེད། །རྫོ་ནག་ཁ་རྒྱ་ཆེ་ས་ནས། །དར་མ་འབྲུག་གིས་ནུབ་ཕྱད། །འབྲུག་ཆུང་དཔའ་བོ་ཟེར་དུས་ལ། །འབྲུག་མོས་ནུ་ཐུང་ལས་ལ་གཡལ་ཤེད། །དེ་ནས་མཚར་ཅིག

གལ་ཡོད། །ཕན་དེ་ནི་ནག་གིས་སྐྱིས་རྫོང་ནས། །དམར་ཡག་སྐྱག་གིས་འཇོམ་དགུ་དམ། །ཆ་བ་ར་དཔའ་མ་ཟེར་དུས་ལ། །འཇོམ་དགུ་ཁ་བས་ལག་ལ་ཤོར།

དེ་ནས་མཚར་ཅིག་ག་ལ་ཡོད། །རྒྱ་མཚོ་སྔོན་མོས་གཡོས་གཟུར་ནས། །ལྗོ་བདུད་གླིང་པ་འདི་མ་གཅོག་ས་དཔྱང་། །དམ་ག་མདང་ཤོག་ཟེར་དུས་ལ། །

ཕྱི་༢༧༤༡ཕྱི

༄། །དམག་དཔོན་གདང་མ་དགྲ་ལ་སྐོར། །དེ་བས་མཚར་ཅིག་ག་ལ་ཡོད། །དེ་ནས་ལྷ་སྲིན་རིན་པོ་ཆེན། །གསོ་ཆེན་གླིང་གིས་ལྷ་སྒྲ་འདི། །ཐར་
ཆང་ཆེ་ཁྲུང་འགྱོད་པ་མེད། །ཞིང་རྒྱུ་མས་ནང་གིས་འབྲུ་དྲུག་དེ། །ལེ་རབ་མོས་བསོམ་ཁྲུང་འགྱོད་མེད་ཡིས། །མཁའ་འགྲོ་ཡི་རྒྱན་དགོས་མ་ཟེར་
ན། །ཞིང་རྒྱུ་མ་ནང་ལ་སྐྱེ་ལོ་ཡིན། །ཤར་གླིང་དཀར་སྟོང་དཔེ་ལུང་དམག་དེ། །ཐར་ཆང་ཆེ་ཁྲུང་འགྱོད་མེད་ཡིན། །དགྲ་འདུག་གཉིས་དམ་གཏད་ར་ཐུས་
གང་། །ས་སྔོ་བ་ཐང་ལ་འདུག་ལོ་ཡིན། །དེ་ནས་གླིང་གིས་དམག་དཔོན་རྣམས། །ཚོ་ལྷུར་སྐྱོམས་གླིང་དཀར་བཞུགས་པར་ལ། །དགྲ་ཤ་བས་གློ་དགྲ་ཕྱེད་ཉིན་
མོ། །མི་ལ་ཐུག་ན་མི་སྡེ་འཁྱུགས། །གླིང་ལ་ཐུག་ན་གླིང་སྡེ་འཁྱུགས། །འཛང་ལ་ཐུག་ན་འཛང་སྡེ་འཁྱུགས། །ཧོར་ལ་ཐུག་ན་ཧོར་སྡེ་འཁྱུགས།།
གཞང་མ་སྤུ་ལོ་གང་ལ་ཡིན། །དུས་ད་ལོ་དེ་འདྲ་ཕྱེད་རྒྱུ་དགོས། །དགྲ་ཤ་བར་མི་ཅིག་ལྷུང་བས་ན། །སྐྱོན་པོ་སྤུ་ཆོས་གང་ཆོས་ཡིན། །དགྲ་འདི་ཁེ་ག་རྗོང་

རྒྱལ་པོ་དེ། །འཛམ་གླིང་ལྷོ་ནུབ་ཕྱོགས་ཀྱི་དགྲ་ཡིན། །ཁྱབ་འདུག་ཟེར་ལོ་མ་ཕྱུང་ན། །གླིང་དཀར་འདུག་ཚ་བ་གར་ལ་ཡོད། །དེས་དཔེ་ཞི་ག་ཧང་མ་ལུས་ལེ་

ཀྱང་། །དཔལ་ལྡན་བདག་ཙན་ཆེན་པོ་ཡོད། །གླིང་ལྷ་དམག་ཐུབ་ལ་དེ་ལྟར་ཚེན། །ཅོའ༔ ཨ་ཅོ༔ ཅེས་ཟེར་བ་དང་། གླིང་དཔལ་ལ་ཐུལ་རྣམས་ཀྱི་ཨ་ཁྱུང་གསུང་

བར་དུ་བཏང་ཟེར་ནས། གླིང་དཔལ་ལ་ཐུལ་རྣམས་དགའ་སྤྲོ་དང་ལ་བཞུགས། ལ་ལུང་སོགས་ལ་སོར་བར་བཞགས་ནས་གླིང་སྟར་ཁྲ་ཀྱི་ལེ་བ་བ་ནས་བཞུག་ཡོད།། དེར་ཨ་མགོན་ཟླ་ནག་མིག་

ག་ཙིག་དེ། རྒྱ་རྫོང་མ་ཁའ་ལ་སོང་། གཞན་སྔོན་པོ་རྣམས་ཀྱི་ཨ་མགོན་ཆིབ་ཀ་ལེན་ནས་ཤེག་མཆོད་རྟུང་ལ་སོང་། དེར་ཤོག་མཆོད་རྒྱལ་པོ་དེས་གཡའ་ཨ་མགོན་ལྟེད་དེ་རིམ་བསྒོ་དོན་ཟི་ལག་འགྲུབ།

སྐུར་འོང་བའི་སྔོན་པོ་སུ་འདྲ་འགི་ལྟེད་སློབ་ཆེན་གཉིས་ཀྱི་བཀའ་འཕྲོས་ཅི་འདྲ་ཞུས། དམག་དཔོན་རྒྱུར་ལ་འོང་མི་དེ། མིག་ལ་ཅི་འདྲ་ཟེར་གཤིས་འགི རང་རྟེས་ཀྱི་དམར་གྱིས་སྲིན་འབས་དམག་

ང་ལ་ཕྱོག་ག་ན་ཡོད་གཤིས་འགི་ཟེར་ནས་བཀའ་གྲོས་ཞུས། བདུད་རྒྱལ་ཞ་ནག་མིག་ཙིག་དེས། ལུས་དར་ཙིག་རྒྱལ་པོས་མདུན་ལ་བཞག་ནས་གླུ༔ ཨོཾ་མ་ཎི་པདྨེ་ཧཱུྃ༔ ཨ་ལ༔ ཐ་ལ

༄༅། །ལ་འདི༔ ཆུ་རྗེང་རྒྱལ་བློན་མདུན་གྲལ་ནས། །ངང་ང༔ ཨ་མ་མགོན་ཞ་ནག་མིག་ཅིག་རེད། །དེ་ནས་རྒྱལ་བློན་རིན་པོ་ཆེ་ན། །ང་རང་སྒྲོན་པོ་

མིག་གསུམ་པོ། །ལ་སྒོ་བ་ཐང་ལ་འགྲོ་བས་དུས། །འགྲོ་མི་བདེ་སློང་བས་ཡིས་ཡོ་རྒྱག །གཙང་ཨ་སྒྲོན་སྤྲེ་ཕྲུག་ཏེ་མ་དེ། །སློང་བ་ཞི་འཁོར་ཁྲིས་ཕྱུག་པ་ཡིན་དེ།

ཤར་མ་ཅིག་ཕྲུ་ཕྱིན་ནག་པ་ལས་སྐྱིབ། །དེ་ལས་མི་ཚོད་གྲངས་ལ་གསུང་གཟའ་ཡིས་བསྐྱག །ཕྱི་ནང་གསལ་བས་མ་ལུང་དེ། །ཕྲུ་གུ་ནེ་མོ་ཀྱིས་ཀྲུ…

ཀ་ཡང་དེ། །ཤིང་ལྷུ་ཕྱུག་ཙོ་ལ་བབ་པས་བསོ། །སྐད་དྲག་འགྱུར་ལྷང་ངེ་བྲག་བསོ་སྐྱེ། །བྲག་མ་ཅིག་བུ་བྲ་པར་མའི་བཙོ། །དེ་ལས་མི་ཚོད་སླང་ནག་རོག་པའི་

བཀག །བདུད་རྒྱལ་ཞ་ནག་མིག་ཅིག་ད། །འཇོག་ཕྱིས་སྒོ་བ་ཐང་ལ་བབ། །རང་རྟེན་སྤྲི་དམར་དམ་གདོང་དང་། །དམག་ཆེན་བཀར་གྲོལ་བ་རྗེ་བསོ་དེ། །

འགྲོ་མ་ཅིག་ཡུ་ལུ་གཞི་ལེ་ཁུལ། །དེས་མི་ཚོད་དཔལ་ལྷ་ལི་དབྱུང་ལས་བཀག །ཕྱིར་ལ་མི་ཁོང་བཀའ་མེད་རེད། །དཔོན་ཆེན་ཐིག་མཁོད་རྒྱལ་པོ་ལག །

འཁྲི་མི་དགྲོ་བ་དར་ཁང་ལས། །གླིང་བས་དཔལ་ཁྱུལ་ས་ངང་པོ་པའི། །གྲིན་སློན་སྒྲོག་བདག་དམར་བས་དགའ་དང་། །གཡུ་ཏོང་དཔྱག་ཏོང་སྔོན་ཆེན་གཉིས། །
གདངས་གླིང་ལ་ཕོར་ནས་ཁར། །རྒྱལ་པོ་དགོང་པ་ས་འཚོམ་དང་། །སོང་ཏེ་ལ་ནམ་ཁའི་གསལ་དུས་ལ། །སྔོན་ཆེན་ཞ་ནག་མི་གཅིག་དེས། །སྲིན་པོས་དབྱུང་
རོག་འཁྲུག་གསུ་ཁྲིད། །གླིང་སྐྱག་སྲིན་པོས་བྲུ་གསུད་དོ། །གདངས་མ་ལེན་ཡ་སགོན་མིན། །རྗེ་རྒྱལ་པོས་ཐུག་ལ་ང་ལྟར་འཛོག །གོ་ནཿ མ་གོཿ ཚིས་ཞེར་བ་ངང
ངེར་དཔོན་ཆེན་ཚོག་ཏོང་རྒྱལ་པོས་དེས་དཔལ་ལྷག་མེད་གཟེར་ཆད་པ་བཞིན་དུ། གཡལ་འདུན་ཚོགས་རྒྱལ་སྔོན་རྣམས། ཡང་ན་ཞབས་མི་གཅིག་ལོ། ལ་ཆེན་གླིང་པའི་དཔལ་ཁྱལ་སྲུ་ཡིན་ཤུར་ལ་དེས་ན
འགྲེ་བའི་ཡིང་ངོ་མི་ཤེས། གླིང་དམག་རྣམས་ལ་སྐྱིད་གཡུ་རྫ་ལ་སྤྱོད་མི་གཅིག་ཡོད་ཏེ་ས་ཆེ་འདུག་པས། ངར་ཚོང་ཕྱིན་ཚེས་ཅད་ལ་སྲུ་ཡིན་ཚོད་བཅད་དགོས་ཟེར། དེ་ནས་བྲུ་ཏོག་དང་ཡ་ཀང་གཉིས
གིས་ ཚེར་བས་དེ་ཡིན་དུ་བདེ་འདུག ངེ་རང་གིས་དམག་སྣང་དེ་རང་རང་གིས་ཚིད་ནས་ཞེ་སོང་མི་དྷ་དགོས་ཟེར། སང་ཏེ་ས་ནམ་གསལ་དུས་ལ། ངར་ཡ་ཀང་དང་སྒྲིལ་ནག་བྲུ་ཏོག་ཡ་སགོན་བཞིན་ནས།

ཀྱེ་ར་ང་ཐ་ཞུ་ཞི་ཆེ

༄། །དཔལ་ལ་རྗོད་དཔྱང་རིག་བཟུ་རེ་ཁྲིད་ནས། ས་སྟོབ་བ་ཐང་ལ་འགྲོ་རྒྱུ་ཞེད། ཁྲི་ང་དམག་ཁྲུག་ལ་སྐྲེག་རྒྱུ་ཞེད། དེ་ལྷུག་རྒྱལ་བློན་གྲོ་བར་ཕྱིས་ཟེར། དེ་ལྷུག་ཨ་ཀ་གིས་བཀའ་འཐབ་བཙད་ནས་

འདུག་ཡོད་སྣབས་ལ། ལྷོ་ཕྱོགས་རྒྱ་མཚོ་སྡེར་མོས་གཡོས་གནྲུར་ནས། རང་རྟེས་ཁྲིད་དམར་རྒྱལ་པོ་དེས། མདུན་ཚོགས་བློན་ཆེན་རྣམས་འདུས་ཕྱོག་ཟེར་བས་བཀའ་ཕ་ཡབ་ལས། དེར་བློན་ཆེན་རྣམས་ཀྱི་

དམར་རྒྱལ་པོས་དྲུང་ལ་འདུས། དེ་ནས་འདུར་བྲལ་ལ་འཁོད། མི་ལྷུག་བློན་པས་གདན་སྐྱིང་ནས་ཁྲིད་དམར་རྒྱལ་པོ་དེས་ཇོ་རའདུག་ཅིག་ཁྱས་ནས། བློན་ཆེན་རྣམས་ལ་ངོ་འགྲིམ་མང་པོ་ཁྱས་ཁྱས་ནས།

གཡའ་ཚེ་རེ་རྒྱལ་བློན་ལ་སོགས་པ། བླུ་ཧེན་དང་འདུམ་འབག་ར་རེ་འབི་ཟེར་ནས་བླུ༎ ཨ་ལ༎ ཐ་ལ༎ བསུ་རྫོང་བྲུབ་དམར་པོ་བྲང་ནས། །རྣག་གྲི་ནཔོའི་ཞ་གོ་དགུ་ལ། །

ཤ་ཟ་སྲིན་པོའི་འབྲུམ་གྱིས་སྐྱོར། །དེ་རིང་རྒྱལ་པོས་གྲོགས་ལ་ཡེབ། །ས་འདི༎ སྲིན་པའི་དམར་ཡག་ཐང་ཆེན་རེད། །ངང་ངང༎ རང་རྟེས་ཁྲིད་དམར་རྒྱལ་པོ་ཟེར། །དེ་

ནས་རྗེ་ན་དང་བློན་ཆེན་རྣམས། །ཡ་ཆེན་སྤུར་གྱི་དང་པོ་ལ། །རླུབ་གླིང་འཁྲུག་པ་སློག་དམར་འཚུབ། །ཁོ་ཁང་ཀར་པོ་གླིང་ལ་ཤོར། །ཡོ་མ་ནུས་ལ་བཙས་རེ་ཁ་རབ་དུས།

རྒྱལ་པོ་ང་ལ་དམག་བཙན་ང་ཆུང་། །སྤྲིན་པོ་ཀླུ་མོས་འཁྱུད་དམག་འདི། །དཔོ་མི་འགྲོ་བཀའ་མེད་རེད། །ལ་ང་ཁྱུང་ཨ་ཡི་ལེན་མི་ཤེས་འདུག །འཇིག་རྟེན་རྒྱ༔ གནམ།

སྟག་ཁྲོ་ཚུ་ཆེ་དཔལ་ལས་དུས། །བྲག་དཀར་གངས་མཛོ་ཙོག་གིས་ག་ཤིགས། །ག་ཤིན་རྫིས་ཞགས་པ་འཕེན་པ་འདྲེས། །མི་དཔལ་ལ་བོ་ཡིན་ཁྱུང་ཤིན་ལས་འགྲོ། །སྤྱོ༔

སྤྱིན་པའི་དབྱར་གདུང་ལོང་བས་ན། །དཔོན་ཙོག་ཆོད་ཡིན་ཁྱུང་འཇུང་ནས་འགྲོ། །ས་འདི་ན་མི་འདུག་ཀ་མེ་རེད། །ཁ་ཚང་སྤྱར་གྱི་དད་པོ་ལ། །ཆེ་བདག་ག་ཤིན་རྫི༔

དགྲ་འདུལ་དོ། །རྒྱལ་པོས་ཆོས་ཞག་པར་དམི་ཡིན། །ཙོག་ཆོད་རྒྱལ་ལ་གདུག་རྒྱུ་ཐུས། །ཀྱེ་ཙིག་པ་ར་ལས་མ་ཙོ་ག་རྒྱུ། །རྒྱལ་པོ་ང་ཡིས་བཀའ་ཞག་བཙད། །དེ་རིས་

ཞག་པོ་གསུམ་ཙམ་ཡིན། །ཚུར་ལ་འཁོར་རྒྱུ་མ་ཐུང་བས། །ཤི་ཡིན་ད་བོ་མི་གསལ་ལོ་དྲུ། །ངར་ཆེན་སྒྲོང་ཤིས་ང་མག་སྐྲ་རདོ། །ག་རན་ཡོད་འགྲོ་ཆ་མེད་རེད།།

ན་ཙོ་ཆེན་དཔོན་པོས་ངར་འཕྲུ་བཙད། །བར་ཆོད་ཙི་ཡ་ཚ་མེད་རེད། །འཁོར་རེད་རྒྱལ་སློན་ལ་སོགས་པ། །དེ་འདུ་མི་བཟོ་འདི་འདུག་ཟེ། །ང་ནང་ནམ་ཚོས་སྤྱར༔

བཤོ་ང་ར་ཉལ་ཕྱེ།

༄། །ཀྱེ་ཡེ། །ངར་འཛིན་པས་ཉམ་ཆོག་ཟིན་ནས། །མ་ངེས་མི་འགྲོ་ལྟ་ངེས་འགྲོ། །ལྟ་ངེས་ནང་ནས་དང་པོ་ལ། །གསོག་བདག་སྒྲུབ་གཉའ་འཛིན་མེད་ཅིང་། །རྒྱལ་པོ་དང་དང་ལྕེ་མེད་ཡིན། །མ་འདུག་དབྱར་སྐྱུར་དུ་སོང་། །ཚེ་བདག་ག་ཡིན་རྗེ་དགྲ་འདུལ་བ་དེ། །ས་ཕྱོགས་གར་འཁྱི་ལུས་ལ་ཕོག །དཔོ་ནམ་ཆེན་ཐོབ་ནོད་རྒྱལ་པོ་དེ། །བཅུགས་སྐྱུར་ཅི་འདྲ་ཉིས་ལ་ཞིག་གྱིས། །དེ་རིས་མིན་པར་འགོག་མ་ཐེང་། །འགྲོ་ན་པོ་ཡི་ནས་ཆོ་ལེ་དགོས། །སློན་ཆེན་ཐུབ་ལ་དེ་ལྟར་ཞོག །

རིམ་ཅིར་ནས་སྒྲོག་བདག་གི་འགར་འཛིན་མེད་དེ་འཁོར་གསུམ་སྐྱུ་ལས་གསོ་ལ་ནས་ནག་པོ་ད་ཡིས་ཆིབ་ལ་ཕྱིན་ནས་ག་ཤིན་རྗེ་ཀྱི་ལ་དམར་པོས་ལ་ཁ་ལ་སློབས་ནས་མ་ལུས་པས་གླིང་དཀར་འིའཛིག་ཆ་ལེ་རིག་མིག་གིས་མཐོང་ནས། ཁོ་ཡིས་བསམ་པ་ལ་ཐོག་རྗེ་དང་མ་གདེས་ཕྱོག་འདི་འདྲ་ཞིག་ལ་ཕེབ་ཐོས་ནས། སྒྲོག་བདག་གི་ཞག་འའཛིག་མེད་དེ་མི་ཟེར་ཆེ་དཔར་ལྟར་དུ་དམ་ག་སྣར་སྐྱིས་འགྲོ་དུ་སློབས། དེར་མཚོ་ཆེན་གླིང་གིས་ལྟ་དམག་ངེས་ལེན་མེད་ཁ་ལ་དེ་ཐུང་ལེ་མིག་གིས་མཐོང་ནས་ལྟག་རང་འགྲུ་ཕོག་ནས་ལོ་བབ་ཟ་ལྟ་ཡོད་པ་དེས་གླིང་སྐར་ལ་ཆར་རྒྱ་ནས་གླིང་དཔལ་ལ་ཐུབ་ནམ་ཀུ་རྡོ་ར་རི་ཤུ།

དེ་ངོར་འཛང་དག་ཉིས་ཀྱི་དམ་གསྒྲར་ནང་ནས་ཕ་ནམ་མཁར་གཡུ་ལྷ་གཉིས་ཁྲང་ཁྱུང་ངེ་སྐར་ཟླར་དུ་ཐུར། དེར་སྤྲོ་བདག་གི་ཞགར་འཛིག་མེད་དེས། གཡང་ཉེ་ནང་རྒྱལ་བློན་འདུ་གཉིས་ལོ། ལྷུབས་སྒྲུ་

ལ་ཨེ་འདྲ་ཡོད་ད་ཞེར་ནས་སྒྲ༔ ཨོཾ་ཨ་ཧཱུྃ་བཛྲ་ཧཱུྃ༔ ཨ་ལ༔ ཐ་ལ༔ ས་འདི༔ ཁྲི་མེད་སྟོན་པ་ངར་ཐང་རེད། །ཡང་ཆད་དམག་དཔོན་འདུ་གཉིས་ལོ། །ཉེན་དང་འདྲ་མ་འཁང་

རེད་ཡོད། །བསམ་འདོན་འགྲུབ་པས་རྒྱལ་བློན་རྣམས། །སྐྱུ་རི་བདེ་མོ་ཨེ་ཡིན་ཆག །ཁྲི་མོས་འབུམ་དམག་དཔུང་ལ་དེ། །ཚོག་རྩོད་འབུམ་དམག་ཨེ་ཡིན་ལག།

དཀར་པོས་གྲུར་ཅིག་ཕྱག་ལ་འདི། །ཚོགས་ཆོད་ཕྱུལ་གྲུར་ཨ་ཡི་ཡིན་ལགས། །གདོང་ལ་ཡིབ་པས་དམག་དཔོན་གཉིས། །ཚོགས་ཆོད་བློན་ཆེན་སྐྱུ་འདྲ་ཡིན། །ང་ཁྲི་

དམར་རྒྱལ་པོས་བློན་ཆེན་ལ། །སྒྲོག་བདག་གི་ཞག་འཛིག་མེད་ཡིན། །བློན་ཆེན་རྩེ་ཀྱི་དངའ་པོ་ཡིན། །ཆིབ་དཔག་ག་ཤིན་རྗེ་དགྲ་འདུལ་དེ། །ཕྱིན་ནས་ཞག

མ་གསུམ་ཙམ་ཡིན། །དེ་འདྲ་ཚིག་དོན་ཅི་ཞིག་རེད། །དཔལ་ལ་མེད་གླིང་གིས་སྐྲང་སྨྲར་དེས། །སྡོང་པ་ཕྱུགས་ལེ་ཨི་རེ་ལགས། །སྲིན་པོས་དཔོན་པོ་ཁྲི་དམར

ཙ་ཤེ་ང་ང་ང་ཕྱི་ཕྱུ་ཞ

༄༅། །རྒྱལ། །འབུམ་དམ་གཙུག་ཏུ་ཡི་ལ་དཀྱིལ་ལ་བཞུགས། །ཚིག་ཆེ་དང་དཔོན་ལ་རྒྱལ་བློན་ཡོད། །ལུས་དམག་སང་ཕྱུང་སྟོང་ཕྱུང་ཡིན། །སྔོན་དཀར་སང་ཟ་ཙང་ཟ་ཡིན། །བསཾ་འཚོང་དེ་བས་འགྲུབ་རྒྱུར་མེད། །ལ་ཆེན་སྒྲིང་བས་དམག་བཀྲར་འདི། །དཔྱར་ས་ཕྱོགས་གང་ཡའདི། །འགྱོད་པ་མི་རྟེན་པ་ཡིས་ལྷ། །སྟོན་ཟུབ་གྱིམ་པོས་དམག་དཔུང་དེ། །ལ་དམར་པོ་འདི་ཡིས་པར་སྤྱང་ཡོད། །སྔོན་དཀར་གྲང་ཀར་མང་གཞན་འདུ། །རྗེ་ནག་ཅིག་མེད་པར་ཕྱིད་པས་ཚིག །ཕྱིད་གཉིས་ཐུགས་ལ་དེ་ལྟར་འོག། །ཞེས་ཟེར་བ་དང་། གཡུ་ལྷ་སྤྱི་སྤྱང་མི་འཚོལ་བ་བར་གཞིན་དུ་མ་དབའ་ཆོད་དེ་རེད་རེ་ང་གཞི་ལ་འགྲོ་ཟླས་ཀ་གཡུ་ལྷ་ཚིག་འགྱུར་དེས་གནས་ཡག་པོ་ངུས་འགྱུར་ཞིག་རྒྱབ་ནས་གླུ༔ ཨོཾ་མ་ཎི་པདྨེ་ཧཱུྃ༔ ཨ་ལ༔ ཐ་ལ༔ གླུ་མ་ཡི་དམ་དཀོན་མཆོག་གསུམ། །ཀ་གསོལ་བ་བ་འདེབས་ལོ༔ ལ་འདི༔ གླི་མེད་སློབ་དར་ཕང་རེད། །ང་དང༔ འཛང་སྐུ་གཡུ་ལྷ་ཚིག་འགྱུར་ཟེར། །དཔྱང་རོག་དཔལ་ལ་རྟོལ་འཛམ་ལི་འདི། །ཕོར་བདུད་མཁའ་འབར་རྒྱལ་པོ་རེད།།

དེ་ནས་རྗེ་ནད་དང་ནག་པོ་སྐྱབ། །ཚོང་དཀར་འཁོར་བཅས་བྲག་དཀར་དེ། །ཞིག་ཚར་ལེན་མིག་གིས་མཐོང་ལེ་ལ། །བྲག་ཨེ་མཐོ་མ་ལ་ནང་རེད་ཚར། །ཞ་སྤྲེ་

ཞལ་ཁོར་བཅས་རྒྱལ་མཚོ་དེ། །ཁོ་རྩར་ལེན་མིག་གིས་མཐོང་ནས་ཁྲིད། །མ་ཚོ་ཨེ་ཆེན་ལྗོ་ཐ་ང་རེ་ཚར། །སྤྲེ་ཀྲི་དཔྱང་ཀྲི་ལིས་དམག་དཔོན་དེ། །ཤི་ཚར་ལེ་

མི་ག་གིས་རིག་པས་ན། །མི་གར་ཡོད་གྲོས་པས་ང་རེ་ཚར། །དེ་ནས་རྗེ་ནད་དང་ནག་པོ་སྐྱབ། །གླིང་རོག་པོ་འདྲ་བས་ཚིག་ཆོད་རྒྱལ། །མ་ཁ་འ་སླུ་རིས་⋯

གཟུང་ལེ་ཨེ་གོ་ལོ། །དཔལ་ལ་ལྷག་མེ་དབ་ཤིན་རྗེ་དགྲ་འདུལ་དེ། །མ་གོ་གདང་མ་ཤར་ལེ་ཨེ་ཤེས་དྲ། །མར་ལྡོས་དང་ལྡུ་ཐལ་སྡེ་མོ་ལ། །ཐང་⋯

ཆེན་བཞི་ལས་གོང་མ་ན། །འཛུམ་དམག་ཀྲ་མོ་དཔྱང་ལེ་འདི། །སྐྱུ་ཡིན་རྗེ་རན་གླིང་རིམ་ཡིན། །གུར་ཆེན་བསམ་གྱིས་མི་ཁྱབ་པ། །སེང་ཆེན་རྒྱལ་པོས་

ལུས་གུར་རེད། །གུར་ནང་བཞུགས་གསེར་ཁྲི་གོང་སྟོན་ལ། །མི་དཀར་དུང་གིས་ཤར་ལྷུང་ཙན། །སེ་དྲི་ག་ཡུ་རལ་རྒྱས་འགྲུལ་འདི། །རྒྱུ་གཡོ་ཚང་གིས་

༄༅། །གདོང་རྒྱུད་ལ། །ལྷ་སྐྱིལ་དགུ་ལྷ་བཙན་རྒྱལ་རེད། །དཀར་པོ་གྱུར་ཀྱིས་ག་ཡས་ཁམ་ལ། །མི་ཆེན་མང་ཡས་མགོ་འཛིན་འདི། །
ཤེས་ཆེན་སྒྲུ་ཕྲུལ་རྒྱལ་བློན་རེད། །གཏམ་སྐད་ཆ་ཡོང་ནང་ལ་བཤད། །ཚོག་ཆོད་ཆགས་གནས་འདི་ཡིན་ཤེས། །མི་དམ་རབ་བྲག་གིས་རལ་ལ་ཅན། །
ཤེ་མི་ག་སྤྱིན་ལ་བསླུ་མི་འདི། །ཚེ་བདག་ག་ཤིན་རྫེ་དགྲ་འདུལ་རེད། །ཚེ་བདག་བསྡད་པ་ཁ་ཙང་ཡིན། །སྒོག་བདག་སྐྱོག་རྩ་དེ་རིས་བཅད། །ལྷག་
བཀྲ་ཀ་ཀ་ཀོ་ཞུ°
ག་ཡང་དཀར་ཟས་ལ་འགྲོ་བལ། །འགྲོ་མ་ཤེས་སྤྱང་ཁང་སློ་ལ་རྩེ་བལ། །ཕོ་རྡ་རམ་དགྲ་ལ་འགྲོ་བས་དུས། །འགྲོ་མི་ཤེས་གླིང་དཀར་སློ་ལ་ཚོབ། །མ་གོ་
དར་ཀྱི་ཕོ་རབས་སྤྲ་ལྡུམ་རེད། །དེ་ནས་ཉེན་དང་ནག་པོ་སྤྱབ། །ཤ་ཟ་ཅན་ཞུང་དུ་ཡོ་རེག་ལ། །ཟ་བཙད་རའཚི་ཙི་འདུ་ཡོད། །སྟོ་ཀྱི་དམར་རྒྱལ་པོས་དམག
དཔོན་ཕྱེད། །དཔལ་ལ་གཉན་མས་སྒྲིང་སྒྲོབས་ཅི་འདྲ་ཡོན། །གོ་ན༔ མ་གོ༔ ཨོཾ་མ་ཎི་པདྨེ་ཧཱུྃ༔ ཅེས་ཟེར་བ་དང་། སྒྲོག་བདག་གིས་ཁག་ར་འཛིན་མེད་དེས་ག་ཡས་ཀ་འདི

སྐྱིང་པ་ཡིན་པ་འདུག་བསམ་ནས་དམ་གཟི་ཕོག་འདི་ལེད་མེད་དུ་ག་ངང་དགོས་པ་སེམས་ནས་ཀླུ་ལེན་གང་ཡང་མ་ཐེབ་པར། ཧོར་མདའ་མེ་ལྕེ་ཀློག་འཁྱུག་དེ་དཔུང་དུ་ཆེང་ནས་ཙོན་ནོད་རྒྱུག་པར་ལྡིར་བདུ་ག་སྤྱི་ལྕི་དང་ཕན་འབར་གཉིས་གདོང་ལ་བཙར་ནས་ཐུར། དེར་ཕན་འབར་ཁོ་གཉིས་གིས་ལྷ་མ་དང་འཛེ་རེ་རྒྱབ་ཁྲུང་ས་ཆད་ནས། དེར་སྐྱིག་བདག་གིས་ཧོར་མདའ་གིས་ཁོ་གཉིས་ལ་གསུམ་རེ་རྒྱབ་ཁྲུང་བར་ཆད་མ་ཐུར། དེར་ཁོ་གསུམ་གྱིས་ཇ་སྐམ་བས་ཅིག་ལ་གྱི་འགྱེན་བ་ཞགས་སྐུར་ཡན་ཚུར་འདྲ་ཉིས་དུ་འདུག དེར་ཡང་སློག་བདག་དེ་མི་ཆད་པ་རལ་ཕར་དུ་དམག་སྐར་ལ་ལྡོན་ནས་ཤེ་ར་སོང་། དེར་ཁོ་གཉིས་གིས་དགྲ་བོ་འདི་སྐར་ལ་ཕོ་རན་མི་བཟང་བསམ་ནས་ཁོ་གཉིས་རྟེས་དང་ཕྱེད་ལམ་འཛང་སྐར་རྫོང་ནས་རྗེས་ལ་ཙོང་། ཡང་ཁོ་གསུམ་གྱི་གྲི་ཁ་རྣོ་སྨད་བས་ལ། དེར་གླིང་སྐར་ཁྲ་མོ་ས་དཀྱིལ་ནས་ཚོམ་སྐྱིལ་རྡོ་ངཝ་དར་རྒྱས་དང་ཆུང་ཆེན་དཔལ་རབ་སྒྲོ་ཚོ་དག་ཉིས་ཁོ་གཉིས་ལ་དཔུང་ཟོག་ཐུར། དེར་ཡང་གཡུ་ལྕི་དང་ཕན་འབར་ཁོ་གཉིས་གིས་རལ་གྲི་ཤུག་ལ་བརྟུས་ནས་སློག་བདག་གཡོས་གཡོན་ལ་བཟར་ནས་ཁོ་གསུམ་ཧྲོག་ནས་ལྷུང་ནས་ཐར་རིལ་རྫ་རིས་མང་པོ་ཁྱམ་ནས། ཕན་འབར་གཡུ་ལྕི་གཉིས་གིས་ལག་གཡོས་ཡོན་ལ་གཟུང་ནས་ཕར་ཐོན་ཚུར་ཐོན་ཁྱམ་ནས་འདུག དེར་རྨ་ཆུ་འགྲོ་འདུག

༄། །དང་སྲོང་ནག་དར་རྒྱས་གཉིས་ཧྲ་ཅིག་ནས་བབ་སྐྱེ་རམ་གྱི་ཤུག་ནས་ཤར་སྐྱེ་ཕྲག་པ་གཡོས་གཡོན་ལ་རྒྱབ་སྟེ། ལུས་ཁ་གོས་ནས་དམར་བཤད་གཏང་། དེར་ཁོ་བཙི་བས་

གློག་བདག་བཤད་པས་གདང་མ་དེ་བཙན་ནམ་ལོག གླིང་དམག་རྟེན་ཕྱིར་སློག་བདག་བས་དཔའ་ངེ་དགའ་དགའ་བྱས། དེར་ཁོ་བཙི་ཡིས་གློག་བདག་མགོ་ལ་ཐག་ཞུར་ནས་ལྷ་སྲིན

ཞྭ་ཁ་ཁ་ཤ་ཁ་ཤི

དྲང་ལ་ཕབ་བས། དེ་ནས་གློ་སེམས་ཆེན་དགྲ་ལྷ་བཙན་རྒྱལ་དེས་ཁྱེད་སྐྱིད་དཔོ་ཐུམས་ཡ་བར་ཆད་མེད་པར་ལ་མཚན་ཆེན། གླིང་སེང་ཆེན་དཔོ་ནལ་བསོ་ལ་ཀ་ར། དགྲ་ལྷ་དང་ལ་ཞལ་གྱི་སྐྱིབས། དཔལ་སྟོང་

ལག་གཟུང་ཕྱེད་ནས་དམར་བཤད་དཔྱིད་པ་དེ་ལ་མཚན་ཆེན་ཟེར་ནས། གསེར་གསང་དབང་ཙོ་ལྷ་ར་དང་དགུ་མཚོ་ཆ་རེ་ཡི་དཔལ་དར་སྤྲང་། དེ་ནས་གླིང་དམག་དེ་དགའ་སྤྲོ་ངང་ལ་ཆ་ཆུག་ནས། ངེ་ནས་

ཡང་དཔོན་ཆེན་ཅིག་རྗེ་གཉན་རྒྱལ་པོ་དེས། ཁྲི་དམག་མདཔོ་ནུབ་ནས་དམག་རྩེ་ལ་ལྡང་ནས་དྲུག་ལོང་། དེས་སྐབས་ལ་ཅིག་རྗེ་ད་དེས་དམག་དཔོན་ཐུམས་ལ་འདུས་ཤོག ཟེ་རབས་བཀའ་ཕེབས།

དེར་རྒྱལ་བློན་ཐུམས་འདུས་ནས་བཀའ་གྲོས་བྱས། ད་ནས་ཅིག་རྗེ་ད་དེས་རྒྱལ་བློན་ཐུམས་རང་གིས་ཁྲམ་ལ་ལུས་དམག་འདུ་ཁུར་སེར་འདུག བསོ་དོན་འགྲུབ་པ་རང་རེད་རེས་ཡིན། སང་ཉི་ནམ་ཁང་

གསལ་འདུས་ལ་ཚོ་གང་གྲག་སྒྲོན་པོ་ཐམས་ཅད་ཀྱང་ལས་ཀྱི་དམ་ན་སོང་། ཀྱི་དམ་བ་བརྒྱུད་ཚོམ་འགྲོ་རྒྱུར་ཐུས། ཀྱི་མེད་སྒྲོ་བར་དར་ཐང་ལ་གླིང་གིས་སྐྱང་སྒྲར་སྐྱ་མོ་དེ། དུས་ད་རེས་མེན་པར་ས་ཐུབ་ན། ང་ཕོག་རྫོང་མི་འདུག་ལེམ་ཐག་ཡིན། ཟེར་ནས་རྒྱལ་བློན་རྣམས་དུར་ཧྲི་རི་རི་འགྲོ་ཚེས་ཕྱེ་དར། དེ་ནས་གསེར་གླིང་གླིང་གྲགས་པ་དེས་སྟག་ལྷ་གག་ཟེ་ག་ལྷག་གཉིས་ཕོག་རྫོང་དྭང་ཡ་ལོ་ངན་ལས་རྒྱུ་དོན་གྱིས་བླུ༔ ཨོཾ་ཨ་ཙི་པྲེ་ཏ་ཧཱུྃ༔ གླུ་ཨ་ལ་ལ༔ གླུ་ཐ་ལ༔ གནམ་ཕྱིས་བར་ཕྱིས་ས་ཕྱིས་མཆོད། །དེ་རིས་ལྷ་ཡི་གྲོགས་ལ་ཕེབས། །ལ་འདི༔ ནག་ཐང་ལྷ་མ་ཡི་གོང་མ་རེད། །ང་དང༔ གསེར་གླིང་གླིང་གྲགས་པ་རེད། །དེ་ནས་ཕོག་རྫོང་རྒྱལ་པོ་ལག་ས། །ལྷུ་བས་གླུ་ལ༔ གཞི་ཨ་སྔོན་དཔྱིད་ལ་གིས་ཆར་རྒྱུད། །ལ་རྒྱབ་བང་རྒྱུར་ལས་ལས་ཡོད་སྙེན། །བབ་ཆེན་ན་གཡུ་འབྲུག་ཁ་བས་སྒོར། །བྲག་དཀར་དཔྱིས་གིས་ཐང་དཀར་རྒྱན། །ལ་ཆེན་འཕྱུར་རྒྱུར་ལས་ཡོད་སྙེ། །ཕྱུར་ཆེན་ན་ཉུ་རྒྱ་ནག་ཕོག་སྐྱོ་ཚོད། །ཕོག་རྫོང་རྒྱལ་པོས་འཁྲི་དམག་དེ། །ལ་ཆེན་འགྲོ་རྒྱུ་ལས་ཡོད་སྙེ། །དམག་མང་ན་མི་རོལ་མ་ངང་པོས་གཞིན། །ལྷུག་ཡག

ཆུ་ང་ང་དོ།

༄༅། །སོ་སོའི་ངང་ལ་སེམས་ཐག་ཡིན། །དེ་ནས་རྒྱལ་པོ་ཟིན་པོ་ཆེན། །ང་རང་ཤོག་གིས་ལུས་དམག་དེ། །ཁ་སྤུ་ཚམས་སོང་ན་ལས་ཆོག་སྟེ། །མང་པོ་འགྲོ་

བས་ཕན་པ་མེད། །གླིང་དཀར་དཔལ་ཕ་ཐུལ་བྲངས་ཀ་ར་མད། །དམག་མང་པོས་རང་མགོ་ཐོན་པ་བཀལ། །རྟ་མི་ཐོང༑ མགོ་ཁ་ན་འཛོམ་པས་ཐག

དཀར་དེ། །ཐག་དཀར་རང་བཟོ་མ་ཚོས་ན། །ཁྱི་མང་ཁྲུང་ཐོག་ངོ་ལེན་རྒྱུ་མེད། །དཔུང་སྐྱོང་ཕྱུག་པས་རྒྱུ་ནག་དེ། །རྒྱུ་ནག་རང་བཟོ་མ་ཚོས་ན།།

སྤུག་ངར་ཁྲུང་སེ་ལྕེ་སྐྱུས་ལེ་མིན། །དཔོན་ཆེན་ཐོག་རྗོད་རྒྱལ་པོ་དེས། །དཔལ་ལ་ཚོས་རང་བཟོ་མ་ཚོས་ན། །དམག་མང་ཁྲུང་གླིང་དཀར་ཐུབ་རྒྱུ་མེད། །

ས་ངོ་ཤེས་ནམ་ཁ་རག་ས་ར་དུས་ལ། །ཁྲི་དམ་ཀ་བརྒྱུད་དེ་འདུ་གཉྫུ་ཞེད། །རྒྱུ་དམ་ག་བརྒྱུད་ཙམ་འགྲོ་རྒྱུར་ཞེད། །རྒྱུ་དམ་ཀ་བརྒྱུད་གིས་དམག་དཔོན་…

ལ། །ང་རང་སྒྲིད་གྲགས་པ་གཅིག །ཐུབ་བདུད་ཨ་ཀ་སྒྲ་ཟིལ་གཉིས། །ཕ་མེད་སྤུ་རྗེ་དཧྲུ་ར་གསུམ། །མཚོ་སྔོན་སྐྱུལ་ནག་མེ་འབར་བཞི། །ང་རབ

ངན་ག་དཔོན་ཆེ་བཞི་འགྲོ། །བརྒྱུད་མ་ག་གཉིས་དེ་ཁྲིད་ནས་འགྲོ། །གླིང་པས་དགའ་ལ་གདུག་རྒྱུར་བྱེད། །གླིང་སྐར་ཁྲ་མོ་ལ་བཞེད་ཁྱིལ་ནས། །ཕྱོགས་བཞི་སྐར་ཆེན་ཆེ་བཞི་དེ། །དམག་དཔོན་བཞི་དེ་ཕས་དལ་ལེ་བྱེད། །གླིང་དཀར་ཐུབ་ལེ་མི་འོང་སྙེ། །གདུང་མ་ཆ་རེ་ཆེ་ལེ་བྱེད། །དེ་ནས་རྩུར་ལ་འོང་བས་དེས། །མ་འུང་ཙི་དགོས་དེ་ནས་སྨྲ། །རྗེས་རྒྱལ་པོས་ཐུག་ལ་དེ་འདྲ་ཞེག །ཀོ་ཝཿ མ་གོ༔ ཅེས་ཟེར་ནས་ཕྱོགས་མཚོན་རྒྱལ་བློན་རྣམས་ལ་ཁྱི་ཐུགས་ཆ་ག་དེ་ལ་ཕྲེ་ནས། ཕྱིར་ཉིན་ནམ་གསར་དུས་ལ་དམག་དཔོན་བཞི་ནས་བརྒྱུད་དམག་རེ་རེ་ཁྲིད་ནས་ངམ་ག་སྒྲ་གསེར་གླིང་གི་ལ་ཁྲིད་ནས་བྱུང་བར། སོ་བར་རྩོམ་ཀྱིས་རིག་ནས་གླིང་སྐར་ལ་ཆ་རྒྱུ་ནས། གླིང་དམག་རྩོམ་ཀྱིས་ཁྲ་སྤྲེལ་བྱུང་བསམ་ནས་ཏ་ལ་སྐར་རྒྱབ་ནས་གོ་ཁྲེ་ལེགས་ལ་གསོལ་ནས། དེར་སྤྱང་ཟེ་མོ་རྩོག་ཟེར་བ་ནང་གྲུ་ཁུམ་དམག་དེ་ཁྲ་དཔུང་སེ་འོང་། དེ་ནས་གླིང་དཔལ་ཐུལ་རྩོམ་ཁྲ་དཔུང་དེ་སྐར་ཟུར་ལ་ཐུད། དེ་ནས་གསེར་གླིང་སྡིང་གྲགས་པ་དེས་རྒྱུག་པོ་འཛིང་གིས་སྐར་ག་ཟེར་སྤྲེལ་ནས་གཡབ་འགྲིང་དམག་རྩོམ་ཉེན་དང་འདྲ་མ་འགགས་རེ་ཡོད་ཟེར་བས་སླུ༔ ཨོཾ་ཨ་ཝི་ཧྲི་རྩེ་ཧཱུྃ༔ ཕལ་ཡེ༔

༄༅། །ཐ་ཡ༔ ས་འདི༔ འཁྲིལ་མེད་སྟོབ་དར་ཁང་ཟེད། །ངདང༔ དཔལ་མི་འགྱུར་ལྷུན་གྲུབ་གསལ་བ་ཟེར། །ཁོ་རེད་གླིང་སྐར་ཀླུང་དམག་རྣམས།།
ཡང་ན་མགོ་གཙོ་ཇོ་རུ་བྱེད། །དཀྱུག་དགྲ་ལྷ་བཙན་རྒྱལ་ལག། །ཡོ་རྩེ་དཔོ་ཡོ་ཆ་ནྲ་ག་ངོང་ལ་བརྩོར། །དབྱུར་ཀས་མི་ཐོག་ཁྲུ་པོ་དེ། །མཐོས་རྒྱན་ལྷང
ཁ་མ་འདུག་ན། །ཚིག་བར་མོལ་ཁབ་ལ་སྟོན་ལེ་ཡིན། །རྒྱུ་འོས་ཚུ་མས་ལོ་ཐོག་དེ། །ཞིས་ཚུ་མས་ནང་ལས་ལྷེ་ན། །རྒྱབ་ཟོ་ངར་ཚོལ་བྲག་ལེ་ཡིན། །སློང
དཀར་དཔལ་ཐུལ་ཞོས་པ་ཆེ་ན། །ངར་རྩེ་དང་རང་ཚོད་མ་ཞིབ་ན། །དེ་རིས་སྐར་ཆེན་གཏོར་ལེ་ཡིན། །དཔལ་ཕྱུག་མེད་གླིང་གིས་སྐྱུང་སྐར་དེ། །ཀློས་མེད
འགོང་ཚོ་ཇོ་རུ་གཉིས། །ངོན་མེད་བོད་ཀྱི་རྒྱབ་སྡེན་བྱེད། །ཚིག་རྩེ་དང་དཔོན་ལ་དྲག་ཡག་རྒྱུ་ངས། །གཏང་མ་དེ་རིང་ཕོར་ལེ་འདུག །དམག་དཔོན་དར
འཁྲི་བ་ཚང་ལེ་ཡིན། །དམག་མང་ཁྲག་ལ་སློས་ལེ་ཡིན། །གོ་ཡེ་ཐུང་གླིང་རུས་སྐྱུང་དམག་རྣམས། །མ་གོ༔ ཚེས་ཟེར་བ་དང་གསེར་གླིང་དེ་མི་ཆ་དཔལ་གཞི་ནང་དུ

འཇང་སྦྲར་ལ་སྡེབ་ནས་བཟུང་ཀ་བ་ལ། དེར་འཇང་གིས་གཡུ་ལྷ་ཐོག་འགྱུར་དང་ལྷ་ཁང་ཞི་གྲགས་ལྷུན་རྫོང་ལེ་རག་སྒྲུ་གྱིས་རལ་གྲི་དང་ལྷ་མདའ་ཁྲུར་ཕྱེ་གཙོ་ཚུག་ཆད་པ་ལྷ་ར་དུ་གསེར་གླིང་གྲོས་གདོང་ལ་བབས་པ། དེར་གསེར་གླིང་གིས་པོ་གསུམ་ལ་རྫོང་མདའ་རི་རྒྱལ་ནས་པོ་གསུམ་ལ་བར་ཆད་མ་བྱུང་། པོ་གསུམ་གྱིས་གསེར་གླིང་ལ་རལ་གྲི་དང་ལྕགས་མདའ་བྲང་མདང་རྒྱབ་ཕུང་སྦྱོང་མ་ཐུབ་ནས། དེར་གསེར་གླིང་དཔུང་རོག་བརྒྱ་དམག་གཉིས་ཡོད་པ་དེ་རྣམས་ཀྱིས་རྫོང་མདའ་བྲང་མདང་སྦྱོང་པས་འཇང་དམག་ཀྱི་ཕྱོགས་ཚན་ལ་བརྒྱ་དམག་བཞི་ཚོམ་བསད་བྱུང་། དེར་འཇང་དམག་དང་བེ་ཐུལ་རྣམ་ཀྱིས་ལྷ་མདའ་དང་རལ་གྱི་ཐད་བ་ནས་གསེར་གླིང་གིས་དམག་གཉིས་བརྒྱ་དེ་སྐྲད་ཤེད་ཅིག་མེད་ནས་དམར་བབ་སད་གདང་། དེར་གསེར་གླིང་དེ་རྗེ་དང་ར་ལ་སོང་ནས་འཇང་སྦྲར་དཀྲིས་བ་ཤག་རྒྱུ་ནས་འཇང་དམག་རྣམས་བྲག་སྒྲག་པ་གཞུན་དུ་ཤོར་བྱུང་། འཇང་ཚལ་མོས་སྲིད་པོ་ལྷ་འབུམ་དང་། ཨེ་ཏྲི་བཙོན་ཚོད་གཉིས་ཀྱི་ཞག་པ་རེ་རེ་ཁྲུར་ནས་གསེར་གླིང་ལ་བདབ་པས་གསེར་གླིང་ཀོ་ན་ལ་བསྒྲིད་ནས་ཡར་ཐོན་རྒྱུར་མ་ཐོན་ཅིང་སྐབས་ལ། དེར་གཡུ་ལྷ་དང་བེར་ཐུལ་ལྷ་ལ་དཔུང་རོག་ལྷ་བརྒྱ་ཁྲིད་ནས་བསད་ཟེར་བས་ལྕགས་མདའ་དང་ལལ་གྱི་གྲངས་མང་རྒྱབ་ནས་ཕོལ་ཙི་ཡང་མ་ཐུབ། དེར་གསེར་གླིང་གིས་ཐེ་ཁྲུར་དང་རལ་གྲི་ཤར་ནས་ལེན

ཕྱི་རྒྱུད་ཞང་

༄༅། །གཞི་གཅིག་གསུམ་པས་ཞག་པ་གཉིས་དེ་བཞིན་དུ་ནས་ལ་ རལ་གྱི་དེ་པ་ར་གསུམ་སྐོར་གསུམ་བྱས་པས་མཚན་མ་གྲིས་པོ་མཐོ་ལ་རྒྱབ་ནས་བསོད། ཡང་ཟླ་བ་བཅོ་ལྔ་ཚོད་ལ་རིག་རྒྱབ་པས་ལུས་ཕྱེད་··
བཤག་བྱས་ནས་བསད། དེ་བ་ཐུལ་ལྟ་ལ་སྒོང་མ་སྒྲུབ་ནས་དམག་མང་ཚོམ་རལ་གྲིས་ངར་ལ་བྱང་སེ་ནས་སྐར་ཟླ་ར་ལ་བཀོར་མེད། དེ་ག་ཡོན་དུ་རུས་སྐར་ལ་ཚ་ཚོ་སྔོན་སྒྲོལ་ནག་མོ་ཞབས་ར་དེས་བརྒྱད་དམག་གཉིས་
ཀྱིད་ནས་ཚོ་རམ་ར་གྲིས་དམག་སྐར་ལ་གདུག་ཐུང་། ཚོར་སྐར་ནང་ནས་ཤན་པ་བ་རང་དང་རྒྱུང་ལྟ་འཇོག་ཟུན་དང་འབྲུག་ནག་ཕྱུག་ཆེན་གསུམ་དེས་ སྒྲོལ་ནག་གདོང་ཆ་ཀ་གཞས་རལ་གྲི་དང་ལྷ་མ་དང་ཡོངས་པས་སྒྲོལ་ནག
ལྷུང་རོག་བརྒྱད་དམག་གཉིས་དེ་མེད་པར་བྱས་ནས་བསད། །སྒྲོལ་ནག་དེ་ལྷ་འབྲེན་བུ་ཡི་ནང་འི་མེ་ནས་ཤོར། དེ་ནས་ཁོ་སྤྱན་པོ་གསུམ་ལ་རྫོང་མདའ་རེ་རེ་རྒྱབ་ཀྱང་ཀྱི་ཡང་མ་ཐེན་ནས་སྐར་དཀྱིས་ལ··
སོར་ལོང་ནས་ཚོར་ལེ་རང་དམག་དེ་ཉིད་བརྒྱུ་ཚམ་བསོད་ཐུར། དེ་ནས་བ་ཐུལ་ཁང་དཀར་བཙན་རྫོང་དང་འབྲུག་ནག་ཕྱུག་ཆེན་གཉིས་ཀྱི་དབྱུང་གཡོ་ས་ཤ་ཡོན་ལ་བཙན་ནས་རལ་གྲི་གསུམ་རེ་གཡུག་ཀྱང་ཞེ་ཡང་
མ་ཐུབ། དེ་སྒྲོལ་ནག་གིས་རྫོང་མདའ་ལེ་ནང་ཞིག་བརྒྱབ་པས་ཁང་དཀར་བཙན་རྫོང་ལ་མཚོན་ལ་བ་བ་ཀྱང་གཞི་རྒྱལ་ཆེ་བས་དུ་ཚོག་ནང་ལྷུང་། ཡང་རྫོང་མདའ་ལེ་ནག་ཅིག་རྒྱབ་པས་ཕྱག་མོས་བྱང་ལ་རྒྱབ་ནས་དུ་ལས་ལྷུང་ནས

བཀོད། དེར་ཏོར་སྔ་རང་དེ་འཕྲུལ་ཞིག་གཅིག་རྒྱ་བ་ཞལ་དམག་མང་ཙ་མཆག་གཉིས་གདང་ནས་སྔར་ཟུར་ལ་ཕོར་སོང་། དེར་ཡང་དཔྱིས་རིས་སྔར་ནས་བུ་ཆོད་རྡོ་རྗེ་ཞིག་བརྒྱད་ས་གཉིས་ཁྱིད་ནས་མི་ཚོན་དགོངས་ནས་ཆང་ཡར་བ་ཞིག་དུ་སྤྲིང་

སྔར་ནང་ལ་སྦྱར།། དེ་ཡང་དཔལ་ལ་ཐུལ་དང་དམག་མང་རྫོང་ཀྱི་གདོང་ལ་བཀག་ནས་མདའ་མཆོད་གང་ཟེ་ནི་ཁྲུས་པས་གདོང་ལ་ཞེ་ས་ཐུབ་ནས་དགྲ་ལྷའི་ལུས་གྱུར་ལ་བསྒོ་ཞ་ནས་ཕོར་ཐུང་བས་སྐོག་དམར་འཁྱུག་འདུ་ཁམ

ནས་བུ་ཆོད་ཀྱི་གླུ༔ **ཨ་ལ༔ ཐ་ལ༔ ས་འབད༔** འཕྲུལ་མེད་སྨོན་དར་ཐང་རེད། །དེ་དང༔ ཡ་མེད་བུ་ཆོད་རྡོར་རེད། །ཕོ་རི་གླིང་རྒྱལ་སྤྱང་སྔར་རྣམས། །ཡང་ཞན་གྱི་རྒྱལ་དགྲ་ལྷ་དཔོན།

ཉོན་དང་འདུ་མ་འགག་རེད་ཡོད། །འཇིག་རྟེན༔ ཆེ་ཆོན་ཕྱིས་ཀྱི་ལྷག་དུས་ལ། །དམར་ཡག་སྡིག་ལ་འབྲེལ་བླ་ཚེད། །འདུ་བསོ་ནཆུ་ཆོན་གདོང་ལ་ཤོག །ས་ནག་བུ་འཁྱུར་སྐྱ།

རིས་དེ། །ཕྱུར་མལ་ཡོ་བར་ལྷག་དུས་ལ། །ཞང་པ་རྒྱང་ལ་སྟོ་དམི་རེད། །ཨ་ཆེ་ནནག་ལོ་འགྲོ་དུས་ལ། །འདུ་བསོ་ནབུ་འཁྱུར་རྒྱུག་ལ་ཤོག །གླིང་ཟུལ་འགོ་གཙོ་རྗེ་ནུ་དང་། །ང་

གྲུབ་དགྲ་ལྷ་བ་རྩོན་རྒྱལ་གཉིས། །ཕོ་ཧ་མ་ཆུང་སོ་གཡས་འགྲོ་གཡོགས་ནས། །ཐོག་ཆོད་རྒྱལ་ལ་ལེ་ཡག་ཟུང་། །ད་ལོ་གླུ་གླིང་འཁྲུག་པ་ལ་དུས། །ཕོག་ཆོད་རྒྱལ

༄། །ལ་འགྲོན་སྐྱེར་མེད། །འདྲ་བསམ་ནད་གྲོག་ལྷ་གདོང་ལ་ཕོག །དེ་ནས་དགྲ་ལྷ་བཙན་རྒྱལ་ལོ། །ཕྱུའ་ཁོར་བལ་བྲག་ཞིག་ཡིན་པས་ན། །མཚོ་བཙན་ཡོད་

ན་དེ་རིས་ངོ། །གཞི་ལྷག་སྤྲོ་ཆུ་ཆེད་ལེ་རེད། །གླེ་བཤས་དཀྲུག་དགྲ་ལྷ་ཁྱེད། །སྐྱེ་ཁྲི་སོགས་དཔོན་ཞིག་ཡིན་པས་ན། །དཔལ་ཚལ་ཡོད་ན་དེ་རིས་ངོ། །གླིང་དམག་

ཁྲག་ལ་སྐྲོ་ལ་ལེ་ཡིན། །བྲག་ནག་དུག་པ་ཁེ་འདུག་དེ། །འཕྱུར་རྒྱུར་མེད་པས་མཆོན་སྣང་བྲག །ཞི་རྒྱས་མགོ་འགྲོན་ཡིན་མགོ་གཁ། །དཀྲུག་དགྲ་ལྷ་བཙན་

རྒྱལ་ཁྱེད། །དཔལ་ལ་ཚལ་མེད་པས་ཁ་ཤིན་ཆེན། །དམག་དཔུང་ཆེན་དཔོན་པོ་ཡིན་མ་དོགས་ཁ། །ད་ལེབ་ཕོག་ལེབ་ཕོག་དགྲ་ལྷ་དཔོན། །གཞི་ལྷག་སྤྲོ་ཆུ་ཆེད

ལ་ནས། །བྲག་མ་ཚོར་སྤུང་བསྟེན་རྒྱུར་ཀྱུ་འགོ་སྟོས། །ད་སྔ་རྗོད་དཔལ་ཚལ་ཆེན་ལ་ནས། །ཁྱེད་ད་དཀྲུག་ཐར་རྒྱུར་ཀྱུ་འགོ་སྟེལ། །གོང༔ མ་གོ༔ དེར་ཧྲིང་མདའ

འབོད་མོ་ཐོག་ལ་བདེ་དེ་ལུས་གུར་ལ་བདད་ནས་ལེན་གསུམ་སྐྱ་ས་བྱུང་། རྒྱལ་པོས་ལུས་གུར་དེ་བརྡུལ་སྟོང་ཚོ་གཉིས་ཀྱི་བསྐོར་ནས་མཆོན་མ་བབ། དེར་སེང་ལྷ་ག་དང་ཉེ་རྫོང་ལྷ་སྐྱུ། རིན་དར་ལུ་ལྷས་དགྲ

ཕྱུ་མོ་སྐྲ་མཆོད་ལྷ་ཡོ་དེ་བ་ཙནྡྲ་ཕྱོན་ནས་ཆེ་བ་ལ་ཐོབ་ནས་སྒྱུར། དེ་ར་སྦྱ་ཆོད་དེ་ལ་བརྒྱུད་པས་ག་གཉིས་ཀྱིད་ཡོད་པ་དེས། སླི་དམ་ལ་ལྷ་ལ་རྒྱ་སྐྱ་ཀྱི་ལ་དམ་ར་བས་དབྱུས་ནས་ཅི་གསེ་དཀྱ་ག་ཏང་། དེ་ར་སྦྱ་ཆོད་དེ་དགྲ་ལྷ་

སྒྲུ་མ་ཆོད་ལྷ་ཡི་གདོང་ལ་བཅར། དེ་ནས་ལྷ་སྲིས་དགྲ་ལྷ་བཙན་རྒྱལ་དེས་གཡས་ལོ་ར་ཉོན་དང་ལ་བ་ས་བྲུ། གདམ་འདུ་མ་བ་ཤད་ན་པ་དི་འདུ་འབི་ཟིར་ནས་སྒྲུ༔ ཧཱུྃ་མ་ཙི་ལྷུད་དྷུཾ༔ ཨ་ལེ༔ ཐ་ལེ༔

ཀ་འདི༔ འབྱུལ་མེད་སྒྲོ་བ་དར་ཐང་རེད། །ཡོང་འདུས༔ དཔལ་ལ་མི་འགྱུར་དགྲ་ལྷ་བཙན་རྒྱལ་ཟེར། །དེ་ནས་བདུད་ཀླུ་གཞག་པོ་སྐྱབ། །ཉིན་དང་འདྲ་མ་འཚལ་རེད་ཞབ།

ཕྱིར་ཐུལ་རྒྱུད་འཕྱུར་བ་བྲ་དང་སྤྱག །ག་ཤོག་དྲུག་འཚོ་ལེ་གར་ནས་གོ། །ལྷི་ཆན་ཟླུ་ག་དུས་ག་ཟེབ་གིས་ཀླུར། །ཁམ་ཆེ་བ་ཞིན་ཚང་ལེ་གར་ནས་གོ། །ཡོ་རྡ་མ་འགྲོ

དུས་དགྲ་དང་སྤྱུགས། །མ་གོ་གཏང་མ་ཤོར་ལེ་ཨི་ཤེས་དྲུར། །དེ་ནས་ཉིན་དང་སྐྱོང་བས་དགྲ། །ཕྱིག་འགྱུར་སླག་ནག་རོག་པོ་དེ། །དེ་སྟར་ནམ་ཁའི་སྒོར་སྒོར་ནས། །

ཁ་རྒྱལ་ཕྱུར་ཀྱང་ཤོར་ཉིས་མེད། །ང་དགྲ་ལྷ་གླིང་དང་བྲ་འགྲིག་དེ། །དེ་སྟར་རྒྱལ་ཆེན་གདོར་གཏོར་ནས། །རྩོད་པོ་ཕྱུར་ཀྱང་ཤོར་ཉིས་མེད། །ཁྱེད་རྡར་མ་ཁ་ཤའི་ཆེ་ཡོ

བཞི་བརྒྱ་ང་ང་ངོ

༄༅། །ཨཱ། །ཤོར་ལེ་ཁྱུང་ནག་དགྲ་ལྷ་མེ་ཉ། །རྟ་ཡོ་ཁྱུང་ཕོ་ག་སྟོན་པོ་དེ། །ཐུག་ནག་རས་ལྷུང་ངང་འདྲ། །འཕྱུར་ན་ཐང་དཀར་རྒྱན་ངང་འདྲ། །ལྕེ་དབྱལ་ཀྱང་

ཤོར་བ་ལོ་ཞེ་ལ་མེད། །མཚན་སྔོན་པོ་ཡ་ཐུར་སྐུར་ཁྲ་རེད། །ཇམ་ཆེན་གཉེན་ལྷུག་གྲི་རྒྱུ་ཆད། །འཛོལ་ན་ཁེ་ཡ་ར་ཤོར་བ་ལོ་མེད། །ལྕེ་རྟོ་ད་པོ་ག་དོང་༔

ལ་བཙ་ར་ནས་ཤོག །གྲོས་སོ་ཏན་ཡ་མ་ལ་ཕ་ཁྲག་ཟེར། །གྲིས་པོ་དགྲ་ལྷ་བ་རྩེན་རྒྱལ་ངང་། །གྲོས་ནས་གོ་ས་ར་དཔོན་དང་འགར། །ཀོང༔ ཨ་གོ༔ ཅེས་ཟེར་བ

དང་གྲིས་པོ་དགྲ་ལྷ་བཙན་རྒྱལ་དེས་འདོན་ཁྱུང་ཤོག་སྟོང་པོས་གོང་ལ་བྱུས་ནས་ཡར་བཟེར་ཤུག་ནས་ཕར་ལྟོ། སྒོག་ཁྱུང་བར་ལྡིར་དུ་སྐྱུར། དེ་རྣི་དཔོན་དང་གྲོ་ཁྱུང་ལོམ་ལག་དར་ཡུག་གསུ་ཕྱེ་ལ་དགྲ་ལྷའི

ཚིབ་ཀ་ལ་འཛེས་ནས་གདང་མཆུར། དེ་དཔལ་ལྷ་ལེ་སྡུག་པེས་ལེན་ཆེན་ཤུག་ནས་ཕར་དེ་ཕྱེད་ཚམ་མེད་པ་ལྔ་རྟེན་དུ་རྩེས་གདོང་ལ་ཕྱུར། དེ་དཔལ་ལྷ་དང་ལྔ་རྟེན་གཉིས་ཀྱི་ཐར་དགོས་ལྟབས། ཚེ་ཤང

མཉམ་དེས་མདའ་རྟེན་གཞི་ལ་འཁྲེན་ནས། ཐུ་རྟེན་ཕྱིད་དུ་ལྷ་མདའ་ལེན་གསུ་སྐྱུ་མཆུར། ཤོར་འདུལ་བས་དུས་བབ་མེད་པར་ཅི་ཡ་དཀྱོད་མ་ཐུབ། དེར་ནི་རྗེ་དཔོན་པོ་ལྷ་ཡུ་དང་དམྱུ་པས་རིན

ངར་ལྷུ་གཉིས་གཡོས་གཡོ་ནུས་ལ་བཙར་ནས་ཀྱི་འབྲུ་མང་པོ་བཅགས་ནས་ཆུ་ཚོད་མིག་ཙིག་དེ་མ་ཐུབ་ནས་ཀླི་ངང་མལ་གྲི་ཁྲ་ཙམ་ལ་ཉིས་བརྒྱ་ཙམ་བསད་ནས་རི་ཤོག་ཐོད་རྒྱལ་དཔོན་པོས་ཁ་བྲག་ནས་ཕོ་རང་

ཀླིང་སྐྲ་རགོལ་རྒྱ་རལ་ཁྲ་དཔྱང་ས་ཞེར་ཤོར་སོང་། ངེར་ཏྲུ་བདུད་ཡ་ཀ་དཔྱ་རིས་དེས་བརྒྱ་དམ་གཉིས་ཁྲིད་ནས་ཆེ་སོ་གཉིས་ཏི་སྐྲ་རྒྱ་རལ་ཁྲ་དཔྱང་ལེ་སྐྱེ་ཐུར་བས་སྤྱ་ལའི་ལོ་གས་གང་ཡང་མེད་པར་བཙན་ཚོད

རྒྱབ་པར་ལྡིར་དུ་སྤྲུང་། ངེར་དུང་སྐྱོང་ཟླ་གསུམ་ཁྲིད་ཀ་རང་དེ་གཅོང་ལ་བཙར་ནས་ཀྱི་འཕྲོན་བཅག་ཁྲུང་ལམ་རྒྱུག་མ་ཐུང་། ངེར་མི་ལོག་གི་ས་དམག་མང་ནར་ནས་ཨ་དའི་དང་རལ་གྲི་གདང་ནས་ཡ་ཀ་དབརྒྱ་དམ་གཉིས

ཡོང་པ་དེ་ཟིན་ཐ་སེར་བས་གདུང་འདུ་ཐུལ་ནས་བསད། ངེར་ཡ་ཀ་ང་དེས་མི་ལོག་གཉིས་གིས་དམག་ནང་ནས་བརྒྱ་ལྷག་ཙམ་བསད་ནས་བཙན་རྫོང་རྒྱབ་པར་ལྡར་དུ་དམག་སྐྲ་རཁྲིས་དུ་ཤོར་སོ། ངེར་མི་ནུ

གཡུ་འབྲུག་ཅོག་རྒྱལ་དང་ཤི་ས་འཁྲིམ་ཁྱ་བཙན་པོ་གཉིས་ཀྱི་ཡ་ཀ་དང་ལ་རལ་གྲི་ལེན་གསུང་རེ་གཡུག་ཁྲུང་བོ་མ་ཆད། ངེར་ཡ་ཀ་ང་དེས་ལྷག་ཀྲུལ་དགྲ་ཆོ་རྡེ་པོ་གཉིས་ལ་རེ་རེ་བརྒྱབ་ནས་མཚོན་མ་·

བབ་ཁྲུང་བ་ཆེར་རྒྱབ་ཆེན་བས་ཧ་ཅོག་ནས་ལྡུང་། སོགས་དམ་གདེ་ལོ་བྲག་པ་བཀྲིད་དུ་བརྒྱ་དམག་གཉིས་ཙམ་བསད་ཐུར། སོག་དམ་གཏུག་གཅིན་དུ་སྐྲག་སྐྱབས་ལར། སོག་དཔོན་སྤྱི་ཆེན་བཙན་པོ་དང་། གཏོང

བ་རྗེ་༢༢་བ་ཀྱ་ཞི༧

༄༅། །འཚོ་ན་ནག་པོ་དགྲ་འདུལ་གཉིས་ཀ་དང་ལ་བཙར་ནས་ཁྱིམ་ནས། ཨ་ཀྱང་དེས་དགུ་ཞོར་ལེན་གཉིས་ཀ་ཡུག་ནས་ཕོ་གཉིས་ཀ་ཐག་ནས་དམག་སྐར་ཟླར་ལ་ཤོར་སོང་། ངེར་སྒྲིང་པ་རྫོང་སློབ་ཚེ་རབ་ལྟར་དུ་ལུས་གྲུར་ཕྱོགས་ལ་འདུལ་ཁྱུང་བས་རྒྱལ་བློན་རྣམ་སྤྲུལ་དབུས་སྲུང་ལ་འཁོར། ངེར་ལྷ་སྲིན་དགྲ་ལྷ་བཙན་རྒྱལ་དེ་ཕྱུག་ལས་ཡོག་ནས་ཆལ་ང་ལ་གྱི་སོ་ཁྲུག་བལྟར་དགུ་ལྗུངས་སྐྱོན་པོ་མི་བཞི་དེ་ཚིག་མི་ལེད་པར་ཤོར་བ་འཁྱོད་པ་ཆེན་ཟེར་བས་བརྒྱུགས་འདུག དེར་གཡོས་གྲུ་ལ་གྲུ་ལ་གྱི་གླལ་ལ་མགོ་སྡུག་རི་མོ་ཙན་གྱིས་གདན་སྤྲིང་ནས་བློན་ཆེན་མདུན་མ་བཞི་འཁྱུབ་དེས། ལུས་དར་ཅིག་ལྷ་སྲིན་དྲུང་ལ་འཁྱུལ་ནས། གཡག་ལྷ་སྲིན་དགུ་ལྡུ་བཙན་རྒྱལ་ལག་ཀླུང་ཁྲ་གདང་དགོང་ངང་མ་འཚམ་དང་། ངབློན་ཆེན་གྱིས་འདུམ་འདིའི་འདུ་ཡོད་ཟེར་ནས་ཞུ་དོན་གྱིས་གླུ༔ ཧཱུྃ་ཨ་ཧི་ལྡེང་ཧཱུྃ༔ ཨ་ལ༔ ཐ་ལ༔ གླུ་ཡར་མཆོད་ཚོང་པ་དཀར་པོ་མཆོད། །ནར་མཆོད་སྐྱ་ལྷ་གེར་མཛོ་མཆོད། །མར་མཆོད་ཀླུ་རྒྱལ་དུང་སྐྱོང་མཆོད། །གཡུ་རྔ་སྔོན་པོས་གཡོས་ཤིག་ནས། །མ་དའ་རྣོང་གཡུ་རི་རྩེ་རྒྱལ་མཆོད། །ལ་བ་དེ༔ ཞབས་ལྷུམ་མེད་སྒྲོ་བ་དར་ཁང་རེད། །ལུས་གྲུར་དཀར་པོས་ནང་བཞུད་ལ། །ལྷ་སྲིན་དགུ་ལྷའི་མདུན་གྲལ་རེད། །གཡོས

གྲལ་གྲལ་གྱིས་གྲལ་མགོ་ནས། །ངངངཿ གླིང་དམུག་པོ་རྒྱལ་རབ་དང་པོ་ལ། །ང་མ་ནམ་སློན་རབ་དང་པོ་ཡིད། །དེ་ནས་ལྷ་ཀླུས་རིན་པོ་ཆེ་ནི། །དེས་རྫར་གདུ

ཞིན་ཏེ་འདྲ་མ་ལ། །སྤྲུ་དུས་དཔག་དཔོན་ཆེན་བཞི་དེ། །དགྲ་ཁ་ལ་ཅེ་སློན་མ་ཡིན་ཏེ། །ཚེ་བདག་བདུད་དང་ཆེ་མི་དཀྲུང་། །ཚོང་འོང་བརྒྱ་དམག་བརྒྱ་དཔོན་དེ། །ཡར

འགྲོ་མི་གཅིག་མ་གདན་ཡོད། །འགྲོ་ཐང་ལ་རྩེ་རྒྱུ་འདྲ་འདྲ་ཡིན། །གླིང་དཀར་མ་དང་པོ་བསོད་ནམས་ཞན་འདྲ། །དགྲ་འཁྲུགས་བྱེད་དུས་ལས་བསྒྲད་རེད། །

དཔོན་ཆེན་ཐོག་རྒོད་རྒྱལ་པོ་དེ། །མཁའ་ལ་ལེན་མེད་གདང་རྒྱུར་ཡིན། །འཁྱོད་པ་འདི་ཡིས་ལུས་ཆེན་རེད། །དཔོན་དེ་ལ་འཁོར་བས་སྐྱོན་ཆེན་རྙོས། །

ངར་ཆ་ཕོས་མི་ཐར་ལ་མ་ལྟག་ཟླ་ལ། །དེ་མིན་གླིང་པས་དམར་རབས་དགའ་ཏ། །དཔོན་ཆེན་ཐོག་རྒོད་རྒྱལ་པོ་དེ། །འཁྱོད་པ་དེ་བས་ལས་ཆེན་རེད། །དགེ···

རྒྱལ་པོ་རིན་པོ་ཆེ། །ངར་རང་དཀར་པོས་ཁྲ་མོས་དམག །ཕར་ཆད་ཚེ་འོང་ཆེ་མི་དང་རེད། །གླིང་ལ་བར་ཆད་ཆེན་དང་ཅིག །དགྲ་འདི་དཔལ་ལ་ཚ་རྒོད་དང་···

༄། །གཉིས། །མི་ཐུབ་སྦྱིན་པོ་འོང་དང་གསུམ། །ཁེན་ཁ་ལེན་པ་ཀ་མོ་རང་། །ཤི་སྲོན་ཤི་ཟ་དམ་སྟབ་བར། །དགྲ་ནག་པོ་མཐའ་ལ་སྟབ་རྒྱུ་ཡོད།

ལྷ་སྐྱེས་རྒྱ་གལ་ལ་ཡང་དེ་ལྷར་འོག །སོ་ན༔ ས་གོ༔ ཞེས་ཟེར་བ་བདེ་ལྷ་སྲིས་དེས་མ་དན་མགས་ཤུལ་ཡས་རྩི་གསུང་རྒྱ་མ་ཐུང་། དེར་ཤར་འབར་རྒྱལ་པོ་དེས། ང་རང་རང་གིས

སྐར་ལ་འགྲོ་ནས་ངམ་གཟའ་དགོས། དཔལ་པོ་རིགས་ཉིས་འོང་བས་ཇར་གཏམ་བཤད་ན་དགོས་པ་མེད། ཉ་སྲིན་ཡས་དམག་ལ་དམ་གཟའ་དགོས་ཟེར་ནས། དེར་རྒྱལ་བློན་ཧྲུམ་ཀྱིས་ཐུག་ཆག་དེ

ལ་དེན་ནས་རང་རང་གིས་སྐར་ལ་སོང་། །དེར་རང་རྟེས་ཀྱི་དམ་ར་རྒྱལ་པོ་དེས་བློན་ཆེན་གཉིས་དེ་རྩུར་འོང་རྒྱུ་མེད་ནས་ཐུག་མ་བད་ནས། འདུད་དང་སྲིན་འབྱུར་བཙན་དང་ཙོས་རང་འདྲེ་དང་འགྱུག་པོ་

དམག་དཔོན་རྣམས་འདུས་ཕྱོག་ཟེར་བས་བཀའ་ཕེབ། དེར་བློན་ཆེན་རྩོམ་འདུས་ནས་རང་རང་གིས་གདན་ལ་འཕོད། དེར་རྒྱལ་པོ་དེས་གཡའ་ཕོ་ར་བློན་ཆེན་ལ་སོགས་པ། སྒྲུ་རྗེ་ན་དང་འདྲམ་འགག

རེད་གདའ་ཟེར་ནས་གླུ༔ ཨོཾ་མ་ཎི་པདྨེ་ཧཱུྃ༔ ཨ་ལ༔ ཐ་ལ༔ ས་འདི༔ གླིང་འབྲུག་དམག་ཡག་ཐང་ཆེན་རེད། །ང་དང༔ ང་སྟེ་ཆེ་བ་ཡོན་པོ་ཁྲི་དམ་ར་རྒྱལ། །དེ་

ཁ་ཀྱེ་ང་ང་ག་ཉ་ཆེ་ཤ

ཞལ་འདི་ཚོགས་སྨན་ཆེན་རྣམས། །ཁ་ཚང་ཕྱུར་གྱི་དང་པོ་ལ། །དཔོན་ཆེན་ཐེག་ཆོད་རྒྱལ་པོ་ངས། །ཡུ་ངམ་གྱི་ཀྲི་གླིང་གིས་སྐོར་འདུག་ཟེར། །སྨན་མི་རྟག་གདང···

མ་ཕོ་རབ་འདུག་ཟེར། །དགྲིན་རྒྱལ་ཁྲི་དམར་དཔོན་པོ་ལ། །སྐྱབས་ཀྱི་མགོ་འབྲེན་ཐུབ་ལ་ཆུང་། །ཁྲི་དཔུང་དམག་གིས་ལྷུས་ཚོགས་དེ། །གླིང་སྣར་ཐོག་ལ···

འགྲོ་དགོས་ཟེར། །རྒྱལ་པོ་ལ་བཀའ་ཞབ་བཙང་མི་ལ། །ཆེ་བདག་དེ་དང་སློ་གབ་བདག་གཉིས། །སོང་ནས་ཞག་མ་དྲུག་ཙམ་ཡིན། །དཔོན་ཆེན་ཐོག་ཆོད་རྒྱལ་པོ

ངས། །མི་བདེ་གདམ་ཞིག་ཨ་མ་ཡིན། །ཞི་ཡི་ངོ་བོ་མིག་ལ་ལ་དྲུ། །ཉི་མ་སོང་གིས་ཟླ་གྲོལ། །གྱོན་པོ་མི་བཞི་འགྲོ་རྒྱུ་དགོས། །ཐོག་ཆོད་ཁྲ་མོས་འདྲེན་དམག

དེ། །ལག་ལ་ཡོད་ནག་དུག་ལ་སོང་། །རྒྱལ་པོ་ང་ཡིས་སྨན་ཆེན་གཉིས། །རྩེར་ལ་འོང་རྒྱུ་རམ་ཐུབ་བས། །གདུང་མི་བདེ་མགོ་གཡོག་ཡིན་པས་ན། །རྒྱལ

པོ་གཟུགས་གཞི་ཐག་པས་ལ་བསྒོམ། །སྨན་ཆེན་མང་པོ་དམར་རབས་དག་དུང་། །ཕྱི་ཡིས་དགྲ་དང་ནང་གིས་དགྲ། །སྐྱིད་ཚོས་ལྷུས་(ཕྱིས)ཆད་མེད་ཡིན། །དུས་ད་རེས་

ཆ་རྡོ་དང་ལྡོག་ཀྱི༎

༄༅། །གོ་ཆ་ད་ཀྱི་བ་ཞི་ཁོང་། །བདུད་ཟློན་ནག་ཟ་ངོ་ནག་ཅིག །ཐོས་རང་ལྷ་འགྲུ་སྐྲ་ག་མཐུང་གཉིས། །སྐྱིན་འཁྲུལ་དམ་ག་དཔོན་སློབ་ཟས་ག་ལྷུ། །

བཙན་རྒྱལ་ཕྱག་དམར་པོ་བཞི། །ལྡེང་རང་དམ་གཞུ་ཡོན་མི་བཞི་ཁྱུང་། །ཞོང་ཉིན་ཉི་མ་ཤར་དུས་ལོང་། །དགོང་གྲི་ལོ་གུག་དུས་འཁོར་རྒྱུ་དགོས།།

ཕྱིད་སློན་ཆེན་ཕྱུག་ལ་དེ་ལྟར་འོང་། །གོན༔ མགོ༔ ཅེས་རྡོ་རེ་བ་དང་དེ་ར་དམ་ག་ཚིག་དེ་འདུལ་བྱ་ལ་གྲོགས་ནས་སོང་། སོང་སྦྱ་རོ་ལ་འགྲོ་ཐབ་བཙད་ནས་དེ་ཐུབ་སྒྲར་ལ་སྦྱོང་། དེར་ནས

ནམས་ཀྱི་དགོང་མོ་ལ་མ་དུས་ཀྱི་ནམ་ཁའ་འཁའ་འགྲོ་ཞིང་ཁྲིམས་ནས་འཛམ་འོད་ཀྱི་དཀྱིལ་ནས་མ་ནེ་རེག་ནམ་སྒྲ་བདག་ར་མོ་དེས་གླིང་ལྷ་སྲིད་དེ་ལ་ལུང་བསྟན་བྱིས་གླུ་འདི་ལྟར་རོ།། ༎

ཨ་ལ༔ ཐ་ལ༔ གླུ་མཆོད་གཅིག་གོང་མ་ལ་ལྷ་ཡི་མཆོད། །གླུ་རྟོད་པ་རབ་རམ་སྔོན་ལ་སྟོད། །ས་འདི༔ འབྲུག་མེད་སྔོ་བ་དར་ཐང་རེད། །ངང་དང༔

མ་ནེ་ནེ་གསུམ་གྱིས་སྔོ་ལམ་ཟེར། །དེ་ནས་ལྷ་གྱིས་རིན་པོ་ཆེན། །ཁ་ཚང་ཐུར་གྱི་དང་པོ་ལ། །ཚེ་བདག་དེ་དང་སྐྱོག་བདག་གཉིས། །གཞུང་མ་ལ་ཡིན་

པ་སྐྱིན་འཕྲུལ་འགྱུག། །ལོང་ཉིན་ནམ་ཁ་འགག་ལས་ལ་དྲུལ་ལ། །རང་རྗེས་ཀྱི་དམར་རྒྱལ་པོ་ངེས། །བློན་པོ་ཆེ་བཞི་འོང་ཤེས་ཡོད། །མཛོས་པས་ཨ་ཡ་བ་ཟུང་

རྒྱ་མེད། །གཙོ་ལྷག་ཁྲོ་རྒྱ་ཆོད་པ་འདྲ། །གླིང་སྟར་དགེས་དུ་ཕོར་བས་ན། །ཙམ་ཆེན་གླིང་ལ་བར་ཅད་ཆེད། །བློན་ཆེན་མང་པོ་གཉིད་མ་ཤོར། །ལུས་པག

མོ་མི་འོང་ལེམ་ཁྲབ་ཡིན། །དའདི་འདྲ་མི་བ་ཛོ་ཨོ་འདྲ་བཞི། །ཁྲ་མོ་གླིང་གིས་དམག་སྟར་ནས། །གཡོ་རྒྱུར་ཐུབ་པས་སྐྱོན་པོ་གཉིས། །གཙུ་ཆག་ནས

ཙན་གྱིས་ཕན་འབར་གསུམ། །དཔོན་བསམ་དོན་འགྲུབ་པའི་སྤྱི་དཔོན་བཞི། །མཁས་པ་དེ་བཞི་བཀའ་གྲོས་ཀྱིས། །ལ་དམར་པོ་འདི་ཡིས་གཡོས་ཤོར

ལ། །ལོང་ཉིས་རྒྱལ་བློན་བཙོ་བརྒྱད་ལོང་། །གཡོ་རྒྱུ་རྒྱ་མཚོ་འདམས་ལྷ་རྩེད། །ཕྲ་རྫུར་ལེར་མ་སྣང་ལྷར་འཚོགས། །དཔལ་ལ་གླུ་ལུས་བློན་ཆེན་ཡིན

མདོག་གྱིས། །ཞི་དང་འཕྲལ་དར་མང་པོ་ཁེབ། །སོ་བློན་ཆེན་ཆེ་བ་གྲིས་ཡིན་པ་རྫས། །གཡོ་རྒྱུ་གདན་ལ་རྩུག་པས་དུས། །བློན་ཆེན་དཔལ་བོས

བརྒྱ་དང་ཞེ་དགུ

༄༅། །དཔུང་ཞགས་གདང་། །ལྕུགས་ཆེན་གཟྫུག་པའི་ཐག་པ་ས་གདམས། །སླིང་སྣར་དཀྱིལ་ལ་གདང་ཨེ་ཧེ་ནས། །དེ་འདྲ་སྤུབ་ན་ཡ་མཚོན་ཆེན། །སླིང་

སྣར་དཀྱིལ་ལ་ཤོར་བས་ན། །འོ་ལས་རྫོ་ཆེན་ལྷ་སྤེ་དེ། ། །སྐག་རང་དཔོན་སྤྱི་ཁྲི་ཤོ་གས་རྟོལ། །ཤོར་ནབ་ར་ཚང་འོང་ངེས་རེད། །དགོས་ནག་ཡུ་ཁྲིམས་

སྒོག་དང་བྲལ། །ལྕེ་ང་ལྷ་ཤྲིས་ཐུག་ལ་དེ་ཕྱིར་ཞེག །ཤོ་ན༔ ས་གོ༔ གསུང་ནས་ལྷ་མོ་དེ་ལྷ་ཡུལ་དུ་ཕེབས། དེ་ནས་ལྷ་སྲིས་དགྲ་ལྷ་བ་ཙན་རྒྱལ་ངེས་དཔལ་ལྡན་རྡོ་ལ་

འདུས་རྫོགས་གསུང་བ་སམ་བཀའ་ལ་ཕེབས། དེ་ནས་དཔལ་ལྡན་ཐུགས་ཐིང་གིས་དགྲ་ལྷ་ཡོ་དྲེ་སོ་བ་སེ་ནས་བརྫི་རྫོང་ཁོ་ར་གསུམ་ཡུལ་ལ་སྐྱོ་རང་ནས་ལྷ་སྲིད་ཀྱི་དྲུང་ལ་འདུས་ནས་མདུན་གྲལ་འཁོད། དེར

ནས་ལྷ་སྲིད་དགྲ་ལྷ་དེས། གཡབ་གླིང་སྣར་དཔལ་ལྡན་ནང་། འདི་དགོང་ནི་གཞུང་ས་ཚོམ་ལ་གོང་མ་ལྷ་ཡིས་ལྕུང་སྡེ་ན་སྤྱར། ཀྲོ་གྲི་ན་པས་ཡུལ་ནས་དགྲ་ལ་སྔོ་དང་དཔལ་ལ་བོ་ཆེན་པའི་ཕ་ཞིག་འོང་ཤེས

འགི་སྤུང་བས་ལྕུང་སྡེ་ན་སྤྱར། དེ་ལ་གཡོ་རྒྱུ་དང་ཚོལ་ཚོག་ལྷ་རྫུན་གྱིས་ཐབ་དང་ཁྲབ་ཐི་གྲགས་དགོས་གསུངས། དཔལ་ཐུབ་པོ་ཆེ་རྒྱུད་ཚོམ་འགྲོ་དགོས་གསུངས་པས་ལྕུང་སྡེ་ན་སྤྱར། དེ་ལྷག་རྒྱལ་བློན

ཞེས་པར་གྱི་ལ་གསུང་མས་བཞུས་པ་བཀའ་ཕེབས་པས། དེ་ནས་ཕ་ནུ་ཞབས་རྗེ་དཔོན་གཉིས་ཀྱི་ཞི་བྲག་གང་གྲུག་གིས་བཀའ་གྲོས་ཞུས། དེར་ཡང་ལྷན་ཞལ་རྒྱལ་པོ་དེས་ཉ་ཐབ་དང་ཕྱ་བ་འདི་འདྲ་དགོས། ཞེར་

ནས་གླུ༔ ཨོཾ་མ་ཎི་པདྨེ་ཧཱུྃ༔ ཨ་ལེ༔ ཐ་ལེ༔ སྔོན་ལྷ་ཆོས་ཚང་པ་དཀར་པོ་མཆོད། །གཉེན་ཁ་སྐྱ་ལྷ་ཁེ་མཛེ་མཆོད། །འོག་ནས་གཙུག་ནག་རིན་མཆོད།

དེ་ནས་གླིང་དགེས་རྒྱལ་བློན་རྣམས། །ཚོན་དང་འདྲ་མ་འདི་འདྲ་ཡོད། །གླིང་དཀར་ཡུ་ཞི་དང་པོ་ལ། །རྒྱལ་བློན་བཙན་བརྒྱད་འགྲོ་ལུགས་དེ། །ཚེར་ཡུལ་སྟོང་ནས་

དཔལ་ལ་བོ་གསུཾ། །འཛང་སྒུར་ཤོག་ནས་སྐྱོན་པོ་གསུཾ། །ཤུ་ནེ་མེ་ནས་སྐྱོན་པོ་གསུཾ། །དཀར་པོ་གླིང་ནས་སྐྱོན་པོ་གསུཾ། །ལོག་པོ་ཤོག་ནས་སྐྱོན་པོ་གསུཾ།

ཨ་གྲག་ཤོག་ནས་སྐྱོན་པོ་གསུཾ། །འཛམ་གླིང་རྒྱལ་ཁག་དྲུག་པོ་ནས། །ཕོ་རྗེད་སྐྱོན་པོ་བཅོ་བརྒྱད་འགྲོ། །ལྷུང་ཁག་རེ་རེ་ཁུར་ནས་འགྲོ། །གདན་དང་བཅོ་

ཅོ་མང་པོ་ཁུར། །ཤ་ཁམས་མར་དང་ཕྱུར་རིག་སོགས། །ཡུ་མ་རཛ་ཕིས་ཁྲུ་བར་ཕུད། །སྔོ་རིག་ཟས་ཀྱི་གྲང་འགྲོན་བཞགས། །དེ་ཚིག་བདུད་སློན་མི་བཞི་

བཤོང་ཆོན་ཞེ་ཞུ

༄༅། །དེ། །ཀུན་ཁབ་རང་ཡིས་ཆེ་བ་དཀར་ལེན། །ཉིས་སྣང་གྲོལ་ནས་འཛིན་པར་སྤྲུལ། །གདོད་ནས་དག་པ་ཀུན་ཁབ་རང་ཡིས་བྱེད། །ཁྲ་གྱི་ལེ་གདན་

ལ་འཁོད་ལེ་བཟོ། །དགྲ་དཀྲུལ་ཅན་གྱིས་སྟོན་པོ་དེ། །འདི་རེ་དབལ་ལེ་སྦྲུང་བས་ན། །ཀུན་ཁབ་རང་དང་འབྲུག་ནག་གཉིས། །རླུང་ལྷ་འཇོག་ལྷན་

དང་རིག་སྐུ། །རྫས་ཆེན་ཞག་ཡས་བཅར་ལེ་ཡིན། །དེ་མིན་སྟོན་པོ་མིག་སྐུ་དེ། །རྒྱ་ལ་ཁག་ལྷ་ལ་ལྷུས་གོས་ཡོད། །ཟེན་ལེན་ཕྱུང་ཆ་གཟུག་བཞི་

བསྐུ། །མ་ཟེན་ཤོར་ན་དམར་བསད་གདུངས། །དེ་མིན་གླིང་པར་ཡོད་ཚད་དེ། །དགྲ་གླུ་ལུ་ཕྱུང་ན་ང་ལེན་དགོས། །གོ་ན༔ མ་གོ༔ ཞེས་ཟེར་བ་དང་།

དེར་གླིང་རྒྱལ་སྟོན་བཟུམ་ལ་ཞིས་ཕྱུགས་ཆག་དེ་ལ་སྟོན་ནས་འགྲོ་བས་ཐག་བཅང་ནས། དེར་ལྷག་གདན་དང་ག་ཟེག་གདན་མང་པོ་ཀླུ་རྣམས་ནམ་གསལ་དུས་དཔལ་ཕྱུལ་བཟོ་བརྒྱུད་དེ་ཁྲ་

དཔྱང་ལེ་ཚེབས་ལོ། དེར་ག་ཞིན་རྡེས་ཀྲི་ལལ་སྣང་ནས་སྐྱིག་མོ་ཡིད་སྒྲོལ་གམ་དོག་འབྲུག་པས་ནག་ཞིག་ཡོད་པ་དེས་ནང་པལ་ཕྱུལ་རྩེས་བཀུགས། ཡང་ན་བདུད་ཅན་ཁན

འབར་དང་གཡུ་ལྷ་སྡིག་ལྷ་མ་དབུམ་དཔལ་ལ་སྐུལ་བསྐྱུར་ཚོམ་ལ་ཕལ་ལ་ཆེ་བ་སྤྱི་དར་ལྷང་སོང་། དེས་ཚོམ་ན་ཁྲི་དམར་རྒྱལ་པོས་བློན་ཆེན་བཞི་ངོ་རྣོ་ལྷག་ཆད་པར་ལྡར་དུ་སྨོན་ས་ཕྱུང་། དེར་གླིང་དཔལ་སྐུལ་བསྐྱུད་དེས་རྟ་ཁ་ལྷོད་ནས་བསྡུས། དེ་ཡང་བདུད་བློན་ཁ་ཟ་ངོ་ནག་ཞེར་བ་དེས་གཡས་འབློན་ཆེན་རྣམས་འདི་དགྲ་ཟིན་ངོ་བོ་མིག་ལ་བས། མི་འདུག་དཔྱར་སྐྱུར་དུ་འགྲོ། གདོང་ཚིག་སྨྲ་འདུ་མ་ཡ་ར་ལ་བཤོད། དགྲ་རིང་ན་སླེང་ཁྲག་རྒྱབ་ཁ་ཧང་ཅེར། ཟེ་ཟེད་ན་སྒྲིང་གདོང་ཞིབ་ཚབ་ཤད། ད་ཚི་རིང་སྣང་ཚ་ཉིས་ལ་ཐ་ར་ཞེར་ནས་ལྗོང་མདའ་རྣོས་དབྱུང་ལ་བཀོར་ནས་གློག་རྒྱུག་ས་པར་ལྡར་དུ་ཕྱུང་། དེར་གླིང་དཔལ་སྐྱུལ་རྣམས་ཆེ་བ་བས་གོང་ནས་མར་བབ་སྟེ། ཞལ་སྔུད་དར་ཕྱར་ནས། དེར་ཡང་བློན་ཆེན་མང་པོས་དར་ཤར་ནས་ཁྲ་ལྕང་དཔྱུང་དུ་ཕྱུང་། དེར་བདུད་བློན་བཞི་གིས་རྫོང་མདའ་སྐྲུལ་ཐག་མ་ཆད་ནས་བློ་ལ་བཅར་ནས། གཡས་ལ་སོ་རེ་སྐྱོན་པོ་རྒྱལ་བློན་རྣམས། བཞི་པ་ཡུལ་ལ་ཤོག་གར་ནས་ཡིན། ས་འདི་ན་འོང་དོན་ཅི་འདྲ་ཡིན། གདོང་ཤར་བཤད་པར་ཅི···འདྲ་ཡོད། ཟེར་ནས་བདུད་པོ་ངོ་ནག་དེ་ཐུག་འཕྲོས་པར་ལྡར་དུ་འདུག །དེ་ནས་ཤན་འབར་རྒྱལ་པོ་དེས། གཡས་འཕེད་ལོ་ཡེད་ལོ་དམག་དཔོན་བཞི། དེ་རིས་ལེའི་པར་སྨེན་འཁྲུས་འགྲུབ།

འཕྲོ་དང་ཁྲིམ་ཀུ།

༄། །ཡོ་སྐྱིག་མོ་རྫོལ་དང་ཡུ་ཀེ་ན། བཞི་པ་ཡུལ་གྲུ་ཁྲུལ་ཡུལ་ནས་ཡིན། ངེས་མིག་ལ་སྣང་ལ་ནག་མོ་ཁྱབ་ཟེར། དཔོན་ཚོགས་ཚོད་རྒྱལ་པོས་བློན་ཆེན་ཡིན། དེ་རྣམས་དང་ཀྱི་དམར་རྒྱལ་པོས་བློན་ཆེན་ལ་ཚིབ་དགོ་དང་སྒོ་གབ་དགོ་གཉིས་ཡེབ་ཕྱུང་བས་དགྲ་གླིང་པ་ལ་ངན་ལེན་བཀྲུད་ནས་ཁྱག་མཆ་ཀེས་ཚོམ་ཡིན། མདང་དགོང་ལ་ག་ཀེན་རྗེ་དགྲ་འདུལ་གཉིས་ཀྱི་ལོ་ནང་ལ་དངུལ་དང་རང་ཚོང་ཀྱི་དམར་རྒྱལ་པོས་མཐོང་ནས། བློན་ཆེན་མི་བཞི་འོང་ལོ་གདའ་ཟེར་ནས་བཀའ་ཞེབས་ཕྱུང་བས་ང་རང་བློན་ཆེན་བཅོ་བརྒྱད་མི་འོང་བཀའ་མེད་ལ་རྒྱུག་ནས་འོང་ལོ་ན་ཡིན་ཟེར་བས་ལྟ་བ་འཕྱུལ། དེར་བདུད་བློན་བཞི་ངེས་འདི་བདེ་ངོས་རང་བསོ་ནས་གཡབ་རྩེ་གཙོད་འབྱུང་དམག་ཀྲ་མོ་གར་ཡོད་ཟེར། ཤར་འབབས་ཟེར་བ་གཡའ་ལུས་ཀྱི་བློན་ཆེན་རིན་པོ་ཆེ། དམག་སྐར་ཁབ་རིམས་པོ་ཞི་མེད། ཡིབ་དང་འཇོག་གིས་སླེབ་འགྲོ་ཟེར་བས་ལྟ་བ་ཕྱུར། དེར་བོ་ནོམ་ཀན་འབར་སྟོན་མ་ཕྱུས་ནས་མར་བོར། ན་ཆེན་ཕུད་ཁང་ལ་གཉན་དཔལ་རྒྱལ་བཟུ་ཡིས་གྲུ་སྒྲིགས་ཡོད་པས་ངེས་ཤིག་ལ་སླེབས་ནས་ཁོ་བློན་ཆེན་བཞི་དེ་ཚིབ་ཡིས་བོང་ནས་བབ་སྤྲེ། སྟག་གདན་དང་གཉིག་གནན་སྡིང་ལ་བརྒྱུགས་ནས་གྲུལ་ལ་འཁོད། དེར་དཔལ་ལ་རྒྱལ་རྣམས་ཀྱིས་ཤ་ཆ་ང་དང་རྒྱུ་རིག

ཕྱིས་གསོལ་བ་བཏོན་གྲངས་ནས་འདུག དེ་ནས་བདུད་བློན་པོ་ནག་དེས་གཡའ་ཀླུ་ཁྲུས་བློན་ཆེན་ཐོམས། ཐུག་བློན་པོ་གྲིས་དང་འདྲ་ལ་ཡོད་ཟེར་ནས་གླུ༔ ཨོཾ་མ་ཎི་པདྨེ་ཧཱུྃ༔ ཨ་ལ༔ ཐ་ལ༔ ལ༔

འདི༔ ཁྲམ་ལ་དམར་པོའི་གཡོས་ཤམ་རེད།། ངངང༔ བདུད་པོ་བུ་ཡིས་དོན་ནག་ཟེར། ཤི་པོ་ལ་ཙོས་ཟང་ལྷ་འགྲུ་ཟེར། ཁ་ཙན་རྩེད་སྒོ་ག་ཟ་ར་དམར་པོ་ཟེར། སྨྲི་ན་འབྲུས

ཀྲུཾ་ཆེན་བ་ཡུ་རྩོད་ཟེར། ང་རང་དཔལ་ལ་ཙོ་མི་བཞི་དེ། དགྲ་སྒྲིང་དཀར་ག་ཞང་མ་བཙད་མི་ཡིན། དཔོན་ཙོ་གཙོད་རྒྱལ་པོས་ལུང་རོག་ཡིན། དེ་ནས་ཀོ་ཞན་དང་བློན་ཆེན༔

ཐོམས། ཁེབ་ཆེན་ཙོག་གཙོད་རྒྱལ་པོ་དེ། ཁྲི་དཔུང་དམག་སྐར་གན་ཡོད། ཁྲག་པ་ཆེན་བལ་སྐྱིང་དམ་ག་དེ། མང་ཉུང་ཁ་བརྒྱ་ཙི་ཙམ་བཟུ། དཔལ་ལ་རྩོད་དཔུང་པ་ཟི༔

མི་ལ། ཟུ་འགྲོན་དམག་དཔོན་ཙི་འདྲ་འགི། སྨྲི་འབྲུས་བློན་པོ་ཤི་སྤྱོ་གཉིས། ལོང་ནས་ཞག་མ་བདུན་ཙམ་ལོང་། ཚུར་ལ་མི་འཁོར་ཙི་འདྲ་རེད། ལ་ཤོག༔

གང་ན་བཞུག་ལ་ཡོད། ཞབ་སྐྱིང་ལ་ཙལ་འབྲེན་ཨོ་བཞག་ཟུང་། གཏང་མ་མྱང་པོ་ཨོ་བཙད་ཟུང་། དེ་ནས་དགོང་པ་ཙི་འདྲ་གནང་ལ། རྒྱལ་བློན་ཐུག་ལ་དེ་ལྟར༔

མི་ཏྲ་ཛོ་ཀི་བརྒྱ

༄༅། །ཞོག །ཤོ་ན༔ ཨ་ཧོ༔ ཞེས་ཟེར་བར་དང་དེར་ཕྱིར་ཤཱཀྱ་ཐུབ་ཟེར་པ་ལ་ལེགས་སོ་སློབ་ཆེན་རིན་པོ་ཆེ་ནང་རང་གྲུབ་ཀུན་དགའ་གསར་དེ་ལ་དཀར་པོ་འདི་ཡིས་ཤོག་ལ་ཡོད། དཔོན་ཐོག་མཚོ་རྒྱལ་པོ་ནི་སྐུ་ཁམས་བདེ་མོ་ཡིན། སློབ་ཆེན་མང་ཚམ་དམར་བས་དཀོར་ཐུགས་ཁ་ཚང་རང་རྫོགས་རྒྱལ་པོས་སློབ་ཆེན་ཀྱི་གསོག་གཉིས་པ་ཅེས་ནས་དགྲ་སྒྲིང་དཀར་ལ་ཚོལ་འབེན་བཞག་ནས་སྤྱི་པོ་མང་པོས་དར་ཁྲི་བཙང་སྒྲིང་སྐར་ཁྲག་ལ་སྒོམས་ནས་དཔྱར་ཐོག་མཚོ་རྒྱལ་སློབ་ཐུགས་སྨོན་ལ་བ་ཡིན་ཟེར་ནས་ཐུབ་ཕྱུལ། དེ་བདུད་བློན་བཞི་དེ་ཡི་ག་ཆོས་ཐོད་ཚོམ་མེད་ནས་གསོ་ལ་འབྲེལ་མཛད་ནས་བཞུགས་འདུག དེར་སྒྲིང་དཔལ་ལ་ཐུལ་བཙོ་བརྒྱད་དེ་ཕྱིད་འདུག་ཕྱིད་ལང་ནས་ཡོད་པར་དེས་ནང་ནས། འབྲུག་ནག་ཕྱག་ཆེན་དང་། རླུང་ལྷ་འཇོག་ལྡན། ཤ་ན་འབར་གསུམ་གིས་ལྷ་ཆག་གསུམ་དེ་བདག་པོ་ངོ་ནག་ཀེ་ལ་སྐོར་ནས་ཐག་ཕལ་ཧཱུྃ། གཡུ་ལྷ་དང་རླབ་ཁྲབ་ཙན་ལྷུང་ཞི་བྲག་སྤུ་གིས་ཞག་རེ་རེ་གདང་ནས་ཐོས་རང་ལྷ་འབུམ་ཁྱི་ཀེ་ལ་སྐོར་ནས་གྲུབ་བཟུང་། སྟག་ལྷ་དང་མདའ་མ་གཉིས་གིས་ཞག་རེ་རེ་གདང་ནས་ཁོ་གཉིས་གིས་ཀེ་ལ་སྐོར་ནས་དཔལ་ཐུལ་བཙོ་བརྒྱད་ཀྱི་ལ་བདུད་བློན་བཞི་དེ་ཐུབ་མི་ཐུབ

ཞུས་སྐབས་ལ། དེ་བདུད་བློན་རྣམས་ཀྱི་རལ་གྲི་ག་ཡུག་ནས་མ་དབང་སྟག་ལྷ་གཉིས་ཀྱི་ཞགས་པ་དེ་བཅད། དེ་དཔལ་ཐུལ་དང་བདུད་བློན་གཉིས་རྩིས་ཀྱི་ཐབ་རྩམ་ནས། མ་དབང་མ་དཔལ་ལ་ལྷ་ཡོ་གའི་ས་ཀྱི་རལ་

གྲི་དང་ལྷ་མ་དཔའ་འཕང་བས་བཙན་རྒོད་དང་སྤྲིན་འབྲུག་སྔོན་གཉིས་ལ་དེ་དབར་བསད་གཏད། དེ་བདུད་པོ་རྟ་ནག་དང་ཐུལ་རང་ལྷ་འགྲུ་གཉིས་གཟུ་གཡག་ཞི་ཐག་པས་ཀ་ཁོ་ནས་ཀྱི་ཡོ་དང་སྐྱོན་པོ་མི་སྟུག་པ་རྒྱལ་ནས

ཉེ་ཐོག་ལ་སྒྲོག་ནས། གླིང་ལྷ་ར་ཤིག་ལ་ཁ་ཀྱིས་ཐུང་། དེ་དཀར་པོ་གླིང་གིས་ལྷ་སྒྲ་ར་ནང་ནས་ཁོ་ནམ་ཞེས་འོང་བ་མཐོང་ནས། དགའ་སྤྲོ་དང་ནས་སྐྱུལ་བ་ལོང་། དེ་དཔལ་ཐུལ་བཙོ་བརྒྱུད་དེ་ལྟས་གསུར་སྒོལ་

ཁྲ་དཔུང་དཔུང་དུ་ཐུང་། ལུས་གཟུར་གྱི་གཡོས་ཤོམ་ལ་ཙན་དེན་ཀྱིས་ཕུར་པ་ལོ་བརྒྱུད་ཀྱིས་ཙམ་ཏུ་ནས་བདུད་བློན་གཉིས་དེ་དེར་ལ་བསྒྲགས། སྲིན་འབུམ་བདུད་བློན་གཉིས་ཀྱི་གདང་མ་དེ་ལྷ་སྤྲིལ་དྲུང་ལ་བཅུགས

ནས། གླིང་རྒྱལ་བློན་རྣམས་འདུས་བྲལ་ཚོགས། དེ་ལྷ་སྤྲིས་ཅེས་གཡལ་འོང་ཡི་ཡས་ལ་བློན་རྣམས་ཚོ་རྒྱལ་ཁ་སེ་ཐུང་། མི་ནུབ་ཤར་མཚོ་དེ་གཉུབ་ལུག་ཙི་འདུ་རྩལ་གསུང་བ་དང་། དེ་བདུད་ཙན་ཤན་འབར་ཀ་ཡི་ཧཱུ་ཧྲི་དེས་དར་དཀར་ཙིང་

ལྷ་སྤྲིལ་དྲུང་ལ་བཅག་ནས་གཡའ་ལུས་ཀྱི་ལྷ་སྤྲིས་རིན་པོ་ཆེ་ནི། དེ་རིས་དཔལ་ལ་ཐུལ་བཙོ་བརྒྱུད་དེ་ལྟས་བསམ་དོན་འགྲུབ་ལུག་ཨེ་འདུ་ཐུར་ཟེར་ནས་ཞུ་དོན་གྱིས་སྨྲ༔ ཨོཾ་མ་ཎི་པདྨེ་ཧཱུྃ༔ ཨོཾ་བཛྲ་ལ་དུ་ཧཱུྃ༔

༄༅། །ཨ་ལཿ ཐ་ལཿ སྙིང་ཁོག་ལྷ་ཡི་པོ་བྲང་ནས། །ཚང་པ་དཀར་པོ་ལྷུམ་ལྷ་མཆོད། །བར་ནང་སྲིད་པའི་མདོག་ག་ཅི་ནས། །ཟེ་ཟེ་ག་ཡུ་ཡིས་སྒྲོལ་མ་མ་མཆོད། །དཔལ་ལ་གྱིས་རི་པོ་ཙི་ལྷ་ནས། །གྱུ་རུ་ལྷ་ཊ་འབྱུང་ནས་མཆོད། །དེ་རིམ་ལྷ་ཁྲིམས་གྲོག་ལ་ཡེབས། །ངང་ལ་དང་འབྱུང་པའི་རྒྱབ་རྟོན་མཛད། །ངང་ངཿ བདུད་བཙན་ཤན་པ་རམ་ནུ་ཟ་རེ། །སློན་ཆེན་སྣ་ཚོགས་ཀ་ལ་ཡིན། །སེང་ཆེན་རྒྱལ་པོས་བཀའ་བློན་རེད། །གྲོས་ཆེན་དགྲ་ལྷ་འི་མ་ཁྲིད་ཁེབ་ཡིན། །དེ་ནས་ལྷ་ལྷིས་དགྲ་ལྷ་ཡབ། །ད་ནང་ཚེས་རྟོགས་སྤྱར་མོ་ལ། །གླིང་དཀར་དཔལ་ལ་ཐུལ་བཙོ་བརྒྱུད་དེ། །སྔོན་འབྲུམ་ཆེན་བསལ་ལས་ཚ་ལ། །སྤྲང་རི་མི་ཧོག་སྐྱེག་པགས་ལ། །ཟབ་ཆེན་སྤུ་རྩ་འཛོམས་ལ་ལ། །གླིང་དཀར་དཔལ་ལ་ཐུལ་བཙོ་བརྒྱུད་དེས། །༄ཐུལ་མ་རིགས་གྲ་ང་བཞེལ་བ་ཞག །ལྷ་ག་ག་དཀར་ག་ཅིག་གདན་མང་པོ་སྙིང་། །ཡི་ཅ་ཆ་ཡི་སྤུ་བ་ཕུད། །སྤྱན་པོ་བསྟུ་དེ་དེས་ན་སྤོད། །༄ནམ་དར་གཉིས་དང་ལྷ་ག་ལྷ་གསུམ། །ག་ཡུ་ལྷ་རྨ་བྱ་བཙན་པོ་ལྷ། །ཝེ་ཐུལ་གསུ་དང་དགའ་ལ་ཐུལ་བརྒྱུད།

སྔོན་པོ་བརྒྱད་དེ་ལ་ཁ་སྦྱོར། །ཁྲི་དམར་སྔོན་པོ་ཆེ་བཞི་དེ། །དགོང་ལ་གཉིས་བར་ནས་རིག་ལ་ཆུང་། །ངེད་རྩོམ་ས་སྦུ་ཡིན་མ་ཤེས་པས། །དཔལ་ལ་ཕོ་པས་ངོ་ནས་ཞེར་ལ་ཆུང་། །ངར་ང་སྐྱོ་དཔོ་མི་བརྒྱད་དེས། །ལོ་རྒྱུད་གང་ནས་འཛུལ་དར་གཡུགས། །མདའ་རྒྱུད་གང་ནས་ཕྱག་ཞིག་འབྲུལ། །དཔོན་རང་དཔོན་ཡིན་པས་མདོག་ཅིག་སྟེར། །སྤུ་ཡིན་ཟེར་ནས་གྲིམ་ལ་ཆུང་། །གླུ་ལུས་རྒྱལ་བློན་ཡིན་རབ་རྗེས། །ལྷོད་བབ་ནས་འགྲིམ་ལ་བཙ་རན་ནས་ཆུང་། །གསུང་དང་སྐད་ཆ་ཕྱུད་རེས་ཐུས། །གཞི་བདེ་ལ་ཁད་དེ་ཕན་འབབ་ཞུས། །བདུད་ཀྱི་སློན་པོ་ངོ་ནག་དེ། །དཔལ་ལ་རྐོད་བཞི་ཡིས་དཔྱང་སྒྲིག་ཐུས། །ཐེ་རང་རྐོད་པོ་ལྷ་འདྲུམ་ལ། །དཔལ་རྐོད་བཞི་ཡིས་དཔྱང་གྲིགས་ཐུས། །དེ་མིན་དཔལ་ཐུལ་སྐྱོན་པོ་གཉིས། །དཔལ་ལ་རྐོད་བཅུ་ཡིས་དཔྱང་སྒྲིག་ཐུས། །ཞ་ཟ་ངད་དྲུག་ལུས་དེ་དུ་འདྲུམ་གདབ་ཁ་གཉིས་མ་བལ་དཙན་ལ་གསྐྲུངས། །ཉེན་པར་ཆད་པར་ཅི་འཆུང་དེ། །ཤོང་བཞུག་དགུ་ལྕགས་ཐུགས་ཧྲིས་མ་ཕྱེན། །ལྷ་ཀླིས་ཐུགས་ལ་དེ་སྐར་ཞེག །ཤོ་ནཿ

༄༅། །སཾ་གོ་ཛ་ དེར་ལྷ་སྲིད་དེས་ག་ཡས་ལ་སྐྱེ་དཔོན་རྒྱལ་པོ་ཁྲི་དང་། དེ་རིམ་གླིང་དཔལ་ལ་ཐུབ་བཙོ་བརྒྱུད་ལ། དཔལ་དར་ཆེན་རྒྱང་མེད་ལ་གཅིག་གནང་བཞི་མཛད་དགོས་ཞེར་བས་བཀའ···

ཕེབས། བདུད་སློན་དང་ཐོས་རང་སློན་པོ་འདི་གཉིས་དགྲ་བ་གི་བདུག་པ་ཙད་ཡིམ་པས་དར་ལྷུར་དཔལ་ཐུབ་རྡོ་ས་སྐྱེས་མ་དང་ཡེན་ཆོག་ཞེར་བས་བཀའ་ཕེབས། དེར་སྤྱིན་དཔོན་རྒྱལ་པོ་དེས

དཔལ་ལ་ཐུབ་དེ་རྡོས་ལ་གཟིགས་ལྷུག་རེ་དང་གསེར་སྲོང་བ་ཚོ་ལྡེ་རེད་ཡིས་དཔལ་དར་སྐྱུང་ནས་དགའ་སྤྲོ་ཐུམ། དེས་ཙམ་ལ་བདུད་དང་ཐོས་རང་གཉིས་ཀྱི་དམག་དཔོན་འདྲ་གཉིས་དེ་སྐར་མ་ཁའ

ཀྱི་ངན་ཀྱང་ཤེས་ལ་སྤྱོད་ནས་མདའ་འབེད་ལ་བཞག སྤྱོན་པོ་རྡོས་ཧྲིས་མདའ་མཚོན་གིས་རྒྱབ་ཏུ་ར་ལྡེ་འབྲུག་གིས་ལུས་ལ་ལྷག་སྐད་གྲགས། བདུད་པོ་དེ་ནག་གིས་ལུས་ལ་འགྲོ་སྐད་གྲགས།།

མདའ་མཚོན་གྲང་མང་རྒྱབ་ཀྱང་ཆང་ཐབ་མ་ཐུང་། དེས་ཙམ་ལ་མ་ནེ་ནེ་གཙོ་སྐུ་ནང་ཀར་མོ་དེས་དགའ་བད་ཕྲག་སྡིང་ལ་བབ་ནས། གླིང་དགའ་བད་ཆོས་སྐྱོང་ཁྱེད་ཀྱིས་ལྷ་ར་འཛོམ་ཆེན་བས་སྐྱབ

གཏོར་ཚིག་བདུད་སློན་གཉིས་ལ་ཙ་རྒྱབ་ན་མི་ཐུབ་པས་དེ་ལྷུག་ཁྱེད་རྟེས་ཀྱ་སྒྲིག་གཤིས་ཞེར། དེ་ནས་དགའ་བད་དེས། ལ་ནག་གོས་ནག་གསོལ་ནས་ལྷག་སྤྲུར་དང་གྲུབ་ལྷུག་དང་ཚོན་ཆར་མང་པོ

འཛིན་ནས་དམར་ཆེན་གདོང་མ་ཁྲག་གིས་རྒྱན་པ་ཞིག་ལ་རྒྱ་མས་མཐའ་སྐོར་ཞུས་ནས་གདོར་བཤུང་གྲུ་གསུ་ཀྱི་སྡིང་ལ་བཞག་ནས། མགོན་པོ་ནག་པོས་ལྷ་མཚོགས་དཔག་དུ་མེད་པར་འཕྲོས་ནས་བྱུང་། དེར་བདུད་པོ་ངོ་ནག་དང་ཐོས་རང་ལྷ་འབྱུར་གཉིས་གིས་གླིང་ཀ་ར་ཙར་བར་གཞིག་ཐུབ་པ་ཅིག་བྱུང་བསམ་ནས་ཕྱུན་ལམ་བཞབ་དགོས་ཟེར། དེར་ཡང་དགའ་བདེ་ཆོས་སྐྱོང་བེར་ནག་གིས་དམར་ཆེན་ཁྲག་གིས་གདོང་མ་དེ་ལག་ལ་བརྒྱུང་ནས་གཡབ་ལོ་ཟེད་དམ་ཉེས་དགུ་བགེགས་གཉིས། ཉེན་དང་འདྲ་འཁའ་ཟེ་ཡོད་མཐུན་ཚལ་གྲགས་སྒྲ་གས་སྒྲིབས་པས་སྨྲོན་བཙོམ་འདི་དམ་ཉམས་དགྲ་བོ་སྙིང་དུ་ཕེབས་པ་ཡིན་ཟེར་བས་གླུ་འདི་ལྟར་རོ།། །།ཨོཾ་མ་ཎི་པདྨེ་ཧཱུྃ༔ ཨ་ལེ༔ ཐ་ལེ༔ སྙིང་ཤོག་ལྷ་ཡིས་ལོ་བྲང་ནས། །།

གཞིཾ་ལྷ་གདོང་རྡོ་རྗེ་མཁའ་འབྱིང་ནས། །ཐུབ་སྒྲོལ་བས་ཡུག་ནག་རྡོ་རྗེ་མཆོད། །ཤ་ཟ་ཁྲག་འཐུང་མཆེ་མཁའ་འབྱིང་ནས། །མི་སྲོག་དམར་པོས་འཁོར་བཅས་སྐོར། །ལུས་ཅན་གདོང་མས་ཁྲུག་ལ་བཙོར། །ཞག་དབང་ལེན་པས་སྐྱུན་འཁོར་ནས། །དམ་ཅན་རྡོ་རྗེ་ལེགས་པ་མཆོད། །གཤིན་རྗེས་རྒྱལ་པོས་ངོ་དམར་ཁྲིད།

ཁ་ཕྱོ་ཀ་ཆོ་བ་ཅོ་ཞུ་ཡོ་ཤི།

༄༅། །དམ་གཙོགས་གཤིན་རྗེ་འབྱུ་ཕྱིས་སྐོར། །དཔའ་ལ་ལྷུན་དམག་ཟོར་རྒྱལ་མོ་མཆེད། །གཙོད་སྐྱིན་མ་མོ་འབྱུ་ཕྱིས་སྐོར། །ལྷ་དམག་ཐུ་བ་ལ་ཕོ་རབ་ཚས་རྟེམས། །དམ་རྩེ་ཅིག་གཏོར་མ་འདི་ལ་སྐྱོད། །དགྲ་བོ་སྐྱེ་གཙོ་ཚང་མ་ཤེ་ཤོགས། །ཕ་ཀླུག་ཟོ་ལ་སྙིང་ཁྲག་མཐུང་། །དགེ་སྟོན་ཉེ་ཅིག···གཙོ་བོ་ལ། །ཁང་ལྷོ་དུང་གིས་ལ་ཕོ་ད་ཙན། །ངང་ལ་རྟ་ཡོ་ལས་ཆེ་བ་ལ་ཚེམ། །དུག་སྦྲུལ་མི་ཞག་འགྱེ་ས་ལ་འགྱེ། །ཐང་ལྷ་ལ་དམག་ཙོག་འཁོར་དང་བཅས།། ལུས་སྤྱི་གཏོར་མ་འདི་ལ་ཁུག །དགྲ་བོས་སྒོག་རྩ་ཀྱུར་དུ་བཅད། །དེ་ནས་བདུད་བློན་ཚོས་རང་གཉིས། །མགུ་སྒོག་ཅང་མི་དགའ་འཁྱོན་ཡིན།། ངར་ཚོད་དཔུང་པ་ངེ་མི་ཐེད། །ཆག་ཏེ་མ་གཤང་མི་སྒྲིང་རིས་ཡིན། །མགོ་ཚེ་འདོད་ཁོ་པ་ངང་མི་ཐེད། །ཟིང་ཟིང་མི་གཟས་རྒྱལ་པོ་ཡིན། །གླིང་དམག་ལྷ་དང་གྲ་སྒྲིག་རེད། །ཡ་བ་ཕོད་བཅས་ཨ་སྟོན་ལག །བདུད་དཔོན་ཚོས་རང་གྱི་ཤིན་ཡུར་གཉིས། །དྲོན་མེད་སྙིང་ཁྲག་ཁང་ལ་ཕོད། །གྱིན་འབྱུས་དམ་གཙོགས་

སྟེ་དཔོན་སློབ། །ཕོ་རྒྱུད་ཙ་བ་དཀྲུལ་ནས་ག་ཤིགས། །མི་རྒྱུད་རྩ་བ་མ་དལ་ནས་རྫོགས། །རྒྱང་རྒྱུད་རྩ་བ་ནད་ཀྱིས་བཅད། །འགྲོ་དབང་མེད་པར་ལྷག
སྐལ་ཕྲུག །འདུག་དབང་མེད་པར་སྐྱུར་དུ་ཕྲུག །ལུས་ཀྱིས་རླུང་གིས་རྒྱབ་ནས་དང་། །ཕྲུག་ཅིག་གཏོར་མས་འོག་ལ་ཕྲུགས། །ཧྲི་ཧྲི་ཧཱ་ཧང་བས་དགྲ་ལ
ཕྱོ། །ཧཱུྃ་དང་ཧཱུྃ་ལ་ཕཊ་ཀྱིས་ཕཊ། །དགྲ་བགེགས་སྲོག་རྩ་གཏོར་མས་བཅད། །བཙན་ས་ལས་འཕྲིན་ལས་འགྲུབ་པ་མཛད། ། ཅེས་ཟེར་བ་དང་གཏོར་མ་དེ
བདུད་དང་ཚོས་རང་གཉིས་ཀྱིས་ཚོག་ལ་སྐོར་ནས་ཐུང་། དེ་ལྟ་འཁོར་རྩིད་ནམ་མཁའ་སྤྲིན་གཞིན་དུ་འདུས། གསུམ་ཀྱིས་དམ་གདེ་ཤ་སྣང་དུ་ལྡང་ལྡང་བྲག་ནས་ཁབ་བ་བཙན་པར་ལྡར་དུ་ཐུང་།
དེ་ར་ཕོ་གཉིས་འགྲོ་དབང་མེད་པ་རང་གཏོར་མས་དཀྱིལ་དུ་ཕྲུག་ནས། དེར་དཔལ་ལ་ཐ་ལ་སྤྱན་གྱིས་མདའ་དང་རལ་གྲིས་རྒྱབ་ནས་བདུད་བཙན་པོ་གཉིས་ཐལ་བའི་བརྡ་ལྡེ་ཕྱེ་བཀྲུར་དུ་སླུགས
ནས་ལུས་ཤ་ཁྲག་རྣམས་དམ་འབུར་དུ་སྦྱོང་ནས་བསོད། དེར་གླིང་དམག་རྣམས་ཀྱི་བདུད་ཀྱི་བློན་པོ་ཆེན་བཞི་དེ་བས་དཔས་དགའ་སྤྲོ་ངང་ལ་བཞུགས་སོ། །སརྦ་མངྒ་ལཾ། །

图书在版编目（CIP）数据

格萨尔王与兵器国：康方言手抄本：藏文 / 多加搜集.
-- 成都：四川民族出版社, 2018.3
ISBN 978-7-5409-7367-4

Ⅰ. ①格… Ⅱ. ①多… Ⅲ. ①藏族—英雄史诗—中国—藏语 Ⅳ. ①I222.74

中国版本图书馆CIP数据核字(2018)第006231号

GESA'ER WANG YU BINGQI GUO

格萨尔王与兵器国①

（康方言手抄本）

多加 搜集

出 版 人　泽仁扎西
策　　划　胡 华 央 金
责任编辑　央 金 李 娟 更合才让 卓玛拉措
装帧设计　李 娟
责任印制　谢孟豪
出版发行　四川民族出版社
地　　址　成都市青羊工业园区敬业路108号

成品尺寸　115mm×335mm
印　　张　63.25
字　　数　480千
制　　作　成都华林美术设计有限公司
印　　刷　成都市金雅迪彩色印刷有限公司
版　　次　2018年3月第一版
印　　次　2018年3月第一次印刷
书　　号　ISBN 978-7-5409-7367-4
定　　价　960.00元

༄༅། །གེ་སར་རྒྱལ་པོའི་སྒྲུང་ལས་གྲུ་གུ་གོ་རྫོང་།

〔ཁམས་སྐད་ལག་བྲིས་མ།〕

①

སྟོབས་རྒྱལ་གྱིས་བསྡུ་བསྒྲིགས་བྱས།

དཔེ་སྐྲུན་པ། ཨ་སྟག་ཚེ་རིང་བཀྲ་ཤིས།

རྩོམ་སྒྲིག་འགན་འཁུར་པ། དབྱངས་ཅན། ལི་ཅོན། སྒྲོལ་མ་ལྷ་མཚོ།

སི་ཁྲོན་མི་རིགས་དཔེ་སྐྲུན་ཁང་གིས་བསྐྲུན་ནས་བཀྲམ།

༢༠༡༨ལོའི་ཟླ་༩པར་པར་གཞི་དང་པོ་བསྒྲིགས།

༢༠༡༨ལོའི་ཟླ་༩པར་པར་ཐེངས་དང་པོ་དཔར།

དེབ་ཚད། ༧༧༥mm × ༣༢༥mm

དཔར་ཤོག ༦༣.༢༥

དཔེ་རྟགས། ISBN 978-7-5409-7367-4

དཔེ་རིན་གོང་། ༩༦༠.༠༠

更多精彩内容
请关注茶马书社公众号

ISBN 978-7-5409-7367-4

9 787540 973674 >

定价: 960.00元 (1~3卷)

民族文字出版专项资金资助项目

༄༅། །གེ་སར་རྒྱལ་པོའི་སྒྲུང་ལས་གྲུ་གུ་གོ་རྫོང་།

༼ཁམས་སྐད་ལག་བྲིས་མ།༽

格萨尔王与兵器国

（康方言手抄本）

②

སྟོབས་རྒྱལ་གྱིས་བསྡུ་བསྒྲིགས་བྱས།

多加 搜集

སི་ཁྲོན་མི་རིགས་དཔེ་སྐྲུན་ཁང་།

四川民族出版社

༄༅། །ཡུྃ རིགས་གསུམ་གཅིག་བསྡུས་འཛམ་གླིང་གི་སར་རྒྱལ་པོས་ནུས་ཐར་རྒྱ་མཚོ་ལས་ཆེ་ཕྱིག་ཚོམ་ཞིང་ཀླུངས་པ་ལས་སྦྱང་བདུད་
གི་འདྲ་རྒྱལ་པོ་ཚོམ་ལ་ཕབ་པའི་དཔལ་ཡི་སྐྱིང་རྫོང་རས་གིས་ལོ་འདྲ་བསྟན་ལྷུ་སྐྱུར་ཞེས་བྱ་བ་བཞུགས་སོ།། དགེའོ་ བཀྲ་ཤིས་ ལ་བ་སྐུར་ལོཾ།།

༄༅། །གླིང་སེང་ཆེན་ནོར་བུ་དགྲ་འདུལ་ལ་ཕྱག་འཚལ་ལོ།། ས་བཅུ་ཐོབ་པས་སངས་རྒྱས།། སྐྱབས་པར་ཕྱིན་པས་སྤྲིད་ན།། མགོ་ནག་འདྲོན་པོས་སྐྱུ་མགོན།། སྐྱེད་པ་ཕོ་ཡིན་དགྲ་ལྷ།། རྣམས་ས་གཉིས་ཀྱི་ཀ་བ།། རྒྱལ་བོད་གཉིས་ཀྱིས་ནོར་བདག།། འཛམ་འབུ་གླིང་ལེས་ཉེར་དོར།། བོད་ཁར་བ་ཅན་ཞིས་ལྷ་སྐོར།། ནག་པོ་བདུད་ཀྱི་ཁག་རྫོད།། སེམས་པོ་ཧོར་གྱི་རྣ་ཤེས།། རྫུ་འཕྲུལ་ཅན་གྱིས་སྐྱེད་བུ་འདི།། རྫོངས་དཔོས་སྐྱབས་བཅོ་རྒྱུད་བསྟེན་ཁ་ཡབས།། འཛམ་འབུ་གླིང་གིས་འགྲོ་དོན་སྒྲུབས།། ལྟོར་བ་ཆད་ཡས་བཞིན་མ།། སེམས་ཅན་ཆད་པས་སྲོག་སྐྱ་མཛད་ནས།། དཀར་པོ་གླིང་ལ་ཁོད།། དེར་གླིང་གྲུས་ཞེ་སར་རྒྱལ་པོ་དེས།། ཕྱིར་སེམས་ཅན་ཤྲིས་འགྲོ་དོན་སྒྲུབས་ནས་དགོང་པ་བོད་ལ་སྐུ་འཁྲུངས།། ཉི་མ་དེ་ཡིས་ཕྱིར་གཉིས་ལ།། ཏ་རྒྱུག་གིས་ཏེ་ར་ཁ་ཡབས།། རྫོང་ཆུང་ནོར་བུ་བཅུ་གཉིས་

ཏེ
གཉིས

༄༅།། ཕྱོགས།། དགྲ་མགོ་ནག་པོ་བདུད་ལ་སྐྱོང་།། དགོང་ལོ་བཅུ་གསུམ་ཞིང་ཕྱོག་ལ་ཀླུ་བཙན་རྒྱལ་པོ་བྲོད་འདར་སྐྱོད།། སེར་པོ་རྟོ་ལ་

ཀླུར་ནི་སྐྱོང་།། སྨུག་པོ་འཇང་གིས་རྒྱལ་ས་ཕབས།། རྒྱ་ནི་མོན་གྱིས་དམུ་བཀའ་བསྒྱུར།། ཕྱོགས་བཞིན་དགྲ་བཞི་འདུར་ནས་རྫོངས་དཀོར་བླངས་

ཆ་བདུན་ཀྱི་ངང་པོ་ཕྱག་གཟིགས་ཞོར་རྫོངས་ཕབས།། རེ་ཞིག་ཀླུ་སོགས་རྟ་རྫོངས་ཕབས།། དེ་ནས་ཅང་རག་གཉའ་རྫོངས་ཕབས།། དེ་ནས་རྗེས་རྗེས་ཀྱི་

རྫོངས་ཕབས།། རྫོང་ས་ཆེན་བཞིན་ཡིག་ཏེར་ཁ་ཕབས།། ནས་ཁྲི་མོ་ཡ་སྨེན་གླིང་ལ་འཁོར།། དེན་གླིང་པ་མཐོང་བ་ཀུན་སྐྱོང་།། འཛམ་བུ་གླིང་ལ་མེས་

སྐྱེར་པ།། ཀྱ་བཞི་ས་ཡིས་བདེ་སྐྱིད།། གླིང་སྨུགས་པོ་ཚང་གིས་རྒྱལ་ལེ།། ཡོ་ཀུང་སེང་ཕྲུ་ག་སྤྱན་རྟེ་གཟིར་རྒྱུར་བདེ་སྐྱིད་པོ་བྱུང་འཛག་མཚན་ནོར་བུ་

ཡི་སྐྱིང་ལ།། འཛིན་གླིང་གེ་སར་རྒྱལ་པོ་འདི།། ཕྱི་མ་དཀྱིལ་བས་ལེགས་ཚོགས་ཡིན་པར།། ཀི་ཡོ་འགྲོ་ཕྲུག་ཕྲང་པོས་འགྲོ་དོན་ལ་གཟིར་རྒྱུད་བདེ་སྐྱིད

ཕོ་བྲང་ནང་ལ་སྨན་ཚོར་དམ་འཐམས་དང་ལ་བཅུགས།། དེ་ནས་སྟོང་རྒྱལ་གར་གིས་ཚོམ་ནས་གྲུ་འུ་ཐོག་རྐར་རྒྱལ་པོ་ཟེར་བས་བདུད་རྩྟ་ཐབས་ཅི་ཡོད་འདྲིག་པ།
བདུད་ལ་སོགས་པར་དམག་ཕྱུང་མང་པོ་ཁ་དར་ནས།། སངས་རྒྱས་སྟོན་པ་དང་རྒྱལ་ཚོས་མདོ་བདེ་ཇུས་ལ་དགྲ་དར་བཞི།། དབུས་ཅམ་ཇོ་བོ་ཇུས་གསུང་རྗེ
བ་ཕྱིན་ནུབས་ཅན་བཙིག་ཆགས་ནས།། དེར་ཐོག་རྐང་རྒྱལ་པས་ལེར་བྱུབ་དགས་པར་ནས་རྒྱལ་བློན་ཇུས་ལ་འཛོམས་སོགས་སྤུང་བཞི་གར་པོད།། དེར་རྒྱ་སློན་
ཇུས་འདུ་གྲ་ལ་འཁོད།། ཐོག་རྐར་རྒྱལ་པོས་གསུང་པ་ར།། བོ་རེ་རྒྱལ་བློན་ལ་སོགས་པ།། ཁ་ཅང་ལོ་དང་ཁ་གཉིས་ལོ།། ནམ་ཅས་ས་རྩས་
རྒྱུ་ཅས་ཡབ།། ང་ཐོག་རྐར་ཐོར་རྩུར་ཅི་འགི་བསྐྱལ།། ཁོག་སྡེ་དར་རྩུར་ཅི་འགི་བསྐྱལ།། ཞིས་མ་ཐྲིན་སྦྲོན་ཅི་འགི་བསྐྱལ།། ས་རིས་ཅོས་ལ
བར་ཕྱུགས་ལ།། ང་ཐོག་རྐར་ཐོར་བའི་ཇེན་འབྲིལ་གཅིག།། བདེ་ལ་དབ་བཞི་ཁ་བཅིས་གཉིས།། ཐར་ལ་ཞེ་བ་ཅི་འགི་བསྐྱལ།། དགུས

ཁ་ཐོར།

༄༅། །ཙཎྜ་རྡོ་ཕྱག་རྡོར་གསུམ་དེར། །གྲུ་ཁྱུས་ལྷུལ་ལ་ལེན་དགོས་འདུག །སྔང་ཡིས་མཚོར་སྨིན་རྡོར་གསུམ་དེ། །ཙ་བ་སྨུག་ནས་སྨྱི་…
དགས་གསུམ། །དེ་ནས་བསྐྱེན་འབྲིག་འགྲུབ་འདུག་ཟེར། །གྲོག་རྒྱུད་དབང་པོ་ཕྱིར་དུ་ཟེར། །ཧ་གྲོག་རྒྱུད་དམག་དཔྱུང་ཁྲུ་ཡོ་དེ། །མི་འདུག་ལ་མོ་འགྲོ་…
དགོས་ཟེར་བཞི་ཀ་ཡང་། །དེར་རྒྱལ་[ཧྲཱིཿ]རྡོར་ཀྱིས་ཀྱི་བསྒྲོ་གང་མཛེ་གིས་བཀར་གྲོས་བྱེད་ནས་དེ་ནི་དམག་དཔོན་བཟའ་རྒྱུད་གྲོག་འཁོར་དང་། ལོང་པས་སྐྱུ་
རྒྱུད་རྡོ་ར་གཉིས་ཀྱིས་གཡག་རྒྱལ་བློན་རྡོར་ལ་ད་རེས་རང་ཚོང་དམག་དཔྱང་དེ་མི་འདུག་ལ་མོ་འགྲོ་ཚོང་ཟེར། །དམག་ལ་ཀར་སྐད་ཨེ་འདུ་ཡོད། །གྲོག་རྒྱུད་
རང་དམག་གང་ནི་འཇིར། །བདུད་དམག་[ཕྱུར]ཕྱང་བླང་དམར་བཙུབས། །ལྷ་ཙམ་སོང་ན་ལུས་ཚོག་ཏེ། །མང་ཀ་མི་འགྲོ་ཕྱུང་གིས་འགྲོ། །དམག་ལ་འགྲོ་ལུག
ཨེ་འདུ་དགོས། །ཕས་མགོན་ཞེ་ནག་མིག་ཅིག་དེ། །བློན་ཆེན་རྡོར་ཀྱིས་དང་པོ་ཡིན། །ཁྲུ་དམག་གསུམ་ཀྱིས་མགོ་འཁྲིད་ཀྱིས། །ཙན་རྗེས་དམ་ནག་ཁྲག

བྲངས་ཕྱེད།། ཁྲི་དམག་གསུམ་གྱིས་མགོ་འཛིན་བྱེད།། སྟོང་ཚོག་ཀུ་ཐོག་མི་འབར་ཕྱེད།། ཁྲི་དམག་གསུམ་གྱིས་མགོ་འཛིན་བྱེད།། ཀུ་ཐོག་རྟ་ཞེས་···
འོང་འབབ་ཕྱེད།། ཁྲི་དམག་གསུམ་གྱིས་མགོ་འཛིན་བྱེད།། དམག་དཔོན་བཞི་ཡིས་མངའ་ཐོག་ནས།། ཁྲི་དམག་བཅུ་གཉིས་འགྲོ་རྒྱུ་དགོས།། དབུས་རྗེ་བོ་
ནང་ལ་ལེ་ལེ་དགོས།། སྣང་བའི་མཆོད་སྡེན་རྣམ་གསུམ་དེ།། ཅ་བ་སྨུས་ནས་ཕྱི་དགས་འོར།། བོད་ཡིན་ཚོར་ལ་ཕབས་དགོས་ལག།། ཐོད་ལྡན་ཁ་ཏོག་ལེ་
ལེ་དགས།། དཔལ་ཐོ་ཡོད་ན་འགོ་ལག་བཙེམ།། ཙི་བསེ་ལུས་རྫེན་འགྲུབ་ལེ་གྱིས།། དེ་ནས་རྐྱང་ལ་འཁོར་དུས་ལ།། མདོ་ཁོག་སྨད་ཏེ་ས་ཆ་ལ།།···
འགྲོ་ལུག་ཙི་དགོས་ག་ལེན་བསྡུམ།། མ་འདུག་དཔྱར་འགྲོ་ཚེས་དགོས་ཞེར་ནས།། དམག་དཔུང་རྣམས་བྲ་ར་ར་ཕྱིས་ནས།། རྟ་དམག་སེར་བ་ཡར་ཡར།།
སྣང་དམག་ཕྱུ་ཡུག་རྐྱབ་རྐྱབ་ཁྱིམ་ནས་དམག་དཔོན་བཞིན་དང་ཁྲི་དམག་བཅུ་གཉིས་ཕྱིར་ཁེང་སུམ་རྒྱལ་དང་ཀླུབ་བཅུ།། དེ་རྣམས་བོད་ཡུལ་ལ་ཕྱིར་ནས་སོང་།

ཞུ་

༄༅། །དེ་ནས་བོད་ཡུལ་ནས་རྒྱལ་བློན་འོག་སྤྱི་དང་ གྲ་ལར་མེར་འབྲེལ་སྐྱར་གསུམ་ཀྱིས་དམག་དེ་འདྲག་འོང་ཞིས་ཡོང་དཔལ་རྟ་ཡིས་བྲམ་ནས། །

དགེ་ལྡེ་གྲ་ཚོང་བླ་མ་དང་བློག་མ་བོན་ཆེན་དང་བོད་རྒྱུང་དཔོན་པོ་དང་བློན་པོ་ཁྲིམས་ཅང་ཀྱིས་ཉི་མ་བདུན་ལ་རྒྱལ་ལེན་ཁྲིམས་རྡང་བཀའ་གྲོས་བྱས། །དར་

ཏེ་བཟོ་གང་འཛི་ཟེར་ནས་ཀར་ཐག་མཆར་ རེར་ནས་བཀའ་བློན་རྣམས་ཀྱིས་དར་ང་ནང་བོད་ཀྱིས་ས་ཆ་ལ། །འཛོམས་སྐྱིང་བརྟེན་པས་སྒྱུ་ཤིས་འདི། །དབུས་

ཙམ་རྩེ་ཤག་རྣམ་གསུམ་ཡིན། །ལྷ་དེ་ལ་འཁོར་བས་སེམས་ཅན་རྣམས། །སྒྲིག་ནག་པོ་ཆར་ནང་རིས་རེད། །ཤི་སྲུང་ན་སྡུག་བསྔལ་ཅི་ལ་ཡོད། །མི་འཇུག

ལུས་དམག་འགྲོ་བྲ་སྒྲིགས། །དགོས་བར་བས་འགྲུབ་པར་མི་ཆད་དང་། །གོ་འཚོ་གྲ་ཡག་ཡུན་ཆད་གཉིས། །ཤ་ལྟ་ལྟོ་གསུམ་སྐྱར་འབྱུང་ཤོག །

བོད་ཡུལ་འོག་ལྡེན་འདུ་དམག་བདུན། །ཁྲི་རིག་ཁ་ལྟག་སྟོང་མཚོ་བདུན། །བ་པོ་རྡུ་ཡ་འདུ་དམག་དགུ། །ལྷ་དེ་ལ་མ་བསྐྱོད་ཅིག་ཁྲུང་མེད། །

དེ་རིང་དམིགས་སྣང་ཞིག་མི་འགྱུ།། ལུས་དམ་གཟིགས་སེ་འགྲོ་ཚོམ་ཀྱིས་ཟེར་ནས་དཀར་ཡེད།། དེར་ནས་རྒྱལ་བློན་རྣམས་ཀྱིས་བྱུགས་ཆག་དེ་ལ་བསྟེན་ནས།། དམག
འདུས་ནས་འགྲོ་ཚོམ་བྱས།། དེར་གཡོན་བྲལ་གྱིས་བྲལ་མགོ་ནས།། བཀའ་བློན་མགྲིན་པོ་སྟག་རྒྱལ་ཏེས་རྒྱལ་བློན་དང་གྲུ་ཚང་བླ་དཔོན་རྣམས་ལ་འཛོམ་དར་རེ་ཕུལ་.
ནམ་རྩ་མཁར་ལ་སྟོན་ནས་ལྷ་དོན་གྱིས་གླུ་འདི་བླང་སོ།། ཨོཾ་མ་ཎི་པདྨེ་ཧཱུྃ་ཧྲཱིཿ།། གླུ་ཨ་ལ་ལ་ཨ་ལ་× ཐ་ལ་ཐ་ལ་× ×
སྐྱབས་བླ་མ་ཡི་དམ་དཀོན་མཆོག་གསུམ།། མ་མཁའ་འགྲོས་ཚོགས་ལ་གསོལ་བར་འདེབས།། ལྷ་འབྲལ་མེད་སྤྱིར་
བས་གཙུག་ལ་བཞུགས།། བཞུགས་ནས་བྱིན་གྱིས་བརླབས་ཏུ་གསོལ།། ས་འདིས་× དགུས་ཚང་ནོར་བུས་
ས་ཆ་རེག།། ང་དང་× བཀའ་བློན་མཁྱེན་པོ་སྟག་རྒྱལ་ཟེར།། དེ་ནས་རྒྱལ་བློན་ལ་སོགས་པར།། ..

༄༅།། ཕྱུ་བས་གླུ་ལ་ཚེ་འདྲ་ཡོད།། ཤར་དབུས་ཙོམ་སྟོད་ཀྱིས་ས་ཆ་ལ།། ལྷ་ཙོམ་ཆེན་ཛོ་ཤག་རྣམས་
གསུཾ་རེར།། དགྲ་ནག་པོས་རྐྱང་པ་བྱེད་པས་ན།། སྐྱར་ཟེར་བའི་པད་ཞིས་ག་ལ་ཡོད།། དེ་ནས་རྒྱལ་བློན་
ལ་སོགས་པར།། བདེ་ཁྲ་མོ་ཕྱི་རྒྱལ་ཆེ་ས་ནས།། དམག་ཁྲ་མོས་དཔུང་ཤུག་ལོས་བྱེད་སྟེད།། ལྷ་བློམ་
དགེ་བདེ་གྲ་ཚང་འདི།། མགོ་རེས་རེས་བྱས་པས་དོན་གོ་རེད།། དམག་ཁྲ་མོས་དཔུང་ཤུག་བྱེད་དགོས་མེད།
ལག་གོ་མཚོན་གཟུང་བ་ག་ལ་དར།། དེར་མེད་ང་བང་རྒྱལ་བློན་རྣམས།། དམག་དཔུང་འགྲོ་ལུག་ཕྱི་འདྲ…
བྱེད།། ཙོང་གི་ངར་ཆེན་ང་ལུག་གཅིག།། བཀའ་བློན་ཤིས་རབ་འབྲུག་ལྷུན་གཉིས།། ཙོང་སྤྱིས་བྲག…

པ་ལྟར་འགྱུར་བསྒྱུ།། འགར་སྔོན་དབང་ཕྱུག་རྒྱལ་མཚན་བཞིན།། ཕྱེད་པའི་དམག་པོར་ཁྲིག་སེར་གྱིས།། ཕྱག
དྲུག་སྔོན་པོ་ཐང་ཐྲག་རྩེས།། རྒྱལ་དམག་རེ་དང་ཁྲི་དམག་གཉིས།། ཁྲི་དམག་རྒྱུད་དང་རྒྱ་དམག་བཞིན།།
ཞིག་མ་ལྟོ་ཡིས་གོང་སྦྱོག་ལ།། བཙོང་གོར་འབར་ལ་ལ་འཛོམ་རྒྱུར་གྱིས།། དགྲ་གླུ་ཡུལ་དམག་ལ་ལེན་ལ་
གཉྫངས།། བོད་རྒྱལ་པའི་ཆོས་ལ་གང་ཡན་ཆེད།། སླུ་གོ་ནX མགོ་X ཟེར་བ་དང་རེ་ནས་བོད་ཀྱིས་འདུམ
གྲལ་གྲོས་ཏེ།། རང་རང་སོགས་ནས་དམག་ཡན་རེ་ཡིས་རྒྱ་དམག་རེ་རེ་དང་ཁྲི་དམག་གཉིས་རེ་ཁྲི་ནས།། ཞིག་མ་ལྟོ་ཡིས་སྦྲོག་ནས
ཙོང་སྒོམ་འབར་ལ་ལ་འདུས་ནས་ཁྲི་དཔུང་དམག་དེ་ཉི་མ་བདུན་ལ་བཤར་ནས་སོང་།། དེར་ནས་གླུ་ཡུལ་དམག་དེ་སེར་བ་དཔུང་བ་ལྟར

༄༅། །ད་དཀར་རྒྱ་འདུག་ཡོད། །གཡས་གཡུར་དུ་བོད་དམག་ཏེ་ཉི་མ་གཅིག་གིས་ལམ་ལ་འཕྲུར་ནས་བསྐར་རྒྱལ། །
ཉི་མ་དེ་ཡི་ཕྱིར་ཉིས་ལ་བོད་དམག་དེ་སྤྲིང་ཚོ་སྨིང་པ་དམག་དཔུང་བཞི་ཡིས་རྒྱ་དམག་དེ་བྲིབ་ནས་ཁ་མགོན་སྐར་ལ་རྒྱུགས་ནས་མི་རྒྱ་མོ་
སྟོང་སོར་མང་པོ་ཁྲུག་ལ་སྨྲས། །དེར་ལྷོར་དུ་པའུ་ཚོལ་གཉིས་གིས་འཁྲུག་པ་མི་ལོ་ལྟུ་ལ་བྱས།། ཐ་མ་བོད་དམག་རྣམས་ཕམ་བ་ལྷོར་
དུ་འདུག།། ཁ་མགོན་དམག་རྣམས་ཁེ་ཧྲི་འདུག །། དེར་ནས་བོད་ཀྱིས་བཀའ་བློན་རྣམས་ཀྱི་བཀའ་གྲོས་བྱས་ནས་ རང་དགྲ་འདྲ་བྱུང་པ་
ཀར་འདུག ད་ང་རང་རྣམས་ཀྱིས་རྒྱལ་པོ་ལ་ཅི་ལྟར་འགྲོ་དགོས་ཟེར་བའི་གྲོས་བྱས་ དེར་ནས་བཀའ་བློན་རྣམས་ཀྱིས་འགྲོ་མི་ལ་འགར་
བློན་དབང་ཕྱུག་རྒྱལ་མཚན་གིས་གྲ་ཟེར་ནས་དྲིས་ཐག་ཆད་ དེར་ནས་འགར་བློན་དེ་བོད་ཀྱིས་རྒྱལ་པས་དྲུང་ལ་ཡོད་ རྒྱལ་པོ་ལ་

ཞིམ་ཆེའུ་ནོར་རྫས་དང་དར་གཅིག་རྒྱལ་པོ་ལྷུན་ནས་ཞི་དོན་གྱི་སྒྲུ་འདི་སྒྲུང་སོ།། ཨ་ལ་× ཐ་ལ་× གླུ་ཡི་དམ་དཀོན་
མཆོག་གསུམ།། གསོལ་བ་འདི་སོ་ཕྱིན་གྱིས་བློབས།། ས་འདིས་× དབུས་ཙང་དར་ཕྲ་ཕྱུག་མོ་རེད།།
མཐོ་ཆེན་རྒྱལ་པས་མདུན་བྲལ་རེད།། ང་དང་× འགར་བློན་དབང་ཕྱུག་རྒྱལ་མཚན་རེད།། ལས་ཀྱི་
རྒྱལ་པོ་རིན་པོ་ཆེན།། ཤར་དབུས་ཙང་སྐྱོད་ཀྱིས་ས་ཚ་ནས།། ཡུས་དམག་དཔུང་ཁུག་ཕྱིད་དས་ལ།།
ཁས་མགོན་དམག་ལ་ཙོ་འདྲེ་བཞག།། རྒྱལ་ས་སྐྱོང་ས་འཕྲུག་ལ་ཕྱིས།། ཏེ་འདྲ་ཁྲུག་པར་ཕྱེད་གཉིས་མག།།
ཐོག་རང་རྒྱལ་པོ་སྐྱོབས་ཐུབ་ཆེན།། ཁས་མགོན་དཔུང་དམག་སྐྱུག་ལས་དར།། འཛོམས་ཨ་ཡ་མི་ཟིན་

༄༅། །སེམས་ཕྲུག་རེད། །དམག་ཕར་འགྲོ་ཁྲི་དམག་རྒྱུད་ཙམ་ཡོད། །དེ་ཕྱོག་རྒྱལ་དམག་བཞི་ཙམ་ཡོད། །དམག་རེ་གསུམ་མ་སྟོང་མ་ལྟག་ཐུས། །དེ་མེན་འཁྲུག་པས་ངོ་ལ་སྡོར། །བོད་ཡུལ་དམག་ལ་སྡུག་བསྔལ་སྟེར། །སྡུག་བསྔལ་འདི་འདྲ་མི་ཕྱིན་བའི། །ཐབ་དང་ཐུ་བ་མཛད་རོགས་ཞུ། །ཡང་མེ་ན་ཐབ་དང་ཐུ་བ་ཕྱིས། །དེ་མེན་ན་དགྲ་དང་འདུམ་མ་བཀམ། །བོད་ཡུལ་བདེ་ལ་མགོ་འཁྲེན་ཞུ། །རྒྱལ་པས་ཆོས་ལ་མགོ་འབུལ་ཕྱིས། །ཙི་དྲག་ཐབ་ཙིག་མ་མཛད་ན། །བོད་ཀྱི་རྒྱལ་ཆོས་མི་བདེ་འདུག །ཁྱེར་རྒྱལ་པོ་མི་རྟག་འདས་ལ་ཐུགས། །དེ་སློན་པོ་མི་རྟག་ཞི་ལ་ཞེ། །སྟེ་ཁྲི་མོ་མི་རྟག་མེད་ནས་འགྲོ། །

དེ་ལྟག་རྒྱལ་པས་བྲུགས་དགོས་མཛོད།། སོ་ཙ་× མ་གོ་× ཨེམ་ཧྲེན་བཟང་དེ་ནས་བོད་ཀྱིས་རྒྱལ་པོ་རྣམས་གྲོས
ཞམ་སྨྲིམ་དེས།། བྲུག་སྨུག་ཡིད་སློས་ནས་གཡང་ཁོ་ཞེ་འགར་གླིང་ཕྱིར་ཟིན་བཀུམ་འདྲམ་སྤྱད་པས་ནུ་ཊ་ཞང་བོད་ཀྱིས་ས་ཚལ་ལོ་སྨན་རྒྱལ་པོ
སྐྱང་ཙོད་སྐོར་པ་དང་ཁྲི་སྲུང་ལྡེ་བཙན་རྒྱལ་པོ་དེ་རྣམས་ཀྱི་ཞིག་ལ་བོད་འདི་ལ་ཆོས་ཀྱི་སྐྱེའུ་འབབ་དར་རྒྱལ་ནག་མང་པས་ཞིས་ལ་སྤོང་པ་འདི་ཞིག་མི་ཉིན
ངལོ་རྒྱལ་པོ་ང་ཡིས་སྐྱུ་རིས་ལ། དགུས་ཙང་ཇོ་ཡུག་རྣམས་གསུ་དེ་ཤོར་ན་འགྲོད་པ་ལས་གྲོར་རེད། ང་རྒྱལ་པོ་རྒྱ་ཀྱང་བསྐུག་རྒྱུར་མེད།།
ཕྱིར་གླིང་འབབས་སྲོག་ལ་མ་འཇོན་ནོག དེ་རིས་ཀྱི་ཀྱང་འགྱོད་པ་མེད། དགྲ་ནག་པོ་ལ་ཇོ་བོ་སྐྱེར་ཐུབ་མེད། ཕྱིར་འགར་གླིང་པད་སྲུང་དང་ ང་ཡི
བོད་ཡིལ་ཀྱི་བཀར་གླིང་རྣམས་ལ་དམག་སྐྱད་ཕྱིར་ནས་འོག་ལྟེ་གང་ཡོད་རྣམས་ལ་ཚ་རྒྱ་ནས་ལས་དམག་གང་འཛོ་ཕྱིར་ནས་བཏང་འོང་ དེ་ནས་ཏི་དགོས

བརྒྱད

༄༅། །ཀ་ལི་བསྐྱ་ཟེ་ནས་འཁར་ལྷོན་དེ་མ་ཐར། དེ་ནས་འཁར་ལྷོན་དེ་དམག་སྐྱར་དུ་སྤྱིབ་ དམག་དཔེ་ནུས་ཀྱིས་གཡལ…
འཁར་ལྷོན་འོ་རྒྱལ་ཕྱུ་ཐུར། བོད་ཀྱིས་རྒྱལ་པས་སྤྱང་པ་ཅི་འདུག་ཟེར་བའི་བྲི་བ་བྱུས། དེར་འཁར་ལྷོན་དེས་བོད་ཀྱིས་རྒྱལ་པོས་དགོང་པ
མི་སྐྱར་དུ་ཟེར། དེ་དམག་མང་ནུས་ལེ་མི་སྤྱུག་བསམ་པ་ཡམ་ནས་འདུག། དེ་བོད་ཀྱིས་རྒྱལ་པོ་དེ་བསམ་འབར་ཡམ་ནས། དར་དབྱུས་ཚང…
ཛོ་ཁག་ནུས་གཉྫ་འདི་མི་གྲོར་ཐར་ལ་ཆི་དྲག་བསམ་ནས་ཐུག་མི་བདེ་བ་བཞུག་འདུག། དོ་ནུབ་རྒྱལ་པོ་གཟིམ་འདུག་པས་སྐྱ་ལ་སྙིང་གྲོག་ལྷ་ཡིས་ཕོ་བྲང་
ནས་འབབ་དཀར་པོ་ཅིག་རྒྱལ་པས་ཕོ་བྲང་སྟིང་ལ་ཟུག། འཇང་འོད་དེ་ཡིས་ནང་ནས་མཁའ་འགྲོ་མ་བསམ་ཀྱི་མི་ཁྲིམ་པར་རིག་ལྔ་དང་བཅས་རྒྱལ་པས
སྙིང་མགོ་ལ་ཁྲ་ལྷང་དེ་ཕེ་ད་ནས། ཡལ་བོད་ཀྱི་རྒྱལ་པོ་ནམས་ཁྲས་ར་མ་ལྷུས་ ཇེད་རིག་པ་མ་ཁྲུབ་ལྷོན་པོ་བཞུགས། མ་གཡེལ་ད་ཡི…

སླུ་ལ་ཉེན་སྐྱུང་ནས་སླུ་འདི་སྐྱུང་སོ།། ཨ་ལ་ལ༔ ཐ་ལ་ལ༔ སྐྱབས་བླ་མ་ཡི་དམ་དཀོན་མཆོག་གསུམ།། མ་མཁའ…
འགྲོ་ཚོགས་ལ་གསོལ་བ་འདེབས།། ཞི་དྲག་ཚོམ་ལ་འགྱུར་བ་གྲོགས།། སྲིད་པ་ལྷ་ལ་འཁོད་པ་གྲོགས།།
ས་འདི༔ དབུས་ཙོང་ནོར་བླུས་ས་ཚ་རེད།། ང་དང་༔ མ་རྒྱུད་མཁའ་འགྲོ་སྨེ་ལྷ་རེད།། དེ་ནས་རྒྱལ་པོ་ཟིན…
པོ་ཆེན།། སྒྲ་གཞུང་དང་ལ་ཡར་ཡར་ཉེན།། རིག་པ་མ་འབྲུག་སྔོན་པོ་བཞུགས།། ཞི་བའི་ཀླུ་ལ་ཨེ་འདྲ་ཡོད།།
རྣར་དབུས་ཙོང་རྗེ་ཁག་རྩིས་གསུམ་དེ།། དགུ་ཤ་བས་རྟེང་པ་བྱེད་ཉེས་མོ།། ཤོར་བསམ་ནས་བསམ་པ་མ་ཡིན་དང་།།
མི་ཤོར་ཐབ་ལ་བྱེད་རྒྱུ་ཡོད།། ཕྱེར་རྒྱལ་པོ་རིག་པ་ཀུག་ལེ་རེད།། གླིང་ལྷ་རྒྱུད་ཞེ་ནས་བོ་ལེ་རེད།། ཐར་ཐུ…

༄༅།། བ་ཧྲེད་རྒྱ་ཚོ་འདྲ་འགི་།། སྟིང་ལྷ་ནམ་ཀམ་པམ་ཕོ་ཞུ་དེ་།། གླིང་མེར་ཆེན་ཞོར་བྲུ་དགྲ་འདུལ་དེ་།།
མི་དེ་ལ་སྐྱབས་ཅིག་ཕྱེད་པས་ན་།། དབུས་ཇོ་བོ་མི་ཤེན་སེམས་ཐུག་ཡིན་།། མགོ་འབྲེལ་ཞུ་ལུག་ཚོ་འདྲ་དགོས་ །།
ཤར་གླིང་དཀར་ཁ་ཐུག་ཞིང་པོ་རེད་།། མི་ལྷག་ན་ལོ་ལ་ཐོག་རྒྱུར་རེད་།། མི་ཧ་འགྲོ་བའི་ས་ཚད་མེད་།། ཧཱུྃ་····
ཁྲབ་ལྷན་པས་ཐབ་གཅིག་དགོས་།། ང་ལྷ་མོའི་ལག་གིས་ལྷ་འདར་འདི་།། ཕོ་གཞན་གྱི་འདར་དར་འདྲ་ལེ་མེན།
མ་མཁའ་འགྲོ་སྟོང་གིས་ཚོ་འདར་ཡིན་།། བཏམ་བཤད་པ་མི་ཡིས་ཁ་སླད་ཡོད་།། འཕྲུལ་ན་ཧྲ་རྒྱལ་ཐང་དཀར་
འདྲ་།། དེ་རིམ་རྒྱལ་པོ་ཁྲིད་ལ་འབུལ་།། བཀའ་དང་ཕྱག་བྲིས་མོང་པོ་བྲིས་།། ཞོར་རྡལ་མང་པོ་ཡིག་རྗེན་

ཕྱིས་།། མང་ཉིན་དཀར་པོ་གླིང་ལ་བཏང་ས།། གླིང་དཀར་ལྷ་དམག་འོང་རྒྱུར་ཡོད།། དབུས་རྫོ་བོའི་རྒྱལ་སྲིན…
འོང་རྒྱུར་ཡོད།། བོད་ཡུལ་དཔུང་རོག་འོང་རྒྱུར་ཡོད།། དགྲ་ཅས་མགོན་ངོ་ལེན་འོང་རྒྱུར་ཡོད།། དཔོན་བློན་
ཀུང་ལྷ་ཙན་འོང་རྒྱུར་ཡོད།། སྟག་དཔུང་ཐར་ནས་བྱུང་རྒྱུར་ཡོད།། ཙི་བསཾ་ལུས་དངོས་འགྲུབ་རྒྱུར་ཡོད།།
རྗེས་རྒྱལ་པས་སྒྲུབ་ལ་དེ་ལྟར་ཞོག།། ཅེས་ཟེར་བ་དང་ར་ནས་ལྷ་མོ་དེ་ལྷ་ཡིས་ལ་ཕེབས་ རྒྱལ་པོ་ལ་ལྷ་འདར
དེ་སྔར་རྒྱང་བའི་ཐོག རྒྱལ་པོ་བཟེམ་སོང་ནས་ ཡར་ལ་གཅིག་གཟིགས་ནས་རྒྱལ་པས་སྐྱེས་མགོ་ལ་ལྷ་འདར་དེ་ཁྲ་ཤ་རེ་ཡོད…
དེ་རྒྱལ་པོ་དེ་བྲུགས་སྐྱོལ་ནས་ཡར་བཞེས་ནས་ལྷ་འདར་དེས་ཕྱོག་ལ་ཕེབས་ནས་ལུས་དར་གྱི་ཨ་མེད་པར་གཅིག་གིས་ལྷ་འདར་

༄༅། ། དེར་ལ་སྨྲས་ནས་ ཕྱག་གསུམ་འཚལ་ནས་མཆོད་པར་གྲང་མེད་ཕྱུར་ དེ་ནས་མདུན་གཡོག་ཉིམ་ལྷ་བློན་ཉིམ་ལ་
འདུས་ཤོག་ཟེར་བས་བཀའ་ཕེད་ དེར་ནས་མ་རྒྱུད་མཁའ་འགྲོ་བདེ་ལྷུམ་ལྷུང་སྐྱོན་ཆད་ལྷེས་མེད་པར་སྨྲུང་ དེར་ནས་རྒྱལ་པོ་དང་ཀ།
བློན་ཉིམ་ཁྱིམ་གོས་ཙན་ཟ་འོག་སེམས་པོ་ཁ་བདུན་གིས་ནང་ལ་སྤྱིར་གྱིས་ཕྱག་བྲིས་སྐོད་ནས་ ཕྱག་དེར་སྤྲུག་འདར་རྒྱུད་གྱིས་སྐོར་
ནས་ཡིམ་སྐྱིམ་ཙོར་བྲ་ཆ་བདུན་བཞག་ དེས་ཕྱིར་ཉིས་ཉི་མ་ཙོ་ཤར་དུས་རྒྱལ་པོ་དེ་ཤར་ཕྱོག་པོ་ཏམ་ལྷུ་ལ་ཕེད་ནས་ ལྷུ་འདར་
དེ་མཆོག་དཀའ་བཞི་ལ་སྤྱོད་ནས་ སྐྱུ་འགྲོ་དང་སྨོན་ལམ་མཛད་ ལྷ་ཀླུ་སྤྱེན་གསུམ་ལ་སྒྲོ་བ་ཙོ་གཅིག་དུ་བཏབས་ནས་ལྷུ་འདར་དེ་ལ་
བཞུ་གོས་མཛད་པའི་གླུ་འདི་སྣང་སོར།། ཨ་ལ་× བྲ་ལ་× སྐྱབས་བླ་མ་ཡི་དམ་མཁའ་འགྲོས་ཚོགས།

ཀ་གསོལ་བ་འདི་སོ༔ མ་ནི་ནུས་ལྡན་བཀའ་སྲོ་དང་།། ཀླལ་ཀླུ་ལྷུད་འབྱུང་གནས་མཆེད་།། བཅོམ་ལྡན་
འོད་དཔག་མེད་འགོན་དང་།། ཧོ་བོ་སྐྲུར་མི་ནི་མཆེད་།། སྤྱན་འབབ་ནག་པོ་འཕྱུར་སྐྱིད་དང་།། དཔལ་ལྡན་དམག
ཟོར་རྒྱལ་མོ་མཆེད་།། དེ་རིས་ལྷ་ཁཾས་གྲོགས་ལ་ཕེབས་།། དཔལ་དང་དཔྱང་པས་རྒྱལ་སྐྱེན་མཛད་།། ས་འདི༔
གནས་པོ་ཧམ་ལ་ཡིས་གནས་མཆོག་ནས་།། ང་འདྲིས༔ ནུས་ཐམས་རྒྱལ་པོ་ར་དམར་སྲིས་།། ཁྲི་བདེ་བཙོང་
ཉིས་མགོ་པེད་ཡིན་།། དགྲུམ་ཙང་རྗེ་བོའི་ཚོམས་བདག་ཡིན་།། དེར་ནས་ལྷ་འདར་ཞིན་པོ་ཚེན་།། ཉེན་
དང་འདྲ་མ་ཨི་འདྲ་ཡོད་།། རྗེས་ཁེས་སྲིན་པའི་མི་ལྕུར་ལ་།། ཉེན་གྱིས་རློབས་པས་རྗེ་བོ་དེ་།། མི་སྡུག

ཚོ་དབྱིན

༄༅།། བདུད་ཀྱིས་ཚོ་འཕྲུལ་རྒྱས་།། དཀར་པོ་གླིང་གིས་ས་ཆ་ལ།། ལྷ་དམག་འཛམ་གླིང་གི་སར་ལ་།། དམག་རྫོང་མི་ཤུ་ཀ་མེད་རེད།། དེ་ནས་ཧོར་དང་ནག་ཕྱིན་འདར།། ལྷ་ནས་སྤྱང་ཁས་ལྷ་འདར་ཏེར། ཁ་གྲག་འཇིག་སྟེན་མི་དང་འདྲ།། ཕྱུར་ཞེས་བྲང་དཀར་རྒྱུད་དང་འདྲ།། དེར་ཞེས་གླིང་ཞབས་ལྷུག་ལ།། ནམ་མཁས་དཔྱིད་ནས་འགྲོ་བའི་ན།། ཉི་མ་འགྲོ་ལམ་མ་ཚང་ཞེས།། བར་ནང་ཕོག་ནས་འགྲོ་ཐབ་ན།། བྲང་དཀར་འགྲོ་ལམ་མ་ཚང་ཞེས།། ས་བཞི་དཔྱིད་ནས་འགྲོ་བའི་ན།། ཕྱོགས་ཆག་འགྲོ་ལམ་མ་ཚང་ཞེས། དེ་ནས་ལྷ་འདར་རེན་པོ་ཆེ་ན།། མར་ལྷས་དང་སྟེན་མོ་མི་འདུ་འགི།། ས་སྡོར་བྲུས་མ་ལ་ནོར་ཡ་མེད།།

སྐུར་གཏོར་ཁྲུག་གིས་སྤྲེལ་འདྲ་འདི།། ཤར་སྟོད་རྣམ་རྒྱལ་སྐྱོང་ར་རེར།། རི་བོ་དེ་ཡིས་གཡོགས་བྱ་ལ།།
མཁར་རྫོང་བཟང་རྒྱུད་ཚེམ་ལོ་དེ།། རྒྱལ་པས་སེང་ཕྲུལ་ལྕགས་རྩེ་ན་རེད།། སྐྱ་མཁན་དེ་ཡིས་ཞར་བཀྲུ་ས་
ལ།། གྲུབ་ཅན་རྒྱལ་བཞེས་རྗེ་བོ་ལ།། གླིང་གིས་དམག་ཕང་གི་སར་བཙུགས།། རྒྱལ་པོ་དེ་ཡིན་འདུན་
ལ་ཕེབས།། རྒྱལ་པས་འདུན་ལ་སྤྱིར་པས་དུས།། མཁའ་འགྲོ་ཚོགས་འཁོར་སྐོར་འདུ་གྱིས།། ལྷ་འདར་
དཀར་པས་ཕྱུགས་ལ་ཚེག།། གོ་ན་× མ་གོ་ན་× ཆེས་ཟིན་བ་དང་དེ་ནམ་ལྷ་འདར་དེ་ཆད་ཐར་དཀར་འཕྱུར་བ་ལྷན
བ་ལྷན་དུ་ཤི་མ་ཤར་གི་ར་ཞིམ་ཆ་ རྒྱལ་པས་འདུན་ལ་ཁྲབ་རེ་ཡོད་རྒྱུང་ རེ་ནས་གླིང་གི་ས་ར་རྒྱལ་པོ་དེས་སྐུ་ཡར་བཞེས་ནམ་ལྷ་འདར་དེ་ལ་ཕྱགས

ཚེ་ཁ་ཅི་པ

༄༅། །གསུམ་འཚོལ་ནས། ཨ་ཧྲུ་ལ་ལྷ་འདར་འདི་གང་ནས་ཡང་ལེ་ལེན་དགོང་ནས། ཐུགས་བསམ་བསླང་ནས་བཞུགས། ལྷ་འདར་དེས་ཀེ་ལ་

ཕྱག་བྲམ་ཡོད་པ་དེ་རྒྱན་ལེན་ནས་གཟིགས་པ། བོད་ཀྱི་རྒྱལ་པས་ཕྱག་བྲིས་དང་ཕྱག་དམ་ཡོད་འདུག་པ། བོད་ཡུལ་དམག་གི་སྔོན་བས་ལོ་རྒྱུས་རྫོ་བོ་··

ནམས་ལ་ཞོན་བས་ལྷུག་བསྐུགས་ཡོད་པས་ལོ་རྒྱུས་དེ་ལྟར་ཡོད་འདུག་པས། དེ་ནས་འཇམ་གླིང་གེ་སར་རྒྱལ་པོ་དེ་ཚམ་ལ་ཧུག་ལོང་སྒོ་ལ་གྲོ་ཕེད་ཧུར

བཀྲི་རྒྱང་བཏེ་སྤྱིད་པོ་བྲད་ནང་ལ་ཞེབས་ཡང་ཀར། དེར་འགྲོག་མོས་ཡར་དེ་ཞིས་རྒྱལ་པོ་སྐྱུར་ཚམ་བྲམ་བ་འདི་ཅི་ཡིན་ཟེར་ནས། ཧ་ཆང་དང་ ཁ་ཚང···

ལྷ་རིགས་བཅས་སྲིམ་འདྲེ་ཕྱུན་ལྷུར་ཚོགས་པ་གྲང་ནས། དར་དཀར་པོ་གཅིག་རྒྱལ་པོས་དྲུང་ལ་ཕྱུར་ནས། ཡར་རྒྱལ་པོ་ཞེ་པོ་ཆེན་ཕྱིར་སྐྱུར་ཚམ་བྲིས་བ་ལ

ཕྱིར་འཁྱུང་བཞིན་མི་ལྷ་བ་ཅི་འབྲུག་རེར། མ་ཚང་གང་མ་ལྷ་ཡིས་ལྷུང་བསྐྱེན་རྫུང་ལེན་ཀྱང་རེད་ཟེར་ནས་ཧུ་བ་ཕྱུར། དེ་ནས་འཇམ་གླིང་གེ་སར་རྒྱལ་པོ་དེས···

འབྲོག་མོ་ངང་ལག ང་འབྲུག་བཞི་མི་ལ་ཏེ་བ་མ་རེད་སྙིང་ ང་ཡིས་དྲུང་ལ་ལྷ་འདར་སྟེ་བ་ཆེན་པོ་གཅིག་ཡིབས་ཀྱང་ ཕྱག་རིས་བཙན་པོ་གཅིག་གདུག ད་ལྟར་

དཔལ་སྒྲུབས་རྣམ་འདུས་གྲོགས་སྐྱང་བས་བཀའ་ཡིབས དེར་ནས་དཔལ་སྒྲུབས་བྲིམ་ཅན་རྒྱལ་པོས་དྲུང་ལ་འདུས་ནས ཧྲར་དར་མར་པོ་ཕྱུར་ནས་འདུན་

བྲལ་ལ་འཁོད དེར་ནས་གླིང་སེང་ཆེན་ནོར་བུ་དགྲ་འདུལ་དེས ཡར་འོན་དཔལ་སྒྲུབ་ལ་སོགས་དཔལ རྒྱལ་བློན་འདམས་པས་རྩ་བ་དེ བོད་ཀྱིམ་ས་རྐ་ལ་

མི་སྐྱིད་པས་དམག་མང་པོས དགུས་ཙང་རྗེ་བོ་དེ་ལ་རྩེ་བར་ཕྱིད་ནས་འཁྱུག་ཚལ་མི་ལོ་ཁ་ཁྲིམ་རེད་འདུག བོད་ཀྱིས་རྒྱལ་པོ་རྣམ་ཐུས་ར་མ་སྲུས་དེས་གླིང་ལ་

དམག་ཚང་ཕྱེད་པས ལྷ་འདར་ཀེད་ལ་ཕྱག་བྲས་དོ་འཁོར་གཅིག་ཀྱང དར་གླིང་གི་དམག་དེ་འགྲོ་དགོས་པས་དཔལ་སྒྲུབས་རྣམ་འཕྲོག་གིས་འགྲོ་ཚོས་ཕྱིས་བྱེར་

བའི་བཀའ་ཡིབས དེར་ནས་དཔལ་སྒྲུབ་རྣམས་དར་དགྲ་བོ་དེ་ཐག་རིས་ལ་ཡོད་འདུག་པར་རྒྱལ་གར་འགྲོ་དགོས་ཅ་བ་འདུར་བཀའ་མོ་རེད་བསམ་ནས་ཁྲིམ་ཅང་

༄༅། །སེམས་སྡུག་བསྔལ་ཆེན་པས་མི་འགྲོ་ཟེར་བའི་རྒྱུ་བ་ཕྱིར་འདུག དེ་ནས་གཡས་སྦྲུལ་ཀྱི་སྦྲུལ་མ་གོ་ནས་ཧོར་ཀྱི་ཕར་པ་མེ་རི་རྩེ་ངེས་ཡར་དཔལ་

ཐུབ་རྣམས་དགྲ་རྣ་བས་གོ་ནུ་ཚོ་ལ་སྨྲུག་ཟེར་ནས་ཐུག་འཁྲུག་ནས་དཔལ་ཐུབ་རྣམས་ལ་ཀླུ་འདི་སློང་མོ། ། ཚལ་ལ་× ཐྲ་ལ་× སྐྱབས་གློ

ཡི་དམ་× མ་མཁའ་འགྲོས་× ང་དང་× གཡས་སྦྲུལ་སྦྲུལ་ཀྱིས་སྦྲལ་མ་གོ་ནས། ། ཧོར་བདུད་ཁྲ་འབར་རྒྱལ་པོ་དེད།

དེ་ནས་རྒྱལ་བློན་ལ་སོགས་པ། ། ཞྭ་བ་ཀླི་ལ་འདྲི་འདྲ་ཡོད། ། དེ་ནས་བོང་ཀྱིས་ཁམ་དཔེ་ལ། ། གཡུ་འབྲུག་སྒྲུངས་སྐད་

ཆེན་པོ་དེ། ། སྒྲངས་ཚར་བབ་པས་བསྐྱེན་འཁྲིས་རེད། ། སྟེང་འབྲུ་དུག་ཉམས་ལ་ཨེ་ཕན་བསམ། ། འབྲུ་དུག་ཉམས་ལ་

མ་ཕན་ན། ། འབྲུག་སྐད་གཏོག་ཆེན་བ་སྟོང་པ་རེད། ། གླིང་སེང་ཆེན་ལྷ་ནས་སྐུལ་ལེ་རེད། ། དགྲ་ཕར་དཔུང་འདུར་བས་

ཁག་ཚོན་རེད།། བོད་འཁོར་བས་ཉམས་ལ་མ་ཕན་ན།། གླིང་སེང་ཆེན་སྐལ་ཁྲུང་ཤི་ལ་ཕན།། ཛོ་བོ་ཤུ་ཁྲུ་མི་ནེ་དེ།།...

བོད་འཛམ་བུ་གླིང་གསལ་ལྷ་སྐལ་རེད།། གླིང་སྐྱིད་བུལ་རྒྱལ་ཚོན་མ་ཐུབ་ན།། དགྲ་གྲུ་ཁུམ་དམག་གི་འཁྲིག་པས་ན།།...

གླིང་གི་སར་འབྲུག་བ་སྟོང་པ་རེད།། དཔོན་ཁྱེད་ལ་འཁོར་བས་གློན་པོ་རྣམས།། ཙི་སྒྲུང་བཀའ་རེད་མ་སྒྲུབ་ན།། འདུ་འབྲུག་

ཐུམ་ཁྲུང་ཁྲི་ལ་རེད།། དཔལ་ལྷ་མདའ་མ་དགར་སྡེ་གསུམ།། ངོ་བུ་ཤ་མདོག་ཤར་ལེ་ལ།། ལ་ཆེན་བདེ་ངོས་ཨེ་

ཡིས་ལག།། སྟག་ལྷ་གཡུ་ལྷ་སྤྱི་དཔོན་སོགས།། དཔལ་མེད་བརྗོད་དམ་བཞེད་ལེ་དེ།། ལ་ཆེན་བདེ་ལེ་ཨེ་ཡིན་

ཞེས།། ངོ་ཚ་མེད་པས་རྒྱལ་གློན་རྣམས།། ཚོ་དྲུག་ལྷ་བདེ་དཀར་པོ་རེད།། རྟོགས་འཛང་གཉིས་དང་སྟག་གཟིགསུམ།།

༄༅། ། ཨ་ནུག་ཁྲི་རུ་བདུན་སྤྱི་དུག ། སོག་དམག་བོན་དམ་གཏེར་ཆོར་ཆེའོ། ། དཔེ་འདི་ལ་འཁོར་བས་འོག་
སྤྱི་རྣམས། ། ལུས་པ་ཁྲག་མིན་པ་ཁལ་ཟེར། ། དཔོན་པ་མ་འདྲ་བས་དྲིན་ཆེའ་ལ། ། དྲིང་ཆེན་དུ་ཕྱུ་བསོ་
རྒྱལ་བློན་རྣམས། ། དམག་མི་འགྲོ་ཟེར་བ་ཙི་ལ་ཟེད། ། དེ་ཟིས་ཀྱི་མས་སྤོར་གང་ལ། ། ལས་དམག་ཁྲིག་སེམས་མ་
སྤུང་ན། ། རྒྱལ་བློན་ནང་འཁྲུག་མི་བཟོ་རེད། ། གླིང་པ་འབྲུལ་དེ་ལ་ཕྱུག་འཚོལ་ལོ། ། ལས་དམག་ཁྲི་སེམས་འགྲོ་
རྒྱུར་ཕྱིས། ། བདུད་རྗེ་ཕྲོག་རྐྱར་རྒྱལ་པོ་དར། ། བློན་ཆེན་ཞེ་ནག་མིག་གཅིག་གཉིས། ། འཇིག་སྟེན་མི་གཅིག་ཨོ་
མི་ཡིན། ། བཀྲག་མི་དགོས་ཨེ་འོ་པ་ཡིས་ཐུབ། ། དམག་ཁྲ་མོས་འགྲོ་ལུག་འདི་འདྲ་ཕྱིས། ། ཐབ་མདོ་

ཁམས་གླིང་གི་ས་ཚ་ཅན་ས།། དར་པོ་ལྷུ་བྲང་ལས་དམག་ནུག།། འགོ་འཛིན་ཚ་བ་ཞེང་མདའ་མས་ཀྱིས།། འབྲུ་
དམག་གསུམ་ཙམ་འགྲོ་རྒྱུ་དགོས།། ཞེག་མ་གསུམ་ཀྱིས་གང་རུ་ག་ནས།། རྨ་ཡུལ་སྟོང་ལ་འཛམ་ལི་དགོས།། གླིང་
དམག་པོ་གཏོང་ལ་སྙིང་འབྲུ་ས་ཆེན།། དཔུག་པོ་འཇང་གི་གསུ་ལུ་ཕྱེད།། འཇང་ཡུལ་དམག་གི་འགོ་འཛིན་ཀྱིས།།
འབྲུ་ལུང་ཅན་གྱི་འབྲི་དམག་གསུམ།། ཞེག་མ་གསུམ་ཀྱིས་གོང་གྲོག་ལ།། རྨ་ཡུལ་སྟོད་ལ་འཛམ་ལི་དགོས།། དུར་སྐྱོང་སྟག་
ལྷུ་ཁྲི་དཀར་ཕྱེད།། མེན་ཡུན་བདེ་བས་འགོ་འཛིན་ཀྱིས།། ཁྲ་དཀར་ཅན་ལ་ཁྲི་དམག་གསུམ།། ཞེགས་མ་གསུམ་ ××
རྨ་ཡུལ་སྟོང་ལི་× ཀློན་ཆེན་ཞེག་དཀར་ལྷུན་པ་ཕྱེད།། སྟག་གཟིག་དམག་གིས་མགོ་འཛིན་གྱིས།། ཁྲི་ནག་ཅན་ལ

ཆོད་
༢༩

༄༅། །ཁྲི་དམག་གསུམ། །ཞག་མ་གསུམ× རྫ་ཡུལ་སྟོང་ལ× ང་བར་སྒྲིག་ཅན་བྲན་པ་གིས། །དོར་སེར
དམག་གིས་མགོ་འཛིན་བྱེད། །ཁྲི་སེར་ཅན་ལ་ཁྲི་དམག་གསུམ། །ཞག་མ་གསུམ× རྫ་ཡུལ་སྟོང་ལ་འཛོམས་དམ་བྱེད། །
རྒྱ་ལ་ང་ཡིས་ལས་དམག་འཛོམ། །དེ་རྒྱུས་ཕྱོགས་བཞིན་དམག་དཔོན་འཛོམ། །བློན་ཆེན་ཐམས་མཁའ་ཁྲིག་ཐེར་བྱེད། །…
སོག་ཡུལ་སྡེ་བས་མགོ་འཛིན་གྱིས། །ཁྲི་དམར་ཅན་གྱིས་ཁྲི་དམག་གསུམ། །ཞག་མ་གསུམ× རྫ་ཡུལ་སྟོང་ལ××…
ཡས་རྟག་དཔོན་པོ་ཉི་བྲག་བྱེད། །ཁྲི་ཕྱུགས་ཅན་ལ་ཁྲི་དམག་གསུམ། །ཞག་མ་གསུམ× རྫ་ཡུལ་སྟོང་ལ× ཞི་རིས…
བློན་པོ་ཚོས་འབྲུག་བྱེད། །ཞི་རིས་བརྡེ་བས་མགོ་འཛིན་གྱིས། །ཁྲི་སེམས་ཅན་ལ་ཁྲི་དམག་གསུམ། །ཞག་མ་གསུམ× རྫ…

ཡུལ་སྐྱོང་ལ༔ དཔལ་མོ་ཨ་སྨན་ཀླུ་མོ་ཕྱེད།། ཕྱུང་རིམ་དམག་གིས་མགོན་འཛིན་གྱི་ས།། ཞི་ནག་ཅན་ལ་བྲེ་དམག་གསུམ།། ཞེག་མ་གསུམ༔ ཧཱུཾ་ཡུལ་སྐྱོང་ལ༔ ཧཱུཾ་ཡུལ་འདི་བཀྲ་ལྡེ་མོ་ལ།། འབུམ་དམག་ཕྱུམ་བརྒྱ་སོ་གསུམ་དེ།། གོ་ཞར་དཔོན་ལ་དམག་གཙོས་འབྲུལ།། རྗེས་ལ་སྤྱི་ཁྲུང་ལམ་པས་ན།། ཉིན་དང་ཆད་པར་དེ་ལ་ཡོད།། གོ་ཡི་ཕྱུལ་སྐྱིང་གིས་རྒྱལ་སྣོན་རྣམས།། མ་གོ་གླུ་ལ་འབྲེ་བ་མེད།།རྒྱུ་སྣོན་ཐུགས་ལ་དེ་ལྟར་ཞེག།། ཅེས་ཀྱེར་བ་དང་རྒྱལ་སྣོན་རྣམས་ཀྱིས་ཐུགས

ཚིག་དེ་ལ་ཧྲན་ནས་མདུན་བྲལ་ཐར་ར་ར་གྲོས་ཏེ་ཉི་མ་དེ་ཡིས་ཕྱིར་ཚར་ལ་སྐྱིང་དཔལ་བྲུབ་རྣམས་རང་རང་གིས་ཕྱིད་ནས་བྲེ་དམག་གསུམ་ནི་རང་རྐ་དོ་མོའི་འཇོམ་ནས་ཐར་རྒྱ་ཡུལ་སྐྱོང་གི་མཆ་ལ་དགོང་ནས་ཐབ་བབ་པར་ལྟར་དུ་ཧུང་ ཤན་པ་དེ་ཧོ་ཡུལ་ཡེབ་ས་ནས་ཧོར་གྱི་རྒྱ་སྣོན་རྣམས་མདུན་ན་ཚོགས་ནས ཤན་པ་ལ་འཇར་ར་དར

ཕྱི་༡༡ཀ

༄༅། །མང་པོ་ཕྱིར། དེ་ནས་འཆམ་ཆོ་ནུང་ལྷ་འཇོག་ལྷའི་རེས་གླུ་ཨ ཨ་ལ་ཨ ཐ་ལ་ཨ ཧྲཱིཿ ཡི་དམ་དགོན་མཆོག་གཙུག་ཨ། །གསོལ་བ་
འདེབས་སོ་བྱིན་གྱིས་རློབས། །གནས་གཡུ་ལོ་སྐོར་བའི་ཞིང་འཚོམས་ནས། །རྒྱལ་བ་རིགས་གསུམ་མགོན་པོ་མཁྱེན། །སྙིང་དཀར་ས་ཆ་གདན་…
སྐྱིད་ནས། །མིང་ཆེན་ཆོར་བྱ་དགྲ་འདུལ་མཆོད། །དེ་ནས་ཡས་ཕྱུ་མེ་ནུ་རྡོ། །སྐུ་ལ་བར་ཆད་ཕྱེ་བྱུང་ལགས། །གསུང་ལ་འགག་པ་ཕྱེ་
བྱུང་ལགས། །ཚོ་དྲུག་ལྷ་སྤྲེ་དཀར་པོ་དེ། །སྤྲེ་མོ་སྤྱིག་མོ་ཕྱེ་ཡིན་ལགས། །མིང་ཆེན་ཆོར་བྱ་དགྲ་འདུལ་དེ། །སྐུ་ཕེ་བདེ་མོ་ཕྱེ་ཡིན་
ལགས། །དེ་ནས་ཐར་པ་མེ་ནུ་རྡོ། །དགེ་ཡིད་པ་ཇོ་ཚར་ཆེན། །དགེ་རྩེ་ལ་བཞུག་རྒྱུ་དགོས། །སྙིང་གིས་བེ་སར་རྒྱལ་པོ་ལ། །
ཞུ་ཕྱི་རུ་ཡིས་སྐྱབ་དང་ཚོགས། །ཅི་བསམ་ལུས་དོན་སྒྲུབ་ནས་འོང་། །དོན་ཐར་པས་བྱུགས་ལ་དེ་ལྟར་ཞོག། །ཅེས་ཟེར་ནས་དེ་ནས…

བདུད་རྩི་ཕན་པ་དེས། གཡང་ཚོ་བོ་ནུབ་ལྷ་འཛོག་ལྡན་ཁྱིར། ང་གླིང་ལ་འདུག་དང་ང་ཡན་ཆད་ལ་སྐྱུ་ལ་བར་ཆད་མ་བྱུང་ལགས། སྐྱུང་ལ་འགག་པ་མ་བྱུང་ལག
ཡིད་ཆེན་ནོར་བུ་དགྲ་འདུལ་ལ་སྐྱུ་ལ་བར་ཆད་མེད་པ་རེ་བོར་འདུ། དེ་བཞིན་དུ་སྐྱུ་ཁམས་བདེ་མོ་ཡིན། ཨོཾ་དུག་ལྷ་བདེ་དཀར་པོ་དེ། ད་ལྟར་སྐྱིད་དུས་བདེ་དུས
ཡིན། གླིང་གི་དགྲ་ལྷ་མདའ་མ་དང་དཔལ་ལ་དགའ་བདེ་ལ་སོགས་པ། སྐྱུག་རྣར་འཛམ་དུག་[illegible]་པ་འདུ། ད་ལྟར་སྐྱན་ཁམ་བདེ་མོ་ཡིན། དེ་ནས་ཞུ་བ
ཕྱེ་འདྲ་ཡོད། ཤར་དཔལ་ཙང་ལྡོང་གྱིས་ས་ཆ་ནས། རྣམས་ཐོས་རྒྱལ་པོ་ར་མ་སྲུས། ཐེད་བདེ་ཕྱུང་བས་བཞེ་མ་ལ། བདུད་རྒྱལ་ཞགས་ནག་མིག
གཅིག་དེ། ཕྱུག་བསྐུལ་ཙམ་ལྱུས་བོད་ལ་བྱུར། ཐོག་རྣར་རྒྱལ་པོ་དཔོན་བློན་གཉིས། དཔལ་ཙལ་མི་གནྲུབ་ཆེ་འདུག་ཐེབ། ཕྱི་བདེ་མི་བདེན་མི་ཤེས་ན།
ད་ཉི་མ་སོང་མ་གཉིས་གདོང་གོང་ལ། ཧོར་སེམས་དམགས་ལ་སྐན་སྐད་བྱེད་ནས། ཁྲི་དམག་གསུམ་ཙམ། རྣ་ཡུལ་བསྡད་ལ་འཛམས་དགས་དཔལ

ཞེ་བདུན

༄༅། །རིམ་ཕྲག་ཅད་དགོས། མ་འདུག་ཧོར་ལ་དམག་ཆ་སྦྱིན། ཞག་མ་གསུམ་གྱི་གདོང་གང་ལ། གླིང་ལ་དམག་ཅོམ་འབྱུ་དགོས་པས། མ་འཛོམས་
ཚད་པ་འཁྱུང་ངེས་ཡིན། དེ་ལྟར་སྒྲགས་ལ་གོ་བ་གྱིས། ཐེར་ནམ་ཕན་པས་བཀའ་ཡིན། དེ་ནས་ལྷུང་ལྷ་འཕྲོག་ལྷན་དང་། ཁྲང་དཀར་རྩེན་རྩང་འབྲུག་ནག་ཕྲུག་ཆེན་གསུམ།...
གྱིས་དམག་ཆ་རྒྱལ། དམག་ཁྲི་སེམས་ཅན་ལ་ཁྲི་དམག་གསུམ་ནུབ་ནམ་ཡེ་ཆེན་ད་ཕྲང་སྟོད་ལ་དམག་དཀར་རྒྱ་མ། བདུད་ཅན་ཤན་པ་དང་ཧོར་དམག་སྟུམ་ཞེག་གཅིག་བསྒྲགས།
ལྷོ་ཡོག་ཟླ་མོ་ནམ་རྩང་མ་དུས། ཧོར་གྱི་ཤན་པ་འདེབ། གླིང་ཡིར་ཆེན་རྒྱལ་པས་ལྷ་མཆོད་ཡིན་པས། ད་མོ་ཧོར་དམག་འདི་སྨ་ཡིན་སྟོད་ལ་འགྲོ་དགོས་པས།...
ལྷོ་ཡོག་ཟླ་མོ་ནུབ་རྒྱང་ར་རྒྱང་མ་བཞེག་པས་རྡེན་ལ། དམ་ཚང་འབྲེན་གཅིག་མ་བཞག་ཕྲར་མེད་པས། ཤན་པ་ལ་ཚང་འབྲེན་གཅིག་བཞེགས། དེ་ནམ་ཤན་པ་
རིམ་ད་ལྟར་ཧོར་གྱིས་དཔོན་སྐྱེ་ཁྲོད་ངོ་འཛམ་རེད་ཡོད་དཔལ། ཟླུང་ལྷ་དང་ནུབ་རྒྱང་གཉིས་གྱི་ངོ་རི་འཛམ། འདེལ་ཤིན་ཚད་འཛམ་བཀར་འདུག ཤན་པ་ར་བོ་ནི་ཡིན།

མཐོང་ རྒྱལ་གར་ས་ཐུག་ཞིས་ རྒྱ་ཧྭ་དཔལ་ཅོལ་ཆང་ ང་ཞེས་ཅི་འདྲ་ཞེད་འགྲོ་མི་ཤེས་པས་ ཕ་བྱུང་པ་གཞི་ན་ཁ་བཞི་དང་སྲིན་ན་ཁ་དར་གཅིག་དགོས་བསམ་

ནམ་གླུ་འདི་བློངས་སོ།། ཁ་ལ་x ཐུ་ལ་x ས་འདི་x ཁ་ཆེན་ད་ཐང་སྤྱ་མོ་ཞེད།། ང་དང་x བདུད་ཙན་པ་རྒྱལ་

པོ་ཞེད།། གླི་འདིས་x ཤན་པས་འབྲིམ་ཞེས་འབྲིམ་ཐུང་ཞེད།། དེ་ནས་རྒྱལ་བློན་འདུན་ཚོགས་རྩིས།། ཡང་ན་ནུས་ལྕུང་

བུ་མོ་ལག།། ཧྥ་ན་དར་འདྲ་མ་ཁྱེ་འདྲ་ཡོད།། བྲག་དཀར་ཧྲིལ་གི་ཐུང་དཀར་ཆང་།། ཚོ་སྐྱིད་དབང་པོ་དར་དུས་ལ་།།…

ནམ་ཁའི་མ་སྐྱོན་བསྣམས་པ་མེད།། འདུད་ད་ནང་འཁོར་ལོ་དཀར་མོ་ཞེད།། སྤྱིར་ན་ཐང་དཀར་བྲུ་ལུ་ཞུམ།། དགོས་ན……

ནམ་ཁའི་རྒྱར་ཐུག་ཞེང་།། ད་བྲག་དཀར་འཁོར་ལོ་དཀར་མོ་ཞེད།། བྲག་མ་འཁོར་འཁྱོད་པ་ཀྱེད་ལོ་མེན།། སྤྱིར་ན་བྲག…

ཕུ་ཕྲུར་

༄༅། །དཀར་བདེ་མོ་གྱིས། །དགས་ན་བྱ་རྒྱལ་བླ་མས་སྐྱོབས། །བདེ་དོར་ཡུལ་སྤྱིང་གི་ཐན་པ་ད། །ཚོ་ཡར་
ཁྱིམ་དབང་པོ་དར་དུས་ལ། །དགྲ་ཤ་བ་མ་འདུལ་བསོ་པ་མེད། །འདང་ད་སོང་དགྲ་ལ་འགྲོ་དུས་ལ། །བཞི་དོར་ཡུལ་
ཨེ་འཁོར་མི་ཤིས་འདུག །སྤྱིར་ན་བཙན་པ་ལོ་གྲོང་མཁྲི། །དགོས་ན་རྒྱ་གར་ས་ཐུག་ཟེར། །བཅེན་དོར་ཡུལ་འཁོར་ལོ་དཀར་
མོ་ཟེར། །ང་མི་འཁོར་བསམ་པ་ཞེ་ལ་མེད། །སྤྱིར་ན་དོར་སྟོ་བའི་སོང་གྱིས། །དགོས་ན་ཐུམ་རྐྱང་བླ་མས་སྐྱོབས། །
དེ་ནས་རྒྱལ་བློན་ལ་སོགས་པ། །དགོས་ན་ནུས་རྐྱང་བྲུ་མོ་ལག །བདེ་དོར་སེར་ཁྲབ་མཚོ་ཁོལ་མ་ལ། །ཧུམ་ཨེས་
སྤྱང་རྗེད་ངང་ནས་བདག་འཛིན་གྱིས། །གླིང་གི་གི་ས་ར་རྒྱལ་པོ་ལ། །དར་ལེགས་མ་རྗེར་དང་པ་ཞིག །ང་ཐན་པ་ཀྱི་ན…

ཁ་བཞི་ཡིན།། མ་ཝི་ཧྲུང་ན་ཁ་དབ་ཡིན།། ཤན་ཚོ་ནླུང་ལྷ་འཁྲོག་ལྷན་ལ།། སྨན་ནུས་རླུང་བསེ་པ་མཐུན་ལེ་དགས།།
ར་ཐན་པ་ཝི་ན་ཁ་བཞི་ཡིན།། མ་ཝི་ཧྲུང་ན་ཁ་དབ་ཡིན།། ཧོར་སེམས་ཁྲག་མཚོ་ཁོལ་མ་ནས།། ལྷོ་ལྕུག་རྒྱ་མོ་ནུས་
རླུང་མ།། སྐྱིལ་ཐམས་མ་བསེ་ཟླ་མས་སྐྱོབ།། ཧོར་རྒྱལ་མེས་ཕྲུག་ལ་དེ་འདྲ་ཞིག།། གོ་ན་× མ་གོ་× ×
ཅེས་ཟེར་བ་དང་དེ་ནས་ཤན་པས་ཟེར་བ་ལ་ ལྷོ་ལྕུག་རྒྱ་མོ་ནུས་རླུང་མ་དེ་སེམས་བདུག་བསེ་པ་ཡམ་ནས་ དར་དམ་སྤྲུག་བཅི་
ཐུས་པས་ཡིན་པ་མེད་ནས་ སྐྱིར་ནམ་ཤན་པ་ཐུག་[illegible] དགས་ན་བོད་སེམས་ཅན་རྣམས་ལ་བཞག་པ་སྡུག་པོ་རེད་འགྲོ་བསེ་ནས་ནུས་རླུང་
མས་གླུ་འདི་ཟླང་སོ།། ཨོཾ་མ་ཎི་པདྨེ་ཧཱུྃ་ཧྲཱིཿ ཨ་ལ་× ཐ་ལ་× ས་འདི་× ཡ་ཆེན་ད་ཐང་སྐྱུ་མོ་ནག

ཚེ་༢༧

༄༅།། ཏོན་སེམས་ཁྲག་མཚོ་སྙིང་རྫོང་དམ་ཟེད།། ཧ་དང་× ལྷོ་ལོག་རྒྱ་མོ་ནམ་རླུང་བྲེར།། བཞི་ཕ་ཡིས་
སྐྱིང་དཀར་སྤོང་ཅམ་ཟེད།། ན་སྤོང་ལ་ཕྱེད་མི་ཏོར་ལ་ཟེད།། དེ་ནས་ཐོང་ཀྱི་བཏི་× རྒྱད་ཕྲང་དཀར་རྣམས་ལྷག་
ལྷག་ཉིན་མོ།། སང་ད་ཕྱིན་བྲག་དཀར་མ་འཐོབ་ནའ།། བྲག་དཀར་བསེ་པ་ལོས་ལྷག་སྐྱེའ།། རྒྱད་ལ་ཕྲན་བིན་
ལྷུས་ལས་ཟེད།། སྦྲག་ཞེ་ཆག་མ་ཕྱེད་ཕྲང་དཀར་རྒྱད།། ས་ཏོར་ཡུལ་སྤྱོང་གི་ཁན་པ་ཕྱེད།། དཔལ་རྒྱ་ཁུས་ཡུལ་ལ་
འགྲོ་ཉིས་མ།། སང་ད་ཕྱིན་ཏོར་ཡུལ་མ་འཐོབ་ན།། སྨན་ནུས་རླུང་བསེ་པ་ལུས་ལྷག་སྐྱེན།། ཏོར་འཁར་པ་འདས་
ཁུང་ལྷུན་ལས་ཟེད།། དེ་ནས་འདུ་མ་བཀག་པས་ན།། ཕྱིན་བཟའ་ཚོར་བསེ་པ་མཐུན་མཚན་འདུ།། སྤོག་ཅག་པོ་

ཆང་ཡས་དུས་ཚོད་ལ།། ལོ་ལྔ་རྒྱལ་དགོན་ལེན་སྨན་ལས་རེད།། མི་འི་ཁ་ཁ་བཏྟིཾ་མང་རྒྱུར་མེད།། རྒྱུར་ཕྱོག་པ
ཞེ་ཆག་ཨུཨ་ནབ་མེད།། དེ་ནས་ཐབ་པ་རྒྱལ་པོ་ལག།། སྟག་དཀར་ཁྱིམ་གི་ཐང་དཀར་ཆང།། སྒྲོ་མི་སྨྲག་མཐུར་ཐུར
འགྲོ་ཉིན་མོ།། སྟག་དཀར་འཛོང་ཞེ་ཆག་མ་བཟོ་དང།། ཁྱི་རྒྱལ་འདུག་ཐབ་ཚི་བདེ་ཐུང།། སྟག་དཀར་ལུས་བས་དོན
སྒོ་རེད།། ས་དོར་ཡུལ་སྐོད་ཀྱི་ཐབ་པ་ཁེད།། སྐྲ་མི་སྐྲག་ས་མཐུའ་ལ་འགྲོ་ཉིན་མོ།། སྨེ་ཧོར་ཡུལ་ཞེ་ཆག་མ་ཐེང
དང།། ཧོར་སེམས་པོ་འདུག་ཐབ་ཚི་བདེ་ཐུང།། ངཆུར་མ་ལུས་པས་དོན་གོ་རེད།། ཕྱོག་པས་རྒྱུ་དང་སྐལ་བས་ཟམ།།…
ང་ལེན་སྨ་མེད་པས་ཞིན་འགྲོ་བསྐྱབ།། ཐབ་པ་ཁེན་ཀྱི་རྗེས་ལ་བཏང།། ངཆུར་མ་ལུས་པས་དོན་སྒོ་རེད།། ད་ལོ……

༤༦

༄༅། །ལོ་འདི་ཐབ་བ་ལ། །སྔོ་དོན་མེད་ཁྲམ་མཚོ་མཐིལ་མ་རེ། །ཡར་ཡུལ་སྟོད་ལ་འགྲོ་བ་ལ། །དཔོན་ཆེན་ཕྱོགས་ཀར་རྒྱལ་བློན་རྣམས། །དཔལ་ཚོ་སྙིང་དོན་ཆེན་བཞེད་ཀྱང་། །ཡུས་དམག་དཔུང་མེར་སྤྱན་རྒྱུན་དགས། །མི་ཐུབ་ཐུང་ཏུང་···འཐུང་མེད་བེད། །དེ་ནས་ཐན་པ་རྒྱལ་པོ་ལག །ཐུག་ཀྱི་དགོང་པ་མཆམ་སྐྱེ། །དཔལ་ཚོ་དགྲ་ལ་དམ་ནས་དགས། །ཐན་པ་སྨྲུག་པས་དོན་སྐྱོ་བེད། །ཇེམ་ཤོག་དཀར་གྱི་བཞི་སྙིང་ནལྷ། །བད་རྫུ་སྐྱུར་སྟུ་ཆ་བརྒྱད་ཡོད། །ཁྲི་ཀྱི་ལེན་ཐབ་པ···ཕྱིར་ལ་འབུལ། །དཔལ་གླང་ཁུམ་ཡུལ་ལ་ཕྱིར་པས་དུས། །སྐུ་མི་ཏྲག་འདམ་དུང་ཐུང་བ་ན། །རྗེད་མ་འགྲོ་ཐན་པས་ཞེ་ལ་ཞེག །ང་ནུས་ཆུར་ཐུག་དང་ཆད་པ་མེད། །ཞུབ་བདེ་བཙན་ལ་འགྲོ་བས་ཆོག །ལས་སྐྱ་བསམ་འབྲུབ་པས···

བཀྲ་ཤིས་ཤོགས་།། གོ་ཙ་× མ་གོ་× ཚེས་ཟིན་ཅན་ཧོར་མོ་ས་དམག་ཏེ་བྲ་ཧི་ལི་ཟེར། ཧི་མ་ཏེ་ཡི་ཕྱི་ཉེན་ལ་རྒྱ་ཡུལ་རིམ་བྱང་
ཁྲ་མོ་ལ། གླིང་རྒྱལ་ཁག་དགུ་ཡི་ལས་དམག་ཏེ་འཛམ་ཅན་ཁྲི་དམག་ཡུམ་རྒྱ་མོ་གསུ་ཙི་ཡོད་པ་ཏེ་རྒྱལ་པོ་ལ་དམག་ཚོས་འབུལ། ཏེ་ནས་འཛམ་གླིང་
རྒྱལ་པོ་ཐེ་སར་རིམ་དམག་ཚོས་ལེན་ནས་དམར་ཡུལ་འདི་བྲང་ཁྲ་མོ་ལ་ཁྲ་ཧི་ལི་དམག་སྣར་རྒྱལ་ཡོད། ཏེ་ནས་སེང་ཆེན་རྒྱལ་པོ་རིས་ཡལ་དཔལ་བྱུབ་ནུས་
གླིང་དམག་འདི་ད་བ་ཞག་མ་ཁ་ཤིས་ལ་འདི་སྟོད་དགས། ལྷ་ཡིས་ནས་ལུང་སྟེན་གཅིག་ཕབ་ཡང་བསྟུ། ཏེ་ཕྲོག་མ་བྱུང་ན། མོ་བརྩེས་སོགས་བྱེད་ནས་བཟའ…
སྣར་ཙང་ཡག་གཅིག་ལ་དམག་ཏེ་འགྲོ་དགར་སྤྱང་བའི་བཀའ་ཡེ་བས། ཧི་མ་ཏེ་ཡི་ས་གོང་ཕྲོག་ནས། སྟེང་འོག་ལྷ་ཡིས་ཕོ་བྲང་ནས་མ་ཉེ་ཕྱམ་དཀར་མོ་རིས་རྒྱལ་པོ་
ཏེ་ལ་ཞ་གཟིགས་ལུང་སྟེན་ནས། མཁའ་འགྲོ་མང་པོ་འཁོར་གྱི་སྐོར་ནས། མཁའ་འགྲོའི་ཚམ་དཀར་དུང་འཁྱུན་ལ་དུང་གླུ་× ཨ་ལ་× བྲ་ལ་× ×

༢༥༢·ཉི

༄༅།། བླ་མ་ཡི་དམ་དཀོན་མཆོག་གསུམ།། གསོལ་བ་འདེབ་སོ་སྨོན་ནེན་གཟིགས།། ལྷ་འབྲལ་མེད་སྤྱི་བོས་གཙུག

ལ་བཞུགས།། བཞུགས་ནས་བྱིན་གྱིས་རླབས་ཏུ་གསོལ།། ས་འདིས་× རྩ་ཡུལ་འདི་ཐང་ཁྲ་མོ་ནས།། ལམ་གྱུར་དཀར་པས་···

ནང་བཞིད་ལ།། གསེར་ཁྲི་སེར་པས་བདེ་སྡིང་ནས།། གླིང་སེང་ཆེན་ནོར་བུ་དགྲ་འདུལ་ལག།། སྐྱ་མ་གཡུལ་རེག་པ་རྩལ་ལ་འཁོད།

ང་དང་× སྐྱིད་ཐོག་ལྷ་ཡི་ཕོ་བྲང་ནས།། ངོ་ཤེས་ན་རྣམས་སྨན་དཀར་མོ་ཡིན།། དེ་ནས་སེང་ཆེན་རྒྱལ་པོ་ལག།། ལྗང་ལྗོན་གླུ་ལ···

ཅེ་འདུ་ཡོད།། གླིང་དཀར་ཁྲ་མོས་འགྱུ་དམག་དེ།། སང་ཉིས་སོང་ན་སྐྱེ་འགྲིམ་ཆེན།། དབུས་ཀྱི་ཇོ་ཞག་རྣམས་གསུམ་དེ།། མི་ཐོར

དགོངས་པ་ཐོར་ལ་དབང་།། བདུད་རྒྱལ་ཁྲོག་རྒྱད་རྒྱལ་པོ་དེ།། ག་ས་ར་ཁྲུར་ཀྱིས་སྲོག་བདག་ཡིན།། ཁྲོག་རྒྱད་རྒྱལ་པས་སྲོག

བདག་དེ།། ད་ལྟར་སྙིང་ཤོག་ལྷ་ཡུལ་ཡོད།། འཇམ་དབང་ཕྱག་ཚག་རྡོ་རྗེ་དེ།། དེས་ཕྱིན་དགོང་པ་བོད་ལ་འཁྱུག།། ཕྲོག་ཆང་
ཐུབ་པས་སྙིན་འབྲིམ་ཡོད།། སང་ཉིས་དམག་དཔུང་བཤར་པས་ན།། རྒྱལ་ཁག་དགུ་ཡིས་མགོ་འཛིན་དེ།། འབྲུམ་པས་དགྲ་ལྷ་
བརྩེ་རྒྱལ་དེ།། གེ་སར་རྒྱལ་པས་སྐྱ་ཚལ་དགོས།། རྒྱལ་པོ་ཁྱེད་དང་ཁྱེད་པ་མེད།། དབང་ཐང་སྟོབ་ཤུག་འདྲ་འདྲ་ཡིན།། ལ་ཆེན་
གླིང་ཞིས་བདེ་བ་ལ།། ཚོ་ལྟར་སྙེད་དམག་དང་མི་འདྲ་འདུག།། ད་ལོ་ཚོད་ཡུལ་འགྲོ་ལེ་ལ།། གླིང་ལ་བན་ཆད་ཆེན་པོ་འདུགས།།
འཁོར་བ་བསྐྱེན་པས་སེམས་ཅན་རྣམས།། མི་རྒྱུ་དེ་མཁར་ལ་འདུག་མ་མེད།། ཤི་ལོ་བྱུང་ཁྲུང་འཁྱོད་མེད་བཟོ།། དེ་ནས་གླིང་གི་
གེ་སར་དཔོན།། དམག་ཁྲ་མོ་སང་ཉིས་སོང་ན་བཟང་།། གླིང་མིང་ཆེན་གྲགས་ལ་དེ་འདྲ་ཞེག།། གོ་ན་× མུ་གོ་××

ཀུ་༤༡ཕ

༄༅། །ཅེས་སྨྲས་ནས་ལྷ་མོ་དེ་ལྷ་ཡུལ་ལ་ཡེབ་སོང་བར་དེ་ནས་གླིང་རྗེ་གེ་སར་རྒྱལ་པོ་དེས་གླིང་དཔལ་ཕྱུག་ཚོམ་ལ་འདུས་གྲོག་སྐྱུང་བས་བཀའ་ཕེབ

དེ་ནས་དཔལ་ཕྱུག་ཚོམ་རྒྱལ་པོས་དྲུང་ལ་འདུས་ནས་རང་རང་གི་གདན་ལ་འཁོད། དེ་གླིང་གི་གེ་སར་རྒྱལ་པོ་དེས་ཡང་དཔལ་ཕྱུག་བཀའ་བློན་ཚོམ། ར་ལ་མདུང་གསུང་གང་མ

ལྷ་ཡིས་ལུང་བསྟེན་ཐུང་ ད་ལོ་གླིང་དམག་འདི་བོད་ལ་འགྲོ་བ་བར་ཅར་ཆེན་འདུག་ཏེ། འགྲོད་པ་ཐུས་ནས་དགས་པ་མེད། དར་གླིང་དམག་འདི་སོང་གཉིས

འགྲོ་ཚོམ་གྱིས་གསུང་བའི་བཀའ་ཕེབ། དེ་ནས་གླིང་པ་ཚོམ་ཀྱི་རྒྱལ་པོ་ལ་བར་ཅར་ཕྱི་ཡིན་བསམ་ནས་ཡིད་མ་བདེ་ནས་ཙི་ཚེ་གྱི་མ་ཐུར། དེར་ནས་གཡས་བྲལ

གྱི་བྲལ་འགོ་ནས་དཔལ་བསོད་དོན་གྱི་ཐན་པ་དེས། ལྷ་སྨྲས་དགྲ་ལྷ་ལ་དགུ་མཆོད་གཅིག་བཞག། བཞིན་དཔལ་ཕྱུག་ཐམས་ཅད་ལ་མཛོད་དར་རེ་རེ་བཞེང

ཇེ་སེར་ལ་ཕྱིར་གྱི་ཉི་མ་ལེགས་ཞེས་གཅིག་བཞག་ནས་ཐན་པ་དང་ལྷ་དོན་གྱི་བླ་× ཤེ་ལུ་× བྲ་ལུ་× ཀླུ་མཆོད་གཅིག་ཚང་པ་

དཀར་པོ་མཆོད།། མཆོད་གཉིས་གཉེན་ཆེན་གི་མདོ་མཆོད།། མཆོད་གསུམ་གླུ་རྒྱལ་གཙུག་ནས་མཆོད།། ང་ཤན་པའི་

ལྷོག་ལྷ་འཚལ་རྗེ་མཆོད།། དཔལ་དང་དབྱང་བས་རྒྱལ་སྙེན་མཛད།། ས་འདེམས་× གླིང་པ་མཐོང་བ་སྐྱ་སྐྱང་རེད།།

ང་འདྲ་× དཔལ་མི་འགྱུར་ཕྱོགས་ཐམས་ཅད་པ་ཡིན།། དེ་ནས་རྒྱལ་བློན་ལ་སོགས་པ།། ཉིན་དང་འདྲ་མ་ཤེལ་འདྲ་ཡོད།།

གོང་བཞུགས་མིང་ཆེན་རྒྱལ་པོ་དང་།། ལྷ་སྲས་དམ་ལྷ་བཙན་རྒྱལ་ལ།། ཞུ་བས་གླུ་ལ་× རྩོམ་ལུག་གྲོགས་གི་རྡེ་ར་འདི།།

བྲག་དཀར་བཏྲེར་ལེ་ཚང་ཡིས་བཟོ།། གཡུ་འབྲུག་གྲགས་པས་དོན་སྟོན་རེད།། བྲག་དཀར་མིག་གིས་མཐོང་དུས་ལ།།

བྲག་ལ་མཐོ་བཙན་འཛམ་དུས་ལ།། གཡུ་འབྲུག་ཕྱི་གཟུར་ཅི་ལ་ཡོད།། གླིང་དཀར་བྲ་མོས་འབྲོ་དམག་དབྱང་།།

༄༅།། རྒྱལ་བར་འགྲོ་བ་ནང་ཡིན་བསམ།། ཐོག་རྒྱུད་དཔལ་ཤོལ་ཆེན་འདུག་ཀྱང་།། གླིང་དཀར་བཟུང་བ་ཙི་ལ་ཡོད།། དམག་དཔུང་འཛུལ་པས་དོན་གོ་རེད།། དེ་ནས་གླིང་དཀར་ལྷ་བདེ་རྣམས།། དམག་ཁྲ་མོ་འགྲོ་ལྟག་ཕེ་འདྲ་འཕྱིར།། ཐང་དཀར་རྒྱུད་དང་ཐང་སྒྲུག་གཉིས།། བྲག་དཀར་སྟེང་རྫོང་འདྲ་འདྲ་ཡིན།། ཧུ་རྒྱ་མགོ་འབྲིན་ལུས་ཧྲུས་ཚོག།། དམར་ཡག་སྟག་དང་ཁྲ་མོ་གཟིག།། ནག་རི་སྟེང་རྫོང་འདྲ་འདྲ་ཡིན།། རྩ་བཟེ་མགོ་འགྲིན་ལུས་ཧྲུས་ཚོག།། གླིང་གི་ག་སེར་དགྲ་ལྷ་གཉིས།། ཁྲ་མིག་སྟེང་རྫོང་འདྲ་འདྲ་ཡིན།། གླིང་དམག་མགོ་འབྲིན་ལུས་ཧྲུས་ཚོག།། སྤྱིད་ཉི་མ་དགོང་ལ་བཞུགས་དང་ཚོག།། སྟག་མང་པས་ལུས་སྐྱོན་བླ་བ་བབ།། གླིང་ཁྱུ་མཚན་ཡིན་པས་དོན་གོ་རེད།།

དེ་ནས་རྒྱལ་བློན་ལ་སོགས་པ།། སར་གཉིས་དམག་སྔར་འགྲོ་ལུགས་ལ།། དམག་རྣ་འཕྲེན་ཐབ་པ་ང་ཡིན་ཟེར།། དང་པོ

ཧོར་དམག་འགྲོ་ལེན་ཡིན།། དེ་རྒྱས་སྨུག་པོ་འཛང་དམག་ཐོག།། གསྱུ་ལྷ་ཁྱེར་ཧེ་རྣ་འཕྲེན་གྱིས།། དེ་རྒྱལ་གྲུ་ནེ

མི་དམག་ཐོག།། སྨུག་ལྷ་ཁྲི་དཀར་རྣ་འཕྲེན་གྱིས།། དེ་རྒྱས་ཁྲ་མོ་གླིང་དམག་ཐོག།། ཨོཾ་བཞེང་མདན་མས་རྣ

འཕྲེན་གྱིས།། དང་པོ་རྒྱག་ཁག་ཆེན་བཞི་འགྲོ།། དེ་རྒྱས་རྒྱལ་པས་དྲུང་སྔོར་ཐོག།། དེ་རྒྱལ་དམག་སྔར་ཕྲིས

སེར་ཐོག།། ཉི་མ་ཐར་ཆེན་གྲོས་དུས་ལ།། དམག་སྔར་ལྷ་ཁྲུང་མ་ཆད་ཐོག།། རྒྱས་ལ་ལྷ་ཁྲུང་ཆད་ཐུང་ན།།

གསེར་འགྱུར་མོ་ཟེ་ཡིས་ཆད་པ་ཡོད།། གླིང་རྒྱལ་བློན་ཕྱུགས་ལ་དེ་ལྟར་ཞོག།། གོ་ཙ་× ཨ་གོ་× ཙེས་ཟེར་བ

༄༅། །ངང་དེ་ནས་རྒྱལ་བློན་རྣམས་ཀྱི་ཐུག་ཆགས་དེ་ལ་སྨིན་ནས་ མཛུམ་ཐལ་ཐ་ར་ར་གྲིས་སོང་ དེ་ནས་དམག་སྣར་དེ་འགྲོ་ཆས་བྱས་
ནས་གོ་མཚམ་རྣམས་ཐོན་ནས་ ཕྱིར་རྡིས་ཀྱི་མ་ཤར་བ་དང་ལྷོ་དུ་གླིང་དམག་རྣམ་ཁྲ་ཁྱི་ལི་དམག་རྣ་ཀླུ་བོ་ལས་རིང་ལིན་ཅིག་བྱས་ནས་ཡ་ལྷུང་ཕྱོག
ལ་ཕེབ་སོང་ དེ་ནས་ཚུག་མ་བརྒྱུད་ཀྱི་ས་ལ་སློད་ནས་ ས་བཟང་རྒྱུད་ཆེན་པས་ས་གཅིག་ལ་སློད་ནས་ ཤན་པ་དེས་ཟེར་བ་ལ་ དེ་རིས་[illegible]
སློད་པས་ས་ཆ་འདི་ མ་བསྟན་འཛམ་ཆེན་བའི་ས་གཅིག་རེད་ ངད་གླིང་དམག་རྣམས་སྣར་མཐན་བསོ་དགས་ལྷུང་བའི་ཕན་པས་དཀར་ཡེབ་ དེ་ནས་གླིང་…
དམག་རྣམས་དགར་བབ་བྱས་སྡོད་ དེར་ནས་རྒྱལ་པས་ལྷ་ལ་དམག་དཔོན་རྣམས་བཀའ་གྲོས་བྱས་ དེར་ནས་ལྷ་སྲས་དགེ་བརྒྱུན་རྒྱལ་དེས་ས་འདིས་ཚན་སྐྱིག་དྲིས
པས་ཀླུ་འདི་གློང་སོ།། ཁ་ལ་x ཐ་ལ་x ཀླུ་ཡི་རྣམ་དཀོན་མཆོག་གསུམ།། ཁམས་གསུམ་འཁོར་བ་འགྲོན་པར

གྲོགས།། ས་འདི་ར་ མིག་མི་ཤེས་མི་ཡུལ་ས་ཆ་རེད།། ས་འདི་འདྲ་ཤེས་མི་ཅི་ཡོད་ལགས།། བསྐོར་ནང་ཆེན་་་
བས་ས་ཆ་ལ།། མིག་རེ་རེ་སྟག་ན་ཡ་མཚན་ཆེན།། སྤྱིན་དཔལ་རྒྱལ་པས་བསྐོ་མཛད་པས།། དཔལ་ཕྱུལ་བརྒྱུད་
ཁྲི་བཞི་སྟོང་རྣམས།། ས་ནོར་བྲུས་ས་ལ་བཟི་བ་གྱིས།། མིག་རེ་རེ་ཧྲག་ན་སྟེན་འབྲིམ་ཆེན།། ཡར་སྟོས་དང་སྟེ་མོ་་་
ཡིན་འདྲ་འགི།། ཕྱུར་ཡི་ཉ་རི་གཅིག་རིག་ལོ་འདང་།། བོད་རྒྱུད་པས་སྐུ་ཕྲོན་འདྲ་འགི།། རི་དེ་ཡིས་མིག་ལ་ཅི་འདྲ་ཟེར།
ཉོ་བོ་དེ་ཡིན་མ་རྟུང་ལ།། གསེར་ལ་ཉི་མ་ཤར་འདྲ་འདི།། མིག་ལ་ཅི་འདྲ་ཟེར་ལེ་རེད།། ཉོ་བོ་དེ་ཡིས་གཡས་བཟླུ་ལ།
གང་ལ་བསྟོད་འཇིག་འདྲ་འདི།། རི་དེ་ཡིས་མིག་ལ་ཅི་འདྲ་ཟེར།། ཉོ་བོ་དེ་ཡིས་མ་སྨུང་ལ།། ཐུ་རྒྱུད་གཡོག་པར་་་

ཞེ་ཉེ

༄༅།། བསྐྱལ་འདུ་འདི།། རི་དེ་ཡིས་མིག་ལ་ཙི་འདུ་ཟེར།། སོ་སོ་དེ་ཡིས་མདུན་ནི་ལ།། སྤུར་ཆེན་གསེར་
གྱི་ཕྱེད་མ་འདུ།། སྤུར་དེ་ཡིས་མིག་ལ་ཙི་འདུ་ཟེར།། སྤྲིང་སྨན་བབ་པས་ས་ཆ་འདི།། ཙ་སླི་ཕིས་འདབ་མ་རྒྱས་ལེན་
འདི།། སྤུར་འདི་ཡིན་མིག་ལ་ཙི་འདུ་ཟེར།། སྤྲིང་དཔལ་ཐུབ་བྱུགས་ལ་དེ་འདུ་ཞོག།། གོ་ན་× མ་གོ་× ཙེས་ཟེར་བ
ངར་དེ་ནས་གླིང་དམག་ཧཱུཾ་ཀྱང་ཀླུས་ཀྱང་མ་ཤིས་ནས་ཙི་ཞི་མ་ནས་ སྤྱི་དཔོན་ཞི་དགྲུང་ལོ་ཕྱིན་བས་མིག་གིས་རྒྱུད་མི་ཆེད་ བཔད་ཀྱང་ཁ་ཙན་མི་བདེ་བའི་
འདྲ་མ་ཨར་སྐྱུད་ནས་བཞུགས་ དེ་ནས་ཕྱད་ཙན་ཤན་པ་དེས་ས་དེ་ལ་བསྐྱུ་བར་གཅིག་ཕྱེད་ནས་ས་ལ་ལྷག་ཙག་སློད་པས་གླུ་འདི་× ཨ་ལ་× ×
ཐ་ལ་× ཀླུ་ཡི་ངས་དགོན་མཆོག་གསུམ།། འབྱུལ་མེད་སྐྱེ་བས་× བཞུགས་ནས་ཕྱིན་× གསེར་ཕྲི་སེམས་

པས་སྨོན་སྨིང་ནས།། གོང་བཞུགས་དགྲ་ལྷ་བརྟན་རྒྱལ་ལགས།། ཞི་བས་གླུ་ལ་ཚོ་འདུག་མོད།། ས་འདི་ཡི་ལོ་རྒྱུས་ང་···
ཡིན་བཤད།། འགྲོ་མ་ཕུར་ས་རྡོ་ར་ཡི་ཀྲེད།། ཡ་སྔོས་པས་སྤྱི་མོ་རིག་ལེ་རེ།། ཕོར་ཚང་སྤྲས་སྣ་ཕྱེད་འདྲ་འདི།། རྒྱ་གར
སྤྲས་ནི་ཙེན་ལྡན་རེད།། ཞོ་པོ་རེ་ཡིས་མར་སྒྲུད་ལ།། གསེར་ལ་ཉི་མ་ཤར་འདྲ་འདི།། རྒྱ་གར་གསེར་ལ་ཁྲ་མོ་རེད།། སྒོང་
གང་ལ་འཁྱིལ་འདྲ་འདི།། རྒྱ་གར་དཀར་ལ་གོང་མ་རེད།། ཧ་རྒྱ་གཞོག་པ་རྒྱས་འདྲ་འདི།། རྒྱ་གར་ཧ་རྒྱང་སྤྲུང་ཞིན་རེད།།
ཐུང་ཚེམ་གསེར་གྱི་ཕྲེང་མ་ཅེན།། རྒྱ་གར་ཕྲེང་མས་ཡ་ཐུང་རེད།། དེ་ཞིང་འདུག་པས་ས་ཕྱོག་འདི།། ཙོ་ཀྲུ་ཞིས···
འདན་ཨ་ཡག་ལེན་འདི།། རྒྱ་གར་ཙོ་མཆོག་དྲག་མ་རེད།། གླིང་ལྷ་སྐྱར་བབ་པ་སྨོན་འབྲིས་འགྲུབ།། དགྲ་ནག་པོ···

ཅིག

༄༅། །ཐུབ་པས་སྟོན་འཁྲིག་འགྲུབས། ། རྒྱལ་བློན་བཀར་གྲིས་ག་ལི་བྱེད། ། ངན་པོད་ཡུལ་ཕར་ལ་ལྟུག་ལོ་རེད། རྒྱལ་གར་ཡ་ལ་རྩེ་ལེན་རེད། ། རྒྱལ་བློན་བྲུགས་ལ་དེ་ལྟར་ཞེག། ། གོ་ཙ་x མ་གོ་x ཙེམ་བྱིན་བ་དང་དེ་ནས་བློག་རྒྱུད་དེས་མ་བོན་ལ་གླིང་སྒྲུར་དེ་བབ་ནས་བཅུག་ཡོད་གར་ དེ་ནས་དམག་དཔོན་བཟླའ་རྒྱད་བློག་འབེབ་དེས་རྒྱལ་བློན་བཙུ་གསུ་ཙམ་ཡོད་པ་དེ་བཀའ་གྲོས་བྱས་ནས་བཟླའ་རྒྱད་དེས་གཡའ་བློན་ཆེན་རྣམས་ར་ཙོང་རྣམས་དཀར་སྤྱིག་འཛམ་ དཔོན་བློག་རྒྱད་རྒྱལ་པོ་དབང་ཕྱོང་ཆེན་བས་འཛམ་གླིང་ཁ་འདོག་སྣང་ ཕས་མགོན་དབང་ཐུང་ཆེན་བའི་དབུས་ཛོ་བོ་སང་ལེཙ་ཙད་ལེན་རེད་ ངར་རྣམས་སྤྱི་པོ་རེད་ཟེ་ནས་ཏ་ཏ་ཏེ་ཏེ་ཟེ་ནས་སང་གཉིས་ལ་ཟིན་བསྐུར་འགྲོ་དགོས་ཟེ་བའི་ རྒྱལ་བློན་རྣམས་ཀྱི་དཀར་ཐུག་འཐུད་ དེས་ཕྱི་གཉིས་ལ་ཧྲ་བར་སྤུ་རྒྱལ་ཙམ་རྒྱལ་གར་ལ་རི་བསྐུར་སོང་ དེ་ནས་རྒྱལ་གར་དཀན་ལ་གོང་མ་ལ་སློབས་ནས་རྒྱུས་ཁམ་

བོང་ཀྱི་ཞི་ལ་སྟེན་མོ་ལྟར། མར་ལྟར་དངས་མིག་རྒྱུད་གང་གིས་ལམ་ལ་དམིག་སྒྲུབ་བསམ་གྱི་མི་ཁྱབ་པ་གཅིག་མཐོང་ནས། ཡ་ལ་འདི་ཙི་ཡིན་བསམ་ནས།
སྤྱོད་སྐད། ལ་ལ་གིས་ཇས་སྤྱི་མོ་ཨི་ཞིས། འདི་ཨ་མགོན་ནང་དམག་ཡིཆུ་རེད་ཟེ། ངང་རང་ཉམས་ཨ་མགོན་ཆེ་སྨྲིས་འགྲོ། དབུས་རྫོ་བོ་ནང་ལ་ལེན་ལེ།
རེད་ཟེ་ནས་དགའ་དགའ་བྱས། ལ་ལམས་འདི་ཨ་མགོན་དམག་ལ་མི་འདྲ་འདུག ཨ་མགོན་དམག་ལ་འདི་འདྲ་མེད། དམག་སྒྲུབ་སྨྱུམ་འཛིག་ཆེ་ལེན་ལ།
ལྗུས་གྲུབ་ལོང་སྤྱོད་ཆེན་ལུག་ལ། འདི་སུ་རེད་བྱས་ན་བོད་དམག་འདྲ། སེམས་པའི་བོ་རྡུས་དང་ཨི་ཞིས་ན། ཨ་མགོན་དམར་སྤྱོད་ཚར་ལེན་རེད། ནང་དམག
ཙ་བརྩིགས་ལེན་རེད། ཐོག་རྒྱུད་རྒྱལ་ས་ཕོར་ཆོས་རེད། མི་འདུག་ད་ལྟར་འགྲོ་དང་དཀར་ཟེར་བས་ཁྱུར་ཡོག དེ་ནས་བློན་ཆེན་མདོ་རེ་སྟག་ཙོ་དེས་ཡར་རྒྱལ་
བློན་ཉམས་ཁུར་མ་ཡོག ས་ཡིན་མིག་གི་མ་བྱུང་བ་ཙི་བཀག་རྒྱུར་མེད། ང་རང་ཉམས་དཀར་ལ་གང་མ་ལ་འགྲོ་དང་ཞིས་འི་ཟེར་ནས་རྒྱལ་བློན་ཉམས་ཀ་ལ།

ཕོ་བཞུ།

༄༅།། གང་ས་ལ་ཕེབ་ནས། དཀར་བརྒྱ་ག་མདོ་ནི་སྟག་ཙོ་དུས་ཡར་སྐྱིད་པས་གླིང་དམག་རྣམ་འཇིག་ཆེན་པས་རྒྱལ་བློན་ནོར་མདུན་བྲལ་ལ་ཚོགས་སོང་པས། མདོ་བྲུ་སྟག་ཙོ་དེ་སྐྲག་ནས་རྒྱལ་བློན་ནོར་ལ་ཡར་མ་ཁུ་ཟེར་བས་བརྡ་བྱས། རྒྱལ་བློན་ནོར་གྱི་ཙི་ཡིན་བསམ་ནས་མདོ་བྲུ་སྟག་ཙོ་… ཐོག་ལ་སོང་ནས་མར་ལྷུས་པས། གླིང་དམག་རྣམ་འཇིག་ཆེ་བས་སྐྱུས་ཤུར་མ་ཤིས་ནས། འདི་ཡག་རྒྱུར་མི་འདུག་རྒྱལ་བློན་ནོར་ད་ལྟར་འགྲོ་ཟེར། དེ་ནས་རྒྱལ་བློན་སུམ་ཅུ་སོ་གསུམ་དེ་ཉི་མཚན་མེད་དཔལ་ཕྲོག་རྒད་དུང་ལ་ཕྱུང་། དེར་ནས་ཕྲོག་རྒད་རྒྱལ་པོ་དས་བཟླའ་རྒད་ཚ་ཕྱིས་ཕྱིད་ནས་དར་བསྟུང་། ཕྲོག་རྒད་ཀྱི་སྐྱའ་དམག་དཔོན་བཟླའ་རྒད་ཆེད་དེ་རིང་ཕེབ་པ་དོན་ཅི་ཡིན་ཟེར། དེ་ནས་བཟླའ་རྒད་དེས་ཡར་ལུས་ཀྱི་རྒྱལ་པོ་རིན་པོ་ཆེ། ཉ་ཉིས་ལམ་ལ་ཕས་མགོན་དེ་ཐོད་ལ་སོང་ཅས། དབུས་ཙོང་རྗེ་བོ་སང་ལེན་ནང་ལེན་ཟེར་ཟེར་བའི་ཀད་ཆ་གོ་འདུག། ད་རིང་དཀར་ལ་རྒྱལ་གར་སྟོ་ཚང་དུང་ལ་དམག་དཔུང་ཆེན་པོ་

གཅིག་བསྐོར་འདུག དེ་དགྲ་གཅིག་ཡིན་པ་ཐུབ་ཆད་རེད ངར་ཕྱོགས་རྐྱང་དྲུང་ལ་བཀའ་གྲོས་འོང་ལེན་ཡིན་ཟེར ཕྱོགས་རྐྱང་གྱི་དེ་ཙི་ཡིས་ཟེར་ནས་རྒྱ་སྨོན

ཐོམས་འདུས་ཤོག་ཟེར་བའི་བཀའ་ཕེབ དེ་སྐད་རྒྱལ་བློན་ཀུན་ལ་གྲོལ་ཀྱང་ཟིལ་ཁྱང་མ་ཤེས་ནས དེ་ནས་བདེ་ཆེན་ཞེས་རབ་གྲུབ་ཡར་དེས་རྒྱལ་བློན་ཐོམས

ང་མི་དགེ་ཀྱི་བསམ་བློང་བཅང་ཐུག་ཆག་བཞག་ན་སྐྱར་དེ་རིག་མི་སུ་རེད དགྲ་ཡིན་པས་སྟག་ཙི་འདྲ་འགྲེ་དམག་གཟུར་དང་མི་རྟུང་མགོ་ཙི་འདྲ་འགྲེ་ཟེར་ དེ་ནས

བཟླའ་རྐྱང་བློན་ཆེན་མདོ་རེ་སྟག་ཙེ་དེས་དམག་དགར་ཆས་རྒྱུལ་བཤོད་པས་གླུ་འདི×× ཨ་ལ་× ཐ་ལ་× ཕྱོགས་རྐྱང་རྒྱལ་པས་ཟིན…

རོན་མཆོད།། དེ་རིང་བློན་པས་རྒྱལ་སྟོན་མཛད།། ས་འདིའི་× རྒྱ་རྫོང་མཁའ་ཀྱི་ནང་བཙུམ་རེད།། ང་དར་× ×··

བཀའ་བསྒྲུག་མདོ་རེ་སྟག་ཙེ་རེད།། དེ་ནས་རྒྱལ་བློན་ལ་སོགས་དཔལ།། ཡང་ན་ཤིང་རབ་གྲུགས་པ་ལག།། རྒྱ་གར

ཞེ་བ་ཕུར།

༄༅། །ཙོ་མཆོག་དྲུང་མ་ལ། །དམག་ཁྲ་མོ་ཡོད་ལུག་ཚེ་འདྲ་རེད། །ཤར་སྐར་ཁྲིག་མཆོ་ཕྱིས་འདྲ་ལ། །…
ལུས་འུ་དམར་པོ་བསམ་མི་ཁྱབ། །ནུབ་སྐར་རྒྱ་མཚོ་སྙིང་རྗེ་དང་ལ། །ལུས་འུ་གཡུ་ཡིས་འདར་མ་རྒྱུས། །ལྷོ་སྐར་གང་ཟི
སྙིང་རྗེ་དང་ལ། །ལུས་འུ་དང་པར་རྒྱབ་ལེ་འདུག །བྱང་སྐྱར་སྐར་མཆོག་སྙིང་རྗེ་དང་ལ། །ལུས་འུ་བཟླ་ཡི་འདར…
མ་ཅན། །སྐར་ཆེན་བཞི་ཡིན་སྙིང་རྗེ་དང་ལ། །ལུས་འུ་ལོང་སྤྱོད་མཐོ་ལེན་ལ། །གྲུ་མགོ་ཕས་ལྷན་དགོང་ལ་མཉམ། །
གསེར་སྒོག་ཉི་གྲུ་ཙོ་ལྷ་བསྒྱུག །འཇང་འོད་དཀར་པས་ཆ་ཐུག་བྲན། །མི་སྡོག་པདྨའི་ཁྲུལ་དཀར་བསྒྱུག །ལུས་ཆེན
གུར་གྱིས་ནང་བཅུས་ལ། །འཛོག་རྗེར་ཁྲུག་པས་གསེར་ཁྲི་བསྒྱུག །འོང་བརྗེར་ཁྲི་ཡིན་ཡང་སྙིང་ལ། །རྒྱལ་པོ

ཀྱེ་མ་ཕ་ར་འདྲ་བཞུགས།། སྐྱ་ལྕུས་གཟི་འཇིག་ཆེན་ལོ་འགི།། རྒྱལ་པོ་དེ་ཡི་འདྲ་གྲལ་ལ།། དགྲ་ཆེ་བདག་འདྲ་བས
བློན་ཆེན་རྣམས།། བོད་འཇིག་སྤྱིན་མི་དང་མི་འདྲ་དུ།། གཡས་གྲལ་གྲ་གྱི་གྲ་མགོ་ལ།། མི་ལྷུན་གཡུ་ཡིན་གོ་ཁྲབ
ཅན།། སྙིང་གཡུ་ར་རྒྱས་འདྲ་འགི།། དེ་འཁོར་བློན་པོ་མང་པས་བསྐོར།། གཡོན་གྲལ་གྲ་གྱི་གྲལ་མགོ་ལ།།
མི་དམར་དབོ་བཙམ་རྒྱལ་པོ་ཅན།། བཙན་ཆད་ཁྲག་གིས་རྫི་བས་བྱུ།། དེ་འཁོར་བློན་པོ་མང་པས་བསྐོར།། མདུན
གྲལ་གྲ་གྱི་གྲལ་མགོ་ལ།། མི་ཆུན་ཕ་མདོག་སྨུ་ལེན་ཅིག།། ར་ཙ་རྒྱལ་སྨྲ་ཝེ་འདྲ་འདུག།། སྐྱག་མོ་ཁྲག་གི
རྫི་བས་བྱུ།། དེ་འཁོར་བློན་པོ་མང་པས་བསྐོར།། དེ་སུ་ཡིན་ངོ་བོ་མི་གསལ་དུ།། སུ་རེད་ཞེས་ཞབ་ཀྲག་པ་ལག།

ཉེ་ར་ལ

༄༅།། ཁྱེར་རྒྱལ་བློན་བཀྲུགས་ལ་དེ་ལྟར་ཞེས།། ཀོ་ན་× མ་ཀོ་× ཚེས་ཟེར་བ་དང་ཤེས་རབ་གྲུབ་པ་དེས་བྲུག་ཆས

བཞུགས་ བསོ་ལོང་བཏང་ནས་གླིང་དམག་ཡིན་ངེས་ཟེར་ བསམས་ནས་རྒྱལ་བློན་རྣམས་ལ་ཤེས་རབ་གྲགས་པས་བསྒྲུ་འདི་× ཨ་ལ་× ཐ་ལ་××

སྐྱབས་ནས་དབང་ཕྱུག་ཆེན་པོ་ཆེན།། ཡ་རྒྱས་ཕྱོག་ནང་རྒྱལ་པོ་ལག།། ཉི་དང་འདྲ་མ་ཕེལ་འདྲ་ཡོད།། རྒྱལ་གར

སྟོང་ཁྲི་ལྗུས་དམག་དེ།། སྒྱ་ཞེད་ཁྱེན་ལ་བསྒྲ་ནས་ཐུང།། ཆག་བཞེག་ན་མགོང་ཚ་རྗེ་བུ་ཞེད།། ཤར་སྐྱར་ཁྲག་མཚོ

ཁྱིམ་འདྲ་དེ།། རྟེར་མེར་ཁྲག་མཚོ་ལས་དམག་ཞེད།། ནུབ་སྐྱར་རྒྱལ་མཚོ་ཁྱིམ་འདྲ་འདི།། སྤྱག་པོ་འཛང་གི་སྡེ་ཤོག

ཞེད།། ལྷོ་སྐྱར་སྨིར་འཇིག་འདྲ་འདི།། ལྷོ་གྲུ་ནེ་མེན་ཕྱི་ལས་དམག་ཞེད།། བྱང་སྐྱར་དཀར་མཚོག་དཔྱང་འདྲ་འདི།།

ཁྲ་མོ་གླིང་གི་ལྷ་དམག་རེད།། སྔར་ཀྱིས་ལུས་ཁུ་མཐོ་ལོ་ངེ།། གསེར་སློག་ཙེ་བྱུ་ཏོ་ལྡ་བརྩུག།། གོ་ཡར་རྒྱལ་པས་ལུས་ཁུ་ཞེད།། ལོང་སྐྱུར་ཆེན་པོ་ཡོང་ཟབ་འགི།། དམག་སྔར་མཁལ་ནས་སྔོར་ལ་དེ།། སོག་པོ་ཁས་ཟག་བྱེད་ཟེན་གསུམ།། བདུད་སྡེ་ཆེན་བཞི་སྡུག་གཟིག་ལོག།། ཁས་ལྕུག་ཞི་ཤིས་ལ་སོགས་པ།། རྒྱལ་ཁག་དགུ་ཡི་ལས་དམག་རེད།། ད་ལམ་ཡ་ཡུལ་སྙིང་ལ་སླེབ།། རྣ་བསྐུན་ས་ཕྲོག་ཆར་དཔོན་ལ་ཞེད།། དེ་ནས་རྒྱལ་བློན་ལ་སོགས་པ།། ཐབ་དང་ཐུ་བ་ཆེ་འདྲ་…ཐགས།། རྡོ་རྣ་ཐུང་ན་ཡག་རྒྱུན་མེད།། དོན་དང་འཛང་དང་མེན་དང་གསུམ།། ལྕམ་མ་ཆེ་བྱེད་ཡེ་ཤིས་ལག།། དེ་ང་རང་ཚོང་ལ་ཁུ་ལེན་ཞེད།། རྒྱལ་བློན་ཐུགས་ལ་ངེ་འདྲ་ཞོག།། གོ་ན་× མ་གོ་× ཅེས་ཟེར་ནས་ཕྲོག་ཆད་རྒྱལ་པོ་དེ་ཀྲོ་ལང་

༄༅། །ཚིག་པ་ཟ་ནས་ཡར་ཁ་རི་རྒྱལ་བློན་རྣམས། མ་རྨ་ཛོ་བྲུ་ཐེར་བ་དེ་དགྲ་རྨ་ལམ་ཅན་གྱི་དཔོན་པོ་རེད། གུ་དཀར་སྤྱོད་པས་རྨ་ལོ་གཅིག །འཛང་ས་དོན་སྤྱོད་པས་རྨ་ལོ་གཉིས། ཞིང་ཁྲི་སྤྱོད་པས་རྨ་ལོ་གསུམ། དཔོ་གྲུ་ཁྱུས་ཡུལ་ལ་རམ། ཁོ་ཤ་རེ་ཚ་ཞིམ་ཡོད་རེ་ལྷག །ཕ་སྤྱོག་རྒྱད་ཡོད་ཤིན་མ་ཤིམ་བསོ། དེ་ནས་རྒྱལ་བློན་ལ་སོགས་པ། སྙིང་ཚིམ་དེ་ལས་ཆེན་བ་མེད། ཉི་མ་སང་གཉིས་གདོང་གང་ལ། ཁྲོ་མས་འགྲོ་དམག་བསྐུར་ཞིང་གྱིས་དེ་ནས་ཁོར་ལ་ཅི་འགི་བསྐུར་ཐེར་ནས་རྒྱལ་པོ་བྲུག་ཁྲིས་ནས་འདུག །དེར་ནས་གསེར་གླིང་སྐྱིད་གྲགས་པ་དེས་ཐེར་བ་ཡར་རྒྱལ་བློན་དགྲ་དེ་གླིང་བར་རེད། ཡོད་ཕ་ད་ནང་རྣམས་ཕྱིག་རྒྱད་དཔོན་ལ་ཅི་འདྲག་ལྕེ། གླིང་གི་སེར་རྒྱལ་པོ་ལ་སྐྱབས་ལྕེས་ན་དགར། ལྷ་ཧོར་འཛང་གཉིས་དང་སྐྱག་གཟིགས་སོགས། ཅི་རེད་ཤིང་འདུག་པས། དས་དཔལ་མེད་བཟ་བསྐུམ་ཞི་ལི་མེན་ཏེན། བདེ་གླིང་བུ་ལ་དགྲ་ཐུས་ན་མི་བཟྲང་དོག་མ་ཡིན་ཐེ་བས་ཞུ་བ་ཕུལ། དེར་ནས།

ཐོག་རྒྱུད་དེ་གསེར་གླིང་སྟེང་ལ་སྤྲོ། ལང་ཚོག་པ་ཟ་ནས་ཡ་ཕོ་ནེ་སྟེང་བྲག་པ་ཁྱེར་ཅོ་མོ་ཡིན་དང་བདེ་པ་ཡིན་ལ་ཆེན་བསྐོ་ངན་ལུ་ལ་ཡིན། དགྲ་ནག་པོ་
ལ་འདུན་མ་བསྐོར་རྒྱུར་མེད། ཁྱེར་བཙན་བསྐོ་བཤད་པ་ཙི་ལ་ཡིན། སྐུག་དམག་ཡག་ཕྱི་ཡིན་མ་ཤེས་གང་། ཁྱི་བཙན་ལུ་དེ་དུ་བཟླག་ཙི་ལ་རེད། གླིང་
གི་སེར་དེ་ཕྱི་ཡིན་མ་ཤེས་གང་། ཁྱེར་གསེར་གླིང་བསྐོ་དེན་ཙི་འདུག་ཡིན་ཟེ་ནས་རྒྱལ་བློན་རྣམས་ལ་དེ་གོས་མང་པོ་ཕྱེས། གསེར་གླིང་ལ་མིག་བལྟང་
ཞིམ་ནས་བསྡེད། དེར་ནས་གསེར་གླིང་བསེ་པ་ལ་ང་རང་ཐོག་རྒྱུད་རྒྱལ་པོ་ལ་བསེ་པ་དཀར་བའི་རྒྱལ་པོ་ང་ལ་བསྐྱར་བ་ལོག ལྷ་མེན། འཛང། དོར······
སོགས་ལ་འདི་འདྲ་འོང་དམ་ལ་བློན་ཤེས་ཆེན་རེ་ཞིས་འདི་འདྲ་ཞིས་ཁུང་རྒྱལ་པོ་རྣམས་བསྡུ་བ་རྒྱུག རྒྱལ་ཁག་མང་པས་ཚོས་ཤོར། དེ་ཡང་ཐོག་རྒྱུད་དཔའ
བསྐྱར་བ་རྒྱག་ནས་ལུས་དེ་འདྲ་འོང་བའི་ཁག་ཁྱུར་བསེ་ནས། ད་རུ་རྒྱལ་པོ་འདི་ལ་གཅིག་མ་ཞུ་བྲ་མེད་བསེ་ནས་དེར་གཅིག་རྒྱལ་པས་དྲུང་ལ་ལྷུར་ནས······

ཞོ་འཛིན།

༄༅། །གསེར་གླིང་གི་ཞི་ངོའི་ཀྱི་བླུ× ཨ་ལ× ཐ་ལ× ཡ་ཕྱོར་རྣམས་ཕྱིས་དཀར× མར་མཆོད་ས་ཕྱིས་ཞག×

དམ་ཞག་འཁོར་གསུམ་ཕྱོག་བཙུད་མཆོད། །ཕྱོག་རྒྱད་རྒྱལ་པས་ཟློན་ངོ་མཆོད། །ས་འདེབས× སྨྱུག་པོ་རྒྱ་རྫ་ང་མཁའ

ནང་རེད། །ལས་ཀྱི་རྒྱལ་པོ་རིན་པོ་ཆེན། །ཐུགས་ཀྱི་དགོང་པ་མཆམ་ལགས། །དས་ཚིག་གསུམ་འདྲ་མཁྱེན་བ་འདི།

རྒྱས་རྒྱལ་པས་ཚོས་ལ་ཕི་ཡན་བསེ། །མི་རིག་གི་ནང་རྒྱས་བསོ་ལོ་མིན། །ར་གསེར་གླིང་ཕྲི་སྨུག་བསེ་ལོ་མིན། །

དེ་ནས་རྒྱལ་པོ་རིན་པོ་ཆེན། །གླིང་གི་འགོང་ཚོ་ཇི་བྲ་དེ། །ལོན་ཨ་སྤུ་ཡིན་ཁུ་རབ་མེད། །ཕོ་བདུད་བླ་བཙན་རྒྱལ་

པོ་དེ། །ཕྱོག་རྒྱད་ཆེན་ལས་སློབས་ཐུག་ཆེན། །བདུད་ཀྱིས་བདེ་ཕོགས་ཆེ་བཞིན་དེ། །རེ་རིག་བསྐྱི་བས་ལེ་བཞེས

ཆེན།། ཡིན་པ་མེད་པས་རྗེ་ཞིན་ཞེད།། ཀླུ་བཙན་རྒྱལ་པོ་གྲོང་མདའ་སྐྱིད།། ཀ་ལན་མ་ཐུབ་འཁོར་ལོ་ཞེད།། སྨུག་པོ་
འཛིང་གི་རྒྱལ་མ་ཡབ།། ལྷོ་བདུད་ཤིང་ཁྲི་དམྱག་སྣང་བཙད།། མི་ནུབ་སྣགས་གཟིག་ཙོན་གཡང་ཕག།། ཀ་ལ་ར་མ་
ཐུབ་འཁོར་ནབ་ཡོད།། དཔོན་དེ་རྣམས་ཙི་བྱེད་ཀྱི་གོ་ལག།། དགྲ་མ་ཐུགས་འདུན་མ་མ་རྫེད་ན།། ཐུགས་ཚོན་ནས་རྗེ་
འཛོམ་བྱེད་ཐུབ་མེད།། ཙན་ལོང་དུས་ཞིན་འགྲོ་མ་བྱེད་ན།། ཤི་ཞེན་དུས་སྨོག་ལ་འཛུབ་རྒྱུ་མེད།། དུག་མ་ཐུག་
མཛེར་ཞེ་མ་ཐུས་ན།། ཐུང་ཚོབ་དུས་ཡ་ལ་སྨྱུག་རྒྱུ་མེད།། རྗེས་རྒྱལ་པས་ཐུགས་ལ་ཞེ་ལྷུན་ཞོག།། གོ་ན་མ་གོ×
རྗེས་ཟེ་བ་དར་གྲོམ་རྐར་དེམ་ཐུག་ལ་ མ་བབ་ནས་བསྐམ་དེ་རྣམས་ཡིད་ལ་མ་བབ་ནས་ གསེར་གླིང་གི་བསྐུར་བཀམ་དེ་ཉེན་ཚད་མེད་ཟེར་ནས་ ངོ་

༄༅། །རྒྱལ་པས་བཀའ་ལ་ཨེ་འདུ་ཡོད་ཟེར་ནས་གླུ་× ཨ་ལ་× ཐ་ལ་× མཆོད་ཅིག་རྡོས་ཕྱིས་དཀར་པོ་××

མཆོད་གཉིས་པར་ཕྱིས་ཁྲ་བོ་× མཆོད་གསུམ་པ་ཕྱིས་ནག་པོ་× དེ་ཟེར་ཐོག་རྒྱང་གྲོག་ལ་ཕེབས། ། ང་དར་× ཐྲོབ་ཆེན་

ཐོག་རྒྱང་རྒྱལ་པོ་ཟེར། ། དེ་ནས་བློན་ཆེན་ལ་སོགས་པ། ། ཉིན་དང་འདྲ་མ་ཨེ་འདྲ་ཟེར། ། ཐོག་རྒྱང་ཁྲ་མོས་འཁྱིམ་དམག

ཟེར། ། མང་པོ་བདུན་ལས་ཚོག་ཏེན། ། ང་མང་གི་མི་དགུས་ལྷར་ནཚོག ། བྱང་བདུད་ཁ་ཀང་སྤྱ་ཟིང་ཁྱེར། ། ཐུར་ཡུལ

འདེ་ལ་དམག་ཆ་ཆྱིབ། ། ཁྲི་དམག་གསུམ་ཚོམ་འཛམ་ལི་ཕྱིས། ། ལིད་པས་བྱ་རྒྱར་ཐྲ་ཟ་ཁྱེད། ། ལིད་ཆེན་བདུན་ཡུལ་དམག

ཆ་ཆྱིབ། ། ཁྲི་དམག་གསུམ་ཚོམ་འཛམ་ལི་ཕྱིས། ། དམག་དཔོན་སྟག་རྒྱང་ཁྱུར་གདོང་ཁྱེར། ། སྨིན་འབོས་གློང་ཆེན་ཡུ་ལ

སོང་།། ཁྲི་དམག་གསུཾ་ཅོཾ་འཛམ་ལི་ཕྱིས།། དེ་ཕྲོག་སྤྲི་དམག་དགུ་ཅོཾ་དེ།། ཞག་མ་བདུན་གྱི་གོང་ཕྱོགས་ནས།། སྟག་ཐང་
སྟོད་ལ་འཛོཾ་ལི་རྒོས།། ནུ་དཔོན་དྲུག་རྒྱལ་དམག་དཔོན་རྣམས།། སྟག་དམག་སེར་བ་ཡ་ཡ་ཕྱིས།། ཁང་དམག་སྤུ་སྤུག…
ཚབ་ཚུབ་ཕྱིས།། རྒྱ་དམག་ནེ་ནེ་ཁྲིད་ལ་སྒྲོག།། ནུ་དཔོན་དམག་དཔོན་འཁོར་དང་བཅས།། རྒྱལ་པོ་ང་ལྷ་དང་ལ་བྲོགས།།
དེ་ནས་གླིང་དམག་ཧོར་ལི་ཡིན།། དམག་དཔོན་བཟུའ་སྣང་ཕྱོག་འཚེད་ཚེད།། ཀྱི་མ་དེ་རིས་སྤྱུར་དུ་སོང་།། ཁྱིད་ལ་འཁོར…
བའི་འོག་བདེ་རྣམས།། ཁྲ་སོ་དམག་གི་དམག་སྐང་ཕྱིས།། གླིང་བས་དམག་ལ་ཧོ་ལེན་ཕྱིས།། རླུ་བ་གཅིག་གིས་ཚུར་ཆད་ལ།།
ཡ་ལ་སེ་འཁོར་ཁེར་ལེན་དགོས།། གར་སྙིང་འཁོར་ཙ་ཚར་པ་ཡོད།། སྔོན་འཁོར་སྤྱུགས་ལ་དེ་འདྲ་ཞེག།། གོ་ན་× མ་གོ་××

འབྲུག་ཤ་ནོར།

༄༅། །ཆོས་རྗེ་ནས་དེ་ནས་མདུང་བྲ་བྲ་ར་བ་གྲོས་སོང་ དེ་ནས་བཟླའ་རྣང་སྔོག་དེ་མ་ཡང་ དེ་མི་རྣམས་ཀྱི་དམག་སྐད་ཁྲུས་ནས་རང་རང་གི་ལས་་་

དམག་རྣམས་ལ་ཆ་རྒྱ། དེ་ནས་བཟླའ་རྣང་དེ་ཕོ་བྲང་ལ་ཕེབ་ནས་བདེ་དམག་རྣམས་ལ་དམག་ཆ་རྒྱ་ནས་ ཕྲི་དམག་བཞི་ཆོམ་རུག་ནས་དམག་ཚོས་བློང་ བཟླའ་རྣང་དེས་འདི

གླིང་རིག་ཡིན་པ་ཐ་ཆད་རེད་ རྫོག་རྣང་བཀར་ནི་བཙན་འབྲུག་ཆེན་ དམག་འཁྲུག་དང་པོ་ང་ལ་བབ་ ཕྱི་ཕ་ཚི་འོང་མི་ཞིམ་རེད་ མང་གཉིས་དགུ་འདི་ཡར་རྒྱ་ན་ཁེ་ཕ་ཚི་རེད

མོ་བསྒྲ་ ཚེས་བྱེད་ མོ་ཚོས་གཉིས་ལ་འདྲ་མི་འདུ་མང་པོ་བབ་ གླིང་དཀར་སོང་གཉིས་ལུ་ཟེ་བའི་མོ་བབ་ བཟླའ་རྣང་སོང་ཙ་དབང་བྲང་རྫོགས་ཟེ་བའི་མོ་བབ་ དེ་ནས་

བཟླའ་རྣང་དེས་ཡ་མོ་བ་ལག་ དགྲ་ནག་པོ་ལ་མ་འཇོམས་ཐུབ་མེད་པས་མོ་བབ་ལུག་ཆི་འདྲ་རེད་ཟེ་ དེ་ནས་མོ་བས་དཔོན་བཟླའ་རྣང་ལག་ མོ་ཚོས་བ་ལུག་འདི་འདྲ་རེད

སོང་གཉིས་གླིང་དམག་དེ་རྩ་རྟ་ཡོ་ལྷ་ལྷན་དུ་སློང་ཡང་ཀར་ དེ་ནས་མི་སྨོན་གསུམ་ཡིས་གོ་ཁྲབ་ཅན་ཅིག་འདུག་སྟེན་བཟླའ་རྣང་ཕྱིར་ཀྱི་ལྷོག་བདག་རེད་འདུག་པས་་་

སང་གཉིས་བཟླའ་རྣད་ལྷུང་ཊ་དབང་བྱང་རྫོགས་༄ཞེན་བའི་མོ་བབ། སོང་གཉིས་བཟླའ་རྣད་ཀླུ་ཁི་མཚོ་ནས་བཞུགས། རྒྱང་གཉིས་ཀ་ལ་མདོ་ཁང་གླིང་ལ་ཕར་ཡེབ་

ན་གླིང་དམག་གང་ཡོད་དང་ཐོར་ལྷན་ཐག་བཅེན་མེད་པར་བྲམས་ཅད་མི་ཙི་མི་ལུས་པ་ཕྱེད་ཆོག་ཟེ་བས་མོ་བབ་འདུག་ཟེ། དེ་ནས་བཟླའ་རྣད་དེས་ཡ་རྒྱལ་བློན་རྣམས་སང་གཉིས་

ཀན་ལ་དགྲ་དེ་གན་འགྲོ་སོ་བར་དགོས་དེ་ཐོག་དགྲ་བྱུར་ན་ཕོ་བྲང་སྐོ་ཤོག་རྣམས་ལ་ཕྱིར་དམག་དཔོན་རྣམས་ལ་ལེན་སྤྲེད་དགོས། སང་གཉིས་ཀར་ལ་ང་མི་འགྲོ། རྣང་གཉིས་

འགྲོ་ནས་དས་གླིང་དཀར་ཡུལ་མེད་བཟོ་ཆོག་ཟེར། དེ་ནས་རྒྱལ་གར་ཙ་མཚོག་དྲུང་ལ་གླིང་གི་ལྷ་སྨན་དེ་ལ་ནམ་མཁའ་འཇའ་འོད་ཀྱི་དཀྱིལ་ནས་མ་ནེ་རྣམས་སྨད་དཀར་མོ་

ཀྱི་ལུང་སྟེན་ཤི་ལུ་× ཤ་ལ་× ཐ་ལ་× ཀྱབས་བྲུཾ་ཡི་དམ་དགོན་མཆོག་གསུཾ།། བཀའ་གསོལ་བ་འདེབ་སོ་སྐྱེན་

ནེན་བཞིགས།། ལྷ་འབྲུལ་མེད་སྐྱི་བོ་གཙུག་ལ་བཞུགས།། ས་འདས་× རྒྱལ་གར་ཙ་མཆོག་དྲུག་མ་ཟེད།། ལས་གྱུར་

ཞོར་བཞི།

༄༅། །དཀར་པས་ནང་བཏུས་ནས། །ལྷ་སྨས་དགྲ་ལྷ་བཙན་རྒྱལ་ལགས། །ཕྱུག་མ་གཡོལ་ཟིག་པ་ང་ལ་སྟོན། །ང་ཤེས
ན་རྟུམ་སྨད་དཀར་མོ་ཡིན། །གླུ་ཉིན་དང་འདྲ་མ་འདི་འདྲ་ཡོད། །ཚོ་དྲུག་གླིང་གི་ལྷ་དམག་དེ། །ད་ལོ་ཡ་ཡུལ་ལྟོད་ལ་ཤེབ། །
དགྲ་སྒྲ་ཁྲ་ལྡུལ་བའི་ཁག་རྟེན་ཟེར། །དགུས་ལྷ་སྲིས་རྗེ་བའི་རྒྱལ་སྟོན་ཟེར། །དགྲ་ཡ་མེད་སྒྲ་ཁྲ་ཕྱག་རྟགས་དེ། །ལ་ཁྲ་མོ་འདི་…
ཡིན་པར་སྣང་ཡོད། །དཔོན་ལ་བཟའ་རྒྱུད་ཕྱག་འཚེབ་ཟེར། །སློན་ཆེ་ཅན་མདང་ཟི་སྟག་ཚོ་ཟེར། །གླིང་སྨྲ་ཁྲ་མོ་མིག་གི་ཕྱོང་། །
ཁྲ་མོ་དམག་གི་དཔུང་ཟུགས་ཟེར། །ལེན་མེད་དགྲ་ལ་ཙི་ཙི་ཟེར། །དེས་མི་ཚང་ཕྱག་རྟགས་རྒྱལ་སློན་ཟེ། །ཁྲ་མས་འདྲེ་དམག
ཀྱི་ལེན་བདུས། །ཞག་མ་བདུན་གྱི་གོང་ཕྱོགས་ནས། །གླིང་པས་དམག་སྣར་སློར་དགོས་ཟེར། །རྒྱལ་བློན་བཀའ་གྲོས་དེ…

འདི་འདུག ། དེ་ནས་ལྷ་ལྕམ་རིན་པོ་ཆེན། ། དམག་དཔོན་བཟླུང་རྒྱང་ཕྱོག་འཐེབ་དེ། ། མང་གཉིས་དབང་ཕྱུ་རྡོ་ག་ནུ། ། སྐྱང་གཉིས་ཉི་མ་ཤར་དུས་ལ། ། བཟླུང་རྒྱང་མ་ལ་འོང་བས་ན། ། དགྲ་ལྷ་བཙན་རྒྱལ་མི་ཚང་དང་། ། ཞོང་ཀྱུག་ཨ་ནི་ཡོན་ཚང་ཁྱི། ། རྒྱལ་ཁག་དགུ་ཡིས་ལས་དམག་དེ། ། སྐྱང་བཞེད་མི་ཅིག་མི་ལུས་དུ། ། མང་གཉིས་ཉི་མ་ཤར་དུས་ལ། གླིང་སྐྱ་ར་ཁྲ་མོས་སྐྱིད་རྫོང་ནས། ། དམག་མང་པོ་མ་འགྲོ་ཉིད་གིས་སོང་། ། ཉིད་གི་ནང་ནས་དང་པོ་ལ། ། མེན་འཛིང་གཉིས་དང་ཕོར་གླིང་བཞི། ། རི་བཞི་དམག་དཔོན་ཆེན་བཞི་དེ། ། རྒྱུ་དམག་རེ་རེ་ཁྲིབ་ནས་སོང་། ། མང་གཉིས་བཟླུང་རྒྱང་མ་ཐུབ་ན། ། དེས་ཕྱིན་ཆད་བཟླུང་རྒྱང་ཐུབ་རྒྱུར་མེད། ། ལྷ་ལྕམ་བྱུགས་ལ་དེ་འདྲ་ཞེས། ། གོ་ན་× མ་གོ་× ཅེས་ཟེར་ནས

ཤེ་ཕྱེ

༄༅། །ལྷ་མོ་རི་ལྷ་ཡུལ་ལ་ཕེབ་སོང་ དེ་ཙམ་ལྷ་ཕྲུམ་དགྲ་ལྷ་དེས་ བཀའ་བློན་རྣམས་འདུས་སྒོག་ཐེ་བས་བཀའ་ཕེབ་ བཀའ་བློན་རྣམས་ཏི་ཡིན···
བསམ་ཚམ་དགྲ་ལྷུམ་དུང་ལ་འདུས་ དེ་ཙམ་འཁམ་མ་དེས་ ཡུལ་ལྷ་ཕྲུ་ས་ལག་བཀའ་བློན་རྣམས་འདུས་དེ་ཚོ་ཡིན་ཐེར་ ལྷ་ཕྲུམ་དགྲ་ལྷ་དེས་ ཡུལ་དམག་དཔོན་རྣམས་ང་ལ་
ལྷ་ནས་ལུག་སྐྱུན་བཀའ་བཙན་པོ་ཅིག་བྱུང་ དགྲ་ཁ་བར་དེར་ལ་འཛེམ་པར་ཙང་ཡོད་རེས་ཟེར་ བཟླའ་ཆད་ཧྲོག་འཕེབ་ཐེབ་བ་དེ་ མང་གཉིས་དགྲ་བོ་མ་ཐུབ་ན···
སྟོད་གཉིས་མི་ཐུབ་སེམས་ཐབ་རེད་ སྐད་འདི་སྐར་ཕྱིས་ཅིག་མི་ལྷ་ཀ་ཐེ་བས་ལྕང་བསྟན་འདུག་ དེ་ལུག་བཀའ་གྲོས་གྱིས་སྤྱང་བས་བཀའ་ཕེབ་ དེ་ནས་ཧོར་གྱི
ཤན་པ་དེས་རྒྱལ་བློན་རྣམས་ལ་གླིང་སྐད་འགྲོ་ཚུར་ཅི་གླུ× ཁ་ལ་× བྲ་ལོ་× གླུ་ཡི་དམ་དཀོན་མཆོག་གསུམ།། མ་མཁའ་འགྲོས་
ཚོགས་ལ་བསོལ་བ་འདེབས་།། སེང་ཆེན་ནོར་བུ་དགྲ་འདུལ་མཁྱེན་།། ས་འཛོམས་གང་ལ་བཞུགས་རྒྱུ་ཧུང་།། དེ་རིང་ཤན་

པས་གྲོགས་ལ་ཕེབས།། དཔལ་དང་དཔྱང་པས་རྒྱལ་བསྟན་མཛེད།། ཕོ་རེ་གླིང་གི་རྒྱལ་བློན་རྣམས།། ཉན་དང་འདྲ་མཚར

ཟེ་ཡོད།། གསུ་འབྲུག་བཟླ་ངང་ཆ་འཁྲིག་དེ།། ལོ་ཡག་སྐྱི་མ་བསྐོར་ན་བསམ།། གླིང་རེས་རྒྱལ་བློན་གྲ་སྒྲིག་རེད།།…

སྒྲ་ཞུ་ཐར་སེར་བསྐོར་རྒྱུར་ཡིན།། བདུད་དཔྱང་དོ་ལེན་བྱུང་བས་ན།། རྒྱལ་བློན་དོ་བྱ་ཁོར་ཐབ་མེད།། ཕོ་རེ་རྒྱལ་བློན…

ལ་སོགས་པ།། དམག་དཔྱང་འགྲོ་ལུགས་ཤེ་འདྲ་དགོས།། མན་འཛར་ཇོར་དང་གླིང་རི་བཞི།། ཁྲ་བོས་དམག་ལ་དཔྱང་

ཞུག་དགོས།། གསུ་ལྕུ་སྒྲུག་ལྕུ་མདའ་མ་གསུམ།། ཤན་པ་ང་དང་མི་བཞིན་དེ།། རྒྱལ་པོས་བྲུག་བརྩམས་ཆེན་ལེ་ཡིན།།

དགྲ་ལ་ཐུག་ན་སྒྲུག་འདྲ་དགོས།། སྨྲིག་ལ་མཇེན་ཐབ་ཅི་ལ་ཡོད།། ད་ཙང་གླིང་སྐྱར་འགྲོ་ལུགས་ལ།། ཇོར་སེར་ཁྲ་མཆོ

ཉོང་ ༧༧ཀ

༄༅།། སྙིང་རྗེ་ཅན།། ང་རང་ཕྲུ་ཕ་འགྲོ་ལི་ཡིན།། རྒྱལ་དམག་གཅིག་ཚམ་ཁྲིབ་ནས་འགྲོ།། དབྱུང་རོག་
གསུམ་ཚམ་ཁྲིབ་ལི་ཡིན།། སྐུག་པོ་འཛར་གི་སྐར་ནང་ནས།། གཡུ་ལྕུ་ཕྲོག་འཁྱུར་འགྲོ་རྒྱ་དགོས།། རྒྱ་དམག་གཅིག་
ཚམ་ཁྲིབ་ནས་དགོས།། དབྱུར་རོག་གསུམ་ཚམ་ཁྲིབ་ནས་འགྲོ།། གྲུ་ནེ་མཆན་ཀྱིས་སྐར་ནང་ཅས།། སྟག་ལྕུ་ཁྲི་དཀར་
འགྲོ་མི་དགོས།། རྒྱལ་དམག་གཅིག་ཚམ་ཁྲིབ་ལ་ཐོགས།། དབྱུང་རོག་གསུམ་ཚམ་ཁྲིབ་ནས་འགྲོ།། ཁྲ་མོ་གླིང་གི་སྐར་
ནང་ནས།། མདའ་མ་བསོ་འཁྱབ་འགྲོ་མི་དགོས།། རྒྱལ་དམག་གཅིག་ཚམ་ཁྲིབ་ནས་ཐོག།། དབྱུང་རོག་གསུམ་ཚམ་
ཁྲིབ་ནས་འགྲོ།། ང་རྣ་དམག་དཔོན་ཆེན་བཞིན་རེས།། དམག་དཔོན་བཟླའ་སྐད་ཐོག་འབེབ་དེ།། ཅོ་འཛིག་བསྟེན་མི་ཚིག

ཤེ་མ་ཡིན།། ཤ་སྨོན་སྣུམ་ལ་ཤོར་བས་ན།། ཐུ་རྒྱལ་རྣད་པས་ཀེན་གཅིག་བསྒུག།། གྲིབ་དག་ཁང་ལ་འདུག་པས་ན།།
དུག་ནལ་ཧལ་མལ་སོ་ལ་བྱིང་།། དཔལ་བཏང་མེ་བརྟན་འདྲ་མ་ཡིན།། གོ་ན× མ་གོ་× ཇེ་ནས་ཀླིང་དཀར་གྱི་མདུན་ན་
གྲོས་ནས་ ཧོར་ལྷར་ཤས་ཁན་པ་རེས་ཏ་དམར་རྒྱུང་ལ་བྱོན་ནས་ ཁྲི་སེམས་ཅན་ལ་རྒྱུག་དམག་གཅིག་ ལྡང་ཀུ་ཡུ་ལྗུ་གྲོག་འབྱུར་རེས་ཏ་ནྫ་ཡག་ལ་
ཐུབ་ནས་ཁྲི་སྨན་ཅན་ལ་རྒྱལ་དམག་གཅིག་ དུང་སྐྱོང་སྟག་ལྷ་ཁྲི་དཀར་རེས་དུང་ཐུ་རྣ་ཁྲ་ལ་བྱོན་ནས་ཁྲི་དཀར་ཅན་ལ་རྒྱལ་དམག་གཅིག་ རེས་རྗེས་
ལྡན་ཚེན་མདའ་མ་བསེ་འབྲུབ་རེས་མདོ་བ་དངུལ་ཀླུག་ལ་བྱེམ་ནས་ཁྲི་ཁྲ་ཅན་ལ་རྒྱལ་དམག་གཅིག་འཕྲི་ དེ་ནས་དམག་དཔོན་ཆེན་བཞིན་རེས་དཔུང་
ཧོག་གསུམ་ནེ་ཁྲིབ་ནས་ཤན་པས་དམག་ཏུ་ཁྲིབ་ མདའ་མལ་མདུན་རྒྱ་མཚོ་ནས་སྤྱུར་སོང་ དེ་ནས་ཀྱི་མ་ཤར་བ་དང་མཉམ་དུ་སྐྱུ་ཉེས་མཁའ་ལ་བཏུད་···

ཞེ་བདུན

༄༅།། ནམ་ཡང་སྐྱར་ དེ་ནས་བཟླ་ཅད་རྒྱལ་བློན་རྣམས་ཀྱི་དགུ་ཐུང་བ་ཞིག་ནས་ལུ་ཕུགས་ དེ་ནས་མདོ་ཞི་སྟེག་ཚོ་དས་ཡ་རྒྱལ་བློན་ལ་

སོགས་པ་ མ་འདུག་ཁྱི་ཕྱིར་ཕར་ཕྱུ་བུ་སྔོ་ཆེན་བཞི་ཡི་ལྷ་སོ་ལ་ཁྲི་དམག་བཞི་ཅམ་བྱུང་ལེ་ཡིན་ ཤར་ཕྱོ་མདོ་རྡུ་སྟག་ཅོ་ཡིན་ ལྷོ་ཕྱོ་ཁ་བདེ་ཆོས་

ཕེལ་ཡིན་ ནུབ་ཕྱོགས་འཚན་རྒྱལ་དམ་ཐོར་ཡིན་ བྱང་ཕྱོ་གྲིག་མ་རྣམ་མགོ་ཡིན་ བཟླ་ཅད་སྐྱ་ཕྱུག་མཚོ་ལེ་དགོས་ ངང་ཕྱོག་ཐོར་ན་འཕྱོང་མེད་བཟློས་·····

འགྲོ་དང་རྒྱུག་དང་ཕ་ཡི་བྲ་ཟེ་ནས་དམག་རྣམས་ཕྱོ་སོ་སོ་ཁ་ལ་ཁྲ་ཀྱི་ལེ་བྱུ་ཡང་སྐྱར་ དེ་ནས་ཤན་པ་དེས་ཡར་དེ་རིང་དམག་གི་རྒྱལ་ལུག་ལ་ ཤར་ཕྱོ

ཤན་པ་ང་རང་ཡིན་ ལྷོ་ཕྱོར་གཡུ་ལྷ་ཕྱེར་རང་ཡིང་ ནུབ་ཕྱོར་སྟག་ལྷ་ཕྱེར་རང་ཡིན་ བྱང་ཕྱོར་ཚོ་བཞང་མདུན་མ་ཡིན་ ཕོ་ཕྱལ་རྣང་

ཡོད་ན་ཀེ་ཕྱོགས་ཆད་ འཚན་འཐོར་ཡོད་ན་ཆམ་ལ་ཕོབ་ མང་པོ་ཡོད་ན་ཡུལ་མེད་ཏམ་ཟེར་ནས་ཤན་པ་དེས་ཟེ་བ་ཕྱར་དུ་ དེ་འཐོར་དམག་དཔོན་བཞི

དེས་སྔོན་བཞི་ལ་བཏུག དེ་ནས་གསུ་ལྔ་ཐོག་འཇུར་དེས་ལྔོ་སྔོ་བསྒོམ་ནས་ས་ལྔན་ཚོམ་ཡིད་དམར་ཡིད་ཀྱིས་ནས་ཁྲི་དམག་གཅིག་དེ་མེད་པ་ཀྱིས སྔག་ལྔ་

ཁྲི་དཀར་དེས་ནུབ་སྒོ་བསྒྱུ་ནས་བརྟན་རྒྱལ་དམ་པོར་དེར་ལྷེད་ཅན་ཁྲི་དམག་གཅིག་དེ་མེད་པ་ཀྱིས མདན་མ་དེས་ཀྱང་སྒོ་བསྒྱུ་ནས་ཁྲི་དམག་གཅིག་དེ་ལྷེད་ཅན་

སྒྲིག་མ་རྒྱ་མཚོ་དེ་ཁར་ལ་ཕོར་སོང་ བདུད་ཅན་བྲན་པ་དེས་ཁར་སྒོ་བསྒྱུ་ནས་མདོ་ནུ་བསྒྲུག་ཚོ་ཁོར་གཉིས་བདུག་བྱུག་ཅན་མདོ་ནུ་བསྒྲུག་ཚོ་དེས་རྫུང་མདའ་ལག་ལ

བརྒྱུར་ཉིན་གླུ་འདི་ x ཨ་ལ་ x ཐ་ལ་ x ས་འདི་ x ནག་ཡུག་སྒྲག་བྲང་ཁྲ་མོ་རེད།། ང་དང་ x དཀར་སྒྲག་

མདོ་ནུ་བསྒྲུག་ཚོ་རེད།། དེ་ནས་ཅན་དང་དམག་དཔོན་སྒྲུབ།། ཁྱོད་མི་ཐམ་ཅད་ལ་རྒྱལ་པོ་ཅན།། དོན་གྱི་ཁྲམ་པ་ཡེ་མ

ཡིན།། ཤེས་བྱ་བཟང་བཞིན་པ་ཡ་ལང་ཀྱིས།། ཚེ་རྒྱང་དཀར་དཔལ་པོ་ར་ངར་གླག།། འདུག་མ་བྱབ་རྗེ་ནུ་ས་མཐུན་འགེ།།

ཕྱི་བ་ཞོ།

༄༅། །ཚོམ་སྒོར་ཁ་བཟླའ་རྒྱང་དགུ་ཡ་བརྒྱུང་། ། ལམ་བྲར་རྒྱུ་ཆི་འགི་ཨི་ཤིམ་ད། ། ངམ་ལ་ཀ་ལ་ཡོང་པམ་
རྗེ་ཙ་འདབ་འདི། ། ཧོ་བཞེན་གྱི་མཚོན་དང་འདུ་ལེ་མིན། ། ཁ་གྲག་གཡུ་འབྲུག་སྤོན་མོ་འདུ། ། བཟེར་རྒྱུ་ཏྲིལ་ལྷུག་ཕོག་
ངང་འདུ། ། ཕེ་ཞིང་ཤན་པམ་དགུ་སྨྱུག་བཟུང་། ། གོ་ཙ་× མ་གོ་× ཆེམ་ཟེ་ནམ་རྗེ་ཙ་མཛའ་མཛར་ལེན་གཉིག་སྤྱ་[illegible]ང་འདི་ ཤན་པམ་
སྐྱ་ལ་ཡོག་ཀྲང་བྱ་བསྐོར་བམ་ཁང་ལྕེར་སྨང་མ་བླབ། དེ་ནས་དཔལ་བསེ་རོལ་གྱི་བཙན་པ་དེས་བཞལ་གྱི་ཕྱུག་ནམ་ཤར་སྟེ་ངམ་རྒྱང་གང་ནས་ཡི་འགྱུར་ཆིག་རྒྱུ་ཨམ་གླུ×
ཡ་ལ་× བྲ་ལ་× མ་མཁའ་གྲོམ་ཚོགས་ལ་གསོལ་བ་འདེབས། ། སྲིང་འབྲུག་འཛང་མཚོན་ཕོ་རང་ནས། ། མ་གོ་
དཔོན་ཁེ་སར་རྒྱལ་པོ་མཇིན། ། ཞེ་པ་ང་ལ་ཁ་འཛིན་མཛད། ། དེ་ནས་ཉུན་དང་བསྐྱང་བའི་དགུ། ། ཕྱིར་ཡ་རྒྱུམ···

ཞོན་ཁ་རྒྱལ་པོ་འཕྱུག ། སྨྱོག་ནག་པོ་ཚང་ཁ་བརྫ་མ་འཁྲུག ། ར་རྨའ་ཆེ་ཁ་འཕར་བ་བྲོན ། གྲོག་རྒྱང་ཆེ་ཁ་རྫོ་བོ་བརྟུང ། ལ་ཆེམ་དགོས་པ་ཚོ་འདྲ་རེད ། གོ་ཡི་བྱུང་ཕོ་ནེ་རྫང་བའི་དགྲ ། ཕྱིར་དུག་ཞལ་ང་ལ་མ་དྲང་ན ། ང་ཐུབ་པ་ཤྲི་བའི་ནོ་དང་འདྲ ། གོ་ན་× མ་གོ་×

ཐེར་ནམ་ཕྲན་པས་ཞལ་གྱི་ལེའུ་གཅིག གསུག་པས་ཡུམ་ལ་རྒྱུ་ནས་ཡུམ་ཕྱིར་སྐྱུག་བྱས་ནས་ཡོང དེ་ནས……ཁྲི་དམག་གཅིག་དེ་དམར་ཡོད་བྱས་སྐབས་ལ བཟླའ་རྒྱད་དེས་དེ་རིང་གིས་དམག་ཕེན་ཡམ་ཅི་འདྲ་ཞེད་ཡོད་བསམ་ནས་ར་ཕྱུས་ནང་ནས་མར་ཅིག་བསྐུས་པས……གྲོ་མ་ཟུ་འགོ་མ་ཏོག་པས་དམག་ཁྲམ་ལ་ཚང་ཚག་ཉིས་བསྐྱང་ནས་བསྐམ་མ་ཕྱིར་འགྲོ་ཤིས་ཡོད་པས བཟླའ་རྒྱད་དེས་ང་ཞང་མང་གཉིས་མ་ཏོག་མི་འགྲོ་བསམ་ནས་འདུག……དེ་ནས་ལྕེ་ཚང་པ་དེ་བཟླའ་རྒྱད་སེམས་ལ་ཕྲུག་ནས་འདུག་རྒྱུར་མེད་པས་ཐབ་བྱས བཟླའ་རྒྱད་དེས་ང་ཞང་བརྡང་ཐུར་ཅི་ལ་ཡོད་དམག་དཔུང་ནི་དགྲ་ལག་ཤོར་དམག་དཔོན་རྣམས

༄༅། ། ཀེ་བྲག་ར་རང་མི་ཚིག་གིས་སྒྲོག་ལ་འཛིན་རྒྱུ་མེད་སྒྲ་ནས་ཧ་ངང་པ་རྒྱལ་ཁྱེའུ་ནས་རྫུ་ང་ཁདར་ཁྲ་ཞིང་ཁྲ་བྲུང་ལག་ལ་བསྒྲུང་ནས་ཤར་སྒོམས་ཁྲ…

དཔྱང་སེར་བྱ་ནས་ ཡལ་ཁོ་རེ་གླིང་ནུས་སྤྲང་པོ་རྣམས་ ཕཾ་འདྲ་འདྲ་ཡིན་ན་གདོང་ལ་བཙོང་རྗེ་ནས་གླུ་× ཁ་ལ་× ཁྲ་ལ་× དམར་པོ་སྟག་

བམ་ཀ་ཡམ་ཁམ་རེད། ། ང་དང་× དམག་དཔོན་བཟའ་རྒྱང་ཕྲོག་འཇིབ་རེད། ། ཞྭ་ཕ་ཁོ་རེ་སྤྱན་པས་བྱུ། ། མདོ་ཁང་གླིང་

གིས་མ་ཚ་ནས། ། མ་དན་མགོང་ཚོ་ཛོ་བུ་དེས། ། ས་འདི་ན་ཁྱུང་དན་ཙི་ལ་ཡིན། ། རིག་མ་ལྷར་རྒྱུད་གྲགས་ཆེ་ལོ་ལ། ། དཔལ

ལྷ་དཀའ་བདེ་མདན་མ་གསུམ། ། དཔལ་རྒྱང་ཆེ་ན་སྟོང་ལ་བཙོང་། ། ཕྱི་འོག་བསྟེ་བས་མགོ་དཔོན་ལ། ། ཕྱི་མགོ་ནང་ཙུག…

ཁེན་པ་དཔོན། ། གཙ་ཡོང་ན་བསྐྱུང་ལ་ཐོགས། ། དེ་ནས་བསྐྱམ་ཀྱི་འདྲ་མ་ལ། ། ཧ་ཆང་གནམ་ལྷག་ལྷུག་ལེ་འདི། ། ཧ་རྒྱ…

ལྷུན་ནས་མགོ་རྣ་རྫོང་།། བྱང་དཀར་རྣང་པོ་ཚོགས་པ་ཟ།། སྦྲང་ཀྱུ་གོ་ཛོ་ནུམ་དཔལ་དམ་དེ།། ར་བཟའ་རྣད་བྱང་ནས་ཅི་ཞེ་

ཚེར།། ཕྲོག་རྣང་རྒྱལ་པོ་ཚོགས་པ་ཟ།། དམ་ལག་ལ་ཡོད་པས་རྫུ་ང་འདབ་འདི།། རྣམ་ལྷག་འཐོང་མོ་ཕྲོག་འཕེབ་ཟེར།།

བརྡུང་བའི་དགྲ་ལ་ཕར་བའི་དུས།། གཞིག་རྗེ་ཞེག་པ་བསྐྱང་ལེ་འདྲ།། ཡི་བདེ་སྐྱམས་ལ་དཀྱུག་ནས་བསྐྱང་། གོ་མ་གོ་ཤ་

ཐེ་ནས་རྫུ་ང་འདབ་འབར་ཅིག་སྐྱུ་ལ་པའང་ བློན་མདའ་མམ་དཀྱུར་གཡས་ལ་རྒྱ་ནས་ལྷ་ཟུ་རྒྱན་ཕྱུད་ས་ཐིན་གྱིས་ནུབས་ནས་སྐྱ་ལ་བར་ཆད་མ་བྱུང་....

དེ་ནས་གླིང་དམག་གི་ནང་ནས་དཔལ་གང་བཟང་ནུས་ཁ་ཅིག་སྐྱོན་གཉིས་སྐྱོན་བྱས་ནས་བློན་ཆེན་བཞི་ཡིས་ནང་ནས་དང་པོ་ལ་དཔལ་ཚོ་བཅུར་མདའ་མ་བསམ་འགྲུབ་ཏེས་དཔལ

ར་རྒྱན་བསྐྱོད་ནས་ཁྲེག་ཏེན་བཞི་རྣང་སྤྱིང་ལ་རྒྱལ་པས་ལྷ་འཛིན་ཕྲོག་བཞེན་ཀློག་ཕྱུར་དེ་གྲུང་ནས། དཔལ་དམ་ནས་ཁྲུག་གི་བཀྲི་འད་ཅིག་བྱས་ནས་མདོ་བ་དཀྲུམ་ཀླུག

བཞི

༄༅། །ལྷུན་བཟས་གང་ནས་ཡོབ་ལང་ཅིག་ཐུས་ནས་མདའ་བསྐུག་ཀྱི་གླུ× ཙང་ང་ཁས་× ཐུ་ལས་× གླུ་ཡི་ངམ་དཀོན་མཆོག་གསུམ། །

གསོལ་བ་འདེད་སོ་བྱིན་གྱིས་རློབ། ། བཟླའ་རྒྱུད་ཆམ་ལ་ཕབ་ལེན་ཡིན། ། བསྐུམ་མ་མདའ་མས་ལེ་ལེ་རེད། ། དེ་ནས་

ཞོན་དང་བཟུང་བའི་དགྲ། ། ང་དཀར་བློན་ཚོ་བཞེང་མདའ་མ་རེད། ། གླིང་སྨྲ་ངམ་འཛིག་ཚེན་ལེ་འདི། ། དུས་ད་ལམ་

ཀྲུ་ཞུ་ཡུན་ལ་ཞུར། ། རྣ་འབྲེན་ཚོ་བཞེང་མདའ་མས་ཐུས། ། ཁྱེར་མི་ཡྲེན་ཅི་ཡིན་ཕལ་ཤིས་དུ། ། དམག་ཡག་སྐྱག་

གི་འབྲེ་ཡ་ལ། ། ཕྱི་དགེ་བཟ་ལུས་རྩེན་བ་དམ། ། དགྲ་འཛོམས་བྱེར་བསོ་ཕས་མ་རེས། ། བྱང་དཀར་རྒྱད་པོ་ལྷར་ལ།

ལ། ། ལྷ་བྲན་ཁྱག་པས་སྐྱོ་དམ་བྱེད། ། རྣམས་ཕྲུག་ཆད་བསོ་ཕས་མ་རེས། ། ང་ཚོ་བཞེང་མདའ་མས་འབྲེ་ཡ་ལ།།

བཟའ་ཆང་དཔལ་གྱི་དཔལ་ནམ་འཛིན།། བསྐུམ་མ་ཚུར་བསྐྱེ་ཡ་མ་ཤེས།། དེ་ཙམ་ཉུང་ཉུང་བཟའ་ཆང་ཁྱེར།། དམ་ཆོས་

དཀར་བཞི་ཡིས་བོང་ཕྱོགས་ལ།། ལོ་དབང་ཚན་གྱི་འདྲེན་གཙུག་སྐྱོང་།། མིག་ལ་ཕྱོགས་བཟི་གློག་ཚུར་ཐེར།། དགྲ་བོ་སྨྲོག

ཅན་ཚང་པས་འདྲེན།། སྤྱིར་མི་རྫས་དང་གླིང་རིག་བཞི།། བསྡུག་མི་རྫས་དང་བཟའ་ཆང་དཔེ།། ཞ་ཁྲ་ལྷུག་མཆ

ནས་ཕྲན་ལོ་དེ།། སྤྱང་སྐྱིན་པོ་དྲག་ལོ་ནར་ཡིན་བསམ།། དེ་རིང་ལྷ་ཡི་རྗེ་ལ་བབ།། སྐད་དྲང་འགྱུར་གྲག་པ...

དེ་རིང་ཡིན།། ང་དབང་ཆང་གླིང་སྐར་དཀྱིས་ནས་ཐོང་།། ཁྱེད་བཟའ་ཆང་རིག་ལོན་ཚང་ཡིན་བསམ།། དེ་རིས་བཟའ་ཆང་

ཁྱེད་དང་སྦྲགས།། བསྐོ་མ་མདའ་མས་ལོ་དམ་ཡིན།། སྐྲ་མ་གཡེན་འདྲེན་མས་བྲག་ལ་ཞོག།། ཁྱེད་ཕ་ཟླ་ཁྲག་ཕྲུང

ཁ་ཐུ་ཤེ

༄༅། །སྨུར་དུ་སོང་། །བཟླའ་རྒྱུད་དཔོན་ལ་ཧོ་མ་ཡ། །སྟོག་ཙོ་ཆར་ལ་སྐྱིས་ཁྲབ་བྱུགས། །བསྒྲང་དགུ་བླ་
སྟོག་ཤ་སེམས་ལྟར། །གོ་ན་× མ་གོ་× ཞེར་ནས་ལྷ་འདར་དེ་སྨྲས་པས་བཟླའ་རྒྱུད་ཕྱེད་པ་ལ་རྒྱ་ནས་མགོ་བོ་ལྷག་མེད་དུ་བསྒྲང་
ནས་སྲིད། དེ་ནས་ཤན་པ་དང་། དཔལ་ལྷ། མདའ་མ། གཡུ་ལྷ། སྟག་ལྷ། དེ་རྣམས་ཀྱིས་བཟླའ་རྒྱུད་བསྐོ་མ་ཅད་ནས། ལ་ལ་གི་མགོ་ལག་ལེན། ལ་ལ་གི་
རོ་ཆས་ཟུག། ལ་ལ་གིས་རྟ་ཁྲིག་ཏུས་དགར་སྐྱིག་དང་ནས་མན་འོང་ཁར། དེས་ཀན་ལ་ཤི་བདུད་གཟུགས་རྫ་མགོ། དེས་ཤར་སྒོ་ནས་བཟླའ་རྒྱུད་ཕེབ་ལེ་མ་རིག་ནས
གྲོག་མ་རྫ་མགོ་དེས་བཟླའ་རྒྱུད་བཞུག་ཡོད་བསམ་ནས་ཁྲི་ཁྲོག་ལ་ཏས་པས། བཟླར་རྒྱུད་དེ་ཁྲི་ཁྲོག་མེད་ནས། གྲང་མས་བཟླའ་རྒྱུད་གན་སོང་མ་ཤེས་ནས་ན་སྨྲིས་ཚང་ནས་མར
གཅིག་བསྡུས་པས། གླིང་དམག་རྣམས་ཀྱིས་བཟླའ་རྒྱུད་མགོ་ལྷག་དེ་རྟ་རང་བ་རྒྱལ། ཕྱེད་ནས་ཁྲིག་འགྲོ་བ་རིག་ནས། ཡ་དཔོན་དྲིན་ཆེན་དེ་དབང་བྱང་རྫོག་ལྡུག

ར་གྲོ་མ་བསྐོར་ཐུབ་ག་ལ་ཡོད། ངང་ངོང་ངོ་གོ་འཕུར་དགོས་བསམ་ནས་གླིང་དམག་སོག་ལ་ཁུང་། དེ་ནས་དཔལ་ཐུབ་རྫུས་ཀྱི་ཁ་ཅིག་སྐོར་གཉིས་སྐོར་ཐུས་ནས། གྲོང་མ་
ཏུ་མགོ་ངེས་འཕུར་ལ་བཙུར། གྲུང་མ་དེས་ལྷུང་འདར་ལེན་ཅིག་སྐྱོམ་པས་མདའ་མས་ཐུག་དཀར་ཡོག་ནས་མཆོན་མ་བབ་ཀྱང་རྟ་ལུས་ལྷུང་། ཤན་པ་དེས་ཡ་ཁ་
མདའ་མ་སྤྲུར་ཐུས་བསམ་ནས། དར་ར་ར་མདའ་མས་རྒྱུ་ཕུ་ཤི་ཐུབ་ངེས་དགོས་བསམ་ནས། འདི་ད་ཚར་མདའ་མས་མདའ་ཡིས་མ་ཐུབ་ནས། ད་འདི་གྲི་ཡིན་མི་ཚར་བསམ་ནས་
ལྷུ་རྫུས་ཐུས་དཀར་པས་ཞ་པ་དེ་རྟ་དམར་ཆུང་བསྐྱིར་ནས་ལེན་གཉིག་བརྡུང་བས་གྲུང་མས་ཀ་ལ་ཁྲ་ཀྱི་ལེན་ཀར། ཡར་གྲུང་མས་ལྷུང་མདའ་ཅིག་བཀྲུས་པས་ཤན་པ་
ལ་རྒྱ་ནས་རྡན་པས་ཞག་པ་ལག་ནས་སོག། བཞི་རྒྱ་ཆེན་བས་རྟ་ཐོག་ནས་ལྷུང་། གཡུ་ལྷ་དེས་ཕ་ཁར་ཤན་མདའ་གཉིས་ཀྱི་སྐྱུ་ལ་བར་ཚར་ཐུས་དེ་ནི། དགུ་བོ་འདི་སྲོག་
ཙ་ལེན་ཐུབ་དགོས་བསམ་ནས་འཛང་ཞག་ལྡན་པོ་ར་ལེན་ཅིག་ཡང་བས་གྲོང་མས་ཀ་ལ་ཀོན། ཡར་གྲུང་མས་ལྷུང་མདའ་ཅིག་ཀྲུས་པས་གཡུ་ལྷ་ལ་རྒྱ་ནས་བཞི་རྒྱ་ཆེན་པའི་

ཞི་ཞུས་

༄༅། །གཡུ་ལྷ་རྟ་ལམ་ལྷུང་ ལྟག་ལྷ་དེས་རྒྱ་ཞག་སྔོན་པོ་དེ་གྲང་མས་ཀེ་ལེ་བཀན ཆུ་སྒོག་ནས་ཁས་ལྷུག་གི་འབྲུག་ཞག་དེ་གྲང་མས་ཀེ་ལེ་ཀེན···
དེ་ནས་གྲང་མ་ནུ་མགོ་དེ་ཕྱོག་བཞི་ལ་ཁྲུབ་ནས་སྨོད་བསྐུ་ལ་ དེ་ནས་གཡུ་ལྷ་མདན་མ་ཤར་འཕར་གསུམ་མདའ་སེག་སེག་གྲང་མ་ཕོ་ལྡེད་དགས་ཞེར་ནས་བལ་གྲི་བྲུག
ནས་ཤབ་ཏེ་རྒྱུ་ཆོས་ཐུས་ དེ་ཕོ་ནུམ་ཀྱི་གྲང་མ་ནུ་མགོ་མ་ལྡེད་དུ་ཞག་ཡས་བསྡོ་ནས་གླིང་སྒྲུབ་ལ་ཕྲི་འགྲོ་ཞེར་ དེ་ནས་གླིང་དམག་ནུམ་ཀྱི་བསྐལ་རྒྱང་དཔོན་བློན་ནུམ་
བདེ་དང་བཅམ་ཅན་ནུམ་ཕྱིར་ནས་མཁར་རྫོང་མི་ལ་སྤྲེད་ནས་གླིང་དམག་ནུམ་རྩོན་གླིང་སྒྲུབ་ལ་ཡིབ་ དེ་ནས་གྲང་མ་དེ་བརྒྱམ་འཁྱུར་སྒོ་ལ་བསྐུག་ནས་བསྐྱམ་མ་
ནུམ་དགྲ་ལྷམ་མདུན་ལ་ཕྱིར་ནས་བང་བང་སོ་སོ་ལུམ་གྲུབ་ཟུང་ལ་ཡིབ་ དེ་ནས་ལྷ་སྨྲས་དེས་ཡ་དཔལ་བྲུབ་ནུམ་འོ་རྒྱལ་ཨུ་རྒྱུད་ལབ། ཕྱིར་གླིང་དམག་ནུམ་ལ་བར་
བར་ཆད་ཡོད་མེད་དང་དགྲ་དགེག་འདུལ་བ་ལ་བཀའ་ལམ་ཨུ་རྒྱུད་ཞེར་ དེ་ནས་ཚོན་བཞེང་མདུན་མ་དེས་ ང་བང་ནུམ་འོ་རྒྱལ་མ་རྒྱུད་ དགྲ་དགེག་འདུལ་བ་ལ་ཀན་མོ་ནང་

མ་ཧྲུར་གྱིར་ དེ་ནས་བཟན་པ་མེ་ཞི་ཚོ་དེས་ཡ་གླིང་གི་ལྷ་ཕྱུགས་ཞིན་པོ་ཅིག དགྲ་འདུན་བས་ལོ་རྒྱལ་འདི་འདུ་ཡིན་ཟེར་ནས་གླུ་ལེ་× ཤཱ་ལེ་× སྦྲ་ལེ་×

ཀླུ་ཡི་དམ་དཀོན་མཆོག་གསུམ།། གསོལ་བ་འདེབས་སོ་བྱིན་གྱིས་རློབས།། མ་འདིས་× རྒྱལ་གར་ཙོན་དྲུས་ས····

ཆ་ཟེར།། ལུས་གཟུགས་དཀར་པས་ནང་བསྐུམ་ནས།། དཔོན་སྐྱིད་དགྲ་ལྷ་བརྩན་རྒྱལ་ལགས།། ཞི་བའི་གླུ་ལ་ཡེ་འདྲ་ཡོང་

དེ་རིང་བཀྲ་ཤིས་ཉི་མ་ལ།། ནག་པས་དགྲ་བགོད་ཕྱུགས་པས་དུས།། བསྐྱོན་འགྲིམ་བཟང་པོ་ཡེ་འདུ་འགི།། ད་ནང

ནམ་རྩེ་ལྷ་མང་ལ།། ངཔའ་པ་རྣམ་ལྕུག་དགོང་ནས་ཆར།། ཤར་སྐྱོ་དམག་དེ་ཐུར་སེར་བསྐྱོན།། དམག་དཔོན་སྐྱིད་

ནས་བསྐྱོན་མ་བླང་།། དམག་མང་ཁྲེ་ཤོག་ཁྲག་ལ་སྐྲིས།། • གསུ་ལྷ་ལྷོ་སྐྱོ་ཁ་ལ་བབ།། དམག་དཔོན་སྐྱིད་ནས་

ཞེ་བརྒྱད་པ།

༄༅། །བསྒོམ་མ་བླང་། །དམག་མང་ཁྲི་ཐོག་ཁྲུགས་ལ་སྒྲོས། །སྨུག་ལྟ་ནུབ་སྒོ་ཁ་ལ་བབ། །དམག་དཔོན་སྙིང་
ནས་བསྒོམ་མ་བླང་། །དམག་མང་ཁྲི་ཐོག་ཁྲུགས་ལ་སྡོས། །མདའ་མ་ལྟར་སྔོན་ཁ་ལ་བབ། །ཁྲི་ཐོག་དམག་དེ་ཁྲུགས་ལ་སྨྲས། །
བཙམ་གྲང་མ་མཁའ་ལ་གྲོས། །དེ་ནས་དམག་མང་ལྷ་བའི་དུས། །དམག་དཔོན་བཟླུལ་རྒྱང་ཐོན་ལ་ཕྱུར། །མདའ་མ་ལ་ཕྲོག
ལ་རྫོང་འདེབ་སྐྱུར། །ཐོ་བཟླུལ་རྒྱང་ཕྱོགས་ཙ་མདའ་མས་ཙར། །དེ་ནས་གྲང་མ་རི་ལང་རྒྱས། །དཔལ་རྣར་བཞི་ལ་མདའ་ཕྱོགས
བཞག །ཁྲ་དཔུང་ཇི་མདའ་མ་ས་ལུ་ཀྲུང་། །ལྷོ་ལྷུང་ལེ་གཡུ་ལྷ་ཐུང་ལ་སྨྲས། །དམར་ཁ་བེ་ཐང་པ་ལྕུང་ནས་ཐྲམ། །…
དེ་ནས་གྲང་མ་ཞེག་པས་གཟུང་། །ད་ལྟར་ལས་གྲུབ་སྒོ་ལ་ཡོད། །ཚང་པ་ཙི་ཧྥེད་རྒྱལ་པས་དགོངས། །ཉིན་པ་ཚེ་

ལམ་ཆེན་ཞིག་མེད།། ལ་ཆེན་ལྷ་ལྷམ་རིན་པོ་ཆེ།། མན་འཛང་དོན་དང་ལྷུན་གཉིས་ཡོག།། སྟེད་པས་མི་ལ་མང་པོ་འགི།། བཞིན་པས་མི་ལ་མང་པོ་འགི།། གྲང་མ་མ་སྟེར་བཞེན་པས་ན།། གླིང་ལ་ཡན་ཆོག་ཡི་ཡོད་ལག།། རྒྱལ་པས་བསྐ་སྐོམ་ཡི་ཡོད་ལག།། ལྷ་ཡིས་ལྷུང་བསྐེན་ཡི་ཡོད་ལག།། ཡོང་ན་རྒྱལ་པས་ཐུག་དགོང་མཛད།། མི་ན་མདང་འཕེན་ཡེང་རྒྱ་ཡིན།། ལྷ་ལྷམ་ཐུག་ལ་དེ་བསྐུར་ཞིག།། གོ་མ་གོ་× དེ་ནས་ལྷ་ལྷམ་དེས་ཡབ་ཞི་པ་རྒྱལ་པོ་ལ་གསོལ་

མདོ་ཁམས་གླིང་གི་ཀེ་སར་རྒྱལ་པས་ཁྲི་ཁྲུམ་རྒྱལ་དམག་བཞེག་དགོས་ཏི་མི་སྨྲང་དུ་ ལྷ་ཡི་ལུང་སྟེན་ནི་ཏི་མེད་ ཉི་པ་ཁོ་རང་ཆེན་འདུག་ན་ ཕྱིར་བློན་ཆེན་རྣམས་ཀྱིས་འདུན་འཕེ་བཞེག་དགམ་མེད་དང་ བཞེག་དགམ་མེད་གླིང་པས་ཐུག་ཆག་ཞིག་སྨྲང་ དེ་ནས་དཔལ་ལ་ཐུགས་རྣམས་ཀྱི་ཁོ་རང་འདུན་འཕྲད་བཞག

ཞི་བཞི

༄༅། །དགས་བསོ་ནམ་མདུན་བྲུལ་བྲ་ར་ར་གྲོལ་མོར། དེ་ནས་གྲང་མ་དེ་འདར་འཕེ་ལ་བཞུག་ཚོམ་བྱས། མདན་བར་རྒྱ་ཡིན་བརྗེ་མོ་ལ་
མདན་མ་བྱས། གྲི་བར་རྒྱ་ཡིན་བརྗེ་མོ་ལ་མིར་བསྟུག་བྱས། དེ་འཁོར་དཔལ་བླུབ་གར་གྲུག་བྱས་ནས། དེ་ཚེན་རྒྱུད་ནང་ནས་སྟག་རང་བྲེ་རྒྱལ་དེ་སྐྱེ་ཚར་ལྟར་
དུ་ཁྲི་བཤད་བྱེད་མི་བསྐལ་ནས་མི་རྒྱུད་དང་ཐོར་ནུ་གཉིས་ཀྱི་ཁྲི་ཅག་ལག་ལ་བཟུང་ནས་བསྐྱོད། དེ་ནས་བསྟུག་རང་ངཔོན་པོ་ཁྲོ་རྒྱལ་དེ་ཁྲི་བཤད་བྱེར་མི་སྐོལ་ནས་
ཁྲི་ལ་འཁོད་ནས། མིག་དམར་ལྡོག་ལྡོག་བྱེས་ནས་གྲང་མ་ལ་བསྟུར་ནས། ཡ་ཁོ་རེ་གྲོར་མ་ཟེ་བ་ནག་ཉེན་ཅན། ང་བསྟུག་རང་ཁྲོ་རྒྱ་ཡིན་ལེ་ཡི་གིམ་དུ་ཟེ་
ནས་གླུ་འདི་× ཨ་ལ་× ཐ་ལ་× ཧཱུྃ་ཡི་དངས་དཀོན་མཆོག་སུྃ། ། མཆོད་དོ་སྐོར་དོ་བོད་ཀྱི་ལྷ། ། འོད་ཟེར་
སྟག་ལྷ་མེ་འབར་མཆོད། ། ས་འདི་× རྒྱལ་གར་ཙན་ཏུས་བསྐྱོན་སྐྱིང་ཟེད། ། ང་དང་× སྟག་རང་དུག་མཆོ་འཁོར་མ་

ནས།། མ་བཅིན་དཔོན་པོ་ཁྲོ་རྒྱལ་ཞེད།། ཐ་སར་གྲག་པ་ཆེ་བཙེན་འདྲ།། གླིང་སྨེ་དཔོན་པོ་ཁྲོ་རྒྱལ་ཡིན།། སྤྱལ་བའི་སྙིང་ཧཱུྃ...

ཚོས་རྒྱལ་དང་།། མ་བཅིའི་དཔོན་པོ་ཁྲོ་རྒྱལ་གཉིས།། རྩམ་འཛིག་སྨྲག་ནར་དཔོན་པས་ཆེམ།། ཁྲི་ལ་བཙན་གྲག་སྨྲག་ནང་ཚེན།།

ཀ་གོ་ཤིས་ཕོ་ཡོད་ལ་ཡི་བྲུ།། ཁྲི་སྨར་ཁྲ་མོས་དམག་དཔུང་དེ།། མ་སྒུང་ས་ལ་ཅིག་ཀྲུང་མེད།། ཚ་བཙེན་མཐན་མ་བསྣ...

འཁྲབ་དེ།། རྣ་འབྲེན་མ་ཐུས་ས་ཅིག་མེད།། འདར་སྨྲག་སྐྱུས་ཀྲུང་མ་བཞག་ཏུ་ང་།། དེ་རིས་གྲོང་མས་མདའ་བསྐུག་བཞག།།

སྐྱུང་རྐན་ཆོ་པ་ཆེའི་པོ་ཞེད།། ཉི་པ་དེ་བའི་ཆེན་ཅིག་མེད།། མདན་མ་མདའ་སྨྲག་བཞག་རྒྱུར་དེ།། ཀླན་མདན་མ་སྐྲོང་དང...

ཁྲེད་པ་མེད།། ཚ་བཙེན་མདའ་མས་སྐྲ་བཤག་ལ།། མིག་ཁྲ་རྐྱང་གཉིས་དེ་ཐུང་ལ་ལྷུང་།། དེ་ནས་རྒྱས་ཁོར་བསྐོར་ཐོ་ཏས།།

༡ ཞི

༄༅།། ཧཱུང་སྤྲུལ་གཡུ་ལྷ་ཕྲུག་འགྱུར་དེ།། སེང་ཆེན་རྒྱལ་པས་བཀའ་བློན་ཡིན།། སྙུག་པོ་འཛུམ་གི་ཆོས་བདག་ཡིན།
དཔང་བྱང་དན་དང་ཚུན་མཆོད་ལ།། འདུན་སྣག་སྐུལ་ཕྱང་མ་བཞེགས་ཀྱང་།། དེ་རིས་གྲང་མས་འདུན་སྣག་བཞེག།། ཉེ་པ་དེ་ལས་ཆེན་
ཅིག་མེད།། ཧཱུང་སྤྲུལ་གཡུ་ལྷ་སྐུ་བཏག་ལ།། ལྷོ་མི་ནི་ཞེ་ནམ་ཕྱུན་ལ་ཐུན།། དེ་ནས་ཁ་རྟེ་ཙི་བདེ་བསྟུན།། མེན་པོ་ངོར་གྱི་
ཁན་པ་དེ།། ཁྲི་ཐོག་རྗོར་གྱི་དཔོན་པོ་ཡིན།། སེང་ཆེན་རྒྱལ་པས་བཀའ་བློན་ཡིན།། གྱི་ནེ་མཐན་དང་སྙུག་པོ་འཛང་།། དགྲ་ལ་
མ་འཇོམས་བསོ་པ་མེད།། འདུན་སྣག་སྐུལ་ཕྱང་མ་བཞེགས་ཀྱང་།། དེ་རིང་གྲང་མས་འདུན་སྣག་བཞེག།། ཉེ་པ་དེ་ལས་ཆེན་
ཅིག་མེད།། སྨོག་ཙན་འཚན་པས་སྐུ་བཏགས་ལ།། བརྒྱུག་བཞི་ལུས་དེ་བཙང་ལ་དགས།། དེ་ནས་བདེ་སྨྱུར་ཅི་འགི་བསྟུ།།

ངང་པོ་སྨུག་རང་ཆེ་བཞག་ལ་།། མི་ཆུང་ཁྱེད་དང་ཟློ་ཟླ་གཉིས་།། ལྷ་བཙན་ལྷུ་རྒྱ་ཁྲམས་པ་རྒྱོབ་།། དེ་ནས་ཁྲི་སྲད་ཀ་ལོ་
ཡོང་།། གཡོ་ཡས་བྲུགས་ལ་དེ་བསྐུར་ཞོག་།། དེ་ནས་མི་ཆུང་དང་ཟློ་ཟླ་གཉིས་གིས་ལྷ་བཙན་ལྷ་རྒྱ་རྒྱ་ གྲང་མ་དེ་ཚོ་ཀྲོ་ལང་ནས་ཁས་ལྷུམ
ཇོ་ལ་སྐོར་བསྐུར་ཅིག ཞུས་ནས་ཡ་སྨུག་རང་དཔོན་པོ་ཁྲོ་རྒྱལ་ལག་ ཁྱེད་ཟླ་བ་ཅི་ཡིན་ཟ་ཡིས་ཟེར་ ཀྱི་ཡི་ཅི་འདྲ་ཡོད་ཀྱང་ང་ལ་ཅད་དང་ ང་སྒྲུང་པ་ཁ་
མཛོག་སྟུག་ཀྱང་ཀླུ་ཞིག་ཡིན་ ང་གྲང་མ་ཅན་ལ་བཟུང་ཀྱང་བསྐུག་རྒྱུན་མེད་ ཁྱེད་སྨུག་རང་ཅན་འབས་སྐྱིང་ལ་དར་ ང་མ་པི་ཆུང་ཅ་ཞེ་ལ་བཞག་ཐེ་ནས
མིག་དཀའ་བློག་དམར་བློག་ཕྱིར་ནས་ཁ་ཡང་བསྡོ་ནས་རྟ་འདུག་ དེ་ནས་ཁྲོ་བྱུང་གི་བསམ་པ་ལ་ཡ་འདི་ཡག་མ་ཆུང་བསམ་ནས་ ལྷ་ཚོར་སྐྱིང་ཁྲེག་སྐྱ་ར་ལ་
ཇ་ནང་ལ་འདི་འདྲ་ཅིག་ཆུང་བསམ་ནས་ཅི་ཡང་ཟེ་མ་ཕེད་བཏུག་ དེ་ནས་དཔལ་མོ་ཁས་བསྐུག་ཀླུ་མོ་དེ་བྲག་ལ་ཕོག་ནས་ལྷུག་བཞི་སྐྱིང་ལ་ལྷུག་མདའ་ཅིག་བཞག་

ཞི་ ༢༢༥

༄༅། །ནམ་གྲུང་མ་ནི་ཕྱེད་ཤི་ཕྲུས་ དེ་ནས་སྐྱི་དཔོན་རྒྱལ་པོ་ཇེས་སྐམ་དགུ་ལྷམ་འཇུན་ལ་དགུ་མཚན་ཅིག་བཞེག་ གཡུ་ལྷ་ མཛན་མ་

ཕྱ་ག་ལྷ་ དཔལ་ལྷ་ ཨབན་པ་ ཁེ་ཕྱུག་ དེ་རྣམ་ལ་ལྷ་མཚན་ནེ་རེ་བཞེགས་ དེ་ནས་སྐྱི་དཔོན་ཇེས་གྲུང་མམ་ཅན་ཕན་ཅན་ནས་ ལྷ་ཕྱམ་དེ་ལ་

ཕྱག་གསོ་ཚན་ནས་ཐེན་ཁྱིམ་ཕྱུ་ནུ་ང་དེ་གྲུང་མམ་ཕྱིང་ལ་ཀན་ཁྲུང་མགོ་དགུ་ནས་སྤྲུ་ × ཨ་ལ་ × ཐུ་ལ་ × གོང་མ་ལྷ་ཡི་ཡོ་བྲང་ནས། །

ལྷ་ཆེན་ཚང་དཔལ་དཀར་པོ་མཆོད། །ཧྲི་རྣམ་སྨན་དཀར་མོ་མཆོད། །དེ་ཞིམ་ཁམ་གྲྭས་གླུ་ཕྱུ་གྲོངས། །ས་འདི་ × རྒྱ་གར

ཅོ་མཆོག་དྲུང་མ་རེད། །ང་འདྲ་ × སྐྱི་དཔོན་རང་ཚོ་ཁྲ་སྟང་རེད། །གླུ་འདེམ་ × སྐྱི་དཔོན་དཔལ་ལ་ཞིག་མོ་རེད། །གསེར

ཁྲི་སེམ་པམ་བཞི་སྟེང་ནས། །གང་བཞུག་དགྲ་ལྷ་བཙན་རྒྱལ་ལག། །དགུ་མཚན་ཅིག་གི་འཇུལ་དར་ཕྱུར། །གླིང་གི་

སྔོན་ཆེན་ལ་སོགས་ལ།། ལྷ་མཆོག་ཟེ་ཟེ་འཇའ་དར་ཕྱུར།། རྒྱ་ཆེན་བས་དོ་སོ་མ་ཡིན་ཏེ།། རྒྱལ་སྔོན་བསོ་པ་མཁྱེན་བཞི་ཡིན།།
དེ་ནས་རྒྱལ་སྔོན་ལ་སོགས་པ།། ཞུ་བས་གླུ་ལ་ཕྱེ་འདྲ་ཡོད།། ཨོཾ་ཡར་ཁེ་དབང་པོ་དར་དུས་ལ།། སྨུག་པོ་ཚང་ལ་རྒྱ་ཆོས་
བཙུགས།། སྤྱི་དཔའ་ནུ་ལ་བྱ་གསུམ་ཡོད།། བྱ་གསུམ་དགྲ་གསུམ་ལག་ལ་ཐོན།། བྱ་ཆེ་བ་སྔོན་པོ་ཚོས་རྒྱལ་དེ།། འགོག་སྐྱིང་
ཁྲུག་པ་ཇེད་དུས་ཐོན།། བྱ་འབྲས་བ་སེར་ཚལ་ཚང་རྒྱལ་ཡིན།། ཞང་གླིག་འཁྲུག་པ་ཇེད་དུས་ཐོན།། སྣ་རྒྱུར་བ་རྣམ་རྒྱང་
གཡུ་བསྐུག་ཡིན།། ཇོར་གླིར་ཁྲུག་པ་ཇེད་དུས་ཐོན།། ཉི་མ་དེ་ཡིན་རྫེས་སོ་ལ།། བྱ་རྒྱུད་མེད་པས་བསྡུག་སྡུལ་
ཆེན།། དཀར་པོ་གླིང་ལ་ཞེ་ཕྱི་སྐྱབ།། སེར་ཆེན་དཔོན་གྱི་སྐུ་ཞིགས་ལ།། རྫང་ཁག་མང་པོ་ཆམ་ལ་ཕེབ།། ....

ཞི་༢༢༤

༄༅། །སྲིད་པས་མི་ལ་མང་པོ་འགེ། །ཁྲི་པས་མི་ལ་མང་པོ་འགེ། །བྱ་ནེ་ནེ་བཞག་དུས་ཕྱི་ཡིན་བསེ། །ནགཨ
ཕྱུར་གེ་ལས་ཁ་ལ་འཁོར། །ཀྱུ་མ་ཡང་གེ་ལས་དཔོན་ལ་ཀྲུག །སྟག་ལྷ་གསྐྱ་ལྷ་ཞག་རཀའ་གསུམ། །ད་ལྷ་རྒྱལ་པོ་
བཀའ་བློན་རེད། །མི་ནབ་འཁྱོད་པ་མི་ལྡུག་བསྟེན། །ཕ་ནག་དཔོན་པོ་ཉི་གྲག་ཅིག །ཡོག་པོ་འཇང་ཁྲི་ལྷ་དཀར
གཉིས། །ཞེ་ཞེས་བློན་པོ་ཚོམ་འགྲུག་གསུམ། །མི་ནེ་ནེ་ནག་ན་ཕྱི་ཡིན་བསེ། །མ་ནག་ཀེ་ལས་དཔོན་ལ་འཁོ། །
ད་ལོ་གྲུ་ཀྲིར་ཁྲུག་པས་དུས། །མི་འཁོར་འདུག་པས་སྒྲང་མ་དེ། །མ་སྲིད་ཚོ་ཐབ་ཏང་ཝོག་གྱིས། །སྐྱི་དཔོན་ད་ལ་
ནུང་ནང་མཛར། །ཚོ་དྲུག་ལྷ་བདེ་དཀར་པོ་ལ། །གཙོད་ཚེ་མི་ཕྱིད་ཁམས་ལན་ཕྱེད། །ཕྱིར་ཞ་སྐྱི་དཔོན་སྐྱ་ཚེར

བྱེད། །རྒྱལ་པོ་ཞ་ཕྱི་སྐྱབ་དང་མཆོག། །མ་བྱུང་གཡོ་བས་གོ་ཆད་བྱེད། །ག་སྣུག་ལི་ཡི་འགྲོ་ལི་བྱེད། །སྤྱི་དཔོན་ང་ལ་འཚོ་དགོས་ཆེད། །བྲུགས་རྗེ་མ་རྒྱུག་རྒྱལ་བློན་རྣམས། །དེ་ལྟར་བྲུག་ལ་བཞེན་རོག་ལྡེ། །ཟྱིར་བ་དང་··

དེ་ནས་ལྕམ་དགྲ་ལྷ་རིས་ཡ་སྤྱི་དཔོན་ལགས། གྲོང་མ་ཟྱིར་བ་དེ་སློང་ལ་མི་འཚོ། ཁྱེར་ཨ་ཁྲུར་ཡན་ཐོག་བཀའ་འདུག་སྐྲར། དས་མ་བཞེངས་ན་ཅས་ཁྲ། དེ་བྲུག་སློང་འགྲོ། གྲང་མ་ཚི་བྱེད་གླིང་བས་བཀའ་གྲོས་གྱིས་སྤུང་། དེ་ནས་ཟན་པ་གཡུ་ལྷ། མདན་མ་དཔལ་ལྷ། གསུ་ལྷ། སྟག་ལྷ། ཅས་བསྟུག་རྣམས་ཀྱི་གྲོག་མ་དགོང་པ་རྣར་རྒྱུར། དགྲ་གྲུ་ཡུ་དགྲ་ཐག་མ་ཆད་པ་ཁོ་གྲང་མཚོན་ལ་འདུག་དགྱང་ཟེ། སྤྱི་དཔོན་གྱི་གྲོང་མ་ཁྲིབ་ནས་དགའ་དགའ་བཀྲ་བགྲོ་བྱེད་ནས་ཁེ་ཡིན་ལུས་རྒྱུན་སྨོ་ལ་ཁྲིབ་སོང་། མདན་མ་དང་སྤྱི་དཔོན་གཉིས་ཀྱི་དམག་དཔོན་རྣམས་ལ་སང་གཉིས་ཀ་ལ་སོ་བ་དང་ལ་ལྷུང་སོག་ལ་བསྟུན་

ཞི་བཀྲ་

༄༅། །མཁའ་མང་པོ་དགོས་དཔལ་ཐུབ་ནུས་ཀྱི་ དོ་དོན་ཕྱིར་ནས་རང་སྣང་བཟུང་ ཟླ་ཞལ་མདུན་གྲོས་བྲ་ར་ར་གྲོལ་སོང་ དེ་ནས་གླིང་དམག···

ཉིས་ཞེབ་གསུམ་བརྒྱབ་སོ་ དེ་ནས་སྐྱིང་འོག་ལྷ་ཡི་ཕོ་བྲང་ནས་མ་ནི་ཉིས་སྐྱིན་དཀར་མོ་དེས་ཐོད་ཡུལ་ཤོག་ལ་དམག་འཛོམ་དགོས་པས་སྐྱ་× ཨ་ལ×

ཁྲ་ལ་× སྐྱབས་གླུ་ཡི་དམ་དགོན་མཆོག་གསུམ། ། གླིང་དཀར་དམག་ལ་ལ་འཛིན་མཛད། ། དེ་ནས་ལྷ་ཡུལ་

དགྲ་ལྷ་ལག། ། དེ་རིས་ཡུང་སྐྱིན་ཡེ་འདྲ་ཡོད། ། ཐར་དབྱུས་ཚང་སྤྱོད་ཀྱི་ས་ཆ་ནས། ། དབྱུས་ཀྱི་རྫོང་བག་ཉིས···

གསུམ་དེ། ། དགྲ་ཁས་མགོན་སོང་ལེན་ནང་ལེ་ཟེད། ། གླིང་དམག་དཔུང་སེར་ཕྱེན་རྒྱབ་དགོས། ། གླིང་དཀར་རྒྱ་བསྐྱིན་

མ་ཡེད་ན། ། ཁས་མགོན་ལག་ལ་ཐོབ་ལེ་འདུག ། ཀྱི་མ་དེ་ཡིས་རྒྱུས་སྤུ་ལ། ། ཐོག་རྒྱང་དཔོན་དང་ཁས་མགོན་གཉིས།

སྤྱི་ན་ཞིམ་གི་དྲུབ་རྒྱུ་མེད།། ལྷ་དཀོན་མཆོག་མི་ཡི་དབང་པས་ན།། གླིང་གི་མཐར་ཕྱེད་ཁྱུང་ཕྱེད་པ་མེད།། ལྷ་རྗེ་བོ་
དཔྱམ་ལ་བཞུགས་ཚོ་ལ།། གླིང་དམག་སོང་ན་སྐྱོན་འབྲེལ་འགྲུབ།། དགྲ་ཨ་མགོན་གཡས་བུ་ཙན་རྒྱུར་ཡོད།། དེ་རྒྱུས་
འོང་། ཆད་དྲུབ་རྒྱུར་ཡོད།། རྒྱལ་ལུས་བྲུག་ལ་དེ་ལྟར་ཞེག།། གོ་ན་ལ་གོ་× ཞེར་ནས་ལྷ་མོ་དེ་ལྷ་ཡུ་ལ་ཕེབ་སོང་ དེ་ནས་ལྷ་
ལུས་དེས་དཔལ་དྲུབ་རྣམ་འདུས་མཁོག་བསྒྱུར་བས་བཀའ་ཕེབ་ དེ་ནས་གླིང་རྣམས་རྒྱལ་པས་དྲུང་ལ་འདུས་ནས་ དགྲ་ལྷ་དེས་ཡ་བཀའ་གླིང་རྣམས་དཔུས་ཀྱི་རྗེ་བོ་དགྲ་ལ་
འོན་ངས་འདུག་ཐེ་བའི་ལུང་སྟོན་འདུག དབོད་ཡུལ་ལ་དམག་འགྲོ་བའི་བཀའ་གྲོས་གྱིས་ཐེ་ དེ་ནས་གླིང་དམག་འགྲོ་བའི་བཀའ་གྲོས་ཕྱམ་ནས་ དེ་གཡོན་གྲལ་གྱི་བྲལ་
མགོ་ནས་བཞུ་པ་རྒྱ་པོ་དེས་ ཡ་ཁྲ་མོས་འབྱི་དམག་རྣམས་ཡང་ན་རྒྱལ་གླིང་དམག་དཔོན་རྣམས་འགྲོ་ལུགས་བསླ་སློང་ཚེ་འདུ་ཡོད་ཟེར་ནས་གླུ་× ཨ་ལ་× ཐ་ལ་×

ཤེ་དགུ

༄༅། །ཀླུ་ཡི་དམ་དཀོན་མཆོག་གསུམ། །མཁའ་འགྲོ་ཚོགས་ལ་གསོལ་བ་འདེབས། །ཆོས་སྐྱོང་སྲུང་མས
ཀླུ་ན་གྲོང་། །ས་འདེམས་× རྒྱལ་གར་ནོན་བྲུས་གདོན་སྐྱེ་ངནས། །ལྷ་ལུས་དགྲ་ལྷུམ་མདུན་བྲུལ་བེར། །ང་དང་ཀ།
གཡས་བྲུལ་བྲུལ་གྱི་བྲུལ་མགོ་ནས། །བདུད་ཚན་ཤན་པ་རྒྱ་པོ་ཞེང་། །དེ་ནས་རྒྱལ་བློན་ལ་སོགས་པ། །ཞི་བའི་གླུ་ལ་ཚེ
འདུ་ཡོད། །གླིང་སྐར་ཁྲ་མོས་ལྷ་དམག་དེ། །ད་ལོ་དབྱུས་ཚང་སྤྱོད་ལ་སོང་། །དབྱུས་ཀྱི་ཇོ་བོས་རྒྱལ་སྲིན་ཡིན། །ཇོ་བོ
དགྲ་ལ་ཐེར་བས་ཅ། །ཚེ་དུག་ལྷ་དམག་ལོས་འགྲོ་སྐྱེན། །ཁ་ཙོང་ལོ་དང་ཁ་གཉིས་ལོ། །བཟའ་ཆང་བསྐྱོར་མ་གླིང་གི་ཚད། །
ཕྱོག་ཆང་ཁྲ་མམ་འདུ་དམག་དཔུང་། །བཟའ་ཆང་ཞ་ལེན་ལེ་དམ་བེང་། །གླིང་དཀར་པོད་ལ་སོང་བས་ན། །ཕྱོག་ཆང་དམག

གི་རྒྱལ་ནམ་དང་།། གླིང་དམག་བདེ་མོ་འོང་གྱི་མེད།། དེ་འདྲ་མི་ཕྱིར་ཕྱེ་འདྲ་ཅི།། ང་ནང་ཚོ་དགྲ་ལྷ་དམག་འདི།། དམག
མི་མ་ལ་འགྲོ་ལུགས་ལ།། དུར་སྲུང་སྔགས་ལྷ་ཁྲི་དཀར་ཚིག།། སློན་ཆེན་ཞིག་དཀར་ལྷུན་པ་གཉིས།། ཡོག་བློན་སྡོམ་མ་བསྡོམ་
ཆེན་གསུམ།། ཡ་ནག་བློན་པོ་ཉི་ནག་བཅིན།། ཕྱི་ནི་བློན་པོ་ཚལ་འགྲུག་ལྷ།། ཕྱིར་ནང་དམག་དཔོན་ལྷ་ཟི་དེས།། ཕྲི
དམག་ལྷ་ཡིན་མགོ་འཛིན་གྱིས།། བོད་ཡུལ་སྲོང་ལ་འགྲོ་རྒྱུ་དགོས།། བདུད་རྗེ་ཞེ་ནག་མིག་ཏིག་ཏེ།། དཔུང་དམག་དེ་ཡིན
ངོ་ལེན་གྱིས།། བོད་ཡིན་དུང་སྐྱོང་ཁྱེད་ལ་ཡོད།། གང་ལ་མི་པོ་ར་ཁམས་ལེན་དགོས།། བོད་ཡུལ་སྲིད་ལ་འགྲོ་མི་ཡིན།།
ལྷ་རྗེ་བོའི་སྐུ་ལ་རྒྱབ་སྐྱིན་གྱིས།། དེ་མིན་གླིང་གི་ལྷ་དམག་དེ།། གྲུ་ཁྱུས་ཡུལ་ལ་འགྲོ་ལེ་ཡིན།། བདུད་རྒྱལ་ཐོག་

༄༅།། ནང་རྒྱལ་པོ་དེ།། རྒྱ་ཚོམ་དཔུང་འཁྲིག་ཕྱེད་ལི་ཡིན།། རྒྱལ་བློན་མགོ་ཁེ་བྲག་ལེ་ཡིན།། ཕྱོགས་ནང་རྒྱལ་

བློན་མ་ཕྲུབ་ཙ།། སྐྱིད་དཀར་འོང་བ་ངོ་ནེ་ཚེར།། རྒྱ་བློན་ཕྲུག་ལ་དེ་ལྟར་ཞུས།། ཞེ་ནས་དེ་ནས་གླིང་སྐྲན་དེ་ཤར་པས་ཟེ་བ་

བསྐྱར་དུ་ཕྲུགས་ཆག་བཞུགས་ནས། ཧི་མ་དེ་ཡིས་ཕྱིར་ཉིམ་ལ་རྒྱལ་ཁབ་ལྷ་ཡི་ལས་དམག་དེ་དུང་སྐྱོང་སྟག་ལྷས་དམག་ཟླ་གྲང་ནས་བོད་ཡུལ་ལ་ཕེབ་སོ།

དེ་ནས་བོད་ཡུལ་རྫོང་གམ་པ་ལ་ཡིས་རྒྱལ་ཤོག་ལ་ཕེད། དེ་ནས་གླིང་རྒྱལ་ཁབ་བཅིན་ཡི་དམག་དེ་གྲུ་ཤུལ་ཡུལ་ལ་ཕེབ་སོ། དེ་ནས་སྟག་ལྷས་དམག་དེ་བོད་ཡུལ་

བརྩང་མདོ་ལུག་སྟོད་ལ་ཁྲ་ཕྱི་ལི་སྐར་རྒྱུ་ནས་འདུག། ཕར་སྐུལ་པས་བོད་དམག་དང་ཁ་མགོན་དམག་ཉིལ་རེག་འདུག། བོད་དམག་གི་གླིང་དམག་ཡིན་པར་མ་ཤེས་

ཁ་མགོན་རྒྱ་ཟུང་རེད་བསོ་ནས་ལོས་བསྡུགས་བསོ་པ་ཡི་ནས་འདུག། དེ་ནས་ཁ་མགོན་གིས་ཡ་ཡ་བོད་དམག་འདི་ལ་ཕྱིར་དཔུང་གཅིག་སྤྱོད་འདུག་བསོ། དེ་ནས་

ཁྲ་མས་འབྱི་དམག་ཚོམ་ཕྱུང་ དཔལ་མེད་ཛ་ཆག་ཀུན་ལྷུག་དེ་བཙ་མ་གི་དཔལ་བའི་མདོག་ཁ་ཅིར་ དེ་རིང་ཕས་མགོན་དམག་ལ་ཐམ་ འདི་ཕ་རེ་ཚ་གྲིམ་ཡིད་རེ་ཐུག་ ཤང་གཉིས་ཏི་མ་ཞར་དུས་ལ་ བོད་དམག་ཁྲ་མོས་འབྱི་དམག་དེ་བསྒོར་ལེ་ཡིན་ དཔལ་ཙ་ཙི་ཡོད་དེ་དུས་ཐེམ་ཐེར་ནམ་ཕས་མགོན་དམག་གི་གྲིམ་ཐུམ་ དེ་ནས་དུང་སྐྱོང་ལྷ་དམག་དེ་བཞུག་ཡོད་སྐབ་ལ་ སྐྱིད་བོག་ལྷ་ཡིན་པོ་བྲང་ནས་སྤྲུས་ཀྱང་བྲ་ལ་འོད་དཀར་དེམ་ སྐག་ལྷ་དཔོན་ལ་ལྷག་སྐྱེན་གི་གླུ་འདི་ × ཕྱ་ལ། × ×

བྲ་ལ་× བློ་ཡི་དམ་དཀོན་མཆོག་གསུམ་ །། ཁོ་གསུ་འགྲོ་བ་འགྲོན་པ་ཟིགས་ །། རིན་དྲུག་ཆོས་ལ་འགྱུར་བར་ཞིགས་ །། ས་འདིས་× བརྩང་ཡུལ་དར་བྲང་ཞིབ་ཡག་རེད་ །། ཟ་དང་× བར་སྣང་སྐྱོང་པས་འོད་ལེ་ནམ་ །། སྤྲུམ་ཀྱང་བྲ་ལ་འོད་དཀར་ཞེད་ །། དང་སྐྱོང་སྐག་ལྷ་ཁྲི་དཀར་ཅེར་ །། དེ་ལྷ་ཡུང་བསྐྱེན་མི་དར་སྐྱེན་ །། དེ་རིང་ཡུར་སྐྱེན་ཡོད་ཀྱུ་འདི་ །།

ཞེ་དྲུག་ཞར་

༄༅། །ལྷ་རྗེ་ཐོས་རྒྱལ་སྨིན་ཡིན་ཞིན་ལ། །དེ་ནས་ཕྱག་ལྷ་ཁྲི་དཀར་ཞེག །ཡར་སྐྱིང་དང་སྨིན་མོ་ཡི་འདྲ་འགི། །ཚོར་ཡུལ་སྐོང་གི་དམག་ལྷ་ར་འདི། །བདུད་རྒྱུ་ཕས་མགོན་ལས་དམག་རེད། །སོང་གཉིས་ཕྱག་ལྷས་མ་ཕྱུབ་ན། །དམག་མ་ལ་ཡང་ནི་བར་ཅད་ཆེན། །ཡ་ལ་ཡུང་ན་སྨིན་འབྲིལ་འགྱུབ། །དུང་སྐྱོང་ཕྱག་ལྷ་ཁྲི་དཀར་ཚེར། །ཕས་མགོན་བསྐྱང་ལ··· མ་ཚར་ན། །བཙན་མེན་ཅར་ན་བར་ཅད་ཆེན། །ཕས་མགོན་ཐུབ་ལེ་མི་འོང་སྟེ། །ཕྱག་ལྷས་དོ་ཞིན་ཐུབ་དེས་ཡིན། །དོ་མིན··· དམག་དཔོན་ཆེན་པོའི་དེས། །གླིང་བས་བསྐྱོ་མ་ལེ་དས་ཡིན། །ཕྱག་ལྷས་ཐུག་ལ་དེ་འདྲ་ཞེག །གོ་ན་ཨ་གོ་× ཀྱི་ནས་

ལྷ་མོ་རི་ལྷ་ཡུལ་ལ་ཕེབ་ དེ་ནས་ཕྱག་ལྷ་དེས་བུ་འགྲོན་དམག་དཔོན་རྣམས་འདུས་ཤོག་གྱི་བས་བཀའ་ཕེབ་ དེ་ནས་བུ་འགྲོན་དམག་དཔོན་རྣམས་ཕྱག་ལྷས་དྲུང་ལ

འདུས་ ཕྱག་ལྷ་རིམ་པ་དམག་དཔོན་ནུས་འཛིན་གསུང་ང་ནང་ལ་ལྷ་ཡིས་ལྷུང་སྨིན་ཙིག་བྱུང་ ང་རང་གླིང་དམག་ནུས་སོང་གཉིས་དགྲ་དཔུང་ཕར་ལྷུང་ན་ཁས་མགོན
སྐྱོར་བྱུབ་ཅེ་བའི་ལུང་སྨིན་བྱུང་ དེ་ལྟར་སོང་གཉིས་དམག་ནུས་འགྱུ་ཚོམ་གྱིས་ཟེར་བའི་བཀའ་ཡིབ་ དེས་ཕྱི་གཉིས་གླིང་དམག་ནུས་སྤྱུར་ནས་ལྷུང་ ཁས་མགོན
གིས་གླིང་དམག་སྤྱུན་འོང་བ་ཞིག་ནས་ཕོ་ནང་གི་དམག་དཔོན་ནུས་ལ་གྲུ་× ཨ་ལ་× ཐ་ལ་× ས་འཛིམ་× ཙོང་ཡིན་དབ་བྲང་ཐམ་
ཡཀྲལ་ཟེར་།། དེ་ནས་དམག་དཔུང་ལ་སོགས་པ་།། སྐྱིད་དང་སྐྱོ་སོ་མི་འདྲ་འགྲི་།། བྲ་སོ་འགྲོ་དམག་དཔུང་ལེ་འདི་།། བོད་
ཡུལ་ཧ་མ་ལྷ་སྨོས་གཟུགས་།། དེ་ནས་དཔུང་དམག་ཞན་སེ་བྱུང་།། ཤ་ཟེ་ཚོ་ལ་ཡིང་རེ་སྨུག་།། ང་རང་བྲ་མས་འགྲོ་དམག་
འདི་།། བོད་དམག་གྲོག་ལ་ཕྱེ་འདྲ་བྱེད་།། མི་དཀར་ཧྲ་དཀབ་དབ་བྲི་དཀར་།། བྲི་དཀར་ཅན་ལ་བྲི་ཡི་སྐོན་།། དཔལ་

༄༅།། རྡང་ར་ཡི་དགྲ་སྐྲན་ཡིན།། དམག་དཔོན་སྲིད་ནས་དམག་མང་བསྐྱོན།། མི་ནག་རྟ་ནག་དར་ཁྲི་ནག།
ཁྲི་ཉག་ཅན་ལ་ཁྲི་ཡི་སྐོར།། གོང་ཕྱོགས་སྟག་རྒྱ་དགྲ་སྐྲས་ཡིན།། དམག་དཔོན་སྲིད་ནས་དམག་མང་བསྐྱོན།།
དེ་རྒྱས་མི་དམར་རྟ་དམར་བཞུར།། ཁྲི་དམར་ཅན་ལ་ཁྲི་ཡིན་སྐོར།། གོང་ཕྱོགས་མི་འབར་དགྲ་སྐྲན་ཡིན།། དམག་
དཔོན་སྲིད་ནས་དམག་མང་བསྐྱོན།། དེ་རྗེས་མི་ཁྲ་རྟ་ཁྲ་བཞུར།། ཁྲི་ཁྲ་ཅན་ལ་ཁྲི་ཡི་སྐོར།། བདུད་རྒྱལ་སྤྱོབ་ཚེན་དགྲ་
སྐྲན་ཡིན།། དམག་དཔོན་སྲིད་ནས་དམག་མང་བསྐྱོན།། ང་ནང་དམག་དཔོན་ཚེན་བཞི་དེས།། དམག་པོག་བཞི་དེ་ཡི་མེད་
བསྐྱང་།། གོ་ན་རྒྱལ་བློན་བྲུགས་ལ་ཞོགས།། མ་གོ་× ཞེ་བ་ངང་ དེ་ཆས་དུས་སྐྱོར་དམག་དེ་བྱང་དཀར་འཕྱུར་ཕྱུར་བ་བཞིན་དུ་

ཕྲན་ན་ཟླུང་ དེ་ནས་བར་འོག་བང་བང་སོ་སོས་དམག་ཐུམ་ཕྱུར་ དེ་ཙམ་ལ་མགོན་དང་དང་སྐྱོང་གཉིས་བསྐོད་བྲུགས་ བཙན་རྒྱལ་དང་ཞང་དཀར་བསྡུང་བྲུགས་ ་་

བརྡར་རྟེ་དར་སོགས་བློན་གཉིས་བསྐྱོང་བྲུགས་ དེ་ནས་ཞལ་དཀར་དེས་བཙན་རྒྱལ་སྙིང་ དམག་ཡང་ཐུམ་ཆུན་ཉིས་བསྐྱང་ མོག་བློན་དེས་བདུད་རྗེ་སྙིང་དམག་མང་ཐུམ་

ཅིག་མེད་དུ་བསྐྱང་ ཉི་བྲག་གི་གོང་ཕྱོག་ལྷེར་དམག་མང་ཐུམ་ཆག་ཉིས་དུ་བསྐྱང་ དེ་ནས་བདུད་རྒྱལ་ཞལ་ནག་མིག་གཅིག་དེས་ཧྲ་ཀླུང་ནག་རྒྱུ་བ་ཅེན་གྱི་སྟེང་ནས་རྒྱུ་ར་ཁྲན་ལག

པ་བཟུང་ནས་དུང་སྐྱོང་ལ་རྒྱ་×× ཁྱ་ཡ་× ཐྲ་ཡ་× ས་འཐེན་× ཙོང་ཡུ་དར་བྲང་ཕམ་ཡག་རེད།། ང་དང་× བདུད་རྒྱལ

ཞལ་ནག་མིག་གཅིག་རེད།། དེ་ལྟ་བོད་ཁྲིམས་ཁྲག་པ་སྐྱུས།། ལྟན་མ་ཅི་དྲས་ཤི་ཞིས་དུ།། དེ་ནས་ཉིན་དང་དཀན་པོ་

སྐྱབ།། བོད་དམག་ཇ་ཚག་སྐྱ་ལུག་ལ།། དཔལ་ཙ་ཅི་ཡོད་ཞེས་ལེ་ཡིན།། དེ་རིས་སྐྱོན་པོ་ཁམ་ཆེན་མ།།

ལེའུ་༢༨

༄། ། ལ་ཆེན་པ་ཡུལ་གནས་རེད། ། ཕྱི་ལུང་མགོ་ནས་མེ་ཏོག་འཁྲུག། ། ཆ་ཀད་ནང་ལ་ཉི་མ་ཤར། །
ཐོར་ཡུལ་རྒྱལ་དབྱང་དཔལ་ཐོ་ཕྱིར། ། ཁ་མགོན་གདོང་ལ་དཔལ་ས་མེད། ། ལ་ཆེན་ནུས་མས་བསྟོ་x སུ་བཞེར་
མགོ་ཡི་སྤྲོ་འཛོག་དེ། ། མི་ལེན་བཞག་བསམ་ཞེ་ལ་མེད། ། དབུས་ཀྱི་ཇོ་ཕྲག་ནུས་གསུམ་དེ། ། ད་ལོ་ཁ་མགོན་དམག
གི་སློབ། ། མི་ལེན་སྐྱིབ་བཞག་བསམ་པིས་མེད། ། དེ་ནས་ཇ་ཆོག་ཀུ་ལུག་ཕྱིར། ། ཚོ་བཟེད་པི་ལ་ཉེ་ལེ་རེད། །
ཉ་མོ་སློབ་ལ་ལྟར་ལི་ཞེད། ། ཁེ་བདེ་ད་བསྐྱ་རིག་ནས་འོང་། ། གོ་ཙ་x མ་གོ་x ཐྱེར་ཙམ་རྡང་འདབ་ལེ་གཙིག་སླུས
པས་དུར་སྤྱོད་ཀླུ་ལ་ཕོག་གྱུར་བར་ཙང་མ་ཐུར། དེ་ནས་དུང་སྤྱོད་སྐྱུག་ལྕུ་ཏེས་བཞི་ཆད་ཀྱི་སྤྱིད་དུ་ཁནན་ཆུད་ཅིག་བཞག་ནས་ཡ་ཚེ་ནེ་ཉིན་དང་བསྡུར་བའི་དགྲ……

ཧ་སྤུར་ཡིས་ཇོ་བོ་ཡི་ཞིས་དུ་ཞེན་ནས་གྱུ་×　ཨ་ལ་×　ཐ་ལ་×　ཧཱུྃ་ཡི་དམ་དཀོན་མཆོག་སུྃ། །　མ་མཁའ་འགྲོས་ཚོགས་ལ་བསོལ་བ་འདེབས། །　ས་འདེམས་×　ཙོང་ཡུལ་དར་ཐང་ཤམ་ཡག་རེད། །　ད་དར་×　ལྷོ་གུ་ནེ་མེན་གྱི་ས་ཆ་ནས། །　དུང་སྐྱོང་སྨུག་ལྷ་ཁྲི་དཀར་རེད། །　སེང་ཆེན་རྒྱལ་པས་བཀའ་བློན་ཡིན། །　གུ་ནེ་མེན་གྱི་མགོ་དཔོན་ཡིན། །　ད་ལམ་དབུས་ལ་འོང་བའི་དོན། །　དབུས་ཀྱི་ཇོ་ཤག་རྣམས་གསུམ་དེ། །　དགྲ་ཤ་བས་ཙོད་པ་ཕྱིར་འདུག་སྐྱུང་། །　བོད་ལྷ་ལྷ་བདེ་ཁྲ་མོ་དེ། །　དམན་སྲིད་ཁྲག་ལ་སྨྲིས་འདུག་སྐྱངས། །　ཚོ་དྲུག་ལྷ་བདེ་དཀར་པོ་དེ། །　ད་ལོ་ལྷ་དམག་དཔུང་དར་བཙས། །　ད་ཡི་མི་ཚད་མང་པོ་ཡོད། །　ཚོ་དྲུག་རྒྱལ་ཁག་དགུ་པོ་ཡོད། །　ད་བལྟ་གླུ་ཁུངས་ལྷ་ལ་ཡོད། །

བཞི་ཤར།

༄༅། །ཐོག་རྒྱང་ཆམ་ལ་ཕབ་ཚོས་རེད། །འོག་ལྷུན་ཡིར་མེད་བསྐྱང་ཤིས་རེད། །རྣ་མི་ཐོང་ཀྱི་××
མི་ཚོས་ཟ་ཆོད་རང་ཚོས་ཐོན། །ཁ་ཤ་དར་ཚོར་ཉ་ཤ་ཐོར། །རི་པ་ཏོག་ས་རྒྱུ་རིན་ཐོན། །ཕྱི་ནས་བདག་ཆོད་…
ཆར་ནས་པོ། །གླིང་དཀར་ཁྲ་སྨོས་འབྱུང་དམག་དེ་སུ། །ལྷུན་མ་ཅི་ཁྱེར་ཕྱི་ཤིས་དུ། །བཟའ་རྒྱང་བློན་དང་ཆ་འབྲིག
དེ། །ཤི་སྲི་ཅི་རེང་ཕྱི་ཤིས་དུ། །དེ་ནས་ཉེན་དང་འགྲུ་མ་ཡིད། །དམག་དཔོན་བཟའ་རྒྱང་ཐོག་འཐེབ་ཅིག །ལོ་
པས་ཙལ་ལྷུན་ཚོས་འཕེ་གཉིས། །བརྩོན་རྒྱུ་དམ་ཐོར་མི་འབར་གསུམ། །ཀ་སྐྱག་མདོ་རི་སྐྱག་ཚོ་བཞིན། །ཉི་མཆིག
ལ་དམར་སྤྱོད་བསྐྱང་། །དམག་མང་ཁྲི་ཚོག་ཁྲག་ལ་སྨྲིས། །གྲང་མ་རྣ་མགོ་བརྩོན་ལ་བཟུང་། །བརྫ་མ་ཕྱི

ཡི་ལྟུས་ལེན་རེད།། ཁ་ཁྲུས་ཆུ་ཡོད་ན་དགོས་མ་འདུག།། བཟླའ་རྐང་གྱི་བོ་བསྐྱང་ཆོག་རེད།། སྐྱ་མགོན་ཡོད་ན……
དགོས་ས་འགི།། བསྐྱམ་བདེ་པ་མེན་རེ་དཀོན་མཆོག་སྤྱང་།། ལྷ་རྗེ་བོ་ཙང་པས་ཧི་ཆེན་མ།། དཔལ་རྐང་པོ་ཡིན
ན་གཙང་ལ་བཙོར།། འདར་ཅག་ཕྲིན་བསྐྱང་ན་འདི་འདྲ་ཡོང་།། གོ་ཅི་ཐུས་ཅེ་རེ་བརྡང་བའི་དགྲ།། མ་གོ་××
ཧྲིབ་བ་དང་ དྲུང་སྐྱོང་གི་ལྷ་འདབ་ལེན་ཅིག་སྤྲིས་པས་ ཁས་མགོན་ལ་རྒྱ་ནས་ཁྲ་རྩིས་ཁྲ་ཁྲབ་རེ་བསྐོར་བ་མ་ཅོག་སྟོད་མ་ཐུབ་ དྲུང་སྐྱོང་དེས་དམག
མང་རྩིས་ཆག་གཉིས་ལ་དུ་བསྐྱང་སྐབ་ལ་ ཁས་མགོན་དེས་འདི་བོད་ཀྱི་དམག་དང་མི་འདྲ་དུ་དཔལ་ཚུལ་འབྲི་ཐུམ་ན་བསྒོ་ཨ་བོར་ལེ་ཁག་ཁྲ་བསམ་ནས
ཁས་མགོ་དཔོན་ཡོག་རྒྱ་ཚམ་ལྷག་ཡོད་པར་དེ་སྤྱོག་མགྱོགས་ཕྱིན་ཐུས་ནས་གྲོས་སོདས་ དེ་ནས་གླིང་དམག་དེས་ཁས་མགོན་གྱི་སྐར་ཀྲུས་ལ་བབ་ནས་བཙྭར

ཞི.༥༢.

༄༅། །དེ་ནས་ཁས་མགོན་གྲུབ་དང་ཐུར་ཅན་དང་ཅག་ལག་རྣོལ་བུག་ནས་གླིང་པས་སྒྲོ་ནས་འདུག དེ་ནས་བོད་དམག་རྣོལ་གྱི་ཐྲུ་གུ་དང་གླིང་གཉིས་
ཁྲུག་ནས་གླིང་གི་ཁེ་ཁ་ལེན་པ་ཕྱི་འཇུར་ བོད་དམག་རྣོས་དགའ་ཞགའ་དང་ཀྲོ་ཀྲོ་ཐུལ་ནས་ཁས་མགོན་གྲོས་པས་ཡ་ལ་བསྐྱོས་ནས་ཧ་ཧ་ཧེ་ཧེ་ཟེ་ནས་སྐད་ཨ་ཡོ་སྐད་··
ལྡུག དེ་ནས་བོད་ཀྱི་འགར་བློན་དབང་ཕྱུག་རྒྱ་མཚན་དེས་ཡ་དཀར་བློན་རྣམས་དཔུས་བཞི་ཁྲི་སྐོར་བརྩོ་བརྒྱད་ལ་དཔལ་ལ་ཅོ་འདི་འདུག་མི་འདུག་པས དགེ་མི
ལྡུག་རྒྱ་བློན་རྣམས འདི་བོད་ལ་མགོན་སྐྱབ་ཆེན་པོ་རེད་ ང་རང་རྣམས་འཇུལ་དར་བཞུག་མི་འགྲོ་དགོས དམག་མང་འདི་རྣམས་ལ་དམག་ཡོག་གཅིག ད་རེས
བོད་ཀྱི་མ་མཛད་ན དེ་ཕྱོགས་བོད་བདེ་རྡོ་རེ་ཚོ མི་འདུག་དཀྱུ་ལ་མོ་འགྲོ་ཟེ་ནས ཅང་ཕྲེས་གྲུབ་པ་ལྷུན་འགྲུབ་དང་ འགར་བློན་དབང་ཕྱུག་རྒྱལ་མཚན···
གཉིས་ཅོ་བོ་གྲུམ་པས་དཀར་བློན་བཞིན་དང་བུ་དཔོན་ལྷ་ཅམ་སྤུང དར་རྣ་ཚོགས་དང་ བསེར་དཔུལ་དང་ཐལ་རྣ་ཚོ་རྣམས་ཁྱེར་ནས་གླིང་སྨར་ལ་སོང དེ་ནས་དམག

དཔོན་སྟག་ལྷ་ཁྲི་དཀར་དང་དེ་མིད་དམག་དཔོན་རྣམས་ལ་འཇའ་དར་མང་པོ་ཕུལ་ནས་གླུ × ཨ་ལ་× ཐ་ལ་× བློ་ཡི་དམ་དཀོན་མཆོག་གསུམ།། མཁའ་འགྲོ་ཚོགས་ལ་གསོལ་བ་འདེབས།། ཕེབ་ཅིག་ཕེབ་བྱེ་དམག་དཔོན་ཕེབ།། དེ་རིང་ཕེབ་པར་བསྙེན་འབྲིས་འགྱུར།། མ་འདིས་× ཅང་ཡུལ་དར་བྱང་ཐམ་ཡག་རེད་ཀ། ང་དང་× འགར་ལྡོན་དབང་ཕྱུག་རྒྱལ་མཚན་རེད།། ལས་ཀྱི་རྒྱལ་པོ་རིན་པོ་ཆེན།། ཞུ་བས་གླུ་ལ་ཅེ་འདྲ་ཡོད།། ན་ཉིས་ལོ་ཡིས་ལོ་ཧྲུག་ལ།།.... དཔལ་གྱི་ཁྱུམ་དམག་དེ་བོད་ལ་བབ།། དར་བོད་ཡུལ་ལས་པས་ལྷག་བསྐྱལ་ཕྱིར།། ཇོ་བོ་ཤཱ་ཀྱ་མི་ནི་དེར།། དགྲ་ལ་མང་ཐོན་ཐང་ཐོན་རེད།། ད་ནང་ནམ་ཀྱི་ལྷ་མོ་ལ།། ཆོ་ད་གླིང་དཀར་བདེ་བ་དེ།། སྐྱང་ཆར་བཞིན་དུ....

[illegible]

༄༅། །དགོང་ནམ་བབ། །ཐོད་བདེ་མི་ལ་ཕྱིད་པ་མ་དུས། །སྐར་ཆུང་བཞ་ནས་མི་དེ་ཁྲིད། །གན་བབ་ཉུང་བས་བདེ་འགྲོ་ཐོབ། །ཐོང་བདེ་ཟེ་བ་བཟུང་བསྐྱོང་ལུས། །གླིང་ཞི་ཕྱི་སེམས་པ་མ་སྐྱིབས། །སྙིང་རྗེ་བསྟེན་པས་བདེ་འདྲེ་སྦྲིབ། །སྦྱིན་མི་ཟེ་དང་ཕྱི་ཕད་ན། །ཁྱི་རྣ་ལི་གཟིག་གི་ཟ་ཉིན་མོ། །སྨྲག་དམག་ཡག་རྒྱ་བསྟེན་ཡང་སྐྱམ་མེད། །གྲུ་ཁུམ་ཐོད་བདེ་བསྐྱོན་ཉིན་མོ། །གླིང་དམག་དཔུང་ཟོག་ཡང་སྐྱམ་མེད། །དེ་ཞིང་གླིང་དམག་རྒྱ་བསྟེན་བཟུང་། །ང་དགན་མོ་ཟེ་དང་ཕྱི་བཞིང་ཙ། །སྐུ་རྗེ་འཛམ་གླིང་སེང་ཆེན་དེ། །ང་ལྟར་གང་ན་བཙུགས་ཡོད་ལ་ག། །འདི་སྐྱིན… འཛིལ་ས་ཕྱི་ཡོང་ལག། །ཞིག་མ་ཉུང་གྲགས་པ་ཚེ་ཞི་ལི་ལ། །དཔལ་ལ་མདའ་མ་དགའ་བདེ་གསུམ། །གསུ་ལྟ…

བཙའ་པ་སྐྱུག་ལུ་དྲག །། ང་ལྟར་ཁ་ན་བཞུགས་ཡོད་ལགས།། དམག་དཔུང་འདི་ནང་ཅི་ཡོད་ལགས།། རྒྱལ་པོ་འདུན་ན་
ནང་ཕེད་ཞུ།། ནང་ཕེད་དགོང་པ་སྣང་རོག་ཞུ།། ཚིབ་སྒྲིམས་དར་བཏང་དགོས་ལེ་ཡིན།། དམག་དཔོན་སྒྲུག་ལ་དེ་ལྟར་
ཞོག །། གོ་ན་མ་གོ་×× ཐེ་ནས་ཡ་རྒྱ་སློན་ནུམ་ང་ནང་དུང་སྐྱོང་དམག་ནུམ་དཀར་བ་མ་བྱུང་ལགས་ ཚེར་བོད་ཀྱི་རྒྱལ་པོ་སྐྱ་ཁྲི་བཙན་པོ་
ཚེ་ཡིན་ གླིང་གེ་སར་རྒྱལ་པོ་དེ་ང་ལྟར་མདོ་ཁམས་གླིང་ལ་ཡོད་ འདི་ཕྱིན་ཆད་བོད་ཡུལ་བསྐྱོད་ལ་ཕེབ་ དེ་ནས་འཛམ་གླིང་ལས་མཆོག་ཞེད་...
གླིང་རྒྱུག་ཁག་བཞི་ཡི་ལས་དམག་དེ་ རྒྱལ་ཁར་ཙ་མཆོག་དྲུང་ལ་ཡོད་ ཁྲི་དམག་ཉི་ཁྲ་ཙ་དགུ་ཡོད་ མགོ་འཁྲིན་ལྷ་ཡུལ་དགུ་ལྷ་ཡོད་ སར་འདི་
ལ་ཁྲི་དམག་བཅོ་ལྔ་ཡོད་ མགོ་འཁྲིན་སྟག་ལྷ་ང་རང་ཡོད་ དར་ཐོད་དམག་དཔལ་ཙོ་ཤར་བཟང་རྒྱལ་དམག་གཅིག་མ་ཧོག་དེ་མི་དམག་མང་ཉིས་ནང་ནང་པོ་མི

ཉག་ཉལ་

༄༅། །འགྲོ་ཚོགས་ཁྱི་བའི་དགོང་པ་ལྟར། ང་ཡི་དགྲ་བོ་ཡ་མགོན་ཤོར་སོང་བའི་དེས་རྗེས་ལ་འགྲོ་བའི་ལམ་ངོ་མི་ཤེས་པས་ཕོད་དམག་རྒྱ་ཚོམ་མ་འགྲོ་བར
མེད་ཁྱེ་ནས་བཀའ་ཕེབས། དེ་ནས་བཀའ་བློན་རྣམས་ཕྱག་ཕྱུས་གསོལ་བ་བཏབ་ནས་ཡར་ཕེབ། དེས་ཕྱིན་ཉིས་ལ་ལྐུག་ལྐུམ་སྐྱུང་བ་ལྟར་དུ་དམག་རྣམས་རང་རང་སོ་སོར
གནས་སུ་སོང་ངོ་། དེ་ནས་ལྐུག་ལྐུ་ཁྲི་དཀར་གྱི་བོད་དམག་རྒྱ་ཚོམ་དེས་རྣ་གོང་ནས་ཡ་མགོན་གསོང་རྗེས་ལ་དད་ནས་སོང༌། དེ་ནས་ཉི་མཚན་གསུམ་ཚོམ་ནས་བབ་པས་
ལྐུག་མདོ་ལ་ཡ་མགོ་ལྷན་དེ་དས་ནི་བབ་ཡོད་པས། དུར་སྐྱོང་གི་རྗེས་ལ་དད་ནས་དེ་ནས་ཡ་མགོན་གིས་ཡ་ཁོ་རེ་ཉན་དང་སྟོང་བས་དགྲ། དཔལ་མགོན་བདུད་ཁྱི་
ཁྱུ་ཆེན་ཡིན་ཁྱེ། དེ་ནས་དུར་སྐྱོང་དེས་དུར་བཞེན་རྣ་ཁྲ་ལ་རྒྱབ་ནས་ཡ་མགོན་བསྐྱུང་ལ་ཏར། ཡ་མགོན་དེས་རྫུང་འདབ་ལེ་གཅིག་སྐྱུས་པས་དུར་སྐྱོང་གི་དཔྱང
གཡོན་པ་ལ་ཏུ་ནས་ཐུང་བུ་བསྡོར་བ་མ་ཏོག་སྡོད་མ་ཐུབ། དུར་སྐྱོང་གི་ལྕུ་འདབ་ལེ་གཅིག་སྐྱུས་པས་ཡ་མགོན་ལ་རྒྱ་ནས་ཁྲ་བསྡོར་ནས་ཁོ་རང་ཏུ་ཕྱོགས་ལ་ལྡོག་མི་ཐུབ

ཁྱུས་ནམ་འདབ་ཡོལ་ཡོལ་དུ་བྱུང་། དེ་ནས་དུར་ཁྲོད་དམག་དེས་ཁ་མགོན་དམར། ཐིམ་ཆགས་ཀྱིས་བཏང་། དེ་ནས་བདུད་བཙན་རྒྱང་པོ་སྡིག་རྒྱལ་དེས་ཧྲང་འདེབ་ལེན་གསུམ་སྐྱུར

པས་དམག་གི་དཀར་ཅན་ལ་ བརྒྱ་ཙམ་ཕྱིར་ནས་གླིང་དམག་དེ་ལྟར་ཆུང་ངད་པ་ལྷུན་དུ་བྱུང་། དེ་སྐབས་ཤིང་འབྲོང་རྨུ་རྒྱུ་བཙན་པོ་དེས་རྟ་ངང་པ་རྩེ་ཞབས་ཤོང་ནས་བལ་གྱི་ཕུག

ཉམས་ཕྱུར་ཏེ། ཁང་གཉིས་བསྐྱོང་ཐུག་ནས་བདུད་བཙན་དེས་ཧྲུང་འདེབ་མང་པོ་རྒྱུ་ནས་བྱུང་། ཤིང་འབྲོང་རྨུ་རྒྱུ་བཙན་པོ་དེ་ལ་བབ་ཆང་མ་བྱུང་། ཁང་གཉིས་ཐལ་གྱི་མང་པོ་གཡུག

ཁྲུང་ཞང་ཐུབ་མ་བྱུང་། དེ་ནས་རྨུ་རྒྱུ་བཙན་པོ་དེས་རྟ་ཐོག་ནས་སྒྲ་འཇོམས་ཁྱུས་ནས། བདུད་བཙན་ཁང་གཉིས་རྟ་ཐོག་ནས་ལྷུང་བྱུང་། ཁང་གཉིས་བྱུང་ལ་ཚོར་ནས་ཤིང་འབྲོང་རྨུ་རྒྱུ

བཙན་པོ་དེས་འདི་མཚན་གྱི་མི་ཆད་འདུག་བསམ་ནས་ལག་གཡོན་པས་པམ་དབང་འབྲུག་གི་མགོ་ཚོ་ཞིག་ནམ་ཁའ་ལ་ཕྱར་ནས་བདུད་བཙན་སྙིང་ཁ་ལ་ལེན་གསུམ་བརྒྱབ་ནས་དེས

སྟོད། སྟག་ལྷ་དཔོན་གཡོག་རྣམས་ཀྱི་ཁ་མ་མགོན་དམག་ཤོག་དེ་ནག་གཉིས་བསྟུང་ནས་དཔོན་གཡོག་ལྷ་ཚམ་མ་ཏོག་ལྷག་མ་མ། དེ་ནས་ཁ་མགོན་དཔོན་གཡོག་ལྷ་བོ་དེ་གྲོས

ཉེར་བ་ཞར

༄༅། །ནམ་སོང་ངས་ དེ་ནས་སྟག་ལྷ་དཔོན་གཡོག་གསུམ་གྱི་རྒྱང་འཕྱུར་བ་ལྟར་དུ་དང་སོང་ དེས་རྗེས་ལ་དམག་མང་ཉམས་རྒྱ་མཚོར་ཕྱུར་བ་བསྟན་དུ་སླེད་ནས་ཡང་ དེ་ནས་ལས་མགོན་དཔོན་གཡོག་ལྷ་བོ་དེ་གར་འགྲོ་མེད་པས་བ་བོས་ཀུ་ལུང་ཆ་བརྒྱུད་འཐོ་ནས་མེད་སོང་ དེ་ནས་དང་སྤྱི་དམག་ཁྲོག་ཉམས་ཀྱི་བར་སོང་མ་རེས་པས་ ནི་དེ་ཡིན་གཡས་གཡོན་ལ་སྟར་རྒྱ་ནམ་འདུག དེ་ནས་སྤྲིང་ཕྱོག་ལྷ་ལི་ཕོ་བྲང་ནས་བསྐྱབ་དཔོན་པུན་འཁྱུང་གནམ་དང་མ་ནི་སོགས་ཀྱི་བཀག་གྲོས་མཛད་ནས་ ཁྱས་མགོན་ཆུ་བས་དུས་བབ་མེད་ ཁྱས་མགོན་མ་ཁོ་ཕྱོག་ཆད་དང་ངོ་བྲུག་ན་མི་བཟང་ཁོ་ལ་མི་རིག་པས་སྤྲི་བ་འཛིན་བརྟུག་ནས་ལོ་ཁ་འཛིམ་ལ་བ་བཟང་ཀུ་ལུང་ནང་ལ་བརྟག་ནས་བཞེག་སྟུང་ དེ་ནས་ཁོ་ལ་སྤྲིབ་འཛིན་བརྟུག་ནམ་ཙི་ཡང་མི་ཤེས་པར་ཤུས་ནས་ཀུན་ལུང་ནང་ལ་ལོ་གསུམ་ལ་བཞག དེ་ནས་གླིང་དམག་དེས་ཕྱོག་བཞི་ཚམ་རྒྱུད་ལ་སྐོར་ནས་འདུག ཆུ་གར་ཙི་མཚོག་དྲུང་ལ་གླིང་རྒྱ་ཁག་བཞི་ཡིན་ལས་དམག་དེ་ཞྭ་ཀྱི་ལི་བབ་ཡོད་བསྐྱལ་ལ་ དེ་ནས་བཟའ་ཆད་དཔོན་བློན་ཉམས་གླིང་པར་ལ་ཤོར་སོང་བ་ལེས་ཀྱང་མ་ཤེས་ནས་ཐུག་ཆད་འཁྱི་དམག་དེ་འགྲོ་རྒྱལ

ལ་བསྙེན་ནས་བསྙེན་ཡོད་སྐབ་ལ་ བཟའ་ཟད་རྒྱུ་མ་མཚོ་སྐྱིད་ལྷ་མང་སྐྱེན་མ་ཟེ་བ་ངེས་བཟའ་ཟད་ཕྱུགས་གཉིས་ཁྲིད་ནས་གྲོག་ཟད་དྲང་ལ་ཕེབས་ནས་ དེ་གྲོག་ཟད་རྒྱལ་པོ་

དེས་ལྷ་མོང་ཕེད་པ་འདི་རྒྱུས་ཤེ་རྒྱུར་ཟེར་ བཟའ་ཟད་དམག་དེ་ཁ་ཕམ་ཅི་འདྲ་རེད་གྲུས་ཟེར་ དེ་ནས་བརྒྱ་མོ་ངེས་ལས་ཀྱི་རྒྱལ་པོ་རིན་པོ་ཆེན་བཟའ་ཟད་དམག་ཧུམ་ཉེས་ཁྲུར་བསྒྲགས

བསྒྲལ་ཆེན་པོ་རྒྱུར་ར་རང་ཡུ་ནས་བཟའ་ཟད་བློན་དང་ཆ་འབྲིག་དཔོན་པོ་བདེ་དང་ཆ་འབྲིག་ཆག་གཉིས་བསྐྱུར་ནས་མཁར་རྫོང་ནོར་དང་ཆ་འབྲིག་མི་ལ་སྲིད་ནས་སྒྲུག་བསྒྲལ་ཆེན་པོ་

རྒྱུར་ ངབང་མ་བུ་གསུམ་དེ་ཐར་ཙམ་རྒྱུང་བ་ལ་གྲོག་ཟད་རྒྱལ་པས་འདུམ་ལ་འོང་ལེ་ཡིན་ཟེ་ དེ་ནས་གྲོག་ཟད་རྒྱལ་པོ་ངེས་མི་མགོ་ཁྲི་ཡི་ཡང་ཤར་མི་ལྷུག་བློན་པས་གདན་སྒྲིང་ནས་…

ཞལ་དེ་ཛ་བུ་ནག་པོ་ལ་གྱི་ཨ་ཡོག་འདྲ་ཅིག་ཟླས་ཙམ་མིག་དམག་རྩུབ་རྩུབ་ཟླས་ནས་ ཡ་ཁོང་ཙ་རྒྱལ་བློན་ལ་སོགས་པ་ ཆོས་ཐུབ་བ་དེ་འདྲ་ཉེས་ལེ་རེད་ དར་ཞེ་ལ་བསེ་

རྩར་ཅི་འདྲ་ཡོད་ཟེར་ནས་གླུ་× ཨ་ལ་× ཐ་ལ་× ཧཱུྃ་ཕྲིས་མ་ཕྲིས་བ་ཕྲིག་མཆོད།། གྲོག་ཟད་རྒྱལ་པས་ཟེ་དེ་མཆོད།

དག་དགུ

༄༅།། དཔལ་དང་དབྱངས་པས་རྒྱལ་སྟོན་མཛད།། མ་འདིས་× ན་མི་འཛིན་ཐུབ་ཁྲི་མོ་རེད།། ང་དང་××
དཔོན་ཆེན་གྲོག་རྒྱུད་རྒྱལ་པོ་རེད།། གོ་རྫོང་ཁྲ་མོས་ཡར་བཏག་རེད།། འགྲོ་དམག་དགུ་ཡི་མགོ་དཔོན་ཡིན།། དེ་ནས་
རྒྱལ་བློན་ལ་སོགས་པ།། ཡུར་བཟའ་རྒྱུད་བརྩོན་མོ་ལག།། ཀླུ་ཉིན་དང་འབྲུ་མ་འགའ་རེ་བདའ།། འཛིག་སྟེ་ནར×
ལྷོ་གཡུ་འབྲུག་དར་སྐད་ཆེ་ལེ་དང་།། ཡ་ཐེ་ནུས་པ་མེད་ལེ་གཉིས།། ནམ་ཡ་འབྲི་མི་བདེ་ལེ་ཚིག་བྱུང་།། སློང་བར
དཔལ་ཚོ་སྐྱིད་དང་ཚིག།། ཡ་མགོན་པོད་ལ་ལུས་དང་གཉིས།། ར་ཕྲོག་རྒྱུད་མི་བདེ་ལེ་ཚིག་བྱུང་།། དར་ཁྲང་ཁྲང་འགྲོང་
པ་ཚེ་ལ་ཡོད།། སྟོན་འབྲུ་དྲུག་མེར་ཁུར་འགྲོད་བརྒྱུར་མེད།། སྐུམ་ས་གཉིས་ཀྱི་སྐོས་ཐར་རེད།། གྲག་དཀར་ཕྲོག

གི་བསྐོར་ལོ་དེ།། གྲུབ་ཐོབ་གཉིས་ཀྱི་སློབ་བྱུང་རེད།། གྲུ་གླིང་འབྲུག་པ་སྤྲོ་ཀྱི་དེ།། ཨོ་རྒྱན་ཡུལ་ཀྱི་སླས་བཞག
རེད།། དེ་ནས་ཞེ་རྒྱུབ་ཅེལ་འདྲ་ཡོད།། སྟེ་གྲུ་ཀུ་ཁ་རྒྱ་ཆེ་ས་ནས།། དམག་དཔོན་བཟའ་རྣར་ཐོབ་འབེབ་དེ།། དབང་བྱུང་
ནང་གི་ཕྱིར་བ་ཡིན།། དཔོན་ཐོབ་རྣང་ད་དར་ཚར་མེད་ཡིན།། རྫ་བྲ་ཡག་ཁ་རྒྱ་ཆེ་ས་ནས།། འབྲུག་བྲེ་མོས་ཡིན་བསྟན་
རྫ་ལ་ཐུས།། རྫ་བྲ་ཡག་མི་སྤྱོད་འགྲོ་ཉེ་ནམ།། འབྲུག་བྲེ་མོས་སྙིང་རྗེ་དམ་མ་འོང་སྲུ།། དཔལ་གྲུ་ཀུ་ཁ་རྒྱ་ཆེ་ས་
ནས།། མགོ་བཟའ་རྣར་མཁའ་ཀྱི་སྙིང་རྗོབ་ནས།། བདེ་བྲ་མོ་མི་སྤྱོད་འགྲོ་ཉེན་མོ།། དཔོན་བཟའ་རྣར་སྙིང་རྗེ་དམ་
འོང་སྲུབ།། ལ་རྒྱས་ཅོ་ཟེ་རྒྱལ་བློན་རྣམས།། སྟེ་གླིང་རེས་སྐྲང་སྤྲར་སྐྱུ་མོ་དེ།། དཔོ་གྲུ་ཁུས་ཡུལ་ལ་དམ།། ཉེ་པ་དེ་

ཤ ༡༡༩

༄༅།། ལས་ཚིན་ཞིག་མེད།། བཟླའ་རྣང་དཔོན་གཡོག་དྲུ་བཅུ་དེ་།། ཁྲི་དམག་འབུམ་དམག་དཔུང་དང་བཅས་།།
དམར་སྲུང་ཁྲམ་གྱི་འཁོར་ལོ་བསྐོར་།། སྡིག་བསྡུལ་དེ་བས་ཚེ་ཞིག་མེད།། མི་འདུག་རྒྱལ་བློན་ལ་སོགས་རྣམས་།། དམག་
དཔོན་སྟག་རྣང་ཁྱུང་བདུང་དང་།། མཆོ་ལྡེན་སྤྲུ་ནག་མི་འབར་གཉིས་།། རྒྱ་དར་སྟོང་སྟག་དམར་ལྷ་གསུམ་།། ཡ་མེ་ཕྲིག
ཁྲི་བླ་བརྩན་བཞི་།། ཁྱེར་ནང་དམག་དཔོན་ཆེ་བཞི་དེས་།། མི་ནི་ཁྲི་དམག་གཉིས་རེ་ཁྲིབ་།། ཉི་མ་སྲུང་གཉིས་དུས······
ཚོད་ལ་།། གྲུ་ཁུམ་སྟག་བྲང་ཡར་ཞི་ལ་།། ཁྲ་དཔུང་དེ་དམག་དཔུང་དེས་ན་འདུག་།། དེ་ནས་ང་ནང་དཔོན་བློན་གྱི་།། ཡར
ཁམས་བྱང་ཡུལ་མིན་ཆད་དང་།། ཁྲི་དམག་རྒྱལ་པོ་རྐྱལ་ཆད་ཀྱི་།། སྨིན་དམག་དེ་དང་ནང་དམག་བདུན་།། དེ་ནས་ཅི་དགོས་ག······

ལེ་བསྡུ། ། སོ་ན་རྒྱལ་བློན་བྲུག་ལ་ཚོག། ། མ་གོ་× རིནས་བློན་པོ་རྣམ་ཀྱི་རྒྱ་པོ་བཟའ་རྐྱང་བོར་བས་འགྱོད་པ་བྱེད་ནས་ཕྱོག་རྐྱང་ལ་

ཀྱི་ལྷྱ་མ་ཕེད་ དེས་ཕྱིར་ཉི་ནནམ་བསལ་བ་དང་མཉམ་དུ་དམག་སྤྱལ་ ཁྲི་དམག་བརྒྱ་འདུས་ནས་དམག་ཚོས་བློད་ནས་འདུག་ དེས་ཕྱིར་ཉི་ན་གླིང་དམག་དེ་ལ་མདུན་གྱི་ནམ་ཁའ་

མཐའ་འོད་ཀྱི་དཀྱིལ་ནས་མ་ནི་རྣམ་སྨན་དཀར་མོ་རེས་ལུང་བསྟན་གྱི་གླུ་×× ཤ་ལ་× གླུ་ལ་× གླུ་མཆོད་ཅིག་སྒྲོལ་མ་དཀར་མོ་མཆོད། །

མཆོད་གཉིས་སྒྲོལ་ལྗོན་མོ་མཆོད། ། མཆོད་གསུམ་རིག་གསུམ་མགོན་པོ་མཆོད། ། མ་འདིས་× རྒྱལ་གར་ཙ་མཆོག་དྲུག་མ་

མེད། ། ང་དང་× འཇའ་མཚན་ལྷ་ལུས་གུར་ནང་ནས། ། ང་ཤིས་ན་རྣམ་སྨན་དཀར་མོ་ཡིན། ། ལྷ་སྲས་དགྲ་ལྷས་རྒྱལ་

བསྟན་ཡིན། ། ཁྲི་དཔུང་དམག་དེ་ལྗོན་མི་ཡིན། ། དེ་ནས་ལྷ་སྲས་རིན་པོ་ཆེ། ། དཔོན་ཆེན་ཕྱོག་ཀྱང་རྒྱལ་པོ་དེས། །

ལ་ཕྱི་ན་

༄༅། ། བཟླུ་རྒྱང་བཞི་བའི་སྐད་ཆ་གོ། ། ཧཱ་དམག་སེ་ཞ་བཞན་བཀན་རེད། ། ས་མདོ་དབ་སྒོ་གོང་མ་ལ། ། དམག་ཁྲ་མོ་ལམ་མཚོ་འོང་ཤིམ་གདའ། ། དེ་ཞིང་ཁྲི་དམག་བརྒྱད་ཅམ་འཛོམ། ། སྟོང་གཉིས་དམག་དཔུང་འོང་རེམ་རེད། ། སྟག་ཐུང་ས་སྨོ་བརྒྱུད་ལ་གདའ། ། དེ་བརྒྱུད་ན་གླིང་གི་ཐུབ་མེད་རེད། ། སོང་གཉིས་གླིང་དམག་འགྲོ་རྒྱུ་ཀྱིས། ། ས་སྟག་ཐུང་གླིང་གི་ཐིན་ལི་ཀྱིས། ། དགྲ་ལྷ་འཕྲིན་དོན་གྱི་བཀའ་ཡས་ཀྱིས། ། དམག་རྒྱ་མདའ་མ་གཡུ་ལྷམ་ཚོས། ། སྐྱིང་རྗེ་ལྷ་སྦྲས་དགྲ་ལྷས་ཀྱིས། ། དེ་ནས་རྒྱ་སྔོན་ལ་སོགས་པ། ། ས་བོད་ཡུལ་སྐད་ཆ་ཕེ་འདྲ་ཡོད། ། སྟག་ལྷ་ཅོ་བྱས་རྒྱལ་ཁག་ལྷ། ། དགྲ་ཁ་མགོན་དེ་ལེན་བྱེད་པས་དུས། ། ཁེ་ཁ་གླིང་གི་ལེའུ་ཞིས་ཡོད། ། དམག་ཁྲི་དམག་བརྒྱད་དེ་ཁྲག་ལ་སྨྲས། །

ཁྱ་མགོན་དཔོན་གཡོག་ལྷ་ཚོམ་ལྷག ། དེའི་ལྷོར་ཀུན་ལྷུང་ནང་ལ་ཡོད ། ཐོང་ཕྱུལ་ཁེ་པཱི་དེ་འདྲ་ཟེད ། སྲུས་དགྲ་
ལྷུམ་ཐུག་ལ་དེ་ལྷོར་ཚེག ། གོ་ན་× མ་གོ་× དེ་ནས་ལྷ་མོ་ལྷ་ཡུལ་ལ་ཕེབ་ ལྷ་སྲུས་དགྲ་ལྷ་དེས་དཔལ་ཐུལ་རྟེན་འདུས་གྲོག
སྤྱང་བའི་བཀའ་ཕེབ་ དེ་ནས་དཔལ་ཐུབ་རྟེན་ལྷ་སྲུས་ཀྱི་དྲུང་ལ་འདུས་ དེ་ནས་ལྷ་སྲུས་དགྲ་ལྷ་དེས་འཛིན་ཆད་ཞིག་སེ་ཡ་དཔལ་ཐུབ་རྟེན་ཡང་དལ
ལྷ་ཡིས་ལུང་བསྟན་གཅིག་བྱུང་ ཕེར་བློན་ཆེན་རྟེན་ཉེན་ཟེར་ནས་ལུང་བསྟན་བྱུང་ཚུར་ཤི་གླུ་×× ཁྱ་ལ་× ཐ་ལ་× བློ་མི་དམ་
དཀོན་མཆོག་གསུམ ། གསོལ་བ་འདེབ་སོ་བྱིན་གྱིས་རློབས ། ས་འདེས་× རྒྱལ་གར་ཚོ་མཆོག་དྲུག་མཐིང །
ལུས་ཀྱི་དཀར་པས་ནང་རྫོང་ནས ། ར་དང་× ལྷ་སྲུས་དགྲ་ལྷ་བརྩན་རྒྱ་ཟེད ། གླུ་འདི་གླུ་དེ་× དཀར་མོ་…

ཐེ་ཞིབ་

༄༅། །དར་སིན་དུག་འགྱུར་རེད། །དྲིན་ཆེན་ཕ་ལུས་བཞག་པ་རེད། །དེ་ནས་མདུན་ཚོགས་རྒྱལ་བློན་རྣམས། །
སྒྱུ་དང་འདྲ་མ་འདི་འདྲ་ཡོད། །མ་ནི་རྣམས་སྨོན་དཀར་མོ་དེས། །གསུང་བའི་བཀའ་ལ་ཕེབ་འདྲ་འགི། །བདུད་རྒྱལ་ཕྱོག
རྣད་རྒྱལ་པོ་ཁོས། །ཁྲ་བའི་འབྲུ་དམག་རྒྱ་མཚོ་ཁྱིས། །ས་མདོ་སྨུག་ཐང་ཁྲ་མོ་ལ། །དམག་ཁྲི་དཔུང་སྟོང་གཉིས
བབ་ལི་འདུག། །སྟོང་གཉིས་དགྲ་བོ་མ་སྐྱིད་གང་། །གླིང་དམག་ཡར་ལ་སླེབ་དགོས་ཐེར། །ས་བཙན་ས་སྒོ་མནོན
དགོས་ཐེར། །ཐོང་ཡུལ་དམག་གི་ཁྲུག་རྩུབ་ལ། །ཙོང་སྐྱོང་ཐོང་གྱི་ས་ཆ་ནས། །ཕ་མགོན་དམག་དཔུང་ཚོགས
གཉིས་བསྡུང་། །ཁོ་རང་དཔོན་གཡོག་ལྔ་ཙོམ་དེ། །ལྷ་ཕྱུ་རྗེན་སྤུདས་ཐབ་ཅིག་མཛད། །བ་བས་ཀྲ་ཡུང

ནང་ལ་བསྒྲུབ།། ལོ་གསུམ་བར་ལ་མི་ལྡོག་ཟེར།། དེ་ཚེ་གླིང་རིག་ལྷ་སྨན་འདིས།། སྟག་ཀྲད་བྲུ་དང་བྲོག་འཁྱིལ་་
གཉིས།། མི་གཉིས་བསྐུམ་མ་ཆད་དགོས་ཟེར།། ཡས་མགོན་རྩེར་ལ་སླེབ་པས་ན།། དེ་གསུམ་ཁ་ནུ་འཛོམ་པས་ན།།
སྨིན་ན་གླིང་དཀར་བར་ཚད་ཆེ།། དགོས་ན་ཕྱིག་རྒྱང་མི་ཐུབ་ཟེར།། དར་མི་འདྲུག་གླིང་དམག་ཐར་ལ་འགྲོ།། དམག་
ལྷ་འབྲིན་ཧོར་གྱི་བཞིན་པས་ཕྱིས།། དམག་རྒྱུ་ཚོ་བཞང་མདན་མས་ཚོས།། དཔུང་རོག་དཔལ་ལྷ་གསུམ་ལྷ་ཕྱིས།། ད་
མི་འདྲུག་གླིང་སྐྱར་སྤུར་དུ་འགྲོ།། དེ་ལྷག་དམག་དཔོན་གོ་བ་གྱིས།། གོ་ན་× མ་གོ་× དེ་ནས་གླིང་སྐྱར་དེ་མདུན་གྲ་་
གྲོས་མོང་ རིས་ཕྱིན་ཧྲུལ་ཙམ་གསལ་བ་དང་སྦྲ་ཉམ་དུ ༄ ཧོར་ཤན་པས་དམག་སྔ་ཁྲིབ་ནས་དམག་དཔུང་དེ་ཁྲ་ཀྱི་ལོ་ཡིབ་ དེ་ནས་ས་སྟག་ཕུང་

རེ་གསུམ།

༄༅།། ཁྲ་མོ་ལ་གླིང་པས་དམག་སྔར་དེ་ཁྲ་ཧྲི་ལི་བབ་འདུག དེ་ནས་ཀྲུ་ཁྲུས་མོ་བ་རྣམས་ཀྱི་རིག་ནས་ཀྲུ་ཁྲུས་སྔར་ལ་སོང ཀྲུ་ཕྱུ་ཕྱོག་ཆད་དེས···
ཡ་མོ་བ་རྣམས་མདོ་ཆེན་མ་སྣོ་གོང་མ་ལ ལོ་སྐྱུར་བས་འཁྱོར་པོ་སུ་ཡི་འདུག གླིང་གི་སྐྱོང་སྔར་སྐྱུ་མོ་དེ་ག་ཡོད་གོ་རིག་ཅི་འགྲི་ལག ཟེར་ནམས་ཀྱི་བ་བྱུས དེ་ནས
མོ་བ་ཁས་ཅི་སྟག་རྒྱལ་ཚོ་རིང་དེས ལམ་དར་དཀར་པོ་ཞིག་རྒྱལ་པས་མདུན་ལ་བཞག་ནས་ཡ་འོ་ན་ཕྱོག་ཆད་རྒྱལ་པོ་ལག ཡང་དགས་སྐྱོད་པོ་དམག་དཔོན
རྣམས དར་སོ་བ་རྣམས་ཀྱི་བཞེན་ཀྱི་འགྲོན་པོ་ལུ་མ་རིག་ཏེ ད་ནང་སྔར་ལ་ལ་མདོ་སྟག་ཐུར་སྟོད་ལ་དགའ་སྒྲ་སྐྱུར་བའི་ཉམ་ཅན་ཆེ་བདག་འདྲ་བས་རྒྱལ
བློན་གླིང་དམག་ཚོ་ཆེན་སྟེ་བས་དམག་དཔུང་དེ་ཁྲ་ཧྲི་ལི་བྱུར དེ་སྟག་ཐུབ་སྟིང་ལ་བབ་ཡོད་པས་ངར་རྣམས་དེ་ལྕག་ཕྱོག་ཆད་དཔོན་བློན་རྣམས་ལ་ཞྲི་མི་འོང་ལོ་ཡི
ཟེ་བའི་ཞུ་བ་ཕྱུར དེ་ནས་ཕྱོག་ཆད་རྒྱལ་བློན་རྣམས་ཁྲུར་སྡེ་རི་རི་བྱུས་ནས ཕྱོག་ཆད་རྒྱལ་པོ་དེས ཡ་ཁོ་རེ་རྒྱལ་བློན་ལ་སོགས་པ ཁྲ་མོ་གླིང་གི་སྐྱང་སྔར་དེ

ཉི་མ་སོང་བ་གཙོར་གང་ལ། ཚ་ཕྲེང་མེ་ལ་རྒྱུ་འདྲ་དགོངས། དམག་ཁྲ་མོ་འགྲོ་རྒྱུར་ཨེ་འདྲ་དགོས། སྡུག་རྐད་ཆུང་གཙོང་དང་ཕྲུག་གི་བུ། བཙན་ཡ་གང་སྐྱ་རིས་བུ་རྐད་རྡུང་བ
ཕྱེད་བཞིན་སོང་ལ། ཁྲི་དམག་བརྒྱད་ནི་ཁྲི་ཙམ་ན་ལྷུང་བྱུང་ལ་དམག་སྨན་སྦྱོར། ལུག་རྫིས་ལུག་གར་དེ་འདྲ་བྱེད། དཔོན་པས་འོག་སྟེ་གར་ལྷག་ཟེར་བའི་ཡོད། དགུ
སྐྱོང་དེ་མ་ཐུབ་ན་ཡུལ་གྲུས་དམག་དཔོན་རྣམས་ལ་ཡོད་ཏེ། སོང་གཉིས་ལྷ་ཀྱི་དར་པོ་ལ། གླིང་སྐར་བསྐོར་མི་འགྲོ་ཁ་ལ། སྡུག་རྐད་ཆུང་བསྟོང་དང་སྐྱབ་ཅག་མི་འབར་...
སྟོང་བརྟག་དམར་ལུ་གསུམ་སོང་། ཕྱེད་གསུམ་ཀྱི་གླིང་སྐར་བསྐོར་ལ་འོག དེ་ལུག་ཕྱེད་གསུམ་ཀྱི་ཀོ་བ་གྱིས་ཟེ་བའི་དཀར་ཡིབ། དེ་ནས་ཕྱོགས་རྐང་ལྷུང་བ་བཞིན་དུ་དམག་དཔུང་དེ་ལ
དུ་འབར་ནས་དབུས་ཀྱི་ནག་ལྷུང་སྟོང་ལ་དམག་ཁྲི་དམག་བརྒྱད་དེ་སྐར་རྒྱུ། དེས་ཕྱིར་ཉིས་ལ་དམག་དཔོན་སྡུག་རྐད་ཆུང་བསྐྱོང་དང་མཚོ་ལྷུན་སྐྱབ་ནག་མི་འབར་སྟོང་སྡུག
དམར་ལུ་གསུམ་ཀྱི་གླིང་སྐར་འོག་ལ་ཁ་བསྒྲུང་ནས་བྱུང་། དེ་ནས་སྐྱབ་ནག་མི་འབར་དེ་ཀློག་ཆུང་བ་བཞིན་དུ་གླིང་སྐར་ལ་བརྩར་ནས་ཡ་གླིང་སྐར་ཁྲང་པོ་རྒྱ་གཅིག་སྣུམ། ཉི་དང་འདྲ

ཡ་བཅུ་

༄༅།། མ་འགག་ནི་ཡོད་ཕྲེན་ནམ་གླུ་འདི་× ཨོཾ་མ་ཎི་པདྨེ་ཧཱུྃ་ཧྲཱིཿ ཨ་ལ་× ཐ་ལ་× སྐྱབས་གནས་དབང་ཕྱུག

ཆེན་པོ་མཆོད།། ཐོག་རྒྱང་དཔོན་ཀྱི་སྔོ་དོང་རྣམས།། དེ་ཞེས་ང་ཡི་རྒྱ་སྒྲེན་མཛད།། ཕོ་ནི་མི་རྒོད་དམར་པོ་སྐྱབས།།

ཉེན་དང་འདྲ་མོ་འགག་ནི་ཡོད།། འཇིག་རྟེན་རྟ་× ཀྱང་ཁ་དཀར་ངང་འགྲོས་ཅན་མ་ལ།། བུ་གྲུས་འདུན་རྒྱུག་ཞེ་ནི་ཁྲམ།།

སྔོ་གཡུ་འབྲུག་དར་སྣང་གྲག་མ་ལ།། ཆེ་སྲིན་སྤྲང་སྐད་ཞེ་ནི་ཁྲིམ།། དེར་སྤྱིལ་གསུམ་པུང་བ་ཕྲུན་མ་ནམ།། མི་རྒོད་

དཔལ་མཛོག་ཡི་ནི་སྨུག།། རྒྱང་དཀར་བྲུབ་ལ་ཆགས་མ་ནམ།། ཁུག་པས་ཚན་ལ་ཙོ་འཛོར་བྱས།། དཀར་འཛུག་བྲག་ལ་

གཞོག་འགྱུར་རྒྱབ།། ཐ་རྒྱ་ནང་གི་སྙིང་ཆེས་ནེད།། རྒྱང་རྒྱང་དཀར་འགྱུར་ཅིག་མ་རྒྱན།། ཐ་རྒྱལ་མིན་པས་རྟག་ལ་ཞོག།

དཔོན་ཕྱོག་རྐྱང་རང་ལུས་འདུག་པ་ལ། ། སྐྱིད་རྐྱང་ཁྲ་མོས་དཔལ་དམ་བྱེད། ། བཟླའ་རྐྱང་དཔོན་བློན་དམར་ལྡེང་བཏང་། །

དགྲ་ཡ་སྐྱིད་བས་སྨིས་ཚོམས་ཡིན། ། དེ་ཞིས་དཔལ་བས་དར་ལེ་བྱེད། ། སྐྱིད་སྨྲ་ཚིག་ཉམ་མ་བསྐྱང་ན། ། ང་དཔལ་བོ

མེད་པས་སྐྱག་ལ་ཞོག། ། སོ་ཨི་ཐམས་ཅེ་རེ་སྐྱོན་པས་བྱུ། ། མ་ཐོ་× ཟེ་ནས་སྐྲབ་ནག་དེས་རྒྱུད་འདར་ལེན་གསུམ་སྐྲུམ་པས་

ཞན་པ་ལ་རྒྱུ་ཀྲུར་ཁྲ་བསྐོར་བ་ལུས། སྨད་མ་ཐུར་ དེ་ནས་དཔལ་བསེ་རྟོར་གྱི་ཞན་པ་དེས་དམར་རྒྱུར་སྐྱིད་ནས་གི་དུག་རལ་འབབ་བ་དེ་ཤུག་ནས་ཤར་སྐྱེ་སྐྲབ་ནག་

མི་འབབ་ལ་ལེན་གསུམ་གསུག སྐྲབ་ནག་དེ་གྲག་སྒྲིན་གྱི་བུ་ཡིན་པས་ཆད་ཐར་མ་ཐུར་ དེས་གཡས་ཕྱོག་སྐྱག་རྐྱང་རྒྱུར་གདོང་དེས་མདུན་ལམ་ཕྱོག་དམག་དཔོན་གསུམ་དང་

བྱུགས་ སྐྱག་རྐྱང་གྱི་རྫོངས་འདར་གྲོང་མེད་རྒྱུ་ནས་ཕིར་གསུམ་ལ་དགོན་མཆོག་གི་རྒྱུ་སྐྱེན་མཛད་ནས་བར་ཆད་མ་ཐུར་ དེ་ནས་བློན་ཆེན་མདུན་མ་དེ་དཔལ་ངར་

༄༅། །བསྐྱུས་ནས་ཁྲིམས་སྟེ་བཞི་སྟོང་དུ་ལྟ་འདབ་ཙིག་བཞེངས་ནས་སྟག་སྣང་ལ་ལེ་ཙིག་སྐྲས་པས་ཁོ་འདར་འོག་ལ་མ་འདུག་ནས་མེད་སོང་ གཡོན་སྒོག
ནས་སྟོང་སྟག་དམར་ལྕུ་དང་འཇང་གྲོག་གི་དམག་དཔོན་གསུམ་དང་བྲུག་ནས་ སྟོང་སྟག་དམར་ལྕུ་དེས་རྫོངས་འདར་ལག་ལ་བཟུང་ནས་དམག་དཔོན་གསུམ་ལ་ཚར་ནས་རྫོངས་འདར
གླར་མང་རྒྱུ་ དེ་ནས་གཡུ་ལྟ་གི་ར་གྱི་མང་དུ་གཡུག་ཀྱང་ཁོ་སྟོང་སྟག་དེ་ལ་ཆད་ཐར་མ་བྱུང་ སྟོང་སྐྱེས་བར་སྣང་ལ་གཡུག་པ་དང་འདྲ་བའི་ཁོ་རང་མེད་སོང་ དེས་ཙོ་ལ་
འོག་ཤེར་གྱི་སྨྲར་དེ་ཕྱིར་རྡི་རི་རི་བྱས་བྱུང་ སྐྲག་ནས་མེད་འབབ་དེས་རྟོན་སྨྲར་ཚིག་ཉམ་བཏང་བྱུང་སྐར་ལ་ ཁྲི་དམར་ཅན་ལ་རྒྱ་དམག་ཡུམ་རྒྱ་ཚོམ་སྤྲེད་ནས་དཔལ
ཙོ་ཅན་གྱི་བེ་བྲུབ་བདུན་གྱི་ཀ་བྲག་ རྟོན་སྨྲར་དེ་འབྲུ་དྲུག་སེ་རེས་བསྐྱང་འདྲ་བྱས་སོང་ དེ་ནས་ནུང་ལྟ་དང་འོད་བྲུབ་རྡོས་ཀྱིས་ཟལ་གྱི་ཤར་ནས་བྲེ་ཚོམ་མེད་པ་གཏོང་ལ་
ཚར་ནས་གྱི་ཐར་བྱས་པས་ཁོ་ལ་སྣད་མ་བྲུབ་ནས་ བེ་བྲུབ་དགུ་ཚང་ནས་གསུམ་གྱི་ཀ་བྲག་ནས་དམག་མང་ཆག་ཉིས་དུ་བཏང་ནས་སོན་སོང་ དེ་ནས་འཇང་སྨྲར་

ཀྱི༔ཤོག་ནས་སྔོང་སྡུག་དམར་ལུ་དེལ་ ཁྲི་སྟོན་ཅན་ལ་རྒྱལ་དམག་གཉིས་ཚམ་སྲིད་ དམག་སྐྱར་དཀྱིལ་བཞག་བྱ་ནས་གསེར་ཉ་མཚོ་ལ་འཁྱུར་བ་བསྟུད་
ཀྱང་ འཇང་བེ་བྱབ་མང་པས་བསྐྱོང་ཀག་ཀྱར་དེ་མ་ལེན་ནས་འཇང་དམག་ནུས་ཆག་ཉམ་དུ་བསྐྱུང་ནས་ཚོར་སོང་ དེ་ནས་སྡུག་ཆད་ཆུང་གཏོང་དེས་གླིང་སྐྱར་
ཀྱིས་བཞག་རྒྱ་ནས་ཁྲི་ཁྲ་ཅན་ལ་རྒྱ་དམག་དྲུག་ཚམ་སྲིད་ དེ་ནས་ལྷ་ཡུལ་དགྲ་ལྷས་ལུས་གྱུར་ལ་བསྐྱད་ནས་སློབ་ཀྱང་ དེ་ནས་དཔལ་གྲུབ་གང་བཟང་ནུས་ཀྱི་
རྒྱལ་པས་ལུས་ཀྱུ་ལ་བསྐུག་ལེ་ཡོད་བསོན་ནས་སྡུག་ཆད་ཀྱི་བསྐྱུང་ལ་ལྕར་ དེ་འང་ནས་མདུན་མ་དང་སེང་བསྐུག་ཕ་སྡུག་གསུམ་གྱི་སྡུག་ཆད་རང་མདའ་འབྲེན་
དང་གྲི་འབྲེན་མང་པོ་བཞག་ནས་ཕོ་གསུམ་དཔལ་ཙ་ཆེན་བའི་ལུས་གྱུར་ལ་སྐུག་མ་ནུས་པས་ལྷོ་སྐྱར་འང་ནས་དམག་མང་མང་ཚམ་ཆ་ཉིས་བསྐྱང་ནས་
ཚོར་སོང་ གླིང་གི་དཔལ་གྲུབ་ནུས་ཅིག་དེ་ཅིག་ལ་བསྐྱས་ནས་ཨ་ཁ་དེ་འདྲ་སྨྱོན་པོ་ཞ་བིས་ཡོད་ན་ཞིན་འདྲ་ཀ་འདུག་ ལྷ་ཡུལ་ལ་ཡུས་ཀྱང་ཞུ་མི་

༄༅། །ཕོར་ཟེ་ནས་རང་རང་སོ་སོ་གྲོས་སོད་ དེ་ནས་རྒན་མདན་གཉིས་ཀྱི་བར་མི་གསུམ་པོ་བ་རྡོལ་ཀྱི་ས་ལ་ལྷགས་ ཁྱེད་བང་མི་གསུམ་
འདུག་ད་ལྟར་སོང་ ལྷག་ལྷུང་ཁ་ལ་སོ་བ་བཞི་བལྟ་ཡོད་ དགྲ་ཡར་དཔུང་བསྐྱ་མི་སོ་བ་ཡིན་ གླིང་ལ་བན་ཆད་མེད་པས་སོ་བ་ཡིན་ རིག་དགོས་པས་
དགྲ་དེ་མ་ཞིག་པས་ ཁ་ཟ་ཉམས་ལ་དགའ་ལོ་ཟེར་ གླིང་རིགས་མགོ་ཡོག་བྱེད་ལོ་ཟེར་ སོ་བ་རང་མགོ་ཆེ་ཁྲིབ་ཡིན་ ཉེན་པ་དེ་ཡིན་ཚན་ཅིག་མེད་ དམག
དཔོན་པས་གསུམ་ཤོན་ཕྱུར་རྫས་ སྟོང་དཔོན་མང་པོ་སྲིད་ཐུབ་རྫས་ དམག་དཔུང་མང་པོ་སྲིད་ཐུབ་རྫས་ ཉི་མ་དེ་རིས་ཡན་ཆད་ནས་དགྲ་གར་ཕྱུར་
སོ་བས་མ་རིག་ན་ཉེ་པ་ཆེན་པོ་འབྱུང་ངེས་ཡིན་ ལྷ་ལུས་ལོ་གུས་ཕྱིད་རྣམས་ལ་ཡོད་ དེ་ལུག་ཐུར་དང་ཐུ་བ་ཚི་དུག་གིས་ཟེ་ དེ་ནས་བོང་མི་རྣམས་སོང་
ནས་སོ་བ་རྣམས་ལ་དེ་ལུགས་ཆ་རྒྱུ་ སོ་བ་རྣམས་ངོར་རྣམས་ཀྱི་མི་ཚིག་མ་རིག་ཚལ་ཁ་ཟེ་ནས་ཁ་བ་སྦྲ་མཇལ་འདར་ནས་དེ་གནམ་སོང་ལོ་རེ་ཟེ་ནས་གླེ་ཕྲིན་ནས་འདུག

དེ་ནས་སྟག་རྣང་ཆུར་གཞོང་དང་སྤྲུལ་ནག་མེ་འབར་སྟོང་སྟག་དམར་ལྟེ་གསུམ་ཐོག་རྣང་དྲུང་ལ་སླེབ་ནས་ལོ་རྒྱལ་བློན་རྣམས་འདུན་གྲལ་འཚོང་ དེ་ནས་ཕ་ཀང་སྐྱ་རེས་...
ངེས་ཕྱིར་རྒྱ་བློན་གསུམ་ལོ་རྒྱལ་ཕོ་ཀྲུང་ གླིང་སྐྱར་དམག་རྣམས་མེད་པ་ཕྱིར་ལྡུག་ཅི་འདྲ་ཕྱིས་ཡོང་བྱེ་ནས་བཀའ་ཕེབ་ དེ་ནས་སྤྲུལ་ནག་མེ་འབར་ངེས་ཡ་ལུས་ཀྱི་...
ཕ་ཀང་ལག་ དེང་པས་གསུམ་བཀའ་ལེན་མ་ཀྲུང་ལག་ གླིང་དམག་ཟུམ་འཛིག་ཆེ་ཆུར་དེ་ནམ་ཁའ་བས་ཁ་རྒྱ་ཆེན་ཆུ་བོ་ཡིས་ནུ་རེས་ ཙ་བེར་ཡས་གྲང་
མང་འདུག་ དེར་གསུམ་གྱི་སྐར་ཁྲུག་ནས་ཁྲི་དཀར་ནག་ཅན་གྱི་དམག་རྒྱ་སོར་མང་པོ་ཁྱེར་ཡོད་ ཕོ་དཔལ་ཙོལ་ཅན་གྱི་སྤྱོན་པོ་དེ་རྣམས་གདོང་ལ་བཙན་རྒྱུར་མེད་
ལེན་སེམས་ཐུག་རེད་ རྒྱུད་མི་ལུས་ལེ་དང་རྒྱ་ཚང་ལ་ ཉི་མ་དེ་རེས་ཕུན་ཚང་ལ་སྤྱོན་པོ་ཡ་མེད་དེ་འདྲ་རེག་མ་ཀྲུང་ གླིང་དམག་ཐུབ་ཟེ་བས་དེ་སྐྱིལ་པས
པེད་ལྟར་ཡུ་རིང་ཟེ་ནམ་ཆ་ལུས་ནལ་འདུག་ དེ་ནས་ཀྲུང་བདུད་ཕ་ཀང་སྐྱ་རེས་དང་ལེ་པས་བུ་རྣང་ཧྲུ་ར་གཉིས་ཀྱི་ཕ་ཁ་ཕྱིར་དམག་དཔོན་རྣམས་བྲ་སྟག་

ཤ་བཞི་

༄༅། །འགི་ཐེར་ དེ་འདྲ་རྣ་བཀྲམ་ཅི་རེ་ཕྱེད་ཚེ་ཀྱག་བསོ་པས་དམག་དཔོན་ཕྱིད་གསུ་ཀྱི་ཕྱོག་ཆད་མ་དྲན་ནས་ཁས་བླང་བའི་དེ་རེས་

ལེའུ་ཅིག་གླིང་ལ་འགྲོ་བས་རྣ་བསྐོ་དེ་འདྲ་ཅི་རེད་ཟེ་ ད་ཡང་མ་འདུག་ད་ལྟ་སོང་ སྐྱང་སྐྱར་མ་བསྐོར་འདུག་བྱབ་མེད་ སྐྱང་དམག་དེ་ལ་ཙེམས་དེ་འདྲ་ཀྲག

པ་ཛེ་རེ་ཚ་ དེས་ད་ལྟར་ཐར་སེར་བསྐོ་ལ་ཐོག རྒྱས་ལ་མ་ཐུབ་བྱུང་བས་ན་ ཁྲི་དཔུང་དམག་དེ་སྐོར་རྒྱུག་བྱེད་ ཞག་གསུ་པ་ལ་མི་བཞག་ཟེ་བས་

བཀའ་ཕེབ་ དེ་ནས་ཡང་སྐོར་བཀྲག་དང་སྐྱབ་ནག་སྤྲག་ཆད་ཁོ་གསུ་དཀར་ཡ་རྫོགས་མ་ཕེབས་ནས་ ཁང་གསུ་ཕྱིས་འབྱེན་མཛད་ནས་ཆེ་བས་གོང་ལ་

གཅིག་བྱེན་གཉིས་བྱེན་ཐུས་ནས་གླིང་སྐར་ཐོག་ལ་ཁ་ཕྱིར་ཡང་ཀར་ ཡང་སོ་བར་རྣམས་ཀྱི་ཁོ་གསུ་ལྟ་འདྲེ་ཀྱི་བྱ་ཡིན་པས་གན་ཐུས་མིག་གི་མ་རེག

ནས་ འཇང་སྐར་འགྲོ་ལ་སླེབ་བྱུང་ གླིང་དམག་རྣམས་ཀྱི་གོ་མཆོན་རྣམས་ལུས་ལ་གྱོན་འདུག་ཡོད་པ་ཆེ་ཧ་རྣམས་སྐར་རྒྱ་ནས་སྦྱོད་ཡོད་ དེས་ཚམ་ནས་

འཇང་སྨན་ཁྲ་ཧྲི་ཤི་ཤི་ཧྲུང་ དེ་ནས་གསྲུ་ལྷ་དང་པུཏྲ་ཉི་ཟབ་ལྷག་རྡོ་ལེ་ར་གསུཾ་ཙཱ་རྒྱད་རྒྱུག་པ་བཞི་དུ་གཏོང་ལ་བཙན་དེས་རྗེས་ནས་འཛང་གིས་…

ཝེ་སྦྱབ་ནྲཾས་ཚཱཨཱཆ་ཁྲིབ་ནས་རྩ་རྐང་འཁྲིས་བ་ལྷྲ་དུ་བྱུང་ དེ་ནས་དམག་དཔོན་གསུཾ་གསྲུ་ལྷ་དང་གཏོང་བྱུག་ནས་སྐྱག་རྐད་ཚུང་གཏོང་གི་གླུ་× ×

ཨ་ལ་× ཐ་ལ་× ཡ་མཆོད་གནམ་ཕྱིས་དཀར་པོ་མཆོད།། བར་མཆོད་བར་ཕྱིས་ཁྲ་བོ་མཆོད།། མར་…

མཆོད་ས་ཕྱིག་ནག་པོ་མཆོད།། ཕྱོག་རྐང་རྒྱལ་པས་ལམ་ལྷ་མཆོད།། ས་འདེབས་× ས་སྨྲོ་སྐྱག་བྱང་གོང་མ་རེད།།

དེ་ནས་ཕོ་ཉ་དང་སྨོན་པོ་སྐྱབས།། ནམ་མི་ཐོང་ཀྱི་བསྐྱོ་ཡེང་ལ།། ཐུ་ཆེན་གོ་ཐེ་གཞིག་ཞིས་རེ།། ཐུ་ལེ་འོག་ལ་རྗེ་བ

དུས་ལ།། ནམ་མཁའ་གླིང་བཞི་འཁོར་སྣང་བར།། ཕྱུར་ཐོང་ཐོ་ཟང་ཆེ་བསེ་ཏེ།། དས་ཡི་ལ་བྱང་དཀར་རྐང་པོ་…

ཉེ་བརྒྱད།

༄༅། །ཡོང་། །གླིང་བཞིས་ལྷུང་ལྷུན་སྨྲ་མི་ཉེས། །མཆན་འཛང་རྫོང་གསུཾ་འདུལ་བ་ལ། །ཕྱིམ་གསུཾ་ཁ་འོག་སྟོན་…

སྤུར་ཤར། །དཔལ་ཙོ་ཁོ་ཟང་ཆེ་བ་ལི་སྟེ། །དམ་ཡོན་ལ་ཐོག་རྒྱུད་དཔོན་ཀློན་ཡོང་། །ཁ་རྩང་ལྷུ་གྱི་དང་པོ་ལ། །ཧ་ཟང་

རྨག་དཔོན་གསུ་པོ་དེས། །ཙོ་འབྲེན་ཡུལ་ནམ་ཏང་བསམ་སྟེ། །མདངམ་གཡུ་ལྷུ་ཐན་པ་གསུཾ། །དགུ་ལྷུ་དཔལ་ལྷུ་…

དཔོན་ཀློན་ལྷུ། །དཔོན་ཀློན་ལྷུ་ཡི་ཚོམ་ཁྲུས་པས། །སྟོང་གསྟུང་ཁ་ལོ་མ་གྲངས་ན། །ཧ་སྨྲུག་རྒྱད་བསེ་པ་རྫོགས་

ཞེས་མེད། །དཔོན་ཐོག་རྒྱད་ཞེ་ཕྱིར་འགྲུབས་ཤིས་མེད། །གོ་ཡི་ཁྲམ་ཁོ་རེ་སྨྲང་བའི་དགྲ། །མ་གོ་× ཐེབ་དང་རྫུར་འདར་

འཕྲུག་ཐུག་པ་བཞིན་དུ་སྨྲུས་ཁྲུང་བའི་གསྟུ་ལྷུ་དཔོན་ཀློན་ལ་རྒྱུ་ཀྲུར་བར་ཆད་མ་ཁྲུང་ དེ་ནས་གཡུ་ལྷུ་ཐོག་འགྲུར་རེ་དཔལ་ཞར་རྒྱད་བདུད་ནམ་ཁྲུག་ཏེ་ལྷུ་འདར་…

བཞི་ལ་འཁྲིན་ནས་ཡ་ཙོ་རེ་སྨུག་རྣང་ཞྭ་བའི་ཉ་ཚེན་མ་ ངའཇང་གི་གཡུ་ལྷ་ཐོག་འགྱུར་ཡིན་ཟེ་ནས་ལྷ་འདར་ལེན་གསུམ་སྨྲས་པས་སྨུག་ནད་ཆུང་གདོང་དེ་འདར་འོག་ལ་

མ་འདུག་ནས་མེད་སོང་ དེ་རྒྱལ་སྒྲུབ་ནག་མེ་འབར་དེ་རྫོང་སྔར་གྱི་འགྲམ་དུ་སླེབ་ནས་ཡང་སླར་ ༄ རྗོང་དཔལ་བསམ་གྲུབ་པ་དམར་པོ་དེས་ཀྱི་དུག་རལ་འབར་བ་དེ་ཁྱུག་ནས་

ཕྱར་ཏེ་སྒྲ་ལེན་སོག་གང་ཡང་མེད་པ་སྒྲུབ་ནག་སྙིང་ལ་ལེན་གསུམ་གཡུག་པས་ སྒྲུབ་ནག་ཕོ་བྲག་གི་བུ་ཡིན་པས་མཚན་འོག་ལ་མ་འདུག་ནས་མེད་སོང་ དེ་ནས་སྐྱང་སྨུག

དམར་ལུ་དེ་གླིང་སྔར་གྱི་འགྲམ་ལ་སླེབ་ནས་ མདའ་མ་དང་དཔལ་ལ་ཉི་རྫོང་དཔོན་པོ་ལྷ་ལུ་གསུམ་གྱི་གདོང་བཀག་ནས་མདའ་མས་འདར་བང་དཔལ་ལས་གྱི་གཡུག་དེ་ཡང་

བྲིང་རང་བུ་ཡིན་པས་འཇའ་ཡལ་བ་བཞིན་དུ་མེད་སོང་ དེ་ནས་དམག་དཔོན་གསུམ་དེས་རྗོང་སྔར་འཛིང་སྔར་དཀྲིས་བཞག་རྒྱ་ནས་ཁྲི་དཀར་ཅག་ཙན་ལ་མང་པོ་ཆག་ཉམ་བསྐྱར

ནས་ཡང་སྨུག་རྣང་ཆུང་གདོང་དེས་དམག་སྔར་དཀྲིས་བཞག་རྒྱ་ནས་ལྷ་གུར་ལ་བསྐྱོད་ནས་ཀློག་དམར་ཁྱུར་བ་བཞིན་དུ་རྒྱུང་ དེ་ནས་ལྷ་སྐྱུས་དགུ་ལྷ་བཙན་རྒྱལ་དེས་ཨ་ཁ་

ཡ་ས་ཞ

༄༅། །དགྲ་འདི་མ་ཐུབ་ན་དཔལ་ཐུབ་ནུས་དཔལ་མེད་ལྷ་མོས་གཟུགས་འདྲ་བ་ཞིག་ཙི་རེད་དགོང་ཙམ། ངར་ང་དགྲ་ལྷ་ཡི་ན་ཚོར་མེད་རེད་ཟེ་ནས། ལྷ་འདར་བཞི་ལ་
འབྲེལ་ནས་ལམ་ཀུན་སྒྲོལ་ཡེབ། དེ་ནས་འཛར་ཕྲུས་གཡུ་ཁྲི་གོང་ལྷུན་དང་། མོག་ཕྲུས་རིའི་གྲག་པ་གཉིས། ཁྲ་དོག་སྤྲིང་འཛིན་གྲག་པ་གསུམ་ཀློག་ཆུང་པ་བཞིན་དུ་སྟག་རྒྱུད་གཏོང་
ལ་བཏར་ནས་ཐལ་གྱི་ཕུག་ནས་ཕྱར་ཏེ་མང་ཚམ་གཡུག་ནས། ཡང་སྤྲོང་དཔོན་རིའི་གྲག་པ་དང་། ཁྲི་དཔའ་འབྲུ་པ་ཡ་མེད་གཉིས་ཀྱི་དཔོན་ཡིན་སྟེ་དམར་ལྷ་གསུམ་ལས་ཚན་
གྱི་ཞག་པ་ཁྲུར་ནས་སྟག་རྒྱུད་ཀ་ལ་སོན་ཙམ་ཀོ་ཐིན་མང་པོ་ཐུས། དེ་ནས་སྟག་རྒྱུད་དེས་ཐྲིས་ནང་ཐལ་གྱི་ཕྱར་ནས་ལེན་ཅིག་གཡུག་པ་མ་ཞེག་པ་དེ་ཡུས་སེ་ཚད་ནས་དམག
དཔོན་རབ་ཁྲི་ཅན་སྟག་རྒྱལ་དང་ལྷ་བུ་བསམ་འགྲུབ་གསེར་བས་འབྲུག་རྒྱ་གསུམ་དེ་ཚོ་གིས་ཀེ་གྲག་ཙམ་སོང་། དེ་ནས་སྤྱུན་པོ་གསུམ་བརྟེ་མ་ཚོར་ནས་སྒྲ་ཁུས་ཡུལ་ལ་ཁ་གྱིས་
སོང་། དེ་ནས་གླིང་པ་རྣམས་སེམས་སྡུག་བསམ་པ་ཚོ་ནས་འདུག། དེ་ཙམ་ལྷ་སྲས་དགྲ་ལྷ་བཙན་རྒྱལ་རེས་དཔལ་ཐུབ་ནུས་འདུས་ཕྱོགས་ཟེ་བས་བཀའ་ཡེབ། དེ་ནས་དཔལ་

ཐུབ་ཐོད་སྐྱུག་པས་ངང་ལ་ལྷ་ལུས་འདུར་ལ་འདུས། དེ་ནས་ལྷ་ལུས་རི་བྲག་ཕྱོགས་པས་ངང་ནས་ཡ་ཁོ་རེ་རྒྱལ་བློན་ལ་སོག་པར། ཕྱིར་གླིང་གི་དཔལ་ལ་སྤྱུལ་རྣམས་ལ་དཔལ

ལ་མངའ་མ་དགའ་བདེ་གསོ། ཛཾ་འཛིག་ཆེན་བའི་དཔལ་ལ་སྤུབ་རྣམས། ཕྱི་སོག་དཔོན་པོ་གསུ་ལྷ་ཤན་པ་ཤ་སྐྱག་གསོ། རོ་ཚ་མེད་པས་བློན་ཆེན་རྣམས། མི་གསོ་ཀྱི་ཆས་ཡ

མ་འོང་ན། དེ་འདྲ་བྱ་བ་ཡིན་པས་ན། དགྲ་ཡབ་དཔྱང་འདུལ་བྲབ་ཅི་འདྲ་བྱེད། དེས་ཨ་ཁྲུ་གེ་སར་རྒྱལ་པོ་ལ། དམག་ཚོམ་སྐྱོང་ལུག་ཅི་འདྲ་བྱེད། ཇོ་ནས་དགྲ་ལྷ་བྲུག་ཕྱོགས།

པས་ངང་ལ་བཞུག། དེ་གཡོན་བྲལ་གྱི་བྲལ་མགོ་ནས་ཧོར་དཔལ་བསེ་ཤན་པ་དམར་པོ་དེས་དགུ་མཚན་ཅིག་ལྷ་ལུས་དྲུང་ལ་བཞེངས་ནས། ཡ་ལས་ཀྱི་རྒྱལ་པོ་རིན་པོ་ཆེན། ཕྱིར

བྱུག་དང་དགོང་པ་མ་ཚོ་དང་། དེས་ཞུ་བའི་གླུ་ལ་ཅེ་འདྲ་ཡོད་ཟེ་ནས་གླུ་× ཨ་ལ་× ཐ་ལ་× ས་འདིས་× མདོ་ལུང་ལྷག་ཐང་བྲེ་མོ

ཞེང་།། ཞ་དང་× ཧོར་བདུད་ཤན་པ་རྒྱལ་པོ་ཞེང་།། ལས་ཀྱི་ལྷ་ལུས་རིན་པོ་ཆེན།། ད་ལོ་རྒྱ་གླིང་ཁྲུག་པ་འདི།།

བཞི ༤༥

༄༅།། རིང་གླིང་དཀར་དཔལ་ཚོ་མི་གསུམ་འདི།། སྐྱིང་སློབས་མེ་ལེ་མ་ཟེ་སྟེ།། སྒྲ་ཁྱུས་སྨྲིན་པོ་ཡ་མེད་དེ།། འདར་ཡང
ཁྱིང་འདར་ཞ་མི་འདུག་དུ།། གྲི་གཡུག་ཁྱང་ཚོམ་འོག་མི་འདུག་དུ།། དཔལ་འདྲ་འདྲ་ལེན་ཡ་མེད་ངེས་རེད།། དངོས་མེད་ལྷ་འདྲེ་
ཡིན་ངེས་རེད།། ཁྱེར་ལྷ་སྲུས་གྲུབ་དགོང་མཚོམ་དང༌།། ར་ཤན་པ་མདའ་མ་གཡུ་ལྷ་གསུམ།། དཔལ་ལྷ་གླིན་དང་ཚེ་བཞི་ངེས།།
སྒྲ་ཁྱུས་ཡུལ་ལ་དགྲ་ཡ་ཐེར།། དཀར་པོ་གླིང་ལ་ཞ་ཡིར་སྐྱབ།། ཁྲ་མོས་དམག་གི་མགོ་འབྲེན་བྱེད།། དགྲ་ལྷས་གྲུབ་ལ་དེ
ལྟར་ཞོག།། ཅེས་སྨིན་བ་དང༌ དེ་ནས་ལྷ་སྲུས་གི་དེ་འདྲ་ཡིན་ན་དཔལ་གྲུབ་རྣམས ཁག་མེད་རེད་དགོར་ནས་བཞུགས། དེ་ནས་ལྷག་རྐད་དང་ཁོ་སྨྲིན་པོ་གསུམ་སྒྲ་ཁྱུས་
སྨྲར་ལ་སླེབ་ དེ་ནམ་ཕས་ཀར་དང་བྱ་རྐད་གཉིས་ཀྱི་ཁྱེར་པས་གསུམ་སླུ་ལ་བར་ཆད་ཕྱུ་བྱུང་ གླིང་སྨྲར་དེ་མེད་པ་ཧང་ལུག་ཅི་འདྲ་བྲུས་ད་ལྟ་ལྷག་ཨོ་ཐུས་ཟེར་ དེ་ནས་

སྤྱག་རྒྱུད་རིམ་པ་ཡུལ་ཀྱི་དམག་དཔོན་རིན་པོ་ཆེན། དེར་པས་གསུང་ལེ་བར་ཆད་མ་བྱུང་སྟེན། སྐྱིད་བར་དེ་དཔལ་ཙོ་ཤིན་དུ་ཆེན་འདུག་ཁྲི་དཀར་དམར་ཙན་རྒྱ་མཚོ་མང་
པོ་སྤྲེད་ཀྱང་སྐྲ་བྱུབ་རྩེ་བ་ལེ་ཀ་མང་རེད། དཔལ་ལེ་ལ་མཛད་མ་དགའ་བདེ་གསུང་། ཤན་པ་གཡུ་ལྷ་ཨོ་སྟག་དུག་འཛིང་གི་ཨོ་ཡ་མི་ཟིན་སེམས་ཐུག་རེད། དགྲ་འདི་ག་ལེ་བྱེད་་་
ནས་འདུར་ཐབ་མེད་ན་ཞག་ཚ་ཞིས་གིས་མི་ཐུབ་ཇོ་མ་རེད་ཟེར་བས་ཞུ་བ་ཕུལ། དེ་ཚོ་རྒྱལ་སློན་རྣམས་བྲག་འཕྲོས་ནས་བུ་རྒྱུད་རིམ་རྩེ་བ་ལ་ཕྱིར་དམག་དཔོན་གསུང་ལ་ཙི་བྱུང་ལེ་རེད་་་
གླིང་རིག་སྐྲ་སྐྲ་དེ་ལ་དཔལ་ཙོ་དེ་ཙམ་ག་ལེ་ཡོད། ངེད་རིས་གི་སྐབ་ལ་ཀྱ་མན་ཕྱིས། སང་གཉིས་ལ་དབང་རྒྱལ་སློན་ཀྱི་བཀའ་གྲོས་བྱེད། དཔོན་ཕྲིག་རྒྱད་ལ་ཧྲ་བསྐོ་དེ་འདྲ་ཞུ་མི་ཤེད་་་
དེ་ནས་ཚོ་རྣམས་འདུན་བླལ་གྲིས་སོངས། དེ་ནས་གླིང་པ་རྣམས་ཀྱི་བཀའ་གྲོས་མཛད་ནས་ཀྱི་བཟྲོ་གང་བཟྲོ་ཟེ། དེ་ནས་རང་ཚོ་ཁྲ་རྒྱུད་རིམ་པ་གླིང་ཀུག་དཔལ་ཐུབ་རྣམས། དགྲ་ཁུམ་་་
དམག་དེ་ཐུབ་བཀའ་འདུག་ཟེ། དེ་ནས་སྟག་ནང་དཔོན་པོ་རིམ། ཡ་དཔལ་ཐུབ་རྣམས་ཤ་ཁྲ་བོ་ཟ་བའི་དམག་དཔོན་རྣམས། དབ་རི་པ་ཚར་ན་ཆད་ཞབ་མེད། བོད་ནང་བདེ་འདུལ

ཧེ་གཅིག

༄༅།། པས་དཔལ་བོ་དེ་ དགུང་རྒྱང་ཐུག་ནུབ་རབ་མེད་ ཚོ་འཛམ་པོ་ཟ་བའི་ཧྲ་དགན་དེ་ ཉམ་ཨ་འགྲི་ཟ་བས་ཆད་རབ་མེད་ ཐེ་བས་དཔེ་ལྟར་ ང་རིས་གྱི་··
གླིང་འབྲུག་པས་ལེ་གྲུམ་དེ་ཕྱིར་དམག་དཔོན་རྣམས་ལ་ཡོད་རྗེར་ དེ་ནས་འཇང་ཡུལ་གཡུ་ལ་ཕྲོག་འགྱུར་ངེས་ ངར་དགོང་ནི་མས་ཕྱི་གྲོ་ལ་ འགྲོ་སྐྱ་མོས་དཔལ་བྲུབ་འགྲོ་··
རྒྱུ་དགོས་ མོ་ཚོས་གྲོས་གསུམ་ཕྱེར་རྒྱུ་མེད་ གྲུ་ཁུམ་སྔོན་པོ་རྣམས་ལ་སྤྱན་འདྲེན་རེ་མ་བཟོས་ཙ་ང་གཡུ་ལྷ་ཤེ་བས་ནོ་དང་འདྲ་ཞེ་ནས་མདུན་གྲོས་དེ་བྲ་ར་ར་གྲོས་སོ་དས་···
དེ་ནས་ཁྲབ་པ་དང་ དཔལ་ལ་ གཡུ་ལྷ་ ཨ་སྟག་བཞི་དེས་ཁྲི་དཀར་ནག་ཚན་གྱི་རྒྱ་དམག་བཅེ་ཚོམ་ཁྲིད་ནས་དགོང་ནི་མ་ཁར་ སྐར་མ་ཤར་བ་དང་ལྟེན་དུ་རྒྱ་ཁུམ་སྐབས་ལ་ཁ་རྗེས་སོན་
ཕྱིན་ཉིས་ནམ་ལང་པ་དང་མཉམ་དུ་རྒྱ་ཁུམ་སྐར་ཐར་སློབ་ ཤར་གྱི་སྐར་དེ་ཕྲོག་ཁྲི་བྱ་ཚན་སྐར་ཡིན་པ་ ཁྱུར་ཧྲི་རི་རི་ཐུམ་གླིང་དམག་ཆུང་བའི་འཐོར་པ་ཐུམ་ དེ་ནས་རྒྱ་ཁུམ་··
དམག་དཔོན་རྣམས་བཙན་རྫོང་འཁོར་གསུམ་སྐོར་ནས་ཅིག་སྤྱིབ་གཉིས་སློབ་ཐུམ་ནས་ གླིང་དམག་རྣམས་ཀྱི་གདོང་ལ་བཙར་ དེ་ཡང་ཁྲི་དང་པོ་ལ་མཆན་པ་དེས་རྣམས་ལྟག་རྐ་རེ་དེ་དགོང་ནས་

ཤར་ཏེ་ཡ་གླུ་ཁུམ་རྒྱ་སྔོན་མི་པག་མགོ་བསྐྱི་རྣམས   གླི་ཉིན་ངང་འདུ་མ་འཛི་འདུ་ཡོད་ཟེ་ནམ་གླུ་×   ཨ་ལ་×   ཐ་ལ་×   གླུ་མཆོད་ཅིག་ཆོར་པར

དཀར་པོ་མཆོད།།   བོང་ཁྲི་དགུར་ལྷ་བརྒྱ་གསུམ་མཆོད།།   མ་འདེམས་×   ལེན་མེད་གླུ་ཁུམ་སྨར་དཀྱིལ་རེད།།   ང་དང་×   བདུད་ཙན་

ཤན་པ་རྒྱལ་པོ་ཟེར།།   དགེ་སྡིག་མེད་པས་ཤན་པ་ཡིན།།   དེ་ནས་ཁྲ་མོས་འདུམ་དམག་རྣམས།།   ནང་ལུ་ཡོད་ན་གླུ་ལ་ཉན།།   མིག

ཁྲ་ལྕུར་ཡོད་ན་སྐྱེ་མོ་བསྐུམ།།   པོ་རྒྱང་པོ་ཡོད་ན་བསྐུར་ལ་ཐོག།།   ཐོག་རྒྱང་རྒྱལ་སྔོན་ལ་སོགས་པ།།   སྐུག་རྒྱང་དཔོན་དང་སྐྱབ

ནག་གཉིས།།   སྐྱོང་སྐུག་དམར་ལུ་རྒྱ་སྔོན་གསུམ།།   ཁ་ཙང་སྤྱོན་པོ་ཤམ་ཚེན་མ།།   རི་ཁྲ་མོས་རྩེ་ནས་ཕས་ཐུར་སྐྱུར།།   ལུག་གཡུང

དཀར་དང་དུས་བང་ཁ་སྐྱུར།།   སྐུག་དམག་ཡག་འོང་དུས་ གླིང་བཞི་གྲོས།།   ངོ་ཚ་མེད་པས་ཐོར་སོང་ལ།།   བར་སྐྱུར་དུ་ཕས་བསམ

ཉི་ཤུ་པ།

༄༅།། ཨ་ཕྱང་སྐྱོང་།། དཔལ་སྒྲ་ཁྱིམ་དམག་དཔོན་པས་གསུངས་དེ།། མི་སྣུམ་རྒྱུང་སྤྲེད་དུས་དཔལ་ཚོ་རྒྱང་།། སླིང་དཔལ་
རྒྱང་རྟེ་དུས་ལ་མཐུལ་གྲོས།། རྡོ་རྗེ་མིང་པས་སྨྱོན་པོ་རྙོམས།། དཔལ་དབང་ཕྱེ་བསཾ་དམག་དཔོན་གསུཾ།། རྒྱལ་ཁྲིད་བྲག་དང་
ཕྱོག་རྒྱང་གཉིས།། སྨྲམ་ལ་གཉིས་ཀྱིས་འགྲོ་རྒྱལ་ཡིན།། ལ་སྙིང་ཚི་འགི་རེ་བེམ་བསྡུ།། འབབ་རྫོང་ནག་ར་མེ་ལྷེ་གཉིས།
མི་ཕྲེང་གཉིས་ཀྱི་འགྲོ་ལུག་ཡིན།། ནག་ནི་ཁ་རྒྱུ་ཚི་འདུག་བསྡུར།། ངེར་སླིང་གི་དཔལ་ཚོ་པས་བཞི་དེ།། ཁ་ཙོང་ཕྱིར་བམ་ནོ…
འདར་ཡིན།། དཔལ་ཚོ་ཚི་འདུག་དེ་བེམ་སྡུར།། དམག་དཔོན་བླ་སྤྲོག་མ་ལེན།། སྡུག་རྒྱང་སྤྲོག་དམར་ཞར་ལ་གྲོང་།།
དམག་མང་ལུག་རྒྱུང་སྤྱོར་ལ་ཡབ།། ལམ་དེ་ཁྱམ་ཟེ་ལེ་མཐུབ་ན།། ང་ཤན་པ་བི་བཞི་ནོ་དང་འདྲ།། གོ་ཕྱུ་ཐུམ་ཕོ་ནེང…

བསྐྱང་བའི་དགྲ། ། མ་གོ་ར ཅེས་ཟེ་ནས་ཞུ་བས་ལྷ་ནི་ནམ་མཁའ་ལ་ཕྱིན་ནས་ཙོ་ནར་ རྒྱུག་པར་ལྷུར་དུ་དམག་སྣ་དཀྲིས་དུ་འཁོར་ཡོང་ ཤབ་ཀྱི་སྣ་ར་དེ
ཆིག་གཉིས་བསྐྱང་ནས་ཕྱུག་ཁྲ་ཅན་ལ་ཐེས་རྒྱ་ཚོམ་སྒྲེང་ནས་བྱུང་ དེ་ནས་རྒྱ་ཁྱུས་དམག་དཔོན་རྣམས་ཀྱི་རྫུང་འདར་མར་པོ་སྐྲས་ཀུང་ཞན་པ་དོ་མ་ལེན་ནས་ཐོན་ཡོང་
དེ་ནས་སྟག་ཆང་རྒྱུར་བརྫིང་དེ་ཆིབ་ལ་ཞོན་ནས་རྫུང་འདར་ལག་ལ་བཟུང་ནས་ཞན་པས་བསྐྱོང་ལ་ལྷུར་དམར་འཕྱུག་པར་བཞི་དུ་བྱུང་ ཞན་པ་ལ་རྫུང་འདར་ལེ་གསུ་སྐྲས
ཀུང་བར་ཆད་མ་བྱུང་ དེ་ནས་སྟག་ཆང་དེ་ཡང་ཞན་པས་དམག་ཐོག་ནས་ཁྲི་དམར་ཅན་ལྔ་བརྒྱ་ཚོམ་སྒྲེང་ དེ་ནས་ཞན་པ་དང་འབྲུག་ཞག་ཐུང་ལྔ་གསུམ་གྱི་འདར་མཚན་མང་
པོ་བཀྱུ་ནས་སྟག་ཆང་ཐོག་ནས་ཁྲི་མ་ཅན་ལ་སུམ་རྒྱ་ཚོམ་སྒྲེང་ དེ་ནས་སྟག་ཆང་ཐོག་སྦྱིན་པོ་ཐིམ་ཀྱི་རྫུང་འདར་སྐྲས་པས་ཞན་པས་དམག་རྒྱ་ཚོམ་དེ་དཔོན་གཡོག་བརྒྱ་ཚོམ
མ་ཏོག་མ་ཐར་ གཡོས་སྣར་དཔལ་ལྷ་དེས་ལེན་ཆེན་བྲུ་གནས་ཕྱུར་རྟེན་བཟྲལ་ཆད་རྒྱུག་པ་བཞི་དུ་དམག་སྣར་ཁྲག་ཀྲག་པ་བཞི་དུ་བྱུང་ ཀུང་ཁྲི་ཅན་ལ་སུམ་རྒྱ་དང་ལྔ་བརྒྱ

ངོ་ཞི་ཤ་ལ

༄༅། ། ཚེམ་དམར་སྤྲེད་བསྐྱང་ནམ་སྨན་ཁྱིམ་དུ་སླེབ་ཕྱུང་ དེ་ནས་གསུ་འདྲུག་གྲུབ་པ་དེམ་ཁྲི་རིམ་མི་རྫེན་དེ་ལག་ལ་གཟུངས་ནས་ཚིབ་བའི་གོང་ལ་འཕྱོན་ནས
སྨག་མོ་ཁྲམ་གིས་རྒྱུ་བ་བཞི་དུ་དཔལ་ལྷུམ་བསྐོར་ལ་ཕྱུང་ དེ་ནས་དཔལ་ལྷ་ལ་རྒྱང་འདར་གསུམ་ཀྱི་ཕྱུར་བའི་ དཔལ་ལྷ་ལ་སྤུང་མས་མཆོན་སྐྱེལ་མཛད་ནས་སྨོན་མ་ཕྱུང་
དཔལ་ལྷམ་ལེན་ཆེན་གསུམ་གཡུག་ཀྱང་ཚོ་དུས་བབ་མེད་ནས་ཆད་ཐབ་མ་ཕྱུང་ དེ་ནས་ཕྱོགས་རྫིར་གྲག་པ་དེམ་རྒྱང་འདར་དེ་ཁྲི་སྒོག་བུ་ཡིས་ཇོ་ལ་བསྐོ་ནས་ལེན་གཉིས་སྨྲམ་པམ
ཁྲི་སྒོག་གི་དགུ་ལ་ཕྱིབ་ནས་དེ་ཉིད་དུ་དབང་ཐང་རྒྱ་བ་སོར་ དེ་ནས་གཡོན་བུས་སྨན་ནས་གཡུ་ལྷ་དང་ཕས་སྐུག་གླུ་མོ་གཉིས་ཀྱི་རྒྱ་དམག་གཉིས་ཚམ་ཁྲིད་ནས་དཔུང་རོག་རྒྱུར་ར
ཉམ་ནས་ཕ་ཀང་དམག་ཁྲོག་དེ་ཚབ་ཉིམ་བསྐྱང་ནས་གསེར་ཁྲེ་ཅན་ལ་རྒྱ་དམག་དྲུག་ཚམ་སྤྲེད་ནས་ནི་དཔོན་ཁྲོམ་པ་ཅན་གྱི་མི་བ་ནགྱི་ཀ་བྲག་ནས་སྨན་དཀྱིམ་དུ་ཕོར་ དེ་ནས་ཁ་དར
སྟོང་དཔོན་དགུ་འདུ་དང་ ཁྲི་དར་གློག་ཆེན་སྤུང་པ་གཉིས་རྒྱང་འདར་ལག་ལ་བཟུང་ནས་དཔུང་རོག་རྒྱུར་ར་ཁྲིམ་ནས་ལུམ་ལྷག་ཆད་པ་ལྷུར་དུ་ཕྱུང་ དེ་ནས་གཡུ་ལྷ་དང་ཕས་དྲག

གཉིས་ལ་ཐུང་འདབ་མང་པོ་རྒྱབ་བྱུང་། དེ་ནས་འཛིང་ཀྲུག་གཡུ་ལྕེ་དེས་ཕྱོག་གི་ཚམ་མཐའ་ལ་ཕྱིར་ནས་བྱུང་། དེར་ཙམ་ལ་ལིན་གཉིས་གཡུག་པས་ཁ་དར་དུས་སྐྱེད་ལ་རྒྱ་ནས་···
ལུས་དུ་བྲུབ་བསྐྱང་ཚུལ་དམར་སྨྱིར་བྱུང་ལ། སྐྱོང་དཔོན་དགུ་འདུལ་དུམ་ཕྱས་སྐྱག་ལ་ཐུང་འདབ་སྐྱས་པས་ཕྱས་སྐྱག་ལ་ཐབ་ཚད་མ་བྱུང་། དེ་ཁམ་གཉིས་ཀྱི་དམག་དཔོན་ཁྲ་དར་དང་···
དཔྱང་རོག་མི་དྲུག་དེ་རང་གི་བྱིང་བྱུས་ཏུང་མ་བྱུབ་འདུག། དཔྱང་རོག་རྣམས་ཅིག་མ་ཀྱོག་ཀེ་ཁྲག་ནས་ཕྱར་རྒྱུར་ལ་སོང་། དེ་ནས་ཁྱུར་བདུད་ཕྱས་ཀྲང་སྐྱུ་ཞིས་དེས་བདུད་རྟ་ནག་པོས་ཚི
ལ་ཕྱིན་ནས་འཚོང་མོ་ཁྲ་ཞིས་མི་བཟི་དེ་ཁྱུར་ནས་གཡུ་ལྕེ་དང་ཕྱས་སྐྱག་གཉིས་ཀྱིས་ཙི་ཕྱོག་ལ་བཙར་ནས་ཡ་ཕོ་ཞེ་གླིང་ཀྲུག་ལུ་མིས་བཀྲབ། མ་རྟོམ་མ་རྟོམ་པ་ཡས་བྱ་ཁྱེ་ཚུལ···
ཐུང་འདབ་མང་པོ་ཕྱུས་པས་ཁོ་གཉིས་ལ་སྐྱོད་མ་བྱུང་། གཡུ་ལྕེ་དང་ཕྱས་སྐྱག་གཉིས་ཀྱི་རལ་གྲི་ཕྱིར་ནས་ཨ་ཀར་བདུང་ལ་ཚུར་ནས་ལེན་གསུམ་གཡུག་ཀྱང་ཕྱ་ཀང་ལ་ཅི་ཡང
སྐྱོད་མ་བྱུང་། དེ་ཡང་ཨ་ཀར་སྐྱུ་ཞིས་དེས་དགུ་བྲེན་ལོའུ་ཅིག་གཡུག་པས་ཕྱས་སྐྱག་གི་ཁེ་པ་ལ་རྒྱབ་ནས་ལུས་ལ་མཚོན་མ་བབ་ཀྲང་བཟིན་ཚེ་བས་རྟ་ཕྱོག་ནས་ལྷུང་། དེ་གཡུ

ཞེ་བདུན།

༄༅། །ལྷ་དང་ཡུམ་ཉི་ཟླ་གཉིས་ཀྱི་ཡ་ལྡུག་སྐྱོང་ཕྱུས་བསམ་ནས། ང་རང་གཉིས་ཀྱི་ཕྲུག་ལེ་ཅིག་དགོས་ཟེ་ནས་ཟབ་ཀྱི་ཁྲིར་ནས་ཡ་ཀང་དེས་གཡས་གཡོན་ལ་འཚར་ནས་ཀྱི་མང་པོ་གཡོག་ཏུ་ཆར་བྱུང་མ་ཐུབ། དེ་ནས་ཡ་ཀང་གིས་དགུ་ཟྫོན་གསུག་ནས་ཞོ་གཉིས་བྲོག་ནས་ལྷི་ནག་ཅན་རྒྱ་དམག་ཅིག་ཚམ་སྲིད་བྱུང་། དེ་ནས་གླིང་དམག་དཔོན་བློན་རྣམས་གླིང་སྟན་འཕོག་ལ་ཁ་གྱིས། སྒྲ་ལྕུམ་རྒྱ་བློན་རྣམས་སྟོབས་འདུས་ནས་བཀའ་གྲོས་བྱས། དེ་ནས་ཡ་ཀང་སྒྱུ་ཞིག་དེས་མི་པག་བློན་པས་ཕྱི་སྙིང་ལ་རྡོར་འདུག་བརྩམས་ཕྱུས་ནས་ཡ་ཅོ་ དེ་དམག་དཔོན་ལ་ཞོགས་པ། རྒྱལ་པས་བློན་ཆེན་དང་པོ་རྣམས། དཔལ་ཙོ་མེད་ལེ་སེམས་ཕྱུག་རེད། གླིང་སྟན་སྤྲང་པོ་ཆེ་ཅིག་དེ། དཔལ་རྣར་ཅི་ཡོད་ཞིས་ནས་བྱུང་། སྟང་གཉིས་ཉིམ་སྟོབས་ཆང་ལ། གླིང་སྟན་ཁྲག་ལ་མ་སྣུམ་ན། ང་ཡ་ཀང་སེམ་པས་ལྡུག་ལ་ཚོག་ཟེར་ནས་ཕྱུག་ཕྲོས་ནས་བཅུག། དེ་ནས་བྱུ་སྒྲད་རྣ་བ་དེས་ཡ་ཀང་སྣང་བ་དེ་བཙེན་པ་རེད། གླིང་ཞིག་སྐྱར་སྟན་སྐྱུ་མོ་དེ། ཉི་མ་ལྔ་བཞི་མི་བཞུག་བསྐོར་བྱུབ་དགོས་ཟེར། ངར་སོང་གཉིས་ནམ་མཁའ་སྣ་དམས་ལ། ཁྲུ་མོས་འཁྱུ།

དམག་ཁྲ་ཀྱི་འགོ ཁྲི་སློས་གླིང་སྐར་བསྐོར་བཅག་དགོས དེ་རིང་དམག་མང་དང་སྤྱིན་པོ་དེ་འགྲུ་སྦོར་བ་ལ་ཐོག་རྐང་ལ་ཏུ་འདུ་ཁྲུ་ཟེ་བའི་བཀའ་ཕེབ དེ་ནས་གཡས་ཕྱོགས་སྐད་ལྡན་ཁྲི་
མས་སྐྱིད་ནས་གསེར་གླིང་སྦོང་གྲུབ་པ་དེས་དམག་དཔོན་གཉིས་ལ་ལམ་དབ་རེ་བཅག་ནས ཡ་ཤ་ཀང་དཔོན་དང་བྲུ་རྩང་གཉིས ཁྲིད་དམག་དཔོན་གཉིས་ཀྱི་གསུང་བར་ལྟས
བཙན སོང་གཉིས་ཚམས་མཁའ་ལྟ་དུས་དམག་མཛད་འགྲོ་མི་ཉེན་ཏེ དཔལ་ནང་སྤྱིན་པོ་བཞི་ཚམ་ཀྱི་རྒྱ་དམག་རེ་རེ་ཁྲིབ་ནས་གླིང་སྐར་ལ་ཚལ་འཐེན་དྲག་པོ་བཅག་ཅི་བས་བཀའ
ཐག་བཅད་ནས་འདུག དེས་སྐབས་ལ་གླིང་གི་དཔལ་གྲུབ་ཞན་པ་དང་དཔལ་ལྷ་ཨ་སྟག་གཡུ་ལྷ་བཞི་དེ་གླིང་སྐར་འབྲི་དུ་སླེབས དེ་ནས་བཅེན་མེན་དཔལ་གྲུབ་ནོས
ཀྱི་ཁྲིབ་ཁ་ལོད་ནས་ཆིབ་བས་གོང་ནས་མར་བབ་ཅས་ལྷ་སྲུས་དགྲ་ལྷས་འདུན་ལ་ཕེབས་ནས རྒྱལ་བློན་རྣམས་འདུན་སྒྲིལ་མཚོག་ནས་བཞུགས དེ་ནས་ལྷ་
སྲས་དགྲ་ལྷ་དེས་ཡ་སྡེར་སྤྱིན་པོ་བཞི་དེ་བར་ཆད་མེད་པར་འཆི་རྒྱ་ཕེ ཧཱུྃ་གྲུལ་སྐར་ལ་བསྐུག་ལྷུག་ཙི་འདྲ་ཕུས་ནས་ཕྱི་བ་ཏྲུས དེ་ནས་ཞན་པ་རྒྱ་པོ་དེས་……

ཧྲཱི

༄༅། ། ཡ་རེད་ནྱོམ་ཀ་བ་མ་བྱུང་ཞེ་ནས། དར་དཀར་པོ་ཡུག་གཅིག་གི་རྣ་གྲངས་ནས། ལ་ཆེན་འདྲ་མ་ཕེ་འདྲ་ཡོད་ཟེ་ནས་གླུ༔ ཨ་ལ༔

ཐ་ལ༔ སྐྱབས་བླ་ཡི་དམ་དཀོན་མཆོག་གསུམ། ། གསོལ་བ་སྙིང་གི་དཀྱིལ་ནས་འདེབས། ། ལྷ་འབྲལ་མེད་སྐྱོ་བས།

བརྩུག་ལ་བཞུག ། བཞུག་ནས་བྱིན་གྱིས་རླབས་དུ་གསོལ། ། ས་འཛིན༔ མདོ་ལྗུག་ལྕག་ཐང་ཁྲ་མོ་རེད། ། ང་དང༔

དཔལ་བསམ་ཞབ་པ་དམར་པོ་རེད། ། ཁྲི་དཔྱང་དམར་གི་འགྲོ་སྟབ་ལ། ། ད་ནང་ནམ་གྱི་ལྷོ་མོ་ལ། ། སྤྱན་འདྲེན་རྒྱ་ལུས་ཡུལ་

ལ་ཕྱུས། ། ཕས་ཡ་ཐྲིན་པ་དཀར་མོ་རེད། ། དམག་དཔོན་ལྕག་རྒྱད་རྒྱང་བསྐྱུར་དང་། ། ཡ་མེད་ཕྲོག་ཁྲི་བྲུ་ཚན་གཉིས། །

གྲག་པ་ཆེན་བས་བློན་ཆེན་གཉིས། ། བློག་དམར་བཞིད་དུ་རྒྱུག་ནས་ཕྱུར། ། དམག་མང་དམར་སྤྲེད་བསྐྱུར་ནས་ཕྱུར། །

དགྲ་ཡར་རྒྱབ་རྒྱ་མོ་མང་པོ་སྨྲེང་།། གཡོན་ན་སྐར་གྱི་ཞང་བཙུམ་དེ།། གཡུ་ལྷ་བྲུ་དང་དཔལ་མོ་གཉིས།། དཔལ་རྒྱང་
དམྱང་ཁྲུགས་ཧྲིད་པས་དུས།། ཁ་དར་གླིང་ཆེན་སྨྲིན་པ་དེ།། བསྐྱང་མ་གླིང་ནས་དབང་ཕྱུར་རྫོགས།། གསེར་ཁྲ་ཅན་ལ་དྲུག
རྒྱ་སྨྲིད།། དེ་རྗེས་ཡས་ཀང་སྨྲ་ཟེར་ཧུར།། སྐུ་མོས་ལྕུག་ཧུ་གྲི་ཡི་བཙུད།། དེ་རྗེས་སྨད་ཀྱི་གྲགས་ཧྱུར།། སྐྲ་ལ་
བར་ཆད་མ་ཧུང་སྨྲེ།། ཇ་ཐུད་ཅིག་ལ་འདར་མོས་བརྩེད།། དམག་རྒྱ་ཚོམ་ཅིག་དེ་ཁྲུག་ལ་སྒྲིམ།། གླིང་རྒྱལ་བློན་
ཐུག་ལ་དེ་ལྟར་ཞེག།། ཅེས་ཟེར་བ་དང་ལྷ་ཕྱུས་དགྲ་ལྷ་འཛིན་རྒྱལ་ཐེམ ཡས་ཁ་གླིང་གི་དཔལ་ཐུབ་རྣམས་ཀྱི་དགྲ་གྲ་འུ་མི་ཐུབ་སོས་ཐུག་ཟེར་···
དེ་འདྲ་བའི་དཔལ་བོ་ཡིན་པས་ན་ ན་ག་ཚུ་དང་ཁྱེར་མེད་འདུག་ མང་གཉིས་ཅམ་ཁའ་གསལ་དུས་ལ་ དམག་དཔོན་མི་ཁྲིབ་བཙེག་ནས་འགྲོ་ དམག་མང་

དེ་དྲུག

༄༅། །མི་ཁྲིད་སྐྱིན་ལ་འགྲོ། རང་དགུ་ལྷ་བུ་དང་ཁྱུང་འཁོར་གཉིས། ལེ་གཅིག་དགྲ་འགོ་མ་སྐྱེན་ན། རང་དགྲ་ལྷ་ཤི་བའི་རོ་དང་འདྲ་ཐེ་ནས། བྱུགས་ཕྲིས།
པས་དང་ལ་བཞུགས། དེ་ནས་ཀྱི་དཔོན་རང་ཚོ་ཁྲ་རྐང་དེས། ཡ་ཤ་ཏྲ་ལྷ་སྐུམས་རིན་པོ་ཆེན། གླིང་གི་དཔལ་བྱུབ་ནུམ་ལ་སྐྱིང་བསྐོར་མེད་ལེ་མ་རེད་སྐྱེ། དགྲ་ནག་པོ་འདི་འདྲེན
སྐྱེན་མེ་དཔལ་འདི། ལྷ་ཧོར་འཛང་མན་གསུམ་འདྲེན་སྐྱེན་ལ་བླ་ནམ་ཨང་པོ་འཁྲུལ་རྒྱུན་ཡོད་པར། དེ་འདྲ་བའི་བླ་གཙམ་འདྲ་ཡོད་ཡི་ཡིན་ལྷ་ཡིས་ལུང་བསྟེན་འདྲ་ཀྱི་མི་འདུག །དེ་ཐེམ་
ལྷ་འབོད་འདྲ་ཏེ། རྒྱུ་མེད་ན་ཁྱིད་ལྷ་ལུས་བྱུག་ལ་ལྡོན་ཤིས་འདྲ་བཙུ་ཕྱི་འདུག་ཐེ་བའི། ང་དཔལ་བྱུལ་ནུམ་ཀྱི་ལྷ་འདྲ་རེ་ལ་རང་རེ་ཐོག་དང་ང་ཡིན་དྲུང་ལ་ཞིག་དང་། ང་ལ་ལྷ་ཡི
ལུང་བསྟེན་འདྲ་ཕི་ཡར་བསྟུ་ཐེ། དེ་མ་བྲག་དུ་དཔལ་བྱུབ་ནུམ་ཀྱི་ལྷ་འདྲ་རེ་ལ་རང་རེ་བསྟག་ནས་ལྷ་ལུས་ཀྱི་དང་ལ་ཕྱུལ། དེ་ནས་དཔལ་བྱུལ་ནུམ་རང་བང་གི་སྐྱེན་ལ་ཐོན་སོང་…
དེས་ནམ་ཁྱེད་ཅན་ལ་སྐྱིད་གོག་ལྷ་ཡིན་ཕོ་བྱུང་ནས་མ་ནི་ནུམ་སྐྱེན་དཀར་མོ་དེས། ཞལ་ལ་སྒྲིང་དཀར་མོ་ཆི་བ་ནས། མ་ཨཁའ་འགྲོ་ཇི་བ་སྟེང་གི་བསྐྱེན་ནས་ལྷ་ལུས་རེ་ལ་ཕྱུར་བསྟེན།

གསལ་ཚིག་ཏི་ཀྲུ༔ ཨ་ལ༔ ཐ་ལ༔ སྤྲུལ་བས་བློ་ཡི་དམ་དཀོན་མཆོག་གསུཾ།། གསོལ་བ་འདེབ་སོ་བྱིན་ཀྱིས་བརླབས།།
ས་འདེམས༔ མདོ་ལུག་སྟག་བྱང་ཁྲ་སྨོ་རེད།། ལུས་ཀྱང་དཀར་པོས་བཞི་དཀྱིལ་ནས།། ལྷ་སྲུས་དགྲ་ལྷ་རིན་པོ་ཆེན།། གླག་ཏི་
དགོང་པ་མཚམས་ལག།། ཧཧཧ༔ བར་སྣང་སྟོང་པའི་གཞལ་ཡས་ནས།། ནི་གཤུ་ཡིས་སྐྲོལ་མ་རེད།། དེ་ནས་ལྷ་སྲུས་རིན
པོ་ཆེ།། ད་ལོ་ཀླུ་གླིང་ཁྲུག་པ་འདི།། དགྲ་དགེག་བསྒྱུར་མ་མི་ཚད་པར།། ཁྲུག་པས་ཨ་ཡ་སྨི་ལེན་དེ།། ཕྱིར་ཅ་ཐོག་ཆད་སྟོབ
ཀྱི་ཆེན།། དགོས་ན་བླ་གནས་དམ་འཛིག་ཆེན།། དགྲ་ཅག་པོ་ཐུབ་པ་ཀ་མོ་རེད།། ཐ་དང་ཁྱི་བ་འདི་འདྲ་དགོས།། དམ་ལྕུང་ལྕུང་པས
ནང་བསྐུམ་ལ།། ཐོག་ཆད་རྒྱལ་པས་བླ་གནས་ཡོད།། དམ་ནག་ཁམས་གསུཾ་སྐོར་ཐུར་ཐེ།། བློན་ཆེན་རྣམས་ཀྱིས་བླ་གནས་ལ།།

ཏེ་བརྒྱ

༄༅། །ངག་མོ་དམ་དང་དམག་ཡག་སྐྱག །ཁྲ་བོས་གཟིག་དང་དར་མ་སྦྱོང་། །སྔོ་འགྲོ་མང་པོ་འདུག་ནས་བསྡུ། །བླ་གནས
དེ་རྣམས་མ་འདུལ་ན། །དགྲ་ཕྱོགས་ཆར་ལ་བཀའ་མི་འདུག །སོང་ཉིན་ནམ་ཁའི་གསལ་བས་དུས། །གླིང་དཀར་དཔལ་བོ་བརྒྱ་ལྔ་དེ། །
སྐྱག་རང་དཔོན་པས་རྣ་འབྲེན་གྱིས། །བླ་གནས་དེ་འདྲ་ལྡུལ་བ་ཕེབས། །དེ་ཚེ་གླིང་ཟེའི་སྐྱར་བ་ལ། །དགྲ་བོས་བར་ཆད་མི…
འོང་ཡས། །གང་མ་ལྷ་ཡི་ཁ་འཛིན་ཡོད། །ཕྱིག་རྣ་ད་དམག་ལ་སྨྱན་པའི་བསྐྱིན། །སོང་གཉིས་བླ་གནས་ཐུབ་ལོ་གྱིས། །ཉི་མ
དེ་ཡི་རྫེའི་སྟ་ལ། །དགྲ་ཀླུ་ལུ་ཐུབ་པའི་སྐྱེན་འབྲེལ་འགྲུག །གླིང་རྒྱལ་བློན་ཐུབ་ལ་དེ་འདྲ་ཞེག ། ཙམ་བྱེ་བ་དང་ཟླ་དེ་ལྷ་ཡུལ་དུ་ཕེབས་
དེ་ནས་ལྷ་སྲས་དེས་དཔལ་ཕྱུལ་ཉམས་ལུས་གྲུར་དུ་འདུས་ཕྱོག་བྱེ་བའི་བཀའ་ཕེབ་ དམག་དཔོན་རྣམས་ཐུགས་མ་བདེ་ནས་བཙན་རྫོང་རྣམས་སྐྱ་ལ་གསོལ་ནས་ཁྲིམ་དཔུང་དེ་

ཕེབས། མིང་སྔག་དང་མདའ་མ་གཉིས་ལྷན་ལ་ཕེབ། དེ་ནས་དཔལ་ལྡན་ཁྲིམས་ཅན་རང་རང་གི་གདན་ལ་འཁོད། དེ་ནས་བློན་ཆེན་མདའ་མ་བསམ་འགྲུབ་དེས་ལྷ་སྲས་རིན་པོ་ཆེན་……

ད་རེས་གང་མ་ལྷའི་ལྷུང་བསྟན་ཕེབ་པ་ཅི་རེད། རྒྱལ་པོ་གཟིགས་པའི་རྨི་ལམ་འདྲ་བྱུང་ལེ་ཅི་ཡིན། ཁྱེད་རྒྱལ་པོ་ཐུགས་ལམ་འཁྲུག་པ་ཅི་ཡིན་ཞེ་བ་དང་། དེ་ནས་ལྷ་སྲས་ཀྱིས།

ཞལ་ནས་གཡང་ལྷ་མོ་གླིང་གིས་དཔལ་ལྡན་རྣམས། གང་མ་ལྷའི་ལུང་སྟོན་བྱུང་། དགྲ་སྐྱ་ཁྱུ་ཕྱི་ལྷ་ནས་བསྟག་གཟིག་དམ་གསུམ་ཡོད་འདུག་པའི། དེ་མ་འདུལ་ན་སྐྱ་ཁྱུས་རྒྱལ་བློན་ཐུབ།

བཀའ་བས་ལྷ་གནས་འདུལ་དགོས་ཟེ་བའི་གོང་མ་ལྷ་ཡིས་ལུང་སྟོན་བྱུང་། ད་ང་རང་རྒྱལ་བློན་རྣམས་མི་འདུག་མྱུར་དུ་ལྷ་གནས་འདུལ་འགྲོ་དགོས་སྐྱུར། སྐུར་བཞི་ལ་བདུད་ཀྱི་བར་ཅད་མི་འབྱུང་

བ་གོང་མ་ལྷ་ཡིས་མགོན་སྐྱབས་ཡོད་དམ་རེ་དྲུང་སོ། དེ་ནས་ཤན་པ་གཡུ་ལྷ་མདའ་མ་རྣམས་ཀྱི་ལྷ་སྲས་སྐྱུང་དེ་བདེན་ཟེ། དགྲ་ཕྱུ་ཁྱུ་དེ་དཔལ་ཙ་སྟོབ་ཤུགས་ཆེ་བའི། སྨྲོན་པོ་ལ་དྲི་ཡིས་མི་ཆེད་ལུང་

དེན། ད་རེས་ལྷ་གནས་མ་ཐུབ་ཐབ་མེད་པས། ད་ལྷ་གནས་དེས་ཕྲོག་ག་འདྲ་ཞིག་ལ་ཡོད་ཟེ། དེ་སྲིད་དགྲ་ལྷའི་མ་ཆེན་ཀྱང་གོང་མ་ལྷ་ཡིན་ལུང་བསྟེན་ཡོད་འོང་ཟེར། གླིང་ཚབ་ཆེན་རྣམས་

ཏེ་བརྒྱད་

༄༅། །ཏྲི་ཆག་ནི་བཞག་གི་ཡི་ཡོད་ཟེ། དེ་ནས་གླིང་བ་ཀུཾ་ཀྱི་བླ་གནམ་གར་ཡོད་ཕྱུས་ཁྲང་མ་ཤེས་ནས། རྒྱལ་བློན་ཀུཾ་གྱི་ཡར་ལྷེར་མ་ལྷེར་ཐུམ་བཟོང་ དེ་ནས་སྟག
རང་དཔོན་པོ་ཁྲི་རྒྱ་དེས། ཡ་གླིང་དཀར་དཔལ་ཐུལ་ཀུཾ། ཁྲི་རྡུ་ལེན་དེ་ག་ཡོད་མ་ཤེས་ན། གླིང་ལྷ་དམག་ཟེ་བ་བསྐོར་རྟེབ་ནེད། ཟེ་ནས་མདུན་ཐུལ་ནང་ནས་ཡར་ལྷེར་མ་ལྷེར་ཐུམ་ནས
ཁྲོ་ཐུང་དེ་འཛོམ་མི་ལེ་འདུག ། དེ་ནས་ཁྲའུ་པ་རྒྱལ་པོ་དེས་ཡ་བླ་གནམ་གར་ཡོད་ཅལ་ཁྲུས་ཤེས་ལེ་འགི་བསམ་ནས་ཡ་བཞིས་ནས་དར་དཀར་དྲི་མ་མེད་པ་ཅིག་ཁྱེར་ཏེ་སྟག་རང་དཔོན་པོ
གི་འགྱུར་དུ་བསྐྱང་ནས་ཡ་ཕྲིན་བའི་སྐྱག་རང་དཔོན་པོ་ལག ། ལ་རྒྱལ་ཁྲའུ་གླིང་དཀར་སྐྱོང་པ་ལ་མཇོ་བས་དཔོན་པོ་ཆོས་ཚེན་གྱི་བླ་མ་དར་ཆེན་དཔལ་པོ་ཟེར་བ་མང་པོ་ཡོད་སྟེ
སྐར་པ་དུས་ཀྱི་བྲ་མ་ལ་ཐར་དང་ཚེ་འཕྲུལ་བླ་གནམ་ལྷ་འགྲོའི་ཟླ་དོན་རིག་འདུག་སྐར་ཐུང་ན་དཔོན་པོ་སྟག་རང་གྱིས་གང་བྱེད་དགོས། ཁྱེད་མ་བསྐྱང་མི་སྲུ་ཡང་ཤེས་མི་མེད། མགྲུ
ཐུང་ཅས་ཁྲུས་མ་ཐུབ་ན་ནུས་ཕྱུར་ཅན་སུ་མེད། ཐར་དང་བྱ་བ་གང་ཟླག་དགྲ་སྒྲ་ཁྲུས་བླ་གནམ་ལ་ཕྱོགས་གར་ཡོད། རྒྱག་ན་སྐྱེད་རྒྱུར་ཨེ་ཡོད། སོང་ན་ཟླག་རྒྱུར་ཨེ་ཡོད། དར་གང

དགོས་ཀྱས་ཕྲུས་མཚེམ་ཟེར་བ་དང་། དེ་ནས་ཁྲི་རྒྱལ་དེས་ཡ་ཁྲུ་མོ་གླིང་གི་རྒྱ་ཕྱིན་ནས། ང་སྐྱག་རང་དཔོན་ལ་འཇང་སྤྱོད་དང་དར་ཡུག་དང་ཕྱག་འབྲུམ་དང་སྲོ་བསྐྱར་གྱིས་ཟེར་ནས་དཔལ་བྲུམ་རྣམས་ལ་བསྐོ་སྐད་མང་པོ་བྱས། དེ་ནས་གླིང་པ་བྱུབ་རྣམས་ཀྱི་དར་བཞེག་ཕྱག་ཕྱུར་སྲོ་བ་བསྐྱར་ནས་སྤྱོད། དེ་ནས་ཁྲི་བྱུང་དེས་འདར་ཙིག་རྒྱ་ནས་ཟླ་གནམ་ག་ཡོད་རང་གིས་ཤིས་ཏེ་གླིང་པ་འདི་ལ་ཇོ་མེད། སྐྱིད་སྡུག་མེད་པས་གླིང་པ་ཡང་སྐྱག་དུས་ངོ་ཚ་མེད་པས། ང་རིམ་དཔལ་དག་ཞིག་ཡི་རག་ལྷུར་དགོས་བསམ་ནས། ཡ་རོང་ཀྱི་ཤན་པ་དམར་པོ་ཁྱེར་ཉིན་དང་། དགྲ་རྒྱ་ཁྲུས་ཟླ་གནམ་གར་ཡོད་ང་རང་གི་ཤིས་འདུག་པས་དས་འདུར་བྲན་བྱས་ན་དཔལ་དར་ཙི་འདྲ་བཞི་ལེན་ཡིན་ཟེར། ཤན་པ་དེས་ཡ་སྐྱག་རང་དཔོན་པོ་ཁྲི་རྒྱལ་ལག དགྲ་རྒྱ་ཁྲུས་ཟླ་གནམ་འདུར་བྲབ་བྱུང་ན་དཔལ་དར་བཟེར་སྐྱོག་ལམ་ཡོད་ནོར་རྫས་གང་དགོས་བཞིའི་ཚོག་མི་བཞི་ཟེ་མི་སྣ་བྱུང་ན་ང་ཤན་པས་མི་བཞག་ངོ་མ་ཡིན་ཟེ། དེ་ནས་སྐྱག་རང་གི་བསམ་བློ་མང་པོ་བསྐྱང་ནས། བསྐྱི་གླིང་དཀར་ལ་ཡང་མང་པོར་བསྐྱག་ཡོད་པས་དཔལ་དར་གྲུར་མང་བཞི་ཟེར་ནས་བྲ་མ་རག་མ་བྱུང་། གླིང་འདི་ཁྲིམས་མེད་ཡིན་པ

༄༅། །ང་ང་བར་ལ་བཙན་ནོར་རྫས་མང་པོ་དགོས་ཟེ་ཁུར་བཞིན་ཅི་ནག་མི་བྲིས། ད་ང་བར་སྨི་དགེ་ལ་འདོད་པ་ཉིད་པས་རྐྱང་མ་ཞིག་ནག་ཐག་དགོས་ཟེ་ནས···
ཁན་པས་ཇོ་ལ་འཛིན་སྟར་ཁ་རེ་བསྐུལ་ནས། ཁན་པ་དམར་པོ་ལགས། ང་ཟང་ལ་ཆི་འཚོར་གླིང་དཀར་གྱི་བཞིན་ངེས་ཤི་ཡིན་ཟེ། ཤན་པས་བཞི་ངས་ཡིན་ཟེ། དེ་ནས་ཅས
ཁྲུས་ཟེ་བ་ཕས་ཟླ་ཁན་པ་ལགས། ཁལ་རྒྱ་ནོར་ལོངས་སྤྱོད་ཀྱི་དཔལ་དར་འཚོར་དགོས་མེད། ང་ཟང་ལ་ནག་ཐུང་ཙ་རྐྱང་མ་ཞིག་དགུ་ལགས། རྐྱང་མ་ཕི་བཞི་ཟེ། ཤན་པས
ང་ཟང་གི་ཟེ་བ་ཕྱིར་ཕས་ཁྱུ་གང་དགོས་གང་འགྲོན་དཔལ་དར་ནག་ལེ་ཁག་ཁུར་ཟེ། ཁྲོ་བྲང་གི་སྒྲང་བ། ཡ་ཁན་པ་ལགས། ཁལ་འཚོར་འདོད་གི་རྐྱང་མ་ཞིག་བཞི་ངེས་ཡི
ན། གླིང་རྒྱལ་བློན་དགོང་པ་མི་ཚམ་པས་དཔལ་མོ་ཕས་སྐུག་གླུ་མོ་དེ་ཤི་བཞིན་ཟེ། དེ་ནས་ཤན་པས་ཕས་ཁྱུད་རིམ་དགུ་གླུ་ཁྲུས་བླ་གནས་བྲུབ་པས་ཅ་ཕས་སྐུག
གླུ་མོ་རྐྱང་མ་ལས་བཞིན་ཟེ། མ་ཚང་གླིང་པ་རྣམས་ཀྱི་ཁྲང་མི་བཞི་ཁྲུས་ཁྲང་ཟེ་མི་ཉེན། གཡལ་ཕས་ཁྲུ་སྐུག་ནང་དཔོན་པོ་ལགས། འཛིག་བསྐྱེན་གྱི་བསྟོ

དཔེ་བཤད་ན། ཐོན་རྒྱལ་པོ་དྲུང་གིས་ཞིན་ཟམ་དེ་ གཡོག་ཅལ་སྐྱུག་གི་ཟ་ཁུག་མ་ཤིས་ན། རག་མི་དགོས་བསྐྱུག་ངན་རྫེད་ཚོག་རག། བདེ་པ་ཆེན་བུ་ཡིན་
དཔལ་དར་དེ། བུ་དཔལ་བོའི་ཟ་ཁུག་མ་ཤིས་ན། རག་མི་དགོས་ནང་བླ་ནང་གི་བརྒྱུག། ཐང་ན་མ་སྟོད་ཀྱི་ཙ་ལྷོ་དེ། ཟོག་སེམས་ཅན་ཟ་ཁུག་མ་ཤིས་ན། རག་མི་
དགོས་ཅི་འདོན་རྗེ་གི་རག་བྲེ་བའི་དཔེ་བསྟན། ད་རིས་ཅལ་ཁྲ་སྐྱག་ནང་དཔོན་པོས་སོང་ཉིས་སྤྱིར་ན་བླ་གནས་འདུལ་བའི་ཐབ་དང་། དགོས་ན་ཅལ་སྐྱག་རག་པས་ཉམ་
མ་ཚིན་ཟེ། དེ་ནས་སྐྱག་ནང་དཔོན་གྱི་ཡ་དཔལ་ཐུབ་རྣམས། སོང་ཉིས་ནམ་ཁའ་སྤྲུལ་དུས་ལ། དཔལ་རྒྱང་རྣམས་ཁྲིམས་ལེ་ཀྱིང་དང་ད་རིམ། ང་མི་རྒྱན་གྱི་ལྷེན་ཆེན་…
གྱི་བླ་གནས་ཀྱི་དབང་དུ་འདུལ་ཐུབ། ཚབ་ཆེན་གྱི་རྒྱུང་མ་དེ་ལེན། ཉམ་ཚབ་པོ་ཙིག་བྱེད་རྒྱུ་ཡོད་ཟེར་ནས་གླིང་པ་རྣམས་ལ་བསྐོ་སྐད་མང་པོ་བྱས། རྒྱ་བློན་
འདུན་གྲལ་གྲོས་སོང་། དེ་ནས་མདུན་མ་དང་དཔལ་ལ་དགའ་བདེ་གསུམ་གྱིས། འདིས་ཙི་བྱེད་འོང་བསེ་ནས་སེམས་བྲེ་ཚམ་དུ་བྱུང་། དེ་ནས་ཤབ་པས་འདི་ལ་ཙི་

བརྒྱ་བཞི

༄༅།། མ་ཟེ་ཟེ་བའི་དཔལ་ལྡན་རྣམ་ལ་སྣང་པོ་བྱས། དེ་ནུབ་ལྷ་དམག་དེ་འགྲོ་ཚོམ་བྱས། ཕྱིར་ཉིས་ནམ་མཁའ་གསལ་དུས་དཔལ་ནོར་རྒྱ་དང་
བཙུ་ཙམ་དགྲ་ལྷ་ཙམ་པོ་ཁྱིད་ནས་ཡེབ་སོང་། དེ་ནས་དམ་ལུང་ལུང་པས་སུ་མདོ་ལ་ཉི་ཤར་ལ་སླེབས་པ་དང་། དེ་ནས་ལ་མཐོ་པས་སྙིང་ནས་མར་ལྟས་པས། ལུང་པ
མི་པ་ཁྲིག་པ་འདྲ་བ་ཞིག་གི་ལུང་འདབ་ནས་ཡ་མཆོག་པ་ཞིག་ཡོད་པར་དེས་ན་མགོ་ནག་མི་ཅིག་མེད་པ་ཞིག་གིས་མ་ཐོང་བས་དེས་སྙིང་པ་རྣམས་ཀྱི་ཁས་ཁ་ལུང་པ་འདི་ས་རྒྱ
ཆེན་བའི་ནང་དང་བྲག་རྣམ་གྲུང་མང་ཡོད་པ་དགམ་སྨིན་དེ་གར་ཡོང་ཞེས་བཀའ་འདུག་ཟེ། དེ་ནས་སྤུས་དགྲ་ལྷ་དང་བཞི་པ་གཉིས་ཀྱི་ཡ་ཁས་ལྷ་སྨུག་རང་ལག། ཀླུ་ཁུས
བླ་གནམ་ཡོད་པ་མ་ཕྱུག་གར་འདྲ་ཞིག་ཡིན་ཟེར། དེ་ནས་ཁྲོ་ལྡང་དེས་སྤུས་དགྲ་ལྷའི་མདུན་དུ་དར་ཅིག་ཕྱུལ་ནས་ཡ་ཁས་བྲ་ལྷ་སྤུས་ཟིན་པོ་ཆེན། ལ་རྒྱལ་རྣམ་མི་བོད་ཀྱི་×
རྒྱལ་ཆོས་གིས་ཅན་གྱི་བླ་མ་དེས། རྣམ་ཞིས་གར་སོང་མ་རེག་པའི། འབུམ་ཡ་ཟླ་ལེ་སྟོང་པ་ཟེད། འགྲོན་བསོ་པས་བླ་མས་མ་འགྲོན་བྱས། འགྲོན་མ་བསོ་བཙ་དེ་

མགྲོན་པས་ན། ལྷ་ཐྲ་མས་ཕྱུག་ལ་ཅི་ཞར་ཞེས། མགོ་སྐྱོག་དཀར་གྱོན་པས་དཔལ་ཅོ་དེས། དགུ་ཡར་འདུལ་བཀང་མ་མཆོད་ན། ཁྲི་མི་མང་ནང་ནས་རྟེ་འདྲ་བྱེད། དགུ་ཆུབ་བསོ་དེ།
དཔལ་བམས་མ་ཆུབ་ན། ཆུབ་མ་བསོ་ཁྱི་ལུས་ཆུབ་པས་ན། ཕོ་གྲུགས་པུར་ན་ལ་ཅི་ཞར་ཞེས། ཡང་དག་པས་རྒྱལ་པོ་ཆེ་བཞེངས། ཕྱུག་ཕྱིན་པ་ཕེ་ཡོད་མ་ཤེས་གང་། ལྷ་དགོན།
མཆོག་སྒྲོལ་དུ་ཡོད་མཛོག་ཁ། ལུས་མི་རྟག་ཆེ་ལ་ཕྱག་པས་དུས། མཆེད་བསོ་པས་རྒྱལ་པས་མ་མཆེད་ན། མཆེད་མ་བསོ་མི་ཡིས་ཤེས་པས་ན། དཔོན་རང་སྐྱང་ཙམ་གྱི་ཅི་ཞར་ཞེས།
ཕ་ཀྱང་མི་ཞུ་རྟེ་མོ་ཡིན། སྙིང་དཔའ་རྒྱང་རྫོང་བྱུར་དུ་བཞར་ནམ་ཤོག་དང་། ང་ཚ་ཕྱུར་ལ་འགྲོ་ལམ་ལ་གྱོན་དང་། དོ་གར་ཡོད། ཅི་བྱེད་ར་རང་མིས་ལ་ཡོད་ཟེ་ནམས་ཕ་ཁྲ་ཆེ་ལ་བྱེན་ནས།
ཁྲ་དཔྱང་ལེ་ཕེབས་སོང་། དེས་རྗེས་སུ་དཔལ་ཕྱུག་ནོར་གྱིས་ཚང་རྫོང་འཕོན་གསུམ་གྱིན་ནས་ཐྱ་ནང་འཁྱུར་བ་ལྟར་དུ་ཐུང་། དེ་ནས་དམ་ལྷུང་ལྷུང་པས་སྐད་ལ་སློབས་ནས་ཕ་ཁྲུ་ན་དེ།
རྒྱ་པ་ཞིམ་ལ་བྱུང་ནས་ལུག་པ་དེས་ན་བྲག་ཐོར་བ་ནག་སྐྱིད་ཡོད་པ་ལུག་འདར་དེ་ནུབ་ཤོག་ལ་ཁ་སྟེན་པ་ཞིག་ཡོད་པ་དེས་ནང་དུ་ཕ་ཁྲ་དེ་སློབ་སོ། དེ་ནས་དཔལ་ཕྱུལ་ནོར་རྗེས་སུ་བྱེན།

༄༅། །ནམ་མོང་ ཐུག་རེ་ནག་པོ་ཐག་ལ་ཐུག་དམར་པོ་དང་ ཐུག་ཕྲ་བོ་ཡོད་པ་ཞིག་གི་ཕྱག་སྔོ་ལ་ཡ་ཁྲུ་དེས་སླེབས་མོང་ དེ་མས་ཐུག་རང་དཔོན་པོ་ཁྲོ་རྒྱལ་དེ་
དམ་ནག་ཡོད་པས་ཕྱོགས་ལ་སླེབས་ནས་ ཕྱག་པའི་སྔོ་ལ་འཇུ་ཙུག་བྱས་ནས་ལག་གཡས་པས་ཀྱི་མགོ་ལ་བཟུང་ནས་དར་སྒྲ་སྒྲོག་པས་གླུ་× ཨོཾ་ཨ་ཧི་སྭཱ་ཧཱ༔ ཡ་ལེ×
ཐ་ལེ་× བླ་ཡི་དམ་དཀོན་མཆོག་གསུམ་། །འཛམ་གླིང་གེ་སེར་རྒྱལ་པོ་མཆོད། །གཡུ་ཀླུང་བོད་ཁྱིམ་ལྷ་རྣམས་མཆོད། །བོད་སྐྱོང་…
སྐྱོང་མས་ཚོག་དང་བཅས། །སྐུལ་སྐྲ་ཚེ་དབང་རིག་འཛིན་མཆེས། །འོད་ཟེར་སྨུག་ལྷ་མེད་འབར་མཆེན། །ཚོམ་སྐྱོངས་རྟ་འགྲིན་དམར་པོ་མཆེ། །
མཆོད་དེ་ཁ་ཁྱེམ་གླུ་སྟ་གྲོང་། །ས་འཛམ་× དམ་ནག་ལྗུང་པའི་ཕྱུ་མདོ་ཞེད། །ཐུག་ནག་ཕྲག་པས་སྔོ་མོ་ཞེད། །ཙོན་རྫོང་ཐུག་
གི་འཛིགས་ཁྲག་ཞེང་། །ཊ་ཊང་× སྨིང་པ་ཚོ་སྨོ་ཞི་རྫོང་ནས། །མཁའ་མཐོ་འབོ་ཡོ་བྲང་སྐྱིང་རྫོ་ཊ་ནས། །

ངཔོན་པོ་སྡུག་ཞང་ཐོ་རྒྱལ་རེད།། ཕོ་རེ་ཉིན་དང་རྡ་ལེན་ཕྱིར།། ཕྱིར་ཕྱིར་རྒྱན་ཞར་ནུ་ཐོན་པོ་མ།། ལྟུན་མ་ཁྱིམ་ཙམ་མ་ལ་ཐོག།།
ཚེ་བ་རྣམ་ནང་ལ་རྩོག།། དཔལ་སྐྱིད་ཆེན་སྨོལ་ལ་རྒྱུད།། སྐྱིད་དཀར་ཁྲག་མཚོ་བཞི་ཀྱིས་ནས།། ང་སྡུག་ཞང་དཔོན་པོ་ཁྲོ་རྒྱལ་
དེ།། དགྲ་ནག་པོ་རིག་ན་དཔལ་ཙོལ་ཆེན།། བདུད་ནག་པོ་ཁག་རྟེན་ཡང་མི་ཡིན།། དགྲ་ལ་བསྐུ་མ་བཙན་མི་ཡིན།། བླ་
གནས་ཚམ་ལ་པབ་མི་ཡིན།། ཕྱིར་ཕྱི་རྒྱན་ཆེན་བ་མི་ཡུར་རེ།། སྡུག་རྒྱང་ལྷག་པ་མི་སྐྱེན་རེ།། གཡག་རྒྱང་ཕྱིལ་ལི་མི་སྣང་
རེ།། དེན་ཀྱི་སྒྲུར་སེམས་མི་གྲག་རེ།། གོ་ཡི་བྱུས་ཕོ་རེ་རྡལ་ཕྱི།། མ་གོ་× ཚེས་བྱེ་བ་དང་དམ་ལུང་གི་ནང་ནས། སྡུག་དང་ དམ་དར
ཅན་བཟུན་སྣ་ཚོགས་ཡོད་པས། ཁྲོ་ཐུང་གི་གླུ་གོ་བ་དང་སྐམ་དུ། བསྡུག་གི་ཀན་སྒྲ་བཞེད། གཞིག་གི་ང་སྒྲ་གག། སྤུང་གི་དུ་ངཟུག་ཐེང་ དམ་གི་ཕ་སྐད་གྲག ….

ཀ་ཕ་ལ་ཚོ

༄༅། །དྲེན་གི་སྨན་ཞེན་སྐྱུག མ་ཕྱོག་དེ་འདར་ཚ་ཚོ་ཐུས ཕྱུག་པ་དེ་སློག་ངམ་རྩུག་པ་ལྟར་དུ་ཐུས དེ་མས་ཚ་བཟེ་རྣམས་ཀྱི་ངང་པོ་ལ སྤྱང་མགོ་དགུ་དེ
དུ་བརྒྱུག་གྲག་དུ་ཐུམ་ནས་ཕྱུག་པས་སྐོ་ལ་སྨྲ་ཉེ་ལོ་སྙིང་ཐུར ཕྲོ་ཐུང་གི་སྤྱང་ལ་བཀྲ་མ་ཡར་ནས ན་གྲི་ཕྱིར་གཡུག་ལེན་གསུ་ཐུས་ཧེན་སྤྱང་ལ་མ་ཡོག སྤྱང་དེ་ཕྲོ་ཐུང་གི
གཡས་ཕྱོགས་ལ་ཁ་ཐམས་ནས་ལེན་གསུ་སྐར་ཐུང་བའི་ཕྲོ་ཐུང་གི་དཔྱང་པས་བསྐྱང་ནས་ཁྲ་བྲ་ནི་བསྐོར་ཐུར ཤ་ཁྲ་ཞིག་པ་ཀྲག་ཚོད་ལ་སོང་ནས ཕྱིར་ཅར་འཕྱ་གསུ་ཐུས་ནས
སོང་ལྟང་དེ་བཙོ་ལ་ཐོག་ནས་སྐྲ་ཟི་ལི་བྲང་ལ་འབྲིམ་ཐུར ཡང་སྤྱང་དེས་གཡས་ཕྱོགས་ལ་དཔལ་ཐུས་རྣམས་ཡོང་པ་ལེན་གཅིག་སྐར་པས་ཅི་མ་ཐུབ ཤན་པས་སྐྱི་དག་ར་འབབ
བ་དེ་ལེན་གཅིག་གཡུག་པས སྤྱང་གིས་ཁ་ལ་རྒྱ་ཏེ་ངེས་སྲིང ངེས་རྗེས་ལ་དྲེན་གིས་ལྷ་ཞེང་གྲག་དུ་ཐུམ་ནས་ཕྱུག་སྐོ་ལ་ཆར་ཐུར དེ་ནས་དྲེན་དེ་ཤན་པས་དཔྱང་གཡས་ལ
ནག་ཐུ་ནི་འབྱུར་ཐུར དེ་ནས་ཤིང་སྤུག་གི་ལེན་ཆེན་གཅིག་གཡུག་པས་དྲེན་གི་མགོ་ལ་ཡོག་ཏེ མགོ་ལུས་ཐེམ་ཧེན་ངེས་སྲིད ངེས་རྗེས་ལ་གཉིག་དེ་ཁྲེ་ཉེ་ལི་ཕྱུག་སྐོ་ལ་ཐུར

ཡང་སེང་སྟག་གི་མགོ་ལ་ཞ་གྲོན་པ་ལྟར་དུ་འཕྱུར་བྱུང   སེང་སྟག་གི་རལ་གྱི་ཕྱང་ལ་ཡང་ནས   ལག་གཉིས་ཀྱི་གཞིག་གི་རྫ་བ་ལ་བརྒྱང་ནས་མགོ་ཞེ་སྒྱུ་བ་ལྟར་དུ་བྱུང···

དཔལ་བྱུབ་རྣོམ་ཀྱི་གྲི་མང་དུ་གཡུག་པས་ཙི་མ་བྱུབ   ཡང་གཞིག་དེ་སེང་སྟག་གི་ཁྲ་པ་ལ་འཕྱུར་བྱུང   སེང་སྟག་གི་གཞིག་ཀྱི་མགོ་དཔག་ལ་བརྒྱང་ནས་ས་ལ་ཡེན་གསུམ་རྒྱབ

དེ་ནས་གཡུ་ལྷ་གི་ལྷ་མ་ལ་གཟུང་ཚས་ར་གྲི་ལེན་གཅིག་གཡུག་པས་ཀ་བར་ལ་རྒྱ་ནས་ལུས་སྐྱིད་མེད་ཞེ་ནས་དེས་སྲིད   ཡང་སྟག་དེ་འཛམ་དགུ་ཁྲར་སེ་བྲག་སྒོ་ལ་བྱུང   དཔལ···

བྱུས་རྣམས་ཁུར་རྗེ་སེར་བྲོམ་བྱུང   གཡུ་ལྷ་དང་ཁྲན་པ་མདའ་མ་ཡས་སྟག་སོགས་དཔལ་གང་བཟང་རྣམས་ཡར་ལ་བཙར   སྟག་དེ་གཡུ་ལྷམ་དཔུང་ལ་ཁྲ་འོག་སེར་འབྱུར་བྱུང   དེ་ནས

ལྷ་སྲུས་དགུ་ལྷ་དེས་གྲི་ཡ་བཞིན་དེ་ལེན་གཅིག་གཡུག་པས་སོག་ཁྲ་ལ་རྒྱ་པས་ལུས་ཞེད་ཕྱུག་བསྐྱུང་ནས་དེར་སྲིད   དེས་རྗེས་སྤྱ་དམ་ནག་འཁོམ་གསུམ་སྒོག་ཕྱེར་དེས་ཤ་སྐད་འབྲུག་གྲག་པ

བཞིན་དུ་ཆང་བྱུང   དམ་ནག་གི་གཡུ་ལྷམ་སྐད་པ་ལ་འཇུས་རྩེན་རྣམས་ས་བསྡེད་བསྡེད་ཐུས་ནས་ཁྱེར་སོང   དེ་ནས་དཔལ་ལ་ཁྲན་པ་མདའ་མ་གསུམ་གྱི་གྲི་མཚན་དང་ལྷ་མདའ་གྲར

ཁག་བཞི་པ།

༄༅།། མང་ཁྱེར་ནས་ཟན་པ་དཔལ་ལ་གཉིས་གཡས་གཡོན་ལ་བཙིར་ནས་ཀྱི་གཉིས་ནི་གཡུག་སྟེང་དམ་ཐག་དེས་གཡུ་ལྷ་དེ་ཁ་ནས་བཤེགས་སྟེ། ཞན་པས་དཔྱང་ནས་བརྒྱུར་སྟེ། སྔོར་ཁྲམ་ལུག་ནི་སྒྲུབ་པ་བཞིན་དུ་སོང་། དེ་ནས་སེང་སྐྱག་དང་གཡུ་ལྷ་ཚོས་པའི་དཔལ་འབྲས་རྡོས་ཀྱི་ཟལ་གྱི་གྲང་མང་གཡུག། དམ་ཅག་དེ་ཕྱིས་རང་དཀར་ནག་ཁྲ་གསུཾ་ཀྱི་རྗེ་དོར་ཡོད་པའི། ཐབ་ལ་རྒྱལ་པ་སྐར་དུ་མ་ཏོག་སྤུ་ཚོས་མ་ཐུབ། དེ་ནས་སེར་པས་རྡམ་ཆེན་འགྲུག་གྲག་དེས་ཐེབ་རྩོམ་མེད་པ་དམ་ནག་དེས་མགོ་ལ་ཚར་ནས་ལེན་གསུཾ་ཐོན་པས་ནི་ལ་འཇུས་པ་ལྷར་མ་ཏོག་དགྲས་ཚོམ་མ་ཐུར། དམ་དེས་ཟན་པ་བྱང་ལ་བཞེག་ནས། རྡམ་ཆེན་འགྲུག་གྲག་གིས་ཙོ་མ་ནས་གཟུང་སྟེ། སྤྱིང་ནས་མཚོན་སྟེ། ཆེན་ཙིག་པའི་ཚེ་རམ་ཙོ་ཀུ་གཉིས་ཚོམ་ཐབ་སྟེ། སྐྱེས་ཚབ་ཆེ་ཚོམ་ཐུར། དེ་ནས་སེང་སྐག་དེས་དམ་ཀྱི་སྐང་པ་ནས་བརྒྱུར་སྟེ། སྐོར་ཀྲུག་མང་པོ་བྱས། ལེན་ཆེན་དེ་གསུཾ་ཚོམ་གཡུག། བཞེན་དཔལ་འབྲས་རྡོས་ཀྱི་གྱི་མང་པོ་གཡུག། ཡར་སེང་སྐྱག་གི་དམ་དེ་ནི་ཙོ་ནས་བྱང་ལ་མ་ཐུག་པ་གྲུབ་ཐུར། བཞེན་དཔལ་འབྲུབ་རྡོས་ཀྱི་གྱི་མཚན་མང་པོ་རྒྱ། དེ་ནས་རྒྱ་ཧྲེ་རྡོས་སྤྱིར་ནས···

དམ་གི་སྙིང་ལ་རྒྱུག་ནས་ཙེན་དམག་བྱང་ལ་རྒྱུག་པར་ལྷུར་དུ་བྱུར་ དེ་ནས་ཕན་པ་དང་ མདན་མ་ ལྷ་ལྷུམ་དགྲ་ལྷ་ དགའ་བདེ་ དཔོན་བློན་བཞི་པོ་དེ་སྔོན་ལ་བསྐྱར་ནས་
གྱི་མཚོན་མང་པོ་གྲུར་ཀྱང་ དམ་དེ་དུས་བབ་མེད་པས་མཚོན་གྱི་མ་ཆད་ ཡང་སེང་སྟག་གི་དམ་ཀང་པ་གཡོན་པ་ལ་འཛུབ་ནས་པལ་བྱུས་ནུས་ལ་རྟོབ་ཟེར་ དམ་དེ་ཀྱི་བྱུས་
ཀྱང་མ་ཐུབ་ དེ་ནས་སེང་སྟག་གི་དམ་དེ་སྐྱུང་གིས་ལྕུག་ནི་བཀྱབ་པ་ལྟར་དུ་སོང་ ཡང་དཔལ་བྱུས་ནུས་ཀྱི་མདའ་མཚོན་མང་ཙམ་ཁང་ཀྱང་མ་ཆད་ དེ་ནས་སེང་སྟག་གི་དམ་དེ་གྲོར་
སོང་ དམ་གི་དཔལ་བྱུས་ནུས་ར་ལྕུག་སྐྱོར་ཀས་དར་པ་ལྟ་བྱུས་ དཔལ་བྱུས་ལ་ལ་ནི་རི་ལ་གྲོས་ ལ་ལ་ནི་ཐུལ་གྲོས་སོང་ དས་ཀ་ལ་དམ་དེ་རྩུ་པ་རེས་ལ་སྦུ་ནས་ཐུར་རི་
གདོང་ཙན་ཟེ་བ་དེས་ཤོག་ལ་གྲོས་སོར་ དཔལ་བྱུས་ནུས་ཀྱི་དམ་འདི་ཕོར་མི་ཧན་ཟེ་བས་རྒྱུས་དར་བྱུས་ དེ་ནས་ཁྲོ་བྱུང་དང་མི་རྒྱུད་གཉིས་ནི་གདོང་ཙན་གྱི་མགོ་ནས་གྲོས་འགྲོ་ཞིས་
ཡོང་པས་ དེ་གཉིས་གི་རྗེས་སུ་དམ་གི་དར་སོང་ མི་རྒྱུད་གི་རྒྱབ་པ་ལ་ཐེན་ནས་གྲོས་སོང་ ཁ་ཁྱུ་དེ་སོགས་ལྷམ་དེ་ཙ་ཁྱུང་གི་སྤྲིན་ནས་འགྲོ་རྒྱུར་མི་འདུག་ གྲོས་ཞིས་

ཁ་ཤ་ལི་ཉི

༄༅། །གྲོས་ཞིམ་ཤི་བསྟན་ཐུས་པས། དམ་ཉག་དེ་རྗེས་ལ་སླེབ་ཚོར་བ་བྱུང་ནས། རིག་པ་སྨྲུག་ཚར་ལ་སོང་ཉལ་ད་བྲུ། ཡང་གོ་འབབ་གསུམ་ཙམ་གྲོས། དམ་ཉག་དེ་

ཡ་ཧ་བར་ནང་ལ་ཁྲིད་པ། མ་ཧ་ས་ལ་དྲུག་པ། ལྕེ་སྐྱོག་དམར་ཚུར་པ་བསྟེ། ཆེ་བ་གང་ཟི་ལྕེ་རྐྱུག་ནས། མི་ཤར་ཁྲུམ་པ་ལྕེར་དུ་བཅུར། དེ་ནས་ཁྱ་ཁྲེར་དེ་དམ་གིས

རྒོག་ལ་ཁ་ཁྲིམ་ནས་བརྡ་སྐད་འབོར་ནས། ཁྱ་དམ་ལྕེ་དམ་དམ་ཉག་ཁ་བྲུར་ཟིན་པོ་ཆེའི། ང་རང་མ་སྐྱིད་ཕྱོག་སྐྱབས་མཛད་རང་རྫེ་ནས་བྱེ་མོ་མང་པོ་ཙང་ནས་འདུག དམ་ཉག་གིས

མི་སྐད་ཉི་མི་གོ། བདུད་ཀྱི་བླ་གནས་ཡིན་པས་ཁྲོ་བྱུང་དེ་དམ་གིས་ཁ་ནང་ལ་ཧོ་སེར་བཟུང་། དེ་ནས་ཁྲོ་བྱུང་གི་བསོ་པ་ལ་དཔེ་ད་ཞོང་ཤི་ལེན་རེ་བསོ་ནས། མི་ཚི་བའི་བྲར་ཅིག

དགོས་བསོ་ནས། ལྕུག་ཀྱི་ཚོ་བྱིན་ཟི་ལུ་ཞིག་ལ་སྦོ་ནས་འདུག དམ་ཁུ་ལེ་གསུ་ཚན་ཀྱང་མ་ཆར་ཏེ། སྐྱར་ཀྲོ་ཞིག་ཀ་ཡང་ཁྱ་ཁྲུས་ལྕུག་ཀྱི་འཁོར་ལོ་རྟེ་དགུ་ཞིག་ལ་སྲི

ནས་ཡང་སྐྱར་མ་བྲུབ་དམ་རེས་ཅི་བྱེད་མེད་པས་བྱུང་ལ་ཕྱུང་། དེ་ནས་དཔལ་བླུབ་རྣམས་རྗེས་ལ་སླེབ་ནས་དམ་དེ་འདི་ན་འགྲེ་ཟེ་ནས་སུ་ཡང་ཙར་མ་ཡེབ། དེ་ནས་དཔལ་སྒོ་ཁྱ་སྟག

སྐུ་མོ་དེས་མདོ་བ་ཟག་དཀར་ཁོང་ནས་ལྷུག་བཞི་ཁ་ལྷུང་ཐུབ་སྐྱོར་ཀྱི་ནང་དུ་ལྷུག་འདར་འཕྱུར་སྐྱེས་ཅིག་བཞག་ནས་དམ་ཀྱི་ཐེར་དཀྱིལ་ལ་བསྐྱུད་ནས་ ཡ་གླིང་དཀར་དཔལ་སྒྲུབ་རྣམས་

དོ་ཚ་ཁྱི་ཤིས་ཡ་ཡིས་སྒྲ་ ཁྱི་རྡུ་ལི་ལེན་ཅིག་མ་སྒྲུབ་ན་ དཔོན་ཕྱོག་རྒྱང་ཁ་སྐྱི་འདུ་ཐེར་ དམ་ནག་ཉོན་དང་འདྲ་མ་ཡོད་ཟེར་ནས་སྒྲ་× ཁ་ལུ་× བྲ་ལུ་×

ཧཱུྃ་ཡི་དམ་དཀོན་མཆོག་གསུམ་།། གསོལ་བ་འདེབ་སོ་བྱིན་གྱིས་རློབས་།། ལྷ་འབྲལ་མེད་སྤྱི་བོའི་གཙུག་ན་བཞུགས་ །།

བཞུགས་ནས་བྱིན་གྱིས་བརླབས་དུ་གསོལ་།། སྤྱི་གཙུག་བདེ་ཆེན་པོ་བྲང་ནས་།། ཆོས་སྐུ་སྣམ་བ་ཐུབ་ཡས་མཆེན་།། ཕྱོད་པ་

སྐུ་ཡིས་བཞི་དཀྱིལ་ནས་།། ལོངས་སྐུ་ཐུགས་རྗེ་ཆེན་པོ་མཆེན་།། རྒྱགས་དཀར་པདྨའི་བདན་སྟོང་ནས་།། སྤྲུལ་སྐུ་པདྨ་འབྱུང་ནས་

མཆེན་ །། ཆོས་ལྷུང་སྐྱལ་པས་བྱིན་གྱིས་རློབས་ །། དཀར་ཕྱོག་ཆོས་ལ་གསོལ་བ་འདེབས་ །། ས་འདས་ × བྱུང་ནི…

༢༧

༄༅། །གདོང་མ་ཅན་ནི་ཙོ་ཞེད། །ཙན་དན་ནག་གི་སྙིང་རྫོང་ཞེད། །སྔོན་མོ་རྒྱ་ཡི་གཡོས་ཐོབ་ཞེད། །ང་འདྲ་× སྦྲ་དཀར་
བྱང་ཆེན་ནི་མོ་ཞེད། །ང་མ་འབྲུག་གིས་ཁག་རྫོན་ལ། །དགེ་སྦྱོར་མེད་པས་དཔལ་མོ་ཁྱེ། །མིག་པས་ན་ཡས་སྐྱག་ཀླུ་མོ་ཁྱེ། །
ཁོ་ནི་ཉན་དང་རྣམ་ཁྱི། །གླིང་དཀར་དཔལ་བྱུང་བརྒྱ་བརྒྱ་ལ། །ངའང་ཁྱི་རྒྱན་ཁ་ཕྱིར་བཞག །ཤན་པ་གཡུ་ལྷ་བྱང་ལ་
བསྡེར། །སྐྱག་ཟང་ངན་ཡིན་ལ་དུང་སོ་ངམ། །ཁྱེད་ཁྱི་རྒྱན་ཧ་པ་ཆེན་པོ་ཞེད། །ཚོ་དུག་གླིང་དཀར་ཁྲ་མོ་ལ། །སྙིང་ཆེ་ས…
དེ་ལས་ཆེ་ཞིག་མེད། །ལྟན་མ་དགྲ་སྐྱོད་འདུ་བའི་དུས། །སྐྱག་གཞིག་དམ་དེན་བླ་གནས་སོགས། །ཁྱེད་འདྲ་འདྲ་མང་
པོ་ལིས་འགི་སྐྱེན། །ལེན་ཡ་ཁྱེད་མི་ཡོང་ལོ་མིན། །འཇང་བདུད་ས་ཐུབ་རྒྱལ་པོ་ལ། །བླ་གྲོན་ཁྲག་གི་ཞལ་པ་ཅན། །

ལེན་པ་སྙིང་ལ་མ་ཕྱུར་སྨྲེ། །སྨྲེ་བརྡུང་ཤིང་ཁྲི་རྒྱལ་པོ་ལ། །ལྷ་མོ་དམ་དང་སྐྱུག་གཞིག་སོགས། །ལེན་པ་སྙིང་ལ་

མ་ཕྱུང་སྨྲེ། །མི་ནུབ་སྨྲག་གཟིགས་རྒྱལ་པོ་ལ། །གྲག་དམར་སྤྱིན་པོ་ཆ་བརྒྱུད་འགེ། །ཞེ་ཆེན་ཕྱུར་ར་ལྕུག་སྤྲོད་འགེ། །

ཇོ་ཁ་ལེན་ཁམ་པའི་པོ་རབང་འགེ། །ལེན་པ་སྙིང་ལ་མ་ཕྱུང་སྨྲེ། །ཕྱི་ཧྲུ་ལམ་ལེན་པ་ཕྱེར་རྒྱུ་དེ། །སྙིང་དཀར་པོ་སྨྲིང་ཚོམས་

ཚེན་པོ་རེད། །དམ་ད་སྨྲ་ཆེ་བ་ད་ལ་ཚུགས། །ཁ་དྲང་སོ་ཡོད་ན་བསྒྲོང་ལ་ཐོགས། །ཕྱང་པ་སྟོད་ཕབ་སྨྲག་ཀླུ་མོ་དམ། །

བཞི་མཆོག་དཀར་སྤྲིང་གི་ནག་ཕྲན་འདར། །འདར་ལེན་གསུམ་དམ་ཅན་ཕྱིར་ལ་ཡེན། །མདའ་གཅིག་དེ་ཕྲད་པས་སྙིང་ལ་རྒྱུ། །

ཀླད་པའི་དྲུར་ཡོར་བསྟོན་དམ་ཡིན། །མགོ་ཐོག་རྐང་ལྷེད་པས་སྤྲེན་འབྲིས་འགྲུབ། །འདར་ཅིག་དེ་བཟང་དྲུག་ལུས་ལ་རྒྱུ། །

ཁ་ཞི

༄༅། །ཧཱུྃ་རཀྟ་འདྲེན་ཡིས་ཚམ་ལ་ཡབས། །དམག་དཔོན་སྲུང་བས་སྔོན་འབྲིམ་འགྲུབ། །འདྲེན་ཏིག་དེ་སོགས་པས་……
གཡས་ལ་རྒྱ། །བྲན་པས་རྩལ་བྲག་ཅང་ལ་ཐོགས། །བསྟེ་ཁྲ་བོ་བྱུབ་པས་སྔོན་འབྲིག་འགྲུབ། །དེ་རྣམས་འདྲེན་མོས་མ་བྱུབ་ན། །
རེ་རྗེའི་ཁས་སྨུག་བཙན་ལ་འགྲོ། །ཁྱེར་དམ་ནག་མི་སྲུང་ཚེ་བྲན་བཏང་། །གྲུབ་གླིང་མི་འབྲུག་ཁམས་ལེན་ཡིན། །གོ་ཡི་བྲུས་དམ་
ཅག་ཁྱི་འདྲ་ཡ། །མ་གོ་× ཅེས་བྱེ་ནས་ཁས་སྨུག་གི་འདྲེན་གསུམ་ཕྱུས་པས་འདྲེན་གཅིག་གི་མགོ་ལ་རྒྱ་བས་ མགོ་ལྷག་མེད་དུ་ཡངས་ འདྲེན་གཅིག་གི་ལུས་བཟུང་
དྲུག་ཁྲིམ་དུ་ཡོག་པས་ལུས་དུ་བྲུ་དུ་ཡངས་ འདྲེན་གཅིག་གི་སོགས་པས་གཡས་ཕྱོགས་ལ་རྒྱ་ཡུས་དྲོན་པས་ཅལ་བྲག་བཙང་ དམ་ནག་འཁོར་གསུམ་སྲོག་བྱེད་དེ་ཟེ་བོ་ཉིག
པ་བསྐྱར་དུ་ཕྱར་ལ་ནག་ཛ་འོར་འབྲིམ་བྱུང་ དེ་ནས་དཔལ་བྱུབ་རྣམས་འབྲུག་གྲག་པ་བཞིན་དུ་དམ་གི་ཙོར་བ་ལ་བཙར་ནས་དམ་ནག་ཁྱི་ཀན་བྱེ་བའི་ང་རྒྱལ་བྱེད་ ད་རེན་བྲི་ལེན་ཡི་

ཡིན་ཟེ་ནམ་ལ་ལམ་འགོ་ལ་རྡོ་ཡི་རྒྱ། ལ་ལམ་གྱི་ཡིན་རྒྱུ་ནམ་ཡ་ཐུབ་མ་ཐུབ་ཞུས། དམ་ཀན་ལ་མ་བཞེངས་དཔོན་པོ་ཁྲོ་རྒྱལ་དམ་དཔལ་ལྡུབ་རྡུམ་ཀྱི་ཀད་གོ་ནམ་ཡ་ཏ་མ་ཏ་ཟུམ

ནམ་དམ་སྲིད་རྩོར་བ་བྱུང་ནམ། དམ་ཅན་དེ་ལ་དངོས་གྲུབ་ཆེན་བཞིན་ཡོད་པ་དེ། སྲུམ་ཁྱང་མི་ཤེས་པའི་ཡ་ཁྲུ་ང་རང་གི་ལེན་དགོས་བསམ་ནས་གྱི་མགོ་ལ་འཁྱུར་རྫིན། དཔལ་ལྡུབ

རྡུམ་ཀྱི་བསྐོར་ལ་ཙར་སྐྱེ། མིག་ཙ་ཀློག་དམར་ཕྲུག་ཕྲུག་བྱུམ་ནམ་ཡ་ཆེ་བེ་གླིང་རིག་དཔལ་བྲུལ་རྡུམ། ཁྲིད་བཟ་མ་ཕྲ་མའི་གཟུག་རྡུམ་ཀྱི་དམ་སྲིད་པ་ང་སྦྲ་བ་སེ་ནར་ངས

ཕྱུས་སྒྲོག་ལ་པདམ་མེད་བྱུས། ང་མ་དམ་ལ་རྡོ་ལེན་བྱས། ཁ་སྐྱག་ཀླུ་མོ་བསྡུང་ལ་བཙན། དེ་གཉིས་དཔྱང་རང་བྱུས་ནམ་སྲིད། ང་མེད་ན་གར་སོད་ཤེས་ས་མེད། དམ་རྒྱན

ཞོར་ལྕུག་དེ་ལ་བསྐྱལ། ང་སྐྱག་རང་བསྐོར་ལ་ཕྱུར་ལེ་ཡིན། དགྲ་ནག་པོ་བྱུབ་པས་སྨྱོན་པོ་ལ། ཕོ་ཁྲིད་རྡུམ་འཛུམ་རྒྱང་ཤ་ར་ར། ཤར་མི་དགས་ཕྱི་འོ་དཔལ་བྲུབ་རྡུམ། དམ་ནག

བདག་པོ་ང་རང་ཡིན། དཔལ་དགྲ་སྒྲོག་ཙང་མི་ཁ་སྐྱག་ཡིན། ཕོ་དེད་གཉིས་མིན་པའི་བདག་པོ་མེད། བཤར་མི་དགས་དམ་རྗེ་བཞག་ནུ་དགར་ཟེ་ཙམ་དམ་རྗེ་གི་ཙོ་བ་ལ།

ཞལ་འདོན

༄༅། ། ཙར་ནམ་བཏང་ དཔལ་གྲུབ་རྣམས་ཀྱི་འདི་བོད་མེད་མི་ཞིག་རེད་ བསེ་ནས་ཕྱུགས་འགྲོས་པས་རྩལ་དུ་འདུག ། དེ་ནས་ལྷ་སྨམ་དགུ་ལྷ་དེས་ཡ་གླིང་པ་རྣམས་དམ་དེ་ང་ལ་ཚོར་བྲེ་མི་ཡུ་མེད་ འདི་གླིང་པ་རྣམས་ཀྱི་ཕྱིར་དགྲ་དང་དགྲ་ལྷ་ང་ཡི་དགས་དགྲ་ཡིན་པས་ འདི་རྫིག་པོ་ང་ཟངམ་ཏང་ས་ཨེད་ དམ་འདི་བཀར་ལུག་འདུན་འདྲ་དགོས་ཟེ་ཧོར་ཚང་པ་རྗོག་ནས་ཡི་གསུམ་ ལྗང་གཡུ་ལུས་རྗོག་ནས་མི་གསོ་ གླིང་པས་རྗོག་ནས་མི་གསོ་ དེ་རྣམས་གིས་དམ་དེ་བཟབ་དགོས་ དམ་ཉག་གི་ལུས་ལ་ནོར་རྫས་མང་པོ་ཡུམ་ལ་ཡོད་ མགོ་ཡིན་གླད་པས་འཛེགས་རྫོང་ལ་ དུང་གི་སྣང་མ་པས་གསྱི་ཡོད་ རྣམས་ཐྱིས་ཁྲ་གསྱི་འཚོར་ལས་རེད་ དྲན་པ་སྙིང་རྫ་ང་གང་མ་ལ་ ལྕག་ཀྱི་རྗེ་རྡེ་རྗེ་དགྲ་ཡོང་ ཕྱོགས་ནད་རྒྱལ་པས་བླ་གནས་ཡིན་ ཆིམ་འབབ་ཁྲུག་གི་ཚ་འདམ་ལ་ ཐུར་བྱ་འདར་མ་ཁ་རེ་ཡོད་ དེ་དམག་དཔོན་རྣམས་ཀྱི་བླ་གནས་ཡིན་ དེ་རྣམས་ཁྲིག་སེམས་ལེ་ལེན་དགོས། ། དེན་ཀྱི་ལྷབ་སེམས་དང་གཟིགས་གི་ཕྱིག་ལེན་སྐྱག་གི་འཛམ་དུག་དམ་གི་མཚེ་ང་བཞིན་དེ་རྣམས་གོ་རྫོང་ཡབ་དུས་འཚོར་ཟེ་བས་དེ་ལུག་གྱིས་ དཔལ་གྲུབ་རྣམས་ཀྱི

དེའི་ལྟག་སྤྱང་གསུམ་འཁར་ཅན་འདུག དེ་ནས་དཔལ་ལྡན་དཔོན་བློན་རྣམ་དམ་ལྷུང་གིས་ནང་ནས་ཡར་འཁར་ནས དཔལ་ལ་གཡུ་ལྷ་མདའ་མ་རྣམ་དཔལ་ཆང་བརྒྱད་ཚོམ་ཁྲིད་ནས་
དམ་ནག་གནམ་པས་བྱག་ལ་འདར་ལྟག་ནི་བཞག་དགས་ཐེ་ནས་དགྲ་ལྷ་མ་བཀའ་ཕེབས དེ་ནས་དཔལ་ལྡན་རྣམས་ཀྱི་མདའ་ལྟག་ནི་བཞག དེ་ནས་ལྟག་གཉིག་དམ་
དེའི་པག་པ་རྣམ་ཧྲ་བར་སོག་ལ་ཀས་ནས་ཁུར་ཧྲི་ནི་ནི་ཕེབ་སྣབ་ལ སྔིང་ཤོག་ལྷ་ཡིན་པོ་བྲང་ནས་མ་ནི་རྣམ་སྨན་དཀར་མོ་དེས ཁྲིམ་འཛིན་མ་ཞིག་ལ་སྨིན་ནས་དགྲ་
ལྷམ་དར་ཁྲི་རྩེ་ལ་བབ་ནས་ཡ་ལྷ་སྲས་དགྲ་ལྷ་ཚོན་རྒྱག་ལག ཕྱིར་རིག་པ་མ་འཁྲུག་བསྟན་པོ་བརྒྱུགས ཞི་བའི་གླུ་ལ་ཕ་འདྲ་ཡོང་ཐེ་ནས་གླུ× ཕོཾ་མ་ཉི་པུནྡུ་ཧྱཿ

ཨ་ལ་× ཐ་ལ་× ལྷ་དཀོན་མཆོག་གསུམ་ལ་གསོལ་བ་འདེབས།། ཆོས་སྐུ་ལྷུང་སྐུ་སྤྲུལ་སྐུ་གསུམ།། སྐུ་གསུམ་
དགོང་པས་བྱིན་གྱིས་རློབས།། ས་འདེས× དམ་ལྷུང་ལྷུང་པས་སྤུ་མཇོ་ནི།། ཕྱུར་ཤོག་སྔོན་པས་གོང་ནས་རེད།། འགྲོ་པའི

ཤམ་འཁྱིང་

༄༅།། ལྷ་སྨམ་དགུ་ལྷ་ལག།། ཟ་དང་ར བར་སྣང་སྟོང་པས་བཞེལ་ཡམ་ནམ།། མིག་མེད་ཐུ་ཡིས་སྤྲུལ་
པ་ལ།། རྗེས་བརྩུན་གྲུག་མ་གཟིག་མ་བསྒྲོལ།། གཟིག་ཀྱི་སྒྲོལ་མས་སྤྲུལ་པ་ཡིན།། སྒྲོ་ཙོ་དཀར་མོ་དུང་ལས་གྲུབས།།
སྒྲོལ་མ་དཀར་མོས་སྤྲུལ་པ་ཡིན།། གཞིག་གཡུར་སྔོན་མོ་གཡུ་ལ་གྲུབས།། སྒྲོལ་མ་སྔོན་མས་ཆ་ལུག་ཡིན།། ཆེ་ཙ་
ངར་རྒྱང་ལུག་དང་འདྲ།། རྣམས་ལུག་རྗོ་རྗེའི་ཆ་ལུག་ཡིན།། ཡུ་མོ་དམར་པོ་བྱིན་རུ་འདྲ།། མེ་སྟག་དམར་པས་སྤྲུལ་པ་
ཡིན།། ལྷ་ལྷ་ལུས་ལ་མཛོམ་ལེ་འདི།། ལྷ་མོང་ཆེ་ཟིང་ཆེན་ལྷ་རྫེར།། དེ་ནམ་ལྷ་སྨམ་རིན་པོ་ཆེ།། དེ་རིང་སྐྱེན་
འབྲིམ་འབྲུག་ལུག་ལ།། ངར་རྒྱང་མེན་ཀྱི་སྤྲོག་རྩ་ཙང་།། དམ་ཆེན་སྤྲག་གིས་འཛོམ་དྲག་ལེན།། དབྱར་ཆེན་དྲེན་ཀྱི་

སྐྱུར་ཤིཾ་ཇྱོ་གས། ཁྲ་ཚེའུ་སྐྱུང་ཀས་ཆེ་བ་ལྦུད། འཁྱིག་ཆེན་གཟིན་གི་ཕྱིག་ལེ་བྲག། བླ་གནས་བྱུབ་པའི་སྟེང་འབྲིམ་...
འཁྲུབས། དེ་འཁོར་ཡ་ལ་ཧྲེན་ལྷུག་ལ། ཡར་སྨྲིམ་དང་སྨྲེ་མོ་ཡིན་འདུ་འགི། སེར་པོ་གྲག་གི་རྩ་ཆེན་ལ། སེར་པོ་
བསེར་ཀྱི་མཛད་ཅིག་ཡོད། ཐོག་རྣར་རྒྱལ་པས་བང་མཛོད་རེད། ནོར་རྒྱུ་ནང་གིས་དང་པོ་ཡིན། དཀར་པོ་གླིང་པས་ལེན་ནས་
དགོས། མི་ལེན་དཀར་སྒོ་དགོས་ས་མེད། སེར་པོ་བསེར་གྱི་བདག་པོ་ལ། ཧུ་རྒྱལ་ཡ་དབང་རམ་ཆེན་ཡོད། སྨྲེད་མ་
བཞེག་གླིང་ལ་འཛིག་ཀྲག་འོང་། སྨྲེང་བཞེག་ན་བསེར་སྒོ་ཕྱེ་ལེ་མེན། གླིང་ཁེབ་པ་བརྒྱུད་ཀྱི་དཔལ་ཕྱུབ་རྣམས། བསེར་
སེར་པོའི་དམག་པོག་ཁྲིག་སེ་གྱིས། བསེར་མཛད་དེ་ཡིན་ནང་ལོག་ལ། བསེར་ནག་སེར་པོ་འབྲུ་མ་ལ། གཡང་དཀར་

ཀ༤༢ག

༄༅། །ལྷག་གི་མགོ་བོ་འདྲ། །རྩིས་བཞུག་མེད་པ་འདྲ་འདྲ་ཡིན། །གླུ་ལུ་ཐོག་ནང་རྒྱལ་པོ་ལ། །དོན་བྲུ་ཐོག་པས་རྫིང་གསུམ་ཡོད། །གཅིག་དེ་སེར་པོ་བསེར་རྫིང་ཡིན། །གཅིག་ལ་སྔོན་མོ་འབྲུ་རྫིང་ཡིན། །གཅིག་ལ་ཁྲ་བའི་གོ་རྫིང་ཡིན། །རྫིང་རབ་གསུམ་གྱི་དང་པོ་ལ། །སྔོན་འབྲིམ་ཆེན་བ་བསེར་རྫིང་ཡིན། །བསེར་ནག་སེར་པོ་མགོ་བོ་དེ། །བཅུམ་མི་ལུས་ཁྱིང་ཁྲུན་རྒྱུན་མེད། །ལྷ་ལུས་ཁྱིང་གི་བདག་འཛིན་གྱིས། །ཕོ་བཅུན་གྱི་ཁྲུན་ན་སྔོན་འབྲིམ་ཁྱུག །བསེར་སེར་པས་འདར་མ་རྒྱས་ལེན་འདེབ། །གླིང་གེ་སར་ཕྱག་ལ་ཕྱར་རྒྱུན་ཡིན། །ལྷ་རྗེ་བོ་བསེར་སྲུས་གསོལ་གྱི་དགོས། །བོད་དབུ་ནག་བཞེག་པས་སྐྱེ་འབྲིམ་ཆེའོ། །ལྷ་སྲུས་བཀུག་ལ་དེ་ལྟར་ཞོག །ཀོ་ན་× མ་གོ་×

ཚིས་བྱེ་བ་དང་ལྷ་སྲུས་ངེས་ ཡ་དཔལ་རྒྱབ་རྒྱལ་རྫོན་ལ་སོགས་པ་ རང་ཕྱུས་ཅང་བཟྲིང་འགྲོ་

རྒྱུར་མེད་ ང་རིམ་ལྔ་རྒྱུར་འགར་རེ་ཡོད་ཟེ་ནམ་གླུ་འདི༔ ཨོཾ་མ་ཎི་པདྨེ་ཧཱུྃ་ཧྲཱིཿ ཨ་ལ༔ ཐ་ལ༔ ཀླུ་ཡི་དམ་དཀོན་མཆོག

གཙུག༔ ། གསོལ་བ་འདེབས་སོ་བྱིན་གྱིས་བརླབས། ། ལྷ་རྗེ་བོ་ཀླུ་ཧུ་མི་ནེ་མཆོད། ། སྐྱབས་མགོན་ལྷུན་འབྱུང་གནས་མཆོད། ། ཞི་རྣམ་

སྨན་དཀར་མོ་མཆོད། ། འཛམ་གླིང་གི་སར་རྒྱལ་པོ་མཆོད། ། མ་གཡོལ་དགྲ་ལྷའི་གྲོགས་ལ་ཕྱིན། ། ས་འདིས༔ དམ་ནག་ལྷུང་པའི་

ལྷམ་མཛད་རེད། ། འགྲོ་ཕྱིན་འདུས་པས་ས་ཆ་རེད། ། ང་འདུས༔ གླིང་སྨུག་པོ་ཚང་གིས་རྒྱལ་རྒྱུད་ལ། ། འབྱུང་པས་ལྷ་སྲུས་དགྲ་ལྷ་ཟེ། །

ཕོ་རྒྱུད་བསྐྱོམ་མིན་སྐྱེ་འདུ་མ་ཡིན། ། ལྷ་གོང་མས་ལྷུང་བསྟེན་ཕེ་འདུ་བྱུང་། ། མ་རྒྱུད་རྣམས་སྨན་དཀར་མོ་གྱི། ། སྔོག་དར་བྲི་རྩེ་ནས་ལྷུང་

ཞིག་བསྟེན། ། དགྲ་ལྷ་ང་ལ་བཀའ་ཞིག་ཕེབས། ། ཁྲ་མོ་གླིང་གི་དཔལ་འབྱུབ་རྣམས། ། དགྲ་ལྷ་ང་ནང་ཙོ་ཐུམ་པས། ། ད་ལོ་གླུ་ཁྱུ་འཁྲུག་

༄༅།། པས་དུས།། དཪྨ་སྐྱབ་རྣམས་ཀྱི་དང་པོ་ལ།། སེར་པོ་གསེར་གྱི་རྫོང་རབ་ཅིག།། སྔོན་མོ་འབྲུ་ཡི་རྫོང་རབ་གཉིས།།
ཁྲ་རིག་གོ་ཡི་རྫོང་རབ་གསུམ།། དཀར་པོ་གླིང་གི་ཕབ་རྒྱུ་ཡོད།། འདི་ནས་ཡར་ཡར་འགྲོ་དང་བཅད།། བྱག་སེར་པོ་བསེར་རྐྱད་ལོ་ལེ
ལ།། རྣར་དཀར་པོ་བྱང་ཀར་བཀམ་འདྲ་ཞིག།། འགྲོ་མི་ཕྱིས་ལོ་ལོག་མ་ཁྱེར་དང་།། བསེར་སེར་པས་དཪྨ་སྐྱབ་དེས་ན་ཡོད།།
གླིང་གི་སྨྱོན་པོ་རྣམས་གསུམ་གྱི།། ཁན་པས་ཁ་ཁྲ་ཁྱེར་རྣམས་ཀྱི།། ད་རིས་གོ་ཞིག་ཙང་ལེན་དགས།། ད་རྐྱད་དགྲ་བའི་ངོ་ལེན་ལ།། ....
དཔལ་རྐྱད་མང་པས་ལེན་དགས་ལག།། འགྲོ་མི་ཕྱིས་ལམ་ལ་བསྡེན་མི་ལ།། ད་རིས་སྐྱག་རང་དཔོན་པོ་བབ།། ས་འདི་ཚོག་ཉམས
རྒྱུས་ཞེས་པ་ན།། དཔལ་དར་ཆེན་པོ་ད་རིས་ཡོད།། གོ་ན་རྒྱལ་བློན་བྱུག་ལ་ཞོག།། མ་གོ་གླུ་ལ་འབྲེ་འབབ་མེད།། ཡི་ལུག

འདྲ་མ་རེ་འདྲ་ཡིན་།། ཅེས་ཟེ་ནས་གླིང་པ་རྣམས་ཀྱི་ལྷ་སྲུས་རིན་པོ་ཆེན་ ང་རང་རྒྱལ་བློན་རྣམས་འགྲོ་བའི་ས་ཐོག་ག་འདྲ་ཞིག་ལ་ཡིན་ཟེར་ དེ་ནས་ཁྱེ་ཁྲུམ་བསམ་

པ་ལ་ བསེར་དེ་ས་ཐོག་གར་ཡོད་ང་རང་མ་རྟོར་སྲུས་མི་ཤེས་བསམ་ ད་རིས་ང་རང་བསེར་མཛད་ས་ལ་འགྲོ་དང་རང་དོན་འགྲུབ་འོང་བསམ་ ཁ་ཅོད་དམ་ནག་དེ་ ངར་ས་ནམ་

ན་འབྲི་ཐུས་པས་དངོས་གྲུབ་ཡང་མ་ལེན་ ད་རིས་བསེར་ལའི་དངོས་སྒྲུབ་དེ་ང་རང་གིས་ལེན་དགོས་བསམ་ནས་ དེ་ནས་ཁྱེ་ཁྲུམ་ཧོ་ཙམ་ཕྱུག་ནས་ ཡ་ལྷ་སྲུས་རིན་པོ་ཆེན་

བསེར་མཛད་ལེན་པ་སྣ་འཁྲིད་ང་རང་གི་ཐེར་ཆོག་ ཁར་གཉིས་ལྕུ་བ་ལྟར་ དཔལ་དར་རང་དགོས་ཟེ་ ལྷ་སྲུས་ཀྱི་ཞལ་ནས་ ཡལ་སྟག་རང་དཔོན་པོ་ལེག་ ····

ཕྱིར་ཀྱི་ཀོ་ཆར་པ་ཐུས་ན་ ཁ་ཚོར་ཆེ་བ་བསྐྱ་དཔལ་དར་ལོས་བཞིན་ཟེ་ ཡ་དཔལ་གྲུབ་རྣམས་མི་འདུག་ང་ལྟར་སྒྲུར་དུ་འགྲོ་ཟེ་ནས་སྟག་རང་དཔོན་གྱི་སྣ་འཁྲིད་ཞིག་དེ་

ཁྲི་དཔུང་སེར་པེང་སེར་ དེ་ནས་བསེར་མཛད་ཡོད་པས་ཐོག་ལ་ཕེབས་ སྟག་རང་གིས་ཡ་གླིང་པལ་རྣམས་བསེར་མཛད་ལའི་ཅ་ཡེར་དཔལ་རེད་ཟེ་ དཔལ་གྲུས་རྣ་ཀྱི་

ཞེ་བཅུ་པ།

༄༅། །ལྷུམ་པས་ས་ཕྱོགས་དེ་བསེར་འོད་ཀྱི་ཁྱབ་འདུག བསེར་ནག་གི་པམ་དབང་གཡག་རོ་ཙམ་ཞིག་གི་སྟིང་ན། བསེར་བདག་ཕག་དབང་རྣམ་ཚེན་དེ་

ལྷུམ་པོ་སྙིང་བཞིན་ཁྱབ་པ་ཞིག་ནས་དེ་ཡིན་སྟིང་དུ་ལྷལ་ནས་འདུག དཔལ་བྱུབ་ཀྱི་འདི་ཀྱི་ཟེད་ཟེ་ནས་ཕྱི་ཙར་ཧུས་ ཕ་ཁྲུམ་དེས་ན་ལྷ་འགི་ཟེ་ནས་ཕར་ལྷུས་པས་…

བསེར་བདག་ཕག་དབང་སྨྱིན་མོ་དེ་ཕ་ཁྲུས་བྱུང་སྟེ། འདི་གསེར་བདག་ཕག་དབང་སྨྱིན་རྣོད་ཟེ་ ཕ་མ་རིས་ཧུ་ཀྲུག་ལས་རྫན་འདི་དཔལ་དར་ཕ་ཁྲུང་ཡི་ལེན་

ཡ་ཡ་དཔལ་བྱུལ་རྟུལ་ཀྲག་མི་དགོས་ཟེ་ནས་གྱི་མགོ་འཁྱུར་ནས་བསེར་མཇོད་ནང་ལ་འཛོན་ ཕག་དབང་སྨྱིན་མོ་དེས་དཔལ་བྱུབ་རྟོམས་དང་ཕ་ཁྲུམ་སྐོར་…

གོ་ནས་ ཁ་བསྐྱང་མིག་སྟྲེད་སྨྱུར་མོ་ཀླུག་མགོ་ལྷུག་ནས་ལྷུས་ ཕ་ཁྲུན་དེས་ཡ་ཙོ་ཟེ་ཧུ་འདྲེ་དངོས་མེད་གྲུ་ཀྱུས་བསྐྱེར་བདག དན་མེད་བདག་པོ་ཧུ་

འདྲེ་ཚེད་ འདི་ན་འདུག་དན་ཀྱི་ཡིན་ཟེ་ ཕ་ཁྲུས་གྱི་མགོ་འཁྱུར་ནས་འདི་སྨྱེད་དགོས་བསོ། ཕག་དབང་སྨྱིན་མོ་དེས་ཚག་ཚག་ཟེ་ནས་ཕ་ཁྲུས

གླང་ལ་འཇུབ་ཐུར་ ཚིར་གཅིས་ཐབ་པས་ཀན་ཚལ་ཁྲུབ་བླ་རྗེན་ནས་འདུག་ ཐུ་དེས་ང་སྒྲ་མང་པོ་བསྒྲང་ནས་ ཨ་ཡ་དམན་པོ་སྐྱབས་ཞིད་ལ་
ཐེ་ཁྱི་འགན་རེ་འགི་ཟྲེ་ནས་གླུ་× ཨ་ལ་× ཐྲ་ལ་× བླ་ཡི་དམ་དཀོན་མཆོག་གསུམ་།། གསོལ་བ་སྙིང་གི་དཀྱིལ་
ནས་འདེབས་།། ཚེ་ནི་ཉིན་དང་དམན་པོ་སྐྱབ་།། ཕྱིར་སྤྲུང་ཆགན་ཧོ་པ་ཆེན་པོ་རེད་།། ལམ་དབང་ཐུབ་ཅན་གྱི་མོ་ཀོ་འགི་།། བསྐྱེན
འབྲིམ་སྣང་པ་ཕྱེ་འདྲ་ཐུར་།། ཕྱིར་བསེན་གྱི་འདན་མ་རྒྱམ་ས་ལ་།། ང་ཐུ་འདི་ཟྲེ་དེན་གྱི་ལ་ཡོད་།། དབ་རྗེ་ཐོག་ཆད་རྒྱལ་པོ་
དེས་།། སེར་པོ་གསེར་གིས་བདག་པོ་ཀས་།། བསེར་འདི་བདག་པོ་ཀས་པས་ན་།། བསེར་འབྲུ་འདན་མ་ལེན་མི་ལ་།། བརྒྱ
ཁག་མང་པོ་བཙན་ནས་ཐུར་།། ང་འདི་ཐུ་ཟྲེ་མི་འོར་མ་རྒྱུར་།། ཆད་པས་དཔྱང་པ་ངམ་མི་ལ་།། བསེར་གྱི་འདན་མ་རྒྱམ་ལྟ་།།

ཞུ་ཞི་ཅུམ

༄༅།། ཉམས་ཀྱི་བློ་ལ་བརྟར་བསམ་ན།། བསེན་ཀྱི་འདར་མ་མང་པོ་རྒྱས།། དབུས་ལྷ་སྲས་རྗོ་བོ་ཞལ་དཀར་ལ།། ཞལ་
དཀར་པོ་བསེར་ལ་ཕྱེད་ཉིན་མོ།། བསེར་དང་པོ་ཕྱུལ་མི་ང་རང་ཡིན།། སྙིན་འཁྲིམས་མ་འགྲིབ་སྨོག་མ་ལྕུད།། སོགས་པོ་ཅས་རབ
རྒྱལ་པོ་ལ།། ནོར་རྫོང་མང་པོ་སྨྲུབ་དམ་ལ།། ཅས་ནག་ནད་པས་མི་དགུ་ལ།། བསེར་རྒྱུ་གྲུབ་བརྩུ་ནི་གཉིས་དེ།། སྙིན
འཁྲིམས་མ་འགྲུབ་སྨོག་མ་ལྕུད།། འཛམ་གླིང་ལྷག་བདག་རྒྱལ་ས་ནམ།། བསེན་དཔོས་གྲུབ་བདག་པོ་ཕྱིར་མི་ལ།། རྡེ་འདྲེ་ཕྱི
མི་ཀླུ་མ་ཉུང་།། དེ་བཞིན་སྐྱོན་པས་རྡེ་འདྲེ་ཁྱེ།། ཉི་པ་དེ་ལས་ཚེའི་ཞིག་མེད།། ང་ནུས་ལྷ་མོ་བཙན་མས་བུ།། རྡེ་འདྲེ
ཁྱེ་བའི་ཉེ་པ་ལ།། མིག་ཁྲ་རྒྱུད་རྒྱུ་བའི་མི་ཀོ་རེ།། ལྷོ་དམར་པོ་ན་རེ་མི་ཐོན་ནེ།། ལུས་ཤ་ཁྲག་ཇེ་འཛད་མི་བཟོ་རེད།།

ཕྱིར་དཀའ་ལེ་ཡིན་དང་སྨུག་ལེ་ཡིན། ། གོན་× མ་གོ་× ཅེས་ཟེ་དེ་ཙམ་ཁྱུས་སྐད་ལ་འགྱུར་ཏེ་ ཙམ་ཁྱེས་སྐུག་སྐུག་མང་པོ་བསྒྲང་ཏྲར

ཡིན་མ་སྒྲུབ་ དེ་ནས་ཨ་ཁྱེས་ཚོ་བོ་གླིང་གིས་དཔལ་སྒྲུབ་རྣམས་ ཨ་ཁུ་འདི་ནྱ་འདི་ལ་ཟ་ཅིག་ལེ་ཚེ་ཡིན་ཟེ་ ཚོ་ཡི་སྐད་ཞེར་ནས་དཔལ་སྒྲུབ་རྣམས་ཀྱི་ཟེར་ཐབ་མ་ཕྱུར

ལྷ་སྲས་ལ་ལྕུང་སྐྱེན་ལ་བསེར་ཀྱི་དངོས་གྲུབ་ལེན་ཟེ་བའི་རྒྱལ་པས་བཀའ་འདུག་པས་ འདི་འདྲ་ཡིན་ན་ལེན་བཀའ་བ་སྲི་ཡིན་བསམ་ནས་ མདུན་མ་ཞན་པ

དཔལ་ལ་གཡུ་ལྷ་ཅས་འདར་བཞི་སྐྱིང་ལ་ཁྲིད་ནས་འགྲམ་ལ་བཙར་ཏེ་ བྱ་ཚེན་དེ་བསྐོ་སེར་བྲག་ཙང་ལ་འཛིན་ དེ་ནས་འཛང་གི་གཡུ་ལྷ་དེས་ .བསྐོར་ལེན་···

དང་པོ་མདུན་མ་ཡིན་ཟེ་ དེ་ནས་སྔོན་ཚེན་མདུན་མ་རེས་བཞི་སྐྱིང་ལ་འདར་ཞིག་བཞག་ནས་ཡ་ཁོ་རེ་བྱ་འདྲེ་ཕྱིད་ ང་སྤུ་མིན་དོ་བོ་ཨི་ཤེས་དུ་ཟེ་ནས་སླུ་འདི་××

ཡ་ལ་× བྱ་ལ་× སྐབས་བྱུ་ཡི་དམ་དཀོན་མཆོག་གསུམ། ། དཀའ་གསོལ་བ་འདེབས་སོ་ཐེན་གྱིས་རློབས་ །།

ཀོ་གསུམ།

༄༅། །མ་འདིས་× བསེར་ནག་ཕྲུག་པས་ཆུ་བསྐྱུད་ཟེད། །ར་འདུ་× འདར་སྨྱོན་པོ་ཚོ་བཞེང་མདའ་མ་ཟེད། །ར་བསྡང་
དགྲ་ཆམ་ལ་ཕ་ཕ་ནས། །ཐུ་འདྲེ་ཁྱེད་འདྲ་ཁས་ལེ་རྫུ། །ཁས་རྫས་ཐུ་རྒྱུད་ཧཾ་པར་ཅན། །མ་བཤི་དཔོན་པོ་ཁྲི་བྱུང་དེ། །ཏེ་སེར
རྒྱལ་པས་ཁྲུ་བོ་ཟེད། །སྨུག་པོ་ཚང་གིས་བདུག་རྒྱུད་ཡིན། །དགྲ་དགེད་དཔུང་པའི་འདུལ་ཕྱུར་ནས། །ལེན་ཡ་མེད་པས་
སྔུག་ནང་དཔོན། །དེ་ནིས་ཐུ་འདྲེ་ཧཾ་ཚེ་ནམ། །སྔུག་ནང་དཔོན་པས་སྔིང་ལ་བབ། །འཛར་འདིས་སྣང་ལ་མ་གྲང་ན། །ར་
མདའ་མ་མཐའ་པས་སྔུག་ལ་ཉེག །ཁོ་ཟེ་ཐུ་འདྲེ་རྩམ་པ་ཅན། །དནང་ནམ་རྩེ་ལྡུར་མོ་ལ། །ར་ནང་རྒྱལ་ཀློན་ཁྲིམས་ཅད་
ཁྱི། །དམ་ལྡུད་ནང་ནས་ཀླུ་གཏམས་བསྐུལ། །ར་རྐྱང་དམ་ཁྱི་ལྡུག་པ་བཞིས། །ལེན་ཡ་མེད་པས་སྒྲིང་ནིས་ཡིན། །

ཁྱེར་བྱ་འདི་ལེན་ཡ་ཙི་ལ་ཟེན།། གོ་ཤི་བྲམ་ཕོ་རེ་བྱ་འདི་ཁྱེར།། མ་གོ་× ཅེས་ཟེ་སྨྲེ་དེ་ནས་གླིང་བ་ལ་ལས་བྱ་འདྲེ་

ཉམ་ཆེན་མ་འདི་སྲིད་ཞོག་ཟེ་ ལ་ལས་འདི་མ་སྲིད་ཟེར་ནས་སྤྱིར་རྗེ་ཡོད་མདོག་ཅི་ཆེར་ དེ་ནས་བྱ་འདྲེ་དེ་བཀྲག་ནས་རྒྱལ་བློན་རྣམས་ལ་མགོ་དགུ་

བསྒོག་པ་ཞུ་ཞུ་ཟེར་ནས་ལྷ་ཡིན་དཔལ་གྲུབ་རྣམས་ར་མ་སྲིད་ཞུ་རྒྱུ་འཁོར་རེ་ཡོད་ཟེ་ནས་སྐྱ་× ཨོཾ་མ་ཎི་པདྨེ་ཧཱུྃ་ཧྲཱིཿ ཨ་ལ་××

བྲ་ལ་× བླ་ཡི་དམ་དཀོན་མཆོག་གསུམ།། གསོལ་བ་འདེབ་སོ་བྱིན་གྱིས་བརླབས།། ས་འདེམས་× བྲག་ནག་

བསེར་མཛོད་ནང་བཞུགས་རེད།། ང་འདྲ་× བྱ་རྒྱལ་རྣམས་ཀྱི་དར་པོ་ལ།། ང་འདྲ་ཡག་དབང་སྒོ་ཆེན་ཟེར།། ང་འདྲེ་

བྱ་མ་ཡིན་ལྷ་བྱ་ཡིན།། ལྷ་སྨན་སེམས་བཟུང་པ་སངས་རྒྱས་ཡིན།། ང་མ་སྲིད་ཚོ་བྲིང་བསྟུང་རོག་གྱིས་ ||

ཕད་པོ་ཁྲིས།

༄༅།། དགོང་པ་སྔང་ན་དགེ་བ་ཡོད།། སྙིང་རིམ་སྡུག་ནང་དཔོན་པོ་དེ།། དཔོམ་གྲགས་ལེན་པའི་སྔ་འབྲེན་ཡིན།།
སྙིང་གི་ལྷ་ལྷུམ་དགྲ་ལྷ་དེ།། གསེར་མཛོད་གཡང་སྒོ་ཕྱེད་བ་ལ།། ང་སྒོ་གསུང་ལྷ་ཧུ་སྒོམ་ཆེན་ལ།། སྙིན་འཁྲིས་
སྙིང་པའི་མ་སྨོག་ན།། ཧུ་འདྲི་ཐྲེ་ན་སྙེན་འཁྲིས་རྒྱུག།། བསེར་མཛོད་དབྱང་ར་དམ་པ་དེ།། དཀར་པོ་སྙིང་ལ་ཕྱིར་
བསཾ་སྙིན།། སྡུག་ནང་དཔོན་པོ་ཁྲོ་བྱུང་དེས།། ལྷ་མོས་སྨོན་ནས་ཁ་ཐོན་གྲག།། ངས་ཁ་ཐོ་མི་རྒྱ་ཀ་མེན་བྱུང་།།
སྙིང་དཔལ་བྱུབ་དགོང་པ་མ་ཚམ་དང་།། བསེར་མཛོད་གཡང་སྒོ་ཕེར་དང་མཇོག།། ང་སྐམ་ཆེན་མ་ལྷེད་ཚོ་ཡུར་བསྡུད།།
ང་སྐམ་ཆེན་ལྷེད་ན་སྨིག་པ་ཆེན།། ང་མགོ་བོ་ཀྱང་ཀྱང་ལྷ་དང་འདྲ།། ལྷ་རྒྱ་ལྷེད་པས་སྨིག་པ་ཡོད།། ཁ་མོ་

ཆེན་པོ་ཕྱི་དང་འདྲ།། ཕྱི་རྒྱུ་སྲིད་པས་སྨིག་པ་ཡོད།། རྣམ་ཤུག་བཅད་ན་ཁྲ་དང་འདྲ།། ཁྲ་རྒྱུ་སྲིད་པས་སྨིག་པ་ཡོད།། གླུ་ལེན་ཚིག་རྗོད་མི་དང་འདྲ།། མི་རྒྱུ་སྲིད་པའི་སྨིག་པ་ཡོད།། ལུས་ཀྱི་རི་མོ་སྟག་དང་འདྲ།། སྟག་རྒྱུ་སྲིད་པའི་སྨིག་པ་ཡོད།། ལས་ཀྱི་དཔལ་ཕྱུག་རྒྱལ་བློན་རྣམས།། ཕྱག་དགོང་པ་མཚམས་ཕྱག་བཞེག་མཛོད།། གོ་ན་× མ་གོ་× ཚིམ་ཟེ་བ་དང་བཤོག་པ་སྤེལ་སྤེལ་ཁྲུས་ནས་ཕྱག་འཚལ་ཁྲུས་ དེ་ནས་ལྷ་སྲས་དགྲ་ལྷ་དེས་ ཡ་གླིང་རིས་དཔལ་ཕྱུག་རྣམས་ ཁྲུས་འདི་འདྲ་མི་སྲིད་ཚོ་ཕྲིན་བསྐུར་ ཁྲུས་རྒྱུང་ཕྱིར་གླིང་རྗེ་བའི་ད་རིང་དགོང་པ་སྐྱང་ཕྱིར་ཀྱི་བསེན་ཀྱི་སྒོ་ཞེན་ཕྲུབ་དང་ བསེན་གིས་འདར་མ་ལེན་ཕྲབ་ཁྲ་ཆེད་གིས་ཞེས་པས་རྟེན་ལུག་གོ་བ་ཀྱིས་ཟེ་ དེ་ནས་ཡག་དབང་སློམ་ཆེན་རེས་ཐེར་བ་ལ་ བསེན་སྐམ་ཞེན་ཕྲབ་དང་མ་ཚད་དངོས་བསྐྱབ་བསམ་པ་ཕྲུར་རྒྱུར་ཡོད་ཟེ་བ་དང་ དེ་ནས་དགྲ་ལྷ་དང་ཡག་དབང་གཉིས་བསེན་ཅག……

ཚི་ལྔ

༄༅། །ཕོ་འོང་ཙཱི་ཞིག་ཡོད་པས་དམ་ཚ་བ་ལ་སོང་། ཐུ་རེམ་བསེར་གྱིས་བདེ་མིག་འདྲ་འདྲ་གསུམ་བྱུང་ནས་སྟེར་སྐྱོ་དེ་ཕྱིན། སྟེན་ནོར་བུ་དངོས་གྲུབ་དག་མ་ལ་··· བསེར་ཅིས་བཞུག་མེད་པ་ལྷུག་གཡང་དཀར་གིས་ཝིས་མ་དང་འདྲ་འདྲ་ཞིག་ཡོད་པས་བསེར་གྱི་སྐྱོ་མོ་ནང་བཞིན་ནང་ལ་ཆུ་རིས་དཀར་པས་ནང་དུ་བརྒྱུག་པ་དེ་བཞབ་གདུག དེ་དངོས་གྲུབ་ཡིན་ཟེར་ནས་དང་པོ་དངོས་གྲུབ་བསྐྱེ་ལྷུ་དེ་ལེན། དེ་ཡི་རྗེས་སུ་བསེར་སྐྱོ་གསུམ་ཅམ་ཕྱིར་ནས། ལྷུས་པས་བསེར་ནི་ཟེར་མི་ཤེས་པས་ཟི་རྒྱལ་འདུག་པ་ཙམ་དུ་སྣང་ ནས་སེར་ཀྱི་ལེ་ཕྱིར་བྱུང་། དེ་དཔལ་ཕྲུལ་རྣམས་ཀྱི་སྒྲུ་ལུས་ཡུན་ལ་དངོས་གྲུབ་ཆེན་པོ་མེ་འདྲ་ཞིག་བརྫ་ཟེར་ནས། དཔལ་ཕྲུལ་དཔོན་ཀློན་ཐམས་ཅད་ཀྱི་བསེར་མཛད་དེ་བདག་འཛིན་ བྱེད་ཅམ་ཁྲ་གྱི་ལེ་བསེར་མཛད་སྐྱོལ་ལ་བསྐྱོད། དེ་ནས་བསེར་གྱིས་དངོས་གྲུབ་དེ་འཕེད་ཟེར། དེ་ནས་བསེར་གི་དངོས་གྲུབ་དེ་གླིང་ལུ་ཡིས་མ་ཤེས་ནས་ཕྱི་བྱུང་གིས་ལྷ་ར་ ཐམས་ནས་བསྐྱོད། ཕྱི་བྱུང་གིས་ལྷ་ར་ཐུས་པ་སྲུས་ཐུང་མ་ཤིས། དེ་ནས་གླིང་པ་རྣམས་ཀྱིས་བསེར་རྣམས་ཧུ་རྒྱ་དང་བཙུ་ལ་ཚོག་མི་ཚོག་ཐུས་ནས་ཀིས་སྟེ་རང་རང་གིས་ཧུ་ལ་ཆིབ

ནས་ཧཱུ་རྒྱ་ཕག་དབང་སྨྲམ་ཆེན་དང་ལྷན་དུ་གླིང་སྨར་དུ་ཕེབས། དེ་ནས་རྒྱལ་བློན་རྣམས་གྲལ་དུ་འཚོད་ནས་དཔལ་བྱུལ་རྣམས་གྲ་དུ་འཁོད། དེ་ནས་ལྷ་སྲས་ཀྱི་ཞལ་ནས་ཡ་དཔལ་བྱུལ་
རྣམས་དགྲ་གྱ་ཁྱུས་བསེར་མཛོད་དང་གཡང་རྫོང་དེ་འདྲ་ལེན་ནས་གླིང་དཀར་གྱི་བསོ་རྫོང་འགྲུབས། དེ་ཉིས་དཔལ་བྱུབ་ལྷ་དམག་ཕྱི་ཚར་ཕྱིར་སྨན་ཀུན་ལ་བསེར་དོ་ལེན་ཤོག་སྤྱོད་སོ། དེ་ནས
དཔལ་བྱུབ་རྣམས་ཀུ་བཟི་རི་ཞི་བསེར་ནམ་ཧྲ་ཕྲོག་ནས་མར་ཕོག་ཏེ་ལྷ་སྲས་ཀྱི་འདུན་དུ་ཕྱུལ། དེ་ནས་ལྷ་སྲས་རེམ་ཡ་དཔལ་བྱུལ་རྣམས། དར་བསེར་འདི་དངོས་གྲུབས་ཆེན་པའི་དཔལ་
བྱུབ་གོ་ཚང་རྣམས་ལ་དཔལ་དར་དགོས། ཡང་ན་སྐྱག་ཟང་དཔོན་པོ་ལ་དཔལ་དར་ཅི་འདོད་ གང་དགོས་བཞི་དགོས་མ་བསྡོང་གྱ་ཁྱུས་བསེར་མཛོད་ཀྱི་སྒོ་འབྱེད་ཁྲི་བྲང་ཡིན་ཟེར།
དེ་ནས་དཔལ་བྱུབ་རྣམས་ཤཙ་པ་མདའ་མ་རྣམས་ཀྱིས་ཡ་ཧཱུ་སྐྱུད་ལག། གྱ་ཁྱུས་བསེར་དངོས་གྲུབས་རྣམས་ཀྱིས་དང་པོ་གང་འདི་ཡིན་ཟེར། ད་ཟང་དགྲ་ལྷ་ལ་ལྷའི་ལྷུང་བསྐྱེན་ནང་
གྱ་ཁྱུས་བསེར་མཛོད་ནང་གསེར་གྱིས་དངོས་གྲུབ་ཡོད་སྐྱང་རྒྱུད་དེ་ག་འདེད་ཟེར་ཟེར། ཧཱུ་ཀྲུག་ཕག་དབང་སྐྱིལ་མོ་དེས། ལམ་ཀྱི་ལྷ་སྲས་རིན་པོ་ཆེན། མ་བཞི་

ཡང་ཤེ་ཡ

༄༅། །དཔོན་པོ་ཐྲོག་རྒྱུད་རྒྱལ་པོ་ལ་རྫོང་གསུམ་ཡོད་ རྫོང་ཟབ་གསུམ་གྱི་མིག་ལ་ཙི་ཡིན་ཟེ་ན་ མེར་པས་བསེར་རྫོང་དང་སྨོན་པས་ནས་རྫོང་ ཁྲ་བའི་གོ་རྫོང་དེ་རྣམས་གསུམ་དེ་ཡིས་ལེག་ དེ་ཡང་དག་གི་བསེར་རྫར་སེར་པོ་ཡིན་ བསེར་ནག་སེར་པས་ཅས་མ་དེ་ ཐྲོག་རྒྱུད་རྒྱལ་པས་སྙིང་ནོར་དང་དབྱར་བསྙེན་རེད་དེ་དངོས་གྲུབ་རྣམས་ཀྱི་དང་པོ་ཡིན་ཟེར་ གླིང་རྣམས་ལ་བསེབ་དེ་འདུག་ག་ན་ཡོད་ཟེར་ གླིང་པ་རྣམས་ཀྱིས་དེ་འདུག་བསེར་དེ་ཟིག་མ་ཐུར་ཟེ་ ངེ་སྐྱི་དཔོན་གྱི་ཟེ་བལ་ཡར་དབྱར་བཞེར་ལྷ་ཐུ་ལག་ ཁྱེད་བདག་པས་ང་རང་གིས་ལྷ་སྲས་ཕྱག་ཏུ་ཕྱིན་དགོས་པས་དེ་འདྲ་བསེར་དེ་ས་ཡིས་ལག་ལ་ཕྱིན་ཡོད་ཟེར་ ཐུ་ཀླུག་དེས་ལྷུམ་ཀྱི་ སྤྱིན་དཔོན་ཟིན་པོ་ཆེན་ ངས་དངོས་གྲུབ་རྣམས་ལྷ་སྲས་ཀྱི་དྲུང་དུ་ཕྱིན་ཡོད་ཟེར་ གླིང་པ་རྣམས་ལ་བྲིས་དང་ཞེས་ཁོང་ཟེར་ དེ་ནས་ལྷ་སྲས་དེས་གླིང་པ་རྣམས་ལ་ བྲིས་འཆར་ཚིས་ དཔལ་ཐྲམ་ལ་ལས་ལྷག་སོང་ཕྱི་ཡིས་ཟེར་ ལ་ལས་ལམ་འགག་ནས་ཐོར་སོང་བ་ཕྱི་ཡིས་ཟེར་ ཡོ་ཕྲུང་གོས་དེ་འདྲ་བསེར

དེ་ལུས་མེད་ཅེར། དེ་ནས་ལྷ་སྲས་རེས་ཡ་ཁྱེ་ཁྱུས་ཅེ་བ་དེ་བདེ་པ་འདུག་པས་གླིང་པ་རྣམས་སྐྱ་ཡིམ་མོ་རིག་ཡི་ཆུར། ཆུར་ན་སེམས་ཁྲར་ཀྱང་ཉིན་པས་
བཤད་ན་དགའ། སྐྱིན་ཅ་གླིང་དཀར་ཅེ་མར་མི་བྱུང་། དགོས་ཙ་ང་རང་གླིང་པ་རྣམས་ཀྱི་བསེར་སྒོ་ཕྱིར་བའི་སྙིན་འབྲིས་སྒོག་མི་བྱུང་འདི་ངན་པ་རེད་ཅེར།
དེ་ནས་བློན་ཆེན་མདའ་མ་རེས་ཡ་གླིང་པ་རྣམས་ལྷ་སྲས་གསུང་དེ་བདེ་རེས་ཡིན། སྤྱི་ན་ལྷ་སྲས་འདི་ལ་རེན་ལོག། དགོས་ན་གླིང་པ་རྣམས་ལ་སྙིན་
འབྲིས་སྣང་མི་བྱུང་། དེ་ནས་ཁྲན་པས་ཅེར་བ་ལ། ཡ་བློན་ཆེན་མདའ་མ་ལག། གླིང་པས་གསེར་ཁྲུར་ཡོད་ན་གླིང་སེར་ཆེན་དཔོན་ལ་རེད་ལོག་ངན་པ་རེད་
ང་ཚོ་ཡིན་ཤུར་འབེར་དངོས་གྲུབ་ཙན་དེ་སྒྲ་ཡིས་ལག་ན་ཀྱེར་ཡོད་ཅ་ཀྱག་ཚེར་གིས་སྲུང་ཅེར། པག་དབང་སྐྱིལ་མོ་རེས་ཅེ་བ་ལ། ཞན་པ་མེ་བྱུ་
རྩེ་ལག། ང་ཡིས་གླིང་དཀར་རྒྱལ་བློན་ལ་བསེར་ཀྱི་དངོས་གྲུབ་དེ་ཕྱུར་ཡོད་ལག། བསེར་ཀྱི་གཡང་ཕྱུད་དེ་བོ་ལྕག་མེད་ཅེར། ཕྱི་ཡི་གཤོག་ལ་

༄༅།། ལྷག་གི་ལྷམ་རྐྱང་ ཁ་ལེད་ལ་དངུལ་གྱི་ཁོ་ཊི་ བདེ་མིག་ལ་གཡུ་ཡིས་བའི་མིག སྨང་ཀྱུང་ལ་བྲེ་ལྕེ་ལྕྭ་ཙམ་ཡོད་ཟེར་ དཔལ་བྲུས་

རྣམས་ཀྱི་བཞེང་རྒྱ་མ་དེ་ལ་ལས་ཤན་པ་ཚེ་ཡས་བསོ་ ལ་ལས་ཁྲོ་བྱུང་ཚེ་ཡིན་བསོ་ནས་ཐྲིམ་ཙང་བྲེ་ཚོ་ཡོད་པས་ངང་དུ་འདུག ལྷ་སྲས་དགྲ་ལྷ་དེས་

ཡ་ཐུ་རང་ཕྱིར་དེ་འདྲ་བསྐོ་དེ་ཙི་ཡིན བསྐུམ་གྲང་མོ་ས་ལྦད་ནཱ་ཐུ་འདི་ཕྱིར་ཕྱིད་དས་ཡིན་ཟེར་ནས་བྲུགས་འཁྲོལ་པས་རྐྱལ་དུ་བཞུག ཐུ་ཀླུག་དེ་ཤིན་འདུ་

བཀྲག་ནས་ཁ་ནམ ལྷ་སྲས་རིན་པོ་ཆེན་ལག ད་རིས་ཁྲོ་བྲུང་འདི་ཡིས་ཞོགས་ལ་བཞག་ཡོད་པས་འདི་ཡིས་བདག་འཛིན་ཐུ་ས་ལེན་ཡིན་པ་འདྲ་འདུག

ཟེར་ དེ་ནས་ཁྲོ་བྲུང་དེ་ཁ་རྡོ་ཐོར་ནས་ ལུས་པོ་འདབ་སྐྱེ་ཡ་ལྷ་སྲས་ལག ང་ཕྱིས་མ་ཤིམ་འདུག ཟེ་ཀྱང་དེར་གླིང་པ་རྣམས་ཀྱི་ཚེས་ཁྲུར་ལ་བདེ་འཛིན་མེད་

བསོ་ནས་ཡིད་མ་ཆམས་པས་ཚེ་ཐུ་བ་རྣམ་བྲན་ནམ་ཡིན་རེས་ཆེན་བསོ གན་ཟེར་ཀྱང་གླིང་པས་ནང་ནས་ཚེ་ཁྲུ་འདི་ལག་ལ་ང་ནང་གི་བཞུགས་ཡོད་

ངེས་ཡིན་ཏེའ ཀང་ཅེད་ཁྲི་སྲུང་གིས་ཞེས་པས་ཆགས་ཧྲོག་ཟེར་ དེར་གཡས་གྱལ་མགོ་ནས་བློན་ཆེན་མདུན་མ་བསམ་འབྲུག་དེས་ གཡའ་ཚོ་ཟེར་···

སྐྱག་ནང་དཔོན་པོ་ཁྱེད་ ཁྱེད་ཉིན་དང་འདྲ་མ་འགལ་རེག་འགི་ཇེ་ནས་གླུ་× ཁྲེ་ལ་× གྲུ་ལ་× སྐྱབས་གྲོ་ཡི་དམ་དཀོན་མཆོག

གསུམ།། ཁམས་གསུམ་བདེ་ལ་འཁོད་པར་ཤོག ། སྟོང་གསུམ་ཁ་ལོ་འགྱུར་བ་ཤོགས།། མ་འདེམས་× མདོ་ལུག

སྐྱག་ཐང་ཁྲ་མོ་ཟེར།། ང་འདྲ་× བློན་ཆེན་མདུན་མ་བསམ་འབྲུག་ཟེར།། ཚོ་ཟེར་ཉིན་དང་སྐྱག་ནང་དཔོན།། དངོས་···

གྲུབ་བསེར་ཀྱི་ལོང་སྤྱོད་དེ།། རྒྱ་བ་སྐྱག་ནང་དཔོན་ལ་བྲག ། སྨྲིན་འབྲིམ་དར་པོ་ཁྱེར་ནང་སློག ། ག་ལ་ཡོད་ཁྱུར་ཁྱེར་

ལ་ཤོག ། སྐྱག་ནང་ཁྱེར་ལ་ཡག་རྒྱུར་མེད།། སྤུལ་རྒྱལ་སྐྱེ་བུ་ཐོན་སྐར་ལ།། དབང་རྒྱུར་ལས་ཀྱི་དངོས་གྲུབ་བློང་།།

༄༅།། ནོར་རྫས་མང་པོ་རྒྱ་ལ་འཁོར།། ར་རྫོང་ཕབས་དུས་ར་ཞིག་རྒྱས།། ལྷང་རྫོང་ཕབ་དུས་ལྷག་ཞིག་རྒྱས།། བཟི་རྫོང་ཕབ་དུས་བཟི་ཅིག་རྒྱས།། ཕྱིར་དེ་ལྟ་ཅི་ཞེས་ཕྱུ་ཤེས་དུ།། ཕྱིར་རྫོང་ཟབ་དྭག་ལ་རྒྱ་ནོ་དྭག།། སྨྲིན་འབྲིམ་མ་སྨྱིག་ས་ཞེས་མེད།། དེ་ཟིམ་ཁྲ་དུམ་བཞེག་ན།། སྣག་རང་ཉེན་པ་ཆེན་པོ་ཡིན།། ཡ་ཡ་མདན་མ་ང་ཟང་ཕྱིར།། ཏོ་ཡི་ཐམས་སྣག་ཟང་ཁྲི་ཕྱུར་ཕྱིར།། མ་ཏོ་×

ཟེ་ནས་མདན་མ་དེ་ཐུག་ཤི་ཏུ་འཕྲོས་ནས་བརྒྱབ་ དེ་ནས་སྣག་ཟང་དཔོན་པོ་ཁྲོ་བྱུང་དེ་སེམས་ཤི་འདུ་བཀྲག་ནས་ངར་ཅི་ཕྱིད་བསེ་ནས་དཔལ་ལྡན་རྒྱལ་བློན་རྣམས་ལ་ཡ་བསྐྱ་མ་བསྐྱ་འགར་རེ་ཕྱིས་ནས་ གླིང་གི་མདན་མ་བསེ་འབྱུབ་ཕྱིར་མི་ཅིག་གི་ང་ལ་དེ་འདྲ་ཟེ་ཡང་མ་བསི་གླིང་ཀེ་ས་རྒྱལ་པོ་དང་ང་ཟང་གཉིས་སྐལ་པ་ཆགས་ནས་སྨོམ་སྐྱེ་ཡིན་ བཙང་མ་འོང་མདན་མ་དོ་དགར་མ་ཟེར་ནས་འདུག་ མ་ཚོང་ཟང་ཟང་ལམ་ལ་འགྲོ་དང་དགའ་ཟེ་

ནས་མོང་ དེ་ནས་སྟག་ཟང་དེ་ལུས་གྱུར་སྡོམ་ལ་ ཕེབ་ནས་འོང་སྐབས་ལ་ཕན་པ་དང་བྱུག་དགོང་བསམ་འདིར་འོག་ཏུ་བས་བཟ་བྱས་ ཕན་པས་ཧ་གོ་ནས་ལུས་གྱུར་སྡོམ་ལ་
ཕེད་དུས་ ཁྲོ་བྱུང་གི་ཡར་ཕན་པ་ལག་ གསེར་ཀྱི་ནོར་བུ་འདར་རྒྱུར་དེ་ར་ཡིན་ཁྱེར་ཡོང་ཟེར་ ངས་བཟུང་པས་བསམ་པ་ཏྲེས་ལེ་དེ་ མི་བསྡུག་ངན་པས་བྱམས་
ལ་བརྟེན་ས་ ཧེས་ཏེ་སེར་བསམ་པ་ཀ་ལེ་རེ་ མི་དགའ་མདའ་མས་ཀྱི་བྱུང་བྱེད་ དངོས་གྲུབ་བཞེན་ཀྱི་ནོར་རྫས་དེ་ གླིང་དཀར་དཀྱིལ་དུ་བཞེག་བཞེག་ན་ ཡོ་གང་རྒྱུད་གིང་
དགོས་ཟེ་ གླིང་རྒྱལ་པོ་ལྷག་ལ་མི་ཁྲིད་བསམ་ ངས་ལུས་བཞག་དོན་དེ་འདྲ་ཡིན་ དེ་ཟེར་དང་མ་ཟེར་ཕན་པ་དཔོན་ གླིང་རྒྱལ་ལྷས་ཞིག་པ་འཕྲུལ་ལེ་ལ་ ཞེ་སྡུག་
ཁྲོ་བྱུང་ང་ལ་ངན་ ངར་ལོག་གི་སེར་དཔོལ་ལ་བྱས་ ཕོ་མདའ་མ་ཟེ་བ་འདི་འདྲ་འགྲེ་ གླིང་རྒྱལ་བློད་འགལ་བ་བྱས་བྱུས་ནས་ ཤི་ན་ཐར་བ་གྲོབ་ས་མེད་ མི་སྐྱམ་རྒྱུང་
ལ་བརྟེན་བསྒོ་བཤད་བཤད་ནས་ ཤི་མ་བར་བརྗེ་འགྲོ་ཉམས་མེད་ ཇི་དགོས་ཕན་པ་ཕྱིར་ཀྱི་ཞེས་ཟེར་ནས་བསྟེན་དེ་ཕན་པས་ལག་ལ་བཞག་ དེ་ནས་ཕན་པ་དེས་ཟེ་བ་ལ་

གོ་དག

༄༅།། ཨ་ཁ་སྨུག་ནང་དཔོན་བསྙེན་འདི་གླིང་དཀར་ཤི་སྲི་རྐྱན། འདི་བཟང་རན་གྱི་ཡིལ་ཀྱུར་ཀུང་མི་ཉན་པ། ལྷ་སྲུས་ལ་ནི་བྱུགས་འཕྲོས་འདུག་པས་ཞི་བྲིན་འདུག
འདུག་ཏེ། ཞི་བྱབ་ཅི་བདེ་བྱེད་ནས་ཞི་འོང་ཟེར། ང་ངང་བང་གི་མ་བྱམ་ན་ཞེ་ནོག་སྐྱི་དཔོན་ཁྲིབ་ནས་ཅི་བྲགས་བྱེད་ཟེར། ཤན་པས་བསྙེན་དེ་ཁྲུན་ནས་ལྷ་སྲུས་དྲུང་དུ་སོང་། དེ་ནས་ཤན་པ
ཏེ་རྐར་ཤོར་ནས་ཡ་རྒྱལ་བློན་རྣམས། ང་ཞིས་བྱུག་འཕྲུལ་མི་ཉན་ཟེ། ཨ་ལྷིར་བྱུས་པ་འདྲ་བས་བྱ་བ་འདི་ཁོ་ནང་གི་ཚོ་ལ་ཡོད། བསྙེན་འདི་ཆགས་ཉམ་མེད་ལེ་འདྲ་བ་ཞིག་འགི····
བྱུགས་ཀྱི་དགོང་པ་མ་ཚོམ་ཟེ་ནས། བསྙེན་དེ་ལྷ་སྲུས་ཕྱག་ཏུ་ཕུར། དེ་ནས་ལྷ་སྲུས་དགྲ་ལྷ་དེས་སྨུག་ནང་དཔོན་པོ་དེ་ད་ལྷར་འདི་ཞོག་སྨྲ། དེ་ནས་མདུན་གཡོག་གཉིས
སོང་ནས་སྨུག་ནང་ཁྲི་རྒྱལ་ཤོག་ཟེ་ནས་འཕོད་པ་ཀྱུས། སྨུག་ནང་དེས་ད་ཞིས་ང་ལ་ཅི་ཟེ་འོང་བསོ་ནས་སོས་ཤི་ཏུ་ཀྲག་ནས་རྒྱལ་བློན་ཚང་མས་འདུ་ལ་འདུལ་ལ་སོང་
ཨ་ཁྱུ་ཁ་མདོག་ཤོར་ཡོད་པས་དཔལ་བྱུས་བྱིམ་ཅད་ཏ་རྐད་ཤོར་ནས་ཅིག་ངོ་ཅིག་ལ་བལྟས་ནས་ལྷ་སྲུས་དེས་ཀྱི་འདྲ་སྒྲོང་འོང་བསོ་ནས་འདུག། དེ་ནས་ལྷ་སྲུས་དེ་བྱུག

འཕྲོས་པས་དང་ནས་སྨྱོན་ཙོ་དཀར་ཡོག་དམར་ཡོག་བྱས་ནས་ སྔགས་ནང་དཔོན་གྱི་སྟིང་ལ་བྱུག་ཚོག་ཟབ་དེ་ཡ་སྔགས་ནང་གི་བྱུག་དཔོན་ ཚེར་ཉེན་དང་བྱེ་རྒྱན་འགན་རེ་འགྲི་བྱེར་ནས་

བླ་འདི་བློན་མོ་།། ཁ་ལ་× ཐ་ལ་× ༀ་ཡི་དམ་དཀོན་མཆོག་གསུཾ།། འབྱུལ་མེད་བྱིན་གྱིས་རློབ་དུ་གསོལ།། ངང་ལོ་འབར་

བས་གདོན་སྙིང་ནས།། གཡུ་ལོ་སྐད་པས་ཞིང་ཁམས་ནས།། བཅོམ་ལྡན་ཕྱག་ནག་རྡོ་རྗེ་མཆེད།། མ་གཡེལ་དགྲ་ལྷས་གྲོགས་ལ་ཡོང་།།

ཚེས་ལོངས་སྤྲུལ་པས་བྱིན་གྱིས་རློབས།། ས་འདི་× མདོ་ལུང་སྨུག་བྱང་བྲེ་མོ་རེད།། ཁྲི་དཔུང་དམག་གི་སྙིང་རྫོང་ནས་ །།

ལྷ་གྲུབ་དཀར་པས་ནང་ཐོག་ནས།། སྤྱན་ཁྲི་མ་གོ་ཡིས་གོང་སྨོན་ལ།། ཟ་འབྱི་པས་ལྷ་སྲུས་དགྲ་ལྷ་རེད།། མཐོ་སྔོན་དཀར་

མོས་སྐྱ་ཚལ་ལ།། གཡང་དཀར་ལྕུག་གི་རྩལ་དུ་བཟུངས།། ལྕུག་བརྒྱ་འཕྱིལ་བའི་བརྗོད་པོ་བྱས།། སྤུང་དཀར་རྒྱུག་པས་དོན་…

༄༅།། དགོ་ཡིན།། སེང་ཆེན་རྒྱལ་པས་སྐུ་འཚོལ་ལ།། དགྲ་ལྷ་ང་ཡིས་རྩལ་དུ་བསྐྱངས།། གླིང་དམག་འཕྲིལ་སོས་རྩོ···
ཞིག་བསྐྱངས།། དགྲ་རྒྱ་ཁུ་འདུལ་བའི་དོན་དགོ་ཡིན།། ལ་ཆེན་རྣ་མིས་བསྐུམ་དཔེ་ལ།། ལྷག་སྐྱུར་ཀས་སྲིད་ནཱ་ཧྲུ་ཁུ་ལེན།། དམག་
དགྲ་ལག་ཐེབ་ན་དཔོན་པས་ལེན།། ལོ་ཞེར་ཀྱི་ཚམ་ན་ཁས་ཀྱི་ལེན།། ད་ལམ་དབང་ཅན་གྱི་དཔོན་པོ་ཡིན།། ཁྱེར་ལྷག་རང་དཔོན་པོ་ཀེ་
ཐུང་འདེམས།། ཞེ་ལ་དྲན་པའི་འདྲ་ཐུར།། ཉེས་ཆེན་དེ་ལས་ཆེན་ཤུག་མེད།། གླིང་རྗེ་སེང་ཆེན་རྒྱལ་པོ་དེ།། དངོས་གྲུབ་རྫོང་ཀྱི་
ཙོ་བོ་ཡིན།། བསྟེན་ཁ་བསྒོ་བརྒྱུད་ལེན་མི་ཡིན།། རྒྱལ་པོ་དེ་ཡི་སྐུ་རིམ་ལ།། སྡུག་རང་གི་ཐུག་རྒྱལ་པོ་ཁྱེར།། བསྡེན་འབྲིམས་
མ་སྡོག་བལོ་པ་མེད།། དཔོན་རྒྱུ་མ་ཐེག་ན་བཙན་ལ་བསྐྱུར།། དོ་ཆེ་མོ་དགོང་པ་བོད་ལ་ཐོག།། ཁྲིན་ཤྲིང་པ་བསྐྱུར་མི་སྐུ་ཡིས་

ཧྲཱིཿ། ། གཟིགས་ཕྱིར་པས་ཟིན་ན་སྣོ་ལ་སྟོན། ། ངོ་ཚ་མོ་ཁྲ་ཅོ་གཟིགས་ལ་ཡངས། ། སྐུག་དམར་ཡག་དཕྱུར་པ་སྤྱ་ཡིན་མཚོ། །
དཔོན་ཧྲུ་བ་མང་པོས་བསྐྱེར་གཡང་རྒྱས། ། ངོ་ཚ་མོ་སྐུག་ནང་དཔོན་པས་ཧྲུས། ། སྐྱིང་སྐྱུག་པོ་ཚོང་གི་མགོ་རྣ་རྫོང་། ། སྐྱིང་སེང་ཆེན
དཔོན་ལ་སྤྱ་ཡིས་ལྷ། ། ཅོ་ཟེ་སྐྱིང་གི་ཅ་བྱུངས་དཔོན། ། སྐྱིང་དཀར་པས་སྐྱིན་འབྱིམ་མང་པོ་སྨིག ། སྐྲ་ཤུ་ཕྱོག་རྐང་རྒྱལ་པོ་ལ། ། རྫོང
རབ་གསུམ་གྱི་དངོས་གྲུབ་ཡོད། ། དངོས་གྲུབ་ནང་གིས་དང་པོ་རེ། ། སེར་པོ་བསྐྱེར་གྱི་རྫོང་རབ་ཡིན། ། བསྐྱེར་གཡང་དངོས་གྲུབ་རྒྱ་པས
ན། ། ཁྲ་ཟིང་གོ་ཡིས་རྫོང་རབ་དེ། ། ལེན་འོང་ཟེ་བ་བཀའ་མོ་རེད། ། གཙོ་ལྕུག་ཁྲི་ཚུ་ཆད་ལུག་ལ། ། རྐང་རྩིས་ཕྱུག་བཙད་པ་ཀ་མོ་རེད།
གཡུ་འབྲུག་ངར་སྐད་བྲག་ལི་ལ། ། སྐྱེན་འབྲུ་དྲུག་རྒྱས་ལེ་ཀ་མོ་འདུག ། སྐུག་ནང་བསྐྱེར་གཡངས་རྒྱ་ལུག་ལ། ། གོ་རྫོང་

ཀྱ་རང་གཅིག

༄༅། །ལེན་ལེ་ཀ་མོ་འདུག། །མི་དན་གྲོ་བྱང་རྒྱལ་པོ་ཕྱིར། །ཉེས་པ་ཆེ་ལེ་ཚི་ཞིམ་དུ། །བརྒྱད་དེས་གྲུག་པོ་འབྱུང་
དགོས་ཏེ། །ཐན་པ་དཔོན་དང་སྤྱིལ་དཔོན་གཉིས། །འཛིག་གཡངས་དབ་གྱི་འཛུལ་དབ་ཕྱུལ། །སྐུག་ནང་འཛུལ་དབ་མི་ལོ་ཐེར།།
ཏ་གོ་ན་རྒྱལ་བློན་ཛོ་སྐྱམ་ཡིན། །རྣམ་མི་ཕོད་ཏི× ཐམས་ཞེན་པོ་དཀར་ར་བྲུ་ནང་དེ། །ཐ་མི་ཤིས་ཁྲི་པ་ན་ནབ་ཡོད། །ཞིན་
པོ་ཆང་དང་ཤ་ནབ་དེ། །འབྱུང་མ་ཤིས་སླང་རྒྱ་འཁོར་ནབ་ཡོད། །ན་ཆུད་ཤ་ལྟག་ཀླུ་མོ་དེ། །ལེན་མ་ཤེས་ཆད་པ་ཡོག་ནབ་
ཡོད། །ཏ་གོ་ཤིས་ཤི་ཡོད་སྟག་ནང་དཔོན། །ཕྱིར་ཁ་ཚོང་ལྷ་ཤི་དང་པོ་ལ། །ཐོག་ཀྱད་རྒྱལ་པས་བློ་གནས་དང་། །གསེར་
མཛོད་གཡང་ནབ་དམ་པ་གཉིས། །སྣ་འབྲེན་དཔོན་པས་ཡང་ཐུས་ན། །གནང་དང་དཔལ་དབ་བཞིན་ནབ་ཟུམ། །འཛིག་རྟེན×

དཀོན་གྲུབ་ལེན་ཁ་བཅི་ཕ་འདའ། ཙ་པས་སྤྲིང་ལ་དམ་བཅི་འདའ། ཡ་སྨུག་ལེན་ཁ་སྨུག་ནང་འདའ། དར་ལེན་བྲེ་རེན་
བསྐྱེར་གཡང་རྒྱ། ད་གོ་ཤིས་ཡེ་ཡོད་སྨུག་ནང་དཔོན། ཁྱེར་དཔལ་དར་ལེན་པ་དགྲ་ལ་སྐྱུར། ཁྱེར་པ་མེད་ལེ་དགོང་
པ་ཡིན། སྨིག་ཙན་ཟན་པས་ངོ་ཀས་དར། ཡ་ཁྲུ་སྨྲིལ་དཔོན་ངོ་ཀས་ཡིན། ཉི་མ་དེ་ཡིས་ཕྱིར་ཆད་ལ། ཐུ་བ་
འདི་འདྲ་ཐུས་པསན། ཉེས་ཙན་ཁྲིན་དང་འགར་དེས་ཡིན། གོ་ན་སྨུག་ནང་སེ་ལ་ཞོག། མ་གོ་× ཉེས་བྲེ་བ་དར···
དེ་ནས་མ་བཞིན་དཔོན་པོ་ཀླུ་བྲུར་དེས་ ཙེ་ཁྲུང་མགོ་དགུ་ཕྱུག་ཕས་མང་པོ་བྱས་ ད་ཐུ་བ་ཉེས་ཆེན་གྱི་ཆད་པ་མི་ཕོག་ མཛེས་ཆེན་གྱི་རྒྱུང་མ་མ་རག
ན་ཙི་བཟོ་བསོ་ནས་དགའ་འགི་ཡིག་རང་ནས་འདུག་ དེ་ནས་གཡས་བྲུལ་གྱི་བྲུལ་མགོ་ནས་སྨིག་ཙན་ཟན་པ་དེས་རབ་དཀར་པོ་ཞིག་ལྷ་སྨས་ཀྱི་མདུན་ལ···

ཤ་དར་ཞུ་གཉིས།

༄༅།། བཞག་ནས་ལྷ་དོན་གྱི་གླུ་× ཨ་ལ་× ཐ་ལ་× སྐུ་བས་གླུ་ཡི་དམ་དཀོན་མཆོག་གསུམ།། ལྷ་འཁྲུལ་མེད
སྤྱི་བའི་གཙུག་ལ་བཞུགས།། བཞུགས་ནས་བྱིན་གྱིས་× ས་འདེབས་× མདོ་ལྷག་སྟག་ཐར་ཐུ་མོ་རེད།། ཁྲི་དཔྱང་དམག
གིས་སྐྱིད་རྫོང་ནས།། ལྷ་གྲུབ་དཀའ་བའི་ནང་བཞུགས་རེད།། གཡས་བྲལ་བྲལ་གྱི་བྲལ་མགོ་ནས།། ང་འདུས་ང་××
ཧོ་མེར་ཅན་པ་དམར་པོ་རེད།། གླུ་འདེབས་× ཤན་པས་འཁྱིམ་རིང་འཁྱིམ་ཐུང་རེད།། འཁྱིམ་རིང་གོང་མ་ལྷ་ལ་ཡིན།།
ལྷ་གང་མས་ཙོ་མོ་སྟོད་ཉིད་ཡིན།། འཁྱིམ་ཐུང་བ་བ་དགྲ་ལ་ཡིན།། ༀ་དགྲ་འདི་ཚམས་ལ་ཡབས་ཉིས་ཡིན།། ང་ཐན་པའི
གླུ་ཡི་འགྲོ་ལུགས་རེད།། རིམ་ཚན་སྟ་ལུས་ཁྲི་སྐྱིད་ནས།། ལྷ་ལུས་དགྲ་ལྷ་བཙན་རྒྱལ་ལག།། ཕྱུ་ཡང་མེད་སྐྱེ་འདུས

ཡིན།། ཞི་བའི་གླུ་ལ་ཕོ་འདྲ་ཡོད།། ཁ་ཚང་ལྷ་ཀྱི་དང་པོ་ལ།། གླིང་དཀར་ཉི་མ་ཤར་ས་ཙམ།། ཧོར་ཀ་རྒྱང་ཀླུ་གཙམས་
འཇལ་ས་ནས།། དགྲ་འདུ་ལྷུང་བསྐྱོན་ཡོང་འདུག་ཀྱང་།། ཀླུ་གནས་འཁྱིར་མཛོད་ག་ཡོད་དེ།། ས་འདི་ཡོད་ཟླ་གྱི་ཡོད་
པོ་མིན།། གླིང་དཔལ་ཕྱུག་མཐུན་ཁྲལ་ཚོགས་པས་དུས།། དཔོན་སྡུག་ནང་མེད་པས་ཁྲབ་མེད་ཀྱང་།། ལྷ་མཐོན་ཤིས་ཁྲིད་པ་
ཅོ་ལ་འདུག།། དམ་རྒྱང་ག་ཡོང་བསྐུལ་ལོ་ཀྱང་།། དགྲ་དམ་རྒྱང་ཕྱུབ་ཕྱར་ཕས་ཁྲུས་ཁྱེད།། དཔོན་ཧྲོག་རྒྱང་སྐྱིད་དང་ཁྲིད་མེད་
ཀྱང་།། དཔལ་ཕས་སྡུག་ནག་རྒྱུར་མ་ཀྱིང་ན།། དཔལ་དར་ཕྲན་འཁྱུ་མི་བཞིན་པས།། སྡུག་ནང་དཔོན་ལ་མི་ནུད་ཏེས།། ལྷོ་
གླིང་བས་བསྐོག་པ་བསྡུག་མོ་ཟེར།། རྒྱུ་ལྷུན་པོ་སྐུམ་ཀྱི་ཡིན་བཅིན་འདྲ།། ཧ་ལུ་བྱུ་ཀས་པས་ཧོན་ཅིག་དགོས།། དཔོན་སྡུག་ནང་

ཞུ.༢༢.༩༢ཐ

༄༅། །ཐུ་བ་མང་བཞེན་འདྲ། །དཔལ་དམ་རྒྱང་ཁྱབ་པས་དོན་ཅིག་དགོས། །དེ་ལྟར་དཔལ་དར་རྣང་རོག་གྱིས། །སྐྱིང་རྒྱལ་པོས་ཐུགས་ལ་དེ་ལྟར་ཞིག། །ཅེས་ཟེ་བ་དང་དེ་ནས་དཔལ་ཕྱུལ་རྣམས་ཀྱི་དེ་བདེན་ལྟ་ལྷུས་རིན་པོ་ཆེན་སྣག་རང་དཔོན་ལ་དཔལ་དར་ཕྲན་འགྱུ་རྣང་རོག་གིས་ཟེ་ར་ནས་ཞུ་བ་ཕུལ། ལྟ་ལུས་ཀྱི་སྐྱིང་དཔལ་ཕྱུབ་རྣམས་སྤྲང་བས་ཏ་དུ་དཔལ་དར་ཞིག་ཟེར། དེ་ནས་ཕས་ཁྲིན་ལ་བསྐྱེར་སྤྱང་ལྷུ་དང་ཏྲ་ཡོ་གཅིག་གི་མགོ་ཐུམ་ནས་དགུ་མཚན་གཅིག་མཛོད་དར་ཅིག་གི་རྒྱན་ནས་གཡའ་འདི་དཔོན་སྣག་རང་ཁྱེར་ལ་བསྐྱོན་འབྲིས་ཡིན་ལྷུང་། དེ་ནས་ཕས་ཁྲིན་སེམས་དགའ་ཉམས་རྒྱང་འཛིན་གྱི་གང་ནས་སྐྱིང་པ་རྣམས་ལ་ལྟས་ནས་འདུག། དེ་སྐྱིང་དཔལ་ཕྱུབ་རྣམས་ཀྱི་གླུ་ཁུས་བསྐྱེར་མཛོད་ལེན་པས་ནང་སྟེ་སྣོ་ལུག་ཕ་ཁྲུ་སྐྱི་དཔོན་དང་དཔལ་ཕྱུབ་རྣམས་བསྐྱེར་དེ་སྣོ་བྲེ་བས་སྤྲད་ཐུས། དེ་ནས་གླིང་དང་། ཧོར་། འཇང་། མོན་། བདུད་། དེ་རྣམས་ཀྱི་དཔལ་ཕྱུབ་གསུམ་དང་བཞེན་མན་རྣམས་ནས་གང་གྲག་ཁ་ཞེས་འདུས་སྟེ་ཕྱིས་ཅང་གི། བསྐྱེར་ཆེན་རྣམས་བྲེ་ལ་རྒྱབ། བསྐྱེར་ཆུར་རྣམས་སྤྲང་ལ་ལྷུགས། བསྐྱེར་དེ་ཡིས་དཀྱར་ཕྱུད་ལ། དང་པོ་

ཇོ་བོ་ཧཱ་ཤཱ་མི་ཞི་དང་། མི་སྐྱོད་རྡོ་རྗེ། ཇོ་བོ་ཐུགས་རྗེ་ཆེན་པོ་ལ་སོགས་པ་བརྟེན་པ་ལས་ལྷ་རིག་ཡུ་རྒྱ་དང་དྲུ་བཅུ་ལ་སྐུ་སྐམ་བསྙེན་བྱེ་བརྒྱ་ཚོམ་བཞེག། མདོ་ཁོག་གླིང་གི་ཞི་སར་ལ་བསྙེན་བྱེ་ལྔ་བཅུ་བཞེག། སེང་ལྕམ་འབྲུག་མོ་དང་རྒྱ་བཟའ་བལ་བཟའ་གསུམ་ལ་བསྙེན་བྱེ་བཅོ་བརྒྱད་བཞེག། ཡར་ལྷ་ཤོག་རྒྱ་མོ་དང་སྲས་རྣམས་གསུམ་ལ་བསྙེན་བྱེ་ཉི་ཤུ་རེ་བཞེག། དམག་སྤྱི་སྤྱན་རས་ཀྱི་དཔོན་པོ་ལྔ་སུམ་དགུ་ལྔ་དེ་ལ་བསྙེན་བྱེ་ཉི་ཤུ་ཙ་ལྔ་ཕུལ། བསྙེན་ནག་ཅན་ཁྲུས་ཀྱུ་ལས་གཡང་བསྐྱེན་དེ་དགོང་པ་ཐོད་ལ་བསྙེན་གྱི་ལོ་འདར་རྒྱས་པས་ཆང་དུ་བཞེག། དེ་མེན་དཔལ་ཐུབ་རྒྱ་དང་བརྒྱད་ཡོད་པ་དེ་རྣམས་ལ་བསྙེན་བྱེ་བཙོ་ལྔ་རེ་ཕུལ། མཐུན་ཚལ་ཁམས་ལེན་གྱི་དཔོན་པོ་ལྔ་རྒྱ་ཡོད་པ་དེ་རྣམས་ལ་བསྙེན་བྱེ་བདུན་རེ་ཕུལ། རྒྱ་ཁག་དགུ་ཡིན་དམག་ཁྲི་དམག་བཞི་བཅུ་ཙམ་ཡོད་པ་རྣམས་ལ་བསྙེན་བྱེ་ལྔ་རེ་ཕུལ། ནུ་རྗེ་དང་ཐབ་ག་ཡོག་རྣམས་ལ་བསྙེན་བྱེ་གསུམ་རེ་དེ་རྣམས་ཐོད་ཚང་ལ་ཚད་ལྕུམ་མེད་པ་དགོས་སོ། དེ་ནས་འདུ་ཐལ་དེ་མོ་ལོན་གཞན་སུ་བྲས་སོང་། དེ་ནས་ཐོག་ཀར་རྒྱལ་པོ་དེས་རྒྱལ་བློན་ཐོད་ལྔ་མཆོང་པས་བློ་ཁ་སྐྱུར་ནས་བཀའ་གྲོས་མང་པོ་བྱས་ནས་འདུག། དེས་སྐར་ལ་ཐོག་ཀར་

སྟོད་༢༢་བཞི

༄༅། །རྒྱལ་པོ་དེས་ཉི་མ་སོང་གཉིས་ཉིན་པ་ལ་ཁྲིད་དམག་དཔོན་རྣམས་ཀྱི་མགོ་འཛིན་བྱེད་ཚམས་སོང་སྣང་ དེས་ཕྱིར་ཉིས་ལ་དམག་དཔོན་སོ་སོས་དམག་མང་མགོ་འཛིན་བྱས་ནས་ཁང་སྐྱར་དུ་སླེབས། ཁང་ནང་གི་དམག་ལ་ཕྲ་ཐབས་ཀི་ཐྱིམ་འཁྱེལ་བྱས། དེ་ནས་ཕ་ཀང་སྐྱ་ཞིས་དང་ཕུ་རྐང་རྟ་བ་གཉིས་ཀྱི་དྲུང་ལ་རྒྱལ་བློན་རྣམས་ཀྱི་བཀའ་གྲོས་ལ་འདུས། དེ་ནས་ཞེས་ཞབ་གྲག་པ་རེམ་ཞེ་བ་ལ། གླིང་པ་འདི་གྲགས་ཆེན་པའི་མི་འདི་འདུ་མེད། མི་ཐུབ་དང་ལྷ་ཐབ་ཐང་ལ་ཡང་ཡོད་པས། ལྷ་མན་འཛིང་དོན་བདུད་སོག་ལ་འཛོམས་དུས། རྒྱལ་ཆེན་རྣམས་ཀྱི་བླ་གནས་རྣམས་འདུལ་གྲག་པས། ང་ནང་བློན་རྣམས་ཀྱི་བླ་གནས་ལྷག་གཟིགས་དམ་དྲེན་སྐྱུང་ལ་སོགས་པ་རྣམས་ཡི་ཡོད་ཧ་མི་གོ་བམ་ང་རང་རྣམས་ལྷན་མི་ཚིག་འགྲོ་དགས་ཟེར། སོང་གཉིས་མཁའ་གསལ་དུས་ལ། གདོང་ཀླུག་དཔོན་པོ་སྟག་རྒྱལ་ཁྲིར་ལྷུམ་དམག་དཔུང་ཞོག་པོ་བརྒྱུད་ཁྲིག ལེར་མ་སླུང་གིས་སྐྱུ་གྲི་ཚུག་ནས་དམ་ནག་ལྷུང་པས་ཁ་ཤ་སོང་ དམ་ནག་འཁོར་གསུ་སྤྱོག་བྱེད་དེ། སྐྱ་ཅི་བདེ་ཚུལ་ལྷུང་ལ་ཤོག་ཟེར། དེ་ནས་གདོང་ཀླུག་སྟག་རྒྱལ་དེ་རྟ་དམག་པོ་མེ་ཞགས་འདྲ་བ་ཞིག་གི་ཆིབ་ལ་ཆིན

ནས་ཕྱིད་ཁའི་བཅོ་བརྒྱད་ཁྲིད་ནས་དམ་ལྕུང་ཁ་ལ་སོང་ ། དེ་ནས་གླིང་དཀར་གྱི་ལོ་བ་ནུས་མཐོང་ནས་གླིང་སྐྱར་ལ་འོང་སྙིན་ད་ཞིས་དམ་ལྕུང་གི་ཁ་ལ་བླ་ཤུལ་དམག་མི་མི་དཀར་ཏ་
དཀར་གྱི་ཚོ་ཁྲམ་པས་ཁྲི་དཀར་དམར་ཅན་མི་འདར་བཅོ་བརྒྱད་ཙོ་འདུག་པས་དེ་དམ་ལྕུང་གི་ཁ་ལ་བྱས་ཟེ། སྤྱི་དཔོན་གྱི་ཞེ་བ་ལ་ཡ་གླིང་དཀར་གྱི་དཔལ་པོ་རྣམས། དེ་ཙི་ཡིན་
ང་ཞང་ཤེས་ནས་བྱུང་ ། ཐོག་རྣར་ཚང་གི་དམ་ནག་དེ་ལྷ་བསྟན་ཡོང་མེད་ལ་བསྟན་མི་ཞེང་ ། དེ་རྣམས་ཐོན་མི་ཉན་པས་དར་འགྲོ་མི་སྲུ་ཡོད་ཟེ། དེ་ནས་གཡུ་ལྷ་ཕན་པ་མདུན་མ་
དཔལ་ལ་རྣམས་ཀྱི་ང་ཞང་རྣམས་འགྲོ་ཟེ། ཚོར་རྣམས་ཀྱི་བཙན་རྫོང་རྣམས་སྐུལ་གསོལ་སྙིང་ཆེ་ལ་ཕྱིན་ནས་བླང་ནག་རྒྱབ་པ་ལྟར་དུ་དམ་ནས་ལྕུང་པས་ཁ་ལ་སོང་ ། དེ་ནས་ཁྲུང་ཞེ་གདོང་
ཆེན་གྱི་ཚོ་ནས་ཡ་ལ་འགྲོ་སྐབས་ལ། བླ་ཤུལ་དཔལ་པོ་རྣམ་རྒྱལ་བཟང་བ་དང་བྱུག་ནས། དེ་ནས་བླ་ཤུལ་དམག་གི་ཐམས་པ་ལ་འདི་གླིང་པ་ཡིན་པ་འདྲ་ཟེ་ནས་རྫོང་འདར་རྣམས་
ལྟན་ལ་སྐོར་ནས་བྱུང་ ། དེ་ནས་གདོང་ཀླུག་སྐག་རྒྱལ་དེར། ཡ་ཚེ་ཞེ་ཉན་དང་སྤྱོན་པོ་རྣམས། ས་འདིན་ཡང་དོན་ཙི་ལྡུ་ཡིན། ང་སྲུ་ཡིན་ངོ་བོ་ཕྱི་ཞེས་དུ་ཟེར་སྐྱ་འདིར

ཕྱི་༢༢༩

༄༅།། ཨ་ལ་ར་ཐ་ལ་ར་ཀླུ་ཡ་མཆོད་རྣམས་ཕྱིས་དཀའ་པོ་མཆོད།། བར་མཆོད་བ་ར་མ་མཆོད་ས་ར་སྟོང་
གསུམ་འཁོར་བའི་དགྲ་ལྷ་ར་ཐོག་རྒྱུད་རྒྱལ་པས་ལམ་ལྷ་ར་སྐྱབས་གནས་དབང་ཕྱུག་ཆེན་པོ་ར་ཕྱིས་རང་འཁོར་བས་ལམ་ལྷ་ར་ས་འདིར
བྱུང་བ་གདོང་ཆེན་གཡས་རྒྱབ་རེད།། ར་འདུ་ར་ཐོག་རྒྱུད་རྒྱལ་པས་ལྷོན་ལ།། གདོང་ཀླུག་དཔོན་པོ་སྟག་རྒྱལ་ཟེར།། ཚོ་བེ་ཉན
དང་འདུ་མ་ལ།། མི་མེད་ཡུལ་ནས་མི་ཞིག་བྱུང་།། མི་ཁྱི་ཁ་ཆག་གང་ནས་ཡིན།། རྟ་མེད་ཡིན་ནས་རྟ་ཅིག་བྱུང་།། རྟ་ཡི་སྨས
རན་གང་ནས་ཡིན།། ཧཱུྃ་པ་ཆེན་པས་སྦྱིན་པོ་ཁྱེར།། ས་འདིན་འོང་དོན་ཏི་འདུ་ཡིན།། དམ་ལྷུང་པས་སྤུ་མདོ་ལ།། དམ་ཉག
འཁོར་གསུམ་སྐྱོག་བྱེད་ཡོད།། དམར་པོ་སྟག་གི་རབ་སྐར་ཡོད།། ཁྲ་མོ་གཟིག་གི་ཕྱིས་ལེ་ཡོད།། རྣམ་ཆེན་དྲེན་མོས་ལྷ་སེམས་ཡོད།།

སྤྱང་ནག་ནག་པོ་མགོ་དགུ་ཡོད།། ཕོ་སྤྱུ་མ་ཡིན་ཁྱང་འགྲོ་ས་མེད།། ཕྱོག་རྐང་རྒྱལ་པས་བྱེ་དོར་རེད།། སེམས་དོན
བས་འཇུང་ལེ་ཡིན་པས་ན།། དམ་འཁོར་གསུམ་ཕྱོག་ཁྱེར་འཇུང་ས་མེད།། ཐོད་དཔྱང་པས་འདུལ་མི་ཡིན་པས་ན།།
སྤྱག་རྐང་ཆེན་བ་དམ་ནམ་ཡོད།། དམ་རྐང་དར་སྐད་བྲག་ནས་ཡོང་།། དྲིན་ཁྱི་ལྷ་སེམས་གྲང་ནས་ཡང་།། ཕྱོག་དམར་
བྱར་བ་ཕྱོབ་ས་མེད།། ཁྱེར་ཚོ་ཟང་བུ་དེ་ཡུ་ལུག་ལ།། གདོང་ཆེན་ཞི་ལ་ཧྲ་ཧྲེས་བཞུགས།། ཁྲག་ཡག་རི་ལ་སྐྱེ་
ལམ་བསྐོར།། དམ་ལྷང་ནང་ནས་དཔྱང་པ་དེ།། ལ་རྒྱལ་ཉེས་རྒྱས་ཆེན་པོ་རེད།། དེས་ཧྲ་ང་འདར་ལྷན་མོ་ལྷུག་ཁྱུ་འདི།།
ལེན་ཅིག་སྐྲམ་པས་བར་ལོ་ནས།། ལུས་བཟང་དྭག་དུམ་བུ་བཏང་ནས་འོང་།། གོ་ན་སྤྱིན་པས་བྱུགས་ལ་ཞོག།མ་གོ×

ཕྱེ་ཉ་ཉཞ

༄༅། ། ཅེས་ཟེ་བ་དང་ ཞུང་འདར་དེ་ལེན་ཅིག་བཀྲམ་པས་ ཞན་པས་སྐྱིང་ལ་རྒྱུ་ནས་ཁྲ་ཆེན་བྱུང་བྱ་སེར་ཐ་ར་ར་བསྐྱོར་བྱུང་བ་མ་དུར
བཞིན་སྐྱིད་མ་བྱུང་ དེ་ནས་ཤན་པ་དེས་གྲི་ཁར་དེ་མེའུ་ཆང་པ་ལྷུར་བྱུང་ གཡུ་ལྷ་དང་སེང་སྟག་གཉིས་ཀྱི་གྲི་ཕྱིར་ཁར་ཞེས་འོར་ཡང་དེ་ ཞན་པ་དེས་
ཡ་ཚེ་ནེ་ཉན་དང་དམན་པོ་སྐྱུག་ཉེན་དང་འདྲ་མ་འདི་འདྲ་ཡོད་ཟེ་ནས་གླུ༔ ཨ་ལ་༔ ཐ་ལ་༔ སྐྱབས་བློ་ཡི་མདམ་དཀོན་༔༔
གསོལ་བ་འདེབ་སོ་ཕྱིན་ཕྱིས༔ ས་འདིས༔ བྱུར་ནི་གདོང་ཅན་ནི་ཙོ་ཟེར། ། ང་འདྲས༔ ཁྲག་མཚོ་ཧོར་གྱི་སྣ་ནང་ནས།
དཔལ་སྨི་འཁྱུར་སྨིག་ཅན་ཞན་པ་ཡིན། ། ཚེ་ནེ་ཉན་དང་འདྲ་མ་ཡོད། ། དམ་ནག་ལྷུང་པས་ནང་བཙུད་ལ། ། ང་དེ་ཟེག་སྨི…
ཚོང་ཁ་བཙོང་སོང་། ། དཔོན་གྲོག་རྒྱང་རྒྱལ་པས་བླ་གནས་ལ། ། དམ་ཉག་པོ་ཁྲི་གསུམ་སློག་བྱེད་དེ། ། སྐྱག་སྐྱལ་སྐྱེད་པའི

འདྲ་མ་དེ།། ཞན་དགེ་ང་ལ་བཤད་རྒྱུར་ཡོད།། ལྷག་དྲིན་དམ་དང་འཕར་མོ་སྒྲུང་།། ཡིད་དགེ་ད་རྒྱལ་ཚེའ་ཙི་འགི།། ཀླིང་གི
དཔལ་གྲུབ་རྒྱལ་བརྟུལ།། ཆེ་བ་གཅིག་ཁྱིང་ལྗུག་ལེ་མི།། འཕར་མོ་སྒྲུང་ཁྲ་མགོ་དགྲ་དང་།། གྲག་པ་ཚར་གྱི་དམ་རྐྱང་དེ།།
ཡི་རྐའ་རང་ཚོད་མ་ཐེན་ཡས།། ངར་རྐྱང་དཔལ་ལས་ལག་ཏུ་ཁྱིང་།། ཡང་རྐྱང་ཨས་ལྷག་འདར་མོས་སྲིད།། སྐྱེ་འགྲོ་མང་པོ་དམར
སྲིད་ཧྲང་།། དེས་མི་ཚོད་བསྐྱིན་མཛད་ཅར་ལ་གླུད།། ཡི་རྡུ་ལེས་དགྲ་དོ་ག་ལ་ལེན།། ཡིར་དེ་ཞིང་སྐྱུན་པོ་རྡོ་པ་ལ།། ཀླིང
དཀར་པོ་ཉི་མ་དགོང་ལ་ཤར།། གང་ཁ་བས་ལེན་ཡ་ཡོ་ཐེའན།། དེ་ཁྱུར་ཅ་གང་རྒྱུ་བྲང་ལ་བཞི།། ཀླིང་དཀར་པོ་མི་འཚོ་དམར
པོ་ལ།། ནག་སྨུ་ཞིས་ལེན་ཡ་ཡོས་ཐེའན།། དེ་ཐུན་སྤྱུ་ཞེ་མེ་ལ་རྒྱལ།། ཀླིང་དཀར་པོ་དཔལ་ཅོ་དཔྱང་སྒྲིག་ལ།། པོ་བཟ་མས

ཕྱི་༢༢.༢༢༡

༄༅། །ལེན་ཡ་ཤི་ཐེན་ན། །དེ་ཐེན་ཙ་བཙམ་ཞི་སྟག་རེད། །ཤོ་ཡི་ཐུམ་ཅོ་ནི་རམ་ན་པོ་སྐྱུག ། མ་གོ་× ཚེས་ཞེ་ནས

བཙན་པ་རེས་གྲི་དུག་ཞལ་དེ་ལེན་གཉིས་གཡུག་པས་སྟག་རྒྱལ་དེ་ཞི་བའི་དུས་བབ་ཟེར་པས་མཚན་གྱིས་མ་ཆར། དེར་གཡུ་ལྷ་དང་དཔལ་ལ་ཕོ་གཉིས་ཀྱི་གྲི་རྒྱུ་གནས

ཕར་སྟེ་གཡུག་པས་ཕྱིར་ཁེར་བཙོ་བརྒྱད་རྒ་རྣམས་མི་ཐུ་ཙོ་སྲིད། དེ་ནས་མཁྱེན་ཁེར་བརྒྱད་དང་སྟག་རྒྱལ་ཚེས་དཔོན་གཡོག་རྒུ་པོ་དེ་དང་ཅོ་རྣམས་ཀྱི་འབྲི་དང་འདབ་འབྲི་ཐུམ་པས

ཐུར་གཅིག་མ་ཐུབ་ནས་ནང་ནང་གི་ཚོད་བརྒྱུད་སྟེ་དམ་ལྕང་གིས་ཁ་ནས་ཡར་དང་རྩེན་དང་ཐེར་ནས་འོང་། དེར་དམ་ལྕང་གྱིས་ཁ་ནས་མར་ལྷམ་པས་གླིང་སྐྱ་མིག་གི་མཐོང་

གླིང་སྐྱ་རྣམས་ཀྱི་ཡར་བསྐམས་པས་དཔལ་རྒྱལ་དཔུང་མཛོས་ཐེར་ནས་འོང་ཤིས་ཡོང་པ་ཐོར་ནས་ཆིབ་རྟ་རྣམས་ལ་ཆ་རྒྱ་ནས་རྒྱུག་ཐུང་བའི་གླིང་དམག་དེ་སྟོན་ལ་སླེབ་ནས་ཐུར་

དེ་ནས་སྟག་རྒྱལ་དེས་ཞེ་བ་གླིང་དཀར་ཀྱི་དཔལ་རྒྱལ་གི་དཔུང་ནང་ཟེར་བསི་སྟེ། རྫར་འདབ་ལག་ལ་བརྒྱུད་སྟེ་ཐེ་ཚོ་མེད་པ་གླིང་དམག་ཐོར་དུ་རྒྱུར་ཐུར། དེ་ནས་ལྷུན་མ་ལ…

རྟེན་གྱི་སྙིང་པོ་རྣམས་དང་ཕྱུགས་ནས། དེ་ནས་བཅའ་ཚོ་ལྷུང་ལྷ་འཇོག་ལྟུན་གྱི་འདབ་བཞི་སྙིང་དུ་བཞག་ནས་ཡ་ཤེ་ཟེ་ཅན་དང་ཞ་བས་དགུ། ཐྲོས་མ་འགྲོ་བཟུང་དང་ཁ་བ་རྣམས་ཐེ་ནས།

ཀླུ་འདི་× ཡོཾ་མ་ཎི་པདྨེ་ཧཱུྃ་ཧྲཱིཿ ཨ་ལ་× ཐ་ལ་× ཀླུ་མ་ཡི་དམ་དཀོན་མཆོག× གསོལ་བ་འདེ་སོ་ཅིན་× ས་འདིས་××

སྐུག་ཁྲང་ཁྲེ་མོས་ཡང་ཞམ་ཟེད།། ཀླུ་བཞི་ཁྲང་གི་གང་ང་ཟེད།། ཧ་འདུ་× ཕ་ཆེན་རྟེན་གྱི་ས་ཆ་ནས།། སློག་དམར་ཁྲི་འབར་བུ་རྒྱུད་ཡིན།། ང་རྒྱང་ལྷུང་ལྷ་འཇོག་ལྟུན་ཡིན།། ཞབ་རྒྱང་ཁྱུག་མཆོམ་བཞི་དཀྱིལ་ནས།། གཟིག་ཁྲེ་པོ་དར་སྐྱང་གྲུག་ལི་དེ།། དམར་ཡག་སྐུག་གི་ཁ་ཟོག་ཡིན།། སྐྱེ་འགྲོ་བྲམ་ཁྱུང་ཐུར་ས་མེད།། དཔལ་སློང་ལྷ་དང་པོ་ཆེས་ལི་དེ།། བདུད་ཙན་བཙ་པས་དཔུང་ཟོག་ཡིན།། དགྲ་ཁ་བ་ཐྲོས་ཁྱུང་ཐུར་ས་མེད།། ཐྲོས་མ་འགྲོ་ཕོ་ཞིང་པ་ཡིས་རྟ།། མགོ་ནལ་པ་ཙན་གྱི་ཕ་སྨྱུ་དེ།། ལྷོ་གཡུ་འབྲུག

ཀྱ་ཪྡ་བཅུར

༄༅། །ཞིག་དུས་བརྒྱུར་ཐུབ་མེད། །དེ་གཉྱུར་ན་ཚལ་མྱེ་ཐུར་མེད་ཟེད། །ལུས་བརྩོན་རྫོང་གྱོན་པས་དཔལ་བོ་ཁྲིད། །དགྲ་ཇོ་ལེན

ཐུར་དུས་གྲོམ་རབ་མེད། །དེ་གྲོམ་ན་སྐྱོན་པོ་དཔལ་མེད་ཟེད། །ཕོ་རྒྱང་པོ་ཡིན་ན་འགྲམ་ལ་བརྟོན། །གོ་ན་× མ་གོ་× ཚིམ་རྩེ་བ

དང་ལྷ་འདར་དེ་སྨྲིམ་པས་གཞོང་ཀླུག་ལྷག་རྒྱལ་ལ་རྒྱབ་ནས་ ཁོ་རང་བདུད་ཀྱི་བུ་ཡིན་པས་མ་ཐུབ་ ལྷག་རྒྱལ་དེས་རྫོང་འདབ་ཕྱིར་ནས་བསྐྱུ་འདི་× ཚལ་ལ་×

ཐུ་ལ་× ས་འདེམས་× ལྷང་ཆེན་བཞི་གླིང་གང་མ་ཟེད། །ང་འདྲ་ང× དཔལ་རྒྱང་གཞོང་ཀླུག་ལྷག་རྒྱལ་ཟེད། །ཁོ་ནི་ཉིན་དང་སྐྱོན

པས་བྲུ། །བསྐྱུག་ངར་མ་རྫ་ལོ་འགྲོ་ཉིན་མོ། །གླིང་ཞོག་པོ་འགེ་བསམ་ཀླག་ཤིམ་མེད། །སྐྱོང་རྒྱང་ར་ཐུང་ཀོག་བསམ་ཡོད། །ལྷག་དམར་ཡག

ནག་ལོ་བརྒྱུང་ཉིན་མོ། །ཁྱི་རྡུ་ལི་འགེ་བསམ་ཀླག་ཤིམ་མེད། །ཁྱི་རྒྱན་མགོ་པག་ཕྱུར་བསམ་ཡོད། །ང་དམག་དཔོན་དཔལ་ཚོ་ལྡེམ······

ཉིནམ་མ། །ཁྱེར་བརྡ་མ་འགི་བསཾ་ཀྲུག་ལེ་མིན། །བརྡ་མ་བསྐུཾ་མ་ཆུང་ན་བསཾ། །དགྲ་ཁ་ཐམ་ཁྱེམ་གྱི་སྐྱུན་པོ་ཁྱེར། །ཚ་རེ་རེ་འབྲེན་དང་
ཆི་འདུག་ལྟར། །རྟ་འཇོག་པས་བང་ཁ་སྒྲུར་ལེ་ཁྱེར། །རྒྱུག་བང་ཁ་ཚོད་དས་ཆི་འདུག་ལྟར། །ནི་ཡི་སྐྱོང་ཕྲང་སྐྱུ་མོ་དེ། །ལྷུག་གཡང་
དཀར་ཕྲ་རེ་མ་བསྐུཾ་ན། །སྐྱོང་རི་ཙོ་བཟུང་བ་སྐྱོང་བར་རེད། །ར་དམག་དཔོན་ཅོན་རྫོ་ང་བསོལ་ལེ་དེ། །བསྟི་གླིང་དམག་ཕྲན་སེར་མ···
བསྐོར་ན། །མགོ་རྨོག་དཀར་གྱིན་ལེ་སྐྱོང་པ་རེད། །ཇེས་རྟ་ཕོ་དམར་དར་འཛིན་ལེ་དེ། །ཕྲང་བདེ་མོ་འཇབ་དར་མ་བློང་ན། ། །
རྒྱ་བསྲེར་རྒྱ་སྡེར་ལེ་སྐྱོང་པ་རེད། །གོ་ཕེ་ཕྲུམ་ཕོ་རེ་སྐྱོད་པས་རྒྱུ། །མ་གོ་× ཞེས་རྗེ་ཉམ་ཀླུ་འཇུག་རྫོག་པ་དང་སྐུམ་དུ་རྫང་འདར···
ཡིན་གཅིག་སྤྲུས་པས་ཟླུང་ལྷ་ལ་རྒྱ་ཧུར་ ཟླུང་ལྷ་དེ་ལ་ལྷ་ཡི་སྐྱོར་མ་ཡོད་པས་མ་ཆད་ཕྱུར་ ཟླུང་ལྷ་དེས་གྱི་ཕྲུག་ནས་ཐབ་ཏེ་ གདོང་ཀྲུག་གྱི་འགྲམ་དུ་བརྩན···

ཀྱེ་ངང་ཀ

༄༅། །ནམ་ཅིག་གཉིས་ཀྱི་འཕྲིན་བཅུག་དེར་གདོང་ཀླུག་སྟག་རྒྱལ་གི་འགྲམ་དུ་གྲོག་ཕུག་ཅན་ཞིག་བཙུ་ཚེ་ཡོད་པ་དེ་ནང་རྒྱ་ཤར་ཀེ་ཝླུང་ལྷས་སྐྱས་ད་ཀོན་ཆུང་ཝླུང་ལྷས་གྲོག་ལ་ཏོན་དམག་ཉེས་གཅིག་སྐྱབ་གཉིས་སླེབ་དུ་ཕྱུང་ནས་ཁོ་ཉེས་ཀྱི་གྲི་འཕྲིན་མང་པོ་བཞག་ནས་དཔལ་འདྲ་འདྲ་འདུག་པས་སྐྱེ་ལ་ལ། དཔལ་ལ་ཁྲན་པ་གཡུ་ལྷ་ཉེས་ཚས་པས་དཔལ་ཐུབ་ཉེས་བཙན་རྣར་རྒྱུག་པ་ལྟར་དུ་ཕྱུར་སྐྱེ་གདོང་ཀླུག་གྲོག་ལ་དཔལ་ལ་ཀྱི་གྲི་གཡུག་ནས་གཉིས་སྤྲད། ཁྲན་པ་དང་གཡུ་ལྷ་གཉིས་དང་གཡུག་པས་ཝེ་ཝེ་སྒྲིར། ང་འཁོར་བཞི་མོ་དང་ཝླུང་ལྷ་དང་ཕྲོད་ཐུབ་ཤོད་ཅན་གཉིས་དང་བདུར་ཕྲུག་ནས་ཝླུང་ཕོ་གཉིས་མི་ཝེ་ཝེ་སྒྲིང་། ང་ཚོ་གསུམ་ཀྱི་གྲི་འཕྲིན་བཞག་ཤིས…
གླིང་སྐར་ཀྱི་འགྲམ་དུ་སློད། དེ་ནས་གྲུ་ཁུལ་དཔལ་རྒྱད་དཔོན་སློན་གསུམ་པོ་དེ་གླིང་སྐར་ཀྱི་ཀྱིས་དུ་ཝེན། དེ་ནས་རང་ཕྲེས་ཉོན་ཐུ་གཡུ་སྟག་དེས་རྒྱུ་ལ་ཐྲན་གཟུ་འབྲུག་གྲག་པ་བཞིན་དུ་འགྲམ་དུ་བཅར་སྐྱེ། དེ་ནས་རྩོམ་གླུག་དཔོན་སློན་གསུམ་གི་ཁྲི་དཀར་དམར་ཅན་མང་པོ་དམར་སྤྲེད་བསྟད་ནས་ཆང་དམ་ཀྱི་

འགྲམ་དུ་སྦྱོང་བས་ ཚང་དམ་གི་གྲི་གཡུག་པའི་མི་གཅིག་དམར་སྲིང་བསྐྱང་ དེ་ནས་གདོང་ཀྱག་སྐྱག་རྒྱལ་དེས་རྫོང་འདར་ལེན་ཅིག་སྤྲུས་པས་ཚང་དམ་
ཀྱི་མགོ་ལ་རྒྱུ་ནས་མགོ་ཁ་གས་ནས་སྲིད་ དེ་ནས་ཚོམ་པས་གཡུ་ཁྲི་གང་རྫེ་དེས་རང་སྲུས་སྲིད་ཁྲུས་བསམ་ནས་ རྒྱུ་ལ་རྗེའི་ནས་གློག་ཆུར་པ་ལྟར་དུ་གདོང་
ཀྱག་དང་བྲོད་སྐྱག་ཏེན་ ཞལ་གྱི་ལེན་གཅིག་གཡུག་པས་གདོང་ཀྱག་ཁྱེར་ཁེབ་དེས་སྙིང་ལ་རྒྱུ་ནས་སྲིད་ གདོང་ཀྱག་དེས་གཡུ་ཁྲི་གང་རྫེས་སྙིང་དུ་ཞལ་
གྱི་ལེན་གསུམ་གཡུག་ཁྱང་གོ་མ་ཆད་ གདོང་ཀྱག་སྐྱག་རྒྱལ་དེ་ཅན་ཆད་རྒྱུག་པ་ལྟ་ དཔལ་ཁྱབ་རྣམས་གྱི་དང་ཤང་པོ་ཁྱམ་ནས་གླིར་སྨན་དེ་ཡ་བཞག་མ་
བཞག་ཁྱམ་ནས་ཆེན་སྨན་ཁྱིམ་དུ་བྱུང་ ཆེན་སྨ་ནང་ནས་བེ་ཁྱབ་རྣམས་ཀྱི་གདོང་མ་ལེན་ནས་དམག་རྒྱ་ཚོམ་སྲིད་ དེ་ནས་བེ་ཁྱབ་ལྟ་འགྲོ་ཚོམ་བེ་ཁྱབ་གསུམ་
དམར་སྲིད་བསྐྱང་ནས་ཆེན་སྨན་རྒྱན་དུ་བྱུང་ དེ་ནས་ཤནུ་པ་དང་ཞུད་ལྟ་གཉིས་ལ་རྫང་འདར་སྐྲུམ་ནས་ཁྲ་ཡིས་ཕྱིས་དང་པ་ལྟར་དུ་སྐྱུར་ གདོང་ཀྱག་དེས་

༄༅།། དེ་ཞིང་སྐྱོ་མ་དེ་ཙམ་ཡིན་བསམ་ནས་གྲུ་ཁྱུས་ཤོག་ལ་ལོག་སོང་། དེ་ནས་གླིང་པ་རྣམས་ལྷ་གྲབ་དུ་འདུས། དེ་ནས་ལྷ་ཕྲུས་དགྲ་ལྷ་དེ་
བྱུགས་འཁྲིས་པས་ངང་ནས་དཔལ་གྲུབ་རྣམས་ལ་འདུས་ཤོགས་སྐྱང་བའི་ཀར་ཕེབས། དཔལ་གྲུབ་རྣམས་ཁྲག་ནས་དར་ལྷ་ཕྲུས་ཀི་ཚི་འདི་སྐྱོང་ཁྱང་བསམ་ནས་འདུགས།
དེ་ནས་ལྷ་ཕྲུས་དགྲ་ལྷ་དེ་སྐྱུན་ཚོ་དཀར་ལོག་དམར་ལོག་བྱས་ནས། ཡ་ཁོ་རེ་གླིང་དཀར་དཔལ་གྲུབ་རྣམས། ཕྱིར་རྣམས་རྐར་རྐང་བྱས་ཁྱང་ཁྲ་དང་འདྲ། དགྲ་གྲུ་ཁྱུ་མི་
ཅིག་མི་བྲུབ་པ་སེམས་པམས་པོ་རྫས་དང་ཁྲ་མོ་རྣམས་དེ་འདྲ་ཞེ་ཕོ་སྲོན་བ་ཙ། དགྲ་གྲུ་ཁྱུས་ཏོ་ལེན་སུ་ཡི་བྱེད། གླིང་ཏེ་སར་དཔོན་ལ་ཙི་འདྲ་ཚུ། མི་ཅིག་གི་ཁྲི་དམག
ངེ་རྣམས་བསྒྲགས། ཕྱིར་དཔལ་གྲུབ་རྣམས་དེ་རིམས་ཀི་ཐུ་བ་དེ་འདྲ་ཡིན་ནེ་རེ་ཁྲིམས་སྐྱང་པོ། དེ་ནས་དཔལ་གྲུབ་རྣམས་ཀྱི་དགྲ་ལྷ་ལ་བྱུགས་ཁག་མེད་བྱེར་ནས་ཙི་ཚུ་མ་ཕྱེད། དེ་ནས
གཡས་གྲལ་གྱི་མགོ་ནས་ཨ་ཁྲ་སྐྱི་དཔོན་དེས། ལས་དར་ཅིག་ལྷ་སྐྲུས་མདུན་ལ་ཕྲུར་ནས། ཡ་ལམ་ཀྱི་ལྷ་ཕྲུས་རིན་པོ་ཆེན། ཕྱིར་དེ་རིས་བྲུག་ཁག་མེད། བྱུགས་…

དགོང་པ་མ་ཚམ་རིན་པོ་ཆེན། ང་རྒྱལ་ཅན་གྱི་དཔོན་པོ་དེ། ཚེ་བའི་དུས་བབ་མེད་ལེ་རེ། ཕན་པ་དཔལ་ལ་གསུ་ལྷ་གསུམ། དགྲ་སྟོབས་མ་མོང་པོ་བློང་ནས་ཐུས། མི་ཅིག
མི་ཐུབ་ཐོབ་ལེ་ལ། དར་འབྱོད་པ་བྱས་ཁྱང་མི་ཕན་འདུག དགྲ་གྲུ་ཞུ་ཐབ་ཀྱི་འདི་ཐབ་དགོས། ཚོ་དུས་བབ་མེད་ན་འདུལ་རྒྱུ་ཀ། ཐབ་མ་ཅི་འགི་ག་ལེ་བསྒ་ཟེ་ནས
ཞུ་བ་ཕུར་ནས་འདུག དེ་ནས་ལྷ་སྲུས་དེ་ཞེ་རོ་ནག་ལོག་ལོག་བྱས་ནས་ཅི་མི་གསུང་བ་འདུག དེ་ནས་གདོང་ཀྲུག་སྐུ་ག་རྒྱ་དེ་གྲུ་ཕུས་དམག་སྔོན་དུ་བསླེབས། གྲུ་ཕུས་
དམག་རྣམས་ཀྱི་ཡ་གདོང་ཀྲུག་མི་གཅིག་མ་སྡོག་མི་འདུག ཡག་མ་བྱུང་ཟེ་ནས་འདུག དེ་ནས་དམག་དཔོན་གསུམ་དང་དམག་མི་རྣམས་ཀྱི་གདོང་ཀྲུག་ཆུ་ཁ་བློངས། ཡ་གདོང་ཀྲུག
ཁྲིད་འོ་རྒྱལ་ཕྱུ་བྱུང་ཟེ་ཁྲིད་ཆུ་ཁང་རྣམས་མེད་ལེ་ཅི་རེད་མོང་ཟེར། གདོང་ཀྲུག་གི་ཡ་དམག་དཔོན་རྣམས། དབས་ཀ་ལ་སྡུག སྡུལ་པིན་ཏུ་ཆེན་འདུག་དར་ཡ་ཕེབ་དང་གྲུ་མང་
པོ་ཡོད་ཟེར། དེ་ནས་ཁོ་རང་རྣམས་ཀ་ཀང་སྐྱ་རིམ་ཕར་བྱུ་ནང་རྟུར་གཉིས་ཀྱི་རྡུང་ལ་མོང་དེ་ནས་ཁ་ཀང་སྐྱ་རིམ་དེས་ཟེ་བ་ལ། ཡ་གདོང་ཀྲུག་སྐྱ་ག་རྒྱལ་ཁྲིད་བཀའ་ལེན

རྒྱ་ངང་འབུམ་གཅིག

༄༅། །ཁོ་རྒྱལ་ཙི་འདུ་ཆུང་། སྤུང་ནོག་རྣམས་མེད་པ་གནར་བྱུས་ཟེར། དེར་གདོང་ཀླུག་རེས་དབ་དཀར་ཅིག་འདུ་ཅན་དུ་བཞུགས་ནས་ཁ་བར་སྐྱང་ཚོན་གི་ཞུ་བ་གྱི་གླུ་འདི་ ༔ ༔

ཁ་ལ་༔ ཐུ་ལ་༔ ཡར་མཆོད་རྣམ་ཐོས་༔ བར་མཆོད་བར་ཕྱིས་ཁྲེ་པོ་༔ མ་མཆོད་ས་བྲིག་ནག་པོ་༔ དམ་ཅན་འཁོར་གསུམ་༔ ཐོག་རྒྱུད་རྒྱལ་པས་དགྲ་ལྷ་༔ ཐོད་སྐྱོངས་གསུང་མའི་ལྷུམ་ལྷ་༔ སྐྱབས་གནམ་དབང་ཕྱུག་ཆེན་པོ་༔ སྲིན་རྒྱལ་ནཀྲ་ཐོང་པྲེང་༔ རྒྱལ་ནི་རྡོ་རྒྱལ་གདོང་དམར་༔ དེ་རིང་ལྷ་ཚོགས་གྲོངས་ལ་ཕེབས།། ས་འདི་༔ གཡུ་མོ་ཞ་བྲང་གོང་མ་རེད།། དཀར་པོ་གྲུབ་ཀྱིས་སྦྱིང་རྫོང་རེད།། ཐོན་ཆེན་ཁ་ཀང་སྐྱ་རིང་དང་།། ཡ་མེད་བྱ་རྒྱུད་རྟ་ན་གཉིས།། དམག་དཔོན་དེར་ལ་དེ་འཁོར་རྣམས།། བྱུགས་ཀྱི་དགོང་པ་མ་ཚམས་ལག།། ཞུ་བའི་གླུ་ལ་ཁེ་འདུ་ཡོང་།། ང་ནར་ཅམ་གྱི་ལྷ་མོ་ལ།། དཔུང་ནུས་མི་འདལ་བསྟོམ་རྒྱུར་རེ།། དམག་དཔོན་ང་དང་བརྟུ་དགུ་རེ།།

དམ་ལྷུང་ལྷུང་པས་ནང་བརྡུང་ལ།། དམ་ནག་འཚེན་གསྺུཾ་མཐུལ་ཡར་ཡོང་།། བྱུང་ནི་གདོང་ཅན་ནི་ཚོམ་ནས།། ཧོར་ཕན་པ་མི་དམར་
ཧྲ་དམར་ཅན།། འཇང་གཡུ་ལྷ་མི་སྔོན་ཧྲ་སྔོན་ཅན།། གླིང་དཔལ་ལྷ་མི་དཀར་ཧྲ་དཀར་ཅན།། མི་དེ་གསྺུཾ་ཀྱོར་ལ་ཁོང་ཞིས་འགི།།
དགོང་ལ་གཉིས་ཚོམ་ནས་གདོང་ཐུག་བྱུང་།། བསྟི་འདྲ་མ་འགག་ནི་བཤེད་ཡིན་ལ།། ས་གཞན་འགྲོ་སྐད་ཆར་བྲིས་ཡིན་ལ།། ཁོ་གླིང་
དཀར་དཔལ་ཁོར་རྒྱར་བསྡུ་དེ།། དམ་ལྷུང་ནང་ལ་ཡོང་རབ་ཟེར།། སྙག་བྱིན་དམ་དང་ཡག་མང་སྤྱོད།། དམར་སྲེད་ཁྲག་ལ་སྐྲིམ་རབ་
ཟེར།། སྙག་པག་དམ་པག་གཟིག་པག་རྫོམ།། གླིང་དཀར་སྐྱོད་ལ་ཁྱུར་རབ་ཟེར།། དེས་མི་ཚོད་གསེར་མཛོང་ཡིབས་རབ་བཤད།།
དཔོན་གསེར་མཛོད་ཡ་དབང་སྐམ་ཆེན་དེ།། འདར་ནག་ཕྲན་གཙིག་གིས་སྲིད་རབ་བཤད།། བསྲེར་མཛོད་དཀོས་གླུ་ཆ་རྒྱུད་དེར།། ཁྲ་མོ…

༄ ངང་པོ་འཁྱུག

༄༅། །དམག་གིས་སློལ་རབ་བཟང་། །སེམས་དང་སྣང་བ་མ་སྨིན་བྱུར། །ཅག་ཕྲན་འདར་མའི་རྗེ་སློབ་བྱས། །མགི་བཟི་གྲི་ཡིས་འགྲེན་སྣག་བཅག །དར་རྒྱར་དཔྱུང་པའི་ཁྲིགས་པའི་དུས། །མི་འདལ་བརྒྱུ་ཚོམ་སྲིད་ལ་ཕོར། །ལེན་མ་ཟིན་དཔལ་ཐོར་ཕོར་ལ་བྲོས། །འདུག་མ་གནས་རང་ཡུལ་སྔོར་ལ་ཡང་། །ལ་རྒྱལ་པོ་དེ་ཡིན་ཕར་རོལ་ནས། །གླིང་དཀར་པའི་སྐར་དེ་གྲིབ་སེ་འགྲོ། །འཛོམས་ཕ་ཡ་མེད་དཔལ་མང་པོ་བྱུང་། །ཁྱུ་བ་ཞེང་སྐྱ་ཞིང་ལམ་ལ་ཀགས། །ཅག་ཕྲན་འདར་ལ་བརྩེ་ལྡན་བྱས། །འཕྲུར་པས་ཕ་ཡ་མི་ཟིན་པས། །དཔྱང་རོག་བཞི་ཚོམ་དེ་ནས་སྲིད། །མཐུལ་མ་མི་ཀ་ཡོག་ངང་རྣམ་ཀྱིས། །ཁྲ་མོས་དམག་ལ་དཔྱང་བྲུག་བྱས། །པོ་རྣང་པོ་མང་པོ་དམར་སྲིད་བསྐྱང་། །དམག་སྐར་དེ་ཡིན་བཙྲུང་ཀྱིས་ནས། །གཞིག་རང་དཔོན་པོ་ཡིན་པས་ཟེར། །རྒྱུ་སྟག་ཁྱུང་ཙམ་འཛིག

འདྲ་བྱུང་།། དཔལ་ངར་རྒྱད་དཔྱུང་པ་དམ་འདྲུག་སྙིན།། ཏོ་ཕྲ་ཟིག་རྗུང་འདར་ངར་ལ་དྲངས།། མགོ་རྩོག་དཀར་ལྷུག་མེད་

ཕྱུལ་ལ་བཏང་།། ཤན་པ་དཔལ་ལྷ་གཡུ་ལྷ་གསྟི།། ངར་རྒྱད་ཁྲག་འཁྲུག་ཁར་ལེན་བྱུང་།། འཕྱུ་དཀར་དམར་ཙན་ལ་མང་པོ་

ཕྱེད།། མི་ཧྲིག་མིན་པ་མ་ལུས་བྲར།། དེས་མཆོད་རྗེན་སེར་སྐར་ལ་རྒྱུག།། ཞེར་བྱུབ་གསྟི་ཀྱི་མགོ་ཀེ་གཟུག།། འཕྲུ་སེར་ཙན་ལ་

བརྒྱ་ཙམ་ཕྱེད།། དེ་[illegible]་སྐྱུ་ཟིལ་ལམ་ལ་འདྲན།། དེས་དཔལ་བའི་རང་ཚོད་གྲིན་དགས་བསེ།། དཔོན་ལ་ཀེ་ཞྭ་བཞག་དགོས་བསེ།

ངས་རང་ཚོད་བརྒྱུག་ལུག་དེ་ལྟར་ཡིན།། ལུས་ཀྱི་དམག་དཔོན་རིན་པོ་ཆེན།། དམ་ཙག་འཁོར་གསྟི་སྤྱང་བྱེན་དེ།། བརེ་བ་མི་འདུག་

ཐུག་གིས་ཆང་།། དམ་ལུག་ཧྲ་ཧྲེའི་མང་ལུག་དར།། ཤན་པའི་ཁ་བསྟི་བཔད་ལུག་གཉིས།། འཇྲུའ་འོང་གྱུར་ཐིས་སྤག་ལུག་གསྟི།

༄༅།། ཡག་རྒྱུར་མ་ཐུབ་སེམས་བྱུག་ཞེད།། ཅི་དགོས་རྒྱལ་བློན་བྱུགས་ཀྱི་སྐོར།། ཀོ་ཙ་x མ་ཀོ་x ཧཱུཾ་མ་ཆི་ཕྱིར་ཏྲིཾ
ཅེས་ཟེ་ནས་ཁས་ཀང་སླུ་ཞིང་དང་བུ་ནད་ཧྲ་ར་གཉིས་ཞལ་ཛོ་ལྷ་ཞི་ལ་གྲིབ་མ་ཕོག་པར་ལྷན་དུ་བྱུང་ནས་ ཁ་ཀང་རེས་ཡ་ཆོ་ཟེ་གདོང་ཀླུག་སྐུག་རྒྱབ
ཕྱིར་ ཕྱིར་མི་ངན་གཟར་སོང་ཀང་ངན་ཕོ་གོང་བསྐྱུག་གིས་ཐུ་བ་དེ་འདུག་ཡོད་ མ་ཚད་གླིང་སྤྲུར་སྨན་རེས་སྐྱིལ་ཆོས་ཚེན་པོ་ཞེད་ དཔོན་ཕྱིག་རྣད་རྒྱལ་པའི
སྤྱིར་ཚེམས་བསྐྱོད་ལ་སྐོར་ རམ་ནག་འཚོ་གསུམ་སྤྲུང་ཕྱིད་དེ་མེད་དམ་ཡིན་ན་དཔོན་ཕྱིག་རྣད་སྐྱོང་དང་ཚར་མེད་ཡིན་པས་རྒྱལ་པོ་སྐྱ་ཚོ་ཞིང་པོ་མི་འོང་ཐུག་ཚད་པའི་
དར་དཔོན་ཕྱིག་རྣད་ལ་ཞི་སི་ཕེབས་ ད་ཞིན་བསྐྱར་སི་སྟོང་རྒྱུར་ཕི་ཡོད་ཐེར་ རེམ་སྨན་བཟེ་ཆེན་ཞེས་ཟབ་གྲུག་པ་རེས་ལ་དཔོན་ཁས་ཀང་ལག་ ད་ལྟར་
མི་འགྲོ་བ་ཅི་ལ་ཕོན་ འགོ་ཚ་ཇོ་ཞི་དེ་ཟག་མེད་དཔོས་ཞེས་དང་ལྡན་པས་ཕྱིག་རྣད་བླ་གཟུམ་འདུར་ཚོ་ངས་འདུ་བའི་ཐུར་དང་ཐུ་བ་གད་དྲག་ཐེར་ནས་བློ་ཕྲིན

བ་ལྟར་དུ་སྒོམ་ དེ་ནས་དམག་དཔོན་ལྷག་ཀྲད་ཚང་སྡིག་དེས་ཡ་ཚེ་ཟེ་དམག་དཔོན་ལ་ཞོགས་པ་ ང་རང་རྣམས་སྐྱོད་ཐབ་ག་ལ་ཡོད་ཟེ་ནས་རྒྱལ་བློན་རྣམས་ལ་ངོ་འགྲོས་བྱས་ནས་འདུག་ དེར་གསེར་ཁྲི་སེར་པའི་ཡོང་སྐྱིད་ནས་བུ་གནད་ཧྲ་བ་དེས་ཡ་དཔོན་པོ་ཕས་ཀར་སྐྱ་ཟེས་ལག་ ང་རང་རྒྱལ་བློན་རྣམས་རོ་གོ་ཚང་ན་དཀར་འདུག་ཟེར་བ་དང་ དེ་ནས་ཕས་ཀར་སྐྱ་ཟེས་དེ་མིག་དམར་ཀློག་ཀློག་བྱས་ནས་ཡ་ཚེ་ཟེ་རྒྱལ་བློན་རྣམས་ སེམས་ལ་སྐྱིད་རྒྱུ་ར་ལ་ཡོད་བཟང་སྐོར་བྱས་ཀྱང་ཏི་ལ་ཡང་ ཉན་དང་འདྲ་མ་ཕེ་འདྲ་ཡོད་ཟེར་ནས་གླུ་× ཨོཾ་མ་ཎི་པདྨེ་ཧཱུྃ་ཧྲཱིཿ ཨ་ལ་× ཐ་ལ་× གླུ་མཆོད་ཅིག་རྣམ་ཐར་དཀར་པོ་× མཆོད་གཉིས་པ་× མཆོད་གསུམ་པ་× ཕྱིག་ཀྲང་རྒྱལ་པས་ལམ་ལྷ་× ལྷ་མ་གཡེལ་ལྷ་ཁྱིམ་གྲོགས་··· ལ་ཕེབས་།། དཔལ་དང་དབྱངས་པས་རྒྱལ་སྐྱེན་མཛད།། ས་འཛིམ་× གཡུ་མོ་ཐར་གིས་ཐར་སྐོང་ཟེད།། ང་འཛུམ་××

༄༅། །ཐང་ཡར་སྟོད་འཛམ་བུ་ཁྲ་མོ་ནས། །སྔོ་ཁྲུལ་འཁོར་བཅུ་ཡིས་དཔོན་པོ་ལ། །དཔལ་མི་འགྱུར་ཕ་ཀང་སྐྱུ་ཞིས་ཟེ། །
དཔོན་ཕྱོག་རྐང་རྒྱལ་ཟབ་གོང་མ་ལ། །ཕ་ཀང་བློན་ཟབ་དང་པོ་ཡིན། །ཕྱོག་རྐང་རྒྱལ་དང་ཁྱེར་མེད་ཡིན། །གཅམ་ཕ་སྟོན་
བཞི་གླིང་གོང་མ་ནས། །གསེར་ཉི་མའི་སྤྱིར་སར་བླ་བ་ཟེད། །དཔལ་གྲུ་ཁུམ་རྒྱལ་བློན་གོང་མ་ནས། །དཔོན་ཕྱོག་རྐང་སྤྱིར་
ཡ་ཕ་ཀང་ཡིན། །ནག་ཙོན་འདི་བཞི་གླིང་གོང་མ་ནས། །སྨུག་དམར་ཨག་སྤྱིར་ཡ་ཁྲ་ཐོར་གཟིགས། །ར་ཕྱོག་སྟོབ་ཙན་
ཀྱིས་དཔོན་པོ་ཡིན། །དཔལ་གྲུ་ཁུམ་ཆོས་ཀྱི་ཁ་ཡ་ཡིན། །ཉིམ་དེ་སྟོན་པན་ཚད་ལ། །སྐྱེས་ཆོས་འདི་འདུ་འོང་མ་ལྕུར། །
ལ་ཆེན་ཏུ་མམ་× འབྲུག་ནག་རྫ་ལ་འཁོར་རྒྱུར་དེ། །རྫ་ཁྲ་ཡག་ཚགས་གིས་བཞི་མ་ཟེད། །རྫ་ཁྲ་ཡག་ཉམ་ལ་མ་ཕེན། །

ཙོ་ཟ་ཚང་འབྲུག་ལ་སྣང་པ་རེད།། ཉ་སྲེ་ཉ་མཚོ་ལ་འཁོར་རྒྱུར་འདི།། རྒྱལ་མཚོ་དྲུག་འགྱུར་མ་རྒྱ་ཅན།། ལམ་གསེར་ཤོག
རྒྱས་ལ་སྟོང་པ་རེད།། ཕེད་དེ་ཡི་བདེ་ཆིག་ག་ན་ཡོད།། ལ་རྒྱལ་རྒྱ་གླིང་སྐྱོར་གསྲེན་དང་།། ཡང་ན་དམག་དཔོན་སྤྱུམ་གསུ
ལགས།། དམ་ཁ་ཚོང་སྤུར་གྱི་དང་པོ་ལ།། ཀ་ཀོད་དང་པོ་མཇེད་པས་དུས།། དམག་དཔོན་སྨུག་རྐྱང་སྤུང་དང་།། མཚོ
སྤུན་སྤྱལ་ནག་མི་འབར་གཉིས།། རྒྱལ་དར་སྣང་སྣག་དམར་ལྱུ་གསུ།། ཁྱེར་བང་དམག་དཔོན་པས་གསུ་དེ།། ཐོག
རྒྱང་གདང་ཅན་ཆེན་ལེ་ཡིན།། རྒྱལ་གླིན་དགུ་བཅུ་ག་དགུ་ནས།། དོན་ཡོད་རྡོམ་ཀྱི་དང་པོ་ལ།། དཔོན་ཕྱོག་རྒྱང་ཆོས་ལ
ཕེན་ཚག་ཡིན།། ཆོས་ལ་མ་ཕན་བླ་གནས་ཤོར།། དགྲ་དར་རྒྱང་དཔུང་རྒྱང་ཐུབ་ཚག་ཡིན།། དགྲ་མ་ཐུབ་བཙ་མ

ཤུ་༢༢ ལེ

༄༅།། ལྷ་མའི་བསྒུགས།། ལེན་པར་ཁྱེད་རང་པས་གསོལ་ཆེན།། ཉེན་པར་དེ་ལུས་ཆེན་ཞིག་མེད།། དེས་
དེ་ཤེས་སྐྱིང་པས་སྐན་ལ་སོང་།། དམ་ཅན་འཁོར་གསུམ་གསུང་བྱིན་དེ།། འདུལ་ཕྱུ་ཚེར་ཉམ་ལེན་གྱིས་ལ་ཐོགས།། བསྒྲུབ
མཛད་གཡང་ཟབ་དམ་པ་དེ།། ལེན་ཡི་བཟ་ཉམས་ལེན་གྱིས་ལ་ཐོག།། རྒྱལ་ལ་གར་སྨིང་བཟླང་ཚོར་ན།། ཁྱེད་རང་དམག་དཔོན་
སྤྱན་གསུམ་གྱིས།། སྐྱིང་ཞིག་སྣང་སྣར་སྐྱ་མོ་དེ།། ཉིམ་དེ་ཞིང་གཟུང་ནམ་ཟར།། ཙ་བ་སྡོམ་ནས་ཀོག་ལ་ཐོགས།། དམག་དཔོན་ཁྲག
ལ་སྨྲིང་ནམ་ཐོགས།། དམག་མང་རྟ་བ་ཕུད་ལ་ཐོགས།། དཔལ་བའི་དར་འཕྲི་ཐོང་ལ་ཐོགས།། རྒྱབ་འདུག་ཐེར་ལེ་མ་ཆུར་ན།
ཁྱེར་སྤུལ་གསུམ་ཉེན་པ་བཞིན་དུ་ཆེན།། གོན་རྟ་ཡས་ཀྱིས་ལ་ཐོག།། མ་གོ་× · ཡོཾ་མ་ཧི་པདྨ་ཧཱུྃ་ཧྲཱིཿ ཅེས་ཐེ་བ་དར་དེ་ནས་དམག་དཔོན

ཁོ་གསུ་ལུས་གྲུར་ཀྱི་སྟོ་ལ་ཕེབ་ནས་ཙཎ་རྫོང་འཚོར་གསུཾ་ནུས་སྐྱུ་ལ་གསོལ་ནས་ཆི་ཧུ་ལ་ཆིབ་ནས་ཀློག་ཆུག་པ་བཞིན་དུ་གླིང་ཕོག་སྲུ་ཁ་ཛིམ་སོང་ དེ་གླིང་སྟན་གྱི

སོན་པ་རྣམས་ཀྱི་མི་མཐོང་ནས་ཁོ་སྤྱོད་པོ་གསུ་འཇང་སྟན་གྱི་འགྲམ་དུ་སླེབ་ དེ་ནས་མཚོ་སྔོན་སྐྱུལ་ནས་མི་འབབ་དས་རྫོང་འདན་དཔྱུང་ལ་སྔོན་ནས་གཡུ་འབྲུག་ཞུ་ ཁ་ལྟན་དུ་འཇང

སྟན་ནང་དུ་སླེབ་ འཇང་སྟན་གྱི་དགྲ་གླུ་ཁུ་སྨེད་བྱུར་ཞེར་ནས་ཁུ་ཧྲི་ཞི་ཞི་འདུག་ དེ་ནས་འཇང་ཀྲུག་གཡུ་ལྷ་ཐོག་འབྱུན་དང་ པདྨ་ཉི་དུག་གཉིས་ཆིབ་ལ་ཐོན་ནས་བཞི

སྙིང་དུ་འདན་རྐྱད་རེ་བཞག་ནས་ཙོད་རྐྱད་ཕོན་པ་བཞིན་དུ་བྱུང་ དེ་ནས་མཚོ་སྔོན་སྐྱུར་ནག་མི་འབབ་དེས་རྫོང་འདན་རི་གཡུ་ལྷ་ལ་ཁ་སྐོར་ནས་གྲུ× ཨ་ལ་××

ཐ་ལ་× ཉིམ་ཕྲོས་དཀར་ནག་ཁྲ་གསུམ་མཚོར།། ཕྲོག་རྐྱད་རྒྱལ་པའི་ཐོན་དོན་ཉིམ།། མ་གཡེ་དེ་ཞིང་གྲོགས་ལ་ཕེབ།། མ་འདི×

མདོ་ལྕང་རྟགག་བྲང་× ཁྲང་སྟན་སྐྱུ་མམ་གཡམ་ཁམ་ནས།། ང་འདྲ་× དར་སྐད་གཡུ་འབྲུག་འཛིག་རྫོང་ནས།། བྲག་ནག་གསུམ་པའི

༄༅། །ཐུ་རྒྱུད་ལ། །མཚོ་སྔོན་སྤྱིལ་ནག་མི་འབར་རེད། །གླིང་ཞིམ་ཁྲད་སྐྱར་སྐྱ་མོ་ནས། །ཡོང་ན་དམག་དཔོན་སྔོན་པོ་སྐྱབས། །ཉི་དང་འདྲ་མ་འགག་རེ་ཡོད། །ཁ་ཆོང་ལྷ་ཀྱི་དང་པོ་ལ། །ཐུབ་རྣད་རྒྱལ་པའི་བླ་གཉན་དེ། །ཚོས་སྐྱོང་རྣིལ་ཁྲིས་ཏོ་བོ་ཡིན། །ཐུབ་རྣད་རྒྱལ་པའི་ཐོན་དོར་ཡིན། །དགེ་པོ་གདོང་ཁྲག་སྣག་རྒྱལ་དེ། །ཁ་ཚང་འཇལ་སྤྱོད་བཟོ་ལ་ཐུས། །རྒྱལ་བློན་དཔོན་གཡོག་བཞུ་དགུ་དེ། །འགྲོ་མ་ཅིག་ལོ་ལ་ཀག་མི་དེ། །ཁྱེ་གླིང་ཞིམ་སྐྱང་སྐྱར་སྐྱ་མོ་རེད། །རྣད་པོ་ཧོ་ཡ་ཆེན་པོ་མ། །འཛིག་སྟེ་རྣ་མའི་× ཐུང་དཀར་བྲག་གཉིས་བར་ལོ་ལ། །ད་ལོ་ཀླུག་ནག་ཚང་ཞིག་ཡཔར། །ཐུང་དཀར་རྣད་ལ་ཤོག་འཛིན་བྱེད། །ཐུ་རྒྱལ་ནང་གིས་སྐྱིད་ཚོས་རེད། །ཊེས་གཞོག་ནྡུག་དཀར་འཛུག་བྲག་ལ་རྒྱ། །ཀླག་ནོག་པའི་ཚང་ཞིག་མ་བསྐོར་ན། །བྲག་སྤྱིར་ནས་ཐུང་

དཀར་གང་ལ་འགྲོ།། ལྷག་དམར་ཡག་ནག་ལ་འགྲོ་མ་ནུས།། ཁྱི་བཙ་ལྕུ་ཁྱི་ཨམ་ཚང་ཞིག་བཙུར།། དམར་ཡག་ལྷག་ལ་ཁ་འཛོམ་སྡོ།།
ཁྱི་རྒྱན་མགོ་པག་མ་ཕྱུར་ན།། ནག་སྤྱིར་ནས་ལྷག་མོ་ཅུང་ལ་འགྲོ།། རྫོག་རྐང་རྒྱལ་པས་དཔྱང་ཡ་ལ།། སྣྲང་སྨར་ཕྱུར་མའི་ས་བཞི་བརྒྱུང་།།
དམག་དཔོན་རྣམས་ལ་དཔྱང་འཛོམས་སྡོ།། གླིང་སྐར་བྲན་སེར་མ་བསྡོར་ན།། ས་སྤྱིར་ནས་རྒྱལ་པོ་ཡུལ་ཁམས་འགྲོ།། ཚེ་ཨེ་གླིང་སྐྲག་སྡོན་པོ་
སྐྲག།། ཁ་ཙང་ལྕེར་གྱིས་དང་པོ་ལ།། རྒྱལ་བློན་དཔོན་གཡོག་བཙུ་དགུ་དེ།། མི་གཅིག་མཛན་པ་དམར་སྨྱིད་བསྐྱང་།། དམ་
ཡུང་ནང་ལ་རྐ་རྗེས་བཞག།། དམ་རྐད་འཁོར་གསུམ་སྨྱུང་ཕྱོད་དེ།། སྤོད་ཤི་ཅིག་བློ་དགུ་ཅི་ལ་བཟོ།། ཁྲིག་རྐད་རྒྱ་བློན་བཙུ་…
དགུ་དེ།། འགྲོ་མི་ཅིག་དམར་སྨྱིད་ཅི་ལ་བཟོ།། དགུ་དགས་པས་ལེ་དོན་ཅི་གིས་རེད།། ཁྲིག་རྐད་རྒྱལ་པའི་བཀའ་སྨྱུང་ལ།།

ཀྱེ་ངང་བྱུ་བདུན

༄༅།། སྟོང་མི་ཅིག་དགུ་ཙོ་ཐུར་བའི་ན།། སྣང་སྣང་ཡུལ་མེད་བསྒྲང་དགོས་གསུང་།། ངེས་ཉི་མ་དེ་ཟེམ་གདོང་གཞལ།།

སྣང་སྣང་སྒྲུ་མོ་ལུས་ངན་རྟེམ།། ཟིན་ནག་སེར་བའི་གདོང་འདྲ་ཞིག།། ཡུལ་མེད་ཚོ་ལགས་མ་བསྒྲང་ན།། ང་དམག་དཔོན་ནའི

བའི་ནོ་ངང་འདྲ།། གོ་ན༔ མ་གོ༔ ཙམ་ཟེར་ནས་འཛང་ཀྲུག་གཡུ་ལ་བྲོག་འཐུར་དེས་ཡ་རྟེན་དང་རྟེན་དང་ཞབ་དགུ་ གོས་དགོས་པས་

འདྲ་མ་འདི་འདྲ་ཡོད་ཟེར་ནས་ནས་ཀྱུ༔ ཁལ་ལ༔ བྲུ་ལ༔ བླ་མ་ཡིན་དམ་དཀོན་མཆོག་སུ།། མཁའ་འགྲོ་ཚོགས་ལ་

གསོལ་བ་འདེབས།། གླུ་མཆོད་ཅིག་སྒྲོན༔ མཆོད་གཉིས་སྒྲོན༔ མཆོད་གསུཾ་ཞིམ་གསུཾ༔ མ་ནི་རྣམ་སྣང༔

སྤྲུལ་སྐུ་སྣང༔ འཛམ་གླིང་ག་མར༔ སྒྲ་མ་གཡུལ་གླིང་པས་གྲོགས་ལ་ཡེབས།། ས་འདིས༔ མདོ་ལུང་རྣ་བྲང༔

ང་འདྲས་× གླིང་ལི་ང་ཆེན་རྒྱལ་པའི་བཀའ་བློན་ལ།། འཛང་ཀླུག་གཡུ་ལྷ་ཐུག་འགྱུར་ཐེར།། ཕོ་ནེ་ཉིན་དང་སྔོན་པོ་སྨྱུག།

གྱུབ་གླིང་ཁྲུག་པའི་རྩ་བ་དེ།། ལོ་གཤིས་ཕྱོག་རྒྱད་རྒྱལ་པོ་ཁྱེན།། དཔོན་པའི་ནང་ཚང་མ་ཐེན་པས།། ཏྲུ་མི་བོང་ཁྲི་××

རྒྱད་ཡུར་འོག་ཆེན་པས་ནམ་མཁའ་ལྡང་།། ཕྱིར་ཆེན་ཀྲུང་ཞམ་མཁའ་ཡུག་ལེན་མེད།། བརྡས་ནཱ་རྒྱད་སྐྱ་བཞོག་ཡ་ཚགས།།

དཔོན་བུ་ཡུ་ཀ་ཆེན་པོ་རྒྱལ་དགའ།། གཅེན་པ་མའི་རྒྱལ་རྟ་རྡོ་ཁྱེད།། ཅིང་ཆེན་ནང་ཚོམ་ཤི་ལ་འོར།། ཏྲ་རྒྱུག་ཞེང་ནེ

བའི་ས་མཐུལ་སྐྱར།། རྒྱག་ཆེན་ན་ཁྱང་ཁྱང་ཏ་ལོག་ཁྱུར།། དེ་ཐེར་ལེན་སྐྱ་རྒྱལ་བོད་ལ་ཡོད།། འཇིག་རྟེན་ནུ་མས་× ཁུ་རྨ

ཁུ་མགོ་ཡིས་འཇོམས་མཚོན་ནེ།། མཇོམས་མཚོན་ནང་མདང་ཡག་ལེ་ཁེབ།། ནང་ཞིག་ནག་ལྡན་འདར་མས་སྲིད།། སྲུ་ལེ

ཕྱི་ར་ར་བསྒྲོ་བཞུ

༄༅།། ཕྱིར་ན་འདར་མའི་ལེན།། འདར་མེད་ན་མཛེས་མོ་ལྷ་ཡིས་སྤྱོད།། ཞིང་ཕྱུལ་ནང་གི་འབྲུ་དྲུག་དེ།། འབྲུ་དྲུག་
རང་འཚེར་འོང་བས་རྟེན།། ནང་ཞིག་ཕྱུག་མེར་བག་མས་འཛོམས།། ལྷ་ལེན་ཕྱི་ན་ནམ་ཁས་ལེན།། འབྲུག་མེད་ན་འབྲུ་དྲུག་ལྷ་ལ་
གཏེར།། དཔོན་ཚོ་ཕྱུག་རྒྱང་རྒྱལ་པོ་དེ།། ཁ་བ་འཇམ་གླིང་ཁྱབ་བསྒྲ་སྐྱེ།། ནང་ཞིག་གླིང་དཀར་དམག་གིས་བསྐོར།། ལྷ་ལེ་
ཕྱིར་ན་ཕྱུག་རྒྱང་ལེན།། དགྲ་མ་ཐམས་རྒྱལ་ཚོས་ཀྱི་ལ་མོར།། རྩེ་མི་དགོས་དཔུང་ཚང་ཇོ་བོ་རྩེང་།། དགྲ་མི་དགོས་དཀར་པོ་གླིང་ལ་
དགྲ།། དགྲ་རང་གིས་ཐམས་ལེན་ཡི་ཤིས་དུ།། སྤྱོད་སྡུག་མེད་པ་ཕྱུག་རྒྱང་ཡིན།། སྤྱོག་དགྲ་ལ་སྐྱུར་མི་དམག་དཔོན་ཡིན།།
ཁོ་ཞིང་ཉེན་དང་སྤྱོན་པོ་སྐྱག།། དམ་ཞག་འཁོར་གཡུ་གསུར་ཐུད་དེ།། ཁ་ཚང་གླིང་པའི་པག་པར་བཞིས།། དེ་ཞིང་དམ་འབང་

ཁ་ར་ར༎ ཕྱི་ཤི་བའི་མིག་ནས་འབབ་པས་ན༎ སྨྲག་དམར་པོ་ཐོན་མི་སི་ཡིས་ཕྱེད༎ དམ་ཅན་འཁོར་གསུམ་གསུང་ཕྱེད་དེ༎ ང་རྒྱ

དཔལ་ལྷས་ལག་བརྒྱང་ཕྱེད༎ ཡང་རྐྱད་དཔལ་མའི་འདར་ལ་སྒྱུར༎ ལུས་བཟུང་དྲུག་དུར་དུམ་སྐོར་དུ་ཡངས༎ ས་མཐའ་ཕྱི

རྒྱན་ཡ་རེ་ང༎ ལྷ་ཚོམ་སྐྱོང་ལ་ཡིན་བསོ་ཕྱེད་ལ་མེད༎ དཔོན་ཐོག་རྒྱང་བླ་ནག་འགྲོས་ཀྱི༎ ཕྱི་ནག་པའི་ཚོས་སྐྱོང་ས་ཚར

ཞེན་ཅ༎ སྲིད་སྦྱུག་མེད་པས་དཔོན་པོ་ལ༎ དེ་འདྲ་མེ་ཅ་ཆི་འདྲ་ཡིན༎ ཁྲ་མོ་གཟིགས་དང་དམག་ཡག་སྨྲག༎ དར་མོ་དྲེན

དང་འཁར་མོ་སྐྱང༎ རྣམ་མཚན་ཞལ་གྲོས་དམ་ལ་དྲང༎ བཟང་དྲུག་ལུས་དེ་ལྷག་པ་སྐྱིད༎ ཁྲ་གྲི་ལི་གླིང་པས་གདོན་དུ་སྐྱིང༎

སེམས་སྤྱན་མོ་ཕོ་འགི་པ་ཡིས་རྒྱ༎ གསེར་མཛད་གཡང་ར་དམ་པ་དེ༎ དཀར་པོ་གླིང་པས་ནང་ལ་བླང༎ གསེར་བདག་ཕོ་དབང

༄ངང་ཕྱི་ངང་ཞིབ།

༄༅།། སྤྱི་མོ་དེ།། ནག་ཕྲན་འདར་མའི་སོ་ལ་གྲང་།། དངོས་གྲུབ་གསེར་གྱིས་སྨིན་ཁ་དེ།། ཁ་ཚོང་ཁྲ་མོ་གླིང་གིས་སྐོར།།
གསེར་བདག་པོ་ཡོད་ན་དེ་རེས་ཐོག།། རྟེས་ཟོ་འདར་ཡོད་ན་རྟེའི་ལ་ཐོག།། མི་ཕི་ཁ་རྟོ་དགུ་དགོས་པ་མེད།། སྨོག་ཆད་ཁ…
དཔལ་གཉམ་ཤས་མ་རེས།། ཆོས་བོན་ཁ་ཆོས་བཤད་ངོ་རེ་ཆར།། གོ་ཕྱུ་ཐུས་ཕྱུ་ཞེད་སྐྱོན་པས།། མ་གོ་× ཆེས་གསུང་པ་དང་
དེ་མཚོ་སྔོན་སྨལ་ནག་མེ་འབར་དེས་ ད་འདི་ཡིས་གཏེ་སྐད་ཆ་དང་ཁ་ཚོང་གཏོང་ཀླུག་སྐད་ཆ་དང་བདེ་ཚེན་ཞེས་ཟབ་དྲག་པའི་སྐད་ཆ་རྣམས་དེ་རྩུག་ཐུབ…
ཐོག་རྐར་ཀྱི་བླ་གནས་འདུར་ཚ་ངོ་མ་རེད་ ད་གླིང་སྨན་འདི་ཁྲག་བཞི་ཀླུག་དགོས་བསམ་ནས་རྟུང་འདར་དེ་སྨོས་པས་གསྒྲ་ལྷའི་སྐུ་ལ་རྒྱ་ཏུང་བར་ཆད་མ་ཐུང་ཏྲེ…
དེ་ནས་གསུ་ལྷས་ལྷ་འདར་ཞིག་སྨོས་ཁོ་ལ་ཆད་ཐུབམ་ཐུང་ སྨལ་ནག་དེས་ར་གྲི་ལེ་གསུམ་གསུག་པས་མ་ཆད་ གསུ་ལས་ར་གྲི་ལེ་གསུམ་གསུག་པས…

ཁོ་བྲག་སྨིན་གྱི་བྱ་ཡིན་པའི་མ་ཆད། སྤྲུལ་ནག་མི་འབར་དེ་འཇང་སྨར་དཀྱིལ་དུ་གྲོན་ནས། ལྗང་དམག་མང་ཙོམ་སྐྱེད། གཡུ་ལྕེ་དང་བེ་ཐུབ་མེད་པས་ཁོ་ལ་
ཐར་ཐུང་སྟོད་མ་ཐུབ་ནས་ལྗང་སྨན་དེ་འབྲུ་དྲུག་ལེན་པའི་ཡོག་པ་ལྕེན་རྒྱུང་འདྲན་མང་ཙོམ་ཀྲུས་པས་མི་འདྲན་ལྷོ་བཙུ་ཙོམ་སྐྱེད། དེ་ནས་བེ་ཐུབ་གང་ཅན
ཟླ་བ་དང་ཚོ་ལུ་དྲུ་ཡི་གཡུ་ཀད་གཉིས་གཡུ་ལྕེས་གྱུར་གྱི་སྒོ་ལ་སྦྱོང། དེས་སྐབ་སྤྲུལ་ནག་དེས་རྒྱུང་འདྲན་སྤྲུལ་ནས་འཇང་སྨན་དེ་ཆག་ཉིལ་བསྡོང་ནས
སྤྲུལ་ནག་དེ་ཤོར་སོང་། ཡང་སྡིག་ཀྲད་ཆུང་གདོང་དེ་ཀློག་ཚུང་པ་བཞིན་དུ་དཀྱིལ་ཞེས་སྨར་དུ་ཤོར་ཐུང་། དེ་དཔལ་ལྷ་དང་མདའ་མ་གཉིས་ཀྱི་རྒྱུང་…
དཔོན་གསུམ་གྱིས་འདར་ཀད་བཞི་ལ་བཞག་ནས་སྡིག་ཀྲད་ལ་གྲང་མང་རྒྱབ་ཐུང་མ་ཆད། དེ་སྡིག་ཀྲད་ཆུང་གདོང་དེས་དཔལ་ཐུབ་གསུམ་ལ་རྒྱུང་འདྲན
ནེ་ནེ་སྤྲིལ་པས་ཁོ་གསུམ་ཁྲ་བསྡོ་ཐུང་སྟོད་མ་ཐུབ། ཡང་སྡིག་ཀྲད་ཆུང་གདོང་དེས་ཕྱིང་སྨར་ཁྲིག་བཞི་ཀླུག་ནས་དཔལ་ཐུབ་མང་པས་བསྡོང་མ་ལེན་ནས

ཨ་ངང་ཞེ་ཞི།

༄༅། །རྗོང་མངར་རྒྱ་ནས་མི་རྒྱ་ཚོམ་སྨྲེད་ནམ་ཤོར་སོང་ དེ་ཙམ་རྒྱུ་དར་སྤྲང་སྤྲུག་དམན་ལྡུ་དེ་ ཧོར་སེར་སྨན་དེ་བཤག་ནས་སྦྱང་ བདུད་རྩ་··
ཤེ་ཕ་དང་ཟླུང་ལྷ་འཛང་ལྷན་འབྲུག་ནས་ཚོ་ལུ་གསུམ་གདོང་ལ་ཅར་ནས་ཞ་གྲི་མང་ཚོམ་གསུག་ཀུང་བདུད་དངོས་ཀྱི་བྲུ་ཡི་པས་མ་ཆད་ སྐོང་སྤྲུག་དམན་
ལྷ་དེས་འཁོར་གསུམ་ལ་རྒྱང་འདབ་གང་མང་སྤྲིས་པས་ཞན་པ་ཕོ་གསུམ་ལ་ཧི་ཡང་མ་སྤྱད་ནས་ཧོར་དམག་རྣམས་ལ་གྲི་གསྒྲུག་ནས་དྲུ་བརྒྱ་ཙམ་སྲེད་
ཕེ་ཐུབ་ཐོབ་པ་ཙན་མི་ལྔ་བརྒྱ་ཙམ་བསྲེད་ནས་ཧོར་སྨན་དེ་ཁྲག་མཚེའི་བཀྲུག་ནས་ཁོན་སོང་ དཔལ་ཐུབ་རྣམས་ཀྱིས་གཉན་སོང་མིག་གི་མ་བེག་ནས་ཟླུང་རྩུབ་
པ་བཞིན་དུ་རྒྱུ་གཉིས་གང་དཀར་ཐེ་བའི་ལ་ཁ་ནས་རྡུ་རྒྱུང་ དེས་ས་ཁ་སྣི་པའི་སོ་བ་བཞི་བརྒྱ་ཙམ་ཡོད་པས་རྟེས་སྒྲ་ཀྱས་ས་ཤོག་ནས་སྤུ་ཀྱ་
ཤིས་ཕྱུ་ཡོད་བསྐྱ་ཤིས་ཡོད་པ་ དེས་སྐབ་ལ་ཆོ་དམག་དཔོན་གསུམ་པོ་དེ་ཁྲ་དཔུང་དེ་རྒྱུར་ནས་རྩོད་བྱུང་བའི་ དེ་རྣམས་རྒྱང་བས་སོ་བ་རྣམས་ཀྱི་ཐོང་

ནས་སྤུ་རིད་གང་རེད་ཟེར་ནས་ཅིག་ལང་གཅིས་ལང་བྱས་ནས་གྲུ་དུ་འདུག དེ་ནས་སྨུག་སྨད་ཆུང་གདོང་རེས་ཡ་ཉི་པས་དཔལ་ཅོ་རྟིས་མ་གྲོག་ག་ནས་

ཡིན་ག་ན་འགྲོ་མི་ཡིན་ འདུག་པས་ཕ་ཡིལ་གནས་ཡིན་ ཉམ་གྱི་ཁྱུ་པོ་ཁྱུ་ལུག་ལ་ ས་བྲགས་ཞིང་སྐྱང་པོ་ཡིད་ཁ་ཁ་ དགོང་ལ་གཉིས་

བག་ལ་སྡོད་ལུག་ལ་ དགྲ་ཤ་བས་སོ་བ་ཡི་ཁ་ཁ་ བསྐོར་མ་བསད་སྐད་ཆ་དྲང་བཤད་གྱིས་ཟེར་ནས་སྐད་ཆ་བྲིས་ སོ་བར་རྟིས་ཀྱི་ངད་རྟིས་

སོ་བར་ཡིན་ཟེར་ སྨུག་རྒྱད་རེས་ཁྱེར་རྟིས་སོ་བ་ཡིན་ན་གནས་ཡིན་ཟེར་ནས་ར་གྲི་མགོ་ཕུར་ནས་རྟ་ཁ་ལྟེད་ནས་འདུག དེ་སོ་བ་ཀྱི་དཔོན་

པོ་ཁྲི་རྒོག་འབྲུ་པ་ཟེ་ཁ་རེས་ ན་ཡག་མ་བྱུས་བསོ་ནས་ཡར་དམག་དཔོན་དར་ཁྲི་ཅན་ ཉི་དར་སྐད་ཆ་འགར་ཞེ་ཡིད་ཟེ་ནས་རྒྱ་འདི་གླིང་སོ།།

ཨོཾ་མ་ཎི་པདྨེ་ཧཱུྃ་ཧྲཱིཿ

ཨ་ལ་x ཐ་ལ་x སྒྲོ་བླ་མ་ཡི་དམ་x འབྲུལ་མེད་སྐྱི་བའི་x བཞུགས་

ཞ་༢༢་ཉེར་གཅིག

༄༅།། ནམ་བྱིན་གྱིས་× གླུ་ཡ་མཚོད་ཚོང་པ་× བར་མཚོད་སྐྱ་× མ་མཚོར་ཁྱུར་ནག་× གླིང་སེང་ཆེན་
རྒྱལ་པའི་དགྲ་ལྷ་× མ་འདེམས་× གཟང་དཀར་ཕྱིར་བའི་ལ་ཁ་རེད།། ང་འདྲའི་× རང་ཡིན་ཁྲ་མཆོ་བསྐྱུ་ཅང་ནམ།།
གླིང་ཆེན་དགུ་བརྒྱུས་དར་པོ་ལ།། ང་ཁྲི་ཐོག་བྱ་ཡིན་འཁྱི་པ་ཐེར།། མ་འདི་ན་ཚོང་བའི་འདྲ་མ་ཡོད།། བཞི་ཁ་ལྷལ་དཀར་
པོ་གླིང་ནམ་ཡིན།། དགུང་ལ་གཉིས་བག་གྱི་སོ་ཁ་ཡིན།། དགྲ་གླུ་ཁུ་ག་འགྲོ་ལྷ་མི་ཡིན།། རིག་ན་དམར་སྐྱིད་ཀྱར་མི་ཡིན།།
ཁོ་རེ་ཉིན་དང་དམར་པོ་སྐྱབ།། ལྡིན་གླིང་རིམ་རྒྱ་ཆེ་གང་ནོད་ལ།། ཉ་གསེར་མིག་འཁྱུར་དབང་ཡོད་ཤིས་མེད།། གླིང་ལྷ་
བརྡེ་དཀར་ཚོག་རང་ཀུལ་ལ།། མི་ཁ་འགྱུའི་འགྲོ་དབང་ཡོང་ཤིས་མེད།། ཁྲིད་ང་ཅང་སྐྱོན་པོ་ག་ནམ་འཚང།། མ་འདི་ན་ཚོང

དེ་ཀྱི་ལ་ཡིན། །འགྲོ་མི་ཚོགས་ཕྱུ་ཞེད་སྐྱུན་པས་དྲུ། །ཁྱིར་བརྩོན་རྫུང་འཁོར་གསུམ་སྐོར་ལུག་ལ། །དགྲ་གྲུ་ཁྱུམ་མི་ཅིག་ཡི་ཁ་ཁ། །
དཔྱུང་མེད་ཁེར་འགྲོས་ཅེད་ལུག་ལ། །ཁྲིམས་མེད་རྒྱ་མ་འདྲ་ལེ་བ། །དགྲ་ཡིན་ན་སྐྱུན་པོ་ང་ལ་བཙོར། །དགྲ་ཕས་ཡ་ཏོང་བའི་
དཔལ་ཙི་ཡིན། །ཁྲིམས་མེད་རྒྱ་མ་ཡིན་པའི་ན། །འགྲོ་མི་ཅིག་གླིང་སྐྱུར་དཀྱིས་ལ་ཁྱེད། །ཁྲིམས་བརྩོན་པོ་དགྲ་ལྷ་ཙན་རྒྱལ་པོ། །
ཉེས་ཕྱུ་ཡོང་དཔོན་ལ་ཁྲིམ་དང་སྡོག། །དེ་མེད་འདྲེན་པ་ཡིན་པས་ན། །འགྲོ་བསམ་ན་སྐྱུ་ཟེམ་ལོ་ལ་སོང་། །ག་ཕྱུ་ཐྲིམ་ཁོ་ར་
སྐྱུན་པའི་དྲུ། །མ་གོ་× ཅེས་ཐེ་ནས་འདར་ཆད་བཞི་ལ་གྲོར་ནས་ཏོ་དམར་ལྷོག་ལྷོག་ད་འདུག དེ་མེན་ནུམ་ཁྱུང་ལྷ་འདར་བཞི་ལ་འདྲེན་ནས་ཐེ་ཐེ་དུ
འདུག སྐྱུག་ཆད་དེམ་ཐེ་བ་ཕས་མི་ལམ་ངན་ལ་ཁམས་སོ་བ་ལག་ཉམ་དང་འགྲ་མ་འགག་ནེ་ཡོད་ཐེར་ནས་གླུ་× ཕས་ལོ་× ཐུ་ལོ་× གླུ་ཡ་མཆོད

ཀྲུང་ར་ཐེ་གཅིག

༄༅།། རྣམ་ཐྲོལ་× བར་མཆོད་དབང་ཐྲོལ་× མ་མཆོང་ས་ཐྲོལ་× ཐོག་རྐང་རྒྱལ་པའི་ཁྲིན་རོར་× ས་འདིས་××

གང་དཀར་མཐྲི་པས་ལ་ཁ་རེང་།། ང་འདྲས་× ཐྲང་སྐྱོད་འཛམ་བྲང་རིན་མོ་ནས་།། དམག་དཔོན་སྔུག་རྐང་ཆུར་གཙོང་རེང་།།

ཐོག་རྐང་རྒྱལ་པའི་བཀའ་བློན་ཡིན་།། སླིང་སྔར་ཅིག་མེད་བསྐྱང་མི་ཡིན་།། དེ་ནས་ཉི་དར་སྐྱོན་པས་བྲ་།། ལ་ཆེན་ནུ་མིས་××

ནམ་ཁལ་རྫོང་ཐུག་རེང་ས་ནས་།། རྐང་བྲང་དཀར་རྫོས་ཕྱུག་མཆང་ཐལ་།། བྱ་ཞུང་རྣལ་རྫོས་ཕྱུག་ཅི་ལ་ཆད་།། དེ་ཚང་ན་ཞུང་པའི་སྐྱོ་རེམ་

ཆག་།། ནག་ཙོན་དོན་ཁ་ཞེང་ཆེན་ས་ནས་།། སྐྱུག་དམར་པས་ནག་ལོ་ཆད་ཕིམ་མེད་།། ཕྱི་རྒྱུ་ལས་ནག་ལོ་ག་ལ་ཆད་།། དེ་ཚང་

ན་ཁྲི་རྐན་མགོ་པག་ཕྱུར་།། ང་ནང་ནམ་རྗེས་ལྷུ་མོ་ལ་།། དེད་དམག་དཔོན་པས་གསུ་འགྲོ་ལོ་ལ་།། སླིང་སྔར་ཅས་ཡ་བྱས་ནས

ཡོང་།། ཕྱིར་མོ་བའི་ཡ་ཡ་འོང་མ་མེད།། དགྲ་འཛིམས་ནམ་བས་བསྐྱོ་མ་ཐོབ།། ཕྱིར་བ་རེ་ཚོ་ལ་སྙིང་རེ་རྗེ།། ཁྲ་དར་མམ་བཙོག

འཕྱུར་རྒྱུ་ས་ནམ།། ཕྱུས་རྒྱུར་གཙོག་དམ་རང་སྤུང་མཐུ།། ཕྱུས་རྒྱུང་སྐྱོ་དང་གྲ་སྐྱག་ཡིན།། འབྲུག་བྲེ་མམ་ར་ཁ་ཙད་ས་ནམ།། རྐྱོང་

རྒྱན་ར་རྫོམ་ཚེ་སྐྱང་བར།། རྐྱོང་རྒྱན་མགོ་པོ་ཅག་འདོང་རེད།། སྐྱག་དམར་ཡག་ཆེ་བ་དམ་ས་ལ།། ཕྱི་ནག་པོ་ར་བབྲུག་ཚེ་སྐྱང་

བར།། ཕྱི་རྒྱན་སྐྱོག་དང་བྲལ་སྐྱག་རེད།། ར་སྐྱག་རྒྱང་དཔལ་བའི་རར་ལོ་ནམ།། ཕྱིར་མོ་བས་དགྲ་པོ་ལེ་སྐྱང་བར།། དེར་སོ་བ

སྐྱོག་དང་བྲལ་སྐྱག་རེད།། དེ་རིང་སྐྱུར་པོ་འགྲོ་ལམ་ལ།། གཡམ་རི་འཛང་སྐྱར་ཆམ་ལ་ཕབས།། གྲག་པ་ཙན་གྱི་གསྐྱ་ལྷ་དེ།།

ཐོག་སྐྱུར་རླུང་གོམ་དང་པ་འདྲ།། གཡོན་ནུ་ཧོར་སྐར་ཁྲག་མཚོ་དེ།། དམག་ནག་རྐྱའི་ཁྲག་ལ་སྐྱོམ།། གྲག་པ་ཆེན་བའི་བྲན་

ཤེར་ཕྱི་ཞེ་ལྔ

༄༅། །པ་དེ། །ཙ་རྣམ་འཕར་ནས་དང་པ་འདྲ། །ཁྲིམ་གིས་གླིང་པའི་སྨན་བ་དེ། །ལོ་ཡག་སེར་བས་བརྡུང་འདྲ་ཁྱུས། །
ཁྲག་པ་ཆེན་བས་མདངས་མ་དེ། །ངང་པ་མཚོ་ལ་དང་པ་འདྲ། །དཔལ་ཐུབ་དེ་ལ་དེ་འཁོར་རྣམས། །ངར་ཀླུག་རྗེས་ལ་བཤད་བ་འདྲ། །
ལེན་ཨ་ཡ་ལྷ་ཡར་ཡོད་ལེ་མེན། །དེ་ནས་གླིང་པས་གསོག་ཀླུག་ཁྱེར། །ཁྱེར་བརྡ་མ་ཁ་ཐམ་ཆེན་པོ་ཟེད། །མི་སླམ་རྒྱུང་འགྲོ
འགྲེན་ཁྱུས་པས་ན། །མི་སྨྱེར་མཚོ་ཐུར་བསྡུང་བསམ་སྨེན། །དཔལ་བསམ་འཛོམས་སྨང་ཐར་བས་ན། །བསྐྱོ་མ་མགོ་ལག་ཚོད་རེས
ཡིན། །དགེ་སྨྲིག་མི་ཁ་སེམས་ཐུག་ཡིན། །གོ་ཙ་× མ་གོ་× ཚེས་ཟེར་བ་དང་ཟལ་གྱི་ཤུག་ནས་ཤན་ཏེ་འགྱུ་པ་ལ་ལེན་ཅིག་རྒྱལ
པས་འགྱུ་པ་ལ་ཅི་ཡང་སྨད་མ་ཐུང་ དེར་འགྱུ་པ་དེས་འདར་ཆད་བཞི་ལ་འདྲེན་ནས་འདོ་གང་ཐུན་སྐུག་ཆད་ལྕེང་ལ་སྤོད་ནས་ལེན་ཅིག་ཞཔང་བས

སྐྱག་རྐང་ཅོ་ཟང་ཕྱི་ཟང་ཀྱི་རྒྱ་ཡིན་པས་འདར་མཚོན་འོག་ལ་མ་འདུག དེ་ནས་སྐྱུང་སྐྱག་དམར་ལྕུ་དང་སྤྲུལ་ནག་མི་འབར་གཉིས་གིས་རྒྱོབ་རྒྱོབ་དང་
སོད་སོད་ཐེབ་ནས་རྫུང་འདར་གྲང་མང་སྐྲོམ་པས། སོ་བ་རྡུམ་ཟོ་ནག་ལེབ་བའི་བདུང་འདྲ་ཁྱུས་ནས། བྲུ་ཐོག་རྩེས་པས་མི་བརྒྱ་མ་ཏོག་མ་ལྷུག་ནས
དེ་ནས་ཁྲི་ཐོག་འཁྲོ་པ་ལོན་གྱི་མཚན་གྱི་ཨ་ཐུང་ནས། ཁྲི་ཐོག་འཁྱོ་པ་ཅོ་ཟང་གི་གྲི་ཁབ་སྐྱེན་དམག་དཔོན་གསུ་གིས་རྒྱ་བ་ལ་ཅན་ནས་གྱི་འདྲེ་མང་ཙམ
བཞག ཚོན་གསོ་ཀྱི་འཁྱོ་པ་ལ་རྫ་ར་མདའ་དང་ཟལ་གྱི་མཚན་མང་ཙམ་རྒྱ་ཁྲང་འཁྱོ་པ་ལ་ཙེ་ཡང་མ་ཆང་ ཕྱིར་གཡོག་མི་དགུ་ནས་གྱི་དང་འདར་མཚན
གཡུག་སྐྱེན་དམག་དཔོན་གསུ་ལ་ཙི་ཡར་མ་སྣང་དམག་དཔོན་གསུ་གིས་མི་འདི་ལ་མི་ཆང་དང་ཨ་རེད་བསེ་ནས་ཕྱིས་ཟང་ཞག་པ་དེ་ལེ་ཙིག་ཡང་བའི་ཁྲོ་
རིག་འཁྱོ་པས་སྐྱོད་ལ་ཀོན ཉེར་ནས་འཁྱོ་པ་དེས་ཟལ་གྱི་ལེ་ཙིག་གསྐྱག་པས་ཕྱི་ཟང་ཞག་པ་དེ་ཐབ་ལེ་ཙད་ནས དར་མི་ཕྱིབ་འདུག་བསེ་ནས་ཕྱི་སོང་

ཕྱེ་ཉེ་ར་ཕྱི།

༄༅། །སོ་བ་ནོམ་ཤུར་ཕྲི་ཤོག་ག་འགྲོ་ལ་བྲིས། དམག་དཔོན་གཡོ་གིས་མར་མར་དར་ནས་སོ་བ་ནོམ་རྗེས་ལ་ཏ་ཏ་ཏེ་ཏེ་ཡི་ནས་ཡར་ལོག་སོང་ནམ་སོ་བ་མི་འདར་ལྷུ་ཏེ་ར་ལྕག་སྐྱོང་ཀས་དར་པ་བཞིན་དུ་གླིང་སྐར་ལ་སྐྱོད་ཕྱུར། གླིངཿཔ་ནོམ་ཤུར་དམག་ཉས་ཁྲུ་བ་ཐོད་ཉ་ལུས་ནས་སྟོད་འདུག དེ་ནས་སོ་བ་ནོམ་ལྷ་གྲུབ་གཡོས་ཤོག་ལ་སྐྱབས་ནས་ཞན་པ་དང་མདའ་མ་གིས་འདི་ཤོག་ཁྲེ་བའི་ལག་དབ་ཕྱུས། དེ་ནས་སོ་བ་ནོམ་ཞན་པ་དང་མདའ་མ་གཉིས་གིས་འགྲོ་དུ་སོང་ ཤན་མདའ་གཉིས་གིས་ཁྱེར་ནོམ་ཏི་ཝེ་ལེ་ཝེ་ཁྱེར། དེ་ནས་ཕྱི་ཤོག་གིས་ངེད་ནོམ་དམག་ཉིས་ཁྲུན་བའི་ལོ་རྒྱུས་ནོམ་སྐྱུར། ད་ར་ཝར་… གླིང་སྐར་ཤུར་ཉིས་ཁྲུན་ལྕུང་ཟེ། ངབ་ར་ཝར་ནོམ་ལྷ་སྒྲུམ་དྲུང་ལ་འགྲོ་ཡོད་ཀ་འདུག་རྒྱེར། ད་དོ་རྒྱང་གི་སྐབ་སུ་འདུག་ཙ་དགའ་ཁྱེར། སོ་བ་ནོམ་ཞན་མདའ་གཉིས་འགྲོ་དུ་བཙར་ནས་ལྷ་སྲས་སྐྱ་དྲུང་དུ་བཙར་མ་ཡེབ། བཞེང་དཔལ་རྒྱབ་སུ་ཤུར་དགྲ་ལྕམས་དྲུང་དུ་འགྲོ་མ་ཡེབ། ལྷ་སྲས་དེ་ལུས་གྱུར་

ཞར་ནས་རྒྱུག་འཕྲོས་པའི་རང་ཤུལ་སྟག་མོ་ཕྲུག་གི་བཀྲི་བ་ལྟར་དུ་བརྒྱུག་འདུག དེ་ནས་དགྲ་ལྷ་དཔལ་ཐུབ་ནོར་འདུས་ཤོག་ཟེན་བའི་ཀན་ཡེབ། དེ་ནས་དཔལ་
ཐུབ་ནོར་ལྷ་ཕྲུས་དྲང་དུ་འདུས་ནས་རྒྱལ་གླིང་འདུལ་བྲལ་ཚོགས། ལྷ་སྲུལ་གྱི་ཞལ་ནས་ཡར་ཀོ་རེ་གླིང་པས་དཔལ་ཐུབ་ནོར། ཕོ་ཡི་བུག་བསམ་པའི་
སྨྱོན་པོ་ནོར། མ་བུག་སེམས་ཐུགཆད་ལ་བྱུང་། དེ་རིས་ཁྱ་བ་སྡུག་རྒྱུ་ལ། དམག་དཔོན་སྲི་གསུམ་བྱུང་ན། དམག་དཔོན་དཔལ་རྣར་མང་ཀྱང་རྒྱོལ་
ཡན། བདུད་བློན་གསུམ་དེ་མ་ཐུབ་ན། ཐོག་རྣང་ཁལ་ཡ་ཅི་འདྲ་བཟློ་ཐེ། སྨྱོན་པོ་དེ་འདྲ་མགོ་ཀ་བྲག ཁྲི་དམག་དེ་འདྲ་ཁྲག་ལ་སྨྲིས། ཡི་ཧོ་པོ་དེ་རིང་
ཕྱི་བྱུང་ལག། དར་ཉི་མ་ལོང་ཉིས་སྡུག་གང་ལ། དགྲ་བླ་ཁྲུས་ལྷུལ་ལ་འགྲོ་ཞིས་ཕྱིས། འགྱི་པས་དགྲ་ལྷ་བཙན་རྒྱལ་ང་། རྣ་ཕྱུར་ཤོག་སྦྲིང་ལ་དར་མེ་བྲུ་
མཚན་ཡ་བཀྲུ་དར་མ་ཁྲབ་ལས་རྟེན། དགྲ་བླ་ཁྲུ་ལེན་ཅིག་མ་སློབ་ན། སྲུས་དགྲ་ལྷ་ཕྱི་བའི་ནོ་དང་འདྲ་ཐེ་ནས་རྒྱུག་ཕྲོས་པས་ངང་ལ་བརྒྱབ། དེ་ནས་གཡོས་

༄༅། །གྲལ་གྱི་གྲལ་མགོ་ནས་ཧོར་བདུད་ཙན་ཤན་པ་དམར་པོ་དེས། ལྷས་ཀྱི་ལྷ་ཡུལ་རིན་པོ་ཆེན། ལ་ཆེམ་བྱུག་ཁག་མི་འདུག ཞུ་བའི་
གླུ་ལ་ཕེ་འདྲ་ཡོད་རྗེར་ནས་གླུ༔ ཨ་ལ༔ ཐ་ལ༔ སྐྱབས་བླ་མ་ཡི་དམ་དཀོན༔ ལྷ་འབྲུལ་མེ་སྐྱི་བའི་གཙུག་ལ་
བཞུགས། །བཞུགས་ནས་བྱིན་གྱིས་རླབས་དུ་གསོལ། །ས་འདིམ༔ མདོ་ལྷུང་སྟག་ཐང་ཁྲ་མོ་རེད། །ལུས་གྲུར་དཀར༔
དཔོན་སློག་དགྲ་ལྷ་བཙན་རྒྱལ་ལག །ཐུག་ཆེ་དགོང་པ་མ་ཆམ་ལག །ལ་ཆེན་ཞུ་རྒྱུ་འགན་རེ་ཡོད། །བདེ་ཁྲ་མོ་
གླིང་པས་དཔལ་ཐུབ་རྣམས། །ད་ལོ་དམག་མགོ་ཉིས་ལུག་ལ། །ལྷན་མ་ལུས་ཀྱི་སྐོམ་བཞག་རེད། །དེད་གླིང་གིས་
དཔལ་ཐུབ་ལ་སེག་པ། །དཔལ་མེད་ནས་ཟང་ཆད་མ་གཟུང་སྟེ། །དགྲ་གླུ་ཁུམ་ལེན་ཡ་མ་འོང་བྱས། །དགྲ་གླུ་ཁུམ

དམག་དཔོན་ལ་སོགས་པ།། འཇོམས་པའི་ལེན་ཡ་མི་ཟླུན་ལྟུམ།། དངོས་མེད་ལྷ་འདྲེ་རྒྱུ་དང་འདྲ།། ཟལ་གྱི་སྒོ་
དར་ཆེའི་ཕྱེད་འདྲ།། གཡུག་ཤུང་ལྟུས་ལ་མི་ཕྱེབ་འདུ།། འདར་རྐང་བསྐྱེར་འདེ་ཆེན་བཞེན་འདྲ།། ཡང་ན་དགྲ་ལ་
མི་ཕྱིབ་འདུགས།། འཇོམས་ཨ་ཡ་མེད་པའི་དགྲ་བོ་དེ།། སེར་མ་ལྡུང་དང་ཁྱུང་མེད་འདུག།། ཁ་རྒྱུ་འཚོར་འཛིག་སྐྱེན་མི་
དང་འདྲ།། ཡ་འཁོར་དངོས་མེད་འདྲེ་དང་འདྲ།། འཇོམས་མི་ཐུབ་བརྫ་སྐྱེམ་བཟང་ལེ་མེད།། དེ་ནས་ལྷ་སྲུས་ཟེན་པོ་ཆེན།།
ཉི་མ་སེང་གིས་རྩོ་ཞར་ལ།། ཁྱེད་དམག་དཔོན་དགྲ་ལྷ་བཙོན་རྒྱལ་དེ།། དཔུང་དར་མའི་དགྲ་ལ་མ་ཧྱོར་དང།། ཐབ་པ་དཔལ་ལྷ་
མདའ་མ་གསུམ།། དམག་དཔོན་རྣམས་ཀྱི་དང་པོ་བཟོ།། སེང་ཞིས་ཀླུ་ཁུམ་དམག་ལ་བསྐུག།། ཟང་སེམས་ཐོར་ཤུང་འཕྱིང་ཟེད་བཟ།།

ཞ་ཉེ་༢༢

༄༅།། ཤ་ཕོར་ཤ་ཡིན་ལེ་ནས་འོང་།། འཇིགས་པས་བསྐོ་མ་ཡིན་ནས་འོང་།། བྱུག་ཧྲི་དགོང་པ་མ་ཚམ་ལག །། རྒྱལ་
པོ་ཧྲཱུྃ་བྱུག་གཅ་ཡོང་།། བྱུག་ཞིབ་འབྲུ་རྒྱ་སྤུ་ལ་འཁོར།། ཡོན་མེད་རྣ་འོག་སྤྲེ་སྤུ་ལ་འཁོར།། ཁྱིད་བཀྲུག་དང་རྒྱལ་ཏློན་···
ཁྱིད་ལ་འཁོར་།། ལྷ་སྲུས་བྱུག་ལ་དེ་ལྷར་ཚོགས་།། གོ་ན་× མ་གོ་× ཅེས་ཟེར་ནས་ཤའ་པས་ སྒྲུ་བ་དེ་ལྷར་ཕྱུར་ ལྷ་སྲུས་དགྲ་ལྷ་
དེ་དཔལ་ལ་ཕྱབ་རྡོལ་ལ་ཆོག་པ་ཁ་སྐྱེ་ཅི་ཡང་མ་སྨྲང་ནས་བཞུགས་ དེ་ནས་དཔལ་ཕྱབ་རྡོལ་ཀྱི་དར་ཞིས་དགྲ་ལྷ་ཧཱུྃ་མི་སྙན་ཅེར་ནས་ཁྲུ་བ་མང་པོ་ཕྱུལ་ ལྷ་སྲུས
དགྲ་ལྷ་དེས་སྨྲང་བ་ཡར་གླིང་གིས་རྒྱལ་ཏློན་ལ་སོགས་པ་འཇིག་རྟེན་རྣམས་བསྐོ་དཔེ་ལ་ ཐ་མའི་སྤྱོལ་བ་འདྲེན་རྗེའ་ཁྱེད་ འདྲེན་མི་ཅིག་དགེ་པའི་བཀམ་ཐུབ་མེད་ དམག་དཔོན་
དགྲ་ལ་ཆོས་ཉིས་སོ་ དམག་མིས་བསྐོར་མ་དར་ཟག་མེད་ སྨན་བྲུ་མང་གཙམ་ལ་འགྲོ་ཉིས་སོ་ མ་སྲུས་མའི་བསྐོར་མ་དར་ཟབ་མེད་ ང་རང་བསྐོར་ཐུབ་ཅི་ལ་ཡིན་ཟེར་

ནས་ཕྱག་ཕྲུམ་པའི་ངང་ལ་བཞུག་འདུག དེ་ནས་གསོལ་བྲལ་གྲྭ་ཀྱི་གྲལ་མགོ་ནས་ཊློན་ཆེན་འཇམ་མ་སྔོ་འབྱུབ་དེས ངར་དཀར་པོ་ཅིག་ལྷ་སྐྱལ་འདྲེན་དུ་སྐུར་ནས་ཡར་ལྷ་སྐྱམ་བཞི

པོ་ཆེན་ཕྱགས་ཀྱི་དགོང་པ་མ་ཆོམ་དང ཞུ་བའི་གླུ་ལ་ཨེ་འདྲ་ཡོད་ཟེར་ནས་གླུ་× ཨ་ལེ་× ཐ་ལེ་× བླ་མ་ཡི་དམ་དཀོན་× གསོལ་བ་

འདེབས་སོ་ཕྱིན་× ས་འདེམས་× མདོ་ལུང་སྟག་ཕྲང་ཁྲ་མོ་རེད།། ང་འཛུམས་× མཚམ་ཡུལ་ཙོར་དུམ་ས་ཆ་ནས།། ཕགའ་ཏློན་ཆོ

ཞང་མདའ་མ་རེད།། ལུས་ཏྲིམ་ལྷ་སྐུལ་རིན་པོ་ཆེ།། ལ་ཆེན་ཞུ་རྒྱུར་འབག་ནེ་ཡོད།། ཙན་རྩ་ཙག་ལ་ཁ་ཞེད་ཆེ།། དམར་ཡག

སྟག་གི་སྙིང་རྫོང་ཐུམ།། ཁྲ་བོ་གཟིག་གིས་སྤྱིར་ཡ་ཐུམ།། སྤྱི་འགྲོ་མང་པས་མགོ་མཛེན་ཐུམ།། ད་ལོ་ངར་མ་དམ་དངཕྱུགས།།

དམ་མ་ཕྱབ་ཆེ་བ་རྗོག་སྙིང་པ།། སྟག་དམར་ཡག་ལྕར་ན་ཕེ་བཟུང་ཞིས།། ངར་ཆེན་ཁྲུང་སྟག་མོ་མགོ་ལྷག་རྫོག།། ཐུག་དཀར

༄༅། །ཐོན་རྗེ་འཛམ་ས་ནས། །ཐུ་རྒྱལ་སྐོར་བའི་སྙིང་རྗེ་ར་ཐུས། །སྤྱོར་ཡ་ནླག་ནག་རོག་པས་ཉུས། །ར་ལོ་ཨ་མཁའ…
རྒྱང་བྲག་རིང་། །ཐུ་རྒྱལ་འཕྲུར་ན་ཡོ་བཟང་ཕིམ། །ཐོན་ཁུང་ཐུ་རྒྱ་གཞོག་དྲུག་མཐེ། །གླིང་དཀར་ཁེབས་རྒྱལ་ཆེན་ས་ནས། །
སྙིང་རྗེ་དགྲ་ལྷ་བཙན་རྒྱལ་བཞུགས། །དཔལ་སྐོར་སུམ་བཅུའི་ཐོར་མ་ཐུས། །ར་ལོ་སྒྲ་ཁུས་དམག་ལ་བྲུགས། །དཔོན་དགྲ་ལྷ་
ཕེབས་པ་ཡོ་བཟང་ཕིམ། །དཔལ་ཆེན་ཁུང་རྒྱལ་པའི་དབ་ཁྲི་ཐོན། །རྣེར་ལེན་རྣ་མས་དཔེ་ལ་ཡོད། །སྤྲུ་རིས་མཁའ་ཡི་མ…
བསྟོན་ན། །ཕྱི་ལྷག་རིང་སྐོར་ཁུང་སྐྱེ་རབ་མེད། །རྒྱལ་མཚོ་ཆེན་པའི་སྐྱེ་རབ་མེད། །རྒྱ་ཕྲན་བབ་པའི་སྐྱེ་རབ་མེད། །མཚོ་
ཆེན་གླིང་པའི་མ་སྐྱེ་ན། །དཔོན་དགྲ་ལྷ་ཕེབས་ཁུང་སྐྱེ་རབ་མེད། །དསོས་མི་འགྲུ་དགྲ་ལྷ་བཞུག་རོག་མཛད། །ར་བློན

ཆེན་མཐའ་ཡས་བསོད་འགྲུབ་གིས།། དགེ་བཞི་གྲུབ་པའི་དཔལ་ངོ་ཡིན།། དབང་ཐང་ཆེན་དང་མི་འདྲ་སྟེ།། སྟོང་བསྟོད་དགྲ་ལྷ་ཕྱིར་དང་
སྟོབས།། དགྲ་རྒྱ་ལུས་ལེན་ཡ་ང་ཡི་བཟུང་།། གཡུ་ལྷ་ཞན་པ་དཔལ་ལྷ་གསུམ།། ཕོབ་ཕྱོད་ཕྱིར་དང་མི་འདྲ་སྟེ།། དཔལ
རྩེ་དགྲ་ལྷ་ཕྱིར་དང་སྟོབས།། ཀྱི་མ་དེ་རིང་གཏོར་གཏང་ལ།། གི་འགྲོན་དམག་དཔོན་ཆེན་བཞི་དེ།། མི་འདུག་རྒྱ་ལུས་ཡུལ་ལ
འགྲོ།། དཔལ་རྩེ་འདེབ་ཁ་རེ་མ་བཞག་ན།། དེང་དམག་དཔོན་ཕྱིར་བཞིན་ནི་དང་འདྲ།། རྒྱ་ལུས་དམག་སྣབ་ཁྲ་མོ་དེ།། ལེན་མ
ཐུབ་ཚོ་ལ་མ་ཕབ་ན།། ཁ་སྒྲིང་ལ་ཕོ་རེ་ཕ་འབུམ་སྤྱངས།། དེས་དེ་རིང་མདའ་མ་ཤི་ན་དགའ།། ཡར་མེ་ན་མདའ་མ་ཤི་ལེ་རྒྱུ།
དེ་མེན་མི་གཞིར་ཆེར་ལེ་བཟོ།། ཤི་བསོན་གོ་ཐུབ་མ་ཆད་ན།། སྐྱེར་ཕོ་ལུས་ལི་པ་སྟོང་པ་རེད།། དེ་ནས་དམག་དཔོན་

༄༅། །ལ་མོ་གམས་པ། །རྣལ་འབྱོར་པར་རྣམས་ལ་གསེར་སྐྱར་རྫིབ། །འཁོར་གསུམ་བརྩམ་རྫང་ཡུམ་ལ་ནོན། །མི་འདུག་ང་
ལྟར་སྐྱུར་དུ་འགྲོ། །མང་པོ་མི་འགྲོ་ཀུང་གི་འགྲོ། །ཇི་ནང་དམག་དཔོན་ཁྱེར་བཞི་འགྲོ། །གོ་མ་ཆང་ཤི་བའི་ཟེ་དང་འདྲ། །གོ་ནུ×
མ་གོ་× ཅེས་ཟེར་ནས་རེ་གླིང་པས་འདུ་གྲལ་བྲབ་བ་དྲིས་སོང་ དེར་ནས་ཁན་པ་མདེན་མ་དཔལ་ལྷ་གཡུ་ལྷ་བཞི་དེས་འཇོག་པ་ཧྲ་པོ་གོང་ལ་བྲུ་ནམ་རྒྱན་
རྫོང་འཁོར་གསུམ་ཡུམ་ལ་གསོལ་སྐྱེ་ཚན་དམག་བཟང་ལ་ཁྲོར་བ་ལྟར་དུ་དགྲ་གྲུ་ཁུམ་ཡུལ་ལ་ཆག་ཕེབ་སོ་ དེ་ནས་གཡུ་མོ་ནབ་རྟང་ཁྱིམ་སྟོད་ནམ་གྲུ་ཁུམ་དམག་དཔོན་རྣམས་ཀྱི་···
འདུན་གྲལ་ཚོགས་ནས་དེབ་ཙས་ཀང་སྐྱུ་རི་ས་དར་བྱ་རྒྱུད་རྟ་ར་གཉིས་ཀྱི་སྐྱ་གྲུད་ཆུང་གཙོང་དར་སྐྱུལ་ཅག་མི་འབབ་སྟོང་སྤག་དམར་ལྷ་གསུམ་ལ་སྐྱག་ལྷག་ཅིག་གིས་···
མགོ་ཁྲམ་རགྱ་མཚན་རེ་རེ་དཔལ་དར་སྐྱང་ནས་ཁྱེད་དམག་དཔོན་རྣམས་ཀོ་རྒྱལ་ཆེན་ཁྲམ་ གླིང་རིས་ཁྲང་སྐྱར་སྐྱ་མོ་དེ་ཟད་རྒྱུབ་མེད་པ་ཅི་རེད་དབ་མང་ཀུང

པདྨ་ཚོམ་བརྫ་ ཐོག་ཆད་བླ་གནས་རྣམས་མེད་པ་བྱེད་དས་ཕྱུ་རེད་ དེ་ལྟར་བསྒོ་ཀྱི་དྲི་བར་བྱུས་ དེ་ནས་སྤྲུལ་ནག་མེད་འབར་དེས་ལྕུས་ཀྱི་དམག་དཔོན་རིན་པོ་ཆེ་
དེད་རྣམས་བཀའ་བ་མ་ཐུར་སྟེན་ མགྲོན་དམག་དཔོན་ཕྲེ་ལྷ་མི་ཙ་ཆར་ནས་དམག་མང་ཧྲུང་ལ་ཁས་རྩ་ཞིམ་ཤིས་གྲང་མང་བའི་ཚོ་མི་ཐུབ་པ་འདུག་ དེ་རིང་དགྲ་
འདུར་བའི་རྒྱུར་མཚན་ལ་གླིང་སྐར་ཁྲག་བཞིན་ཀྱུག་ དམག་ཁྲུ་དམག་ཅན་ལ་སྨར་པོ་སྤྲེད་ ཁྲི་ཐོག་གི་དམག་སྐར་དེ་ཆག་ཉིན་དུ་བསྐྱང་ དེ་ནས་དེད་གསུམ་
ཡལ་འོད་དུས་ལ་གང་དཀར་ཞིལ་རིང་ལེ་ཁལ་གླིང་པའི་སོ་བ་གྲང་མང་འགུ་སྨྱིན་པོ་སྨྲི་པདྨ་ཚོམ་དམར་སྤྲེད་བསྐྱང་ བརྡ་མ་མི་དགུ་ཁོར་ལ་ཐུས་ དགྲ་
འདུར་བའི་ལོ་རྒྱུས་དེ་འདྲ་རེད་ དེ་ནས་ཙས་ཀང་སླུ་རིམ་གིས་གཡལ་ཐོ་རེ་རྒྱལ་བློན་ལ་སོགས་པ་ ད་ཡང་སྤྱིན་པོ་གང་བྲག་མང་ཚོམ་འགྲོ་ནས་གླིང་་་
ཡུལ་མེད་དུ་བསྐྱང་ན་དགའ་ཐེར་ གླིང་སྐར་ལ་འདི་ཕྱོད་ཐེ་ལེན་གཅིག་མ་ཐུང་ན་ཕྱོག་ཆད་རྒྱལ་པོ་ལ་ཅི་འདྲ་ཞུ་ཐེར་ནས་དམག་དཔོན་རྣམས་ལ་བཀའ་ཕེབ

ཕ་ང་ང་ཉུ་ང་ཤ

༄༅།། དེ་ནས་དམག་དཔོན་རྣམས་ཡ་ཀང་སྐྱ་རིས་གསུང་དེ་བདེ་ཐེབ་ཆས་གླིང་སྐར་དེ་བསྐོ་བསོ་ནས་སྤོད་འདུག ཇེས་ཕྱིན་ཉིས་ནམ་ཀྱི་ལྷ་མོ་ལ་
གླིང་གིས་དཔལ་ཅེ་ཁྱེར་བཞིན་དེ་གྲུ་ལུས་སྐར་ལ་ཏུག་ནས་དཔལ་ཚ་བཞང་མདན་མ་དེས བཞི་རྔོད་སྐྱིང་ལ་ལྷ་འདར་ཞིག་བཞག་ནས་ཡར་ཕོ་རེ་གྲུ་ལུས་
སྐྱང་དམག་རྣམས ཕོ་རྐད་པོ་ཡོད་ན་སྤོངས་ལ་ཏོན་ཞན་དང་འདྲ་མ་འགན་རེ་ཡོད་ཐེ་ནས་གླུ× ཧཱུཾ་མ་ཏི་པདྨ་ཧྲི་ཧྲིཿ ཨ་ལ× ཐ་ལ་××
གླ་མ་ཡི་དམ་× ཁོ་གསུམ་འཁོར་བ་× རིག་དྲུག་ཚོམ་ལ་× ནམ་ཁའ་གླིང་གིས་གྲུ་ཁམ་ནས།། ལྷ་ཆེན…
ཚོང་པ་དཀར་པོ་མཆོར།། ལྷ་དམག་ཕྱི་བ་ལྷ་སྐྱོང་མཆོད།། ཀུ་མ་གཡེལ་ལྷ་ཁོར་གྲོག་ལ་ཕེབས།། ས་འདིར×
གཡུ་མའི་ན་བྲང་ཏོང་མ་རེད།། ང་འདྲས× མདན་ཡོད་ནོར་བྲུས་སྐ་ཆ་ནས།། མཆོ་ཆེན་དམག་གིས་དཔོན་པོ་ལ།།

བཀའ་སློབ་ཆེ་ཞིང་མདུན་མ་བྲེར།། ལྷ་སྲུས་དགྲ་ལྷ་དཔུང་ཡིན།། དགྲ་འདི་གྲུ་ལུས་ཁག་ནོན་ཡིན།། ལ་ཆེན་རྣ་མའི་×
ཕྱུར་ཞེང་ཆེན་བའི་བྲང་དཀར་རྩེད།། ནམ་མཁའ་སྐོར་ཚོད་མ་ཟིན་ན།། མཐོ་ཆེ་བ་ནམ་མཁའ་སྦྱོང་པ་རེད།། ཕྱུར་ཆེན་ཉ་རྩེད
བཞོག་སྒྲོ་ཆག།། གྲ་འཛུག་ཅན་གྱི་དམག་ཡག་སྤུག།། ནག་ཆེན་སྐོར་ཚོད་མ་ཟིན་ན།། འགྲོ་ཆེན་ཁྲུང་ནག་ཕྲུར་མེད་སླེང་།།
སྐོར་ཆེན་ན་སྐྱག་སྨོ་གྲ་འཛུག་ཚར།། དཔལ་ཙོ་ཅན་གྱིས་དམག་དཔོན་དེ།། གླིང་སྐར་ཀྱག་ཚོད་མ་ཟིན་ན།། དགྲ་ཆེན་གླིང་
ནི་ཡ་མེད་རེད།། འབབ་ཆེན་ན་སྐྱིན་པའི་བསྐྱི་མ་ཐོར།། ཟེ་ལེན་རྣ་མའི་དཔེ་ལ་ཡོད།། དམག་དཔོན་སྤྱག་རྣད་ཆུང་
གདོང་དང་།། རྒྱུ་དར་སྦྱོང་སྤྱག་དམར་ལུ་གཉིས།། ཡ་མེད་སྤྱུལ་ནག་མི་འབར་གསུམ།། མ་འི་ཡོད་ན་གདོང་ལ་

ཞུ་༢༢་༥༤

༄༅།། བསྟོད་།། སྒྲ་ཚུལ་དཔོན་པོ་ཕྱོག་རྒྱང་དེ་།། སྐྱོང་ཅག་ནོག་པོ་སྙ་ཕྱེད་ཆེན་།། སྐྱོང་བཞེར་ལ་ཕབས་ལེན་ཡི་ཤིས་དུ།། དཔོན་དེ་ལ་འཁོར་བའི་སློན་པོ་རྣམས།། ཕྱི་རྒྱལ་ལྷུ་རྒྱལ་ཅག་མཐུན་ཁ་ཁ།། དགྲ་ཡ་དམར་ཡག་སྡུག་ལ་བརྒྱངས།། ཕྱི་མགོ་ལག་ཀྲག་ལེན་ཡི་ཤེས་དུ།། ལུས་མཐར་མེད་སྒྲ་ཚུལ་དམག་དཔོན་རྣམས།། དགྲ་བྱུབ་འདུག་བསེ་ནས་དཔལ་ངམ་བྱེད།། དགྲ་ཡ་མདང་མ་ང་ལ་བརྒྱངས།། ལུས་བཏང་མ་ཁྱེར་ལེན་ཡི་ཤིས་དུ།། ད་ཐོན་ཤོག་ཐོན་ནོག་སྐྱོན་པའི་ཐུར་།། ཁ་ཚོང་ལྷུར་གྱིས་དང་པོ་ལ་།། སྐྱིང་སྨར་ཀྲུག་པས་ལེན་ཡ་ཅིག།། སོ་བ་སྙིང་པས་བ་ལེན་གཉིས།། དམག་མང་སྙིང་པའི་ཡང་ལེན་གསུམ།། དེས་དེ་ནས་ལེན་ཅིག་མ་ཕྱེད་ན།། ང་མདང་མ་བི་བའི་ནོ་དང་འདྲ།། གོ་ན་× མ་གོ་××

ཅེས་བྱེ་བ་དང་མདུན་མའི་བྱེ་བ་ལྟར་དུ་ཆུབ་ཆད་འབྲལ་པ་བཞིན་དུ་ཀླུ་ཁྱུས་དམག་སྣར་དེ་ཁྲིམས་བཀག་རྒྱུ་ནས་བྱུང་། དེར་སྨྲོན་གླིང་སྟག་མོ་བྲུ་ཡག་དང་། དར་རྐང་གདོང་

ཅན་གཉིས་ཆིབ་ལ་བྱོན་ནས། དེ་ཡང་ཀྱི་དང་པོ་ལ་གདོང་ཅན་གི་རྫོང་འདར་དཔྱང་ལ་བསྐོར་ནས་ཡ་གླིང་སྐུག་མདའ་མ་བུ། ཕྱིད་ཞིང་རྐུར་ཁྲ་ཡིས་ལྟུན་ལ་ལྟུང་། བཙ་མ་དཔལ་

བས་ལྟུན་ལ་ལྟུང་། ཁྲི་རྒྱན་གཟིག་གི་རྟ་བ་བཙར། དེས་དེ་རེས་གི་ལེ་ཤེ་ཤིས་དུ་རྗེར་ནས་རྫུ་མདའ་དེ་ལེན་གཅིག་སྤྲུལ་པས། མདའ་མས་སོགས་ཕྲག་ལ་རྒྱུ་ནས་བྱུང་།

ཁོ་ལ་གསེར་གྱི་ཀ་བྲང་ཡོད་པས་ཅི་ཡང་མ་ནོན་ནས། མདའ་མའི་ལྟོ་འདར་དེ་ལེན་ཅིག་སྐམ་པས་གདོང་ཅན་གྱི་སྙིང་ལ་རྒྱུ་ནས་གྲང་སྒྲོན་ཕྱིར་ནས་སྲིད། དེ་ནས་གསེར་

གླིང་སྟག་མོ་བྲུ་ཡག་དེས་རྫོང་འདར་མང་པོ་མདའ་མས་སྙིང་ལ་བཟླས་ཀྱང་སྐྱ་ལ་བར་ཆད་མ་བྱུང་། མདའ་མལ་ཞལ་གྱི་གསེར་མ་རི་ཙར་དེ་ཕྱུག་ནས་བར་སྐྱེན་ལེ་ཅིག་གཡུག་པའི་

གསེར་ལྕུམ་ལ་སྦྲོད་མ་བྱུབ། དེ་གསེར་གླིང་གིས་མདའ་མས་ཀྱི་ངོ་མ་ལེན་ནས་མདའ་མ་དེས་གསེར་གླིང་དེ་ཞིང་རྐུར་ཁྲ་ཡིས་དང་པ་བཞིན་དུ་བྱུར། དེ་ནས་ཀླུ་ཁྱུས་དམག་དེ་ཁྲག་

ཕྱ་ན་ན་སོ་བཞི

༄༅། །བཞིན་དུ་བསྒྲགས་ནས་ཁྲི་དཀར་དམར་ཅན་ལ་རྒྱ་ལྕག་ཅམ་མདའ་མའི་གྲི་ཡིས་སྤྱིད་ནས་དཀྱིལ་ཞིས་སྐད་རེ་བཀགས་ནས་གཡོས་ནི་སྐད་དུ་བསྒྱུར་ ཡང་ཞལ་གྱི
དང་ལྷ་མདའ་རྒྱ་པས་དམག་ལྷ་བཙུ་ཅམ་སྤྱིད་ནས་ཁར་སྐད་དེ་བསྒོ་ནས་དམག་མང་རྣམས་སྤྲིང་ཀེས་ལྷུང་རྒྱུར་དར་པ་བཞིན་དུ་མཁོར་སོང་ དེ་ནས་གཡས་ནི་ཞེས་དམག་སྐད
དེ་བདུད་ཅན་ཁན་པ་དེར་ཞེལ་གྱིས་རྟ་ནི་ཁྱུར་ནས་ལྕག་བཀྱག་ཁྲག་གི་བརྒྱ་བ་ལྷུར་དུ་སྐད་རེ་བཀག་ནས་དམག་ཁྲི་དམར་ཅན་ལ་རྒྱལ་ཅམ་སྤྱིད་ནས་འདུག་ཁར་ གཡུ་ནི
གཡུ་འབྲུག་གྲག་པ་དེ་ཚེ་ལ་ཁྱིན་ནས་རྩུང་འདེབ་ལག་ལ་བརྒྱུད་ནས་ཁན་པས་གཏོང་ལ་བརྟར་ནས་ཡ་ཞུན་དང་རྟོན་གིས་དམར་པོ་ལྷུབ་བསྐོ་ཚིག་གསུ་འདུ་མ་འདི་འདུ་ཡིང
ཁྱེར་ནས་གླུ་x ཨོཾ་མ་ཎི་པདྨེ་ཧཱུྃ་ཧྲཱིཿ ཨ་ལ་x ཐ་ལ་x གནམ་ཁྲོས་དཀར་ནག་ཁྲུལ་གསུྃ་x. དེ་ནིང་གཡུ་ནས་ཁྲོག་xx
ས་འདེས་x གཡུ་མས་ནི་ཐུང་གོང་x ཙ་འདྲེའི་x ཕོ་བྲག་པ་ཆེན་པའི་དཔལ་ཐོ་ལ། །གཡུ་ནི་གཡུ་འབྲུག་གྲག་པ་

རེད། ། ཨ་ལྷུན་གྲུང་ལ་གཡུ་འབྲུག་གྲག ། ནི་རྒྱུ་རྩེ་ལ་ཐུ་རྫུན་གྲག ། གྲུ་ཞུས་ཡུལ་ལ་གཡུ་ཅེ་གྲག ། ཕོ་ནེ་མི་དམར་རྡ···
དམར་ཅན། ། ཕྱི་བརྡ་ལས་གཟིགས་དང་ཁ་འཛིན་སྟོ། ། ཕྱི་ལས་སྲིན་མེད་ལེ་མ་ཤིས་བརྡ། ། ན་རྒྱུ་མས་ཡག་ཚོད་སྟོ་འཁྲུས་བྱེད། །
ལུས་ཁ་ཁྲག་འཛད་ལེན་མ་ཤེས་བརྡ། ། ཕྱིར་སྒྲིང་བས་གྲུ་ཞུ་དཀྱིལ་བཤག་རྒྱུ། ། སྤྲིག་དམར་པོ་ཆེར་ལེན་མ་ཤེས་བརྡ། ། མི་རྣན
ཡས་ན་རྒྱུ་བོ་ཅན། ། སྣང་རྣན་རྩེ་པ་ཆེན་པོ་མ། ། ཕོ་རྣད་པོ་ཡི་ན་འགྲོམ་ལ་རྟེན། ། འདབ་བཞི་འདེན་ཡོད་ན་ཀྲིས་ལ་ཤོག ། མཚོན
རྣམ་དར་ཡོད་ན་གཡུག་ལ་ཤོག ། སྣང་དགུ་བཞི་ཡིད་ལ་དེ་འདྲ་ཚོག ། ཕོ་ཨི་ཐུས་ཕོ་ནེ་ཤན་པ་དགུ། ། མ་གོ་× ཚེས་ཟེ་ཁ
དང་རྫུང་འདབ་ལེམ་ཅིག་སྣུམ་པས་ཤན་པས་བྱང་བྲུ་ཁ་ཕྱིས། སྟོར་བ་མ་ཏང་ལུས་ལ་སྣད་མ་བྱུང་ དེ་ནས་ཤན་པ་དེས་རྣམ་ལྕུག་ཤེ་ཐི་རྡ་ར་དེ་དགོང་ལ་ཤར་རྫོན

ཨ་ར་ར་ལོ་འབུམ།

༄། ། ཡ་ཞུན་དང་གྲུ་གློན་ཁ་བའི་དགྲ། ང་སྐུ་ཡི་ཇོ་ཇོ་ཕྱི་ཤིས་དུ་ཐེ་ནས་སླ× ཨོཾ་མ་ཎི་པདྨེ་ཧཱུྃ་ཧྲཱིཿ ཨ་ལ× ཐ་ལ་××

བླ་མ་ཡི་དམ་དཀོན་× འགྱུལ་མེད་སྐྱོ་བའི་ཚུགས་ལ་× བཞུགས་ནས་ཕྱིན་གྱིས་རླབས་× སྐྱ་མཆོད་གཅིག་× མཆོད་གཉིས་× མཆོད་གསུམ་× གླིང་དཀར་དམྱུག་པས་གཡོན་བསྐྱུར་ནས།། མགོ་དཔོན་སེང་ཆེན་དཔོན་པོ་མཆོར།། དེ་ཉིད་དཔུང་པའི་རྒྱུ་སྔོན་མཛད།། སྐ་འདེམས་× གཡུ་མས་ནབུང་ཐོང་མ་ཐེང།། ང་འབྲུམ་× དཔལ་མི་འགྱུར་རོལ་གྱི་ཁྲན་པ་རེད།། དེ་ནས་ལྷན་དང་སྔོན་པོ་སྐྱུང།། འཇིག་རྟེན་ནུ་× བྱ་དམར་བྱ་སྐྱོ་འཛིག་ཡག་གཞན་འདྲ།། ཕྱུར་ན་རྣམ་ཕྱུག་ཆད་ནབ་མེད།། ཁྱེར་བརྡ་མ་ཁ་ཤམ་ཆེན་བཞེན་འདྲ།། དཔལ་ཅོལ་སྐྱིད་སྐྱོབ་ཡོད་ནབ་མེད།། རླུང་རྟེ་པོ་སྤྱ

ཁྲིད་ཆེན་བཞེན་འདྲ།། མཛེ་རྒྱང་དཀར་ཤ་ཡ་འོང་རབ་མེད།། དེ་ནས་ཉིན་དང་རྟ་མ་བྲ།། ཁ་ཚོང་ལྷ་གྱི་དང་པོ་ལ།། གླིང་
དཀར་མཚོ་ཆེན་སྤྲི་བ་དེ།། ཁྱེར་དགྲ་བའི་ཏྲིས་བཟུག་རྒྱ་ནས་ཕྱུར།། དཔལ་རྒྱང་དེ་རྟེམ་ཏོར་མ་ཐོར།། སོ་བ་སྤུ་རྒྱུ་དར་ཁྲི···
བཙད།། སྐྱིལ་རྩོམ་དེ་ལམ་ཆེར་ཞིག་མེད།། ཉི་མ་དེ་ཟིང་གཞོང་གོང་ལ།། དཔལ་ལ་ཐན་པ་མདན་མ་གསུ།། གཡུ་ལྷ
དཔོན་དང་ཌེར་བཞི་གིས།། ཁྱེར་ཧྲ་མ་སྒྲ་ཁྱུམ་དམག་སྐྱུར་དེ།། ལེན་ཡ་སྐྱུག་ཊེམ་མ་ཁྱུམ་ཅ།། ཌེར་དཔལ་བྲུབ་མཉེ་པའི་རྟག
ལ་ཐོག།། གོ་ན་× མ་ནོ་× ཨོཾ་མ་ཎི་པདྨེ་ཧཱུྃ་ཧྲཱིཿ ཅེས་ཟེར་ནས་རྣམ་ལྷུག་ཞིར་གྱི་རྟ་ར་དེ་ལག་གཉིས་གི་ལེན་གཅིག
གཡུག་པས་གསྲུ་འབྲུག་(བྲུག):པའི་མགོ་ལ་རྒྱ་ནས་མགོ་གེ་གཉིས་ལ་འཕྱོག་ནས་ལུས་ལྷག་མེད་དུ་ཁང་ནས་སྲིད་ དེར་ཐན་པའི་བསྐྱོང་མ་བཙད་ནས·····

ཨེ་ར་ཡོང་ཕ་ཡུལ

༄༅། །གཡས་ཝི་སྨྲར་ལ་ཁྲ་དཔྱང་དེ་བྱུང་ དེ་ནས་དཔལ་ལ་མིང་སྐྱག་དེས་མཆོན་ལིན་ཆེན་བྱུག་ནས་ཁ་སྐྱེན་གཡས་ཝིས་སྨྲ་ནས་དམག་

མང་ནོར་ལུག་ཚང་སྐྱོང་ཁས་དད་པ་ལྟར་དུ་དམག་ཁྲི་ར་ཙན་ཉིས་རྒྱ་ཚོམ་ཆག་ཉིན་ཏང་ནས་མིང་སྐྱག་དེ་སྐྱག་རྒྱད་ཤོར་བ་ལྟར་དུ་བྱུང་ དེ་ནས་གཡུ་ལྷ་

ཕྲོག་འབྱུར་དེས་ཕྲོག་གྲི་སྤྱིར་པོ་ལིན་ཆེན་བྱུག་ནས་ཕྱར་སྐྱེན་གཟབ་རྟོད་རྒྱུག་པ་ལྟར་དུ་དཔལ་ལུས་འགྲམ་ལ་ཕེབས་ནས་ དཔལ་ལ་དར་གཡུ་

ལྷ་ཁོར་གཉིས་ཀྱིས་གཡོལ་ནུས་དམག་སྨྲ་དེ་ཐབ་བ་ནུང་ལ་ཕྱར་འདུ་ཞིག་བྱེད་སྐབས་ལ་ སྐྱག་མས་དར་སྐད་བཙན་བདུད་དང་ཕྲོག་གཟེར་གྲུས་པ་གཉིས་

ཀྱིས་རྒྱུང་འདབ་ཝེ་ཝེ་དཔྱང་ལ་དཀོན་ནས་ དཔལ་ལ་དང་གཡུ་ལྷ་གཉིས་གིས་གདོང་ལ་བརྡར་ནས་རྒྱུ་ད་འདབ་ཝེ་ཝེ་གྲུས་པས་ཁོར་གཉིས་ལ་བ་ཚད་མ་བྱུང

ཁོ་གཉིས་གིས་ལྷ་འདབ་དང་ཟལ་གྱི་སྨྲ་བྱུང་ཁོར་ལ་རྟོད་མ་བྱུབ་ དེས་རྒྱུས་སུ་སྐྱོང་ཡ་མེད་ཀྱི་དཔོན་པོ་ཁྲི་བྱབ་དང་ རྒྱ་ཡ་མེད་ཀྱི་དཔོན་པོ་ཚལ་རྒྱད་གཉིས

ཆིབ་ལ་ཕྱིན་ནས་དཔལ་ལ་དང་གཡུ་ལྷ་གཉིས་ཕྲོད་དུ་ཐུང་། དེར་ནས་མཛུན་མ་ད་བྲན་པ་གཉིས་ཀྱང་གཅིག་རྒྱུ་ཅིག་རྒྱུག་པས་དམག་མང་ཁྲག་བཞིན་ལྷག་ནས་
ཉིས་རྒྱ་ཙམ་སྲིད་ནས་དཔལ་ལ་ཁོར་གཉིས་ཤོག་ལ་བྱུང་སྟེ། རྒྱ་ཡ་མེད་དང་ཁྲི་སྒྲུབ་གཉིས་ཀྱི་ཟབ་གྱི་གཡུག་ཞིས་བྱས། ཕར་ཙོས་ནས་གཡུ་ལྷ་དང་
དཔལ་ལ་གཉིས་གིས་ཕས་རྒྱད་ཅོ་རྒྱལ་ཁ་གྱི་གཡུག་ཞིས་བྱས་སྐབས། གྲོ་ཁྱམ་དམག་མང་ཕྱིས་ཅད་ཀློག་དམར་ལྕུག་པ་ལྟར་དུ་བྱུང་། དེས་སྐབ་དཔལ་
ལ་དེས་ལེན་ཆེན་ལེན་ཅིག་གཡུག་པས་སྟོང་ཡ་མེད་དཔོན་པོ་ཁྲི་སྒྲུབ་དེ་ལུས་དུ་བྱུར་བསྐྱང་ནས་སྲིད། གཡུ་ལྷ་དེས་ཕྱིག་གྱི་དེ་ལག་གཉིས་ཀྱི་ལེན
གཅིག་གཡུག་པས་རྒྱ་ཡ་མེད་ཕས་རྒྱད་དེས་མགོ་ལ་རྒྱ་ནས་མགོ་ཁ་གར་སྟེན་སླེད་ཁྲག་ལ་སྟོག་སྟེ་སྲིད། དེས་རྗེས་སུ་ཕས་ཀང་སྐྱུད་ཞིས་དང་བྱ་རྒྱད་རྡུ་ར་
གཉིས་ཁྱིས་ནི་འབྲོན་ཁྱིས་དམག་དཔོན་རྣམས་ལ་འདི་ལྟ་མོ་སྨྲས་བཞི་འདི་ལ་འཛིས་ལི་ཡ་མེད་ལེན་ཀྱི་ལ་རེད་ཟེར་ཙམ་རྡུ་ཡི་གོང་ལ་བྱུང་ནས་ཀློག་དམར་

ལྷ་རི་རྩེ་བཞི།

༄༅། །འཁྱུག་པ་ལྡིར་དུ་ཧྲུར། དེས་རྗེས་ལུ་ཁྲི་དར་སྟོང་དཔོན་དགྲ་འདུལ་དང་ཟེ་དར་ཟེ་སྐྱོང་ཡ་ཆེད་གཉིས་ནམ་ལྕུག་དགོང་ནས་ཆད་པ་ལྡིར་དུ་ཧྲུར། …

ཡར་ཕྱོག་ཁྲི་རྒྱ་ཙན་དང་སྟག་རྐད་རྒྱུར་གཏོང་གཉིས་རྒྱ་འབྲིམ་པ་ལྡིར་དུ་ཧྲུར། ཡང་མཆོ་ལྡིར་སྐྱུལ་ནག་མེ་འབར་དང་རྒྱ་དར་སྟོང་སྟག་དམར་ལྕུ་གཉིས་གཡོན་ནེ་སྐར་ནས་དམ་ནག་ཁྲིག་གིས་རྫུ་བ་ལྡིར་དུ་ཧྲུར། དེར་ཕན་པ་མདའ་མ་དཔལ་ལ་གསྐྱུ་ལྡུ་བཞི་ལ། སྐྱུ་ལུས་དམག་དཔོན་གཉིས་ནེ་དང་དམག་མང་རྒྱ་ནེ་དཔུང་ནུག་ཧྲུལ་ནས་འཁྲུག་པ་ཧུམ་ཆེ། ཚེ་རང་དཔལ་ཅོ་བཞི་ལ་བར་ཆད་མ་ཧྲུར། སྐྱུ་ལུས་དམག་དཔོན་ནུས་ལ་གནོད་མ་ཐུབ་ཀྲུར་དམག་མང་ཡུམ་རྒྱ་ཙམ་ཆག་ཉིལ་ལྡུང་ནས། གླིང་གིས་དཔལ་པོ་ཆེན་བཞིན་དེ་ཁྲི་དཔུང་སེ་གླིང་ཕྱོག་ལུ་ཞེབས་སོ། སྐར་རྒྱུར་ནས་མདའ་མ་དེས་འཕེད་པ་ལྡངས་ནས་དགྲ་སྐྱུ་ལུས་རྒྱ་བློན་ཁྲི་ཀོན་ནུས། དེད་གླིང་ཟེས་དཔལ་པོ་ཆེན་བཞིན་གིས་དེ་ཟེས་གཏང་མ་དེ་ཙམ་ཡིས། ད་ཟེང་སྐྱུང་སྐར་བསྐོར་ཁྱུ་ཆོག་ཟེར་ནས་ཟལ་གྲི་མགོ་ནས་སྐོར་སྐྱེ་ཧ་ཧ་ཧེ་ཧེ་ཟེར་ནས་བཤར་སོང་། དེ་ནས།

ཡ་ཀར་སྒྲ་ཟེར་དང་བྱ་ཆར་རྔ་བ་གཉིས་ཀྱིས་ གླུ་ལུས་དམག་དཔོན་ནོམས་ལ་བཀའ་ཆེན་མཛད་ནས་ ཕྱིར་དམག་དཔོན་སྐྱོན་པོ་འདི་ནོམས་ཀྱིས་ གླིང་རྒྱགས་དཔལ་མེད་མི་བཞི་
དེ་མི་སྲིད་བཏང་ལུགས་ཅི་འདྲ་ཞེད་ མ་ཚད་བཏང་མ་དེ་ཅམ་ཞེན་ ད་མ་སྔོད་ད་ལྟར་སླར་དུ་སོང་ མི་དེ་བཞིན་སོང་ལེ་མ་བྱུང་ན་ ཕྱིར་དམག་དཔོན་ནོམས་ལ་ཆད་པ་
ཡོད་ཟེར་ནས་བཀའི་ཆེན་ཕྱིར་འདུག་ དེ་ནས་ཀློན་པོ་ཐོག་ཕྱི་རྣ་ཅན་དང་དམག་དཔོན་སྟག་ཆར་ཚུང་གཏོང་གཉིས་གློག་དམར་འཁྱུར་པ་ལྟར་དུ་ གླིང་སྟོན་གྱི་དཔལ་
ཅོ་ཆེན་བཞི་རེས་རྗེས་ལ་སློད་བྱུང་ རེར་གང་དཀར་ལ་ཁ་ནས་རྗེས་ལ་རེས་ནས་ཡ་ཅོ་ཟེ་ གླིང་གྲུག་མི་བཞི་པོ་ ཉེན་དང་འདྲ་མ་འཁྲག་ཞེ་གདའ་ཟེར་ནས་སྟག་ཆུང་
ཚུང་གཏོང་གིས་གླུ་× ཨོཾ་མ་ཎི་པདྨེ་ཧཱུྃ་ཧྲཱིཿ ཨ་ལ་× ཐ་ལ་× ཡ་མཚོར་ནམ་× མ་མཚོད་ས་× བར་མཚོར་བར་××
ཐོག་ཆར་འཁོར་བའི་ཟོ་དོར་མཚོད་།། དེ་ཟེར་ལྷ་ཁམས་གྲོག་ལ་ཕེབས་།། དཔལ་དང་དཔུང་པའི་རྒྱལ་བསྟན་མཛད་།། ས་འདེམས་××

ཕྱི་ནི་ཚོང་འདི

༄༅།། གང་དཀར་ཞི་རྩེ་གང་མ་རེད།། ང་འདྲས× གདོང་ཡ་མེད་སྲིད་པས་བྲ་རྒྱུད་ལ།། སྤྱོད་པོ་སྟག་ཐང··

ཚུར་གཙོར་བྱེར།། དེ་ནས་གླིང་ཀླུང་མི་བཞི་པོ།། གྲོས་མ་འགྲོ་སྤྱོད་དང་སྤྱན་པས་བྱ།། དཔལ་ཐབ་མདའ་དམ་ཀ་དཔོན··

ཆེན་བཞི་དེ།། རྟ་མ་གྲལ་ཀྱར་ལྷག་བསཾ་མེད།། ལ་ཆེན་རྣ× རྫ་ཕྲ་ཡག་འབྲུག་ལམ་གང་མ་ནས།། གླིང་རོག་པོ་སྐྱ

ཐོད་ཆེན་པོ་མ།། ཛོས་དེ་ཞིང་འབྲུག་སྐོར་ར་བསྐྱོད་བྱེད།། གླིང་སྐྱ་གོད་ཙི་འདུག་དེ་ཞིང་བསྐུ།། ལྷོ་གཡུ་མས་ན་སྤྱང་གོང་མ་ནས།།

ཕྱིར་གླིང་ཀྱག་དཔལ་གཏམ་ཆེན་པོས།། དེས་དེ་ཞིང་ལྷག་ཚོད་གདོང་ལ་བཙོན།། དཔལ་སྐྱིང་སྐྱོ་བས་ཙི་འདུག་དེ་ཞིས་བསྐུ།།

བྲག་དཀར་པོ་མཐོན་བརྩེ་ཆེན་པོ་དེ།། དེ་ཞིས་རྣམ་ལྷ་གས་ཕྱོག་གིས་སྐོར།། བྲག་མགོ་བཅད་ཕྱི་ཡོད་དེ་ཞིས་བསྐུ།། ····

ཝཾ་ནི༔ མ་ཝཾ༔ ཧཱུྃ་མ་ཧི་པུཥྤེ་ཧཱུྃ་ཧཱིཿ ཅེས་བྱེ་བ་དང་ ལྷག་སྣོད་རྒྱུར་གདོང་གིས་དཔལ་ཆུབ་བཞི་ལ་རྫུ་ང་འདར་འབྲུག་ཕྲག་པ་བཞིན་དུ་མང་པོ་རྒྱུ་བྱུར་ དེས་སྐུ་ལ་དཔལ་ཆུབ་བཞི་དེས་མདའ་རྟང་བཞི་ལ་འབྲིལ་ནས་དམ་ནག་ཁྲག་གིས་བཟིར་བ་ལྟར་དུ་བྱུར་ དེ་ཡང་ཀྱིས་དང་པོ་ལ་འཇང་ཀྱག་གཡུ་ལྷ་ཕྱོག་འགྱུར་དེས་ ཡ་ཁོ་རི་ཀླན་དང་ལྷག་རྒྱང་བྱ་ཕྱེད་ཚོན་དང་འདྲ་མ་འཁར་རེ་འགི་བྱེར་ན་སྨུ༔ ཧཱུྃ་མ་ཧེ་པུཥྤེ་ཧཱུྃ་ཧཱིཿ ཨ་ལ༔ ཐ་ལཱ༔ བླ་མ་ཡི་དམ་དཀོན་མཆོག༔ གསོལ་བ་འདེབས་སོ་བྱིན༔ དཔལ་གྱིས་རི་པོ་རྩེ་མོ་ནས། །སྤྲིན་སྤྲུ་པུཥྤ་འབྱུར་གནམ༔༔ ཕས་ནི་ནམ་སྨོན་དཀར༔ སྙིང་སིང་ཆེན་ཙོར༔ དེ་ཞིས་མ་གཡེལ་གྲོག༔ ས་འདེས༔ གང་དཀར་ནི་རྩེ་གད་མ་ཞེད། །ང་འདྲ༔ དམར་པོ་འཇོང་གིག་ས་ཆ་ནས། །གཡུ་འབྲུག་འཇིག་རྫོང་མཁར་ནང་ནས། །དཔལ་མི་འགྱུར་གཡུ་ལྷ་ཕྱོག་འགྱུར་ཞེད། །སེང་

༄༅།། ཆོས་རྒྱལ་ཕས་བཀའ་བློན་ཡིན།། ཚེ་བཞེང་མདའ་མས་དཔུང་ཡི་ཡིན།། ཁང་དཀར་མཐོ་བ་སྐྱིད་ཡིན།།
ནག་རྒྱུ་ཤིས་སྐྱོ་ཡ་ཕྱུག་མོ་ཡིན།། བློན་མདའ་མས་དཔུང་ཡ་གཡུ་ལྷ་ཡིན།། དཔུང་རིག་བདུད་ཚན་ཁྲེན་པ་ཡིན།། ཡང་
རིག་དཔལ་ལ་སེང་ཕྱུག་ཡིན།། དེ་ནས་འཇིན་དང་ཕྱང་བའི་དགྲ།། དེང་དམག་དཔོན་ཆེན་བཞི་འགྲོ་ལོ་ནས།། བཙ་མ་ཁྲིད་འདུ་
ཡས་མ་རིགས།། ད་འཁང་ནས་རྟེས་ལྷ་མོ་ན།། དཔུང་ཆེན་གྲུ་ཁྱུས་དམག་སྐར་བསྐུགས།། རྒྱུ་དཔོན་སྟོང་དཔོན་མང་པོ་སྲིད།།
གཡུ་མས་ན་ཕྲུང་གོང་མ་ནས།། མི་རིལ་རྩི་པ་རྩེས་ས་ཙས།། ཕྱོག་རྒྱད་ཁྲ་མས་འཁྱམ་དམག་དེ།། རི་ནག་སེར་བས་
གདུར་འདྲ་ཕྱུས།། ཁྲིར་བཙ་མ་སྐྱིད་པོ་ཕས་གསུ་དེ།། དེ་དུས་མེད་པ་གན་སོང་།། ཡ་རོལ་བཟབས་དང་མ་རི་བརྟུང་།།

བཟླ་མའི་བཞིས་དང་ཛོ་ཟེ་ཚཾ། ། འཁྲིག་རྟེ་ཞུ་མམས× དམག་ཡག་སྣུག་གི་མཛེས་ཡ་ལ། ། བཟླ་ལོ་ཕྱི་ཡིས་རྗེས་ནས་
ཞེད། ། ལྷུས་མགོ་པག་སྐྲུས་ལི་ཕཱི་ཞིས་དུ། ། ཁ་དཀར་ཀྲུང་ཕོ་རྒྱག་ལོཾ་ནས། ། ལྷུམ་དའ་གྲུ་རིས་རྒྱག་རྩེ་ང་ཕྱེད། །
འཁྲུག་ངར་ལིན་སྤུང་ཕཱི་བ་འདུག ། ངར་རྒྱང་གསྲུ་ལྷུམ་ལིན་ཡ་ལ། ། བཟླ་མ་སྣུག་རྒྱང་རྗེས་དང་ཧྲུས། ། བསྡོཾ་མ་
ལིན་སྤུང་ཕཱི་ཝར་འདུག ། སྤྱང་རྒྱན་ཤི་ཁ་ར་ངམ་ཕྱིར། ། ཀླུག་པ་ཤི་ཁ་ནམ་ཡུག་བཅག ། བཟླ་ས་ཤི་ཁ་དཔལ་བོ་དང་། །
ཕྱིར་ལིན་སྐྲུ་རྒྱལ་བོད་ལ་ཡོད། ། གོ་ཙ× མ་གོ× ཅེས་ཐྲེ་ཞིང་པོ་དམག་དཔོན་བཞི་པས་གློག་དམར་ཕྱུར་པར་ལྷར་དུ་བྱུངས་
སྐུག་ཅད་ཆུར་གདུར་དང་ཐོག་ཁྲི་བུ་རྩེ་ད་གཉིས་ཟལ་གྱི་ཤུག་ནས་ཤབ་སྡེ་དཔལ་བྱུབ་བཞི་དང་རྒྱལ་འཛིན་སང་པོ་བཞག་པས་པན་ཚུ་གཉིས་ལ་

ཕྱ་ང་རེ་ཁ་ཀ

༄༅།། ཕམ་རྒྱལ་མ་བྱུང་ དེ་ནས་ཞན་པ་དང་གཡུ་ལྷ་གཉིས་དཔྱད་བསྒྲིགས་ དཔལ་ལྷ་དང་མཐིན་མ་གཉིས་དཔྱད་བསྒྲིག་ནས་ སྟག
ཐང་རྒྱང་གདོང་དེ་ལ་དཔལ་ལྷ་མཐིན་མ་གཉིས་དང་གྱི་ཐབས་ཐུས་ ཕྱོག་ཁྲི་བྲུ་བཙན་དང་གཡུ་ལྷ་ཞན་པ་གསུམ་གྱི་ཐབ་ཐུས་ནས་དེ་ཡང་འདྲ་འདྲ
མ་ཏོག་ཁ་ཡམ་མ་ཐུབ་ནས་ དེ་ནས་འཛུང་ཀྱག་གཡུ་ལྷ་ཕྱོག་འགྱུར་གིས་འཕང་སྨ་དམ་རྒྱལ་པས་སྐྱིང་ནོར་ཞེག་པ་དེ་ཡོད་པས་ལེན་གཅིག་པང་
པའི་ཕྱོག་ཁྲི་བྲུ་བཙན་གྱིས་ཀ་ལ་ཐགོན་ནས་ སྐོར་ཕྱིན་ཐུས་བསྐྱེན་ཏེ་ཕྱོག་ནས་ལྷུང་བྱུང་ ཧོར་གྱི་ཞན་པ་དེ་ཏེ་ཕྱོག་ནས་མར་བབ་སྐྱེན་ཕྱོག་ཁྲི་བྲུ
བཙན་གྱི་དཔྱད་གཡོས་ནས་བརྒྱུང་སྐྱེ་རྣམས་ལྷག་ཏེ་རེ་དེ་ལེན་གསུམ་རྒྱལ་པས་དེས་ཚེམ་ནས་གཡུ་ལྷ་ཁོ་རང་ཏེ་རྣ་ཡག་གང་ནས་བབ་ཏེ་ཕྱོག་ཁྲི་བྲུ
བཙན་དཔྱད་གཡོན་དཔལ་ལ་འཛུལ་སྐྱེ་ ཁོ་གསུམ་ཆ་འཛིས་ཐུས་ སྟག་ཐང་རྒྱང་གདོང་དང་དཔལ་ལ་མཐིན་མ་ཁོ་གསུམ་གྱི་ཐབས་མྱང་པོ་ཐུས་

ཀྱང་སྡིག་སྙན་རི་མ་བྱུང་། དམ་སྐབ་ལ་འཛམ་གླིང་གཡུ་ལ་དེས་ཕྱོག་ཁྲི་བྱ་བཙོན་དེ་ཀྱི་ཡིས་ཀེའུ་བརྡུང་ཞིང་པ་དེས་རྡ་ར་གི་ལེན་གསུམ་རྒྱབ་ནས་
དམིག་ཡིད་དུ་བསྐྱུར་ནས་ཕྱོག་ཁྲི་བྱ་བཙོན་དེ་དབང་ཐང་རྫོགས་སོ། དེ་ནས་ཕན་པ་གསུ་ལྷ་ཁོ་གཅིག་རལ་གྲི་ཁྲར་ནས་སྡིག་སྙན་གདོང་ལ་བརྡབ་ཕྱུང་
དེ་ཚེ་དཔལ་ལྡན་བཞི་བས་སྡིག་སྙན་དང་ཐུབ་ཀྱང་ཚེ་ལྷ་འདྲེན་བུ་ཡིས་པ་མཆོན་འོག་མི་སྤྱོད་ནས་ཕན་ཕོག་སུ་གྲུས་སོང་། ཚེ་བཞི་པའི་སྡིག་སྙན་དེ་གར་
སོང་མ་ཞིག་ནས་ཕལ་ཁ་དགུ་ཁ་བ་རེ་མ་གྲུབ་པོར་ཐུམ་ཆེར་ནས་འགྱོད་པ་བྱུས། དེར་ཚེ་ཐུང་ཁྲི་སྐྱོང་པའི་བསྐྱུང་མ་དེ་ཕྱིར་ནས་དམག་དཔོན་ཆེན་བཞིན་དེ་གླིང་
སྐྱར་ལ་ཕེབས། དེ་ནས་གླིང་སྐྱར་ནས་དཔལ་ལྡན་རྡོམ་ཀྱིས་སྲི་མ་བྱུས། དེ་ནས་ལྷ་སྲིམ་དགྲ་ལྷམ་དྭར་ལ་ཕེབས་ནས་བསྐྱོ་མ་ཆད་པས་མགོ་མང་
པོ་ལུས་གྱར་སྒོ་ལ་བཞག་ནས་དགྲ་ལྷ་ལ་འཛད་དར་རེ་ཕུལ། དེ་ནས་ཀྱི་དཔོན་རྒྱ་པོ་དེས་ཕྱིར་དཔལ་ལྡན་བཞི་པོའི་བཏང་མ་ཆད་ལུག་ཡག་འདུགས

ཞུ་ངལ་སོ་བཞུར་

༄༅། །སྐྱ་ལ་བར་ཆད་མེད་པ་བཟང་འདུག་ཟེར་ འདི་ཕྱིར་པས་དམག་དཔོན་འདི་ལྟམ་འཇིག་ཆེན་བ་འདི་བསྟན་འགྲོ་ལ་ཡག་བྱུང་གསུང་
དམག་དཔོན་དུག་གི་སྐུ་གྲི་ཅན་འདི་དབང་ཐང་ཆེན་བ་ཞིག་འདུག་ འདི་ལ་མིག་ལ་གང་འགྲུག་ཟེར་ དེར་ཧོར་ཕྱི་ཞན་པ་རེས་ལྕུས་ཀྱི་ལྷ་སྐུས་རིན་པོ་ཆེན་
ཡང་ན་སྒྱི་དཔོན་རྒྱལ་པོ་ལག་ དེ་ཟིང་དཔལ་ཐུབ་བཞི་པའི་སྐྱ་ལ་བར་ཆད་མ་བྱུང་ དགྲ་ལྷ་ལ་བའི་ལོ་རྒྱས་འདི་ལྟར་ཡོད་ གསུམ་མས་ཞ་ཕྲང་གོང་མ་ནས་
དགྲ་སྒྲ་ཀུས་དམག་སྣར་སྔོད་ནས་འདུག་ ང་རང་དཔལ་ཐུབ་བཞིན་ཡིས་དམག་མང་རྣམས་ཆག་ཉིལ་བསྐྱད་ནས་རྒྱལ་དཔོན་སྐྱོང་དཔོན་མང་པས་མགོ་ཀིན་བྲག་ནས
རང་ཤོག་གླིང་ལ་ཡང་སྐབས་སུ་རྫེས་ནས་ཟོབ་འདལ་ལ་དཔལ་ནད་ཅན་གྱི་མི་གཉིས་བྱུང་ རང་རྣམས་ཀྱི་འགྲེན་མང་པོ་ཐུམ་ མི་ཆིག་ལ་སྐྱག་ཐར་ཚུར་གཏོང་ཟེར་…
མི་ཆིག་ལ་ཐོག་གྲི་བུ་བཙན་ཟེར་ མགོ་འཕྱུ་འདི་ཐོག་གྲི་བུ་བཙན་གྱིས་མགོ་འཕྱུ་ཟེར་ མི་ཐུབ་པའི་སྐྱག་ཐར་ཚུར་གཏོང་དེ་འོ་ཐུམ་ ཕྱིར་པས་བསྐོ་མ་འདི་མགོ་

འཕྲུ་ལྟ་ཙམ་འཛི་དཔལ་སྐུ་ཙན་གྱི་མགོ་འཕྲུ་ནེང་ཞེར་ནས་ཞུ་བ་སྤྲུལ། སྔར་སྐྱིད་དམག་ཀྱིས་ཁྱེར་ལུག་སྡུག་འདུག་པས་འཕར་སེངས་ཀྱི་ལྷ་སྲུས་དེ་ཞེལ་ངོ་འཛུམ་ཙམ་མ་ཕྱུར

དེ་ནས་སྐྱི་དཔོན་རྒྱལ་པས་དར་ནེ་ནེ་དཔལ་ཐུབ་རྣམས་ལ་སྔོན་ནས་ལུས་ཀྱི་ལྷ་སྲུས་ཞིན་པོ་ཆེན། དེ་ཞིང་ཡ་མཚན་ཤི་ཏུ་ཆེན། ང་ཚས་ཁྱུས་རྒྱུ་ལ་ཕེ་འདྲ་ཡོད་ཟེ་ནས

རྒྱུ་འདི་གླིང་མོ་ ཨོཾ་མ་ཎི་པདྨེ་ཧཱུྃ་ཧྲཱིཿ ཨ་ལ་× ཐ་ལ་× སྐྱབས་བླ་མ་ཡི་དམ་དཀོན་× གསོལ་བ་འདེབས་སོ་× འབྲལ་མེད་སྐྱོ་×

བཞུགས་ནས་བྱིན་གྱིས་× ཚོམས་སྐྱ་སྐྱང་བ་× ལོང་སྐྱ་ཐུགས་རྗེ་ཆེན་× སྤྲུལ་སྐུ་པདྨ་× མིང་ཆེན་ནོར་བུ་དགྲ་འདུལ་× ས་འདེམས×

འཇོ་ལྗང་སྟག་ཐང་× ཞ་འདྲས་× ཨ་ཁྲུན་སྐྱི་དཔོན་རྒྱལ་པོ་ཟེར་༎ ལུས་གྲུབ་རཀྐ་པའི་ནང་བསྡུར་ནས་༎ དཔོན་སྐྱིད་དགྲ་ལྷ་ཞེན་

པོ་ཆེན་༎ ཐུགས་ལ་སྨྲོ་བ་ཕོ་བྱུར་ལག་༎ ཡ་མཚན་ཆེན་པོ་དེ་ཞིང་ཕྱུར་༎ ང་ནང་སྐྱི་དཔོན་རྒྱལ་པོ་གིས་༎ ཡིད་ལ་སྨྲོ་བ་ཕེ་

ཞ་ར་རོ་ཞ

༄༅། །འདུ་བྱུང་། །དེ་ཞིང་སྨིན་འབྲིས་ཆེན་པོ་བྱུང་། །གཡུ་འབྲུག་དགོང་ནས་ཐུག་ལེ་དང་། །སྟོང་ཚ་ཐི་མ་བབ་ལེ་གཉིས། །ནས་ཕྱ་འབྲི་སྐྱེ་པའི་རྟེན་འབྲིས་འཁྲུབ། །སྨུག་མོ་ནག་ལ་འགྲོ་ལེ་དང་། །འཛོམ་དྲུག་གྲ་སྟོ་རྒྱས་ལེ་གཉིས། །ནག་སྙིང་རྫོང་འོང་བའི་རྟེན་འབྲིས་འཁྲུབ། །ཁྱིན་མཚན་དཔུང་རྒྱང་སྐྱིལ་ལེ་དང་། །ཡང་རྒྱང་དཔལ་ལ་གཡུ་ལྷ་གཉིས། །དགྲ་ཅན་ཕོ་བྱུབ་པས་རྟེན་འབྲིས་འཁྲུབ། །ཀྲྃ་མི་རོང་ཀྱི་× དཔོན་ཆེན་ཐོག་རྒྱང་རྒྱལ་པོ་ལ། །ལ་ཆེན་རྒྱལ་སློན་གྲང་ཀ་མང་། །ཕོ་སྙིང་སྟོབས་ཅན་གྱི་སྨིན་པོ་ལ། །མི་ཐུབ་དགྲ་ཅོ་ཡ་མེ་ཟ་དེ། །དཔལ་གྲུ་ཁུས་ཁྱི་རྟ་ཕྱིད་གསུམ་ཐེར། །ཁྱི་ནས་ཁྱི་ནག་མིག་ཅིག་ཐེར། །སྨུག་ནས་སྨུག་རྒྱང་ལྕུར་གདོང་ཐེར། །ཐོག་ནས་ཐོག་ཁྲ་ཀླུ་བཙན་ཐེར། །མི་དེ་གསུམ་ཁ་རུ་འཛོམ་པས་ན། །ཐོག་རྒྱང་རྒྱལ་མ་ཐོབ་མེད་ཐེར། །གླིང་ཞིང་ཕ་ཡ

ཕྱིད་མེད་ཟེར།། ཉི་མ་དེ་རིང་གཞོང་གང་ལ།། ཨ་མགོན་པོད་ལ་ལྷུམ་དང་ཅིག། ཕྱོག་ཁྲི་བྲུ་བཙན་སྒྲོང་དར་གཉིས།། སྟག་རྒྱང
ཁེ་ཀྱང་ལམ་དང་གསུམ།། དེ་འདྲ་བསམ་དོན་འགྲུབ་རྒྱུ་མེད།། དེམ་ང་ཞིང་གྲུ་ཕྱུ་བྱུབ་པས་བསྡུག། ཕོ་ཕྱོག་ཁྲི་བཏམ་མ་ཚར
ལེན་ཟེར།། དཔོན་ཕྱོག་རྒྱང་ཕྱིད་དང་ཚོད་མེད་ཡིན།། ངེ་ཟང་དཀར་པོ་གླིང་དཀར་ལ།། བསམ་དོན་དེ་འདྲ་འགྲུབ་རྒྱུར་མེད།། རྒྱལ
སྲས་པདྨ་དང་པོ་ལ།། མདའ་མ་ཕན་པ་གཡུ་ལྷུ་གསུམ།། དཔལ་ལ་ཞིང་སྟག་ཚོ་མཛང་པའི།། རི་བོག་དམག་དཔོན་ཆེ་བཞི་ལ།
དེ་འདྲ་མི་ནི་ཅི་འདྲ་ཡིན།། གླིང་རྒྱལ་པའི་སྐུ་ཚེས་བསོ་མི་ཡིན།། སྟོག་དགྲ་བའི་བསྡོ་མ་ཚེ་མི་ཟེར།། ཉི་མ་དེ་རིང་དགོང་གང་ལ།
སྐྱིན་ཅ་སྟག་དང་སྟན་འགྲིམ་ཡག།། ཞགོས་ཅ་དགྲ་བོ་བསྡོ་རྒྱུར།། ཉི་མ་དེ་རིང་བཟང་ཏེ་ལ།། ཏེ་འབྲིམ་དེ་འདྲ་འགྲུབ་རྒྱུ་མེད།། དཔལ

༄༅། །དར་སྣང་བཞིན་ཆེན་པོ་དགོས། །སྒྲ་ཁྱུག་པ་ཡོད་× ངག་ཧྲི་བ་ཡོད་× ཚིམ་སྙིང་ནས་སྐྱེ་དཔོན་རྒྱལ་པས་ཞི་བ་དེ་ལྟར
ཐུབ་པའི་ལྷ་སྐུས་དགྲ་ལྷ་དེས་ཡ་ཁྱུས་གསུང་བ་དེ་ཡིན་ཏུ་བདེན་འདུག ཀླུ་ཁུས་ཁྱུ་ཏྲ་ཕྱོགས་གསུམ་དེ་མ་ཐུབ་ན་ཀླུ་ཁུ་མི་ཐུབ་ཅེར་བ་ལྷུང་སྐྱོན་ཡོད། དེ་ནས་དཔལ
ཐུབ་བཞིན་ལ་སྨག་ཕྱུགས་གཟིགས་ཕྱུགས་སོགས་གི་མགོ་ཁྱུས་ནས་དགུ་ཚོན་དེ་ཕྱུལ། དེ་ནས་གླིང་པ་ནུས་ཀྱི་ཕྱོགས་ཁྲི་སྲིད་པའི་དགའ་དགའ་ཁྱུས་ནས་སྟག་ཐུང་གི་སྟེང
ལ་ཉི་མ་ཤར་འདྲ་ཞིམ་ནམ་སྐྱིད་ཚོ་ཙམ་ན། ཀླུ་ཁུས་དམག་སྨར་དེ་ཀྱ་ཀྱ་ཧཱུྃ་ཧཱུྃ་པའི་ངང་ནས་ཡ་གང་སྐྱུ་ཞིས་དང་སྒྲ་སྐར་རླབ་སྔོན་ཆེན་ནུས་ལ་བཀའ་ཙམ་མཛད་ནས་ཕྱོག་ཆད་ཀྱི
དམག་དཔོན་ཕྱིར་ནུས་ཀྱི་ཞེ་ལ་དྲན་རྩྭ་ཙི་འདྲ་ཡོད་ལེན་ཆེན་ཀླུ་ཁུས་ཕྱོག་ཆད་རྒྱལ་པོའི་དམག་དཔུང་འདི་ལ་དམག་གིས་དེ་ཙམ་གར་ན་ཁྱེར་རྒྱུར་ཡོད། ད་བུང་དེས་ཐུར
མི་ཚོད་པའི་ཕྱོག་ཁྲི་བྱ་བཙན་དབང་ཕྱོང་རྗོག་ཕྱོག་ཆད་རྒྱལ་པས་ཚོམ་ལ་དན། ད་ང་ནང་རྒྱལ་སྔོན་ནུས་དེ་ཞིང་དཔོན་ཕྱོག་ཆད་ལ་ཞི་བ་ཕྱུལ་ན།"

དཀའ་ཐེར་ རྒྱལ་པོ་ཁོང་གིས་ཏི་གསུང་ཚེ་ལ་བཞེག་ནས་གླིང་བདུད་གླིང་གིས་ཀྲང་སྨྲ་ར་དེ་འཁྲུག་གི་མ་བསྐོར་ན་ཡག་མ་ཐེམས་ཐེར་དེ་ནུབ་རྒྱལ་བློན་བཀའ་

དྲིན་ཁྱིམ་ཐེར་ ཕྱིར་ཉིན་ནམ་མཁའ་གསལ་དུས་ལ་ཕ་ཀང་ལྷ་རིས་དང་ལྷག་ཆད་ཆུང་གདོང་གཉིས་ཀྱི་ཙོ་བོ་བྱས་ནས་དཔོན་གཡོག་བཅོ་བརྒྱད་ཙམ་རྒྱལ་པའི་

སྣང་དུ་ཕེབས་ དཔོན་གྲོག་ཆད་རྒྱལ་པོ་ལ་རིན་པོ་ཆེན་གྱི་རྒྱན་ནང་མང་པོ་ཕུལ་ནས་འདུག་ དེ་དུས་དཔོན་གྲོག་ཆད་རྒྱལ་པོ་དེས་ཡ་ཕྱིར་དམག་དཔོན་ནོམ་ཕེབ་

པར་འོ་རྒྱལ་ཕྱུ་བཞུར་ལག་ དགྲ་གླིང་ཞིག་ཀྲང་སྨྲ་ར་ལྷ་མོ་དེ་མེད་པ་བཟོ་ལུགས་ཙི་འདྲ་བྱས་ཐེར་ནས་རྒྱལ་པོ་དེས་དྲིན་བ་བྱས་ དེ་ཡང་ཉིག་དང་པོ་ལ་ཕ་ཀང་

ལྷ་རིས་དེས་ཡ་ལུས་ཀྱི་རྒྱུ་པོ་རིན་པོ་ཆེའི་ ངེད་ནོམ་བཀའ་བ་མ་བཟུར་སྐྱེ་ གླིང་སྨྲ་ར་དེ་མེད་པར་བྱེད་རྒྱུ་སི་ཏུ་བཀའ་འདུག་ དགྲ་ཁ་ཕམ་ཀྱི་ལྷ་བ་འགག་ན་ཡོད་

ཐེར་ནས་གླུ་× ཨོཾ་མ་ཎི་པདྨེ་ཧཱུྃ་ཧྲཱིཿ ཁས་ལ་× བྲ་ལ་× གླུ་མཆོད་གཅིག་རྣམ་བྲམ་× མཆོད་གཉིས་བར་× མཆོད་

ཨུ་རར་ཞི་ཐུག

༄༅།། གསུཾ་ལ་ཐུམ་× དཔོན་ཕྱོག་རྣད་འཇོམ་བའི་དགྲ་ལྷ་མཆོད།། ས་འདི་× རྒྱ་ས་གསེར་ལྷུན་ཁྲུ་མོ་རེད།། སྟག་པོ་ཁྱུང་རྫོང་ཁ་ནང་ཞེད།། ཕྱོག་རྣད་རྒྱལ་པའི་མདུན་གྲལ་རེད།། གཡས་གྲལ་གྲལ་གྱི་གྲལ་མགོ་ནས།། ང་འདྲའི་× བྱུང་ཡུལ་ན་ཐུང་གང་མ་ནས།། ནམ་རྫོང་མཁར་གྱིས་ནང་བསྡད་ལ།། ཕོ་རྣད་པོ་ཡ་ཀང་སྐྱུ་ཞིམ་ཟེར།། དཔོན་སྐྱིག་ཕྱོང་རྣད་རྒྱལ་པོ་ལག།། ཁ་ཙོང་ལྷ་གྱི་དང་པོ་ལ།། རི་ནང་རྒྱལ་སློན་ལ་སོགས་པ།། བཀའ་དྲིན་བྱུགས་ཆགས་སྤྱི་ཚོ་ལ།། ཁྲ་མོ་གླིང་གི་ལུས་དམག་དེ།། འགྲོ་མི་དགོས་དམ་ལུང་ཙང་ལ་སོང་།། དམ་ཅག་འཇོན་གསྐྱི་གསུང་བྱེད་དེ།། གླིང་པའི་ཆགས་ཞིལ་བསྐྱང་བ་འདྲ།། ཧི་མ་དེ་ཡིས་རྗེས་སུ་ལ།། སྟག་རྒྱལ་རྣད་པོ་ཙོལ་མཛོད་པས།། དཔོན་གློན་མི་འདབ

བཅུ་དགུ་དེ། །དམ་ནག་ལྗང་ནང་བསྐུ་ས་སོང་། །ཉི་མ་དེ་བའི་གདོང་གང་ལ། །དཔལ་ལ་བྱིན་པའི་མི་ཞིག་དང་། །ཤན་
མདན་བྱེར་བའི་མི་གཉིས་དང་། །གཡུ་ལྡུ་བྱེར་བའི་མི་བཞི་བྱུར། །སེར་པའི་ཟི་འཛམ་གདོང་ཁ་ལ། །ཕོ་མི་དཔོན་གསུམ་
དང་གདོང་བུག་རྒྱ། །སྤྲུག་རྒྱལ་རྣད་པོ་ཕོར་ལ་བྱུར། །དེ་མི་ཁྲི་དཔོན་ལ་སོགས་པ། །ལྷ་དམར་ལྔ་རྒྱུད་དབུ་ཉིས་ཐོན། །
ཉི་མ་དེ་ཡིས་ཕྱིར་ཉིན་ལ། །སྤྲུག་རྣད་རྒྱུང་གདོང་ཧོ་མཛོད་པའི། །དམག་དཔོན་གསུམ་དེ་གླིང་ལ་མདག །སོ་བ་སུམ་བཅུ་
མགོ་ཀེན་བྲན། །དེ་ཐོག་ཡ་ལ་སླེབས་པའི་ན། །གླིང་ཟིག་སྤྲུབ་འདུག་བྱེར་ལི་བྱུར། །ཉི་མ་དེ་ཡིས་ཕྱིར་ཉིལ། །ནམ་
ཀྱིམ་བབར་ཟིལ་སྤྲ་དེས་ཞུ། །གླིང་གིས་དམག་དཔོན་ཆེན་བཞི་དེ། །གྲུ་ཁུམ་སྐར་ལ་བཏུག་ནས་བྱུང་། །དེར་ནང་ཁྲ་མས་

ཚ་ངར་ཞི་བྱེད།

༄༅།། འབྲུཾ་དམིགས་ཏེ།། དམར་སྨུག་ཁྲག་གིས་ཆར་པ་ཕབས།། དམིགས་དཔོན་ཙམ་མི་བཞིན་བསྐྱོན་མ་ཟིན།། གླིང་···

དཀར་དཔལ་ཅོ་ཆེན་བཞི་ཏེ།། མ་རྒྱབ་ཁྲུ་མོ་གླིང་ལ་ཟོར།། ཟ་ཟང་ཕལ་ཀང་སྐྱུ་ཞིས་དང་།། ཅོ་ཟང་བྱ་རྒྱར་རྡོ་ར་གཉིས།།···

དམིགས་དཔོན་བཞི་ཡིས་རྩོ་བྱས་པས།། དཔལ་རྒྱབ་བཞི་ཡིས་ཙོ་ལེན་བྱས།། ལེན་ཡ་མ་རྒྱབ་ཟོར་ཙམ་སྤྲལ།། དམིགས་

དཔོན་སྨུག་རྒྱང་ཆུར་གཏོར་དང་།། རྒྱན་པོ་ཕྱོག་ཁྲི་རྒྱ་བཙན་གཉིས།། གླིང་དཔལ་བའི་རྩེས་ལ་རོལ་འདར་མོང་།། གང་དཀར་

མཐུ་པས་ལ་ཁ་ཙམ།། དཔལ་རྟོད་བཞི་དང་དཔྱར་མཛེས་དགོས།། འཛོམས་པའི་ཕས་ཡ་མ་ཟིན་པས།། སྨུག་རྒྱར་མ···

རྒྱབ་ཟོར་ནས་བྱུང་།། རྒྱན་པོ་ཕྱོག་ཁྲི་བྲུ་བཙན་དེ།། སྐྱུར་འགྲིགས་གསུ་ལྷའི་ཞབས་པའི་གཟུངས།། བཏང་མ་རྐྱང་པོ

ཕྱིར་གིས་ཁྱེར། ། ད་ནི་ཕྱིར་འདི་སྤྲུབ་པ་བཀལ། ། ཐར་ཐུ་བ་ཅི་འདྲ་དགས་རྒྱན་ཟེར། ། རྒྱལ་པོ་དགོང་པ་མ་ཚོམ་ལགས། །
བཀའ་ཕེབས་ཕྱུགས་ཚག་མཛད་ཟོག་ཁྲུ། ། རྗེས་རྒྱལ་པའི་སྤྱུག་ལ་དེ་ལྟར་ཞེག། ། གོ་ན་× ཨ་ནོ་× ཅེས་ཟེར་བ་དང་།
དེ་ནས་དཔོན་ཐོག་རྒྱད་རྒྱལ་པོ་དེས་ མི་ལྷུགས་སློན་པས་བདེ་སྙིང་ན་རྫོར་འདུག་ཞིག་མཛད་ནས་ཞལ་ངོ་རྫ་ནག་ལ་གྲི་མ་གུག་པ་ལྟར་ཕྱག་ཕྲོས་པའི་ངང་ནས་
ཡ་ཅོ་ཟེད་རྒྱལ་བློན་ལ་སོགས་པ་ཕོ་གོང་སྨུག་རྣམས་ལ་འདུ་འད་བྱེར་རྒྱུར་ཡོད། གོམ་འབར་མེད་པའི་རྟ་རྒྱན་དེ། འགྲོ་རྒྱུ་མེད་པས་འགྲིག་གི་ཡོད། དཔལ་རྩ་མེད་པས་
བརྫ་མ་དེ། དགྲ་སྤྲུབ་རིས་མེད་པས་བསྐྱེད་རྒྱུར་མང་། ཕོ་གང་སྨུག་རྣམས་ལ་འདི་འདྲ་མིན་པ་ཅི་ཡོད། ང་རྒྱལ་པའི་སྐུ་ལ་ཅི་འདྲ་ཡོད་བྱེར་ནས་གླུ་× ཨུ་ལུ་×
ཐྲ་ལ་× སྙིང་མ་ལྷ་ཡི་ཞིང་ཁམས་ནས། ། ནོམ་ཐམས་དཀར་པའི་ལུས་ལྷ་མཆོད། ། བར་ནམ་སྟོང་པའི་མདོག་སྔར་ནས།

ཀྲ་དར་ཞི་༡༤༠

༄༅། །བར་ཕྱིན་ཁྲ་བོའི་ལུས༔ མ་ཕྱིན་ཞིམ་པས་གདོན་ཕྱིར་ནས། །ས་ཕྱིན་ནག་པའི་རྒྱ་སྐྱོན་མཛོད། །ས་འདི༔
རྨུ་ག་པོ་ཁྱུར་རྫོང་གོང་མ་ཟེད། །ར་འདྲེའི༔ དཔོན་ཆེན་ཕྱོག་རྐང་རྒྱལ་པོ་ཟེད། །ཀྱི་ཨ་སོང་གིས་གཏོང་གོང་ལ། །ཨོཾ་
དྲུག་གླིང་པའི་སྐྲང་སྐྲར་དེ། །ཀྱི་མ་ཙིག་གི་གཏོང་གོང་ལ། །ཟམ་ནག་སེར་བའི་བསྲུང་འདྲ་ཞིག། །དེས་དེ་ཟིང་ལེན་དེ་འཕྲེང་
ལེན་དགོས། །མི་འདུག་རྒྱལ་བློན་ལ་སོགས་པ། །ད་ལྟར་སྒྱུར་དུ་འགྲོ་ཚོལ་ཀྱི་སོ། །ཕོན༔ སོ་གོ༔ ཙེས་ཟེར་ནས་··
དེ་ནས་རྒྱལ་བློན་རྣམས་ཀྱིས་མདུན་ག་གིས་ཞམ་དམག་སྐྲར་ལ་ཕེབས་ དེ་ནས་དཔོན་ཆེན་ཕྱོག་རྐང་རྒྱལ་པོ་དེ་ཧ་ཞག་ཁྲ་འཕྲུན་སྐྱིད་ལ་ཆིབ་ནས་ཙར་དམག
རྒྱུ་དང་བཅས་ཏེ་གཡུ་སོ་ན་ཐང་དམག་སྐྲར་ལ་ཕེབས་ དེ་ནས་དམག་དཔོན་ཕྲུང་རྒྱལ་པའི་ནྲར་དུ་འདུས་སྐྱེ་ དེ་འཕྲུལ་གྱིས་རྒྱལ་པོ་དེས་འཛིག་པའི་ཉམས་དང་ལྡན

ཞིང་མི་མགོ་ཁྲི་ཡི་སྟེང་ནས་གོས་ཅན་སེར་པའི་ནམ་བཟླལ་ཕྱིན་ནས་ བཟི་ཕྱུག་ལོག་གི་འགྱུ་རྒྱན་གཉིས་ཙམ་རྒྱུན་ནས་འཛིག་པའི་ཉམ་དང་ལྡན་ཞིག་མིག་དམར་ལོག

ལོག་ཐུལ་ནས་ ཡ་ཚོ་ནི་རྒྱལ་བློན་ལ་སོགས་པ་ རྒྱ་ཉན་དང་འདྲ་མ་འགག་ནི་ཡོད་ཟེར་ནས་ཕྱོག་རྒྱང་བཀའ་སྐྱེད་ཀྱི་གླུ་× ཨོཾ་མ་ཎི་པདྨེ་ཧཱུྃ་ཧྲཱིཿ ༈ ཐལ་ལ×

ཐུ་ལ་× གླུ་ནེ་ནེ་མི་ལེན་ཁ་མེད་ནེད། ། གླུ་ནེ་ནེ་ལྷ་ཡི་མཆོད་སྐབ་ནེད། ། ངག་ནེ་ནེ་མི་ཀུག་ཁ་མེད་ནེད། ། ངག་ནེ་ནེ་ནང་གི་

འགྲོ་ལུག་ནེད། ། ནམ་ཁའ་ཁྲིན་གྱིས་གྲུབ་ཁེམ་ནས། ། རྡིས་ཕྱིག་རྒྱལ་པོ་ན་དཀར་× དར་ཁྲ་དུང་རྗོག་དགུ་ལ་གསོལ། ། དབ

འདུང་དཀར་པོ་བར་ཙམ་ཁེབ། ། དེ་ནིང་རྒྱལ་པའི་× བར་སྣང་སྟོང་པའི་མདོག་གཉེར་ནས། ། བར་ཕྱིག་ཁྲ་ཅོ་དབ་ཁྲི་འཛིན། །

སྤྲིན་ཁྲབ་གཟི་རྫོག་སྐྱ་× དབ་ཁྲི་ཙན་གྱི་བར་ཙམ་ཁེབས། ། དེན་ནིང་རྒྱལ་པའི་× དར་པོ་ས་བཞི་གཞལ་ཡས་ནས། ། ས་ཕྱིར

ཀྲང་ཞི་བཞི

༄༅། །ནག་པོ་ར་ནག་སྐྱབ། །ལྕག་ཁྲབ་ལྕག་རྡོག་སྒྲ་× དར་འདྲང་ནག་པའི་ས་བཞི་ཁེབས། །དེ་རིང་རྒྱལ་པའི་××
རྒྱལ་རི་རྩེ་རྒྱལ་ཁྲ་མོ་ནས། །སྤྲིན་རྒྱལ་རྔྭ་ཁྲོད་ཕྲེང་ཅན། །དེ་རིང་རྒྱལ་པའི་× དཔལ་དང་དབྱང་པའི་རྒྱལ་སྒྲོན་མཛོད། །
ས་འདི་× གཡུ་མོ་ཙ་ཐང་གོང་མ་རེད། །ཁྲ་མོ་དམག་གིས་སྐྱིང་རྫོང་ནས། །ང་འདྲའི་× ལུས་གྲུར་ཁྲག་མཚོ་ལྡན་ནང་ནས།
ཀླུ་ཁམས་རྒྱལ་རབ་དང་པོ་ལ། །དཔོན་ཆེན་ཕྱོག་ཆད་རྒྱལ་པོ་ཐེར། །འཁྲུ་ལྡན་དགུ་སྟུམ་དམག་དཔོན་ཡིན། །སྨུག་པོ་རྫོང་གིས་ནང་
བསྟུན་རེད། །ཕོ་ར་རྒྱལ་བློན་ལ་སོགས་པ། །ཡང་ན་ཁབ་ཀང་སྦྱ་ཞིམ་ལོ། །ཉིན་དང་འདུ་མ་འགག་རེ་ཡོད། །རྣ་མི་བོད་ཀྱི་ཧྲི་×
ཟླ་ཁུང་འཁོར་བའི་ཞི་མགོ་རེད། །ཤ་ཡས་རྡུང་ར་མ་ཤོར་གོང་། །དེ་རྒྱལ་རྩེ་ནས་ཞིག་ན་དགའ། །གསེར་ལུ་འཁོར་རྒྱལ་མཚོ་དེ། །

ཉ་གསེར་ཉལ་གསེར་འོག་མ་ཆད་གང་།། རྒྱ་མཚོ་སྨྱིག་ནམ་སྐྱོཾ་ན་དགའ།། དམག་དཔུང་ཆེན་འཁྱི་པའི་དཔོན་པོ་དེས།། དམག་དཔོན
དགྲ་ལ་མ་འཐེན་གང་།། དཔོན་པས་ནོ་གོ་བཙད་ན་དགའ།། ཚོ་ནེ་ཨ་ཀང་སྐྱུ་ཞིམ་ལོ།། ཡང་ན་བྲུ་རྐྱང་རྣ་བ་གཉིས།། དཔོན་ཕྱོག
རྐྱང་ང་དང་འདྲ་འདྲ་ཡིན།། བསྐྱིཾ་མ་དེ་ཙམ་འཐེན་ལྷུག་ལ།། ནོ་གོ་མི་བཙད་ཀྱི་འདྲ་ཡིན།། ཕྱོག་རྐྱང་ང་ཡི་མདུན་བྲལ་ལ།། ··
གྲག་པ་ཕྱོག་པས་མི་གསུཾ་ཡོད།། གཡུ་ནེ་གཡུ་འབྲུག་གྲག་པ་དང་།། གསེར་གླིང་སྔོང་གྲག་པ་གཉིས།། བདུད་མོས་ཕྱོག
ཁྲིར་གྲག་པ་གསུཾ།། བདེ་འགྲུཾ་ཚོ་ནེ་ཡི་དམ་ཡ་ཡིན།། རྒྱལ་དཔོན་སྟོང་དཔོན་དགྲ་ལ་འཐེན།། ཕྱོག་རྐྱང་རྒྱལ་པོ་གླེན··
ཆེན་ནོཾས།། མི་ཐུབ་འདུག་པས་བཙན་པོ་དེ།། གླུ་ཁུམ་ཐུ་སྐྱར་ཕྱོག་གསུཾ་དེ།། ཐུ་ནམ་ཐུ་ནག་མིག་གཅིག་ཕྱོགས།།

ཀྲི་ཤི་ངུ་ཀྲ

༄༅། ། སྡུག་ནས་སྡུག་རྐྱང་རྫུང་གཏོང་གྲོག ། གྲོག་ནས་གྲོག་ཁྲི་བྱ་ལྕོན་གྲོག ། མི་དེ་གསུམ་ཁ་ནུ་འཛམ་པའི་ན། །
གྲོག་རྐྱང་རྩམ་ལ་བབ་ཆད་མེད། ། དེ་བཞིན་གྲོག་ཁྲི་དགྲ་ལ་ཐོན། ། རྒྱལ་རྒྱས་ཐོན་དང་འཕྱེར་པ་མེད། ། ཅོ་ནེ་ཨ་ཀང་སྐྱ་ཞིས་ལོ། །
ཆོས་བུ་བ་དེ་འདྲ་ཕྱིན་ནས་བྱུང་། ། དེ་ནས་རྒྱལ་བློན་ལ་སོགས་པ། ། མ་འདུག་ལྗུ་དུ་འགྲོ་ཚོས་ཕྱིས། ། གླིང་པས་སྐྲུང་སྐོར
སྐྱ་མོ་དེ། ། བུ་པུ་མེན་ལ་སྨིན་འདྲ་ཞིག། ། ཡི་མེད་ཚོ་ལག་མ་བཏང་ན། ། གྲོག་རྐྱང་མི་འདུག་ཐུག་གི་ཆད། ། གོ་ཕ་ཡི་
ཐལ་རྒྱལ་བློན་× མ་གོ་× ཅེས་ཁྲེར་བ་དང་དམག་དཔོན་དང་རྒྱལ་བློན་རྣམས་དཔལ་ཚག་ནས་འདུག གྲོག་རྐྱང་བཀའ་བཙན་པས་བློན་
པོ་རྣམས་ཅི་ཞི་མ་ཕེབས་ནས་ཛ་སྐར་ཅིག་ལ་འཛམ་ཛ་ལེ་འདུག དེ་ནས་ཨ་ཀང་སྐྱ་ཞིས་དེས་སྡུག་ལྐུགས་ཅིག་མགོ་བྱུས་ནས་དགུ་མཚན་གཅིག

ཞེ་བསྟན་བཅག་ནས་ཕྱག་གསུམ་ཕྱལ་སྟེ་ཡ་ལྷས་ཀྱི་རྒྱལ་པོ་ཟིན་པོ་ཆེན་ ཐུབ་ཀྱི་དགོང་པ་མ་ཚམ་དང་ཀྱུ་བའི་སྐུ་ལ་ཕོ་འདུ་ཤེར་ཏེ་ནས་ཕས་ཀང་གྱི་རྒྱུ་འདི་བློ་དགོས་
ཨོཾ་མ་ཎི་པདྨེ་ཧཱུྃ་ཧྲཱིཿ ཨ་ལ་× ཐ་ལ་× སྙིང་ཕྱུག་ལྷ་ཡི་ཕོ་× རྣམས་ཐུམས་དཀར་ནག་ཁྲ་× དེ་རིང་ཕས་ཀང་གྲོག་ལ་ཕེབ།།
ས་འདིས་× གཡུ་མོ་ཐང་གིས་ཐང་སྟེང་ཟེར།། ང་འདྲ་ར་× ཐུང་ཡུལ་འཁྱི་དམག་དཔོན་པོ་ལ།། ང་ཐུང་གིས་ཕས་ཀང་ལྷུ་ཟེར་
ཟེར།། ཐོག་རྣར་རྒྱ་དང་ཁྱེར་མེད་ཡིན།། བསོ་པ་རྒྱལ་པོ་ཁྱེར་ལ་དཀར།། ལ་ཆེན་རྣ་མའི་× བྲག་དཀར་མཐོ་བཙན་ཆེན་
བཞེན་འདྲ།། ཐང་དཀར་རྣམ་ཕྱག་ཅན་ཉིན་མ།། ནམ་ཁའི་མ་འཁོར་ལྷུས་ནས་བྲལ།། དཀར་འཛོམ་བྲག་ལ་སྨུག་སྨུལ་ཅིག།
ལྷེ་གྲུ་གླིང་འཁྲུག་པས་གཞང་ང་ལ།། གླིང་དཀར་དཔལ་ཐུབ་དམ་འཛིག་ཆེན།། གྲུ་ལུས་ལེན་ཅིག་སྟོན་ཉིན་མོ།། དམར་

ཁ་ང་ཞི་ང་ཕ

༄༅། །ཡོན་དེ་འདྲ་བསྐུམ་མ་ཐོབ་ར། །དགྲ་མ་ཐུབ་གླིང་དཀར་སྟོད་ལ་ཐོན་ར། །བསྐོ་མ་ཐོབ་བས་སྨུགས་སྨུལ་ཙམ། །
ལ་ཆེན་རྒྱལ་པོ་ཐུགས་ཁག་མེད། །ཐུགས་ཀྱི་དགོང་པ་མ་ཚོམ་ལགས། །ཚོ་དྲུག་གླིང་སྐར་ཁྲ་མོ་དེ། །འཛོམས་པས་ཕས་ཡ
མི་ཟིན་བྱལ། །དར་སྨྱུང་སྨྱུལ་ཁྱམ་ཁྱང་ཡན་པ་མེད། །རྣམ་མི་ཐོད་ཀྱི་× མི་ཁེ་ཁྱུར་དུས་གང་སྨུག་ཤི། །དགྲ་ཁྱུགས
ཁྱུས་ཙ་གང་ཁྲག་ཤི། །དམག་དཔོན་ཞི་ན་འཁྱོད་རྐྱར་མེད། །རྩེ་ཙམ་རྒྱལ་པོ་ཟིན་པོ་ཆེན། །རྩེ་ཟིང་བཀྲ་ཤིས་ཉི་མ་ལ། །
ཁྱེད་རྒྱལ་པོ་མ་ཐོན་བཞུག་རིག་མཛོད། །འཛད་ཁྱད་ཡན་པ་མི་འགེ་ལག། །བྲག་མཐོ་ཁྱད་བྲོག་གིས་སྟོར་ལེ་འགྲུ། །དཔོན
མཐོ་ཁྱར་གླིང་པས་སྲིད་ལེན་འགི། །ཡོ་དཔལ་ཁྱད་བསྟོ་མ་ཐོབ་ལེན་གསུམ། །ལུས་སྨྱལ་པ་སྨོན་ཀྱི་བཀས་པ་འདྲ། །མཐུའ

མ་རྟི་འོང་ཚ་མེད་རེད།། གླིང་དཀར་དཔལ་ཐོ་ཆེ་བཞི་ལ།། འཛོམས་ཁ་ཡ་མེད་པའི་སྤྱོད་པོ་རེད།། དགྲ་རྩི་བདག་འདྲ་བའི་ཕྲན་པ་དཔོན།། དགོངས་གཡུ་འབྲུག་འདྲ་བའི་གཡུ་ལྷ་དཔོན།། སྟག་དམར་ཡག་འདྲ་བའི་མདའ་མ་དཔོན།། ཙན་དམར་པོ་འདྲ་བའི་དཔལ་ལ་དཔོན།། མི་དེ་བཞི་འཛོམ་པས་ཁ་རྒྱ་ན།། ལེན་ཁ་ཡ་ཟིན་པ་དཀར་མོ་རེད།། དཔོན་ཐོག་རྒྱར་ཐོན་ན་བར་ཙར་ཆེན།། མ་ཐོན་བརྒྱུག་ན་བསྐྱེ་འགྲུལ་འགྲུབ།། དེ་མིན་རྒྱལ་བློན་ལ་སོགས་པ།། སྦྱོག་དམར་པོ་ཚང་ན་འཐོར་མེད་བཟོ།། ཐོག་རྒྱར་རྒྱལ་ཞེ་ཕྱིན་སྒྲིབས།། ལུས་དེ་འདྲ་མི་ཐེད་ཕོ་འདྲ་ཐེད།། ཉི་མ་སོང་ཉིས་གདོང་གང་ལ།། ཁྲ་མས་འབྲུ་དམག་འགྲོ་ལུར་ལ།། ཐང་ཨ་ཁང་སྐྱུ་ཟིང་བཀའ་སྣང་ཡིན།། དེ་ནས་དམག་དཔོན་ལ་སོག་པ།། གླིང་སྣར་ཁྲ་མོ་སྐོར་ལུག་ལ།། དམག་

ཕྱ་རར་ཅི་བཞུ་

༄༅། །དཔོན་སློབ་རྒྱང་རྒྱུད་གདོང་དང་། །མཆོག་སྨན་སྤྲུལ་ནག་མོ་འབར་གཉིས། །རྒྱ་དར་སྨྱུང་སྟོག་དམར་ལྷ་གསུམ། །ཁྱིང་
ནང་དམག་དཔོན་པས་གསུམ་དང་། །དང་པོ་དམག་གི་རྫ་འདྲེ་ཡིན། །དེ་ནས་ད་ཆེན་པས་བཞི་འགྲོ། །ཁྲ་དྲ་སྙོད་དཔོན་
དགུ་འདི་གཅིག །ཟི་དྲ་ཟི་སྒྱིང་དར་དམར་གཉིས། །རྒྱ་དར་རྒྱ་སྦྱིང་ཡ་མེད་གསུམ། །གླང་དར་གླང་ཆེན་དར་མ་བཞིན།།
དར་ཆེན་པས་བཞི་ཚོམ་བྱས་པས། །དར་ཆེན་བཞི་དང་དམག་དཔོན་གསུམ། །དཔལ་ཅོ་བདུན་དེན་འགྲོ་རྒྱུན་བྱེས། །དེར་
རྗེས་བར་གྱི་བཞག་དེན་ལ། །ལེན་གྲུས་ཙན་གྱི་དཔོན་པོ་དང་། །ཁྱང་གི་ཕས་ཀང་རྐྱ་ཟེས་དང་། །ལེག་པས་བྱུ་
རྣང་རྫ་ཟ་གཉིས། །མི་འདུག་གླིང་ཟེས་སྨར་ལ་འོང་། །ང་ནང་དམག་དཔོན་མི་དགུ་འགྲོ། །དེ་ཡིས་གླིས་སྨར་མ་

ཁྱབས་ན། །དེ་མིན་ཁྱབ་མི་ག་ལ་ཡོད། །སྲིད་པས་ཞེ་ལེན་ལེན་ནམ་འོང་། །འཁོར་བས་སྡོང་སྐྱག་རྒྱིད་ནམ་འོང་། །
རྫི་འི་རྒྱལ་པས་ཁྱབས་ལ་དེ་ལྟར་ཞེགས། ། སོ་ན་× མ་སོ་× ཅེས་ཟེར་བ་དང་ དེ་ནས་ཕྱོགས་ནང་རྒྱལ་པས་ཅི་སྒྲུང་
གྱི་མ་ཐུང་ དེ་ནས་རྒྱ་གློན་རྣམས་རང་རང་སོ་སོ་སྐྱར་ལ་སོང་ དེས་ཕྱི་ཉིས་ལ་ཁོ་རང་དམག་དཔོན་རྣམས་ཚན་རྫོང་འཁོར་ཀ་ལྷོ་སྐོར་ནས་ཧུ་ལ་ཆི་
སྐོར་རྫོང་འདབ་ཁྲ་ཐིང་ཁྲ་ཐུང་མང་པོ་ སྐྱ་ལ་སྐོར་ནས་ཁོ་རང་སྤྱོན་རྣམས་བཟའ་ནང་རྒྱུག་པ་བཞིན་དུ་གླིང་གིས་ཕྱོག་སྲུ་ཁོར་ཡང་ནས་གླིང་སྐྱར་གྱི་
འགྲོ་དུ་སླེབས་ དེ་ནས་དམག་དཔོན་ཁ་གང་སྐྱ་ཐེས་དེ་གླིང་སྐྱར་གྱི་འཁྲུམ་དུ་ཚན་ནང་རྒྱུག་པ་ལྟར་དུ་ཐུང་ནས་ ཡ་ཁོ་ཐེ་སྐྱང་སྐྱར་སྐྱ་མོ་ཚེར་
ཉན་དང་འགྲུ་མ་འཁྲལ་ཐེ་ཡིད་ཐེབ་ནས་བླ་× ཡོང་མ་ཙི་པདྨེ་ཧཱུྂ་ཧྲཱིཿ ཨ་ལ་× ཐ་ལ་× གླུ་ཡ་མཆོད་རྣམས་ཕྱིས་××

ཀ་རར་ཤོ་བཀྱུར་

༄༅། །བར་མཚོན་བར་× མ་མཚོན་ས་× ཕྱོག་ཆད་རྒྱལ་པས་ཕྱིར་དོར་རྣམས།། དེ་རིང་ཁྱེ་ཀང་གྲོང་ལ་ཕེབ།
ས་འདིའི་× མདོ་ལུག་སྨུག་ཁྲང་ཁྲ་མོ་རེད།། ང་འདྲ་ང་× ཁྱུང་ཡ་མེད་ཁྱེ་ཀང་སྐྱུ་ཞིས་རེད།། ཁོ་རེ་གླིང་པས་
སྐྲང་དམག་རྣམས།། ཉན་དང་འདྲ་མ་འགར་རེད་ཡོད།། ཆད་ཁྲང་དཀར་ཕྱར་ཤེད་ཆེན་ལེ་ཊེ།། ཕྱོར་ནམ་ཁའ་རྒྱང་··
ཁྲག་ཇེ་ཞིང་རེད།། ཁྱུ་ཆད་པོ་ཡོད་ན་དེ་ཞིས་ཕྱར།། སྨུག་མོ་ངར་སྐྲད་ཆེ་ལེན་ཊེ།། ནག་ཀྱུ་ཤིང་ཁ་རྒྱལ་ཇེ་ཆེན་རེད།།
ལུས་འཛམ་དྲུག་ཡོད་ན་དེ་ཞིང་ངམ།། སྐྱིང་དཀར་དཔལ་ཁྱུབ་ཆེ་བཞི་དེ།། ཊེད་ཀླུ་ཀྱུས་དམག་ལ་ཆེད་མེད་ཡིན།།
ཁོ་དཔལ་ཅི་ཡོད་ན་ད་ཞིས་ཕོག།། ཁ་ཚོང་སྐྱུན་པོ་བམ་ཆེན་མ།། ཤན་པ་དཔལ་ལ་གསྱུ་ལྷུ་གསྱུཾ།། མདན་

མ་བྱུ་དང་མི་བཞི་དེ། ། ཕྱི་དམག་ཀྱུག་པས་དར་ཆེན་མ། ། དམག་དཔོན་སྲིད་པས་ཁྲི་ཆེན་མ། ། དམག་མང་

སྲིད་པས་དེ་ཆེན་མ། ། དཀྱིལ་ལ་ཡོད་ན་བྱུར་ལ་ཐོག། ། བྱུར་ལ་ཡོད་ན་གདོང་ལ་ཐོག། ། ཇོ་འབྱིན་ཁ་རེ་མ་

བཞག་ན། ། ཕྱང་ཕ་ཀང་ཁྲི་བའི་ནོ་དང་འདྲ། ། རྒྱ་དཔོན་སྟང་དཔོན་ཁ་ལེན་དང་། ། ཕྱོག་ཕྱི་སྲིད་པས་ཡང་ལེན་

ཡིན། ། དེ་རིས་མ་ལེན་ཕ་ཀང་མེན། ། གོ་ན་×མ་གོ་× ཅེས་བྱེ་བ་དང་ དེ་ནས་སྤྱན་པོ་མི་དགུ་དེས་དགོང་ནས་རྣམ་ལྷར་

ཚད་པ་བཞིན་དུ་གླིང་སྟར་དེ་དཀྱིལ་བཞག་རྒྱུ་ནས་ཐོབ་བྱུང་ དེ་ནས་གླིང་དཔལ་ཐུབ་རྣམས་ཀྱི་གོ་མཚོན་སྐྱ་ལ་སྦྲ་ནས་མི་ལྟེ་ཆེད་པ་བཞི

དུ་དཔལ་གྲུ་ཁུས་སྤྱན་པོ་རྣམས་ཀྱི་གདོང་ལ་བཙར་ དེ་ནས་ཧོར་གྱི་ཐན་པ་དམར་པོ་དེས་རྣམས་ལྷག་བ་ཀྱི་ཧྲ་ནེ་དེ་ཤོ་ལ་ཐོར་ཏེ་ཐུ་ཙ་ལྷ་

༄༅། །ཧྲ་ཡིས་ལ་འདམ་འབབ་སུམ་བརྩ་ཙམ་ཡོད་པ་དེ་ལག་གཉིས་སྦྱོང་ཐུས་ནས་ཨ་ཀར་གདོང་ལ་བཙན་ནས་ཡོ་འགྱུར་ཅིག་ཐུས་ནས་སྒྲ་× ཧཱུྃ་མ་ཎི་པདྨེ་ཧཱུྃ་ཧྲཱིཿ ཆས་ལ་× ཐྲ་ལ་× སྐྱབས་བླ་མ་ཡི་དམ་དཀོན་× གསོལ་བ་འདེབ་སོ་བྱིན་གྱིས་རློབས། །གཡུ་ལོ་ཀོད་པས་ཞིང་ཁམས་ནས། །སངས་རྒྱས་རྣང་བ་མཐའ་ཡས་མཁྱེན། །རིན་ཆེན་རྣ་ལྔས་ཁྲི་སྟེང་ནས། །བཅོམ་ལྡན་མགོན་པོ་ཚེ་དཔག་མེད། །ཚེ་དང་བཅས་པས་གཡང་གི་ལྷ། །དེ་ཞིང་ཐན་པས་གྲོགས་ལ་ཡབས། །དཔལ་དང་དཔུང་པས་རྒྱལ་སྐྱེན་མཛད། །ཁོ་རེ་ཉིན་དང་ཐ་བ་རྒྱ། །ས་འཛིམ་× སྐྱག་ཐང་ཁྲ་མོའི་གཡོས་ཐི་ནས། །ང་འདྲ་ར་× ཁྲག་མཚོ་ཏོག་གྱི་མདོག་གཟུར་ནས། །དཔལ་མི་འགྱུར་སྦྱིག་ཙན་ཐན་པ་ཐྲེར། །

ཁོ་ཐེ་ཨ་ཀར་སྒྲུ་ཐེམ་ལོ། ། རྩོན་ཅན་དང་འདྲ་མ་འབག་འ་ཐེ་ཡོད། ། ལུག་རྒྱ་མཚོ་ལས་རྫུ་འཕྲུལ་དེ། ། སྤྱང་དབ་མས་ལུང་རྩར
སྟོན་ཉིད་ཐོ། ། ལུག་གཡང་དཀར་ཁྱི་ཐི་མ་ཐིམ་གང་། ། དགོང་རྫུ་འཕྲུལ་རྡོ་ལེན་ཐུམ་ན་བསམ། ། ཨོཾ་སྟོན་མ་ལ་སྐྱོང་དང་མ་བྲག
ན། ། དགོང་རྫུ་འཕྲུལ་ཡོད་པས་པན་པ་མེད། ། སྟོང་རྣ་བསྐུག་པས་ཕུར་པ་དེ། ། རྣ་ཁོས་དབ་འཐིག་མ་ཐུབ་གང་། ། ཕུར་པ
ནང་ཚང་ཚོས་ན་བསམ། ། དམག་ཁྲི་དཔུང་མཚོ་བས་དཔོན་པོ་ཁྱེད། ། དམག་མང་དགྲ་ལ་མ་ཐོབ་གང་། ། དཔོན་པའི་ཐོག་
ལྷན་མཚོས་ན་བསམ། ། བསམ་པས་ལས་ལ་འཇུག་རྒྱུ་མེད། ། ལ་ཆེན་རྣ་མིས་× ཕུང་པས་མ་ཉམས་རྨི་ལམ་ནང་། །
བཞི་མཚོ་འཐབ་ཚང་ར་ཟླ་ལི་རྨི། ། ཁ་ཚོས་ཁྲུ་པ་ལི་ཁྱེར་ལི་རྨི། ། ལྷར་མིས་བཀག་ཆག་རྨི་ལམ་ནེད། ། མེད་པས་མ་ཉམས་

ཤ་ངང་ལྡི་ཚོ

༄༅། །མི་ཡམ་ནང་། །རིན་ཆེན་རྒྱན་དང་འཕྲེང་ལེ་སྐྱི། །སར་ཅིག་ཕྱུག་པོ་རེད་ལེ་སྐྱི། །ལྷ་མས་བཀ་ཆག
འཁྲི་སྣང་རེད། །གྲ་ཁུམ་མི་བསོ་དགྲ་བསོ་ལ། །གླིང་དཀར་ཉིན་གཅིག་ཀྲུགས་ན་བསོ། །ཁྲ་བྲ་རེ་ལེན་མེད་བྱུང་ན་བསོ། །
ཁྲེ་གྲ་ཁུམ་དམག་གི་འཁྲིལ་རྣང་རེད། །ཚོ་རེ་ཉན་དང་སྟོན་པོ་བྲ། །བྲག་དཀར་མགྲོ་རྫོང་བཞིམ་ས་ལ། །རྩི་ལྕག་ཁྲོ་རྒྱའི
ཐོག་སེར་དགོས། །དཔུང་རོག་གཡུ་འབྲུག་སྟོན་མོ་དགོས། །དེ་མེད་ན་བྲག་རྫོང་ང་ཅི་ལ་སྐྱི། །མཆོ་སྨན་མོ་ལྷུད་ཉ་བཟུང་
བ་ལ། །ལྕག་གི་སྟོན་མོ་ཕ་བཟུང་དགོས། །དཔུང་རོག་ཕྲུག་པས་ཚམ་མཁན་དགོས། །དེ་མེད་ན་གསེར་ཉ་ག་ནས་
སྐྱིད། །གླིང་སྨྲར་ལེན་མེད་བསྐོར་བ་ལ། །དཔལ་རྩལ་ཅན་གྱི་སྟོན་པོ་དགོས། །རྫུ་འཕྲུལ་ལྷ་ལ་འགྲོན་བླ་དགོས།

དེ་མིན་ན་གླིང་སྨྲར་གནས་གཏོར། ། ཁྱེད་པ་རེ་ཆ་བཞིས་ཡིད་རེ་ལྟག ། བྲིན་ཕ་མས་ཕྱོག་གི་ངན་ལམ་དེ། ། ལྷན་
གླིང་བཞིས་ཕྱོག་ལ་ཕྱི་འགྲོ་ཞི། ། ཕྱི་གཞལ་ཚང་ནང་གི་ཚེ་བསྡོ་དེ། ། སྤྱང་དགྲ་བའི་ཕྱིད་ལ་ཕྱི་འགྲོས་ཞི། ། ངེས་
ལག་ལ་ཡོད་པས་རྣམ་མཚན་འདི། ། རྣམས་ལྷག་ཞེར་ཀྱི་རྟ་རེ་རེད། ། སོ་མཐོ་ཉི་གྲུ་རྩ་ལྷ་ཡོད། ། ཚེ་མདའ་དམར་པའི་
ཡུ་བ་འདི། ། སྔོན་མོ་ལྷགས་གིས་གྲིས་ཤེག་རྒྱབ། ། འདམ་པ་ལུ་རྒྱར་ཐུམས་པ་ཡོད། ། ལེན་གཅིག་གཡུག་པས་དུས་
ཚད་ལ། ། མགོ་བོ་ཚལ་བ་སྐོང་དུ་འཕེན། ། ལུས་བཞང་དྲུག་དུམ་བུ་སྐོར་དུ་བྲལ། ། ཕྱི་ལྷན་སྐོས་ལ་ཉན་ནས་འདུག །
གོ་ན་× མ་གོ་× ཅེས་གྲེ་ནས་དཔལ་བསོད་རྗེར་སྒྲི་ཁན་པ་དེས་རྟ་ཞེ་དེ་ཕས་ཀང་ལ་ལེན་གསུམ་རྒྱབ་ནས་ཕས་ཀང་ལ་ཀྱི་ཡང་སྐད་མ་ཐུབ་

ཨ་ར་ར་ཤ་ཤི་ཤ

༄༅།། ནམ་མེ་སྐྱག་ཐྲ་ར་ར་འདུག་ དེ་ནས་ཡས་ཀང་དེས་རྫུང་མདའ་ལེན་ལྷ་ཙམ་སྤྲུམ་ནས་བཞ་པ་ལ་དགོན་མཆོག་གི་རྒྱ་སྐྱེན་ཡོད
པས་བབ་ཚར་མ་བྱུང་ དབ་ཆེན་བཞི་ཡིས་རྫུང་མདབ་ཟེ་ཟེ་སྐྲམ་པས་གླིང་སྐྱབ་ཁྱིམ་དུ་སོབ་བྱུང་ དེ་ནས་དཔལ་རྒྱབ་རྣམ་ཀྱི་མདའ་འབྲེན་དང་...
མདུད་འབྲེན་མང་པོ་བཞགས་ནས་སྨྱོན་པོ་ལུས་ཁྱུང་ཙོམ་ལེན་ནས་དེ་ནས་ཡས་ཀང་སྐྱུ་རིས་དེས་ལྕུག་ཁྱི་དགྲ་རྫོང་དེ་ལྟབ་ནས་བཞ་པས་འགྲམ་ལ...
བཙན་ཏེ་ ཅོ་གཉིས་མཐབ་ཟིམ་ཁྱུས་ཁྱང་པོ་རྒྱ་མ་བྱུང་ དེ་ཡས་ཀང་གི་དགྲ་རྫོང་དེ་ལེན་ཙིག་གཡུག་པས་བཞ་པས་ཧྲ་ཟེ་ཁེ་ལ་རྒྱ་སྐྱེ་བཞབ་
མེན་ཡེབས་ ཡང་བཞ་པས་དུག་མདུང་དེ་ལེན་ཙིག་གཡུག་ཁྱང་ཙི་ཡང་མ་ཕྱུབ་ ཡང་ཡས་ཀང་དེས་དགྲ་རྫོང་དེ་ལེན་ཙིག་གཡུག་པས་དུག
མདུང་ཁྱི་ཀེ་ལ་རྒྱ་པས་དུ་སྣ་དུ་བསྐྱང་ ཡང་བཞ་པས་དུག་ར་དེ་ཤྱུག་ནས་ཞབ་ཏེ་ལེན་གསུ་གཡུག་ཁྱང་གོ་མ་ཆར་ ཡང་ཡས་ཀང་དེས་དགྲ་...

བྱོན་དེ་ལེན་ཅིག་གསུག་ལས་ཀྱི་དུག་ནལ་འབར་བ་དེས་ཡུ་ལྷ་རྒྱ་ནས་མགོ་ཅད་པ་ལྟར་དུ་བྱང་ལ་ཕར་ཕྱུར། ཤན་པ་དེས་དར་བསྙོ་མ་མེད་
བསོ་ནས་ནང་ཕྱིར་དུ་སོང་། དེ་ནས་ཕ་ཀང་སྐྱ་རིས་དེ་བཟའ་རྐྱད་རྐྱག་པ་བཞིན་དུ་ཁོར་ཕྱིར་དུ་སླེབས། ཡ་ཁོ་ནི་སྐྱིང་རིག་སྨྱོན་པོ་རྣམས་གྲོས་མ་
འགྲོ་ང་ཡི་གདོང་ལ་ཚོར། ཡུ་ལྷ་མ་ཤ་རེ་གྲིས་ལེན་ཡིས། ལྷག་འཛམ་དྲུག་ཤ་ལེ་པི་ན་དགའ། པོ་སྨྱོན་པོ་ཡིན་ན་གདོང་ལ་ཚོར་ཐེར་ནས་ཧྲུང་
མདའ་མང་ཚོམ་སླས་པས་དམག་ཁྲི་དཀར་དམར་ཅན་རྒྱ་ཚོམ་ཕྱིད། དེ་ནས་ཧོར་སྐར་ནང་ནས་ནུད་ལྷ་འཇོག་ལུན་དང་ཕྱང་དཀར་ཚོན་རྐྱད་འབྲུང་ནག་
ཚ་ལྷུ་གསྲི་གདོང་ལ་ཅར་ནས་མདའ་འཕྲེན་དང་མདུང་འཕྲེན་མང་པོ་བཞག ཁས་ཀང་དེས་དགྲ་བྱོན་དེ་ནུང་ལྷ་ལ་ལེན་གཅིག་རྒྱ་ནས་ལུས་ལ་བར་...
ཆད་མ་ཕྱུར་སྐྱེན་བཞི་བརྒྱ་ཀྱི་ནུང་ལྷ་ཧ་ཕྲོག་ནས་ལྷུར། ཡང་ཁས་ཀང་དེས་དགྲ་བྱོན་དེ་ལེ་ཅིག་གསུག་ལས་འབྲུག་ནག་ཚ་ལྷུ་དེས་བྲང་ལ་

ཀྱེ་དང་ཟབ་གཉིས

༄༅།། རྒྱུ་ནས་ལུས་ཀྱི་བཀག་ཐུམ་ནས་སྲུང་ ཡང་ལེན་ཅིག་གསུག་ཐུར་བའི་བྲང་དཀར་ཅན་རྣང་ཀྱི་ཧྲ་ངང་དཀར་གྱི་ཀེ་ལ་རྒྱུ་ནས་
སྲིད་ རེན་ཆེན་གྱི་ཞེ་བླུབ་ཀྱི་རྨུས་གསུམ་ཐུམ་དམག་ལྕུག་ཁྲ་ཅན་རྒྱུ་ཚམ་སྲིད་ནས་ཁྲ་གྱི་ལེ་དམག་སྨན་སྦུན་ལ་བྲུད་ གཡོས་ཕྱོག་དམག་
སྨན་ནས་ཁྲ་དྲ་སྐར་དཔོན་དགྲ་ལྷུལ་དང་ཟི་དྲ་ཟི་སྦྱོག་དབ་མ་གཉིས་རྩུ་དྲ་རྩ་སྲིན་ཡ་མེད་གསུམ་སློག་འཚུབ་པ་བཞིན་དུ་གླིང་སྨན་དུ་
སླེབས་ནས་རེན་མདན་མ་དང་དཔལ་ལ་ཉི་རྫུང་དཔོན་པོ་གསུམ་གྱིས་གཏོང་བཀག་ དེ་ནས་ཁྲ་དྲ་སྐྱོང་དཔོན་དགྲ་འདི་གྱི་རྫོང་མདའ་
དུག་བླང་ཕྱོས་པ་ཞིག་ལག་ལ་གཟུང་ནས་ཡ་ཚོ་རེ་གླིང་ཀླག་བརྡ་མ་རྣམས་ ཉན་དང་འདྲ་མ་འགལ་ནེ་ཡེད་ཐེབ་ནས་གླུ་× ཧཱུྃ་མ་ཧི
ལྷོ་ཧྲུ་ཧྲི༔ ཁལ་ལ་× ཐ་ལ་× སྐྱིང་མ་ལྷ་ཡི་ཕོ་བྲང་ནས།། ཧྲི་བྲིས་དཀར་པོ་ར་དཀར་མཆོད།།

བར་སྣང་སྟོང་པས་མཛོད་གཟུར་ནས། ། བར་ཕྲིག་ཁྲ་བོ་བ་ཁྲ× དང་མོ་ས་ཡི་མཁའ་རྫུང་ནས། ། ས་ཕྱིས་ནག་
པོ་ར་ནག× དེ་ཉིང་དཔལ་བའི་སྐྱང་སྤྲིན་མཛད། ། ས་འདིས× སྤྲུག་ཐྲང་ཁྲ་ནམ་ཡང་གང་ཞེང་། ། ང་འདྲུ་ང་××
དར་ཆེན་བཞི་ཡི་རྩེ་བོ་ལ། ། ཁྲ་དུ་སྟོང་དཔོན་དགྲ་འདུལ་ཞེར། ། ཁྲི་དཔྱང་དམ་ཀ་གིས་མགོ་འཛིན་ཡིན། ། སྐྱུང་
སྨར་སྐྱ་མོ་ཚུལ་ལ་ཉེན། ། མིག་ཁྲ་ཚུར་ཡོད་ཅ་སྤྲིན་མོ་བསྙིམ། ། རྣ་ང་ལྱ་ཡོད་ཅ་འདྲམ་ཉེན། ། ཡང་ན་མདང་ཅ་མ་
ཕྱི་ཁྲ་མ། ། ཁྱེར་ཁྲི་ཆར་རིག་པ་དར་ལྱུག་ལ། ། སྤྲུག་དམར་ཡག་སྤྲིས་ལ་འཁྲི་ལེན་མེད། ། གློང་སྨན་ས་སྤྲིང་འགྲོ་
ལྱུག་ལ། ། འབྲུག་དར་མས་ཕྱོག་ལ་ཕེ་འགོ་བསྐུལ། ། སྐྲམ་ཚུང་དོར་ལེར་བེ་བྱུབ་དེ། ། དགྲ་ཤ་བས་སྤྲིང་ལ་

ཀྱེ་ང་དག་ཤོ

༄༅། ། ཨེ་འགྲོ་བསྐུལ། ། ནུ་རྒྱུད་པ་མས་ངའ་ལམ་རེ། ། ང་གླུ་འུ་ཚང་ལ་ཨེ་འགྲོ་ཞིམ། ། ད་ཨ་བྲོས་
སྨོད་རང་སྤྱོན་པས་བྲ། ། འཇིག་རྟེན་ནུ× འབྲུ་དབ་མོས་དུབ་ཞམ་ཕྱིད་སྐྱུར་རེ། ། བྲུས་རྒྱུང་ཅིབ་པས་སྐུག་སྐུལ་ཡིན། །
སྐག་མོ་ནག་ལ་འགྲོས་རྒྱུ་རེ། ། སྐུག་ཀུག་ཅིབ་བས་སྐྱུག་ལྕུལ་ཡིན། ། ང་ཁྲ་ད་གླིང་ལ་ཕོང་ལི་འདི། ། དམིག་དཔོན་ཅིབ་
བའི་སྐུག་སྐུལ་ཡིན། ། ཁ་ཙིང་ཙི་བྱུས་ཨེ་རྡོན་དུ། ། རྒྱ་དཔོན་རེ་དང་སློང་དཔོན་གཉིས། ། དམར་སྨྱུད་བསྐུང་ནས་ཁྲུག་
ལ་སློངས། ། གཡུ་འབྲུག་གྲག་པ་བསྐུམ་བཙང་། ། ཕྱོག་ཁྲི་བྱུ་ཙན་སློང་ཁྲུག་གྲངས། ། སེམས་པོ་པོ་རེ་འཇུ་ག་ཟམ་ཚོང་།
ཉི་མ་རེ་ཞིང་གཙང་གང་ལ། ། མི་རེ་ཚོས་སྐུམ་མ་མ་ཆད་ན། ། ད་ཚོང་དམག་དཔོན་ཆེན་བཞིན་རེ། ། ཁ་ཕྱིར་ལ་སྐོར་རེ་

ནཾ་ཁྲམ་མཆེད། ། ཀོ་ཙ་× མ་ཀོ་× རྩེམ་ཐེ་བ་དར། ཁྲུད་སྐོར་དཔོན་རྒྱ་འདུ་རིམ་རྒྱུ་ཞ་མདལ་ སྐུང་མེར་སྐྲུམ་བྱུང་བའི་གླིང་སྐྲན་ཁྲག་བཞིན་

བསྐུགས་. དེ་ནས་མདུན་མ་བསེ་འབྲུག་རེམ་བཞི་སྐྱེར་དུ་མདལ་ཞིག་བཞག་ནས་གཡལ་ཚེ་རི་ཉེན་དང་སྦྱར་བས་དགྲ། ར་སེ་ཡིན་རོ་བོ་ཕོ་ཐིམ་དུ་ཐེ་ནས་བསྐུ་××

ཨོཾ་མ་ཧི་ལྷེན་ཧྲི་ཧྲིཿ ཚས་ལ་× ཐ་ལ་× བླ་མ་ཡི་དམ་དཀོན་× གསོལ་བ་འདེབས་སོ་བྱིན་× འབྲལ་མེད་སྐྱེ

བོ་བཙུགས་སུ་གསོལ། ། བཅུག་ནས་བྱིན་གྱིས་བརླབས་ཏུ་གསོལ། ། ས་འདུས་× སྐྲག་བྱུང་ཁྲ་མོས་གཡས་ཐི་རེད། །

ར་འདྲུས་× ཐབ་ལྕང་ཞིག་དྲུག་མཁར་ཙང་ནས་ ། དཔལ་མི་འགྱུར་ཚོ་ཞེང་མདའ་མ་ཐེབ། ། དགྲ་བྱུང་དགུ་བཅད་པས་དཔལ་

བོ་ཡིན། ། མིག་བྱུང་དགུ་བྱུང་པའི་སྐྱུན་པོ་ཡིན། ། ང་སློན་ཆེན་མདའ་མ་བསེ་འབྲུག་རེ། ། ངན་བའི་དུས་ལ་ཚེ་འདུ་ཡོད། །

༄༅། ། དོན་སྒྲིང་འཁྲུག་པ་བྱུས་པའི་དུས། །ཚོ་ཞང་མདའ་མ་ཁྱུང་ཁྲ་ཕྱོག ། འཇང་གླིང་འཁྲུག་པ་བྱུས་པས་དུས། །
ཀ་གླིན་མདའ་མ་བསཾ་འཁྲུག་རེད། ། ཀུ་ནེ་མཉན་ལ་འགྲོ་ཉིན་མ། ། དཔལ་ཆེན་མདའ་མ་ཐོག་རྐང་ཐེར། ། སྟག་གཟིག་ཁྲུག་པ
ཕྱིར་པའི་དུས། ། མདའ་མ་རྒྱ་སྟག་ཁྲ་པོ་བྱོན། ། སོག་པས་ཧ་ཧོ་ང་ཡབ་པའི་དུས། ། མདའ་མ་གཡུ་རྒྱུ་ཕྱོག་སྟོང་ཐེར། ། ཡབ
དུག་བཞི་ཧོ་ང་ཡབ་པས་དུས། ། ཀ་གླིན་གཡུ་རིན་རྒྱ་མཚོན་སྟག ། ཐེར་བས་ཞེ་ཧོ་ང་ཡབ་པས་དུས། ། མདའ་མ་དམ་ནག
སྟོད་པོ་ཐེར། ། ར་ལོ་གྲུ་ཁྱུས་ཡུ་ལ་སྐྱིབ། ། ཚོ་ཞང་མདའ་མ་བསཾ་འཁྲུག་ཐེར། ། དགྲ་མ་ཐུབ་ཐུབ་པས་སྟོན་པོ་ཡིན། ། སྨིག
ཐང་དགུ་ཐོག་པས་དཔལ་ཅོ་ཡིན། ། སྤྱིང་དབ་མས་ཁ་ཙོ་སྨོ་མ་ནས། ། ལུག་གཡང་དཀར་འགྲོ་རྒྱན་ཕེ་ཡོད་ཅི། ། ཁྲ་དབ་མས

རྨོངས་ཕྱུག་བཙན་ས་ནས།། ཁྲིམས་རྒྱང་བྱར་བ་ཕོ་ཐྲོང་ཞིམ།། ང་མངན་མའི་དགྲ་མགོ་འདུས་ནས།། ཁྱིར་བརྡ་མ་བྱར་བ་སུའི་འགི
ཞིམ།། ལྷ་བླམ་ཡོད་ན་གསོལ་བ་ཐོབ།། དྲིས་པ་མ་ཡོད་ན་ཁ་ཆེམ་ཆེམ།། ཞག་ཕྱུ་ནི་ཡོད་ན་ངོ་ཞེ་བྱུག།། གོ་ན× མ་གོ×
ཤེར་ནས་ལྷ་མདའ་དེ་ལེན་གཅིག་སྨྲས་པས་མི་ཚར་བ་ལྟར་དུ། ཁྲ་དུ་དཀྱུར་གཡས་ལ་རྒྱུ་ནས་ལུས་ལ་རྡོད་མ་བྱུང་ ཁྲ་དུ་དེས་རྒྱུར་མདའ་ལེན་ཅིག་སྨྲས་པས་སྨྲ་ལ
མ་ཚར་ཁྱུང་སེར་ལྕུང་རན་ཧ་ཐོག་ནས་ལྷུང་ དེར་དཔལ་ལ་སེང་སྟག་དང་ཉི་རྡོར་དཔོན་པོ་གཉིས་ཀྱི་མདུན་མ་སྐྱུང་ ཁྲིམས་བསྙེན་ནས་སྙིང་ལ་འཛེ་ནི་ཕོག་པ་ལྟར་དུ་རྒྱུར
དར་ར་ཟང་གཉིས་ཤི་བྱུ་དགོས་བསྙེ་ནུས་ཟལ་གྱི་རྒྱ་བཙས་ཤར་སྐྱེ་དཔལ་ཅོ་བཞིན་ཡི་གཙོང་ལ་བཙར་ནས་གྱི་འབྲེན་མང་པོ་བཞེག་ད་ཆེན་བཞིན་ཡིས་རྒྱུད་མདའ
སྨྲས་པས་དེ་ཁོ་གཉིས་ཀྱི་རོ་མ་ལེན་ནས་ཟང་མགོ་ཅི་ཐོན་བྱུས་ནས་ཐོས་སེང་ ད་ཆེན་བཞིན་ཡིས་གླིང་སྐར་ཁྲག་བཞིན་ཀྱུག་ནས་ཁྲི་དམར་ཅན་གཉིས་རྒྱ་ཚམ་སྡེད་ནས

༄༅། །དེ་ནས་འཆར་རྗེ་རིའི་གྲག་པ་དེ་དགོང་ལོ་ཉི་ཤུ་ཙ་བརྒྱད་ གཟིག་ནང་དཔོན་པས་ཕྱམ་པོ་དེ་ད་ཆེན་བཞི་ཡི་གདོང་ལ་བཅར་ནས། ལྷ་མདའ་
གྲང་མང་སྐྱམ་ཁྲང་མ་ཐུབ་དེ་ཁ་དུ་དར་ཁྲ་དུ་ཁོ་གཉིས་ཀྱི་འཆར་ཆེན་རིན་གྲག་པ་ལ་ནལ་གྱི་གཡུག་ནས་མགོ་ལ་རྒྱུ་ནས་མགོ་ཁ་གསར་ནས་སྲིད། དེ་ནས་ཡང་འམས་
འབྱུང་ཚོང་གིས་ཕྱམ་པོ་ཤི་དཀར་རྒྱུར་གྲག་དང་འཇང་ཕྱམ་གཡུ་ཁྲི་གོང་སྟོན་གཉིས་ཆིབ་ལ་ཐུན་ནས་དུ་ཆེན་ཡིས་གདོང་ལ་བཅར་ནས་ནལ་གྱི་དང་ལྷ་མདའ་སོགས་ཀྱི་ཇ་སྣ་
གཅིག་ཙམ་གྱི་འབྲེན་བཞག དུ་ཆེན་བཞིན་དེ་ཡང་སྐྱོང་སྐྱབ་ནང་ལ་ཤོར་བྱུང་ གླང་དུ་གླང་ཆེན་ཡ་མེད་དེས་ལྷག་ཀྱི་ཕྱ་ལྷུང་ཞེག་པ་དེ་ལེན་ཅིག་འཕང་བྱུང་བའི་འམ་
པས་ཞི་དཀར་རྒྱུར་གྲག་གི་ཀ་ལ་ཀོན་ནས་ཁྲིམ་རྒྱུར་ཁྲ་ཡི་བཟུར་བ་ལྷུབ་དུ་བྱུང་ ཁྲ་དུ་དེ་རྟེས་ཀྱིས་ནལ་གྱི་ལེན་གསུམ་གཡུག་ནས་ཞི་དཀར་རྒྱུར་གྲག་དེ་སྲིད་ནས་
གླིང་དཔལ་ལ་ཐུབ་རྟེས་ཀྱི་ར་མ་ལེན་ནང་ནར་ནང་གིས་མགོ་ཙི་ཕྱིན་བྱུས་ནས་གྲོས་སོང་ ད་ཆེན་བཞི་དེ་ཕྱིར་འགྲོ་ཆོས་འཁྲོ་ལམ་ནས་ ཕ་ཙག་བེ་ཤིས་སྐྲན་ལ་

རྒྱུག་ནས་ཁྲི་དཀར་དམར་ཅན་ཉིས་རྒྱ་ཚོམ་སྤྲོད་ནས་ཁྲིག་བཞིན་སྒྲུག་ཐུར་ དེ་ནས་དཔལ་ཡ་མེར་ཀྱི་ཚལ་སྣ་ག་ཀླུ་མོ་དེས་ཧ་འགྲུག་ནག་འཕྱུར་ཤིས་གོང་ལ་ཆིབ་ནས་ལྕུག་བཞིན་སྐྱོར་དུ་ལྕུག་འདར་ཞིག་བཞགས་ནས་དམ་ནག་པོ་ཁྲིག་གིས་ཧྲུ་བ་བཞིན་དུ་དམག་དཔོན་བཞི་ཡིས་གདོང་ལ་བཟའ་ཆང་རྒྱུག་པ་བཞིན་དུ་ཐུར་ནས་ཡ་ཚོ་ནི་ཉན་དང་སྒྲ་ཀྱུས་སྐྲ་མ་ནང་ ར་སྐྱ་ཡིན་ཇོ་བོ་ཚེ་ཤིས་དུ་ཟེར་ནས་མདའ་ཀུག་ཀྱི་སྦྲ་× ཨོཾ་མ་ཎི་པདྨེ་ཧཱུྃ་ཧྲཱིཿ ཚལ་ལ་× ཐ་ལ་× ×

རྗེས་མཐངས་རྒྱས་སྐྱོང་གིས་ལམ་ན་བཟང་ངས་།། ཤིག་གསུང་མགོན་པས་རྒྱ་སྦྱིན་མཛོད་།། མ་འདིས་× སྐྱག་ཐུང་ཁྲ་མོས་གང་ར་རེད་།། ར་འདྲ་ར་× ཞ་ཟླ་ལུས་ཀྱི་མཁའ་འགྲོ་ཡིན་།། དམག་ཟོར་རྒྱལ་མོས་སྤྲུལ་པ་ཡིན་།། ཚོ་ནི་ཉན་དང་བསྐྱང་བའི་དགྲ་།། འཇིག་སྐྱོན་རྣ་མི་× ནི་ཤི་ར་ཡག་དཀྱིལ་གི་སྤྲུང་ཐང་དེ་།། ལུག་གཡང་དཀར་སྤྱིད་ལམ་མི་ཚོད་པས་།། དབུང

ལུ་ང་ང་བཞི་པ

༄༅། །ཕྱག་རྫུ་ཟ་མདོག་ཁ། །སྒྲ་ཁྱུས་དཔོན་པོ་ཆེན་བཞི་དེས། །དམག་མང་སྡེ་ལས་མི་ཚད་པས། །ད་བྱང་
དམག་དཔོན་མདའ་ལ་གྲངས། །ཞག་རྒྱ་ཉིས་གི་དམག་ཡག་ལྷག །སྒོ་ཁྲི་ཟ་ལས་མི་ཚད་པས། །ད་བྱང་བདག་པོ་
ཟར་མདོག་ཁ། །ཁོ་རེད་དམག་དཔོན་ཡས་བཞི་ལོ། །ཕོ་རྒྱད་པོ་ཡིན་ཙ་གཏོང་ལ་བརྩོན། །ང་ཚལ་སྨུག་དཔལ་མོ་སྐྱིག
ལ་དགའ། །རྟ་ནག་དཀར་ལྷུར་ཞིམ་རྒྱུག་ལ་དགའ། །ལྷག་བཞི་ཚལ་ལྷང་ཕྱེད་ན་དགའ། །ལྷག་མདའ་སྟོན་པོ་འཕང་
ན་དགའ། །སྐྱིད་གི་སྐྱིག་ལ་དགའ་དགའ་ཡིན། །ཕེན་གྱི་མདའ་ལ་སྐྱིད་སྐྱིད་ཡིན། །སྐྱུ་མ་གཡོལ་ལྷུ་མདའ་བྱུགས
རྗེ་གཟིགས། །དགྲ་བའི་སྤྲིག་རྫ་སྐྱུར་དུ་བཙུད། །དགྲ་སྤྲིག་བློ་སྐྱང་ཆམ་ལ་ཕེབ། །ཞ་ཁྲིག་རྗེ་ལ་སྐྱིང་ཁྲིག་་

བྱུངས། ། གོ་ཙ་× མ་གོ་× ཅེས་ཟེར་ནས་ལྷ་འཛབ་རེ་ལེན་གཅིག་སླར་བྱུང་བའི་ཁྲ་དུ་སྐྱོར་དཔོན་དགྲ་འདུལ་ཀྱི་མགོ་ལ་རྒྱབ་ནས་མགོ་བོ་ལྷག་མེད་

དུ་བསྐྱུང་ དེ་ཐྲ་ཁྲུས་དམག་དཔོན་དེ་རྣམས་ཁས་སླག་ལ་བཅབ་མ་ཕར་ གཡས་གཡོན་ནས་རྫོང་མདའ་མང་པོ་སྤྲུས་ནས་འདུག ཡང་ཁ་སྐྱག་གི་མདའ་

གཅིག་བཞི་ལ་འཕྲེན་ནས་དམག་དཔོན་བརྒྱད་རེས་གཏོར་ལ་བཅབ་ནས་ཐུ་རྒྱུད་འགྲེམས་བ་ལྷོར་དུ་བྱུང་ ཡང་ལྕུག་མདའ་དེ་ལེ་ཅིག་ཁྲམ་པས་ཟི་དུ་ཟི་སྤྱུར་གི་སྐྱིང་ལ་

རྒྱ་ནས་སྐྱིར་སྨོ་ཕྱིར་ནས་ཧ་ཐོག་ནས་ལྷུར་བྱུར་བའི་རེས་སྲིད་ དེ་ནས་དམག་དཔོན་བདུན་ཡོད་པ་རེས་ དཔལ་བར་ཚོད་བརྒྱུད་ནས་གྲུ་ཁྲུས་སྣར་ལ་ལོགས་སོང་

དེ་ནས་གླིང་པ་རྣམས་ལྷ་སྲུས་དྲུང་དུ་འདུ་བྲལ་ལ་ཁོད་ནས་ སྤྱི་དཔོན་རྒྱ་པོ་རེས་ཡ་གླིང་གི་དཔལ་བྱུབ་རྣམས་ཡང་ན་ལྷ་སྲས་ཟིན་པོ་ཆེན་ དེ་ཟིད་རྒྱ་སློན་རྣམས་དམག་ཉེས་

ཁྱུར་ཐུར་འགྱོད་པ་སྐྱུས་ཐུང་མི་ཁྲན་ དེ་ཟིར་དགྲ་དགེ་བཙོན་འདི་སྐྱོན་བ་སྨོན་ཀྱི་སྐམ་བྱར་ཡིན་ ཁ་ཅག་ཟི་ཤིས་སྣར་ནང་ནས་དཔལ་མོ་ཁ་སྐྱག་སླུ་མོ་རས་དམག་དཔོན་

༄༅།། རབ་ཁྲི་ཙང་ལ་འདུག ཁྲ་དུ་དར་རི་དུ་གཉིས་བསྐོ་མཆད སེམས་སྐྱིད་མོ་དེ་འདྲ་འོང་གི་མེད ཐོག་རྒྱད་རྒྱ་པས་ད་ཆེན་རྣམས་དེ་ཡོད་རྣམས་ཀྱི་དང་པོ་
ཡིན་བསྐོ་མ་ལེན་པ་དེ་ཚོལ་ཆེན རྒྱལ་བློན་བྲུབ་ལ་དེ་ཀད་ཚོག་སྤྱོང དེ་དཔལ་གྲུབ་རྣམས་ཀྱི་ལྷ་སྲས་དེ་ལ་སྤྱས་ཁྱང་ཞེ་མ་ཕེབ་ནས་འདུག དེ་ནས་ལྷ་སྲས་
དེ་བྲུག་འཕྲིས་པས་དང་ནས་ཕས་ཁ་གྲུ་ལུ་ཐེ་བ་འདི་བྲུབ་བཀལ་འདུག རྣམ་འཛིག་ཆེན་བ་བདུད་བློན་རྣམས་གྲང་མང་བའི་ཚ་རྒྱུན་མེད་པས་དངོས་མེད་ལྷ་འདི་ལྟ་
བ་དེ་རྣམས་འདུ་བཀལ་འདུག དར་ཉི་མ་སོང་བ་ལྷ་གྲོ་ནས་ང་རང་གླིང་དམག་ཞབ་ནས་འགྲོ གྲུ་ཞུས་སྐྱར་ལ་བཏུག་དེས་ཡིན་ཐེ་ནས་བཀའ་ཕེབས…
དཔལ་བྲུལ་རྣམས་ཀྱི་ལྷ་སྲས་ལ་བྲུག་ཁག་མེད་བསེ་ནས་ཙི་མ་ཕྱུས དེ་རྟོར་གྱི་ཤན་པ་དམར་པོ་དེས་ལས་དར་ཙིག་རྒྱལ་པས་དྲང་ལ་བཞུགས་ས་ནས་
བྲུགས་དགོང་པ་མ་ཚམ་ལྷ་སྲས་ལགས ཞུ་བས་གྲུ་ལ་ཕེ་འདྲ་ཡོང་ཐེ་ཤས་ཤན་པས་གྲུ་འདི་x ཧོཾ་མ་ཎི་པདྨེ་ཧཱུྃ་ཧྲཱིཿ ཕས་ལ་x བྲ་ལ་x

སྐྱབས་བླ་མ་ཡི་དམ་དཀོན་༔ ཡི་དམ་ལྷ་ལ་གསོལ་བ་༔ རྒྱལ་བ་རིགས་ལྔས་ཁ་འཛིན་མཛད།། ས་འདིར་༔ སྔགས་བྱང་
ཁྲ་མོས་གཡས་ཟི་ཟེད།། ང་དང་ང་༔ ཧོར་ཀྱི་བཙན་པ་དམར་པོ་ཟེད།། ལས་ཀྱང་དཀར་པའི་ནང་ཤོར་ནས།། དཔོན་སློབ་
ལྷ་ལྔས་རིན་པོ་ཆེ།། ཐུགས་ཀྱི་དགོང་པ་མཆོས་དང་།། ང་ཁན་པས་རྒྱུ་ལ་ཁེ་འདྲ་ཡོད།། འཛིག་རྟེན་ཐ་༔ ཐུགས་དཀར་
མགྲོ་ཙན་འཛོམ་ས་ལ།། ཐེ་རྒྱུ་མང་པོས་མཐུལ་ནས་སློར།། ཕྱུར་ཤོད་ཆེན་བ་ཕྱང་དཀར་ཡིན།། སྤྱིག་འཁྱུར་ཅེན་
རེ་བླག་ཙག་ཡིན།། ཐེ་རེ་ཚང་ནམ་མཁའ་མ་འཁོར་ན།། ཐེ་མང་ཁྱང་གཞོག་དྲག་ཐུ་རོག་ཡིན།། རླུང་དཀར་ཁ་
རྒྱལ་ཆེན་ས་ནས།། འབྱུ་དམག་ཁྲ་མས་སློར་གཞེན་འདྲ།། མདའ་སྤྱིན་པོ་ཚོ་བཞང་མདུན་མ་ཡིན།། ཕོ་སྐྱིང

ཕྱི་༢༢༢ ལ་ཕྱིར།

༄༅། །སྨོན་དཔལ་ལ་གཡུ་ལྷ་ཡིན། །མཚན་རྣམ་དར་ཅན་དེ་ཤར་པ་ཡིན། །མི་དེ་ཆོས་བཏང་མ་མ་ལེན་ན། །དམག་མང་ཀླུང་དགྲ་ལག་ཏོར་གྱི་ཡིན། །རྟེན་ཁྲུག་མཚོ་དམག་དཔོན་ཤར་པ་ཅིག །དར་ལྷུན་དཔོན་པོ་སེང་སྟག་གཉིས། །འཛང་ཁྲི་ཐོག་དཔོན་པོ་གཡུ་ལྷ་གསུམ། །གླིང་ལྷུན་དཔོན་པོ་མདའ་མ་བཞི། །བདུད་ཀྱི་དཔོན་པོ་ཡ་སྟག་ལྔ། །ང་རང་དམག་དཔོན་མི་ལྔ་རེས། །ཟེ་འཁྲོན་དམག་གིས་རྣ་འཕྲེན་ཅེར། །དམག་མང་པོ་མི་འགྲོ་ཞུར་ཙམ་འགྲོ། །བྲུ་རྡ་གོང་བཟང་འགྲོ་རྒྱུ་དགོས། །ཁ་ཚང་ཐོར་བའི་བ་ལེན་དེ། །བསྒོམ་མས་དར་ཁྲི་ཚང་ལེ་བཟོ། །གླིང་རྒྱལ་བློན་སྒྲུག་ལ་× ཐོ་ཟ་× མ་ཐོ་××

ཅེས་རྗེ་བ་དང་བྲན་ཡས་བཀའ་བྲུག་ཅར་ནས་མཛད་བྲལ་ནས་དམག་དཔོན་རང་རང་གི་སྐུ་དམག་ཟེ་ཟེ་ཁྲིད་ནས་དཔལ་བྱུབ་ལྷ་ཐོ་རིམ་གོ་གྱིན་མཆོན་ཕྱོག་ནས་ཆི་ཡིས་

གཏོང་ལ་བྱ་ནས་མི་ནུར་རྩུབ་པ་བཞིན་དུ་གླུ་ལུས་ཕྱོགས་ལ་ཕེབ་སོང་། དེ་ནས་གླུ་ལུས་དམག་དཔོན་བདུན་ཅུ་རེ་རང་སྐར་སློབ་ནས་ཨ་ཀང་དང་བྱ་རྒོད་གཉིས་གིས་གླིང་དམག་སྒྲིང་པའི་

བཏང་མ་ནུས་རྒྱལ་པས་འདུ་ལ་བཞག་ནས་དམག་དཔོན་རྣམས་ཀྱི་འཇའ་འཁ་ཞུས་ནས་རང་རང་གིས་གདོན་ལ་འཁོར། དེ་ནས་དཔོན་ཆེན་ཐོག་རྐང་རྒྱལ་སྤོ་དེས། ཡར་ཁྲིད་དཀག

དཔོན་རྣམས་འོ་རྒྱལ་ཕེ་བྱུར་གླིང་སྐར་སྐར་སྐར་སྐྱུར་ཞོ་དེ་དར་ཞིམ་བཏམ་ལྕུག་ག་འདྲ་བྱས་སྐྱུར། དེ་ཨ་ཀང་སྐྱུ་ཞིམ་རེས་དགྲ་བྱབ་པས་ལོ་རྒྱུས་དང་བཏམ་ཆར་པས་ལོ་རྒྱུས

ཀྱི་སླུ་འདི་ར× ཨོཾ་མ་ཎི་པདྨེ་ཧཱུྃ་ཧྲཱིཿ ཨ་ལ་× ཐ་ལ་× ནུ་ཕྱིས་བར་ཕྱིས་ས་ཕྱིས་ཕྱེད།། དེ་བཞིན་ཨ་ཀང་གྲོག་ལ་ཕེབ།། མ་འདིར×

གསྐུ་ཞོས་ན་བྱང་ཞིང་མོ་ཞེད།། ཐོག་རྐར་རྒྱལ་པས་མདུན་བྲལ་ནས།། ང་འདྲེས་× བྱང་གིས་ཨ་ཀང་སྐྱུ་ཞིམ་ཞེད།། དེ་ནས་རྒྱ

པོ་ཞིན་པོ་ཆེན།། ཞི་བས་གླུ་ལ་ཨེ་འདྲ་ཡོད།། ང་རང་དམག་དཔོན་དགུ་བོ་དེ།། གླིང་ཞིམ་དམག་སྐར་བསྐོ་ལྕུག་ལ།། རྟོར་སེར

༄༅། །སྨན་ལ་དང་པོ་རྒྱུག། །དམག་མང་རྒྱ་ཚོམ་ཁྲག་ལ་སྦྱོར། །རེ་ནམ་གླིང་སྨན་ནང་ལ་བཅུག། །གླིང་སྨན་མིར་བའི་བདུད་
ལྕེ་ཁྲམ། །ཕོ་སྙིང་སྙོབ་ཅན་ནྲོས་བཏང་མ་གྲག། །བློན་བྲག་པ་ཅན་ནྲོས་ཕྱ་ཁྲིས་རྒྱབ། །འཕྲུ་དཀར་དམར་ཅན་ལ་རྒྱ་ཚོམ་སྦྱིད། །
གླིང་དཔལ་བྱང་ཆུབ་ཅན་པོ་ཡ་མེད་དེ། །བསྟོ་མ་དར་འཕྲུ་ཁ་རེ་ཙར། །ལས་བསོད་ནམས་འགྲུབ་པ་དེ་འདྲ་བྱུང་། །དེ་རྒྱུས་ཡ་ལ་འོང་བས་
དུས། །བདུད་ཀྱི་ལྷུན་པ་ཆེན་བཞི་དེ། །ལྷམ་འཛིག་ཆེ་བས་བདུད་ནག་འགེ། །དུག་མཚོན་ལོ་འདར་རྒྱུས་ནས་འདུག། །དམག་ཚོག
དེ་ལ་བཏུག་ནས་ཡང་། །རྫོང་མདའ་དར་མ་སྤྲོས་པས་ན། །ཁྲ་མའི་འབྲུ་དམག་ཆམ་ལ་ཕབ། །ཁྲི་དམག་མང་པོ་སྲིད་ནས་
ཡང་། །དེ་རྗེའི་བར་གྱི་བཞེག་མོ་ལ། །བདུད་ནི་ཤིས་དཔོན་པོ་ཡིན་ནབ་ཐེ། །སྨན་མོ་དུག་གིས་ཁ་བླང་ཅན། །ལྷག་བཞི་ལྷག

འདབ་ཁྲབ་མི་ཅིག ། ཟང་དམག་གདོང་ལ་སླེབས་ནས་བྱུང་། ། སྔོན་པས་འདབ་མོ་སྤྲུས་ནས་བྱུང་། ། ཁྲ་དྭ་དེ་དང་ཟི་ད་གཉིས། ། ཞག་

ཕྲེན་མདའ་མེས་སྲིད་ནས་སོང་། ། ནུས་ལྕག་ཐོག་མདའ་མང་ཚམ་སྤྲུལ། ། དགྲ་མ་ཐུབ་ཀླུ་མོ་ལུས་ནས་སོང་། ། འཛོམས་མ་ཐུབ་ས་

ཐར་མ་གྲོས་སྟེ། ། དགྲ་དེ་ཟིམས་འདུལ་ལུག་དེ་འདྲ་ཡིན། ། ཚམ་ཆེན་གླིང་པས་ལམ་དམག་དེ། ། ཡིན་མེད་ཐུབ་པ་དཀར་འདུག་སྟེ། ། བྱུང་

གི་སྨན་མོ་དོ་ཞག་དེ། ། དེ་ཟིང་ཐུབ་ལེ་མ་བྱུང་སྟེ། ། ཞགས་མ་གསུམ་གིས་གོང་ཐོག་ནས། ། མགོ་བཀང་མ་ལེ་ལེན་མ་བྱུང་ན། ། ང་ཅས་

ཀང་ཁྲི་བའི་ཟོ་དང་འདྲ། ། རྒྱུ་ཕྱོགས་ཐུགས་ལ་དེ་འདྲ་ཞོག ། གོ་ན་× མ་གོ་× ཅེས་ཟེ་བ་དང་དགྲ་ཁེ་པའི་ཀི་ལའི་རྒྱས་ནུས་ཐོག་རྐང་དཔོན

ལ་ཞེས་དེ་ཐོག་རྐང་རྒྱལ་པོ་དེ་ཞལ་ངོ་ཧྲུ་ཟེ་ལ་གྲི་མ་གཟུག་པ་ལྟར་དུ་འདུག་ནས ཡ་ཁོ་ཟེ་རྒྱལ་བློན་ལ་སོགས་པ་དེ་འདྲ་བསྐོ་དེ་ཚི་འདྲ་ཟེར་ཟེ་ནས་དཀར་ཚན

ཀྱེ་ང་ང་བཞི

༄༅། །མང་པོ་མཇེད་ སློན་ཆེན་རྣམས་ཀྱི་ཐོག་རྟོང་བཀལ་ཚན་པས་ཅི་ཞིམ་ཡོད་ ཐོག་རྟོང་གི་སྣང་བ་ཡ་ཟོ་ར་རྒྱལ་སློམ་རྣམས་ཚོས་ཤུ་བ་ཅི་འདྲ་བསམ་ཞིམ་
ཡོད་ གླིང་ཟེར་མི་གཅིག་གཉིས་སྲིད་པས་ང་ཐོག་རྟོང་གིས་ཚོས་ལ་ཅི་མི་ཕན་ ང་ལ་འཁོར་བས་སློན་པོ་རྣམས་དགྲ་བྲ་བས་ལག་ལ་བཞག་ནས་ཕྱུར་ ཁ་ཚོང་
ལྷར་གྱི་དང་པོ་ལ་དེ་འདྲ་དཔལ་བོ་གླིང་ལ་ཐོར་ང་ཐོག་རྟོང་གི་རྒྱལ་ཚོས་ཤོར་ཞེན་དང་ཆར་པ་མེད་ དར་ཕྱིར་རྣམས་བསམ་པ་གང་འདྲ་ཡོད་ ང་རྒྱལ་པོས་བསམ་པ་འདི་འདྲ་
ཡོད་ཟེ་ནས་གླུ་འདི༔ ཨ་ལ༔ ཐ་ལ༔ རྣམས་ཕྱིས་དཀར་ནག་ཁྲ་གསུམ་མཆོད། ། དེ་ཟེར་རྒྱལ་པོས་གློགས་ལ་ཕང་། །ས་འདི༔
སྐག་ལྷུན་ན་བྲང་གོང་མ་ཟེར། ། ང་འདས༔ དཔོན་ཆེན་ཐོག་རྟང་རྒྱལ་པོ་ཟེར། ། གླུ་འདི་གླུ་དེ༔ རྒྱལ་པས་ཁྲིམ་ཆེན་དར་འགྱུར་ཟེར། །
ཁ་ཟེ་དམག་དཔོན་ལ་སོག་པ། ། ཡང་ན་ཕས་ཀང་སྐྱ་ཟེར་ལོ། ། ལ་ཆེན་འདྲ་མ་འགག་ཟེར་གདའ། ། རྟ་མ་ཐོད༔ གང་ཟེར་དཀར་

པོ་བཞི་མདོག་ཆེན༎ མཐོ་ལ་སྙིང་དཀར་མོའི་གཟུངས༎ དལ་ཀྱི་མའི་བར་ཆད་བྱུང་༎ གང་ཟེའུ་ཞི་ཚུལ་སྙིང་ཆེ་བ༎ རྫ་རི་ནག་པོ···
དམ་འཛིན་ཆེན༎ བྲེ་སེར་འབྲུག་གི་སྙིང་རྫོང་གཟུངས༎ དལ་ཕྱོག་གིས་བར་ཆད་བྱུང་༎ རྫ་རིན་བསྐོ་ནམ་འབྲུག་མོ་སྲིད༎ བྱུར་ན་བུང་
སྡོང་གི་ལ་ཆ་ནམ༎ ང་ཕྱོགས་ནད་རྒྱལ་པོ་ཁ་རྒྱ་ཆེན༎ མདུན་གཟུང་བློན་པོ་དགུ་རྒྱས་སྐྱོར༎ དལ་གླིང་པས་བར་ཆད་བྱུང་༎ དམག་མང་
བསྐོར་ནས་དམག་དཔོན་སྤྱིར༎ ང་འདྲི་ཤོག་ལྷུན་བས་དཔོན་པོ་ལ༎ དེ་རིང་དུ་ཆེན་འདུ་གཉིས་པོར༎ ལྷུན་འདྲི་མཚོ་ར་དར་ཆད་མེད་
ཡིན༎ ང་རྒྱལ་པོ་མཐོ་བའི་བློན་ཆེན་ཡིན༎ ཕོ་གྲག་པ་ཕྱོག་པས་མི་གསུམ་ཡོད༎ གཡུ་ནད་འདུ་བའི་གཡུ་འབྲུག་གྲགས༎
ནོམ་ལྕག་འདུ་བའི་ཕྱོག་གཟེར་གྲགས༎ གསེར་དང་འདུ་བའི་གསེར་གླིང་གྲགས༎ ཕོ་གྲག་པ་ཙན་དེ་བར་ཆད་ཆེན༎ གཡུ···

ཞ་ར་པོ་ཁ་ཅིག

༄༅། །འབྲུག་སྔོ་ལྷག་འདབ་ཡིས་སྒྲོང་། །ཕྱོག་ནང་སྐྱ་ཚོས་མཚོ་མི་ལ། །འཁྱིལ་མེད་དཔལ་ཅོ་པས་གསོ་…
ཡོང་། །དཔོན་ཕྱོག་ནང་ཚོས་དང་ཆང་པ་མེད། །ལ་ཚང་ཕྱོག་ཁྲི་དབང་ཐང་རྫོགས། །ད་ནང་དམག་དཔོན་ཆེ་དགུ་དེ། །སྐྱིང་
ཉིས་སྨྲ་ལ་སོང་བ་ལ། །དགྲ་ང་འགྲོ་ལས་ལེན་ཐབ་གང་ཡིན། །སྐྱིང་ཉིས་སྐྲང་སྨན་སྐྱ་མོ་ལ། །དགྲ་འདི་ཐེན་སྐྱོ་
མ་མ་ཡོང་པས། །ལའི་སྲིད་ཡོད་ཐེ་བ་དཀའ་རྒྱན་མེད། །དམག་ནི་འཁྱེན་ཙོ་བ་དགྲ་ལྷ་ཉེད། །དཔོན་དགྲ་ལྷ་མི་སྲིད་
ཙི་ལ་ཡིན། །དབང་ཐང་ཙན་དེ་མདུན་མ་ཉེད། །བློན་མདུན་མ་མི་སྲིད་ཙི་ཞིག་ཡིན། །སྐྱིང་ཙ་འཁྱེན་ཧོན་འཛང་པས་
གཉིས་ཉེད། །ཧོན་འཛང་མི་སྲིད་ཙི་ལ་ཉེད། །ཕྱིར་ཐང་བཏུད་ཐབ་ཀང་སྐྱ་ཉིས་དེ། །རྒྱལ་པོ་ང་དང་ཆར་མེད

ཡིན།། ཕྱང་ནི་ཤིལ་ཚལ་སྨུག་སླུ་མོ་དེ།། ཀེ་ཁྲིག་དམར་ཤར་ཤེ་མ་ཚང་ཤ།། ཁ་རྐྱུར་ལ་འཁོར་ཐབ་ཚལ་འགི་
ཤིས།། དེ་ནས་ཚལ་ཀང་སྐྱུ་ཞིལ་ཁྱེར།། ངོ་ཚོ་མེད་པས་ཕྱི་དང་འདྲ།། གླིང་སྐྱུང་སྐྱར་སླུ་མོ་མ་བྱུབ་པས།།དར་ཞིན་
ར་སྐད་དཔལ་བཏམ་གྲག།། སྨོམ་དེ་འདྲ་བཤད་ཀྱང་དགོས་པ་མེད།། གོ་ཚེ་བྱུང་འདི་ཚིགས་རྒྱལ་གླེན་ནམ་ས།།
གོ་ན་× མ་གོ་× ཅེས་བྱེ་ནས་གྲུ་ཤུས་དམག་དཔོན་ཤོར་བའི་རྒྱ་པོ་ཕྲུག་ལ་ཡོག་འདུག་པ་ཕྱུལ་ཕྱུར་ཅི་ཕྱི་མ་ཕད་ནས་འདུག་ དེ་ནས་
བདེ་ཆེན་ཞིལ་ཟབ་གྲག་པ་དེས་ ཡ་ལས་ཀྱི་རྒྱལ་པོ་རིན་པོ་ཆེན་ ཁྱེར་དགོང་པ་ཚོམ་བ་ཐུག་ཁག་མེད་ཀྱང་འདི་འཁོར་བས་མི་སྨུག་རྣམས་
གསྒྲི་ཡོད་ ཐག་རྫོང་མཐོང་ཀྱང་ཐོག་གིས་བསྐོར་ ཕྱི་ནད་མང་པོ་བབ་ས་མེད་ ནག་ཁ་བཞིང་ཆེན་ཀྱང་མི་ཡི་སྲིད་ སྨུག་མོ་(སྨང)་པོ་འཁོར་

ཨ་རོས་པ་ཁ་ཞུ།

༄༅། །ས་མེད། དཔོན་སློབ་པས་རྒྱལ་ས་མི་ལ་ཤོར། འདི་ཁྲ་ཅོ་མང་རྒྱང་བདག་འཛིན་མེད་ཟེ་བསུ་དཔེ་ལྟར་ཡིན། ངར་འཁྱོང་པ་ཁྱས་སྒྲུར་ཕན་པ་མེད།
ང་རང་རྒྱལ་བློན་རྣམས་ངོག་འཛིན་དགོས་མ་སྟོགས་གླིང་པ་འདི་དགྲ་རྒྱང་པོ་ཡིན་པས་ཅི་འདྲ་གང་འདྲ་བྱེད་འོང་མི་ཤེས་ཟེ་ནས་ལྕེ་བ་ལྷུང་། ཕྱོགས་རྒྱང་དེས་ཡ་ཤེས་ཟབ་གྲུབ་པ་
གླིང་ཞིག་སྐྲང་སྐྲང་ཞི་ཅིག་ལ་དེ་ཙམ་ག་ལ་ཁྲག་རྒྱུར་མེད། ད་ཕྱོགས་རྒྱང་རྒྱལ་པོ་ལ་སླིང་ཚོས་དེ་ཙམ་ག་ལ་བྱེད་རྒྱུར་ཡོད་སྐྱང་ནས་བློན་པོ་རྣམས་ལ་མིག་ཙ་དམར་ཀློག་ཀློག་
བྱས་ནས་འདུག། ཉེས་ཕྱིར་གཉིས་ལ་གླིང་གི་དམག་དཔོན་ལྷ་ཐོ་དེ་དང་པོ་ཕན་མཐའ་གཉིས་ཀྱི་ན་འབྲེན་ནས་འདར་སྐོར་བཞི་ཉི་ལེ་ཡང་བྱུང་། དེ་ནས་གྲུ་ཞུས་རྒྱལ་བློན་
རྣམས་ཀྱི་གླིང་པ་འོང་བ་མིག་གི་མཐོང་ནས། ཡ་ཀང་སྐྱུ་ཞིམ་ཉེས་ཡ་ལུས་ཀྱི་རྒྱལ་པོ་ཞིན་པོ་ཆེན། གླིང་དཀར་པས་འགྱི་དམག་ཁྲིག་སེ་བྱུང་། ཉེས་ད་ཞིས་ཐུབ་བ་ཅི་འདྲ་བྱེད་
ཟེ་ནས་ཁོ་རྣམས་ཀྱི་བཙན་རྫོང་འཐེབ་གསུམ་བསྐོར་ནས་ཁྱུར་ཟི་ཟི་བྱེད་སྐྲ་བ་ལ། དེ་དཔོན་ཕྱོགས་རྒྱང་རྒྱལ་པོ་ཉེས་ཡ་ཉིན་དང་རྒྱལ་བློན་ལ་སོགས་པ་ ད་རྒྱལ་པས་

བཀའ་སྐྱོང་ཨེ་ཀ་འདུ་ཡོད་ཛེ་ཙམ་ཀྲུ༔ ཨོཾ་མ་ཧི་པདྨེ་ཧཱུྃ་ཧྲཱིཿ ཀྱེ་ལ༔ བྲེ་ལ༔ ལམ་འཛིམ༔ ཀ་ཡུ་སྨེལ་ཙ་ཕུང་གང༔ ཛ་འདྲུ་ཛ༔

དཔོན་ཆེན་ཐོག་རྒྱང་རྒྱལ་པོ་རེད༎ དགའ་བ་རྩེ་ས་དང་ཚེ་ཤིད་ན༎ དེ་རིང་བསེ་རྡོན་འཁྲུབས་ལ་ཕྱུར༎ གླིང་རིས་སྣྲང་སྣར་རྒྱུ་ཆང་དེ༎ གྲགས་པ་ཆེན་བས་དམག་དཔོན་རྣམས༎ ཤོར་མི་ཉེན་བསྐོ་མ་ལེན་དེས་དགོས༎ ཡར་ཙིག་སྤྲིས་དང་སྤྲེ་མོ་འགི༎ གཡས་བུ་དམག་གི་གཡོན་བྲོ་ལ༎ མི་དམར་ཧྲ་དམར་ཕྱུ་འདྲ་རེད༎ ཤོར་མི་ཉན་ཨོ་རང་དགྲ་སླས་ཡིན༎ དེ་རྗེས་མི་ལྗང་ཧྲ་ལྗང་འདི༎ ཤོར་མི་ཉན་བྲུ་ཆང་དགྲ་སླས་ཡིན༎ དེ་རྗེས་མི་ནག་ཧྲ་ནག་འདི༎ ཤོར་མི་ཉན་སྐུག་རྒྱང་དགྲ་སླས་ཡིན༎ དེ་རྗེས་མི་དཀར་ཧྲ་དཀར་འདི༎ ཤོར་མི་ཉན་གསེར་གླིང་དགྲ་སླས་ཡིན༎ དེ་རྗེས་མི་ཁྲ་ཧྲ་ཁྲ་འདི༎ ཤོར་མི་ཉན

ཨ་ར་ར་ཕ་ངོ

༄༅། །སྤྲུལ་ནག་དགྲ་སྐྱེས་ཡིན། །མགོ་དམག་དཔོན་མང་པས་དར་ཁྲི་འཚང། །ཕོ་རྒྱུད་པོ་ཡོད་ན་ལག་བཟུང་

གྱིས། །ཞག་ཁྲ་མོས་ཡ་ལུང་ཀ་ལ་བསྐོན། །ཚན་དབུས་ཐག་ཐར་སེ་ཁྲིད་ལ་ཤོག །རྐྱིང་སྐར་ལྷ་མོས་དཔལ་ཊི་འདི།

དེ་རིམས་མ་ལྤག་ཟློན་ཆེན་ཉམས། །གོ་ན༔ མ་གོ༔ ཅེས་ཟླ་བ་དང་དེ་ནས་བློན་ཉིས་ཀྱི་རྫོང་མདའ་ལྷུར་ནས་ཚིབ་ལ་ཕྱིན་ནས་ཙན་རྒྱང་རྒྱུག་པ་བཞི

དུ་གླིང་པ་རྣམས་ཀྱི་འགྲོ་དུ་སླེབ། དེ་ནས་བློན་ཆེན་ཚོ་ཞང་མདུན་མ་དང་རྫོང་ཁན་པ་འཛིང་གཡུ་ལྷ་གསུམ་ཀྱི་གཡས་ཕྱོགས་ནས་ཡ་ཀང་སྨྲ་ཞིང་རེམས་རྫུང་ཆད་འ་ལོ་སྤྲུན་རྩེབ་པ

ལྟར་ཐན་པ་རྣམས་ཀྱི་གདོང་ལ་བཙར་ནས་ཡ་ཁོ་ནི་ཉམ་དང་ཐ་བ་རྣམས། འདྲ་མ་འགལ་ནེ་ཟེ་རྒྱབ་ཡོད་ཟེ་ཅས་སླུ༔ ཨ་ལ༔ ཐ་ལ༔ རྣྃ་ཕྲིས་བར

ཕྲིས་ས་ཕྲིས༔ ཕྱོག་རྣང་རྒྱལ་པས་དགྲ་ལྷ་རྣམས། །དེ་རིང་ཚལ་ཀང་གྲོག་ལ་ཕྱིན། །དཔལ་དང་དཔུང་པས་རྒྱུ་སྐྱེ་མཛད།

ས་འདིས་× གཡུ་མོ་ན་བྱང་གང་མ་རེད།། ང་འདྲས་× བྱང་ཁྱི་ཤོག་འགྲོ་ལྷན་དཔོན་པོ་ལ།། ཕོ་རྒྱད་པོ་ཅལ་ཀང་སྐྱུ་
རིས་ཟེ།། ཁོ་རེད་སྙིང་ཀྱག་དཔལ་བླུབ་རྩིས།། འཛིག་རྟེན་ནྡ་× བྱ་ཆེན་གང་མོང་གཤོག་རྒྱུད་དེ།། བྱ་རྒྱ་ནར་ནས་ལྷར་ཕྲང་
ངས།། རྒྱང་བྱང་དཀར་ཡོད་ལི་མ་ཤེས་བཟི།། ས་ནག་ལྷང་རྒྱན་རོག་པོ་དེས།། ར་བྱང་བར་སྐྱོང་ཁང་ལ་ངས།། ཤོག་
རྒྱ་ཞང་ནས་ངར་འགྲོས་བྱུས།། འབྲུག་བྲི་སེར་ཡོར་ལི་མ་ཤེས་བཟི།། སྙིང་སྐར་སྐྱང་པོ་རྒྱ་ཆེས་དེས།། མི་སྐྱམས་
རྒྱང་ཚར་ལ་དཔལ་ངས་བྱེད།། དམག་མང་པའི་དཀྱིལ་ནས་མཐོ་འགྲོས་བྱེད།། དཔོན་ཐོག་རྒྱད་ཡོད་ལི་མ་ཤེས་བཟི།།
ཁ་ཙོང་ལྷ་གྱི་དང་པོ་ལ།། ཁྲ་དུ་དཔོན་དང་རི་དུ་གཉིས།། ཁ་ཚོར་བཏམ་མ་ཕྱད་མི་རེ།། མི་ཏྲ་སྨྲོན་པོ་ཐོ་ཆེན་མ།། ..

ཕྱང་པ་བཞི།

༄༅།། ཤི་ཤིམ་དཔོན་པོ་ཡིན་ནབ་ཅེ།། ཀྱིམ་ལ་ཡོད་ན་ཟུར་ལ་སྡོག།། ཟུར་ལ་ཡོད་ན་གདོང་ལ་ཚོར།། ཕྱིར་ཕྱི་
ནང་ཡ་ལ་མ་ཞུ་དང་།། སྨུག་གཟིགས་མ་ལ་འོང་ཞེས་ཡོད།། ཕྱིར་སྐྱིད་པ་ཡ་ལ་མ་ཞུ་དང་།། ར་སྐྱ་ཞུ་མ་ལ་འོང་
ཞེས་ཡོད།། དེ་ནས་འདྲ་མ་འགའ་ཞེ་འགི།། དཔོན་ཆེན་ཕྱག་ཆད་རྒྱལ་པོ་དེས།། ད་ཞང་བཀའ་སྐྱོད་འདི་འདྲ་ཡོད།།
ཕྱིར་ཡ་འོང་དམག་དཔོན་ལྷ་པོ་དེ།། ཚོན་དབུས་ཐག་བར་སེ་ཁྲིད་འོག་སྐྱུར།། དེ་འཁོར་དམག་མང་ལྷ་བརྒྱ་དེ།། དམར་
སྲིད་ཁྲག་ལ་སྨྲིས་འོག་གསུང་།། རྒྱལ་པས་ཀ་ཞིག་རྟང་པ་འདི།། བློན་པས་ཞེ་ལ་ཁྲིམས་སེ་ཡོད།། ཀྱི་མ་དེ་ཟིང་
གཉོང་གང་ལ།། ཡང་མི་ན་སྐྱིད་ཟིག་ཅེ་ལེ་གཅིག།། དེ་མི་ན་སྐྱ་ཞུ་ཅེ་ལེ་ཚིག།། དཔལ་སྟོན་མ་དགོང་ལ་ཟུགས་ལེ་ཞིག།།

དེ་མ་ཐུར་ ཕྱལ་ཀང་བི་པོ་འདུ ༎ གོ་ཙ× མ་གོ× ཙེམ་ཟེ་བ་དང་ རྫུང་འཛིན་དེ་འཕྲུག་ཐུག་པ་ལྡན་ སྒྲམ་ན་ཐུང་ དེ་ནས་དཔལ་ཐུབ་རྣམས་ཀྱི་ལྷ་

འདྲེ་དང་ཟལ་གྲི་གང་ཟིན་ཀྱི་དམག་དཔོན་རྣམས་ལ་གྲང་མང་རྒྱུ་ དེ་གྲུ་ཁུལ་དམག་དཔོན་རྣམས་ཆེ་བའི་དུས་བབ་མེད་པས་སྟོད་མ་ཐུབ་. ཤན་པ་དང་མདའ་མ···

གཉིས་ཀྱི་དམག་མང་རྣམས་ཆག་ཉིས་བསྐྱར་ནས་སྐྱུར་ཀྱིས་དུ་ཕྱིན་སོང་ དེ་ནས་དཔོན་ཆེན་ཕྱོག་རྒྱུད་རྒྱལ་པོ་དེས་འཛུན་གཡོག་རྣམས་ལ་ཧ་སྐྲན་རྒྱོབ་བསྡུད་ནས་ ···

ཙན་རྫོང་འཚོན་གསུམ་སྐོར་ནས་ཐོམ་ཚོལ་བྱས་ མདུན་སློན་རྣམས་ཀྱི་ཕྱོག་རྒྱུད་ཡིབ་མི་ཉན་ཟེར. སྒྲ་སྒྲིང་གཉིས་འཁྲུག་ནས་ སྒྲིང་ལྷ་བཙྭ་ཙོ་སྲེད་ དེ་ནས་གྲག་པ་ཕྱོག···

པས་མི་གསུམ་དེ་འདུག་ཐབ་མ་ཐུང་ནས་རྫུང་འཛིན་དཔུང་ལ་ཕྲུབ་ནས་སློག་ཕྱུར་པ་བཞི་དུ་ཐུང་ ཧོར་བཙན་པ་དང་མདའ་མ་གཉིས་ཀྱི་གདོང་ལ་བཙན་ནས་ཡ

ཤན་མདའ་ཧོ་ཆེན་མ་ ཉེན་དང་འདྲམ་འདི་འདུ་ཡོད་ཟེ་ནས་རྒྱུ× ཕྱལ་ལ× ཐུ་ལ× ལྷ་རྣམས་ཕྱིས་བར× དེ་ཟིང་སྤྱང་པས×

ཕོ་རེ་ལོ

༄༅།། མ་འདྲེས་× གཡུ་མོ་ཅ་ཕྲང་གོང་མ་རེད།། ར་འདྲེས་× ༴ བདུད་རྒྱན་ཕྱོག་ཆེན་གྲགས་པ་རེད།། ར་ཐང་
ཕྱོག་གཉེན་གྲག་པ་ཅིག།། ཁོ་རང་སྙིང་གྲག་པ་གཉིས།། གཡུ་ནི་གཡུ་འབྲུག་སྐད་སྒྲ་གསུམ།། གྲག་པ་ཕྱོག་པས་མི་གསྒྱི་
ཡིན།། དོན་ཡོད་རྩ་གེས་དར་པོ་ལ།། གཡུ་འབྲུག་གྲག་པ་བསྟོ་མ་ཐེན།། ཞ་ལེན་ཕྱོག་བཟེན་ར་ལ་བབ།། ཁོ་རེད་གློང་
གླག་ཕྱུ་མས་བྲ།། རྒྱ་མཚོ་ལྷུན་པས་མདོག་བཟེན་དེ།། གསེར་ཉ་སེར་པས་འཁྲུར་གཙིག་རྒྱུ།། མཚོ་ལ་ཁ་ཞེང་ཅི་…
འདུག་ལྟར།། ནམ་ཁ་འཁྱིལ་ལྷ་རྐྱང་འཁྲུགས་དུས་ལ།། ཕྱོག་སེར་བ་བར་མས་དར་ལ་གྲངས།། ནམ་ཁ་འཁྱི་གྲང་
དཀར་ཅི་འདུག་ལྟར།། གླིང་རེག་དམག་དཔོན་ཆེན་བཞི་དེ།། ཙ་འཁྱེན་ཕྱོག་བཟེ་ར་ཡིས་ཆེད།། དཔལ་ཙལ་ཅི་འདུག

དེ་ཞིང་ལྷུར། ། དཔལ་ཅན་འབྲིན་ཕྱིད་པས་དམགདཔོན་རྣམས། ། ཆི་བདག་བདུད་ལས་དཔལ་ཐུབ་མེད། ། དགྲ་ཆི་
བདག་ཡིན་ཁྱང་འཚོར་ཉམ་མེད། ། ལྷང་དགྲ་བའི་ཡིད་ལ་དེ་ལྷར་ཚོག ། གོ་ན་× མ་གོ་× ཅེས་བྲིན་བ་དང་རྡོར་མཐའ་ལེན་
གསུམ་སྐྱེས་པས་ཞན་པ་དང་གཡུ་ལྷོ་ལ་རྒྱ་ཁྱང་དགྲ་ལྷས་ཆོ་གས་ཡོད་པས་སྐྱོང་མ་ཐུར་ དེ་ནས་དཔལ་ལ་དང་ཤན་པ་དང་མདའ་མ་གཡུ་ལྷ་ཕོ་རྣམས་ཀྱི་
ཞལ་གྱི་ཤར་སྟེ་ཐོག་བཟེ་གྲགས་པས་གདོང་ལ་བཙན་ནས་གྱི་འབྲིན་བཞེགས་ དེ་བདུད་དཔོན་ཡིན་པས་ཆད་ཐུབ་མ་ཐུབ་ དེ་ཤན་པ་དང་མདའ་མ་དཔལ་ལ་གཡུ་
ལྷ་རྣམས་ཀྱི་གྲུ་ལུས་དམག་སྐྲན་དེ་ནམ་ཅག་སེར་བའི་བདུད་འདྲ་བྱས་ དེར་ཡང་ནི་ཙོན་རྒྱལ་དེ་རྡོར་མཐའ་ཁྲུར་ནས་དཔལ་ཐུབ་རྣམས་ཀྱི་གདོང་དུ་ཐུར་ ...
དཔལ་ཐུབ་རྣམས་ཀྱི་མདའ་དང་ཞལ་གྱི་མང་པོ་རྒྱུ་ནས་གདོང་མ་ལེན་ཆས་ཡང་ནི་རྩོན་རྒྱལ་དེས་ཡོ་འཁྱུར་ཅིག་བྱས་ནས་གླུ་× ཨུ་ལུ་× བྲུ་ལུ་×

༄༅། །སྐྱབས་གནས་དབང་ཕྱུག་ཆེན་པོ་མཆེན། ། ས་འདིས་x གཡུ་མཚོས་ན་ཐང་གོང་མ་རེད། ། ད་འདྲ་ང་x …
ར་ཕྱོག་རྒྱང་གློན་ཆེན་དགུ་བརྒྱ་ཙར། ། ཡང་རྒྱང་ཡང་ནི་རྩེ་རྒྱལ་ཟེད། ། ཉིན་དང་འདྲ་མ་ཕེ་འདྲ་འགི། ། དགྲ་ལེན
གླིང་ཟེམས་དཔལ་བླུབ་རྟེམས། ། ཕོ་འཛོམས་ཚོད་མ་ཟྱིན་སྤྱོག་དམར་འོར། ། མདོ་ཆེན་ཧྲ་ཕོ་བང་ཁ་ཙད། ། རྒྱུག་ཚོད་མ
ཟྱིན་ཧྲར་ལོག་འོར། ། ཕོ་ཤེས་པ་ཙན་དེ་བཏམ་ལ་མཁན། ། བཏམ་ཞུ་ཟང་མང་ན་དཔོན་དང་དགྲ། ། ཟེར་ལེན་ཀུན་རྒྱུ
ཙོད་ལ་ཡོད། ། དེ་ནས་ཉན་དང་ཐ་བ་དགྲ། ། ངས་རྫོང་མདའ་ཁྲ་ཙོ་ངར་སྐྱང་གྲག ། ང་ཚར་སྤྱོན་པོ་ཞི་ཆེམ་མ། །
ཙོ་འཁྲུན་ཤ་ཟེ་མ་བཞག་ན། ། ང་ཡང་ནི་ཞི་པས་ཟོ་ངར་འདྲ། ། ལྷུན་པོ་སྐྱབ་ལ་ཧོ་མ་ཡ། ། གོ་ན་x མ་གོ་xx

ཚེས་ཟེར་ནམ་ཁོ་རྣམས་ལ་རྫོང་འདའ་སྐྱས་པས་སྟོད་མ་ཁྱུར་ དཔལ་ཕྱུབ་རྣམས་ཀྱི་མདའ་མཚན་སྐྱས་པས་ཙི་ཡར་མ་ཕྱུབ་ ཙི་རྒྱལ་དེས་རྫོང་མདའ་སྤྲུས་པས་ རྨ་ཆེན

འབྲུག་གྲག་ལ་རྒྱ་ནམ་དེར་སྙིང་ བེ་ཕྱུབ་རྣམས་ཀྱི་གྲི་མར་པོ་གཡུག་ཀྱང་མ་ཕྱུབ་ ཨ་ཀར་དར་ཙི་རྒྱལ་གཉིས་དཔྱད་སྤྱིད་ནམ་སྐུམ་ཀྱང་འབྲེན་མ་གནས་ ཡང་ཨ་ཀར

དེས་དགྲ་ཐོག་གཡུག་པས་བེ་ཕྱུབ་ད་ལུས་ཀེ་ལ་རྒྱ་ནམ་སྙིང་ དེ་ནས་དཔལ་ཡ་མེར་ཀྱི་ཨ་སྐྱ་ཀ་སྐྱུ་མོ་དེས་ ལྕུག་བཞི་སྙིང་ལ་ལྕུག་མདའ་བཞག་ནས་དཔལ་དམ་ནག

ཁྲག་གིས་བཟིར་བ་ལྟར་ད་དཔལ་རྣར་རྣམས་ཀྱི་ཐོད་ལ་ཕེབ་ནས་ ཡ་ཚོ་རེ་ཨ་ཀར་ཁྱེད་དང་ཡང་ནི་གཉིས་ཡོ་རྣད་པོ་ཡིན་ན་ང་ལ་བཙོན་ཟེ་ནམ་སྒྲུ་× ཨོཾ་མ་

ཧི་པུན་ཏི་ཧཱུཾ་ཏྲི་ཿ ཨ་ལ་× ཐ་ལ་× བླ་མ་ཡི་དམ་× མཁའ་འགྲོས་× ནི་རྣོ་སྨན་× དཔལ་གྱི་ཟེ་བོ་ཙེ་མོ་ནས༎ གུ་རུ

རྣག་པོས་ལྷ་ཚོགས་ཁྱེན༎ ཤིང་ཆེན་ནོར་བུ་དགྲ་× ས་འདེམས་× གཡུ་མོ་ན་ཐང་གོང་མ་ཟེར༎ ང་འདྲ་ང་× ཨ་སྨྱུག་

༄༅།། ཤི་ཤིམ་དཔོན་པོ་ལ།། དཔལ་མོ་ཨ་སྨུག་སྐྱ་མོ་ཟེར།། ཤ་ཟ་ལས་ཀྱི་མཁའ་འགྲོ་ཡིན།། ཁོ་རེ་ཨ་ཀར་
སྐྱ་ཞིམ་ལོ།། ཉན་དང་འདྲ་ལ་འགའ་རེ་འགི།། ཁ་ཚང་ལྷ་ཀྱི་དར་པོ་ལ།། ཁྲུ་དུ་དེ་དང་ཞི་དུ་གཉིས།། བསྟོ་མ་བརྒྱར་
མི་ད་ནང་ཡིན།། དཔལ་རྒྱང་ན་ང་ནང་གདུང་ལ་ཚོར།། སྨུག་ཆེན་ན་རྒྱལ་པོ་དུ་འབོད་གྱིས།། འཛིག་རྟེན་× ལུག···
ཐུམ་ནམ་གཏེར་བའི་ཕྱུང་ཀུ་ལ།། དགོང་རྫི་འུ་རྩུ་པ་ཕེ་ཟ་དུ།། དམག་ཁྲལ་མོ་བསྟོན་བའི་ཕ་སྨུག་ལ།། ཁྱེད་རྒྱུ་
པོ་རྐེ་པ་ཁེ་ཟ་དུ།། རྫུང་མདའ་སྤྱི་ཆེན་གཡོན་པོ་ཆེན།། ད་ལྟར་ཨ་སྨུག་ང་ལ་སྐྱོས།། དཔལ་རྒྱ་ཙི་འདུག་དེ་ཞིམ་
ལྟར།། དམ་དེ་ཞིམ་དཔལ་མའི་མདའ་ཞིག་སྤྲོས།། རྣམ་ལུག་ཕྱོག་སེར་འདུ་ལི་སྤྱོས།། དབང་ཐང་འཛོམ་པས་

བཞི་ཅིག་བཀུག ། ཐབ་དཀར་རྡོ་ནས་བཞིག་འདྲ་བཀུག ། དེ་ནས་ཟི་གསོན་ཅི་འདུག་ལྟར ། གོ་ཙ་x མ་གོ་x x

ཅེས་ཟེ་ནས་དཔལ་མེས་མཐའ་དེ་སྐུམ་པས་ཨ་ཀང་སྦྱི་རིས་ལ་རྒྱ་ཀྱང་ཅི་ཡང་ཐོད་མ་ཐུབ་སྐྱེ་ཨ་ཀང་དེ་བཟེར་ཆེན་པས་ཧ་ཕྱོག་ནས་ལྟུར་ཐུང་···

ཡང་ནི་རྡོ་རྒྱལ་རེས་ཨ་ཀང་སྲིད་ཐམས་པའི་ནས་སྐྱིང་ལ་ཇོ་ཉུ་ཕོག་པ་བཞིན་དུ་རྫོང་མདའ་འཁྱེར་ནས་ཨ་སྟག་གིས་གདོང་ལ་བཙར་ནས་རྫོང་མདའ་སྐྲོས···

པས་ཨ་སྟག་དེ་དམག་ཐྲིན་རྒྱལ་མས་སྐྱེ་བ་ཡིན་པས་ཅི་ཡང་ཐོད་མ་ནས ཨ་སྟག་རེས་ཚོན་རྒྱད་བདུད་ནས་འཕྲིམ་ནས་མདའ་རྒྱད་ཅིག་སྐྲམ་པས་ཡང་ནུ་ཅོ

རྒྱལ་སྐྱིད་ཁ་ལ་རྒྱ་པས་སྐྱིད་སྐོར་ཤེ་བ་བཞིན་དུ་སྲིད ། དེ་ནས་ཀླུ་ཁུས་བློ་པོ་རྣོས་ཀྱི་ཨ་སྟག་ལ་རྫོང་མདའ་གྲང་མར་སྐམ་ཀྱང་མ་ཐུབ་པའི་རྒྱལ་མས་ཆེ

མདུན་ཡོང་པས་ཐོད་མ་ཐུབ ། དེ་ནས་ཤཅ་པ་ཝཔལ་ལྷ་མཆན་མ་རྣོས་དཔལ་ཐུབ་གང་བཟང་རྣོས་ཀྱིས་ཝལ་གྲི་ཤར་སྟེ་ཨ་སྟག་གིས་དཔུང་རོག་བྱུང ཀླུ་ཁུས

རྒྱ་ངང་ནེ་བརྒྱད་

༄༅།། དམག་དཔོན་རྣམས་དང་ཁྲི་ཐུབ་ཀུན། སྒྲ་ཀུན་དམག་དཔོན་རྣམས་ཀྱིས་ཐོས་ནང་འཁོར་བའི་སྣང་བ་ཡོད་པས་མཚོ་ཡིས་ཚད་ཐུབ་མ་ཀྱུར། དེ་སྒྲ་ཀུན་དམག་མང་རྣམས་རྟག་རྒྱལ་ལྷག་ཅིས་དམན་སྤྱོད་བཏང་ནས། དམག་དཔོན་རྣམས་ཕེལ་ཚོ་ལུས་ཀྱང་དབྱིན་མ་འཇིགས་སོ་སྤྱུས་ནང་ཚོར་བརྒྱུད་ནས་གླིང་སྟན་དུ་ལོག་ནས་སོ། དེ་ནས་ཀྱ་ཀུན་དམག་དཔོན་རྣམས་ཐོག་ཆད་དུར་ལ་ཕེབས་ནས་ཡ་ཀང་སྒྱུ་ཞིབ་དེས་ལུས་དང་ཞིག་རྒྱལ་པས་དྲང་ལ་བཞག་ནས། ལུས་ཀྱི་རྒྱལ་པོ་ཞིན་པོ་ཆེན། དེ་ཞིང་གིས་བྱ་བ་ལ་གླིང་དཔལ་ཐུབ་རྣམས་ལ་དཔལ་རྩལ་འདེབས་ཤ་རིན་བཞག་བསི་ཀྱང་། གླིང་དཔལ་ཐུབ་རྣམས་དཔལ་རྩལ་སྙིང་བསྐོ་དང་ལྡན་པས་ཅི་མ་ཐོན། དར་ཅི་འདྲ་བྱེད་ཅེར། དེ་ཐོག་ཆར་དེ་ཐུག་ལ་ཡོག་ནས་མི་ནང་རྩུག་པ་ལྟར་དུ་སྐྱིད་ནས་ཡ་ཚོ་རིན་ཅུ་ཀང་ལྡན་མས་བུ། དཔལ་མེད་ཐ་བསྐོ་ཅི་ལ་ཞེད་ཅེ་ནས་ཐོག་ཆར་དེ་ལྟོ་ཀླུན་ཚོག་དཔལ་ལྟ་དུ་འདུག དེ་ནས་སློན་དམག་དཔོན་རྣམས་ཀྱིས་ལུས་ཀྱང་ཞུ་བ་ཕུལ་མ་ཡིན་ནས་མདུན་ཐལ་ནང་འཁོར་ཞིང་ཅིན་ལྡན། དེར་ཐོག་ཆར་དེས་ཡང་ཡི་སློན་པོ་ལ་སོགས་པ། ཉུན་དང་འདྲ་མ་འདི་འདྲ་ཡོད་ནས་

ཀླུ་འདི་སློང་མོ་ ཨོཾ་མ་ཧཱ་པདྨ་ཧཱུྃ་ཧྲཱིཿ ཨ་ལ་× ཐ་ལ་× རྣམ་ཕྱིས་ཐར་ཕྱིས་ས་× དེ་ཞིས་ཕྱོག་ནད་གློག་ལ་ཕེབས་ །།
ས་འདིས་× གཡུ་མང་ཐང་གིས་དམག་སྐྲན་ཞེད་ །། ང་འདྲུང་× གླུ་ལུ་ཕྱོགས་ནད་རྒྱལ་པོ་ཡིན།། དཔོན་ལ་འཁོར་བའི་
སློན་པོ་རྣམས་ །། ཉན་དང་འདྲ་མ་འགག་ཞེད་ཡོང་ །། ལ་ཆེན་ནུ་མས་× བྲག་དཀར་སྒོ་འཇིག་ཆེ་ལེ་དེ་ །། ཕྱི་ན་ཐུ་རྒྱལ་
མང་པས་སློབ་ །། དགོས་སུ་ཐང་དཀར་ནད་པོ་འཁོར་ །། ནོད་ཐང་དཀར་བུན་ལ་མ་འཁོར་ན་ །། བྲག་དཀར་སྒོ་འཇིག་ཆེན་དོན་མེད་ །།
རྒྱལ་སྲོང་ཁ་ཐུས་ཆེ་ས་ནས་ །། ཕྱི་ན་ཀླུ་རྒྱལ་མང་པའི་སློབ་ །། དགོས་ན་ཉ་སྒོ་སྒོག་ཚག་འཁོར་ །། ཀླུ་རྒྱལ་ཉ་སྒོ་མེད་པ་ཅིན་།
རྒྱལ་སྲོང་ཁ་ཞིང་ཆེ་དོན་མེད་ །། དཔོན་ཆེན་ཕྱོག་ནད་རྒྱལ་པོ་ལ་ །། ཕྱི་ན་འབུམ་སྡེ་དགུ་བཅུས་སློབ་ །། དགོས་སུ་སློན་ཆེན་དགུ་

ཆུ་དང་རི་ཆ

༄༅།། བཙུས་སྐོར།། སྤྱི་མང་དམག་དཔོན་མེད་པའི་ན།། ཕྲོག་རྐང་རྒྱལ་ས་ཕྲོབ་དོན་མེད།། ལ་ཆེན་རྣ་མས×
ནག་རྒྱ་དཀྱིལ་གིས་སྐྱག་མོ་དེ།། ནག་ཡོད་ན་སྐྱག་རྐང་འགྲིན་ལོ་རེད།། ད་ལཾ་མི་ལྷུ་འབར་ལོ་ནས།། ནག་ཁྲིམས་མེད་མི་ལ
འབར་བའི་ན།། སྐྱག་མོ་འཁོར་ཁྲུང་ཁེ་ནུ་ལུས།། ཚན་མདོན་ཅག་ལ་ཁྲིམས་མི་རྒྱུ།། དམར་རྒྱལ་མཆོར་ཁ་ཞིང་ཆེ་ས་ནས།།
གསེར་ཉ་སེར་པོ་ཚོར་ལ་ཚོར།། ད་ལཾ་ཀྱི་རླུ་ཤར་ལོ་ནས།། རྒྱལ་ཚོར་ཁྲིམས་མི་སྐོར་ནས་ཐར།། གསེར་ཉ་འཁོར་ཁྲུང་ཁེ་ནུ་ལས།།
ཐུར་ཡང་ཐང་རྒྱ་ཁྲུས་ས་ཆ་ནས།། སྤྱི་ཁྲ་མོས་དཔོན་པོ་ཕྲོག་རྐང་རྒྱལ།། ད་ལོ་གླིང་དཀར་འོང་ལཾ་ནས།། སློན་ཁྲིམས་མེད
ཧ་མ་ཁྱི་དང་འདྲ།། དཔལ་མེད་ལྷ་མས་གཟུག་དང་འདྲ།། ཕྲོག་རྐང་རྒྱལ་པོ་ཁེ་ཁྲུང་ལས།། ཁོ་རེ་རྒྱལ་སློན་ལ་སོག་པ།།

ལ་ཆེན་ཏི་འདྲ་དྲན་ཤིས་ཡོད། ། བརྩ་ཅན་ཆེན་བའི་བློན་པོ་རྣམས། ། དགྲ་ཕ་བས་བློ་དགྲ་མ་ཐུས་གང་། ། གདོན་ཁྲ་མོས་སྙིང་ན་ཟུར
འདུག་ཅེར། ། དཔལ་སྟག་མེ་ཅན་བཞིན་དུ་ཆེན། ། ད་ལོ་གླིང་པའི་བློ་དགྲ་ཅེར། ། གླིང་དཀར་དཔལ་བྱབ་ཕྱུང་བའི་དེས། ། དགྲ
ཐར་བ་བསྒོ་མ་མི་ཆད་པས། ། བསྐུམ་པ་མེད་ངོ་འདོག་ཤོར། ། དེ་འདྲེའི་བློན་པོ་ཡིན་པས་ན། ། བདག་ཅན་ཐུས་ལ་སྙིང་པ་རེད། །
དཔོན་པའི་རྒྱ་གིས་བློན་པོ་དེས། ། ཐོག་བཞིན་བདག་ཅན་ཐུས་ལ་དེར། ། སྟག་ཕྱུག་དེས་རྒྱལ་པོ་དོན་པས་ན། ། དགྲ་མཛེས་དེས
ཐུམ་ང་ཅེར་དོན་མེད། ། སྒོག་ཆེད་ན་འགྱུར་པ་མི་ཉན་ཞིར། ། ཕོ་རེད་ནི་འགྲོན་དམག་དཔོན་རྣམས། ། དོ་དགོང་ས་འདུག་འགྲོ་ཚོམ་གྱིས། །
འགྲོ་ལུག་བཀའ་སྐད་ཕོ་འདྲ་ཡོད། ། གཡོས་ནི་དམག་གིས་དཔོན་པོ་དེ། ། ཐུང་གིས་ཕོ་ཀང་སྒྱུ་ཞིས་ཡིན། ། ཐུང་ན་ལྡུངས

ཀྱེ་དང་བཅུ་ཚོ

༄༅།། ཁྲག་མཆོད་སྨོ་བ་དེ།། བྲ་རྟ་དམག་ལ་འཚོན་ཆ་རྣམས།། དེ་རིམ་དམག་གིས་སྔར་བྲལ་སྒྲིག།། ཁྲི་དམག་ཅིག་གིས་་་
དམག་དཔུང་དེ།། སོང་ཉིས་གླིང་བས་སྔོན་ལ་སོང་།། ཧོར་ཁྲག་མཆོད་སྔོན་ལ་རྒྱ་རྒྱུར་དགོས།། ཧོ་བདུད་ཟ་འ་པ་རྒྱལ་པོ་དང་།།
དཔུང་ཇོག་ཟླུང་ལྷ་འཁྲོག་ལྔ་གཉིས།། བེ་ཐྱབ་དེ་ལ་རིན་འཇོར་རྣམས།། སོང་ཉིས་བསྐོར་མ་མཆད་ཅ།། ཅ་ཀང་ཁྱོད་ལ་ཆད་པ
ཡོད།། གཡོན་ནི་དམག་གིས་དཔོན་པོ་ལ།། ལིགས་པས་བྲ་རྟ་རྟ་བ་ཡིན།། ཅ་ཀང་ཁྱོད་དང་ཁྱོད་མེད་ཡིན།། ཐུར་ན
ལྷར་གཡུ་མཚོ་སྔོ་བ་དེན།། དོ་དགོང་དམག་གིས་སྔར་བྲལ་སྒྲིག།། སོང་ཉིས་གླིང་བའི་སྔོན་ལ་སོང་།། སྒྲུག་པོ་འཛར
གིས་སྔོན་ལ་བཏུག།། འཛར་གིས་གཡུ་ལ་ཐོག་འགྱུར་དང་།། དཔུང་ཇོག་ལྔ་ཧྲི་གྲག་གཉིས།། བེ་ཐྱབ་ར་ལ་དེ་འཇོར

ནོམ་ ། སོང་ཉིས་བསྒོ་མ་མ་ཆང་ན ། བུ་ཆུང་ཁྱོད་ལ་ཁྱོད་པར་ཡོད ། འདུ་བྱ་དམག་གིས་དཔོན་པོ་ལ ། མཆོ་སྔོན་སྤྱལ་
ནག་མེ་འབར་ཡིན ། དམག་དཔོན་རྣམ་ཀྱིས་དང་པོ་ཡིན ། ཞི་ཤོག་རྣམ་ཀྱིས་རོ་ཐོ་ཡིན ། མཆོ་ཆེན་ནླུང་ནག་སྤྲེ་བ་ནས །
ཁྲི་དམག་ཅིག་ལྷ་སྔར་བྲལ་སྒྲིག ། སོང་ཉིས་གླིང་བའི་སྐྱན་ལ་སྐྱུང ། དར་སྤྲེ་སྐྱན་ལ་རྒྱུ་རྒྱུན་དགོས ། དར་ཧྲེ་མེང་སྐྱུག་ཨ་
རམ་དར ། དཔུང་ནོག་ཁྲི་ཐོག་འབྱུང་པ་གཉིས ། ཅེ་བུབ་དེ་ལ་དེ་འཁོར་རྣམ ། སོང་ཉིས་བསྒོ་མ་མ་ཁྱོད་ན ། སྤྲུལ་ནག
ཁྱོད་ལ་རྒྱང་པ་ཡོད ། དེ་རྗེའི་བ་གྱི་བཞང་སོ་ལ ། དཔོན་ང་ལ་འཁོར་བའི་གློན་པོ་རྣམ ། དམག་དཔོན་སྐྱག་ཆར་ཁྱུར་…
གདོང་དར ། ཕྱིན་གླིང་སྔོང་གྲག་པ་གཉིས ། ནྱ་ཐོག་དཔོན་པོ་ཐིད་ཀྱི ། ཁྲ་མས་འབྱུ་དམག་འགྲོ་ཚོས་གྱིས ། ཐོག་རྒྱར

ལྷ་ང་ངོ་ཁ་ཅིག

༄༅། །ང་དང་སྐྱེམ་དུ་འགྲོ། །སོང་ཉིས་གླིང་བས་སྨྲན་ལ་བསྐྱུག །ཕོ་པོ་དགྲ་ལྷ་བཙན་རྒྱལ་དང་། །དཔྱང་ནང་ཚ་ཞང་མཛན་མ་གཉིས། །བསྐྱོ་མ་རྒྱལ་པོ་ར་ཡི་ཚད། །མ་ཆད་ཐུང་ན་རྒྱལ་པོ་ལེན། །ཇི་མ་རྫོང་གིས་གཉེང་གང་ལ། །གླིང་བས་སྐྱུར་སྨྲན་བསྐོར་ལེན་ཡིན། །རྒྱལ་བློན་བྲུག་ལ་དེ་ལྟར་ཞོག། །གཏན་× མ་གོ་× ཅེས་ཟེ་ནས་ ཕྱོག་ཆད་རྒྱལ་པོ་དེ་བྲུགས་འཁྲུག་ནས་བཞུག་ བློན་ཆེན་རྣམས་ཀྱིས་ཙི་ཞུ་མ་ཕོད་ནས་ དེ་ཅལ་ཀང་ནས་རྒྱལ་པས་སྨྱང་བཞིན་དེ་ལེང་སོ་ཟེར་ དེ་ཅམ་གཡེན་གླིང་སྙིང་གྲག་པ་དེས་རྒྱལ་པོ་ལ་འཇའ་དར་ཞིག་ཕྱུལ་ནས་ཞུས་པ་ ལུས་ཀྱི་རྒྱལ་པོ་རིན་པོ་ཆེན་ བྲུག་ཀྱི་དགོང་པ་མ་ཚོར་དང་ ངས་བློན་པས་ཞུ་བ་འདི་འདྲ་ཡོད་ཟེར་ནས་བྲུ་× ཡ་ལ་× བྲ་ལ་× ཧཱུྃ་ཕྱིམ་བར་ཕྱིམ་མ་ཕྱིམ་གསུམ། །ཕྱོག་ཆད་རྒྱལ་པས་ཕྱིན་དོན་རྣམས། །དེ་བིང་

ང་ཡིས་གྲོག་ལ་ཕེབས།། ས་འདིས་× གཡུ་མོ་ན་བྲང་གང་ར་རེད།། ར་འདྲས་× གསེར་གླིང་སྒྲོ་གྲགས་པ་རེད།
དཔོན་ཆེན་ཕྱོག་རྣད་རྒྱལ་པོ་ལགས།། ལུས་ཁྱིམ་རྒྱལ་པོ་རིན་པོ་ཆེན།། ཁ་ཚང་ལྷུ་ཀྱི་དང་པོ་ལ།། བདེ་གྲུ་ཁུ་ཨ་ལྷུན་
རྣམ་ལས་མཐོ།། ཁྱེད་རྒྱལ་པོ་ཉི་ཟླ་བཞི་དུ་མཚུང་།། དད་བློན་པོ་དཀར་ཚོག་བཞི་དུ་བཀྲ།། ཁྲི་སྲིད་པ་གཡུ་
འབྲུག་དགོང་ནས་སྒྲག།། མ་ཏེ་རིམ་ཕྱོགས་ལས་སྨ་ཧྲས་མེད།། སྔོ་གྲུ་ཁུ་འདི་ལས་སྐྱིད་ཞིང་མེད།། ཉི་མ་ད་ལོ་
དུས་ཚོད་ལ།། ཁྱེར་རྒྱལ་པོ་ཡི་ཁྲུང་བྱུགས་སྐྱུ་འཁྲུག།། ངེད་བློན་པོ་རྣམས་ཁྲུང་སེར་མི་ལྡུན།། དྲག་སྤྲུལ་མགོ་ཡིན་
ཚོར་བྱ་དེ།། བྱུག་མ་ཡན་ལག་ལ་གཟུང་དགོས་ཐེར།། ཆུ་ལྕིན་མགོ་ཡིན་ཚོར་བྱ་དེ།། མི་འཇིགས་ཕ་བྲ་ཁྱི་ལེན་…

ཞ་དར་རྡོ་གྲུ་ཆེ་ས།

༄༅། །དགོས་ཅེར། །ཐུས་ཇོ་བོ་ཤཱཀྱ་མི་ནེ་དོན། །དམག་ཁྲ་མས་དཔུང་པས་འཁྱོག་དགོས་ཅེར། །དམ་རྣ་བོད་
ཡི་སྐྱོད་ལ་སོང་། །ཁྱི་བ་ཆེན་པོ་མ་འགྲུབ་བྱར། །བྲག་བཙན་བྲག་གིས་སྐྱིད་རྫོང་དེ། །འཇམ་པོ་ཕྱུན་པ་མ་ཁྱིབ་
ཁྱུར། །ལི་མེད་རྒྱ་ཆོས་སྔོན་བྱ་དེར། །བྱུང་བ་རྒྱ་ཡིས་མ་ལེན་ཁྱུར། །ལྷ་གོང་ཆེན་ཤཱཀྱ་མི་ཉི་དེ། །ཁ་མགོན་ཕྱུང་
བས་མ་ལེན་ཁྱུར། །ཐབ་དང་ཁྱི་བ་མ་འགྲུབ་པས། །བསྡུར་གློན་ཁྱི་ནག་མིག་ཅིག་དེར། །ཤི་སྨྲིན་ཆི་ཡིན་མི་ཤེས་འདྲ།
ང་སྙིང་གྲག་པས་བསོ་པ་ལ། །ཁ་ཚང་ལྷར་བསྒོ་ཁྱུས་པ་དེ། །གླིང་དང་གྲྭ་ཁུ་རྒྱལ་ཁག་གཉིས། །ལ་བདེ་ལུང་བདེ་
ཡེ་འོང་བསོ། །རྒྱ་བདེ་ཐོ་བདེ་ཕེ་ཡང་བསོ། །དཔལ་མེད་བརྡ་བསྒོ་མ་ཡིན་ཏེ། །བསོ་པ་དཀར་པའི་འདྲ་མ་ཡིན།།

ཞུ་བ་རྒྱལ་པས་མ་ཉེ་མནའ།། གསེར་གླིང་ང་ལ་བཀའ་ཕྱིན་ཡོག། ཡོག་ཀྱང་བསོ་པ་ཅིལ་སྡུག་ཏེ།། རྒྱལ་པས་ཚོས་
ལ་ཅི་འོང་བསོ།། བསོ་ལེན་བཞི་དུ་ང་ལོ་ལྔར།། ཐོབ་དཔལ་སྙིང་ཅེན་དེ་དགྲ་ལགས་ཚོར།། ཧུ་བང་ཁ་ཅན་དེ་དགྲ་ཡིན་
ཁྲིག།། དམག་ནག་དམག་དཔུང་ཁྲི་འབུཾ་དེ།། གླིང་པས་ནཀྲ་ཁྲུག་ལ་སྨྲེས།། དམག་དཔོན་སྟོང་དཔོན་ཟི་དཔོན་རྣམས།
དཀར་པོ་གླིང་པས་བསྐོ་མ་བཅར།། དེས་མི་ཚོད་འཁོར་གསུཾ་སྤུང་ཕྱིན་འདུན།། རྒྱུ་ནོར་ཟླས་གསེར་ཀྱིས་གཡང་སྐོར་
ཕྱིར།། དེ་ལྟར་ཐུ་བ་འདི་འདྲ་ཕྱིན།། དེ་ནས་རྒྱུ་པོ་ཟིན་པོ་ཆེན།། ང་ནི་ཕྲུགས་བསོ་སྐྱིད་ཝོག་ཀྱིས།། ཨོཾ་
དྲུག་གླིང་དཀར་བདེ་བ་ལ།། འཛོམས་པས་ཕས་ཡས་མི་ཟིན་པས།། ཚོས་དང་མདུན་མ་བསྐོ་ཝོག་ཀྱིས།། ཚོས་དང་

༄༅། །འདུན་མ་མ་ཕྱུར་ཕྱུར། །རྒྱལ་པོ་མ་ཕྱིན་བཞུག་ནོག་མཇོང་། །ཊེང་ནུ་འབྲེན་བྲ་མས་དམག་དཔོན་རྣམ། །དཀར་པོ་སྐྱིང་ལ་དགུ་ཡ་བརྒྱང་། །ཞི་གསལ་ཅི་ཕྱུར་ཅི་མཐུལ་ཕྱུར། །ཕྱོག་ལ་མི་མཛོན་སེམས་ཐུག་ཡིན། །རྗེའི་རྒྱལ་པའི་བྱུགས་ལ་དེ་ལྟར་ཞོག །སོ་ཙ་ཞ མ་ཏོ་ཞ ཅེས་ཟེར་བ་དང་དཔོན་ཆེའི་ཕྱོག་ནང་རྒྱལ་པོ་དེས་ཡལ་ཡྩྭིན་ཐུག་པ་ཕྱིར་ཕྱིར་ནང་མེད་པ་ཕྱིར་དེ་ལྟར་དང་མ་ཕེ་ཡིན་ཟེར་ནས། བྱུགས་འཁྲོས་ནས་ཞ་ཏེ་སྤྲོལ་ནག་འཕྱུང་པ་ལྟར་ཕྱུས་ནས་དགྲ་སྐྱིང་རིམ་ལ་འདུན་མ་མེད་སེམས་ཐུག་ཡིན། མཚོད་ཕྱིར་ཉེས་ནབ་ཀྱིས་སྐྱིང་ཚེས་རིང་ཟེར་ནས་མིག་གཡེན་ཚུང་སེ་ཕྱོད་འདུག དེ་བློན་བཞེན་མེན་རྣམས་ཀྱིས་གསེར་སྐྱིང་ཀྱིས་ཕྱུ་བ་དེ་ལི་ལ་མ་སོང་ ད་གསེར་སྐྱིང་འདི་ལ་བཀལ་ཙམ་ཞིག་ཕོག་ལེ་ཡོད་བའི་ནས་བློན་པོ་རྣམ་སྐྲོམ་བདེ་ཞམ་འདུག དེ་འདུན་བྲལ་གྱིས་མགོ་ནས་བདེ་ཚེན་ཞེས་རབ་ཐུག་པ་དེས་བསིཾ

པ་ལ་བཞུན་གྱིས་ཐབ་སྐོར་ནས་རྒྱལ་པོ་འདི་ ཐུག་ལྷན་པ་ཞིང་མ་ཐུབ་ན་གསེར་གླིང་ལ་ཀར་ཅན་ཡོག་རོན་རེ་བསོལ་ནས་ གོས་ཆེན་སེར་པས་
གོས་ཅིག་གྱོན་ ཞོག་ཞེ་ལྷུན་ཡ་རྩོག་ལ་ལྷུན་ར་གྲུམ་དོག་ཅིག་རྩུག་ནས་ ཐྲུ་གཉུག་དཀའ་པས་ཕྱག་རྟེན་ཅིག་ལ་སེར་པོ་གསེར་གྱིས་ཁ་སྤྲུམ་བྱས་
པ་ཞིང་ལག་ལ་ཐུར་ནས་ཐོག་ཆད་རྒྱལ་པའི་དྲུང་ལ་གོ་པ་གསུ་ཅམ་སོང་ནས་ཕྱི་ཆེན་སྒྲོའི་ལྷག་པ་ལ་འཇོམ་ཆེན་དར་ཅིག་བསྣུག་ནས་རྒྱལ་པས་འདྲུབ
ལ་བཞག་ནས་ ཡལ་ལྷུམ་གྱི་རྒྱལ་པོ་རིན་པོ་ཆེན་ མི་རེ་བསྐྱི་ཞེ་བཤད་པ་ལ་ རེར་བཛ་བསྐྱི་མ་རེ་འདྲ་མ་རེད་ དེ་ལ་ཐུག་ཚིག་ཟ་རྒྱུ་མེད་ ང་མི
ནན་གྱི་ཞུ་བ་ཕ་འདྲ་ཡིད་ཟིར་ནས་སྨྲ་× ཨ་ལ་× ཐ་ལ་× ལྷ་མཆོད་ཅིག་ཕྱག་ཆད་ཟི་རོན་རྟེས།། རེ་ཞིང་ང་ཡིས་གསོལ
ལ་ཕེབ།། མ་འཛིན་× གཡུ་མམ་ནཔྲད་གོར་× ཞིན་ཁྲི་ཡིས་ཡང་ཐས་ནས།། འཇལ་མཚན་འདྲ་བའི་ཕྱག་ཆད་དཔེ།།

ཨེ་ཝཾ་ཙོན་བཞི

༄༅། །ང་བདག་ཤེས་རབ་གྲགས་པ་ངེས། །ལྟ་བའི་གླུ་ལ་ཕེབ་འདྲ་ཡོད། །ཐོག་རྒྱང་རྒྱལ་ས་དང་པོ་ལ། །ཞེ་སེམས་དཀར་བས་བློན་པོ་ཡིན། །ཞེ་སེམས་བསམ་པ་གླིང་ལ་དར། །ཕོ་ལོ་རྒྱལ་དང་བསྟུ་ཚམ་ཡིན། །ལོ་དང་དེ་ཚམ་མ་ཐོམ་ན། །གླིང་ཞིས་སྐྱང་སྐྱར་སྐྱུ་མོ་དེ། །ཁྲ་ཐུར་ཞིང་བསྐོ་ན་ཕེ་ཞིང་བསེ། །ཕོ་དགོན་པས་དགྲ་ཐོ་བྱུབ་རྒྱུན་མེད། །རྟ་དགོན་པས་ས་ཐུར་ཚོང་རྒྱུ་མེད། །ཁྱི་དགོན་པས་རྣམ་ལྷག་རྫོད་ཞབ་མེད། །དགོན་ཆེན་ན་མི་ཡིས་སྨུག་ཞིག་མེད། །རྒྱལ་པས་སྐྱུང་བ་ལུས་བདེན་དེ། །གླིང་ལ་མགོ་འཁྲིན་མི་ལྟ་ནི། །ཤན་པ་མདའན་གཡུ་ལྷ་གསུམ། །དཔལ་ལ་དགྲ་ལྷ་མི་ལྡུ་དེ། །སྤྱོད་པས་ཐུར་ལ་ཅི་བྲག་བཞི། །མི་དེ་ལྟུ་དབང་ཐང་རྫོག་པས་ན། །དེ་ནས་གླིང་དཀར་བྱུབ་ལོ་ཞིང་། །དམག་མང་ན་མི་ཟོ་མང་བའི་བཞི། །ལ་ཆེན་རྣ་མའི་×

མིང་དཀར་མོ་བཟླ་མདོག་ཆེན་ལི་དེ།། ཁང་དཀར་ཡ་མ་བཟང་ཞོར་རེད།། སྟག་དམར་ཡག་བྲ་སྟོ་ཡག་ལི་དེ།། ནག་རྒྱ་འཛོམ་ཡ་མ་བཟང་ཞོར་རེད།། གླིང་དཀར་པོ་བྲག་པ་ཆེན་ལི་དེ།། དཔལ་ཁམ་མདའ་སྤྲིར་རྫོང་བཟང་ཞོར་རེད།། དེ་མིད་འཆི་ཡོད་གསལ་ནམ་ལྡང་།། གླིང་དཀར་དཔལ་བྱུབ་ཆེ་བཞི་ལ།། གཡོ་རྒྱུ་རྒྱ་མཚོས་མདོག་ལྡན་ཚོད།། ཁྲ་རྫིན་སེར་མ་ནྫུང་ལྡན་རྩུབ།། རྣར་པོ་དེ་འཛུ་སྤྲེད་བྱབ་ཞིག།། བརྒྱ་བློན་བཀའ་བྲིས་ཙི་དྲག་ལྡུམ།། དེ་མཚོགས་རྒྱལ་བློན་བྱུགས་ལ་ཞོག།། གོ་ན་× ×

ཙེས་ཟེ་བ་དང་ དེར་རྒྱ་བློན་རྣམས་ཀྱིས་ཇ་ཀ་ཙིག་ལ་ཕྱི་ཟེར་བྱུག་མ་ལྷུང་མས་ དེ་ནས་ཁྱ་ཀང་སྐྱུ་ཞིས་དེས་ཟེར་བ་ ཡ་ལྷས་ཀྱི་རྒྱལ་པོ་རིན་པོ་ཆེན་བྱུགས་ཀྱིས་དགོང་པ་མ་ཚོར་དང་ དེར་ཞེས་ཟབ་གྲག་པས་ཟེ་བ་བདེ་འདུག དགྲ་གླིང་ཟེ་བྱུབ་ཀར་བ་དེ་ཁམ་པ་མདའ་མ་དཔལ་ལྷ་འདི་ཏི་མ་ཙིག

ལེ་ཚན་༢༢༣

༄༅། །ལ་དམན་སྙིད་སྒྲུབ་པ་ཚེ་ཏིང་ ཁྲ་མས་འགྱུ་དམག་མང་པོ་སོང་ཀྱང་ཕྱིང་བ་འདི་སྒྲུབ་བཀའ་འདུག དེར་དཔོན་ཆེན་ཕྱོག་ནར་རྒྱལ་པས་སྤྱང་པས་ཡ་རྒྱལ་བློན་འདི་ཚོགས་རྣམས་ དེས་བསམ་པ་གླིང་སྐྲབ་འདི་ཉི་མ་གཅིག་ལ་བརྟོ་བསེ་ཡོད་ཏེ་ ཕྱོར་བློན་པོ་རྣམས་ཀྱིས་རྒྱལ་པོ་ར་ལ་བསམ་པ་དཀར་ནས་སྙིང་བརྟོ་གིས་ཟླུ་བ་ལུས་ཡིན་ འདི་ཚོག་བློན་པོ་རྣམས་ཀྱིས་མདན་མ་ཕན་པ་དཔལ་ལ་གསྐྱ་ལྷ་རྣམས་བཏང་མ་ཆད་པའི་ཟླ་བ་ནི་སྐྱབས་རྒྱ་ཡོད་ན་ར་རྒྱལ་པས་མི་བཟོ་ཟེར་བ་ཙི་མེད་ བློན་པོ་ཞིས་ཆེན་བསམ་བཟང་དར་ཡང་ན་ཞེས་ཟབ་གྲུག་པ་ཕྱོར་རྣམས་ཀྱིས་ཞེས་ཟེར་ནས་བློན་པོ་རྣམས་ལ་བཀའ་ཕེབ་ དེ་ཞེས་ཟབ་དྲགས་པ་དེས་བསེ་ལོ་མང་པོ་བཏང་ནས་ཡ་རྒྱལ་པོ་ཞིན་པོ་ཆེན་ར་མི་རྣན་གྱི་བསམ་པ་ཚོ་འདྲ་ཡོད་ལས་ཟླ་བ་འདི་འདྲ་ཕྱམ་ན་བསམ་གླིང་འདི་ལ་གཡོ་རྒྱ་ཕྱམ་ནས་ སང་ཉིས་འགོ་འབྲིན་ཞི་རྒྱ་ཕྱེར་ མགོ་འབྲིན་ཡོད་ལེ་ཙ་ཡིས་ཞེས་ གླིང་བའི་ཉིམས་རྒྱས་ར་ལ་ཡོད་ དཔོན་ལེ་དབང་ཙན་དེ་

གེར་སར་ཡིན། འདི་ཟླ་སྨར་ཆེན་དེ་གླིང་བ་ཞེད། ཧོར་འཇར་མན་ལྷུན་ལ་སོག་པ་རྒྱལ་ཁག་མང་པའི་ཕྱོགས་པ་ཐོམས། ང་ཞིས་གླིང་ཞིག་འདི་ལ་སྐྱབ་ཞི་མདོག་གིས།
མགོ་ཞིག་ཀོར་ནས་སོང་ཉིས་ཁྲ་བའི་བདེ་ཚོས། སྐྱ་ཞེས་མཁའ་ཚོས། སྨུག་པས་ཞི་ཚོས་ལེན་ཞོག་ཁྱེ་ནས་སྐམ་ཆུང་མདོག་སྤྱོད་ནས། གླིང་དཔལ་ལྡན་རྒྱ
ལྡན་ནུམ་ཐོག་རྣར་འདུན་ལ་ཁེབ་ཞོག་ཁྱེ། ང་ཞོལ་རྒྱལ་ལྡན་ལ་སོག་པ། རྒྱུ་རྫོང་མཁའ་ལ་གྲ་ཞིག་སྒྲིབ། སྨུག་གདན་གཟིགས་བདན་མང་པོ་ཁམས། ཁྲི
རྒྱབ་ཞེ་ལ་མི་ཞེ་འདུག། བཞི་ཆུར་བདེ་སྐྱིག་ཕོ་བྲང་ལ། རིན་ཆེན་དཀར་པས་ཡོལ་ལ་རྒྱ། རྫོང་མདའ་དང་ཞ་པ་ལེགས་ནུ་གསུང་སྐྱེ། སྲིན་པའི་རྒྱུག
རྗེ་ར་འཚོ་བརྒྱུད་ཡོད་པ་དེ་ཟམ་ནུ་ནང་[illegible]ནས་གླིང་པ་ནུམ་བྲང་ནས་དུག་ཅག་པོ་གིས་མི་ཕྲི་ཡས་ཕྲན་མེད་པའི། དེ་ཕྱོགས་དཔོན་རྣར་གིས་མགོ་འཁྲེན་ཕྱེར།
མདོག་ཟུམ་ནས་ཅོ་ཞོར་ནུམ་ལུས་དུ་[illegible]དུ་བཏང་ཅིག། ཨ་ཚན་པོ་ཞེར་ཕྱིར་རྒྱུ་ཡོད་ཟེ་ནས་ཕེས་རབ་གྲག་པས་བློ་ལྡང་། ཕོ་རྒྱལ་ལྡན་ནུམ་ཀྱིས།

ཨ་ར་ཛོང་ཁ་ཕ།

༄༅། ། ཤེས་རབ་གྲག་པས་ཟེར་བ་བཞིན་དུ་བྱུ་བ་ན་དོ་ཚོར་ཚེམ་ཟེར། ཡང་ན་མགོ་འཁྲིན་ཞི་མི་སྐྱ་འགྲོ་ཟེར། ཤེས་རབ་གྲག་པས་ཟེར་བ་མགོ་
འདྲེ་ཞུ་མི་སོང་ཉེས་པན་རྩོལ་ལ་ཡག་ཉེས་མེད་པ་བྱས་མེད་ཞིག་ལྷགས་ན་དགའ་ཟེར། ཕྲག་རྒྱུད་དུས་མ་སྐྱལ་ནང་ནས་སྐྱ་ལྷག་ཟེར། དེ་ནས་རྒྱུ་པས་
ཡུལ་ཚོར་སྐྱི་ག་ལྟ་མོ་དར་སྐྱིན་ཟེ་བ་དེ་ལྟ་ཆེན་ཚང་པ་དཀར་པའི་སྐྱིས་མང་ཡིན་པས་རེས་བསོ་པ་ལ་ཡར་ལྟ་སློས་གཞ་སར་ལྟ་དམག་རྣམས་ལ་རང་
ཚང་གིས་བར་ཆད་ཟེར་ཞུ་བྱུབ་མི་ཤེས་ཏེན། འོད་ཁྱུར་བདུར་ཀྱི་བར་ཆད་འདི་སྐོབ་སྐྱབ་ཆེན་བས། ཕྲག་རྒྱུད་འདི་དབང་ཐུང་ཕྱིར་ཤ་ཀང་འདི་ལྟོ་འཛིག་ཚེན
ང་རིས་ཕྲག་རྒྱུད་རྒྱ་ལྡན་ཀྱིས་མགོ་འཁྲིན་ཞི་མི་ལ། འགྲོ་མི་ང་རང་ལ་བབ་བསོ་ནས། ཡལ་དཔོན་ཆེན་ཕྲག་རྒྱུད་རྒྱལ་པོ་ལག། སྐྱིར་ན་གླུ་ཚུ
བདེན་ཐར་དང་། དགོས་ན་ཕྲག་རྒྱུད་སྐྱ་བསྐྱོག་ཚོར་བཞུན་མ་བྱུང་ན། ང་བརྩོན་མོ་འཚེར་ས་སྐྱ་ལ་ཟེར། ཞ་རང་སྐྱིང་དཀར་ལ་མགོ་འཁྲིན་ཞི་མི་

ཐུར་མེར་ཞིག་བྲོས་ཐབ་བཙུད་འདུག་པས། ར་བར་འགྲོ་ནས་ཐབ་གང་དག་གིས་ཞི་བ་ཕུལ་འོང་ལག འཇམ་པས་ཚིག་གིས་ཐབ་སྣོ་ནས་བསམ་པ་བཟང་རྣ་གྱིས་ཞེན་བ་ཐུག་ཚར་ངེས་པ་ཡིད་ཡང་ཐེན་ནས་ཞི་བ་ཕུར། ཕྱོག་རྐང་གྱིས་སྐྱ་མའི་སྤྲང་བ་དེ་ལྷུན་ཐེར། དེ་རྒྱལ་བློན་རྣམས་ཀྱིས་གྱིས་ཐུབ་ཚད་ངེས་ཕྱིན་ཉིས་ལ་ལྷ་མོ་ནང་ཕེབ་ནས་གང་ངེ་ཁྲ་མས་ལ་ཁ་ནས་མ་ལྷུམ་པས། སྨྲ་ག་ཐུང་ལ་གླིང་སྐྱབ་དེ་འཇལ་མཚོན་ཐབ་བ་བཞིན་དུ་འདུག་པའི་གླིང་སྐྱབ་དེ་ལོ་འཛིག་ཚེ་བས་སྐྱབ་ལ་བཙུན་མ་ཕེབ་ནས། ཕོ་ནང་གིས་འཕྲིན་གླིང་སྐད་སྐད་པ་ཞིག་ཡོད་པ་དེ་ལག་ལ་གཟུང་ནས། ངར་ཐོལ་གིས་སེ་མ་ལྷུང་ལ་ཅ་ཞིག་སྐྱན་ན་གླིང་ལྷ་དམག་ནང་ལ། སྨྲ་ག་ནང་ཁྲོ་བྱུང་དང་ ཆོས་སྐྱོང་ཅེ་ཅག ལྷ་ཡུལ་དགྲ་ལྷ། ཆགས་ཆེན་སྐྱི་དཔོན། མཁས་ཆེན་རྒན་པ་དེ་རྣམས་ལྷ་ནས་ཆེད་པས་མི་ཡིན་པས་སྨྲ་སློན་དག་ག་མི་ཡོད་འོང་བསམ་ནས། ཕྲིན་གླིང་ནང་ནས་བསྐོ་དར་སྐད་ཆ་ཐུ་བ་གང་གིས་ལོ་རྒྱུས་རྣམས་ཁ

ཕྱི་ནང་རོང་ཞི་འབུམ་

༄༅། །གླིང་སྐར་ལ་འཁོར་ནས་མང་པོ་འཚུར་པའི་ གླིང་སྐར་དེ་སྐུག་ཐང་ལ་ལུས་གྲུབ་གྱི་ནང་ལ་མཛད་བྲལ་ཚོགས་ཡོད་པས་ མཛད་
བྲལ་གྱི་མགོ་ནས་སྐུག་ཟང་ཁྲོ་ཕྱུང་རིམ་སེར་ཚ་ལྷུང་གིས་སྐྲ་དེ་གོ་ཚམ་ཟེར་བ་ ཡལ་ཁོ་རེ་གླིང་གིས་རྒྱལ་བློན་རྣམས་ ཚིག་འདྲ་མམ་སྐྲ་དེ་ཨོ་གོ་དུ་ ལྷུར་སེར་
མམ་སྐྲ་ལ་ཉེན་རྒྱུན་འགེ་ཟེར་ནས་སྐུག་ཟང་དེ་གཟིགས་བདུན་ཕྱིང་ནས་ཧོན་འདུག་ཅིག་ཕྱིར་པའི་ དེ་ནས་གླིང་དཔལ་བྱུབ་རྣམས་ཀྱིས་ཅིག་ཇོ་ཅིག་ལ་བསྐྱམ་ནས་
སྨོ་འདུག་ དེ་ཧོན་གྱི་ཁན་པ་རེས་ཡ་སྐུག་ཟང་དཔོན་པོ་ཁྲོ་རྒྱལ་ལག་ སྐྲ་དང་སྨྱིན་རག་གོ་མི་དང་སྨིན་ལོ་རྫུ་འཕྲུལ་ཡོད་མི་དེན་ སྐུག་ཟང་མ་སྡོག་ཡོད་མི་མེད་
སྐུག་ཟང་ཕྱིར་ཀྱིས་ཉམ་ལེན་གྱིས་ཟེར་ནས་ཁན་པའི་ངོ་དགའ་མང་པོ་བྱས་ དེ་བཞིན་དུ་དཔལ་བྱུབ་རྣམས་ཀྱིས་ངོ་སྐར་མང་པོ་བྱས་པས་ དེ་མ་བཞིན་དཔོན་པོ་ཁྲོ་
པོ་རྒྱལ་པོ་དུས་ཡལ་འདུན་ཚོག་རྒྱལ་བློན་ལ་སོགས་པ་རང་ཡས་ཞིས་སྐྲ་ཉེན་ཟེར་ནས་ ཀུན་གྱིས་སྨོ་ལ་བྱུང་ནས་སྐྲ་གཅིག་ཉིན་ནས་ ཁྲོ་རྒྱལ་དེ་ཡ་ཕབ་ནས་

དཔལ་ལྡན་རྒྱལ་བློན་ལ་སོགས་པ་ལྷུང་སེར་སྐྱ་ལ་ཨ་འདྲ་གོ་ ལ་མོ་འདི་ཡིས་ལ་ཁ་ལ་ དཔོན་གྲོགས་རྣར་སྨུག་པས་བང་ཆེ་ཞིག་ སྣ་སྒྱུར་པས་མ་ལུ་མཛེས་ལྡན་ཞིག་
ཁྲ་དཀྱུར་ཊེ་ལ་འདིས་ཁ་ལ་འགི་ དཔོན་གྲོགས་རྣད་ཀྱིས་འདུན་མ་བསྐོ་ཁན་ནེར་ བསྐོ་ཀྱིས་སྐད་ལེན་སྐོར་མི་ཅིག་ སྦྱིང་ནས་མི་བྱུས་ཕེབས་ནང་བྱེར་ དེ་རྫུ་སྐྱུན་
རྒན་གོ་རྒྱུར་འགི་ ཙི་རྒགས་རྒྱལ་བློན་བཀའ་བྲིས་མཛད་ དེ་ནས་རྒྱལ་བློན་རྣམས་བཀའ་བྲིས་བྱས་པས་ སྐྱི་དཔོན་དེས་ཡལ་རྒྱལ་བློན་རྣམས་ ང་ལོ་སྒྲ་སྒྲིང་འཁྲུག་
སྐབས་ལ་བདུད་མོ་སྨན་གཟའ་འགྲོ་སྐྱིལ་དེ་ ཁོར་བས་དེས་ཅིག་འོང་ཟེར་ནས་ལྷ་ཡིས་ལུང་ལ་ཡོད་ ད་ནས་དེ་ཡིན་པས་སྨན་གཟའ་སོང་ན་སྐྱབ་ཟེར་···
དེ་ནས་སྨན་བཟའ་དུས་ལུམ་ལ་རྒྱན་ཆ་མང་པོ་སྐྱག་ནས་རྟ་དཀར་པོ་གཅིག་ལ་ཆིབ་ནས་གང་དཀར་ཁྲ་མས་ལ་ཁ་ལ་ཕེབས་པའི་ དེར་ཚོར་སྐྱིག་ལྷ་མོང་
ངར་སྨྲིན་དེས་ཟེར་བ་ ཡལ་གླིང་དཀར་ལྷ་མོ་ཕེབ་པ་འོ་རྒྱ་ཤེ་བྱུར་ ལྷ་བདག་གླིང་བས་ལྷ་དམག་རྣམས་སྐྱུ་ཁོམ་བདེ་བ་ཅི་ཡོད་ལྷ་མོ་ཁྱེད་དེ་རིམ་ཕེབ་

ཕྱ་རང་རོལ་བ་ཕྱར་

༄༅། །པ་དྲོ་ཚོན་ཆེན་ཟེར་ནས་ཆིབ་ཀར་ལི་ནས་ཡལ་ལྷུམ་ཀྱི་ལྷ་མོ་ལག་ ང་རང་ཀ་བ་མ་བྱུར་ལག་ ལྷ་བདག་གླིང་གིས་ལྷ་དམག་ནུམ་སྐྱ་ཁྲོན་བཞེ་བ་ཡིན་ལག་ཟེར་ནས་ ཟོལ་མཆིག་དང་ལྷན་པས་སྨྲིས་ཇ་གཡང་ཁྲབ་ཀ་ཡིས་གང་ལྷུར་ནས་བཞག་ དེ་ནས་མཚོ་སྐྱིད་ལྷ་མང་དར་སྒྲོན་གིས་ལེན་གསུ་མཆོད་ནས་དུས་ཙིག་དུ་གསོལ་བ་བསྟ་ནས་ལྷ་མོ་དེས་གླུ་གླིང་འདི་མ་གྱི་ཙ་བ་ཞུབ་མང་པོ་ཡོད་ཟེར་ནས་གླུ་× ཨོཾ་མ་ཎི་པདྨེ་ཧཱུྃ་ཧྲཱིཿ ཨ་ལ་× ཐ་ལ་×

བླ་མ་ཡི་དམ་དཀོན་མཆོག་གསུམ། ། གསོལ་བ་འདེབ་སོ་× ཆོས་སྐྱ་ལོངས་སྐུ་སྤྲུལ་སྐུ་གསུམ། ། ཆོས་ལོང་སྤྲུལ་པའི་× ས་འདེམ་× གང་དཀར་ཁྲ་མས་ལ་ཁ་ཞེང་། ། ང་འདུམ་× མཚོ་སྐྱིད་ལྷ་མོ་དར་སྒྲོན་ཟེར། ། བྱོག་སྣང་རྒྱལ་པས་རྩུར་མ་ཡིན། ། གླིང་དཀར་ལྷ་མོ་མཛེས་ལྡན་ཡེར། ། མིག་ལ་ཙི་འདྲ་ཟེར་ལན་ཡིས། ། གླིང་དཀར་དམག་གིས་དཔོན་པོ་ལ། ། སྐྱ་རྒྱལ་

འཛམ་གླིང་མིང་ཆེན་དེ། ། སྒྱུ་འཁོར་དང་བ་ཕོ་ཡོད་ལག ། ར་ལྷུར་ས་ཧྲོག་ག་ན་གཉེར། ། གླིང་དམག་ཁྲ་མས་དམག་དཔོན་དེ། །
འཁྱུཾ་པས་དགྲ་ལྷ་བཙན་རྒྱལ་དེ། ། དབང་ཐང་མཐོ་བ་ཙི་འདྲ་ཡོད། ། མདུན་མ་དཔལ་ལྷ་དཀའ་བདེ་གསུཾ། ། དཔལ་ཚལ་སྙིང་སྟོབས
ཙི་འདྲ་ཡོད། ། གསུ་ལྷ་ཐན་པ་སྟག་ལྷ་གསུཾ། ། ཕོ་ལ་རྣན་ཞེན་ཙི་འདྲ་ཡོད། ། ལ་ཚེན་ཕྱུ་རྒྱུར་ཕོཾ་འདྲ་ཡོད། ། ཁ་ཚོད་ལྷ་ཡི་
དང་པོ་ལ། ། ཐོག་རྣད་ཁྲ་མས་འཁྱུཾ་དམག་དེ། ། གླིང་དཀར་དཔལ་བོ་ཆེ་བཞིན་དེས། ། དམག་ཚག་ནི་ཀྲིས་ཁྲག་ལ་སྨྲ་ས། །
དཔལ་རྣང་མང་པོ་བསྐྱོ་མ་བྲགས། ། ཐོག་རྣད་རྒྱལ་པོ་དགོང་པ་ཚམས། ། ཁྲ་མས་དམག་ལ་སྐན་སྐོད་སྦྱང་། ། དམག་
དཔོན་ལྷ་དང་ཁྲི་དམག་ལྷ། ། གླིང་ནིང་སྨན་ལ་བཏུག་དགོས་སྦྱང་། ། གླིང་སྨན་ཁྲལ་མོ་སྐྱོར་དགོས་རྗེར། ། ཞེས་ཆེན་ཞེས་

ཕྱ་ད་ཚལ་ད་ཁྱེ

༄༅། །ཞབ་བྲག་པ་དང་། །མཁས་ཆེན་སློང་བྲག་པ་གཉིས། །ཐོག་རྒྱུད་དཔོན་ལ་ཞི་བ་ཕུལ། །སྒྲིང་དཀར་པས་ལེན་པ་
མི་ཟིན་ཟེར། །ཚོར་དྲུག་སྒྲིང་གིས་རྒྱལ་བློན་ལ། །སྐྱབས་པས་མགོ་འབྲེན་ཞུ་དགོས་ཟེར། །དེ་ཐོག་རྒྱལ་བློན་བཀའ་བྲག་ཆད། །
ང་ད་ཙམ་ཞུ་བ་འདང་ལེན་ཡིན། །གསེར་གྱི་ཉི་མ་ལོན་ཆེན་དང་། །ལུས་དང་ཕྱུག་ཙིག་ཞི་བསྐྱན་ཕྱར། །སྲིས་དགྲ་ལྷས་མདུན་ལ་ཕྱར་
ནོག་གྱིས། །ཐོག་རྒྱུད་རྒྱལ་པའི་ཞྭ་ང་ལ། །ཐོག་རྒྱུད་རྒྱལ་དང་དགྲ་ལྷ་གཉིས། །ཁྲུག་པ་བྱུས་པས་དགོས་པ་མེད། །རིན་ཆེན་
རྒྱུར་ཡོས་ནོར་རྫས་དེ། །ཐོ་ནགས་རྒྱལ་པོ་ཁྱིར་ལ་འབུལ། །ཉི་མ་དེ་ཡིན་ཕྱིར་ཆེད་ནས། །དཔོན་ཆེན་དགྲ་ལྷ་བཙན་རྒྱལ་དང་། །
དཔལ་ལྡན་དེ་ལ་དེར་འཚོར་རྣམས། །བདེ་སྐྱ་ཁྲུས་ཕྱུལ་ལ་ཕེབས་ནོག་ཞུ། །དཔོན་ཆེན་ཐོག་རྒྱུད་རྒྱལ་ལྷུ་ལ། །བཞིན་ལ་མེད་པས་

ནོར་རྫས་ཡོད་།། རིན་ཆེན་རྒྱན་རྫས་ལེན་རོགས་ཞུ་།། སྨུ་ཞིམ་མཁའ་ཆོས་ལེན་རོག་ཞུ་།། ཁྲ་མས་བདེ་ཆོས་ལེན་རོགས་ཞུ་།། དེ་འབྲིའི་

དཔོན་པས་ཞུ་དོན་དེ་།། ལྷ་ལུས་དྲུང་ལ་ཞུ་རོག་ཞུ་།། ངམ་བཞུགས་གླིང་བས་སྣར་ལ་ཕྱིན་།། རྒྱལ་བློན་བཀའ་གྲོས་མཛོད་རོགས་ཞུ་།།

གོ་ན་× མགོ་× **ཚེས་ཐེབ་ནས་ སྣོན་བཟླའ་དེས་གཡའ་ལྷ་མོ་རཟ་སྨོན་ལག་** ཕྱིར་ཕྱིས་ཞུ་བ་དེ་གླིང་དཀར་རྒྱལ་བློན་ལ་ལུས་ཞུ་ཧེན་ ང་ནང་

ཐང་མེད་ནུམ་མགོ་ན་ སྤྱིར་བསྒྲུག་གིས་ཞུ་བ་འགལ་ཞེ་ཡོད་ཐེབ་ནས་རླུ་× **ཨ་ལ་× ཐ་ལ་× སྐྱབས་བླ་མ་ཡི་དམ་དཀོན་××**

ཀ་བསོལ་བ་× དེ་ནས་འགྲམ་འགག་ཞེ་ཡོད་།། སྒུག་པ་ཐོབ་པའི་སྨོན་པོ་དེ་།། འཛམ་གླིང་གཞི་མར་རྒྱལ་པོ་རེད་།། ད་

ལྷར་གླིང་དཀར་སྟོད་ལ་ཡོད་།། སྨྲ་ལ་བཅད་མི་སྲིག་དེ་།། འབྱུང་དམག་ཁྲ་མས་མགོ་དཔོན་ལ་།། ལྷ་ལུས་དགྲ་ལྷ་ཆེན

༄༅།། རྒྱལ་བཞུགས།། དཔང་ཐང་ལྡིང་སྐྱོང་དཀོང་བའི་མགྲོ།། མདའ་མ་དཔལ་ལྷ་དགའ་བདེ་གསུམ།། སྟག་མོ་ཁྲག་གིས་གཞི་བ་འདྲ།། ཞན་པ་གཡུ་ལྷ་སྟག་ལྷ་གསུམ།། དམ་སྨད་ཁྲག་གིས་གཟིར་བ་འདྲ།། རང་གླིང་བར་ཆག་རྩོལ་དེ་འདྲ་ཡིན།། དཔོན་ཆེན་ཕྱོག་རྣད་རྒྱལ་པོ་དེས།། སྐྱིད་སྡུག་ཞུ་བ་ཕུལ་ལེ་དང་།། སྐྱབས་པས་མགོ་འཁྲིན་ཞི་ལེན་གཉིས།། རྒྱལ་པས་བསམ་དོན་ལུས་འགྲུབ་ཧེཙ།། རྒྱུན་འཁྲིན་མེད་པས་ཐེར་སར་ལ།། བསྐྱི་འཇུར་མ་ཀྱམ་ཀྱར་བཀའ་མོ་འགི།། དམ་ཚིག་མེད་པས་བླ་མ་ཟེད།། ཚོ་འདས་འདྲེ་པ་བཀའ་མོ་གདུག།། དེས་པ་ཕྱུལ་ནག་པོ་བདུད་ནས་ཡིན།། མིག་ལ་སྨན་བཟླ་འབྲི་སྐྱིར་ཟེར།། ཚེ་ལྷ་དུས་སྐྱིད་པས་དེས་ཚད་ལ།། རླུ་བཙན་རྒྱལ་པས་རྒྱུར་མ་ཡིན།། ཕོ་བདུད་ཀླུ་བཙན་རྒྱལ་པོ་དེ།། ཕོ་བཞེན་ལ་རན་ཀྱར

ང་ལ་བཟུང་།། ཚེ་རིང་མི་ཤ་ཟ་དུས་ལ།། ང་ལ་གཡང་དཀར་ལུག་ཟླ་བཞི།། ཚེ་རིང་མི་ཁྲག་ཐུང་དུས་ལ།། ང་ལ་སྙིག་འོ་མ་
བླུད།། ཚེ་རིང་མི་ལྷག་ཕྱིན་རེས་ལ།། ང་ལ་ལུག་རྒྱུར་ཚ་རུ་ཀོ།། དེ་འབྲས་ཚོ་རོག་བཟང་པོ་དེ།། གྲོང་ལྷ་ཁང་ལ་སྐྱོད་ས་
མེད།། ཉི་ཙིག་ཉི་མས་གདོང་གང་ལ།། བདུད་རྩེད་ཁ་ལ་མེན་ལེ་དང་།། བདུད་མོ་ཁབ་ལ་འདུག་ལེ་གཉིས།། བླན་པོ་སྨས་
ཀྱར་མ་རེག་པ།། མི་ག་རེག་རེས་ཙིག་སླེན་ནས་ཁྱུང་།། རྟ་ཀྱང་རེས་རེས་ཙིག་ཆེ་བ་ནས་ཁྱུད།། ཚེ་སྐྱིད་ཀྱག་གེར་ཡར་ཡིན་
པས་ཐེར།། ས་འཛེར་ན་འོང་དོན་ལུས་ཡོད་ཐེབ།། ཆེན་རྒྱུད་ཚོང་གིས་སྲིམ་པོ་དང་།། འགྲིམ་རྒྱུད་ཚང་ཀྱུས་བྱ་མོ་གཉིས།།
ལུག་གཡང་དཀར་རྫི་བོ་འགྲོ་ས་ནས།། སླུ་བཙན་རྒྱལ་པས་ཁྲུབ་སོང་ཐེར།། ཚེ་རྒྱུ་ཐོར་རོབ་མདའ་ཡིན་རབ་ཐེར།།

[illegible]

༄༅། །ཤ་བོར་ཤ་ལེན་ཡིན་ཟབ་ཐེར། །བདུད་མོ་རང་གིས་རྗེས་པ་ལ། །ཁྱེར་གླིང་ཀླུག་ཀེ་སར་ཡིན་པས་ན། །སྐྱོན་
ར་ལ་བདག་འཛིན་མི་དགོས་ཟེར། །རྒྱ་པོ་མ་བདེད་ཁྱེར་སོང་ཟེར། །གེ་སར་དཔོན་གིས་ཐེར་བ་ལ། །ར་གླིང་ཡིས་ཕྱིར་
ལ་འགྲོ་དགོས་མེད། །ལྷ་ཆེན་ཚངས་པ་དཀར་པོ་དང་། །སྤྱུལ་བའི་སྙིང་རྗེ་ཆོས་རྒྱལ་གཉིས། །ཆོས་རྒྱལ་སྐུས་པས་
རྒྱང་མ་དེ། །གླིང་དཀར་སྐྱོད་ལ་མ་སྐྱོད་ན། །གེར་སར་རྒྱལ་པོ་མི་འདུག་ཐེར། །ཁོས་ཁྱུར་བདུད་ཀླུ་བཙན་རྒྱལ་པོ་དེ། །
ཞག་ཕྲན་མདའ་མས་དར་ལ་བྲངས། །བདུད་མོ་ཁྱེར་དར་ང་རང་གཉིས། །གླང་དག་ཁང་ལ་མཉམ་འདུགས་དགོས། །
བདུར་མཁའ་ཡག་ལ་ཕ་མཁར་བརྒྱངས། །དེ་འབྲེས་གཏེ་ཞིག་བཤད་ལ་བྱུང་། །ལ་ཆེན་བདེ་ལེན་ཡི་ཡིན་བསམ། །

ཀྱེ། ནག་མོ་གཉིས་ལ་ཞིམ་པ་མེད།། ཟ་ནག་མོ་གཉིས་ལ་བཟང་རྒྱ་མེད།། ཁྱུས་ནག་མོ་གཉིས་ལ་སྐྱིད་པ་མེད།།
དེ་ལ་ཚིན་བདེ་ལི་ཡི་ཡིས་བསེ།། སྙིང་གི་སྲན་སྐྱི་གཟུང་ཡག་ལ་བསྡུས།། ཧྲ་ཧུང་སྙིང་འཁྱིལ་གམ་བདེ་ལ་ལྡུས།
དེས་གེ་སར་རྒྱལ་པས་ཁ་ལ་ཉེན།། ཡ་མ་འདྲ་བས་ཚོ་ཟོག་དེ།། གེ་སར་རྒྱལ་པས་ལག་ལ་བཞག།། གེ་སར་
ར་གཉིས་སྐམ་འདུག་ཁྱུས།། དེ་རྗེས་གེ་སར་ཕོ་བྲང་གི།། ང་སྙིང་དཀར་སྤྱོད་ལ་འགྲོ་དགོས་བྱེན།། རྒྱ་མོ་འདུག་
ས་སྙིང་ཡིན་བྱེན།། དེས་ལ་ཚིན་བདེ་ལི་ཡི་ཡིན་བསེ།། བདུད་ཡུལ་བཞག་ནས་སྙིང་ལ་སོམ།། ཤར་སྒྲིང་
དཀར་སྤྱོད་ལ་སྙིན་ཚིན་ནས།། སྙིང་ཀླག་གེ་སར་རྒྱལ་པོ་དེ།། ཞིམ་པ་མེད་པ་ཁྱི་དང་འདྲ།། ཟིག་པ་མེད་

ཨ་ནོ་ཀ་ཁ་ཕྲེང་བ།

༄༅།། པ་ཞིག་དང་འདྲ།། ང་རང་ཚུད་མ་སི་བཟོ་དུ།། རིན་ཆེན་རྒྱ་བདག་མི་དགོས་བྱེར།། གླིང་ཛ་མཁར་སྐྱག་·· པོ་མི་བྱུན་བྱེར།།ཁྱ་ཤར་གླིང་དཀར་སྐྱོད་ཤྲི་ས་ཆ་ལ།། སྐྱུ་ཡག་ཤིང་ལྟུང་འབྲུག་མོ་འགི།། ངཚོ་སྟོད་རྒྱལ་མོ་དགྲལ བསྒྱུར།། ཆོ་སྐྱོད་ཕོ་ཁས་གཡོགས་མོ་རེད།། ར་ལྟར་ཧཱུྃ་ཚུ་ལིན་ཡིན།། དེ་ཙམ་རྒྱལ་མོ་རིན་ཆེན་མ།། གླིང་གི་ཏ་ས་རགྱ པོ་ལི།། རྒྱ་འབྲིན་མེད་པར་དེ་ལྟར་ཡིན།། སྤྲིད་སྡུག་མེད་པ་ར་དང་འདྲ།། ཏ་སར་རྒྱལ་པོ་ཡིན་པའི་ན།། མགོ་འབྲེན་བྱེར་བ བཀའ་མོ་རེད།། མདང་ད་སང་རྒྱལ་ས་སུམ་དགྲ་ལྷ་དེ།། ལུས་རྒྱན་འབྲེན་ཙན་ཀྱིས་དཔོན་པོ་ཡིན།། དམ་ཚིག་ཙན་གྱིས་བློ་ཡིན།། ཁྱེར་ནང་རྒྱལ་ནས་གསུང་བ་དེ།། དགྲ་ལྷ་དཔོན་ལ་ཞུནས་ཡང་།། ཡ་རྗེ་ཐོག་རྒྱར་རྒྱལ་པོ་ལ།། དེ་བཞིན་འབྲུ་མ་ཞི་ནང་གྱིའི།

རྒྱལ་མོས་བྱུགས་ལ་དེ་ལྟར་ཞིག ། གོ་ན༔ མ་གོ༔ ཅེས་ཟེར་བ་དང་ལྷ་མོ་དར་སྐྱོན་དས་ ཕས་ཁ་འདི་ཡིས་གེ་སར་ལ་རྒྱ་འབྲེན་མེད་ཟེར་བ་
འདུག་པས་ དར་འདས་སྤྱིད་ཚོད་མི་བདེ་ ཚོ་ཚོད་མ་བ་བབ་ཟེར་བའི་དཔེ་ལྟར་ཡིན་ ཡ་ཕ་ཁྱུང་སྨན་བཟླལ་འབུམ་སྐྱིད་ལག་ ལ་ཆེའ་ཁྱེད་ལ་ཁག་མེད་
སྙིང་ བསྡོ་གོ་བས་སྐར་ཆ་འགན་ནི་ཡོད་ཟེར་ནས་གླུ༔ ཨ་ལ༔ ཐ་ལ༔ གླུ་བླ་མ་ཡིན༔ གསོལ་བ་འདེབ་སོ་ལམ་ཟུ་གཟུང་། །
ས་འདིས༔ གང་དཀར་ཁྲ་མས་ལ་ཁ་ཞེད། ། ང་འདུས༔ ལྷ་སྤྱིད་བྲུ་མོ་དར་སྨྲིན་ཟེར། ། ཕ་བཞེད་སྨན་བཟླལ་འབུམ་སྐྱིད་ལག ། །
ལ་ཆེན་བསྡོ་གྲིས་འདུ་མ་ལ། ། འབྲུག་མ་བྲག་ཐོག་ལེར་རྒྱུ་པས་ནས། ། བྲག་ཞིག་ཁྱུང་འགྲོད་བ་ཐེད་རྒྱུ་མེར། ། བཟླལ་མ་ཕྱོར་
བསོ་པ་མ་སླུས་ན། ། ཕྱིར་ཚོར་ནས་འགྲོད་བ་ཐེད་རྒྱུ་མེད། ། ལ་ཆེན་ཟུ་མས༔ ཐ་ཟླ་ཐ་མགོ་ཡིས་ཟང་རྒྱན་དེ། ། མཚོ

ༀ་༎ སྨོན་མམ་ཁ་ལ་རྒྱན་བསོ་ཁེན་༎ མདོང་ད་སང་རྒྱུ་འབམ་ཁ་ལ་རྒྱན་༎ བསོ་ལི་མ་ཟེད་སྐམ་ལི་ཟེད་༎ བདུད་
མོ་སྨན་བཟའ་འབྲུཾ་སྒྲིད་ཁྱོད་༎ བདུད་རྐམ་ཀྱུང་མ་བཟེ་བསོ་སྨིན་༎ མདོང་ད་སང་གླིང་དཀར་སྟོད་ལ་བརྗོད་༎ དེ་བསོ་
ལི་མ་ཟེད་སྐམ་ལི་ཟེད་༎ འཇིག་རྟེན་རྣ་× ཆོས་ཆེན་བླ་མ་གསེར་ཞེ་ཙན་༎ སྨོན་ཅིག་དབང་ཞུས་ཁྱུས་ཕས་ནམ་༎ ཆོས་
དམ་ཚིག་ཁྱི་ཡོད་ཆེར་མེད་ཏེ་༎ དེ་རྗེས་དར་ལོག་དགོས་པ་མེད་༎ འཇིག་ཆེན་གླིང་གི་གེ་སར་དེ་༎ ཉིན་ཅིག་ཚོ་རོག་ཁྱུས
ཕས་ན་༎ ལུས་རྒྱུ་འབྲི་ཙི་ཡོད་ཆ་མེད་ཟེད་༎ དེ་རྗེས་འགལ་བ་དགོས་པ་མེད་༎ བདུད་ཡིལ་སྨན་བཟའ་བསྡུཾ་སྒྲིད་དེ་༎
གླིང་སེང་ཆེན་ཚོ་ལ་འཁོར་བསོ་སྨྲེ་༎ ས་བདུད་ཡིལ་བཞག་ནས་གླིང་ཡིལ་འགྲིམ་༎ གླིང་སེང་ཆེན་བདག་ཁྱེམ་གཙོང་ན་༎

ཀྱིར་དམར་ཡུལ་སྐྱོང་ལ་ཅིཾ་ནི་དགའ། ། དེ་ཚོ་མ་རྒྱུད་ཞེ་ལ་ཞོག ། ཞག་ལྕུག་བྲུ་མོས་མགོ་རྣ་ལ། ། ཁྲུམ་སེིས་སྙིང་རྗེ་ཁ་དར་··
ཡིན། ། དཔོན་ཆེན་ཕྱོག་ཆད་རྒྱལ་པོ་དེ། ། བློན་དར་ཆེན་སྐྱག་ཆད་ལྕུང་གདོང་ཟེད། ། མི་གཡོ་ཆེན་ཞེས་རབ་གྲག་པ་རེད། ། གཡོ་
ཆེན་རྒྱལ་བློན་དེ་རྣམས་ཀྱིས། ། བསྒྲུ་སྐྱིད་ཚོད་བདེ་ལེ་ཚེ་ཡིན་ཤི། ། ཐོག་ཚོ་སེད་བབན་ལ་ཧེ་ཡར་ཞི། ། ལུས་ཅི་ཡིན་ང་རང་ཆ་
མེད་རེད། ། གླིང་རྒྱལ་སྲིམ་བྲུག་ལ་དེ་འདྲ་ཞོག ། གོ་ན་× མ་གོ་× བཙམ་བྱེར་ནམ་སྨན་གཟའ་འབྲུཾ་སྐྱིད་དེམ་ ཡ་ཡ་འདི་ལྷ་ཡིས་ལུང་
ལ་མངའ་བདག་སྒྲ་འུམ་ཕྱོག་ཆད་རྒྱལ་པས་དྲུང་ལ་ལྷ་ཚོང་པས་སྲིམ་མོ་ཞིག་ཡོད་ཟེར་བ་དེ་འདི་ཡིན་ཡེ་འདུག་འདི་གླིང་ལ་ཞེ་སེིས་དགའ་བ་ཡིན་བསམ་ནས་
ཡ་ཕས་བཞེད་ལྷ་མང་རིན་པོ་ཆེན་ ཕྱི་ཆད་པས་བྲག་དཀར་མི་རྫོང་ཟེར་ སྐྱག་ཆད་ཀུར་ནག་རྫོང་མི་རྫོང་ཟེར་ དས་བསྒྲི་ཚོག་གསྒྲི་དགྲ་ལྷ་དཔོན་ལ་ཞུ་ རྒྱལ་བློན

ཨུ་རང་ཁ་ཕ་འཁྲིའུ

༄༅། །བཀའ་གྲིས་ཁྲམ་པས་གསུང་ལོའི་དེ་ར་ནང་གིས་སྔོར་ཡང་ ཕྱིར་དེས་ཆེ་ལྷ་མོ་བཞུག་ཐོག་མཛད་ ཐེར་ཅམ་སྨན་བཟླའ་དེ་གླིང་སྐར་ལ་ཕེབས་ གླིང་དཔལ་ཕྲུབ་རྒྱལ་བློན་རྣམས་ཀྱིས་ཡ་སྨན་བཟླ་བཀའ་ལོན་ཕྱ་ཕྱུང་ཐེར་ གང་དཀར་ཞེར་ཀྱི་ལ་ཁ་ནས་ཆིག་གསུམ་གྱི་བསྡོ་ལ་ཅི་འདྲ་འགེ་ཐེར་ དེནས་སྨན་བཟླའ་འགྱུ་སྐྱིད་དེས་དར་ཅིག ལྷ་སྨྲས་མཇུན་ལ་བཞེགནས་ཡ་གོང་བཞུགས་གིས་ལྷ་སྨྲས་དཔལ་ཕྲུབ་རྣམས་ གང་དཀར་ཞེར་ཀྱི་ལ་ཁ་ལ་ཐོག་ཀད་རྒྱལ་པས་ཙུན་མོ་མཆོ་སྐྱིད་ལྷ་མོ་དར་སྐྱིན་ཐེར་བ་ ཞིག་འདུག དེས་ཐེར་ཡ་ཁ་ཚེར་གྱུ་ཁྱམ་དམག་ཁྲི་དམག་ལྷ་དང་དམག་དཔོན་ལྷ་ཐོག་ཀད་རྒྱལ་པས་ཙམ་པོ་མཛད་ནས་གླིང་དཀར་ལ་ཀུག་ཙམ་ཁྲས་སྐབ་ བློན་ཆེན་རྣམས་ཀྱི་བློ་རྒྱ་བྲང་ལ་ཀོད་ནས་མཐུན་བླུག་ཆག་བཞེག་རྒྱུན་ལ་ བདེ་གླིང་ལ་མགོ་འགྱུ་ལུས་འགྱུ་ཁྲས་ནས་དགའ་ཐེར་ནས་བཀའ་བྲིས་གིས་ཐུག་བཙར་ནབ་ཐེར་ གསེར་གྱི་ཉི་མ་ལོན་དང་དར་འདི་ཕྱག་རྟེན་དུ་དགྲ་ལྷ་ལ་ཕྱུ་དར་ཕྱར་ ད་ནི་སྐྱབས་མགོ་འདྲེན་ཕྱུ་ནས་སོང་ཉིས་ཐོག་ཀད་རྒྱལ་པས་དྲུང་ལ་ རིན་ཆེན་རྒྱུ་ཅིས

ཁྲ་བའི་བདེ་ཆོས། སྐུ་རིམ་མཁའ་ཆོས་ལེན་པས་ཐབ་སྒྲིག་ནས་དམག་དཔོན་དགྲ་ལྷ་ཆོ་བོ་མཛད་པས་ཀུན་མདའ་ཆོས་པས་དཔལ་ལྡན་སྤྱི་རྒྱུ། འབྲིམ་ན་ཧེ་ལྷ་ཆི་ཏ
ཕུར་ན་བཙོ་ལྷ། སོང་ཉིས་སྐུ་རིམ་མཁའ་ལ་ཕེབ་རོག་ཞུ། གྲུ་གླིང་འདུན་མ་འགེ་ཐེར་བས་སྐད་ཆ་འགེ། འཇིག་སྟེན་ལ་བསྐོ་བཤད་ཚད་མི་བདེ། ཡོག་འཚོ་ཚད་མི
བཤན་ཐེར་བས་རྒྱལ་བློན་བཀའ་གྲིམ་མཛད་ཐེར་བའི་ཞུ་བ་ཕུན། རྩེ་གླིང་རྒྱལ་བློན་གྱིས་ཐུ་བ་བཟང་ངན་གིས་ཆ་མ་ཆད་བྲོག ཕ་ཁྲ་སྐྱི་དཔོན་གྱིས་ཐེར་བ།
དེར་རང་རྒྱལ་བློན་ལ་མཛོལ་ཤིས་མེད་པས་བཟང་ངན་ཀྱིས་ཆ་མི་ཆད་འདུག གླིང་ཆོས་སྐྱོང་ཐེར་ནག་འདི་ལ་ལྷ་ཡིས་བཀའ་བབ་ཡོད་པས། ང་རང་རྒྱལ་བློན
ནུས་ཀྱིས་སྐྱུར་འཇོག་བྲ་གས་རྩལ་ལྡན་པས་ལྷ་ཞིག་བབ་ན་བཟང་ངན་ཀྱིས་ཐག་ཆད་འོང་ཟེར། རིན་དགའ་བདེ་ཆོས་སྐྱོང་ཐེ་ནག་དེ་ལ་ཐེ་ནག་པས
ཐོག་གོས་སྐུ་ལ་གསོལ་ནས་ཞེ་ནག་ཐོད་སྒོམ་རྒྱན་པ་དེ་རྒྱུ་ལ་གསོལ་ནས་དར་འཁྱུལ་དམར་སེར་བརྒྱད་ཙམ་དབྱུ་ལ་བཙུག སྐུ་རྒྱབ་ལ་འཕྱུ་བྲུ

ཕྱི་ནང་ཁྲམ་ཁྲི

༄༅། ། ཡུ་ཅན་ལྷ་ལྷུ་ཙམ་ལྡོག་ནས་ལྷགས་རྒྱ་ཞགས་པ་ཟལ་གྱི་མཚན་ཆ་ནུ་ཚོགས་སྦྲག་ན་འཛིན་སྟེ། ངར་བདུག་ཅན་ལ་དགུ་བརྒྱའི་
བསྐོར་ནས་ཙམ་མདན་དཀར་དམར་ཞིང་རྩི་སྣ་ཚོགས་ཀྱི་བསང་ཆེན་ཕུལ་ནས། ཇ་ཆང་གསེར་སྐྱེམས་ཞལ་ཟས་འབྲུ་སྣ་སོགས་མཆོད་པ་ཕུལ་ནས་
གླིང་དཔུང་དམག་ལྷ་རྒྱལ་ཀུ་གསོ་ལྷ་འབོད་བྱས་ནས་ཚོས་སྐྱོང་དེ་ལ་གཡས་བསྐོར་བྱས་ནས་འདུག། དེར་སྤྲུལ་པས་ཚོས་སྐྱོར་ཅེད་ནག་དེས་
ཤ་ཁྲག་གསོལ་ནས་སྐུ་ལུས་ནི་ནབ་བས་འཇིག་ཆེན་བ་སྤྱན་མིག་ཀློག་དམར་རྩུའི་པ་ཁ་ཡིས་ཡོ་ཚོམ་བསྡུམ་ནས་ཆེ་བ་གྲུང་ལ་སློབ་པ''
སྐར་སྨྲ་འབྲུག་བཞིན་གྲགས་ནས། ཚོས་སྐྱོང་རེས་གཡོན་ཕྱིག་གཡས་ཕྱོགས་ཏུ་ནག་དང་ཕྱི་ནག་བྱ་ནག་འཕར་མོ་སྤྱར་ཀི་སོགས་འབྲུ། ཁྱིའི་
སྐོར་སྟེ། ཚོས་སྐྱོང་ཅེར་ནག་ཅེར་བཙན་ཁྲོས་པས་རྣམ་པ་ཅན། ལེན་ཆེ་སྐུ་ལྷ་ཐང་ལྷའི་ལྷ་དམག་དམར་ཆེན་སྤྱང་ར་མཁའ་འགྲོ་ཚོས་སྐོར''

བསྒྲང་མ་རྫོགས་ཀྱིས་རྣ་འཁྲིན་ནས་དྲག་རྩུབ་ཅན་དུ་ཕེབ་སོ། དེར་ཆོས་སྐྱོང་དེས་ཞ་ཁྲབ་གསོལ་ནས་བཀའ་ལུང་སྩལ་བ། ཡ་ཀླིང་ལྷ་སྨན་དཔལ
ཐུབ་རྗེས་ང་འབོར་རེན་ཅི་ཡིན་གསུང་། དེར་སྐྱེ་དཔོན་གྱིས་དར་རྣེ་ལྷ་གཡས་སུ་ཕྱར་ནས་གཡོན་སུ་སྐྱུས་དང་མ་མེ་མང་པོ་དང་མདུན་ལ་རིན
པོ་ཆེའི་རྣ་ལྷ་ལས་གྲུབ་པས་མཎྜལ་ཕུལ་སྟེ། ལེགས་སོ་ཆོས་སྐྱོང་རིན་པོ་ཆེ། ལྷོམ་འཛིག་ཆེན་བའི་གླིང་སྨན་ལ་དཔལ་གྱི་ཁྱུས་མགོ་འདྲེན
ཞུས་པས་མདུན་མ་འགྲུག་པ་ཡི་འོང་། སོང་གཉིས་ལྷ་ལུས་དགྲ་ལྷ་བཙན་རྒྱལ་དཔལ་ཐུབ་གར་བཟང་བཙོ་བརྒྱུད། མངའ་བདག་གླུ་ཁྱུས
ཡུལ་ལ་ཕེབས་ནས་བསོ་རོན་འགྲུབ་པ་ཡི་ཕྱིན་ཞལ་རྗེས་ཕྱི་ཡང་ཆོས་སྐྱོང་བཀའ་ལུང་གསལ་པོ་སྩུར་རོག་ཞུ། དེ་ཡང་ཆོས་སྐྱོང་གསུང
ཆེན་ལ། ཡ་ཀླིང་དཀར་ལྷ་འབོད་འཚོང་། སྙིང་གང་ལ་ཆགས་ན་གཡུ་ར་ལེགས། གང་ནས་སོང་ན་གཡུ་ར་ཆར། དགོང་ཤི་ས་ཤར་བ་…

སྨོན་ལམ་ཁག

༄༅།། གསལ་སྒྲིབ་ཆེན་ ཕྲིན་ཙག་པོས་གསོལ་བ་བཟླ་ཡི་གཟུང་ དཔོན་རང་ལ་གཟུང་ན་ཁེན་ཁ་ཞེན་ ས་འདི་ནམ་སོང་ན་གཏོང་
མ་ཤོར་ཟེ་ནས་བཀའ་ཕེབས་ ཡང་བར་ཆོ་ཁྲ་རྒྱན་དེམ་གླིང་དཀར་ལ་ཡག་མ་ཐུབ་བསྐ་ནས་ སྤྲས་དང་མེ་ཏོག་སོགས་མཆོད་པ་མང་པོ་ཕུལ་
ནས་ཆོས་སྐྱོང་རིན་པོ་ཆེན་ ཐོག་རྒྱང་རྒྱལ་བློན་ཆེན་བཞི་དེ་ མགོ་འདྲེན་སྣང་པས་ཚུར་ཞིང་བསྐྱིན་ འབྲེན་འབོད་ཚུར་ལ་ཐུམ་ན་བསམ་
པ་ཕྱི་འཁྱུབ་ བཀའ་གསལ་པོ་སྣང་རོག་ཚུ་ ཡང་ཆོས་སྐྱོང་གསུང་ཐོན་ལ་ གླིང་སྣབ་ཁྲ་མས་དམག་དཔུང་ནམ་ གསུང་དྲག་པས་
ཏོ་དོན་ཉམ་སུ་ལེང་ འབྲུག་ནག་རྫ་ལ་འཁོར་ལི་དེ་ ལེ་ཚེ་མདའ་ཞིག་སྦྱིན་པས་ན་ འབྲུག་མ་གསེར་རྫ་ངང་དམ་འཛིགས་ཆེན་ མདའ་
སྨྱོས་ཀྱང་བཟར་དྲག་བྱང་ལ་འཕེན་ ཕོ་དཔལ་བོ་རྒྱན་པས་རྒྱལ་བློན་ནམ་ སྐྱ་ཞིམ་མཁའ་ལ་འགྲོ་ལ་བའི་ ནུ་མཚོན་མོ་ཏག་དགུ་ལ་ངོ

ལྷ་སྤྲུལ་པས་ཞགས་གིས་བསྐོར་བའི་ན། ཡ་མེད་ལྷག་རྒྱང་འཚེན་ལ་ཟིན་ཟེར་བའི་བཀའ་ཕེབས། ཡང་སྤྱི་དཔོན་དེས་ལྷ་ཆོས་སྐྱོང་ཞིན་པོ་ཆེན་ཁྱེར་
ཁྱིས་བཀར་ལྷུང་སྔན་དག་དེ། སྐྱིང་དཀར་རྣམས་ཀྱི་དགྲ་མི་ཆད། ཐོག་རྒྱང་རྒྱལ་བློན་ལ་མོ་པ། ཕྱིད་ན་བསྐྱི་མ་ག་འདི་ཆད། བརྒྱུད་ནང་དཔལ་ཅོ་ལྷུ་
འདྲ་ཟིན། རྣོ་ཆར་ཞལ་གྱི་སྨྲ་ཡི་དྲག ལྷ་ཆོས་སྐྱོང་བཀའ་ལྷུང་ཕེབ་ནང་ལྷུ། སྤྱི་ན་སྐྱིང་དཀར་བར་ཆད་ཆེ། དགས་ན་སྤྱི་དཔོན་ལོ་གྲང་ཐོ། གེ་སར་
རྒྱལ་པོ་སྐྱིང་ལ་བཞུར། དགུ་ལྷ་བཙན་རྒྱལ་སྤྲ་སོས་འཁྲུགས། ཙ་ཕྱིད་མེད་པས་རྒྱལ་བློན་ལ། བཀའ་ལྷུང་གསལ་པོ་སྨར་ཞོག་ཁྱིས་ཞུས་སོ་
ཆོས་སྐྱོང་གི་གསུང་ཐོན་ནས། སོང་ཉིན་ནམ་ཁའ་གསལ་དུས་ལ། རྒྱལ་བློན་ཙོ་ཙོ་གྲང་མེད་ནང་། མ་བྱུབ་དགུ་པོ་ཡ་མེད་དེ། སོང་ཉིས་
དཔང་ཐང་རྫོག་པ་དེ། མིག་ལ་ལྷག་རྒྱང་ཁྱུང་གདོང་ཟེར། སོང་ཉིན་ཟིན་པ་མ་ཕྱིད་ན། ཞག་མ་ལྷ་ཡིས་པན་ཆད་ལ། བདུད་རྒྱལ་ཞ་ནག་མི་གཅིག་དེ།

ཀླུ་ནད་ཁག་བརྒྱ།

༄༅། །ཀླུ་ཀླུམ་སྨན་ལ་བྱུར་བའི་ན། འཁོར་གཉིས་བཞིན་སྐྱུ་བྱུར་བའི་ན། གླིང་སྨན་མི་ལུས་ཆག་ཉིས་བརྡར། ཀླུ་ཀླུ་བྲུབ་པ་བཀའ་མོ་ཞེར།
དགའ་ལྡན་འཕྲུལ་ཞིང་ནུར་འཛིན་དང་། བཀྲུང་བས་དཔལ་ཕྱག་ཕན་མདའ་དར། གཡུ་ལྷ་དཔལ་ལྷ་མི་བཞིན་དགོས། དེ་ལྟར་གླིང་གེས་གོ་བ་ཕྱིས་གསུང་།
དེ་ནས་ཚོས་སྐྱོང་དེ་ལྷ་ཡུལ་ལ་ཕེབ་སོ། དེ་ནས་ཕྱོགས་རྣར་རྒྱལ་པོ་ལ་ཕྱག་བྲིས་བཙན་པོ་ཕྱག་དེ་ཙམ་ཞིག་མཛད་ནས་རིན་པོ་ཆེན་ནོར་རྫས་མང་པོ་
ཡིན་ཏེན་བཞག་ནས་བདུད་མོ་ལ་ཀྱུར་ནས་བདུད་མོ་ཕྱིར་ལོང་ལ་ལོང་ཉིས་རྒྱལ་བློན་རྣམས་རྩྭ་འོང་དགོས་བྱ་བ་ལོ་ར་རི་དྲག་ཅི་བདེ་ཁྱེར་ཕོག་གསུང་བས་
བཀའ་ཕེབས། དེ་བདུད་མོ་དེ་ཚོར་སྐྱིག་ལྷ་མཆ་དྲུང་ལ་ཕེབ་ནས་ཡ་ལྷ་མང་དར་སྨོན་ཕྱིར། ཁ་ཚང་དར་སྨོན་གྱི་གསུང་པ་ལྟར་ལྷ་སྐུས་དང་མདའ་མ་ཅོ་བོ་
མཛད་པས་རྒྱལ་བློན་རྣམས་ལ་ཀླུ་ཀླུམ་མགོ་འཛིན་ཞུ་བས་སྐད་ཆ་ཞེས་པས། རྒྱལ་བློན་རྣམས་ཀྱིས་གྲིས་ཕྱག་བཙན་ནས་གསུང་ཕོག་འདི་ཕྱོགས་རྣར་རྒྱལ་ལ་ཕུར་

ནས། སོང་ཉིས་ཕྲོག་རྒྱུད་རྒྱལ་བློན་རྣམས་གླིང་ལྷར་དུ་ཕེབ་རོག་ཞུ། ལྷང་ཉིས་ཕྲོག་རྒྱུད་རྒྱལ་ས་ཕྲོག་ལ་དགྲ་ལྷ་དང་ཐབ་མདའ་རྟེས་དཔལ་གང་བསྐང་
རྣམས་པོ་བྲང་དུ་ཕེབ་བྱེར་བའི་ཡིས་བྲིས་དེ་ལྷ་ལམས་ཕྱག་དུ་ཕུལ། དེར་དར་སྒྲོན་དེས་ཡ་དཔོན་མོ་ལག། ངས་ཕྲོག་རྒྱུད་དྲུང་ལ་གསུང་ཕྲིན་ཕུལ་ནས་
སོང་ཉི་ས་ཕྲོག་རྒྱུད་རྒྱལ་བློན་མཐོན་ཅི་ཞིར་གླིང་ལྷར་ལ་ཕེབ་དེས་པ་ཞེད། དེ་ལྟག་རྒྱལ་བློན་གྱི་བར་ཞུས་བྱེར་ནས་དར་སྐྱེན་དེ་གྲུ་ཁུངས་ཡུལ་དུ་སོང་
དར་སྒྲོན་དེས་གསུང་ཕྲིན་དེ་རྒྱལ་པོས་ཕྱག་དུ་ཕུལ། རྒྱལ་བློན་རྣམས་ཀྱིས་ལྷ་མང་མོ་ལ་བྲི་བ་མང་པོ་བྱས། དེ་ནས་ལྷ་མོ་དར་སྒྲོན་དེས་བྱེར་བ། ང་རང་
གླིང་ལྷར་དེས་གཡས་ཕྱོག་ལྷ་སོང་བའི་དམག་ལྷར་དེ་ལྟར་འཇིག་ཆེན་བའི་བཏུབ་མ་ཐུས་ཡམས་དགྲ་ལྷས་མདུན་གཡོག་ཏུ་ཐྱི་ཚུ་ལེན་ཡིན་བྱེར་བའི་མ
སྲིན་ཅིག་བྱུང་ནས། ང་རང་ལ་སྐད་ཆ་བྲི་བ་མང་པོ་བྱས་བྱུང་ ང་རང་ཕྲོག་རྒྱུད་ཀྱང་མ་ཡིན་རྩོལ་དང་མདུན་མ་འཛོམས་རྩོལ་ཀྱི་བསྡོམ་རྣམས་བཤད་པས། དེས་བྲག་མཚང

༄༅། །ནས་གླིང་སྨན་རྒྱལ་བློན་བཀའ་ཁྲིམས་ལ་ཚོད། ང་ཟང་ཟིང་ཏེ་ཉོམ་དགུག་དགོས་བྱུང་། དེ་ནས་ང་ཟང་གིས་གཡོ་རྒྱུ་ཚོད་པས་བསྡོ་ཧུར་ཚད་ལུས་མེད་པར
ཞུས་པས། དཔལ་བྱུབ་རྣམས་བྱུང་སྨྱོ་ནས་དགེ་འཛིན་ཁྲམ་ནས་ཡ་ཚོན་ཆེན་པོ་བྱིན། ང་ཟང་དམག་དཔོན་རྣམས་ཀྱིས་རྒྱུ་ཁ་ལེན་ནས། སྨན་བཙུན་རེམས་ཅ་གཟུང་སྟོན་པོ་རྒྱུར་རྒྱུར
ཞིག་གི་ནང་ན་ སྐྱག་གདན་གཟིགས་གདན་མང་པོ་སྤྲིང་བ་ཞིག་གི་ནང་དུ་ང་ཟང་སྤྱོད་པས་ཤ་ཚང་འབྲུམ་ཐིག་གིས་གསྲིང་འཇིབ་མང་པོ་འདུག དེ་ནས་གླིང་རྒྱལ་བློན་རྣམས
ལྷ་གོ་སོ་ལ་བཀའ་ཁྲིམས་མཛད། དེ་ཡང་རྒྱལ་བློན་རྣམས་ཀྱི་གསུང་བ་ཐོག་རྐང་རྒྱལ་བློན་ཚོན་ལ་མ་ཕེབ་ཐ་མེད་ཡིན་གསུང་བྱུང་། ཧོ་ཆེན་བ་གསུང་ཕྱོགས་ནང་ལ་ཡོད་གསུང
དེ་ཡང་གར་དགོས་ཕྱུག་ཁྲིམས་ལ་གཞིའ་ནས་བྱུའ་ཆའ་རྒྱལ་བློན་རྣམས་ཀྱིས་ཞོག་ཐེར་ནས་ལྷུ་བ་སྤྲུལ། དེ་རྒྱལ་བློན་རྣམས་ཀྱིས་ཅི་བཀོད་ཡོད་བསམ་ནས་ཕལ་ཀར་དེ་རྒྱུ་ཡིག་་
ཐང་ཡིག་སོའ་རྒྱན་ལ་ཐོའ་པ་མེད་པ་ཡིན་པས་འདི་ལ་ཅིག་བཟོ་བྱེར་ནས་ཕལ་ཀང་ལག་ལ་བཞག་པས། ཕལ་ཀང་རིམས་ཁ་ཕྱེར་ནས་གོས་ཆེན་ཟ་འོག་ཁ་དོ་ཡི་ནང་ན་་

གསེར་དངུལ་སོགས་པས་ལྷག་བྲིས་བཀོད་ཡོད་པ་འདི་སྣང་སོ། མཆིད་ཡང་དམ་པ་མངའ་བདག་རྒྱལ་པོ་ལྷ་ཡི་དྲུང་ནས་བཀོད་པ་ལ་འདུམ་སྡེ་དམག་གི་དཔོན་པོ་

མངའ་བདག་གྲུ་གུ་ཕྲོག་ཐར་རྒྱལ་པས་ཞུར་དུ་ཞུ་བ་འབུལ་ཞིང་། རང་ནི་ཆགས་མེད་གླིང་དཀར་རྒྱལ་མཚོས་གདན་ས་མངའ་བདག་ཡོང་ཀྱི་རྒྱལ་པོ་འཛམ་གླིང་སེང་ཆེན་རྒྱལ་པོ་

ནམ་སློམ་ཞུ་རྗེ་པུར་འབུར་གནས། ལྷ་ཀླུ་གཉེར་གསུམ་ཀྱི་ཇོ་བོ། གནམ་བདུན་རབ་འབྱོར་རིགས་གསུམ་མགོན་པས་སྤྲུལ་པ་སྐྱེས་མཆོག་གེ་སར་རྒྱལ་པས་ཕྲི་དྲུང་ནས། ད་ལེན་

དགྲ་ལྷ་དཔོན་བློན་རྣམས་ཀྱིས་ཆགས་ཤེས་དེ་ལ་མི་འགྱོད་ཀ་མེད་ཞེད་དཔལ་ཙོལ་ཐོག་རྩར་རྒྱལ་པོ་གླིང་དགོང་པ་མ་འགྱུར་པ་ཞུ་བ་ཕུལ་ལག། སྐུར་སེང་ཆེན་དམག་པོན་

མཛད་ནས། མན་འཛང་ཧོར་དང་སྟག་གཟིག་སོག་པོ་ཧུས་བྲུག་ཟེ་བུ་བཙས་རྫོང་ཁག་དེ་བཞིན་འདུལ་བ་ལ་རྒྱབ་ལེན་པས་དཔོན་པོ། གསེར་ཞ་ཅན་གྱི་བླ་མ་

མཐུ་ཙོལ་ཅན་གྱི་སྤུན་པོ་སོགས་བློན་གྲག་བཞིན་མཐུ་སྣན་རྣམས་མགོ་འདྲེན་ཞི་མི་མང་པོ་ཐུང་། དེ་ཡང་སེང་ཆེན་ནོར་བུ་དགྲ་འདུལ་ལ་སྟག་ལྤགས་གཟིག་ལྤག་

ཞལ་ཁ་ཤར་ཞ

༄༅། །སོར་སོར་རྟགས་ཕྱིར་ཕྱམ་ཚོར་པ་ཁྲུན་ནས་སྐྱབ་འོག་ལ་ཚུར་འོང་ཐབ་མ་ཏོག ངར་ཐར་རྒྱལ་བློན་ཐུམས་སྣོ་འགྲུས་ཕྱེད་པས་དཔེ་མེད། འཛིག་རྟེན་ན་དཔེ་བཞིན་བཟང་ན། སྨིག་ཙན་དངས་ཆོས་ཐུབ་ཞ་བླ་མས་དྲུང་ལ་འགྲོ། མཉམ་རྒྱུང་མགོ་འདྲེན་ཞུ་ན་རྒྱལ་པོས་སྟོ་ལ་འགྲོ་ཐེར་བས་དཔེ་ལྟར། ཕྱེད་ནང་རྒྱལ་བློན་གྱི་དམན་གྱི་གྲིང་འཁྲུག་པས་བཞིམ། ནོན་རྟགས་བོན་ལུས་མེད་པས་རྗོད་དབ། སྐྱོན་པོ་དམར་སྲིད་བསྐུར་བས་ཁྲུག་གི་འཁོར་ལོ་བསྐོར་བས་རྐྱ་བ། དགོས་པ་མེད་པས་རྒྱ་གྲིང་འཁྲུག་ཞུས་མེད་པས་དགོས་པ་མི་འགྱུ། འདུན་མ་བསྒོ་དགོས་བསམ་ན་ནང་སེམས་ལ་དེ་ལྟར་ཞོག ནང་ཀྱང་དེ་བཞིན་འདུན་མིས་བོག་ལ་མམས་པས་དེ་ནང་... རྒྱལ་ཁབ་གཉིས་མི་དཔོན་སྲིད་ཞིས་ཕྱེད་པས་དགོས་པ་མི་འདུག་པས། ནང་གི་ལྷ་བསམ་ནུམས་དག་གི་སང་གཉིས་གཟའ་བཀའ་བཟུང་བས་དུས་ལ་རྒྱ་ཆེན་པོག ཐང་རྒྱལ་པོ་བློན་ཚོགས་འཁོར་བཅས་གླིང་སྐར་དུ་ཕེབ་བྱུབ་པ་ལྟ། དེས་ཕྱིན་ཉིན་བཞན་པ། གཡུ་ལྷ། དཔལ་ལྷ། གསེར་བའི་དཔོན་པོ། དབང་ཐུར་ཙན་གྱིས...

དགྲ་ལྷ་དང་མདན་མ་ཚོ་བོ་མཛོད་ནས། རྒྱལ་བློན་ཡུམ་རྒྱུ་ཚོམ་བྱོག་རྐང་རྒྱལ་ས་ལ་བབ་ངེས་པ་ཡིན་པས་དེ་ལྟུག་རྒྱལ་བློན་ཀོ་བ་ཡིས་བྱེར་ནས། རིའུ་ཆེན་ནོར་རྫུས་
དང་ལྷ་རིམ་སོགས་ཕིང་འབྲུག་ཟླ་བ་གསུམ་པས་ཚེ་བཅོ་བརྒྱད་ནས་སྟག་བྱང་ལྷ་གུར་མདུན་ཚོར་ནས་ཕྱུལ་བྱེར་བ་འདུག་པས། དེར་གྲུ་ཞུས་རྒྱལ་བློན་རྣམས་ཀྱིས་ལ་ལམ་ངང་མགོ་
སྐོར་བས་གཡོ་རྒྱུ་རེད་བྱེར། ལ་ལམ་གླིང་དཀར་འདི་ཟ་དགའ་ཆེ་བའི་མདུན་མ་རེད་བྱེར། དེས་སྐབ་ལ་སྙིང་གྲག་པ་དེས་རྒྱལ་བློན་མདུན་ཚོགས་རྣམས་བྱེར་བ། ཕྱིར་རྒྱལ་
བློན་རྣམས་ཀྱིས་བྱུག་ལ་དྲན་སྐྱོར་རྩི་འདྲ་འདུག ང་ཕྱིན་གླིང་གི་དྲན་སྐྱོར་ཕེ་འདྲ་ཡོད་བྱེར་ནས་གླུ་× ཨོཾ་མ་ཎི་པདྨེ་ཧཱུྃ་ཧྲཱིཿ ཨ་ལ་× ཐ་ལ་× ×
རྣམ་བྲིས་བར་བྲིས་ས་× དེ་རིས་གསེར་གླིང་× ས་འདྲས་ས་× གཡུ་མཚན་བྱང་སྒང་མ་རེད།། ང་འདྲས་ང་××
གསེར་གླིང་སྙིང་གྲག་པ་རེད།། དེ་ནས་རྒྱལ་བློན་ལ་ཕྱོག་པ།། བྱུར་ལ་དྲན་སྐྱོར་རྩི་འདྲ་བྱུང་།། ཁྲ་མོ་གླིང་…

༄༅། །དཀན་བདེ་བ་ལ། །འཇོམས་ཀྱི་ཡ་ཡ་མ་གྲིན་པས། །སྨྲན་པོ་ནི་ཡོང་བར་གི་ཐེམས། །བསྒོ་གྱི་མགོ་གཡོག་བྱས་
པས་ན། །ལྷ་ལ་དམྱུ་ག་བྱེད་རྒྱུ་མེད། །ཁྱེད་རྒྱལ་པོ་དགོང་པ་མ་ཚོར་ལག །དེ་འདྲ་མི་བྱེད་ཕོ་འདྲ་བྱེད། །ཉི་མ་
མེང་གི་གདོང་གང་ལ། །བཀའ་དྲིན་བྱུགས་ཆར་བསྐྱན་པས་ན། །བཀའ་དང་ཕྱག་བྲིས་དམ་པོ་མཛད། །རྒྱལ་བློན་
ལུ་ཡང་མི་འགྲོ་རྒྱུ། །གསུང་ཤོག་གླིང་དཀན་སྤྲོད་ལ་སྤྲོད། །ད་ནི་སྒྲིང་བསྒྲུམ་མགོ་འདྲེན་ཞུ། །ད་གར་ཉི་མ་འབབ་ཞིག་
བཞག །ཕྱི་མ་བླུབ་པས་རྫ་ཞིག་བཞག །ཡིད་ལིན་དེ་དང་ཚུང་པས་ན། །དེ་ཕྱོག་གསེབ་གླིང་ཊ་བར་འགྲོ། །
མགོ་འདྲེན་མདྲུན་མ་ང་ཡིས་གཏམ། །སྲིད་ཙ་འཁྱོད་པ་བྱེད་རྒྱུ་མེད། །ང་མི་གཅིག་སྤྱོག་ལ་འཇོན་རྒྱུ་མེད། །གསེབ་

གླིང་སྤྲོག་མགོ་མ་ཐོན་ན།། དེ་ཕྲོག་རྒྱལ་བློན་ཚི་དགོས་ལྡོམ།། ཕྲོག་རྒྱང་ཁྱེར་ལ་བསམ་པ་དཀར།། ང་མི་གཅིག་གི་ན་འཁྱོད་པ་མེད།
རྒྱ་ལ་མ་ལྷེད་ཁྲབ་བས་ན།། སྒྲུ་གླིང་མདུན་མ་འགྲུབ་ལེ་བྱེད།། བློ་སེམས་བསམ་པ་མཐུན་ལེ་བཟོ།། རྒྱལ་པོ་བཞུར་སོ་བདེ་ལེ་
བཟོ།། དེ་འདྲས་ཐབ་ཅིག་མ་ཐུབ་ན།། ཐ་མ་ཅི་ཡང་ཆ་མེད་རེད།། སོང་ཉིན་ལྷུར་གྱི་དང་པོ་ལ།། རྒྱལ་བློན་མང་པོ་སོང་བཞིན།།
གཡོ་རྒྱ་ཡར་ལ་གཙུག་ལེ་དེ།། ཟོར་ཅ་ཚུར་ལ་རྒྱང་ལེ་ཆིན།། ཐག་མེད་མཁྱེན་པ་ཡོད་མི་དེ།། སྲུ་ཡི་ཐེ་ན་གླིང་དཀར་
ཡིན།། ལ་ཚེན་ནུ་× གཡོ་རྒྱུ་མི་ལ་འགྲོ་ལེན་མིན།། ཁྲོ་གཏི་དཔོན་ལ་འགྲོ་ལེ་མི།། གྲུ་ཁྱུས་རྒྱལ་ལ་གླིང་གིས་
བཟུང་།། ཇོག་རྒྱང་མ་བདེ་ཚོ་ལེན་རེད།། ང་བློན་པས་དྲན་རྒྱུར་དེ་འདྲ་ཡོད།། ཁྱོད་རྒྱལ་བློན་ཐུག་ལ་དེ་འདྲ་ཞོག།

ཀྱུ་དང་པོ་གཅིག

༄༅། །གོ་ན་x མ་གོ་x ཅེས་བྱེར་བ་དང་ དཔོན་ཆེན་ཕྱོག་རྣད་རྒྱལ་པོ་དེས་ ཡ་རྒྱལ་བློན་རྣམས་ ཡང་ན་སྔོད་གྲགས་པ་ཡིད་རྣམས་
རྒྱལ་པོ་ང་ལ་བསྟི་པ་དཀའ་བས་སྐད་ཆ་ཟེད་དེ་ དེ་ཡང་གླིང་ཁྲིམས་མེད་འདི་རྣམས་ལ་དཔའ་བླུབ་དང་དམག་མང་དེ་ཙམ་ཎོན་དུས་ཁྲ་མེ་མདྲུན་མ་བྱེར་བ་ཅི་ཡོང་
སོང་ཉིན་ནམ་ཁའ་གསལ་དུས་ལ་ ང་རང་ཕྱོག་རྣད་རྒྱལ་པོ་གིས་ ཏ་དམག་བརྒྱ་སོ་གཅིག་ཙམ་ཁྲིད་ནས་སྨུས་དགྲ་ལྷུམ་གྱུར་ལ་གཏུག་ནས་རྣ་ཚོན་ཟལ་གྱི་
དང་རྫོད་མདའ་དར་ལ་གྲང་བྱེར་ དེ་བའི་ཆེན་ཞེས་ཟབ་གྲག་པ་དེས་ དེད་ཟང་རྒྱལ་བློན་ལ་སོ་?་པ་ སོང་ཉིན་ནམ་ཁའ་གསལ་དུས་ལ་ མོང་པོ་མི་འཁྲོ་ལྷར་ལྷང་
འགྲོ་ནས་རིན་པོ་ཆེན་ནོར་རྫས་མང་པོ་ཁྱེར་ཏེ་ གླིང་རྒྱལ་བློན་རྣམས་ཀྱི་སྤྱོན་ནས་ཉམ་ཆུང་མདོག་རྗེན་ནས་ཕྱག་རྗེན་རྣམས་ལྷ་སྨུས་དྲུང་ལ་ཕུལ་ནས་ཕྱིར་
ཉིན་དགྲ་ལྷ་དཔོན་བློན་རྣམས་སྐྱ་ཁུམ་པོ་བྲང་ལ་ཕེབ་ཕྱོབ་ཅིག་བྱེད་བྱེར་ དེ་ཕྱིད་ཀྱི་ཞེས་ཟབ་གྲག་པས་བྱེར་ལ་ཆག་བཞག་ནས་ སོང་ཉིས་གླིང་སྐྱེར་ལ་སྐྱ་

འགྲོ་ཐེར་ དེ་རིམ་རབ་གྲུར་པས་ཐེར་བ་ལ་སོང་ཉིས་འགྲོ་བ་ལ་ཟིན་པོ་ཆེ་ནོར་རྫས་མང་པོ་ཁྱེར་ནས་འགྲོ་དགོས་ སོང་ཉིས་ཕྱིག་རྐད་རྒྱལ་པོ་ཞིབས་
བྲུབ་མེད་ ཕལ་ཀར་ཚོས་པས་དཔོན་གཡོག་བཙོ་བརྒྱད་ཙམ་འགྲོ་དགོས་ ཕལ་ཀར་ཁྱེར་ཟང་རྒྱལ་པོ་ཡིན་མདོག་བྱས་ནས་གྲིམ་ཕྲོ་ས་ལ་འདུག···
དེ་ནས་བྲུ་ཚོད་རྣར་ སྤྱོང་སྣག་དམར་ལྷུ་ སྤྲུལ་ནག་མེ་འབར་ སྨུག་ཚོད་ཁྱུར་གདོང་ ཙམ་པས་དཔལ་བྲུབ་རིམ་གྱི་འགྲོ་རྒྱུ་གྱིས་ཐེར་ དེ་རྒྱལ་བློན···
རྣམས་ཀྱིས་བྲུགས་རྒྱར་དེ་ལ་བཞར་ནས་དེ་ནུབ་ཀྱི་སྐབ་ལ་ཟར་ཟར་གི་སྨན་ལ་སོང་ དེ་མདོ་ཁོག་གླིང་གིས་ལྷ་དམག་རྣམས་ཀྱིས་སོང་ཉིས་སྨུག་ཚོད་བསྒྲང་བའི···
བྲུབ་ལ་ དགའ་བདེ་གིས་དངོས་མེད་ལྷ་འདྲེ་ཚིར་བའི་ཞར་པ་ མདའ་མས་མ་ཆེ་ཆེ་དབྱུ་ལོ་ལས་བྱས་པས་ལྷ་ཞར་དཀར་པོ་ནྲུར་འཛིན་ ཤན་པས་དཔྱུར་ཞར
གཡུ་ལྷམ་རྒྱ་ཞར་ ཕམ་སྨུག་འབྲུག་ཞགས་སོག་མང་པོ་ཡིན་དགོས་པས་བཀལ་ཡིབ་དེ་བཞིན་པས་སྨུག་རྐད་ཁྱུར་གདོང་དེ་ཉམ་ཙར་ན་ཞིས་འདུག་པས་ཁ་ཚང

ཕྱ་ངར་ལོ་ལི་ཁྲུལ།

༄༅། ། སྔོན་ནས་མདའ་ལྷུང་གང་ནས་ལྷ་རིས་སྐྱ་མི་དམར་པོ་ཞིག་འགོ ཞིམ་ཚན་དུས་མེད་ཀྲོན་ཚོང་ ང་དེ་ཞེས་ཐབ་ཙི་དྲག་བྱེར་བ་ལ། དེ་ང་རང་གླིང་གིས་མ་ཤེས་ཀྱང་གྲོ་མ་ནུ་མགོ་ཀུ་ཤེས་འོང་བྱེར། དེ་དཔལ་ཐུབ་ནུས་ཀྱི་ཁ་ཁྱེམ་བྱེར་བ་དེ་བདེ་འདུག་བསམ། དེ་གྲོ་མ་ནུ་མགོ་ལ་སྨྱུས་བྱི་བྱེར། ཁྲོ་ཐུར་གིས་གྲོ་མ་ནུ་མགོ་ལ་ངས་གྱི་བྱེར་ནས་གྲོ་མ་ཚོར་བ་བཙན་ནས་ཡ་གྲོ་མ་ནུ་མགོ་ལག ཁྱེད་ཀྱི་བསྐོ་གླུང་བཟང་གྱིས། གླུ་གླིང་མདུན་མ་བསྐོ་ཆག་ཡིན་པས་དཔོན་ཕྱོག་རྒྱང་ཀྱི་ཐབ་ཆང་མི་སྨུག་རྒྱང་ཡིན་ཀྱང་། སྨུག་རྒྱང་དེ་ང་རང་གི་ཧ་མི་གོ་འདུག་པས། ལྕེ་འཇལ་སྔོན་ནས་དགོས་ཀྱང་མི་ཞེད་འདུག་པས་ག་འདྲ་ཞིག་ཡིན་བྱེར་བས། གྲོ་མ་ནུ་མགོས་བྱེར་བ་ལ། ཡ་ཚོ་རེ་ཁྲོ་ཐུར་ཁྱེད་ཞ་མ་བཟུག་གང་ནས་ཐུས་ཚུར་གུག དཔོན་མ་འོང་གོང་ནས་ཁྲིམ་བཟང་བྱེད། ངས་ཐོག་རྒྱང་རྒྱལ་ནུས་ཙི་ངེ་མི་ཤེས་ནང་ནང་སོ་སོ་རྒྱལ་ཁག་ཁ་ཁ་ཡིན། ང་ནང་དཔོན་པོ་བཟུལ་རྒྱང་དེ་གླིང་གི་སྙིང་ང་གྲོ་མ་ནུ་མགོ་བཙན་ལ་བརྒྱུང་། སྨུག་རྒྱང་དེ་ངས་མི་ཤེས་བྱེར་ནས་ཁྲོ་ཐུར་ལ་

མ་བཤད། དེ་ཙམ་ཀླུ་ཡི་སོང་ནས་ངལ་བཤད་ནོག་མི་བཟོ་དུ་ཟེར། དེ་ནས་སྐྱེ་དཔོན་གྱིས་ངལ་བཤད་འོང་བསམ་ནས། གྲོ་མ་ལ་ཡ་ཁོ་རེ་གྲོ་མ་རྣ་མགོ་ལག ཀླིང་གི་ལྕུ་སྤྲལ་ཀྱི་སྐྱག་རྒྱང་བརྒྱང་དགོས་ཟེར་བའི་བཀའ་ཕེབ་བྱུང་། དཔལ་ལྡན་སྤྱུམ་ཏུར་མི་ཤེས་འདུག་པས། དེ་ཇི་འདྲ་ཞིག་ཟེར་བཤད་རོག་གྱིས་ཟེར། གྲོ་མས་ཟེར་བ་ལ་ངས་སྐྱག་རྒྱང་ཅི་འདྲ་ཞིག་ཡི་མི་ཤེས་ཟེར། ང་རང་དཔོན་མགོ་ཁ་ཁ་ཡིན་ཟེར། དེ་ཅི་འདྲ་ཞིག་ཡིན་གླིང་བས་ཤེས་ས་ཡོད། ཤན་མདན་གསུ་ལྷ་དཔལ་ལྷ་བཙས་དཔལ་ཛད་ཁྲམ་པས་དཔལ་བོ་དེ་ཧ་མི་གོ་འདུག་ཐབས་ག་ན་ཡོད། ང་ལ་བྲིས་ཏུང་ཅི་ལ་ཞེས་ཟེར་ནས་མ་བཤད། ཡང་སྐྱེ་དཔོན་གིས་ཡ། གྲོ་མ་དེ་འདྲ་མ་ཟེར་ཁྲིམས་མེད་ཁྲེར། ཁྲེང་སྐྱེ་སྐྱུག་མེད་པས་ལྷང་རྒྱན་དེ། རྒྱུག་རྟོག་མེད་པས་ཕྱིར་མ་འགོ། རྡོ་ཚ་མེད་པས་ཁྱི་རྒྱན་དེས་ཞི་ཙོག་མེད་པས་ཙ་པ་ཟ། མགོ་རྣ་མེད་པས་གྲོ་མ་ཁྲེར། སྐྱེ་དཔོན་ང་ཡིས་སྙིག་ཀླུ་བྱམས། མི་གྲིན་ཅན་ང་ལ་གྲིན་ལོག་དང་། རྟ་གྲིན་ཅན་དེ་ལ་ལྒྱུ་ཅན། ལྷ་དགོན་མཆོག་དེ་ལ་དད་ལོག ཁྲེར་དང་མ་བསྐོ་དེ་བཙོད་ནོག

༄༅། །ཤྲིས་སྲེར་ དེ་ནས་གྲོ་མ་ཅོ་ཡིས་བསོ་ལོང་ཡང་བསྐྱང་བྱས་ནས་ ཡང་ན་སྐྱི་དཔོན་རྒྱལ་པོ་ལེགས་ ཕྱེད་ཀྱིས་ང་ནང་སྨྱོག་ཀླུ་བྱས་སྟེན་ ང་ནང་གྲོ་མ་

གེས་དཔོན་གྱི་ཆེན་གེས་རྗེས་ལ་ཟེ་གོ་མ་ཆར་ནའི་ལུས་སྨན་ཁུང་བརྩུ་ལ་ལྐྱང་ དར་ཕྱེད་མི་རྣའ་བ་ཚེར་ཁྱེད་བསུ་པ་ཡིན་ན་ང་ནང་གཉིས་དམ་ཚིག་སྐམ་ དསྐུ་གནང་

ཟེར་བ་དེ་ཙམ་ཆེན་ཞིག་གི་མི་གཅིག་ཡིན་ ཞིག་གིས་བསྐུམས་ན་ཤ་སྤྲོ་བ་ མིག་དམར་བ་ རྣང་པ་སྐམ་པ་ ཁ་ཅན་རྒྱལ་ ཞེ་རྒྱང་དང་འདྲ་བ་ཕྲིག་ཡོད་པའི་རྒྱལ་བློན་

གྱིས་ལ་བརྡེ་ཐོན་ས་མི་འདུག་ དམར་ས་ལ་མི་འདུག་ བློན་གསུམ་གིས་མར་ཕྱང་ལ་འདུག་འོང་དས་ཡོང་ཟེར་ ཡ་ཕྱུམ་དར་ཏ་གོ་བསོ་ནས་གླིང་དཀར་རྒྱལ་བློན་གྱིས་

འདུན་བྲལ་འཁོང་ནས་ གྲོང་སམས་སྐུག་གནང་གྱི་ལོ་རྒྱས་བཟོད་པ་རྣམས་རྒྱལ་བློན་རྣམས་ལ་ཞུ་བ་ཕུར་ གླིང་སྨན་དེས་བྱུག་ཆག་དེ་ལ་བསྐྱང་ནས་དུ་ནུབ་སྐབ་སྤུ་སྐྱག་ཐང་ལ་

བཀྲུགས་ ཇི་མ་དེ་ཡིས་ཕྱིར་ཉིལ་ལ་གྲུ་ཁུས་རྒྱལ་བློན་རྣམས་ཁྱིམ་གོ་ཁྲ་ཧྲ་གྲལ་མང་པོ་སྐྱི་ནས་ཁྲ་དཀྱུང་རན་གླིང་སྨན་གྱིས་འགྲམ་དུ་སླེབས་ གླིང་དཔལ་བྱུབ་རྣམས་ཀྱིས་

ཚེ་བས་སྲི་ཐུལ་ནས་དགྲ་མེད་པས་ཉམ་སྟོན་ དེ་ནས་ལུས་གྱུར་དུ་གདོན་གྲངས་ ལུས་གྱུར་ཙང་ཙས་ཟིན་པོ་ཆེན་ཙོར་ཛེ་ས་མང་པོ་འཇའ་དར་ཕྱུར་ཙས་སྐྱག་ལྷག་གཟིའ

ལྷག་མང་པོས་དགྲ་མཚོན་སྒྲིགས་ནས་ལྷ་སྲིས་དགྲ་ལྷ་བཙན་རྒྱལ་དུང་དུ་ཅས་ཀང་སླ་ཟིས་དེ་ཐོག་ཅད་རྒྱལ་པོ་ཡིན་རྩལ་ཐུས་ནས་ཁྲིལ་ལ་འཁོད་ དེས་གཡོས་

ཞོག་ལ་བླ་ཅད་ཐྲ་ར་དེ་རྒྱལ་པོ་དང་ཆད་མེད་པ་འདུག་ དེ་འཁོར་རྒྱལ་བློན་དགྲ་པོ་དེ་ལྐག་ཅད་གྲ་འཛིག་རྒྱས་པར་ལྷར་དུ་བཞུར་ནས་ཞུ་གྲུས་གསུང་ལུས་ཐུས་པ་

དང་ དེ་འཁོར་བློན་པོ་དགྲ་དེ་ཀ་ལ་འཛིས་ནས་སྐོམ་ཚོན་དང་རྫུང་མདའ་ལག་ལ་གཟུངས་ནས་རོག་ཟིར་ཐུས་ནས་ལུས་གྱུར་སྐོར་ལ་འདུག་ དེར་ཅས་ཀྲང་སླུ་

ཟིས་དེས་མདུན་བཞུར་ཕྱིས་དཔོན་པོ་ལྷ་སྲིས་ཟིན་པོ་ཆེ་ ལྗིར་སླ་འཁོར་དང་བ་ཅེན་ཡོད་ལགས་ དེས་གླ་ཁུས་སྒྲིག་སྡུག་གི་ཞུ་དོན་ཕྱིས་གླུ× ཕ་ལ་×

ཐྲ་ལ་× སྐྱབ་གཞས་རྣམ་ཐོས་ལ་སོགས་པའི་༎ ཐོག་ཅད་རྒྱལ་པའི་རྗེ་དོར་རྣམས་ ༎ སྐྱུ་མ་གཡོལ་དེ་ཟིས་× མ་འདེས་མ་ ××

༄༅ ། ། མཛོ་ལྷུར་སྨུག་སྨུག་ཐང་ཁྲ་མོ་ཞེད ། ། ཁྲག་ཚོ་དམག་གིས་ཕྱིར་རྫོང་ནས ། ། རིན་ཆེན་གྲི་ཡི་ཡང་སྙིང་ནས ། ། གླིང་ཞིག
དཔོན་པོ་དགྲ་ལྷ་ལག ། ། ཞུ་བའི་སླུ་ལ་གསོན་ཞིག་གྱིས ། ། ད་འདྲེས་× སྨུག་པོ་རྩ་རྫོང་གོང་མ་ནས ། ། རྒྱལ་ཆེན་བརྒྱུད་གྱིས
ཙོ་ཅོ་ལ ། ། གྲུ་ཁུམ་ཕྱོག་རྐང་རྒྱལ་པོ་ཡིན ། ། ལྷོ་ལྷུན་རྒྱལ་པོ་ཚོ་བཞི་དེ ། ། གནམ་རྩོལ་ཁྱམ་ན་ཡེ་འདྲ་ཡིད ། ། ཚེ་བཞེད
མེ་སྨྲེ་འདྲ་མ་ཡི ། ། ནག་ལྷུང་སྨུག་ཐང་ཁྲ་མོ་ལ ། ། ཀུག་པ་ཐུག་རྫོང་མཁའ་ནང་ནས ། ། དཔོན་ཆེན་ཡས་རྐར་སྐྱུ་ཞིམ་ཡོད།
དེ་ལ་འགྲི་ལྷུན་སུ་རྒྱུ་ཡོད ། ། སྨ་ཁྲ་འཇིག་རྫོང་ནང་བསྟུད་ལ ། ། དཔོན་ཆེན་སྙིང་གྲགས་པ་ཡོད ། ། དེ་ལ་འགྲོ་ལྷུན་བཙོ་ལྔ་
ཡོད ། ། ཐུག་དཀར་འོ་མིས་ཕྱོག་རྫོང་ན ། ། ལེ༑་པའི་བྱུ་རྐང་རྒྱ་བ་ཡོད ། ། དེ་ལ་འགྲོ་ལྷུན་རེ་ལྔ་ཡོད ། ། སྦྲོན་མེད

ལྷག་ཕྱིའི་མཁའ་རྫོང་ནང་།། ཚོན་སྔོན་སྦྲུལ་ཞག་སེ་འབར་ཡོད།། དེ་ལ་འབྱི་ལྷན་བཞི་ལྷ་ཡོད།། སྨིགས་པ་ར་ཆེན་དུག་རྫོང་ལ་།། ཐྲོམ་ཆེན་ཁྱབ་ནག་མིག་གཅིག་ཡོད།། དེ་ལ་འབྱི་ལྷན་ལྔ་ལྷ་ཡོད།། ལྷོ་ཕྱོགས་སྟག་མོ་འཛིག་རྫོང་ལ་།། རྒྱལ་དསྟོང་སྟག་དམར་ལྷ་ཡོད།། དེ་ལ་འབྱི་ལྷན་བཅོ་ལྔ་ཡོད།། དེ་འདྲ་འདྲ་ཐྲོམ་ཆེན་དགུ་བརྒྱ་ཡོད།། ཟེ་ཟེ་མིག་ནས་འཐོང་ཚོང་མེད།། འབྱི་ཕྱོགས་དཔོན་པོ་གྲ་འབྲུམ་ལ་།། མཐོ་བའི་དཔོན་པོ་ཆེང་བརྒྱད་དེ།། མི་ཐོན་རྒྱུ་དང་བཅས་པ་དེ།། ད་ནི་རྒྱས་ལུས་ཁྲིད་ལ་འབུལ།། སྐྱབས་ཀྱིས་མགོ་འབྲེན་ཞུ་ལེན་ཡིན།། རྒྱལ་པོ་ང་ཡིན་རྒྱུན་ནོར་ལ།། དཔལ་གླུ་ཁྱུས་རྫོང་ཆེན་བཅོ་བརྒྱད་ཡོད།། གྲུ་ཁྱུས་རྫོང་ཆེན་བཞི་ཡིས་ནང་།། སེར་པོ་གསེར་རྫོང་དེ་དང་གཅིག།། སྔོན་པའི་ནས་རྫོང་

༄༅།། དེ་དང་གཉིས། །། དཀའ་ཐལ་འབྲེའི་རྫོང་དེ་དང་གསུམ། །། ཁྲ་ཚོས་ཀོ་རྫོང་དེ་དང་བཞིན། །། ནོར་བུས་རྫོང་ཆེན་
བཞིན་པོ་དེ། །། ད་ཅི་རྒྱལ་སྲིད་ཁྱོད་ལ་ཕུལ། །། གླུ་གླིང་མདུན་མ་མཛོད་རང་ཞུ། །། དཀའ་པོ་གླིང་དང་གྲུ་ཤུ་གཉིས། །།…
རྒྱལ་སྲུ་བརྗོད་བ་ཅི་ཐེད་རྒྱུར་མེད། །། བརྗོད་བར་མེད་པའི་འཁྲུག་པ་དེ། །། ལྷར་གླུ་གླིང་གཉིས་ལ་དགོས་པ་མེད། །། ཤན་དབྱུས་
ཙང་སྟོད་ཁྱིམ་ས་ཆར་ལ། །། དམར་ནག་ཕྱོད་ཀྱིས་བཞིལ་མ་དེ། །། དབྱུས་ཛོ་ཚོ་ཀྲུ་ཀྱུ་མི་ནི་དེ། །། རྗོད་བར་མི་ཐེད་ཀན་མེ་ནང་།
དབྱུས་ཛོ་ཚོ་ཤྲུ་ཀྱུ་མི་ནི་དེ། །། སྐྱོ་འཛམ་བུ་གླིང་གིས་འཛལ་མ་ཡོང་། །། ཤེད་གླུ་ཀུམ་བོག་གིས་འཛལ་མ་མེད། །། འཛམ་གླིང་
ཙོང་ཁྱིམ་ཚོས་སྐལ་ཆར། །། མི་ཤི་བའི་སྡོ་སྡེ་བཞག་མ་མེད། །། གསོར་པས་འཛལ་མ་ནག་ལེ་མེད། །། ཕོན་ཛོ་བོ་ལི་རྗེ་ད

དཀར་མེད་ཧཱུྃ་།། ཐུམ་ཕ་སྨོན་ཁ་རྒྱལ་ཆེན་ས་ནས་།། སྤྲིད་ཀྱི་བླ་ཀུན་ལ་ཤར་ལེ་དགོས་།། ས་དང་མོ་རྒྱུད་ཐུབ་ཞིམ་ས་ནས།།
སྟོད་འབྲུ་རྡུག་ཀུན་ལ་སྐམ་ལེ་དགོས་།། ས་བོད་ཡུལ་ཁར་རྒྱལ་ཆེ་ས་ནས་།། དབུས་རྫོ་བོ་ཀུན་ཀྱིས་འཛུལ་རྒྱུ་དགོས་།། རྫོ་
བོ་ཤཱཀྱ་མི་ནེ་དེ་།། དགོས་འདོན་ལེན་དགོས་མ་བསཾ་སྟེ་།། བོད་ལྷ་མས་འབྲེན་གཙོན་ཧཱ་ས་ཧྲུས་ནས་།། དམག་ཁྲལ་མའི་མི་
འབྲེན་དཀར་མེད་ཧཱུང་།། ད་ནི་ལྷ་སྲུས་རིན་པོ་ཆེན་།། ལ་ཆེན་རྡ་× ཚྭ་དམར་ཚྭ་ཡག་ཧྲ་ཙོར་བོ་གཉིས་།། ཇ་ལུ་བཟེན་
གདན་ལ་གཉམས་བཞག་དགོས་།། དངུལ་དཀར་ཏྲ་པའི་ཕྱིར་སློབས་དེ་།། བོད་དབུ་ནག་མགོ་ལ་སྐམས་བཞག་དགོས་།། རྫོ་
བོ་ཤཱཀྱ་མི་ནེ་དེ་།། ལྷན་སྒྲ་སྒྲིང་གཉིས་ལ་སྤུན་མོངས་དགོས་།། དེས་ནང་ནས་ཤཱཀྱ་མི་ནེ་དེ་།། ལྷན་སྒྲ་ལུས་ཡུན་ལ་བཞགས་

ཁ་[illegible]་ཞེ་ལྔ

༄༅། །རྒྱུ་དགོས། །ལྷ་འཁོར་བརྒྱད་ཁྲི་བཞིན་སྟོང་དེ། །བོད་ཡུལ་ལྷུན་ལ་ངོ་སྐལ་ཕྱིས། །ཇོ་བོ་མི་སྐྱོང་རྡོ་རྗེ་དེ།
ལྷ་སྲས་ཁྱེད་ཀྱི་བཞེང་རྒྱུ་དགོས། །བཀའ་སྣང་ལ་མེ་ཏེ་འདྲམ་ཡིན། །ལྷ་ཇོ་བོ་སྣང་ན་བབ་ཆེས་ཆེན། །ལྷུན་གྲུ་སྒྲིང་དེ་
ནས་འདྲེན་མ་འཁྲིད། །ལྷ་སྲས་བླར་ལ་དེ་འདྲ་ཞིག། །གོ་ན་× མ་གོ་× རྗེས་ཅེར་ནས་ དེ་འབུམ་བའི་དགྲ་ལྷ་མཚན་རྒྱལ་དེས་ཁྱེད་རྒྱལ་
བློན་ནུས་བསྐུན་པོ་མཛོད་དཔུས་རྩོ་རྗེ་བཏགས་ནུས་གསུམ་དེ་མ་དགོས་སྤྱིན་ཡིན་བླུན་མོངས་ཡིན་ ཁྱེད་གྲུ་ཕུ་ཡིན་པའི་ཁྲུན་རྒྱུ་མེད་ ངེད་གླིང་བ་ཡིན་པའི་
བཞག་རྒྱུ་མེད་ བོད་འཛམ་གླིང་འཁོར་བའི་ཟི་དོར་ཡིན་ དགོས་ཞེར་ན་སྐྱོ་ཐགས་སི་ཕུ་ཆར་ ངོང་ཚོར་ནུག་གླིང་གིས་མདུན་མ་དེ་ ཞིག་གིས་བསྐོ་ན་
འགྲུབ་ལུག་ཡོད་ཟེར་ནས་དགྲ་ལྷའི་སྐུ་× ཨ་ལ་× ཐ་ལ་× གླུ་ནེ་ནེ་ལེན་པ་ལྷ་ལ་ལེན། །ལྷ་གོང་མས་ངོ་སོ་སྐྱོང་ཉིས་ལེན།

ས་འདིར༔ མདོ་ལུང་སྟག་ཐང་ཁྲ་མོ་རེད།། ཁྲ་མོ་དམག་གིས་སྐྱིད་རྫོང་ནས།། ལྷ་གུར་དཀར་པོའི་ནང་བཅས་རེད།། ཞིང་
ཆེན་ཁྲི་ཡིན་ཡང་སྐྱིད་ནས།། ར་འདྲའི༔ སྨུག་པོ་ཚོད་གིས་གདུང་རྒྱུད་ལ།། དཔལ་མི་འགྱུར་དགྲ་ལྷ་བཙན་རྒྱལ་ཡིན།། དེ་
ནས་རྒྱལ་བློན་ལ་སོགས་པ།། ཉེན་དང་འདྲ་མ་འགག་རེད་ཡོད།། འཛིག་རྟེན༔ གང་དཀར་བཞག་པས་ཕོ་ཐུང་སེང་།། མགོན་
གཡུལ་ར་མཐོ་འདོད་ཆེ་བའི་ན།། མཐོ་ཆེ་ན་གང་རི་ཉི་མའི་ལྷ།། དགོང་གིས་གཡུལ་འབྲུག་སྟོན་པོ་དེ།། སྐད་སྒྲ་གྲག་ཚད་མ...
ཐེབ་ན།། གྲག་ཆེན་ན་ཚོར་བྱ་ཐུང་ལ་ལྷུང་།། ལྷུན་ཁྲ་མོ་ཚོར་བའི་མགོ་དཔོན་དེས།། ཁྲིལ་སྲིད་པ་དམ་ཚོད་མ་ཐེབ་ན།། དར་ཆེན་
རྒྱལ་ཆོས་མི་ལག་ཐོར།། དེ་ཞེར་ལེ་སྐྱ༔ ལ་ཆེ་རྣ་མའི༔ ཚོམ་དར་མདུན་མ་ལུས་བཅམ་དེ།། ད་ནང་ནས་ཅིས་ལྷ་མོ་ལ།།

ཕྱིར་ཁ་བཟླས།

༄༅ ། ། སྐུ་ཞེས་མཁའ་ནམ་འདི་ཅིག་ཕྱུང་ ། ། རྒྱལ་བའི་སྐུ་བཞུགས་འདྲ་མདོག་ཁར་ ། ། རྒྱལ་པས་སྐུ་བཞུག་མི་འདྲ་བམ་ ། ། གཡོ་
པས་ཡིན་མདོག་ཕྱུས་པ་འདྲ་ ། ། འདུན་མ་ཕོ་འབྲུ་མི་ཤིས་ཤིས་འདུག་ ། ། ཕ་ཀུང་ར་ཡིས་རྗེ་མོ་ཡིན་ ། ། ཐུ་ཁྲེ་གཡུག་སྟོན་པས་
སྤུང་སྐད་དང་ ། ། ལྷུང་རླུང་ཕྱུས་ཀྱི་སྐད་ལོག་གཉིས་ ། ། མི་འདྲ་འདུག་སྐེ་འདྲ་རྒྱུ་བྱེད། ། ཐོག་ནང་རྒྱལ་པས་སྐུ་གཞུང་དང་ ། །
གཡོ་པས་ཡིན་མདོག་བྱེད་ལེ་གཉིས་ ། ། མི་འདྲ་ཕྱུས་ཀུང་འདྲ་རྒྱུ་བྱེད་ ། ། དེ་རིགས་རྒྱལ་བློན་ལ་སོགས་པ་ ། ། གླུ་གླིང་མདུན་མ་
འཁྱབ་ལེ་དགོས་ ། ། རྒྱལ་བློན་ཕྱག་ལ་དེ་ལྟར་ཚོགས་ ། ། གོ་ཙ་× མ་གོ་× ཅེས་ཐེར་ནས་ དེན་དཔལ་ཕྱུབ་སྐྱི་དཔོན་ མདུན་མ་སོགས་
ཀྱིས་གྲོང་འགྲོན་བཞུག ཤན་པ་རིམ་གྱུར་སྐོར་ནས་ བྱུར་ལྷུང་ཕྱུག་ལ་སྐྱས་པས་ དཔལ་ཕྱུབ་ཉིས་དར་དང་བཅན་རྒྱན་ལྕུག་པ་མང་པོ་ཁྱུ་ནས་ ཚེ་མི་ཚེ་ཞེས

སྐར་ལ། ཤན་པས་ཐེར་བ་ལ་གླིང་གིས་དམག་དཔོན་ནིས་ཟུང་ལྷུང་ཕྱུག་ནས་དམག་མང་པོ་གཅིག་བྱུང་། འདི་བོད་དམག་འདྲ་བ་ཅི་ཞེ་ཟེར། དེ་གླིང་བས་
འདི་སྨུ་རེ་གོང་རེད་ཐེར་ནས་ཁྱུར་སྒོ་ལ་བྱུང་། ཁྲ་ཁུས་རྒྱལ་བློན་ནུས་ཀྱི་ར་ཡག་མ་ཐུབ་བསེ་ནས་ཐམས་ཅད་ཁྱུར་སྒོ་ལ་བུད་བྱུང་བའི། དེས་སྐྱ་ལ་དགའ་
ལྡན་ཆོས་སྐྱོངས་རེས་ལྷ་འདྲེན་བཙམས་པས་ཞག་པ་དེ་འཕང་ནས་སྐྲག་སྐྲད་གིས་ཀོན་ལ་བཀན། ཤན་པ་དང་གཡུ་ལྷ་དཔལ་མོ་གསུ་གིས་ཞག་རེ་རེན་
ཡར་ནས་སྐྱག་རྒྱད་སྐྱེ་ལ་བསྐོན་ནས་ཕྱིན། མདའ་མས་མ་ནེ་ཙེམ་ཞག་པ་དེ་ཡར་ནས་སྐྱེ་ལ་བསྐོན་ནས་[དཔྱུང]ཕྱིན་བྱུས། སྐྱག་རྒྱད་རྡེས་ཞག་པ་དེར་ལག···
པས་འཇུམས་ནས་རཔལ་ཐུབ་བཙོ་རྒྱུད་ཙམ་དང་ལྷ་འཇོམས་ཞལ་ནས་ཕར་ཕྱིན་རྒྱུབ་ཐེན་བྱུས་སྐྱབ་ལ། དེ་ཁྲ་ཁུས་རྒྱལ་བློན་ནུས་ཀྱིས་ཆིབ་ལ་ཕྱིན་ནས་སྐྱར་དེས་
ནར་ནས་ཕྲིས་བསེ་པས། གླིང་དམག་ནུས་ཀྱིས་བརྩེ་ན་རྫོང་འཁོར་གསུ་ཕྱིན་ནས་དགྲ་རྒྱད་ཤོར་ཡངས་བསེ་ནས་དེ་ཐོན་བྱུས། ཅོ་ནུས་འགྲོ་མ་བཙུད་ནས···

ལྷ་ཤར་ཀླུ་བཙན།

༄༅། །གླིང་དཔལ་ཐུབ་རྣམས་ཀྱིས་བཀག ཧོ་སྨན་ནད་ནས་སྐྱུལ་ནག་མི་འབར་དཔོན་གཡོག་བཞི་དེ་ཐོན་ནས་དོན་དམག་གིས་གདུར་མ་ལེན་ནས་འཁྱི་ཤེར་ཅན་རྒྱུ་ཚམ་སྤྱོད་ཁྱུར་བས་སྨན་དེ་དཀྱིལ་བཞག་ཀྱུ་ནས་ཐོན། དེ་ནས་འཇར་སྨན་ཕྱིས་ནང་ནས་ཁ་ཁང་སྐྱ་ཞེས་དཔོན་བློན་བཞི་ཡིས་ཁྲིག་པ་ཞེན་བརྒྱུག་ནས་འཇར་བ་ཐུབ་རྣམས་ཀྱིས་གདུར་མ་ལེན་ནས་འཁྱུ་སྟོན་ཅན་རྒྱུ་སྤྱོད་ཏེ་གླིང་སྨན་ལ་ཐོན་སོང་། དེ་བྱུ་ཁྲར་ཉྭ་བ་དཔོན་བློན་ལྔ་དེ་གླིང་སྨན་ལ་ཐོན་ནས་དཔལ་ཐུབ་རྣམས་ཀྱི་གདུར་ལེན་མ་ཐུབ་ནས་འཁྱི་ཁྲ་ཅན་དུ་བཙུ་ཚམ་སྤྱོད་ནས་ཐོན། སྟོད་གྲག་པ་དཔོན་གཡོག་བཞིན་དེ་ཞི་བའི་སྨན་ལ་ཐོན་ནས་འཁྱུ་ནག་ཅན་རྒྱུ་ལྷ་ཚམ་སྤྱོད་ནས་སྨན་བཞག་ནས་ཐོན། དེར་ཁྱེའུ་ཀང་སྐྱ་ཞེས་དང་བྱུ་ཁྲར་ཉྭ་བ་སྐྱུལ་ནག་མི་འབར་གསུམ་ཡང་ཕྱིན་ལོ་རྒྱ་ནས་གླིང་སྨན་དུ་སླེབས། དེ་ཡང་དཔལ་ཐུབ་ཡུམ་ཀྱུར་གདུར་མ་ལེན་ནས། དེ་ཁས་ཀང་གྱིས་ཡ་ཁོ་རེ་གླིང་སྨན་ཁྲིག་མེད་རྣམས། ཐོབ་ཆེན་རྒྱལ་པོ་ཟླ་ཟེར་རྣམས་ཟེར་ནས་གླིང་སྨན་དེ་ལ་བསྐོར་ནས་ཐོན་ཕྱུང་། དེ་ཞིར

སྨྱོན་ཡ་མེད་འདི་གསུ་ཀྱིས་གླིང་སྨར་འདི་ཉིན་ལེ་ཅིག་མི་བྱེད་བསེ་ནས་དམག་དཔོན་རྣམས་ཀྱུ་ཁྱུས་དམག་དཔོན་གསུ་ཀྱིས་གདུང་ལ་འཚར་ནས་ཁྲུག་པ་
བྱེད་ སྐབ་ཅོ་གསུ་ཀྱིས་གླིང་སྨར་ནང་མ་ཐུབ་ནས་ཀླུ་ཁྱུས་ཤོག་ལ་ཁ་ཛས་སོང་ དེ་ནས་སྟག་རྣར་ཁྱུང་གདོང་དེ་ ཉི་མ་ཤར་ནས་ལྷ་འཛོམས་བྱམས་ནས་ཉི་མ་ཕྱིར་
ཅམ་ལ་དཔལ་སྨན་བཙོ་བརྒྱད་ཀྱིས་ཕྱོག་ལ་སྨྲོན་ནས་ཐུར་རིས་ལྷ་རིས་མང་པོ་བྱུས་ ཐུབ་མ་ཁོ་གྲི་ཁྱུ་བཞིན་རྡོ་ནས་ལྷུས་ཁྱུ་སྒྲོག་ལ་ཡི་སྐོར་བ་ལྷར་བྱས་
ནས་བཞག དེ་དཔལ་ཐུབ་རྣམས་ཀྱིས་འདི་མེད་པ་མི་དགོས་པ་བཞག་ཚིག་ན་འདི་ལེན་དབང་ཅན་ཞིག་འགི་ཟེར་ནས་ལྷ་སྲུས་ལ་ཞུ་བ་ཕུར་བའི་ ལྷ་སྲུས་ཀྱི་
དཔལ་ཐུབ་རྣམས་ལྟར་བ་འཛི་བདེ་ཀྱང་ སྟག་སྐར་དེ་ལྷ་དང་བེ་སར་རྣམས་ཀྱིས་འཁོར་དགོས་ཡོད་ཟེར་བ་བཀའ་མེད་དེ་ ཁོང་ཀྱང་དཔལ་བོ་འདི་སྲིད་མི་དགོས
པས་བྲ་ཅི་ཤི་འགི་ལྷས་ཟེར་ དེས་བཀར་ལ་རྒྱལ་བློན་ཀྱིས་སྲིས་འགྲོན་བྱེད་ནས་སྨིད་ཡོད་སྐབས་ལ་ སྨིང་ཕྱོག་ལྷ་ཡིན་པོ་བྲང་ནས་ས་རྟེ་རྣམ་མེ་

ཞང་ཞུང་ཁྲ

༄༅། །དཀར་མོ་དེས་ དགྲ་ལྷ་ལ་ལྷུང་བསྟན་འདི་སྐད་ ལྟག་རྒྱང་དེར་བདུད་ཀྱི་བྱ་ཡིན་པས་གླིང་ལ་ཕན་མི་ཐོག་དམ་པར་ཡིན་ ངར་ཇ་…

སྐབ་ཅིག་ལ་བཞག་པས་ན་ལྟག་རྒྱང་ཤོག་ནས་ཕྲི་ཆུ་ཕྱུར་ནས་ དུག་ཆུ་ནག་པོ་བཞིན་འཁྱིལ་ནས་ ལྟག་རྒྱང་དེས་སྨན་ལོ་རྒྱ་ཆེན་འདེབ་ན་ མཐུག་ལ་ཆུ

ཕྲོག་ལྷགས་ལ་འགྱུར་ནས་གླིང་བས་ཕྱོག་བདག་འོང་ཉེན་ དེ་ནས་ལྷ་ཕྲུས་དགྲ་ལྷ་བཙན་རྒྱལ་དེས་ ཡ་དཔལ་གྱུབ་རྣོས་བྱུག་བདེ་བ་མ་བཞུར…

འཇོག་གིས་ཕེབས་དགྲ་མ་བཞག་ལྷུར་དུ་འདུན་དང་དཀའ་ ཇ་སྐབ་གཅིག་ལ་ལྷུག་པས་ན་ ཆུ་མེད་ལྷག་ཕྲོག་ཐོབ་དོས་འདུགས་ ཡི་ཉིང་ན་གླིང་བ་བར་

ཙར་ཆེན་ ཕན་མི་ཐོག་ལྟག་རྒྱང་སྲིད་དགོས་འདུག་ དེ་ལྷུག་རྒྱལ་བློན་གོ་བ་གྱིས་ ཁྲུང་ཕྱུལ་ཕས་ལྟག་ཀླུ་མོ་དེན་ དམག་ཚོར་རྒྱལ་མས་སྐྱོད་བ་

ཡིན་པའི་རྣམ་ཤེས་ཕས་ལྟག་གིས་བདེ་ཆེན་ཞིང་ལ་གྲུང་སྒྲུབ་དགོས་སྤུང་ནས་ཕས་ལྟག་ཀླུ་མོ་ལྷ་མོས་རྩལ་འདུལ་བས་དུས་བབ་ཁྱིད་ལ་ཡོད་

སྲིད་པས་ཕོ་ཉ་བྱེད་ལ་བབ། འབྲིན་པའི་བླ་མ་བྱེད་ལ་བབ། རྒྱལ་བློན་རྣམས་ཀྱིས་གོ་བ་གྱིས། སྐྱུང་ནས་བཀའ་ཕེབས། དགྲ་རིན་འདྲ་འདི…

དགོས་པ་དེབ་ཅས་སྐྱབ་ལ་ཡོད་པས་དགྲ་བོ་དེ་སྲིད་དགོས་བསམ་ནས་དཔལ་རྗོད་རྣམས་ཕེབ་ནས་སྐྱག་ཟད་དེ་ལྷ་ཙམས་ཤྲིས་ལ་བསྐྱོད་ནས་དཔལ་ཙོ་དགྲ

བཙུ་གོ་དགུས་སྐོར་ནས་སྐྱག་རང་དཔོན་དེ་རྒྱལ་ཚབ་ཚུར་དུ་བཞུགས་ནས་དེ་སྐྱག་རང་དཔོན་པོ་ཁྲི་རྒྱལ་དེས་ཟེར་བ། ཡ་ཁོ་རེ་སྐྱག་རྒྱུད་ཁྱུང་གདོང་ལོ། ཁྱེད་རིག…

མ་འཁྱུག་ཆེན་པོ་བསྐྱང་། ངོས་དེ་རིང་བྱི་ཞིན་ཙ་བྲུག་རྒྱུད། ཚེ་རེ་གླིང་གི་དཔལ་བྲུབ་རྣམས། དཔལ་གུ་འབྲིད་པས་མགོ་ལག་རྣམས། ག་ཡོད་ད་ལྟར་ཁྱེད་ལ་ཞོགས།

ངས་དེ་རིག་འདི་ལ་ཙ་བྲུབ་བྱེད་ཟེར། དཔལ་བྲུབ་རྣམས་ཀྱི་གྲུ་ཀུ་སྲིད་པས་མགོ་ལག་རྣམས་རྟ་ལ་ཀས་ནས་འདྲུབ་གཡོག་རྣམས་ཀྱི་ཁྲིད་ནས་སྐྱག་རྒྱུད་ཀྱི་སྔོན་ལ་ཡ་ཁྲིད་མ

ཁྲིད་ཐུས། དེ་ནས་ཁྲོ་བྲུང་གི་སྐྱག་རྒྱུད་ལ་ཡ་ཧོན་དར་འདྲ་མ་འགག་རེ་ཡོད་ཟེར་ནས་གླུ་× ཨོཾ་མ་ཎི་པདྨེ་ཧཱུྃ་ཧྲཱིཿ ཅས་ལེ་× ཐ་ལེ་× གླུ་ཡིན།

ཉིམ་རྒྱ་ཧོམ་པར

༄༅། ། དམ་དགོན་× གསོལ་བ་འདེབ་× ཆོས་སྐུ་ལོང་སྐུ་སྤྲུལ་སྐུ་གསུམ། ། ཆོས་ལོངས་སྤྲུལ་པས་× མ་འདིས་× ×

མདོ་ལུང་སྔགས་ཐུང་ཁྲ་མོ་ཟེད། ། ཟ་འདྲིས་× སྙིང་པ་ཁྱིམས་ར་རྫོང་ནས། ། སྔག་ཟང་དཔོན་པོ་ཁྲོ་རྒྱལ་ཟེར། ། ཁོ་ཟེ་སྔག་རྣང་ཁྱུར་གཞོང་

ལོ། ། ཉིན་དང་འདྲ་མ་འགག་ཟེ་བཞ། ། ལུམ་དང་སྐྱེ་མོ་ཕེ་འདྲ་ཡོད། ། དེ་ཟིང་ཤི་བམན་ཞི་ཕྲུག་ཕྱིང། ། བསོ་ཤིམ་ཞ་སྔགས་ཟང་བཀའ་

ཉིན་ཡིན། ། ཕར་ལུམ་དང་ལྗེ་མོ་ཕྱུ་འབྲུ་འདྲུ། ། རྟ་ཟང་པའི་རྒྱབ་ཀྱི་མགོ་ལག་འདི། ། མཁའ་སྐྱོང་དམག་དཔོན་བཟླ་རྣོན་ཟེད། ། དེ་

ཟིང་ཤི་གསོན་བྲུག་པ་ལ། ། ཞུ་འཇལ་ཟན་མི་བཞག་ཚི་ལ་ཡིན། ། རྟ་སྔོན་པོ་རྒྱུ་ཀྱི་མགོ་ལག་འདི། ། ལེཀ་པའི་ཨ་ལྕུན་ཆོས་འཕེལ

ཟེད། ། བསྐུ་བྲི་བ་མི་ཕྱིད་ཚི་ལ་ཟེད། ། རྟ་དཀར་པོ་རྒྱུ་ཀྱི་མགོ་ལག་འདི། ། དཀར་སྔག་མདོ་བུ་སྔག་རྩེ་ཟེད། ། ཁ་ཇ་ཚང་མི་གྲང

ཅི་ལ་ཟེར།། རྟ་དམར་པོ་རྒྱ་ཧི་མགོ་ལག་འདི།། བཙན་རྒྱལ་རྒོད་པོ་དམ་ནག་ཟེར།། བསྟོ་ཚིག་གསུམ་མི་འཁྱད་ཅི་ལ་ཟེར།། རྟ་ནག་
པོ་རྒྱ་ཧི་མགོ་ལག་འདི།། རྒོད་པོ་ཐོག་ཁྲི་བྲུ་ལཙན་ཟེར།། ལུས་སྐྱིད་སྟག་མི་བཁྱད་ཅི་ལ་ཟེར།། རྟ་སྔོན་པོ་རྒྱ་ཧི་མགོ་ལག་འདི།།
ཡུ་ནེ་གཡུ་འབྲུག་གྲགས་པ་ཟེར།། བསྟོ་གྲི་བ་མི་ཧྲེང་ཅི་ལ་ཡིན།། ཚིག་གསུམ་སྐད་ཙ་མི་བཁྱད་པ།། ད་ཡན་ཆད་ཟོ་བྱུག་འོང་རྒྱུ་
མེད།། གོ་ཨེ་ཐལ་ཁོ་རེ་སྨུག་རྒན་དྲུ།། ཕྱིར་ཟང་ཞེ་ལ་རེ་འདྲ་ཞོག།། རྩིས་ཟླ་བ་དང་ སྨུག་རྒྱུད་ལ་ཟོ་ཚོང་མང་པོ་གྲིམ་ དེ་ནས་དཔལ་མོ་
ཡ་སྨུག་ཀླུ་མོ་རེས་རྟ་ཟབ་དཀར་ཕྱུར་སྐྱིད་གོང་ཚམས་ལྕུག་བཞི་ཟུར་ལ་ལྕུག་མཐའ་ཞིག་བཞིག་ནས་སྨུག་རྒན་གདོང་ལ་ཐུར་ནས་ཡ་ཁོ་རེ་སྨུག་རྒན་ཕྱུར་གདོང་ཉིན
ཕྱིར་མ་ཡིན་རིག་པ་ང་ལ་ཉིན་ ར་ཉི་དག་བཞེན་གང་དགའ་ལ་ ཡ་སྨུག་ང་ཡིས་སྨྲིས་མ་མཛད་ ཉིན་དང་འདྲ་མ་འདི་འདྲ་ཡོད་ཟེར་ནས་གླུ་× ཡ་ལ་×

༄༅། །བྲ་ལ༔ སྐྱབས་བླ་མ་ཡི་དམ༔ གསོལ་བ་འདེབས་སོ༔ སྤྱི་མཆོད་ཅིག་སྒྲོལ་མ༔ མཆོད་གཉིས་སྒྲོལ༔
མཆོད་གསུམ་ཞིག་གསུམ༔ གླིང་བཞིན་དག་པའི་ཕོ་བྲང་ནས།། རྗེ་སངས་རྒྱས་སྟོང་དང་རྩ་གཉིས་མཆོད།། བཀའ་འདི་དག་ཚོམས་
ལ་གསོལ་བ་འདེབས།། ས་འདེམ༔ མདོ་ལུང་སྔགས་ཐུང་བྲུ་མོ་ཞེང་།། ར་འདྲས༔ དཔལ་མོ་ཕས་སྔགས་ཀླུ་མོ་རྒྱེར།།
དེ་ནས་སྔགས་ནང་ཕྱུང་གཏོང་ཕྱིར།། ཞིག་པ་ས་འཁྱུག་སྐྱེ་པོ་སྟོང་།། གླིང་དམག་བརྒྱད་ཁྲི་བཞི་སྟོང་དེ།། དགྲ་ཐབ་པ་ཡིད་ལ
མ་བྲན་དང་།། འབྱུང་པའི་དགྲ་ལྷ་བཙན་རྒྱལ་དེ།། དགྲ་ཡི་བསམ་སེམས་ལ་མ་བྲུན་དང་།། དཔལ་མོ་ཕས་སྔགས་ཀླུ་མོ་ར།། གདུག
པས་སྒྲོག་བཙོང་མ་བྱེན་ཅིག།། དམག་དཔོན་སྔགས་ནང་ཕྱུང་གཏོང་ཕྱིར།། འཇིག་རྟེན་འཁོར་བའི་ས་ཆ་ན།། མི་ཐི་འདུག་རྒྱུ་སུ་

ཡང་མེད། །ཤི་དགོས་པ་ཞེ་ལ་ཡི་དྲན་དུ། །གླིང་སྣར་ཁྲ་མའི་མདོག་ཟུར་ནས། །ཤི་དགོས་དུ་བསམ་ནས་མ་སྡུག་དང་། །…
མ་འདི་ནས་ཤི་ན་འགལ་ཞིག་མེད། །ཕོ་བསོད་ཅན་མི་པ་ཡོད་ལེ་མིན། །འདི་གྲུབ་ཅན་བརྒྱུ་ཏུ་ལྷ་དམག་ཟེད། །མདུན་བཞུག
དཔལ་གྲུབ་སྐུ་ཚུ་དེ། །དགྲ་ར་རྒྱལ་ཚེ་དུ་མ་བསམ་དང་། །ཐུར་སྙིང་རྗེ་མེད་པ་ཅིག་ཁྱུང་མེད། །སྙིང་རྗེ་བདག་འཛིན་ཅུམ
པ་ལ། །འགྲོ་དོན་མིན་པ་ཅིག་ཁྱུང་མེད། །དེ་ནས་སྡུག་རྐྱང་ཁྱེར་གཏོང་ལོ། །མ་ཡི་སྐལ་ལྡན་ཟིམས་ཁྱི་བུ། །རྒྱུ་ལུས
ཤ་ཁྲིམ་ཕྱུང་པོ་འདི། །བདག་འཛིན་མེད་པ་གཡར་པོ་ཡིན། །གང་ཁར་སྟོང་བའི་ཟིག་པ་དེ། །རྩ་བླུར་བར་དོའི་འཕྲུལ་སྣང་
ཁྱུར། །གར་འགྲོ་ཇོ་ཐོ་ཟྭིན་པའི་ན། །སྡུག་རྐྱང་ཁྱེར་ཞང་ཟང་དབང་ཚེ། །ཞིང་ཁམས་གང་དགའ་འགྲོ་བའི་ཚོག །ཉི་མ…

ཉིམ་རྒྱ་དང་གཉིས

༄༅།། ཤར་གྱི་ཞིང་ཁྲི་ན།། སྨོན་པ་དགའ་བའི་ཞིང་ཁྲི་ཡོད།། མཁའ་འགྲོ་ཆེར་བ་འཁྱུཾ་གྱིས་སྐོར།། མཁའ་འགྲོས་ཚོགས་···
འཁོར་རྐྱིལ་ལི་ལི།། ཞིང་ཁྲི་དེ་ས་ན་ཕེ་འགྲོ་ལོ།། ཞིང་ཁྲི་དེ་ན་མ་འགྲོ་ན།། ཉི་མ་ལྷོ་ཡི་ཕྱིན་ཟོལ་ཙ།། ཟིན་འབྱུང་ལྷུན་
ཞིང་འཁོར་ཡོད།། མི་ཏོག་པདྨའི་གྲུབ་འཁོར་ཕྱུག།། མངས་རྒྱས་སྟོང་དང་རྩུ་གཉིས་བཞུར།། ཞིང་ཁྲཾ་དེ་ན་× ཞིང་ཁྲི་དེ་ན་×
ཉི་མ་ནུབ་ཀྱི་ཕྱིན་ཟོ་ན།། བདེ་བ་ཅན་གྱི་ཞིང་ཁྲི་ཡོད།། ཉི་ཟླ་པདྨའི་གདན་སྟེང་ན།། བཅོམ་ལྡན་མགོན་པོ་འོད་དཔག་མེད།།
ཞིང་ཁྲི་དེ་ན་× ཞིང་ཁྲི་དེ་ན་མ་× ཉི་མ་བྱང་གི་ཕྱིན་ཙ་× གཡུ་ལོ་ལྡན་ཀྱི་ཞིང་ཁྲི་ཡོད།། མཇུམ་སྐྱོལ་པ་འདུཾ་གྱི་སྐོར།།
ཞིང་ཁྲི་དེ་ན་× ཞིང་ཁྲི་དེ་མ་× བདེ་འགྲོ་ཐོག་པ་བི་ཀླུ་དཀར།། དེ་ནས་འགྲོ་ས་གང་ཡང་མེད།། མ་ལ་ལྷུམ་དང་སྐྱེ་མོ་

ལ་།།. སྤྲུལ་བའི་དཀྱིལ་ཁེཾ་རྩོ་བརྒྱད་དེ་ །། བར་ཧོ་ཧོ་ཧོ་ ཡི་ཞིས་དུ་ །། མར་སྨིས་དཀྱིལ་བའི་ལྷུག་ལྷུལ་དེ་ །། འཛིག་ཀྲག་
ཙི་འབི་ཉམ་ལན་ཅིས་ །། ལ་དམར་པོ་མདོག་ཕེར་ཆེ་བ་དེ་ །། དཀྱིལ་བའི་གཤན་ལ་བྲེ་པོ་ཞེད་ །། འགྲོ་དགོས་ན་དཀར་ནར་ཕེ་
ཁ་དུ་ །། ལ་སྨོ་དེ་ཡི་གཡས་ཟླུར་ལ་ །། འཛིག་པའི་ཐུང་ཆེ་ཡོད་ལི་འདི་ །། དཀྱིལ་བའི་ལྷག་སྐྱིག་ཐུང་ཆེན་ཞེད་ །། འགྲོ་དགོས་
ན་དཀར་ནར་ཕེ་ཁ་དུ་ །། ཐུང་ཆེན་དེ་ཡི་གཡོན་ཟླུར་ན་ །། ཆུ་ཆེ་ཐ་ལྒུག་འཁྱིལ་བ་དེ་ །། གཤན་ཆུ་ཁེཾ་པ་ཟབ་མེད་ཞེད་ །། འབོག་
ན་ཆེད་སྨྲང་ཕེ་ཁབ་དུ་ །། ཆུ་ཆེན་དེ་ཡི་པ་ནར་ལ་ །། གླང་ཆེན་བསམ་གྱི་མི་ཆག་པ་ །། ཐམས་མེད་མི་གོས་ས་ཆུ་ལ་ །། པོ་མོ་འདྲིཾ་
ཕྱི་སྐྱོར་ལི་གདའ་ །། ལྷག་སོད་ན་མི་ཚད་ཕེ་ཆེད་དུ་ །། གླང་ཆེན་དེ་ཡི་མ་ནང་ལ་ །། མདོ་ཆེ་ས་ཞིག་ཡོད་པ་དེ་ །། གཡས་གཡོན་

ཉིས་རྒྱ་དང་གསུམ་

༄༅། ། ལྟག་ནི་ཁྲངས་ནི་ཞེད། ། ལྟག་ནི་ཁྲང་ནི་བར་ཚོ་མ་ནས། ། འཇིག་སྟག་ཆེ་བའི་དཔོན་པོ་དེ། ། མི་མགོ་སྔོན་པའི་དོམ་ཁྲ་

ཅན། ། མི་རྒྱུ་སྔོན་པས་སྐྲ་རག་བཅིར། ། ཉེས་རྒྱུན་ཚེ་འདས་གྲངས་མང་དེ། ། ལམ་མཁན་ནུ་མ་ལ་ནུ་ཚོག་ཀྱི། ། བསྐྱོད་

བཏུབ་སྔུང་བསྐྱལ་ཁྲིམས་ཀྱི་མནན། ། འཇིག་པའི་དཔོན་པོ་ཚོས་རྒྱུ་ལ། ། ཟླ་དགོས་ན་འཇལ་དར་ཡོད་ཤི། ། མིག་ཞིག

དམྱལ་བའི་སྨག་ལྷུལ་ལ། ། འགྲོ་དགོས་ན་དཀའ་སྔུང་ཡོད་ལི་མིན། ། གོ་ན་སྨུག་རྒྱུད་ཞུག་× མ་གོ་× ཅེས་ཟེར་ནས

མཛུན་གྱི་ནམ་མཁའ་ལ་སངས་རྒྱས་སྟོང་རྩ་གཉིས་དང་ཞིང་ཁམ་སོགས་མང་པོ་མཐོང་ ཞིང་ཁམ་དེའི་ཕྱོགས་ནས་སྐྱུ་འགྲོ་མང་པོ་འཁྲིད་པ་མཐོང་

ཚོས་ཀྱི་སྒྲ་དེ་ནི་ནི་ཡོད་པ་མཐོང་ ཞིང་དཀའ་གིས་ཡིད་ནང་ མར་ཅིག་ལྷམ་པས་ དམྱལ་བའི་ལམ་མཁན་ནུམ་མིག་གི་མཐོང་ནས····

སྡུག་བསྔལ་ཅན་གྱི་འགྲོ་བ་མང་པོ་མཐོང༌ སྡུག་རྒྱུད་དེ་ཡིས་བསམ་པ་ལ། དར་དགྲ་ཕ་པ་སྙིང་གི་ཉེས་སྐྱེན་བཙན་ལ་གཟུང་ ད་ནས་བཟུང༌
སྙིན་དཔོན་གྲོག་རྒྱུད་ལ་ཞེ་བ་འཁྲུབ་པའི་རེ་བ་ནི་ཡོད་མ་གྲིས། སྙིང་དཀར་རྒྱལ་བློན་ཁྲིམ་འབར་འདི་རྣམས་ལ་མཐོ་འདྲེ་ཞི་བ་ནི་མེད། འགྲོ་བའི་དུས
ལ་བབ་ན་མཐར་ལྟུས་ནི་དགྱེལ་བ་རེད། དེས་ན་འགྲོ་མི་འགགས་པའི་ཐབ་ཚི་གྲུག་བསམ། ཡར་ཞིང་ཚི་ལ་འགྲོ་བའི་དབང་ནི་རང་ལ་མེད། ཞིང་ཚི་ལ་ཁྲིད་ཐེར
བའི་ཕས་སྡུག་ཐེར་བ་དེ་ག་ཡོད་བསམ་ནས་ཡ་སྡུ་མ་སྡུར་བྱས་པས། དམག་ཁྲི་དཔུང་ནང་ན་མེད། ཡར་སྙིང་ཕྱོགས་ལ་སྙིམ་པའི་ དཔལ་མོ་དེ་རིག་ལྷ་ལྷག
འོད་ནང་དུ་བཞུགས་ནས་མདའ་རར་དཀར་པོ་ཞིག་ཕྱག་ཏུ་འཛིན་ནས་མདའ་རྟེ་སྡུག་རྒྱུད་མགོ་ལ་སྟོད་པ་མཐོང་ནས། ངར་འདི་ཡི་རྟེའི་སྐུ་འགྲོ་བས་ཐབ་ཚི་དྲག་
བསམ་ནས། བསོལ་བ་འདེབ་ཕྱག་འཚལ་བྱས་ནས་ལྷ་མོའི་ཕྱོགས་ལ་རིག་པ་བརྟེ་གཅིག་ཏུ་བསྟོད་པས། ཕ་སྡུག་གི་བསམ་པ་ཡ་དེ་རིང་བདུད་ཅན་སྡུག་རྒྱུད་ཐེར་བ

ཐུགས་རྗེ་རང་འབྱིན

༄༅། །འདི་ང་ལ་འདུལ་བའི་དུས་བབ་ཡོད་ཐུགས་བསམ་ནས། ཡ་ཉིན་དང་སྐར་ལྷན་རིག་ཀྱི་བུ། ཁྱེད་རིག་པ་མ་འཇུག་སྟེན་པོ་བསྟོད། ཨོཾ་མ་ཎི་པདྨེ་ཧཱུྃ༔
ཡ་སྨིན་དང་སྐལ་ལྡན་རིགས་ཀྱི་བུ། བར་དོ་ངང་ངོ་ནང་གི་གཟུགས། འགྲོ་ག་བསམ་ལྷ་ཡི་ཁྲ་མོ་རེད། མ་གཞན་ན་མ་རེད་ནང་ལ་རེད། རང་ལུས་ཞ་ཡིས་འཛིག་རྟེན་དེ།
ཉིན་ཕྱར་ལུས་དང་མི་འདྲ་བའི་ ཞི་ནབ་ཅིག་དང་ཁྱེར་མེད་མཐོང་། ཁྱེར་བར་དོ་ནང་ངོ་ནང་གི་ལུས། ཤ་ཁྲག་ཕྱར་པས་མདོག་ཟླིན་དེ། མཁའ་གྲུ་བཞིན་སྒོ་མོ་ཅིག
དང་འདྲ། ཕྱིབ་སྒོ་བར་སྒོ་མ་སྒོ་གསུམ། སྣང་བ་འཁྲུལ་པས་སྒོ་ཆེན་གསུམ། སྒོ་དེ་གསུམ་གར་འགྲོ་མེད་ལེ་ཡིན། སྒོ་མར་ལ་ཐུ་འགྲོ་ཡར་ལ་ཐོག། སེམས་མ་གཡེལ་
སྐལ་ལྡན་རིག་ཀྱི་བུ། བུ་མ་གཡེལ་རིག་པ་སྟོང་པོ་སྟེད། སྒོ་ཆེན་དགུ་བའི་འགྲོ་ཚུལ་ནི། ཞབ་ཀྱི་ཙ་ལ་ཕེ་འདྲ་གདལ། རྐང་བ་སྟོང་པས་རྩ་ལི་ལ། བྱང་
གིས་བྱང་ལ་སྐྱེ་པ་འདྲ། དེ་ན་ནག་འདི་ལ་འགྲོ་ལི་རེད། ཙ་དེ་ནམ་འགྲོ་ཡར་ལ་ཐོག། བུ་མ་གཡེལ་སྐལ་ལྡན་རིག་ཀྱི་བུ། འོག་སྒོ་རྩ་ཡི་སྟོན་པས་ཙ་…

རྒྱ་མཚོ་ཐང་ལ་འགྲོ་བའི་ཚོ་ ཚོ་དེ་ལ་མ་འགྲོ་× བུ་མ་གཡེལ་× ཀློད་པ་གང་དཀར་འཛིན་རྫོང་ལ་ སོང་མ་མཐོ་ལི་ཟིན་པས་ཚོ་ སྐྱོང་ཉིད་ཞིག་པ་འབྲེལ་

པས་ཚོ་ ཚོ་དེ་ན་མ་འགྲོ་× བུ་མ་གཡེལ་× སྤྱི་གཙུག་བདེ་ཆེན་ཕོ་བྲང་ལ་ མི་རྟོག་སྐྱེ་བས་ཚོ་གསུམ་ཡོད་ ཚོ་དབྱུར་མ་ཟི་མ་ཀྱུར་མ་གསུམ་ ཚོ་ཀྱུར་མ་

ལྷ་གནས་སྤྱན་པས་ཚོ་ ལྷོ་ནུབ་མུན་པ་ཐེབ་པས་ཚོ་ ཚོ་དེ་ལ་མ་འགྲོ་སྐྱོད་པོ་སྐྱིད་ ཚོ་ཟེ་མ་རྒྱལ་མཚོ་འཁོར་བས་ཚོ་ ཉམས་ཞེས་ཟང་འཁོར་ཐེར་པས་ཚོ་

ཚོ་དེ་ལ་མ་འགྲོ་སྐྱོད་པོ་སྐྱིད་ སྤྱི་གཙུག་བདེ་ཆེན་ཕོ་བྲང་ལ་ ལྷ་ལོ་དཀར་པས་ཚོ་ལོ་དེ་ ཚོ་དབྱུར་མ་དཀར་པས་ལྷ་ལོ་ཟེར་ སྙིང་ལྷ་ཡིས་ཡུལ་ལ་འགྲོ་ལི་ཟེར་

བདེ་ཆེན་ཞིང་ལ་འགྲོ་བའི་ལོ་ ཚོ་ལོ་དེ་ཡི་ཡུལ་དུ་འགྲིམས་ རིག་པ་མ་གཡེལ་ང་ལ་སྐྱོང་ འཕྲུལ་མ་ཐོར་སྐལ་ལྡན་ཞིག་གི་བུ་ ཕེ་མ་ཧོ༔ གནས་ལོག་

མིན་ཞིང་ཁམས་རྫ་ཡག་གླིང་ ངོ་མཚར་པདྨ་འོད་ཀྱི་ཞིང་ཁམས་ནས་ བོད་ཀྱིས་ལྷ་སྐལ་ཕེ་རྒྱན་ཟིན་པོ་ཆེན་ རྒྱལ་བ་ཞི་དྲག་གཉིས་ཀྱིས་འཁོར་

༄༅། ཕ་ཧྲི་ར་ར་ཕྱེ

༄༅། ། བཅས་བསྐོར་ མི་ཕྱུལ་སྐྱབས་མེད་ཕྱུལ་ལ་འགྲིམས་པའི་དུས་ ཐུགས་རྗེའི་འདྲེན་ཐབ་ཕོ་རྒྱན་ཁྱོད་ཀྱིས་མཁྱེན་ བྱ་ལིའི་འཕོ་བ་འབྱུང་པ

ཐིན་གྱིས་རློབས་ འཕོ་བ་མཁའ་སྤྱོད་དུ་འགྲུབ་པར་བྱིན་གྱིས་རློབས་ ལྷ་ཆེན་རྡོ་རྗེ་འཆང་ཆེན་ཐུབ་ཀར་ནས་ ཙ་བའི་བླ་མ་རྣམས་ལ་གསོལ་བ་འདེབས་····

མ་རྒྱུད་མཁའ་འགྲོ་རྣམས་ལ་× ཡི་དམ་ཆོས་སྐྱོང་རྣམས་ལ་× བྱ་ལིའི་འཕོ་བ་ཐེབ་པ་བྱིན་× འཕོ་བ་མཁའ་སྤྱོད་འགྲུབ་པ་× ཐུགས་རྗེ་ཆེན་པོ་འཕགས་

མཆོག་སྤྱན་རས་གཟིགས་ ཕྱག་སྟོང་སྤྱན་སྟོང་སྤྱན་རས་གཟིགས་དབང་ལ་ གཡས་པ་ཕྱག་ན་ཞལ་དཀར་ཕྲེང་འཛིན་ གཡོན་པས་མི་ཏོག་པདྨ་དཀར་པོ་རྣམས་

ཉན་ཐོས་བྱང་ཆུབ་སེམས་པས་འཁོར་བཅས་བསྐོར་ བྱ་ལིའི་འཕོ་བ་ཐེབ་པ་བྱིན་× འཕོ་བ་མཁའ་སྤྱོད་དུ་འགྲུབ་པ་× ནུབ་ཕྱོགས་བདེ་ཅན་དག་

པས་ཞིང་ཁམས་ནས་ སངས་རྒྱས་སྣང་བ་མཐའ་ཡས་འོད་དཔག་མེད་ ཞལ་གཅིག་ཕྱག་གཉིས་མཉམ་བཞག་ལྷུང་བཟེད་འཛིན་ པདྨ་ར་གས་···

མདོག་ཅན་གཟི་བརྗིད་འཕོས་ སངས་རྒྱས་འོད་དཔག་མེད་ལ་གསོལ་བ་འདེབས་ རིན་ཆེན་སྣ་ཚོགས་རྣོག་པས་ཁྲི་སྟེང་ནས་ བཅོམ་ལྡན་ཚེ་དཔག་མེད་མགོན་ཐུགས་རྗེ་ཅན་ ཕྱག་གཉིས་འཆི་མེད་ཚེ་ཡི་བུམ་པ་འཛིན་ སངས་རྒྱས་སྟོང་དང་རྩ་གཉིས་འཁོར་བཅས་བསྐོར་ སངས་རྒྱས་ཚེ་དཔག་མེད་ལ་གསོལ་བ་འདེབས་ དག་པ་ལོངས་སྤྱོད་རྫོགས་པས་ཞིང་ཁམས་ནས་ བཅོམ་ལྡན་རྒྱལ་བ་རིགས་ལྔས་ལྷ་ཚོགས་ལ་ སངས་རྒྱས་བྱང་ཆུབ་སེམས་དཔའི་ཚོགས་བཅས་བསྐོར་ སྤྲུལ་བཟང་སངས་རྒྱས་སྟོང་ལ་གསོལ་བ་འདེབས་ བྱ་ལིཾ་འཕོ་བ་ཟིན་པར་བྱིན་གྱིས་རློབས་ འཕོ་བ་མཁའ་སྤྱོད་དུ་འགྲུབ་པར་བྱིན་གྱིས་རློབས་ ཨོཾ་མ་ཎི་པདྨེ་ཧཱུྃ་ཧྲཱིཿ ཨེ་མ་ཧོཿ སྐྱབས་གནས་ཀུན་འདུས་སངས་རྒྱས་འོད་དཔག་མེད་ ཐུགས་རྗེ་ཆེན་པོ་འཕགས་མཆོག་སྤྱན་རས་གཟིགས་ ཕྱུབ་པས་དབང་ཕྱུག་པད་འབྱུང་ཞིག་འཛིན་ཚོགས་ བདེ་ཆེན་མཁའ་འགྲོ་རྒྱ་བའི་བླ་མ་ལ་ གསོལ་བ་…

ཕྱིས་ཆ་དང་དག

༄༅། །འདེབས་སོ་འཆི་བའི་དུས་ཀྱི་ཚེ། མི་རྟག་མཁའ་སྤྱོད་དབྱུ་མའི་རྣམ་ཤེས་དེ། ཙ་རླུང་སེམས་གསུམ་ཐིག་ལེ་ཧྲཱི་ཡིས་སྐར། རྣམ་ཤེས
ཕ་ཁྲག་ཁུ་བ་རྡུ་ཏིས་སྤྲུ། རྣམ་ཤེས་ཙ་ལེ་དབྱུ་མའི་གནས་སུ་དྲོངས། ཕྱི་མ་བདེ་ཆེན་དག་པས་ཞིང་ཁམས་སུ། ཧཱུ་ལི་འཕོ་བ་སྦྱོང་པར་བྱིན་གྱིས
རློབས། འཕོ་བ་མཁའ་སྤྱོད་དུ་འགྲུབ་པར་བྱིན་གྱིས་རློབས། ཅེས་ཐེར་ནས་ཕཊ་ཕཊ་ཕཊ། ཡིན་གསུམ་ཕྱིས་རྟེན། ལྷ་མདའ་དཀར་པོ་དེ་སྤྱི་གཙུག
བདེ་ཆེན་གྱིས་ཕོ་བྲང་དུ་ཙ་ལི་མདའ་ལ་སྟོན་ནས་དག་དག་ལན་གསུམ་ཕྱུས་ནས། རེན་ཚོ་བར་སྨིལ་པ། བདུད་ཀྱིས་བྱ་ཡིན་པ། དབུ་འགྲོ་ཀློང་ཀུག
དང་འདྲ་བའི་རྒྱ་དབྱུར་མས་རེ་ནས་མེད་པས་དཔལ་མོ་དྲག་རྒྱལ་ཆེན་བའི། སྟག་རྣད་ག་ལ་བར་བཞིན་དུ་ཁ་གས་ནས་སྨུག་སྟུག་ལག་ཐིག
རྩོམ་ལེར་ནས་རྣམ་ཤེས་མདའ་འཕངས་པ་བཞིན་དུ་བདེ་ཆེན་གྱི་ཞིང་འཁོར་ལ་ལྷ་འཕོས་བྱེད་པ་ལྟ་སྤྱོང་དང་དཔལ་ཐོ་དཔལ་མོ་མཁའ་འགྲོ

ཆོས་སྐྱོང་ལ་སོགས་པ་མཐོང་ནས་ལྷག་སྣང་ཁྱུར་གདོང་དེ་བདེ་ཆེན་གྱི་ཞིང་ལ་འཁོད་སོ། དེར་གླིང་སྣན་དེ་ལྷག་ཆད་བྱུབ་པ་ས་དགའ་སྤྲོ་ཡི་རྩོལ་དུ་བཞུགས།
དེར་ནས་གྲུ་ཀུས་དམག་དཔོན་རྣམས་ལྷག་ཆད་ཐོར་བའི་ལྷག་ལྷུལ་ཞིན་དུ་ཆེན་བས་དམག་སྣར་དུ་ཕེབས། དེར་དམག་དཔོན་རྣམས་ཐོག་ཆད་དྲུང་ལ་ཕེབ་ནས
ཐོག་ཆད་རེས་ཡ་བློན་ཆེན་རྣམས་ཁོ་རྒྱ་ཨི་བྱུར། གླིང་དམག་དེ་རྣམ་འཇིག་ཚེ་ཆུང་ཉི་འདྲ་འགེ། ཚིག་གསུམ་གྱིས་གཡོ་རྒྱུ་གང་འདྲ་ཞིད་ཐོས། དགུ་ལྷ་··
དཔོན་བློན་རང་ཚོང་སྣར་ནང་སོང་ཉིན་ཁོང་ས་ཨི་ཡོད་ཟེར། དམག་དཔོན་ལྷག་ཆད་མེད་པ་ག་ཅ་ཐོས་ཟེར། ཁ་ཆང་དཔོན་བློན་རྣམས་ཀྱི་ངོ་ཐོར་ནས་ཙི་ཞེ་མ
ཕེད། སེམས་འཛར་བའི་ངར་ནས། ཁ་རྐང་རེས། ཡ་རྒྱལ་པོ་ལག་གླིང་དཀར་དེ་གསོ་མ་ལྕུད་པས་གསོ་ནང་མགོ་ལ་བྱུར། ལྷག་ཆད་གཟུང་ཐོར་བྱམ་ཟེར་བའི
ཞི་བ་ཕྱུལ། ཐོག་ཆད་རེས་ཡ་ཁོ་ཙ་དམག་དཔོན་རྣམས། དེ་འདྲ་སྣར་ཚ་དེ་ཙི་ཟེ། ལྷག་ཆད་དགུ་ཡི་བཟུང་ན་ཁྱེར་དཔོན་གཡོག་རྣམས་ཞ་གོ་མི་བཅར་པ་ཙི་ཡིན

༄༅། །ཕྱིད་ནུབ་ལ་དེ་འདྲ་མ་ཧོང་ཅི་ཡོད། ལ་ཆེན་སྟག་རྒྱང་དེ་དངོས་མེད་ལྟ་འདྲེ་དང་འདྲ་བས་ཕོ་ལྷ་མ་ཡིན་ཀྱིས་དོན་བླ་མེད། གླིང་བས་བརྒྱང་ལུག་ཅི་
འདྲ་ཟེར། མ་བསམ་སྣང་ཚ་གྲང་གཏམ་བཤད་ན་དགའ་ཟེར་བའི་བྲོ་བཞེས། དེར་ནས་དམག་དཔོན་ཕ་རང་སྐྱ་ཞིམ་དེས་ལུས་ཅན་གྱི་དར་གཅིག་བཞག་ནས། ཕྱིད་
རྒྱལ་པོ་དགོང་པ་མཆོལ་དང་དས་སྐྱིད་སྡུག་ཞུ་བ་ཕེ་འདྲ་ཡོད་ཟེར་ནས་གླུ༔ ཨོཾ་མ་ཎི་པདྨེ་ཧཱུྃ་ཧྲཱིཿ ཨ་ལ༔ ཐ་ལ༔ གླུ་བས་
གནས་དམ་པ་དཀོན་མཆོག་ལ། །དབང་ཕྱུགས་ལྷ་ཚ་གསོལ་བ་འདེབས། །ས་འདྲིས༔ གཡུ་མོ་ན་བྱང་ཐོང་མ་ཟེར། །
ར་འདྲས༔ དཔོན་པོ་ཕ་རང་སྐྱ་ཞིམ་ཟེར། །ཞུ་བའི་གླུ་ལ་ཕེ་འདྲ་ཡོད། །ཧ་མི་ཐོང་ཏྲི༔ རྡོ་ལྕགས་ཡག་ཐོག་གིས།
བསྟམ་བསོ་ཏེ། །ཐོག་འཁྱིན་པས་གཡུ་འབྲུག་ཐང་ལ་ལྡང་། །གང་དཀར་ཀྱི་མའི་ཞུ་བསོ་ཏེ། །གང་ཞི་མི་ཉི་མ་བཟླ

ཡི་བཟུང་།། གླིང་སྣར་གཡོ་ལ་བརྟུག་བསཾ་ཏེ་།། གཡོ་ཅན་འཚོར་སྐྱག་རྐང་བཙན་ལ་བཟུང་།། ཐུ་བ་ལིཾ་ལ་མ་ཐྲོས་ལག་།། གླིང་
སྣར་ཁྲ་མས་འགྱི་དམག་རེམས་།། བསང་སྨོན་པས་རུ་བ་བསྐྱང་ནས་ཐུང་།། གླིང་དཔལ་བྱུབ་ཆིབ་སྲིས་ཕྱོན་ལ་ཐུར་།། དགྲ་མིན་
པས་ཉིམས་ཙིག་བསྐྱནནས་འདུག་།། དེ་ནས་གླིང་སྣར་དཀྱིལ་ལ་སོང་།། ལུས་གྲུར་མཐོང་བ་ཁྲོས་གྲོལ་དེ་།། དཀར་པོས་
གུར་ལ་ཡ་ཚོན་ཅན་།། གསེར་ཏོག་གཡུ་ཁྲི་ཆ་བརྒྱུད་དེ་།། སེང་འབྲུག་གཉིས་ལ་ཆ་བརྒྱུད་འཛོམས་།། ཀ་ན་ཤིཾ་ཐུག་མ་དགོས་
པས་།། ཞིམ་ཆེན་གུར་དེ་ནང་གཟི་ཚོམས་།། དགྲ་ཅག་པོ་ངོ་སྟོང་མ་ཡིན་ཏེ་།། གུར་ནང་བཙུད་གསེབ་ཁྲིའི་གོང་གནོན་དེ་།། མིང་
ལ་དགྲ་ལྷ་བཙན་རྒྱལ་ཐེབ་།། ལྷོ་འཛམ་བུ་གླིང་གི་ས་ཆ་ན་།། དེ་འདྲས་སྐྱོན་པོ་ཡ་མཚོན་ཅན་།། ཞལ་རྡོ་བཙོ་ལྷུའི་དྲུང་

༄། ཕྱིས་ཀྱི་ངང་བསྒྱུར།

༄༅། །ཟླ་འདྲ། །སྤྱན་མིག་མཐོ་ཞིང་སྨན་རྩེའི་འདྲ། །སྐུ་སྟོད་ཞིམ་ཚེམ་ཚོམ་ཀྱི་རྒྱན། །མགྲིན་རྒྱན་ཡིད་བཞིན་ནོར་བུ་ལ། །བཀྲ་ཤིས་ལོག་དགུ་བརྩུ་གོ་དཀྱུའི་བསྐོར། །དམར་ཆུང་བུ་ཞིམ་བཙོན་མ་བྱས། །སྐན་ལ་གསེར་གྱི་རྒྱན་ཆ་དར། །སྐུ་ལ་གོས་ཅན་རྒྱ་སེར་གསོལ། །ཞིན་པོ་ཆེན་ཡིས་ཁྲི་སྟེང་བཞུར། །དེ་དང་མཐུན་མ་བསྐྱི་པས་སོ། །གླིང་པས་གཡོ་རྒྱན་འདམ་ལ་གྲོངས། །ཙོན་བདུད་ཟན་པ་རྒྱལ་པོ་དེས། །བོད་ཡུལ་ལུས་དམག་བཀབ་སྒྱུར་བྱེན། །དས་ལ་ཆེན་བདེ་ལེ་ཧོ་ཡོ་བསེ། །ཞེ་ལ་སུ་དགའ་བའི་རེ་སྒྱུར། །ཙ་བཙང་རྒྱལ་བློན་ལ་སོགས་པ། །དཀའ་པས་གྱུར་སྟོ་འགྲོ་བསེ་ཕྱུར། །མི་ནག་པོ་དུག་གིས་ཁ་ལོ་ཙན། །ལན་མེད་ཞགས་པས་སྐུག་རྣད་བཀྲར། །ཙ་བཙང་རྒྱལ་བློན་ལ་སོང་པ། །གྱུར་

དཀར་པོ་མགོ་འཛིན་འཕྲང་འཛིན་བྱས། ། འཛོམས་པ་རྣ་ཡིན་ཚིབ་ལ་ཁྱོན། ། དམའ་སྐར་དཔྱང་པས་བཀའ་བསྒོ་ཀྱང་། །
ཚོར་འཛང་གཉིས་དང་འཐམ་པས་ཐོག ། སྐྱིང་རེམས་ཐོག་དང་བདུད་སྡེ་ཕྲོག ། དུག་མཚོན་ལོ་འདབ་རྒྱས་འདྲ་འགེ། ། ར་རང་
རྒྱལ་བློན་ལ་སོགས་པའི། ། སྐྱིང་དགའ་ཁྲ་མོ་དཀྲིས་བཀག་རྒྱབ། ། དམག་མི་མང་པོ་ཁྲབ་ལ་སྒྲིས། ། སྟོང་དཔོན་མང་པོའི་
མགོ་རྟེ་བྲག ། དམག་སྐར་རྡུབ་ལ་བྱད་ཙོམ་བྱས། ། སྨུག་རྒྱད་མེད་ཙམ་བསོ་པ་པོས། ། ཕ་རྣང་ར་དང་སྨྱུལ་ནག་
གཉིས། ། རྒྱུད་ར་བང་དམག་དཔོན་གསུམ། ། སྐྱིང་སྐར་དེ་ལ་ཕྱིར་སློར་རྒྱབ། ། ཕ་གྱང་རེ་ཤིས་དམག་སྐར་ཀླུག །
ལུས་གྲུར་སྒྲོ་ལ་བསྟུག་བསོ་གྱང་། ། དཔལ་རྒྱད་མང་པོ་གདོང་ལ་བྱུར། ། ལྕུག་ཁྲབ་སེར་བ་རྒྱབ་འདྲ་བྱུང་། ། འགྲོ་བའི་

༄༅།། ཐབ་ལམ་མི་གཞང་ལག།། ཁ་ཕྱིར་ལ་མི་འཁོར་ཀ་མེད་བྱུང་།། དགྲ་བློ་ཉེས་ཁྲུན་ལྷག་དེ་འདུ་ཡིན།། རྗེའི་
རྒྱལ་པས་བྱུགས་ལ་× གོ་ན་× མ་གོ་× དེ་ནས་རྒྱལ་བློན་ཕྱིད་བསོ་པ་ཕོ་ནས་ཛ་སྣ་ཅིག་ལ་ཅི་ཡང་གསྲུང་རྒྱ་མ་བྱུང་ དེ་ནས་དཔོན་ཕྱོག་རྣང་
དེས་ཡ་བློན་ཆེན་རྣམས་ སེམས་སྐྱིད་པས་སྐྱིད་ལྷ་མི་ལེན་ཉེན་ ཡིག་ཕོ་པས་འདྲ་མ་འདི་འདྲ་ཡོད་ཟེར་ནས་གླུ་× ཕོཾ་མ་ཎི་པདྨེ་ཧཱུྃ་ཧྲཱིཿ ཁས་ལ་×
བྲ་ལ་× ཕྱོག་རྣང་ང་ཡིས་ཟེར་དོན་ནོམ་།། དེ་ཞིང་ཁས་ཕོས་ཕྲོ་ལ་པེབས་།། ས་འདེས་× གཡུ་མོ་ན་ཐང་× ར་འདྲེའི་××
དཔོན་ཆེན་ཕྱོག་རྣང་རྒྱལ་པོ་ཞེད་།། དེ་ནས་ནི་འདྲེན་དམག་དཔོན་ནོམ་།། བློ་མི་ཁེབ་མགོ་གཡོག་ཕྱེད་རྒྱུར་དེ་།། སྟག་རྣང་དགྲ་ལ་
རྒོར་བའི་སྣག་།། འདི་མ་ཚོ་བྱུ་བ་མ་འགྲུབ་ཕྱོས་།། ངས་ཁ་ཚང་སྨོན་ནས་རྫས་ལི་ལ་།། དཔལ་གྲུ་ཀུས་དམག་དཔོན་ཆེ་ལྷ་དེ་།།

ཁྲི་དམག་ལྔ་ཚམ་ཁྲིད་ནས་འགྲོ། ། གླིང་སྟག་ཁྲ་མོ་བསྐོར་དགོས་རྩལ། ། ཞེས་ཚེའུ་ཞེས་རབ་གྲགས་པ་དང་། ། གསེར་གླིང་སྟོང་
གྲགས་པ་གཉིས། ། དེ་འདྲ་མི་ཉམ་འདུན་མ་ཟེར། ། དེ་མ་ཐུས་གླིང་སྟག་ཐུབས་མ་ཡོད།། དེ་ནས་དམག་དཔོན་ལ་སོ་ཏྲ་པ། ། སེམས་ལ
ཅི་འདྲ་དྲན་བྱིས་ཡོད། ། ཐོག་ཆད་ར་ཡི་བསམ་པ་ལ། ། སོང་ཉིས་ནམ་ཁའི་གསལ་དུས་ལ། ། གླིང་སྟག་བསྐྱོ་དགོས་བསམ་བྱིས་ཡོད། །
ང་ཟབ་ཐོག་ཆད་རྒྱལ་པོ་གཅིག ། ཁྱེད་རང་ཁ་རྐང་སྤྲ་ཟིམ་གཉིས། ། ཡང་ན་བྱ་ཆང་ཐུར་གསུམ། ། ནུ་པོ་སྤྲུལ་ནག་མི་འབར་བཞི། །
ང་རང་དཔོན་བློན་ཁྱེར་བཞི་དེ། ། སང་ཉིན་གླིང་པས་སྟག་ལ་བཏུགས། ། སྟག་ཆད་ཐོར་བའི་ཟ་ལེན་དང་། ། དམག་དཔོན་
ཐོར་བའི་ཡང་ལེན་གཉིས། ། དེ་ཐུས་མ་ཕྱིར་ཁྱེ་དང་འདྲ། ། དམག་དཔོན་སྟག་ཆད་ཁྱུར་གཏོང་དེ། ། གསོན་ལ་འགེ་ན་ཁྲིད་

༄༅། །ལ་འོང་། །ལེན་ཅིག་མ་འཁྱིད་སྤྱོད་བྲལ་མེད། །གླིང་སྨན་མེད་པ་མ་བྱུབ་ན། །ང་ཕྱོག་རྒྱད་ཞི་བའི་ནི་དར་འདྲ། །

ཀོ་ན་× མ་ཀོ་× ཅེ་དམག་དཔོན་རྣོ་ཡི་ཀྱིས་ཕྱོག་རྒྱད་ལ་ལུས་ཀྱང་ཁྱུ་མ་ཕེབས་ བདེ་ཆེན་ཞིས་ཟབ་གྲུབ་པ་དེས་ཡ་ལྷུས་ཀྱི་རྒྱལ་པོ་

ཟིན་པོ་ཆེན་བྱུགས་ཀྱི་དགོང་པ་མ་ཚོ་དང་ཞི་བའི་གླུ་ཡ་ཕེ་འདྲ་ཡོད་ཐེར་ནས་གླུ་× ཕས་ལ་× ཐ་ལ་× མ་འདིས་× གཡུ་མོ་

ན་ཐུར་གང་མ་རེད། །ང་འདྲིས་× བདེ་ཆེན་ཞིས་ཟབ་གྲགས་པ་རེད། །དེ་ནས་ཕྱོག་རྒྱད་རྒྱལ་པོ་ལགས། །ལ་ཆེན་ན་མས་×

ཕྱོག་སེར་བྲག་ལ་རྒྱལ་བསོ་ཏེ། །ད་ལོ་ནོར་བུར་ལག་ནས་ཐོར། །རྫོང་བཙན་བྲག་དཀར་ལྷག་ནས་ཐལ། །འབྲུག་པོ་ཐུང་ གློ་

ཉིས་ཁྲུར་ལ་ཕྱོས། །ང་ཞིས་ཟབ་གྲུ་པས་བསོ་རྒྱུར་ལ། །གླིང་དཀར་པོ་གཡོ་རྒྱ་ཕྱེད་བསོ་དེ། །གླིང་དཀར་དཔོན་པོ་ཁྲིམས་

མེད་དེས།། ཕྱུག་རྒྱུད་ཁྱུར་གདོང་ལག་བཟུང་བྱས།། རྒྱུ་ལས་བློ་ཕྱོགས་མ་བཞག་ཏེ།། ང་ཤེས་ཟབ་བློ་ཉེས་ཁྲུབ་ལེན་ཟེར།།
ལུས་ཀྱི་རྒྱལ་པོ་ཟིན་པོ་ཆེན།། ཁྱེར་དེ་ཟིང་མ་ཤེབས་བརྗོད་ཟོག་མཛད།། དེ་ནས་བོད་ཀྱི་× རྒྱ་མཚོ་སྨིག་ནས་མ་སྐོར་
གང་།། གསེར་ཉ་མཚོ་ནང་ཤི་ན་དགའ།། བྲག་དཀར་ཁྲོག་གིས་མ་བསྐོར་གང་།། བྱང་དཀར་གཞོགས་ཀླག་མཁྱེན་ན་དགའ།།
ཐོག་རྒྱུད་བར་ཚར་མ་འོང་གང་།། སློན་པས་ཟོ་གོ་བཙར་ན་དགའ།། དཔོན་ཆེན་ཁྲོག་རྒྱུད་རྒྱལ་པོ་འདི།། སྐྱ་ལ་བར་
ཚར་བྱུར་བའི་ན།། འབྱུ་ལྡན་ཕྱེར་སྐྱོང་དྭག་བརྒྱ་དེ།། བདག་འཛིན་མགོ་དཔོན་སུ་ཡི་བྱེད།། རྗེ་ང་སྨུག་པས་ནང་སྐྱེ་
སུ་ཡིས་བྱེད།། སློན་ཆེན་དགུ་བཅུ་ག་དགུ་དེ།། མགོ་ནོན་དཔོན་པོ་སུ་ཡིས་བྱེད།། རྒྱལ་སློན་ཟླུ་ལ་ངེ་འདྲ་ཞོག།།

ཤེས་ཀྱེ་ར་ར་ཞེ་བ།

༄༅། །གོ་ན་× མ་གོ་× ཅེས་ཅེ་ཚམ་རྒྱལ་པོ་ངེས་ཡ་ཤེས་རབ་གྲགས་པ་ཕྱེད་རྡུམས། སྒྱུ་མ་རྒྱལ་པོ་ང་དང་བསམ་པ་མི་མཐུན། དགོས་ན་ཤེས་རབ་

གྲགས་པས་བློ་རྡུམས་ལོ་ལ་མ་སོང་། ལ་ཆེན་ཕྱོག་རྐྱང་ང་ཡི་བསམ་རྩོར་ཕེ་འདྲ་ཡིན་ཞེར་ནས་གླུ་× ཨ་ལ་× ཐ་ལ་× སྐྱབས་གནས་དབང་

ཕྱུག་དམ་× ས་འདེམ་× གཡུ་མོ་ན་ཐང་× ང་འཛོམ་× དཔོན་ཆེན་ཕྱོག་རྐྱང་རྒྱལ་པོ་རེད། །ཁེབ་བཙན་གྱི་དཔོན་པོ་ངེས། །

རྒྱལ་ཆེན་བཞིན་ཡི་ནང་ནས་ལུ། །ང་ཕྱོག་རྐྱང་འདྲ་ལེ་ཡོངས་རོག་མེད། །དགོང་སྨན་པ་གསལ་བས་ལྷི་ཟླ་དེ། །བཟླ་ནག་པའི་

ཐོས་ན་སྡུག་བསྔལ་ཡོད། །ཁྱུར་ན་དམར་དཀྱིལ་གྱི་ཁྱུར་དཀར་དེ། །ཐང་ཁ་བའི་གཟུང་ན་སྡུག་བསྔལ་ཡོད། །ང་དཔོན་ཆེན་

ཕྱོག་རྐྱང་རྒྱལ་པོ་ལ། །གླིང་དཀར་པས་བསྐོར་བའི་སྡུག་བསྔལ་ཚོས། །ང་ཕྱོག་རྐྱང་ཁྲ་མས་འཁྱོ་དམག་ལ། །གླིང་དཀར་པའི་

དཔུང་བྱུར་ཕྱིར་ནས་བྱུང་།། ང་ཕྲོག་རྐང་མི་འགྲོ་སྡོད་རྒྱུ་མིན།། ཉི་མ་དེ་རིང་གདོང་གང་ལ།། གླིང་སྨན་ཁྲ་མའི་འབུམ་དམག་དེ།། ཙ་འདྲེན་འཁྲུགས་པས་ཙ་བ་དེ།། བུ་སྡུག་རྐང་ཐེར་བའི་བ་ལེན་དེ།། ད་རེས་མ་ལེན་ཕྲོག་རྐང་མིན།། རྒྱ་མཚོ་ལྡིང་ནས་མ་སྐྱོར་གང་།། ཀླུ་བདུད་ཚང་ནས་ཕྱི་ན་དགའ།། འོག་ལྷུན་སྡུག་བསྡུལ་མ་རིག་གང་།། རྒྱལ་པོ་སྨོན་ནས་ཕྱི་ན་དགའ།། མི་འདུག་རྒྱལ་བློན་ལ་སོགས་པ།། ཕྲོག་རྐང་སྤྱུན་པས་དགྲ་ལ་གཏུག།། རྒྱལ་པོ་ང་ལ་སྐྱོད་མེད་ཡིན།། འགྲོ་བསམ་མི་ཡོད་ནང་རིས་འགྲོ།། འགྲོ་མ་བསམ་རྒྱལ་པོ་ཁེར་འགྲོའི་ཕྱིར།། ཕྱིར་བློན་ཚོགས་ཞེ་ལ་× ཐོ་ན་× ཨ་ཐོ་× རེ་བློན་པོ་རྣམས་ཀྱིས

རྒྱལ་པོ་སྤྱོལ་ཐབ་མ་བྱུང་བའི་ཧ་རྣམས་ལ་ཆ་རྒྱབ་ནས་རྩེ་རྫོང་རྣམས་ལུས་ལ་གསོལ་ནས་ལྷུན་བསྐུལ་ལ། ཚལ་རྐང་དེས་དར་གཅིག་ཕྲོག་རྐང་མདུན་ལ་བཞག་ནས

ཁྱིམ་ཕྱུ་དང་བཙུན་གཞིས་

༄༅།། ལྷུམ་ཀྱི་རྒྱལ་པོ་ནོར་པོ་ཆེན་ མངའ་བདག་གྲུ་ཀུམ་ས་ཀ་ལ་ ཁྲིན་ཆེན་དཔོན་པོ་ཐོག་ཀད་རྒྱལ་ བསོ་པ་ཡོམ་པ་ཁག་མེད་དེ་ སྐབ་ཅིག་མ་ ཐོན་བཞུར་དང་དགའ་ ཉི་མ་དེ་ནིང་སོང་ཉིན་ལ་ ཏེད་ནང་ནུམ་ཀྱིས་ལན་ཅིག་སློན་ དེས་ཏུང་གླིང་པ་མ་ཐུབ་ན་ དེ་ཐོག་རྒྱལ་པོ་སོང་དང་ཆོག་ དེ་ནིང་རྒྱལ་ པས་རྒྱལ་ཚབ་ལ་ ང་ཏུང་གིས་ཕས་ཀྲང་སྐྱ་ནིམ་འགྲོ་ ཐོག་ཀད་རྒྱལ་པས་སྐྱ་ཆོམ་སྒྲུབ་ ང་དེ་ནིང་ཁྲ་མམ་སྨན་ལ་རྒྱུག་ཕྱིར་ནས་ཕས་ཀྲང་དཔོན་དང་སྒྲུལ་ནག་ མི་འབབ་དང་ སྟོང་སྟག་དམར་ལུ་ཆི་སྲིན་ཡ་མེད་ནིན་ཆེའཞལ་དཀར་བཙམ་ཁོ་ནང་རྒྱལ་བློན་ལྷ་པོ་དེ་འཛོག་པ་ཏ་ཡིས་ཆིབ་ལ་ཐོན་གླིང་ཤོག་སྲུ་སོང་ངོ་…· དེ་གླིང་གིས་སོ་བ་ནུམ་ཀྱིས་གྲུ་ཀུམ་དམག་འོང་བ་མིག་གིས་མཐོང་ནས་གླིང་སྨན་ལ་གི་བདལ་ཁྲམ་ཏུང་ གླིང་པས་སོ་བ་ནུམ་ཀྱི་གི་ལྷ་བཟ་གོ་ནམ་དགྲ་ཡོད་ཐོས་ བསོ་ནམ་གོས་ཁྱོན་མཚན་སྟག་ནམ་ནང་ནང་གིས་ཏ་ལ་ཆིབས་ནས་གཞིན་རྫེ་ཁྲོམ་པ་ལྟར་དུ་སྨན་མཐའ་ལ་ཁྲ་དཀྱུར་སེ་ཡེབས་ དེས་གླིང་སྨན་དེས་གཡས་འཐི་

ནམ་འབྲུག་ཧྲི་ རིན་ཆེན་ཞིག་དཀར་དང་ ཕྱ་རྒྱང་སྐྱུ་རིས་གཉིས་སྟོན་ནས་སྤྱིབས་ཐུར་ནས་ ཡ་ཁོ་ནེ་གླིང་ཀླུག་ལྷ་མོ་རྣམས་ ཉིན་དང་འདྲ་མ་འགག་ཞེ་ཡོད་ཅེར་ནས་ ཕྱ་རྒྱང་སྐྱུ་རིས་དེས་སླུ་× ཨོཾ་མ་ཧཱ་པཱུཏྣ་ཧཱུྃ་ཧྲཱིཿ ཕྱ་ལ་× ཐུ་ལ་× མ་འདིམས་× མཛོ་ལྦུང་སྦྱག་ཐུང་× ར་འཛྲིམས་× ཐུར་གི་ཕྱ་རྒྱང་སྐྱུ་ཞིས་ཞེར་།། ཁོ་ནེ་གླིང་ཀླུག་ཁྲིམས་མེར་རྣམས་།། ཉིན་དང་འདྲ་མ་འགག་ཞེད་ཡོད་།། རྣ་མི་བོད་ཀྱིས་× མིང་ཕོ་ཐུང་འཁོར་འཁོར་གང་ལ་འཁོར་།། ཉིས་བརྒྱར་ན་གང་ནི་ཉི་མའི་ལྷ་།། དེས་མི་ཚོད་གཡུ་ཞལ་ཐུང་ལ་ཆད་།། ངོ་ཚ་རྒྱུ་ཕྱིའི་འགི་དཀར་ཡག་གང་།། ཉ་གསེར་ཉ་འཁོར་འཁོར་མཚོ་ལ་འཁོར་།། ཉིམ་ཅན་དེས་རྒྱལ་མཚོ་བསྐྱིམ་ནས་སྐྱིམ་།། དེས་མི་ཚོད་གསེར་ཉ་གཞོག་དྲུག་ཐོར་།། ངོ་ཚ་རྒྱུ་ཡི་འགི་སྟོན་མས་ཆོར་།། དཔལ་གླུ་ཁྱམ་བློ་སེམས་གླིང་ལ་སྟོད་།། ཉིམ་ཅན་དུས་རྒྱུ་འབྲུམ་གླིང་ལ་མེད་།། དེས་མི་ཚོད་སྐྱག

༄༅། ། རྣད་བཙན་ལ་བཟུང་། ། ངོ་ཚ་རྒྱུ་ཕྱི་འགི་གླིང་རིམ་ལྷུན། ། གླིང་རིམ་ཁྲིམ་འབབ་རྣ་མེད་རྣམ། ། རྒྱལ་ཁག་·
མང་པམ་ཁ་འཁོག་ནམ། ། གླིང་རྒྱུ་འབྲམ་མེད་པ་གེ་སབ་དཔོན། ། ཁ་ཙང་ལྷ་གྲིམ་དང་པོ་ལ། ། དཔོན་ཁྲིམ་ཡོད་དགྲ
ལྷ་བཙན་རྒྱལ་བྱེར། ། བློན་ཁྲིམས་ཡོད་ཚ་བྱུར་མདན་མ་བྱེར། ། ལ་ཆེན་བདེ་ལོ་ཕྱི་ཡིན་བསོ། ། ཙན་དན་ནག་གིམ
དཀྱིལ་ཤོང་ནམ། ། དམག་ཡག་སྐྲག་གི་ཕ་ས་བཟུང་། ། ནག་རྒྱུ་ཤིང་སྔོན་པོ་མི་ལ་འབབ། ། དམག་ཡག་སྐྲག་གིམ
འཛམ་དུག་ཆོག ། ཉིམ་བཅར་ཙ་ནག་རི་ཁྲིམ་མེད་རེད། ། གླིང་དཀར་ཁྲམས་དམག་སྐར་ནམ། ། བསྐོ་མཁམ་ཆེན་
ལྷ་ཡིམ་གདོང་རྒྱུད་བྱེར། ། ཁྲིག་རྣད་རྒྱལ་བློན་བསོ་པ་བསོད། ། ཉིམ་ཙང་ཙ་གླིང་རིམ་མགོ་གཡོག་བྱམ། ། ཞེ་བསྡུང

ན་དགྲ་ལྷ་ཁྲིམས་མེད་ཐེར༎ ཁོ་ཐེར་གླིང་ཀླུག་ལྷ་མོ་རྣམས༎ རྒྱ་མཚོ་དཀྱིལ་གྱིས་གསེར་ཉ་དེས༎ གཉོག་དྲུག་རྒྱས་པས་
མ་དགའ་ན༎ ལྷུར་ཀྱུས་བསྐོར་ན་ཅི་འགི་ལྷ༎ གླིང་སྨན་སྤྲུང་པོས་ཚོ་བཟུང་ལ༎ འདུན་མ་བསྡོ་ལུས་མ་དགའ་ན༎
རས་དམར་སྤྲེང་ཕྲེད་ནས་ཅི་འགི་བསྡུ༎ གོ་ན༔ མ་གོ༔ དེ་ཁོང་གཉིས་ཀྱི་ཧོར་མདའ་འབྲུག་སྐྲ་པ་བཞིན་དུ་སྤྲིར་ཕྱུར་བས་དེ་གླིང་
པ་རྣམས་ཀྱི་ནང་ནས་ཧོར་དཔོན་པོ་ལྷ་ལྷུ་དེ་མི་ལྟེར་དགོང་ནས་ཆད་དཔལ་བཞིན་དུ་གདོང་བཀག་ནས་ ཡ་ཁོ་ཐེ་ཧོན་དང་སྤྲང་བས་དགྲ་དས་འདུ་མ་
འགལ་ཐེ་བཔད་རྒྱུན་ཡོད་ཟེར་ནས་ཧོར་དཔོན་པས་གླུ༔ ཧོཾ་མ་ཧི་པདྨ་ཧཱུྃ་ཧྲཱིཿ ཅས་ལ༔ བྲ་ལ༔ སྐྱབས་བླ་མ་ཡི་དམ༔
བསོལ་འདེབས་སོ་བྱིན༔ བདེ་ཆེན་དག་པས་ཞིང་ཁྲིམས་ནས༎ སངས་རྒྱས་སྟོང་དང་ཚོ་གཉིས་མཁྱེན༎ གླིང་

༄༅། །ཡིད་ཆེན་ནོར་བུ་དགྲ་འདུལ་མཆོད། །མ་འདྲིས་× སྐྱག་ཕྱང་ཁྲ་མས་གཡས་ཁམ་རེ། །ང་འདྲའི་×
དམག་ཁྲི་འོག་སྨི་པས་དཔོན་པོ་ལ། །ཉི་སྟོང་དཔོན་པོ་ལྷུ་ལྷུ་རེད། །ཁབ་ཆེན་གླིང་གི་ས་ཚ་ནས། །མཚོ་ཆེན
སྨི་བས་ཚད་ཚུལ་ལ། །གཅིག་འབུ་གོང་གིས་ཙོ་པོ་དེ། །ཡིད་ཆེན་ནོར་བུ་དགྲ་འདུལ་ཡིན། །ཁྲི་སྨི་གླིང་གིས
དང་པོ་ལ། །རྨ་ལྕུང་འོང་བུ་ཚོ་དྲུག་རེད། །དཔལ་གྲུབ་སྨུམ་བཙུམ་རང་པོ་ལ། །ང་ཉི་སྟོང་དཔོན་པོ་ལྷུ་ལྷུ་རེད། །
བོད་འཛིག་རྟེན་རྣ་× དྲིན་ཕ་མ་དྲིན་ལོག་ཐུམ་པས་ན། །ཕྱི་དམྱལ་བས་དྲིན་ལེན་ཕྲོད་རྒྱུ་མེད། །བླ་བརྡོལ་བ་
དགྲ་ཡ་གཟུང་བའི་ན། །ལུས་ལ་ན་ཚ་ཚད་མེད་ཡིན། །གླིང་གེ་སར་འགལ་བ་ཐུམ་པས་ན། །རྒྱལ་པས་

རང་ཚོས་མི་ལག་ཤོར།། ཕོ་ཁྱོད་ཀྱི་ཐེར་བ་ལུས་བཞིན་ཞིས།། དཔོན་ཁྲིམས་མེད་ཐོག་ཀྲང་རྒྱལ་པོ་ཞེད།། བློན་
ཁྲིམས་མེད་ཐྲ་ལུས་བློན་པོ་ཞེད།། ཁ་ཚང་ལྷུར་གྱིས་དང་པོ་ལ།། ཆོས་ལ་དད་པ་མ་བཞག་པས།། ལྷ་སྲུས་རྗེ་
པོ་ཞལ་དཀར་དེ།། དམག་ཁྲ་མས་རྩོད་པ་ཐུས་ནས་ཕྱུང་།། གླིང་དཀར་པས་དགྲ་ལྷ་བཙན་རྒྱལ་དང་།། གླིང་གོང་
བློན་ཆེ་ཐུང་མདུན་མ་ལ།། ཕོ་དེ་ལ་དཔལ་རྫོམ་ཐུས་ནས་ཕྱུང་།། ཕོ་རང་ཐུས་ནང་ལ་རྣམ་ལི་གདའ།། འཇིག་རྟེན×
ས་ལྷུང་སྨྱུག་པས་མགོ་གཡོག་དེ།། ཞི་བོ་རྩེ་ནས་བཏུམ་བསེ་ཧེ།། བར་ཅིག་ཞེ་མ་ལྡུང་གི་གཏོར།། སྦྱུ་ཐར་
མེ་སྨྱུག་པ་མཐུར་ནས་དང་།། ཁྱོད་ཀྲ་ལུས་གླིང་སྐར་མགོ་གཡོག་དེ།། དཔལ་རྒྱལ་བློན་མགོ་རྐེ་ལེན་བསེ་ཧེན།།

༄༅།། བར་ཆེན་མགོ་གཡོག་ནང་ལ་འཁོར།། དེ་ནང་ཐུམ་ནང་ལ་འོང་ཡིན་རེད།། ཕྱེར་རྒྱ་ཁྲུམ་མགོ་གཡོག་
ཕྱེད་བསམ་ཏུར།། ལྷ་གོང་མ་མགོ་སྐོར་ཕྱུབ་མ་མེད།། ཆད་པོ་ལྟག་ཆད་ཁྱེར་གདོང་དེ།། ན་ཉིམ་རྒྱ་ཁྲུམ་སྐོར་ལ་
འགི།། དཔལ་ཚལ་འདྲེ་རླ་ཡོད་རབ་ཐེར།། སྤྱུལ་པས་ཚོས་སྤྱོང་བོད་ནག་དེས།། ཐུམ་ཚུང་ཁྲ་ཡི་བཟུང་འདྲ་
ཞིས།། རྟེན་སྐད་ར་བཟུང་འབར་འབར་རེད།། དཔལ་ཕེ་ཙོམ་མེད་པས་རྟེན་མ་རེད།། རྒྱ་ཁྲུམ་གྲྭ་པ་མི་དྲུག་དེ།
གྲྭ་པ་ཕྱིབ་པས་མི་གསུམ་འདུག།། ཕྱོག་ནས་ཕྱོག་ཁྲི་བུ་ཙན་དེ།། ཕྱོག་ཁྲི་བླ་སྲོག་ཕྱོག་གིས་བསྐོར།། སྐྱོག་
ནས་ལྟག་ཆད་ཁྱེར་གདོང་དེ།། ལྟག་ཆད་གླིང་དཀར་སྐོར་ལ་བལྟག།། ཞ་ནས་ཞེག་ནག་མིག་གཅིག་དེ།། ཞ་ནག་

ཇུ་ནག་ཁྱུང་ལ་བརྟེར། ། མིང་སྐྱག་ལོ་ཧོན་དང་ཆུག་ལོ་འདུག ། ང་བྱུང་དེ་བའི་མི་ཚོད་ལྱུས། ། ཕྲོག་ནད་བླ་ཕྱོག་
ཤོག་གྲིམ་བཅུད། ། ཆུ་རྫོང་བཙན་པོ་མི་ལ་རྒྱབ། ། གོ་རྫང་ཁྲ་ཅོ་ནང་ལ་ལེན། ། ཕྱང་བདུད་ཕས་རྐང་སྐྱུ་ཞེས་
ཏིད། ། མཁའ་སྐྱུ་ཞེས་ནང་ལ་དམར་སྤྲེད་བསྐྱང་། ། ཡང་ན་བྱུ་ནད་རྒྱ་ར་ཁྱེད། ། ཕོ་བྲ་མས་ཏྲ་མ་རྟེ་ཨིན་སྤྲེད། །
ཕྲོག་ནད་རྒྱལ་སློན་ལ་སོག་པ། ། ཤི་བསོན་ཙི་ཞེ་ཡེ་ཤེས་དུ། ། ཁྱེར་དེ་ཞིང་ཕེང་པ་བཀའ་དྲིན་ཆེན། ། སྐྱབ་གཞིར
སྙིང་ཚང་སྨྲོ་ནས། ། སྐྱུ་འགྲོ་བཅར་ན་ཐར་ས་མེད། ། ཕྱ་ཁྲ་བླག་ནག་ཚང་སྨྲོ་ནས། ། ཕྱིས་རྐྱང་ཕྱུར་ན་ཐར་བསམ་
སྨེད། ། ཏྲི་རྫོང་དཔོན་པོས་ཁ་སྨོན་ནས། ། ཕས་རྐང་ཁྱེར་ཞང་ཐར་བསོ་མེད། ། དེ་ཕྱི་བཙེན་མིག་གིས་ཏས་ནས་སྡོང།

图书在版编目（CIP）数据

格萨尔王与兵器国：康方言手抄本：藏文 / 多加搜集.
-- 成都：四川民族出版社, 2018.3
ISBN 978-7-5409-7367-4

Ⅰ. ①格… Ⅱ. ①多… Ⅲ. ①藏族—英雄史诗—中国—藏语 Ⅳ. ①I222.74

中国版本图书馆CIP数据核字(2018)第006231号

GESA'ER WANG YU BINGQI GUO

格萨尔王与兵器国②

（康方言手抄本）

多加 搜集

出版人 泽仁扎西
策划 胡华 央金
责任编辑 央金 李娟 更合才让 卓玛拉措
装帧设计 李娟
责任印制 谢孟豪
出版发行 四川民族出版社
地址 成都市青羊工业园区敬业路108号

成品尺寸 115mm×335mm
印张 63.25
字数 480千
制作 成都华林美术设计有限公司
印刷 成都市金雅迪彩色印刷有限公司
版次 2018年3月第一版
印次 2018年3月第一次印刷
书号 ISBN 978-7-5409-7367-4
定价 960.00元

༄༅། །གེ་སར་རྒྱལ་པོའི་སྒྲུང་ལས་གྲུ་གུ་གོ་རྫོང་།

（ཁམས་སྐད་ལག་བྲིས་མ།）

②

སྤོབས་རྒྱལ་གྱིས་བསྡུ་བསྒྲིགས་བྱས།

དཔེ་སྐྲུན་པ། ཨ་སྟགས་ཚེ་རིང་བཀྲ་ཤིས།

རྩོམ་སྒྲིག་འགན་འཁུར་པ། དབྱངས་ཅན། ལི་ཙོན། སྒྲོལ་མ་ལྷ་མཚོ།

སི་ཁྲོན་མི་རིགས་དཔེ་སྐྲུན་ཁང་གིས་བསྐྲུན་ནས་བཀྲམ།

༢༠༡༨ལོའི་ཟླ་༣པར་པར་གཞི་དང་པོ་བསྒྲིགས།

༢༠༡༨ལོའི་ཟླ་༣པར་པར་ཐེངས་དང་པོ་དཔར།

དེབ་ཚད། ༧༧༥mm × ༣༣༥mm

དཔར་ཤོག ༦༣.༢༥

དཔེ་རྟགས། ISBN 978-7-5409-7367-4

དཔེ་རིན་སྒོར། ༩༦༠.༠༠

更 多 精 彩 内 容
请关注茶马书社公众号

ISBN 978-7-5409-7367-4

9 787540 973674 >

定价：960.00元（1~3卷）

民族文字出版专项资金资助项目

༄༅། །གེ་སར་རྒྱལ་པོའི་སྒྲུང་ལས་གྱུ་གུ་གོ་རྫོང་།

༼ཁམས་སྐད་ལག་བྲིས་མ།༽

格萨尔王与兵器国

（康方言手抄本）

③

སྟོབས་རྒྱལ་གྱིས་བསྡུ་བསྒྲིགས་བྱས།

多加 搜集

སི་ཁྲོན་མི་རིགས་དཔེ་སྐྲུན་ཁང་།

四川民族出版社

༄༅། །སྒྲུ་སྣད་ལེ་ཚུ་གསུམ་པའི་དབུས་ཕྱོགས་ཀྱི་སར་གྱི་རྟོགས་···

བརྗོད་ཚིས་རྒྱ་བ་བཞུགས།།

༄༅། ཨོཾ་སྭ་སྟི། མ་ཧཱ་ས་ཧུན་ད་མ་ན་ཛ་ཡ་ནྟུ། དགེ་ལེགས་རིན་ཆེན་བདུན་གྱི་དཔལ་གྱི་སྣུག།
དགེ་མཚོན་བཀྲིས་པ་ལྷུགས་ཀྱི་འཁོར་ལོ་བསྒྱུར། དགེ་དགྲ་བདུད་འདུལ་ནོར་བུ་དགྲ་འདུལ་ཞེས། དགེ་ཀུན་འབྱུང
གཞི་སྐྱོན་ཁྱིམ་བཀྲིས་པ་རྫོལ། བསྐྱེན་བསྐྱེན་སོ་རྫོང་ཕབ་པ་སྲིད་པའི་གདམ། ཐོས་ཐོས་སྒྲོ་བ་བསྐྱེད་པ་ཀུ་རྩེའི་
སྐྱངས། མིམ་མིམ་ཡིད་ཀྱི་དགའ་སྟོན་འདི་ཕྱུལ་གྱི། སྒྲོ་སྒྲོ་སློ་ལྷུན་གྲིས་པས་རྣམས་ཁྱབ་ཕོག། དེ་ཡངས་མ་
སོང་གི་སར་ནོར་བུའི་རྟོག་བརྗོད་ལས་གླུ་གླུའི་དགྲ་མཐར་བཙེམ་ཞིང་གོ་ཁ་ཡང་གི་གཏེར་ལོ་སླང་བ་གཏེར་

༄༅། །ཀྱི་རང་མཐོང་འཆད་པ་ལས། །དེ་ནས་གྲུ་སྐོད་ལྷ་སྲས་མཆེད་ཀྱི་འཕྲུལ་སྣང་དེ། །སྣང་མོ་
སྣན་རྫོང་གི་མིག་མཐོང་དུ་རྨུག་གཅིག་གི་རྒྱང་མཚམས་ཚ་ག་དཔལ་ཟུང་ཕང་འདི་མདོ་སྣར་བཅད་དེ། །ལྷ་བ་
མིག་གི་མི་བཟོད་བསམ་པ་སེམས་ཀྱི་མི་བཟོད་པར་གྱུར་བས། །སྒྲ་རྒྱལ་དཔོན་སློབ་རྣམས་ཀྱི་དེ་རིང་དགུ་ཡི་
སྤྱོད། །སོ་པའི་རྩེ་དེ་བཞག་མི་ཞན་པས་རྒྱལ་བློན་ཆེད་དྲག་གི་གཏོང་མ་ལེན་དགོས་ཟེར། །དེ་བར་ཡི་ཀྲས་
ཀྱི་མཁའ་འགྲོ་གང་མཚོ་སེང་ལྕམ་སྒྲོན་མ་དངས་བསམ་པ། །དེ་རིང་གཟའ་སྐར་དུས་ཚོད། །དཔུང་ཚུར་འོང་།
ཀི་མགོ་ལོ་གང་ལ་སྤྱད་ན་དགྲ་ཡར་ཕྱིར་ན་མི་ཤིགས་དགོངས་ནས། །རྒྱན་རབ་ཡིད་དུ་འོང་བ་རྣམས། །

རིན་ཆེན་གཟི་ཡི་འདོར་སྨི་བྲུ། ཆང་བཅུད་ཕུན་སུམ་ཚོགས་པས་བཀང་ནས། རྒྱལ་བློན་ཀུན་ལ་གཏེགས་ནས་སྒྲུ་
འདི་ཕུལ་བར་གདའོ། ཨོཾ་མ་ཧཱ་པཉྩ་ཨམྲྀ་ཏ་ཧཱུཾ༔ སྒྲུ་ཨ་ལ༔ ཁ་ལ༔ ཨོ་རྒྱན་སྤྲུལ་པའི་ཞིང་ཁམས་ནས།
དགའ་བ་མཁའ་འགྲོའི་ཚོགས་གྲུལ་ལོ། བསྟན་མོ་སྒྲུ་ཡི་མཆོད་པ་ཕུལ། མཛེས་མ་ང་ཡི་གྲོགས་མ་ལོ་
ཐོར། རིན་ཆེན་གསེར་གྱི་ཁྲི་སྟེང་ནས། འབར་འབར་སྒྲུ་གཟིལ་ཞི་ཡས་གསལ། མཛེས་མཛེས་ཞལ་མདངས་
པདྨ་མདོག། བཀུགས་བཀུག་རྒྱན་རབ་མི་དོག་བཞེས། ཇམ་ཇམ་གཟི་བརྗིད་བཟོད་ཀའི་རྒྱལ། མི་མཆོག་
ཕོག་ཆོད་སྒྲུ་ལ་གསོན། གང་གཟུང་ལྷ་མོ་སེང་ལྷམ་ང་། སྒྲུ་སློན་མངའ་འབང་ཐམས་ཅད་ཀྱི། ནོར་བུ་

༄༅། ཐོད་བཞིན་རྩུགས་དུ་བསྐུར།། བསྐེན་ཟློང་ཕྱིར་ནས་ད་ལྟའི་བར།། མི་གོར་ཙམ་ཅིག་ཕྱིར་མ་
སྤོང་།། ངས་མིར་ལོ་ཐེབས་ནས་མ་རེད་སྙི།། དཔོན་བཟང་པོ་ཕྱིང་གི་བཀའ་དྲིན་རེད།། སྐྱེམ་སྨན་གྱི་ཡར་
ཞུས་མ་བབ་ཀྱང་། ད་ལོ་ཆུས་ཀྱི་ལོ་ལང་འདི།། བསམ་པ་མོག་ལེ་ལེ་གཉིས་དེ།། ཤིང་སྡུང་འཕྲུད་ལ་ཆོད་
ན་ཡང་། མཛེར་ཅན་སྡིང་ལ་མ་འགྲིམ་ཐུང་།། སླུ་གུའི་དཔའ་རྩལ་སྤོབས་ཀྱུགས་དེ།། ཐོད་ཡུལ་ཅི་ཐུས་
ཆོག་འདུག་རུང་།། དཀྱང་རྒྱབ་སྤྱིང་ལ་མ་འགྲིམ་ཐུང་།། གཡུ་སྟོན་དཔའ་ལོ་མ་ཞེན་ཀྱང་།། སྤྱིང་བསད་
མང་ཞུར་མ་ཟིག་འདུག། མཐའ་སྤུག་མི་ཐིར་ཕག་གི་ཆོད།། ཡང་ན་སྤྱིར་ལ་མགོ་འབྱུལ་ཐིད།། ཐོ་གཡང་

གིས་རྗེ་ལ་འཁྲུལ།། ཡང་ན་གླིང་དམག་བྱུར་ལ་བཞེན།། གཞི་རྩ་བོད་དམག་ཅི་སོད་བྱེད།། དེ་ཕྱིར་
ཕར་འགྲོ་གཞུང་མ་དེ།། ཕྱུག་མེད་ཉི་མགོའི་ནུབ་འདྲ།། གནམ་ནམ་ཕབ་བསམ་དུས་སྒོ་ཁྲ་དག།
ཕྱུག་མེད་མཆོང་རྒྱུག་ཅག་ཁ་དེ།། ཛོང་མཁར་བསྐོར་ན་ཕྱིར་ཐུད་མེད།། གདང་མ་ཉིམ་སྣང་ཐུས་ན་དྲག
རྒྱལ་པོ་མི་ཕྱོན་གསེར་ཁྲི་གནོན།། གསོན་ན་ཐུགས་ཀྱི་དགྱེས་ལ་ཞོག།། མ་གསན་དགོངས་པ་འཚམ།།
དོན་མེད།། ཨོཾ་མ་ཎི་པདྨེ་ཧཱུྃ་ཧྲཱིཿ ཅེས་ཕུལ་བས།། བྱུར་བློན་སྟེགས་སོ་ནམ་དེ་རིང་མ་ཡིན་བསམ།། རྒྱལ་པོ་
ནས་ཨ་ཞེས་ཟེར་བ་ལྟར་དེ་རིང་སྟོང་མ་སུ་ཕྱི་མི་འདུག།། མགོ་འཁྲུལ་མི་རྒྱུད་དོ་མ་ཡིན་གསུངས།། དེ་

༄༅། །ཞེན་ཕྱོར་དགྲ་མ་བྱུང་། དེ་ནས་ཞག་གསུམ་གྱི་ཕྱོགས་མཚོ་སྔོན་སྤྱིལ་ནག་མི་འབར་དེ། ད་ནི་སྔོང་
དུ་བྲིམ་པ་ལ་དཔུང་གི་མི་བཏེན་ཛོ་མ་རིང་ལྟར། གདང་མ་དེ་བྱས་ཞིག་སྣང་ན་རྒྱལ་པོ་ལ་ཕྱུ་བདེ་བསམ་ནས།
ཕྱིན་སྡུག་ད་ཅན་ལ་བཏུ་ཡི་བསྐོར་ནས་ཤུག་ཕྱུས་ཛ་དམག་གཅིག་སྐོང་ཅམ་སྤྱིང་སྐར་དུ་ཆས་བྱུང་བས། སོ་པས་...
མཐོང་ནས་ལྷ་བསང་དཔུང་ལ་མཆམ་པ་ཞིག་བདང་བྱུང་བས། དགྲ་ཡོང་པ་ཏེས་ནས་གོ་ཁྱིན་མཚོན་ཕྱོགས་ཕྱིར་
སྐབས་སླེང་པས་ཛ་ནམས་བད་མཚོ་བའི། དེ་ཕྲུལ་ལས་ཁད་བབ་ཀྱི་རྒྱབ་ཟླའི་སྐར་དང་ཞེ་བར་ཕྱིན་ཚར་བ་དང...
མཆམ་མཚོ་སྔོན་སྤྱིལ་ནག་མི་འབར་དེའི་སྔོང་མདུན་ཕྲུག་ལ་བཟུར་ལག་ག་ཡོན་པས་འགྲམ་པ་སྤྱིར་ནས་སྒྲ་འདི་

ཡིན་པ་གྲགས་སོ།། ཀླུ་ཨེ་ལེ་༔ ཐ་ལེ་༔ གམ་སྟག་གཞོན་སྨྱིན་མདུང་དམར་བཅས།། དེ་ཡིའི་དཔའ་བོའི་གྲོག
ལ་ཐོན།། ས་འདི་གྲུ་སྐད་ན་དམར་ཕང་།། ང་འདྲ་མ་བདུད་སྲིན་མོའི་བུ།། མཚོ་སྨེན་སྦྲུལ་ནག་མི་འབར་
ཞིར།། ཀླུ་བདུད་ནག་པོའི་བུ་སྐྱལ་རེད།། དཔའ་ཅི་ཡོད་གླིང་རྫུའི་རྡོས་ཚོད་ཡིན།། ཚོད་མེད་གླིང་རྫུའི་མཐའ་
དམག་ཞོར།། ཐབ་ཐབ་ཐུར་ན་ཡང་རྫོང་ཆེ།། ཕར་ཕར་བྲོས་ན་ལྷག་པར་དེད།། ཚོད་བཟུང་ཐུས་ན་ཀྲག་བསམ་
མར།། སྟོད་ཚོད་བཟུང་ན་མཁས་པ་ཡིན།། གླིང་དཀར་ཞིར་བ་སྙིང་ལི་ཡོད།། ད་རུང་རང་ཚོད་མ་བཟུང་ན།།
མཚོ་དཔོན་སྦྲུལ་ནག་མི་འབར་ངས།། དེ་ཡིའི་གླིང་དམག་ས་ལ་སྒྱིབ།། ངར་ཐོད་ཁས་ལེན་གཏོང་ལ་ཤོག།

༄༅། ཨོཾ་མ༔ ཅེས་ཟེར་ནས། དེ་བར་སྤྲོ་ལོའི་དཔལ་འབོ་ཕྱོག་འབྱུམ། གྲོ་ལོའི་རྒོད་པོ་དྲག་རྒྱལ། སྤྲེ་སྤྲའི་སྟག་རྒྱལ་བྲུ་ཁྲ་གསུམ་ནས་ཁྲང་ཞབས་ཀྱི་ཁས་ལེན་བཅུ་ཡི་ཁྲིད་ནས་གཏོང་བྱུང་སྟེ། སྤྲེ་སྤྲའི་སྟག་རྒྱལ་ནས་གླུ་འདི་ལྟར་བླངས་སོ། ཨ་ལ༔ ཐ་ལ༔ སྟ་རྒྱལ་ལྷ་ཡི་སྤྲི་དཔོན་མཁྱེན། ས་འདི་གླུ་སྐད་ན་དམར་ཤར། ང་འདྲ་རྟ་གདན་གཞིས་ཀྱི་བར། འབྲི་རྒྱ་སྔོན་མོའི་གཡས་ཟུར་ནས། འདམ་དང་མདོ་གམ་ག་འབང་བཀྲ། ཡུལ་ཕྱོག་གསུམ་གྱི་དཔོན་པོ་ལ། སྤྲེ་སྤྲའི་སྟག་རྒྱལ་བྲུ་ཁྲའི་སྐོར། དགྲ་ལ་ཁས་ལེན་བྱུང་མི་ཡིན། གཞན་ལ་ཉམས་པས་སྐྱོང་མི་ཡིན། དེ་རླུ་བའི་མི་དེ་སྤྱུལ་ནག་ཡིན། སྐྱར་ཁམས་

གླིང་གི་དཔའ་བདུད་ལ། ཁྲབ་དཀར་སྟོད་ལ་མཚོན་ཆས་སྤྱིག། མ་བྱས་བསམ་པ་གཅིག་ཁར་མེད། མ་་་
བཞེངས་དགོས་པའི་མི་གཅིག་ཡིན། རལ་གྲི་འི་ངར་ལ་བཏང་ངེས་ཡིན། ཨོཾ་མ་ཎི༔ ཅེས་ཟེར་ནས་འཆམ་བས་
ཕོས་སྒྲོང་མདའི་འཕྲུལ་འཁོར་གྱི་མདེའུ་ལྔ་བཏང་བྱུང་བས་ཅིག་སྤྱི་སྨའི་དཔྱལ་བར་གཏོར་ནས་བསྒྲུང་།
མདེའུ་བཞི་ཕྱིས་ཁས་ལེན་མི་བཞི་བསད། དཔའ་བདུད་གཉིས་པོ་ནས་ཀྱི་ལན་གསུམ་རེ་གཡུག་ཁར་མཚོན་མ་
མེད། ཕོས་རལ་གྲི་དུག་སྦྲུལ་ངར་ལྡེ་རིག་ཡུག་ཕབ་ཙེ་རེའི་དཔའ་བདུད་གཉིས་ལ་གྲི་སྐྱུས་ཙུང་ཟང་ངེ་བྱུས་་་
པས་འཕར་འབྱུང་རྣམས་ཀྱི་གདོང་མ་བཏེན་ནས་སྐར་དུ་ཕྱིར། མཚོ་སྔོན་གྱི་མདོ་ཁམས་བཙན་རི་ཕྱོག་་་

༄༅། ནས་ཁྲབ་མ་ལྔ་བཅུ་ཙམ་མཆོན་འོག་ཏུ་བཏང་། རྒྱ་སྔོན་ལྡན་ཧུས་རྣམས་ཀྱི་མདའ་ར་ཡི་དམག
ཏུ་མར་བསད་ཐུམ་ནས་བདུད་རྫུའི་སྒྲོག་ནས་འཕྱུ་ནག་ཙན་ལ་བཅུ་ལྷག་གི་ལྐུམ་ཐུང་སྐྱབས།། རྒྱང་ཕྱུས་ཀྱི་མདུང་
ཕྱུལ་ནས་སྔོན་ལྷག་དང་ཙན་གཞི་བསད། སྐྱག་ད་ཁྲི་སྒྲོག་ཡ་མིད་ཀྱི་རྫོང་མདའ་རྒྱབ་ནས་མགར་ཚང་ལ་བསྐྱང་།
མཆོ་སྔོན་ལྷུལ་ནག་ཀྱི་དགྲ་ཁྲིར་ཅིག་གཡུག་པས་པག་ཚང་པ་ལ་གྱི་ལྕམ་བཏང་། སྐར་ཡང་སྐར་པ་ཀྲུག་ཆི་སྐྱབས།།
དགའ་བཞིའི་ཆོས་སྐྱོང་པིར་ནག་རིས་ཀྱང་རྡོ་འབྲང་གྲུས་ཙམ་ཞིག་འཕང་པས།། སྔོན་ལྷག་ད་ཙན་གཞིས་དང་།།
གྲུ་དམག་བཅུ་ཙམ་བཀྲགས་པས།། མཆོ་སྔོན་ལྷུལ་ནག་རིས་ཀྲ་བདེ་ལ་རལ་གྱི་ལེན་དགུ་རྒྱབ་ཀྱང་ནམ་མཁའི་

ཁམས་ལ་གཡུག་པ་ལྟར་ལེས་མ་བྱུང་། རྒྱ་བའི་ནས་ལྷག་གཅིག་གི་ཚོ་ཡི་ཁྲབ་ཀྱི་རྒྱབ་དར་དང་།
མདུན་གྱི་བྱང་མདོ་ནས་བསྐྱུས་པས་ཤོ་གར་སོང་མེད་པ་འཇའ་ལྟར་ཡལ་སོང་། སློན་སྟག་དྲ་ཅན་
རྡུག་དམག་འཕྲོས་སྟོང་ཕྲག་བཅས་ཡོད་པ་དེ་ལམ་ཁང་གར་ཞིན་དུ།། བྲོས་པར་གདའོ།། ཧྲ ཀྱེ་མ་
དའི་ཕྱིར་ནང་གླིང་གི་དཔའ་བདུད་རྣམས་ལས་གྱུར་དུ་འདུས་ནས་དགྲ་མཐའ་བཅོམ་ལུགས་ཀྱི་
བཀའ་གྲོས་ལ་བརྩོན་སྐབས་དབྱལ་ཁྲི་ཁམས་པའི་ཡང་སྙིང་ནས་ཨ་ཁུ་སྤྱི་དཔོན་རིས་བྱ་བྱུ་
དཔའ་རྟོད་ཆེ་བ་དང་། འདི་ལོ་ལམ་འགྲོ་དཀའ་བ་དང་། དེ་ལྟས་ཀྱི་སྔོང་མ་དཀར་མོ་བཞིན་

༄༅། ། ལས་མི་ཡང་འདུག་པས་གང་དྲག་ཀྱིས་ལུང་ཞུས་དགའ་བདེ་ཆོས་སྒྲོན་ཞིར་
ནག་ལ་སྐུ་ཕེབས་ཞུས་ནུ་བསམ་གསུངས། པས་ཐམས་ཅད་ཀྱིས་ངེ་རང་འཕྱད་ཟེར་བློ་ལ་གཅིག་ཏུ་
འཕྲུན་པ་ཕྱུང་ནས།། གཏོར་མ་སྙིང་གཟུགས་འབར་ཐིམ་ཁྲམས། ཤ་ཆེན་སྤྱོས་ཀྱི་དུད་པ་བཏང་།
རིང་གླིང་དྲག་པོའི་རྫ་སྒྲ་བསྒྲགས།། མ་ཏྲ་ཀ་ཡའི་སྤྱན་འདྲེན་གྱི་བསྐུལ་བའི་སྐད་ཅིག་གི་དགའ་
བདེ་དེ་སྣང་ལས་སྐུ་ཚད་གཟི་བརྗིད་སྒྲུ་མ་འགྱུར་ཀྱི་ཆེ་བ་ཞིག། ཐུས་མཐར་བར་སྣང་མདའ་གང་
ཙམ་འཕགས་ནས་ལྷུང་བརྙན་གྱི་སྐུ་འདི་མགོན་པོའི་རྟུ་སྐུ་ཡིམས་འགྱུར་ལ་དྲངས་ནས།།

སྦྱངས་སོ།། ཧཱུྃ་ཧཱུྃ་ཧཱུྃ་ཧཱུྃ་ཧཱུྃ་ཧཱུྃ་ཧཱུྃ༔ཧཱུྃ་ཧཱུྃ་སྐུ་ཡི་འཕྲོད་ལུགས་ཡིན། ཧཱུྃ་ཧཱུྃ་ཚིག་གི་བཅད་སོ་
ཡིན། སྣང་སྲིད་ཐོ་ཡི་གཉེན་སྤྲུལ་པའི་སྐུ། སྐྱབས་ཆེན་ཀ་རྨ་པདྨ་མཁྱེན། ང་འདྲ་ཐུང་ཕྱོགས་
དྲུར་ཁྲིད་ཅིག། བརྟུབས་བསྒྱུར་ཚིར་གྱི་གཉེལ་ཡས་ནས། ཚེས་སྐྱོང་མགོན་པོ་བར་ནག་ཟེར།
སྤྲུ་ཊི་ལ་མངས་རྒྱུས་བསྟན་སྐྱུང་ཡིན། དགོས་ལ་གླིང་ཀུའི་བསྟན་སྐྱོང་ཡིན། ལྷུང་ལ་སྒྲིག་
རྒྱུར་མངོན་བསྒྲོན་པའི། ཚིག་ལ་ཞེན་དང་མ་བྲེས་གསལ། ལྷ་ལ་ང་འདྲ་ལུ་ཡང་མེད།
སྤྲི་ལ་གླིང་ཀུའི་གཡུལ་ཆས་དེ། དམག་ལ་དཔའ་མེད་མ་ཞེན་ཞེ། རྒོད་ལ་གྲུ་གུ་འདྲ་བ་

༄༅། །དེ། ཡོངས་ལ་མ་སྐྱིད་འདི་ན་མེད། ཚེ་ལ་བྲུ་བྲུ་རྒྱལ་དང་གཅིག ། བློན་ལ་
ཁྱི་ནག་མིག་ཅིག་གཞིས། ། སྟོད་ལ་མཚོ་སྤྱོར་སྤུལ་ནག་གསུམ། ། སྨེ་ལ་ཁ་སར་མ་སྤྱིར་ན། །
ཡུས་ལ་མཚོན་འཕྱོར་འགྲིམ་ཡི་མིན། ། རྫེས་ལ་ནོར་བུ་དགྲ་འདུལ་ཡོད། ། དུས་ལ་ཞག་ཡི་
བདུན་གསུམ་ཡིག ། གཟའ་སྐར་ཉི་མ་ཚེ་བཅུ་ལ། ། མཁའ་ལ་རླུང་འཕྲུལ་སྟོབས་ཀྱི་རྗེན། །
ས་ལ་མི་ཏོག་ཚར་པ་བབ། ། གནམ་ལ་ཉི་ཟླ་སྐར་གསུམ་བཀྲ། ། ཕྱང་ལ་དྲི་བཟང་ངམ་པས
ཁྱབ། ། སྣང་ལ་སྤྱིར་རྒྱུ་ངོ་མ་ཡིན། ། སྤྱོད་ལ་སྣང་དཀར་གཞི་ཐམས་འགྲུབ། ། དོན་ལ་གོ། ...

ཀློང་ཡོན་དེས་ཡིན༎ ཨོཾ་མ་ཎི༔ ཅེས་གསུངས་པས་ཐམས་ཅད་དགའ་སྤྲོའི་ངང་དུ་གནས༎
སྤྲོ་དཔོན་ནམ་ན་འདི༎ ཀློ་སེང་ཆེན་ཕོན་པ་དོ་མ་ཡིན༎ གྲུ་གྲུ་ལ་རྒྱང་སྒྲུང་ཕྱུགས་ཀྱི་ཁྲིལ༎
དཔོན་ཟིར་ན་འཛྲུང་ལུས་མཆེད་གཞིས་རེད༎ མཚོན་ཕང་ལ་བབ་ནས་ཟླ་གཅིག་སོང༎ མཐོ…
ཐག་དཀར་འཛོང་ཕོགས་ཀྱི་གདོར་གཏེར་རེད༎ སྤོན་ཟིར་ན་བཀའ་སྤྲོན་ཆོས་འགྱུབ་རེད༎ དམག་
སྣ་ཚུ་བོ་ཁྲིད་ཁྲིད་རེད༎ མཚོན་ཕང་ལ་བབས་ནས་ཟླ་གཅིག་སོང༎ ད་མི་འདྲེ་དགུག་སོང་ཞིང་
ཤར་པ་བཏེགས༎ གུ་སྐད་དཔལ་ཕང་དམག་སྐར་རྒྱབ༎ དེ་ནས་རྒྱལ་མཆོག་གི་ལར་ཕེབས

༄༅། གང་འདོད་འགྲུབ་པ་ལག་མ་ཐིལ་ཡིན། ཅེས་བྱིར་བས་ཐམས་ཅད་ཀྱི་མངོན་པར་བསྟོད་
ནས་ཕྱིར་ནང་ནམ་གསལ་བ་དང་ལྷན་དུ་སྐར་བཏེགས།། མ་ཚོ་སྔོན་སྨྲུལ་ནག་གི་སྐར་དི་དཔྱང་ཀྲུང་ངང་ཚོ་མ་··
ཞིན་ནས་རྫོང་དུ་སོང་བས་ཁ་ཁྲིའུ་ཚམ་མེད་པར་གྲུ་སྐད་དཔའ་ཁང་ཉིང་མོར་སྐར་བབ། དེ་ནས་གྲུ་གྲུ་ཕྱོག་ཀོད་
རྒྱལ་པོ་རེམ་དགུ་ཀྲ་ཕ་ཟྭ་ཐོད་དམག་སྒྱུར་ལ་བཞག་ནས།། ངར་ཤོད་གླིང་ལ་འཁྱེགས་པ་མི་བབ་འདུག་པས···
གཉང་མ་ལེན་དགོས་བསམ་ནས་འཁོར་གསུམ་དགུ་དར་རྩུབ་སེ་ཚམ་པ་དང་། སློན་ཨ་མགོན་ཧཱ་ནག་མིག་གཅིག།
མཚོ་སྔོན་སྨྲུལ་ནག་དུག་ལྡེ།། ཡ་མེད་ཐི་ལི་ནག་རྫོང་གསུམ་ལ་སློན་སྡུག་ད་ཅན་ལ་སུམ་བཅུའི་བསྐོར་ནས་

གུ་སྐྱིད་སྐྱུ་རྒྱལ་བོད་ཀྱི་སྐར་དང་སྤུག་ནས་མདུན་སྐར་ཁྲབ་ཆེའི་དམག་བརྒྱ་ལྷག་ཙམ་མཚོན་འོག་ཏུ་བཏང་ཞིང་
དཔྱིལ་སྐར་ལ་གཏད་ནས་ཐུར་བས།། ཕང་པ་ཕུན་ཚོགས་དབང་ཕྱུག། ཁྱུང་གི་ཁྲི་མ་དགྲ་འདུལ་གཉིས་ནས་
ཁམས་ཡིན་བརྒྱ་ལྷག་ཙམ་ཁྲིད་ནས་གདོང་བླང་པས་ཕོག་རྟེན་རྒྱལ་པོའི་རལ་གྲི་གཡུག་ཕང་གཅིག་ལ་བོད་སློན་གཉིས་
ཁམས་ཡིན་མི་བདུན་དུས་ཅིག་ལ་བསད།། གུ་གུའི་དཔོན་སློན་རྣམས་ཀྱི་སྐྱང་ཁའི་ལྕུག་ཕྱུ་གཏོར་བ་བཞིན་བོད་སྐར་
དེ་ཁག་བཞི་རུ་བཏོང་བས།། དེ་སྐབས་སློན་གཉིས་ཀྱི་གུར་དབུ་རུའི་དམག་བཙམ་གཉེན་ཆེན་ཕང་ལྷའི་བར་གྱི་
ཕུ་དུང་སྐབས་པའི་སྒྲ་དམག་ཅིག་གིས་ཐུར་མ་མཐོང་བཞིན་བོད་དམག་དྲུག་བརྒྱ་ཙམ་གུ་གུའི་བསད་ནས་

༄༅། །ཁང་དཔོན་བློན་གསུམ་གྱི་ཐི་ལྕོག་སྐར་པའི་དངོས་རྫས་དགོང་གང་མཐོ་རྣམས་ཕྱིར་ནས་ཟང་
སྐར་དུ་ཡོག་ཡ་ལ་ལོ། །ཧཱུྃ ངེ་ནས་རྩ་ཁམས་གྲིང་ཡུལ་ཁྲ་མོ། །སྤྱིར་ལྷུང་ལྷུང་ཝོར་བྱུའི་གདན་སྟེང་། །སྐན་ལྷོང་
ལྷོང་ཚེ་རྒྱག་གྲགས་ལ། །ཞི་ལྷོང་ལྷོང་ཅིག་འགྱུར་ལ། །སྤྲུག་ལྷོང་ལྷོང་བསོལ་དྲིད་སྒྲོམ་ལ་གྲུ་བཞི་ལ་ཡི་ལྷོ་
ཁ། །འབྲིད་སྦྲིད་ལྷ་མཁར་ལྡིར་པ་ནས་མ་སོང་སྐྱེས་བུ་དགྲ་འདུལ་ཁེང་སྒྲ་གྲུའི་དགྲ་མཐའ་བཙེམ་ཁྲ་མོའི་གྱི་
རྫོང་གི་གཉེར་ཁ་འཛིད་ནན་པའི་དུས་ལ་བབ་པར་མཆེན་ནས། །མདོ་ཁམས་རྒྱལ་མོ་འབྲུག་མོ་ལ། །ང་སྟོང་
ལམ་རྫུ་འཕྲུལ་བཟུང་ནས་སྒྲ། །རྒྱང་སྒྲ་གྲུའི་ཡུལ་འགྲོ་རན་ཡིན། །སྨོན་འཁོར་རྒྱལ་སྲིད་སྣ་བདུན་ཡོད། །བསང་

ངས་མཆོད་པའི་ལྷ་ཚོ་བསྐྱོད། སྐྱེམས་ཚང་སྔོན་ལམ་ཉེན་འཕྲོལ་སྐྱིགས། ཅེས་གསུངས་པས། ཧྲར་སྒྲོལ་མ་དཀར་
མོའི་སྐུ་བ། དགའ་སྐྱ་ཡོ་སྔོན་པའི་གྱུལ་མོ། མོ་སྨན་སུམ་བཅུའི་དངས་རྟེ། མདོ་ཁམས་རྒྱལ་མོ་འབྲུག་མོ་དེལ༔
རྒྱན་རབ་བརྩེ་བརྒྱད་ལུས་ལ་རྒྱན། གཡུ་རབ་བརྩེ་བརྒྱད་མགོ་ལ་བརྒྱན་ནས། འཕྱོར་དགུ་ལྡན་མའི་སྣང་འགྱུས་
བཙན་ཀྱི་གཡས་གསེར་ཐུ་ནང་ནས་ཁྲ་འཁྲིན། གཡོན་དངུལ་ཐུ་ནང་ནས་ཚང་སྐྱེམ་ཕྱུལ། དཔའ་དགུ་ལྷའི་གོ
མཆོན་ལྔ་དགུ་ལ། བསང་དང་ཕྱུལ་ཀྱི་རྒྱུད་པ་བསལ་ ནམ་གྲུ་ལུས་འདི་དགུ་སེང་ལ་བྲངས་ནས
ཕྱུལ་བར་གདའ། ༀ་མ་ཧི་པཀྵི་ཧཱུྃ་ཧྲཱི༔ ཨ་ཡ༔ ཕ་ཡ༔ ཧྲར་ཟི་གོ་ད་ལའི་ཕོ་བྲང་ནས། མ་

༄༅། ཧྲཱིཿབཙུན་སྒྲོལ་དཀར་ཚེ་ཡི་ལྷ།། གསོལ་འདེབས་སེར་མོའི་སྐུ་སྣ་དྲངས།། ས་འདི་རྨ་ཡུལ་
ནོར་བུའི་ཞིང་། ལྷ་མཁར་སྤྱིད་ཀྱི་གང་ཕྱོགས་ནས།། ང་འདྲ་ལྷ་མོ་འབྲུག་མོ་བྲིར།། ནུས་མེད་གྲུབ་རྒྱལ་ཕྱིན་
རླབས་མང་། རྒྱུད་མེད་བཙུ་དྲུག་ན་ཚོད་ཕེབ།། འགྱུར་མེད་གི་སར་རྩེར་གསོན་དང་། འཆི་མེད་བདུད་རྩིའི་
སྨྲམས་ཞུས་ཡོད།། བར་མེད་འཇྲིན་པའི་སྨོན་ལམ་འདེབས།། ཕར་ཕྱིན་གདུང་མ་ཐང་འཁོར་ནས།། ཕ་ཡུལ་
གཡུལ་ལམ་རབ་ཏུ་ཏྲུལ།། གོ་ཧྲིད་གདེར་ཁོ་ཚད་མེད་འབེབས།། གྲུ་ཡུལ་ལྗུན་གླིང་ཚོས་ལ་བསྒྱུར།། གོ་
གཡང་གཏེར་ལྷུད་གླིང་ལ་བྲོངས།། གོ་ཧྲིད་དྲུག་པའི་ཀུན་ཁྱབ་ཕྱོགས།། ཟླ་གསུམ་རྒྱལ་བ་ལྷུས་བཅས་

དང་། མདོ་གླིང་བསྟན་པའི་སྲུང་མ་རྣམས། གི་སར་ཁྱེད་དང་མཉམ་ཚས་མཛོད། མར་འབྱོན་
གཞི་ཐུས་དགའ་འཛམ་སྲོག། ཨོཾ་མ་ཧཱི༔ ཨེས་སྨོན་ལམ་དཔག་མེད་བདག། སྐུ་རྗེ་རིན་པོ་ཆེ་...
སྲིད་ལྷ་མཁར་ལྡན་པའི་ཡང་སྟོང་དུ་ཕེབས་དཔལ་འབར་འགྲོ་བའི་ཉིང་ང་འཛིན་ལ་བཞུགས་པས་དེ་མ་
ཕབ་གསེར་གྱི་འཁོར་ལོ་རྩིབ་སྟོང་དང་ལྡན་པ་ཞིག། ཕྱག་གཡས་སུ་ཐུང་། ནོར་བུ་རིན་པོ་ཆེ་དགོས་འདོད་
ཀུན་འབྱུང་ཞིག། ཕྱག་གཡོན་དུ་བབ་དེ་ཀ་ཞིམ་ཀྱི་མཆུས། ཧ་མ་ཚོགས་རིན་པོ་ཆེ་ཀྲུང་ཀོང་དང་དཀྱིར་མི་
ཕྱིང་པ་བཞི་གླང་པོ་རིན་པོ་ཆེ་སྟོབས་བརྩལ་དང་ལྡན་པ་བཞི་དགྲ་ལྷའི་གཉེན་ལྷག་དམར་པོ་མི་དམར་

༄༅། །ཁྲིག་རལ་པ་ཅན་སྔོན་སྨན་པ་པ་དང་དབྱེར་མེད་པ། ཀུ་ཐོ་གླུ་སྤྲུལ་འོད་ལྡན་ད་མི་ཐོ་
སྔོན་པོ་ནམ་མཁའི་མདོག །སྔོན་འདྲན་མ་དང་དབྱེར་མེད་པ། གཞན་ཡང་མཚོ་སྐྱོང་བསྟན་པའི་སྲུང་
མ་རྣམས་དཔའ་བཅུལ་སུམ་ཅུའི་གྲངས་ལྡན་སྤྲུལ་ནས་སྔོན་པོ་དང་དམག་དཔོན་རིན་ཆེན་རིགས་བཞི་
མཁའ་འགྲོ་དེ་རྒྱལ་ཡུམ་འབྲུག་མོ་དང་དབྱེར་སྨི། ཕྱད་པ་བཙུན་མོ་རིན་པོ་ཆེ་རྣམ་པ་སོགས་ལ་གསེར་གྱི་
ཕྲེང་ཏྲ་འཕང་དུ་དཔག །ཚོད་ཡོད་པ་རང་འགྲུབ་ལྷུ་གྲུབ་ནས་ནམ་མཁའ་ལ་འཕགས་དེ་སྐད་ཅིག་གི་
གཤེགས་སྐབས། ལྷ་ཆེན་ཚངས་པ་དཀར་པོ་ལ་ལྷ་འབྱོར་གྱི་བའི་ཚོགས་ཀྱིས་བསྐོར་ནས་ཕེབས་སྡོང་མ་

ལྷ་ལ་འདྲེན་ཞུས་ཐུས་ཚོགས་ཀྱི་འཁོར་ལོ་ཆུ་ཆེན་པོ་ལ་ལོངས་སྤྱོད་ནས་ཞབས་བརྟན་ལ་བཞུགས།། ༄ དེ་ནས་
རྒྱ་སྟོད་ལྷ་ཕུམ་དགྲ་ལྷའི་འབུམ་སྐར་དེ་ལྷ་ཞིན་སྤྱི་དཔོན་གྱི་སྒྲུ་དེས་རྗེན་ཐུས་ནས།། འཇང་སྤུལ་མཆེད……
གཞིས་དང་ཚོམ་འབྲུབ་བཙམ་ཀྱི་དཔུང་ཐུལ་ཞེང་།། རང་ཕྱོག་ནས་སྒྲུ་ཐོང་མ་ལོན་ན་མང་ཆེན་ལ་དགྲ་སྐྱལ་
བཞེག་པ་འདྲ་བ་ཞིག་སོང་ན་མི་ལོ་འདུག་རྒྱུའི་དགྲ་ལྷ་དང་ཟྭན་པ་གཉིས་གྲོས་མ་ཐུས་བསམ་པ་གཅིག་མཐུན་
ལྡེ་ཐུང་ནས་ཕྱིར་ནང་སྤུ་བར་དཔོན་སློན་གཉིས་བསྐུལ་མེད་ཀྱི་ཕིན་པའི་རྗེས་དེར་དཔའ་བདུད་བཞི་བཅུ་དང་
རྣོར་བཙན་དྲ་དམག་གཅིག་འབུམ་ཅིག་རྗེས་གཉིས་འབྱུང་ཀྱི་གཞར་ནས་ཞི་གྲོས་སྐྱུལ་གྱི་དུས་སུ་དཀར་མོ་

༄༅། སྔོན་རྫོང་དེ་བསྐོར་བས་རྫོང་དེ་ཡི་ལྕགས་རི་ཕྱི་མ་ལ་འཁོར་ཡང་རྒྱ་དཔག་ཚད་གསུམ་སྟོང་ལྷག་ཙམ་ཡོད་པར། ཤར་ལྷོ་གཉིས་ཀྱི་ལྕགས་རི་སྒྲིང་དཔུང་གི་བསྐོར་ནས་མདའ་འཕེན་སེར་བ་བབ་བབ། ཀི་སྒྲ་འབྲུག་སྟོང་གྲགས་གྲགས་ཞུམ་ནས་ཡུན་ཙམ་འཁྲུགས་པས་ལྕགས་རི་བར་མའི་སྟེང་དུ་ཕྱི་མའི་མདའ་ལ་ཕར་ནས་རྫོང་མདའ་བརྡར་བས་ཕྱི་ནས་སྒྲིང་ནས་དམག་གྲངས་ཆེ་བ་ལས།། ནང་དུ་གྲུ་དམག་ལ་ལན་ཆེར་མ་འཕྱོད་ལྷུང་སྐབས།། སྟོག་སྟོད་ཤར་པ་མི་ཟླ་དེ་ཞེ་སྡོང་གདོང་ནས་འཁྲུགས་སྟེ་ལྕགས་ཀྱི་ཤར་ཕྱོགས་ལི་ཡི་སྔ་མོ་ལ་ཁྲོ་ཡི་གདན་བུ་ཡོད་པ་མི་ཤིག་རྡོ་རྗེའི་ཐུག་རི་འདྲ་བ་དེ་ལ་ཕེཙུ་རང་གི་ཟླ་དེ་ལྕགས་ཀྱི་མཆིན་པ་

ཚམ་ཞིག་ཡོད་པ་དེ་རྒྱབ་པས་སྒོ་མོ་སིལ་བུར་གཏོར་བ་མ་ཟད། ནང་དུ་སྒོ་སྐྱང་མི་བདུན་རྡོ་ཞིར་ཕྱི་རླག།། དེ་ནས་ཁན་ཏོང
ཀྱི་སྔོན་དུ་དྲངས་ནས་དཔའ་བདུད་ཚོ་གཅིག་རྗེས་གཉིས་སྐབས་ཀྱི་སྒྱུར་བར་ཚལ་ནས།། གྲུ་དམག་བརྒྱ་ཚོ་མང་པོ་ས་ལ་
བསྐྱབ།། སྔོང་ཚོ་མང་པོ་གྲི་སྐྱུས་བཏང་། མི་ཁྲག་གི་དཔྱར་མ་ཚོ་བསྐྱིལ་བ།། མགོ་བོ་ཕྱུང་མ་སྐྱུངས་པ།། ཕྱུང་པོ་གྲུམ་ཐང་
བགྲམ་པ་ལྟོ་སྤུ་ཅིག་རྫས།། དེ་སྐབས་སུ་གྲུ་ཡོག་ཏོང་རྒྱལ་པོ།། རྒྱ་བོ་ཁྲི་སྲི་སྤུ་ཁྲི།། ཨ་མགོན་ཐ་ནག་མི་གཅིག།། མཚོ་སྔོན་
སྒྲུལ་ནག་མི་འབར།། ཡང་ཏོང་ཐི་ལི་ནག་རྗེན་བཅམ་རྒྱལ་སྒོར་ལྟོ་པོ་ཡི་མ་བཟིང་ནས་སྒོར་སྐྱག་ད་ཅན་ལ་སུམ་བརྒྱའི་
བསྐོར་ནས་ལྟགས་ཐི་བར་མའི་ཁྲར་སྒོ་ནས་ཁྲེར་རྒྱུར་བའི་གྲལ་དེ་ནས་ཐོགས་སྐྱག་ད་རྒྱལ་ཐག་དམར་པོ་དེ་ཐི་མི་ཚོམ་པར་

༄༅། །རལ་གྲི་དགུང་ལ་ཕྱར་ནས་ཀླན་པའི་སྟོད་དུ་འཆང་བས། །ཀླན་པས་སྐུ་གྲི་ལན་གཅིག་གཡུག་ཡོད་ཚེ་ཡུས་
སྐྱིད་བཀྲགས་ཐུས་ནས་བསམ་ཡོང་མེད་པར་བསད་པ་དེ་ཨ་མགོན་ཐུ་ནག་མིག་གཅིག་ཞེས་མཐོང་ནས་ངར་སྐད་གཏོང་ནས་
འཁྲུགས་དེ་རྫོང་མདའ་ལྷུན་པའི་རང་མདངས་ལ་དུག་སྣ་དགུ་ཡི་རྫས་བརྫོང་ཆུབ་ནས་གླུ་འདི་བླངས་སོ། །ཨ་ལ༔ ཐ་
ལ༔ གླུ་མཆོད་ཅིང་བསྟོད་དོ་གླུ་གླུའི་ལྷ། །དགྲ་སྒྲོག་རྟུལ་དུ་བཏགས་པར་གྲོག །ས་འདི་གླུ་སྐད་ཤོར་བུའི་གླིང་། །ཁ་རི་
བཙན་མའི་ཡར་བྲུར་རིང་། །ཤར་མི་སྐན་རྫོང་མར་བྲུར་རིང་། །ལྟགས་རི་བར་མའི་སྒྲ་འགྲམ་རིང་། །ང་འདྲ་ཐུ་སྟག་
ཐོབ་གསུམ་ནས། །ཡ་མེད་ཨ་མགོན་ཐུ་ནག་ཟེར། །ཆོས་ཆེན་གླིང་བུའི་དཔུང་དམག་འདིས། །དོན་མེད་བོད་ཀྱི་རྒྱལ་

ཐུ་ཐུས། འཁོར་མེད་གྲུ་ཡུལ་དམག་བཀག། ཚོད་མེད་ལྕགས་རིའི་རྫོང་སྒོ་གཏོར། ལན་མེད་ཕྱི་ནག་ཁ་སྒྲོན་དུ།
བསམ་བསམ་ཕན་པ་མི་ཐུ་ཕྱིར། ཏ་བརྒྱའི་ནང་གི་འགྲོགས་མགོ་དེ། བང་ལ་ཐང་པའི་སྤྱི་ལྟས་ཡིན། ཕྱུག་བརྒྱའི་
ནང་གི་སྒྲོན་ཚང་དེ། [illegible]སྤྱར་སྤྱི་མོའི་གསོང་པའི་སྤྱི་ལྟས་ཡིན། དམག་བརྒྱའི་སྒྲོན་ཕོན་མི་ཐུ་ཕྱིར། ང་ཕྱི་ནག...
ལག་ལ་ལས་ཀྱི་དེད། ཐོད་ཚོད་ཡུ་ནས་མ་ཐེན་ཐུང་། ཐོད་སྤྱང་རྩ་ནས་སྤུང་ངས་ཡིན། རྫོང་མདའ་ལྷན་པའི་
རང་འོད་ལ། དུག་ལྔ་དགྲ་ཡི་རྫས་བརྫོང་བརྒྱབ། ལྟགས་ལྔ་དགྲ་ཡི་མདའི་སྒྲུགས། དགའ་རབ་དབང་ཕྱུག་སྨོན་
ལམ་ཡོད། ཕན་པ་སྙིང་མདའ་ལ་མ་འཕྲོད་ན། ཕྱི་ནག་མིན་པའི་ཚབ་ལ་...འཇིག། ཨོ་མ་ཧོ་པདྨ་རྩྭ་ཀྲི། ཅེས

༄༅། ཕྱིར་ནས་རྫོང་མདའ་དེ་དགའ་ལྡབ་དཔང་སྐྱུ་གི་གྲོགས་དང་བཅས་ཁྱུར་སྐྲུས་གནམ་ས་འགས་པ་ཙམ་
ཕྱིས་བཤད་ནས་ཀྲན་པ་དེ་ཚོ་དྲུས་ལ་བབ་པའི་སློབས་ཕྱིས་སྙིང་གར་ཕབ་ནས་རྒྱབ་ནས་རྒྱང་གི་ཡོན་དུ་ཐུང་ལྡུར་དཔང་ཕད་དང་
སླ་གྲག་པས་དེ་འཕྲུལ་འཆི་མ་ནུས་དེ། ད་རྒྱལ་དྲག་པོའི་སྒུགས་ཀྱི་སྒྲ་ཁྲི་ཕྱར་ནས་རྒྱ་ནག་གི་སྟོང་དུ་འཚང་བས།། རྒྱ་
ནག་ཡོ་ཕྱི་ལྷས་མེད་པར་ལྷུགས་རིའི་ནང་གི་དམག་བསེབ་དུ་རླུང་སྤྱུད་པ་ལྟར་གྲོས་ནས་ཡིབ་སོང་བ་ལ།། ཀྲན་པ་དེས་
རྗེས་བཙིར་དུ་རྒྱལ་བས་ཞེ་བ་ན།། ཡ་མེད་སྒྲིག་བདག་དམ་བྲུ་དེས་གཏོང་ཐླབས་པའི།། ཀྲན་པའི་སྐྱ་གྲི་འི་དར་ལ་ཕྱུས་
ཕྱིང་བཀྲག་གི་བཤད་སྐྱ་གི་སྒུགས་ཟེར་ཚེ་སྤྱབས་དམག་དམར་ཅན་ལ་བརྒྱ་ཙམ་བསད།། ཨ་གྲགས་ཞི་མ་གྲགས་ཡ།། སྟག་

དམར་སྡོམས་ཆེན།། ནམ་མཁའ་ཕྱོགས་བཟུང་བཅས་ནས་ཀྱི་མདུང་གི་གདོང་གླང་བས་ཕར་རྒྱུན་དཔལ་བོ་འདྲ་མཉམ་ཀྱི···
ཀྱེས།། མཚོ་སྔོན་སྤྱིལ་ནག་མི་འབར་དེས།། འབེས་ཚ་དགྲ་ཡི་ཕྱོ་བ་ལ་དགྲ་ཐྲོར་ག་ཡུག་ཕང་གཅིག་ཏུ་ཡས་ལྷུང་ནས་བསྐྱུང་
བ་དང་གོ་འཇིགས་དམག།ལྷགས་ཁྲབ་ཅན་ལ་ལྔུམ་བཅུ་ཇམ་དགྲ་ཐྲོར་ཀྱི་དར་ལ་བདུད་བ་མཉམ།། དཔའ་ལ་མིང་སྔགས་ཨ་དོམ་
དེས་ཏུ་སྔོང་ཧི་འི་སོང་ནས་ཧམ་སྣབས་ཀྱི་མཚོན་ཁེབ་ཆེན་དེ་གཅིག་གཡུག་པས་དགྲ་ཐྲོར་དེའི་ལུ་བ་སྦྲུམ་གྱི་བཅད་དེ་འཕང་།
ཡང་ཤེ་ཡི་དཔལ་ལ་ལ་འཇུས་ནས་ཀྱི་བོ་འདྲེན་སྐབས།། ཁྲ་གདོང་བསྟན་འཛིན་གྲགས་པ།། གདོང་བཙན་ཨ་སྤྱན་གཞིས་
ཀེ་བར་ཕྱིན་ཚར་བས་ན་ཁེས་དཔུང་རྡུབ་ཀྱི་དོག་ནས་ཕྱི་ལྟས་མིང་པ་རྫོང་སྤྱད་པ་ལྟར་གྲུས་མེད།། འགྲུམ་པའི་དགྲ་

༄༅། ལྷ་རྗེ་རྒྱལ་རིགས་ཀྱི་ཡ་ཟླི་བདར་ནས་ཀི་ཁར་ཀྱི་རང་དུ་ཆས་པས། གསེར་གླིང་སྤུག་དམར་བྲུ་ཡག་
དེས་གཏོང་བླང་པས་ཡ་ཟླི་གཡུག་ཕྱིང་རྩིབ་གི་ཕྱོག་ལྟེམ་ཕྱོད་བཀྲག་བདར་བ་ལྷན་དུ་ནུ་བོ་ཁྲི་སྐྱེ་བྲུ་དེས་དགྲ་ལྷུ་ལ་
གི་ལན་གསུམ་བདབ་པས་དགྲ་བླའི་ཚེ་གོས་ཀྱི་མ་བྲུས་ཆེར་མ་གནོད། དགྲ་ལྷའི་ཡ་ཟླི་གཡུག་ཕྱིང་གཉིས་པའི་ཕྱོག་དགྲ་
སྐྱི་དེ་ལིང་སྐྱེས་འཕང་ནས་བསད་པ་དང་དུ་བྱུང་བ་མི་ཚོམ་པར་ལྡུགས་ཕྱི་བར་མའི་ནར་བཅུག་དགོས་དགོངས་ནས་ཆས་
སྐབས། འབྲུ་ཤ་བདེ་ཐུ་ཆེན་ཀ་རྒྱ་འགྲོ་འདུལ་གཉིས་ཀྱི་ཚེམས་ཁོག་ཡས་གཡོན་དུ་འཇུམས་ཏེ་རྩར་ལ་གདན་འདྲེན་ཞུས།
ཀླན་པའི་བསམ་པ་དགྲ་ལྷ་འདི་ཡབ་རྒྱུ་ཚོ་རིགས་པའི་དབྱུ་ཞེས་ལ་འགྲོ་དོན་གྱི་མདའ་རྒྱ་འདི་གསང་ནས་འགྲོ་བ་དང་།

གཞན་རཔའ་སྤྲུལ་རྣམས་དཔའ་སྟོད་བཟླང་ནས་སོ་སོར་གཏུལ་སྐྱབས། གུ་རུ་ཕོག་མོད་རྒྱལ་པོ་དེས་བྱ་སྨན་རྒྱལ་ཀྱི་དྭ་
མཚལ་ལྷུ་ཁ་སྔོད་གིས་མཆེར་ལྷང་ལྷང་འོང་བ་མཐོང་ནས་སྙིང་ལ་ཚེར་མ་རྒྱུག་པ་ལྟར་ཕྱིས་དེ་ཡི་བུ་མོའི་རྗེས་ལ་
ཕུ་བོ་འཆི་མ་ཉམས་ནགས་མོན་པོ་བསྟུད་ཁྲང་དཀའ་རྒྱུ་མེད་སྨམས་ནས་རལ་གྲི་ཐབ་ནས་ཕྱུང་གླད་ལ་ཕྱར་ནས་གླིང་
དཔུང་བ་ཀྲག་ཕྱུང་བ་ན་རལ་གྲི་རྣོ་ཆེད་མཐོང་པའི་མྱོག་གཙུང་དེ་གྲི་འབྱུར་གོ་འབྱུར་ཀྱི་ངང་ནས་སྒྲུ་འདི་སླང་བར་
གདའ། སླུ་ཨ་ཡེ༔ ཕྲ་ཡེ༔ མཚོད་དོ་བསྟོད་དོ་གུ་གུའི་ལྷ། ས་འདི་ཤ་ཡི་བཙན་པང་ཟེར། ད་འདྲ་
གུ་རྒྱལ་ཕོབ་མོད་ཡིན། ཚུར་ཚུར་ཐེན་དང་གླིང་སྨུག་ཁྱེ། ཕར་ཕར་མ་ཐོམ་གདོང་ལ་ལོང་། རྣ་མཆི༔

༄༅། སྡིག་དམར་ཡག་འགྲོས་ལ་མ་བཙར་དགོས། བཙར་ཚོར་ནས་སྤེ་སྦྱང་མ་བྱེད་དགོས། སྨན་བུ་མོ་གནས་ལ་མ་འགྲོ་དགོས། སྤྲིན་ཚོར་ནས་གོ་ལ་མ་ལོག་དགོས། སྦྱི་ཞིམ་མིང་རྒྱུ་ནོར་མ་དད་དགོས། དད་ཚོར་ནས་ཕར་ལ་མ་ཕྱིར་དགོས། ངེས་ནུ་བོ་ཁྲི་རྟོང་བུ་ཁྲི་དེ། ལྷ་སྡུག་མི་ཡུལ་སྤྲིན་པ་འདྲ། བཙལ་དྲུག་ཚང་ལ་རྫོགས་ཡིའི་བུ། ཡང་རྟོད་ཞིག་པ་དྭངས་ཡིའི་བུ། ཕོག་རྟོང་སྐྱིང་གི་ནོར་བུ་ཡིན། དེ་འདིའི་སྒྲིང་བྲུའི་དམར་བཤད་ཐོས། ལུས་སྟོང་དགུ་གི་བརྒྱུད་ནས་འཕང་། གདམ་ཚིག་གསུམ་བརྗོད་ན་ཨོ་ཕན་བསམ། དཔྱང་པའི་ཕ་རྟོང་གདིང་ནས་འཕར། ཁྲི་ལེན་གསུམ་གཡུག་ན་ཨོ་ཕན་ཐོ། སྐྱིང་སྒྲིག་རྩའི་དཀྱིལ་ནས་སྐུག་ཆོད་ལ།

ཕྱང་ཡོག་ཕྱལ་ལ་འཆོང་ལི་མེད། ཤ་དམར་ཟོས་ན་ཚིམ་ལི་མེད། ཕ་བླ་མ་འདྲེན་སྟོན་ཆེ་རྒྱུ་དེ། ཤི་བར་དོའི་
སྣང་བ་འཁྲུལ་ཞིག་རེད། ཁྲ་མ་བྲ་བསྔོགས་པའི་རྒྱུ་ནོར་དེ། བད་ཆེ་ཆེར་དགུ་འཕྲེར་ཡོག་ཞིག་རེད། ཐུ་སྤྱུན་གསུམ་
ཕར་སྒྲི་རྒྱུར་གདང་ངེ། ཤི་བར་དོ་སྣ་ཕྱི་འགྲོ་ཞིག་རེད། ཤ་ཤོར་ཁྲ་དམར་དགུ་བསྐོར་ལེན། ཁྲབ་ལེན་ཁྲབ་
དམར་བཅུ་སྐོར་ལེན། ཐེང་གོང་ལ་གྲགས་པ་མ་ཐུས་ན། ང་སྒྲུ་རྒྱལ་མི་ང་ཏེ་བོར་ལོ་ཡིན། གསོན་མི་ཕྱུལ་
བསྟོད་པས་དཀའ་རྒྱུ་མེད། གྲུ་གྲུའི་བསྟན་པའི་སྲུང་མ་རྣམས། ཐོག་རྩེད་དཔའ་བོའི་སྟོང་གྲོགས་མཛོད།
ཨོཾ་མ་ཧི་པདྨ་ཧཱུྃ་ཧྲཱིཿ ཅེས་ཟེར་ཟླས་འཛུད་པས། སྟག་སར་རྗེ་ཧྲེ་ཐོག་དམར། གང་ཡར་ཕྱེད་སེར་བ་རྣང་ཝེང་།

༄༅། །དཔའ་སྐྱིད་ག་ཡུ་འབྲུག་སྟོབས་ཆེན་ལོག་བཙན་རྡོར་གློག་དམར་བཞི་ཡི་གདོང་བསྐྱབ། ནས་སྟོབ།
སར་རྡོ་རྗེའི་སྒྲ་འདི་ལྡངས་སོ། ། ཨ་ལ༔ ཐ་ལ༔ ཕྱོགས་བཞི་ལྷ་ལ་གསོལ་བ་འདེབས། ། ང་འདྲ་ཁྲོ་བོའི་རྒྱལ་ཁབ་
ནས། ། འཁྱེར་ས་བར་ཐང་སྤྱན་ལྗུང་ནས། ། སྔགས་སར་རྡོ་རྗེ་ཐོག་དམར་ཟེར། ། ཁོ་ལོ་ཞི་ཀྲུའི་གང་ཐོག་ནས། ། ཁྲོ་
གླིང་འཁྲུགས་པའི་ཁྲེག་ཆར་བབས། ། རང་སྐྱོག་དཔུང་གི་ཁེབ་ནས་ལྡུས། ། ཁོ་ལོ་ཉི་གཉིས་གོང་ཐོག་རྒྱ། ། ཁྲ་མོ་
གླིང་ཟུམ་དཔའ་བདུད་བསྐོས། ། ལྷ་སྲུས་དགྲ་ལྷའི་གཟུར་སྐུར་ཡིན༔ སྐུ་ས་ཟླ་པོ་ཏང་ཡུལ་གང་སྐྱོང་ནས། ། ཡ་
མིང་ལི་ཟླ་ཏང་ཟའི་ཡིན། ། སྐུ་སྤྱན་པོ་ག་ཡུ་འབྲུག་སྟོབས་ཆེན་ཡིན། ། ཏར་དཔའ་སྐད་སྒྲང་ལྡུར་དཔོན་པོ་ཟང་། །

སྐུ་དམར་པོ་བཙན་རྡོར་གློག་དམར་འདྲ། མིག་ཁྲང་ལ་ཡུལ་གྱི་དཔའ་བརྟུད་འདྲ། ཕྱོད་ཀྱི་རྒྱབ་ཀྱི་བསྣུན་མ་འཚེར་
ན། ངང་མི་བཞིའི་སྙིང་ཁྲག་ཐང་ལ་འཐོ། ཡ་བླ་མ་དམ་ཚིག་མ་གཙང་ན། རི་ཀྱི་ཡོལ་བཅས་ཁྱང་ཡན་པ་མེད།
མི་ལུས་ཆེན་ཁྲིམས་རང་རྩུད་ཉིན་མོ། རྒྱུ་བསོགས་བསོགས་མི་ཡི་དགའ་མཁན་འདྲ། ཕྱེད་བུ་སྐྱུར་ཁ་སྨན་མཚོ་
བསམ་དེ། གཅིག་ཕོག་གཉིས་ཁན་སྐྱིད་རྣམས་གྲོགས། ཨ་ལེ་གྲི་དང་མའི་མགོ་སྐྲ་ཕྲལ། ཕོག་རྡོར་ཞེ་ལ་དེ་ལྟར་
ཞེག། ཨོཾ་ཨཱ་ཧཱུྃ། ཙམ་ཟེར་ནས་གྲི་ཁ་འཁྲུན་ཡས་ཕོག་རྡོར་དང་རྒྱལ་འདྲེ་ཉིན་ལ་མི་སྲིད་པ་ཞིག་འབྱུགས་
པའི་རྟེན་གྱིས་དཔའ་བརྟུལ་བཞི་གྲི་རི་འདི་ཞིག་ཏུ་བསྒྲུང་ནས་རྗེས་བཞིན་ཕ་ཚོམ་མང་པར་ཕོར་རྒྱུད་བས། ཨ།

༄༅། །དྲག་ཞི་མ་གྲགས་པ། །སྟག་དམར་སྟོབས་ཆེན། །སྟོབས་རྒྱལ་ཉི་ཆེན་གྲགས་པ། །འབྲུང་སྟག་
ཕེར་རྒྱལ་གྲགས་པ་བཞི་ཡི་གདོང་བླང་བས་ཞེས་རྫོང་མདའ་ལྷ་དུས་གཙུག་ལ་འཕར་ཕྱུར་བས་དཔའ་བདུ་མི་བརྟེ་ལ་
ལྷ་སྲུང་གི་སྟོབས་པས་སྲོག་སྐྱོན་ཟངས་མ་ཕྱུར་ཡང་། །རྒྱུགས་ཞིར་གྱི་ཟ་ཞིག་དྲན་མེད་དུ་བརྒྱལ་ནས་ཧྲུ་ལས་ལྡང་།
མདྲེ་གཅིག་དེས་སྐྱིད་ཟང་པ་ཕྱོག་གི་ཞེས་ཡིན་མི་དགུ་དུས་ཚོ་ལ་བསད། །སྐྱར་ཡང་ཁོ་ཟས་ཚོད་བཟུང་མེད་
པར་ཁྲིམས་དེར་ཕྱུར་བས། །དགའ་བར་ཆོས་སྐྱོང་ཁར་ནག་ང་ཡི་ལྷ་སྲུས་ཀྱི་ཚེབས་ཡོད་དཔའ་ལ་ལ་སྐྱིད་ནས་ཧྲ་ཁ།
འཁང་བརྒྱུག་པས། །ཕིག་ཕེར་གྱི་ཁྲིམས་ཞིན་ནས་རྫོང་མདའ་ལྷ་དུས་གཙུག་ལ་བསྡུབས་ཕྱུར་བས་འཇང་ལ་བདབ་པ་

བཞིན་མ་བྱུར། དེ་ནས་རལ་གྱི་སྐབ་པ་དང་རྣ་ཞ་དེའི་ལག་གཉིས་ཀྱི་ཐང་ཚེར་བསྐུམ་ནས་བྱུང་བས་ཁོས་རྣ་བ་དེའི་སྙིང་

གར་གྱི་ལེན་དགུ་བརྒྱབ་བྱུར་བས་བར་སྣང་ལ་གཏུབ་པ་བཞིན་ལས་མ་བྱུར། ཁང་གཉིས་གཡུག་ཚད་པས་ཤི་རྒྱལ་

ནས།། རྣ་བདེ་དྲ་ལས་གྲུད་སྤོ་ཐང་ལ་ལྟེབ་པས་ཁྲང་དར་ཀ་ལྟུང་གི་བསྐྱོད་པ་བཞིན་དུ་རྣ་བདེ་ལ་སྐྱི་གནོད་རྒྱུ་ཕར་

རྒྱུ་ཅི་ཡང་མ་བྱུང་། རྣ་བདེ་ཁོ་ལ་སྐྲང་ཆེན་བརྒྱ་ཡི་རྫུལ་སྤྲུགས་ཡོད་སྟབས་ལྟེབ་མ་ཐུབ་ཁྲང་མ་བདར་བས་ཧྲི་

ཡུན་གསུམ་ཙམ་སོང་ཙང་ཚོད་བརྒྱུད་སོ་སོར་ཁྲུར་བ་ལས་ཅི་བྱུང་མེད་པར་བྱུར། གླིང་པ་རྣམས་སྐར་དུ་འཛོམ་

པ་དགས། འདྲན་མ་དགོན་སློན་པོད་སྐར་དུ་གསར་ཕེབས་པའི་བཀའ་ཁྲིམས་ལས་ཡར་འཁོར་ལྷན་འཛོམ་བྱུང

༄༅། །བའི་སྐབས་དེ་རིང་མཁན་པའི་ཞལ་ངོ་ལུས་ཚུགས་གང་ལ་སྤྱད་ཕྱུང་རིན་དང་མི་འདྲ་བ་ཅི་ཡིན་བསམ་ནས་ཞེས་ཞུས་པས། མཁན་པས་ན་རེ། སྐད་རང་སྒྲུས་གླིང་བཞི་ཐེབ་པར་ཡང་། རྒྱས་ནོར་བུ་འཚེར་ནས་མཚོ་ཁྲིང་སྤྱིད། འཇིག་རྟེན་སྤྱིད་པ་ཟེར་བ་དེ། འགོ་འཁྱུར་ཅི་ཡང་སྤྱིད་ཞེར་རེད། ཟེར་ནས་སྐར་དུ་སོང་། འདན་མ་ཡུལ་གྱི་སོང་དུ་ལྷ་ཅི་འདུག་བསམ་ནས་ངང་སྐར་སོང་ནས་གསོལ་འདྲེན་ཚར་བ་དང་། སློན་ཆུང་བཞི་ཁྲིད་ནས་མཁན་པའི་སྐར་ནང་སོང་ནས་བསྐུས་པས། མཁན་པའི་ཁྲང་སྒྲུས་སྤྲུར་བའི། ཧོང་མདིའུ་དེས་སྐོང་བ་གདོར་ནས་སྐལ་ཚིག་ནས་སྤུད་འདུག་ མི་མི་རང་མང་པར་ཐག་ཆོད་འདུག་པར་གདའ། དེ་ནས་ཞེར་མི་ཐམས་ཅད་སྡུག་བསྔལ་གྱི་ཅི་ཆ་མེད་པར་ཡུད་ཙམ་གཅིག་ལ།།།

ཁ་དྲག་རྒྱུ་མེད་པར་ད་རི་ལྷུས། སྨན་ལས་སྐྱུ་ཡི་ཕ་མ་ཁ་ཚིམ་ཀྱི་སྐྱུ་འདི་བླང་བར་གདའ། ཨོཾ་མ་ཧཱ་པདྨ་ཧཱུྃ་ཧྲཱིཿ
ཨ་ལ༔ ཐ་ལ༔ སྨར་རྨ་ཡུལ་ལྷ་མཁར་ཡང་སྟེང་ནས། རྗེ་དུས་གསུམ་སྐྱིབ་མེད་སེང་ཆེན་མཁྱེན། སྨོན་
སྨན་ཡུ་ང་ལ་ཐུགས་ཀྱི་དགོངས། ས་འདི་སྐྱུ་ཡུལ་ན་ཕང་ཟེར། ང་ཚོ་སྡོད་བདུད་ཀྱི་བློན་པོ་ཐུས། ཚེ་སྨད་ག
སར་བློན་པོ་ལ། ལན་མེད་སྨན་པ་དམར་པོ་ཟེར། གི་སར་སངས་རྒྱས་བསྟན་དོན་ལ། རྒྱལ་ཁབ་བཅོ་བརྒྱད་…
བརྒྱལ་བའི་རིགས། དགྲ་ལ་ཁེངས་ལེན་མ་ཐུབ་མེད། གཞན་ལ་ཐམས་པས་མ་སྐྱོང་མེད། ཞབས་ཞུས་མ་གྲུབ་
བསམ་པ་མེད། དེ་ནས་བཀའ་དྲིན་ངན་མ་ལགས། ཚོང་རྒྱུས་ང་ཡི་ལོན་ཁ་ཡིན། ང་སྐྱུལ་ཚོང་གྱི་…

༄། མཁྱེན་ཚོད་ཡིན། ཀྱུ་ཚེས་ལྔེ་བབ་ཉིས་ནས་བརྒྱད། ཀེ་མདངས་ལྷག་ལས་མ་སྤྲིབ་ཡོད། དམ་ཚིག
དར་གྱི་ཆ་དུད་པ་དེ། ཚང་ཚང་མདུད་པ་མ་གྲོལ་ཡོད། ཕ་གཅིག་སྤུན་ལ་ཁྱད་པར་མེད། ངེས་ཁ་ཆེམ་ཚིག་གསུམ
རྗེས་སྙོར་མཛོད། སྨན་པ་སྨིག་པ་ཆེ་ཞིན་འདྲ། གེ་སར་རྒྱལ་པོའི་བསྟན་དོན་ཡིན། གླུ་གཞུ་དགའ་ཡི་བསད་ཞེན་འདྲ།
གྲས་ནས་ཚེ་ཚད་རྫོགས་པ་ཡིན༔། རྟ་མི་ཐོད་༔ སོ་རབ་གྱི་ན་དགྲ་བོའི་ལེབ། འཆི་མི་དགོས་འཛམ་བུ་གླིང་ན
མེད། ཁྱུས་གཟུགས་བཞི་རྡོ་གོ་སྡོང་ཁེ་ཡིན། ང་སྤྲན་པ་ཞིང་ཁམས་འགྲོ་བས་ཆོག ཕྱིར་རྗེས་ཁྱུས་སྒྲིང་།
ཡས་ཕྱུགས་ཁྱུར་མེད། དཔོན་མེད་དོར་མིར་ད་སྤྲུག་ལོ། གཞན་ལྷག་སྟོབས་མགོན་མཛད་དང་གཅིག ང་

སྣ་ཕར་འཁྲོས་སྡོན་མ་ལ། མདུན་སྣར་མ་བཟུང་ཐམས་པ་མེད། ཕྱིན་ནས་དགོངས་པ་གནང་རོག་གཉིས། སྐན་ཚ་
ཀླུང་ལྷ་མཆོགས་ལྟོན་ལ། དཔའི་ཁྱེད་མེད་བདག་ཉུན་གསུམ། འདུན་མས་ཁྱུ་བསྐུལ་མ་འཚུབ་ཅིག། དེ་ནས་དོར་སྟེ་
དམར་ནག་ཚོ། ཚེ་ཟད་ནས་བླ་མའི་དྲུང་ན་འཆི། ལོ་ཚེ་ན་སྙིང་རྗེད་རྩལ་ནས་རྒྱས། ང་སྐན་པ་ཆེ་ཚང་རྗོགས་ལེ་
ཡིན། སྐུལ་ཡོང་བློ་འཆོད་ཐེར་དོན་མེད། རྗེ་བོ་སར་བཀའ་དེ་སྐྱི་ཡང་སྐྱབ། ཀླིན་འདུན་མ་སྙིང་སྐྱབ་རྟུམ་ལ་
བཟུང་། སྒོག་ཆད་པ་སླིང་རྟུལ་ཆོས་དོན་བཟུང་། བླ་མ་གི་སར་ཕྱུགས་རྗེ་ཅན། སྐན་པ་དག་པའི་ཞིང་ལ་དྲངས།
མ་དག་འཁོར་བ་སྟོང་པར་སྦྱོས།། ཨོཾ་མ་ཎི་པདྨེ་ཧཱུཾ་ཧྲཱིཿ ཅེས་ཟེར་ནས་འདུན་མ་ལ་མིག་ཁྲིག་ཁྲིག་བལྟ་བའི་ངང་

༄༅། །དེར། འདུན་མས་ཕན་ཕྲུག་ལ་འཁྱུད་ནས། ཁོང་ཞལ་ལྷུ་ལྷ་ཡི་སྐུ་མདུན་ནས། མཇུར་ནག་པོ་བཞུགས་
ནས་མཐའ་མ་འཁྱེར། ང་མཁས་མ་ཤི་མ་ནུས་འདུན་མ་འཁྱོང་། ཁོ་རྒྱ་ནག་མགོ་ལག་མ་ཡོང་ན། ང་འདུན་མ་མི་ཡུལ་མ་
སྐྱེས་དགའ། ཆོས་གསུང་དེ་མི་བརྗེད་སྙིང་ལ་འཆང་། རྗེ་ནས་མཆིལ་མ་བཏང་། ཕྱིན་པས། ང་ཕྱི་མ་ཞིང་ཁམས་གདམས་
པ་ལ། དགེ་བྲ་ལེན་ཕྱི་བ་མེད་ན་ཡང་། ཕྱི་རབ་ལ་བཞུགས་པ་བཟང་བར་གདའ། རྗེ་ནས་དྲངས་བར་གདའ། ཕྱིན་པ་དྲངས་བ་
གླིང་དཀར་རྒྱལ་བློན་རྣམས་ཀྱི་ཡོས་ནས་ལ་མོ་ཁྲི་ཚེན་ལ་ལྷུང་བ་ལྷ་བུའི་སྡུག་བསྔལ་གྱི་ངང་དུ་གནས་པའི་སྐབས་དེར། ཨ་ཁྲོ་
ཁྲོ་ལྷུང་རྒྱལ་པོ་དེ་ལ་སྐྱིད་ཁོང་དུ་མ་ཤར། མིག་བཟའ་དང་མ་རྒྱུ་རྒྱུག། མགོ་དུག་སེམས་དགའ་བའི་སྣང་ཚུལ་དང་དུ་གླུ་

འདི་སྣང་པར་གྲགས་སོ། ཨ་ལ༔ ཐ་ལ༔ མདོ་གླིང་བསྟན་པའི་སྒྲུང་མ་རྣམས། དེ་རིང་ནམ་མཁའི་འཇའ་ལྟར་
ཤར་ལ། ལྷ་འཁྲུར་མེད་ནམ་མཁའི་ནོར་བུ་དེ། དཔལ་སྲས་སྟག་ལྷ་མི་འབར་མཆེན། ས་འདི་དེ་སྔོན་ན་ཡང་བྱེར།
མདངས་དེ་རིང་གླིང་དཀར་དུར་ས་རེད། མི་ང་འདྲ་སྟག་རང་ཁྲོ་རྒྱལ་ཟེར། ཆོས་བླ་མ་ཡོད་ཁུང་རྒྱུ་མཁན་དགོན།
ཕྲིས་མཁས་པ་ཡོད་ཁུང་ཞན་མཁན་དཀར། གསེར་རྡོ་ལ་ཡོད་ཁུང་བརྒྱུ་མཁན་དགོན། སློ་ཨ་ཁྲ་གསལ་ཁུང་གླིང་
རྟ་ཁྲེལ། ཆ་བདེ་འཕྲུལ་བའི་ལུང་བསྟན་ལ། གེ་སར་ཐུབ་ལ་ཐོན་པས་ཟེར། ཡར་འགྲོ་མི་ཞན་མ་ཁྲིས་ཕྱེས།
དགྲ་དཔུང་གཅོད་པའི་ཁར་ན་གཅིག། ཀུར་སྐྱུང་ཐུང་པའི་སྟག་སར་གཞིས། ཆ་སློན་གཞིས་དང་སོག་སློན་ལྷ། སྟོང་

༄༅། །སྐོར་བུ་དང་འབྲིལ་ཚེ་བདུན། དཔལ་བདུད་རྡོ་རྗེ་དྲག་མི་བདུན་དང་། ལས་དམག་དེ་ཚོད་དམར་བསད་
སྐོར། ཏེ་སྤུ་ཡིན་སྤྱི་དཔོན་རྒྱལ་པོ་ཡིན། ཕྱག་མིང་འཕང་ཕྱག་སྤུན་གསུམ་དང་། རྫུ་འཕྲུལ་ཆོས་འཁྱུབ་མ་དེ་ཟེར། དེ་རྗེ་
སྐན་པས་ཕྱི་འཆབ་རྒྱས། ལྕགས་རི་ཡོན་པ་ཕར་ར་ཞིག། ཕར་གཡུག་ཟེར་བས་མཁའ་ཡི་བང་བཙད། ཚུར་ཟླབ་འཁྱབ་
ཀྱི་མིག་མ་ཅིག། ཕར་འགྲོ་སྟོང་མའི་རང་ཕུང་ཕྱུང་། ཀྱ་ཡིན་ཟེར་ན་སྤྱི་དཔོན་ཡིན། སྤྱི་དཔོན་ཁྲིད་དང་སྤྱི་ཕུང་··
རིང་། མཁས་པ་ཁྲིད་དང་བླུན་པོ་རེད། ལྷ་ནན་རིང་དམ་ཕུར་རྒྱན་རིང་། གླིང་ཟླུམ་ལེགས་པར་སྤྱོད་རིག་ཀྱེ།
སྟོང་དུས་འདོར་གླིང་གཡུལ་འཁྲུགས་སྐབས། ཨ་ཁྱུང་ང་ཡི་དམག་ཚོད་བརྒྱུད། གསེར་ཚ་སྤུང་ནས་བཏབ··

སྙིང་བཅུད། ཚོར་སྣང་འཁྲུགས་ཐབ་ཆོད་ཅམ་ལ། སྐྱེ་དཔོན་ཆེན་གི་ངོ་མཚང་བརྡར། མཁན་རྟོག་མི་གསུམ་མ་སོད་
ན། སྣང་རྣ་ལུས་པས་མི་ཟན་བརྡོད། ཞལ་ལྕེའི་སྐུ་གྲོག་ཚོར་ལ་སྐྱེལ། དེ་མོར་སུ་ཡེར་སྐྱི་དཔོན་ཡིན། ད་རྣང་
ཏེ་ཙམ་ག་ན་ཚང། ཁ་སྣང་དཔའ་ཙོ་གཡུལ་འཁྲུགས་སྐམས། ཞེས་མིད་སྣག་ཏང་ཟ་རྡོལ་བཞེག། ངང་སྣས་མི་
ཚོག་མད་ཀྱི་ཁྱེར། དེ་ཡང་ཕྱང་པའི་ཕྱང་ལེ་ཡིན། ད་རྣང་ཡུ་མིད་མ་ཐོན་པར། ཕྱང་པོ་ཕྱག་ནས་ཐུབ་ལེ་
མྱིད། སྦོ་ཕྱག་སྐྱེ་དཔོན་ཀྱིས་དང་གཡག། ད་རྣང་དེ་འདྲ་ཐང་མི་ཡོད། སྟེ་སྣང་རྣས་ཡིད་ལ་དེ་འདྲ་ཞོག།
ཨོཾ་མ་ཎི་པདྨེ་ཧཱུྃ་ཧྲཱིཿ སྐུ་དེ་བདང་བས་སྐྱེ་དཔོན་ཀྱི་ལན་ཞིག་མ་བདབ་ན་མི་ཕན་ཐམས་ནས་སྐུ་འདི་

༄༅། སྣངས་སོ། ཨ་ལཿ ཤ་ལཿ ལོ་ཆེན་བཻ་རོ་ཙ་ན་མཆེན། ས་འདི་གླིང་དཀར་གཞི
དབྱིལ་ཡིན། ངའདྲ་ཨ་ཁུ་སྐྱི་དཔོན་ཡིན། ཁྱོད་རྒྱན་བྱང་ཙམ་ཞིག་མི་མཁས་དེ། ཀ་ག་སར་སྐུ
ནི་མ་རྫོགས་བར། གླིང་ཆོས་སྐྱི་དཔོན་ང་ཡི་འཆོས། མཁར་མེད་གྲུ་གྲུ་ནི་ས་ཆ་ལ། ངའགྲོ་ཁེས
ལེན་མ་ཐུབ་སྟེ། འབྲུམ་དམག་ཁྲེ་མོའི་མགོ་འཛིན་ལ། གླིང་རྗེ་རྒྱལ་པོའི་བཀའ་ཡི་བཙད། སྐེས
ཚོད་མ་སྐྱུས་མ་ཡན་ཆུང་། སྤུ་ཐུག་ལ་བསྐམ་ཆེན་དེ། རྟག་སྐེང་སྐྱིད་ཡ་ཊམ་ཐུས་ན། ལྐྱ
དཔ་འདྲེ་གཞིས་ནོར་དོག་ཡོད། ཁྱུང་མདོ་དགུ་འཁྱིམ་པའི་ཚང་པ་དེ། རྟག་སྐེང་སྐྱུད་ཡག

མ་ཐུབ་ན། མི་ཁྲིམ་པ་དང་བཟང་པོ་ནོར་ཟབ་ཡོད། གླིང་དཔའ་བརྒྱུལ་ནང་བཟང་ཚོང་སྐྱིད་ལ།
རྟག་ཕྱིར་སྤྱོད་ཡག་མ་ཐུབ་ན། གཡོ་རྒྱུ་དང་དྲང་པོ་ནོར་ཟབ་ཡོད། ཕྱོད་ཁྲི་ཐུར་ལྷ་མོ་ཧར་ཐུང་མ།
ཙང་ཡུལ་"""གླིང་ལ་དཔའ་གཞམ་བཀྲད། ཞམས་རྒྱུང་སྟོང་ལ་དཔྱང་པ་འཕྱུར། དཔའ་བདུད་དཔོན་
རྒྱུད་རྫོན་གྱི་བསླུ། ཕར་མངག་སྐྱོད་མ་ཐེར་བདག་ཐུབ། སྐྱ་བྱ་གོ་ཐོས་གོ་གྲིད། སོ་ཁ་སྨུན་རྒྱུ་
རྒྱུ་རྟུབ་འདུ་ཡོད། གྲི་ཐམས་ཅད་ཚོས་བརྒྱུད་རླུ་པ་ཡོད། སྤྱི་རི་འཇང་ཚོན་གསྲིབ་འདུ་ཡོད།
གྲི་འོད་ཤི་མ་ཤར་འདུ་ཡོད། གྲི་དེ་ཁྲི་ཕྱུང་རྒྱས་ངས་ཡིན། ཤལ་ཆད་ཅི་བབ་གླིང་རྟུའི་

༄། དགོངས། དཔྱར་དུས་ཀྱི་མཐའི་གྲོ་མདངས་དེ། དུས་ཚོད་ཚ་དྲོད་ཆེ་ཞིང་ངེད།
དགུན་དུས་ལྷག་པའི་ཚ་དང་དེ། བྱ་ཡུག་ཁ་བའི་ཞིང་ངེད། གོ་ལ་དམག་གླིང་ལ་རྟོད་ལེ་དེ།
ཁྲོ་ཡུང་བློ་བཀླག་ཡག་ཞིང་ངེད། ལྗོག་གདམ་འཚོར་བའི་བླ་མ་དེ། ངང་མཚང་མི་ཤེས་ཆེ་
བཤད་ཡིད། ཁ་དགུ་བསྐོར་བའི་དྲུད་མ་དེ། ངང་ཡིན་མི་ཤེས་སྒྲ་སར་ཁྲེལ། གསུར་དཀར་མཐུན་
ཡ་ལྟེ་ཡུང་མས། ངང་ཐུས་མི་ཁེམ་ང་ལ་སྨྲད། ཤ་ལྡེའི་སྣང་ཚུར་གཡུ་ལྷག་དེ། གླིང་དཔའ་
ཞ་རྒྱལ་སུམ་བཅུའི་བླ་གནས་ཡིན། གླེ་ག་ནས་སྲིན་ལ་མ་བརྒྱལ་ན། དཔའ་བརྒྱལ་མི་སྲོད་བློ།

སློབ་ཐུས། གཡག་ལོ་ལ་ལ་ཁ་ཁྲིད་བསླུ། སྐར་ཆུ་ལྡེ་ཕིབ་དྲུག་ལག་ལ་བཞུག། སྣ་ལེན་ཁྲོ་ཕྱུང་འཕྲོད་ལ་
བབ། དེ་ནས་ཉིས་རྒྱང་མོ་འཚབ་མདག། གྲུར་དཀར་མགུ་ནས་དོར་དམག་བཞེར། འཕྲོར་ཁྲོ་ཕྱུང་གི་ནང་
བཙོན་ཡི་གི་བསྒྱུར། གླིང་དཀར་པོ་ཟང་ཞིམ་ཅོན་ཆེ་ལ། ཇ་མཁར་བཀྲིག་ནས་འགྲུག་མོ་ཕྱིར། ར་
མདའ་དཔའ་བརྡུང་དེ་དྲུག་གསད། ཡིན་མིན་ཁྲ་སྒྲུག་སྐྱུང་གསུམ་དགོངས། དེ་རྗེས་ན་དམར་དོལ་ཁ་
ལ། ཚ་ཞང་འདྲེན་མས་བྱུས་སྟོད་བརྒྱུད། དོར་གླིང་དཔུང་དམག་ཟང་བྱིའི་སྐབས། ཁྲོ་ཕྱུང་དཔའ་
མིང་ཡིན་མདོག་བཀྲད། འདྲེན་མས་བསད་པའི་མགོ་ཐོ་དེ། གཙུ་ཞྭབ་གང་དེ་ཡིན་མདོག་ཕྱིར།

༄༅། ཞལ་ལྔའི་མདུན་ལ་ཕྱིན་ནས་བྱུང་། རྒྱ་ཚོས་ཡ་ཡི་སྤྱ་ལ་གཡུག། དཔའ་བྱལ་···
མདའ་མདུང་སྤུ་ལ་རྡོག། ཁ་སར་རྡེ་ལ་ཅི་ཞུས་བསམ།། ཤ་བདེ་ཚེས་སྐྱོང་བའི་ནག་ལ།། སྔོན་རྒྱུ་ཕོ་
གསར་མི་འདྲ་གསུམ།། ཞིར་བས་རྒྱ་ཚའི་ལྷགས་ལ་ཕོག། སྐྱི་འཁབ་རྟུས་ནས་དུང་བླ་བབ།། ལེན་རྒྱ་
དང་ན་ཁྲོ་ཐུང་ཡིན།། ད་སྟ་མི་ནན་སློ་སྤུ་བཀུག།། བརྩམས་ཚོད་ལྷུ་ནས་མ་ཐིན་བྱུང་། སྤུ་ནུ་ནང་དམི་
མི་ཞན་བསམ།། ཁྱོད་ཁྲོ་ཐུང་གི་དམ་ཚོད་མ་ཐིན་བྱུང་། སྐུ་ཆབ་འཚོ་མི་སྐྱི་དཔོན་ཡིན།། དགྲ···
ལེན་རྡར་ཐུང་མ་ལ་བབ། སྤུ་ནུ་ནང་དམི་མི་ཐིང་ངོ།། ཨོཾ་མ་ཧི༔ ཞེས་ཞིར་ནས་ཡར་ལང་ལག་གཡས་

ཡས་ཁྲོ་ཕུར་གྱི་གཞའ་བ་བཟུང་གཡོན་ཡས་རྒྱབ་གཞུང་ནས་བཟུང་སྟེ་གཡུག་ཡས་གན་རྐྱལ་དུ་ཐལ་སྦྱོ་སྦྱར་ཏེ་
འཕང་རྒྱུར་བས་འདན་མ་ཤིང་སྣབ་གཉིས་ཀྱི་སྤྱི་དཔོན་ཡར་འཕིར་ནས་བར་ཐུས་སྐབས་ལྷ་སྲུང་དགྲ་ལྷ་རྟེ་རྒྱལ་
དེ་ཕྱུགས་སྐྱོ་བཞེང་ནས་གླུ་འདི་གླངས་བར་གདའོ། ཨ་ལེ༔ ཐ་ལེ༔ དགྲ་ལྷའི་གཉེན་སྣབ་དམར་པོ་''''
མཆེན། ས་འདི༔ གླིང་དམག་ཁྲོ་མོའི་གཞི་དབྱིལ་རེད། ང་འདྲ༔ གདོང་འབུམ་པ་བུ་ཡི་དགྲ་ལྷ་
ཡིན། གླུ་གླུའི་བོ། ཞྫོང་འབེབས་སྐབས་སུ། དཔའ་ཆེད་ཤེས་རྒྱུ་མི་ཆེ་སྟེ། གསར་རྒྱལ་པོའི་སྐུ་ཚབ་
ལ། མི་བཞི་བཀའ་ཡི་བསྐོས་ནས་ཕྱུར། ཇ་མི་བོད༔ མི་དགའ་བདུད་ཀྱི་བར་ཆད་ལ། ལྷས་ངན་

༄༅། ཞུག་པས་ན་བཅད་ཐུང་། མི་འདོད་རྒྱན་གསུམ་ཁ་བ་ལ། ཕྱི་ནག་དགའ་བའི་འདྲིལ་ལོག་ཅིང་།
མ་བསམ་མ་སྐྱིད་དམག་ག་ཡུལ་ཞེས་ལ། མི་ཞོས་ཁྱོ་ཐུང་དགའ་སྐྱིད་འཛོམ། མི་ཚང་འབུམ་དཔོན་ལྟོ་ཆེན་
ལ། མ་ཐུལ་ལྷ་ཀླུའི་སྐྱ་ཕབས་བྱུས། ཚོད་མེད་ལས་ཅིག་ཐུལ་ནས་ཐུང་། དགྲ་ལྷ་བསྐུལ་ལི་མ་རེད་རེ། ཞོག་
ཀོད་གསོད་པའི་གོ་གྲི་དེ། ལྷུང་ལུས་ཕྱག་ལ་མ་ཕྱུལ་ན། སྒྲ་གྲུ་མི་ཐུབ་ཐབ་ཚོད་རེད། ཁྲི་རྒྱལ་ཁྱོ་ཐུང་
གསོལ་པ་ལས། ཕྱོག་དམར་བཅད་ན་མེད་པས་གཙང་། བཀའ་སློན་ཁྲ་གླག་སྟོང་གསུམ་གྱིས། རྒྱལ་ཁམས་
ཕུང་བའི་ཐར་ཐུང་འདི། ཕྱི་བཀྲིག་ཨ་ལང་བཀུག་འདྲ་གྱིས། ནང་བཀྲིག་སྒྲ་གྲུ་ལུམ་འདྲ་གྱིས། ས་ནག་

ཇོ་རས་ལ་ཞིག་གསུམ་སྦས།། དེ་ནས་གང་དགའ་ལྷ་རྒྱུ་ཡིན།། ཨོཾ་ཨཱ་ཧཱུྃ༔ ཅེས་གསུངས་ནས་ཤིང་རྣམས་ཀྱི་གང་དྲག
བསམ་དེ་ཐིང་ལོང་ལོང་ཡོད་སྐབས་དེར།། འཇང་སྒྲུལ་མཆེད་གཉིས་བཀའ་བློན་ཚོམ་འགྲུབ་སྣག་ལྷ་བཙས་ཤིང་ཧྲེ་
བློན་བཞི་ལ་བློན་ཆུང་ཞིར་ཡུས་བསྐོར་ནས།། ཧྲེ་གི་སར་ཕེབས་སྐད་ཐོས་ནས་བསུ་མ་དང་འཇལ་ལུགས་ཀྱི་བཀའ་
གྲོས་ལ་ཕྱིན་པ་དང་ཕྲུག་ནས།། ཕྲེ་ཐུང་མིག་སྦྱི་དྲིག་སྡིག་ལོ་སྤྱ་འཕྱར་སྨིག་སྨིག། གོས་མཐའ་དར་ཕྱོག་
ཕྱེབ་རྫིབ་ཀྱི་ངང་དེར་འཇང་སྒྲུལ་རྒྱལ་བློན་བཞི་པོ་ལ། དམེ་ཚིག་མ་ཆགས་སྒྲ་མ་དེ། འཆི་ཁ་ཕྱིན་པ་ངོ་
མཚར་ཆེ། བློ་སེམས་དཀར་བའི་མཇུན་གྲོགས་དེ།། མ་ཁོ་ཞིན་སྦྱིབ་པ་ངོ་མཚར་ཆེ། ཆར་རླུང་གཉིས

༄། ཀྱི་ཁ་བར་ན། གྱུར་དཀར་ས་ལ་བསྒྲིབ་ལི་ཡོད། རྟེང་པོའི་ཕྱིན་ཕག་བཟུང་ངོས།…
མཇོད། མི་ཁ་དཔེ་རྫོང་ཁ་སྤོན་དུ། ང་ཨེ་ཕྲེ་ཕག་པས་བསྐམས་ལི་ཡོད། ཕྱིང་རྒྱལ་གླིང་གི་ལུ་སྒོལ་
སྤྲང་རོག་ཞིས། ལུས་པས། ཁང་དཔོན་སློན་བཞི་ཡི་དར་ཏི་དང་གསེར་དངུལ་གྱི་སྟོང་རྩེ་ཏི་བཙལ…
ལྷ་སྲུས་སྐྱི་དཔོན་གཉིས་ཀྱི་མདུན་དེར་སོ་སོར་ཕྲུལ་ནས། སློན་ཆེས་འཁྲུབ་ཀྱི་གླུ་འདི་གླང་བར་
གདའོ། ཨ་ལ༔ ཐ་ལ༔ སྐྱབས་དཀོན་མཆོག་གསུམ་ལ་གསོལ་བ་འདེབས། སྐྱབ་འབྲུམ་ལ་ཕྲེ་
མཚན་རྩུར་ལ་གསོན། མི་ལོ་ལོན་བསམ་མེད་གྲོ་ཕྲུང་འདི། མི་གང་མཐོ་ས་ལ་དགའ་ཞེན་

སྤོང་། མི་ཕྱི་ལ་བློ་བཏང་ནང་ལ་རྟོག། མི་ཚེ་ལ་ཤེས་སྒྱུར་མེད་པར་འདེད།། མི་མཆོག་དགྲ་ལྷའི་
བཀའ་ཕེབས་ལ།། མི་བབས་ཡར་ཞུས་མ་ཡིན་སྙེ།། མི་སྨེ་སྒྲུ་གྲུའི་ཁ་སྒོར་རྟ།། མི་ཁའི་གྲགས་
དན་ཡང་དཀོག་གདའ།། མི་བཞིའི་ཞུ་བའི་ངོ་ཆེན་ལ།། མི་རྐན་བརྟེན་འཛིན་མ་མཛད་ཞུ།།
མི་ཤེས་ཁོ་གྱི་རྣམས་པ་དེ།། མི་འཇུང་དཔ་ལྷ་ཕྲག་ཕྲུལ་ཞུ།། ཞུ་བབ་ཞེས་བ་ཕགས་ཏི་གསུངས་
སྐྱབ།། སྐྱབ་ཞན་གོ་རྫོང་ལེན་པ་ལ།། ལོ་རྒྱབ་ལྕུང་བརྐལ་མ་དགོས་པ།། དཔའ་བོ་དགྲ་
འདུལ་གི་སར་རྒྱལ།། རྒྱལ་བ་ལྷ་ནས་ཕེབས་པ་བཞིན།། བཞིན་ཞས་ཁོ་མའི་ཁྲིར་མདངས་

༄༅། །ཨེ། ཀྱིང་རྒྱུའི་སྒྲིད་སྒྲིད་པད་ཚལ་རྒྱུས། མང་ཤེན་ཏི་མདངས་འཆར་བའི༔
ཐུས།། དམག་སྐར་ཁྲུས་དར་སྒྲོས་ཀྱི་ལྷུག།། ལྷོ་བསང་དཀར་པོའི་བར་སྣང་བཀང་། དད་མོས་གསོལ་
འདེབས་སྨོན་ལམ་ཐེབ།། ཨ་མ་ཧི་ཡིག་ཧྲུཾ༔ ཅེས་ཕྱུལ་བས་འདན་མ་སེང་སྔག་ཀ་བདེ་སྔག་ལྷོ་
བཙས་ནས་ཀྲང་དེ་བཀྲེན་ཏུ་ཁྲུ་བ་ཨུ་རྒྱན་ཕྱུལ་བའི་མཐར་དགོངས་པ་སྤྲོལ་ཙམ་ཐུབ། དེ་ཕྱུལ་ཁྲོ་
ཐུང་ནས་གོ་གྲི་དེ་རར་སྔ་ལྷོ་ཡི་སྐྱིབས་ནས་གསེར་སྒྲུང་དགུ་དང་དགུ་ཚན་དགུ་ཡི་ཞ་བྲགས་
པ་དང་བཙས་སྨིན་ཚེས་འགྲུབ་བརྒྱུད་ནས་ཕྱུལ།། ཕྱིར་ནས་ཁྱི་མ་མི་བཞིས་འགྲུབ་སྒྲོར།།

དུས་ཚོད་དགེ་བའི་ཀེ་མ་ཤར་བ་དང་ལྷན་དུ་གླིང་པ་རྣམས་ཀྱི་ལྷ་བསང་བཏང་། གསོལ་འདེབས་
ཀྱི་དང་དེར་ནམ་མཁའ་ལ་བསྒྲུབ་ནས་ཡོད་སྐབས། ཀེ་མ་ཤར་ཕྱོགས་ནས་འཁྲབ་པོ་དོག་སྣ་
ཚོགས་མི་འདྲ་བ་དུ་མར་དཔྱིབ་ལྷུག་ཕག་སྐྱིལ་བའམ། གླུ་བཞི། ཀླུ་གམ། རྒྱུར་གསུམ།
རླུམ་པོ་སོགས་དུ་མར་རིམ་གྱིས་གྱུར་བས། ལྷ་ཡི་མེ་ཏོག་མནྡཱ་ར་བ་དང་། ཨུཏྤལ་དང་།
ཀུ་ན་ཟི་ཀ། ཀུ་མུ་ད་སོགས་རིགས་མི་འདྲ་བ་དུ་མའི་ཆར་བབ། སྤོས་ཀྱི་རིགས་ཙན་དན་དུ་རུ་
ཀ་དང་ཤ་ཀ་རུ་གུར་གུམ་སོགས་ཀྱི་བཟང་བའི་རིགས་མི་འདྲ་བ་མང་པོའི་སྤོས་ངད་ཀྱི་ནམ་མཁའ་

༄༅། བར་སྣང་ལ་གཞི་ཁྱབ་པར་ཉམས་ནས་སྐུ་ཧྲེ་ཀེ་སར་རྒྱལ་པོ་རཱི་ནི་པོ་ཆེ་དེ་ཉིད་ལ་
འཕེར་རྒྱལ་སྲིད་སྣ་བདུན་གྱི་བསྐོར་ནས་གསེར་གྱི་ཁྲིང་ཟླ་ལ་ཞོན། ལྷ་དང་ལྷ་མོའི་རོལ་མོའི་
རིགས་ཕྱིར་དཔག་ཏུ་མེད་པ་དཀྱིལ་རྒྱང་འཁྲུད་གསུམ་དང་། འཕན་གདུགས་རྒྱ་མཚན་བླ་རེ་
དང་འཕྲང་བཅས་ནམ་མཁའི་སྤྲིན་ཕུར་ཐིབས་པའི་གསེབས་ནས་སྐུ་ཐེར་ལྷ་བས་ཆེག་མི་ཁྲིམ་
ཅིག་ཉམས་ནས་གླིང་ལེ་རྗེ་ཀི་ཆག་ཕབས། གླིང་བོད་ཀྱི་མི་སེར་གྲུག་ཞེན་ཐམས་ཅད་ཀྱི་གླིང་
རྗེ་ཀ་སར་འདི་འདྲ་མིན་ན་སུ་འདྲ་ཡིན་བསམ་པའི་དང་པའི་བ་སྒྲུ་གཡོ། གདོང་མཆིལ་

མས་གང་། མོས་གུས་ཡིད་ཀྱི་གཞུང་ཤིང་། ཕ་མས་ཅང་ཀྱི་སྨན། དང་བ་སྐོར་བཞི་དང་ནས་འབྲེལ་དར་

དང་ཇུ་ཚང་གི་སྐེམས་ཞུས་ཕུལ།། གསེར་དངུལ་གྱི་འབུལ་བ་དཔག་མེད་ཕུལ།། དེ་ནས་གླང་པོ་

བཞི་དང་དྭ་མཆོག་བཞི་བཅས་རྟ་རྐྱང་ལ་ཕྱིམ།། བློན་པོ་དང་དམག་དཔོན་བཅས་དཔའ་བརྟུལ་

སུམ་ཅུ་ལ་སོ་སོར་ཕྱིམ།། བཙུན་མོ་རིན་ཆེན་སྒྲོ་ལྡུགས་ལ་ཕྱིམ།། ནོར་བུ་འཁོར་ལོ་སོགས་

ཀོ་མཆོན་ལ་ཕྱིམ་པས་ཕམས་ཅད་ཧོ་མཚར་བར་གྱུར་ཏོ། དེ་ནས་སྲས་དགྲ་ལྷ་དང་གདོང་

ཁྲི་སྐྱི་དཔོན་གཉིས་ཀྱི་ཞབས་ཞུས་དང་ལོ་རྒྱུས་ཀྱི་གླུ་འདི་ཕུལ་བར་གདའོ། ཨ་ལེ་༑

༄༅། ཐ་ཡེ༔ དཀོན་མཆོག་རྩ་གསུམ་ཇི་ལྷབས་ཀྱི། ཡུ་མཆེད་དང་ཡབ་མོས་
ཕྱུས་ཀྱི། ཀ་སར་སྟོབས་རྒྱུགས་སྐྱོན་ལམ་ཀྱི། གཞི་ཐུས་དགའ་འཛུམ་སྒྲོ་དགའ་ཀྱི།
ཀྱི་བཞི་འཛུམ་པའི་དཔྱང་སྐར་ནས། ལྷ་ཆེན་ཚང་པའི་འཕྲུལ་སྤྲུལ་ལ། མི་ལྷུལ་རྒྱལ་པོ་ཀ།
ས་ར་ཕྱེར། ཤར་སྒྲིང་ལྷ་ཡི་དཔྱིལ་འཁོར་ནས། དགོངས་པ་བོད་ཀྱི་ཆོས་དོན་ལ། བྲུ་ལྷུལ་
འདུལ་བ་གཞན་ཕན་དགོངས། རང་དོན་འཚམས་སྒྲུབ་རྒྱ་ལས་གྲོལ། རྫུ་འཕྲུལ་འཁོར་
ལོའི་བསྒྱུར་དབང་གི། ཕྱོག་མེད་ནམ་མཁའི་སྤྱོད་ནས་ཕྱིན། ཡབ་ས་ཀྱི་ཕྱིན་པའི་ངོ་ཞ།

བཀྲལ། དགའོ་སྤྱིར་དོ་བཀྲ་རི་བྲིས། བཀའ་དྲིན་ཆེ་ལོ་ལྷ་ཡི་སྲས། དེད་ཤར་ཡོང་བོད་སྐྱིང་
འབུམ་དམག་གི། བསད་བསད་ཁྲག་གི་འཁོར་ལོ་བསྐོར། བཀའ་བློན་ཤན་གོད་མི་རྣ་བཙོས།
དཔལ་བདུད་ཁྲི་གསུམ་མ་དབང་ཕྱིར། སྟག་ཆོད་ཕོག་ཁྲི་མན་ཆད་ནས། གྲུ་བློན་མིང་
ཡོད་སྟོང་ལྷུག་བསད། གྲུ་གྲུ་ཕོག་ཆོད་རྒྱལ་པོ་གཅིག། བདུད་མགོན་ཧྲུ་ནག་མི་གཅིག།
གཉིས། མཚོ་སྔོན་སྦྲུལ་ནག་མི་འབར་གསུམ། ལུས་ལ་མཚོན་མི་འགྲིམ་འདུག།
དེ་འཕྲིས་ཤར་ཆེར་ཕུལ་ལ་ཡོད། མ་ཕང་བཞུག་དགྲ་མ་ཕང་གཅིད་ལུགས་ཅིག།

༄༅། །བོ་ལྗོང་གཞིར་ལ་ཡིན་ལུགས་གཉིས། །རྒྱ་ཡུལ་ཚོས་ལ་བཀོད་ལུགས་གསུམ། །
རྒྱལ་མཆོག་མ་ཕེབས་མ་ཐྲིས་སྤྱད། །དེ་ཡིང་འཇལ་བའི་འཇལ་དུར་ལ། །གོས་ཡིད་དར་གྱི་
ཡུག་དགུ་དང་། །སེར་པོ་གསེར་དང་ཞེམས་པ་དངུལ། །ཡེ་བོ་གཡུ་དང་རིན་ཆེན་རིགས། །
བཀྲ་ཕྱག་བརྒྱད་ཀྱི་མཇལ་འབུལ། །ལྷ་མའི་ཕྱག་ལ་དེ་ལྟར་ཕུལ། །ཨོཾ་མ་ཧཱ་པཉྩ་ཧཱུཾ༔
ཞེས་ཕུལ་བས་སྐུ་རྗེ་རིན་པོ་ཆེའི་འགགས་མེད་རྡོ་རྗེའི་རང་སྒྲུབ་སྐུ་འདི་ཡོས་ཆེན་ཡིག་
ཞེན་ལ་དྲངས་ནས་བཞེང་པ་གདང་། །ཨ་ཡེ༔ ཕ་ཡེ༔ རྗེ་དུས་གསུམ་པདྨ་འབྱུང་གནས་

ལ། དང་སྒོ་གསུམ་གུས་པས་གསོལ་བ་འདེབས།། ལས་ཉོན་མོངས་དུག་གསུམ་ཞི་བར་མཛོད།།
ས་འདི་འདྲ་གྲུ་གྲུའི་ན་སྨོན་ཐང་། ང་འདྲ་ཀ་སར་རྒྱལ་པོ་ཞེར།། མི་ཚེ་དལ་མེད་དམག་ལ་ཕྱིང་།།
སྐྱིད་མེད་ངང་ལ་མི་ཚེ་ཟད། རྒྱང་ནོད་བཅོས་ཀྱི་དམ་དུས་མེད།། མིད་ཁྲུང་ཕྱོགས་བཅུ་རྒྱལ་
བའི་བཀའ། དགོངས་པ་ཐོད་ཀྱི་འདུན་ཆོས་ཐམས།། གཞན་དོན་མཐོང་ཆེན་དང་དུ་བླངས།། སྙིང་
ཆེན་བཅོ་བརྒྱད་དཔང་དུ་བསྟུལ།། དེ་ཚེ་སྐྱེས་བུའི་བཀོས་ཐང་དེ།། དེ་ལོ་གྲུ་དམག་གཙང་
ལ་བབ།། ཆོས་སྐྱོད་རྒྱལ་པོའི་བསྟན་ལ་འཚེ།། ཇོ་ཁག་རྣམ་གསུམ་སྐུ་དགྲ་ལངས།། འཇམ་

༄༅། སྙིང་གྲུ་ཞབས་འདྲེ་ཀྲམ་པ་ལ། སྙིང་བུའི་རྒྱབ་རྩ་བབ་ནས་རྒྱུད། ཕར་སོང་
འཁྲུམ་དཔོན་མི་བཞི་གཙོས། རྒྱལ་སྤྱོན་འཁྲུམ་དམག་བཞང་མ་ལ། གྲུ་ཡུལ་སྙིང་གསུམ་
དབང་དུ་བསྡུས། གྲུ་སྤྱོན་གང་རྣོད་ཁྲེག་ལ་སྦྱོལ། སྙིང་དཀར་གྲགས་པས་འཁྲུག་ཕྱིར་
གྲགས། དཔའ་རྩམ་རྩལ་སྤྲུགས་ཕྱིག་ཟིར་འཐེབས། ཤོད་དམག་ལྷོ་སྤྱིན་རྒྱན་ལ་ཚེ།
མཐར་དམག་རྒྱ་བྲག་ཐལ་ཕྱུང་བཀྲིག། སྟོད་མའི་སྡུགས་པ་སྙིང་བཞི་ཁྱེབ། ཐུས་དོན་
འཁྲུབ་པོ་དཔའ་བདུད་རྣམས། སྤུ་བ་ཆེན་པོ་ཟངས་རྒྱས་བསྣུན། ཤན་གྲོམ་འོས་པོ་

སྐུ་རྒྱལ་བའོ།། སྨོན་ལམ་བཙན་པོ་བསླུ་མེད་འབྲས། སྔོན་སེར་ལྷག་པ་ཆེ་དྲུང་ཅིག།། སྟི་
བཅུད་མི་ཉོག་ཡལ་དང་གཉིས།། ས་རྡོ་ལྕུགས་ལ་འགྱུར་དང་གསུམ།། འཆིད་མེད་ཞི་ལྷའི་
བཞེབ་པ་ཡིན།། ཕན་པ་ཆེ་ཚད་རྫོགས་དང་ཅིག།། དཔལ་བདུན་འགྲོ་དོན་རྫོགས་དང་གཉིས།།
དུས་བབ་སྐྱིད་དམག་ཆེ་འཕོས་རྣམས།། འཆིད་མེད་སྨོན་གྱི་བསྐོས་ཐང་ཡིན།། སྐྱེས་བུས་
དག་ཞིང་འདྲེན་པས་ཚོག།། མདའ་མོ་མ་ཚལ་དམར་སྐྱི་ཤེད་འདི།། ཕྱང་ལྟ་སྨོན་གྱི་སྤྱག་
ཏུ་འབུལ།། བདུད་ནག་སྐུ་རིག་མིག་ཅིག་ལ།། དཔལ་མིག་གཏེར་བའི་སྨོན་ལམ་ཡོད།།

༄༅། ཡོ་གི་མ་ནོར་རྗེ་མ་དེ། ལྕེ་སྣུས་གཡུ་ལྡག་ལྷག་ལ་ཕུལ། ཕྱག་རྒྱད་གནམ་
གྱི་འབྲུ་ཡག་དེ། ཀ་མར་རྒྱལ་པོའི་འཕྲུལ་གྱི་གཏོད། ཐྲི་འདྲེན་ཕེབས་པའི་སྔོན་ལེམ་
བཟང་། མཚོ་སྔོན་སྤྲུལ་ནག་མི་འབར་དེ། སྔོས་བུ་ང་ཡི་སྟོབས་ཀྱི་འདུལ། ཀོ་བྲག་
གནམ་སྐྱོང་ལྷག་མོ་ནུས། ཡ་གཉེར་གཡང་སྐྱོ་བཅུད་དུ་ལེན། ཡིད་ཤྲིང་བསྐུན་པ་དཀྲུང་
དང་མཉམ་ཞུ། བཏུད་ཕྱུལ་མུན་པ་ཚོས་ལ་བསྒྱུར། སྔོས་བུས་བསམ་དོན་འགྲུབ་པ་
ཡིན། ཀྱེ་མ་ཧོ་པདྨོ་ཧཱུྃ། ཅེས་གསུང་པས། ཀླུན་པ་སྤྲིན་ལས་ཡིན་རྒྱུའི་ལོ་ཕག་ཚོད།

ནམ་ཐམས་ཅད་དཀའ་སྤྱོད་དང་གཞལ་སྐབས་དེར།། ཨ་ཕྱུ་ཕྱོ་ཕྲང་རྒྱལ་པོ་དེའི་བསམ་པ།།
སྤྱི་དཔོན་ཕྱུ་མཚན་གཉིས་ཀྱི་གཏམ་དེ་ཡག་ཡག་མཛེས་མཛེས་ངོ་བསྐོར་ལྟ་བུའི་དོན་བོར་བ།།
ཞིག་ལས་མི་འདུག་པས་ངང་གི་ཆིག་ཁྲུང་ལ་དོན་ཚང་ངང་གི་སྙིང་སྟུག་གི་ཞུ་ཞུ་གང་འདུས་
པའི་སྐྱ་ཞིབ་མ་བཏང་ན་མི་འདང་བསམ་ནས་སྤྱ་འདི་བླང་བར་གདའོ།། ཨ་ལེ༔ ཐ་ལེ༔ གླིང་
ལྷ་ཡི་སྲས་སྤྱན་ལྡན་རྣམས།། མ་ཞེས་ཨ་ཕྱུས་བྲང་ཕྲིན་མཛོད།། ས་འདི་གླུ་གཞུའི་གླིང་
ཡུལ་རེད།། ང་འདྲ་སྐབ་རང་ཕྲོ་རྒྱལ་ཟེར།། སྐར་ཚོགས་ཕྲེ་མའི་སྐོར་ཡ་ཡོ།། དུང་།

༄༅། །བླའི་སྨན་པ་བསམ་ན་ཡང་། ད་རྒྱུང་བསམ་བྱིར་འཕེབས་དུ་བྱེར། ཐེལ་རྡུག་ཤི་མ་མེད་པས་ན།
ཤིན་མཚན་དབྱེ་གསལ་མི་འཇིད་དུ། ཡར་རྩེས་གླིང་དཀར་སྟོར་ཡ་ལ། ཨ་ཕྱུ་དགྲ་བོའི་གཉིད་མ་ཡིན།
མ་ཐུབ་དགྲ་དེ་ཁྲེ་ལྱུའི་བླང་། ད་རྒྱུང་ཤེས་མེད་སྨང་ཆེན་བསྐལ། རྒྱལ་མཆོག་མཁའ་ནམ་མ་ཕེབས་ན། སྒྲུ་
གུའི་དགྲ་མཐར་མི་ཚེད་དུ། མཁའ་ལམ་ཕྲིང་ཐུའི་འཁྱུལ་འཁོར་ཐུམ། སྒྲུ་གུའི་དགྲ་མགོ་ཕོག་གི་བཙེམ།
ལྱུང་སྟོང་ཁེར་འཁྲེམ་སྤྱིན་ཚམ་ཐུམ། བླ་ཐུ་བོ་ཀན་ཚེམས་ལ་ཕེབ། བོ་ཁྲི་ངར་མ་གཉང་ལ་བླང་། དགྲ་མགོ་
གཅོད་པའི་རྟེན་འབྲེལ་གྲིགས། སྣག་ལྷེན་ལྷ་དང་ཚི་དང་ཅིག། ནམ་དུས་སྨུན་རྒྱུ་རྒྱུབ་དང་གཉིས། དགྲ་དོག་

ཀློ་རྩེ་བྲེལ་དང་གསུམ།། དེ་གསུམ་འཛོམས་པའི་ཁ་སྦྱོར་ནས།། སྐྱག་ཞང་ཐྲ་ཕོ་སྣུམ་ཚོད་དང་། གོ་གྲི་
འདྲ་བསྒྱུར་ཁྲིད་ལམ་ནས།། ཀློན་པོའི་ནོར་བས་གླིན་གྲི་སྤྱུལ།། ནར་བ་ནོར་བ་མི་ལ་ཡོད།། མཛེར་བ་མཛེར་
པ་གྲིང་ལ་ཡོད།། ཟེར་བ་འཁྲེག་ཉེན་དཔེ་ལ་གདང་།། བཀྲུས་བསམ་མེད་དེས་པ་འབྲུམ་སྐྱང་། གཡོག་དན་
ཕབ་ལ་བསྐྱུས་པས་ན།། དྲིན་ཆེན་ཕ་མ་སྐལ་བ་བཙད།། བན་དན་གྲལ་ཞབ་སློབས་པས་ན།། ཞམས་ཆུང་སྟོ་
ཡི་དབྱུག་པས་བརྡུང་།། སྤྱི་དཔོན་འབྲུམ་དཔོན་ཕེབ་པའི་དུས།། ཞིམ་མེད་བྲུ་ལ་རྐྱེན་ལེབ་བསྐྱལ།། ཁྲིམས་
མེད་ཁྲོ་ལྕུ་སྣ་ཕབ་རྩམ།། ཞིམ་མེད་སྐྱོད་ཕབས་མི་འདུག་ཟུང་།། སྐྱབ་མེད་སྐྱབས་གཅིག་ཨོ་ཡང་དགུགས།།

༄༅། །འདྲེན་མེད་ཀ་ནར་རྒྱལ་པོ་ཁྱེད། །གཡོ་མེད་བདེན་རྫུན་ཞིབ་ཕྱེར་མཛོད། །ནུས་མེད་ཕྲོ་ཕྱུང་བདེ་ལ་སྦྱོར། །ཕྱེས་མེད་སྤྱི་དཔོན་གཞལ་ནས་ནོན། །མཐའ་དམག་བྲུ་གུའི་ངར་གཅོད་དེ། །མཐའ་འདུལ་བ་སར་མ་ཕེབས་ན། །མཐའ་མ་མི་ཐུབ་དོ་མ་རེད། །ཡང་མཐའ་བོ་རྗོང་མི་ལོན་ལྡུག །ལྷ་སྲས་ནོར་བུ་དགྲ་འདུལ་ཁྱེད། །ལྷ་ལམ་རྫུ་འཕྲུལ་ཕྱོབས་སྒྲུགས་ཧི། །ལྷ་སྐར་ཕེབས་པ་རྟེན་འབྲེལ་ཚི། །ལྷ་རྗེ་རྒྱལ་བ་སྲིན་སྐྱོན་འབྲས། །ལྷ་མི་ཕྱུགས་ལ་དེ་ལྟར་ཞོག །ཨོཾ་ཨཱ་ཧཱུྃ༔ ཅེས་ཕྱུལ་བས་གྲག་ཞན་ཅིག་གི་ཅི་ཡང་མི་ཤེར་པའི་སྐབས་དེར། །ད་ནས་སྤྱི་དཔོན་གྱི་སྐྱེར་སྐྱོར་གྲོ་མའི་ཕྲི་བདུད་ནག་མགོ་དེས།

ཀ་མར་རིན་པོ་ཆེའི་ཞལ་འཛུམ་དང་ལྡན་སྣང་ཆེས་སྒྲིབ་པ་སོང་གསུང་དག་ནས་སྨོན་གྱི་སྐྱེ་བ་བླང་པ་
སྒྲུབ་སྟོབ་རྒྱལ་ཡིན་པ་ཕྱར་གྱི་བྲིས་སམ་ཞེ་གཏིང་ནས་འཆོར་པས་ཧྲུ་ཧྲུ། ལས་དེ་ཕྱིན་བསམ་
པའི་འཁྱིད་པ་རྗེ་མཁར་ཞིང་ཚ་བའི་ལྟེ་མཁར་བཅུས་ཀྱི་འཁྱིད་བསྐྲགས་ཀྱི་གསོལ་འདེབས།།
སྨིན་ལམ་སོགས་ཕྱུལ།། སྨྲ་རྒྱལ་བོད་ཀྱི་གྲུང་བློན་མགར་གྱི་དཔང་ལྡག་རྒྱལ་མཚན་ནས་གསེར་
དངུལ་ཛ་དར་སྣམ་རས་སོགས་སྟོང་ཕྲག་སུམ་གྱི་འབུལ་ཚན་ཕུལ་བའི་སྐུ་ཁྲུམ་བཅས་དང་།།
དཔལ་བདུད་དཔོན་བཀྱུད་རྣམས་ཀྱི་སྐུ་རགས་མང་པོ། ཕེད་པས་བསྐུས།། དེ་ནས་ཞོར་ཟླ།།

༄༅། །དགུ་པའི་ཚེས་དགུ་ཡི་མིག་དམར་ཚང་དབུག་འབྲུ་སྦྱོར་ཞིང༌། ། ཕོ་ཐང་ལྷག་གི་དུས་
དེར་ལྷ་སུམ་དགྲ་ལྷའི་འབུམ་སྐར་དེ་ ༔ གཉེགས་ནས་བཀྲར། ༔ ཟླ་སྒྲ་ཚ་ཞིང་འདན་མ་ཐུང་ཁྲེ་དེ་
དགྲ་ལྷ་ལེན་ལ་ཚས་ཕྱིར་མ་ཕོ་ལ་བཏེགས་པ། རྡོ་གྲུབ་ཞིག་ཐུས་ནས་མཁར་དཀར་མོ་གཞིན་སྐྱོང་
གི་སྲར་ཕྱོགས་དང་ལྷོ་ཡི་ཕྱོགས་ནས་སྐར་བསྡུབས། ། འཛང་སུམ་མཆེད་གཞིས་ཀྱི་འབུམ་སྐར་
རིམ་བཏེགས་ཞིང༌། ། ཟླ་སྒྲ་ངར་རྡོད་བཀའ་སྤྱིན་ཚེས་འབྱུང་ཀྱི་དྲལ་གཞིན་སྐྱོང་དཀར་མོའི་ནུབ་
ཕྱོགས་དང་ལྷོ་ཡི་ཕྱོགས་ནས་བསྐོར་སྟོ་སྐར་སྤྱབས། ། སྐུ་རྒྱལ་པོད་ཀྱི་འབུམ་སྐར་དེའི་ཟླ་སྒྲ་འཆང་

རྒྱལ་ཧཱུྃ་ཧྲཱི་ངེས་དྲངས་ནས་ག་ཤིན་སྐྱོང་གི་ཕྱུར་ཕྱོགས་ནས་བསྐོར་ཞིང་དམག་སྐར་བཏབ།། དེ་ནས་
ཁང་ཡན་ཆུན་ཆད་པོ་གསུམ་ལ་ཡར་དགུ་ཆུར་བ་སྲིད་སྒྲ་ཅིག་མིད་པར་རྐམ་སོ་ར་གནས།། དེ་ཡི་ཕྱིར་
ནང་ཁྲོ་གླག་སྤྱང་གསུམ་སྔ་དྲངས་ནས།། ཡང་ནོད་ཀྱི་དམག་ཀྲག་ཕུལ་དུ་མ་ཞིག་བྲིད་ནས་ཕྲར་
ཕྱོགས་ཀྱི་སྣོ་གཏོར་ཞིང་ནང་དུ་འཚང་ནས་གདོང་ལེན་སྒྲུ་དམག་དུ་མ་ཚགས་ཀློ་བདང་འཕྲོས་
དམག་ཐམས་ཅད་ཕྱུགས་ཟཀི་བར་ཁང་དུ་བྲོས་ནས་རྟེ་ཕྱར་གྱིས་གདབས།། གླིང་དམག་རྣམས་
ཀྱི་ཕྱང་དཔལ་ཚོད་བཟུང་ནས་ཕྱུགས་ཤི་ཀྱི་མ་བཟུང་ཞིང་སྐར་བཏབ།། རི་བཞིན་ལྷོ་ཕྱོགས་ནས་

༄༅། །གཏོང་རྒྱ་ལྷུན་དཔོན་ཡོ་ཤ་གྲགས་དང་ཚེས་འགྲུབ་གཉིས་ཀྱི་ལྷོ་སྒོ་གཏེར་ཞིང་གཏོང་ཡིན་དུ་མ་བསད། །གྱི་དམག་རྣམས་ལྷགས་ཉིའི་བར་ཁང་དུ་ཕྱིན།། ཀླིང་པའི་ལྷགས་ཉི་ཕྱི་རོལ་ལ་བརྒྱུད་ཞིང་སྐར་བཏབ།། རྒྱབ་ཕྱོགས་ནས་འཕྲང་ལྷས་མཚིད་གཉིས་དང་སྣག་ལྡེ་གསུམ་གྱི་རྒྱབ་སྒོ་གཏེར་ནས་བསད་པ་དང་ཕྱིན་པ་སོགས་གང་ལྟར་ཐུས་ནས་ལྷགས་ཉི་ཕྱི་མ་བརྒྱུད་ནས་སྐར་བཏབ།། ཕྱར་ཕྱོགས་ནས་འཆང་རྒྱལ་རྡོ་རྗེ་རྣམ་བཙན་དང་། གཙང་ལུས་གྲགས་པ་ལྷུན་གྲུབ།། བཙན་ཕང་མི་རྣོད་ལྡེ་ཁྲི།། དོལ་གྱི་སྣག་ར་གཡུ་རྒྱལ་སོགས་རྣོད་ཁྲབ་རྣམས་ཀྱི་ཤར་སྒོ་གཏེར་ནས་ནང་དུ་འཆང་བས།། མཚོ་

སྔོན་སྤྲུལ་ནག། སྔག་གཏེར་གཡུ་སྔགས། ཀླུ་བཙན་གཞིས་ཀྱི་གཏེར་སླང་ནས་ མདའ་དྲུ་མ་འཕང་བས་བོད་
དམག་མང་ཚོན་ཆག་ཞི་ལ་དྲུ་བཏང་བྱུང་། ཁྱད་ད་རྩུབ་པ་མི་ཚོམ་པར་འཛད་བས་ སྤྲུལ་ནག་གི་སྔོང་
མདའ་འཕང་བས་བཙན་ཐུང་པའི་སྐྱིད་ཁར་ཕབ་ནས་བསྐྱུང་། བོད་དམག་གྱི་ཚད་ཤི་ཁྱ་དགོས་བྱུང་
ནས་བྱུང་སྙོགས་ལྷུགས་ཏི་མ་ལོན་ཟེར།། ཕྱིར་ནང་སྒྲུ་གྲུ་ཕོག་རྐོད་རྒྱལ་པོ།། ཁྱ་ནག།། མཚོ་སྔོན་
གསུམ་ལ་སློན་སྔག་ད་ཅར་སུམ་བཙུའི་བསྐོར་ནས་ལྷུགས་པར་མའི་ཤར་སྒོ་ནས་རྒྱང་གསེ་ཕྱིན།།
ནས་ཕྱིར་བྱུང་བས།། འདན་ཇོར་གྱི་དཔུང་དང་འདྲིས་ནས་ཕྲེབ་མ་དྲུག་ཅུའི་བསྐོར་བསད་བྱུང་བ།

༄༅། །དང་མཉམ། །ཕང་པའི་སྒྲ་གྲུ་ཁེར་སྦྱོར་ཏེ། །ལྷག་དང་བཅས་ཆོད་དམར་ལ་མདུང་རྒྱབ་ནས་བསད་བྱུང་། །ཕང་པ་ཕོག་ཆོད་ཀྱི་རལ་གྲིའི་ངར་ལ་བྲངས་ནས་ཟེད་ཟེད་ཡོད་ཡོད་ཀྱི་ལྟབས་ཕྱིན་བྱ་ནག་གསེ་འདུན་མའི་ཕྲོག་ནས་ཀང་དམག་དུ་མ་ཆག་ཞིལ་དུ་བཏང་བ། །བཀའ་ཕྱིན་འདུན་མ་ཐུང་ཁྲ་རེས་གཏོང་བཀག་སྐྱེ། །གཞུ་སྣོད་དུ་ལྡ་མདའ་བཞེས་ནས་གླུ་འདི་ལྷར་བླངས་སོ། །

ཨ་ལ༔ དགྲ་བླའི་ཁྲ་ཚང་གོང་མ་ནས། །དུང་ཁྱུང་སྒྲོ་སྐྱ་ཕྱུལ་གཅིག་སྣག་བཅན། །མཁྱེན་གཟིགས་གོང་ཡོའི་སྟང་གྲོགས་མཛོད། །ཀ་སྦྱོར་ཀ་ལེན་ལོན་པར་ཕྱོག། །ས་འདི་ཀ་བྲ་བཙན་ཕང་ཟེར། །ང་འདྲ་འདུན་

ལུང་གནས་ཟི་ནས།། སྐར་ལུང་ཟི་རྡུག་མཁར་ནང་ནས།། བཀའ་སློན་འདན་མ་ཕུ་ཁྲེ་ཟེར།། མ་སྦུབ
ཕྲུ་ཡི་གཉེར་མ་ཡིན།། མདའ་མདའ་ཕོག་བཀུག་བཀུག་ཀྲ་ཤ་བཀུགས།། མ་བཙུར་ལུང་ལ་འཛོམ།།
ལུགས་ལ།། བསམ་བསམ་ཀྲ་ཤ་ཕུ་ནག་བདུད།། མ་བཙུར་ང་དང་ཕྱུག་ལུགས་ལ།། གི་སར་ཕྱུགས་རྩེས།།
བཀུར་ལེ་རེད།། ཁྲིམ་ཕོག་ག་སྒྲིན་རྩེས་དེང་ལེ་རེད།། ཞེས་མ་ནུས་བསམ་ཞིག་ཁེར་ཕང་མེད།། སྐན་རྩོད་མེ་
རྟ་རྫིས་མདངས་བཀུར།། ཡང་རྩེད་དཔའ་ཕྱུལ་མཚོན་གྱི་དྲངས།། གླིང་དཔུང་བསད་པསད་དཔལ་རྟུལ་དེ།།
ཇོ་ཡིས་ཅི་འདུག་ཚེན་མས་ལྷ།། ཡ་ཕྱོག་དཔྱལ་བའི་བཞི་མདེ་གཏོར།། བདུད་ནག་པོའི་བསྣུན་པ་མགོ

༄༅། ནས་གཞོན། དཀར་ཕྱོགས་རྒྱལ་བའི་བཤད་མ་བཟློ། སྙིང་ཆེམ་ཡིག་ཆེད་རྒྱལ་པོ་ཆེམ།
ཡང་ཆེམ་སྒྲོལ་ནག་སྒྲུ་ལ་ཆེམ། ཟབ་འདེབས་སྔགས་ད་སྲ་ལྷུ་ལ། དགའ་བ་ཨི་ཤེ་འདྲེན་ཆེད་སློན།
ཟ་ཟོར་ཟ་ཁྲེབ་ཛ་ཞི་ལིན། མི་བསྒྲུ་ལྷུ་བདུད་དགྱེ་བ་ཞེང་། སྔགས་པོ་ཨི་ཤེ་ཁྱུ་ནག་བདུད། སྒྲིག་ཡས
ཟི་ཡན་བཀོས་ཕྱང་ཞང་། གསར་དགྲ་ལྷ་ཀྱི་དཔུང་ཚོགས་རྣམས། སྐྱེན་པོའི་མདའ་སྒྲོ་ལ་མོ་བྲུངས།
ཟ་ཁྲབ་དཔའ་ཞམ་ཇམ་ཐོལ་མཛོད། ཨོཾ་མ་ཧི༔ ཅེས་གསུང་ནས་མདའ་དེ་སྤྱིང་རྒྱུའི་གྲོགས་སུ་དྲང་
བཙམ་ནས་འཕང་བས། ཕྱིམ་སྐྱོང་མདའ་ཕུག་ལ་བསྐར་ནས་གླུ་ལེན་རྩིབ་བསམ་ཡོད་པས་ན་ཁེའི་

ཀླུ་གནས་དཔྱལ་ཐའི་མིག་སིལ་སྐན་ཙེམ་ཡོད་པ་དེ་ལ་མདའ་ཕེབ་ནས་ལྷག་རྒྱབ་ནས་སྐྱོ་ཁ་སྨུག་རྒྱང་དེ་
ཕོན་ནས་དྲ་ལས་ལྷུང་མ་ཐག་རླུང་མདའ་དེས་དཔལ་རྗེན་ཟུམ་ནས་ཡར་ལོང་སྐབས། དཔལ་ལ་སེང་སྔག་
དེས་ལེབ་ཆེན་ཅིག་གཡུག་པས་ཁེམ་ཕྲུག་གོང་ནས་སྟེབ་མཾ་གཡས་འགོ་བར་དམར་ཤར་གྱིས་འཕང་ནས་
སྤོ་སྐྱིད་རྣམས་སྐང་པ་ཕྲུག་ཕྲུག་གི་ཐང་དུ་འཕང་ནས་ལྷུལ་བར་གདངས། ཁྲ་བ་སྐྱིད་མེད་དཔལ་ཏོད་མི་འབབ་
ཡང་། ཁྲ་བས་རང་ཕྱུང་ལྷ་མདས་གླུད་པ་གཏོར། ཁྲ་ནག་རྟོད་ཁྲང་མི་དྲག་ཕ་རོལ་མོན། ཁྲས་ཆེན་ཡ།།
མགོན་དྲངས་ཀྱིག་སྤྱན་ནས་གཟིགས། ཨོཾ་མ་ཧཱ་པདྨ་ཧཱུྃ་ཧྲཱི། ཁྲ་ནག་བསད་པ་ཕོག་ཏོད་ཀྱི་མཐོང་ནས་

༄༅། སྙིང་ལ་ཚེར་མ་རྒྱབ་པ་ལྟར་གྱི་ངང་ནས་འདུན་མ་ལ་རྫོང་མདའ་ལྷ་ཁྲུས་གཙུག་རྒྱབ་ཁང་ལྷ་
ཁྲུང་གི་སྐྱོབ་པའི་མཐུས་ཏེ་ཡང་མ་གནོད། སྐར་ཡང་གྲི་གདོན་ནས་སྙིང་དུ་འཚང་ཐུང་བ་དང་། འདུན་མའི་
མིང་འཕྱུག་ཕོག་འདྲའི་གྲི་དེ་བཏང་ནས་ཁོང་གཉིས་ཀྱི་ཁ་འབྲེལ་བའི་སྐབས་འདུན་མའི་དཔུང་རོག་ཁ་ར་སྐྱུམ་
པོ་ནོར་བཟང་། ཚེས་འཁོར་བྲ་སྟུན་བསམ་འགྲུབ། ཀ་བཞི་ཨ་ལྷ་བསམ་འགྲུབ། གསུམ་ནས་ཁུང་གྲི་ཟེ་རེ་བཞིའི་
བཞབ་ཁུང་མ་ཚོན་མ་སོང་། ཚུར་གྲི་ཟེ་རེའི་ཞབས་སྐུ་བློན་པོ་གསུམ་ཀ་སྐྱུར་ངོས། ཕོ་འདུན་མ་ལ་གྲི་མི་འགྲོ་བ་
རྟེས་ནས་རལ་གྲི་རྒྱབ་ལ་བརྟུད་ནས་དཔུང་པས་སོར་མོ་གཉིས་ནས་ཆུང་བས། འདུན་མས་ཁོ་རང་གི་ལག་ཞབས་

སུ་ཚུད་མི་ཁན་དགོངས་ནས་དུ་དངོས་སྐབ་ཀྱི་ཁོ་ཏུ་ག་ཡས་སྒྲ་འཁྱོག་ཐུལ་ནས་སྒྲ་དམག་གཞན་ཐམས་ཅད་དཔུང་གི་
གཏྲག་ནས་སོང་བ་དང་། ཕྱིག་སྐོད་ཀྱི་འདྲེན་མའི་དམག་སྤྲུམ་ཅུའི་སྐོར་གྱི་འོག་ཏུ་བདང་ནས་སོང་བ་དང་མཉམ་
ཕྲམ་མཐུད་ཤོར་སེར་ཁྲུགས་ར་ཁ་སྒྲ་གསུམ་གྱི་དཔུང་དང་སྤྱུག་ནས་ཊ་འཁྱུ་ཅན་ལ་བརྒྱ་ལྕག་ཚམ་གྱི་འོག་ཏུ་
བདང་ནས་བྱུང་བས།། ཁ་པའི་དགྲ་ཅན་ཁ་དམར།། མགར་བའི་ཕྱག་འཕྲུག་གློག་འདེད།། ཁ་པའི་སྦྲུལ་མགོ་ལེ་
མིག་གསུམ་ནས་གདོང་བཀག་སྟེ།། གྲི་ཁ་འདྲེས་པས།། ཁྱོས་གྲི་གཡུག་ཕྱིང་གསུམ་པར་མགར་བའི་གློག་འདེད་
ཁ་པའི་ཐལ་མགོ་གཞིས་ལ་ཕབ་ནས་བསྐྱུད། ཁ་པའི་དགྲ་ཅན་གྱི་གླ་གཡས་པའི་ཕྱག་གྲི་སློས་ཆེ་ཚམ་བྱུང་

༄༅། བས་ཕྱིར་གྲོས་རྒྱབ། ད་བྱུང་ཁོ་ཡི་ཚོད་བཟུང་མེད་པར་ཤོར་སྐད་དགུག་ཅི་སྐབས། ཤན་ཚ་བླུང་ཕྲུ་
མཆོགས་ལྷན། ཁྲོ་བོའི་ཁྲབ་གཞོག་ལྷན་པ། ཡན་ལྷབ་བུ་ཡི་སློག་དམར་གསུམ་ནས་གདོང་བླང་མདུང་རེ་རེ་བཞིན་
སྣུན་པས་མ་འཐབ། ཕོག་ཚོད་ཕྱི་གྲི་ཁྲི་རི་རིའི་མདུང་སྣ་བཅད་སྤྱང་འཐས་ཁོང་ནུམས་ཕྱི་ཕྱུང་ཐུས། སྤར་མདུན་སྐར་
དུ་གཏད་ནས་སྐྱེར་སྦྱར་བས། ཁོ་འཛོའི་དམག་ལྷུགས་ཁྲབ་ཅན་ལ་བརྒྱ་ལྷག་ཙམ་བསད། ཨ་ཞང་ཕར་ལ་བསམ་བཀྱབ།
ཨ་ནག་མཁའ་འགྲོ་ཁྲི་བ་ཕྱོག་གཞིས་ཕྱི་གདོང་གླང་ཞང་། ཕོག་ཚོད་དེས་གྲི་ཁྲི་རེའི་ཞབས་སུ་བཏང་སྐབས། །
ཕྱི་དཔོན་ནས་བསླུལ་བཞིན་རྒྱ་བཏེ་ཚོས་སྤྱོད་པར་ནག་དེས་འཛིགས་སུ་བྱུང་བའི་ཐིལ་དང་བཙས་དེ་ནག་ཡོལ་

ཁྱི་གདོང་བཀག་སྤྱང་ནས་ཕོག་ཆེད་ཀྱི་མི་འདི་ལ་མཚོན་འགྲོ་བ་མིན་བསམ་ནས་ཕར་རང་ཚོད་བཟུང་ནས་སྐྱེས།།
མཚོ་སྔོན་སྦྲུལ་ནག་མི་འབར་དེས་གཡས་སྐོར་གསེར་པའི་སྐོར་ནས་བཙུག་ནས་དམག་གསེར་འཕྲུ་ཅན་ལ་ཕུམ་
ཐུའི་བསྐོར་བཤད་རྒྱུད་པས།། ཡ་ཕའི་དཔོན་པོ་ཉི་མ།། གདོང་བཙན་ཨ་དཔལ།། ཁྲི་ཟུ་སློ་ཕ་ནམས་དགའ།།།
གསུམ་ནས་གདོང་བཀའ་སྐོ་ཀྱི་མདུང་དུ་མ་སྤོག་ཟུང་པོ་ལ་མཚོན་མ་སོང་།། ཇོ་ཡི་དགྲ་ཁྲིར་གཡུག་ཕིང་ཅིག་
གི་ཡ་ལྷའི་དཔོན་པོ་དང་། ཁྲི་ཟུ་སློ་ཕ་གཉིས་ལ་ཕབ་ནས་ཁྲག་དམར་ཆུང་ཆུང་དུ་བྱུང་བའི་སྐབས་གདོང་བཙན་གཡུ་
རྭ་བང་པོ་མགྱོགས་སྐབས་གསེར་རྭ་ལྕིང་ཁྲས་གོང་དུ་བུད་ནས་རྭ་དང་པ་མཚོ་ལ་ལྡིང་འདྲ་ཞིག་ཐུས་ནས་གདོང་

༄༅། །བཀག་སྔོ་གྲི་མགོ་འབྱུང་ནམ་གླུ་འདི་བླངས་སོ། ཨ་ལེཿ ཁ་ལེཿ ཟ་རྒྱལ་སྲུམ་ར་མཚུ་རྣོལ་
ཅན། ཁྱི་འབྲུམ་རྡོང་པོའི་གྲོགས་ལ་ཕྱིན། ས་འདི་ཕྱུགས་ཡི་བར་ཐང་ཡིན། ང་འདྲ་རྨ་སྤྱོད་གསེར་ལྕང་ནས།
གཙུག་གསེར་ཁྲི་ནང་བཅུད་ལོ། ཆེ་རྒྱུད་ལྷག་འབྱུ་རྒྱ་མཚན་ལ། ཁྱི་མ་འབྲུམ་ཕྲུག་དགྲ་བོའི་གཉེན། ཁྲང་
ལ་ཞི་བོ་དབང་ཕྱུར་ཡིན། རྣལ་ལ་ལ་ཕོག་དམར་ལག་པས་བརྒྱུད། དེ་ནས་ཚེན་དང་སྟོན་པོ་སྐྱ། མཚོ་སྔོན་
སྐྱུལ་ནག་འདོད་མ་དངས་རྣམས། སྒྲ་ཁྱིམས་གླིང་གི་དཔུང་དམག་རྣམས། སྐུ་ཡུལ་ཕམ་ཆེན་འཁྲིན་ཐམས་
སྟོ། ཞག་གསུམ་གོར་ལ་ཡུ་མེད་བཟོ། ཁྲན་ཚེང་ཁྱི་བུའི་ཁྲ་ལེན་ཅིག། དེ་རིང་དཔལ་བཀུད་ཁྲག་ལེན།།

གཉིས། དཔལ་བརྡུང་བསྒྲོར་བའི་ཡང་ལེན་གསུམ། མཚོ་སྔོན་བྲུ་ལོ་དུས་ཚིག་བབ། དེ་ནས་ཕྱིག་ཆེད་མགོ་སྐྱི་
ཡིན། དཀར་མོ་གཉིས་རྫོང་དམག་གི་བརྒྱུད། ཚོ་བསོགས་རྒྱུ་ནོར་དཔྱང་གི་གཏེར། གོ་རྫོང་གཡང་གི་སྙིང་བཅུད་
དེ། གླིང་རྟ་རྩེད་པོའི་སྟོང་མ་ཡིན། ཕྱིང་དགའ་དེ་བསམ་དོ་སྨུག་དེ་བསམ། ནམ་མཁའ་ལོང་དང་ཀླུན་རྒྱུ…
རྟུབ། རྒྱུ་སྡོང་འི་མའི་འགྲོ་ལུགས་རེད། རིང་ཐུང་མི་ཡི་མཉམ་རྒྱུ་མེད། ཕྱུག་པོ་བུ་དང་དབུལ་པོ་བུ། རྒྱུ་
འཕྲུས་སྔོན་གྱི་བཀོས་བཞག་རྫོང། ཡོད་མེད་ཚ་རྐམ་ཐུང་ཐོབ་མེད། ངས་ཁྱལ་གྱི་གསེར་རྒྱུ་ལྡི་ཟླ་འདི། གྲུ་
མར་རྒྱལ་པོའི་ཞ་ཁྱལ་ཡིན། ཟླ་ཡི་སྨུག་པོ་ཐང་ལ་བཀྲིགས། གཞན་བདུད་ནག་པོའི་སྐྱི་ཚིག་སྨྲུམ། ཕྱར་

༄༅། ན་མི་ལྷི་དགུང་ལ་འཚུབས།། སྤྲུལ་ན་དུག་སྣང་ས་ལ་འཁྲིལ།། དཀྱུག་ན་སྤུང་པོ་ཁྲི་རུས་
པ་ཆོད།། སྤྲུལ་ནག་མགོ་ཀླུ་ཕང་ལ་སྤྱོད་པས།། ཨོཾ་མ་ཧི་པདྨི་ཧཱུྃ།། ཅེས་བཟླས་པས་གྲི་དེ་ལོག་མར་དུ་བཟློག །ཟུང་
ཕོ་མ་བདུད་སྲིན་མོའི་བུ་དགོས་ཡིན་སྣང་བས་མཚོན་མ་སོང་གྲི་དེ་རྩལ་ཆེ་བའི་ཟེར་གྱིས་ལུས་རྒྱུད་ཟད་ཆིག་པ་
ལས་སྐྱོག་ལ་སྐྱོན་མ་ནུས།། ཤེས་ཏེ་འཕྲུལ་ལ་གྲི་དུ་མ་བཏབ་ཟུང་ལྷ་དང་སྲུང་བའི་དྲིན་གྱི་འཚོ་མ་
ཐུས།། ཏེ་འཕྲུལ་དང་ཆེ་བའི་དབང་གིས་རལ་གྲི་སྤྲོ་འཕེན་ཐུས་ནས་ཕོ་ལ་དཔུང་ཐམ་དམ་པོའི་ནུ...
ལས་ཕྲལ་སྟོ་སྐྱེབ་དང་ཏེ་ཡ་ན་ཁོ་དངོས་མད་དུ་མི་སྣང་བར་གྱུར། ཁྲབ་གོས་ཏེ་འཕྲུལ་གྱི་ལག་དུ....

སྤྲུལ་སྒྲུན་རྩེ་པ་བཞིན་དུ་ཕྱུང་བ་དང་མཉམ་ཙི་ཕྱི་དཔེན། སྤྲུལ་སྐད་དི་ནམ་མཁའི་ཕྱི་ཡམ་བར་མ་ནས་
མ་བདུད་སྤྲིན་མོའི་གྲོགས་དང་བཅས་སྤྲིན་ཁམས་ནག་གི་ཕྱུང་པོ་ལྡང་ལྡང་བསྒྲུས་ནས་སེར་བ་ལ་ཁམ་
ཐུའི་འཐུ་ཙམ་ཕར་ར་ར་བཏང་ནས། ཐོག་འབེབས་ཁ་བ་ན། སྤྲིད་པ་རྣམས་སྔངས་ནས་འདར་སེར་ཤུམ་
ངང་ནས་ལྷ་ལ་གསོལ་བ་བཏབ་ནས་ཡོད་པའི་སྐབས་དེར། སྐུ་རྗེ་རིན་པོ་ཆེ་ཕྱྭ་འཁྲུལ་གྱི་ནམ་མཁའི་ཕྱི་ཡམ་གོང་
མ་ལ་ཕྱིན་ནས་གནམ་ལྕགས་རིན་ཆེན་མཚོན་ཆར་ནས་ཡོད་པར་བསྒོམ། དོན་དང་བསྟན་པའི་གླུ་འདི་བླངས་སོ། །
ཨ་ལེ༔ ཐ་ལེ༔ སྐྱབས་གནས་དཀོན་མཆོག་གསུམ་པོ་མཁྱེན། ཕྱིན་རླབས་ཕྱུགས་རྗེ་ལྕགས་ཐུས་བྲངས།

༄༅། ལས་ངན་འཁོར་བ་སྟོང་པར་གྲོག། ས་འདི་སྦ་ཧཱུྃ་བཙན་ཕང་རེང་། བར་སྣང་འཁོར་བའི་
གཡས་སྐྱུར་ནས། ང་འདྲ་ཁྲ་མོ་གླིང་གི་རྒྱལ། ནོར་བུ་དགྲ་འདུལ་དགྲ་ལྷའི་གཙོ། མཆོ་སྟོར་སྒྲུལ་
ནག་ལས་ངན་ཚེད། སངས་རྒྱས་ཆོས་ལ་དད་པ་ཡིག། དཔའ་བདུད་མར་པོའི་སྐུ་གྲོག་བརྗེས།
སྡིག་ཅན་གནམ་ནས་མ་ཕབ་ན། ངག་ལར་ཐོག་ལི་སྟོང་པ་ཐིང་། ཕོ་འདྲ་གཞིས་བསམ་ན་ཧུ་ལ་
སྲོག། རས་གཡུ་འབྲུག་སྤྱིན་མོ་འོག་ཏ་ཆིབས། གཟའ་བདུད་རྒྱལ་པོ་དཔུང་རོག་ཁྲིད། སྟོང་གྲོགས་
མཆིད་དགུ་ལས་ལ་ཕྱིན། སྤེ་བརྒྱུད་དམག་དཔུང་བྲན་དུ་བསྐོས། དམར་ནག་ཕོག་མཚོན་འཁོར་ལོ་

བསྐོར། གནམ་ལྕགས་ཐེར་ར་རྩུབས་མི་རྩུབ། དེ་ཡིད་བདུད་དམག་གཡུལ་བར་རླགས། རྣ་མི་བོང་སྤྱི༔ ཡ་བླ་
མའི་ལྷགས་རྩེ་ཆེ་རྩུང་ངེ། སེམས་བསྐྱེད་རྩོགས་ནམས་ཡིན་བཟོ་ར་ན་རེད། བོན་ཆོས་ལས་འདུན་ཁྲིམས་གཙང་
ཞེན་ནེ། ལུས་མདོ་ལྷགས་བཟོད་པ་སྒོམས་ལུགས་རེད། བྱ་དཔའ་པོ་སྙིང་གདོས་ཆེ་རྩུང་ངེ། སེམས་གཏམས་དཀར་
བསམ་བློ་བཏང་ལུགས་རེད། ཕྱི་གྲུ་གླིང་མ་གྲུ་རྩལ་ཆེ་རྩུང་ངེ། བཀའ་གོང་མའི་རྒྱལ་བསྟན་ཆེ་རྩུང་རེད།
ཕྱིང་ཤ་ཡུག་དོན་སྙིང་ཐུམ་བུ་གཏེར། རྣམ་ཤེས་བདེ་བའི་གནས་སུ་བཏང་། གླུ་གླིང་གཞིས་ཀྱི་བྱུན་མོ་
བསྐོས། ཨོ་མ་ཧེ༑ ཚེས་གསུང་ནས་ཕྱག་མཆོད་དེ་འཕང་བས། ཡོའི་ཤ་རྣམས་ཀྱི་ལྷང་ཡིད་སྙིང་དང་བཅས་པ་

༄༅། ཞབས་ལྕུ་བདད་སྐབས། ཧེ་རུ་ཀྲོན་པོ་ཚོས་འཁྲུབ་ནས་གདོང་བླང་ཡས། ཕོ་ཡིས་དགུ་ཕྱིར་དེ་ཕྲག་པ་ལ་
སྐལ་ནས་ལག་གཡས་ཀྱི་འཁྲུམ་པ་སྟྱིར་ནས་སྐུ་འདི་ལྟར་བླངས་སོ། ཨ་ལཿ ཁ་ལཿ མཆོད་དོ་བསྐོར་དེ་སྐུ་གྲུའི་ལྟ།
ཕོག་རྩེད་དཔལ་པོའི་གྲོགས་ལ་ཕྱིན། ས་འདི་དཀར་མོ་གཞིན་ཞོང་རེད། ལྟགས་ཧི་བར་མའི་ལྟོ་སྒོ་ཡིད། ང་འདྲ་
ཕོག་རྩེད་རྒྱལ་པོ་ཟེར། རྩལ་དྲག་ནམ་མཁའི་ཕོག་ལས་ཚ། སྟོབས་སྟག་ཤྐད་ཆེན་སྐྱོར་པ་འདྲ། ཕོད་སྐྱིང་
བསད་པའི་ཕྲན་པ་ཡིན། ངང་བསྐོད་མི་ནི་འདྲ་མ་ཡིན། ཕྱིར་མ་ཐུས་ཚོད་མེད་སྙིང་རུ་རེད། མཐོ་འདོད་པོད་
ཕྱིས་རྒྱབ་རྩ་ཐུས། དེ་དྲག་མི་ཡི་མགོ་རྣེ་བྲལ། གླུ་ཡུལ་སྤྲོ་པའི་གྲོག་ལ་བཞག། གནས་མེད་ནའི་གླ་ག་ན་་

སྐར། སྣེ་མེད་ན་མགོ་དཔོན་ལྷ་ལ་ཞིར། ལུས་མེད་ན་རྣམ་ཤེས་གྱ་ལ་འཁོར། སྣེ་གྲུ་ཡུལ་སྐྱིད་པ་མ་འཚོན། ང་
རྒྱལ་པོ་སྤྱོད་དར་མ་སྤྱོད་མེད། ལྷུག་པས་དཔལ་སྐྱིད་རྒྱས་ནས་ཐུར། དགྲ་རྩུར་སླལ་བཏང་མ་དེ་རིང་ཡིན། གླིང་
མིང་ཡོད་མང་པོའི་མགོ་ཏེ་བྲལ། མིང་མིད་མང་པོ་ས་ལ་བརྟབ། ནམ་ཆེན་གདོང་ལེན་དམར་པོ་སྐྱ། ཕྱིར་གླེན་
ཆོས་འགྲུབ་མ་བསམ་འགྲུབ། ཤེང་ཁེབ་དགུ་སྐོར་བའི་དྲིལ་མ་དེ། རང་འཚང་བརྟེད་ནས་ཕོན་ཆད་ཁྲེང་།
སྐོར་ཐམས་ཐ་བའི་གླེན་ངན་དེས། རར་སྐྱོན་མ་རིག་ཀུན་ལ་སྤྱོད། ཡུལ་ཕྱིར་དགྲ་སྐྱོབས་ཆོས་འགྲུབ་གྲུ། རང་ཀླག་
བརྗོད་ནས་ཁེམས་ལེན་ཐུས། ཕྱར་ཕྱི་རྟུ་སྣག་བཙན་རྒྱལ་པོ་དེ། ཟླུམ་ཆེན་ངདན་མས་འབན་ལ་བཞག། དཔོན་གླེན་

༄༅། །འཕོང་ནས་བར་བོད་རྒྱུད་ཕྲེད་ཀྱི་ཀེང་རུས་འདྲ་བ་དེ་དམག་སྒར་སྲིམ་དཀྱིལ་དུ་ཕྱུང་སྦྱང་པས་··
གླིང་དམག་ཐམས་ཅད་ངོ་མཚར་བ་སྦྱང་ངོ། །ཀླུ་དམག་རྣམས་ཀྱི་མཚོ་སྐྱོན་ཡིན་པ་འདྲ་བས་སྡུལ་ངན་མ་རུང་པ་དེ་
ལས་དེ་ལས་ཆེ་བ་རེད་བསམ་ནས་ཐམས་ཅད་སྐྲོ་འཕྱོར་སོང་། །ཐོག་མཁོད་ཁེར་བུ་ཤར་སྒོ་ནས་ཤོ་ཕྲང་དུ་སོང་། །གླིང་
པ་ཐམས་ཅད་ཟིར་བ། །འཛམ་གླིང་ལ་ལེ་ཆེ་མི་རྒྱ་ལྷུང་གསུམ་དང་། །ཀླུ་གུའི་ཁ་རྡག་ཐོག་གསུམ་མཁོད་པས་བུ་མཁོད་
ཐོས་མ་མྱོང་ཕྱང་། །དེ་བའི་ནར་ནས་ཐོག་མཁོད་ཀྱིས་དཔའ་རྩལ་དྲུག་འདྲ་བ་ནི་གླིང་བཞི་ལ་ཡོད་པ་མི་གྲིད་ཟེར་བའི་
ཐམས་ཅད་ཁ་ལས་སོ། །དེ་ནས་ཞག་གསུམ་སོང་བའི་ནུབ་མོ་གྲུ་གུ་ཐོག་མཁོད་རྒྱལ་པོ་ཁེར་བུ་ལྡོ་སྐྱོ་ནས་གླིང་དཔུང་

དེ་ཡོད་པ་མཐོང་བ་ལྟར་སྣང་། ཐོག་མར་སྔགས་ཟོར་འོམ་ལ་སྐོག་གི་དམག་བརྒྱ་ལྷག་ཙམ་རྫོང་མདའ་ཞབས་སུ་བདར་ནས་མར་
སྣང་བས།། སྔགས་ཟོར་ཁྲོ་རྒྱལ་པདྨ།། ཁང་ནི་གཡུ་ཐོག་པདྨ།། ཐུ་ཆེན་ཀ་རྨ་དགྲ་འདུལ།། གཞིག་འཕེན་མགོན་པོ་སྟོང་ཐུབ་
བཞི་ནས་གཏོར་བསྣང་ནས་མདའ་གྲི་ཅི་འཕྲོར་ཐལ་ཐང་ཤོ་ལ་མཚོན་མ་སོང་།། ཐོག་རྡོང་ཧྲིལ་དགྲ་ཟོར་གཡུག་ནས་གཞིག་
འཕེན་བྲུ་ཡི་སོག་ཕྲག་ལ་ཕབ་ནས་སྒྲུངས།། ཤི་གསུམ་གྱི་སྒྲི་ཁྲིལ་ཐལ།། དེ་ནས་ཕོ་གསྐོར་མདེ་དུ་ཨ་གྲགས་ཧྲིལ་སྒྲར་
དུ་འདྲེས་ནས་དཔང་བདུད་སྐོག་རྒྱུག་ནས་གཏོར་ལེན་རྡོང་གྲུག་བཞི་བརྒྱུ་སྐོར་དགྲ་ཟོར་ཞབས་སུ་བཏང་།། སྒྲར་མཐའ་
ནས་རྐྱང་གཏིས་ཐོན་ནས།། མདུན་ཉུས་སྒྲར་འཛིང་སྒྲུས་མཆེད་གཞིས་ཧྲིལ་སྐོག་ནས་དམག་མང་ཁོ་བྲས་དགྲ་ཟོར་

༄༅། མགོ་རི་བྲག་ཚེན་མོ། དེ་དུས་ཚོམ་འགྲུབ་ཀ་ན་སོང་། ཀྲུང་ཡུལ་མི་རྣམས་དམར་བསད་བཏང་།
གསོག་པའི་རྒྱུ་ནོར་སྤྱོད་པས་འཕྲོག། སེམས་གང་དཀར་སྣུབ་བསྐྱལ་མ་བཟློད་ཅིག། མགོ་རྣ་བ་ཞང་ལ་མ་སྐྱལ
གཡིས། ཕྱི་རྫང་ལྷུ་སྨུན་པ་དགུ་ལ་རྩུ། སྐྱེ་མོ་ཕྲི་ཐམས་ཅད་དགྲ་ལ་ཕྲི། བུ་མོ་ཚོམ་འགྲུབ་ཀ་ན་སོང་།
ཕྱིང་དེ་དུས་སྐོམ་ལ་བཙུགས་ལུགས་ཨང་། ཀ་ལྷར་ཕྲ་ཡ་ངོ་སྤུང་ནས། ཡིན་མངོན་ཁམས་ལེན་ངོ་ཞི་ཚོ།
གླིང་མིང་རྫར་མའི་ཟུར་ཟུར་དེ། རང་སྒྲོན་གཙོད་པའི་གཞི་མ་རེད། རྣམ་མེད་ཕྲིན་གི་བྲ་བ་དེ། མི་འཇུར་འཆར
གཞི་མ་རེད། རྣ་མེད་ཁ་དེས་སྐད་ཕྲར་དེས། གཞན་རྣ་ཚ་བའི་གཞི་མ་རེད། ངེས་དགྲ་ཟློར་དར་མའི་ཕྲ་དུམ

བསྔོ།། གླིང་བཟླས་དཔྱུར་བ་ལ་སྔོན་མོ་སྟེགས།། ཨོཾ་མ་ཧོཿ ཅེས་གླུ་དེ་ལྷུར་བླངས་ཞིང་གྲིལ་གྲིལ་བྱུང་བས།། ཆོས་འཁྱུབ་ནས་དཀྲུ་
ཐོར་ཞེ་བསྐུ་བཅར་དོན་མེད་བསམ་སྐྱེ་ཤུད་ཙུད་ཟད་ཐམས་ནས།། ཕོ་རི་དཔའ་བོ་འདྲ་གཞིས་ལྷུག་པས་ན།། བསྐྱད་ལོང་དགྱུག་
ལོང་གཞིས་ཀ་དགོས།། དང་པོ་ང་ཡི་གླུ་འདི་ཕྱོད་ཀྱི་ཞེན་དབང་ནས་རིམ་གྱི་བྱ་དང་བྱ་མོ་རིང་བསྐྱ་ཟུར་ནས་ཞེགས་པ།
གློག་འོད་སྤྲིན་འཛིན་དེ་སྣང་ལ་ཕུར་ནས་གླུ་འདི་བླངས་སོ།། ཨ་ལེཿ ཐ་ལེཿ མདོ་གླིང་བསྔོན་པའི་གླུང་མ་རྣམས།།
མཆེན་གཟིགས་ཆོས་འཁྱུབ་གྲོགས་ལ་ཕྱིན།། ས་འདི་གླུ་གླུ་དབུས་ལ་འཐེང་།། ང་འདྲ་སྐྱོད་པོ་ཆོས་འཁྱུབ་ཡིན།། འཛམ་
གླིང་གོ་སར་རྒྱལ་པོ་དེས།། ཕྱི་སློན་མེད་མེད་བསླབ་ཞེན་འདྲ།། རྣམ་ཤེས་ཆོས་སྤེལ་དབྱིངས་སུ་དྲངས།། སྔོབ།།

༄༅། །རྒྱལ་དམ་ལ་བདགས་ཞེན་འདྲ།། སྡུག་བསྔལ་འཁོར་བའི་མཚོ་ལས་དྲངས།། བསོགས་པའི་རྒྱུ་ནོར་
དྲངས་ཞེན་འདྲ།། ཆོས་འགྲུབ། ཟས་གོས་ཀྱིང་ལ་འཇོར།། རྩེ་ཡུལ་བཙྣག་པའི་ཚང་བྱ་དེ།། ད་རེས་གྲུ་ཡུལ་དེ་འདྲ་
རན།། རྩེ་སྐྱིད་འཁྱེགས་པ་ཕྱིད་ཞིན་མོ།། ཆོས་འགྲུབ་མ་འཁྱེགས་རང་ཚོད་བཟུང་།། ཚེ་འདི་ཕྱི་གཉིས་རྒྱལ་
སེང་ཆེན་རེད།། ཆོས་འགྲུབ་བསྒྲུབ་པའི་མཚམས་ལ་སྡོམ།། དམིགས་པ་གྲུ་ཡུལ་སྡོང་ལ་ཐུས།། ཞིགས་པ་
མཇིང་ནག་སྦུབ་ན་ཞལ།། འཕབས་པ་ཕོག་རྗེད་ཀ་ལ་བསམ།། བསམ་ལོ་བཞིན་དུ་འཛམ་ལི་རེད།། སེང་ཆེན་
ནོར་བུ་རགྱ་འདུལ་གིས།། ཟུག་འདོད་ཟ་ལི་ཁྲུད་ཀྱི་གསོ།། རྒྱུག་འདོད་ཛ་ཕོ་གང་ལྷག་ཕྱིན།། ཆོས་འགྲུབ།

ཁམས་ཡིན་སྔོན་ལ་ཆམས། ཕོག་འབྲུག་བཙན་རྗོད་དམར་བསད་ཐུམ། གླུ་གླུའི་དགྲ་མགོ་དང་པོ་ཞེས། ཕྱིར་དེ་
དུས་གང་ལ་མོང་ཡི་ཡིན། དེ་ནས་གསེར་གླིང་ཟློག་བརྒྱུད་ལྷག། སྔག་དུ་རྒྱལ་སྔགས་མདུང་གི་འཛེར། དགྲ་
སྐད་དུམ་བུར་བཏང་ཡི་ཡིན། ཐུང་མི་བདང་མི་ཚོས་འཁྲུག་ཡིན། ཕྱིར་འཚམས་ལ་བསྟོད་ཡམ་ཚ་ལ་མོང་།
དེ་ནས་གཞེན་སྟོང་ལྷོ་སྒོ་གདོར། སྒོ་སྟུང་མི་བཞི་ས་ལ་བཏབ། རྟ་ལེ་དམག་ལ་ཆས་འདྲེའི་དཔོན། ང་
དཔའ་བོའི་ཞགས་པས་ཕྱི་བཞིན་ཁྲིད། དགྲ་མཐའ་དང་ལས་འཛམ་ཡིས་རྒྱ། བླ་མ་དཀྱིལ་ནས་ཆུག་
ལོ་ནྟ། སེམས་ཅན་མགོ་བསྐོར་དཀོར་ཟས་ཟ། རྟང་མ་དར་མགོ་འགྲོ་ལོ་ནྟུ། ལ་ཕྱུར་གཞིས་ལ་བཙང་

༄༅། །སྭ་ཀྱུག། དཔའ་བོ་གྲི་ལ་ཀྲི་ཁོ་རྣ། དཔའ་སྐྱིད་དྲན་པའི་གདིང་ནས་ཡོང་། ལས་ཟད་གྲུ་གྲུ་ཐོག་
ཐོད་ཕྱིར། ཚེ་ཟད་ཚེས་འགྲུབ་བློན་ལ་ཕྱུག། དཔའ་དགྲ་བླའི་འཕྲུལ་ཞེགས་དམར་པོ་ལ། དགྲ་བླ་ཁ་བ་བབས་
བབས་ཡོད། ཕྱིར་མ་བྲུ་ཡུག་འཚུབས་ཚུབས་ཡོད། ངས་ཡར་གཡུག་ཨ་སྔོན་གནམ་ལ་ན་གཡུག། ཕྱིང་དབང་
ཐང་གནམ་གྱི་འཇུ་ཐབ་གཏོད། མར་གཡུག་དོང་མོ་ས་ལ་གཡུག། ཕྱིར་ཚེ་སྒྲོག་ས་ཡི་ཚེན་ཕུར་ཕུད། ཕར་
གཡུག་པར་སྣང་ཁམས་སུ་གཡུག། སྒྲོག་ལུས་དབང་གི་ལྟུང་དུ་བཅོམ། ཡང་གཡུག་དགྲ་བོ་ཕྱིད་ལ་གཡུག།
ག་ཕྱིན་རྗེའི་ཞགས་དཀར་ཟུལ་གྱིས་བཟུང་། འཕྲུལ་མིག་ཨ་ཡོང་ཀ་ལ་དགོན། འགོ་བའི་ལྷ་

ངང་ངྱི་ཡི་ཡིན།། རྡོ་སྨྱུར་ལྷུགས་སྲུའི་སྙིང་ཁྲག་དྲོངས།། དགྲ་བླ་དགྱེས་པས་དཔའ་ཐྲལ་རོལ།
མདོ་གླིང་བསྟན་པའི་སྲུང་མ་རྣམས།། དཔའ་བོའི་ཞབས་ལ་འཚོ་རོག་མཛོད།། ཨོཾ་མ་ཧཱ་པདྨ་
ཧཱུཾ།། ཅེས་ཟེར་བས་ཞབས་པ་དེ་སློག་འཁྱུགས་པ་བཞིན་སྤྲིང་ཕྱུང་བས་ཕོའི་སྐྱི་ཡ་ཡིབ་ནས་འཁྱེན་པས་
དགུ་ཟིར་ཕྱར་བཟུང་བ་གི་ལེན་གསུམ་བཏབ་ཀྱང་མ་ཆོད་ཞགས་པ་དེས་དམ་དུ་འཆིང་བའི་དབང་
གི་མིག་སྟི་ལ་འབུར་ཏུ་ཡས་ལྷུང་ལ་ཁད་བར།། སྒྲ་རྒྱལ་ལ་སྨོན་གྱི་ལྷུང་བསྟུན་གྱི།། མི་ཕོ་སྟག་
གི་གནམ་ལོ་ལ།། གློག་ལྟེ་དངར་མའི་ཟེར་འཚུབས།། ཆུ་ཁྲི་དངར་མའི་གཡུ་ལ་རོ་བླུག།། ཟེར་

༄། བ་དེ་བཞིན་གྱི་རྒྱང་སོར་བཞི་པོ་ཞེས། ལྷུང་སྟེན་མཁན་ངེས་གནང་ཡོད་པ་ཏེ། སློ་ལ་སློབ་ཡོད་ཤེས་རང་ནས་ཏེ་ཕན་ཕྱིར་ཞིག་ཡིན་པ་འདྲ་བསམ་མ་སྒྲུབ་ནས་བདང་ལེན་ཅིག གཡུག་ཡས་ཞེགས་པ་དུམ་གྱི་ཆེད་ཀྱང་། འཕྲུལ་ཞེགས་ཡིན་པའི་སྒོམས་དང་། ཆོས་འགྲུབ། དབང་ཕྱང་བཙུན་པ་དང་ནུས་མཐུ་རྩལ་བཙམ་ཀྱི་སྒོམས་ཀྱིས་ལོ་རང་སྤྱད་དུ་བཅུག་དྲན་པ་ཉམས་ཚོ་སྒྲོག་གི་སུམ་གཉིས་རླུག་ནས་གྲུ་གུ་ཕུ་ལ་དུ་ཆེད་བཞིན་སོང་། དྲན་པ་སྨུག་འཕྱིབ་གྱི་ངོར་ནས་རང་མཁར་ལམ་ཞོར་གང་ཞེལ་རྣམས་བཀད་ནས་རྒྱ་སྒོ་ཕྱིས་པ་བཞིན།….

ཕོ་བྲང་དུ་སྤྱིལ་སོང་། དེ་ནས་ཞག་པོ་གསུམ་གི་གང་པོ་རང་སྣ་བར་ནས་ནུབ་སྒོ་དུ་ཤོར་ཕྱུང་བ་དང་། གཡོན་སྐོག
ལྷོ་མོན་དམག་རྣམས་བཀྲག་སྐྱེ་བཅུ་ལྷག་ཙམ་བསད་ཕྱུང་བར། ལྷོ་མི་ནུབ་ལྷ་ཁྱི་ཁེར་རྫོང་། ཕྱང་སྔགས་མོ་བྱུ་
ཡི་གློག་དམར། ལྷགས་སྐོག་བུ་ཡི་ཁྲེ་སྒྱུ། ཡི་སྡོད་སྐྱེ་ཟ་རྣམ་དགའ་ མཚོ་ལྟ་གྲགས་པ་ཕོག་མེད་ལྷ་ནས་....
གདོང་བཀག་ནས་མདའ་མཚོན་མང་པོ་བཏབ་ཤུར་གནོད་མ་འཕྱུག། ཕོག་ཐོད་ཀྱི་དགུ་ཐེར་གཡུག་པས་སྨི་ནུབ་ལྷ་
ཁྱལ་གྱི་སྐལ་ཆེ་ཙམ་ཕྱུང་། ཡང་གཡུག་ཕྱིར་ཅིག་ལ་དཔའ་བདུད་བཞི་ཕྱུས་ཅིག་ལ་བསྐྱུང་། སྤྱིར་དཔྱིལ་སྐོར་ལ་
གཙང་ནས་ཕྱིར་བས།། གཡུ་ལྷ་ཕོག་འགྱུར། སྤྱང་ཆེན་ནམ་མཁའ་ཕོག་བཅུད། གནམ་ལ་ཕོག་ལྟེ།། བྲག་དཀར་

༄༅། ཁང་སྐྱས་འཇིགས་མེད་བཞི་ཡི་མདའ་རི་སྤྲིང་ཕྱུང་གཉོད་མ་འཁྲུག་ནས། ཤོ་རང་གི་རྫོང་མདའི་
འཕྲུལ་འཁོར་གྱི་གཟེར་བུ་སྤྱར་སྟེ་གླུ་འདི་བླངས་སོ། ཨ་ལེ༔ ཐ་ལེ༔ གཉོད་སྨིན་གདུང་དམར་དགྲ་ལྷའི་གཙོ།
ཧ་ཧྲིང་དགྲ་དཔུང་ཆོམ་ལ་ཕོབ། ས་འདི༔ ང་འདྲ་སྒྲ་སྒྲ་ཡོབ་ཚོད་རྒྱལ། སྤྱིང་ཟུམ་མ་ཤེས་ཡོད་ཚོད་མི་ན།
ད་ནས་ཚུར་ཆོམ་གླིང་དམག་དམག་དཔུང་། ཚོད་ཚོད་ཕྱུ་ནས་མ་ཟིན་ཐུང་། འཁྱིད་ཆི་ན་སེང་ག་སྟག་ཆིག་ཐུད།
ཁམས་ཆི་ན་སྟག་གི་མི་ཤེས་གནང་། ཟེ་ཆི་ན་མར་གྱི་མཁྲེས་ལ་བསོགས། ཚོད་མ་ཟིན་གླིང་དཀར་སེལ་
ཐུ་གདོར། ཙོ་སྐྱ་རྐང་གྲངས་མང་ཞེན་འདུ། མི་སྟག་ཅིག་གི་ཕྱུ་མེད་བསྐྱེད་ས། གླིང་དཀར་རྐང་གྲངས་མང་

ཚེ་འདྲ། ཕོག་ཆོད་ཁེར་བུའི་ནར་ལ་འཕེན། རྗོང་མདའ་ལྡན་པའི་རང་མདངས་ལ། སྐྱེ་སྐྱིད་མེད་རྩེས་སྣ་དགུ་ཡི་
བཀྲོང་། མི་མེད་ལྕགས་མདའི་འཁྲུལ་འཁོར་ཕྱིས། དཔའ་མེད་འཇུང་ལྤགས་གཡུ་ལྕེ་བྲུ། ཚེ་མེད་བར་དོའི་གནས་
ལ་སྐྱུར། མགོ་མེད་འཛུང་དམག་དཀྲུ་བཤྲི། ཨོཾ་མ་ཧི༔ ཅེས་ཟེར་ནས་རྗོང་མདའ་འདི་གཡུ་འབྲུག་སྔོན་གྱི་སྒྲ་དང་
བཅས་བཏང་བྱུང་བས་གཡུ་ལྕེའི་སྙིང་གར་ཕྲིབ་ནས་གོ་ཁྲབ་ཞིལ་བུར་གཏོར་བྱུང་། ཁྲབ་གདན་དུ་གི་སར་རྒྱལ་པོའི་
ནང་གོས་གོས་ཡིད་གསེར་གྱི་འཁོར་ལོ་རིན་ཆེན་ཡོད་པའི་མཐུས་སྐྱ་ལྟེམ་ལ་སྐྱོན་མ་ཐུང་། འཁྲུལ་མདའི་ཁྲུགས་
གཟེར་དང་རྩེས་དན་གྱི་དྲུད་པའི་དབང་གིས་ཚེམ་ལས་ལྟུང་ཡུད་ཙམ་དྲན་མེད་དུ་རྒྱལ། གནམ་ལྕེ་ཕོག་ལྟེ། བྲག་

༄༅། དཀར་ཕྱར་སྣལ།། ནམ་མཁའ་ཕྱོག་གཟུང་གསུམ་ཀྱི་གཡུ་ལྷ་དམས་པ་དྲུང་སོང་འཚམས་དེ་ཕྱོག་ཆོད་ལ་
གསུམ་ཀ་དུས་ཞིག་ལ་འཁྲམ་པས་ཐེ་རང་གི་ཀླུ་རྩུར་རེ་རེའི་ཞབས་སུ་གསུམ་ཀ་ཕང་དུ་ལྷུང་ནས་ཡུད་ཙམ་དྲན་
མེད་དུ་སོང་བས།། སྐར་ནས་མཁས་པ་ཨ་ཁྲུ་རྡོར་རྒྱན། མོན་སྨུག་བླ་བ་ཁྲ་བཙུར། དུང་སྐྱོར་སྨུག་ལྷ་ཁྲི་དཀར་
གསུམ་གཞི་སྐོར་གཞིས་སྐོར་གྱི་གདོང་བཀག་ནས་རྡོ་རྒྱན་གྱི་སླུ་འདི་བླངས་སོ།། ཨ་ལེཿ ཐ་ལེཿ ཞིང་སྐྱོང་
ཚང་པ་གདོང་བཞི་མཁྱེན།། ས་འདི་ལྷོགས་ཕྱིའི་ནུབ་ཕྱོགས་ཞིང་། ང་འདྲ་སྐྱོ་མོན་འབྲུས་ཡུལ་ནས།། རིན་
ས་དཔལ་ལ་སློབ་ས་ཞིང་། དཔལ་རང་གཉིས་ཀྱི་འདུས་མདོ་ནས།། དཔལ་ཆེའི་རྡོ་རྗེ་རྒྱལ་མཚན་ཟེར། སློ་གསལ།

བྲིས་པའི་གཏེར་མཛོད་ཡིན། དཔའ་རྩལ་མ་བླང་བསམ་པ་མེད། ང་རྣམས་པའི་དུས་ལ་བབ་ན་ཡང་། སེར་པོ་
གསེར་གྱི་བསགས་ཪོ་དེ། ཪབ་གནས་བརྒྱ་ཡི་དོ་བཙ་མིན། ཁམས་པ་དངུལ་གྱི་བཅུ་ཪོ་རེ། ཞན་ཞི་བརྒྱ་ཡི་
དོ་བཙ་མིན། རྒྱ་མི་དར་གྱི་ཁོ་ཚར་དེ། ལ་འཁྱུག་བརྒྱ་ཡི་དོ་བཙའ་མིན། རྗེ་ནན་ན་སོ་རྣམས་ཞེན་འདྲ། ཕོ་
རྟེན་པོ་བརྒྱ་ཡི་དོ་བཙའ་མིན། ཕྱོགས་རྟེན་དཔའ་ངར་ཆེ་ཞེན་འདྲ། རྗེ་ནན་ཕྱོགས་པའི་ཁོ་སྐྱོན་རེད། ལྟག་དམར་
ཡག་ཟམ་པའི་ཞེབ་ལ་འགྲོ། ཕོ་རྟེན་པོ་རྫར་མའི་ལག་ལ་འགྲོ། ཟེ་རྒྱ་བ་དགེ་དར་དོན་མཐུན་ཡིན། རལ་
གྲི་གོ་ཐོ་གཏོག་རིང་འདེམས། ཕྱོགས་རྟེན་ཁོ་དུམ་འཁང་འདྲ་བཟོ། ཨོཾ་མ་ཧཱ་ཡཀྴ༔ ཅེས་ཟེར་ནས་གྲི་

༄༅། །ཁ་འདྲེན་པས་ཕན་རྒྱུན་སོ་སོར་སྤྱང་མས་དྲིན་ནས་ལུས་ལ་འཚོ་མ་ནུས།། ལྷག་པར་
རྗེར་ཆན་དེ་རང་ར་བའི་དབང་གི་ཁ་བཙར་གྱིས་གྱི་ཡན་གཞིས་ཀ་ཡུག་པས་ཡོག་རྟོད་ཧི་ཁྲབ་ཧི་ཁྲང་ཐུ་་་
རྒྱུ་ལེ་བདང་ཆུར་བས་ཁོ་རང་ནས་བསམ་པ་མི་ཆན་འདི་ལ་ཕར་ནི་མཚོན་མི་འགྲོ་བ་ཞིག་ཡིན་འདུག་
གྱིས།། འཇང་ཕྱུག་ཡུ་ལྷ་ཇི་པསད་ཡོད་ཀསམ་ནས་རང་ཚོད་བཟུང་སྟེ་ཕར་ལམ་ཞོང་མདའི་ལམ་
ཞོར་གྱི་དམག་རྣམས་ཚག་ཞིལ་གྱིས་བདར་ནས་སྒོ་ཕྱེས་པ་ལྷ་སྦུ་ནུབ་སྒོ་བརྒྱུད་ནས་ཞོང་དུ་ཕྱིར།
ཡང་ཞིག་གསུམ་གྱི་ནང་པར་ཕྱུང་སྒོ་ནས་བོད་དམག་གིས་སྔོང་དུ་ཕྱིར་ཕྱུང་ནས་གཙང་གཡས་སུ་

གཡོན་ཟླ། ཟླ་ལག་བཅས་ཀྱི་དམག་བརྒྱ་ཚོ་མང་པོ་ཁྲིག་ལ་བསྒྲིལ་ནས་སྣར་བཞིས་དངོས་པོ་རྒྱ་སྲུས་
ཨ་ཕྱི་ལྷས་མིད་པ་ལ་བྲོས་ལུས་འཕོར་ཀྱི་ལམ་གང་ཐིན་ཐོས་བྲོས།། ཡང་གཡས་ཟླ་ལ་བཏུག··
ནས་སྦྱང་པའི་དམ་གྱི་སྔག་དུ་གཡུ་རྒྱལ།། གཙང་ལུས་གྲགས་པ་ལྷུན་གྲུབ་གཉིས་ནས་གདོང་གླང་
ཞིང་ན་རི།། ཏོ་རི་ཚེ་ཐང་གླུ་གླུ་སྒྲ།། དཔོན་གཡོག་རྡེའུ་ཁིར་འཁྱེམས་ལོ།། མི་གཅིག་རྒོད་པ་ཁེར་
རྟོགས་མེད།། མཆོན་ཀར་བྲང་དར་མའི་རྒྱར་ལ་འཕེན།། ཐེར་ནས་གྲི་ཡི་བདུང་རྒྱུང་མཆོན་མ་སོང་།།
ཏོ་ཡི་དགྲ་ཐེར་གཡུག་ཕྱིར་ཅིག་ལ་དམག་དཔོན་གཉིས་དུས་ཅིག་ལ་བསྐྱུང་བྱུང་བས་བོད་དམག་

༄༅། ཧི་རི་མཆོད་པས་དཔའ་ཚུགས་ནས་ཞབ་མ་བརྟན་དུ་ཕྲོས་སོང་བ་མ་དོག་སྐར་དུ་མི་ཅིག་ཤར་མ་གནས། ད་ལྟར་ཡོས་ཚོད་བརྒྱད་མིད་པར། ཞིང་རྒྱལ་མཚན་ལྷ་སྨང་། འཕན་རྡོ་རྗེ་དཔལ་བཟང་གཉིས་ལ་ལྷ་གྲུ་ཐྲེར་གཡུག་པས་སྐྱང་ནས་འཕྲོས་དམག་རྣམས་ཡར་དིང་ཧི་ཐོ་རི་རྩེ་ལ་དེར། མར་དེད་རྒྱ་ཐོ་རི་འགྲམ་ལ་དེད། བཅུ་ཚོ་མང་པོ་ཚོམ་ལ་ཕབ། སྟོང་ཚོ་མང་པོ་གྲི་རླུས་བཏང་། ཀུང་ཡར་སྐྱོང་ཐམས་ཅད་ས་ལ་བཙུབ། ལས་སྨིན་ལམ་ངན་པའི་དམོད་པ་ཐེར། ཐབས་མི་རྣམས་ཐམས་ཅད་རྒྱ་ཡིས་བསད། ཐབ་གསུར་ཕྱིས་ནས་མཁའ་གང་ལ་ཐུས། ལས་དེ་ཐུས་རྟེན་གྱི་སྐུ་

རྒྱལ་པོ་བོད། རྒྱལ་སྲིད་ལ་དར་རྒྱུད་བྱུང་བ་འདི། ཡོས་སྨོན་ལམ་ངན་པའི་དབང་གིས་སོ། དེ་ནས་ཡོ་རང་ཕར་
ཚོང་དུ་འཁོར་ནས་ཇ་ཚང་ལ་ཡོངས་སྤྱོད་ཅིང་གཡུལ་ལས་རྒྱལ་བའི་དགའ་སྟོན་གྱི་ལྷ་བསང་དཀར་པོའི་
དཔྱད་སྟོང་དེ་ཐེས། དེ་ནས་ཚོམ་ཞིར་དགུ་ནམ་གྲུང་རྒྱལ་པོ་གཟིམ་ལ་ཞུགས་པའི་སྐབས་ནམ་མཁའ་སྟོང་
པའི་དབྱིངས་ནས་གཟུགས་མེད་རང་སྒྲས་འདི་བཞིན་ཐོས། ཀྱི་འདྲེན་མེད་ཕོག་རྐྱེན་ཚུར་བ་ལེན་དང་།
མི་གཅིག་རྐྱེན་པའི་མཐའ་འཁྱོལ་དཀའ། ལོང་ཕོ་རང་ལྟག་གི་དུས་ཚོད་ལ། བདུད་ནག་པོའི་དམུ་
རས་འཁྱིལ་མེད་བརྩུག། མཐོ་ནམ་མཁའི་དབྱིངས་སུ་འཕྱུལ་གྱི་ཇོར། སྐྱབ་ཕོ་ལ་དྲུག་ཀེ་མ།།།

༄༅། ཀྱེ། སྔོན་ཤི་མའི་སྒུར་ཁང་བཟུང་ནས་སུ།། ལོ་གསུམ་ལ་གནམ་ལྷའི་ཕོ་བྲང་འདུག། མཐར་
བོད་གླིང་ལ་དགྲ་ལེན་རེམ་སྤྲོད་ཚོག། དེ་བོ་འམ་འཕྲུལ་གྱི་རྒྱལ་པོ་ཨང་། ཅེས་ཟེར་བོ་ངང་ངོ་མཚར་སྐྱུང་
ཞིང་།། ནམ་ཕྱིར་ཡོལ་སྐྱང་གི་དུས་དེར་ཡར་བཞེངས་ནས།། འབབས་འཕོར་རྣམས་ལ་ཕྱུང་བསྟན་སྐྱུར་རྩལ་
གནམ་ལྷའི་ཕོ་བྲང་དུ་དུ་འཛིན་རྒྱ་ཡིན་ལུགས་ཀྱི་བཀའ་ཡི་བཀོད་ཕྱེབ་ཞེབ་པར་རྩལ་ལ་སྐབས།། གང་མཚོ་
སིང་ལྟམ་སྔོན་མ་དེམ།། ཁོ་ནམ་མཁའ་ལ་འཕིར་ན་ལྷ་དྲག་སྤྱོད་ཡིན་ཁུང་མི་ཐུབ་པས་བཀྲུལ་མ་···
ཞིག་འདེབས་དགོས་དགོངས་ནས།། གཡས་གསེར་གྱི་ནང་༔ནས་ཛ་འདྲེན།། གཡོན་དངུལ་གྱི་ནང་ནས་

ཚང་འདྲེན་བཟའ་བཏུང་ཟས་སྣ་དཀར་གསུམ་མངར་གསུམ་ཕྱུན་གསུམ་ཚོགས་པའི་སྐྱེམས་ཕྲུལ་དང་། དར་ཡིང་
དུ་འཕྱོང་བ་གོས་ཁ་དོག་སྣ་ཚོགས་ལུས་ལ་གྱོན། གཡུ་རྟེགས་སྤྲུར་ཡིན་བཅས་ཀྱི་གཙུག་ཏུ་རྒྱན། གཟི་ཕྲུར་དང་མུ་
ཏིག་མ་ཁྲ་ཏེ་ཕྱི་རྒྱུ་དུ་མ་ནང་བཅས་རིན་པོ་ཆེའི་རིགས་མི་འདྲ་བ་དུ་མས་མགུལ་དུ་སྤྲས་ནས་ལྷ་ན་སྦྱག་པ་ཞིག
ཕྱས་ནས་བྲ་འདི་ཕུལ་བར་གདའ། ཨ་ཡེ༔ ཁ་ཡེ༔ རིགས་བཞི་མཁའ་འགྲོ་ཚོ་ཡི་ལྷ། མཆོད་གཟིགས
སེར་མོའི་གླུ་སྣ་དྲངས། འདྲེན་མིང་སྟོབས་ཀྱི་རྒྱལ་པོ་ལགས། རྒྱུར་གསོན་དང་ཕུ་རྒྱ་སྲོ་འདྲ་ཡོད།
གླ་མ་ཀུན་གྱི་གླ་མ་ཡིན། དམ་ཚིག་བར་ཆད་མ་བྱུང་ན། ཕུས་ན་ཕུ་དབང་ཀུན་ལ་ཡོད། ཕོ་སྒྲིབ་

༄༅། ཆེན་སྤྱོད་ན་ཐམལ་སེམས་ཀྱི། ཤི་མ་ཀུན་གྱི་ཤི་མ་རེད། ཕྱོ་སྤྲིན་པར་ཚར་མ་ཐུབ་
ན། ཕིང་ནང་འདིང་བ་ཀུན་ལ་ཡོད། ཕོ་ག་སོད་མིང་ཡོངས་ལ་བཀའ་དྲིན་ཆེ། ཚོ་རིག་བཟང་པོའི་རྗེ་
བྲུས་ལ། དབྱིན་ཁོ་མ་ཆུས་པར་ཆད་མ་ཐུབ་ན། བློ་སྙིང་སེམས་འདྲེས་པའི་ཁོ་ཚིག་དེ། ཕྱུས་ཚད་
སྨན་གྱི་གསན་རབ་ཡོད། གསན་ཚིག་ལྷུགས་ལ་བཞག་རབ་ཡོད། ལོ་ཆེན་སེར་མོའི་བསམ་ཚུལ་
ཕེབ་མེད་རིན་ཆེན་མི་ལུས་འདི། གང་ནས་རྙེད་སྣང་མི་ཐར་དུ། ལན་མེད་གཉིན་རྗེའི་ཕོ་ཉ་ལ།
བྲིས་ན་ཕར་སྣང་མི་ཐར་དུ། མ་དབང་ལོང་བའི་མིག་འབྲས་དེ། བརྟུལ་ཤུང་རྙེད་སྣང་མི་་་

སྐར་དུ། ཟླས་མི་ཟླ་ཀོ་ལོང་བྱེད་པ་དེ། མི་མི་ཐུབ་ངང་སྐལ་ཚད་ཟླས་འདེད། ཐོད་མི་དགོས་ཚོ་རོག
ཀོ་ལོང་རེ། འདྲུག་མི་ལོ་ཁ་ཡུ་འཁོར་ཟླས་འདེད། དགྲ་མི་ཐུབ་གནམ་འཕང་སྤྱོད་པ་རེ། མི་མི
ཐུབ་གདམ་ངན་གྲོགས་ཕས་ཕྱིན། ཁྱིད་གཟུ་ལོད་རང་དབང་ཆེན་ཡང་། ལུས་ཀྱི་འཁྲུལ་བའི་ཚོ
རོག་དེ། ཐམས་མགོན་སྨིང་དགྲ་ཡི་ཁོ་སྔོན་དུ། སྐུར་སྡུག་ལེ་ཤི་གདའ་རྒྱལ་པོ་མཆིས། ཚོ
རིང་ཐུང་ལས་ཀྱི་བཀོས་ཐང་ལ། སྐྱེ་འཆི་སྡུ་རྒྱ་ཕྲིད་པས་བཞག། ཕན་གློ་བུར་དགྲ་ཡི་གཡུལ
སྔོན་དུ། མི་མ་ཕྱི་གསོན་གྱི་ཡིད་སེམས་ཕམ། མནའ་ཁྲག་བཞག་པའི་མཐུན་གྲོགས་དེ།

༄༅། །སྙིང་སྡུག་མགོ་རྣམ་མ་ནུས་ན། །སེམས་དཀྲུག་ཞེན་གར་ཤར་ཡི་རི་མུག །ལ་རྒྱ་རྫོང་དྲུག་མ་བཙན་
ན། །གཟུགས་མེད་དམུ་སྐྱས་ཀྱི་བཙན་སྐྱེ། །ས་གཞི་བརླིང་ལ་མ་ཆགས་ན། །བར་སྣང་སྟོང་ལ་ཀྱི་ཆགས་སྐྱེ། །
ཞི་མའི་སྐྱ་གྲིས་ཆིག་དོག་གདལ། །དམུ་སྐྱས་དགྲ་སྔོན་གཡང་ས་ནས། །ལྷོག་ཅིག་འབྱུར་ན་ཅི་ཡང་བྲི། །ཀླུ་
གུ་གནམ་ལྷའི་ལྷུང་བསྟན་དར། །ཐ་སར་འཕྲུལ་གྱི་བསྐྱུ་མ་གཏེས། །ཅི་ཡིན་མི་ཤེས་དོག་པ་ཆེ། །རྒྱལ་པོ་གདན་
ཁྲི་གཉེར་མཛོང་། །གསན་ན་གླུ་ཡི་བཤོལ་མ་འབྲུལ། །མ་གསན་ཚིག་ལ་གདབ་ཡིན་གནང་། །ཨོཾ་མ་ཧཱི་པདྨེ་ཧཱུྃ༔
ཞེས་ཟུར་ཆས་གཞན་ནང་ཕྲུལ་རྣམས་ཀྱིས་ཀྲང་དེ་བཏགས་བསམ་ནས་ཐུ་སྙིང་སྐུལ་བས་ཡུན་རྒྱས་འགོགས།།

ནམ་དུས་རྫོགས་ཡོལ་བ། མ་མོང་རྒྱལ་མཆོག་རིན་པོ་ཆེ་དེ། སྟོང་ཞིང་འོད་གསལ་གྱི་ངང་དུ་བཞུགས་སྐབས། དགྲ་ལྷའི་
གཉེན་སྟག་དམར་པོའི་ལུང་བསྟན་གྱི་སྒྲ་འདི་གསུངས་སོ། ཨ་ལ༔ ཐ་ལ༔ མེ་དབྱུང་འབར་བའི་གཞལ་ཡས་ནས།
བདུད་དཔུང་ཐུ་ཉེ་བསྒྲལ་བའི་གཤེད། ཧ་མཆོག་རྒྱལ་པོ་ཁྲོ་བོའི་གཤེད། གསོལ་འདེབས་སྤྱི་བོའི་རྒྱན་དུ་བཞུགས།
ང་འདྲ་གླིང་ཐུམ་དགྲ་ལྷ་ལ། གཉེན་སྟག་མ་ཕྲེས་ལུང་སྟོན་ཡིན། རྟགས་གསུམ་སྒྱུ་འཕྲུལ་དགྲ་ལྷའི་གཏོ། ...
སྤྱིས་བུ་དོན་འགྲུབ་ལུང་ལ་གསོན། སྐུ་ཏིག་གནམ་ལྷའི་ལུང་བསྟན་ལ། ཐུ་ཉེ་ཕར་ལ་ནག་པོ་ཡི། ཤར་ཚིག།
དམུ་སྐྱེས་གནམ་ལ་འཛུག ཕིག་དུག་ཉི་མའི་གྲུར་ཐང་དུ། ཕོག་ཐོང་རྒྱལ་པོ་ཁྲོར་བས་ན། གླིང་ཐུའི་མི་

༄༅། ཐུབ་མཆོག་ཚོང་ཡིན། ཕོ་ཧར་ལྟག་གི་དུས་ཚོད་ལ། འཇིག་མེད་དམུ་སྨས་ནག་པོ་ལ། རྒྱ་
ཅིན་ལག་གི་རྡོ་རྗེ་དང་། དྲག་པོའི་ལག་གི་མདུང་རྩེར་ཡང་། རྒྱབ་ཏུར་མི་རྨིག་ཟ་ལམ་ཡིན། མགར་བཟླང་ལྷ་
མོའི་བསྐུ་ཕྲིད་ཅིས། དུས་འཛུར་གྱི་བཀྲུལ་ཕོར་ནས་ཐུང་། མི་འཐུང་གས་ལར་རྒྱལ་པོ་ཕྱེད། ཕོག་མེད་···
མཁའ་ལ་སྟོབས་ཅིས་ཐོན། འཕྲུལ་གྱི་དམུ་སྨས་དུམ་བུར་ཕོད། གནམ་གྱི་འཇུ་ཐག་ཆོད་པ་ཡིན། དེ་ནས་
ཚོ་བྲང་གནམ་སྟོང་ལ། ཕྱིར་ཕོལ་ལུག་གི་དུས་ཚོད་ལ། སྐྱ་ལོ་འཕྲུལ་སྲས་གཡུ་ལྟག་གིས། གོ་གྲི་འི···
དགྲ་མགོ་གཅོད་རན་ཡིན། སྤྱིད་ཟླུམ་བསམ་པ་འགྲུབ་པ་དེ། དྲངས་སྲོང་ལྷ་ཡི་བདེན་ཚིག་ཡིན། དེ་ནས་

ཚང་ཐྲིའི་ཚེམ་བཅུ་ལ། ཀྱིལ་ཀློན་གཡོག་འཁོར་ཁྲུང་བསྒྲུས་དང་། ཡི་ཕྲེམ་མཁའ་འགྲོ་གྲོགས་དང་བཅས། གོ་
བྲག་གནམ་རྫོང་ཕྱུག་མོ་བྲུ། ཟབ་མེད་ཚོགས་ཕྲིམ་འཁོར་ལོ་བསྐོར། ཚིག་མེད་གོ་རྫོང་གཉེར་སྐོ་དེ། འབང་
མེད་ཀྱིལ་མཆོག་གནང་ལ་ཡིན། བསྐུ་མེད་ལྷོན་སློན་དུས་སུ་སློའི། རིས་མེད་གྲུ་ཡུལ་མཐའ་འབངས་ལ།
བསྐུ་མེད་དགེ་བཅུའི་བཀའ་ཁྲིམས་ལྷ་མས། འགྱུར་མེད་གླིང་ལ་ཚིབ་ཁོ་བསྒྱུར། ངལ་མེད་གཞི་ཐུས་
དགའ་སྐྱིད་འཛོམ། དུས་མེད་བཀྲ་ཤིས་ནྲགས་ཁྱབ་གྲོག། ཨོཾ་མ་ཧཱུཾ༔ ཅེས་གསུང་ནས་མི་སྣང་བ་
སོང་ངོ་། ཅི་ལྟར་ཁུང་བསྟན་ཐུང་ཚུལ་དཔའ་བདུད་ཟུམས་ལ་བཀའ་ཕེབས་ནས་བགོ་བ་གནང་། ཀྱིལ་

༄༅། །མཆོག་ཟིན་པོ་ཆེའི་དགྲ་ལྷའི་ཐོ་མཆོར་སྐུ་ལ་གསོལ། །བཅུ་གསུམ་ཕྱིར་མའི་གྲོགས་དང་བཅས་
མདོ་རྫི་རྐུ་སྟོང་འཕེལ་པོ་ལ། །སྤྲུ་འཕྲུལ་རྟུང་གིས་ག་གྲོག་ཚུལ་གྱིས། །སྐད་ཅིག་བར་སྣང་ཁམ་ལ་ཆོར་ནམ་ལྷ་
འཕྲུང་སྐྲ་བསྐུལ་མཛད་ཅིང་། །གཅུ་མོ་ཁམས་གསུམ་དགྲ་འདུལ་ནང་། །མདའ་སྟོང་ཁྲག་འཁྱུད་གློག་ལྟེ་བཞེས།
ནམ་འཕང་བས། །དམུ་སྐམ་དེ་དཀོས་ཡོད་མེད་གཞིས་ཀ་ཡིན་པས། ལུང་བྲིང་འཁྱིལ་བ་ལྷ་སྤུར་ནག་ཡོལ་གྱིས།
འཁྱིལ་བས་སྟོང་གླིང་ཚར་མང་རི་མཚོར་དུ་སྒྲུར་སྐབས། །དེར་གང་གཟན་སེང་ལྟམ་སྐྲོལ་མ་དེས་ངས་ཁྱུམ་ཡིན་
མདོག་ཕྱིང་མཁའ་ལམ་དུ་ཕབས་ནམ་ཁ་སར་འཕྲུལ་གྱིས། ཡོད་པ་རྫིར་ནམ་ཕིག་སྟོད་རྒྱལ་པོའི་སྐུར་ཅིས་བྲེ།

ཀྱི་ཡི་གེ་བཞི་པ་ཞིང་། ཕྱག་ན་ཡས་ཀྱིས་མིང་ལྷུམ་ཕྱིས་ཤག་པ་ནས་འཇུ་ཞིང་། རྗེ་གནམ་ལྷའི་ལྷུང་། །
བསྟན་འཁྲུལ་མེད་ལ། སྐུ་ལགས་ཚ་བའི་གི་ལར་ཀྱིས། བར་ཆད་མ་ཕྱུག་ལྷ་མོའི་དྲིན། རིག་སྐྱིང་དང་
འདྲ་བའི་གསུང་དོན་བཞིན་མཁས་གྲི་ཐིད་ཞེར། ཕྱིར་ནང་གི་གྲོས་དུས་དེར་གླིང་ཤར་དེས་ལྷུགས་རི་
བར་མའི་སྐོ་གཏོར་ལོ་ཀེ་ག་ན། ཡོག་མཆོད་རྒྱལ་པོ་དེ་མ་བཟོད་ནས་ཡོག་སྤྱར་བུ་ཞིལ་འཁོར་དེ་ཡོག །
ནས་སྲར་སྐོ་བརྒྱུད་ཞིང་། འཕོར་ཕྱུར་བའི་ག་ཡས་རྣུས་སྲམ་མ་ཕྱུད་སྦྱོད་ཀྱི་དམག་དང་འགྲེམ་ནས།
མོག་རྣ་མིར་ཅན་ལ་དགུ་བརྒྱ་ཙམ་ཡོག་མདའ་གཅིག་གི་སྒྲུ་ལ་བྲིངས། མོག་མིར་པོའི་སྟག་དམར་

༄༅། །སྟོབས་ཆེན་གྱི་མདུང་རྒྱབ་ནས་མ་འབིགས། །ཤེས་ཕོག་མདའ་ཅིག་རྒྱལ་པས་ཁོ་ལར་ཕྱིན།...
ཕྱུགས་རྫེའི་སྟོག་སྟོན་མ་ཆུང་ཤུང་། ཕོག་མདའི་མི་ཟེར་གྱིས་ཁྲབ་རྫོང་དར་གོས་བཅུམ་བསྒྲིགས་པར་
བར་ལྷུར་ཞེང་སྐུ་ལུས་འཁང་ཆེན་པའི་རྒྱ་སྒུར་པར་ཕོར་ཕྱུར་ཞིང་ཟུ་ཕོག་ནས་ལྷུང་སྟེ་ཡུར་ཙམ་དུན་
མེད་དུ་བརྒྱལ།། ལོག་དམག་རྣམས་ཀྱི་གདོང་མ་ཐེན་ནས་ཁེག་གཉིས་སུ་འཁོར་ཡང་། ཡར་ཤོ...
ཡི་ཕོག་མདའ་དུས་ཅིག་རྫོང་ཐམས་ལོག་དམག་ལྷོ་བརྒྱ་ཙམ་ཞུ་སྐྱོ་མི་ལ་རྒྱབ་པ་བཀྲིན་རྗེས་མེད་
ཀྱིས་གཏོར་ཕྱུལ་གྱིས་བསྒྲིགས།། ཕྱོགས་ཀྱི་དཔའ་རྟེན་ཟླག་དེར་འཛམ་པ་དང་མཉམ་མདའ་

མཚོན་མེར་བ་ཐབ་ཐབ་ཐུམ་ཅེར་ལྷུག་པར་འདུན་མ་ ཛམ་པ་ཙམ་ཅིས་བཀྲུ་སྤྱོང་མདའ་བཞག...

ནས་གྲུ་འདི་ལྟར་ཡིན་པར་གདའ། ཨ་ཡེ༔ ཕ་ཡེ༔ ཀླུ་མ་ཡི་དམ་ མཁའ་འགྲོ་གསུམ།

ཚོས་སྐྱོང་སྲུང་མའི་ཚོགས་རྣམས་ལ། གསོལ་བ་འདེབས་སོ་བྱིན་གྱིས་རློབས། དེ་རིང་འདུན་

མའི་གྲོགས་ལ་བྱོན། ས་འདི་ཕྱུགས་ར་ཐར་ཞ་ཐང་། ང་འདྲ་སློབ་ཆེན་འདུན་སྐོད་རྒྱལ། རྒྱལ་

ངན་ཕྱོག་སྐོད་རྒྱུར་ལ་ཞེན། རྣ་མི་ཐོང༔ གང་དཀར་འཛིག་པའི་རང་མདང་གོས། དགུན་

ཟླ་གསུམ་འགྲོ་ཚོང་མ་ཞིག་ན། དཔྱར་ཟླ་གསུམ་ཕྱིལ་རྒྱུག་ཞི་མས་བཞུ། མ་སྤུ་མོས...

༄༅། །སྤྱིར་ཚོད་མ་བཟུང་ན། མགྲོན་གར་ཆེན་སྐྱིབ་དུས་སྐྱི་གསུམ་ཚད། གཡོག
ལྟོ་ཆེའི་ཟ་ཚོད་མ་ཟིན་ན། དྲི་ངན་པའི་ཁྲིམ་མང་རྒྱུད་ལ་ཕྲོས། གདམ་མཁས་པས་བཀྲད
ཚོད་མ་ཟིན་ན། གསང་དགོས་མིན་ཐམས་མི་ཡི་སྒོ། དཔོན་མགོ་པོའི་ངང་ཚོད་མ་ཟིན་ན།
དགྲ་ནག་པོའི་གཞལ་ནས་གནོན་རྟོག་ཡོད། ཡོ་དལ་སྐྱི་ལེགས་ལེ་མ་བརྩོན་ན། འགྲོ་རིན་དུས
སྐམ་འཐབས་ཕུག་རབ་ཡོད། གདམ་དེ་ལེས་བདེན་ཅིག་གང་ན་ཡོད། ཚོད་མ་ཟིན་གྲུ་དམག
ཐོད་ལ་བབ། དེ་མ་ཚད་སྙིང་ལ་འབྲས་ཡ་རྒྱུད། སྨི་སྒྲུ་ཀྱུ་ཡུ་ལ་སྟུར་བརླག་གཉིད་མེད་བཟོ།

མི་ཟད་ཕྱོག་རྩོད་ཁེར་ལྷུམ་འཕྱོད། དེ་ཙིང་འདུན་མའི་མདའ་འཐབ་ཧྲིད། མི་ཟར་ལྷུགས་མདའ་
རྨུས་དགའ་མ། རྨུས་ལ་དགའ་ཞིང་རྨུས་ལ་སྨོད། ཚ་བའི་ཚ་སྒྱུག་ཕྲ་དགའ་མ། ཕྲ་ལ་དགའ་
ཞིང་ཕྲ་ལ་སྨོད། མཁའ་ལེ་དམར་པོ་ཁྲེག་དགའ་མ། ཁྲེ་ལེ་དགའ་ཞིང་ཁྲེག་ལ་སྨོད། མདའ་
སྒྲོ་སྒོ་མོ་རླུང་དགའ་མ། རླུང་ལ་དགའ་ན་དབུག་ལ་སྨོད། སྤྲིང་ལེ་དམར་པོ་སྤྲིག་དགའ་
མ། སྤྲིག་ལ་དགའ་ཞིང་སྤྲིག་སྣ་ཚིད། གི་སར་འཁྱིར་མའི་ཚོགས་བཅས་ཀྱིས། མདའ་
སྤྱི་དྲངས་ཕྲིང་དགྲ་སྤྲིག་ཚིད། ཨོཾ་མ་ཎི་པདྨེ་ཧཱུྃ། ཅེས་གླུ་དེ་ལྷུར་བླངས་ནས་མདའ་དེ།

༄༅། སྙིང་ཐབས་ཡོ་རང་གི་སྙིང་ཁར་ཕྱིབ་ནས་གོ་ཁྲེབ་སེར་གུར་གཏོར།། འདུན་མའི་
འདུལ་སྐལ་སྨིན་པ་དང་། ཆུ་ཚོད་ལྔ་བར་བཅུས་ཀྱི་ལུས་ལ་མདའ་སྣམས་ཙམ་མ་ཧོག་སྒྲིག་ལ་
སྐྱོར་མ་གྱུར་ཀྱང་རྒྱུགས་ཟིར་གྱིས་རྣ་ལས་ལྷུང་ལ་ཁད་ཀྱི་ལག་པའི་སྨྱར་གྱུ་ཕང་ལ་འཕེར།
ཡིའི་ཚོ་སྒྲིག་གི་སྐུམ་ཞིས་རྩམ་བཀླག་པས་སྐྱོབས་པའི་ལྷོ་དང་ཁྲལ་ཀྱང་། སྐྱར་ཞི་ལྷུང་དྲག་
པའི་དབང་གིས་ལུས་བྲུང་བསྣུན་ནས་དགྲ་ཟློར་ཕྱར་འཕྱིང་ཆུབ་སྐར་ལ་གདང་ནས་འཕེར་ཆུང་བས་
སྐྱ་ཡའི་རྗིག་ནས་སྐྱོར་སྐུ་གྲོ་གསུམ་གྱི་རྣ་མི་དྲུག་ཏུ་ཙམ་དགྲ་ཟློར་ཀྱི་ཞབས་སུ་དྲངས་ཆུང་།

པ་ན། སྔོ་ཡོའི་སྤུས་ཆུར་གཡུ་ལྷག་དེ་མཚོ་བ་དགུ་བརྒྱ་ར་ཅན་གྱི་གར་དུ་ཕྱིར་ནས་གོ་གྲི་སླང་ཆེན་ཚད་
བཙན་དེ་ནམ་མཁར་ཕྱུར་ཞིང་གདོང་སླང་པ་ན། ཅོ་རང་གིས་དགྲ་ཟིར་ཕྱུར་ནས་གདམ་གྱི་ཕུ་མ་བྱུ་གླུ་
འདི་ཡིན་པར་གདའ། ཨ་ལེ༔ ཐ་ལེ༔ གནམ་ལྡེ་མཐུར་དམར་སྟོ་ཐུབ་གསུམ། དེ་ཡི་ཁྲུ་རྒྱལ་
གཡོགས་ལ་ཕྱིན། ས་འདི་གྲུ་གུའི་ཡུལ་དབུས་ནས། ངའདྲ་མི་ཧྲེ་ཕོབ་ཆེར་རྒྱལ། ཕོད་གླིང་ལྡུ་
མའི་སྤྱིན་བདག་ལ། སྤྱིད་པའི་ཞིམ་ཡོའི་བཀོམ་ལོ་འདྲ། ལ་བཞིན་གླིང་ཁྲུའི་དམག་ཡོབ་འདི།
དོན་མེད་གྲུ་གུའི་རྒྱལ་ཁམས་བརླག། ཁྲིམ་ཡོད་བོད་ཀྱི་རྒྱབ་ལྡུ་རྣམ། མཐེས་མེད་གར་སྐྱེས་མི་

༄༅། །ཏི་བསད། ཚེ་མེད་རྒྱ་ནོར་དཔྱང་གཞིས་ཁྱེར།། ཚོད་མེད་རྫོང་དྲུག་ལྟུགས་ཀྱི་བཟུང་།།
དམ་ཆེན་ལས་ཅིག་ཐུམ་ནས་ཕྱུང་། རྣ་མི་ཐོད༔ སྨན་བྱ་མོའི་དབང་ཐང་མདག་ལས་ན། རྒྱ་གར་
བརྡེག་ཕམས་ཅན་ཁྲམ་པར་ཕྱིན།། དེས་མ་ཚད་ཕ་མ་བསྐལ་བ་བཅད། འདྲེ་ནག་པོའི་དབང་ཐང་
མདག་ལས་ན།། མི་གང་སྐྱེས་ཐམས་ཅད་ལྡོག་པར་སྔང་། དེས་མ་ཚད་བླ་མའི་སྐྱུ་ལ་བསྒོ།། སྔང་
དགྲ་བོའི་དབང་ཐང་མདག་ལས་ན།། མི་སྐྱེ་ཚད་མོད་ན་དཔལ་སྐྱིང་རྒྱུད།། དེས་མ་ཚད་ཕྱུ་མེད་
ཕྱིར་ཐམས་འདི།། ཞོར་ཚོད་ལར་ནི་མ་ཟིན་ཕྱུང་། ཞོད་མ་ཐལ་རླུང་ལ་བསྐུར་ངེས་ཡིན།། ཞོད་

རྟགས་གང་ཕྱག་དར་ལ་འཕེན།། སྟོང་ངེས་སྣུ་རིད་གསལ་ལེའི་བརྙེ།། ཕོག་སྟོད་ངར་མའི་ལག་ཀྲེས་རིང་།།
ཕྲུ་རྒྱུང་མ་ལ་དར་ལོང་དེ།། ཕོག་སྟོད་པ་ལ་མི་འགྲིམ་ངེས།། དགྲ་ཟོར་ངར་མའི་སོ་ལམ་ནས།། ད་སྨྱུག་
མགོ་སྐྲ་སོ་སོར་ཕྲལ།། ཨོཾ་མ་ཧྲཱི༔ ཅེས་ཟེར་ནས་ཕྱུང་ཟུར་བགུག་པས།། འཕྲུལ་སྲས་ཧིས་དེ་ཡི་ལེན་དྲུ་གླུ་
འདི་ལེན་པུ་རུ་གདའ།། ཨ་ལེ༔ ཐ་ལེ༔ ཕྱུང་ཕྱོགས་ལྷུང་ལོ་ཅན་གནས་ནས།། ཟམ་སྲུས་དྲག་པོ་།
དར་སྤྱིན་ཅན།། གསོལ་འདེབས་གཡུ་སྨུག་གྲོགས་ལ་ཕྱིན།། དགྲ་སྒྲོག་རྒྱུར་གྲིས་ལེན་པར་ཤོག།། ས་།
འདི༔ ང་འདྲ་སྨྲར་ཁམས་ཀྱིང་ཡུལ་ནས།། ཕྱུང་ན་ཆུ་ཡུ་དྲུག་མདའ་དང་བདུན།། གསེར་མཚོ་།

༄༅། །དཔལ་མཆོ་མདོ་དང་དགུ། འདོད་དགུ་ཁྲིར་གྱི་ཡ་ཐ་ནས། གཡང་ར་སྐྱིད་པའི་ར་བ་ནས།
ལྷ་འཛམ་བུ་ཡང་གི་གཏེར་ཁ་ནས། སྒྲ་ཡོ་སྤྱུག་གི་སྒྲི་ཡ་ལ། འཕྲུལ་སྤུང་སྤུང་ཚུང་གཡུ་སྔོན་ཟེར།
ཤར་ཀྱི་ནི་བླ་བ་ཞེན་ནུ་གཞིས། དཔྱིད་ཀྱི་རྒྱ་ལྷུང་མི་དོག་པ་ཞི། ཡར་དར་ཡང་ཚོ་ཚུར་བཀུག་རེད།
ཕོག་ཆེན་དགྲ་ཡི་བཀྲིད་མ་ལ། ལས་སྨོན་འཕྲུལ་གྱི་སྤུས་སུ་འཁྱུངས། དེ་སྔོ་འདྲ་མ་འདི་འདྲ...
འདུག། ཁྲུས་གཅིས་པའི་ཚོ་སྤྲོག་འདམ་གང་ལྡེ། དགྲ་འཆི་བདག་བདུད་དང་སྤྱད་མ་རེད། སྒྲུ...
ཡུལ་སྐྱེས་པའི་སྒྲ་ཧྲ་དེ། ཁྲེ་མོ་གླིང་དས་སྤྱད་མ་རེད། སྐད་བཟུང་ཡ་མའི་སྐྱོ་གླུ་དེ། བྱིས་པའི་ཡིད།

ལ་མ་བཞེངས་ན།། ཞྭ་མ་དབུ་འབོད་སྤྱོད་ལམ་བཞེངས།། དོན་རྩ་བ་མ་ཁྲེའི་བཞེངས་པ་དེ།། བྱ་ཚ་པོའི་བདག
ཕྱགས་མ་ཕྲེས་ན།། ཞྭ་མ་དཔྱལ་པོ་སྤྱོད་ལམ་བཞེངས།། རྒྱལ་སྤྱོད་གཙོ་བོའི་ཕ་ཆོས་དེ།། ཡང་གཞི···
སྐུན་མཇོད་མ་ཐུས་ན།། ཚ་གྲོགས་ཅན་གྱི་ཞིན་པར་དཀའ།། སྒ་གྲུ་ཕོག་ནོད་རྒྱལ་པོ་ཉེད།། སྒྲ་ཕྱུལ···
བདག་པས་མ་ཆོག་ནས།། འཛམ་གླིང་བཀླག་པའི་བསམ་དན་འཚབ།། ཕ་མ་རང་ཕྱུང་ལམ་འབྲས་སྨིན།།
ཡ་མེད་ཟླ་ཉ་ཕོག་གསུམ་ནས།། སྡུག་ད་གཡུ་ཚོག་མར་ཆར་དེ།། གཅིག་མེད་གནོད་མཐར་ཐུང་ལ་བསྐུར།།
ཕོག་གནོད་སྡུག་གི་ཕྱུན་པ་འཁྲིགས།། དེ་ཡིད་ཀོ་གྲིམ་སྒྲོག་དམར་གཏོད།། ཀོ་ཚེར་མ་ལ་ཨོ་ཡོ་སྐྱེས།།

༄༅། །དེ་ཡང་ཟང་དགྲ་ཟང་བསྲིད་ཡིད། ཉིས་རྩེར་མ་ལ་ཁྲེ་ཞེན་སྐྱེས། །དེ་ཡང་ཟང་དགྲ་ཟང་
བསྲིད་ཡིད། །ཀླུ་ཧུ་གོ་བོར་ཞེག་གྲི་འཁྱེར། །དེ་ཡང་གླུ་ཏྱལ་བསྲལ་གྲི་ཡིད། །དེ་རྩི་སྲིད་པ་ལས་ཉིས་
པགོས། །བསླུ་མིད་རྐྱུ་འཁྲུམ་བདེན་པ་ཟང་། །ལྷ་བདུད་སྟོབས་རྒྱུགས་ཆི་ཆུར་ཟང་། །ཕོག་རྡོད་གཟུགས་
སྤུང་ཁེ་བཞི་གདོར། །བདུད་བཞིའི་ནུག་ཕྱོགས་བསྟན་པ་སྒྲུབས། །གླིང་བཞི་བདེ་སྟྲིད་ཚོས་བསྟན་དར། །
སྐྱུ་བཞི་གོ་འཕང་ཐུར་ཕོབ་ཕྲོག། ཨོ་མ་ཏྲི་ཡདྨི་དྲྭ་དྲི། །ཅེས་ཟེར་ནས་གོ་གྲི་གཡུག་ཕར་གཏོག་ལ
ཕོག་རྡོད་ཀྱི་ཕྲུག་གཡམ་ནས་གཡོན་པའི་སྦྱིབ་མར་བར་སྤྲུམ་ཤྲིས་འཁང་ནས་དྭ་ལས་ཁྱུང་། །སྤོན་སྟོན།

ལས་ཀྱི་རྣམ་སྨིན་དབང་བཙན་པའི།། སྔོན་མིང་སྟོབས་ཚུལ་འདྲེན་བྲལ་ཕོག་ཐོད་ཡར།། སྔོན་མོའི་མཚོན་ཀྱི་
གཟུགས་ཕྱུང་མི་ལ་བྱུར་གདོར།། སྔོན་ལས་དུས་སྨིན་རླུག་མིང་རྒྱལ་བའི་ལྕུར།། ཨོཾ་མ་ཧེ་པདྨ་ཧཱུྃ་ཧྲཱིཿ
དགྲ་ཐུལ་ཕར་མཐོང་ནས་སླེང་པ་རྣམས་ཀྱིས་ཀྱི་བསྒོ་ལྷ་རྒྱལ་བདར།། ཕྲོ་ཐུང་སྦྱར་བར་ཕྱིན་ཕྱིན་གྲི་རྣམ་
མཁའ་ཕྱར་ད་ཕོག་ཆོད་དཔུང་ཟུག་ཀྱིས་མཆམ་མོད་ཐུས་ཐལ་བསམ་པ་ཞེན་ཕྲིད་དགོས་བསམ་ནས་གྲི་ལན་
ཅིག་དཀྲུག་པས་ཕྱུར་པོ་དེ་ཟླ་བཙན་སྟབས་ཁྲོ་ཐུང་ནས་གྲི་མ་ཕབ་འཁྲམ་དུ་རྟེ་ཞིག་ཡོད་པ་ལ་རྒྱབ་ནས་
གྲི་ལྷུ་བྱད་སིང་ཁྲ་མེར་ཡར་ཕྱུང་བས།། དེ་མཐོང་བ་ཐམས་ཅད་ད་བཀྲད་ཀྱི་ཧི་ལྷུར་གང་བ་ཐུས་པས།།

༄༅། ཧྲཱི་ཕྱུང་ནས་མིག་བཙུམ་དེ་དམིགས་པ་བཟུང་། མདོག་གིས་མདའ་ལག་ན་བཟུང་ནས་ཕྱང་པོ་ལ་འདེབས་
པའི་རྒྱལ་ཁྲིམས་[redacted]ཡིན་མདོག་ཐུམ།། སྤྱི་བོའི་འཁྱིལ་སྤྲུལ་གཡུ་སྨུག་དེལ་ཕྱོག་རྟེང་ཁྲིམས་མགོ་ལག་ཁྲིག་སྔོ་ཁྱེར་
ནས་སྒྲོ་དཔོན་དགྲ་ལྷ་ལྷོ་མཚན་གྱི་མདུན་དེར་སྤྲུལ་པས།། གླིང་པ་ཐམས་ཅད་ཁྲིམས་སྣང་སྲུས་ལ་དཔལ་དར་དང་།།
གཉིང་བསྐོད་ཚད་མིང་པར་ཐུམ་པར་གདའ།། ཕྱིར་ནང་གླིང་དམག་རྣམས་ཁྲིམས་ཕོ་བྲང་གདོར་བསྐྱིལ་ཁྲིམས་རིམ་བསྐུར་
སྐབས།། བདེ་ཆེན་ཁྲིམས་ཞབ་གྲགས་པ།། གར་མཚོ་སེང་སྦུམ་དཀར་མོ།། གླིང་ཕོ་ལ་ནག་རྫོང་གསུམ་ཁྲིམས་ཕྱོག་དྲངས་
གླིང་པོ་འཁྲོས་ལུས་ཐམས་ཅད་ཁྲིམས་དར་ཕྱར།། ལྷ་བསམ་བདར་ནས་མགོ་བདག་ཁྱུ་བ་ཕྱུང་སྐབས་དེར།། ཧྲཱི་ཕྱུང་།།

གིས་གདང་བཟར་མའི་ལྗུམ་ལྗོ་མོ་དེ་ལ་ཐབ་ངེ་བསྟོད་བརྣད་ཤེལ་གང་། ངོ་སྣང་འཛུམ་ཤེལ་གདང་སྟེ་ཚུར་སྟོན་དུ་ཚལ་ཞིང་།
སྨིན་འདི་འདྲ་བའི་སྤྲོས་པ་བཟུགས་འབྱུག་མོ་ལ་མིད་པས་ཞལ་སྣུག་ངང་གི་ཧ་མ་ལ་ མ་ཁྲུག་ཐབས་མེད་ཡིན་ནམ་སམ་་་
ནམ་ཡུས་འཇོང་པའི་དཔང་གིས་རུམ་དུ་གསེར་གྱི་སྟོད་སྟེ་བཅུ་ཙམ་ཡོད་པ་དེ་སླངས་ནས་ཏི་ཧྲིད་འདི་ཧྲིད་མེད་པར་
ལྷ་མདུན་ལ་མི་ཏོག་གཏོར་བ་བཞིན་མང་ལྗུམ་གྱི་སྟོན་དུ་འཕང་། ཁོ་རང་ནམ་པའི་རང་བཞིན་[illegible]མ་བཟོ་བཙོས་ཧྲིད་
རྒྱུ་མེད་ནུང་། རྒྱ་མུ་ཏི་མིག་བདར་དང་མཚུ་ཚུག་བཞེད་བརྣད་མོགས་ལོ་ཚུང་གཞོན་ནུའི་ནམ་འཕྱུར་དུ་མ་བསྣན་
ནས་ད་པའི་བདག་པོ་ལ་ཕྲོགས་གཡོག་ཧྲིད་པ་ལྷར་ཁྱི་བཙར་ཧྲས་ལག་གཡོན་མཇུག་མོ་ལ་གསེར་འགྱུ་རིན་

༄༅། ཚིག་སྦྲ་རྟུག་བཀོན་ཡོད་པ་དེ་ཚུར་ཞིག་ལེམ་ལྟས་དྲ། གང་དཀར་ཡག་འགྲིམ་པའི་སེང་ལྷམ་
ལོ། ཁྲུམ་འཁྲི་བའི་བསྒྲི་སྣག་དམར་པོ་དགོས། ཕྱིར་གང་གཟའ་ཁ་མོ་གསེར་མིག་ལོ། ང་ཨ་ཁྱེ་གར་སྤྱལ་
སྐྱོ་བྲམ་ཅི། ངང་ཅི་རྒྱུད་སྣག་མོའི་རིགས་རྒྱུད་ལོ། སྣག་ཚམ་ཁྲང་ངེ་མོ་ཡལ་རྒྱུ་མེད། སྐྲ་སེན་མོ་
ཏུང་ལེམ་དཀར་ཞེན་འདྲ། གཞོན་པ་ཅོ་ལྡུའི་བུ་མོའི་འདུག་རོག་བཟང་། ཅོ་མིང་བུ་མོ་ཞིང་འཁུམས་
ལོ། རྟུག་ཅུའི་ཞོ་ཞྭོང་འདུག་རོག་བཟང་། ཤ་སྣག་རང་ཚོད་པའི་ཚམ་མཉའ་དགོས། ལེམ་ལ....
གདང་མ་མི་ཇོག་ཚུར་བཀྲག་ལོ། སྣག་སྲམ་རེར་བུ་བརྗེ་རྒྱུས་ཡོད། སྨན་ངེད་གཞིས་སྤོན་སྨོན་

༄ ནམ་ཅིག་ཡོད། འབྲས་བུ་དུམ་ལ་དེ་རིང་བབ། ཅེས་ཟེར་ནས་འགྲུ་ཡ་དེ་ལྷུང་ནས་གང་གཟན་ལ་
ཚོད་ཚོད་ཐོས་པའི་མོ་རང་ནས་རྗེ་བརྒྱུགས་ཏེ་ཕར་ཁ་སྦྱོ་ནས་འཁྱུ་ཡ་དང་གསེར་ལ་མིག་བྱུར་ཅམ་
ཡང་ལྟ་ལོག་མ་ནུས་ཏེ། འགྲོ་ཕྱིར་བའི་ཁྲེ་ཁྱུང་ཅི་ཕྱིང་མེད་པར་སེང་ལྟེམ་འགྲོ་བའི་རྙིས་དེར་ཕར་
དང་ཅམ་ཐུས་ནས། འཁྱོག་བའི་རྙེས་དེ་ན་རྒྱུ་ལྷུ་ཟི་བལྟམ་ནས་འདུག་པ། སྤྱིད་དེར་ཡོད་པལ་ཆེར་
ནས་མི་ནུན་ཞུ་མ་སྨྲ་བ་ཟེར་ནས་ཐམས་ཅད་ཕྲ་ལམ་ལོང། དེ་ནས་སྤྱིད་པ་རྣམས་ཁྲིམ་ཁྲང་མདའ་
མཚོན་ཁྲིས་སྐྱ་ལེན་མེད་པར། རྒྱལ་བློན་ཚད་མ་མཁར་དུ་ཕྱིན་ནས་དཀར་མོ་གཤེན་སྟོང་གིས་

༄༅། ཡང་ཕྱོགས་ཟབ་གསལ་ལ་ཀི་མདངས་སྐུན་འཁྱིལ་གསེར་ཁྲི་དར་ཟླས་ཕྱི་བ། དན་བཟླམ་པ་ལ་

བཞུགས་ནས།། དར་ཞིན་མོ་བདེ་ལེགས་ལ་གཡུ་དཀར་སྨན་པ་ཟབ་གསལ་བདགས་ནས་འཛལ···

དར་དྲུ་ཕྱུལ་ཞིང་། གཡས་གསེར་ཕྱ་ནང་ནས་ཐྲེ་འདྲེན། གཡོན་དངུལ་ཕྱ་མདང་ནས་ཚང་སྐྱེལ་ཞུས་པ་དང་

བཙམས་མཁའ་འགྲོའི་ཚོ་སྒྲུ་འགྱུར་མེད་ཀྱི་དྲ་ལ་དྲངས་ནས་བླངས་བར་གདའོ། ཨ་ལཿ ཐ་ལཿ གཡུ་

ལོ་བཀོད་པའི་ཞིང་ཁམས་ནས།། ཐུགས་རྗེ་སྤྲོལ་དཀར་ཚོ་ཡི་ལྷ།། གསོལ་འདེབས་ཐུགས་རྗེའི···

ཕྱིན་གྱིས་རློབས།། ཚིགས་བཞི་མཁའ་འགྲོ་སྤྱི་ལུའི་ཚོགས།། གསོལ་འདེབས་སེར་མོའི་སྒྲུ་སྣ་དྲེངས།།

ང་འདྲ་རྡོ་རྗེ་མཁའ་འགྲོ་མ། སྐྱེ་བ་གཅིག་ལ་སྐུ་ལུས་གསུམ། ཚེ་སྟོད་ཨ་ཆེན་དཔོར་སེར་ནས། མགར་
གཟའ་ཚོས་ཀྱི་སྒྲོལ་མ་འབོད། རྒྱུར་དཀར་གཞང་རྒྱ་བསྟོད་པའི་གྲོགས། ཚེ་སྨད་འབྲུག་མོའི་ཕྲག་དོག་གིས།
མ་ཆགས་ལྷ་ཡུལ་ཚོགས་གྲལ་བསྐྱོད། ཚེ་སྨད་ཕྱོག་རྟེར་ཐེ་མ་ལ། ང་འགྲོ་དང་ལེན་མ་ཐུས་ཐུང་། ཀྱེ་
གསུམ་རྒྱལ་བའི་བཀའ་ཡི་བཅད། སྐྱ་སྐྱ་ཐུལ་བའི་ཕྲིན་ལས་སྐྱབས། གང་མཚོ་སེང་ལྕམ་སྒྲོལ་མ་ཡིན།
དེ་ནས་འདྲེན་མཛད་ལྷ་ཡི་སྲས། ཉིན་ཆེན་གསེར་ཁྲིའི་ཡང་སྟེང་ནས། མི་སྨྲུག་གཡུ་ཡི་མིག་རྩ་ཅན།
ཞལ་མཛེས་པདྨའི་རྟེང་ས་ལ། དུང་སོ་བཞིན་མདངས་ཡ་ལ་ལ། སྤྱན་མིག་སྐར་རྒྱུན་ཀྱི་ལི་ལི། སྐྱུ

༄༅། །སྡོད་མེད་ཀི་འཁྱིར་བ་འདྲ། །བདུད་བཞི་ཐྲིལ་གནོན་གཟིགས་ནམ་མཐོ། །ཀྱུ་སྐྱོང་སྐྲ་ཕྱ་
འཁྲུག་འདྲ་ལ། །ཞི་མ་འཁྱམ་གྱི་གཟི་བརྗིད་འབར། །དཔལ་བོའི་གར་སྟབས་ཕྱིགས་ཕྱིག། །ཀྱ་སྐྱང་ཧྲེ་ཧྲེ་
འདྲ་བ་ལ། །དར་སྣ་མཛེས་པའི་རྒྱན་པ་བཞིན། །ཁྲབ་རྨོག་ཀླུ་ལྷུམ་བརྩན་རྫོང་ལ། །དགྲ་བླའི་ཐྲི་ར་ཐུགས་
མི་ཐུགས། །དཔའ་རྟགས་ཀྱི་མཚོན་སྣ་དགུ་ལ། །ཕྱིར་མའི་གླིག་འོད་ལམ་མེ་ལམ། །གཞན་སྣང་ཐྲིལ་
ཕྱིམ་གནོན་པ་ལ། །ཞི་མ་འཁྱམ་གྱི་གཟི་བརྗིད་འབར། །འཁྱིར་མེད་ཀི་སར་དགྲ་བླའི་གཙོ། །དེ་ངེད་འཁྲིལ་
བ་རྗེ་མཚར་རྒྱ། །ལས་ཆེན་སྒྲིབ་སྒྲིབ་དབ་པར་ཕྱིག། །གང་མ་ལྷ་ཡི་པག་འ་ལྷུང་བཞིན། །སྐྲ་ཕྱུལ་ཕྱིན་

ནམ་དུ་ལྡའི་བར། དད་པ་སེང་ཆེན་རྟེ་ལ་བཞག། དམ་ཚིག་ཁྲ་མོ་གླིང་ལ་སྤུང་། འགལ་འཁྲུལ་མཚོན་ཆེན་
མེད་པར་ཟུམ།། སྐུ་ཁྲིད་ཐབས་ཀྱི་ཡིག་རྙིང་བསྐུས།། སྒྲུ་ཡུལ་ཐོད་རྒྱག་གཅིག་མེད་བཟེམ།། གང་གཞན་འི་ལས་
དོན་འགྲུབ་ནམ་སོང་།། སེང་ཆེན་ཐུགས་ཀྱི་དགོངས་ཚོད་ཡིན།། མཐའ་འགྲོའི་ཕྲིན་ལས་འགྲུབ་པ་ཡིན།། ལས་
ཀྱིས་འབྲེལ་བའི་ཡིག་རྙིང་རྒྱལ།། མ་དག་འཁོར་བ་མི་བསྒྲོད་པར།། དག་ཞིང་སྐྱེ་བ་ཐུགས་རྗེའི་ཟུང་། འཕྲེས་
ཡུས་སྒྲུ་ཡུལ་སློབ་མེད་ལ།། ཕྱིར་མེད་ངང་སྐྱེའི་གཟིགས་པ་སྟོངས།། ལས་དོན་འགྲུབ་པའི་སྨོན་ནི་ང་།
དག་པ་ལྷ་ཡི་ཚོགས་གྲལ་དུ།། མི་འཆང་འགྲོ་བའི་དགོངས་པ་རྒྱུ།། སྐུ་འཕྲུལ་པ་རྫུང་ན་མཐོལ་ལོ་....

༄༅། །བསྒྲགས། །དགེ་འཚལ་བ་སྤྱང་ན་བཟློད་པར་གསོལ། །ཨོཾ་མ་ཧྲིཿ ཅེས་བསྒྲུབ་པས། །རྒྱལ་
མཆོག་དྲི་ནི་ཡོ་ཆི་ཞལ་འཛུམ་པ་དང་བཅས་པས་དེ་ཡི་ཡན་ཏུ་ཀླུ་འདི་འགགས་མེད་ཧཱུྃ་ཧྲཱི་ཀི་ངང་སྤྲུལ་དྲངས་
ནས་བཞེངས་པར་གདའ། །ཨ་ལཿ ཧ་ལཿ ཀླུ་ཡ་རྒྱུད་བཟེད་བ་ཆེན་པོའི་ཀླུ། །ནམ་མཁའ་ཀླུ་ལ་འགྱུར་
བ་མེད། །མ་རྒྱུད་གྲིས་ཞབ་སྐྱོང་པའི་ཀླུ། །སྐྱོང་པའི་ཀླུ་ལ་འགགས་པ་མེད། །གཞིས་མེད་བྱང་འཁྱུག་
འབྲུམ་བུ་ཞུ། །འབྲུམ་བུའི་ཀླུ་ལ་ཐོབ་ཕྲོད་མེད། །ས་འདི་ལྟ་མ་བདུད་ཀྱི་ལྷུང་། །དེ་ངང་ཆོས་ཀྱི་ཞིང་
ཁམས་ཤར། །ཕ་འདྲ་སྦྲ་ཁམས་གླིང་ཕྲེ་ནས། །སྐྱིད་ཧྲི་ཏིག་ལས་དགྲ་ལྷའི་རྒྱལ། །བདུད་བཞི་་་

འདུལ་བ་ལྷ་ཡི་བསྐོས། དཔལ་མེད་མི་ཅི་དམག་གིས་ཁྲིལ། ལྷར་སྣང་གཡུལ་འཁྲུགས་འཚེར་ཡོ་
བསྐོར། དོན་ཡང་དག་གཞན་དོན་གདུལ་བྱ་ལ། གང་འདུལ་ཐབས་ཀྱི་ལམ་སྣ་འདྲེན། ཕྱི་རྒྱལ་
དམག་དཔོན་དགྲ་འདུལ་ཡིན། ནང་ཤ་ནས་བྱང་སེམས་འཁྲིལ་ཡོག་མགོན། གསང་རྒྱལ་རིག་འཛིན་
འཛམ་གླིང་རྒྱན། དེ་ནས་མཁའ་འགྲོ་ཚོགས་ཀྱི་སྐྱོན། ཁྲིང་སྙིང་མ་ལྷ་ནས་དུང་ཀླུ་ཚོགས། ཡོག་རྟེང་
ལྟོ་ཡིས་སྐྱོར་རིག་ཐུས། གླིང་ཐུས་མ་ཁྲིམ་སྨན་པ་སེལ། གཡོ་རྒྱུ་འཕྲུལ་ཀྱིས་བསིལ་ཞིང་།
ཐུས། གྱུ་སྤྱིད་ཡན་རྡོ་ཐུམ་པར་ཐུས། ནག་ཕྱོགས་ཐལ་བ་རྒྱ་ཆེན་དྲིན། དམ་ཚིག་མ་འགྱུར།

༄༅། གངས་མཚོ་ཀླུ་མ། ཐུ་བ་བཟང་ངོ་མཁའ་འགྲོ་མ། སོ་ཐྲག་གཏེར་གཡང་ལེན་པ་ཡི།
པེས་རབ་སྒྲོན་མའི་སྒོ་མོ་ཕྱེས། དེ་ནས་ཕྱོན་བཞུགས་ཟེ་བབ་སྐྱིད། ཀླུ་དོན་མི་བསྒྲུ་སྲིས་བུའི་སྒྲུབ།
ཨོཾ་མ་ཧྲཱིཿ ཅེས་གསུང་ཞིང་མཁར་ཕོག་བདུད་རྩི་རྣ་དང་ནག་པོ་དབ། གནམ་ལྷའི་རྗེན་མཁར་རྟ་
ཕྱུགས་རྣམས་སྐྱིང་ཏུ་བསྐྱིལ་ནས། དཀར་ཕྱོགས་རྒྱལ་བའི་དགའ་རྫགས་ལུ་དར་དཀར་པོའི་བ་དན
མདའ་ཁྱུང་འབྲུག་སེང་གསུམ་གྱི་བརྒྱན་པ་བཙུགས་ནས་ལྷ་བསང་དཀར་པོ་སྤྱིན་དཀར་ལང་བ་ལྷ་བུ་
བཏང་ནས་ཀྱི་བསྒོ་ལྷ་རྒྱལ་གྱིས་འབོད་པ་ལེན་གསུམ་བཏང་ནས་ཕྱོགས་ཀྱི་ལྷ་སྲིན་ཐམས་ཅད་དབང་

དུ་བསྡུས་ནས་བཀའ་འབངས་སུ་བཞེས།། དཀར་མོ་གཞིན་རྫོང་གི་རྒྱ་ནོར་ཐམས་ཅད་ཕམ་རྒྱལ་མེད་
པར་ཟླ་གསུམ་གྱི་གླིང་དམག་ལ་འདན་མ་དང་ཆོས་འགྲུབ་གཉིས་ཀྱིས་བསྐོས་ཏེ་དམག་སྔོན་རྒྱ་ཆེན་
པོ་བཅས་ཞག་བདུན་ལ་སྒྲོ་དགའ་དང་ལྡན་པར་བཞུགས།། གླུ་གླུའི་མདའ་འབངས་ཐམས་ཅད་ལ་དགེ་
བ་བཅུ་ཡི་བཀའ་ཁྲིམས་བཙུགས།། དེ་ནས་ཚེས་བཅུ་ལྔའི་ཉིན་པར་རྒྱལ་མཆོག་རིན་པོ་ཆེ།། སྒྲོན་མེ།། དགྲ་ལྷ་
ཕོད་སྲུས་མཆེད།། ཁྲོ་གླག་སྤྱང་གསུམ།། ཆོས་འགྲུབ་ཁྲོ་ཁྲུང་བཙམས་དགེ་ཁྲག་གནམ་རྫོང་སྐྱུག་མོའི་
མདུན་ཕྱོག་མི་དོག་བཀྲམ་ཐང་དུ་ཕེབས་ནས།། ཕྱུགས་སྒྲུབ་ཡང་སྙིང་འདུས་པའི་ཚོགས་འཁོར་ཞེག་

༄༅། མཛད། ནམ་མཁའ་འཇའ་སྤྲིན་ངོ་མཚར་དུ་མ་འཁྲིགས།། བར་སྣང་མི་རྟོག་གི་ཆར་
ཆིམ་གཟད།། ས་གཞི་ལྷ་ཡི་སྤོས་དྲི་ཞིམ་པོས་ཡོངས་སུ་ཁྱབ་པ་བྱུང་།། རྒྱལ་མཆོག་རིན་པོ་ཆེའི་གོ་འཕང་
གཏེར་སྒོའི་གཏེར་རྟགས་མཚན་གྱི་གཡུ་དྲུང་རིས་དེར་སྣ་ཚེན་བྲག་ཧྲི་ཞབ་ཕྲག་དེ་ལན་གསུམ་གཡུག།
པས་བྲག་ཤིང་སྐྱ་མོ་འདྲ་བ་གསུམ་འཕང་པར།། རྡོ་རྗེ་མཁའ་འགྲོའི་ཚོགས་དཔོན།། ཡེ་ཤེས་མཁའ་འགྲོ་
སེང་ལྕམ་སྒྲོལ་མ་ངོ་མཚར་སྟུག་ཤིང་ཆོ་ལྷ་བས་མི་བཟོད་པར་ཞིག་ཉམས་ནས་ཕྱག་གཡས་པས་མདའ་དར་
སྣ་ལྔ་གཡབ།། གཡོན་པོད་ཚང་ལྷ་ཡི་བདུད་རྩིའི་བཀང་བ་ཐོག་ནས་གླུ་འདི་ལྟར་ལེན་པར་གདའ།

ཨོ་ཡེ༔ ཁ་ཡེ༔ གནས་ཟང་མདོག་དཔལ་རི་ཡི་གཞལ་ཡས་ནས།། ཕ་འདྲེན་གྲོལ་པདྨ་འབྱུང་གནས་མཆོག། མ་དྲིན་ཆེན་ཡེ་ཤེས་མཚོ་རྒྱལ་ལ།། བདག་མི་གྲོལ་གསོལ་འདེབས་ཐུགས་རྗེ་ཡིས་ཟུང་། ས་འདི་གོ་བྲག་གནམ་སྟོང་རེད། ང་འདྲ་རྡོ་རྗེ་མཁའ་འགྲོ་མ།། གང་མཚོ་སེང་ལྕམ་སྒྲོལ་མ་ཡིན།། དེ་རིང་གནམ་ལ་སྐར་མ་བཟུང་། ས་ལ་དུས་ཚོད་སྐྱིད་ཚལ་བཟུང་། བར་ལ་བདེ་སྐྱིད་ལོ་ཁ་བཟུང་། བཟུང་གསུམ་དུས་བབ་དགེ་བ་ཆར།། མ་སོང་གི་སར་གཏེར་བདག་གི།། དུས་བབ་ཀྱི་གཏེར་འབྱེད་པ་ལ།། གཏེར་བདག་སྲུང་མ་ཐམས་ཅད་ཀྱི།། ཕ་ནོར་བུ་ཡིས་བདག་པ་ལྷུར།། ཆིག་མེད་འཁྲུལ་ཀྱི

༄༅། གཏེར་རྫོང་སྤྲུལ། ཤར་ནས་རྡོ་རྗེ་མཁའ་འགྲོ་མ། ལྷོ་ནས་རིན་ཆེན་མཁའ་འགྲོ་མ།
ནུབ་ནས་པདྨ་མཁའ་འགྲོ་མ། བྱང་ནས་ལས་ཀྱི་མཁའ་འགྲོ་མ། དབུས་ནས་སངས་རྒྱས་མཁའ་འགྲོ་
མ། འབུམ་ཕྲག་ཡང་པའི་ཚོགས་དང་བཅས། སྤྲིན་ཕུང་གཏེར་རྫོང་ཡིན་པ་ལ། སྐུང་གྲོགས་ཕྲིན་
ལས་ལ་མོ་ཕྱིར། གོ་གཡང་གཏེར་གྱི་སྙིང་པོ་ཡིན། གོ་ཆ་ཀུན་གྱི་དང་བརྩེ་ལོ། གོ་ཡིས་མ་སྨྱོང་
ལས་ཟློག་གི། གོ་ཡོན་བདུད་ཀྱི་གཡུལ་ངོ་གཅོམ། གོ་མཚོན་སྐལ་པ་རབ་རྩུ་ཉེ། གོ་གཡང་
སྐྱར་ཁམས་གླིང་ལ་ཕོབ། དཀར་ཕྱོགས་ལྷ་ཡི་སྐྱུན་གཟིགས་དང་། ནག་ཕྱོགས་འདུལ་བའི་མཚོན་

ཆ་རྫོགས། ཁྲིམས་རབ་རྒྱལ་གྱི་རྩེ་མོ་ཡིས། མ་རིག་འཁྲུལ་པ་ཆོད་པར་ཤོག། ཨོཾ་མ་ཎི་པདྨེ་ཧཱུཾ་ཧྲཱི།
ཅེས་གསུངས་པའི་འབུམ་ཕྲག་ཡོངས་པའི་མཁའ་འགྲོ་ཐམས་ཅད་ཀྱིས་གོ་ཆ་རལ་གྲི་ལ་རིགས་ཀྱི།
འདྲ་བ་དུ་མ་ཞོང་མདའ། ཁྲབ་རྨོག་ མདུང་ སྒྱུ་ཁྲི། ཁ་ཡོན་གྱི་མཚོན་ཆའི་གཞིར་དཔག་གི་མི....
ལངས་བ་མང་ཐབ་ནས་སྐུར་བས་ངར་བབ་རྒྱུ་བོ་ཕྲུད་པ་ལྟར་རྒྱུར་ནས། དཔའ་བརྡུང་ཐམས་ཅད་རྗེ་
མཚར་བ་རྒྱུར། གཞིར་ཚབ་སུ་ཞོང་མདའ་ར་དྲུས་རྩེ་སྣུ་བ་དང་གཞིར་བུམ་གསུམ་བཅས་བཞག་ནས
ཐག་ལེང་...སྣོ་མོ་བསྐུམ་འདྲ་འཁྲུགས་ནས་རབ་གནས་དང་ཕྱག་རྗེས་གནང་སྲོ་ཐབ་སྤུབ་ཏུ་རྡེ....

༄༅། །རྣམ་དང་ཕྱག་རྗེས་བཅས་ད་ལྟ་ཡང་འཛུལ་རྒྱུ་ཡོད་པ་ཕྱུང་། གོ་ཆའི་རིགས་དྲིལ་རྒྱབ་
སྤུམ་བརྒྱ་ཐུམ་ནས་ལྟོ་སྐར་དུ་ཚེམས་བསྒྲུ་བཅས་ཕབས།། ཕྱིར་ནང་གླིང་རྣམས་དཔའ་བདུད་དཔོན་རྒྱུད་
ཁམས་ཅན་འཚམ་གྱུར་དུ་འདུས་ནས་མི་མོའི་གྲལ་ཕེབ་ལ་བཞུགས་ས། ཕྱིར་ཟེམས་སྒྲ་ཕུན་སུམ་ཚོགས་
པས་གསོལ་འདྲེན་བཅས་མཇོད་ཅིང་། གཡོན་གྲལ་དཔྲལ་ཁྲིའི་ཡར་སྟོང་ནས་གདོང་སྐུ་ཤེ་སྐྱེ་དཔོན་རྒྱལ་པོ་དེས་
རྟོར་གོས་དཀར་པོའི་ན་བཟའ་། ཕྱུ་སྐྱུའི་དམར་པོའི་སྐྲ་ལག་བརྫིང་། ཞབ་ལྷམ་སྤུ་ལག་འཛེའུ་རིམ་ལ། སྟོང་སྐྱུད་
བརྒྱུད་སྐམ་ཁ་ཚིང་རྒྱབ། དཔྱུ་ལ་སྤྲིང་དཀར་ཕྱུར་ཞུ་ལ། སྟོང་སྐྱུད་དམར་པོའི་ཛེ་ལ་རྒྱབ། ཕེབ་ལང་དུར་དགོག

སྒྲོ་མདངས་བརྒྱན། ཕྱག་གིས་ཤེལ་དཀར་བཅུ་ཕྲེང་གི་བཙུ་ཕྲད་བཅུད་ནས་ཕྱང་དུ་མར་བཞག་ནས་གླུ་འདི་ལྟར་རོ།

ཨ་ལེ༔ ཐ་ལེ༔ ཁྲ་ཆེན་སྒྲ་སྙན་དལ་གྱིས་དྲིངས། ལོ་ཆེན་བཻ་རོ་ཙ་ན་མཆོག། གེ་སར་བསྟན་པའི་སྒྲུང་མ་རྣམས། སྔུན་ཡུལ་བོད་ལ་ཚོམ་ཞི་སྤར། ས་འདི་གླུ་ཡུལ་ཕྲ་རི་ཐང་། འཚམ་གླུར་དཀར་མོ་སྣང་ལྡན་འདི། ཕྱི་ལ་ཆེན་ཐབ་མི་དགོས་ཞིང་། ནང་ལ་ཀ་ར་མི་དགོས་པའི། འཁྲུལ་བཀྲ་ཚོངས་པའི་གླུ་གླུར་ཞིང་། ང་འདྲ་རྒྱ་ཁེམས་སྐྱིད་ཁྲི་ནས། ཁྲི་སྟོད་གནམ་རྫོང་ཕྱུག་མོ་ནས། འཆི་མེད་གྲུབ་པའི་དྲངས་སྲོང་ལ། མཁས་པ་སྨྲི་དཔོན་རྒྱལ་པོ་ཟེར། ཇོ་ཝོང་བཀྲ་ཤིས་ཞི་མ་ལ། གླུ་ཡུལ་རྒྱ་མཚོ་ཡང་པ་ལ། དཔའ་བདུད་མ་གྲོས་གླུ་བརྒྱུད་

༄༅། མཛེས། གསེར་གཙུག་གི་ནོར་བུ་འཕགས། སོ་གཡང་མ་གྲོམ་བདེར་ཁ་འཁོར།
ཡོག་སྒྲོན་མི་གཙང་སྐོགས་ལ་བྲལ། དགོས་འདོད་ནོར་བུའི་གྲུམ་བུ་བཏང་། དགེ་བཅུའི་བཀའ་ཁྲིམས
གསེར་ཕྱི་བཏུལ། དེ་ཚོ་སྐྱེས་བུའི་ལམ་སྟོབས་རེད། དེ་ཡིད་ནོ་གཡང་བདེར་སྐྱོ་ལ། ཁྲོ་ཡི་ལམ་
མགོན་ནག་པོ་ཅིག། ལྷག་ཁྲབ་ཨ་ཡོང་འབུམ་སྟོང་གཅིག། ལྟག་ཆོག་ཕྱུང་ཏུ་སྦྱོང་རྒྱག་གསུམ།
མཐུང་མོ་སྤོ་རིང་ལྷུལ་ལྟེ་བཞི། རལ་གྲི་ཁོ་གཡོག་ལྟེམ་པ་ལྟོ། བདེར་ཕྱུད་མེད་ཕྱུག་བཅུད་ལ་
བཞེག། མཆེན་ཀ་རིང་ཁོ་པོ་གཡོག་རིང་ངེ། སོ་ལྷུང་པ་རྒྱ་སྟོང་སྐྱེ་བཙམ། དཔོན་རྒྱུད་ཕ་ཁྱེ་མི་

བསྟོད་ལ། ངང་སྐྱང་གཞིས་ཀྱི་གནས་སྤུད་སྤུལ། བསྒོམ་གྱི་ཀྱི་བ་འགྲུགས་ངང་དང་། མཆུག་གྱི་
གསྒོར་མོ་ཧྭགས་འཕེབ་གཞིས། ཧྭག་རམ་ཧྭགས་པ་ལེབ་ཆེན་དང་། ལོང་གྲི་སླང་ཆེན་ཐང་ཚོད་
བཞི། བཀའ་སློན་བཞི་ལ་དཔའ་དར་སྤུལ། སྲིན་གྲི་རྒྱུ་སྲིན་ངར་མ་དེ། དུག་གྲི་སྨན་པ་ངང་
མདངས་གཞིས། སྐུ་རྟྱལ་གདན་ཁྲི་རྟྱལ་ལ་སྤུལ། ཏྲི་ཡ་ཁྲི་མ་ཁྲི་འགུ་ཁྲི་ལ། དཔའ་བདུད་
རི་ལ་གསུམ་ཀྱི་ཡོད། སྨར་ཀྱི་སླང་རིང་ཡན་ཚོད་ལ། རིགས་མི་གཅིག་གྲི་སྨུ་དཔག་མེད་འདི།
འབུམ་དམག་དགུ་ལ་གྲི་འཆེད་ཅིང་། ཚེན་མོངས་དུག་ལྔའི་གྲ་ཆ་གཅོད། ཤེས་རབ་ཡ།།།

༄༅། ཤེས་མངོན་པར་འབར། མགོ་སྣང་དགྲ་ཡི་གཡུལ་ལས་རྒྱལ། བདག་འཛིན་
འགོང་པོ་བཅད་ཆོད་ནས། སྐུ་བཞིའི་རྩེ་མོ་ཟུང་རྒྱལ་བའི། འཇམ་དབྱངས་ཕྱག་ན་རལ་གྲི་ཡིས།
ཡོན་ཏན་མ་ལུས་རབ་རྫོགས་ཐུགས། མི་ཐུག་རྨུང་ཞུབ་ཆ་དགུ་ཏེ། མ་ལང་སྐྱེམས་སྤུ་ག་ནང་སྦུད
འཁྲུལ། དཔོན་བརྒྱུད་དཔལ་བདུད་སྒྲ་འཇོམ་ལ། ཁྱད་མེད་ཁྲོ་མོའི་ཁྲབ་འཆིང་ཕྱིད། དགུ་
འབུམ་དམག་གི་དཔལ་སྐལ་ལ། ཁྲེ་ཚོ་དགུ་ཡི་ཁྲབ་འཆིང་ཡོད། རང་ལུས་རྒྱལ་བའི་
དཔལ་འཁོར་ལ། བར་ཆད་མཆོན་གྱི་མི་ཚུགས་པར། འཇིགས་མེད་བསྲུང་བའི་ཡ་མེད།

ལ། ཞིག་མེད་རྡོ་རྗེ་བཙན་རྫོང་སྐྱོབ། སྤྱི་བོ་བདེ་ཆེན་འཁོར་ལོ་ལ། དབུ་རྨོག་བཙན་པའི་
རྫོང་ཆེན་ལ། རྨོག་དཀར་དང་མའི་རྒྱན་དུ་འབར། དབུ་འཕང་དགུང་དང་མཉམ་པར་སྐྱོབ།
ཚེམས་མེད་གྲུ་གྲུའི་ལྷུན་སྒྲིང་ལ། ཚེམས་བསྙུན་ཀི་མ་འཆར་བར་སྐྱོབ། ཚེམས་རྒྱལ་ཀ་སར་་་
མདངའ་འབར་བ་ལ། ཚེམས་མེད་གྲུ་ཕྱུལ་རྩུད་དུ་པ་དེ། ཚེམས་ཚེ་མི་བསྐྱུའི་བདེན་པ་རེད།
འདེར་བཞུགས་ལྷུགས་ལ་ཡོད་ལྷུར་ཞིག། ཨ་མ་ཧི་པདྨ་ཧཱུྂ། ཅེས་གསུང་ཞིང་དཔའ་བོ།
དགའ་བའི་གོ་ མཚོན་ཀྱི་གནད་འཛིད་དགའ་སྡོན་གྱི་སྡོན་མོ་ལྷ་ཡི་ཡོངས་སྤྱོད་དང་མཉམ་

༄༅། པ་མཛོད། དེ་ནས་གྲུབ་ཆེན་དགེ་བའི་ཞབས་པར་རྒྱ་ཡུལ་གྱི་མི་སེར་རྣམས་...
གཅེན་ཆེ་བྲ་ཐམས་ཅད་བསྡུས་ནས་ཕ་བྱུ་བཙུན་ཕང་གང་བར་འདུས་ནས་ཐམས་ཅད་ཧྲིལ་སྒྲིག
དང་བསྐུར་སྒོ་ཞིམ་ས་བཅམས་དངོས་རྫས་དྲུ་མའི་འབུལ་བ་བཅམས་ཕུལ། རྒྱལ་མཆོག་རིན་པོ་ཆེའི་
སྐུན་རས་གཟིགས་དང་སོང་དོང་སྐྱུག་གི་དཔང་ཁྲིད་བ་ནང་སྐྱེ་སྒྲུ་འདི་ཕྱིར་གསུངས་སོ།
ཨ་ལེ༔ ཐ་ལེ༔ ཧྲཱི་མཆོད་འབྲུངས་པདྨ་ཀ་ར་ལ། ཕྱིར་སྨྲིམ་བུ་གྲུས་ཡས་གསོལ་བ་འདེབས།
མ་འགྲོ་དྲུག་ཆོས་ལ་འགྱུར་བར་ཤོག། ས་འདི་ཕ་ཉི་བཙུན་ཕང་ཞེར།། ད་ནི་ཆོས་ཕང་

དཀར་མོ་ཁྱེར། མི་པ་འདྲ་རྨུ་ཁམས་གླིང་ཁྲི་ནས། སྤྱ་སྤྱོད་འགོག་མོ་ཏི་ཛོ་ཏུ་ཁྱེར། ཚོ་སྨྱང་
ནོར་བུ་རཏྣ་འདུལ་ཁྱེར། ངོ་ནས་འདི་ཡི་ཚོགས་ཀྱུ་ཀུ་ཏི་སྤྱི། དལ་འབྱོར་མི་ལུས་རིན་ཆེན་འདི།
ཡང་ཡང་མི་ཐུབ་ཁྱིམ་པར་མཛོད། རྒྱུ་འབྲས་དཔྱིད་བདབ་མ་ཐོན་འདྲ། འཆུར་མེད་སྒྲིན་
ཆས་ཁྱིམ་པར་མཛོད། འཁོར་བ་སྡུག་བསྔལ་བཟོད་བཀྲེད་བསྔག་མེད། སྡིག་རྣམ་ཀུན་དམ་ཁྱིམ་
པར་མཛོད། བདེ་ལྡན་དག་པའི་ཞིང་ཁམས་སུ། ཆོས་སྐུ་བསྒྲིན་ངན་ཁྱིམ་པར་མཛོད།
གསོལ་བ་དཀོན་མཆོག་གསུམ་ལ་ཕེབ། དད་པ་མར་ཆེན་ང་ལ་ཞེག། དམ་ཚིག་ངོ་ལྟོག

༄། མེད་པར་སྨྲང་། ལྟ་ལ་སྤྱན་རས་གཟིགས་དབང་སྒོམ།། ཕྱོགས་ལ་ཡི་ག་དྲུག་པ་བཟླས།། རླུང་ལ་ཇེ་དང་རླུར་འཁོར་བསྒྲིན།། མི་ལ་སྤྱིན་བསྒྲུབ་མར་མི་འབུལ།། ཆུ་ལ་ཡོན་ཆབ་ཆུ་སྤྱིན་ཕོང་།། ས་ལ་སྐུ་གཟུགས་ཙཀླི་བཞེངས།། ཏི་ལ་ཧི་ཀྲུ་མཆོད་ཁྲིམ་བསྒོམ།། རླུང་ལ་རྫུ་འཕྲུལ་ཐེག་ཀུན་རྫོང་།། གྲིང་ལ་མཁོན་འཛིན་འཐབ་མོ་སྤྱངས།། རྒྱུ་ལ་ཆུ་སྦྱིན་འཛད་མེད་གཏེར།། ཚང་ལ་གང་ཚད་གཅིག་པ་ཕྱིན།། ཚིག་ལ་རྟེན་མེད་བདེན་པར་སྨྲ།། ལས་ལ་དགེ་བ་བཅུ་པོ་སྒྲུབ།། ཧེ་ལ་ཀ་སར་རྒྱལ་པོ་ངས།། གནས་ལ་པད་ཆེན་ཞིང་ཁམས་སྤྱུ།། འཁོར་

ལ་འདྲེན་པར་བྱེ་ཆོས་མེད། མཐའ་མེད་རྒྱ་གྲུའི་ཡུལ་ཁམས་འདི་ར། རྒྱུད་མེད་སྣར་ལས་ཡར་ལ་དར།
ཟད་མེད་འཁོར་དུས་རྒྱས་པར་ཤོག ཆོས་མེད་ཡུལ་ལ་དམ་ཆོས་དར། ཉམས་མེད་བདེ་སྐྱིད་དཔལ་ལ་
སྐྱིད་ཤོག ཡོ་མ་ཧི༔ ཅེས་གསུངས་པ་ལ་ཐམས་ཅད་ཀྱིས་མངོན་པར་བསྟོད་ཞིང་། གླིང་སྐྱེས་བུའི་སྨོན༔
ལམ་མཐུ་བཙན་པས་ད་ལྟའང་སྒྲ་ཡུལ་དེ་ཡོངས་སྐྱོང་ཆེ་བ་དེ་ལས་བྱུང་། རྒྱ་ཟངས་ཀུང་ཝེན་ཀྱིས་གཏང་
ཚད་གཅིག་གིས་སྐྱེ་བའི་བཀའ་ཁྲིམ་བསྒོམས་བཞིན་ད་ལྟའང་ནི་དཀའ་སྤྱའི་འཕར་འབུག་མེད་པའི་གཏོ༔
ལམ་འཇུར་མེད་དུ་གནས། སྒྲ་རྒྱལ་བོད་ཀྱི་གྲུང་བློན་གཉིས་དགྲ་རྒྱལ་བའི་དགའ་རྟག་གི་ལུ་བ་དང་།

༄༅། ཕྱི་ར།ལམ་ཆོས་ལྡན་གྱི་ཁབས་སུ་ཚིབས་སྟོག་གཞང་གྲུབ་སོགས་ཀྱིས་ཀླུ་བ་སྤྲུལ་ཞིང་བོད་
དམག་ནམས་ཕྱིར་ལྡོ་ལྡན་དུ་འཁོར། ཀྱི་ཡུལ་མངའ་འབངས་ཐམས་ཅད་ཆོས་ཀྱིས་ཆིམ་དགེ་བཅུའི་བཀའ་ཁྲིམས་
དར་ཞིང་རྒྱས་པར་སྤྱོད་ནས་གྲུ་གྲུའི་མགོ་འཛིན་རྫོང་དཔོན་དུ་གདོང་བཙན་སྟང་དྷུ་ཨ་བསྟན་ལ་ཆེ་རྒྱུད་གསེར་
ཀྱིས་དམག་བརྒྱ་ཡིས་བསྐོར་ཏེ། ཁྲིམས་རིག་ལ་བར་ཆེན་ཤེས་རབ་གྲགས་པ་དགོས་རྒྱུའི་བཀའ་ཁྲབ་བཅས་
བཀོད་བཞག་གནང་། གྲོ་མའི་ཕྲི་བདུད་ནག་མགོ་རེ་ལྕེ་བོ་སྤྱི་དཔོན་རྒྱལ་པོའི་བུ་དུད་ཐུམ་ནས་གླིང་དཀར་
དུ་ཁྲིད། ཡི་ཤེས་ཀྱི་མཁའ་འགྲོ་གང་མཚོ་མིང་ལྕམ་སྒྲོལ་མ་དེ་སྨིན་དྲུག་ཟླ་བའི་ཚེས་བཅོ་ལྔ་ཡི་ནང་ཁར་

སྤྲོས་ཀྲི་འཇའ་འོད་ཟེར་ཟོལ་མོ་དང་དཔའ་བོ་མཁའ་འགྲོ་ཡི་བསྐུ་མ་བཅམས་ནམ་མཁར་ལ་ཕེབ་ཏེ་དགའ་བ་མཁར་སྤྱོད་
ཀྱི་ཚོགས་གྲལ་དུ་ཐོན། དེ་ཞིན་ཡི་ཤར་འབྱུག་གི་དུས་དེར་རྣ་གཞིས་ཀྱི་འབུམ་རྫར་དེ་ཁྲེ་མོ་གླིང་ཕྱོགས་སུ་གཤེགས་
ནམ་ཚོག། གླུ་གླུ་འི་རྒྱུར་སྤྲིན་བདེ་ཆེན་ཁྲིམས་རབ་གྲགས་པ་ཕ་སྐྱེ་མ་སྐྱུ་མོ་སྨན་བཙུན་མས་ཀྱི་སྐྱིལ་མ་དང་། སྨོན་ལམ་
གྱི་གླུ་ཞུས་མང་ཆེན་ཡོང་ཁྲུང་བསྐྱུས། དེ་ནས་སྤྱིར་ལམ་ལྷ་ལྷུན་དུ་ཕེབས། དེར་མཆོག་ཇོ་ཁྲག་གཉིས་གཙོས་
རྟེན་འབྲེང་པར་ཅན་རྣམས་ལ་སྦྱོང་མ་ཚོད་དང་ཁྲི་མཆོད་དཔག་ཏུ་མེད་པ་དང་། གསེར་གསོས། སྨན་དུར། བླ་
རི་ དར་གདུགས་ རྒྱལ་མཚན་སོགས་ཕུལ། ཕྱག་དང་བསྐོར་བ་ཚད་མེད་པ་མཛད། འདི་སྐབས་ཇོ་བོ་རྗེའི་

༄༅། པོ་ཆེ་དང་གེ་སར་རྒྱལ་པོ་གཉིས་མི་དང་མི་ལས་ལབ་པ་བཞིན་མཇོད་པའི་ཞུ་ལེན་སྙིང་གི་མི་ལོང་
ཞེས་ཞུ་ལ་གདམས་ལུང་བསྟན་བཅས་སྨྲེ་མ་སུམ་ཅུའི་སྐོར་ཡོད་པ་འདིར་དགོས་པ་མི་ཆེ་བས་ཟུར་དུ་བཀོད་པ་ལགས།
སྐུ་རྒྱལ་གདན་ཁྲི་རྒྱལ་པོ་དང་འཛམ་གླིང་རྒྱལ་པོ་གེ་སར་གཉིས་ཕྱག་ཡིད་གཞིག་ཏུ་འདྲིས་ནས་ཞག་བདུན་ལ་བཀའ་
མོལ་གནང་། བོད་ཀྱི་རྒྱལ་སྲིད་སྐྱ་སྒྲུ་ལ་མ་སྟོར་ནས། གླིང་རྗེ་རྒྱལ་པོ་འབུལ་ཞུས་བཞིན་སྨྲ་གདམ་ཟེར་འགྱུར་མེད་པ་
སྒྲུབ་ཅིས་ཡིན་པས་བཞེས་གྲུབ་ནང་དུ་ཞུས་ཚང་། འཛམ་གླིང་རྒྱལ་པོ་གེ་སར་ནས་བཀའ་ཕེབས། སྤྱན་མིང་དོན་མཆོང་
བའི་དཔའ་རྩལ་སྟོབས་ཀྱི་ཐུགས་རྗེས་གེ་སར་ནས། འཛམ་གླིང་རྒྱལ་པོ་མིང་ཐོགས་པ་བྱུང་། འདི་ནི་མངའ་ཐང་ཆེས་སྐྱིད་

སྣ་ནི་གྲགས་ལ་མི་ཡི་འགོ་དང་སྟོར་མང་གི་དྭངས་ལྷོ་བྲུ་རིང་དུ་ངོར་བ་ཞིག་ལས་ས་མཆིས་པར་མདོ་སྔགས་བསྟན་པའི་སྒྲོ་རྡོན་དབུ་ནག་བོད་ཀྱི་འདུག་ཆོས་སུ། མཐའ་འཁོབ་ལྷ་ཡོགས་ནག་པོའི་ཕྱོགས་སྐྱོང་བའི་རྒྱལ་ཁབ་རྣམས་ཀྱིས་ཁྱང་པ་འཕྲོག་ནས་སྲུན་གླིང་དུ་ཆོས་ཀྱིས་ཏི་མ་འཆར་བར་བྱེད་པ་མཛོད་དོ། དམག་དཔོན་དགྲ་འདུལ་བསྒོམ་པ་གོང་མ་ལྷ་ཡི་བཀའ་དོན་བཞིན། རང་དོན་བཀའ་ཚིག་དོར་ཏེ་གཞན་དོན་ལྷགས་ཀྱིས་དང་དུ་འདི་མུས་མི་རྩོ་འཕུར་ཟིད་འདྲ་མི་ཞིག་ཕྱུང་བ་ལགས་ཤིང་། ཤིད་འོད་གསལ་ལྷ་ཡི་གདུང་རྒྱུད། བོད་འབངས་གཞའ་ཁྲི་བཙན་པོ་ནས་བརྒྱུད་ལྷ་རྒྱུད་རིམ་པར་ཕྱིར་ཞིང་ཡུག་བརྒྱུད་གམ་བརྒྱུས་སྐྱ་རིམ་འཕེལ་དུ་ཕྱུང་བས་མདོ་ལ་རྗེ་ལ་སྤུ་ས་ནང་གསལ་མདའ་བདག

༄༅། ཁྲི་རྒྱལ་པོ་ཞིང་དཔལ་ཆེན་གསང་བའི་བདག་པོའི་ཕྲིན་ལས་ཀྱི་ཁྱིད་པ་པོ་ལས་བསྐོས་བསྟུགས་
འོས་པར་ཡིན་བཞིན་ཞིང་ཕྱིས་བསྡུང་བ་ལས། དམན་ཐ་ཕྲར་བདག་ལ་རྩལ་ཕྱུང་ཞི་མདངས་སྒྲོན་འདེགས་མ་ཐར་དབང་
གི་བསྐལ་པ་མེད་ངེས། ཞིང་རིན་པོ་ཆེ་ནས་དེ་སྔོན་ནས་དེ་སྔོན་ཕྱུང་ལྷགས་རྒྱུས་ཕྱིས་བརྩིས་སྐྱ་ཆོས་ཀྱི་འཚོ་བཞིན་པ་ནས་
སྐུས་ཕྱུང་དགོངས་པའི་མཁར་ལ་གཟིགས་པའི་ཞི་ལྡོང་འབར་བའི་ཟེར་ཕྱིས། སྐྱེས་དགུའི་ཆོས་མིན་ཕྱིས་སྐྱུག་རྩམ་
རིང་དུ་དོར་བའི་ཐུགས་བསྐྱེད་པགའ་དྲིན་ཕྱིས་སྐྱོ་གྲུབ་གསོལ་བ་ལེན་བརྒྱུར་འདེབས་པ་ཀྱུ་ཞེས་ཕྱུལ་ནས་སོང་བརྟུ་
སྨིན་འཚམས་ཀྱུ་སྤྱར་བའི་བསྔོད་སྔགས་ཕྱུལ། དེ་ནས་བོད་ཆོས་སྐྱོང་རྒྱལ་པོའི་རྒྱལ་མཚོག་དཔོན་རྒྱུད་དཔལ་བདུད་

ཚང་མ་ལ་བབ་ཧོག་སྐྱེས་འཆུང་བའི་འཁྲུལ་བ་མི་སྣོད་ཕྱག་གིས་ཞིན་གསུམ་འདྲེན་ལྷུབ་ཟུམ་སྦྱལ་ནས་མགོ་ཀླུ།
བའི་ཚོམ་བཅུ་དགུ་ཞིན་གཟར་ལྟར་ཡིགས་པའི་སྐུ་རྗེ་སློན་འཁོར་དམག་གླིང་ཕྱོགས་སུ་ཆིབ་ཀྱི་ཁ་ལོ་བསྒྱུར་ཞིང་།
མདའ་བརྡག་གདན་ཁྲི་རྒྱལ་སློན་ཕྱིས་ཆོས་རྩིག་མ་གཅིག་བར་སྐྱིལ་མ་རུས།། དེ་ནས་བཀའ་བློན་དང་མདའ་དཔོན་དྲུག
གཉིས་དཔོན་གཡོག་བཅུ་ལྷག་གིས་ཨ་གྲུགས་སུ་མཚམས་བར་སྐྱིལ་ཞིང་སར་ཚྭན་དགའ་སྐྱིད་ཐུང་འགྲུལ།།
འཁྲུལ་མི་མཐོང་བའི་ངང་ནས་སོ་སོར་ཕྱིན།། དེ་ནས་རྒྱལ་མཆོག་རིན་པོ་ཆེ་དཔལ་བདུད་བཅོམ་ཞབས་པའི་ཁྲི
མ་དུ་སྔོན་དུ་འགྲོ་བས་གླིང་ཡུལ་ནས་བསུ་མ་དང་པོ་ལ་ཐང་རྩེ་གཡུ་ཐུང་མི་རྒྱང་། འདན་གསུམ་གསུམ།།

༄༅། གཙོས་འཁོར་སུམ་བརྒྱ་བཅས་སྐྱང་གླིང་གཞིས་ཀྱི་ས་མཚམས་བཀྲ་ཤིས་ལྷུ་ཕང་དུ་འཚོར་ཞིང་
འཇལ་འཕྲད་དང་གསུང་གླིང་ཞིབ་རྒྱས་མཛད། དེ་ནས་རྒྱ་སྟོང་དཔྱར་ས་བའི་ཕང་དུ་བསྒུ་མ་གཞིས་པ་ལ་ཕྱུ་ག་དར་
སྔོན་པོ་སྤྲིང་སྐོར། གསེར་པ་དཔོན་གྱི་ཨ་རྒྱས། གླིང་གི་བླ་མ་སུམ་ཅུ་བཅས་ལ་འཁོར་ལྷ་བརྒྱ་ལྷག་ཙམ་གྱིས་བསྐོར་
ཞིང་ཚིབ་བསྒུ་དང་འཇལ་འཕྲད་ཞུས། དེ་ནས་ཇོམ་བུའི་རྒྱ་ཞིའི་ན་ཕང་དུ་བསྒུ་མ་གསུམ་པ་ལ། སྤྱི་ལོའི་མང་ལྷུམ་
འཁྱུག་མོ་དེས་རྣམ་མང་ན་ཚོད་བརྒྱ་དྲུག་དང་ལྡན་པ་རྒྱན་ཞབ་མིག་གི་མི་བརྗིད་པས་སྤྱུས་དེ་ཞལ་ད་མ་བཅུ་གསུམ།
གླིང་གི་མོ་སྨན་སུམ་ཅུ། མ་སྒྲུ་སུམ་ཅུ་བཅས་འཁོར་སྟོང་སྐྲག་ཙམ་གྱིས་ཚིབས་བསྒུ་དང་འཇལ་འཕྲད་མཛད་ཅིང་

ངར་དཀར་དམར་དུ་མས་སྨུ་དྲངས། །གཡས་གསེར་ཇུ་ཤར་ནས་ཁྲ་འཁྱིལ། །གཡོན་དངུལ་ཇུ་ནང་ནས་ཚར་སྒྲོམས།

བཙུམས་ཕྱུལ་ནས་སྦྱ་ལོ་སེང་ལྕམ་འབྲུག་མོ་རྣམས་དགུ་སེང་དྲུག །འཁྱུར་ལ་དྲངས་ནས་གླུ་ཁྱུམ་འདི་སྨུལ་ལོ། །

ཨོ་ལེ༔ ཞ་ལེ༔ གཞན་གྱུ་འཛིན་ཨ་ཕྱུལ་ཕྱིར་ཁང་ནས། །མ་ཡིད་བཞིན་འཁོར་ལོ་ཚེ་སྒྲིན་མ། །བདག

རྟེ་ཞིག་གྲུམ་པམ་གསོལ་བ་འདེབས། །མཆོག་རྡོ་རྗེ་ཆེ་ཡི་དངོས་གྲུབ་སྩོལ། །ས་འདི་འདྲ་ཟུ་སྐྱོང་ན་ཕང་ཟང་། །

ང་འདྲ་སེང་ལྕམ་འབྲུག་མོ་ཟེར། །གསེར་རྒྱལ་པོའི་བཙུན་མོ་ལ། །གོང་མ་ལྷ་ནས་བསྐོས་ལ་ཟང་། །དེ་ནས

སེང་ཆེན་རྒྱལ་པའི་སྐུ། །སྔོན་སྨོན་ལམ་ཐུགས་འབྲས་བུ་ལ། །མ་སྐྱིབ་བསྒྱུར་རྒྱལ་ཕྱུན་ཚིས་གྲུབ། །དྲུ

༄། འཁྲུལ་མཁའ་ལམ་ཀ་ཧི་ནས། གྲུ་ཡུལ་སྟོད་ལ་ཐིལ་ཐུག་ཀར། ཚང་གཙོད་རྣམས་འཛིན་
ཁྲིར་བཞུ་ཡིས། མཐར་འཁོབ་ལྷ་ལོག་མུན་པ་ཀར། ངང་སྐྱང་སྤྲིན་ཕྲིས་མ་གོས་པ། གཏན་དྲིན་ཆེ་འདི་
སྤྲུལ་པའི་སྐུ། དོན་ཆེན་འགྲུབ་པོ་ལྷ་ཡི་སྐུས། གཞི་ཐུས་འཛམ་པ་བཀྲ་ཤི་ཤིས། བརྩད་ནག་ཐུལ་པ་སྟོན
སྟོན་སྟོབས། ཕོ་སྤྲོང་ལོན་པ་བསོད་ནམས་འཕྲུལ། བསྐན་གྲགས་ཆེ་བ་འཛམ་གླིང་། ཡར་ཚས་ལོ་རྒྱུས་ཀུ
ཀུའི་མགྲིན། གཞི་འདུག་ཕྱིས་འཛིན་དཔྱིད་དུ་གསོལ། སྐྱར་ཁམས་གླིང་ཡུལ་ཁྲ་མོ་ལ། སྤྱི་གསུམ
གསར་མཐུ་ཕྱིན་ཕྱིས། དར་རྒྱུད་འཕོ་འགྱུར་མེད་པར་ཡོང་། སོང་སྤྲི་ལོངས་སྤྱོད་ཡར་རྒྱས་ཡིན།

སྒྱུ་འཕྲུལ་པཿ དག་འཚོར་བཿ ཨོཾ་ཨཱ་ཧཱུྃཿ ཞེས་བཟླུ་དེ་སྤྲུལ་བས། རྒྱལ་མཆོག་རིན་པོ་ཆེ་ཞལ་འཛུམ་པ་
དང་བཅས། འོ་ན་མེད་ལྷུམ་མཐའ་འགྲོ་མ་དོན་ཡིན་ཕྱུགས་ཀྱི་སྐད་ཆ་འདི་འདྲ་ཡོད་གསུང་ནས་སྒྲ་འདི་གསུང་
སོ། ཨ་ལཿ ཐ་ལཿ ཁྲར་རི་གོ་སྟེ་ལྷའི་གཞལ་ཡས་ནས། སྐུ་མི་འགྱུར་འཕགས་པ་འཇམ་དབྱངས་མཁྱེན།།
རྒྱལ་བསྟན་དཀྲུང་ལས་མཐོ་བར་ཤོག། སྒྲོ་བོ་ཏ་ལ་ཡི་གཞལ་ཡས་ནས། གསུང་འགགས་མེད་ཐུགས་རྗེ་
ཆེན་པོ་མཁྱེན། དམ་ཆོས་བར་སྣང་ཁྱབ་པར་ཤོག། ཐུར་ཐུང་ལོ་ཙན་གྱི་གཞལ་ཡས་ནས། ཐུགས་འགྱུར་
མེད་ཕྱག་ན་རྡོ་རྗེ་མཁྱེན། ཚོགས་དགེ་འདུན་གྱི་ས་སྟེང་ཁྱབ་པར་ཤོག། ས་འདི་འདྲ་གཞི་ཐམས་འཛོམ་

༄༅། ཡང་ཞིང་། ང་འདྲ་དོན་གྲུབ་ལྷིར་མ་དཀར།། སྤྲུལ་སྐུ་དོན་འགྲུབ་དགྲ་ལྷའི་རྒྱལ།། ཐུས་སྲོང་དོན་
གྲུབ་སྐྱ་ཡིན་འདི། གཞི་སྡོད་དོན་གྲུབ་སེང་ལྷམ་ལ།། སྔན་མོ་ཚིག་གི་སྤྱོབ་སྤྱོར་ཡོད།། སྐྱུ་གྲུ་ཕོག་རྗོང་རྒྱལ་
པོ་དེ། དཔའ་རྩལ་སྟོབས་རྩལ་འགྲན་ཟླ་བྲལ།། དམག་དཔོན་ཕྱུ་ཧྲ་ཕོག་གསུམ་དེ།། ལན་མང་གཉེན་ཀྲིའི་
ཁོ་ས་འདྲ།། དགྲ་པ་ཅན་གྱི་མི་གསུམ་དེ།། ལྷ་བརྒྱུད་གཡུལ་ལ་ལ་ཆམ་པ་འདྲ།། རྗེང་མདའ་ཁྲོ་ཞིང་སྦྲག་དགུ་
དེ།། གཞི་འདེབས་ཕྱོག་དམར་འབབ་འབབ་ཞིང་།། དར་རྟོང་སྤུག་དྲ་གཅིག་སྡོང་དེ།། དོམ་ནག་ཁྲོ་གི་མྱོས་པ་
འདྲ།། ཉ་མཆོག་མས་པ་ཟབ་རྟེད་འཁྲིལ་འཁྲིལ་ཞིང་།། མཚོན་དང་མ་མཐུ་རྟེད་བབ་བབ་ཞིང་།། ཕར་ཆམ་གླིང་

དཀར་འབྲུམ་དམན་དེ། བློ་ཕྱི་ཆོས་མེད་པར་སྤྲང་རྒྱུས་སོང་། གླུ་བླང་ན་དགོན་མཆོག་མཆོད་པ་་་
ཐུས། གདམ་བརྗོད་ན་གླིང་རྒྱས་ཆེ་གདམ་བཤད། དགྲ་བཏུལ་ན་དཔའ་སྐྱིད་དཔུང་གི་བཏུལ། འོན་ཐུང་
སྤྱོན་ལམ་ཀླིག་མེད་ལ། སྤྲན་ཐོད་མི་རྒྱུ་ཚི་ཚད་རྗེགས། ཐེ་ནག་ལག་ལ་ཕྱིར་བ་འདྲ། འགྲོ་མེད་ལམ
འབྲུས་བསླུ་མེད་ཉིད། གླུ་ཡུལ་གླིང་གསུམ་དམན་ལམ་བསྐོད། གླུ་བློར་གཅིག་མེད་མཚོན་ལ་སྤྱུར།
ཡིག་ཆོད་་་་་གི་གླིའི་གློ་སྐྱིད་ཕྱུལ། དཀར་མོ་གཞན་རྗེན་ནང་བཅུད་དེ། འབྲུམ་དམན་ཁྲེ་མོའི་གནང་
བསྐོས་ཐུས། གི་བྲག་གནམ་རྗེང་ཕྱུག་མོ་ནས། ཚིག་མེད་གི་གཡང་གདེར་ལ་བྲངས། ཆོས་མེད

༄༅། སྨན་གླིང་ཆོས་སྒྲོན་སྦྱར། སྐུ་རྒྱལ་པོད་ཀྱི་བསམ་དོན་འགྲུབ། རྗེ་ཟླབ་རྣམ་གསུམ་རྟེན་
མཆོག་འཛམ་ལོ། ལྷ་ལྡན་དོན་ལ་ཚོགས་བསམས་གྲུབ། ཇང་ཡུལ་གླིང་ལ་གཞི་ཐུས་འཛོམས། ཤེལ་ཕྱུག་སྐོད་
དཔང་སྐན་པ་དི། སྟོན་བསྐོམ་སྐུ་འགྲོའི་རྒྱན་དུ་གྲུབ། གླིང་དཀར་གྲགས་པས་ཕྱེབ་པ་དི། སྟོན་སྐྱོན་ལས་
ཀྱི་སྡེབས་རྩལ་རིང་། སང་ལྷམ་ཕྱགས་ལ་དི་ལྷར་ཞོག། ཨོཾ་མ་ཎི་པདྨེ་ཧཱུྃ་ཧྲཱིཿ ཐེམ་གསུང་སྐུ་མཁར་
སང་ཕྲུག་སྣག་ཞྭོང་སུ་ལྷ་བསང་དཀར་པོ་དགུར་དང་མཐམ་པ་དང་། ཇ་གླིང་རོལ་མོའི་བསྒྲུ་མ་དང་བཅས་
ཚོགས་ཕེབས། དེ་ནས་ཞབ་གསུམ་གྱི་ཡིག་འདུར་སྣག་ཕང་བྲེ་མོ་བྲུ། ལས་གྲུར་མཐོང་བ་དཀར་མོ་

ཕྱུག། གསེར་ཕྲེ་མེར་པོའི་ཡང་སྙིངས་སུ།། དར་ཟབ་གོས་ཀྱི་འབོལ་གདན་ཁར་སྟེམ་མཆོག་ནོར་བུ་དགྲ་འདུལ་བཞུགས།། སྙིང་ལ་རྨ་ཐུའི་གདུགས་ཕྱུབ་ཞིང་།། གཡས་གཡོན་མཛེས་པའི་གདན་གྲལ་དུ།། བབ་ཐོབ་དཔའ་བདུད་སུམ་ཅུ་བཞུགས།། བཟའ་བཏུང་ལྷ་ཡིས་ཚོགས་འཁོར་གྱིས།། ཞག་བདུན་བར་ལ་བསྟི་དགའ་སྟོན།། དེ་ནས་ཕུར་བུ་རྒྱལ་ལ་སྐྱོད་པའི་ཞིགས་སྐྱོར་གྱིས་ཞེན་པར་གླིང་རྒྱལ་སློན་མང་ཚོགས་ཀྱིས༔ སྐབས་དེར།། གཡོན་གྲལ་གྲལ་གྱི་ཡང་སྙིང་།། གུང་ཨ་ལེད་ཙན་གྱི་གདན་སྟིང་ནས་བཀའ་སློན་ཚེས་འགྲུབ་དཔལ་བོ་རྗེ་ཡར་བཞེངས་ནས་གླུ་འདི་ལེན་པར་གདའ། ༡ ཨ་ལ༔ ཐ་ལ༔ གླུ་མཆོད་གཅིག༔

༄༅། །ཚང་པ་དཀར་པོ་མཆོད། གླིང་ལྔ་སྤྱིའི་དགྲ་འཕང་དཀྲུང་ལ་བསྟོད། མཆོད་
གཙུག་གཅིག་ཆེན་སྤྲོམ་ར་མཆོད། ཟིད་མེད་རྨ་གཡང་འདི་རྣ་ཕབས། མཆོད་གསུམ་གཙུག་
ན་དཔའ་ཆེན་མཆོད། ལྷ་གཡང་སྨར་ཁེམས་གླིང་ལ་བརྩིལ། ས་འདི་འདུ་རྨར་ཁེམས་གླིང་ཁྲི་
ནས། ཡུལ་ཕྱེད་འཕགས་རྨ་ཡུལ་ལྔ་ཡི་ཞིང་། སེང་ཕྲུག་སྟག་རྫོང་གཡས་རྒྱུར་ནས། །
གི་མཛོད་དི་དམར་གཡོན་རྒྱུར་ནས། སྟག་འཛམ་རྒྱུག་ཕྲུག་ས་པ་བརྒྱུད་འདུ་འདི། འདུ་ར་
སྟག་ཕང་ཁྲོ་མོ་ཟེར། གཞི་རྩས་འཛོམ་པའི་འཛམ་ཕང་དེད། ང་འདུ་རྟ་མཁར་སྨུག །

རྫོང་ནས།། ཚེ་སྟོད་ཕྱི་ཉའི་སློན་པོ་ལ།། ཚེ་སྨད་ལས་སློར་འཁྲེལ་བ་ཡིས།། ག་སར་སྐྱེས་
བུའི་དམག་དཔོན་བྱས།། རྒྱལ་ཁབ་དགུ་ལ་སྦྱོང་མ་དམ།། ཚེ་སྨད་སྤྱིད་ཀྱི་བཞུགས་སོ་ལ།།
བཀའ་བློན་ཆོས་འགྱུར་དཔལ་བོ་ཟེར།། ཆོས་སྲིད་རྒྱལ་མཚན་ཕྱུ་བ་བཙུགས།། ད་ཉིད་བཀྲ་
ཤིས་ཞི་མ་ལ།། ཆོས་འགྱུར་དགའ་བའི་སྐུ་ཞབས་ཡིན།། ཕོག་དམར་པོ་འདྲ་བའི་ཕོག་རྒོད་དེ།།
རྒོད་ཡང་དག་ཡིན་ལ་མིང་པས་ཟེར།། ཡིན་མིང་མ་རིང་ལེན་ཡོད་རེད།། གོ་ཤྲི་དར་མས་སྤྱོད་
བསྐོས་བྱས།། ཧ་སྒྲོང་ཉའི་གཞང་མ་དང་པོ་ཡིན།། བདུད་ནག་པོ་འདྲ་བའི་ཁྲ་ནག་ཞེ།། ....

༄༅། །མཚོན་སྟོན་མོའི་འཁྲིམ་ལམ་མེད་པས་ཟེར། །རྩམ་ཆེན་དཔལ་མེག་ཕྱོག་མདའི
གཏེར། །ང་གླིང་བྱའི་གཞང་མ་གསུམ་པ་ཡིན། །བོ་བྲག་གནམ་རྫོང་ལྷུག་མོ་ལ། །ཕྱ་འདབ་ཚགས
ལྡིང་དབང་མེད་པས་ཟེར། །བྲག་སྒོ་བཞི་ཕྱི་ནས་གི་གཡང་བླང་། །ང་གླིང་བྱའི་གཞང་མ་བཞི་པ
ཡིན། །བོད་རྗེན་དཀར་ཇོ་ཁག་ནུམ་གསུམ་ངེ། །ཇོ་སྐུ་གསུངས་དོང་ལ་ལྷུས་པས་ཟེར། །རྗེན་ཁ
ཆེར་མེད་པ་སྔར་ལས་བཟང་། །ང་གླིང་བྱའི་གཞང་མ་ལྔ་པ་ཡིན། །དྲིན་ཆེ་བ་ཨོ་ཁེ་སྐུ་རྒྱལ་བོད། །
ངས་ལྷ་རྒྱལ་དང་པོ་མི་འཕེན་རྒྱུ། །བདུད་བློན་ལྷུན་པ་ཚོམ་ལ་བསྒྱུར། །དགེ་བཅུ་རྩེ་དར་ཆེན།

མཁར་ལ་སྤུར། མདོ་སྔགས་ཆོས་ཀྱི་བ་དན་མཛེས། ལྷ་ཚང་པའི་དགུ་འཕང་དགུང་།
ལས་མཐོ། ལྷ་རྒྱལ་གཉིས་པ་མི་འཕེན་རྒྱ། བོད་རྒྱལ་བསྟན་སྲིད་རྒྱུར་བླ་ལ། གླུ་གླུའི།
དཀྲ་ཅན་གཡུ་ལ་ཏོ་བཀྲོག། རྨ་སྒོམ་རའི་བཞད་མདངས་ཨ་ལ་ལོ། ལྷ་རྒྱལ་གསུམ་པ།
མི་འཕེན་རྒྱ། གླིང་སྟོབས་བུའི་ལས་དོན་ཆོས་བཞིན་འགྲུབ། མཁར་སྒོང་ཕྱུག་སྐྱིད་ཀྱི།
རྒྱལ་མཚན་རྩེར། སྐུ་འགྱུར་མེད་ནོར་བུའི་ཏོག་གིས་མཛེས། སྐྱོ་གླིང་ལོ་དགོས་འདོད།
ཡིད་བཞིན་འགྲུབ། ཕྱོགས་དགྲ་བའི་ཟིལ་གནོན་དབུ་འཚང་མཐོ། ཡུལ་བདེ་སྐྱིད།

༄༅། །འཛམ་པའི་ཆོས་སྤྱོད་བསྟན། བཀྲ་ཤིས་དཀོན་མཆོག་གསུམ་ཀྱི···
མགྲུ། ཨོཾ་མ་ཎི་པདྨེ་ཧཱུྃ་ཧྲཱིཿ ཅེས་གསུང་ནས་བདེ་སྐྱིད་རྒྱུང་འབྲེལ་ཤེས་དང་དུ་གཉེ་ཏུས
ས་སོར་ཕྱིར། རྒྱལ་མཆོག་རིན་པོ་ཆེ་བསྟན་འགྲོ་སེམས་ཅན་ཀྱི་དོན་དུ། ཐུགས་རྗེ་ཆེན་
པོའི་སྐུ་མཚམས་ལ་བཞུགས་པར་གདའ། རབ་འཇིགས་སྟོབས་རྩལ་ལྡན་པ་འབར་
བའི་མེའི། རབ་སྒྲོམ་དགེ་ལྡན་ལྡན་རྣམས་བསྒྲགས་བྱེད་པ། རབ་མང་འགྲོ་རྣམས་རྣམ་
པར་བདེ་བ་གྲོགས་པ་གཞི། རབ་དུ་བསྟན་སྐྱོང་སྐྱོང་མཁས་གྱི་སར་རྒྱལ། རྒྱལ་དེས།།

རྣམ་ཐར་རྒྱལ་པོ་ཆེན་པོ་ལས།། ལས་བཙུས་ཀྲིག་མ་ནོ་རྫོང་ཟླ་བའི་རྒྱན།། རྒྱན་ཤུར་
ལུས་སྐྱིད་དཀར་བའི་དཔལ་དུ་སྒྲོག། སན་མཆུ་ལམ།། དགེའོ།། བཀྲ་སྒྲོག།
ཁྲིམ་པས་དཔེ་ལྟར་ཡིན་པས་ལྟག་ཆད་མ་ཆིས་ན་དཀོན་མཆོག་གསུམ་ཀྱིས་རྒྱུད་དུ་བསྲུགས།།
དགེ་ལེགས་འཕེལ་ལོ།།

图书在版编目（CIP）数据

格萨尔王与兵器国：康方言手抄本：藏文 / 多加搜集.
-- 成都：四川民族出版社, 2018.3
ISBN 978-7-5409-7367-4

Ⅰ. ①格… Ⅱ. ①多… Ⅲ. ①藏族—英雄史诗—中国—藏语 Ⅳ. ①I222.74

中国版本图书馆CIP数据核字(2018)第006231号

GESA'ER WANG YU BINGQI GUO

格萨尔王与兵器国③

（康方言手抄本）

多加 搜集

出版人 泽仁扎西
策　划 胡 华 央 金
责任编辑 央 金 李 娟 更合才让 卓玛拉措
装帧设计 李 娟
责任印制 谢孟豪
出版发行 四川民族出版社
地　址 成都市青羊工业园区敬业路108号

成品尺寸 115mm×335mm
印　张 63.25
字　数 480千
制　作 成都华林美术设计有限公司
印　刷 成都市金雅迪彩色印刷有限公司
版　次 2018年3月第一版
印　次 2018年3月第一次印刷
书　号 ISBN 978-7-5409-7367-4
定　价 960.00元

༄༅། །གེ་སར་རྒྱལ་པོའི་སྒྲུང་ལས་གྲུ་གུ་གོ་རྫོང་།

༼ཁམས་སྐད་ལག་བྲིས་མ།༽

③

སྟོབས་རྒྱལ་གྱིས་བསྡུ་བསྒྲིགས་བྱས།

དཔེ་སྐྲུན་པ། ཨ་སྟགས་ཚེ་རིང་བཀྲ་ཤིས།

ཚོམ་སྒྲིག་འགན་འཁུར་བ། དབྱངས་ཅན། ལི་ཅོན། སྒྲོལ་མ་ལྷ་མཚོ།

སི་ཁྲོན་མི་རིགས་དཔེ་སྐྲུན་ཁང་གིས་བསྐྲུན་ནས་བཀྲམ།

༢༠༡༨ལོའི་ཟླ་༢པར་པར་གཞི་དང་པོ་བསྒྲིགས།

༢༠༡༨ལོའི་ཟླ་༢པར་པར་ཐེངས་དང་པོ་དཔར།

དེབ་ཚད། ༡༡༥mm × ༢༣༥mm

དཔར་ཤོག ༦༣.༢༥

དཔེ་རྟགས། ISBN 978-7-5409-7367-4

དཔེ་རིན་སྒོར། ༩༦༠.༠༠

更多精彩内容
请关注茶马书社公众号

ISBN 978-7-5409-7367-4

9 787540 973674 >

定价: 960.00元(1~3卷)